莎士比亚别裁集

第一卷

喜剧五种

朱生豪　陈才宇　译

浙江工商大学出版社
ZHEJIANG GONGSHANG UNIVERSITY PRESS

·杭州·

图书在版编目（CIP）数据

莎士比亚别裁集. 第一卷，喜剧五种 ／（英）莎士比亚著；朱生豪，陈才宇译. — 杭州：浙江工商大学出版社，2019.3

ISBN 978-7-5178-3159-4

Ⅰ. ①莎… Ⅱ. ①莎… ②朱… ③陈… Ⅲ. ①喜剧—剧本—作品集—英国—中世纪 Ⅳ. ①I561.13

中国版本图书馆 CIP 数据核字（2019）第 037476 号

莎士比亚别裁集·喜剧五种
SHASHIBIYA BIECAIJI XIJU WUZHONG

［英］威廉·莎士比亚 著　朱生豪　陈才宇 译

出 品 人	鲍观明
丛书策划	钟仲南
责任编辑	钟仲南
责任校对	袁金麟
装帧设计	林朦朦
责任印制	包建辉
出版发行	浙江工商大学出版社
	（杭州市教工路 198 号　邮政编码 310012）
	（E-mail：zjgsupress@163.com）
	（网址：http://www.zjgsupress.com）
	电话：0571 - 88904980,88831806（传真）
排　　版	杭州朝曦图文设计有限公司
印　　刷	杭州杭新印务有限公司
开　　本	880mm×1230mm　1/32
印　　张	50
字　　数	1300 千
版 印 次	2019 年 3 月第 1 版　2019 年 3 月第 1 次印刷
书　　号	ISBN 978-7-5178-3159-4
定　　价	268.00 元（全四册）

《莎士比亚别裁集》序

几年前,浙江工商大学出版社出版了以朱生豪译文为底本,经我校订、补译的《莎士比亚全集》。现从全集遴选若干篇什,编成这套《莎士比亚别裁集》,是想把莎翁"最好最新"的作品介绍给读者。

全书分四卷:第一卷收《仲夏夜之梦》《威尼斯商人》《皆大欢喜》《第十二夜》"四大喜剧",外加《温莎的风流娘儿们》;第二卷收《哈姆莱特》《奥瑟罗》《李尔王》《麦克白》"四大悲剧",外加《罗密欧与朱丽叶》;第三卷收 3 种历史剧和 2 种传奇剧,其中《爱德华三世》和《两个高贵的亲戚》是上世纪末被学界确认的"新莎剧";第四卷收 2 首长诗、1 首短诗和 154 首十四行诗,其中那首题为《致女王》的短诗,也是新发现的作品。

对于向有的"四大喜剧"和"四大悲剧"之说,我总觉得,《温莎的风流娘儿们》,无论情节的生动性和艺术的影响力,都不逊色于"四大喜剧"中任何一种。仅福斯塔夫这一人物的塑造,就足以让莎士比亚鹤立于世界喜剧文学之林而不朽。悲剧《罗密欧与朱丽叶》,也完全可以与《哈》《奥》《李》《麦》等量齐观。令人荡气回肠的剧情,演绎着一曲超越时空的爱情绝唱! 如果允许有"五大喜剧"和"五大悲剧"的说法,我以为,这两部作品是应该添加上去的。

莎士比亚是位天才剧作家。各种类型的戏剧,他都写得得心应手,令后人仰望而自叹不如。他的成功,在于他高超的语言艺术,更在于他难能可贵的人文思想。对人类命运的关怀,是他戏剧写作一以贯之的宏大主题。

我们可以这样来描绘莎士比亚的创作心迹:写喜剧和部分历史

剧时,他对世界的态度是乐观的。与早期的人文主义者一样,他更多地看到人性中善的一面,因此,他总是在自己的作品中营造轻松、欢快的氛围,着力塑造一群美仑美奂的女性形象。他企图歌颂人的伟大,肯定人追求现世幸福的合理性。但写悲剧时,他对世界的态度发生了变化,从一厢情愿的乐观转向无奈的悲观。这时候他更多地发现了人性中恶的一面,而这恶的人性又正好是一切罪恶和悲剧的根源。人应该有一个什么样的精神世界呢?人应该怎样克服自身的恶,与他人和睦相处呢?对于这些问题的思考也就是他创作传奇剧的开始。在现实世界中,找不到一片净土,他因此将场景转移到世外桃园。现实中也很难出现由恶变善的大好事,他于是借助超自然力,让精灵神怪出现在他的作品里。他的这种写作心理很好地印辙在了《暴风雨》中。有人将《暴风雨》视为一部提纲挈领之作,是不无道理的。

要实现"关怀人类命运"这样宏大的主题,莎士比亚的生花妙笔必然得聚焦于那些关乎人类福祉或灾祸的事象上:具体到戏剧人物的描写,作者会不遗余力地去揭示人性中或善或恶的方方面面。综观世界文学史上形形色色的文学家,莎士比亚无疑是描写人性最出色的一位。伊阿古的奸诈、夏洛克的贪婪、麦克白的野心、克劳狄斯的虚伪,人性中这些丑恶的特质一旦泛滥起来,作用于某个人或某件事,就会结出恶的果实。一般的文学家对恶行的揭露往往到此为止,莎士比亚却能更进一步:他那把解剖人性的手术刀能够深入到容易被人忽视的心理层面。他用成功的艺术创造告诉我们:即便在正直、无私、光明磊落的"好人"身上,如果他们性格中存在某种缺陷,在特定的环境下,也会成为悲剧的催化剂。

最典型的例子是丹麦王子哈姆莱特,他长于思考,却短于行动,正是这优柔寡断的性格缺陷使他一再延宕了蕴酿已久的复仇计划,最后导致自身的毁灭。还有那位摩尔将军奥瑟罗,他的错误是轻信和忌妒,结果被坏人利用,错杀了忠诚善良的妻子苔丝德梦娜!

莎士比亚生活的年代离我们已有四百多年，他所生活的英国也大不同于其他国家，但人性对于任何人，不管他（或她）生活在什么时代，什么地方，是不存在时空距离的。莎士比亚的作品之所以能超越时空而存在，就因为他在永恒的主题上做出了好文章，讲出了好故事，进而引起一切人的共鸣。莎士比亚作品为什么经久不衰，成为人类共享的经典，答案就在这里。

值此《莎士比亚别裁集》出版之际，考虑到一些读者也许不熟悉朱生豪和我合译的那套《莎士比亚全集》，这里也略作交待：《莎士比亚别裁集》中凡朱生豪的译文，依据国家图书馆出版社 2012 年出版的《朱生豪译莎士比亚戏剧手稿》进行校订。我的校订尽可能维护了朱生豪译文的权威性和真实性。对于可改可不改之处，不作自以为是的"润色加工"；朱生豪译文中的吴语习惯，也一概保留。

朱生豪是百年一遇的天才翻译家，他是最配得上翻译莎士比亚的那个人。我与他相比，犹如小巫见大巫，不敢有丝毫的造次。我在诚惶诚恐中完成校订和补译的工作，收在这里的拙译是《亨利五世》《理查三世》《爱德华三世》《两个高贵的亲戚》和第四卷的诗歌。

希望得到读者的批评指教。

陈才宇

2018 年 12 月于杭州府苑新村寓所

目　　录

仲夏夜之梦

　　《仲夏夜之梦》写于 1595 年,1600 年在书业公所登记,同年以四开本印行,上面有"威廉·莎士比亚著"字样。据说此剧为某贵族的婚礼庆典而作。

　　剧中有关忒修斯与希波吕忒的故事取自乔叟的《骑士的故事》,但也有可能直接取自罗马作家普鲁塔克的《希腊罗马名人传》和奥维德的《变形记》。有关仙王仙后的情节取材于民间传说。斯宾塞的《仙后》和大学才子派罗伯特·格林的《詹姆斯三世》都有关于仙王奥布朗的描写。昆斯、波顿等一班粗俗的手艺人排演戏中戏,可能受了同时代剧作家安塞尼·曼代所著的《肯特人约翰与坎伯兰人约翰》(c.1594)的影响。但中心情节,即拉山德与赫米娅、狄米特律斯与海丽娜这四位年轻人的情感纠葛,属莎士比亚原创,并无先例可援。

　　译文见于《朱生豪译莎士比亚戏剧手稿》第 1 册,世界书局版《莎士比亚戏剧全集》第一辑。此剧初译稿(1937)因"八一三"战乱一度散失,后失而复得,收入《手稿》第 10 册。校订主要依据《手稿》第 1 册中的重译稿(1938)。

剧 中 人 物

忒修斯　雅典公爵

伊吉斯　赫米娅之父

拉山德 ⎫
　　　　⎬ 同恋赫米娅
狄米特律斯 ⎭

斐洛斯特拉特　掌戏乐之官

昆斯　木匠

斯纳格　细工木匠

波顿　　织工

弗鲁特　修风箱者

斯诺特　补锅匠

斯塔佛林　　裁缝

希波吕忒　　阿玛宗女王,忒修斯之未婚妻

赫米娅　　伊吉斯之女,恋拉山德

海丽娜　　恋狄米特律斯

奥布朗　　仙王

提坦妮娅　　仙后

帕克　　又名好汉罗宾

豆花

蛛网

飞蛾　　　　小神仙

芥子

其他侍奉仙王仙后的神仙们

忒修斯及希波吕忒的侍从

地　　点

雅典及附近的森林

第 一 幕

第一场　雅典;忒修斯宫中

〔忒修斯、希波吕忒、斐洛斯特拉特及侍从等上。

忒修斯　美丽的希波吕忒,现在我们的婚期已快要临近了,再过四天幸福的日子,新月便将出来;但是唉! 这个旧的月亮消逝得多少慢,她耽延了我的希望,像一个老而不死的后母或寡妇,尽是消耗着年青人的财产。

希波吕忒　四个白昼很快地便将成为黑夜,四个黑夜很快地可以在梦中消度过去,那时月亮便将像新弯的银弓一样,在天上临视我们的良宵。

忒修斯　去,斐洛斯特拉特,激起雅典青年们的欢笑的心情,唤醒活泼泼的快乐精神,把忧愁驱到坟墓里去;那个脸色惨白的家伙,是不应该让他参加在我们的结婚行列中的。(斐洛斯特拉特下)希波吕忒,我用我的剑向你求婚,用威力的侵凌赢得您的芳心;①但这次我要换一个调子,我将用豪华、夸耀和狂欢来举行我们的婚礼。

〔伊吉斯、赫米娅、拉山德、狄米特律斯上。

伊吉斯　威名远播的忒修斯公爵,祝您幸福!

忒修斯　谢谢你,善良的伊吉斯。你有什么事情?

伊吉斯　我怀着满心的气恼,来控诉我的孩子,我的女儿赫米娅。走上前来,狄米特律斯。殿下,这个人是我答应叫他娶她的。走上

---

① 忒修斯(Theseus)是希腊神话中的英雄,曾远征阿玛宗(Amazon),克之,娶其女王希波吕忒(Hippolyta)。

前来,拉山德。殿下,这个人引诱坏了我的孩子。你,你,拉山德,你写诗句给我的孩子,和她交换着爱情的纪念物;在月夜她的窗前你用做作的声调歌唱着假作多情的诗篇;你用头发编成的腕环、戒指、虚华的饰物、琐碎的玩具、花束、糖果,这些可以强烈地骗诱一个稚嫩的少女之心的信使来偷得她的痴情;你用诡计盗取了她的心,煽惑她使她对我的顺从变成倔强的顽抗。殿下,假如她现在当着您的面仍旧不肯嫁给狄米特律斯,我就要要求雅典自古相传的权利,因为她是我的女儿,我可以随意处置她;按照我们的法律,她要是不嫁给这位绅士,便应当立时处死。

忒修斯　你有什么话说,赫米娅? **听听劝告吧,**①美貌的女郎! 你的父亲对于你应当是一尊神明;你的美貌是他给与你的,你就像在他手中捏成的一块蜡像一般,他可以保全你,也可以毁灭你。狄米特律斯是一个很好的绅士呢。

赫米娅　拉山德也很好啊。

忒修斯　**以他的本身而论当然很好;但这次应该听听你父亲的意见,相比之下,另一个就显得更好了**。②

赫米娅　我真希望我的父亲和我同样看法。

忒修斯　实在还是应该你依从你父亲的眼光才对。

赫米娅　请殿下宽恕我! 我不知道一种什么力量使我如此大胆,也不知道在这里披诉我的心思将会怎样影响到我的美名,但是我要敬问殿下,要是我拒绝嫁给狄米特律斯,就会有什么最恶的命运临到我的头上?

忒修斯　不是受死刑,便是永远和男人隔绝。因此,美丽的赫米娅,仔细问一问你自己的心愿吧! 考虑一下你的青春,好好地估量

---

①　朱译手稿:当心一点吧。

②　朱译手稿:以他本身而论当然不用说;但要是做你的丈夫,他不能得到你的父亲的同意,就比起来差一头地了。

一下你血脉中的博动;倘然不肯服从你父亲的选择,想想看能不能披上尼姑的道服,终生幽闭在阴沉的庵院中,向着凄凉寂寞的明月唱着暗淡的圣歌,做一个孤寂的修道女了此一生? 她们能这样抑制了热情,到老保持处女的贞洁,自然应当格外受到上天的眷宠;但是结婚的女子如同被采下炼制过的玫瑰,香气留存不散,比之孤独地自开自谢,奄然朽腐的花儿,在尘俗的眼光中看来,总是要幸福得多了。

赫米娅　就让我这样自开自谢吧,殿下,我不愿意把我的贞操奉献给我的心所不甘服的人。

忒修斯　回去仔细考虑一下。等到新月初生的时候——我和我的爱人缔结永久的婚约的一天——你便当决定,倘不是因为违抗你父亲的意志而准备一死,便是听从他而嫁给狄米特律斯;否则就得在狄安娜①的神坛前立誓严守戒律,终生不嫁。

狄米特律斯　悔悟吧,可爱的赫米娅! 拉山德,放弃你那无益的要求,不要再跟我的确定的权利抗争了吧!

拉山德　你已经得到她父亲的爱,狄米特律斯,让我保有着赫米娅的爱吧;你去跟她的父亲结婚好了。

伊吉斯　无礼的拉山德! 一点不错,我欢喜他,我愿意把属于我所有的给他;她是我的,我要把我在她身上的一切权利都授给狄米特律斯。

拉山德　殿下,我和他一样好的出身;我和他一样有钱;我的爱情比他深得多;我的财产即使不比狄米特律斯更多,也决不会比他少;比起这些来更值得夸耀的是,美丽的赫米娅爱的是我。那么为什么我不能享有我的权利呢? 讲到狄米特律斯,我可以当他的面前宣布,曾经向奈达的女儿海丽娜调过情,把她勾上了手;这位可爱的女郎痴心地恋着他,像崇拜偶像一样地恋着这个缺

---

①　狄安娜(Diana):希腊神话中的月神阿耳忒弥斯(Artemis)。

德的负心汉。

忒修斯　的确我也听到过不少闲话,曾经想和狄米特律斯谈起;但是因为自己的事情太多,所以忘了。来,狄米特律斯;来,伊吉斯;你们两人跟我来,我有些私人的话要对你们说。你,美丽的赫米娅,好好准备着依从你父亲的意志,否则雅典的法律将要把你处死,或者使你宣誓独身;我们没有法子变更这条法律。来,希波吕忒;怎样,我的爱人?狄米特律斯和伊吉斯,走吧,我必须差你们为我们的婚礼办些事务,还要跟你们商量一些和你们有点关系的事。

伊吉斯　我们敢不欣然跟从殿下。(除拉山德、赫米娅外均下。)

拉山德　怎么啦,我的爱人!为什么你的脸颊这样惨白?你脸上的蔷薇怎么会凋谢得这样快?

赫米娅　多分是因为缺少雨露,但我眼中的泪涛可以灌溉它们。

拉山德　唉!从我所能在书上读到、在传说或历史中听到的,真爱情的道路永远是崎岖多阻;不是因为血统的差异——

赫米娅　不幸啊,尊贵的要向微贱者屈节臣服!

拉山德　或者因为年龄上的悬殊——

赫米娅　可憎啊,年老的要和年青人**缔结姻缘**①!

拉山德　或者因为信从了亲友们的选择——

赫米娅　倒霉啊,选择爱人要依赖他人的眼光!

拉山德　或者,即使彼此两情悦服,而战争、死亡,或疾病侵害着它,使它像一个声音,一片影子,一段梦,一阵黑夜中的闪电那样短促,在一刹那间它展现了天堂和地狱,但还来不及说一声"瞧啊",黑暗早已张开口把它吞噬了。光明的事物,总是那样很快地变成了混沌。

赫米娅　既然真心的恋人们永远要受到磨折,似乎是一条命运的定

---

①　朱译手稿:发生关系。

律，那么让我们练习着忍耐吧；因为这种磨折，正和意念、幻梦、叹息、希望和哭泣一样，都是可怜的爱情缺不了的随从者。

拉山德　你说得很对。听我吧，赫米娅。我有一个寡居的伯母，很有钱，却没有儿女。她看待我就像亲生的独子一样。她的家离雅典二十哩路。温柔的赫米娅，我可以在那边和你结婚；雅典法律的利爪不能追及我们。要是你爱我，请你在明天晚上溜出你父亲的屋子，走到郊外三哩路地方的森林里，在那边我曾经约会过你和海丽娜一同举行五月节①的，我将在那面等你。

赫米娅　我的好拉山德！凭着丘比特②的最坚强的弓，凭着他的金镞的箭；凭着维纳斯的鸽子的纯洁，凭着那结合灵魂、祐佑爱情的神力；凭着古代迦太基女王看见负心的特洛伊人扬帆而去而自焚的烈火；③凭着一切男子所毁弃的约誓——那数目是远超过于女子所曾说过的，我发誓明天一定会到你所指定的那地方和你相会。

拉山德　愿你不要失约，爱人。瞧，海丽娜来了。

　　　　〔海丽娜上。

赫米娅　上帝保佑美丽的海丽娜！你到哪里去？

海丽娜　你称我美丽吗？请你把那两个字收回了吧！狄米特律斯爱着你的美丽；幸福的美丽啊！你的眼睛是两颗明星，你的甜蜜的声音比之小麦青青、山楂蓓蕾的时节，送入牧人耳中的云雀之歌还要动听。疾病是能染人的；唉！要是美貌也能传染的话，美丽的赫米娅，我但愿染上你的美丽：我要用我的耳朵捕获你的声音，用我的眼睛捕获你的睇视，用我的舌头捕获你那柔美的旋

---

①　旧俗于5月1日早起以露盥身，采花唱歌。

②　丘比特(Cupid)：爱神，背生两翼，手持弓箭；他的金镞箭主爱，铅镞箭主爱情的冷淡。

③　古代迦太基(Carthage)女王是狄多(Dido)，爱慕特洛伊(Troy)英雄伊尼阿斯(Eneas)，失恋后自焚而死。

　　　　律。要是除了狄米特律斯之外，整个世界都是属于我所有，我愿意把一切捐弃，但求化身为你。啊！教给我你怎样流转你的眼波，用怎么一种魔术操纵着狄米特律斯的心吧。

赫米娅　　我向他皱着眉头，但是他仍旧爱我。

海丽娜　　唉，要是你的颦蹙能把那种本领传授给我的微笑就好了！

赫米娅　　我给他咒骂，但他给我爱情。

海丽娜　　唉，要是我的祈祷也能这样引动他的爱情就好了！

赫米娅　　我越是恨他，他越是跟随着我。

海丽娜　　我越是爱他，他越是讨厌我。

赫米娅　　海丽娜，他的傻并不是我的错。

海丽娜　　但那是你的美貌的错处，要是那错处是我的就好了！

赫米娅　　宽心吧，他不会再见我的脸了；拉山德和我将要逃开此地。在我不曾遇见拉山德之前，雅典对于我就像是一座天堂；啊，有怎样一种神奇在我的爱人身上，使他能把天堂变成一座地狱！

拉山德　　海丽娜，我们不愿瞒你。明天夜里，当月亮在镜波中反映她的银色的容颜，晶莹的露珠点缀在草叶尖上的时候——那往往是情奔最适当的时候，我们预备溜出雅典的城门。

赫米娅　　我的拉山德和我将要会集在林中，就是你我常常在那边淡雅的樱草花的花坛上躺着彼此吐露柔情的衷曲的所在；从那里我们便将离别了雅典，去访寻新的朋友，和陌生人作伴了。再会吧，亲爱的游侣！请你为我们祈祷；愿你重新得到狄米特律斯的心！不要失约，拉山德；我们现在必须暂时挨受一下离别的痛苦，到明晚夜深时再见面吧！

拉山德　　一定的，我的赫米娅。（赫米娅下）海丽娜，别了；如同你恋着他一样，但愿狄米特律斯也恋着你！（下。）

海丽娜　　有些人比起其他的人来是多么幸福！在全雅典大家都以为我跟她一样美；但那有什么相干呢？狄米特律斯是不以为如此的；除了他一个人之外，大家都知道的事情，他不会知道。正如他那样错误地迷恋着赫米娅的秋波一样，我也只是知道爱慕他的才智；一切卑劣的弱点，在恋爱中都成为无足重轻，而变成美满和庄严。爱情是不用眼睛，而用心灵看着的，因此生着翼膀的丘比特常被描成盲目；而且爱情的判断全然没有理性，是翼膀不是眼睛表示出卤莽的迅速，因此爱神便据说是一个孩儿，因为在选择方面他常会弄错。正如顽皮的孩子惯爱发假誓一样，司爱情的小儿也到处赌着口不应心的咒。狄米特律斯在没有看见赫米娅之前，他也曾像雨雹一样发着誓，说他是完全属于我的；但这阵冰雹一感到一丝赫米娅身上的热力，他便溶解了，无数的盟言都化为乌有。我要去告诉他美丽的赫米娅的出奔；他知道了以后，明夜一定会到林中去追寻她。如果为着这次的通报消息，我能得到一些酬谢，我的代价也一定不小；但我的目的是要增加我的苦痛，使我能再一次聆接他的音容。（下。）

第二场　雅典；昆斯的家中

〔昆斯、斯纳格、波顿、弗鲁特、斯诺特、斯塔佛林上。

昆斯　咱们一伙人都到了吗？

波顿　你最好照着名单一个儿一个儿拢总地①点一下名。

昆斯　这儿是每个人名字都在上头的名单，全个儿雅典都承认，在公爵跟公爵夫人结婚那晚上当着他们的面前扮演咱们这一出插戏，这张名单上的弟兄们是再合适也没有的了。

波顿　第一，好彼得·昆斯，说出来这出戏讲的是什么，然后再把扮戏的人名字念出来，大伙儿心里好有个头脑。

昆斯　好，咱们的戏名是"最可悲的喜剧，以及皮刺摩斯和提斯柏的

---

①　波顿说话用词不当，这里的"拢总地"（generally），本意应该是"逐个地"（individually）。

最惨酷的死"。①

波顿 那一定是篇出色的东西,咱可以担保,而且是挺有趣的。现在,好彼得·昆斯,照着名单把你的角儿们的名字念出来吧。列位,大家站开。

昆斯 咱一叫谁的名字,谁就答应。尼克·波顿,织布的。

波顿 有。先说咱们应该扮哪一个角儿,然后再挨次叫下去。

昆斯 你,尼克·波顿,派着扮皮刺摩斯。

波顿 皮刺摩斯是谁呀?一个情郎呢,还是一个霸王?

昆斯 是一个情郎,为着爱情的缘故,他挺勇敢地把自己毁了。

波顿 要是演得活龙活现,那准可以引人掉下几滴泪来。要是咱演起来的话,让看客们大家留心着自个儿的眼睛吧;咱要痛哭流涕,管保风云失色。把其余的人叫下去吧。但是扮霸王挺适合咱的胃口了。咱会把赫克勒斯②扮得非常好,或者什么大花脸的角色,管保吓破了人的胆。

> 山岳狂怒的震动,
>
> 　裂开了牢狱的门;
>
> 太阳在远方高耸,
>
> 　慑伏了神灵的魂。

那真是了不得!现在把其余的名字念下去吧。我这是赫克勒斯的神气,霸王的神气;演情郎还得忧愁一点。

昆斯 法兰西斯·弗鲁特,修风箱的。

弗鲁特 有,彼得·昆斯。

昆斯 你得扮提斯柏。③

弗鲁特 提斯柏是谁呀?一个游行的侠客吗?

---

① 关于皮刺摩斯与提斯柏的爱情故事,源于希腊神话。

② 赫克勒斯为赫拉克勒斯(Heracles)之讹。赫拉克勒斯:古希腊著名英雄。

③ 在莎士比亚时代,女性角色由男性扮演。

昆斯　那是皮刺摩斯必须爱上的姑娘。

弗鲁特　噢,真的,别叫咱扮一个娘儿;咱的胡子已经长起来啦。

昆斯　那没有问题;你得套上假脸扮演,你可以小着声音讲话。

波顿　咱也可以把脸孔罩住,提斯柏也给咱扮了吧。咱会细声细气
　　地说话,"提斯妮! 提斯妮!""啊呀! 皮刺摩斯,奴的情哥哥,是
　　你的提斯柏,你的亲亲爱爱的姑娘!"

昆斯　不行,不行,你必须扮皮刺摩斯。弗鲁特,你必须扮提斯柏。

波顿　好吧,叫下去。

昆斯　罗宾·斯塔佛林,裁缝的。

斯塔佛林　有,彼得·昆斯。

昆斯　罗宾·斯塔佛林,你扮提斯柏的母亲。汤姆·斯诺特,补锅
　　子的。

斯诺特　有,彼得·昆斯。

昆斯　你扮皮刺摩斯的爸爸;咱自己扮提斯柏的爸爸;斯纳格,做细
　　木工的,你扮一只狮子。咱想这本戏就此支配好了。

斯纳格　你有没有把狮子的台词写下? 要是有的话,请你给我,因为
　　我记性不大好。

昆斯　你不用预备,你只要嚷嚷就算了。

波顿　让咱也扮狮子吧。咱会嚷嚷,叫每一个听见了都非常高兴;咱
　　会嚷着嚷着,连公爵都传下诏旨来说,"让他再嚷下去吧! 听他
　　再嚷下去吧!"

昆斯　你要嚷得那么可怕,吓坏了公爵夫人和各位太太小姐们,吓得
　　她们尖声叫起来,那准可以把咱们一起给吊死了。

众人　那准会把咱们一起给吊死,每一个母亲的儿子都逃不了。

波顿　朋友们,你们说的很是;要是你把太太们吓昏了头,她们一定
　　会不顾三七二十一把咱们给吊死。但是咱可以把声音压得高一
　　些,不,提得低一些;咱会嚷得就像头小鸽子那么地,就像头夜莺
　　那么地。

昆斯　你只能扮皮刺摩斯；因为皮刺摩斯是一个讨人欢喜的小白脸，
　　　　一个体面人，就像你可以在夏天看到的那种人；他又是一个可爱
　　　　的堂堂绅士模样的人；因此你必须扮皮刺摩斯。

波顿　行，咱就扮皮刺摩斯。顶好咱挂什么须？

昆斯　那随你便吧。

波顿　咱可以挂你那稻草色的须，你那橙黄色的须，你那紫红色的
　　　　须，或者你那法国金洋钱色的须，纯黄色的须。

昆斯　**有的法国金洋上的人头像，连一根毛发都没有，**①你还是光着
　　　　脸蛋吧。列位，这儿是你们的台词。咱请求你们，恳求你们，要
　　　　求你们，在明儿夜里念熟，趁着月光，在郊外一哩路地方的森林
　　　　里咱们碰头，在那边咱们要练习练习；因为要是咱们在城里练
　　　　习，就会有人跟着咱们，咱们的计划就要泄漏出来。同时咱要开
　　　　一张咱们演戏所需要的东西的单子。请你们大家不要误事。

波顿　咱们一定在那边碰头；咱们在那边练习起来可以像样点儿，胆
　　　　大点儿。大家辛苦干一下，要干得非常好。再会吧。

昆斯　咱们在公爵的橡树底下再见。

波顿　好了，可不许失约。（同下。）

第 二 幕

第一场　雅典附近的森林

〔一小仙及帕克自相对方向上。

---

　　①　昆斯从"法国金洋"（French crown）扯到了"法国病"（French disease）。
此病即花柳病，据说患此病者头上毛发尽脱。

帕克　喂，精灵！你漂流到哪里去？

小仙　越过了峡谷和山陵，
穿过了荆棘和丛薮，
越过了围场和园庭，
穿过了激流和爝火：
我在各地漂游流浪，
轻快得像是月光光；
我给仙后奔走服务，
草环[1]上缀满轻轻露。
亭亭的莲馨花是她的近侍，
黄金的衣上饰着点点斑痣；
那些是仙人们投赠的红玉，
中藏着一缕缕的芳香馥郁；
我要在这里访寻几滴露水，
给每朵花挂上珍珠的耳坠。
再会，再会吧，你粗野的精灵！
因为仙后的大驾快要来临。

帕克　今夜大王在这里大开欢宴，
千万不要让他俩彼此相见；
奥布朗的脾气可不是顶好，
为着王后的固执十分着恼；
她偷到了一个印度小王子，
就像心肝一样怜爱和珍视；
奥布朗看见了有些儿眼红，
想要把他充作自己的侍童；
可是她哪里便肯把他割爱，

① 野地上有时发现环形的茂草，传谓仙人夜间在此跳舞所成。

满头花朵她为他亲手插戴。

从此林中，草上，泉畔和月下，

他们一见面便要破口相骂；

小妖们往往吓得胆战心慌，

没命地钻向橡斗中间躲藏。

小仙　要是我没有把你认错，你大概便是名叫罗宾好人儿的狡狯的淘气的精灵了。你就是惯爱吓唬乡村的女郎，在人家的牛乳上撮去了乳脂，使那气喘吁吁的主妇整天也搅不出奶油来；有时你暗中替人家磨谷，有时弄坏了酒使它不能发酵；夜里走路的人，你把他们引入迷路，自己却躲在一旁窃笑；谁叫你大仙或是好帕克的，你就给他幸运，帮他作工，那就是你吗？

帕克　仙人，你说得正是；我就是那个快活的夜游者。我在奥布朗跟前想出种种笑话来逗他发笑，看见一头肥胖精壮的马儿，我就学着雌马的嘶声把它迷昏了头；有时我化作一颗焙热的野苹果，躲在老太婆的酒碗里，等她举起碗想喝的时候，我就拍的弹到她嘴唇上，把一碗麦酒都倒在她那皱瘪的喉皮上；有时我化作三脚的凳子，满肚皮人情世故的婶婶刚要坐下来讲她那感伤的故事，我便从她的屁股底下滑走，把她翻了一个大元宝，一头喊"好家伙！"一头咳呛个不住；于是周围的人大家笑个前仰后合，他们越想越好笑，鼻涕眼泪都笑了出来，发誓说从来不曾逢到过比这更有趣的事。但是让开路来，仙人，奥布朗来了。

小仙　娘娘也来了。他要是走开了才好！

　　〔奥布朗及提坦妮娅各带侍从，自相对方向上。

奥布朗　真不巧又在月光下碰见你，骄傲的提坦妮娅！

提坦妮娅　嘿，嫉妒的奥布朗！仙子们，快快走开；我已经发誓不和他同游同寝了。

奥布朗　等一等，坏脾气的女人！我不是你的夫君吗？

提坦妮娅　那么我也一定是你的尊夫人了。但是你从前溜出了仙境,扮作牧人的样子,整天吹着麦笛,向风骚的牧女调情,这种事我全知道。今番你为什么要从迢迢的印度平原上赶到这里来呢?无非是为着那位高傲的阿玛宗女王,你的勇武的爱人,要嫁给忒修斯了,所以你得来道贺道贺他们。

奥布朗　你怎么好意思说出这种话来,提坦妮娅,把我的名字和希波吕忒牵涉在一起侮蔑我?你自己知道,你和忒修斯的私情瞒不过我。不是你在朦胧的夜里引导他离开被他所俘掠的佩丽基娜?不是你使他负心地遗弃了美丽的埃格勒丝、阿里阿德涅和安提俄珀?①

提坦妮娅　这些都是因为嫉妒而捏造出来的谎话。自从仲夏之初,我们每次在山上,谷中,树林里,草场上,细石铺底的泉旁,或是海滨的沙滩上聚集,预备和着鸣啸的风声跳环舞的时候,总是要被你吵断了我们的兴致。风因为我们不理会他的吹奏,生了气,便从海中吸起了毒雾;毒雾化成瘴雨降下地上,使每一条小小的溪河都耀武扬威地泛滥到岸上:因此牛儿白白牵着轭,农夫枉费了他的血汗,青青的嫩禾还没有长上芒须便腐烂了;空了的羊栏露出在一片汪洋的田中,乌鸦饱啖着瘟死了的羊群的尸体;**本来跳九人舞的场地积满了污泥**②;杂草乱生的曲径,因为没有人行走,已经辨不出来。**人们都想过个快活的冬天,而今晚上却再也听不到歌声。**执掌潮汐的月亮,因为再也听不见夜间颂神的歌声,气得脸孔发白,把空气中播满了湿气,一沾染上就要使人害风湿症。因为天时不正,季候也变了常:白头的寒霜倾倒在红颜的蔷薇的怀里,年迈的冬神薄薄的冰冠上,却嘲讽似的缀上了夏

---

① 佩丽基娜(Perigenia):又称佩丽贡娜(Perigouna),强盗辛尼斯的女儿;埃格勒丝(Aegles):一山林水泽女神;阿里阿德涅(Ariadne):克里特王弥诺斯的女儿;安提俄珀(Antiopa):另一位阿玛宗女王。她们皆为忒修斯的情人,又都为其所弃。

② 朱译手稿:草泥坂上满是湿泥。

天的芬芳的蓓蕾的花环。春季,夏季,丰收的秋季,暴怒的冬季,都改换了他们素来的装束,惊愕的世界不能再从他们的出产上辨别出谁是谁来。这都因为我们的不和所致,我们是一切灾祸的根源。

奥布朗　那么你就该设法补救,这全然在你的手中。为什么提坦妮娅要违拗她的奥布朗呢?我所要求的,不过是一个小小的换儿①做我的侍童罢了。

提坦妮娅　请你死了心吧,整个仙境也不能从我手里换得这个孩子。他的母亲是我神坛前的一个信徒,在芬芳的印度的夜天,她常常在我身旁闲谈,陪我坐在海神的黄沙上,凝望着水面的商船;我们一起笑着那些船帆因浪狂的风而怀孕,一个个凸起了肚皮;她那时正也怀孕着这个小宝贝,便学着船帆的样子,美妙而轻快地凌风而行,为我往岸上寻取各种杂物,回来时就像航海而归,带来了无数的商品。但她因为是一个凡人,所以在产下这个孩子时便死了。为着她的缘故我才抚养她的孩子,也为着她的缘故我不愿舍弃他。

奥布朗　你预备在这林中耽搁多少时候?

提坦妮娅　也许要到忒修斯的婚礼以后。要是你肯耐心地和我们一起跳舞,看看我们月光下的游戏,那么跟我们一块儿走吧;不然的话,请你不要见我,我也决不到你的地方来。

奥布朗　把那个孩子给我,我就和你一块儿走。

提坦妮娅　把你的仙国跟我掉换都别想。神仙们,去吧!要是我再多留一刻,我们就要吵起来了。(率侍从等下。)

奥布朗　好,去你的吧!为着这次的侮辱,我一定要在你离开这座林子之前给你一些惩罚。我的好帕克,过来。你记不记得有一次

---

①　传说中仙人常于夜间将人家美丽的小儿窃去,以愚蠢的妖童换置其处,故名"换儿"(changeling boy)。

我坐在一个海岬上,望见一个美人鱼骑在海豚的背上,她的歌声是这样婉转而谐美,镇静了狂暴的怒海,好几个星星都疯狂地跳出了它们的轨道,为要听这海女的音乐?①

帕克 我记得。

奥布朗 就在那个时候,你不看见,但我能看见持着弓箭的丘比特在冷月和地球之间飞着;他瞄准了坐在西方宝座上的一个童贞女②,很伶巧地从他的弓上射出他的爱情之箭,好像它能刺透十万颗心的样子。否则我也许可以看见小丘比特的火箭在如水的冷洁的月光中熄灭,那位童贞的女王心中一尘不染地,在纯洁的思念中默步过去;但是我看见那支箭却落下在西方一朵小小的花上,本来是乳白色的,现在已因爱情的创伤而被染成紫色,少女们把它称作"爱懒花"。去给我把那花采来。我曾经给你看过它的样子;它的汁液如果滴在睡着的人的眼皮上,无论男女,醒来一眼看见什么生物,都会发疯似地对它恋爱。给我采这种花来;在鲸鱼还不曾游过三哩路之前,必须回来复命。

帕克 我可以在四十分钟内环绕世界一周。(下。)

奥布朗 这种花汁一到了手,我便留心着等提坦妮娅睡了的时候把它滴在她的眼皮上;她一醒来第一眼看见的东西,无论是狮子也好,熊也好,狼也好,公牛也好,或者好事的猕猴,忙碌的无尾猿也好,她都会用最强烈的爱情追求它。我可以用另一种草解去这种魔力,但第一我先要叫她把那个孩子让给我。可是谁到这儿来啦?他们看不见我,让我听听他们的谈话。

---

① 此段及下一段中的寓意,历来有各种猜测。据云美人鱼影射苏格兰女王玛丽;玛丽才美无双,为伊丽莎白女王所嫉杀,举世悼之。玛丽当婚法国王太子,故云"骑在海豚的背上",因法国王太子的称号 Dauphin 与海豚(dolphin)发音相似。"星星跳出轨道"云者,指英廷党玛丽的大臣。莎士比亚因恐犯忌讳,故特以隐语出之。

② 当指伊丽莎白女王。女王终身不嫁,故云。

〔狄米特律斯上，海丽娜随其后。

狄米特律斯　我不爱你，所以别跟着我。拉山德和美丽的赫米娅在哪儿？我要把拉山德杀死，但我的命却悬在赫米娅手中。你对我说他们私奔到这座林子里，因此我赶到这儿来；可是因为遇不见我的赫米娅，我简直要发疯了。滚开！快走，不许再跟着我！

海丽娜　是你吸引我跟着你的，你这硬心肠的磁石！可是你所吸的却不是铁，因为我的心像钢一样坚贞。要是你去掉你的吸引力，那么我也将没有力量再跟着你了。

狄米特律斯　是我引诱你吗？我曾经向你说过好话吗？我不是曾经明明白白地告诉过你，我不爱你，而且也不能爱你吗？

海丽娜　即使那样，也只是使我爱你爱得更加利害。我是你的一条狗，狄米特律斯；你越是打我，我越是讨好你。请你就像对待你的狗一样对待我吧，踢我，打我，冷淡我，不理我，都行，只容许我跟随着你，虽然我是这么不好。在你的爱情里我还能要求别的什么比一条狗还不如的地位呢？但那对于我已经是十分可贵了。

狄米特律斯　不要过分逗着我的厌恨吧；我一看见你就头痛。

海丽娜　可是我不看见你就心痛。

狄米特律斯　你太不顾虑你自己的体面，离开了城中，把你自己委身在一个不爱你的人手里；你也不想想你的贞操多么值钱，就在黑夜中这么一个荒凉的所在盲目地听从着不可知的命运。

海丽娜　你使我能够安心：因为当我看见你面孔的时候，黑夜也变成了白昼，因此我并不觉得现在是在夜里；你在我的眼光里是一切的世界，因此在这座林中我也不愁缺少伴侣：要是一切的世界都在这儿瞧着我，我怎么还是单身独自呢？

狄米特律斯　我要逃开你，躲在丛林之中，任凭野兽把你怎样处置。

海丽娜　最凶恶的野兽也不像你那样残酷。你要逃开我就逃开吧；从此以后，古来的故事要改过了：逃走的是阿波罗，追赶的是达佛涅;①鸽子追逐着鹰隼;温柔的牡鹿追捕着猛虎;然而弱者追求勇者,结果总是徒劳无益的。

狄米特律斯　我不高兴听你再唠叨下去。让我走吧;要是你再跟着我,相信我,在这座林中你要被我欺负的。

海丽娜　嗯,在寺庙中,在市镇上,在乡野里,你都到处欺负我。唉,狄米特律斯! 你的虐待我已经使我们女子蒙上了耻辱。我们是不会像男人一样为爱情而争斗的;我们应该被人家求爱,而不是向人家求爱。(狄米特律斯下)我要立意跟随你;我愿死在我所深爱的人的手中,好让地狱化成了天宫。(下。)

奥布朗　再会吧,女郎! 在他离开这座树林以前,你将逃避他,他将追求你的爱情。

　　　　〔帕克重上。

奥布朗　你已经把花采来了吗? 欢迎啊,浪游者!

帕克　是的,它就在这儿。

奥布朗　请你把它给我。

　　　　　　我知道一处茴香盛开的水滩,
　　　　　　长满着樱草和盈盈的紫罗兰,
　　　　　　馥郁的金银花,芬泽的野蔷薇,
　　　　　　漫天张起了一幅芬芳的锦帷。
　　　　　　有时提坦妮娅在群花中酣醉,
　　　　　　柔舞清歌低低地抚着她安睡;
　　　　　　蛇儿在那里脱下光洁的皮壳,
　　　　　　恰恰好给小神仙做一身衣服;
　　　　　　我要洒一点花汁在她的眼上,
　　　　　　让她充满了各种可憎的幻象。

---

　　①　阿波罗(Apollo)是太阳神,爱仙女达佛涅(Daphne),达佛涅避之而化为月桂树。

其余的你带了去在林中访寻

一个娇好的少女见弃于情人；

倘见那薄倖的青年在她近前，

就把它轻轻地点上他的眼边。

他的身上穿着雅典人的装束，

你须仔细辨认清楚不许弄错；

小心地执行着我谆谆的吩咐，

让他无限的柔情都向她倾吐。

等第一声雄鸡啼时我们再见。

帕克　放心吧，主人，一切如你的意念。（各下。）

第二场　林中的另一处

〔提坦妮娅及侍从等上。

提坦妮娅　来，跳一回舞，唱一曲神仙歌，然后在一分钟内余下来的三分之一的时间里，大家散开去；有的去杀死麝香玫瑰嫩苞中的蛀虫；有的去和蝙蝠作战，剥下它们的翼革来为我的小妖儿们做外衣；其余的人去驱逐每夜啼叫、看见我们这些伶俐的小精灵们而惊骇的猫头鹰。现在唱着给我催眠吧，唱罢之后，大家各做各的事，让我休息一会。

仙子们唱：

（独唱一）两舌的花蛇，多刺的猬，

不要打扰着她的安睡；

蝾螈和蜥蜴，不要行近，

仔细损害了她的宁静。

（合唱）　夜莺，鼓起你的清弦，

为我们唱一曲催眠：

睡啦，睡啦，睡睡吧！ 睡啦，睡啦，睡睡吧！

一切害物远走高飏，

　　　　　　　不会行近她的身旁；

　　　　　　　　晚安，睡睡吧！

（独唱二）织网的蜘蛛，不要过来；

　　　　　　　长脚的蛛儿，快快走开！

　　　　　　　黑背的蜣螂，不许走近；

　　　　　　　不许莽撞，蜗牛和蚯蚓。

（合唱）　　　夜莺，鼓起你的清弦，

　　　　　　　为我们唱一曲催眠：

　　　　　　　睡啦，睡啦，睡睡吧！睡啦，睡啦，睡睡吧！

　　　　　　　一切害物远走高飏，

　　　　　　　不会行近她的身旁；

　　　　　　　　晚安，睡睡吧！

一仙子　　去吧！现在一切都已完成，

　　　　　　只须留下一个人当值哨兵。（众仙子下，提坦妮娅睡。）

　　　　〔奥布朗上，挤花汁滴提坦妮娅眼皮上。

奥布朗　　　等你眼睛一睁开，

　　　　　　你就看见你的爱，

　　　　　　为他担起相思债：

　　　　　　山猫、豹子、大狗熊，

　　　　　　野猪身上毛蓬蓬；

　　　　　　等你醒来一看见，

　　　　　　芳心可可为他恋。（下。）

　　　　〔拉山德及赫米娅上。

拉山德　　好人，你在林中跋涉着，疲乏得快要昏倒了。说老实话，我
　　　　　已经忘记了我们的路。要是你同意，赫米娅，让我们休息一下，
　　　　　等到天亮再说吧①。

————————————

①　　朱译手稿：停步下来舒适舒适吧。

赫米娅　就照你的意思吧，拉山德。你去给你自己找一处睡眠的所在，因为我要在这水滨安息我的形骸。

拉山德　一块草地可以作我们两人枕首的地方；两个胸膛一条心，应该合睡一个眠床。

赫米娅　哎，不要，亲爱的拉山德；为着我的缘故，我的亲亲，再躺远一些，不要挨得那么近。

拉山德　啊，爱人！不要误会了我的无邪的本意，恋人们是应该明白彼此所说的话的。我是说我的心和你的心连结在一起，已经打成一片，分不开来；两个心胸彼此用盟誓连系，共有着一片忠贞。因此不要拒绝我睡在你的身旁，赫米娅，我一点没有坏心肠。

赫米娅　拉山德真会说话。要是赫米娅疑心拉山德有坏心肠，愿她从此不能堂堂做人。但是好朋友，为着爱情和礼貌的缘故，请睡得远一些；在人间的礼法上，这样的隔分对于束身自好的未婚男女，是最为合适的。这么远就行了。晚安，亲爱的朋友！愿爱情永无更改，直到你生命的尽头！

拉山德　依着你那祈祷，我应和着阿门！阿门！我将失去我的生命，如其我失去我的忠贞！（略就远处退卧）这里是我的眠床了；但愿睡眠给予你充分的休养！

赫米娅　那愿望我愿意和你分享！（二人入睡。）

　　　　〔帕克上。

帕克　　　我已经在森林中间走遍，
　　　　　但雅典人可还不曾瞧见，
　　　　　我要把这花液在他眼上
　　　　　试一试激动爱情的力量。
　　　　　静寂的深宵！啊，谁在这厢？
　　　　　他身上穿着雅典的衣裳。
　　　　　这正是我主人所说的他，
　　　　　狠心地欺负那美貌娇娃；

她正在这一旁睡得酣熟，

不顾到地上的潮湿龌龊：

美丽的人儿！她竟然不敢

睡近这没有心肝的恶汉。（挤花汁滴拉山德眼上。）

我要在你眼睛上，坏东西！

倾注着魔术的力量神奇；

等你醒来的时候，让爱情

从此扰乱你睡眠的安宁！

别了，你醒来我早已去远，

奥布朗在盼我和他见面。（下。）

〔狄米特律斯及海丽娜奔驰上。

海丽娜　　你杀死了我也好，但是请你停步吧，亲爱的狄米特律斯！

狄米特律斯　我命令你走开，不要这样缠扰着我！

海丽娜　　啊！你要把我丢在黑暗中吗？请不要这样！

狄米特律斯　站住！否则叫你活不成。我要独自走我的路。（下。）

海丽娜　　唉！这痴心的追赶使我乏得透不过气来。我越是千求万
　　　　告，越是惹他憎恶。赫米娅无论在什么地方都是那么幸福，因为
　　　　她有一双天赐的迷人的眼睛。她的眼睛怎么会这样明亮呢？不
　　　　是为着泪水的缘故，因为我的眼睛被眼泪洗着的时候比她更多。
　　　　不，不，我是像一头熊那么难看，就是野兽看见我也会因害怕而
　　　　逃走；因此一点也不奇怪狄米特律斯会这样逃避着我，就像逃避
　　　　一个丑妖怪。哪一面欺人的坏镜子使我居然敢把自己跟赫米娅
　　　　的明星一样的眼睛相比呢？但是谁在这里？拉山德！躺在地
　　　　上！死了吗？还是睡了？我看不见有血，也没有伤处。拉山德，
　　　　要是你没有死，好朋友，醒醒吧！

拉山德　（醒）我愿为着你赴汤蹈火，玲珑剔透的海丽娜！上天在你
　　　　身上显他的本领，使我能在你的胸前看彻你的心。狄米特律
　　　　斯在哪里？嘿！那个难听的名字多么合适让他死在我的剑下！

海丽娜　　不要这样说,拉山德! 不要这样说! 即使他爱你的赫米娅
　　　　又有什么关系? 上帝! 那又有什么关系? 赫米娅仍旧爱着你
　　　　的,所以你应该心满意足了。

拉山德　　跟赫米娅心满意足吗? 不,我真悔恨和她在一起度过的那
　　　　些可厌的时辰。我不爱赫米娅,我爱的是海丽娜;谁不愿意把一
　　　　只乌鸦换一头白鸽呢? 人们的意志是被理性所支配的,理性告
　　　　诉我你比她更值得敬爱。凡是生长的东西,不到季节,总不会成
　　　　熟;我一向因为年青的缘故,我的理性也不曾成熟;但是现在我
　　　　的智慧已经充分成长,理性指挥着我的意志,把我引到了你的眼
　　　　前;在你的眼睛里我可以读到写在最丰美的爱情的经典上的
　　　　故事。

海丽娜　　我怎么忍受得下这种尖刻的嘲笑呢? 我什么时候得罪了
　　　　你,使你这样讥讽我呢? 我从来不曾得到过,也永远不会得到狄
　　　　米特律斯的一瞥爱怜的眼光,难道那还不够,难道那还不够,年
　　　　青人,而你必须再这样挖苦我的短处吗? 真的,你侮辱了我;真
　　　　的,用这卑鄙的样子向我假意献媚。但是再会吧! 我还以为你
　　　　是个较有教养的上流人。唉! 一个女子受到这一个男人的摈
　　　　拒,还得忍受那一个男子的揶揄。(下。)

拉山德　　她没有看见赫米娅。赫米娅,睡你的吧,再不要走近拉山德
　　　　的身边了! 一个人吃饱了太多的甜食,能使胸胃中发生强烈的
　　　　厌恶;改信正教的人,最是痛心疾首于以往欺骗他的异端邪说;
　　　　你也正是这样。让你被一切人所憎恶吧,但没有别人比之我更
　　　　为憎恶你了。我的一切生命之力啊,用爱和力来尊崇海丽娜,做
　　　　她的忠实的骑士吧! (下。)

赫米娅　　(醒)救救我,拉山德! 救救我! 用出你全身力量来,替我在
　　　　胸口上撺掉这条蠕动的蛇。哎呀,天哪! 做了怎样的梦! 拉山
　　　　德,瞧我怎样因害怕而颤抖着。我觉得仿佛一条蛇在嚼食我的
　　　　心,而你坐在一旁,瞧着它的残酷的肆虐微笑。拉山德! 怎么!

换了地方了？拉山德！好人！怎么！听不见？去了？没有声
音，不说一句话？唉！你在哪儿？要是你听见我，答应一声呀！
凭着一切爱情的名义，说话呀！我差不多要因害怕而晕倒了。
仍旧一声不响！我明白你已不在近旁；要是我寻不到你，我定将
一命丧亡！（下。）

第 三 幕

第一场　林　中

〔提坦妮娅熟睡未醒；昆斯、斯纳格、波顿、弗鲁特、斯诺特、斯塔佛
林上。

波顿　咱们都会齐了吗？

昆斯　妙极妙极，这儿真是给咱们练戏用的一块再方便也没有的地
　　　方。这块草地可以做咱们的戏台，这一丛山楂树便是咱们的后
　　　台。咱们可以认真扮演一下，就像当着公爵殿下的面前一个
　　　样儿。

波顿　彼得·昆斯——

昆斯　你说什么，波顿好家伙？

波顿　在这本皮剌摩斯和提斯柏的戏文里，有几个地方准难叫人家
　　　满意。第一，皮剌摩斯该得拔出剑来结果自己的性命，这是太太
　　　小姐们受不了的。你说可对不对？

斯诺特　凭着圣母娘娘的名字，这可真的不是玩儿的事。

斯塔佛林　我说咱们把什么都做完了之后，这一段自杀可不用表演。

波顿　不必，咱有一个好法子。给咱写一段开场诗，让这段开场诗大
　　　概这么说：咱们的剑是不会伤人的；实实在在皮剌摩斯并不真的

把自己干掉了；顶好再那么声明一下，咱扮着皮剌摩斯的，并不
是皮剌摩斯，实在是织工波顿：这么一下她们就不会吓着了。

昆斯　好吧，就让咱们有这么一段开场诗，咱可以把它写成八
六体①。

波顿　把它再加上两个字，让它是八个字八个字那么的吧。

斯诺特　太太小姐们见了狮子不会起哆嗦吗？

斯塔佛林　咱担保她们一定会害怕。

波顿　列位，你们得好好想一想：把一头狮子——老天爷保佑咱
们！——带到太太小姐们的中间，还有比这更荒唐的可怕的事
吗？在野兽中间，狮子是再凶恶不过的。咱们可得考虑考虑。

斯诺特　那么说，就得再写一段开场诗，说他并不真的是狮子。

波顿　不，你应当把他的名字说出来，他的脸蛋的一半要露在狮子头
颈的外边；他自己就该说着这样**一些歧义相同的话**②："太太小
姐们，"或者说"尊贵的太太小姐们，咱要求你们，"或者说"咱请
求你们，"或者说，"咱恳求你们，不用害怕，不用发抖；咱可以用
生命给你们担保。要是你们想咱真是一头狮子，那咱才真是倒
霉啦！不，咱完全不是这种东西；咱是跟别人一样的人。"这么着
让他说出自己的名字来，明明白白地告诉她们，他是细木工匠斯
纳格。

昆斯　好吧，就这么办。但是还有两件难事：第一，咱们要把月亮光
搬进屋子里来；你们知道皮剌摩斯和提斯柏是在月亮底下相
见的。

斯纳格　咱们演戏的那天可有月亮吗？

波顿　拿历本来，拿历本来！瞧历本上有没有月亮，有没有月亮。

昆斯　有的，那晚上有好月亮。

---

①　八音节六音节相间的诗体，通常被民间谣曲所采用。

②　波顿原意是"旨意"。朱译手稿：或者诸如此类的话。

波顿　啊,那么你就可以把**咱们演戏的**大厅上的一扇窗打开,月亮就会打窗子里照进来啦。

昆斯　对了,否则就得叫一个人一手拿着柴枝,一手举起灯笼,登场说他是代表着月亮。现在还有一件事,咱们在大厅里应该有一堵墙;因为故事上说,皮剌摩斯和提斯柏是通过墙缝彼此讲话的。

斯纳格　你可不能把一堵墙搬进来。你怎么说,波顿?

波顿　让什么人扮做墙头;让他身上带着些灰泥黏土之类,表明他是墙头;让他把手指举起作成这个样儿,皮剌摩斯和拉斯柏就可以通过手指缝低声谈话了。

昆斯　那样的话,一切就都已齐全了。来,每个老娘养的儿子都坐下来,念着你们的台词。皮剌摩斯,你开头;你说完了之后,就走进那丛树后;这样大家可以按着尾白①挨次说下去。

　　　　［帕克自后上。

帕克　哪一群伧夫俗子胆敢在仙后卧榻之旁鼓唇弄舌?哈,在那儿演戏呢! 让我做一个听戏的吧;要是觑着机会的话,也许我还要做一个演员哩。

昆斯　说吧,皮剌摩斯。提斯柏,站出来。

波顿　提斯柏,花儿开得十分腥②——

昆斯　十分香,十分香。

波顿　——开得十分香,

　　　　　　你的气息,好人儿,也是一个样。

　　　　　　听,那边有一个声音,你且等一等,

　　　　　　一会儿咱再来和你诉衷情。(下。)

---

　　　①　尾白:戏剧术语,指提示下一个演员开始的信号,可以是一个字、一句话或一个舞台动作。

　　　②　语误,将 odorus(香)说成了 odious(臭)。

帕克　请看皮刺摩斯变成了怪妖精。（下。）

弗鲁特　现在该咱说了吧？

昆斯　是的，该你说。你得弄清楚，他是去瞧瞧什么声音去的，等一
　　　会儿就要回来。

弗鲁特　　　最俊美的皮刺摩斯，脸孔红如红玫瑰，

　　　　　　　肌肤白得赛过纯白的百合花，

　　　　　　　活泼的青年，最可爱的宝贝，

　　　　　　　忠心耿耿像一匹顶好的马。

　　　　　　　皮刺摩斯，咱们在尼内①的坟头相会。

昆斯　"尼诺斯的坟头"，老兄。你不要就把这句说出来，那是要你答
　　　应皮刺摩斯的；你把要你说的话不管什么尾白不尾白都一古脑
　　　儿说出来啦。皮刺摩斯，进来；你的尾白已经给你说过了，是"顶
　　　好的马。"

弗鲁特　噢。——忠心耿耿像一匹顶好的马。

　　　　　〔帕克重上，波顿戴驴头随上。

**波顿　如果咱的模样儿算得上英俊，提斯柏②，咱是整个儿属于
　　　你的！**

昆斯　怪事！怪事！咱们见了鬼啦！列位，快逃！快逃！救命哪！
　　　（众下。）

帕克　　　我要把你们带领得团团乱转，

　　　　　　　经过一处处沼地、草莽和林薮；

　　　　　　　有时我化作马，有时化作猎犬，

　　　　　　　化作野猪，没头的熊，或是烛火；

　　　　　　　我要学马样嘶，犬样吠，猪样嗥，

　　　　　　　熊一样的咆哮，野火一样燃烧。（下。）

―――――――――

　　①　尼内（Ninny）是尼诺斯（Ninus）之讹。尼诺斯：尼尼微城的建立者。Ninny
照字面讲有"傻子"之意。

　　②　朱译手稿：美丽的提斯柏。

波顿　　他们干吗都跑走了呢？这准是他们的恶计，要把咱吓一跳。

　　　　〔斯诺特重上。

斯诺特　　啊，波顿！你变了样子啦！你头上是什么东西呀？

波顿　　是什么东西？你瞧见你自己变成了一头蠢驴啦，是不是？（斯诺特下。）

　　　　〔昆斯重上。

昆斯　　天哪！波顿！天哪！你变啦！（下。）

波顿　　咱看透他们的鬼把戏；他们要把咱当作一头蠢驴，想出法子来吓咱。可是咱决不离开这地方，瞧他们怎么办。咱要在这儿跑来跑去；咱要唱个歌儿，让他们听见了知道咱可一点不怕。（唱）

　　　　　　山乌嘴巴黄沉沉，

　　　　　　　浑身长满黑羽毛，

　　　　　　　画眉唱得顶认真，

　　　　　　　声音尖细是欧鹩。

提坦妮娅　（醒）什么天使使我从百花的卧榻上醒来呢？

波顿　　　　　鹡鸰、麻雀、百灵鸟，

　　　　　　　还有杜鹃爱骂人，

　　　　　　　大家听了心烦恼，

　　　　　　　可是谁也不回声。①

　　　真的，谁耐烦跟这么一头蠢鸟斗口舌呢？即使它口口声声骂你是乌龟，谁又高兴跟它争辩呢？

提坦妮娅　温柔的凡人，请你唱下去吧！我的耳朵沉醉在你的歌声里，我的眼睛又为你的状貌所迷惑；在第一次见面的时候，你的美姿已使我不禁说出而且矢誓着我爱你了。

波顿　　咱想，奶奶，您这可太没有理由。不过说老实话，现今世界上

---

　　　① 杜鹃下卵于他鸟的巢中，故用以喻奸夫，但其后 cuckold（由 cuckoo 化出）一词却用作奸妇本夫的代名词。杜鹃的鸣声即为 cuckoo，不啻骂人为"乌龟"；但因闻者不能知其妻子是否贞洁，故虽恼而不敢作声。

理性可真难得跟爱情碰头在一起；也没有哪个正直的邻居大叔给他俩撮合撮合做朋友，真是抱歉得很。哈，我有时也会说说笑话。

提坦妮娅　你真是又聪明又美丽。

波顿　不见得，不见得。可是咱要是有本事跑出这座林子，那已经很够了。

提坦妮娅　请不要跑出这座林子！不论你愿不愿意，你一定要留在这里。我不是一个平常的精灵，夏天永远听从着我的命令；我真是爱你，因此跟我去吧。我将使仙子们侍候你，他们会从海底里捞起珍宝献给你；当你在花茵上睡去的时候，他们会给你歌唱；而且我要给你洗涤去俗体的污垢，使你身轻得像个精灵一样。豆花！蛛网！飞蛾！芥子！

〔四仙子上。

豆花　有。

蛛网　有。

飞蛾　有。

芥子　有。

四仙子　（合）差我们到什么地方去？

提坦妮娅　　恭恭敬敬地伺候这先生，
　　　　　　窜窜跳跳地追随他前行；
　　　　　　给他吃杏子、鹅莓和桑葚，
　　　　　　紫葡萄和无花果儿青青。
　　　　　　去把野蜂的蜜囊儿偷取，
　　　　　　剪下蜂股的蜜蜡做烛炬，
　　　　　　在流萤的火睛里点了火，
　　　　　　照着我的爱人晨兴夜卧；
　　　　　　再摘下彩蝶儿粉翼娇红，
　　　　　　扇去他眼上的月光溶溶。

来,向他鞠一个深深的躬。

豆花　万福,凡人!

蛛网　万福!

飞蛾　万福!

芥子　万福!

波顿　请你们列位先生多多担待担待在下。请教大号是——?

蛛网　蛛网。

波顿　很希望跟您交个朋友,好蛛网先生;要是咱指头儿割破了的话,咱要大胆用到您的。① 善良的先生,您的尊号是——?

豆花　豆花。

波顿　啊,请多多给咱向您令堂豆荚奶奶和令尊豆壳先生致意。好豆花先生,咱也很希望跟您交个朋友。先生,您的雅号是——?

芥子　芥子。

波顿　好芥子先生,咱知道您是个饱历艰辛的人;那恃强凌弱的大牛曾经把您家里好多人都吞去了。不瞒你说,您的亲戚们曾经把咱辣出眼水来。咱希望跟您交个朋友,好芥子先生。

提坦妮娅　来,伺候着他,引路到我的闺房。

　　　　　月亮今夜有一颗多泪的眼睛;

　　　　　小花们也都陪着她眼泪汪汪,

　　　　　悲悼那遭强暴而丧失的童贞。②

　　　　　吩咐那好人静静走不许作声。(同下。)

第二场　林中的另一处

[奥布朗上。

奥布朗　不知道提坦妮娅有没有醒来;等她一醒来的时候,她就要猛

---

① 民俗认为蛛丝能止血。

② 朱译手稿:悲悼一些失去失去了的童贞。

烈地爱上了她第一眼看到的无论什么东西了。

〔帕克上。

奥布朗 这边来的是我的使者。啊,疯狂的精灵!在这座夜的魔林里,今晚有什么事情发生?

帕克 娘娘爱上了一个怪物了。当她昏昏睡熟的时候,在她的隐秘的神圣的卧室之旁,来了一群村汉;他们都是在雅典市集上作工过活的粗鲁的手艺人,聚集在一起练着戏,预备在忒修斯结婚的那天表演。在这一群蠢货的中间,一个最蠢的蠢材扮演着皮剌摩斯;当他退场而走进了一簇丛林里去的时候,我就抓住了这个好机会,给他的头上罩上一只死驴的头壳。一会儿他因为必须去答应他的提斯柏,所以这位好伶人又出来了。他们一看见了他,就像雁子望见了蹑足行近的猎人,又像一大群灰鸦听见了枪声,轰然飞起乱叫,四散着横扫过天空一样,大家没命逃走了;又因为我们的跳舞震动了地面,一个个横仆竖倒,嘴里乱喊着救命。他们本来就是那么糊涂,这回吓得完全丧失了神智,没有知觉的东西也都来欺侮他们了:野茨和荆棘抓破了他们的衣服;有的失去了袖子,有的落掉了帽子,败军之将,无论什么东西都是予取予求的。在这种惊惶中我领着他们走去,把变了样子的可爱的皮剌摩斯孤单单地留下;就在那时候,提坦妮娅醒了转来,立刻就爱上了一头驴子了。

奥布朗 这比我所能想得到的计策还好。但是你有没有依照我的吩咐,把那爱汁滴在那个雅典人的眼上呢?

帕克 那我已经乘他睡熟的时候办好了。那个雅典女人就在他的身边,因此他一醒来,一定便会看见她。

〔狄米特律斯及赫米娅上。

奥布朗 站住,这就是那个雅典人。

帕克 这女人一点不错;那男人可不是。

狄米特律斯 唉!为什么你这样骂着深爱你的人呢?那种毒骂是应

该加在你仇敌身上的。

赫米娅　现在我不过把你数说数说罢了;我应该更利害地对付你,因为我相信你是可咒诅的。要是你已经趁着拉山德睡着的时候把他杀了,那么把我也杀了吧;你已经两脚踏在血泊中,索性让杀人的血淹没你的膝盖吧。太阳对于白昼,也没有像他对于我那样地忠心。当赫米娅睡熟的时候,他会悄悄地离开她吗?我宁愿相信地球的中心可以穿成孔道,月亮会从里面钻了过去,在地球的那一端跟她的兄长白昼捣乱。① 一定是你已经把他杀死了;因为只有杀人的凶徒,脸上才会这样惨白而可怖。

狄米特律斯　被杀者的脸色才是这样的,你的残酷已经洞穿我的心,因此我会有那样的脸色;但是你这杀人的,却瞧上去仍然是那么辉煌莹洁,就像那边天上闪耀着的维纳斯一样。

赫米娅　你这种话跟我的拉山德有什么关系?他在哪里呀?啊,好狄米特律斯,把他还给了我吧!

狄米特律斯　我宁愿把他的尸体喂我的猎犬。

赫米娅　滚开,贱狗!滚开,恶狗!你使我再也忍不住了。你真的把他杀了吗?从此之后,别再把你算作人吧!啊,看在我的面上,老老实实告诉我,告诉我,你,一个清醒的人,看见他睡着,而把他杀了吗?哎唷,真勇敢!一条蛇,一条毒蛇,都比不上你;因为它的分叉的毒舌,还不及你的毒心更毒!

狄米特律斯　你的脾气发得好没来由。我并没有杀死拉山德,他也并没有死,照我所知道的。

赫米娅　那么请你告诉我他是安全的。

狄米特律斯　要是我告诉你,我将得到什么好处呢?

赫米娅　你可以得到永远不再看见我的权利。我从此离开你那可憎的脸;无论他死也罢活也罢,你再不要和我相见。(下。)

----

① 月神福柏(Phoebe)是太阳神福玻斯(Phoehus)的妹妹。

狄米特律斯　在她这样盛怒之中，我还是不要跟着她。让我在这儿暂时停留一会儿。

　　　　　　睡眠欠下了沉忧的债，①

　　　　　　心头加重了沉忧的担；

　　　　　　我且把黑甜乡暂时寻访，

　　　　　　还了些还不尽的糊涂账。（卧下睡去。）

奥布朗　你干了些什么事呢？你已经大大地弄错了，把爱汁去滴在一个真心的恋人的眼上。为了这次错误，本来忠实的将要变了心肠，而不忠实的仍旧和以前一样。

帕克　一切都是命运在作主；保持着忠心的不过一个人，变心的，把盟誓起了一个毁了一个的，却有百万个人。

奥布朗　比风还快地到林中各处去访寻名叫海丽娜的雅典女郎吧。她是全然为爱情而憔悴的，痴心的叹息耗去了她脸上的血色。用一些幻象把她引到这儿来；我将在她的眼睛上施上魔术，准备他们的见面。

帕克　　　我去，我去，瞧我一会儿便失了踪迹；

　　　　　鞑靼人的飞箭都赶不上我的迅疾。（下。）

奥布朗　　这一朵紫色的小花，

　　　　　尚留着爱神的箭疤，

　　　　　让它那灵液的力量，

　　　　　渗进他眸子的中央。

　　　　　当他看见她的时光，

　　　　　让她显出庄严妙相，

　　　　　如同金星照亮天庭，

　　　　　让他向她婉转求情。

---

　　① 此句意义很曲折，大意谓沉忧唯睡眠可以补偿，但因沉忧过多，而睡眠不足，故睡眠负沉忧之债。

［帕克重上。

帕　克　　　　报告神仙界的首脑，

　　　　　　　海丽娜已被我带到，

　　　　　　　她后面随着那少年，

　　　　　　　正在哀求着她眷怜。

　　　　　　　瞧瞧那痴愚的形状，

　　　　　　　凡人真蠢得没法想！

奥布朗　　　　站开些；他们的声音

　　　　　　　将要惊醒睡着的人。

帕　克　　　　两男合爱着一女，

　　　　　　　这把戏已够有趣；

　　　　　　　最妙是颠颠倒倒，

　　　　　　　看着才叫人发笑。

［拉山德及海丽娜上。

拉山德　　为什么你要以为我的求爱不过是向你嘲笑呢？嘲笑和戏谑
　　　　　是永不会伴着眼泪而来的；瞧，我在起誓的时候，是多么感泣着！
　　　　　这样的誓言是不会被人认作虚谎的。明明有着可以证明是千真
　　　　　万确的表记，为什么你会以为我这一切都是出于姗笑呢？

海丽娜　　你越来越俏皮了。要是人们所说的真话都是互相矛盾的，
　　　　　那么相信哪一句真话好呢？这些誓言都是应当向赫米娅说的，
　　　　　难道你把她丢弃了吗？把你对她和对我的誓言放在两个秤盘
　　　　　里，一定称不出轻重来，因为都是像空话那样虚浮。

拉山德　　当我向她起誓的时候，我实在一点见识都没有。

海丽娜　　照我想起来，你现在把她丢弃了也不像是有见识的。

拉山德　　狄米特律斯爱着她，但他不爱你。

狄米特律斯　（醒）啊，海丽！完美的女神！圣洁的仙子！我要用什
　　　　　么来比并你的秀眼呢，我的爱人？水晶石太昏暗了。啊，你的嘴
　　　　　唇，那吻人的樱桃，瞧上去是多么成熟，多么诱人！你一举起你

那洁白的妙手,被东风吹着的托罗斯高山①上的积雪,就显得像乌鸦那么黯黑了。让我吻一吻那纯白的女王,这幸福的象征吧!

海丽娜　唉,倒霉!该死!我明白你们都在拿我取笑;假如你们是懂得礼貌和有教养的人,一定不会这样侮辱我。我知道你们都讨厌着我,那么就讨厌我好了,为什么还要联合起来讥讽我呢?你们瞧上去都像堂堂男子,如果真是堂堂男子,就不该这样对待一个有身分的妇女:发着誓,赌着咒,过誉着我的好处,但我可以断定你们的心里却在讨厌我。你们两人一同爱着赫米娅,现在转过身来一同把海丽娜嘲笑,真是大丈夫的行为,为着取笑的缘故逼一个可怜的女人流泪!高尚的人决不会这样轻侮一个闺女,逼到她忍无可忍,只是因为给你们寻寻开心。

拉山德　你太残忍,狄米特律斯,不要这样;因为你爱着赫米娅,这你知道我是十分明白的。现在我用全心和好意把我在赫米娅的爱情中的地位让给你,但你也得把海丽娜的让给我,因为我爱她,并且将要爱她到死。

海丽娜　从来不曾有过嘲笑者浪费过这样无聊的口舌。

狄米特律斯　拉山德,保留着你的赫米娅吧,我不要;要是我曾经爱过她,那爱情现在也已经消失了。我的爱不过像过客一样暂时驻留在她的身上,现在它已经回到它的永远的家——海丽娜的身边,再不到别处去了。

拉山德　海丽,他的话是假的。

狄米特律斯　不要侮蔑你所不知道的真理,否则你将以生命的危险重重补偿你的过失。瞧!你的爱人来了,那边才是你的爱人。

　　　　〔赫米娅上。

赫米娅　黑夜使眼睛失去它的作用,但却使耳朵的听觉更为灵敏。**它虽然妨碍了视觉,却给予听觉加倍的补偿**。我的眼睛不能寻

———————

①　托罗斯(Taurus)高山:小亚细亚山脉名,在土耳其。

到你，拉山德，但多谢我的耳朵，使我能听见你的声音。你为什么那样忍心地离开了我呢？

拉山德　爱情驱着一个人走的时候，为什么他要滞留呢？

赫米娅　哪一种爱情能把拉山德驱开我的身边？

拉山德　拉山德的爱情使他一刻也不能停留；美丽的海丽娜，她照耀着夜天，使一切明亮的繁星黯然无色。为什么你要来寻找我呢？难道这还不能使你知道我因为厌恶你的缘故，才这样离开你吗？

赫米娅　你说的不是真话；那不会是真的。

海丽娜　瞧！她也是他们的一党。现在我明白了，他们三个人一起联合了用这种恶作剧欺凌我。欺人的赫米娅！最没有良心的丫头！你竟然和这种人一同算计着向我开这种卑鄙的玩笑作弄我吗？难道我们两人从前的种种推心置腹、约为姊妹的盟誓，在一起怨恨疾足的时间这样快便把我们拆分的那种时光，都已经忘记了吗？我们在同学时的那种情谊，一切童年的天真，都已经丢在脑后了吗？赫米娅，我们两人曾经像两个精巧的针神，在一起绣着同一朵花，描着同一个图样，我们同坐在一个椅垫上，齐声地曼吟着同一个歌儿，就像我们的手，我们的身体，我们的声音，我们的思想，都是连在一起不可分的样子。我们这样生长在一起，正如并蒂的樱花，看似两个，其实却连生在一起；我们是结在同一茎上的两颗可爱的果实，我们的身体虽然分开，我们的心却只有一个，**就像家徽虽属于夫妇双方，却只冠似一个徽号**。难道你竟把我们从前的友好丢弃不顾，而和男人们联合着嘲弄你的可怜的朋友吗？这种行为太没有朋友的情谊，而且也不合一个少女的身分。不单是我，我们全体女人都可以**谴责你**[①]，虽然受到委屈的只是我一个。

赫米娅　你这种愤激的话真使我惊奇。我并没有嘲弄你；似乎你在

---

①　朱译手稿：攻击你。

嘲弄我哩。

海丽娜　你不曾唆使拉山德跟随我,假意称赞我的眼睛和脸孔吗?你那另一个爱人,狄米特律斯,不久之前还曾要用他的脚踢开我,你不曾使他称我为女神,仙子,神圣而希有的,珍贵的,超乎一切的人吗?为什么他要向他所讨厌的人说这种话呢?拉山德的灵魂里是充满了你的爱的,为什么他反而要排斥你,却要把他的热情奉献给我,倘不是因为你的指使,因为你们曾经预先商量好?即使我不像你那样得人爱怜,那样被人追求不舍,那样好幸运,而是那样倒霉,因为得不到我所爱的人的爱情,那和你又有什么关系呢?你应该可怜我而不应该侮蔑我的。

赫米娅　我不懂你说这种话的意思。

海丽娜　好,尽管装腔下去,扮着这一副苦脸,等到我一转背,就要向我作鬼脸了;大家彼此眨眨眼睛,把这个绝妙的玩笑尽管开下去吧,将来会记载在历史上的。假如你们是有同情心,懂得礼貌的,就不该把我当作这样的笑柄。再会吧;一半也是我自己的不好,死别或生离不久便可以补赎我的错误。

拉山德　不要走,温柔的海丽娜!听我解释。我的爱!我的生命!我的灵魂!美丽的海丽娜!

海丽娜　多好听的话!

赫米娅　亲爱的,不要那样嘲笑她。

狄米特律斯　要是她的恳求不能使你不说那种话,我将强迫你闭住你的嘴。

拉山德　她也不能恳求我,你也不能强迫我;你的威胁正和她的软弱的祈告同样没有力量。海丽娜,我爱你!凭着我的生命起誓,我爱你!谁说我不爱你的,我愿意用我的生命证明他说谎;为了你我是乐意把生命捐弃的。

狄米特律斯　我说我比他更要爱你得多。

拉山德　要是你这样说,那么把剑拔出来证明一下吧。

狄米特律斯　　好,快些,来!

赫米娅　　拉山德,这一切究竟是怎么一回事呢?

拉山德　　走开,你这黑奴!①

狄米特律斯　　**别让他来这一套;他想溜了——你装腔作势的想上来,却又不敢挪动脚步,**②你是个不中用的汉子,去吧!

拉山德　　(向赫米娅)放开手,你这猫! 你这牛蒡子③! 贱东西,放开手! 否则我要像撵走一条蛇那样撵走你了。

赫米娅　　为什么你变得这样凶暴? 究竟是什么缘故呢,爱人?

拉山德　　你的爱人! 走开,黑鞑子! 走开! 可厌的毒物,给我滚吧!

赫米娅　　你还是在开玩笑吗?

海丽娜　　是的,你也是。

拉山德　　狄米特律斯,我一定不失信于你。

狄米特律斯　　你的话可有些不能算数,因为人家的柔情在牵系住你。我可信不过你的话。

拉山德　　什么! 难道要我伤害她,打她,杀死她吗? 虽然我厌恨她,我还不至于这样残忍。

赫米娅　　啊! 还有什么事情比之你厌恨我更残忍呢? 厌恨我! 为什么呢? 天哪! 究竟是怎么一回事呢,我的好人? 难道我不是赫米娅了吗? 难道你不是拉山德了吗? 我现在生得仍旧跟以前一个样子。就在这一夜里你还曾爱过我;但就在这一夜里你离开了我。那么你真的——唉,天哪! ——存心离开我吗?

拉山德　　一点不错,而且再不要看见你的脸了;因此你可以断了念头,不必疑心,我的话是千真万确的;我厌恨你,我爱海丽娜,一点不是开玩笑。

---

①　原文 You Etbiop! 因赫米娅肤色微黑,故云。第二幕中有"把一只乌鸦换一头白鸽"之语,亦此意;海丽娜肤色白皙,故云白鸽。

②　朱译手稿:你可不能骗我而自己逃走;假意说着来来,却在准备乘机溜去。

③　牛蒡(burdock)所结的子,上有针刺,易攀附人衣。

赫米娅　天啊！你这骗子！你这花中的蛀虫！你这爱情的贼！哼！你乘着黑夜，悄悄地把我的爱人的心偷了去吗？

海丽娜　真好！难道你一点女人的羞耻都没有，一点不晓得难为情了吗？哼，你一定要引得我破口说出难听的话来吗？哼！哼！你这装腔作势的人！你这给人家愚弄的小玩偶！

赫米娅　小玩偶！噢！原来如此。现在我才明白了她把她的身材跟我比较；她自夸她**长得高**①，用她那身材，那高高的身材，赢得了他的心。因为我生得矮小，所以他便把你**捧上了天吗**②？我是怎样一个矮法？你这涂朱抹粉的花棒儿！请你说，我是怎么样矮法？矮虽矮，我的指爪还挖得着你的眼珠哩！

海丽娜　先生们，虽然你们都在嘲弄我，但我求你们别让她伤害我。我从来不曾使过性子；我也完全不懂得怎样跟人家闹架儿；我是一个胆小怕事的女子。不要让她打我。也许你们以为她比我生得矮些，我可以打得过她。

赫米娅　生得矮些！听，又来了！

海丽娜　好赫米娅，不要对我这样凶！我一直是爱你的，赫米娅，有什么事总跟你商量，从来不曾对你作过欺心的事；除了这次，为了对于狄米特律斯的爱情的缘故，我把你私奔到这座林中的事告诉了他。他追踪着你；为了爱，我又追踪着他；但他一直是斥骂着我，威吓着我，说要打我，踢我，甚至于要杀死我。现在你让我悄悄地走了吧；我愿带着我的愚蠢回到雅典去，不再跟着你们了。让我走；你瞧我是多么傻多么痴心！

赫米娅　好，你走就走吧，谁在拦住你？

海丽娜　一颗发痴的心，但我把它丢弃在这里了。

赫米娅　噢，给了拉山德是不是？

---

①　朱译手稿：生得长。
②　朱译手稿：看得高不可及了吗？

海丽娜　　不,是狄米特律斯。

拉山德　　不要怕,她不会伤害你的,海丽娜。

狄米特律斯　　当然不会的,先生;即使你帮着她也不要紧。

海丽娜　　啊,她一发起怒来,真是又凶又狠。在学校里她就是出名的雌老虎;长得很小的时候,便已是那么凶了。

赫米娅　　又是"很小"! 老是矮啊小啊的说个不住! 为什么你让她这样讥笑我呢? 让我跟她拼命去。

拉山德　　滚开,你这矮子! 你这发育不全的三寸丁! 你这**小珠子**①! 你这小青豆!

狄米特律斯　　她用不着你的帮忙,因此不必那样乱献殷勤。让她去;不许你嘴里再提到海丽娜。要是你再略为向她献媚一下,就请你当心着吧!

拉山德　　现在她已经不再拉住我了;你要是有胆子,跟我来吧,我们倒要试试看究竟海丽娜该是属于谁的。

狄米特律斯　　跟你来! 嘿,我要和你并着肩走呢。(拉山德、狄米特律斯二人下。)

赫米娅　　你,小姐,这一切的纷扰都是因为你的缘故。哎,别逃啊!

海丽娜　　我怕你,我不敢跟脾气这么大的你在一起。打起架来,你的手比我快得多;但我的腿比你长些,逃起来你追不上我。(下。)

赫米娅　　我简直莫名其妙,不知道要说些什么话好。(下。)

奥布朗　　这是你的大意所致;倘不是因为你弄错了,一定是你故意在捣蛋。

帕克　　相信我,仙王,是我弄错了。你不是对我说只要认清楚那人穿着雅典的衣裳? 照这样说起来我完全不曾错,因为我是把花汁滴在一个雅典人的眼上。事情会弄到这样我是满快活的,因为他们的吵闹看着怪有趣味。

---

① 朱译手稿:念佛珠。

奥布朗　你瞧这两个恋人找地方打架去了，因此，罗宾，快去把夜天遮暗了；你就去用像冥河的水一样黑的浓雾盖住了星空，再引这两个气势汹汹的仇人迷失了路，不要让他们碰在一起。有时你学着拉山德的声音痛骂狄米特律斯，有时学着狄米特律斯的样子斥责拉山德：用这种法子把他们两两分开，直到他们奔波得筋疲力竭，死一样的睡眠拖着铅样沉重的腿和蝙蝠的翼膀爬上了他们的额上；然后你把这草挤出汁来涂在拉山德的眼睛上，它能够解去一切的错误，使他的眼睛恢复从前的眼光。等他们醒来之后，这一切的戏谑，就会像是一场梦景或是空虚的幻象；这一班恋人们便将回到雅典去，一同走着无穷的人生的路程直到死去。在我差遣你去作这件事的时候，我要去访问我的王后，向她讨那个印度孩子；然后我要解除她眼中所见的怪物的幻觉，一切事情都将和平解决。

帕克　　　这事我们必须赶早办好，主公，
　　　　　因为黑夜已经架起他的飞龙；
　　　　　晨星，黎明的先驱，已照亮苍穹；
　　　　　一个个鬼魂四散地奔返殡宫：
　　　　　还有那横死的幽灵抱恨长终，
　　　　　道旁水底有他们的白骨成丛，
　　　　　为怕白昼揭破了丑恶的形容，
　　　　　早已向重泉归寝相伴着蛆虫；
　　　　　他们永远照不到日光的融融，
　　　　　只每夜在暗野里凭吊着凄风。

奥布朗　　但你我可完全不能比并他们；
　　　　　晨光中我惯和猎神一起游巡，①
　　　　　如同林居人一样踏访着丛林，

---

①　原文"the Morning's Love"指猎神刻法罗斯（Cephalus）。

即使东方开启了火红的天门，

大海上照耀万道灿烂的光针，

青碧的巨浸化成了一片黄金。

但我们应该早早办好这事情，

最好别把它迁延着直到天明。（下。）

帕克　　　奔到这边来，奔过那边去；

我要领他们，奔来又奔去。

林间和市上，无人不怕我；

我要领他们，走尽林中路。

这儿来了一个。

〔拉山德上。

拉山德　你在哪里，骄傲的狄米特律斯？说出来！

帕克　在这儿，恶徒！把你的剑拔出来准备着吧。你在哪里？

拉山德　我立刻就过来。

帕克　那么跟我来吧，到平坦一点的地方。（拉山德随声音下。）

〔狄米特律斯重上。

狄米特律斯　拉山德，你再开口啊！你逃走了，你这懦夫！你逃走了
吗？说话呀！躲在那一堆树丛里吗？你躲在哪里呀？

帕克　你这懦夫！你在向星星们夸口，**向树林子吹嘘，说是要跟人决
斗，**①但是却不敢过来吗？来，卑怯汉！来，你这小孩子！我要
用木棒好好揍你一顿。谁要跟你比剑才真倒霉！

狄米特律斯　呀，你在那边吗？

帕克　跟我的声音来吧；这儿不是适宜我们战斗的地方。（同下。）

〔拉山德重上。

拉山德　他走在我的前头，老是挑激着我上前；一等我走到他叫喊着
的地方，他又早已不在。这个坏蛋比我脚步快得多，我越是追得

---

①　朱译手稿：向树林子挑战。

快,他可逃走得更快,使我在黑暗崎岖的路上绊跌了一跤。让我在这儿休息一下吧。(躺下)来吧,你仁心的白昼!只要你一露出你的一线灰白的微光,我就可以看见狄米特律斯而洗雪这次仇恨了。(睡去。)

　　　〔帕克及狄米特律斯重上。

帕克　哈!哈!哈!懦夫!你为什么不来?

狄米特律斯　要是你有胆量的话,等着我吧;我全然明白你跑在我前面,从这儿窜到那儿,不敢站住,也不敢当着我的面。你现在在什么地方?

帕克　过来,我在这儿。

狄米特律斯　哼,你在摆布我。要是天亮了我看见你的脸孔,你好好地留点儿神;现在,去你的吧!疲乏逼着我倒下在这寒冷的地上,等候着白天的降临。(躺下睡去。)

　　　〔海丽娜上。

海丽娜　疲乏的夜啊!冗长的夜啊!减少一些你的时辰吧!从东方出来的安慰,快照耀起来吧!好让我借着晨光回到雅典去,离开这一群人,他们大家都讨厌可怜的我。慈悲的睡眠,有时你闭上了悲伤的眼睛,求你暂时让我忘却了自己的存在吧!(躺下睡去。)

帕克　　　两男加两女,四个无错误;

　　　　　　三人已在此,一人在何处?

　　　　　　哈哈她来了,满脸愁云罩;

　　　　　　爱神真不好,惯惹人烦恼!

　　　〔赫米娅重上。

赫米娅　从来不会这样疲乏过,从来不曾这样伤心过!我的身上沾满了露水,我的衣裳被荆棘所抓破;我跑也跑不动,爬也爬不动了;我的两条腿再也不能听从我的心愿。让我在这儿休息一下以待天明。要是他们真要格斗的话,愿天保佑拉山德吧!(躺下睡去。)

帕克　　　梦将残,睡方酣,

神仙药,祛幻觉,

百般迷梦全消却。（挤草汁于拉山德眼上。）

醒眼见,旧人脸,

乐满心,情不禁,

从此欢爱复深深。

一句俗语说得好,

各人各有各的宝:

　哥儿爱姊儿,

　两两无参差;

　失马复得马,

　一场大笑话!（下。）

第 四 幕

第一场　林　中

　[拉山德、狄米特律斯、海丽娜、赫米娅酣睡未醒;提坦妮娅及波顿上,
　众仙随侍,奥布朗潜随其后。

提坦妮娅　来,坐下在这花床上。我要爱抚你的可爱的脸颊;我要把
　　麝香玫瑰插在你柔软光滑的头颅上;我要吻你的美丽的大耳朵,
　　我的温柔的宝贝!

波　顿　豆花呢?

豆　花　有。

波　顿　替咱把头搔搔,豆花儿。蛛网先生在哪儿?

蛛　网　有。

波　顿　蛛网先生,好先生,把您的刀拿好,替咱把那蓟草叶尖上的红

　　　　屁股的野蜂儿杀了；然后，好先生，替咱把蜜囊儿拿来。干那事
　　　　的时候可别太性急，先生；而且，好先生，当心别把蜜囊儿给弄破
　　　　了；要是您在蜜囊里头淹死了，那咱可不很乐意，先生。芥子先
　　　　生在哪儿？

芥子　　有。

波顿　　把您的小手儿给我，芥子先生。请您不用多礼了吧，好先生。

芥子　　你有什么吩咐？

波顿　　没有什么，好先生，只是帮蛛网君替咱搔搔痒。咱一定得理发
　　　　去，先生，因为咱觉得脸上毛得很。咱是一头感觉非常灵敏的驴
　　　　子，要是一根毛把咱触痒了，咱就非得搔一下子不可。

提坦妮娅　你要不要听一些音乐，我的好人？

波顿　　咱很懂得一点儿音乐。咱们来**一段铃儿板儿吧**①。

提坦妮娅　好人，你要吃些什么呢？

波顿　　真的，来一堆刍秣吧；您要是有好的干麦秆，也可以给咱大嚼
　　　　一顿。咱想，咱怪想吃那么一捆干草；好干草，美味的干草，什么
　　　　也比不上它。

提坦妮娅　我有一个善于冒险的小仙子，可以给你到松鼠的仓里取
　　　　下些新鲜的榛栗来。

波顿　　咱宁可吃一把两把干豌豆。但是谢谢您，吩咐您那些人别惊
　　　　动咱吧，**咱的睡因儿**②**上来了**③。

提坦妮娅　睡吧，我要把你抱在我的臂中。仙子们，往各处散开去
　　　　吧。（众仙下。）菟丝也正是这样温柔地缠附着芬芳的金银花；女
　　　　萝也正是这样缱绻着榆树的臂枝。啊，我是多么爱你！我是多
　　　　么热恋着你！（同睡去。）

————————

　　①　原文 tongs，bones 均为民间乐器。前者如三角铃，后者像拍板。朱译
手稿：一下子莲花落吧。

　　②　波顿将"睡瘾儿"误说成"睡因儿"。

　　③　朱译手稿：咱想要睡他妈的一个觉。

〔帕克上。

奥布朗 　（上前）欢迎，好罗宾！你见没见这种可爱的情景？我对于她
　　　的痴恋开始有点不忍了。刚才我在树林后面遇见她正在为这个
　　　可憎的蠢货找寻爱情的礼物，我就谴责她，**跟她吵了一场**，因为
　　　那时她把芬芳的鲜花制成花环，环绕着他那毛茸茸的额角；原来
　　　在嫩蕊上晶莹饱满，如同东方的明珠一样的露水，如今却含在那
　　　一朵朵美艳的小花的眼中，像是盈盈欲泣的眼泪，痛心着它们所
　　　受的耻辱。我把她尽情嘲骂一番之后，她低声下气地请求我息
　　　怒，于是我便乘机向她索讨那个换儿；她立刻把他给了我，差她
　　　的仙侍把他送到了我的寝宫里。现在我已经弄到手了这个孩
　　　子，我将解去她眼中这种可憎的迷惑。好帕克，你去把这雅典村
　　　夫头上的变形的头盖揭下，好让他和大家一同醒来的时候，可以
　　　回到雅典去，把这晚间一切发生的事，只当作一场梦魇。但是先
　　　让我给仙后解了魔法吧。（以草触她的眼睛。）

　　　　　　　回复你原来的本性

　　　　　　　解去你眼前的幻景；

　　　　　　　这一朵女贞花采自月姊园庭，

　　　　　　　它会使爱情的小卉失去功能。

　　　喂，我的提坦妮娅，醒醒吧，我的好王后！

提坦妮娅 　我的奥布朗！我看见了怎样的幻景！好像我爱上一头驴
　　　子啦。

奥布朗 　那边就是你的爱人。

提坦妮娅 　这一切事情怎么会发生的呢？啊，现在我看见他的样子
　　　是多么惹气！

奥布朗 　静一会儿。罗宾，把他的头壳揭下了。提坦妮娅，叫他们奏
　　　起音乐来吧，让这五个人睡得全然失去了知觉。

提坦妮娅 　来，奏起催眠的乐声柔婉！（音乐。）

帕克 　　　　等你一醒来的时候，蠢汉，

用你自己的傻眼睛瞧看。

奥布朗　奏下去，音乐！（乐声更响）来，我的王后，让我们携手同行，让我们的舞蹈震动这些人睡着的地面。现在我们已经言归于好，明天夜半将要一同到忒修斯公爵的府中跳着庄严的欢舞，祝福他家繁荣昌盛。这两对忠心的恋人也将在那里和忒修斯同时举行婚礼，大家心中充满了喜乐。

帕克　　仙王，仙王，留心听，

　　　　我听见云雀歌吟。

奥布朗　王后，让我们静静

　　　　追随着夜的踪影；

　　　　我们环绕着地球，

　　　　快过明月的光流。

提坦妮娅　夫君，请你在一路

　　　　告诉我一切缘故，

　　　　这些人来自何方，

　　　　当我熟睡的时光。（同下，幕内号角声。）

　　　　　[忒修斯、希波吕忒、伊吉斯及侍从等上。

忒修斯　你们中间谁去把猎奴唤来。我们已把五月节的仪式遵行，现在还不过是清晨，我的爱人应当听一听猎犬的音乐。把它们放在西面的山谷里；快去把猎奴唤来。（一侍从下）美丽的王后，让我们到山顶上去，领略着猎犬们的吠叫和山谷中的回声应和在一起的妙乐吧。

希波吕忒　我曾经同赫拉克勒斯和卡德摩斯一起在克里特林中行猎，①他们用斯巴达的猎犬追赶着巨熊，那种雄壮的吠声我真是第一次听到；除了丛林之外，天空和群山，以及一切附近的区域，

_____

　　① 卡德摩斯（Cadmus）是底比斯（Thebes）的第一个国王；克里特（Crete）为地中海岛名。

似乎混成了一片交互的呐喊。我从来不曾听见过那样谐美的喧声，那样悦耳的雷鸣。

忒修斯　我的猎犬也是斯巴达种，一样的颊肉下垂，一样的黄沙的毛色；它们的头上垂着两片挥拂晨露的耳朵；它们的膝骨是弯曲的，并且像色萨利①种的公牛一样喉头长着垂肉。它们在追逐时不很迅速，但它们的吠声彼此高下相应，就像钟声那样合调。无论在克里特、斯巴达，或者色萨利，都不曾有过这么一队吠得更好听的猎犬；你听见了之后便可以自己判断。但是且慢！这些都是什么仙女？

伊吉斯　殿下，这儿躺着的是我的女儿；这是拉山德；这是狄米特律斯；这是海丽娜，奈达老人的女儿。我不知道他们怎么都在这儿。

忒修斯　他们一定早起守五月节，因为闻知了我们的意旨，所以赶到这儿来参加我们的典礼。但是，伊吉斯，今天不是赫米娅应该决定她的选择的日子吗？

伊吉斯　是的，殿下。

忒修斯　去，叫猎奴们吹起号角来惊醒他们。（幕内号角及呐喊声；拉山德、狄米特律斯、赫米娅、海丽娜四人惊醒跳起）早安，朋友们！情人节早已过去了，你们这一辈林鸟到现在才配起对来吗？②

拉山德　请殿下恕罪！（偕余人并跪下。）

忒修斯　请你们站起来吧。我知道你们两人是对头冤家，怎么会变得这样和气，大家睡在一块儿，没有一点猜忌了呢？

拉山德　殿下，我现在还是糊里糊涂，不知道应当怎样回答您的问话；但是我敢发誓说我真的不知道怎么会在这儿；但是我想，——我要说老实话，我现在记起来了，一点不错，我是和赫米

---

① 色萨利（Thessaly）：希腊地名。

② 情人节（St. Valentine's Day）在 2 月 14 日，众鸟于是日择偶。

娅一同到这儿来的；我们想要逃出雅典，避过了雅典法律的峻
严，我们便可以——

伊吉斯　够了，够了，殿下；话已经说得够了。我要求依法，依法惩办
他。他们打算，他们打算逃走，狄米特律斯，**他们**打算用那种手
段欺弄我们，使你的妻子落了空，使我给你的允许也落了空。

狄米特律斯　殿下，海丽娜告诉了我他们的出奔，告诉了我他们到这
儿林中来的目的，我在盛怒之下追踪他们，同时海丽娜因为痴心
的缘故也追踪着我。但是，殿下，我不知道什么一种力量——但
一定是有一种力量——使我对于赫米娅的爱情会像霜雪一样涣
解，现在想起来就像一段童年时所爱好的一件玩物的记忆一样；
我一切的忠信，一切的心思，一切乐意的眼光，都是属于海丽娜
一个人了。我在没有认识赫米娅之前，殿下，就已经和她订过盟
约；但正如一个人在生病的时候一样，我厌弃着这一道珍馐，等
到健康恢复，就会回复了正常的胃口。现在我希求着她，珍爱着
她，思慕着她，将要永远忠心于她。

忒修斯　俊美的恋人们，我们相遇得很巧；等会儿我们还可以再听你
们把这段话讲下去。伊吉斯，你的意志只好屈服一下了；这两对
少年不久便将跟我们一起在庙堂中缔结永久的鸳盟。现在清晨
快将过去，我们本来准备的行猎只好中止。跟我们一起到雅典
去吧；三三成对地，我们将要大张盛宴。来，希波吕忒。（忒修斯、
希波吕忒、伊吉斯及侍从下。）

狄米特律斯　这些事情似乎微细而无从捉摸，好像化为云雾的远山
一样。

赫米娅　我觉得好像这些事情我都用昏花的眼睛看着，一起都化作
了层叠的两重似的。

海丽娜　我也是这样想。我得到了狄米特修斯，像是得到了一颗宝
石，好像是我自己的，又好像不是我自己的。

狄米特律斯　你们真能断定我们现在是醒着吗？我觉得我们还在睡

着做梦。你们是不是以为公爵在这儿,叫我们跟他走吗?

赫米娅　是的,我的父亲也在。

海丽娜　还有希波吕忒。

拉山德　他确曾叫我们跟他到庙堂里去。

狄米特律斯　那么我们真的已经醒了。让我们跟着他走;一路上讲着我们的梦。(同下。)

波顿　(醒)轮到咱的尾白的时候,请你们叫咱一声,咱就会答应;咱下面的一句是,"最美丽的皮刺摩斯"。喂! 喂! 彼得·昆斯!弗鲁特,修风箱的! 斯诺特,补锅子的! 斯塔佛林! 他妈的! 悄悄地溜走了,把咱撇下在这儿一个人睡觉吗? 咱做了一个奇怪得了不得的梦。没有人说得出那是怎样的一个梦;要是谁想把这种梦解释一下,那他一定是一头驴子。咱好像是——没有人说得出那是什么东西;咱好像是——,咱好像有——,但要是谁敢说出来咱好像有什么东西,那他一定是一个蠢材。咱那个梦啊,人们的眼睛从来没有听到过,人们的耳朵从来没有看见过,人们的手也尝不出来是什么味道,人们的舌头也想不出来是什么道理,人们的心也说不出来究竟那是怎样的一个梦。咱要叫彼得·昆斯给咱写一首歌儿咏一下这个梦,题目就叫作"波顿的梦"①,因为这梦可没个底儿,咱要演完戏之后当着公爵大人的面前唱这个歌——也许,为使这歌更动听,还是等提斯柏死的时候再唱吧。②(下。)

第二场　雅典;昆斯的家中

〔昆斯、弗鲁特、斯诺特、斯塔佛林上。

昆斯　你们差人到波顿家里去过了吗? 他还没有回家吗?

---

①　波顿(Bottom);其名字面含义是"底",这是双关语。

②　朱译手稿:或者还是等咱死了以后再唱吧。

斯塔佛　一点消息都没有。他准是给妖精拐了去了。

弗鲁特　要是他不回来，那么咱们的戏就要搁起来啦；它不能再演下去，是不是？

昆斯　那当然演不下去啰；整个雅典城里除了他之外就没有第二个人可以演皮剌摩斯。

弗鲁特　谁也演不了；他在雅典手艺人中间简直是最聪明的一个。

昆斯　对，而且也是顶好的人；他有一副好喉咙，吊起膀子来真是顶呱呱的。

弗鲁特　你说错了，你应当说"吊嗓子"。吊膀子，老天爷！那是一件难为情的事。

　　　　〔斯纳格上。

斯纳格　列位，公爵大人刚从庙堂里出来，还有两三位贵人和小姐们也在同时结了婚。要是咱们的玩意儿能够干下去，咱们一定大家都有好处。

弗鲁特　哎呀，可爱的波顿好家伙！他从此就不能再拿到六便士一天的恩俸了。他准可拿到六便士一天的。咱可以赌咒，公爵大人见了他扮演皮剌摩斯，一定会赏给他六便士一天。**这话如果有假，你们可以把我绞死**。他应该可以拿到六便士一天的；扮演了皮剌摩斯，应该拿六便士一天，少一个子儿都不行。

　　　　〔波顿上。

波顿　孩儿们在什么地方？心肝们在什么地方？

昆斯　波顿！唉呀，顶好顶好的日子，顶吉利顶吉利的时辰！

波顿　列位，咱要讲古怪事儿给你们听，可不许问咱什么事；要是咱对你们说了，咱不算是真的雅典人。咱要把一切全都告诉你们，一个字也不漏掉。

昆斯　讲给咱们听吧，好波顿。

波顿　关于咱自己的事情可一个字也不能告诉你们。咱要报告给你们知道的是，公爵大人已经用过正餐了。把你们的行头收拾起来,胡须上要用坚牢的穿绳,马靴上要结簇新的缎带;立刻在宫门前集合;各人温熟了自己的台词;总而言之一句话,咱们的戏已经送上去了。无论如何,可得叫提斯柏穿一件干净一点的衬衫;还有扮演狮子的那位别把指甲修去,因为那是要露出在外面当作狮子的脚爪的。顶要紧的,列位老板们,别吃洋葱和大蒜,因为咱们可不能把人家熏倒了胃口;咱一定会听见他们说,"这是一出风雅的喜剧。"完了,去吧! 去吧! (同下。)

第 五 幕

第一场　雅典;忒修斯宫廷

〔忒修斯、希波吕忒、斐洛斯特拉特及大臣、侍从等上。

希波吕忒　忒修斯,这些恋人们所说的话真是奇怪得很。

忒修斯　奇怪得不像会是真实。我永不相信这种古怪的传说和神仙的游戏。情人们和疯子们都富于纷乱的思想和成形的幻觉,他们所理会到的永远不是冷静的理智所能充分了解的。疯子、情人和诗人,都是空想的产儿:疯子眼中所见的鬼,多过于广大的地狱所能容纳;情人,同样是那么狂妄地,能从埃及的黑脸上看见海伦的美貌;诗人的眼睛在神奇的狂放的一转中,便能从天上看到地下,从地下看到天上。想象会把不知名的事物用一种方式呈现出来,诗人的笔再使它们具有如实的形象,空虚的无物也会有了居处和名字。强烈的想象往往具有这种本领,只要一领略到一些快乐,就会相信那种快乐的背后有一个赐与的人;夜间一转到恐怖的念头,一株灌木一下子便会变成一头熊。

希波吕忒　但他们所说的一夜间全部的经历,以及他们大家心理上都受到同样影响的一件事实,可以证明那不会是幻想。虽然那故事是怪异而惊人,却并不令人不能置信。

忒修斯　这一班恋人们高高兴兴地来了。

　　　　〔拉山德、狄米特律斯、赫米娅、海丽娜上。

忒修斯　恭喜,好朋友们! 恭喜! 愿你们心灵里永远享受着没有荫翳的爱情日子!

拉山德　愿更大的幸福永远追随着殿下的起居!

忒修斯　来,我们应当用什么假面剧或是舞蹈来消磨在尾餐和就寝之间的三点钟悠长的时辰呢? 我们一向掌管戏乐的人在哪里? 有哪几种消遣准备着? 有没有一出戏剧可以祛除难挨的时辰里按捺不住的焦灼呢? 叫斐洛斯特拉特过来。

斐洛斯特拉特　有,伟大的忒修斯。

忒修斯　说,你有些什么可以缩短这黄昏的节目? 有些什么假面剧? 有些什么音乐? 要是一点娱乐都没有,我们怎么把这迟迟的时间消度过去呢?

斐洛斯特拉特　这儿是一张预备好的各种剧目的单子,请殿下自己挑选哪一项先来。(呈上单子。)

忒修斯　"**战肯陶络斯人**①,由一个雅典太监和竖琴而唱。"那个我们不要听;我已经告诉过我的爱人这一段表彰我的姻兄赫拉克勒斯武功的故事了。"醉酒者之狂暴,色雷斯歌人惨遭肢裂的始末"。② 那是老调,当我上次征服底比斯凯旋回来的时候就已经表演过了。"九缪斯神③痛悼学术的沦亡",那是一段犀利尖刻的讽刺,不适合于婚礼时的表演。"关于年青的皮剌摩斯及其爱

---

①　肯陶络斯人(Centaurs)是神话中一种半人半马的怪物,赫拉克勒斯曾战而胜之。朱译手稿:身毒之战。

②　色雷斯(Thrace)歌人指俄耳甫斯,其歌声能感动百兽草木;后被酗酒妇人肢裂而死。

③　九缪斯神(Nine muses):即司文学艺术的九女神。

人提斯柏的冗长的短戏,非常悲哀的趣剧"。悲哀的趣剧! 冗长
的短戏! 那简直是说灼热的冰、发烧的雪。这种矛盾怎么能调
和起来呢?

斐洛斯特拉特　殿下,一出一共只有十来个字那么长的戏,当然是再
短没有了;然而即使只有十个字,也会嫌太长,叫人看了厌倦,因
为在全剧之中,没有一个字是用得恰当的,没有一个演员是支配
得适如其分的。那本戏的确很悲哀,殿下,因为皮刺摩斯在戏里
要把自己杀死。那一场戏我看他们预演的时候,我得承认确曾
使我的眼中充满了眼泪;但那些泪都是在纵声大笑的时候忍俊
不住而流着的,再没有人流过比那更开心的泪了。

忒修斯　扮演这戏的是些什么人呢?

斐洛斯特拉特　都是在这儿雅典城里作工过活的胖手胝足的汉子。
他们从来不曾用过头脑,今番为了准备参加殿下的婚礼,才辛辛
苦苦地把这本戏记诵起来。

忒修斯　好,就让我们听一下吧。

斐洛斯特拉特　不,殿下,那是不配烦渎您的耳朵的。我已经听完过
他们一次,简直一无足取;除非你嘉纳他们的一片诚心和苦苦背
诵的辛勤。

忒修斯　我要把那本戏听一次,因为淳朴和忠诚所呈献的礼物,总是
可取的。去把他们带来。各位夫人女士们,大家请坐下。(斐洛
斯特拉特下。)

希波吕忒　我不欢喜看见微贱的人作他们力量所不及的事,忠诚因
为努力的狂妄而变成毫无价值。

忒修斯　啊,亲爱的,你不会看见他们糟到那地步。

希波吕忒　他说他们根本不会演戏。

忒修斯　那更显得我们的宽宏大度,虽然他们的劳力毫无价值,他们
仍能得到我们的嘉纳。我们可以把他们的错误作为取笑的资
料。我们不必较量他们那可怜的忠诚所不能达到的成就,而该

重视他们的辛勤。凡是我所到的地方,那些有学问的人都预先准备好欢迎辞迎接我;但是一看见了我便发抖,脸色变白,句子没有说完便中途顿住,话儿梗在喉中,吓得说不出来,结果是一句欢迎我的话都没有说。相信我,亲爱的,从这种无言中我却领受了他们一片欢迎的诚意;在诚惶诚恐的忠诚的畏怯上表示出来的意味,并不少于一条娓娓动听的辩舌。因此,爱人,照我所能观察到的,无言的纯朴所表示的情感,才是最丰富的。

〔斐洛斯特拉特重上。

斐洛斯特拉特　请殿下示,念开场诗的预备登场了。

忒修斯　让他上来吧。(喇叭奏花腔。)

〔昆斯上,念开场诗。

昆斯　　　要是咱们,得罪了请原谅。

　　　　　咱们本来是,一片的好意,

　　　　　想要显一显。薄薄的伎俩,

　　　　　那才是咱们原来的本意。

　　　　　因此列位咱们到这儿来。

　　　　　为的要让列位欢笑欢笑,

　　　　　否则就是不曾。到这儿来,

　　　　　如果咱们。惹动列位气恼,

　　　　　一个个演员,都将,要登场,

　　　　　你们可以仔细听个端详。①

忒修斯　这家伙简直乱来。

拉山德　他念他的开场诗就像骑一头顽劣的小马一样,乱冲乱撞,该停的地方不停,不该停的地方偏偏停下。殿下,这是一个好教训:单是会讲话不能算数,要讲话总该讲得像个路数。

希波吕忒　真的,他就像一个小孩子学吹笛,呜哩呜哩了一下,可是

———————

① 此段句读完全错误。

全不入调。

忒修斯　他的话像是一段纠缠在一起的链索，并没有毛病，可是全弄乱了。跟着是谁登场呢？

　　　　〔皮刺摩斯及提斯柏、墙头、月亮、狮子上。

昆斯　列位大人，也许你们会奇怪这一班人跑出来干吗。不必寻根究底，自然而然地你们总会明白过来。这个人是皮刺摩斯，要是你们想要知道的话；这位美丽的姑娘不用说便是提斯柏啦。这个人手里拿着石灰和黏土，是代表着墙头，那堵隔开这两个情人的坏墙头；他们，这两个可怜的人，只好通过墙缝低声谈话，这是要请大家明白的。这个人提着灯笼，牵着犬，拿着柴枝，是代表着月亮；因为你们要知道，这两个情人只在月光底下才肯在尼诺斯的坟头聚首谈情。这一头可怕的畜生名叫狮子，那晚上忠实的提斯柏先到约会的地方，给它吓跑了，或者不如说是被它惊走了；她在逃走的时候脱落了她的外套，那件外套因为给那恶狮子咬住在它那张血嘴里，所以沾满了血斑。隔了不久，皮刺摩斯，那个高个儿的美少年，也来了，一见他那忠实的提斯柏的外套死在地上，便赤愣愣地一声拔出一把血淋淋的剑来，对准他那热辣辣的胸脯里豁拉拉地刺了进去。那时提斯柏却躲在桑树的树荫里，等到她发现了这回事，便把他身上的剑拔出来，结果了她自己的性命。至于其余的一切，可以让狮子、月亮、墙头和两个情人详详细细地告诉你们，当他们上场的时候。（昆斯及皮刺摩斯、提斯柏、狮子、月亮同下。）

忒修斯　我不知道狮子要不要说话。

狄米特律斯　殿下，这可不用怀疑，要是一班驴子都会说人话，狮子当然也会说话啦。

墙头　小子斯诺特是也，在这本戏文里扮做墙头；须知此墙不是他墙，乃是一堵有裂缝的墙，通过那条裂缝，皮刺摩斯和提斯柏两个情人常常偷偷地低声谈话。这一把石灰，这一撮黏土，这一块砖头,表明咱是一堵真正的墙头,并非滑头冒牌之流。这便是那个鬼缝儿,这两个胆小的情人通过这儿谈着知心话儿的。

忒修斯　石灰和泥土筑成的东西,居然这样会说话,难得难得!

狄米特律斯　殿下,这是我所听到的中间最俏皮的一段。

忒修斯　皮刺摩斯走近墙边来了。静听!

〔皮刺摩斯重上。

皮刺摩斯　　　板着脸孔的夜啊!漆黑的夜啊!

夜啊,白天一去,你就来啦!

夜啊!夜啊!唉呀!唉呀!唉呀!

咱担心咱的提斯柏要失约啦!

墙啊!亲爱的、可爱的墙啊!

你硬生生地隔开了咱们两人的家!

墙啊!亲爱的、可爱的墙啊!

露出你的裂缝,让咱向里头瞧瞧吧!(墙举手叠指作裂缝状。)

谢谢你,殷勤的墙!上帝大大保佑你!

但是咱瞧见些什么呢?咱瞧不见伊。

刁恶的墙啊!不让咱瞧见可爱的伊;

愿你倒霉吧,因为你竟这样把咱欺!

忒修斯　这墙并不是没有知觉的,我想他应当反骂一下。

皮刺摩斯　没有的事,殿下,真的,他不能。"把咱欺"是该提斯柏接下去的尾白;她现在就要上场啦,咱就要在墙缝里看她。你们瞧着吧,下面做下去正跟咱告诉你们的完全一样。那边她来啦。

〔提斯柏上。

提斯柏　　　墙啊!你常常听得见咱的呻吟,

怨你生生把咱共他两两分拆!

咱的樱唇常跟你的砖石亲吻,

你这用石灰泥巴胶合的砖石。

皮刺摩斯	咱瞧见一个声音;让咱去望望,
	不知能否瞧见提斯柏的脸庞。提斯柏!
提斯柏	那是咱的好人儿,咱想。
皮刺摩斯	尽你想吧,咱是你风流的情郎。
	好像利芒得①,咱此心永无变更。
提斯柏	咱就像海伦,到死也决不变心。
皮刺摩斯	沙法罗斯对待普洛克勒斯不过如此。②
提斯柏	你就是普洛克勒斯,咱就是沙法罗斯。
皮刺摩斯	啊,在这堵万恶的墙缝中请给咱一吻!
提斯柏	咱吻着墙缝,可全然吻不到你的嘴唇。
皮刺摩斯	你肯不肯到尼内的坟头去跟咱相聚?
提斯柏	活也好,死也好,咱一准立刻动身前去。(二人下。)
墙头	现在咱已把墙头扮好,
	因此咱便要拔脚去了。(下。)
忒修斯	**墙头一倒,这两份人家可以照到月光了。③**
狄米特律斯	殿下,墙头要是都像这样随随便便偷听人家的谈话起来,可真没法好想。
希波吕忒	我从来没有听到过比这再蠢的东西。
忒修斯	最好的戏剧也不过是人生的一个缩影;最坏的只要用想象补足一下,也就不会坏到什么地方去。
希波吕忒	那该是你的想象,而不是他们的想象。

---

① 利芒得(Limander)是利安得(Leander)之讹,传说中的情人,恋女祭司希罗(Hero),游过赫勒斯滂河(Hellespont)以赴约,卒遭灭顶。下行弗鲁特误以海伦(Helen)为希罗;海伦为荷马史诗《伊利亚特》(*Iliad*)中之美人。

② 沙法罗斯(Shafalus)为刻法罗斯(Cephalus)之讹,为黎明女神奥罗拉(Aurora)所恋,但彼卒忠于其妻普洛克里斯(Procris);此处误为普洛克勒斯(Procrus)。

③ 朱译手稿:现在隔在这两份人家之间的墙头已经倒下了。

忒修斯　　要是我们对于他们的想象并不比他们对于自己的想象更坏，那么他们也可以算得顶好的人。两只好东西登场了，一只是人，一只是狮子。

　　　　　〔狮子及月亮重上。

狮子　　各位太太小姐们，你们那柔弱的心一见了地板上爬着的一头顶小的老鼠就会害怕，现在看见一头凶暴的狮子发狂地怒吼，多分要发起抖来的吧？但是请你们放心，咱实在是细木工匠斯纳格，既不是凶猛的公狮，也不是一头母狮；要是咱真的是一头狮子冲到这儿来，那咱才大倒其霉！

忒修斯　　一头非常善良的畜生，有一颗好良心。

狄米特律斯　　殿下，这是我所看见过的最好的畜生了。

拉山德　　这头狮子按勇气说只好算是一只狐狸。

忒修斯　　对了，而且按他那小心翼翼的样子说起来倒像是一头鹅。

狄米特律斯　　可不能这么说，殿下，因为他的勇气敌不过他的小心，可是一头狐狸却能拖走一头鹅。

忒修斯　　**我敢肯定，是他的小心敌不过他的勇气，因为一头鹅是拖不走一头狐狸的**。好，别管这些吧，让我们听月亮说话。

月亮　　这盏灯笼代表着角儿弯弯的新月——

狄米特律斯　　他应当把角装在头上。①

忒修斯　　他并不是新月，圆圆的哪里有个角儿？

月亮　　这盏灯笼代表着角儿弯弯的新月；咱好像就是月亮里的仙人。

忒修斯　　这该是最大的错误了。应该把这个人放进灯笼里去；否则他怎么会是月亮里的仙人呢？

狄米特律斯　　他因为怕蜡烛不敢进去。瞧，他恼了。

希波吕忒　　这月亮真使我厌倦；他应该变化变化才好！

忒修斯　　照他那知觉欠缺的样子看起来，他大概是一个缺月；但是为

———————————

　　①　头上出角是西方讥人作"乌龟"的俗语。

　　　着礼貌和一切的理由,我们得忍耐一下。

拉山德　说下去,月亮。

月亮　总而言之,咱要告诉你们的是,这灯笼便是月亮;咱便是月亮
　　里的仙人;这柴枝是咱的柴枝;这狗是咱的狗。

狄米特律斯　嗨,这些都应该放进灯笼里去才对,因为它们都是在月
　　亮里的。但是静些,提斯柏来了。

　　　〔提斯柏重上。

提斯柏　这是尼内老人的坟。咱的好人儿呢?

狮子　(吼)呜!　——(提斯柏奔下。)

狄米特律斯　吼得好,狮子!

忒修斯　奔得好,提斯柏!

希波吕忒　照得好,月亮! 真的,月亮照得姿势很好。(狮子撕破提斯
　　柏的外套后下。)

忒修斯　撕得好,狮子!

　　　〔皮剌摩斯重上。

狄米特律斯　皮剌摩斯来了。

拉山德　狮子不见了。

皮剌摩斯　可爱的月亮,咱多谢你的阳光;
　　　　　谢谢你,因为你照得这们皎洁!
　　　　　靠着你那慈和的闪烁的金光,
　　　　　咱将要饱餐着提斯柏的秀色。
　　　　　但是且住,啊该死!
　　　　　瞧哪,可怜的武士,
　　　　这是一场什么惨景!
　　　　　眼睛,你看不看见?
　　　　　这种事怎会出现?
　　　　　可爱的宝贝啊,亲亲!
　　　　　你的好外套一件,

　　　　　怎么全都是血点？

　　　　过来吧，狰狞的凶神！

　　　　　快把生命的羁缠

　　　　　从此后一刀割断；

　　　　　今朝咱了结了残生！

忒修斯　　这一种情感再加上一个好朋友的死，很可以使一个人脸带
　　　愁容。

希波吕忒　　该死！我倒真有点可怜这个人。

皮刺摩斯　　苍天啊！你为什么要造下狮子，

　　　　　让它在这里蹂躏了咱的爱人？

　　　　她在一切活着的爱着的人里，

　　　　　是个最美最美最最美的美人。

　　　　　淋漓地流吧，眼泪！

　　　　　咱要把宝剑一挥，

　　　　当着咱的胸头划破，

　　　　　一剑刺穿过了左胸，

　　　　　叫心儿莫再跳动，

　　　　这样咱就死啰，死啰！（以剑自刺。）

　　　　　现在咱已经身死，

　　　　　现在咱已经去世，

　　　　咱灵魂儿升到天堂；

　　　　　太阳，不要再照耀！

　　　　　月亮，给咱拔脚跑！（月下。）

　　　　　咱已一命，一命丧亡。（死。）

狄米特律斯　　不是双亡，是单亡，因为他是孤零零地死去的。

拉山德　　他现在死去，不但成不了双，而且成不了单；他已经变成"没
　　　有"啦。

忒修斯　　要是就去请外科医生来，也许还可以把他医活转来，**但只能**

证明他是一头驴子①。

希波吕忒　提斯柏还要回来看见她的爱人，月亮怎么这样性急便去了呢？

忒修斯　她可以在星光底下看见他的。现在她来了。她再痛哭流涕一下子，戏文也就完了。

〔提斯柏重上。

希波吕忒　我想对于这样一个宝货的皮剌摩斯，她可以不必浪费口舌；我希望她说得短一点儿。

狄米特律斯　她跟皮剌摩斯较量起来真是半斤八两。上帝保佑我们不要嫁到这种男人，也保佑我们不要娶到这种妻子！

拉山德　她那秋波已经看见他了。

狄米特律斯　于是悲声而言曰：——

提斯柏　　　睡着了吗，好人儿？

　　　　　　啊！死了，咱的鸽子？

　　　　　　皮剌摩斯啊，快醒醒！

　　　　　　说呀！说呀！哑了吗？

　　　　　　唉，死了！一堆黄沙

　　　　　　将要盖住你的美睛。

　　　　　　嘴唇像百合花开，

　　　　　　鼻子像樱桃可爱，

　　　　　　黄花像是你的脸孔，

　　　　　　一齐消失，消失了，

　　　　　　有情人同声哀悼！

　　　　　　他眼睛绿得像青葱。

　　　　　　命运女神三姐妹，

　　　　　　请快到我这儿来，

---

①　朱译手稿：叫他做一头驴子。

伸出你们如乳的手，

将它们浸在血中，

既然剪子的刀锋，

已把他的命儿取走。

舌头，不许再多言！

凭着这一柄好剑，

赶快把咱胸膛刺穿。（以剑自刺。）

再会，亲爱的友朋！

提斯柏已经毙命；

再见吧，再见吧，再见！（死。）

忒修斯　他们的葬事要让月亮和狮子来料理了吧？

狄米特律斯　是的，还有墙头。

波顿　（跳起）不，咱对你们说，那堵隔开两家的墙早已经倒了。你们要不要瞧瞧收场诗，或者听一场咱们两个伙计的贝格摩①舞？

忒修斯　请把收场诗免了吧，因为你们的戏剧无须再有什么解释；扮戏的人一个个死了，我们还能责怪谁不成？真的，要是写那本戏的人自己来扮皮刺摩斯，把他自己吊死在提斯柏的袜带上，那倒真是一出绝妙的悲剧。实在你们这次演得很不错。现在把你们的收场诗搁在一旁，还是跳起你们的贝格摩舞来吧。（跳舞）夜钟已经敲过了十二点；恋人们，睡觉去吧，现在已经差不多是仙子们游戏的时间了。我担心我们明天早晨会起不身来，因为今天晚上睡得太迟。这出粗劣的戏剧却使我们不觉得时间的过去。好朋友们，去睡吧。我们要用半月功夫把这喜庆延续，夜夜有不同的寻欢作乐。（众下。）

第二场　同　前

〔帕克上。

———————————

①　贝格摩（Bergamo）为米兰（Milan）东北地名，以产小丑著名。

帕克　　　　饿狮在高声咆哮；

　　　　　　豺狼在向月长嗥；

　　　　　　农夫们鼾息沉沉，

　　　　　　完毕一天的辛勤。

　　　　　　火把还留着残红，

　　　　　　　　鸱鸮叫得人胆战，

　　　　　　传进愁人的耳中，

　　　　　　　　仿佛见殓衾飘飏。

　　　　　　现在夜已经深深，

　　　　　　　　坟墓都裂开大口，

　　　　　　吐出了百千幽灵，

　　　　　　　　荒野里四散奔走。

　　　　　　我们跟着赫卡忒①，

　　　　　　　　离开了阳光赫奕，

　　　　　　像一场梦景幽凄，

　　　　　　　　追随黑暗的踪迹。

　　　　　　且把这空屋打扫，

　　　　　　供大家一场欢闹；

　　　　　　驱走扰人的小鼠，

　　　　　　还得揩干净门户。

　　　　　　〔奥布朗、提坦妮娅及侍从等上。

奥布朗　　　屋中消沉的火星

　　　　　　　　微微地尚在闪耀；

　　　　　　跳跃着每个精灵

　　　　　　　　像花枝上的小鸟；

---

　　① 赫卡忒（Hecate）为下界的女神。原文作"triple Hecate"，其像有时为三个身体三个头，有时为一个身体三个头，相背而立。

随我唱一支曲调，
一齐轻轻地舞蹈。

提坦妮娅　先要把歌儿练熟，
每个字玉润珠圆；
然后齐声唱祝福，
手牵手飘渺回旋。（歌舞。）

奥布朗　趁东方没有发白，
让我们满屋溜跶；
先去看一看新床，
祝福它吉利祯祥。
这三对新婚伉俪，
愿他们永无离贰；
天地间祸患纷纷，
降不到这班吉人；
生下来小小儿郎，
一个个相貌堂堂，
不生黑痣不缺唇，
更没有半点瘢痕。
用这神圣的野露，
你们去浇洒门户，
悄悄穿过这殿堂，
一门一户去察访，
祝福屋子的主人，
永享着福禄康宁。
快快去，莫犹豫；
天明时我们重聚。（除帕克外皆下。）

帕克　（向观众）要是我们这辈影子
有拂了诸位的尊意，

就请你们这样思量，
一切便可得到补偿：
这种种幻景的显现，
不过是梦中的妄念；
这一段无聊的情节，
真同诞梦一样无力。
先生们，请不要见笑！
下回戏将演得更妙。①
万一我们幸而免脱
这一遭嘘嘘的指斥，
我们决不忘记大恩，
帕克平生不会骗人，
否则尽量骂我说谎，
我帕克祝诸位晚安。
再会了！ 肯赏脸子的话，
就请拍两下手，多谢多谢！（下。）

（朱生豪 译　陈才宇 校）

---

① 朱译手稿：倘蒙原宥，定当补报。

威尼斯商人

《威尼斯商人》写于 1596—1597 年间,伦敦书业公所登记于 1598 年 7 月 22 日。

此剧中有关割肉还债的故事取自意大利作家乔万尼·弗伦蒂诺所著的《愚人的故事》。这本故事集 1558 年在米兰出版,莎士比亚接触的可能是一个已经失传的英译本。一首题为《杰纽特斯的谣曲》的民间诗歌,讲述的也是高利贷者为了"寻开心"要求割负债人身上一磅肉的故事。安塞尼·曼代的作品《哲劳托》(1580)也有类似的描写,不过他笔下的高利贷者不是犹太人,而是基督徒,所索取的也不是一磅肉,而是负债人的手和眼珠子。夏洛克在法庭上为自己辩护的言论,借鉴于一篇题为《犹太债权人为割基督徒一磅肉所辩》的法文演讲词。还有马洛的《马耳他的犹太人》,也有可能影响过莎士比亚。

关于选匣定亲的插曲,本来就具有民俗的意义:法国辞书编纂家文岑(约 1190—约 1264)在其《历史宝鉴》中就有记载,卜伽丘的《十日谈》、高厄的《爱情的忏悔》也有类似的描写。

有学者认为,斯蒂芬·高森于 1579 年写的《犹太人》,是《威尼斯商人》的参照剧,但《犹太人》没有传世,此论无以确证。

译文见于《朱生豪译莎士比亚戏剧手稿》第 1 册,世界书局版《莎士比亚戏剧全集》第一辑。

剧 中 人 物

威尼斯公爵

摩洛哥亲王 ⎫
阿拉贡亲王 ⎭ 鲍西娅的求婚者

安东尼奥　威尼斯商人

巴萨尼奥　安东尼奥的朋友

葛莱西安诺 ⎫

萨莱里奥　　⎬　安东尼奥、巴萨尼奥的朋友

索兰尼奥 ⎭

罗伦佐　杰西卡的恋人

夏洛克　犹太富翁

杜伯尔　犹太人,夏洛克的朋友

朗斯洛·高波　小丑,夏洛克的仆人

老高波　朗斯洛的父亲

里奥那多　巴萨尼奥的仆人

包尔萨泽 ⎫

斯丹法诺 ⎬　鲍西娅的仆人

鲍西娅　富家嗣女

尼莉莎　鲍西娅的侍女

杰西卡　夏洛克的女儿

威尼斯众士绅、法庭官吏、狱吏、鲍西娅家中的仆人及其他侍从

地　　点

一部分在威尼斯;一部分在大陆上的贝尔蒙特,鲍西娅邸宅所在地

第 一 幕

第一场　威尼斯；街道

〔安东尼奥、索兰尼奥及萨莱里奥上。

安东尼奥　真的，我不知道我为什么这样闷闷不乐，它真叫我厌烦；你们说你们见我这样子，也觉得很厌烦；可是我怎样会让忧愁沾上了身，这种忧愁究竟是怎么一种东西，它是从什么地方产生的，我却全不知道；忧愁已经使我变成了一个傻子，我简直有点自己也懂不得自己起来了。

索兰尼奥　您的心是跟着您那些扯着满帆的大船，在海洋上簸荡着呢；它们就像水上的达官富绅，炫示着它们的豪华，那些小商船向它们点头敬礼，它们却睬也不睬地凌风直驶。

萨莱里奥　相信我，老兄，要是我也有这么一笔买卖在外洋，我一定要用大部分的心思牵记它。我一定常常拔草观测风吹的方向；在地图上查看港口码头的名字；凡是足以使我担心我的货物的命运的一切事情，不用说都会引起我的忧愁。

索兰尼奥　吹凉我的粥的一口气，也会吹痛了我的心，当我想到海面上的一阵暴风，将会造成怎样一场灾祸的时候；一看见沙漏的时计，我就会想起海边的沙滩，仿佛看见我那艘富丽的商船倒插在沙里，船底向天，它的高高的桅樯吻着它的葬身之地。要是我到教堂里去，看见那用石块筑成的神圣的殿堂，我怎么会不立刻想起那些危险的礁石，它们只要略微碰一碰我那艘好船的船舷，就会把满船的香料倾泻在水里，让汹涌的波涛披戴着我的绸缎绫罗，方才还是价值连城的，一转瞬间尽归乌有？要是我想到了这种情形,我怎么会不担心这种情形也许果然会发生而忧愁起来呢?不用对我说,我知道安东尼奥是因为想到他的货物而忧愁。

安东尼奥　不,相信我;感谢我的命运,我的买卖的成败,并不完全寄托在一艘船上,更不是倚赖着一处地方;我的全部财产,也不会因为这一年的盈亏而受到影响,所以我的货物并不能使我忧愁。

索兰尼奥　啊,那么您是在恋爱了。

安东尼奥　呸! 哪儿的话!

索兰尼奥　也不是恋爱吗? 那么让我们说,您因为不快乐,所以忧愁;这就像瞧您笑笑跳跳,就说您因为不忧愁,所以快乐一样,再便当没有了。老天造下人来,真是无奇不有:有的人老是眯着眼睛笑,好像鹦鹉见了一个吹风笛的人一样;有的人终日皱着眉头,即使涅斯托耳①发誓说那笑话很可笑,他也不肯露一露他的牙齿,装出一个笑容来。

　　　〔巴萨尼奥、罗伦佐及葛莱西安诺上。

萨莱里奥　您的一位最尊贵的朋友,巴萨尼奥,跟葛莱西安诺、罗伦佐都来了。再见;您现在有了更好的同伴,我们可以少陪啦。

索兰尼奥　倘不是因为您的好朋友来了,我一定要叫您快乐了才走。

安东尼奥　你们的友谊我是十分看重的。照我看来,恐怕还是你们自己有事,所以借着这个机会想抽身出去吧?

索兰尼奥　早安,各位大爷。

巴萨尼奥　两位先生,咱们什么时候再聚在一起谈谈笑笑? 你们近来跟我十分疏远,这是为了什么呢?

索兰尼奥　您什么时候有空,我们一定奉陪。(萨莱里奥、索兰尼奥下。)

罗伦佐　巴萨尼奥大爷,您现在已经找到安东尼奥,我们也要少陪啦;可是请您千万别忘记吃饭的时候咱们在什么地方会面。

---

　　① 涅斯托耳(Nestor):荷马史诗《伊利昂纪》中年纪最大的希腊将领,以严肃著名。

巴萨尼奥　我一定不失约。

葛莱西安诺　安东尼奥先生,您的脸色不大好,您把世间的事情看得太认真了。**一个人忧虑太多,就会失去许多乐趣**。相信我,您近来真的大大地变了一个人啦。

安东尼奥　葛莱西安诺,我把这世界不过看作一个世界;每一个人必须在这舞台上扮演一个角色,我扮演的是一个悲哀的角色。

葛莱西安诺　让我扮演一个小丑吧。让我在嘻嘻哈哈的欢笑声中不知不觉地老去;我宁可用酒温暖我的肠胃,不要用折磨自己的呻吟冰冷我的心。为什么一个身体里流着热血的人,要那么正襟危坐,就像他祖宗爷爷的石膏像一样呢?明明醒着的时候,为什么偏要像睡去了一般?为什么动不动翻脸生气,把自己气出了一场黄疸病来?我告诉你吧,安东尼奥——因为我爱你,所以我才对你说这样的话:世界上有一种人,他们的脸上装出一副心如止水的神气,故意表示他们的冷静,好让人家称赞他们一声智慧深沉,思想渊博;他们的神气之间,好像说,“我的说话都是纶音天语,我要是一张开嘴唇来,不许有一头狗乱叫!”啊,我的安东尼奥,我看透这一种人,他们只是因为不说话,博得了智慧的名声;可是我可以确定说一句,要是他们说起话来,听见的人谁都会骂他们是傻瓜的。等着有机会的时候,我再告诉你关于这种人的笑话吧;可是请您千万别再用悲哀做钓饵,去钓这种无聊的名誉了。来,好罗伦佐。回头见,等我吃完了饭,再来向你结束我的劝告。

罗伦佐　好,咱们在吃饭的时候再见吧。我大概也就是他所说的那种以不说话为聪明的人,因为葛莱西安诺不让我有说话的机会。

葛莱西安诺　嘿,你只要再跟我两年,就会连你自己说话的声音也听不出来。

安东尼奥　再见,我会把自己慢慢儿训练得多说话一点的。

葛莱西安诺　那就再好没有了;只有干牛舌和没人要的老处女,才是应该沉默的。（葛莱西安诺、罗伦佐下。）

安东尼奥 他说的这一番话有些什么意思？

巴萨尼奥 葛莱西安诺比全威尼斯城里无论哪一个人都更会拉上一大堆废话。他的道理就像藏在两桶砻糠里的两粒麦子，你必须费去整天工夫才能够把它们找到。可是找到了它们以后，你会觉得费这么多气力找它们出来，是一点不值得的。

安东尼奥 好，您今天答应告诉我您立誓要去秘密拜访的那位姑娘的名字，现在请您告诉我吧。

巴萨尼奥 安东尼奥，我怎样为了维持我的外强中干的体面，把一份微薄的资产消耗殆尽的情形，您是知道得很明白的；对于因为家道中落而感到的生活上的紧缩，现在我倒也不以为意；我的最大的烦恼，是怎样可以解脱我背上这一重重由于浪漫而积欠下来的债务。无论在钱财方面或是友谊方面，安东尼奥，我欠您的债都是顶多的；因为你我交情深厚，我才敢大胆把我心里所打算的怎样了清这一切债务的计划全部告诉您知道。

安东尼奥 好巴萨尼奥，请您告诉我吧。只要您的计划跟您向来的立身行事一样光明正大，那么我的钱囊可以让您任意取用，我自己也可以供您驱使；我愿意用我所有的力量，帮助您达到目的。

巴萨尼奥 我在学校里练习射箭的时候，每次把一支箭射得不知去向，便用另一支箭向着同一方向射了过去，眼睛看准了它掉在什么地方，这样往往可以把那失去的箭也找了回来。**双重的冒险总能使我挽回双重的损失**。我提起这一件儿童时代的往事作为比喻，因为我将要对您说的话，完全是一种很天真的思想。我欠了您很多的债，而且像一个不听话的孩子一样，把借来的钱一起挥霍完了；可是您要是愿意向着您放射第一支箭的方向，再把您的第二支箭射了过去，那么这一回我一定会把目标看准，即使不把两支箭一起找回来，至少也可以把第二支箭交还给您，让我仍旧对于您先前给我的援助做一个知恩图报的负债者。

安东尼奥　您是知道我的为人的,现在您用这种比喻的话来试探我
　　的友谊,不过是浪费时间罢了;要是您怀疑我不肯尽力相助,那
　　就要比把我所有的钱一起花掉还要对我不起。所以您只要对我
　　说我应该怎么做,如果您知道那件事是我的力量所能办到的,我
　　一定会给您办到。您说吧。

巴萨尼奥　在贝尔蒙特有一位富家的嗣女,她生得非常美貌,尤其值
　　得称道的,她有非常卓越的德性;从她的眼睛里,我有时接到她
　　的脉脉含情的流盼。她的名字叫作鲍西娅,比起古代凯多的女
　　儿,布鲁托斯的贤妻鲍西娅①来,毫不逊色。这广大的世界也没
　　有漠视了她的好处,四方的风从每一处海岸上带来了声名藉藉
　　的求婚者;她的光亮的长发就像是传说中的金羊毛,引诱着无数
　　的伊阿宋②前来向她追求。啊,我的安东尼奥! 只要我有相当
　　的财力,可以和他们中间无论哪一个人匹敌,那么我觉得我有充
　　分的把握,一定会达到愿望的。

安东尼奥　你知道我的全部财产都在海上;我现在既没有钱,也没有
　　可以变换做一笔现款的货物。所以我们还是去试一试我的信
　　用,看它在威尼斯城里有些什么效力吧;我一定凭着我这一点面
　　子,尽力供给你到贝尔蒙特去见那位美貌的鲍西娅。去,我们两
　　人就去分头打听什么地方可以借得到钱,我就用我的信用做担
　　保,或者用我自己的名义给你借下来。(同下。)

第二场　贝尔蒙特;鲍西娅家中一室

　　　　[鲍西娅及尼莉莎上。

鲍西娅　真的,尼莉莎,我这小小的身体已经厌倦了这个广大的世

---

　　　①　布鲁托斯(Brutus):即莎士比亚悲剧《朱利斯·凯撒》中的要角,其妻亦
名鲍西娅(Portia).

　　　②　伊阿宋(Jason):希腊神话中的英雄,曾远征埃厄忒斯(Aeetes)统治的
王国取金羊毛,克服重重困难,终于成功.

界了。

尼莉莎　好小姐,您的不幸要是跟您的好运气一样大,那么无怪您会厌倦这个世界的;可是照我的愚见看来,吃得太饱的人,跟挨着饿不吃东西的人一样是会害病的,所以中庸之道才是最大的幸福:富贵催人生白发,布衣蔬食易长年。

鲍西娅　很好的句子。

尼莉莎　要是能够照着它做去,那就更好了。

鲍西娅　倘使做一件事情就跟知道什么事情是应该做的一样容易,那么小教堂都要变成大礼拜堂,穷人的草屋都要变成王侯的宫殿了。一个好的说教师才会遵从他自己的训诲;我可以教训二十个人,吩咐他们应该做些什么事,可是要我做这二十个人中间的一个,履行我自己的教训,我就要敬谢不敏了。理智可以制定法律来约束感情,可是热情激动起来,就会把冷酷的法令蔑弃不顾;年青人是一头不受拘束的野兔,它会跳过老年人所设立的理智的藩篱。可是我这样大发议论,是不会帮助我选择一个丈夫的。唉,说什么选择!我既不能选择我所中意的人,又不能拒绝我所憎厌的人;一个活着的女儿的意志,却要被一个死了的父亲的遗嘱所箝制。尼莉莎,像我这样不能选择,也不能拒绝,不是太叫人难堪了吗?

尼莉莎　老太爷生前道高德重,大凡有道君子临终之时,必有神悟;他既然定下这抽签取决的方法,叫谁能够在这金、银、铅三匣之中选中了他预定的一只,便可以跟您匹配成亲,那么能够选中的人,一定是值得您倾心相爱的。可是在这些已经到来向您求婚的王孙公子中间,您对于哪一个最有好感呢?

鲍西娅　请你列举他们的名字,当你提到什么人的时候,我就对他下几句评语;凭着我的评语,你就可以知道我对于他们各人的印象。

尼莉莎　第一个是那不勒斯的亲王。

鲍西娅　嗯，他真是一匹小马；他不讲话则已，讲起话来，老是说他的
　　　　马怎么怎么；他因为能够自己替他的马装上蹄铁，算是一件天大
　　　　的本领。我很有点儿疑心他的令堂太太是跟铁匠有过勾搭的。

尼莉莎　还有那位享有巴拉廷的伯爵呢？

鲍西娅　他一天到晚皱着眉头，好像说，"你要是不爱我，随你的便。"
　　　　他听见笑话也不露一丝笑容。我看他年纪轻轻，就这么愁眉苦
　　　　脸，到老来只好一天到晚痛哭流涕了。我宁愿嫁给一个骷髅，也
　　　　不愿嫁给这两人中间的任何一个；上帝保佑我不要落在这两个
　　　　人手里！

尼莉莎　您说那位法国贵族勒滂先生怎样？

鲍西娅　既然上帝造下他来，就算他是个人吧。凭良心说，我知道讥
　　　　笑人家是一桩罪过，可是他！嘿，他的马比那不勒斯亲王那一匹
　　　　好一点，他的皱眉头的坏脾气也胜过那位巴拉廷伯爵。什么人
　　　　的坏处他都有一点，可是一点没有自己的特色；听见画眉鸟唱
　　　　歌，他就会手舞足蹈；见了自己的影子，也会跟它比剑。我倘若
　　　　嫁给他，等于嫁给二十个丈夫；要是他瞧不起我，我会原谅他，因
　　　　为即使他爱我爱到发狂，我也是永远不会报答他的。

尼莉莎　那么您说那个英国的少年男爵，福根勃勒契呢？

鲍西娅　你知道我没有对他说过一句话，因为我的话他听不懂，他的
　　　　话我也听不懂；他不会说拉丁话、法国话、意大利话；至于我的英
　　　　国话程度的高明，你是可以替我出席法庭作证的。他的模样倒
　　　　是还长得不错，可是唉！谁高兴跟一个哑巴做手势谈话呀？他
　　　　的装束多么古怪！我想他的紧身衣是在意大利买的，他的**圆筒
　　　　马裤**①是在法国买的，他的软帽是在德国买的，至于他的行为举
　　　　止，那是他从四面八方学来的。

尼莉莎　您觉得他的邻居，那位苏格兰贵族怎样？

---

① 　朱译手稿：长统袜。

鲍西娅　他很懂得礼尚往来的睦邻之道，因为那个英国人曾经赏给他一记耳括子，他就发誓说，一有机会，立即奉还；我想那法国人是他的保人，他已经签署契约，声明将来加倍报偿哩。

尼莉莎　您看那位德国少爷，萨克逊公爵的侄子怎样？

鲍西娅　他在早上清醒的时候，就已经很坏了，一到下午喝醉了酒，尤其坏透；当他顶好的时候，叫他是个人还有点不够资格，当他顶坏的时候，他简直比畜生好不了多少。要是最不幸的祸事降临到我身上，我也希望永远不要跟他在一起。

尼莉莎　要是他要求选择，结果居然给他选中了预定的匣子，那时候您倘然拒绝嫁给他，那不是违背了老太爷的遗命了吗？

鲍西娅　为了以防万一起见，所以我要请你替我在错误的匣子上放好一杯满满的莱茵河葡萄酒；要是魔鬼在他的心里，诱惑在他的面前，我相信他一定会选了那一只匣子的。什么事情我都愿意做，尼莉莎，只要不让我嫁给一个酒鬼。

尼莉莎　小姐，您放心吧，您再也不会嫁给这些贵人中间任何一个的。他们已经把他们的决心告诉了我，说除了您父亲所规定的用选择匣子决定取舍的办法以外，要是他们不能用别的方法取得您的应允，那么他们决定动身回国，不再麻烦您了。

鲍西娅　要是没有人愿意照我父亲的遗命把我娶去，那么即使我活到一千岁，也只好终身不字。我很高兴这一群求婚者都是这么懂事，因为他们中间没有一个人我不是唯望其速去的；求上帝赐给他们一路顺风吧！

尼莉莎　小姐，您还记不记得，当老太爷在世的时候，有一个跟着蒙托佛拉侯爵到这儿来的才兼文武的威尼斯人？

鲍西娅　是的，是的，那是巴萨尼奥；我想这是他的名字。

尼莉莎　正是，小姐；照我这双痴人的眼睛看起来，他是一切男子中间最值得匹配一位佳人的。

鲍西娅　我很记得他，他果然值得你的夸奖。

〔一仆人上。

鲍西娅　啊！什么事？

仆人　小姐,那四位客人要来向您告别；另外还有第五位客人,摩洛哥亲王,差了一个人先来报信,说他的主人亲王殿下今天晚上就要到这儿来了。

鲍西娅　要是我能够竭诚欢迎这第五位客人,就像我竭诚欢送那四位客人一样,那就好了。假如他有圣人般的德性,偏偏生着一副魔鬼样的面貌,那么与其让他做我的丈夫,还不如让他听我的忏悔。来,尼莉莎。正是——

　　　　垂翅狂蜂方出户,

　　　　寻芳浪蝶又登门。(同下。)

第三场　　威尼斯；广场

〔巴萨尼奥及夏洛克上。

夏洛克　三千块钱,嗯？

巴萨尼奥　是的,大叔,三个月为期。

夏洛克　三个月为期,嗯？

巴萨尼奥　我已经对你说过了,这一笔钱可以由安东尼奥签立借据。

夏洛克　安东尼奥签立借据,嗯？

巴萨尼奥　你愿意帮助我吗？你愿意应承我吗？可不可以让我知道你的答复？

夏洛克　三千块钱,借三个月,安东尼奥签立借据。

巴萨尼奥　你的答复呢？

夏洛克　安东尼奥是个好人。

巴萨尼奥　你有没有听见人家说过他不是个好人？

夏洛克　啊,不,不,不,不；我说他是个好人,我的意思是说他是个有身价的人。可是他的财产却还有些问题：他有一艘商船开到特里波利斯,另外一艘开到西印度群岛,我在交易所里还听人说起,他有第三艘船在墨西哥,第四艘到英国去了,此外还有遍布在海外各国的买卖;可是船不过是几块木板钉起来的东西,水手也不过是些血肉之躯,岸上有旱老鼠,水里也有水老鼠,有陆地的强盗,也有海上的强盗,还有风波礁石各种危险。不过虽然这么说,他这个人是靠得住的。三千块钱,我想我可以接受他的契约。

巴萨尼奥　你放心吧,不会有错的。

夏洛克　我一定要放了心才敢把债放出去,所以还是让我再考虑考虑吧。我可不可以跟安东尼奥谈谈?

巴萨尼奥　不知道你愿不愿意陪我们吃一顿饭?

夏洛克　是的,叫我去闻猪肉的味道,吃你们那拿撒勒先知①把魔鬼赶进去的脏东西的身体!我可以跟你们做买卖,讲交易,谈天散步,以及诸如此类的事情,可是我不能陪你们吃东西喝酒做祷告。交易所里有些什么消息?那边来的是谁?

〔安东尼奥上。

巴萨尼奥　这位就是安东尼奥先生。

夏洛克　(旁白)他的样子多么像一个摇尾乞怜的税吏!我恨他因为他是个基督徒,可是尤其因为他是个傻子,借钱给人不取利钱,把咱们在威尼斯城里放债的这一行的利息都压低了。要是我有一天抓住他的把柄,一定要痛痛快快地向他报复我的深仇宿怨。他憎恶我们神圣的民族,甚至在商人会集的地方当众辱骂我,辱骂我的交易,辱骂我辛辛苦苦赚下来的钱,说那些都是盘剥得来的肮脏钱。要是我饶过了他,**我们这民族就该下地狱了**②。

巴萨尼奥　夏洛克,你听见吗?

夏洛克　我正在估计我手头的现款,照我大概记得起来的数目,要一

_____

①　拿撒勒先知:即耶稣。

②　朱译手稿:让我们的民族永远没有翻身的日子。

时凑足三千块钱,恐怕办不到。可是那没有关系,**我们犹太族里有一个富翁杜伯尔**①,可以供给我必要的数目。且慢! 您打算借几个月? (向安东尼奥)您好,好先生,哪一阵风把尊驾吹了来啦?

安东尼奥　夏洛克,虽然我跟人家互通有无,从来不讲利息,可是为了我的朋友的急需,这回我要破一次例。(向巴萨尼奥)他有没有知道你需要多少?

夏洛克　嗯,嗯,三千块钱。

安东尼奥　三个月为期。

夏洛克　我倒忘了,正是三个月,您对我说过的。 好,您的借据呢? 让我瞧一瞧。可是听着,好像您说您从来借钱不讲利息。

安东尼奥　我从来不讲利息。

夏洛克　当雅各替他的舅父拉班牧羊的时候②——这个雅各是我们圣祖亚伯拉罕的后裔,他的聪明的母亲设计使他做第三代的族长,是的,他是第三代——

安东尼奥　为什么说起他呢? 他也是取利息的吗?

夏洛克　不,不是取利息,不是像你们所说的那样直接取利息。 听好雅各用些什么手段:拉班跟他约定,生下来的小羊凡是有条纹斑点的,都归雅各所有,作为他牧羊的酬劳;到晚秋的时候,那些母羊因为淫情发动,跟公羊交合,这个狡猾的牧人就乘着这些毛畜正在进行传种工作的当儿,削好了几根木棒,插在淫浪的母羊的面前,它们这样怀下了孕,一到生产的时候,产下的小羊都是有斑纹的,所以都归雅各所有。 这是致富的妙法,上帝也祝福他;只要不是偷窃,会打算盘总是好事。

安东尼奥　雅各虽然幸而获中,可是这也是他按约应得的酬报;上天

---

①　朱译手稿:我们族里有一个犹太富翁杜伯尔。
②　见《旧约·创世记》。

的意旨成全了他,却不是出于他自己的力量。你提起这一件事情,是不是要证明取利息是一件好事? 还是说金子银子就是你的公羊母羊?

夏洛克 这我倒不能说,我只是叫它像母羊生小羊一样地快快生利息。可是先生,您听我说。

安东尼奥 你听,巴萨尼奥,魔鬼也会引证《圣经》来替自己辩护哩。一个指着神圣的名字作证的恶人,就像一个脸带笑容的奸徒,又像一只外观美好、中心腐烂的苹果。唉,奸伪的表面是多么动人!

夏洛克 三千块钱,这是一笔可观的整数。**一年十二个月中的三个月,**①让我看看利钱应该有多少。

安东尼奥 好,夏洛克,我们可不可以仰仗你这一次?

夏洛克 安东尼奥先生,好多次您在交易所里骂我,说我盘剥取利,我总是忍气吞声,耸耸肩膀,没有跟您争辩,因为忍受迫害本来是我们民族的特色。您骂我异教徒,杀人的狗,把唾沫吐在我的犹太长袍上,只因为我用我自己的钱博取几个利息。好,看来现在是您要来向我求助了;您跑来见我,您说,"夏洛克,我们要几个钱";您这样对我说。您把唾沫吐在我的胡子上,用您的脚踢我,好像我是您门口的一条野狗一样;现在您却来问我要钱,我应该怎样对您说呢? 我要不要这样说,"一条狗会有钱吗? 一条恶狗能够借人三千块钱吗?"或者我应不应该弯下身子,像一个奴才似的低声下气,恭恭敬敬地说,"好先生,您在上星期三用唾沫吐在我身上,有一天您用脚踢我,还有一天您骂我狗,为了报答您这许多恩典,所以我应该借给您这么些钱吗?"

安东尼奥 我恨不得再这样骂你,唾你,踢你。要是你愿意把这钱借给我,不要把它当作借给你的朋友——哪有朋友之间通融几个

---

① 朱译手稿:一年除去三个月。

臭钱也要斤斤较量地计算利息的道理？——你就把它当作借给你的仇人吧；倘使我失了信用，你尽管拉下脸来照约处罚就是了。

夏洛克　哎哟，瞧您生这么大的气！我愿意跟您交个朋友，大家要好好的；您从前加在我身上的种种羞辱，我愿意完全忘掉；您现在需要多少钱，我愿意如数供给您，而且不要您一个子儿的利息；可是您却不愿意听我说下去。我这完全是一片好心哩。

安东尼奥　这倒果然是一片好心。

夏洛克　我要叫你们看看我到底是不是一片好心。跟我去找一个公证人，就在那儿签好了约；我们不妨开个玩笑，在约里载明要是您不能按照约中所规定的条件，在什么日子什么地点，还给我一笔什么数目的钱，就得随我的意思，在您身上的任何部分割下整整一磅白肉，作为处罚。

安东尼奥　很好，就这么办吧；我愿意签下这样一张约，还要对人家说这个犹太人的心肠倒不坏呢。

巴萨尼奥　我宁愿安守贫困，不能让你为了我的缘故签这样的约。

安东尼奥　老兄，你怕什么，我决不会受罚的。就在这两个月之内，离开这约的满期还有一个月，我就可以有十倍这借款的数目进门。

夏洛克　亚伯拉罕老祖宗啊！瞧这些基督徒因为自己待人刻薄，所以疑心人家对他们不怀好意。请您告诉我，要是他到期不还，我照着约上规定的条款向他执行处罚了，那对我又有什么好处？从人身上割下来的一磅肉，它的价值可以比得上一磅羊肉、牛肉，或是山羊肉吗？我为了要博得他的好感，所以才向他买这样一个交情；要是他愿意接受我的条件，很好，否则就算了。千万请你们不要误会了我这一番诚意。

安东尼奥　好，夏洛克，我愿意签约。

夏洛克　那么就请您先到公证人的地方等我，告诉他这一张游戏的契约怎样写法;我就去马上把钱凑起来,还要回到家里去瞧瞧,让一个靠不住的奴才看守着门户,有点放心不下;然后我立刻就来瞧您。

安东尼奥　那么你去吧,善良的犹太人。(夏洛克下)这犹太人快要变做基督徒了,他的心肠变得好多啦。

巴萨尼奥　我不喜欢口蜜腹剑的人。

安东尼奥　好了好了,这又有什么要紧? 再过两个月,我的船就要回来了。(同下。)

第 二 幕

第一场　贝尔蒙特;鲍西娅家中一室

〔喇叭奏花腔。摩洛哥亲王率侍从;鲍西娅、尼莉莎及婢仆等同上。

摩洛哥亲王　不要因为我的肤色而憎厌我;我是骄阳的近邻,我这一身黝黑的制服,便是它的威焰的赐予。给我到终年不见阳光、冰山雪柱的极北,找一个最白皙皎好的人来,让我们刺血察验对您的爱情,看看究竟是他的血红还是我的血红。我告诉你,小姐,我这副容貌曾经吓破了勇士的肝胆;可是凭着我的爱情起誓,我们国土里最有声誉的少女也曾为它害过相思。我不愿变更我的肤色,除非为了取得您的欢心,我的温柔的女王!

鲍西娅　讲到选择这一件事,我倒并不单单凭信一双善于挑剔的少女的眼睛;而且我的命运由抽签决定,自己也没有任意取舍的权力;可是我的父亲倘不曾用他的远见把我束缚住了,使我只能委身于按照他所规定的方法赢得我的男子,那么您,声名卓著的王子,您的容貌在我的心目之中,并不比我所已经看到的那些求婚者有什么逊色。

摩洛哥亲王　单是您这一番美意，已经使我万分感激了；所以请您带
　　　我去瞧瞧那几个匣子，试一试我的命运吧。凭着这一柄曾经手
　　　刃波斯王，并且使一个三次战败苏里曼苏丹的波斯王子授首的
　　　宝剑起誓，我要瞪眼吓退世间最狰狞的猛汉，跟全世界最勇武的
　　　壮士比赛胆量，从母熊的胸前夺下哺乳的小熊；当一头饿狮咆哮
　　　攫食的时候，我要向它揶揄侮弄，为了要博得你的垂青，小姐。
　　　可是唉！即使像赫拉克勒斯那样的盖世英雄，要是跟他的奴仆
　　　利卡斯赌起骰子来，也许他的运气还不如一个下贱之人；**赫拉克
　　　勒斯就是死在奴仆手里的**①。我现在听从着盲目的命运的指
　　　挥，也许结果终于失望，眼看着一个不如我的人把我的意中人挟
　　　走，而自己在悲哀中死去。

鲍西娅　您必须信任命运，或者死了心放弃选择的尝试，或者当您开
　　　始选择以前，先立下一个誓言，要是选得不对，终身不再向任何
　　　女子求婚；所以还是请您考虑考虑吧。

摩洛哥亲王　我的主意已决，不必考虑了；来，带我去试我的运气吧。

鲍西娅　第一先到教堂里去；吃过了饭，您就可以试试您的命运。

摩洛哥亲王　好，成功失败，在此一举！正是：

　　　　　不挟美人归，壮士无颜色。（奏喇叭；众下。）

第二场　威尼斯；街道

　　　〔朗斯洛·高波上。

朗斯洛　要是我从我的主人这个犹太人的家里逃走，我的良心是一
　　　定要责备我的。可是魔鬼拉着我的肩膀，引诱着我，对我说，"高
　　　波，朗斯洛·高波，好朗斯洛，拔起你的腿来，开步，走！"我的良

---

　　　①　据希腊神话，赫拉克勒斯因穿上一件由侍从送来的毒衣，痛苦难当，最
后跳进火堆而亡。

心说,"不,留心,老实的朗斯洛;留心,老实的高波;"或者就是这么说,"老实的朗斯洛·高波,别逃跑;用你的脚跟把逃跑的念头踢得远远的。"好,那个大胆的魔鬼却劝我卷起铺盖滚蛋。"去呀!"魔鬼说,"去呀! 看在老天的面上,提起勇气来,跑吧!"好,我的良心挽住我心里的脖子,很聪明地对我说,"朗斯洛,我的老实的朋友,你是一个老实人的儿子,"——或者还不如说一个老实妇人的儿子,因为我的父亲的确有点儿不大那个,有点儿很丢脸的坏脾气;——好,我的良心说,"朗斯洛,别动!"魔鬼说,"动!"我的良心说,"别动!""良心,"我说,"你说得不错;""魔鬼,"我说,"你说得有理。"要是听良心的话,我就应该留在我的主人那犹太人家里,上帝恕我这样说,他也是一个魔鬼;要是从犹太人的地方逃走,那么我就要听从魔鬼的话,对不住,他本身就是魔鬼。可是我说,那犹太人一定就是魔鬼的化身;凭良心说话,我的良心劝我留在犹太人地方,未免良心太狠。还是魔鬼的话说得像个朋友。我要跑,魔鬼;我的脚跟听从着你的指挥;我一定要逃跑。

　　〔老高波携篮上。

老高波　年轻的先生,请问一声,到犹太老爷的家里怎么走?

朗斯洛　(旁白)天啊! 这是我的亲生的父亲,他的眼睛因为有八九分盲,所以不认识我。待我把他戏弄一下。

老高波　年轻的少爷先生,请问一声,到犹太老爷的家里怎么走?

朗斯洛　你在转下一个弯的时候,往右手转过去;临了一次转弯的时候,往左手转过去;再下一次转弯的时候,什么手也不用转,曲曲弯弯地转下去,就转到那犹太人的家里了。

老高波　哎哟,这条路可不容易走哩! 您知道不知道有一个住在他家里的朗斯洛,现在还在不在他家里?

朗斯洛　你说的是朗斯洛少爷吗?(旁白)瞧着我吧,现在我要诱他流起眼泪来了。——你说的是朗斯洛少爷吗?

老高波　不是什么少爷,先生,他是一个穷人的儿子。他的父亲,不是我说一句,是个老老实实的穷光蛋,多谢上帝,他还活得好好儿的。

朗斯洛　好,不要管他的父亲是个什么人,咱们讲的是朗斯洛少爷。

老高波　他是您少爷的朋友,他就叫朗斯洛。

朗斯洛　对不住,老人家,所以我要问你,你说的是朗斯洛少爷吗?

老高波　是朗斯洛,少爷。

朗斯洛　所以就是朗斯洛少爷。老人家,你别提起朗斯洛少爷啦,因为这位年青的少爷根据天命、气数、鬼神一类阴阳怪气的说法,是已经去世啦,或者说得明白一点,是已经归天啦。

老高波　哎哟,天哪! 这孩子还是我老年的拐杖,我的唯一的靠傍哩。

朗斯洛　(旁白)我难道像一跟棒儿,或是一根柱子吗? ——爸爸,您不认识我了吗?

老高波　唉,我不认识您,年青的少爷;可是请您告诉我,我的孩子——上帝安息他的灵魂! ——究竟是活着还是死了?

朗斯洛　您不认识我吗,爸爸?

老高波　唉,少爷,我是个瞎子,我不认识您。

朗斯洛　噢,真的,您就是眼睛明亮,也许会不认识我,只有聪明的父亲才会知道自己的儿子。好,老人家,让我告诉您关于您儿子的消息吧。请您给我祝福;真理总会显露出来,杀人的凶手总会给人捉住;儿子虽然会暂时躲了过去,事实到临了总是瞒不过的。

老高波　少爷,请您站起来。我相信您一定不会是朗斯洛,我的孩子。

朗斯洛　废话少说,请您给我祝福:我是朗斯洛,从前是您的孩子,现在是您的儿子,将来也还是您的小子。

老高波　我不能想象您是我的儿子。

朗斯洛　那我倒不知道应该怎样想法了;可是我的确是在犹太人家

里当仆人的朗斯洛,我也相信您的妻子玛格蕾就是我的母亲。

老高波　她的名字果真是玛格蕾。你倘然真的是朗斯洛,那么你是我的亲生骨肉了。上帝果然灵圣!你长了多长的一把胡子啦!你脸上的毛,比我那拖车子的马儿道平尾巴上的毛还多呢!

朗斯洛　这样看起来,那么道平的尾巴一定是越长越短了。我还清楚记得,上一次我看见它的时候,它尾巴上的毛比我脸上的毛多得多哩。

老高波　上帝啊!你多么变了样子啦!你跟主人合得来吗?我给他带了点儿礼物来了。你们现在合得来吗?

朗斯洛　合得来,合得来;可是从我自己这一方面讲,我既然已经决定逃跑,那么非到跑了一程路之后,我是绝不会停止下来的。我的主人是个十足的犹太人;给他礼物!还是给他一根上吊的绳子吧。我替他做事情,把身体都饿瘦了;您可以用我的肋骨摸出我的每一条手指来。爸爸,您来了我很高兴。把您的礼物送给一位巴萨尼奥大爷吧,他是会赏漂亮的新衣服给佣人穿的。我要是不能服侍他,我宁愿跑到地球的尽头去。啊,运气真好!正是他来了。到他跟前去,爸爸。我要是再继续服侍这个犹太人,连我自己都要变作犹太人了。

　　〔巴萨尼奥率里奥那多及其他侍从上。

巴萨尼奥　你们就这样做吧,可是要赶快点儿,晚饭顶迟必须在五点钟预备好。这几封信替我分别送出;叫裁缝把制服做起来;回头再请葛莱西安诺立刻到我的寓所里来。(一仆人下。)

朗斯洛　上去,爸爸。

老高波　上帝保佑大爷!

巴萨尼奥　谢谢你,有什么事?

老高波　大爷,这一个是我的儿子,一个苦命的孩子——

朗斯洛　不是苦命的孩子,大爷,我是犹太富翁的跟班,不瞒大爷说,我想要——我的父亲可以给我证明——

老高波　大爷,正像人家说的,他一心一意地想要伺候——

朗斯洛　总而言之一句话,我本来是伺候那个犹太人的,可是我很想要——我的父亲可以给我证明——

老高波　不瞒大爷说,他的主人跟他有点儿意见不合——

朗斯洛　干脆一句话,实实在在说,这犹太人欺侮了我,他叫我——我的父亲是个老头子,我希望他可以替我向您证明——

老高波　我这儿有一盘烹好的鸽子送给大爷,我要请求大爷一件事——

朗斯洛　废话少说,这请求是关于我的事情,这位老实的老人家可以告诉您;不是我说一句,我这父亲虽然是个老头子,却是个苦人儿。

巴萨尼奥　让一个人说话。您们究竟要什么?

朗斯洛　伺候您,大爷。

老高波　正是这一件事,大爷。

巴萨尼奥　我认识你,我可以答应你的要求;你的主人夏洛克今天曾经向我说起,要把你举荐给我。可是你不去伺候一个有钱的犹太人,反要来做一个穷绅士的跟班,恐怕没有什么好处吧。

朗斯洛　大爷,一句老古话刚好说着我的主人夏洛克跟您:他有的是钱,您有的是上帝的恩惠。

巴萨尼奥　你说得很好。老人家,你带着你的儿子,先去向他的旧主人告别,然后再来打听我的住址。(向侍从)给他做一身比别人格外鲜艳一点的制服,不可有误。

朗斯洛　爸爸,进去吧。我不能得到一个好差使吗?我生了嘴不会说话吗?好,(视手掌)要是在意大利有谁生得一手比我还好的掌纹,我一定会交好运的。好,这儿是一条笔直的寿命线;这儿有不多几个老婆;唉!十五个老婆算得什么,十一个寡妇,再加上九个黄花闺女,对于一个男人也不算太多啊。还要三次溺水不死,有一次几乎在一张天鹅绒的床边送了性命,好险呀好险!

好,要是命运之神是个女的,她倒是个很好的娘儿。爸爸,来,我要用一霎眼的功夫向那犹太人告别。(朗斯洛及老高波下。)

巴萨尼奥　好里奥那多,请你记好,这些东西买到以后,把它们安排停当,就赶紧回来,因为我今晚要宴请我的最有名望的相识;快去吧。

里奥那多　我一定给您尽力办去。

〔葛莱西安诺上。

葛莱西安诺　你家主人呢?

里奥那多　他就在那边走着,先生。(下。)

葛莱西安诺　巴萨尼奥大爷!

巴萨尼奥　葛莱西安诺!

葛莱西安诺　我要向您提出一个要求。

巴萨尼奥　我答应你。

葛莱西安诺　您不能拒绝我,我一定要跟您到贝尔蒙特去。

巴萨尼奥　啊,那么我只好让你去了。可是听着,葛莱西安诺,你这个人太随便,太不拘礼节,太爱高声说话了;这几点本来对于你是再合适不过的,在我们的眼睛里也不以为嫌,可是在陌生人的地方,那就好像有点儿放肆啦。请你千万留心在你的活泼的天性里尽力放进几分冷静进去,否则人家见了你这样狂放的行为,也许会对我发生误会,害我不能达到我的希望。

葛莱西安诺　巴萨尼奥大爷,听我说。我一定会装出一副安详的态度,说起话来恭而敬之,难得赌一两句咒,口袋里放一本祈祷书,脸孔上堆满了庄严;不但如此,在念饭前祈祷的时候,我还要把帽子拉下来遮住我的眼睛,叹一口气,说一句“阿门”;我一定遵守一切礼仪,就像人家有意装得循规蹈矩去讨他老祖母的欢喜一样。要是我不照这样的话做去,您以后不用相信我好了。

巴萨尼奥　好,我们倒要瞧瞧你装得像不像。

葛莱西安诺　今天晚上可不算;您不能按照我今天晚上的行动来判

断我。

巴萨尼奥　好的,那未免太煞风景了。我倒要请你今天晚上痛痛快快地欢畅一下,因为我已经跟几个朋友约定,大家都要尽兴狂欢。现在我还有点事情,等会儿见。

葛莱西安诺　我也要去找罗伦佐,还有那些人;晚饭的时候我们一定来看您。(各下。)

第三场　同前;夏洛克家中一室

　　〔杰西卡及朗斯洛上。

杰西卡　你这样离开我的父亲,使我很不高兴;我们这个家是一座地狱,幸亏有你这淘气的小鬼,多少解除了几分闷气。可是再会吧,朗斯洛,这一块钱你且拿了去;你在晚饭的时候,可以看见一位叫作罗伦佐的,是你新主人的客人,这封信你替我交给他,留心别让旁人看见。现在你快去吧,我不敢让我的父亲瞧见我跟你谈话。

朗斯洛　再见! 眼泪哽住了我的舌头。顶美丽的异教徒,顶温柔的犹太人! 倘不是一个基督徒跟你母亲私通,生了你下来,就算我有眼无珠。再会吧! 这些傻气的泪点,快要把我的男子气概都淹没啦。再见!

杰西卡　再见,好朗斯洛。(朗斯洛下)唉,我真是罪恶深重,竟会羞于做我父亲的孩子! 可是虽然我在血统上是他的女儿,在行为上却不是他的女儿。罗伦佐啊! 你要是能够守信不渝,我将要结束我的内心的冲突,皈依基督教,做你的亲爱的妻子。(下。)

第四场　同前;街道

　　〔葛莱西安诺、罗伦佐、索兰尼奥、萨莱里奥同上。

罗伦佐　不,咱们就在吃晚饭的时候溜了出去,在我的寓所里化装好了,只消一点钟功夫就可以把事情办好回来。

葛莱西安诺　咱们还没有好好儿准备过呢。

索兰尼奥　咱们还没有提到过拿火炬的人。

萨莱里奥　那一定要经过一番训练，否则叫人瞧着笑话；依我看来，
　　还是不用了吧。

罗伦佐　现在还不过四点钟；咱们还有两个钟头可以准备起来。

　　　　　〔朗斯洛持函上。

罗伦佐　朗斯洛朋友，你带什么消息来了？

朗斯洛　请您把这封信拆开来，好像它就会告诉您的。

罗伦佐　我认识这笔迹；这几个字写得真好看；写这封信的那双手，
　　是比这信纸还要洁白的。

葛莱西安诺　一定是情书。

朗斯洛　大爷，小的告辞了。

罗伦佐　你还要到哪儿去？

朗斯洛　呃，大爷，我要去请我的旧主人犹太人今天晚上陪我的新主
　　人基督徒吃饭。

罗伦佐　慢着，这几个钱赏给你；你去回复温柔的杰西卡，我不会误
　　她的约；留心说话的时候别给旁人听见。各位，去吧。（朗斯洛
　　下）你们愿意去准备今天晚上的假面舞会吗？我已经有了一个
　　拿火炬的人了。

索兰尼奥　是，我立刻就去准备起来。

萨莱里奥　我也就去。

罗伦佐　再过一点钟左右，咱们大家在葛莱西安诺的寓所里相会。

索兰尼奥　很好。（索兰尼奥、萨莱里奥同下。）

葛莱西安诺　那封信不是杰西卡写给你的吗？

罗伦佐　我必须把一切都告诉你。她已经教我怎样带着她逃出她父
　　亲的家里，告诉我她随身带了多少金银珠宝，已经准备好怎样一
　　身小童的服装。要是她的父亲那个犹太人有一天会上天堂，那
　　一定因为上帝看在他善良的女儿面上特别开恩；恶运再也不敢

侵犯她,除非因为她的父亲是一个奸诈的犹太人。来,跟我一块儿去;你可以一边走一边读这封信。美丽的杰西卡将要替我拿着火炬。(同下。)

第五场　同前;夏洛克家门前

〔夏洛克及朗斯洛上。

夏洛克　好,你就可以知道,你就可以亲眼瞧瞧夏洛克老头子跟巴萨尼奥有什么不同啦。——喂,杰西卡!——我家里容得你狼吞虎咽,别人家里是不许你这样放肆的;——喂,杰西卡!——还让你睡觉打鼾,把衣服胡乱撕破;——喂,杰西卡!

朗斯洛　喂,杰西卡!

夏洛克　谁叫你喊的?我没有叫你喊呀。

朗斯洛　您老人家不是常常怪我一定要等人家吩咐了才会做事吗?

〔杰西卡上。

杰西卡　您叫我吗?有什么吩咐?

夏洛克　杰西卡,人家请我去吃晚饭;这儿是我的钥匙,你好生收管着。可是我去干吗呢?人家又不是真心邀请我,他们不过拍拍我的马屁而已。可是我因为恨他们,倒要去这一趟,受用受用这个浪子基督徒的酒食。杰西卡,我的孩子,留心照看门户。我实在有点不愿意去;昨天晚上我做梦看见钱袋,恐怕不是个吉兆。

朗斯洛　老爷,请您一定去;我家少爷在等着您赏光呢。

夏洛克　我也在等着他赏我一记耳光哩。

朗斯洛　他们已经商量好了;我并不说您可以看到一场假面跳舞,可是您要是果然看到了,那就怪不得我在上一个黑耀日早上六点钟会流起鼻血来①,**那都是四年前的圣灰节星期三下午发生的**

---

①　黑耀日(Black-Monday)即复活节礼拜一。事指 1360 年 4 月 14 日复活节礼拜一,英王爱德华三世进攻巴黎,正值暴风雨,兵士多冻死。流鼻血为不吉之兆,故云。

事了①。

夏洛克　怎么！还有假面跳舞吗？听好，杰西卡，把家里的门锁上了；听见鼓声和弯笛子的怪叫声音，不许爬到窗格子上张望，也不要伸出头去，瞧那些脸上涂得花花绿绿的傻基督徒们打街道上走过。**把所有的耳朵——我是说那些窗户，都给我关起来，**②别让那些无聊的胡闹的声音钻进我的清静的屋子里。凭着雅各的牧羊杖发誓，我今晚真有点不想出去参加什么宴会。可是就去这一次吧。小子，你先回去，说我就来了。

朗斯洛　那么我先去了，老爷。小姐，留心看好窗外；"跑来一个基督徒，不要错过好姻缘。"（下。）

夏洛克　嘿，那个夏甲的傻瓜后裔③说些什么？

杰西卡　没有说什么，他只是说，"再会，小姐。"

夏洛克　这蠢才人倒还好，就是食量太大；做起事来，慢吞吞像条蜗牛一般；白天睡觉的本领，比野猫还胜过几分；我家里可容不得懒惰的黄蜂，所以才打发他走了，让他去跟着那个靠借债过日子的败家精，正好帮他消费。好，杰西卡，进去吧；也许我一会儿就回来。记住我的话，把门儿随手关了。"缚得牢，跑不了"，这是一句千古不磨的至理名言。（下。）

杰西卡　再会；要是我的命运不跟我作梗，那么我将要失去一个父亲，你也要失去一个女儿了。（下。）

第六场　同　前

　　［葛莱西安诺及索兰尼奥戴假面同上。

----

①　朱译手稿：那一年正是在圣灰节星期三第四年的下午。

②　朱译手稿：所有的窗都给我关起来。

③　夏甲（Hagar）：为犹太人始祖亚伯拉罕的正妻撒拉的婢女，撒拉因无子劝亚伯拉罕纳为次妻；夏甲生子后，遭撒拉之妒，与其子并遭斥逐。见《旧约·创世记》。此处所云"夏甲后裔"，系表示"贱种"之意。

葛莱西安诺　这儿屋檐下便是罗伦佐叫我们守望的地方。

索兰尼奥　他约定的时间快要过去了。

葛莱西安诺　他会迟到真是件怪事,因为恋人们总是赶在时钟的前面的。

索兰尼奥　啊!维纳斯的鸽子飞去缔结新欢的盟约,比之履行旧日的诺言,总是要快上十倍。

葛莱西安诺　那是一定的道理。谁在席终人散以后,他的食欲还像初入座时候那么强烈?哪一匹马在冗长的归途上,会像它起程那么长驱疾驰?世间的任何事物,追求时候的兴致总要比享用时候的兴致浓烈。一艘新下水的船只扬帆出港的当儿,多么像一个娇养的少年,给那轻狂的风儿爱抚搂抱!可是等到它回来的时候,船身已遭风日的侵蚀,船帆也变成了百结的破纳,它又多么像一个落魄的浪子,给那轻狂的风儿肆意欺凌!

索兰尼奥　罗伦佐来啦;这些话你留着以后再说吧。

　　　　　〔罗伦佐上。

罗伦佐　两位好朋友,累你们久等了,对不起得很;实在是因为我有点事情,急切里抽身不出。等你们将来也要偷妻子的时候,我一定也替你们守这么些时候。过来,这儿就是我的犹太岳父所住的地方。喂!里面有人吗?

　　　　　〔杰西卡男装自上方上。

杰西卡　你是哪一个?我虽然认识你的声音,可是为了免得错认了人,请你把名字告诉我。

罗伦佐　我是罗伦佐,你的爱人。

杰西卡　你果然是罗伦佐,也的确是我的爱人,谁会使我这样爱你呢?罗伦佐,除了你之外,谁还知道我究竟是不是属于你的?

罗伦佐　上天和你的思想,都可以证明你是属于我的。

杰西卡　来,把这匣子接住了,你拿了去大有好处的。幸亏在夜里,你瞧不见我,我改扮成这个怪样子,怪不好意思哩。可是恋爱是

盲目的,恋人们瞧不见他们自己所干的傻事;要是他们瞧得见的
话,那么丘比特瞧见我变成一个男孩子,也会脸红起来哩。

罗伦佐　下来吧,你必须替我拿着火炬。

杰西卡　怎么! 我必须拿着烛火,照亮自己的羞耻吗? 像我这样子,
已经太轻狂了,应该遮掩遮掩才是,怎么反而要在别人面前
露脸?

罗伦佐　亲爱的,你穿上这一身漂亮的男孩子衣服,人家不会认出你
来的。快来吧,夜色已经在不知不觉中深了起来,巴萨尼奥在等
着我们去赴宴呢。

杰西卡　让我把门窗关好,再收拾些银钱带在身边,然后立刻就来。
（自上方下。）

葛莱西安诺　凭着我的头巾发誓,她真是个基督徒,不是个犹太人。

罗伦佐　我从心底里爱着她。要是我有判断的能力,那么她是聪明
的;要是我的眼睛没有欺骗我,那么她是美貌的;她已经替自己
证明她是忠诚的;像她这样又聪明、又美丽、又忠诚,怎么不叫我
把她永远放在自己的灵魂里呢?

　　　〔杰西卡上。

罗伦佐　啊,你来了吗? 朋友们,走吧! 我们的舞侣们现在一定在那
儿等着我们了。（罗伦佐、杰西卡、索兰尼奥同下。）

　　　〔安东尼奥上。

安东尼奥　那边是谁?

葛莱西安诺　安东尼奥先生!

安东尼奥　咦,葛莱西安诺! 还有那些人呢? 现在已经九点钟啦,我
们的朋友们大家在那儿等着你们。今天晚上的假面舞会取消
了;风势已转,巴萨尼奥就要立刻上船。我已经差了二十个人来
找你们了。

葛莱西安诺　那好极了;我巴不得今天晚上就开船出发。（同下。）

第七场　贝尔蒙特;鲍西娅家中一室

〔喇叭奏花腔。鲍西娅及摩洛哥亲王各率侍从上。

鲍西娅　去把帐幕揭开,让这位尊贵的王子瞧瞧那几个匣子。现在请殿下自己选择吧。

摩洛哥亲王　第一只匣子是金的,上面刻着几个字:"谁选择了我,将要得到众人所希求的东西。"第二只匣子是银的,上面刻着这样的约许:"谁选择了我,将要得到他所应得的东西。"第三只匣子是用沉重的铅打成的,上面刻着像铅一样冷酷的警告:"谁选择了我,必须准备把他所有的一切作为牺牲。"我怎么可以知道我选得错不错呢?

鲍西娅　这三只匣子中间,有一只里面藏着我的小像;您要是选中了那一只,我就是属于您的了。

摩洛哥亲王　求神明指示我!让我看;我且先把匣子上面刻着的字句再推敲一遍。这一个铅匣子上面说些什么?"谁选择了我,必须准备把他所有的一切作为牺牲。"必须准备牺牲,为什么?为了铅而牺牲一切吗?这匣子说的话儿倒有些吓人。人们为了希望得到重大的利益,才会不惜牺牲一切;一颗贵重的心,决不会屈躬俯就鄙贱的外表;我不愿为了铅的缘故而作任何的牺牲。那个色泽皎洁的银匣子上面说些什么?"谁选择了我,将要得到他所应得的东西。"得到他所应得的东西!且慢,摩洛哥,把你自己的价值作一下公正的估计吧。照你自己判断起来,你应该得到很高的评价,可是也许凭着你这几分长处,还不配娶到这样一位小姐;然而我要是疑心我自己不够资格,那未免太小看自己了。得到我所应得的东西!当然那就是指这位小姐而说的;讲到家世、财产、人品、教养,我在哪一点上配不上她?可是超乎这一切之上,凭着我这一片深情,也就应该配得上她了。那么我不必迟疑,就选了这一个匣子吧。让我再瞧瞧那金匣子上说些什么话:"谁选择了我,将要得到众人所希求的东西。"啊,那正是这位小姐了;整个儿的世界都希求着她,从地球的四角他们迢迢而来,顶礼这位尘世的仙真:赫堪尼亚的沙漠和广大的阿拉伯的辽阔的荒野,现在已经成为各国王子们前来瞻仰美貌的鲍西娅的通衢大道;把唾沫吐在天庭面上的傲慢不逊的海洋,也不能阻止外邦的远客,他们越过汹涌的波涛,就像跨过一条小河一样,为了要看一看鲍西娅的绝世姿容。在这三只匣子中间,有一只里面藏着她的天仙似的小像。难道那铅匣子里会藏着她吗?想起这样一个卑劣的思想,就是一种亵渎。**就算那是她的寿衣吧,藏在这里也是令人恶心的**。那么她是会藏在那价值只及纯金十分之一的银匣子里面吗?啊,罪恶的思想!这样一颗珍贵的珠宝,决不会装在比金子低贱的匣子里。**我知道英国有一种钱币是用金子铸造的,上面刻有天使的图案;那天使就显现在金币的表面,这里的天使却躺卧在里面的金床上**。把钥匙交给我,我已经选定了,但愿我的希望能够成就!

鲍西娅　亲王,请您拿着这钥匙;要是这里边有我的小像,我就是您的了。(摩洛哥亲王开金匣。)

摩洛哥亲王　哎哟,该死!这是什么?一个死人的骷髅,那空空的眼眶里藏着一张有字的纸卷。让我读一读上面写着什么。

发闪光的不全是黄金,
古人的说话没有骗人;
多少世人出卖了一生,
不过看到了我的外形,
蛆虫占据着镀金的坟。
你要是又大胆又聪明,
手脚壮健,见识却老成,
就不会得到这样的回音:
再见,劝你冷却这片心。

冷却这片心；真的是枉费辛劳！

永别了，热情！欢迎，凛冽的寒飙！

再见，鲍西娅！悲伤塞满了心胸，

莫怪我这败军之将去得匆匆。（率侍从下；喇叭奏花腔。）

鲍西娅　他去得倒还知趣。把帐幕拉下。但愿像他一样肤色的人，
都像他一样选不中。（同下。）

第八场　威尼斯；街道

［索兰尼奥及萨莱里奥上。

索兰尼奥　啊，朋友，我看见巴萨尼奥开船，葛莱西安诺也跟他同船
去；我相信罗伦佐一定不在他们船里。

萨莱里奥　那个犹太恶人大呼小叫地吵到公爵那儿去，公爵已经跟
着他去搜巴萨尼奥的船了。

索兰尼奥　他去迟了一步，船已经开出。可是有人告诉公爵，说他们
曾经看见罗伦佐跟他的多情的杰西卡在一艘平底船里；而且安
东尼奥也向公爵证明他们并不在巴萨尼奥的船上。

萨莱里奥　那犹太狗在街上一路乱叫乱喊，"我的女儿！啊，我的银
钱！啊，我的女儿！跟一个基督徒逃走啦！啊，我的基督徒的银
钱！公道啊！法律啊！我的银钱，我的女儿！一袋封好的，两袋
封好的银钱，给我的女儿偷去了！还有珠宝！两颗宝石，两颗珍
贵的宝石，都给我的女儿偷去了！公道啊！把那女孩子找出来！
她身边带着宝石，还有银钱。"

索兰尼奥　威尼斯城里所有的小孩子们，都跟在他背后，喊着"我的
宝石，我的女儿，我的银钱"呢。

萨莱里奥　安东尼奥应该留心那笔债款不要误了期，否则他要在他
身上报复的。

索兰尼奥　对了，你想起得不错。昨天我跟一个法国人谈天，他对我
说起，在英法两国之间的狭隘的海面上，有一艘从咱们国里开出

去的满载着货物的船只出了事了。我一听见这句话,就想起安
东尼奥,但愿那艘船不是他的才好。

萨莱里奥　你最好把你听见的消息告诉安东尼奥;可是你要轻描淡
　　写地说,免得累他着急。

索兰尼奥　世上没有一个比他更仁厚的君子。我看见巴萨尼奥跟安
　　东尼奥分别,巴萨尼奥对他说他一定尽早回来,他就回答说,"不
　　必,巴萨尼奥,不要为了我的缘故而误了你的正事,你等到一切
　　事情圆满完成以后再回来吧;至于我在那犹太人那里签下的约,
　　你不必放在心上,你只管高高兴兴,一心一意地进行着你的好
　　事,施展你的全副精神,去博得美人的欢心吧。"说到这里,他的
　　眼睛里已经噙着一包眼泪,他就回转身去,把他的手伸到背后,
　　亲亲热热地握着巴萨尼奥的手;他们就这样分别了。

萨莱里奥　我看他只是为了他的缘故才爱这世界的。咱们现在就去
　　找他,想些开心的事儿替他解解愁闷,你看好不好?

索兰尼奥　很好很好。(同下。)

第九场　　贝尔蒙特;鲍西娅家中一室

　　　　〔尼莉莎及一仆人上。

尼莉莎　赶快,赶快,扯开那帐幕;阿拉贡亲王已经宣过誓,就要来选
　　匣子啦。

　　　　〔喇叭奏花腔。阿拉贡亲王及鲍西娅各率侍从上。

鲍西娅　瞧,尊贵的王子,那三个匣子就在这儿;您要是选中了有我
　　的小像藏在里头的那一只,我们就可以立刻举行婚礼;可是您要
　　是失败了的话,那么殿下,您必须立刻离开这儿。

阿拉贡亲王　我已经宣誓遵守三项条件:第一,不得告诉任何人我所
　　选的是哪一只匣子;第二,要是我选错了匣子,终身不得再向任
　　何女子求婚;第三,要是我选不中,必须立刻离开此地。

鲍西娅　为了我这微贱的身子来此冒险的人,没有一个不曾立誓遵

守这几项条件。

阿拉贡亲王　我也是这样宣誓过了。但愿命运满足我的心愿！一只是金的，一只是银的，还有一只是下贱的铅的。"谁选择了我，必须准备把他所有的一切作为牺牲。"你要我为你牺牲，应该再好看一点才是。那个金匣子上面说的什么？"谁选择了我，将要得到众人所希求的东西。"众人所希求东西！那"众人"也许是指无知的群众，他们只知道凭着外表取人，信赖着一双愚妄的眼睛，不知道窥察到内心，就像暴风雨中的燕子，把巢筑在屋外的墙壁上，自以为可保万全，不想到灾祸就会接踵而至。我不愿选择众人所希求的东西，因为我不愿随波逐流，与庸俗的群众为伍。那么还是让我瞧瞧你吧，你这白银的宝库；待我再看一遍刻在你上面的字句："谁选择了我，将要得到他所应得的东西。"说得好，一个人要是自己没有几分长处，怎么可以妄图非份？尊荣显贵，原来不是无德之人所可以忝窃的。唉！要是世间的爵禄官职，都能够因功授赏，不借钻营，那么多少脱帽侍立的人将会高冠盛服，多少发号施令的人将会唯唯听命，多少卑劣鄙贱的渣滓可以从高贵的种子中间筛分出来，多少隐暗不彰的贤才异能，可以从世俗的糠秕中间剔选出来，大放它们的光泽！闲话少说，还是让我考虑考虑怎样选择吧。"谁选择了我，将要得到他所应得的东西。"那么我有擅了。把这匣子上的钥匙给我，让我立刻打开藏在这里面的命运。（打开银匣。）

鲍西娅　您在这里面瞧见些什么？怎么呆住了一声不响？

阿拉贡亲王　这是什么？一个眯着眼睛的傻瓜的画像，上面还写着字句！让我读一下看。唉！你跟鲍西娅相去得多么远！你跟我的希望又相去得多么远！难道我只配得到你这样一个东西吗？"谁选择了我，将要得到他所应得的东西。"难道我只应该得到一副傻瓜的嘴脸吗？那便是我的奖品吗？我不该得到好一点的东西吗？

鲍西娅　　毁谤和评判，是两件作用不同、性质相反的事。

阿拉贡亲王　这儿写着什么？

　　　　　　这银子在火里烧过七遍；

　　　　　　那永远不会错误的判断，

　　　　　　也必须经过七次的试炼。

　　　　　　有的人终身向幻影追逐，

　　　　　　只好在幻影里寻求满足。

　　　　　　我知道世上尽有些呆鸟，

　　　　　　空有着一个镀银的外表；

　　　　　　随你娶一个怎样的妻房，

　　　　　　摆脱不了这傻瓜的皮囊；

　　　　　　去吧，先生，莫再耽搁时光！

　　　　　　我要是再留在这儿发呆，

　　　　　　愈显得是个十足的蠢才；

　　　　　　顶一颗傻脑袋来此求婚，

　　　　　　带两个蠢头颅回转家门。

　　　　　　别了，美人，我愿遵守誓言，

　　　　　　默忍着心头愤怒的熬煎。（阿拉贡亲王率侍从下。）

鲍西娅　　正像飞蛾在烛火里伤身，

　　　　　　这些傻瓜们自恃着聪明，

　　　　　　免不了被聪明误了前程。

尼莉莎　　古话说得好，上吊娶媳妇，

　　　　　　都是一个人注定的天数。

鲍西娅　　来，尼莉莎，把帐幕拉下了。

　　　　　〔一仆人上。

仆人　　小姐呢？

鲍西娅　　在这儿，尊驾有什么见教？

仆人　　小姐，门口有一个年青的威尼斯人，说是来通知一声，他的主人就要来啦;他说他的主人叫他先来向小姐致意,除了一大堆恭维的客套以外,还带来了几件很贵重的礼物。小的从来没有见过这么一位体面的爱神的使者;预报繁茂的夏季快要来临的四月的天气,也不及这个为主人先驱的俊仆的温雅。

鲍西娅　请你别说下去了吧;你把他称赞得这样天花乱坠,我怕你就要说他是你的亲戚了。来,来,尼莉莎,我倒很想瞧瞧这一位爱神差来的体面的使者。

尼莉莎　爱神啊,但愿来的是巴萨尼奥!（下。）

第 三 幕

第一场　威尼斯;街道

〔萨莱里奥及索兰尼奥上。

萨莱里奥　交易所里有什么消息?

索兰尼奥　他们都在那里说安东尼奥有一艘满装着货物的船在海峡里倾覆了;那地方的名字好像是古德温,是一处很危险的沙滩,听说有许多大船的残骸埋葬在那里,要是那些传闻之辞是确实可靠的话。

萨莱里奥　我但愿那些谣言就像那些吃饱了饭没事做,嚼嚼生姜,或者一把鼻涕一把眼泪地假装为了她第三个丈夫死去而痛哭的那些婆子们所说的鬼话一样靠不住。可是那的确是事实——不说啰哩啰嗦的废话,也不说枝枝节节的闲话——这位善良的安东尼奥,正直的安东尼奥——啊,我希望我有一个可以充分形容他的好处的字眼!

索兰尼奥　好了好了,别说下去了吧。

萨莱里奥　吓！你说什么！总结一句话，他损失了一艘船。

索兰尼奥　但愿这是他最后一次的损失。

萨莱里奥　让我赶快喊"阿门"，免得给魔鬼打断了我的祷告，因为他已经扮成一个犹太人的样子来啦。

　　　　　〔夏洛克上。

萨莱里奥　啊，夏洛克！商人中间有什么消息？

夏洛克　有什么消息！我的女儿逃走啦，这件事情是你比谁都格外知道得详细的。

索兰尼奥　那当然啦，就是我也知道她飞走的那对翅膀是哪一个裁缝替她做的。

萨莱里奥　夏洛克自己也何尝不知道，她羽毛已长，当然要离开娘家啦。

夏洛克　她干出这种不要脸的事来，死了一定要下地狱。

索兰尼奥　倘然魔鬼做他的判官，那是当然的事情。

夏洛克　我自己的血肉跟我造反！

萨莱里奥　呸，这是什么话，老东西！这许多年来你身上的血肉都在造反吗？

夏洛克　我是说女儿是我的血肉。

索兰尼奥　你的肉跟她的肉比起来，比黑炭和象牙还差得远；你的血跟她的血比起来，比红葡萄酒和白葡萄酒还差得远。可是告诉我们，你听没听见人家说起安东尼奥在海上遭到了损失？

夏洛克　说起他，又是我的一桩倒霉事情。这个败家精，这个破落户，他不敢在交易所里露一露脸；他平常到市场上来，穿着得多么齐整，现在可变成一个叫化子啦。让他留心他的借约吧，他老是骂我盘剥取利；让他留心他的借约吧，他是本着基督徒的精神，放债从来不取利息的；让他留心他的借约吧。

索兰尼奥　我相信要是他不能按约偿还借款，你一定不会要他的肉的；那有什么用处呢？

夏洛克　拿来钓鱼也好；即使他的肉不中吃，至少也可以出出我这一口气。他曾经羞辱过我，夺去我几十万块钱的生意，讥笑着我的亏蚀，挖苦着我的盈余，侮蔑我的民族，破坏我的买卖，离间我的朋友，煽动我的仇敌；他的理由是什么？只因为我是一个犹太人。难道犹太人没有眼睛吗？难道犹太人没有五官四肢，没有知觉，没有感情，没有血气吗？他不是吃着同样的食物，同样的武器可以伤害他，同样的医药可以疗治他，冬天同样会冷，夏天同样会热，就像一个基督徒一样吗？你们要是用刀剑刺我们，我们不是也会出血的吗？你们要是搔我们的痒，我们不是也会笑起来的吗？你们要是用毒药谋害我们，我们不是也会死的吗？那么要是你们欺侮了我们，我们难道不会复仇吗？要是在别的地方都跟你们一样，那么在这一点上也是彼此相同的。要是一个犹太人欺侮了一个基督徒，那基督徒应该怎样？报仇呀。要是一个基督徒欺侮了一个犹太人，那么照着基督徒的榜样，那犹太人应该怎样？报仇呀。你们已经把残虐的手段教给我，我一定会照着你们的教训实行，而且还要加倍奉敬哩。

　　　　〔一仆人上。

仆人　两位先生，我家主人安东尼奥在家里要请两位过去谈谈。

索兰尼奥　我们正在到处找他呢。

　　　　〔杜伯尔上。

萨莱里奥　又是一个他的族中人来啦；世上再也找不到第三个像他们这样的人，除非魔鬼自己也变成了犹太人。（萨莱里奥、索兰尼奥及仆人下。）

夏洛克　啊，杜伯尔！热那亚有什么消息？你有没有找到我的女儿？

杜伯尔　我所到的地方，往往听见人家说起她，可是总找不到她。

夏洛克　哎呀，糟糕！糟糕！糟糕！我在法兰克福出两千块钱买来的那颗金钢钻也丢啦！咒诅到现在才降落到咱们民族头上；我到现在才觉得它的利害。那一颗金钢钻就是两千块钱，还有别的贵重的珠宝。我希望我的女儿死在我的脚下,那些珠宝都挂在她的耳朵上;我希望她就在我的脚下入土安葬,那些银钱都放在她的棺材里!不知道他们的下落吗?哼,我不知道为了寻访她们,又花去了多少钱。你这你这——损失上再加损失!贼子偷了这么多走了,还要花这么多寻访贼子,结果仍旧是一无所得,出不了这一口怨气。只有我一个人倒霉,只有我一个人叹气,只有我一个人流眼泪!

杜伯尔　倒霉的不单是你一个人。我在热那亚听人家说,安东尼奥——

夏洛克　什么?什么?什么?他也倒了霉吗?他也倒了霉吗?

杜伯尔　——有一艘从特里波利斯来的大船,在途中触礁。

夏洛克　谢谢上帝!谢谢上帝!是真的吗?是真的吗?

杜伯尔　我曾经跟几个从那船上出险的水手谈过话。

夏洛克　谢谢你,好杜伯尔。好消息,好消息!哈哈!什么地方?在热那亚吗?

杜伯尔　听说你的女儿在热那亚一个晚上花去八十块钱。

夏洛克　你把一把刀戳进我心里!我再也瞧不见我的银子啦!一下子就是八十块钱!八十块钱!

杜伯尔　有几个安东尼奥的债主跟我同路到威尼斯来,他们肯定地说他这次一定要破产。

夏洛克　我很高兴。我要摆布摆布他;我要叫他知道些利害。我很高兴。

杜伯尔　有一个人给我看一个指环,说是你女儿拿它向他买一头猴子的。

夏洛克　该死该死!杜伯尔,你提起这件事,真叫我心里难过;那是我的绿玉指环,是我的妻子莉娅在我们没有结婚的时候送给我的;即使人家把一大群猴子来向我交换,我也不愿把它给人。

杜伯尔　可是安东尼奥这次一定完了。

夏洛克　对了,这是真的,一点不错。去,杜伯尔,现在离开借约满期还有半个月,你先给我衙门里走动走动,花费几个钱。要是他愆了约,我要挖出他的心来;**只要他有一天滚出了威尼斯,我就可以随心所欲地做我的生意了**①。去,去,杜伯尔,咱们在会堂里见面。好杜伯尔,去吧,会堂里再见,杜伯尔。(各下。)

第二场　贝尔蒙特;鲍西娅家中一室

[巴萨尼奥、鲍西娅、葛莱西安诺、尼莉莎及侍从等上。

鲍西娅　请您不要太急,停一两天再选吧;因为要是您选得不对,咱们就不能再在一块儿,所以请您暂时缓一下吧。我心里仿佛有一种什么感觉——可是那不是爱情——告诉我我不愿失去您;您一定也知道,嫌憎是不会向人说这种话的。一个女孩儿家本来不该信口说话,可是唯恐您不能懂得我的意思,我真想留您在这儿住上一两个月,然后再让您为我冒险一试。我可以教您怎样选才不会有错;可是这样我就要违犯了誓言,那是断断不可的;然而那样您也许会选错;要是您选错了,您一定会使我起了一个有罪的愿望,懊悔我不该为了不敢背誓而忍心让您失望。顶可恼的是您这一双眼睛,它们已经瞧透了我的心,把我分成两半:半个我是您的,还有那半个我也是您的,——不,我的意思是说那半个我是我的,可是既然是我的,也就是您的,所以整个儿的我都是您的。唉! 都是这些无聊的世俗的礼法,使人们不能享受他们合法的权利;所以我虽然是您的,却又不是您的。我说得太噜苏了,可是我的目的是要尽量拖延时间,不放您马上就去选择。

巴萨尼奥　让我选吧;我现在提心吊胆,才像给人拷问一样受罪呢。

鲍西娅　给人拷问,巴萨尼奥! 那么您给我招认出来,在你的爱情之

---

①　朱译手稿:即使他不在威尼斯,我也不怕他逃出我的掌心。

中，隐藏着什么奸谋？

巴萨尼奥　没有什么奸谋，我只是有点怀疑忧惧，但恐我的痴心化为
　　徒劳；奸谋跟我的爱情正像冰炭一样，是无法相容的。

鲍西娅　嗯，可是我怕你是因为受不住拷问的痛苦，才说这样的话。
　　一个人要是受到严刑逼供，那是什么话都会说的。

巴萨尼奥　您要是答应赦我一死，我愿意招认真情。

鲍西娅　好，赦你一死，你招认吧。

巴萨尼奥　“爱”便是我所能招认的一切。多谢我的刑官，您教给我
　　怎样免罪的答话了！可是让我瞧瞧那几个匣子，试试我的运
　　气吧。

鲍西娅　那么去吧！在那三个匣子中间，有一个里面锁着我的小像；
　　您要是真的爱我，您会把我找出来的。尼莉莎，你跟其余的人都
　　站开些。在他选择的时候，把音乐奏起来，要是他失败了，好让
　　他像天鹅一样在音乐声中死去；把这譬喻说得更确当一些，我的
　　眼睛就是他葬身的清流。也许他会胜利的；那么那音乐又像什
　　么呢？那时候音乐就像忠心的臣子俯伏迎接新加冕的君王的时
　　候所吹奏的号角，又像是黎明时分送进正在做着好梦的新郎的
　　耳中，催他起来举行婚礼的甜柔的琴韵。现在他去了，他的沉毅
　　的姿态，就像少年赫拉克勒斯奋身前去，在特洛伊人的呼叫声
　　中，把他们祭献给海怪的处女拯救出来一样，可是他心里却藏着
　　更多的爱情；我站在这儿做牺牲，她们站在旁边，就像泪眼模糊
　　的特洛伊妇女们，出来看这场争夺的结果。去吧，赫拉克勒斯！
　　我的生命悬在你的手里，但愿你安然生还；我这观战的人心中，
　　比你上场作战的人还要惊恐万倍！

　　　[巴萨尼奥独白时，乐队奏乐唱歌。

歌

告诉我爱情生长在何方？

还是在脑海？还是在心房？

它怎样发生？它怎样成长？

回答我，回答我。

爱情的火在眼睛里点亮，

凝视是爱情生活的滋养，

它的摇篮便是它的坟堂。

让我们把爱的丧钟鸣响，

叮当！叮当！

叮当！叮当！（众和。）

巴萨尼奥 外观往往和事物的本身完全不符，世人却容易为表面的装饰所欺骗。在法律上，哪一件卑鄙邪恶的陈诉，不可以用娓娓动听的言辞掩饰它的罪状？在宗教上，哪一桩罪大恶极的过失不可以引经据典，文过饰非，证明它的确上合天心？任何彰明昭著的罪恶，都可以在外表上装出一副道貌岸然的样子。多少没有胆量的懦夫，**他们的心软弱得像承载不了脚力的流沙，他们的肝脏从内部查验比乳汁还要白净，可是**他们的颊上偏偏长着天神一样威武的须髯，**就像赫拉克勒斯和眉头紧锁的玛尔斯那样，**人家只看他们的外表，也就居然把他们当作英雄一样看待！再看那些世间所谓美貌吧，那是完全靠着脂粉装点出来的，愈是轻浮的女人，所涂的脂粉也愈重；至于那些随风飘扬像蛇一样的金丝卷发，看上去果然漂亮，不知道却是从坟墓中死人的骷髅上借下来的。所以装饰不过是一道把船只诱进凶涛险浪的怒海中的陷人的海岸，又像是遮掩着一个黑丑蛮女的一道美丽的面幕；总而言之，它是狡诈的世人用来欺诱智士的似是而非的真理。所以，你炫目的黄金，米达斯王的坚硬的食物，①我不要你；你惨白的银子，在人们手里来来去去的下贱的奴才，我也不要你；可是

---

① 米达斯（Midas）：弗里吉亚（Phrygia）王，祷神求点金术，神允之，触指成金，食物亦成金。

你,寒伧的铅,你的形状只能使人退走,一点没有吸引人的力量,然而你的质朴却比巧妙的言辞更能打动我的心,我就选了你吧,但愿结果美满!

鲍西娅　（旁白）一切纷杂的思绪,多心的疑虑,卤莽的绝望,战栗的恐惧,酸性的猜嫉,多么快地烟消云散了！爱情啊！把你的狂喜节制一下,不要让你的欢乐溢出界限,让你的情绪越过分寸;你使我感觉到太多的幸福,请你把它减轻几分吧,我怕我快要给快乐窒息而死了！

巴萨尼奥　这里面是什么？（打开铅匣）美丽的鲍西娅的副本！这是谁的化工之笔,描画出这样一位绝世的美人？这双眼睛在转动吗？还是因为我的眼球在转动,所以仿佛它们也在随着转动？她的微启的双唇,是因为她嘴里吐出来的甘美芳香的气息而分裂了;**唯有这样甘美的气息才能分开这样甜蜜的朋友**[①]。画师在描画她的头发的时候,一定曾经化身为蜘蛛,织下了这么一个金丝的发网,来诱捉男子们的心;哪一个男子见了它,不会比飞蛾投入蛛网还快地陷入网罗呢？可是她的眼睛！他怎么能够睁着眼睛把它们画出来呢？他在画了一只眼睛以后,我想它的逼人的光芒一定会使他自己目眩神夺,再也描画不成其余的一只。可是瞧,我用尽一切赞美的字句,还不能充分形容出这一个画中幻影的美妙;然而这幻影跟它的实体比较起来,又是多么望尘莫及！这儿是一纸手卷,宣判着我的命运。

　　　　　你选择不凭着外表,
　　　　　　果然给你直中鹄心！
　　　　　胜利既已入你怀抱,
　　　　　　你莫再往别处追寻。
　　　　　这结果倘使你满意,

---

① 　朱译手稿:无论怎样亲密的朋友,受到了这样的麻醉,都会变成路人的。

就请接受你的幸运，

赶快回转你的身体，

给你的爱深深一吻。

温柔的纶音！美人，请恕我大胆，（吻鲍西娅。）

我奉命来把彼此的深情交换。

像一个夺标的健儿驰骋身手，

耳旁只听见沸腾的人声如吼，

虽然明知道胜利已在他手掌，

却不敢相信人们在向他赞赏。

绝世的美人，我现在神眩目晕，

仿佛闯进了一场离奇的梦境；

除非你亲口证明这一切是真，

我再也不相信我自己的眼睛。

鲍西娅　巴萨尼奥公子，您瞧我站在这儿，不过是这样的一个人。虽然为了我自己的缘故，我不愿妄想自己比现在的我更好一点；可是为了您的缘故，我希望我能够六十倍胜过我的本身，再加上一千倍的美丽，一万倍的富有。我但愿我有无比的贤德、美貌、财产和亲友，好让我在您的心目中占据一个很高的位置。可是我这一身却是一无所有，我只是一个不学无术、没有教养的女子；幸亏她的年纪还不是顶大，来得及发愤学习；她的天资不是顶笨，可以加以教导之功；尤其大幸的，她有一颗柔顺的心灵，愿意把它奉献给您，听从您的指导，把您当作她的主人，她的统治者，她的君王。我自己以及我所有的一切，现在都变成您的所有了；刚才我还拥有着这一座华丽的大厦，我的仆人都听从着我的指挥，我是支配我自己的女王，可是就在现在，这屋子，这些仆人和这一个我，都是属于您的了，我的夫君。凭着这一个指环，我把这一切完全呈献给您；要是您让指环离开您的身边，或者把它丢了，或者把它送给别人，那就预示着您的爱情的毁灭，我可以因此责怪您的。

巴萨尼奥 小姐,您使我说不出一句话来,只有我的热血在我的血管里跳动着向您陈诉。我的精神是在一种恍惚的状态中,正像喜悦的群众在听到他们所爱戴的君王的一篇美妙的演辞以后那种心灵眩惑的神情,除了口头的赞叹和内心的欢乐以外,一切的一切都混和起来,化成白茫茫的一片模糊。可是这指环要是有一天离开这手指,那么我的生命也一定已经终结;那时候您可以放胆地说,巴萨尼奥已经死了。

尼莉莎 姑爷,小姐,我们站在旁边,眼看我们的愿望成为事实,现在该让我们来道喜了。恭喜姑爷!恭喜小姐!

葛莱西安诺 巴萨尼奥大爷和我的温柔的夫人,愿你们享受一切的快乐!**我相信,你们的快乐并不能抵消我的快乐:因为我还有一个请求,要是你们决定在什么时候举行嘉礼,我也想跟你们一起结婚。**

巴萨尼奥 很好,只要你能够找到一个妻子。

葛莱西安诺 谢谢大爷,您已经替我找到一个了。不瞒大爷说,我这一双眼睛瞧起人来,并不比您大爷慢;您瞧见了小姐,我也瞧见了使女;您发生了爱情,我也发生了爱情。**我追求爱情的脚步与您一样不容延宕;**您的命运靠那匣子决定,我也是一样;因为我在这儿千求万告,身上的汗出了一身又是一身,指天誓日地说到唇干舌燥,才算得到这位好姑娘的一句回音,答应我要是您能够得到她的小姐,我也可以得到她的爱情。

鲍西娅 这是真的吗,尼莉莎?

尼莉莎 是真的,小姐,要是您赞成的话。

巴萨尼奥 葛莱西安诺,你也是出于真心吗?

葛莱西安诺 是的,大爷。

巴萨尼奥 我们的喜筵有你们的婚礼添兴,那真是喜上加喜了。

葛莱西安诺 我们要跟他们打赌一千块钱,看谁先养儿子。

尼莉莎 什么,还要赌儿子?

葛莱西安诺 **说到养儿子,我们俩一定赢不了你们。**可是谁来啦?
罗伦佐和他的异教徒吗?什么!还有我那威尼斯老朋友萨莱
里奥?

〔罗伦佐、杰西卡及萨莱里奥上。

巴萨尼奥 罗伦佐,萨莱里奥,虽然我也是初履此地,让我僭用这里
主人的名义,欢迎你们的到来。亲爱的鲍西娅,请您允许我接待
我这几个同乡朋友。

鲍西娅 我也是竭诚欢迎他们。

罗伦佐 谢谢。巴萨尼奥大爷,我本来并没有想到要到这儿来看您,
因为在路上碰见萨莱里奥,给他不由分说地硬拉着一块儿来啦。

萨莱里奥 是我拉他来,大爷,我是有理由的。安东尼奥先生叫我替
他向您致意。(给巴萨尼奥一信。)

巴萨尼奥 在我没有拆开这信以前,请您告诉我我的好朋友近来
好吗?

萨莱里奥 他没有病,除非有点儿心病;**他并不快活,除非解了心结。**
您看了他的信,就可以知道他的近况。

葛莱西安诺 尼莉莎,招待招待那位客人。把你的手给我,萨莱里
奥。威尼斯有些什么消息?那位善良的商人安东尼奥怎样?我
知道他听见了我们的成功,一定会十分高兴;我们是两个伊阿
宋,把金羊毛取了来啦。

萨莱里奥 我希望你们能够把他失去的金羊毛取了回来,那就好了。

鲍西娅 那信里一定有些什么坏消息,巴萨尼奥的脸色都变白了;多
分是一个什么好朋友死了,否则不会有别的事情会把一个堂堂
男子激动到这个样子的。怎么,还有更坏的事情吗?恕我冒渎,
巴萨尼奥,我是您自身的一半,这封信所带给您的任何不幸的消
息,也必须让我分一半去。

巴萨尼奥 啊,亲爱的鲍西娅!这信里所写的,是自有纸墨以来最悲

惨的字句。好小姐,当我初次向您倾吐我的爱慕之忱的时候,我坦白地告诉您,我的高贵的家世是我仅有的财产,那时我并没有向您说谎;可是,亲爱的小姐,单单把我说成一个两袖清风的寒士,还未免夸张过分,因为我不但一无所有,而且还负着一身的债务;不但欠了我的一个好朋友许多钱,还累他为了我的缘故,欠了他仇家的钱。这一封信,小姐,那信纸就像是我朋友的身体,上面的每一个字,都是一处血淋淋的创伤。可是,萨莱里奥,那是真的吗?难道他的船舶都一起遭难了?竟没有一艘平安到港吗?从特里波利斯,从墨西哥,从英国、里斯本、巴巴里和印度来的船只,没有一艘能够逃过那些毁害商船的礁石的可怕撞击吗?

萨莱里奥　一艘也没有逃过。而且即使他现在有钱还那犹太人,那犹太人也不肯收他。我从来没有见过这样一个样子像人的家伙,一心一意只想残害他的同类;他不分昼夜地向公爵絮叨,说是他们倘不给他主持公道,那么威尼斯根本不成其为自由邦。二十个商人,公爵自己,还有那些最有名望的士绅,都曾劝过他,可是谁也不能叫他回心转意,放弃他的狠毒的控诉;他一口咬定,要求按照约文的规定,处罚安东尼奥的违约。

杰西卡　我在家里的时候,曾经听见他向杜伯尔和丘斯,他的两个同族的人谈起,说他宁可取安东尼奥身上的肉,不愿收受比他的欠款多二十倍的钱。要是法律和威权不能**阻止**①他,那么可怜的安东尼奥恐怕难逃一死了。

鲍西娅　遭到这样危难的人,是不是您的好朋友?

巴萨尼奥　我的最亲密的朋友,一个心肠最仁慈的人,热心为善,多情尚义,在他身上存留着比任何意大利人更多的古代罗马的侠义精神。

——————————

①　朱译手稿:拒绝。

鲍西娅　他欠那犹太人多少钱？

巴萨尼奥　他为了我的缘故，向他借了三千块钱。

鲍西娅　什么，只有这一点数目吗？还他六千块钱，把那借约毁了；
两倍六千块钱，或者照这数目再倍三倍都可以，可是万万不能因
为巴萨尼奥的过失，害这样一位好朋友损伤一根毛发。先陪我
到教堂里去结为夫妇，然后你就到威尼斯去看你的朋友；鲍西娅
决不让你抱着一颗不安宁的良心睡在她的身旁。你可以带偿还
这笔小小借款的二十倍那么多的钱去；债务清了以后，就带你的
忠心的朋友到这儿来。我的侍女尼莉莎陪着我在家里，仍旧像
未嫁的时候一样，守候着你们的归来。来，今天就是你结婚的日
子，大家快快乐乐，好好招待你的朋友们。你既然是用这么大的
代价买来的，我一定格外爱你。可是让我听听你朋友的信。

巴萨尼奥　（念）"巴萨尼奥挚友如握：弟船只悉数遇难，债主煎迫，家
业荡然。犹太人之约，业已衍期；履行罚则，殆无生望。足下前
此欠弟债项，一切勾销，惟盼及弟未死之前，来相临视。或足下
燕婉情浓，不忍遽别，则亦不复相强，此信置之可也。"

鲍西娅　啊，亲爱的，快把一切事情办好，立刻就去吧！

巴萨尼奥　既然蒙您允许，我就赶快收拾动身；可是——
此去经宵应少睡，长留魂魄系相思。（同下。）

第三场　威尼斯；街道

〔夏洛克、索兰尼奥、安东尼奥及狱吏上。

夏洛克　狱官，留心看住他；不要对我讲什么慈悲。这就是那个放债
不取利息的傻瓜。狱官，留心看住他。

安东尼奥　再听我说句话，好夏洛克。

夏洛克　我一定要照约实行；你倘然想推翻这一张契约，那还是请你
免开尊口的好。我已经发过誓，非得照约实行不可。你曾经无
缘无故骂我狗，既然我是狗，那么你可留心着我的狗牙齿吧。公

爵一定会给我主持公道的。你这糊涂的狱官，我真不懂你老是会答应他的请求，陪着他到外边来。

安东尼奥　请你听我说。

夏洛克　我一定要照约实行，不要听你讲什么鬼话；我一定要照约实行，所以请你闭嘴吧。我不像那些软心肠流眼泪的傻瓜们一样，听了基督徒的几句劝告，就会摇头叹气，懊悔屈服。别跟着我，我不要听你说话，我要照约实行。（下。）

索兰尼奥　这是人世间一头最顽固的恶狗。

安东尼奥　别理他；我也不愿再费无益的唇舌向他哀求了。他要的是我的命，我也知道他的原因。常常有许多人因为不堪他的剥削，向我诉苦，是我帮助他们脱离他的压迫，所以他才恨我。

索兰尼奥　我相信公爵一定不会允许他执行这一种处罚。

安东尼奥　公爵不能变更法律的规定，因为威尼斯的繁荣，完全依赖着各国人民的来往通商，要是剥夺了异邦人应享的权利，一定会使人对威尼斯的法治精神发生重大的怀疑。去吧，这些不如意的事情，已经把我搅得心力交瘁，我怕到明天身上也许割不下一磅肉来，偿还我这位不怕血腥气的债主了。狱官，走吧。求上帝，让巴萨尼奥来亲眼看见我替他还债，我就死而无怨了！（同下。）

第四场　贝尔蒙特；鲍西娅家中一室

〔鲍西娅、尼莉莎、罗伦佐、杰西卡及包尔萨泽上。

罗伦佐　夫人，不是我当面恭维您，您的确有一颗高贵真诚、不同凡俗的仁爱的心；尤其像这次敦促尊夫就道，宁愿割舍儿女的私情，这一种精神毅力，真令人万分钦佩。可是您倘使知道受到您这种好意的是个什么人，您所救援的是怎样一个正直的君子，他对于尊夫的交情又是怎样深挚，我相信您一定会格外因为做了这一件好事而自豪，不仅仅认为这是在人道上不得不尽的义务而已。

鲍西娅　我做了好事从来不后悔，现在也当然不会。因为凡是常在
　　　一块儿谈心游戏的朋友，彼此之间都有一重相互的友爱，他们在
　　　容貌上，风度上，习性上，也必定相去不远；所以在我想来，这位
　　　安东尼奥既然是我的丈夫的心腹好友，他的为人一定很像我的
　　　丈夫。要是我的猜想果然不错，那么我把一个跟我的灵魂相仿
　　　的人从残暴的迫害下救赎出来，花了这点点儿代价，算得什么！
　　　可是这样的话，太近于自吹自擂了，所以别说了吧，还是谈些其
　　　他的事情。罗伦佐，在我的丈夫没有回来以前，我要劳驾您替我
　　　照管家里；我自己已经向天许下密誓，要在祈祷和默念中过着生
　　　活，只让尼莉莎一个人陪着我，直到我们两人的丈夫回来。在两
　　　哩路之外有一所修道院，我们就预备住在那儿。我向您提出这
　　　一个请求，不只是为了个人的私情，还有其他事实上的必要，请
　　　您不要拒绝我。

罗伦佐　夫人，您有什么吩咐，我无不乐于遵命。

鲍西娅　我的仆人们都已知道我的决心，他们会把您和杰西卡当做
　　　巴萨尼奥和我自己一样看待。后会有期，再见了。

罗伦佐　但愿美妙的思想和安乐的时光追随在您的身旁！

杰西卡　愿夫人一切如意！

鲍西娅　谢谢你们的好意，我也愿意用同样的愿望祝福你们。再见，
　　　杰西卡。（杰西卡、罗伦佐下）包尔萨泽，我一向知道你诚实可靠，
　　　希望你永远做一个诚实可靠的人。这一封信你给我火速送到帕
　　　度亚，交给我的表兄培拉里奥博士亲手收拆；要是他有什么回信
　　　和衣服交给你，你就赶快带着它们到码头上，乘公共渡船到威尼
　　　斯去。不要多说话，去吧；我会在威尼斯等你。

包尔萨泽　小姐，我尽快去就是了。（下。）

鲍西娅　来，尼莉莎，我现在还要干一些你没有知道的事情；我们要
　　　在我们的丈夫还没有想到我们之前去跟他们相会。

尼莉莎　我们要让他们看见我们吗？

鲍西娅　他们将会看见我们，尼莉莎，可是我们要打扮得叫他们认不出我们的本来面目。我可以跟你打赌无论什么东西，要是我们都扮成了少年男子，我一定比你漂亮点儿，带起刀子来也比你格外神气点儿；我会沙着喉咙讲话，就像一个正在发育的男孩子一样；我会把两个姗姗细步并成一个男人家的阔步；我会学着那些爱吹牛的哥儿们的样子，谈论一些击剑比武的玩意儿，再随口编造些巧妙的谎话，什么谁家的千金小姐爱上了我啦，我不接受她的好意，她害起病来死啦，我怎么心中不忍，后悔不该害了人家的性命啦，以及二十个诸如此类的无关重要的谎话，人家听见了，一定以为我走出学校的门还不满一年。这些爱吹牛的娃娃们的鬼花样儿我有一千种在脑袋里，都可以搬出来应用。

尼莉莎　怎么，我们要扮成男人吗？

鲍西娅　为什么不？来，车子在门口等着我们；我们上了车，我可以把我的整个计划一路告诉你。快去吧，今天我们要赶二十哩路呢。（同下。）

第五场　同前；花园

［朗斯洛及杰西卡上。

朗斯洛　真的，我不骗您，父亲的罪恶是要子女承当的，所以我倒真的在替您捏着一把汗呢。我一向喜欢对您说老实话，所以现在我也老老实实地把我心里所担忧的事情告诉您；您放心吧，我想您总免不了下地狱。只有一个希望也许可以帮帮您的忙，可是那也是不大高妙的希望。

杰西卡　请问你，是什么希望呢？

朗斯洛　嗯，您可以存着一半儿的希望，希望您不是您的父亲所生，不是这个犹太人的女儿。

杰西卡　这个希望可真的太不高妙啦；这样说来，我的母亲的罪恶又要降到我的身上来了。

朗斯洛　那倒也是真的,您不是为您的父亲下地狱,就是为您的母亲
　　下地狱;逃过了凶恶的礁石,逃不过危险的漩涡。好,您下地狱
　　是下定了。

杰西卡　我可以靠着我的丈夫得救;他已经使我变成一个基督徒了。

朗斯洛　这就是他大大的不该。咱们本来已经有很多的基督徒,简
　　直快要挤都挤不下啦;要是再这样把基督徒一批一批制造出来,
　　猪肉的价钱一定会飞涨,大家吃起猪肉来,恐怕每人只好分到一
　　片薄薄的咸肉了。

杰西卡　朗斯洛,你这样胡说八道,我一定要告诉我的丈夫。他
　　来啦。

　　　　〔罗伦佐上。

罗伦佐　朗斯洛,你要是再拉着我的妻子在壁角里讲话,我真的要吃
　　起醋来了。

杰西卡　不,罗伦佐,你放心好了,我已经跟朗斯洛翻脸啦。他老实
　　不客气地告诉我,上天不会对我发慈悲,因为我是一个犹太人的
　　女儿;他又说你不是国家的好公民,因为你把犹太人变成了基督
　　徒,提高了猪肉的价钱。

罗伦佐　要是政府向我质问起来,我自有话说。可是,朗斯洛,你把
　　那黑人的女儿弄大了肚子,这该是什么罪名呢?

**朗斯洛　那个摩尔姑娘做事不顾后果,事情倒也严重。但如果她算
　　不上是个规矩的女人,那又是我巴之不得的。**

罗伦佐　**你瞧,每一个傻瓜都能来几句俏皮话!照我看来,那些最聪
　　明的人得闭上嘴巴,鹦鹉学舌的傻瓜反倒值得人们称颂了。给
　　我进去,小鬼,叫他们好预备吃饭了。**

朗斯洛　先生,他们早已预备好了;**他们的肚子都带着呢**①。

───────────

①　朱译手稿:他们都是有肚子的呢。

罗伦佐　你的嘴真尖利！**那就吩咐他们预备饭菜吧。**

朗斯洛　饭菜已经预备好，只是没有接到端上桌的命令。

罗伦佐　那你就命令下去吧。

朗斯洛　这我可不敢，我知道自己的职责在哪里。

罗伦佐　**尽说些斗嘴的废话！你是不是想把你的才智一古脑儿全抖落出来？我是个老实人，不会跟你瞎扯。**去对你那些同伴们说，桌子可以铺起来，饭菜可以端上来，我们要进来吃饭啦。

朗斯洛　是，先生，我就去叫他们把饭菜铺起来，桌子端上来；至于您进不进来吃饭，那可悉随尊便。（下。）

罗伦佐　**哟，铺饭菜，端桌子，这话说得多巧妙！这傻瓜脑子里有的是妙词佳句。我认识许多像他这样的傻瓜，只是地位比他高一些，他们都喜欢说一些不着边际的俏皮话。**你好吗，杰西卡？亲爱的好人儿，现在告诉我，你对于巴萨尼奥的夫人有什么意见？

杰西卡　好到没有话说。巴萨尼奥大爷娶到这样一位好夫人，享尽了人世天堂的幸福，自然应该不会走上邪路了。要是有两个天神打赌，各自拿一个人间的女子做赌注，如其一个是鲍西娅，那么还有一个必须另外加上些什么，才可以彼此相抵，因为这一个寒伧的世界还不能产生一个跟她同样好的人来。

罗伦佐　他娶到了她这么一个好妻子，你也嫁着了我这么一个好丈夫。

杰西卡　那可要先问问我的意见。

罗伦佐　可以可以，可是先让我们吃了饭再说。

杰西卡　不，让我趁着胃口没有倒之前，先把你恭维两句。

罗伦佐　不，你有话还是留到吃饭的时候说吧；那么不论你说得好说得坏，我都可以连着饭菜一起吞下去。

杰西卡　好，你且等着听我怎样说你吧。（同下。）

第 四 幕

第一场　威尼斯；法庭

〔公爵、众绅士、安东尼奥、巴萨尼奥、葛莱西安诺、索兰尼奥、萨莱里奥及余人等同上。

公爵　安东尼奥有没有来？

安东尼奥　有，殿下。

公爵　**我很替你难过**；①你得来跟一个心如铁石的对手当庭质对，此人不懂得怜悯，是个没有一丝慈悲心的不近人情的恶汉。

安东尼奥　听说殿下曾经用尽力量劝他不要过为已甚，可是他一味坚执，不肯略作让步。既然没有合法的手段可以使我脱离他的怨毒的掌握，我只有用默忍迎受他的愤怒，安心等待着他的残暴的处置。

公爵　来人，传那犹太人到庭。

萨莱里奥　他在门口等着；他来了，殿下。

〔夏洛克上。

公爵　大家让开些，让他站在我的面前。夏洛克，人家都以为你不过故意装出这一副凶恶的姿态，到了最后关头，就会显出你的仁慈恻隐来，比你现在这种表面上的残酷更加出人意料。现在你虽然坚持着照约处罚，一定要从这个不幸的商人身上割下一磅肉来，到了那时候，你不但愿意放弃这一种处罚，而且因为受到良心上的感动，说不定还会豁免他一部分的欠款。人家都是这样

---

①　朱译手稿：我很代你不快乐。

说，我也是这样猜想着。你看他最近接连遭逢的巨大损失，足以使无论怎样富有的商人倾家荡产，即使铁石一样的心肠，从来不知道人类同情的野蛮人，也不能不对他的境遇发生怜悯。犹太人，我们都在等候你一句温和的回答。

夏洛克　我的意思已经向殿下告禀过了；我也已经指着我们的圣安息日起誓，一定要照约执行处罚；要是殿下不准许我的请求，那就是蔑视宪章，我要到京城里上告去，要求撤销贵邦的特权。您要是问我为什么不愿接受三千块钱，宁愿拿一块腐烂的臭肉，那我可没有什么理由可以回答您，我只能说我欢喜这样，这是不是一个回答？要是我的屋子里有了耗子，我高兴出一万块钱叫人把它们赶掉，谁管得了我？这不是回答了您吗？有的人不爱看张开嘴的猪，有的人瞧见一头猫就要发脾气，还有人听见人家吹风笛的声音，就忍不住小便；因为一个人的感情完全受着喜恶的支配，谁也做不了自己的主。现在我就这样回答您：为什么有人受不住一头张开嘴的猪，有人受不住一头有益无害的猫，还有人受不住咿咿唔唔的风笛的声音，这些都是毫无充分的理由的，只是因为天生的癖性，使他们一受到感触，就会情不自禁地现出丑相来；所以我不能举什么理由，也不愿举什么理由，除了因为我对于安东尼奥抱着久积的仇恨和深刻的反感，所以才会向他进行这一场对于我自己并没有好处的诉讼。现在您不是已经得到我的回答了吗？

巴萨尼奥　你这冷酷无情的家伙，这样的回答可不能作为你的残忍的辩解。

夏洛克　我的回答本来不是为要讨你的欢喜。

巴萨尼奥　难道人们对于他们所不喜欢的东西，都一定要置之死地吗？

夏洛克　哪一个人会恨他所不愿意杀死的东西？

巴萨尼奥　初次的冒犯，不应该就引为仇恨。

夏洛克 什么！你愿意给毒蛇咬两次吗？

安东尼奥 请你想一想，你现在跟这个犹太人讲理，就像站在海滩上，叫那大海的怒涛减低它的奔腾的威力，责问豺狼为什么害母羊为了失去它的羔羊而哀鸣，或是叫那山上的松柏在受到天风吹拂的时候，不要摇头摆脑，发出谡谡的声音。要是你能够叫这个犹太人的心变软——世上还有什么东西比它更硬的？——那么还有什么难事不可以做到？所以我请你不用跟他商量什么条件，也不用替我想什么办法，让我爽爽快快受到判决，满足这犹太人的心愿吧。

巴萨尼奥 借了你三千块钱，现在拿六千块钱还你好不好？

夏洛克 即使这六千块中间的每一块钱都可以分做六份，每一份都可以变成一块钱，我也不要它们；我只要照约处罚。

公爵 你这样一点没有慈悲之心，将来怎么能够希望人家对你慈悲呢？

夏洛克 我又不干错事，怕什么刑罚？你们买了许多奴隶，把他们当作驴狗骡马一样看待，叫他们做种种卑贱的工作，因为他们是你们出钱买来的。我可不可以对你们说，让他们自由，叫他们跟你们的子女结婚吧；为什么他们要在重担之下流着血汗呢？让他们的床铺得跟你们的床同样柔软，让他们的舌头也尝尝你们所吃的东西吧。你们会回答说："这些奴隶是我们所有的。"所以我也可以回答你们：我向他要求的这一磅肉，是我出了很大的代价买来的；它是我的所有，我一定要把它拿到手里。您要是拒绝了我，那么你们的法律根本就是骗人的东西！**威尼斯的政令就没有任何约束力**。我现在等候着判决，请快些回答我，我可不可以拿到这一磅肉？

公爵 我已经差人去请培拉里奥，一位有学问的博士，来替我们审判这件案子了；要是他今天不来，我可以有权宣布延期判决。

萨莱里奥 殿下，外面有一个使者刚从帕度亚来，带着这位博士的书信,等候着殿下的召唤。

公爵 把信拿来给我;叫那使者进来。

巴萨尼奥 高兴起来吧,安东尼奥! 喂,老兄,不要灰心! 这犹太人可以把我的肉,我的血,我的骨头,我的一切都拿去,可是我决不让你为了我的缘故流一滴血。

安东尼奥 我是羊群里一头不中用的病羊,死是我的应分;最软弱的果子最先落到地上,让我也就这样结束了我的一生吧。你应当继续活下去,巴萨尼奥;我的墓志铭除了你以外,是没有人写得好的。

　　　　〔尼莉莎扮律师书记上。

公爵 你是从帕度亚培拉里奥那里来的吗?

尼莉莎 是,殿下。培拉里奥叫我向殿下致意。(呈上一信。)

巴萨尼奥 你这样使劲儿磨着刀干吗?

夏洛克 从那破产的家伙身上割下那磅肉来。

葛莱西安诺 狠心的犹太人,你的刀不应该放在你的靴底磨,应该放在你的灵魂里磨,才可以磨得锐利;就是刽子手的钢刀,也赶不上你的刻毒的心肠利害。难道什么恳求都不能打动你吗?

夏洛克 不能,无论你说得多么婉转动听,都没有用。

葛莱西安诺 万恶不赦的狗,看你死后不下地狱! 让你这种东西活在世上,真是公道不生眼睛。你简直使我的信仰发生摇动,相信起毕达哥拉斯①所说的畜生的灵魂可以转生人体的议论来了;你的前生一定是一头豺狼,因为吃了人给人捉住吊死,它那凶恶的灵魂就从绞架上逃了出来,钻进了你那老娘的肮脏的胎里,因为你的性情正像豺狼一样残暴贪婪。

夏洛克 除非你能够把我这一张契约上的印章骂掉,否则像你这样拉开了喉咙直嚷,不过白白伤了你的肺,何苦来呢? 好兄弟,我

―――――――――

① 毕达哥拉斯(Pythagoras)为主张灵魂轮回说的古希腊哲学家。

劝你还是修养修养你的聪明吧,免得它将来一起毁坏得不可收拾。我在这儿要求法律的裁判。

公爵　培拉里奥在这封信上介绍一位年青又有学问的博士出席我们的法庭。他在什么地方?

尼莉莎　他就在这儿附近等着您的答复,不知道殿下准不准许他进来?

公爵　非常欢迎。来,你们去三四个人,恭恭敬敬领他到这儿来。现在让我们把培拉里奥的来信当庭宣读。

书记　(读)"尊翰到时,鄙人抱疾方剧;适有一青年博士包尔萨泽君自罗马来此,致其慰问,因与详讨犹太人与安东尼奥一案,遍稽群籍,折衷是非,遂恳其为鄙人庖代,以应殿下之召。凡鄙人对此案所具意见,此君已深悉无遗;其学问才识,虽穷极赞辞,亦不足道其万一,务希勿以其年少而忽之,盖如此少年老成之士,实鄙人生平所仅见也。倘蒙延纳,必能不辱使命。敬祈钧裁。"

公爵　你们已经听到了博学的培拉里奥的来信。这儿来的大概就是那位博士了。

　　　　〔鲍西娅扮律师上。

公爵　把您的手给我。足下是从培拉里奥老前辈那儿来的吗?

鲍西娅　正是,殿下。

公爵　欢迎欢迎,请上坐。您有没有明了今天我们在这儿审理的这件案子的两方面的争点?

鲍西娅　我对于这件案子的详细情形已经完全知道了。这儿哪一个是那商人,哪一个是犹太人。

公爵　安东尼奥,夏洛克,你们两人都上来。

鲍西娅　你的名字就叫夏洛克吗?

夏洛克　夏洛克是我的名字。

鲍西娅　你这场官司打得倒也奇怪,可是按照威尼斯的法律,你的控诉是可以成立的。(向安东尼奥)你的生死现在操在他的手里,是不是？

安东尼奥　他是这样说的。

鲍西娅　你承认这借约吗？

安东尼奥　我承认。

鲍西娅　那么犹太人应该慈悲一点。

夏洛克　为什么我应该慈悲一点？把您的理由告诉我。

鲍西娅　慈悲不是出于勉强，它是像甘霖一样从天上降下尘世；它不但给幸福于受施的人，也同样给幸福于施与的人。它有超乎一切的无上威力，比皇冠更足以显出一个帝王的高贵：御杖不过象征着俗世的威权，使人民对于君上的尊严凛然生畏；慈悲的力量却高出于权力之上，它深藏在帝王的内心，是一种属于上帝的德性，执法的人倘能把慈悲调剂着公道，人间的权力和上帝的神力没有差别。所以，犹太人，虽然你所要求的是公道，可是请你想一想，要是真的按照公道执行起赏罚来，谁也没有死后得救的希望；我们既然祈祷着上帝的慈悲，就应该自己做一些慈悲的事。我说了这一番话，为的是希望你能够从你的法律的立场上作几分让步；可是如果你坚持着原来的要求，那么威尼斯的法庭是执法无私的，只好把那商人宣判定罪了。

夏洛克　我只要求法律允许我照约执行处罚。

鲍西娅　他是不是不能清还你的债款？

巴萨尼奥　不，我愿意替他当庭还清，照原数加倍也可以；要是这样他还不满足，那么我愿意签署契约，还他十倍的数目，倘然不能如约，他可以割我的手，砍我的头，挖我的心；要是这样还不能使他满足，那就是存心害人，不顾天理了。请堂上运用权力，把法律稍微变通一下，犯一次小小的错误，干一件大大的功德，别让这个残忍的恶魔逞他杀人的兽欲。

鲍西娅　那可不行，在威尼斯谁也没有权力变更既成的法律；要是开了这一个恶例，以后谁都可以借口有例可援，什么坏事情都可以干了。这是不行的。

夏洛克　一个但尼尔①来做法官了！真的是但尼尔再世！聪明的青年法官啊，我真佩服你！

鲍西娅　请你让我瞧一瞧那借约。

夏洛克　在这儿，可尊敬的博士，请看吧。

鲍西娅　夏洛克，他们愿意出三倍的钱还你呢。

夏洛克　不行，不行，我已经对天发过誓啦，难道我可以让我的灵魂背上毁誓的罪名吗？不，把整个儿的威尼斯给我，我都不能答应。

鲍西娅　好，那么就应该照约处罚；根据法律，这犹太人有权要求从这商人的胸口割下一磅肉来。还是慈悲一点，把三倍原数的钱拿去，让我撕了这张约吧。

夏洛克　等他按照约中所载条款受罚以后，再撕不迟。您瞧上去像是一个很好的法官，您懂得法律，您讲的话也很有道理，不愧是法律界的中流砥柱，所以现在我就用法律的名义，请您立刻进行宣判。凭着我的灵魂起誓，谁也不能用他的口舌改变我的决心。我现在但等着执行原约。

安东尼奥　我也诚心请求堂上从速宣判。

鲍西娅　好，那么就是这样：你必须准备让他的刀子刺进你的胸膛。

夏洛克　啊，尊严的法官！好一位优秀的青年！

鲍西娅　因为这约上所订定的惩罚，对于法律条文的涵义并无抵触。

夏洛克　很对很对！啊，聪明正直的法官！想不到你瞧上去这样年轻，见识却这么老练！

鲍西娅　所以你应该把你的胸膛袒露出来。

夏洛克　对了，"他的胸部"，约上是这么说的——不是吗，尊严的法官？——"附近心口的所在"，约上写得明明白白的。

———————

①　但尼尔（Daniel）：以色列人的著名士师，以善于折狱著称。

鲍西娅　不错,称肉的天平有没有预备好?

夏洛克　我已经带来了。

鲍西娅　夏洛克,你应该自己拿出钱来,请一位外科医生替他堵住伤口,免得他流血而死。

夏洛克　约上有这样的规定吗?

鲍西娅　约上并没有这样规定;可是那又有什么相干呢? 为了人道起见,你应该这样做的。

夏洛克　我找不到;约上没有这一条。

鲍西娅　商人,你还有什么话说吗?

安东尼奥　我没有多少话要说,我已经准备好了。把你的手给我,巴萨尼奥,再会吧! 不要因为我为了你的缘故遭到这种结局而悲伤,因为命运对我已经特别照顾了:她往往让一个不幸的人在家产荡尽以后继续活下去,用他凹陷的眼睛和满是皱纹的额角去挨受贫困的暮年;这一种拖延时日的刑罚,她已经把我豁免了。替我向尊夫人致意,告诉她安东尼奥的结局;对她说我怎样爱你,替我在死后说几句好话;等到你把这一段故事讲完以后,再请她判断一句,巴萨尼奥是不是曾经有过一个真心爱他的朋友。不要因为你将要失去一个朋友而懊恨,替你还债的人是死而无怨的;只要那犹太人的刀刺得深一点,我就可以在一刹那的时间把那笔债完全还请。

巴萨尼奥　安东尼奥,我爱我的妻子,就像爱我自己的生命一样;可是我的生命,我的妻子,以及整个世界,在我的眼中都不比你的生命更为贵重;我愿意丧失一切,把它们献给这恶魔做牺牲,来救出你的生命。

鲍西娅　尊夫人要是就在这儿听见您说这样话,恐怕不见得会感谢您吧。

葛莱西安诺　我有一个妻子,我可以发誓我是爱她的;可是我希望她马上归天,好去求告上帝改变这恶狗一样的犹太人的心。

尼莉莎　幸亏尊驾在她的背后说这样的话,否则府上一定要吵得鸡犬不宁了。

夏洛克　这些便是相信基督教的丈夫! 我有一个女儿,我宁愿她嫁给强盗的子孙,也不愿她嫁给一个基督徒。别再浪费光阴了,请快些儿宣判吧。

鲍西娅　那商人身上的一磅肉是你的;法庭判给你,法律许可你。

夏洛克　公平正直的法官!

鲍西娅　你必须从他的胸前割下这磅肉来;法律许可你,法庭判给你。

夏洛克　博学多才的法官! 判得好! 来,预备!

鲍西娅　且慢,还有别的话哩。这约上并没有允许你取他的一滴血,只是写明着"一磅肉";所以你可以照约拿一磅肉去,可是在割肉的时候,要是流下一滴基督徒的血,你的土地财产,按照威尼斯的法律,就要全部充公。

葛莱西安诺　啊,公平正直的法官! 听着,犹太人;啊,博学多才的法官!

夏洛克　法律上是这样说吗?

鲍西娅　你自己可以去查查明白。既然你要求公道,我就给你公道,不管这公道是不是你所希望的。

葛莱西安诺　啊,博学多才的法官! 听着,犹太人;好一个博学多才的法官!

夏洛克　那么我愿意接受还款;照约上的数目三倍还我,放了那基督徒吧。

巴萨尼奥　钱在这儿。

鲍西娅　别忙! 这犹太人必须得到绝对的公道。别忙! 他除了照约处罚以外,不能接受其他的赔偿。

葛莱西安诺　啊,犹太人! 一个公平正直的法官,一个博学多才的法官!

鲍西娅 　所以你准备着动手割肉吧。不准流一滴血，也不准割得超过或是不足一磅的重量；要是你割下来的肉，比一磅略微轻一点或是重一点，即使相差只有一丝一毫，或者仅仅一根汗毛之微，就要把你抵命，你的财产全部充公。

葛莱西安诺 　一个再世的但尼尔，一个但尼尔，犹太人！现在你可掉在我的手里了，你这异教徒！

鲍西娅 　那犹太人为什么还不动手？

夏洛克 　把我的本钱还给我，放我去吧。

巴萨尼奥 　钱我已经预备好在这儿，你拿去吧。

鲍西娅 　他已经当庭拒绝过了；我们现在只能给他公道，让他履行原约。

葛莱西安诺 　好一个但尼尔，一个再世的但尼尔！谢谢你，犹太人，你教会我说这句话。

夏洛克 　难道我不能单单拿回我的本钱吗？

鲍西娅 　犹太人，除了冒着你自己生命的危险割下那一磅肉以外，你不能拿一个钱。

夏洛克 　好，那么魔鬼保佑他去享用吧！我不打这场官司了。

鲍西娅 　等一等，犹太人，法律上还有一点牵涉你。威尼斯的法律规定：凡是一个异邦人企图用直接或间接手段，谋害任何公民，查明确有实据者，他的财产的半数应当归被企图谋害的一方所有，其余的半数没入公库，犯罪者的生命悉听公爵处置，他人不得过问。你现在刚巧陷入这一条法网，因为根据事实的发展，已经足以证明你确有运用直接间接手段，危害被告生命的企图，所以你已经遭逢着我刚才所说的那种危险了。快快跪下来，请公爵开恩吧。

葛莱西安诺 　求公爵开恩，让你自己去寻死吧；可是你的财产现在充了公，一根绳子也买不起啦，所以还是要让公家破费把你吊死。

公爵 　让你瞧瞧我们基督徒的精神，你虽然没有向我开口，我自动饶恕了你的死罪。你的财产一半划归安东尼奥，还有一半没入公库；要是你能够诚心悔过，也许还可以减处你一笔较轻的罚款。

鲍西娅　这是说没入公库的一部分，不是说划归安东尼奥的一部分。

夏洛克　不，把我的生命连着财产一起拿了去吧，我不要你们的宽恕。**你们拆下了支撑我的房子的支柱，就是毁了我的房子**；你们夺去了我的养家活命的根本，就是夺去了我的家，活活的要了我的命。

鲍西娅　安东尼奥，你能不能够给他一点慈悲？

葛莱西安诺　白送给他一根上吊的绳子吧。看在上帝的面上，不要给他别的东西！

安东尼奥　要是殿下和堂上愿意从宽发落，免予没收他的财产的一半，我就十分满足了；只要他能够让我接管他的另外一半的财产，等他死了以后，把它交给最近和他的女儿私奔的那位绅士，可是还要有两个附带的条件：第一，他接受了这样的恩典，必须立刻改信基督教；第二，他必须当庭写下一张文契，声明他死了以后，他的全部财产传给他的女婿罗伦佐和他的女儿。

公爵　他必须履行这两个条件，否则我就撤销刚才所宣布的赦令。

鲍西娅　犹太人，你满意吗？你有什么话说？

夏洛克　我满意。

鲍西娅　书记，写下一张授赠产业的文契。

夏洛克　请你们允许我退庭，我身子不大舒服。文契写好了送到我家里，我在上面签名就是了。

公爵　去吧，可是临时变卦是不成的。

葛莱西安诺　你在受洗礼的时候，可以有两个教父；要是我做了法官，我一定给你请十二个教父①，不是领你去受洗，而是送你上绞架。（夏洛克下。）

---

①　此处"教父"是指陪审团成员。

公爵　先生，我想请您到舍间去用餐。

鲍西娅　请殿下多多原谅，我今天晚上要回帕度亚去，必须现在马上就动身，恕不奉陪了。

公爵　你这样贵忙，不能容我略尽寸心，真是抱歉得很。安东尼奥，谢谢这位先生，你这回全亏了他。（公爵、众士绅及侍从下。）

巴萨尼奥　最可尊敬的先生，我跟我这位敝友今天多赖您的智慧，免去了一场无妄之灾；为了表示我们的敬意，这三千块钱本来是预备还那犹太人的，现在就奉送给先生，聊以报答您的辛苦。

安东尼奥　您的大恩大德，我们是永远不忘记的。

鲍西娅　一个人做了心安理得的事，就是得到了最大的酬报；我这次帮了两位的忙，总算没有失败，已经引为十分满足，用不着再谈什么酬谢了。但愿咱们下次见面的时候，两位仍旧认识我。现在我就此告辞了。

巴萨尼奥　好先生，我不能不再向您提出一个请求，请您随便从我们身上拿些什么东西去，不算是酬谢，只算是留个纪念。请您答应接受我两件礼物：赏我这一个面子，原谅我的礼轻意重。

鲍西娅　你们这样殷勤，我只好却之不恭了。（向安东尼奥）把您的手套送给我，让我戴在手上留个纪念吧；（向巴萨尼奥）为了纪念您的盛情，让我拿了这戒指去。不要缩回您的手，我不再向您要什么了；您既然是一片诚意，想来总也不会拒绝我吧。

巴萨尼奥　这指环吗，好先生？唉！它是个不值钱的玩意儿；我不好意思把这东西送给您。

鲍西娅　我什么都不要，就是要这指环；现在我想我非得把它要了来不可。

巴萨尼奥　这指环的本身并没有什么价值，可是因为有其他的关系，我不能把它送人。我愿意搜访威尼斯最贵重的一枚指环来送给您，可是这一枚却只好请您原谅了。

鲍西娅　先生，您原来是个口头上慷慨的人；您先教我怎样伸手求讨,然后再教我怎样回答一个叫化子。

巴萨尼奥　好先生,这指环是我的妻子给我的;她把它套上我的手指的时候,曾经叫我发誓永远不把它出卖、送人,或是遗失。

鲍西娅　人们在吝惜他们的礼物的时候,都可以用这样的话做推托的。要是尊夫人不是一个疯婆子,她知道了我对于这指环是多么受之无愧,一定不会因为您把它送掉了而跟您长久反目的。好,愿你们平安!(鲍西娅、尼莉莎同下。)

安东尼奥　我的巴萨尼奥少爷,让他把那指环拿去吧;看在他的功劳和我的交情分上,违犯一次尊夫人的命令,想来不会有什么要紧。

巴萨尼奥　葛莱西安诺,你快追上他们,把这指环送给他;要是可能的话,领他到安东尼奥的家里去。去,赶快!(葛莱西安诺下)来,我就陪着你到你府上;明天一早咱们两人就飞到贝尔蒙特去。来,安东尼奥。(同下。)

第二场　同前;街道

〔鲍西娅及尼莉莎上。

鲍西娅　打听打听这犹太人住在什么地方,把这文契交给他,叫他签了字。我们要比我们的丈夫先一天到家,所以一定得在今天晚上动身。罗伦佐拿到了这一张文契,一定高兴得不得了。

〔葛莱西安诺上。

葛莱西安诺　好先生,我好容易追上了您。我家大爷巴萨尼奥再三考虑之下,决定叫我把这指环拿来送给您,还要请您赏光陪他吃一顿饭。

鲍西娅　那可没法应命;他的指环我收下了,请你替我谢谢他。我还要请你给我这小兄弟带路到夏洛克老头儿的家里。

葛莱西安诺　可以可以。

尼莉莎　大哥,我要向您说句话儿。(向鲍西娅旁白)我要试一试我能

　　　不能把我丈夫的指环拿下来。我曾经叫他发誓永远不离手。

鲍西娅　你一定能够。我们回家以后,一定可以听听他们指天誓日,说他们把指环送给了男人的;可是我们要压倒他们,比他们发更利害的誓。你快去吧,你知道我会在什么地方等你。

尼莉莎　来,大哥,请您给我带路。(各下。)

第 五 幕

第一场　　贝尔蒙特;通至鲍西娅住宅的林荫路

　　〔罗伦佐及杰西卡上。

罗伦佐　好皎洁的月色! 微风轻轻地吻着树枝,不发出一点声响;我想正是在这样一个夜里,特洛伊罗斯登上了特洛伊的城墙,遥望着克瑞西达所寄身的希腊人的营幕,发出他的深心中的悲叹。①

杰西卡　正是在这样一个夜里,提斯柏心惊胆战地踩着霜露,去赴她情人的约会,因为看见了一头狮子的影子,吓得远远逃走。

罗伦佐　正是在这样一个夜里,狄多手里执着柳枝,站在辽阔的海滨,招她的爱人回到迦太基来。

杰西卡　正是这样一个夜里,美狄亚采集了灵芝仙草,使衰迈的埃宋返老还童。②

罗伦佐　正是在这样一个夜里,杰西卡从犹太富翁的家里逃了出来,跟着一个不中用的情郎从威尼斯一直走到贝尔蒙特。

―――――――――

　　①　特洛伊罗斯和克瑞西达的恋爱故事见莎士比亚喜剧《特洛伊罗斯与克瑞西达》。

　　②　埃宋(Aeson)即伊阿宋之父,得美狄亚(Medea)之灵药而返老还童。

杰西卡　正是在这样一个夜里,年青的罗伦佐发誓说他爱她,用许多忠诚的盟言偷去了她的灵魂,可是没有一句话是真的。

罗伦佐　正是在这样一个夜里,可爱的杰西卡像一个小泼妇似的,信口毁谤她的情人,可是他饶恕了她。

杰西卡　倘不是有人来了,我可以搬弄出比你所知道的更多的夜的典故来。可是听! 这不是一个人的脚步声吗?

　　　　〔斯丹法诺上。

罗伦佐　谁在静悄悄的深夜里跑得这么快?

斯丹法诺　一个朋友。

罗伦佐　一个朋友! 什么朋友? 请问朋友尊姓大名?

斯丹法诺　我的名字是斯丹法诺,我来向你们报个信,我家女主人在天明以前,就要到贝尔蒙特来了;她一路上看见圣十字架,便停步下来,长跪祷告,祈求着婚姻的美满。

罗伦佐　谁陪她一起来?

斯丹法诺　没有什么人,只是一个修道的隐士和她的侍女。请问我家主人有没有回来?

罗伦佐　他没有回来,我们也没有听到他的消息。可是,杰西卡,我们进去吧;让我们按照着礼节,准备一些欢迎这屋子的女主人的仪式。

　　　　〔朗斯洛上。

朗斯洛　索拉! 索拉! 哦哈呵! 索拉! 索拉!

罗伦佐　谁在那儿嚷?

朗斯洛　索拉! 你看见罗伦佐大爷吗? 罗伦佐大爷! 索拉! 索拉!

罗伦佐　别嚷啦,朋友;他就在这儿。

朗斯洛　索拉! 哪儿? 哪儿?

罗伦佐　这儿。

朗斯洛　对他说我家主人差一个人带了许多好消息来了;他在天明以前就要回家来啦。(下。)

罗伦佐　亲爱的,我们进去,等着他们回来吧。不,还是不用进去。我的朋友斯丹法诺,请你进去通知家里的人,你们的女主人就要来啦,叫他们准备好乐器到门外来迎接。(斯丹法诺下)月光多么恬静地睡在山坡上!我们就在这儿坐下来,让音乐的声音悄悄送进我们的耳边;柔和的静寂和夜色,是最足以衬托出音乐的甜美的。坐下来,杰西卡。瞧,天宇中嵌满了多少灿烂的金钹;你所看见的每一颗微小的天体,在转动的时候都会发出天使般的歌声,永远应和着嫩眼的天婴的妙唱。在永生的灵魂里也有这一种音乐,可是当它套上这一具泥土制成的俗恶易朽的皮囊以后,我们便再也听不见了。

　　〔众乐工上。

罗伦佐　来啊!奏起一支圣歌来唤醒狄安娜女神;用最温柔的节奏倾注到你们女主人的耳中,让她被乐声吸引着回来。(音乐。)

杰西卡　我听见了柔和的音乐,总觉得有些惆怅。

罗伦佐　这是因为你有一颗敏感的灵魂。你只要看一群野性未驯的小马,逞着它们奔放的血气,乱跳狂奔,高声嘶叫,倘然偶尔听到一声喇叭,或是任何乐调,就会一齐立定,它们狂野的眼光,因为中了音乐的魅力,变成温和的注视。所以诗人会造出俄耳甫斯用音乐感动木石、平息风浪的故事,因为无论怎样坚硬顽固狂暴的事物,音乐都可以立刻改变它们的性质;灵魂里没有音乐,或是听了甜蜜和谐的乐声而不会感动的人,都是擅于为非作恶,使奸弄诈的;他们的灵魂像黑夜一样昏沉,他们的感情像鬼域一样幽暗;这种人是不可信任的。听这音乐!

　　〔鲍西娅及尼莉莎自远处上。

鲍西娅　那灯光是从我家里发出来的。一支小小的蜡烛,它的光照耀得多么远!一件善事也正像这支蜡烛一样,在这罪恶的世界上发出广大的光辉。

尼莉莎　月光明亮的时候,我们就瞧不见灯光。

鲍西娅　小小的荣耀也正是这样给更大的光荣所掩盖。国王出巡的时候，摄政的威权未尝不就像一个君主，可是一等国王回来，他的威权就归于乌有，正像溪涧中的细流注入大海一样。音乐！听！

尼莉莎　小姐，这是我们家里的音乐。

鲍西娅　没有比较，就显不出长处；我觉得它比在白天好听得多哪。

尼莉莎　小姐，那是因为晚上比白天静寂的缘故。

鲍西娅　没有听赏的人时，乌鸦的歌声也就和云雀一样；要是夜莺在白天杂在群鹅的聒噪里歌唱，人家决不以为它比鹪鹩唱得更美。多少事情因为逢到有利的环境，才能够达到尽善的境界，博得一声恰当的赞赏！喂，静下来！月亮正在拥着她的情郎①酣睡，不肯就醒来呢。（音乐停止。）

罗伦佐　要是我没有听错，这分明是鲍西娅的声音。

鲍西娅　我的声音太难听，所以一下子就给他听出来了，正像瞎子能够辨认杜鹃一样。

罗伦佐　好夫人，欢迎您回家来！

鲍西娅　我们在外边为我们的丈夫祈祷平安，希望他们能够因我们的祈祷而多福。他们已经回来了吗？

罗伦佐　夫人，他们还没有来；可是刚才有人来送过信，说他们就要来了。

鲍西娅　进去，尼莉莎，吩咐我的仆人们，叫他们就当我们两人没有出去过一样；罗伦佐，您也给我保守秘密；杰西卡，您也不要多说。（喇叭声。）

罗伦佐　您的丈夫来啦，我听见他的喇叭的声音。我们不是搬嘴弄舌的人，夫人，您放心好了。

---

①　月亮的情郎，原文作恩底弥翁（Endymion），希腊神话中的美少年，为狄安娜女神所钟爱。

鲍西娅　　这样的夜色就像一个昏沉的白昼,不过略微惨淡点儿;没有
　　　　太阳的白天,瞧上去也不过如此。

　　　　　〔巴萨尼奥、安东尼奥、葛莱西安诺及侍从等上。

巴萨尼奥　　要是您在没有太阳的地方走路,我们就可以和地球那一
　　　　面的人共同享有着白昼。

鲍西娅　　让我发出光辉,可是不要让我像光一样轻浮;因为一个轻浮
　　　　的妻子,是会使丈夫的心头沉重的,我决不愿意巴萨尼奥为了我
　　　　而心头沉重。可是一切都是上帝作主! 欢迎您回家来,夫君!

巴萨尼奥　　谢谢您,夫人。请您给我这位朋友欢迎;这就是安东尼
　　　　奥,我曾经受过他无穷的恩惠。

鲍西娅　　他的确使您受惠无穷,因为我听说您曾经使他受累无穷呢。

安东尼奥　　没有什么,现在一切都已经圆满解决了。

鲍西娅　　先生,我们非常欢迎您的光临;可是口头的空言不能表示诚
　　　　意,所以一切客套的话,我都不说了。

葛莱西安诺　　(向尼莉莎)我凭着那边的月亮起誓,你冤枉了我;我真
　　　　的把它送给了那法官的书记。好人,你既然把这件事情看得这
　　　　么重,那么我但愿拿了去的人是个割掉了鸡巴的。

鲍西娅　　啊! 已经在吵架了吗? 为了什么事?

葛莱西安诺　　为了一个金圈圈儿,她给我的一个不值钱的指环,上面
　　　　刻着的诗句,就跟那些刀匠们刻在刀子上的差不多,什么"爱我
　　　　毋相弃"。

尼莉莎　　你管它什么诗句,什么值钱不值钱? 我当初给你的时候,你
　　　　曾经向我发誓,说你要戴着它直到死去,死了就跟你一起葬在坟
　　　　墓里;即使不为我,为了你所发的重誓,你也应该把它看重,好好
　　　　儿保存着。送给一个法官的书记! 呸! 上帝可以替我判断,拿
　　　　了这指环去的那个书记,一定是个脸上永远不会出毛的。

葛莱西安诺　　他年纪长大起来,自然会出胡子的。

尼莉莎　　一个女人也会长成男子吗?

葛莱西安诺　我举手起誓，我的确把它送给一个少年人，一个年纪小小、发育不全的孩子；他的个儿并不比你高，这个法官的书记。他是个多话的孩子，一定要我把这指环给他做酬劳，我实在不好意思不给他。

鲍西娅　恕我说句不客气的话，这是你的不对；你怎么可以把你妻子的第一件礼物随随便便给了人？你已经发过誓把它套在你的手指上，它就是你身体上不可分的一部分。我也曾经送给我的爱人一个指环，使他发誓永不把它抛弃；他现在就在这儿，我敢代他发誓，即使把世间所有的财富向他交换，他也不肯丢掉它或是把它从他的手指上取下来。真的，葛莱西安诺，你太对不起你的妻子了；倘然是我的话，我早就发起脾气来了。

巴萨尼奥　(旁白)哎哟，我应该把我的左手砍掉了，那就可以发誓说，因为强盗要我的指环，我不肯给他，所以连手都给砍下来了。

葛莱西安诺　巴萨尼奥大爷也把他的指环给了那法官了，因为那法官一定要向他讨那指环；其实他就是拿了指环去，也一点不算过分。那个孩子，那法官的书记，因为写了几个字，也就讨了我的指环去做酬劳。他们主仆两人什么都不要，就是要这两个指环。

鲍西娅　我的爷，您把什么指环送了人哪？我想不会是我给您的那一个吧？

巴萨尼奥　要是我可以用说谎来加重我的过失，那么我会否认的；可是您瞧我的手指上没有指环；它已经没有了。

鲍西娅　正像您的虚伪的心里没有一丝真情。我对天发誓，除非等我见了这指环，我再也不跟你同床共枕。

尼莉莎　要是我看不见我的指环，我也再不跟你同床共枕。

巴萨尼奥　亲爱的鲍西娅，要是您知道我把这指环送给什么人，要是您知道我为了谁的缘故把这指环送人，要是您能够想到为了什么理由我把这指环送人，我又是多么舍不下这个指环，可是人家偏偏什么也不要，一定要这个指环，那时候您就不会生这么大的气了。

鲍西娅　要是你知道这指环的价值，或是**识得**把这指环给您的那人的一半好处，或是**懂得**你自己保存着这指环的光荣，你就不会把这指环抛弃。只要你用诚恳的话向他剀切解释，世上哪有这样不讲理的人，会好意思硬要人家留作纪念品的东西？尼莉莎讲的话一点不错，我可以用我的生命赌咒，一定是什么女人把这指环拿了去了。

巴萨尼奥　不，夫人，我用我的名誉，我的灵魂起誓，并不是什么女人拿去，的确是送给那位法学博士的；他不接受我送给他的三千块钱，一定要讨这指环，我不答应，他就老大不高兴地去了。就是他救了我的好朋友的性命；我应该怎么说呢，好太太？我没有法子，只好叫人追上去送给他；人情和礼貌逼着我这样做，我不能让我的名誉沾上忘恩负义的污点。原谅我，好夫人，凭着天上的明灯起誓，要是那时候您也在那儿，我想您一定会恳求我把这指环送给这位贤能的博士的。

鲍西娅　让那博士再也不要走近我的屋子。他既然拿去了我所珍爱的宝物，又是你所发誓永远为我保存的东西，那么我也会像你一样慷慨；我会把我所有的一切都给他，即使他要我的身体，或是我的丈夫的眠床，我都不会拒绝他。我总有一天会认识他的，**我敢肯定这一点**。你还是一夜也不要离开家里，像个百眼怪人那样看守着我吧；否则我可以凭着我的尚未失去的贞操起誓，要是你让我一个人在家里，我一定要跟这个博士睡在一床的。

尼莉莎　我也要跟他的书记睡在一床；所以你还是留心不要走开我的身边。

葛莱西安诺　好，随你的便，只要不让我碰到他；要是他给我捉住了，我就折断这个少年书记的那支笔。

安东尼奥　都是我的不是，引出你们这一场吵闹。

鲍西娅　先生，这跟您没有关系；您来我们是很欢迎的。

巴萨尼奥　鲍西娅,饶恕我这一次出于不得已的错误,当着这许多朋友们的面前,我向你发誓,凭着你这一双美丽的眼睛,在它们里面我可以看见我自己——

鲍西娅　你们听他的话! 我的左眼里也有一个他,我的右眼里也有一个他;你用你的两重人格发誓,我还能够相信你吗?

巴萨尼奥　不,听我说。原谅我这一次错误,凭着我的灵魂起誓,我以后再不违犯对你所作的誓言。

安东尼奥　我曾经为了他的幸福,把我自己的身体向人抵押,倘不是幸亏那个把您丈夫的指环拿去的人,几乎送了性命;现在我敢再立一张契约,把我的灵魂作为担保,保证您的丈夫决不会再有故意背信的行为。

鲍西娅　那么就请您做他的保证人,把这个给他,叫他比上回那一个保存得牢一些。

安东尼奥　拿着,巴萨尼奥;请您发誓永远保存这一个指环。

巴萨尼奥　天哪! 这就是我给那博士的那一个!

鲍西娅　我就是从他手里拿来的。原谅我,巴萨尼奥,因为凭着这个指环,那博士已经跟我睡过觉了。

尼莉莎　原谅我,我的好葛莱西安诺;就是那个发育不全的孩子,那个博士的书记,因为我向他讨这个指环,昨天晚上已经跟我睡在一起了。

葛莱西安诺　哎哟,这就像是在夏天把铺得好好的道路重新翻造。嘿! 我们就这样冤冤枉枉地做起忘八来了吗?

鲍西娅　不要说得那么难听。你们大家都有点莫名其妙;这儿有一封信,拿去慢慢地念吧,它是培拉里奥从帕度亚寄过来的,你们从这封信里,就可以知道那位博士就是鲍西娅,她的书记便是这位尼莉莎。罗伦佐可以向你们证明,当你们出发以后,我就立刻动身;我回家来还没有多少时候,连大门也没有进去过呢。安东尼奥,我们非常欢迎您到这儿来;我还带着一个您所意料不到的好消息给您，请您拆开这封信，您就可以知道您有三艘商船，已经满载而归，快要到港了。您再也想不出这封信怎么会巧巧儿地到了我的手里。

安东尼奥　我没有话说。

巴萨尼奥　你就是那个博士，我还不认识你吗？

葛莱西安诺　你就是要叫我当忘八的那个书记吗？

尼莉莎　是的，可是除非那书记会长成一个男子，他再也不能叫你当忘八。

巴萨尼奥　好博士，你今晚就陪着我睡觉吧；当我不在的时候，你可以睡在我妻子的床上。

安东尼奥　好夫人，您救了我的命，又给了我一条活路；我从这封信里得到了确实的消息，我的船只已经平安到港了。

鲍西娅　喂，罗伦佐！我的书记也有一件好东西要给您哩。

尼莉莎　是的，我可以免费送给他。这儿是那犹太富翁亲笔签署的一张授赠产业的文契，声明他死了以后，全部遗产都传给您和杰西卡，请你们收下吧。

罗伦佐　两位好夫人，你们像是散布吗哪①的天使，救济着饥饿的人们。

鲍西娅　天已经差不多亮了，可是我知道你们还想把这些事情知道得详细一点。我们大家进去吧；你们还有什么疑惑的地方，尽管再向我们发问，我们一定老老实实地回答一切的问题。

葛莱西安诺　很好，我要我的尼莉莎宣誓答复第一个问题：现在离白昼只有两小时了，我们还是就去睡觉呢，还是等明天晚上再睡？正是——

　　　　　　不惧黄昏近，但愁白日长；
　　　　　　翩翩书记俊，今夕喜同床。

---

①　吗哪（manna）：天粮，见《旧约·出埃及记》。

金环束指间，灿烂自生光，

为恐娇妻骂，莫将弃道旁。（众下。）

（朱生豪 译 陈才宇 校）

温莎的风流娘儿们

　　《温莎的风流娘儿们》约写于 1597—1601 年间,1602 年 1 月 18 日在伦敦书业公所登记,同年晚些时候以四开本印行,即后人所谓的"四开劣本"(the bad Quarto)。

　　剧中的基本情节,包括安妮·培琪与范顿的爱情,福斯塔夫被风流娘子愚弄,都是莎士比亚自己创作的。意大利作家乔万尼·弗伦蒂诺所著的《愚人的故事》中有相近的故事描写,有可能启发过莎士比亚,但不能说他借鉴了别人的作品。

　　有关林间精灵的描写具有民俗的意义,赫恩橡树的描写可能得益于奥维德的《变形记》。

　　译文见于《朱生豪译莎士比亚戏剧手稿》第 6 册,世界书局版《莎士比亚戏剧全集》第三辑。

剧 中 人 物

约翰·福斯塔夫爵士

范顿　少年绅士

夏禄　乡村法官

斯兰德　夏禄的侄儿

福德 ⎫
　　⎬ 温莎的两个绅士
培琪 ⎭

威廉·培琪　培琪的幼子

休·伊文斯师傅　威尔士籍牧师

卡厄斯大夫　法国籍医生

嘉德饭店的店主

巴道夫
毕斯托尔 } 福斯塔夫的从仆
尼姆

罗宾　福斯塔夫的侍童

辛普儿　斯兰德的仆人

鲁格贝　卡厄斯大夫的仆人

福德大娘

培琪大娘

安妮·培琪　培琪的女儿,与范顿相恋

快嘴桂嫂　卡厄斯大夫的女仆

培琪、福德两家的仆人及其他

地　　点

温莎及其附近

第　一　幕

第一场　温莎;培琪家门前

〔夏禄法官、斯兰德及休·伊文斯牧师上。

夏禄　休师傅,别劝我,我一定要告到御前法庭去;就算他是二十个
　　　约翰·福斯塔夫爵士,他也不能欺侮夏禄老爷。

斯兰德 在格洛斯特州,您还是治安法官兼审判官①呢。

夏禄 是的,斯兰德贤侄,而且还是保管案卷的法官②。

斯兰德 **就是,您就是保管案卷的法官。**③ 牧师先生,我告诉您吧, 他出身就是个绅士,签起名来,总要加上"大人"两个字,无论什 么公文、笔据、账单、契约,写起来总是"夏禄大人"。

夏禄 对了,这三百年来,一直都是这样。

斯兰德 他的子孙在他以前就是这样了,他的祖宗在他以后也可以 这样;他们家里那件绣着十二条白梭子鱼的外套可以作为证明。

夏禄 那是一件古老的外套。

伊文斯 一件古老的外套上有着十二条白虱子④,那真是相得益彰 了;白虱是人类的老朋友,也是亲爱的象征。

夏禄 梭子鱼是一种淡水鱼,祖传的外套适合用咸水鱼做纹章。

斯兰德 我可以将它添在盾角上,叔叔。

夏禄 通过联姻就可以这样做了。⑤

伊文斯 倘若少了四分之一⑥,这外套就不完整了。

夏禄 没有的事。

伊文斯 **有的,老天做证。根据我的初步计算,如果别人取去了外套 的四分之一,那你自己就只有四分之三。不过,纹章还是一个纹 章。**可是闲话少说,要是福斯塔夫爵士有什么地方得罪了您,我 是个出家人,方便为怀,很愿意替你们两位和解和解。

夏禄 我要将这件事告到枢密院去,这简直是暴动。

---

① 原文 coram,即 quorum,指法庭开庭前应到的法官法定人数。

② 原文 custalorum,从拉丁文 custos rotulorum 而来,意为"案卷保管者"。

③ 朱译手稿:夏老爷是格洛斯特州的治安法官,哪个不知,谁人不晓?

④ louse(虱子)与 luce(梭子鱼)发音相近。

⑤ 这里是说通过联姻将亲家的家徽添在自家家徽的盾角上。

⑥ 原文 quarter 为双关语:四分之一;方角。

伊文斯　不要把暴动的事情告诉**教会**①，暴动是不敬上帝的行为。教会希望听见人民个个敬畏上帝，不喜欢听见什么暴动。您还是考虑考虑吧。

夏禄　嘿！他妈的！要是我再年轻点儿，一定用刀子跟他解决。

伊文斯　冤家宜解不宜结，还是大家和和气气的好。我脑袋里还有一个计划，要是能够成功，倒是一件美事。培琪大爷有一位女儿叫安妮，她是一个标致的姑娘。

斯兰德　安妮小姐吗？她有一头棕色的头发，说起话来细声细气像个娘儿似的。

伊文斯　正是这位小姐，全世界找不出第二个来了。她的爷爷临死的时候——上帝接引他上天堂享福！——给她七百镑钱，还有金子银子，等她满了十七岁，这笔财产就可以到她手里。我们现在还是把那些吵吵闹闹的事情搁在一旁，想法子替斯兰德少爷和安妮·培琪小姐做个媒吧。

夏禄　她的爷爷传给她七百镑钱吗？

伊文斯　是的，还有她父亲给她的钱。

夏禄　这姑娘我也认识，她的人品倒不错。

伊文斯　七百镑钱，还有其他的嫁奁，那还会错吗？

夏禄　好，让我们去瞧瞧培琪大爷吧。福斯塔夫也在里边吗？

伊文斯　我要对您说谎吗？我顶讨厌的就是说谎的人，正像我讨厌说假话的人，或是不老实的人一样。约翰爵士是在里边，请您看在大家朋友的分上，耐着点儿吧。让我们去打门。（敲门）喂！有人吗？上帝祝福你们这一家！

培琪　（门内）谁呀？

伊文斯　上帝祝福你们，是您的朋友，还有夏禄法官和斯兰德少爷，我们要跟您谈些事情，也许您听了会高兴的。

---

① 原文 council 可指宗教会议，也可指枢密院。朱译手稿：枢密院。

〔培琪上。

培琪　我很高兴看见你们各位的气色都这样好。夏禄老爷,我还要
　　　谢谢您的鹿肉呢!

夏禄　培琪大爷,我很高兴看见您,您心肠好,福气一定也好! 鹿肉
　　　弄得实在不成样子,您别见笑。嫂夫人好吗? ——我从心坎儿
　　　里谢谢您!

培琪　我才要谢谢您哪。

夏禄　我才要谢谢您;干脆一句话,我谢谢您。

培琪　斯兰德少爷,我很高兴看见您。

斯兰德　培琪大叔,您那头黄毛的猎狗怎么样啦? 听说它在最近的
　　　考茨奥赛狗会上跑不过人家,有这回事吗?

培琪　那可不能这么说。

斯兰德　您还不肯承认,您还不肯承认。

夏禄　他当然不肯承认的;这是你的不好,这是你的不好。那是一头
　　　好狗哩。

培琪　是一头不中用的畜生。

夏禄　不,它是一头好狗,很漂亮的狗;那还用说吗? 它又好又漂亮。
　　　福斯塔夫爵士在里边吗?

培琪　他是在里边。我很愿意给你们两位彼此消消气。

伊文斯　真是一个好基督徒说的话。

夏禄　培琪大爷,他侮辱了我。

培琪　是的,他自己也有几分认错。

夏禄　认了错不是就算完了事呀,培琪大爷,您说是不是? 他侮辱了
　　　我;真的,他侮辱了我;一句话,他侮辱了我;你们听着,夏禄老爷
　　　说,他给人家侮辱了。

培琪　约翰爵士来啦。

　　　〔福斯塔夫爵士、巴道夫、尼姆、毕斯托尔上。

福斯塔夫　喂,夏禄老爷,您要到王上面前去告我吗?

夏禄　爵士,你打了我的佣人,杀了我的鹿,闯进我的屋子里。

福斯塔夫　可是没有香过你家看门人女儿的脸吧?

夏禄　他妈的,什么话! 我一定跟你算账。

福斯塔夫　明人不做暗事,这一切都是我干的。现在我回答了你啦。

夏禄　我要告到枢密院去。

福斯塔夫　你最好暗地里去告,否则你会被人嘲笑的。①

伊文斯　少说几句吧,约翰爵士,有话好好说。

福斯塔夫　**好好说? 你这蠢货!** 斯兰德,我要捶碎你的头,你也想跟我算账吗?

斯兰德　呃,爵士,我也想跟您还有您那几位流氓跟班,巴道夫、尼姆、毕斯托尔,算一算账呢。他们带我到酒店里去,把我灌了个醉,偷了我的皮夹子去。

巴道夫　你这又酸又臭的干酪!

斯兰德　好,随你说吧。

毕斯托尔　喂,**魔鬼靡非斯特**②!

斯兰德　好,随你说吧。

尼姆　喂,风干的肉片! 这别号我给你取得好不好?

斯兰德　我的跟班辛普儿呢? 叔叔,您知道吗?

伊文斯　请你们大家别闹,让我们来看:关于这一场争执,已经有了三位公证人,第一位是培琪大爷,第二位是我自己,第三位也就是最后一位,是嘉德饭店的老板。

培琪　咱们三个人要听一听两方面的曲直,替他们调停出一个结果来。

伊文斯　很好,让我先在笔记簿上把要点记下来,然后我们可以仔细研究出一个方案来。

---

① 朱译手稿:你要是不怕人家笑话你,你就告去吧。
② 靡非斯特:浮士德传说中的魔鬼。朱译手稿:枯骨鬼。

福斯塔夫　毕斯托尔！

毕斯托尔　他用耳朵听见了。

伊文斯　见他妈的鬼！这算什么话，"他用耳朵听见了"？嘿，这简直
　　　　是矫揉造作。

福斯塔夫　毕斯托尔，你有没有偷过斯兰德少爷的钱袋？

斯兰德　凭着我这只手套起誓，他偷了我七个六便士的锯边银币，还
　　　　有两个爱德华朝代的银币，我用每个两先令两便士的价钱去换
　　　　来的。倘若我冤枉了他，我就不叫斯兰德。

福斯塔夫　毕斯托尔，这是真的吗？

伊文斯　如果是扒了人家的钱，那真是要不得的事。

毕斯托尔　**你这威尔士山沟野人！**——约翰爵士，**我的**主人，我要用
　　　　这柄剑向他挑战。赶快对我说你认错了人！你这不中用的人
　　　　渣，你在说谎！

斯兰德　我凭着这双手套起誓：确实就是他！①

尼姆　说话留点神吧，朋友，大家客客气气。你要是想在太岁头上动
　　　　土，咱老子可也不是好惹的——**这就是我要说的。**

斯兰德　凭着这顶帽子起誓，那么一定是那个红脸孔的家伙偷的。
　　　　我虽然不记得我给你们灌醉以后做了些什么事，可是我还不是
　　　　头十足的驴子哩。

福斯塔夫　你怎么说，红脸孔？

巴道夫　我说，这位先生一定是喝酒**喝昏了口了**②。

伊文斯　应该是喝昏了头。咳，多么无知！

**巴道夫　据他们说来，他喝醉以后就被偷了，这结论下得未免太早
　　　　了吧。**

斯兰德　**我听不懂你的话。**好，随你们怎么说吧，我以后再不喝醉

――――――――――――

　　①　朱译手稿：那么我赌咒一定是他。
　　②　朱译手稿：喝昏了头了。

了；我要是喝酒，一定跟规规矩矩、敬重上帝的人一起喝，决不再跟这种坏东西在一起喝了。

伊文斯　好一句有志气的话！

福斯塔夫　各位先生，你们已经听见他什么都否认了，你们都已经听见了。

　　　　〔安妮持酒具，及福德大娘、培琪大娘同上。

培琪　不，女儿，你把酒拿进去，我们就在里面喝酒。（安妮下。）

斯兰德　天啊！这就是安妮小姐。

培琪　您好，福德嫂子！

福斯塔夫　福德大娘，我今天能够碰见您，真是三生有幸；恕我冒昧，好嫂子。（吻福德大娘。）

培琪　娘子，请你招待招待各位客人。来，我们今天烧好一盘滚热的鹿肉馒头，要请诸位尝尝新。来，各位朋友，我希望大家一杯在手，旧怨全忘。（除夏禄、斯兰德、伊文斯外皆下。）

斯兰德　要是现在有人给我四十个先令，我宁愿有一本诗集在手里。

　　　　〔辛普儿上。

斯兰德　啊，辛普儿，你到哪里去了？难道我必须自己服侍自己吗？你有没有把那本猜谜的书带来？

辛普儿　猜谜的书！怎么，您不是在上一次万圣节时候，米迦勒节的前两个星期，把它借给矮笃笃艾丽丝了吗？

夏禄　来，侄儿；来，侄儿，我们等着你哪。侄儿，我有句话要对你说：是这样的，侄儿，刚才休师傅曾经提起过这么一个意思；你懂得我的意思吗？

斯兰德　嗯，叔叔，我是个好说话的人；只要是合理的事，我总是愿意的。

夏禄　不，你听我说。

斯兰德　我在听着您哪，叔叔。

伊文斯　斯兰德少爷，听清他的意思；您要是愿意的话，我可以把这件事情向您解释。

斯兰德　不，我的夏禄叔叔叫我怎么做，我就怎么做。请你原谅，他是个治安法官，谁人不知，哪个不晓？

伊文斯　不是这个意思，我们现在要谈的，是关于您的婚姻问题。

夏禄　对了，就是这一回事。

伊文斯　就是这一回事，我们要给您跟培琪小姐做个媒。

斯兰德　噢，原来是这么一回事，只要条件合理，我是总可以答应娶她的。

伊文斯　可是您能不能喜欢这一位姑娘呢？我们必须从您自己嘴里知道您的意思——**许多哲学家都认为嘴唇是嘴的一部分**——所以请您明明白白地回答我们：您能不能对这位姑娘发生好感呢？

夏禄　斯兰德贤侄，你能够爱她吗？

斯兰德　叔叔，我希望我总是照着道理做去。

伊文斯　哎哟，天上的爷爷奶奶们！您一定要讲得明白点儿，您想不想要她？

夏禄　你一定要明明白白地讲。要是她有很丰盛的嫁奁，你愿意娶她吗？

斯兰德　叔叔，您叫我做的事，只要是合理的，比这更重大的事我也会答应下来。

夏禄　不，你得明白我的意思，好侄儿，我所做的事，完全是为了你的幸福。你能够爱这姑娘吗？

斯兰德　叔叔，您叫我娶她，我就娶她；也许在开头的时候彼此之间没有多大的爱情，可是结过了婚以后，大家慢慢儿地相互熟悉起来，日久生厌，也许爱情会自然而然地一天不如一天。可是只要您说一声"跟她结婚"，我就跟她结婚，这是我的**无节制的**

决心①。

伊文斯　这是一个很明理的回答，只是措辞有点不妥。**按照我们的理解，"无节制"应该是"不可动摇"**。但他的意思是很好的。

夏禄　嗯，我的侄儿的意思是很好的。

斯兰德　要不然的话，我就是个该死的畜生了！

夏禄　安妮小姐来了。

　　　　〔安妮重上。

夏禄　安妮小姐，为了您的缘故，我但愿自己再年青起来。

安妮　酒菜已经准备好了，家父叫我来请各位进去。

夏禄　我愿意奉陪，好安妮小姐。

伊文斯　哎哟！念起餐前祈祷来，我可不能缺席哩。（夏禄、伊文斯下。）

安妮　斯兰德世兄，您也请进吧。

斯兰德　不，谢谢您，真的，托福托福。

安妮　大家都在等着您哪。

斯兰德　我不饿，我真的谢谢您。喂，你虽然是我的跟班，还是进去伺候我的夏禄叔叔吧。（辛普儿下）一个治安法官一定得有个跟班，才不失体面。现在家母还没有死，我随身只有三个跟班一个书童，可是这算得上什么呢？我的生活还是过得一点也不舒服。

安妮　您要是不进去，那么我也不能进去了；他们都要等您到了才坐下来呢。

斯兰德　真的，我不要吃什么东西；可是我多谢您的好意。

安妮　世兄，请您进去吧。

斯兰德　我还是在这里走走的好，我谢谢您。我前天跟一个击剑教师比赛刀剑，三个回合赌一碟蒸熟的梅子，结果把我的胫骨也弄

---

① 斯兰德将 resolutely（不可动摇）说成了 dissolutely（无节制）。朱译手稿：不可动摇的决心。

伤了；不瞒您说，从此以后，我闻到烧熟的肉味道就受不住。你家的狗为什么叫得这样利害？城里有熊吗？

安妮　我想是有的，我听见人家讲起过。

斯兰德　**我喜欢这种游戏，不过，我也像其他英国人一样反对它。**您要是看见关在笼子里的熊逃了出来，您怕不怕？

安妮　我怕。

斯兰德　我现在可把它当作家常便饭一样没有什么希罕了。我曾经看见巴黎花园里那头著名的撒克逊大熊逃出来二十次，我还亲手拉住它的链条。可是我告诉您吧，那些女人们一看见了，就哭呀叫呀地闹得天翻地覆；实在说起来，也难怪她们受不住，那些畜生都是又难看又粗暴的家伙。

〔培琪重上。

培琪　来，斯兰德少爷，来吧，我们等着您哪。

斯兰德　我不要吃什么东西，我谢谢您。

培琪　这怎么可以呢？您不吃也得吃，来，来。

斯兰德　那么您先请吧。

培琪　您先请。

斯兰德　安妮小姐，还是您先请。

安妮　不，您别客气了。

斯兰德　真的，我不能走在你们前面；真的，那不是太无礼了吗？

安妮　您何必这样客气呢？

斯兰德　既然这样，与其让你们讨厌，还是失礼的好。你们可不能怪我放肆呀。（同下。）

第二场　同　前

〔伊文斯牧师及辛普儿上。

伊文斯　你去打听打听，有一个卡厄斯大夫住在哪儿；他的家里有一个快嘴桂嫂的，是他的看护，或者是他的保姆，或者是他的厨娘，或者是帮他洗洗衣服的女人。

辛普儿　好的,师傅。

伊文斯　慢着,还有要紧的话哩。你把这封信交给她,因为她跟培琪家小姐是很熟悉的,这封信的意思,就是要请她代你的主人向培琪家小姐传达他的爱慕之忱。请你快点去吧,我饭还没有吃完,还有一道苹果跟干酪在后头呢。（各下。）

第三场　嘉德饭店的一室

〔福斯塔夫、店主、巴道夫、尼姆、毕斯托尔上。

福斯塔夫　店主东!

店主　怎么说,我的老狐狸?

福斯塔夫　不瞒你说,我要辞掉一两个跟班啦。

店主　好,**我的大力神**,叫他们滚蛋,骨碌碌,骨碌碌。

福斯塔夫　净是坐着吃饭,我一个星期也要花上十镑钱。

店主　当然啰,你就像个皇帝,像个凯撒。我可以把巴道夫留下来,让他做个酒保,你看好不好,**伟大的赫克托**[①]?

福斯塔夫　老板,那好极啦。

店主　那么就这么办,叫他跟我来吧。（对巴道夫）**让我看看你调酒的手段,我可是讲究实干的。跟上吧。**（下。）

福斯塔夫　巴道夫,跟他去。酒保也是一种很好的行业。旧外套可以改做新褂子;一个不中用的跟班,也可以变成一个出色的酒保。去吧,再见。

巴道夫　这种生活我正是求之不得,我一定会从此交运。

毕斯托尔　哼,没出息的东西,你要去开酒桶吗?（巴道夫下。）

尼姆　他是在爹娘酒醉时生育的。我这俏皮话说得够机智吧?

福斯塔夫　我很高兴把这火种这样打发走了;他的偷窃太公开啦,他

---

① 赫克托:特洛伊战争中的英雄。

在偷东西的时候,就像一个不会唱歌的人一样,一点不懂得轻重快慢。

尼姆　做贼的唯一妙诀,是看准下手的时机。

毕斯托尔　聪明的人把它叫作"不告而取"。"做贼"——啐!好难听的话儿!

福斯塔夫　孩儿们,我快要穷得鞋子都没有后跟啦。

毕斯托尔　好,那么就让你的脚跟上长起老大的冻疮来吧。

福斯塔夫　没有法子,我必须想个办法,捞一些钱来。

毕斯托尔　小乌鸦们不吃东西也是不行的呀。

福斯塔夫　你们有谁知道本地有一个叫福德的家伙?

毕斯托尔　我知道那家伙,他很有几个钱。

福斯塔夫　我的好孩儿们,现在我要把我的计划告诉你们。

毕斯托尔　两码,只多不少。①

福斯塔夫　别再说俏皮话了,毕斯托尔! 我的腰围是有两码左右,但现在我谈的不是腰围,而是谈如何发财。我想去吊福德老婆的膀子。我觉得她对我很有几分意思;她跟我讲话的那种口气,给我切肉的那种姿势,还有她那一瞟一瞟的脉脉含情的眼光,都好像在说:"我的心是福斯塔夫爵士的。"

毕斯托尔　你果然把她的心理研究得非常透彻,居然把它一个字一个字地翻译出来啦。

尼姆　这锚抛得好深啊。——我这比喻不错吧?

福斯塔夫　听说她丈夫的钱都是她一手经管的;她有数不清的钱藏在家里。

毕斯托尔　财多招鬼忌,咱们应该去给他消消灾;我说,向她进攻吧。

尼姆　话又说得俏皮起来了。让俏皮话使我富有吧。

---

①　前文为 I will tell you what I am about,毕斯托尔有意曲解 I am about 的含义,当它指人的腰围。

福斯塔夫　　我已经写下一封信在这儿预备寄给她；这儿还有一封，是写给培琪老婆的，她刚才也向我眉目传情，她那双水汪汪的眼睛一眨不眨地望着我身上的各个部分，一会儿瞧瞧我的脚，一会儿瞧瞧我的大肚子。

毕斯托尔　　正好比太阳照在粪堆上。

尼姆　　这个比喻比得好极了！

福斯塔夫　　啊！她用贪馋的神气把我从上身望到下身，她的眼睛里简直要喷出火来炙我。这一封信是给她的。她也经管着钱财，她就像是一座取之不竭的圭亚那金矿。我要去接管她们两人的全部富源，她们两人就是我的两个国库。她们一个是东印度，一个是西印度，我就在这两地之间开辟我的生财大道。你给我把这信送给培琪大娘；你给我把这信送给福德大娘。孩儿们，咱们从此可以有舒服的日子过啦。

毕斯托尔　　你要我给你拉皮条吗？鬼才干这种事！

尼姆　　这种龌龌龊龊的事情我也不干；把这封宝贝信拿回去吧。我的名誉要紧。

福斯塔夫　　（向罗宾）来，小鬼，你给我把这两封信送去，小心别丢了。你就像我的一艘快船一样，赶快开到这两座金山的脚下去吧。（罗宾下）你们这两个混蛋，一起给我滚吧！再不要让我看见你们的影子！像狗一样爬得远远的，我这里容不得你们。滚！这年头儿大家都要讲究个紧缩，福斯塔夫也要学学法国人的算计，留着一个随身的童儿，也就够了。（下。）

毕斯托尔　　让饿老鹰把你的心肝五脏一起抓了去！你用假骰子到处诈骗人家，看你作孽到几时！等你有一天穷得袋里一个子儿都没有的时候，再瞧瞧老子是不是一定要靠你才得活命，这万恶不赦的老贼！

尼姆　　我心里正转着一个念头，我要报仇。

毕斯托尔　　你要报仇吗？

尼姆　天日在上,此仇非报不可!

毕斯托尔　用计策还是用武力?

尼姆　两样都要用;我先去向培琪报告有人正在勾搭他的老婆。

毕斯托尔　我就去叫福德加倍留神,

　　　　　　说福斯塔夫,那混账东西,

　　　　　　想把他的财产一口侵吞,

　　　　　　还要占夺他的美貌娇妻。

尼姆　我的脾气是想到就做,我要去煽动培琪,让他心里充满了醋意,叫他用毒药毒死这个家伙。谁要是对我不起,让他知道咱老子也不是好惹的。

毕斯托尔　你就是那个天煞星,我愿意跟你合作,走吧。(同下。)

第四场　卡厄斯医生家中一室

〔快嘴桂嫂及辛普儿上。

桂嫂　喂,鲁格贝!

〔鲁格贝上。

桂嫂　请你到窗口去瞧瞧,咱们这位东家卡厄斯大夫有没有来;要是他来了,看见屋子里有人,一定又要给他昏天黑地一顿骂。

鲁格贝　好,我去看看。

桂嫂　去吧,今天晚上等我们烘罢了火,我请你喝杯老酒。(鲁格贝下)他是一个老实的听话的和善的家伙,你找不到第二个像他这样的仆人;他又不会说长道短,他唯一的缺点,就是太喜欢祷告了。他祷告起来,简直像个呆子,可是谁都有几分错处,那也不用说它了。你说你的名字叫辛普儿吗?

辛普儿　是,人家就这样叫我。

桂嫂　斯兰德少爷就是你的主人吗?

辛普儿　正是。

桂嫂　他不是留着一大把胡须,**像手套商人的刮皮刀吗?**

辛普儿　　不,他只有一张小小的白白的脸,略微有几根黄胡子,**像该隐那副样子**。

桂嫂　　他是一个很文弱的人,是不是?

辛普儿　　是的,可是真要比起力气来,他也不怕人家;他曾经跟看守猎苑的人打过架呢。

桂嫂　　你怎么说?——啊,我记起来啦!他不是走起路来大摇大摆,把头抬得高高的吗?

辛普儿　　对了,一点不错,他正是这样子。

桂嫂　　好,老天爷保佑培琪小姐嫁到这样一位好郎君吧。你回去对伊文斯牧师先生说,我一定愿意帮你家少爷的忙。安妮是个好孩子,我但愿——

〔鲁格贝重上。

鲁格贝　　不好了,快出去,我们老爷来啦!

桂嫂　　咱们大家都要挨一顿臭骂了。这儿来,好兄弟,赶快钻进这个壁柜里去。(将辛普儿关进壁柜)他一会就要出去的。喂,鲁格贝!喂,你在哪里?鲁格贝,你去瞧瞧老爷去,他现在还不回来,不知道人好不好。(鲁格贝下,桂嫂唱歌)得儿郎当,得儿郎当……

〔卡厄斯大夫上。

卡厄斯　　你在唱些什么?我讨厌这种调调儿。请你快给我到壁柜里去,把一只匣子,一只绿的匣子,找来给我;听见我的话吗?一只绿的匣子。

桂嫂　　好,好,我就去给您找来。(旁白)谢天谢地他没有自己去找,要是给他看见了壁柜里有一个小伙子,他一定要暴跳如雷了。

卡厄斯　　快点,快点,我有要紧的事,就要出去。

桂嫂　　是这一个吗,老爷?

卡厄斯　　对了,给我放进口袋里,快点。鲁格贝那个混蛋呢?

桂嫂　　喂,鲁格贝!鲁格贝!

〔鲁格贝重上。

鲁格贝　有,老爷。

卡厄斯　**你是约翰·鲁格贝,你是杰克·鲁格贝,**把剑拿来,跟我到宫廷去。

鲁格贝　剑已经放在门口了,老爷。

卡厄斯　我已经耽搁得太久了。——该死! 我又忘了! 壁柜里还有点儿药草,我一定得带去。

桂嫂　(旁白)糟了,他看见了那个小子,一定要发疯啦。

卡厄斯　见鬼! 见鬼! 什么东西在我的壁柜里? ——混蛋! 狗贼! (将辛普儿拖出)鲁格贝,把我的剑拿来!

桂嫂　好老爷,请您息怒吧。

卡厄斯　我为什么要息怒? 嘿!

桂嫂　这个年青人是个好人。

卡厄斯　是好人躲在我的壁柜里干什么? 躲在我的壁柜里,就不是好人。

桂嫂　请您别发那么大的脾气。老实告诉您吧,是伊文斯牧师叫他来找我的。

卡厄斯　好。

辛普儿　正是,伊文斯牧师叫我来请这位大娘——

桂嫂　你不要说话。

卡厄斯　闭住你的嘴! ——你说。

辛普儿　请这位大娘替我家少爷去向培琪家小姐说亲。

桂嫂　真的,就只有这么一回事! 可是我才不愿多管这种闲事,把手指头伸进火里去呢。又不是跟我有什么相干。

卡厄斯　是伊文斯牧师叫你来的吗? ——鲁格贝,拿张纸来。你再等一会儿。(写。)

桂嫂　我很高兴他今天这么安静,要是他真的动起怒来,那才会吵得日月无光哩。可是别管他,兄弟,我一定尽力帮你家少爷的忙;不瞒你说,这个法国医生,我的主人——我可以叫他我的主人,因为你瞧,我替他管屋子,还给他洗衣服,酿酒,烘面包,扫地擦桌,烧肉烹茶,铺床叠被,什么都是我一个人做的——

辛普儿　一个人做这么多事,真太辛苦啦。

桂嫂　可不是吗? 真把人都累死了,天一亮就起身,老晚才睡觉。可是这些话也不用说了,让我悄悄儿地告诉你,你可不许对人家说,我那个东家他自己也爱着培琪家小姐。可是安妮的心思我是知道的,她的心既不在这儿,也不在那儿。

卡厄斯　猴儿崽子,你去把这封信交给伊文斯牧师,这是一封挑战书,我要割断他的喉咙。我要教训教训这个猴儿崽子的牧师,问他以后还多管闲事不管。你去吧,你留在这里没有好处。哼,我要是不把他的两颗睾丸一起割下来,**一颗也不留下来给他喂狗**,我就不是个人。(下。)

桂嫂　唉! 他也不过帮他朋友说句话罢了。

卡厄斯　我可不管。你不是对我说过安妮·培琪一定会嫁给我的吗? 哼,我要是不把那个狗牧师杀掉,我就不是个人。我要叫嘉德饭店的老板替我们做公证人。哼,我要是不娶安妮·培琪为妻,我就不是个人。

桂嫂　老爷,那姑娘喜欢您哩,包您万事如意。人家高兴嚼嘴嚼舌,就让他们去嚼吧。真是哩。

卡厄斯　鲁格贝,跟我到宫廷去。哼,要是我娶不到安妮·培琪为妻,我不把你赶出门,我就不是个人。跟我来,鲁格贝。(卡厄斯、鲁格贝下。)

桂嫂　呸! 做你的梦! 安妮的心思我是知道的,在温莎地方,谁也没有像我一样明白安妮的心思了。谢天谢地,她也只肯听我的话,别人的话她才不理呢。

范顿　(在内)里面有人吗? 喂!

桂嫂　谁呀? 进来吧。

　　　　[范顿上。

范顿　啊,大娘,你好哇?

桂嫂　多承大爷问起,托福托福。

范顿　有什么消息?安妮小姐近来好吗?

桂嫂　凭良心说,大爷,她真是一位又标致、又端庄、又温柔的好姑娘。范顿大爷,我告诉您吧,她很佩服您哩,谢天谢地。

范顿　你看起来我有几分希望吗?我的求婚不会失败吗?

桂嫂　真的,大爷,什么事情都是天老爷注定了的。可是,范顿大爷,我可以发誓她是爱您的。您的眼皮上不是长着一颗小疙瘩吗?

范顿　是有颗疙瘩,那便怎样呢?

桂嫂　嗬,这上面就有一段话呢。真的,我们这位小安妮就像换了个人似的,我们讲那颗疙瘩足足讲了一个钟点。人家讲的笑话一点不好笑,那姑娘讲的笑话才叫人打心窝儿里笑出来。可是我可以跟无论什么人打赌,她是个顶规矩的姑娘。她近来也实在太喜欢一个人发呆了,老是像在想着什么心事似的。至于讲到您——那您尽管放心吧。

范顿　好,我今天要去看她。这几个钱请你收下,多多拜托你帮我说句好话。要是你比我先看见她,请你替我向她致意。

桂嫂　那还用说吗?下次要是有机会,我还要给您讲起那个疙瘩哩;我也可以告诉您还有些什么人在转她的念头。

范顿　好,回头见。我现在还有要事,不多谈了。

桂嫂　回头见,范顿大爷。(范顿下)这人是个规规矩矩的绅士,可是安妮并不爱他,谁也不及我明白安妮的心思了。该死!我又忘了什么啦?(下。)

第 二 幕

第一场　培琪家门前

　　〔培琪大娘持书信上。

培琪大娘　什么！我在年青貌美的时候，都不曾收到过什么情书，现在倒有人写起情书来给我了吗？让我来看："不要问我为什么我爱你，因为爱情虽然会用理智来做治疗相思的药饵，它却从来不听理智的劝告。你并不年青，我也是一样；好吧，咱们同病相怜。你爱好风流，我也一样；哈哈，那尤其是同病相怜。你喜欢喝酒，我也是一样；咱们俩岂不是天生的一对？要是一个军人的爱可以使你满足，那么培琪大娘，请你相信我是爱你的。我不愿意说，可怜我吧，因为那不是一个军人所应该说的话。可是我说，爱我吧。

　　　　　　你忠心的骑士，

　　　　　　白天为你相思，

　　　　　　晚上为你相思，

　　　　　　甘愿受你驱使，

　　　　　　甘愿为情赴死。①

约翰·福斯塔夫上"**好一个大胆妄为的恶棍！** 哎哟，万恶的万恶的世界！一个快要老死了的家伙，还要自命风流！真是见鬼！这个酒鬼究竟从我的谈话里抓到了什么出言不检的地方，竟敢用这样的话来试探我？我还没有见过他三次面呢！我应该怎样

----

　　①　朱译手稿：愿意为你赴汤蹈火的，你的忠心的武士。

对他说呢？那个时候，上帝饶恕我，我的确是说说笑笑得太高兴
了点儿。哼，我要到议会里去上一个条陈，请他们把天下男人一
概格杀勿论。我应该怎样报复他呢？这一口气是非出不可的。
事情像他肚子里的腊肠一样明摆着，我是饶不了他的。

〔福德大娘上。

福德大娘　培琪大娘，我正要到您府上来呢。

培琪大娘　我也正要到您家里去呢。你脸色可不大好看呀。

福德大娘　那我可不信，我应该满面红光才是呢。

培琪大娘　真的，据我看，你的脸色是不大好看。

福德大娘　**就算是吧，但我说我能够变得红光满面的。** 啊，培琪嫂
　　　　子，你给我出个主意吧。

培琪大娘　什么事，大姊？

福德大娘　啊，大姊，我倘不是因为觉得这种事情太不好意思，我就
　　　　可以贵起来啦。

培琪大娘　大姊，管它什么好意思不好意思，贵起来不好吗？是怎么
　　　　一回事？是怎么一回事？

福德大娘　我只要高兴下地狱走一趟，我就可以封爵啦。

培琪大娘　什么？你在胡说。爱丽·福德爵士！现在这种爵士满街
　　　　都是，你还是不用改变你的头衔吧。

福德大娘　废话少说，你读一读这封信。你瞧了以后，就可以知道我
　　　　怎样可以封起爵来。从此以后，只要我长着眼睛，我要永远瞧不
　　　　起那些胖子。**但是他并不滥发誓言；他称颂女人的贞淑，对一切
　　　　非礼的行为加以严词谴责，这样一来，我便当他是一个言行一致
　　　　的正人君子了。想不到他说的跟他做的根本沾不着边儿，就像
　　　　那一百首赞美诗用了情歌《绿袖套》的曲子而协调不起来一样。**
　　　　是哪一阵暴风把这条肚子里装着许多顿油的鲸鱼吹到温莎的海
　　　　岸上来的？我应该怎样报复他呢？我想最好的办法是假意敷衍
　　　　他，却永远不让他达到目的，直到罪恶的孽火把他熔化在他自己

的脂油里。你有没有听见过这样的事情？

培琪大娘　你有一封信，我也有一封信，就是换了个名字！**对于这种怪事你可以感到宽慰了，因为**①**这是你那封信的孪生兄弟；不过，长子的名分我让给你，我的信不要那个继承权**。我敢说，他有一千封这样的信写好着，只要在空白的地方填下了姓名，就可以寄给人家。也许还不止一千封，咱们的已经是再版的了。他一定会把这种信刻成版子印起来的，因为他会把咱们两人的名字都放上去，可见他无论刻下了什么乱七八糟的东西，都会一样不在乎。我要是跟他在一起睡觉，还是让一座山把我压死了吧。嘿，你可以找到二十只贪淫的乌龟，却不容易找到一个规规矩矩的男人。

福德大娘　哎哟，这两封信简直是一个印版里印出来的，同样的笔迹，同样的字句。他到底把我们看成什么人啦？

培琪大娘　那我可不知道；我看见了这样的信，真有点儿自己不相信自己起来了。以后我一定得留心察看自己的行动，因为他要是不在我身上看出了一点我自己也不知道的不大规矩的地方，一定不会**这样不顾死活地冲上船来的**②。

福德大娘　**你管这叫"冲上船来"吗？那我一定不让他靠近甲板**。③

培琪大娘　**我也要这样做。如果他进入我的船舱，我这一辈子就不出海了**。我们一定要向他报复。让我们约他一个日子相会，把他哄骗得心花怒放，然后我们采取长期诱敌的计策，只让他闻到鱼腥气，不让他尝到鱼儿的味道，逗得他馋涎欲滴，饿火雷鸣，吃尽当光，把他的马儿都变卖给嘉德饭店的老板为止。

福德大娘　好，为了作弄这个坏东西，我什么恶毒的事情都愿意干，

---

①　朱译手稿：你瞧吧。

②　朱译手稿：毫无忌惮到这个样子。

③　朱译手稿：我一定要叫他知道个利害。

只要对我自己的名誉没有损害。啊，要是我的男人见了这封信，那还了得！他那股醋劲儿才大呢。

培琪大娘　哎哟，你瞧，他来啦，我的那个也来啦。他是从来不吃醋的，我也从来不给他一点可以使他吃醋的理由。**我希望我们与醋瓶儿永远离得很远。**

福德大娘　那你的运气比我好多啦。

培琪大娘　我们再商量商量怎样对付这个好色的武士吧。过来。

（二人退后。）

　　　　〔福德、毕斯托尔、培琪、尼姆同上。

福德　我希望不会有这样的事。

毕斯托尔　希望在有些事情上是靠不住的。福斯塔夫在转你老婆的念头哩。

福德　我的妻子年纪也不小了。

毕斯托尔　他玩起女人来，不论贵贱贫富老少，在他都是一样。**他喜欢杂食**，福德，你可留神点吧。

福德　爱上我的妻子！

毕斯托尔　他心里火一样的热呢。你要是不赶快防备，**你就会像阿克特翁①那样被猎狗追赶着——咳，那个头衔就不太雅了②。**

福德　什么头衔？

毕斯托尔　忘八哪。再见。**千万留心门户吧**，偷儿总是趁着黑夜行事的。**千万提防着吧，趁夏天尚未到来，布谷鸟③尚未歌唱。**走吧，尼姆伍长！培琪，他说的都是真话，你不可不信。（下。）

福德　（旁白）我必须忍耐一下，把这事情调查明白。

————————————

①　阿克特翁（Actaeon）：希腊神话中的猎人，因偷看女神沐浴，女神把他变成一头鹿，被自己的狗吃掉。

②　朱译手稿：只怕将来你的头衔不雅。

③　cuckoo（布谷鸟）一词 cuckold（妻子有外遇的人）与相近，故用来比喻戴绿帽子的男人。

尼姆　(向培琪)这是真的,我不喜欢撒谎。他在许多地方对不起我。他本来叫我把这鬼信送给她,可是我就是真没有饭吃,也可以靠我的剑过日子。总而言之一句话,他爱你的老婆。我的名字叫尼姆伍长,我说的话全是真的。我的名字叫尼姆,福斯塔夫爱你的老婆。再见。**我不关心自己的面包乳酪,这倒又是一件有趣的事。再见**。(下。)

培琪　(旁白)这家伙夹七夹八的,不知在讲些什么东西。

福德　我要去找那福斯塔夫。

培琪　我从来没有听见过这样一个啰里啰嗦、莫名其妙的家伙。

福德　要是给我发觉了出来,好。

培琪　我就不相信这种狗东西的话,**尽管镇上的牧师说他是个诚实的人**。

福德　他的话说得倒很有理,好。

培琪　啊,娘子!

培琪大娘　官人,你到哪儿去?——我对你说。

福德大娘　哎哟,我的爷!你有了什么心事啦?

福德　我有什么心事!我有什么心事?你回家去吧,去吧。

福德大娘　真的,你一定又在转着些什么古怪的念头。培琪嫂子,咱们去吧。

培琪大娘　好,你先请。官人,你今天回来吃饭吗?(向福德大娘旁白)瞧,那边来的是什么人?咱们可以叫她带信给那个下流的武士。

福德大娘　我刚才还想起过她,叫她去是再好没有了。

　　　　〔快嘴桂嫂上。

培琪大娘　你是来瞧我的女儿安妮的吗?

桂嫂　正是呀。请问我们那位好安妮小姐好吗?

培琪大娘　你跟我们一块儿进去瞧瞧她吧;我们还有好多话要跟你讲呢。(培琪大娘、福德大娘及桂嫂同下。)

培琪　福德大爷,您怎么啦?

福德　你听见不听见那家伙告诉我的话？

培琪　我听见了。你听见不听见还有那个家伙告诉我的话？

福德　你想他们说的话靠不靠得住？

培琪　理他呢，这些狗东西！那个武士固然不是个好人，可是这两个说他意图勾引你我妻子的人，都是他革退的跟班，现在没有事做了，什么坏话都会说得出来的。

福德　他们都是他的跟班吗？

培琪　是的。

福德　那倒很好。他是住在嘉德饭店里的吗？

培琪　正是。他要是真想勾搭我的妻子，我可以假作痴聋，给他一个下手的机会，看他除了一顿臭骂之外，还会从她身上得到什么好处。

福德　我并不疑心我的妻子，可是我也不放心让她跟别个男人在一起。一个男人太相信他的妻子，也是危险的。我不愿戴绿头巾，这事情倒不能就这样一笑置之。

培琪　瞧，咱们那位爱吵闹的嘉德饭店的老板来了。他瞧上去这样高兴，倘不是喝醉了酒，一定是袋里有了几个钱。

　　　　〔店主及夏禄上。

培琪　老板，您好？

店主　啊，老狐狸！你是个好人。喂，法官先生！

夏禄　我在这儿，老板，我在这儿。晚安，培琪大爷！培琪大爷，您跟我们一块儿去好吗？我们有新鲜的玩意儿看呢。

店主　告诉他，法官先生；告诉他，老狐狸。

夏禄　那个威尔士牧师休·伊文斯跟那个法国医生卡厄斯要有一场决斗。

福德　老板，我跟您讲几句话儿。

店主　你怎么说，我的老狐狸？（二人退立一旁。）

夏禄　（向培琪）您愿意跟我们一块儿瞧瞧去吗？我们这位淘气的店

主已经替他们把剑较量过了,而且我相信已经跟他们约好了两个不同的地方,因为我听人家说那个牧师是个怪顶真的家伙。来,我告诉您,我们将要有怎样一场玩意儿。(二人退立一旁。)

店主　客人先生,你不是跟我的武士有点儿过不去吗?

福德　不,绝对没有。我愿意送给您一瓶烧酒,请您让我去见见他,对他说我的名字是勃罗克,那不过是跟他开开玩笑而已。

店主　很好,我的好汉;你可以自由出入,你说好不好?你的名字就叫勃罗克。他是个淘气的武士哩。诸位,咱们走吧。

夏禄　好,老板,请你带路。

培琪　我听人家说,这个法国人的剑术很不错。

夏禄　这算得了什么!我在年青的时候,也着实来得一手呢。现在这种讲究剑法的,一个站在这边,一个站在那边,你这么一刺,我这么一挥,还有各式各样的名目,我记也记不清楚。可是培琪大爷,顶要紧的毕竟还要看自己有没有勇气。不瞒您说,我从前凭着一把长剑,就可以叫四个高大的汉子抱头鼠窜呢。

店主　喂,孩儿们来,咱们该走了!

培琪　好,你先请吧。我倒不喜欢看见他们真的打起来,宁愿听他们吵一场嘴。(店主、夏禄、培琪同下。)

福德　培琪是个胆大的傻瓜,他以为他的老婆一定不会背着他偷汉子,可是我却不能把事情看得这样大意。我的女人在培琪家的时候,他也在那里,他们两个捣过什么鬼我也不知道。好,我还要仔细调查一下;我要先假扮了去试探试探福斯塔夫。要是侦察的结果,她并没有做过不规矩的事情,那我也可以放下心来。不然的话,也可以不至于给她们蒙在鼓里。(下。)

第二场　嘉德饭店中一室

〔福斯塔夫及毕斯托尔上。

毕斯托尔　我会分期还给您的。

福斯塔夫　我一个子儿也不借给你。

毕斯托尔　**那么这个世界是一个牡蛎，我得凭手中的剑去撬开了。**①

福斯塔夫　一个子儿也没有。我让你把我的面子丢尽，从来不曾跟你计较过；我曾经不顾人家的讨厌，替你和你那个同伙尼姆一次两次三次向人家求情说项，否则你们早已像一对大猩猩一样，给他们抓起来关在铁笼子里了。我不惜违背良心，向我的朋友们发誓说你们都是很好的军人，堂堂的男子。勃律治太太丢了她的扇柄，我还用我的名誉替你辩护，说你没有把它偷走。

毕斯托尔　你不是也分到好处的吗？我不是给你十五便士吗？

福斯塔夫　混蛋，一个人总要讲理呀。我难道白白地出卖良心吗？一句话，别尽缠我了，**我这里没有供你使用的绞架。去吧，拿把小刀到人群中去割别人的钱包吧**，快给我滚回你的贼窠里去吧！你不肯替我送信，你这混蛋！你的名誉要紧！哼，你这不要脸的东西！就说我自己吧，有时为了没有办法，也只好横一横良心，把我的名誉置之不顾，去干一些偷偷摸摸的勾当。可是像你这样一个衣衫褴褛，野猫样的脸孔，满嘴醉话，动不动赌咒骂人的家伙，却也要讲起什么名誉来了！你不肯替我送信，好，你这混蛋！

毕斯托尔　我现在认错了，难道还不够吗？

〔罗宾上。

罗宾　爵爷，外面有一个妇人要见您说话。

福斯塔夫　叫她进来。

〔快嘴桂嫂上。

桂嫂　爵爷，您好？

福斯塔夫　你好，**好大嫂**。

---

①　朱译手稿：那么我要凭着我的宝剑，去打出一条生路来了。你要是答应借给我，我一定如数奉还，决不拖欠。

桂嫂 请老爷别这样称呼我。

福斯塔夫 那就叫你好小姐吧。

桂嫂 我敢发誓,我刚出娘胎就是个小姐。

福斯塔夫 **我相信发誓赌咒的人**。你有什么事见我?

桂嫂 我可以跟爵爷讲一两句话吗?

福斯塔夫 好大嫂,你就是跟我讲两千句话,我也愿意听。

桂嫂 爵爷,有一位福德娘子——请您再过来一点儿;我自己是住在
卡厄斯大夫家里的。

福斯塔夫 好,你说下去吧,你说你那位福德娘子——

桂嫂 爵爷说得一点不错——请您再过来一点儿。

福斯塔夫 你放心吧。这儿没有外人,都是自家人,都是自家人。

桂嫂 真的吗?上帝保佑他们,收留他们做他的仆人!

福斯塔夫 好,你说吧,那位福德娘子——

桂嫂 哎哟,爵爷,她真是个好人儿。天哪,天哪!爵爷您是个风流
的家伙!但愿老天爷饶恕您,也饶恕我们众人吧!

福斯塔夫 福德娘子,说呀,福德娘子——

桂嫂 好,干脆一句话,她一见了您,说来也叫人不相信,简直就给您
迷住啦。就是王上驾幸温莎的时候,那些头儿脑儿顶儿尖儿的
官员们,也没有您这样中她的意思。不瞒您说,那些武士们,老
爷子们,数一数二的绅士们,去了一辆马车来了一辆马车,一封
接一封的信,一件接一件的礼物,他们的身上都用麝香熏得香喷
喷的,穿着用金线绣花的绸缎衣服,满口都是文绉绉的话儿,还
有顶好的酒,顶好的糖,无论哪个女人都会给他们迷醉的,可是
天地良心,她向他们眼睛也不曾眨过一眨。不瞒您说,今天早上
人家还想塞给我二十块钱哩,可是我不要这种人家所说的不明
不白的钱。说句老实话,就是叫他们中间坐第一把交椅的人来,
也休想叫她陪他喝一口酒。可是尽有那些伯爵呀,王上身边的
官员们呀,一个一个在转她的念头;可是天地良心,她一点不把

他们放在眼里。

福斯塔夫　可是她对我说些什么话？说简单一点，我的好红娘儿。

桂嫂　她要我对您说，您的信她接到啦，她非常感激您的好意。她叫我通知您，她的丈夫在十点到十一点钟之间不在家。

福斯塔夫　十点到十一点钟之间？

桂嫂　对啦，一点不错。她说，您可以在那个时候来瞧瞧您所知道的那幅画像，她的男人不会在家里的。唉！说起她的那位福德大爷来，也真叫人气恨，一位好好的娘子，跟着他真是倒霉。他是个妒忌心很重的男人，老是无缘无故跟她寻事。

福斯塔夫　十点到十一点钟之间。大嫂，请你替我向她致意，我一定不失约。

桂嫂　哎哟，您说得真好。可是我还有一个信要带给您，培琪娘子也叫我望望您。让我悄悄儿的告诉您吧，她是位贤惠端庄的好娘子，清早晚上从来不忘记祈祷。**其贤德可以与温莎任何女子相比**。她要我对您说，她的丈夫在家的日子多，不在家的日子少，可是她希望总会找到一个机会。我从来不曾看见过一个女人会这么喜欢一个男人。我想您身上一定有一点迷人的地方，真的。

福斯塔夫　哪儿的话，我不过略有几分才干而已，怎么会有什么迷人的地方？

桂嫂　您真是太客气啦。

福斯塔夫　可是我还要问你一句话，福德家的和培琪家的两位娘子有没有让彼此知道她们两个人都爱着我一个人？

桂嫂　那真是笑话了！她们怎么会这样不害羞把这种事情告诉人呢？要是真有那样的事，才笑死人哩！可是培琪娘子要请您把那个小童儿送给她，因为她的丈夫很喜欢那个小厮。天地良心，培琪大爷是个好人。在温莎地方，谁也不及培琪大娘那样享福啦；她爱做什么就做什么，爱说什么就说什么，要什么有什么，不愁吃，不愁穿，高兴睡就睡，高兴起来就起来，什么都称她的心；

可是天地良心，也是她自己做人好，才会享到这样的好福气，在温莎地方，她是位心肠再善不过的娘子了。您千万要把您那童儿送给她，可别忘了啊。

福斯塔夫　好，那一定可以。

桂嫂　一定这样办吧，您看，他可以在你们两人之间来来去去传递消息；要是有不便言明的事情，你们可以自己商量好了一个暗号，只有你们两人自己心里明白，不必让那孩子懂得，因为小孩子们是不应该知道这些坏事情的，不比上了年纪的人懂得世事，识得是非，那就不要紧了。

福斯塔夫　再见，请你替我向她们两位多多致意。这几个钱你先拿去，我以后还要重谢你哩。——孩子，跟这位大娘去吧。（桂嫂、罗宾同下）这消息倒害得我意乱如麻。

毕斯托尔　这雌儿是爱神手下的传书鸽，**待我扬帆追上前去，挂起帆布篷，然后向她开火，让她成为我的俘虏，要么就让大海把她这一类人全淹死**[①]。（下。）

福斯塔夫　老家伙，你说竟会有这等事吗？真有你的！从此以后，我要格外喜欢你这副老皮囊了。人家真的还会看中你吗？你在花费了这许多本钱以后，现在才发起利市来了吗？好皮囊，谢谢你。人家嫌你长得太胖，只要胖得有样子，再胖些又有什么关系！

　　〔巴道夫持酒杯上。

巴道夫　爵爷，下面有一位勃罗克大爷要见您说话，他说很想跟您交个朋友，特意送了一瓶白葡萄酒来给您解解渴。

福斯塔夫　他的名字叫勃罗克吗？

巴道夫　是，爵爷。

福斯塔夫　叫他进来。（巴道夫下）只要有的酒喝，管他什么勃罗克不

---

① 　朱译手稿：待我追上前去，拉满弓弦，把她一箭射下，岂不有趣！

勃罗克,我都一样欢迎。哈哈! 福德大娘,培琪大娘,你们果然给我钓上了吗? 很好! 很好!

〔巴道夫偕福德化装重上。

福德 您好,爵爷!

福斯塔夫 您好,先生,您有什么话要对我说吗?

福德 素昧平生,就这样前来打扰您,实在冒昧得很。

福斯塔夫 不必客气。请问有何见教?——酒保,你去吧。(巴道夫下。)

福德 爵爷,贱名是勃罗克,我是一个素来喜欢随便花钱的绅士。

福斯塔夫 久仰久仰! 勃罗克大爷,我很希望咱们以后常来常往。

福德 倘蒙爵爷不弃下交,真是三生有幸。不瞒爵爷说,我现在总算身边还有几个钱,您要是需要的话,随时问我拿好了。人家说的,有钱路路通,否则我也不敢大胆惊动您啦。

福斯塔夫 不错,金钱是个好兵士,有了它就可以使人勇气百倍。

福德 不瞒您说,我现在带着一袋钱在这儿,因为嫌它拿着太累赘了,想请您帮帮忙,不论是分一半去也好,完全拿去也好,好让我走路也轻松一点。

福斯塔夫 勃罗克大爷,我怎么可以无功受禄呢?

福德 您要是不嫌烦琐,耐心听我说下去,就可以知道我还要多多仰仗大力哩。

福斯塔夫 说吧,勃罗克大爷,凡是可以效劳之处,我一定愿意为您出力。

福德 爵爷,我一向听说您是一位博学明理的人,今天一见之下,果然名不虚传,我也不必向您多说废话了。我现在所要对您说的事,提起来很是惭愧,因为那等于宣布了自己的弱点;可是爵爷,当您一面听着我供认我的愚蠢的时候,一面也要请您反身自省一下,那时您就可以知道一个人是多么容易犯这种过失,也就不会过分责备我了。

福斯塔夫　很好,请您说下去吧。

福德　本地有一个良家妇女,她的丈夫叫福德。

福斯塔夫　嗯。

福德　我已经爱得她很久了,不瞒您说,在她身上我也花过不少钱;我用一片痴心追求着她,千方百计找机会想见她一面;不但买了许多礼物送给她,并且到处花钱打听她喜欢人家送给她什么东西。总而言之,我追逐她就好像爱情追逐我一样,一刻都不肯放松;可是费了这许多心思力气的结果,一点不曾得到什么报酬,偌大的代价,只换到了一段痛苦的经验,正所谓"痴人求爱,如形捕影,瞻之在前,即之已冥"。

福斯塔夫　她从来不曾有过什么答应您的表示吗?

福德　从来没有。

福斯塔夫　你有没有向她提出过这样的要求呢?

福德　从来没有。

福斯塔夫　那么您的爱究竟是怎样一种爱呢?

福德　就像是建筑在别人地面上的一座华厦,因为看错了地位方向,使我的一场辛苦完全白费。

福斯塔夫　您把这些话告诉我,是什么用意呢?

福德　请您再听我说下去,您就可以完全明白我今天的来意了。有人说,她虽然在我面前装模作样,好像十分规矩,可是在别的地方,她却是非常放荡,已经引起不少人的闲话了。爵爷,我的用意是这样的:我知道您是一位教养优良、谈吐风雅、交流广阔的绅士,无论在地位上、人品上都是超人一等,您的武艺、您的礼貌、您的学问,尤其是谁都佩服的。

福斯塔夫　您太过奖啦!

福德　我说的是真话。我这儿有的是钱,您尽管用吧,把我的钱全用完了都可以,只要您分出一部分时间来,去把这个福德家的女人弄上了手,尽量发挥您的风流解数,把她征服下来。这件事情请您去办，一定比谁都便当得多。

福斯塔夫　您把您心爱的人让我去享用，那不会使您心里难过吗？我觉得老兄这样的主意，未免太不近情理啦。

福德　啊，请您明白我的意思。她靠着她的冰清玉洁的名誉做掩护，我虽有一片痴心，却不敢妄行非礼；她的光彩过于耀目了，使我不敢向她抬头仰望。可是假如我能够抓住她的一个把柄，知道她并不是神圣不可侵犯的，我就可以放大胆子，去实现我的愿望了。什么贞操，什么名誉，什么有夫之妇以及诸如此类的她的一千种振振有词的借口，到了那个时候便可以完全推翻了。爵爷，您看怎么样？

福斯塔夫　勃罗克大爷，第一，我要老实不客气收下您的钱；第二，让我握您的手；第三，我要用我自己的身分向您担保，只要您立下决心，不怕福德的老婆不到了您的手里。

福德　哎哟，那真是太好了！

福斯塔夫　我说她一定会到您手里的。

福德　不要担心没有钱用，爵爷，一切都在我身上。

福斯塔夫　不要担心福德大娘会拒绝您，勃罗克大爷，一切都在我身上。不瞒您说，刚才她还差了个人来约我跟她相会呢。就在您进来的时候，替她送信的人刚刚出去。十点到十一点之间，我就要看她去，因为在那个时候，她那吃醋的混蛋男人不在家里。您今晚再来看我吧，我可以让您知道我进行得顺利不顺利。

福德　能够跟您相识，真是幸运万分。您认识不认识福德？

福斯塔夫　哼，这个死乌龟，谁跟这种东西认识？**不过，我说他穷**①，**倒是冤枉他**。人家说这个爱吃醋的忘八倒很有钱，所以我才高兴去勾搭他的老婆。我可以用她做钥匙，去打开这个忘八的钱

―――――――――――

① 原文为双关语：贫穷的；可怜的。

箱**,那时就是我的收获的季节了**①。

福德　我很希望您认识那个福德,因为您要是认识他,看见他的时候
　　　也可以躲避躲避。

福斯塔夫　哼,这种不中用的蠢东西! 我只要向他瞪一瞪眼,就会把
　　　他吓坏了。**我要用我那根棍棒镇住他,让它像一颗彗星高悬在
　　　这忘八的角上。**勃罗克大爷,您放心吧,这种家伙不在我的眼
　　　里,您一定可以跟他的老婆睡觉。天一晚您就来。福德是个混
　　　蛋,可是勃罗克大爷,您瞧着我吧,我会给他加上一重头衔,混蛋
　　　兼忘八,他就是个混帐忘八蛋了。今夜您早点来吧。(下。)

福德　好一个万恶不赦的淫贼! 我的肚子都几乎给他气破了。谁说
　　　这是我的瞎疑心? 我的老婆已经寄信给他,约好钟点和他相会
　　　了。谁想得到会有这种事情? 娶了一个不贞的妻子,真是倒霉!
　　　我的床要给他们弄龌龊了,我的钱要给他们偷了,还要让别人在
　　　背后讥笑我。这样害苦我不算,还要听那奸夫当着我的面辱骂
　　　我! 骂我别的名字倒也罢了,魔鬼夜叉,都没有什么关系,偏偏
　　　口口声声的乌龟忘八! 乌龟! 忘八! 这种名字就是魔鬼听了也
　　　要摇头的。培琪是个呆子,是个粗心的呆子,他居然会相信他的
　　　妻子,他不吃醋! 哼,我可以相信猫儿不会偷荤,我可以相信我
　　　们那位威尔士牧师伊文斯不爱吃干酪,我可以把我的烧酒瓶交
　　　给一个爱尔兰人,我可以让一个小偷把我的马儿拖走,可是我不
　　　能放心让我的妻子一个人待在家里。让她一个人待在家里,她
　　　就会千方百计地耍起花样来,她们一想到要做什么事,简直可以
　　　什么都不顾,非把它做到了决不罢休。感谢上帝赐给我这一副
　　　爱吃醋的脾气! 他们约定在十一点钟会面,我要去打破他们的
　　　好事,侦察我的妻子的行动,向福斯塔夫出出我胸头这一口冤
　　　气,还要把培琪取笑一番。我马上就去,宁可早三点钟,不可迟

---

①　朱译手稿:这才是我的真正的目的。

一分钟。哼！哼！乌龟！忘八！（下。）

第三场　温莎附近的野地

　　〔卡厄斯及鲁格贝上。

卡厄斯　鲁格贝！

鲁格贝　有，老爷？

卡厄斯　鲁格贝，现在几点钟了？

鲁格贝　老爷，休师傅约好的时间已经过去了。

卡厄斯　哼，他不来，便宜了他的狗命。他在念《圣经》做祷告，所以
　　　　他不来。哼，鲁格贝，他要是来了，早已一命呜呼了。

鲁格贝　老爷，这是他的聪明，他知道他要是来了，一定会给您杀
　　　　死的。

卡厄斯　**哼，我一剑下去，他准得像一条沙丁鱼一样。**① 鲁格贝，拔
　　　　出你的剑来，我要告诉你我怎样杀死他。

鲁格贝　哎哟，老爷，我可不会使剑呢。

卡厄斯　狗才，拔出你的剑来。

鲁格贝　慢，慢，有人来啦。

　　　　〔店主、夏禄、斯兰德及培琪上。

店主　你好，老头儿！

夏禄　卡厄斯大夫，您好！

培琪　您好，大夫！

斯兰德　早安，大夫！

卡厄斯　你们一个，两个，三个，四个，来干什么？

店主　瞧你斗剑，瞧你招架，瞧你回手，瞧你这边一跳，瞧你那边一
　　　闪，瞧你仰冲俯刺、旁敲侧击、进攻退守。他死了吗，我的黑金
　　　刚？他死了吗？**我的法国佬？** 哈，好家伙，你怎么说，**我的埃斯**

------

　　① 朱译手稿：哼，我要是不把他杀死，我就不是个人。

科拉庇俄斯①? 我的盖利恩②? 我的胆小鬼? 他死了吗,我的好
医生? **他死了吗?**

卡厄斯　哼,他是个没有种的狗牧师,他不敢到这儿来露脸。

店主　你是粪缸里的元帅,**希腊的赫克托耳**,好家伙!

卡厄斯　你们大家给我证明,我已经等了他六七个钟头,两个钟头,
三个钟头,他还是没有来。

夏禄　大夫,这是他的有见识之处。他给人家医治灵魂,您给人家医
治肉体,要是你们打起架来,那不是违反了你们平日的宗旨了
吗? 培琪大爷,您说我这句话对不对?

培琪　夏禄老爷,您现在喜欢替人家排难解纷,从前却也是一名打架
的好手哩。

夏禄　可不是吗? 培琪大爷,我现在虽然老了,人也变得好说话了,
可是看见人家拔出刀剑来,我的手指还是觉得痒痒的。培琪大
爷,我们虽然做了法官,做了医生,做了教士,总还有几分年青人
的血气;我们都是女人生下来的呢,培琪大爷。

培琪　正是正是,夏禄老爷。

夏禄　培琪大爷,您看吧,我的话是不会错的。卡厄斯大夫,我想来
送您回家去。我是一向主张什么事情都可以和平解决的。您是
一个明白道理的好医生,休师傅是一个明白道理很有涵养的好
教士,大家何必伤了和气。卡厄斯大夫,您还是跟我一起回
去吧。

店主　对不起,法官先生。——**我跟你说句话,尿儿先生。**

卡厄斯　尿儿? 这是什么意思?

店主　"尿儿"在我们英语里指的是"勇气"③。

---

①　埃斯科拉庇俄斯:古希腊医神。
②　盖利恩:古希腊名医。
③　反语,实指懦夫。

卡厄斯 那么,我的尿儿跟任何一个英国人的尿儿一样多。——该
　　死的狗牧师,我会把他的耳朵割下来的。

店主 他会狠狠地撕抓你一顿的。

卡厄斯 撕抓?这是什么意思?

店主 那是说,他要向你赔罪。

卡厄斯 不错,我知道他要向我赔罪,我会得到赔罪的。

店主 我要撺掇他这样做,否则我就随他去了。

卡厄斯 费心了,我谢谢你。

店主 **还有,好伙计**——噢,(向夏禄等旁白)你跟培琪大爷和斯兰德少
　　爷从大路走,先到弗劳格莫①去吧。

培琪 休师傅就在那里吗?

店主 是的,你们去看看他在那里发些什么牢骚,我再领着这个医生
　　从小路也到那里。你们看这样好不好?

夏禄 很好。

培琪、夏禄、斯兰德 卡厄斯大夫,我们先走一步,回头见。(下。)

卡厄斯 哼,我要是不杀死这个牧师,我就不是人;谁叫他多事,替一
　　个猴儿崽子向安妮·培琪说亲。

店主 这种人让他死了也好。来,把你的怒气平一平,跟我在田野里
　　走走,我带你到弗劳格莫去,安妮·培琪正在那里一家乡下人家
　　吃酒,你可以当面向她求婚。你说我这主意好不好?

卡厄斯 谢谢你,谢谢你,你是我的好朋友。我一定要介绍许多主顾
　　给你,那些阔佬大官,我都看过他们的病。

店主 你这样帮我忙,我一定帮你娶到安妮·培琪。我说得好不好?

卡厄斯 很好很好,好得很。

店主 那么咱们走吧。

卡厄斯 跟我来,鲁格贝。(同下。)

---

① 弗劳格莫:温莎郊外一小村名。

第 三 幕

第一场　弗劳格莫附近的野地

〔休·伊文斯牧师及辛普儿上。

伊文斯　斯兰德少爷尊价,辛普儿我的朋友,我叫你去看看那个自称
　　　医生的卡厄斯大夫究竟来不来,请问你是到哪一条路上望他的?

辛普儿　师傅,我每一条路上都望过了,就是那条通到城里去的路没
　　　有望过。

伊文斯　千万请你再到那一条路上去望一望。

辛普儿　好的,师傅。(下。)

伊文斯　祝福我的灵魂! 我气得心里在发抖。我倒希望他欺骗我。
　　　真的气死我也! 我恨不得把他的便壶摔在他的狗头上。祝福我
　　　的灵魂!(唱)

　　　　　　众鸟嘤鸣其相和兮,

　　　　　　　临清流之潺湲,

　　　　　　展玫瑰之芳茵兮,

　　　　　　　缀百花以为环。

　　　上帝可怜我! 我真的要哭出来啦。(唱)

　　　　　　众鸟嘤鸣其相和兮,

　　　　　　　余独处乎巴比伦,

　　　　　　缀百花以为环兮,

　　　　　　　临清流——

　　　〔辛普儿重上。

辛普儿　他就要来了,在这一边,休师傅。

伊文斯　他来得正好。(唱)

　　　　临清流之潺湲——

　　上帝保佑好人！——他拿着什么家伙？

辛普儿　他没有带什么家伙，师傅。我家少爷，还有夏禄老爷和另外
　　一位大爷，也从弗劳格莫那条路上来了。

伊文斯　请你把我的道袍给我；不，还是你给我拿在手里吧。(读书。)

　　　〔培琪、夏禄及斯兰德上。

夏禄　啊，牧师先生，您好？又在用功了吗？真的是赌鬼手里的骰
　　子，学士手里的书本，夺也夺不下来的。

斯兰德　(旁白)啊，可爱的安妮·培琪！

培琪　您好，休师傅！

伊文斯　上帝祝福你们！

夏禄　啊，怎么，一手宝剑，一手经典，牧师先生，难道您竟然是学究
　　天人，才兼文武吗？

培琪　在这么阴寒的天气，您这样短衣长袜，外套也不穿一件，精神
　　倒着实不比年青人坏哩！

伊文斯　这都是有缘故的。

培琪　牧师先生，我们是来给您做一件好事的。

伊文斯　很好，是什么事？

培琪　我们刚才碰见一位很有名望的绅士，大概是受了什么人的委
　　屈，在那儿大发脾气。

夏禄　我活了八十多岁了，从来不曾听见过一个像他这样有地位有
　　学问的人，会这样忘记自己的身分。

伊文斯　他是谁？

培琪　我想您也一定认识他的，就是那位著名的法国医生卡厄斯
　　大夫。

伊文斯　哎哟，气死我也！你们向我提起他的名字，还不如向我提起
　　一块烂浆糊。

培琪　为什么？

伊文斯　**他对希波克拉底和盖仑一无所知！**① 他是个坏蛋，一个十足没有种的坏蛋！这一点只要你们跟他一打交道就知道了。

培琪　您跟他打起架来，才知道他利害呢。

斯兰德　（旁白）啊，可爱的安妮·培琪！

夏禄　看样子他们真的要打起来呢。卡厄斯大夫来了，别让他们碰在一起。

〔店主、卡厄斯及鲁格贝上。

培琪　算了，好牧师先生，把您的剑收起来吧。

夏禄　卡厄斯大夫，您也收起来吧。

店主　把他们的剑夺下来，**让他们动嘴不动手。让他们保持四肢的完整，去砍伤英语吧。**②

卡厄斯　请你让我在你的耳边问一句话，你为什么失约不来？

伊文斯　（向卡厄斯旁白）不要生气，有话慢慢儿好讲。

卡厄斯　哼，你是个懦夫，你是个狗东西，猴儿崽子！

伊文斯　（向卡厄斯旁白）别人在寻我们的开心，我们不要上他们的当，伤了各人的和气。**我会通过某种途径向你赔不是的。**（高声）我要把你的便壶摔在你的狗头上，谁叫你约了人家自己不来！

卡厄斯　他妈的！鲁格贝——老板，我没有等他来送命吗？我不是在约定的地方等了他好久吗？

伊文斯　我是个相信耶稣基督的人，我不会说假话，这儿才是你约定的地方，我们这位嘉德饭店的老板可以替我做证。

店主　我说，你这位法国大夫，你这位威尔士牧师，一个替人医治身体，一个替人医治灵魂，你也不要吵，我也不要闹，大家算了吧。

---

① 希波克拉底（前 460—前 377）：古希腊名医；盖仑（129—199）：古罗马名医。朱译手稿：他懂得什么医经药典！

② 朱译手稿：让他们对骂一场。

卡厄斯　嗯,那倒是很好,好极了!

店主　我说,大家静下来,听我嘉德饭店店主说话。你们看我的手段巧不巧?主意高不高?计策妙不妙?咱们少得了这位医生吧?少不了,他要给我开方服药。咱们少得了这位牧师,这位休师傅吧?少不了,他要给我念经讲道。来,一位在家人,一位出家人,大家跟我握握手。好,老实告诉你们吧,你们两个人都给我骗啦,我叫你们一个人到这儿,一个人到那儿,大家扑了个空。现在我们知道你们两位都是好汉子,谁的身上也不曾伤了一根毛,落得喝杯酒儿,大家讲和了吧。来,把他们的剑拿去当了。来,孩儿们,大家跟我来。

夏禄　真是一个疯老板!——各位,大家跟着他去吧。

斯兰德　(旁白)啊,可爱的安妮·培琪!(夏禄、斯兰德、培琪及店主同下。)

卡厄斯　嘿!有这等事!你把我们当作傻瓜了吗?嘿!嘿!

伊文斯　好得很,他简直拿我们开玩笑。我说,咱们还是言归于好,大家商量出个办法,来向这个欺人的坏家伙,这个嘉德饭店的老板报复一下吧。

卡厄斯　很好,我完全赞成。他答应带我来看安妮·培琪,原来也是句骗人的话,他妈的!

伊文斯　好,我要打破他的头。咱们走吧。(同下。)

第二场　温莎街道

　　〔培琪大娘及罗宾上。

培琪大娘　走慢点儿,小滑头,你一向都是跟在人家屁股后面跑的,现在倒要抢上人家前头啦。我问你,你愿意跟着我走呢,还是愿意跟着主人走?

罗宾　我愿意像一个男子汉那样的在您前头走,不愿意像一个小鬼那样的跟着他走。

培琪大娘　唷！你倒真是个小油嘴，我看你将来很可以到宫廷里去呢。

　　　　　〔福德上。

福德　培琪嫂子，咱们碰见得巧极啦。您上哪儿去？

培琪大娘　福德大爷，我正要去瞧您家嫂子哩。她在家吗？

福德　在家，她因为没有伴，正闷得发慌。照我看来，要是你们两人的男人都死掉了，你们两人大可以权充一下夫妻呢。

培琪大娘　您不用担心，我们各人会再去嫁一个男人的。

福德　您这个小鬼头是哪儿来的？

培琪大娘　我总记不起来把他送给我丈夫的那人叫什么名字。喂，你说你那个武士姓甚名谁？

罗宾　约翰·福斯塔夫爵士。

福德　约翰·福斯塔夫爵士！

培琪大娘　对了，对了，正是他。我顶不会记人家的名字。他跟我的丈夫非常要好。您家嫂子真的在家吗？

福德　真的在家。

培琪大娘　那么，少陪了，福德大爷，我巴不得立刻就看见她呢。（培琪大娘及罗宾下。）

福德　培琪难道没有脑子吗？他难道一点都看不出，一点不会思想吗？他的眼睛跟脑子一定都睡着了，因为他就是生了它们也不会去用的。嘿，这孩子可以送一封信到二十哩外的地方去，就像炮弹从炮口开出去一样容易。他放纵他的妻子，让她想入非非，为所欲为。现在她要去瞧我的妻子，还带着福斯塔夫的小厮！**谁都能从风声中察觉到一场暴风雨即将来临。身边跟着福斯塔夫的小厮！**好计策！他们已经完全布置好了。我们两家不贞的妻子，已经通同一气，一块儿去干这种不要脸的事啦。好，让我先去捉住那家伙，再去教训教训我的妻子，把这位假正经的培琪大娘的假面具揭了下来，让大家知道培琪是个冥顽不灵的忘八。

我干了这一番轰轰烈烈的事情，人家一定会称赞我。（钟鸣）时间已经到了，事不宜迟，我必须马上就去。我相信一定可以把福斯塔夫找到。人家都会称赞我，不会讥笑我，因为福斯塔夫一定跟我的妻子在一起，就像地球是结实的一样毫无疑问。我就去。

〔培琪、夏禄、斯兰德、店主、伊文斯、卡厄斯及鲁格贝上。

培琪、夏禄等　福德大爷，咱们遇见得巧极啦。

福德　真是巧极啦。我正要请各位到舍间喝杯酒呢。

夏禄　福德大爷，我有事不能奉陪，请您原谅。

斯兰德　福德大叔，我也要请您原谅，我们已经约好到安妮小姐家里吃饭，人家无论给我多少钱，也不能使我失她的约的。

夏禄　我们打算替培琪家小姐跟我这位斯兰德贤侄攀一门亲事，今天就可以得到回音。

斯兰德　培琪大叔，我希望您不会拒绝我。

培琪　我是一定答应的，斯兰德少爷。可是卡厄斯大夫，我的内人却中意您哩。

卡厄斯　嗯，是的，而且那姑娘也爱着我，我家那个快嘴桂嫂已经这样告诉我了。

店主　您觉得那位年青的范顿怎样？他会跳舞，他的眼睛里闪耀着青春，他会写诗，他会说漂亮话，他的身上有春天的香味。他一定会成功的，他一定会成功的。

培琪　可是他要是不能得到我的允许，就不会成功。这位绅士没有家产，他常常跟那位胡闹的王子①混在一起，他的地位太高，他所知道的事情也太多啦。不，我的财产是不能让他染指的。要是他跟她结婚，就让他把她空身娶了过去；我这份家私要归我自己作主，我可不能答应让他分了去。

_____

①　"胡闹的王子"指亨利四世的太子，后来的亨利五世，为王储时不修微行。参见莎士比亚历史剧《亨利四世》。

福德　请你们中间无论哪几位赏我一个面子，到舍间吃便饭；除了酒菜之外，还有新鲜的玩意儿，我有一头怪物要拿出来给你们欣赏欣赏。卡厄斯大夫，您一定要去；培琪大爷，您也去；还有休师傅，您也去。

夏禄　好，那么再见吧；你们去了，我们到培琪大爷家里求起婚来，说话也可以方便一些。（夏禄、斯兰德下。）

卡厄斯　鲁格贝，你先回家去，我就来。（鲁格贝下。）

店主　回头见，我的好朋友们。我要回去陪我的好武士福斯塔夫喝酒去。（下。）

福德　（旁白）对不起，我要先让他出一场丑哩。——列位，请了。

众人　请了，我们倒要瞧瞧那个怪物去。（同下。）

第三场　福德家中一室

〔福德大娘及培琪大娘上。

福德大娘　喂，约翰！喂，罗伯特！

培琪大娘　赶快，赶快！——那个盛脏衣服的篓子呢？

福德大娘　已经预备好了。喂，罗宾！

〔二仆抬篓上。

培琪大娘　来，来，来。

福德大娘　这儿，放下来。

培琪大娘　你吩咐他们怎样做，干干脆脆几句话就得了。

福德大娘　好，约翰和罗伯特，我早就对你们说过了，叫你们在酿酒房的近旁等着不要走开，我一叫你们，你们就跑来，马上把这篓子扛了出去，跟着那些洗衣服的人一起到野地去，跑得越快越好。一到那里，就把它扔在泰晤士河边的烂泥沟里。

培琪大娘　听好了没有？

福德大娘　我已告诉过他们好几次了，他们不会弄错的。快去，我一叫你们，你们就来。（二仆下。）

培琪大娘　小罗宾来了。

　　〔罗宾上。

福德大娘　啊,我的小鹰儿! 你带什么信息来了?

罗宾　福德奶奶,我家主人约翰爵士已经从您家的后门进来了,他要跟您说句话儿。

培琪大娘　你这小鬼,你有没有在你主人面前搬嘴弄舌?

罗宾　我可以发誓,我的主人不知道您也在这儿;他还向我说,要是我把他到这儿来的事情告诉了您,他一定要把我撵走。

培琪大娘　这才是个好孩子,我一定替你做一身新衣服穿。现在我先去躲起来。

福德大娘　好的。你去告诉你的主人,说屋子里只有我一个人。(罗宾下)培琪嫂子,记住等我说了那一句话你就出来。

培琪大娘　你放心吧,我要是这场戏演不好,你尽管喝倒彩好了。(下。)

福德大娘　好,让我们教训教训这个肮脏的脓包,这个满肚子臭水的胖冬瓜,叫他知道了鸽子和老鸦的分别。

　　〔福斯塔夫上。

福斯塔夫　我的天上的明珠,你果然给我捉到了吗? 我已经活得很久了,现在让我死去吧,因为我的心愿已经完全达到了。啊,这幸福的时辰!

福德大娘　哎哟,好爵爷!

福斯塔夫　好娘子,我不会说话,那些口是心非的好听话,我一句也不会。我现在心里正在起着一个罪恶的念头,但愿你的丈夫早早死了,我一定要娶你回去,做我的夫人。

福德大娘　我做您的夫人! 唉,爵爷! 那我怎样做得像呢?

福斯塔夫　在整个法兰西宫廷里也找不出像你这样一位漂亮的夫人。瞧你的眼睛比金钢钻还亮;你的秀美的额角,戴上无论哪一种威尼斯流行的新式帽子,都是一样合适的。

福德大娘　爵爷,像我这样的村婆娘,只好用青布包包头儿,能够不
　　给人家笑话,也就算了,哪里配得上讲什么打扮。

福斯塔夫　哎哟,你说这样话,未免太侮辱了你自己啦。你要是到宫
　　廷里去,一定可以大出风头;你那端庄的步伐,穿起圆圆的围裙
　　来,一定走一步路都是仪态万方。命运虽然不照顾你,造物却给
　　了你绝世的姿容,你就是有意把它遮掩,也是遮掩不了的。

福德大娘　您太过奖啦,我怎么有这样的好处呢?

福斯塔夫　那么我为什么爱你呢? 这就可以表明在你的身上,的确
　　有一点与众不同的地方。我不会像那些油头粉面的轻薄少年一
　　样,**身上散发着巴克勒斯贝里大街**①**那种香草味**,说你是这样是
　　那样,把你捧上天去;可是我爱你,我爱的只是你,你值得我
　　爱的。

福德大娘　别骗我啦,爵爷,我怕您爱着培琪嫂子哩。

福斯塔夫　难道我放着大门不走,偏偏要去走那黑黢黢的旁门吗?

福德大娘　好,天知道我是怎样爱着您,您总会有一天明白我的
　　心的。

福斯塔夫　希望你永远不要变心,我总不会有负于你。

罗宾　（在内）福德奶奶! 福德奶奶! 培琪奶奶在门口,她满头是汗,
　　气都喘不过来,慌慌张张的,一定要立刻跟您说话。

福斯塔夫　别让她看见我,我就躲在帐幕后面吧。

福德大娘　好,您赶快躲起来吧,她是个多嘴多舌的女人。（福斯塔夫
　　匿幕后。）

　　　　〔培琪大娘及罗宾重上。

福德大娘　什么事? 怎么啦?

培琪大娘　哎哟,福德嫂子! 你干了什么事啦? 你的脸从此丢尽,你
　　再也不能做人啦!

---

① 巴克勒斯贝里大街:伦敦街名,是草药商人的聚集地。

福德大娘　什么事呀,好嫂子?

培琪大娘　哎哟,福德嫂子! 你嫁了这么一位好丈夫,为什么还要让他对你起疑心?

福德大娘　对我起什么疑心?

培琪大娘　起什么疑心! 算了,别装傻啦! 总算我看错了人。

福德大娘　唉,到底是怎么一回事呀?

培琪大娘　我的好奶奶,你那汉子带了温莎城里所有的捕役,就要到这里来啦。他说有一个男人在这屋子里,是你趁着他不在家的时候约来的,他们要来捉这奸夫哩。这回你可完啦!

福德大娘　(旁白)说响一点。——哎哟,不会有这种事吧?

培琪大娘　谢天谢地,但愿你这屋子里没有男人! 可是半个温莎城里的人都跟在你丈夫背后,要到这儿来搜寻这么一个人,这件事情却是千真万确的。我抢先一步来通知你,要是你没有做过亏心事,那自然最好;倘若你真的有一个朋友在这儿,那么赶快带他出去吧。别紧张,镇静一点。你必须保全你的名誉,否则你的一生从此完啦。

福德大娘　我怎么办呢? 果然有一位绅士在这儿,他是我的好朋友;我自己丢脸倒还不要紧,只怕连累了他,要是能够把他弄出这间屋子,叫我损失一千镑钱我都愿意。

培琪大娘　要命! 你的汉子就要来啦,你还尽说些废话! 想想办法吧,这屋子里是藏不了他的。唉,我还当你是个好人! 瞧,这儿有一个篓子,他要是不太高大,倒可以钻进去躲一下,再用些龌龊衣服堆在上面,让人家看见了,当作一篓预备送出去漂洗的衣服——啊,对了,就叫你家的两个仆人把他连篓一起抬出去,岂不一干二净?

福德大娘　他太胖了,恐怕钻不进去,怎么好呢?

福斯塔夫　(自幕后出)让我看,让我看,啊,让我看! 我进去,我进去。就照你朋友的话吧;我进去。

培琪大娘　啊，福斯塔夫爵士！原来是你吗？你给我的信上怎么说的？

福斯塔夫　我爱你，我只爱你一个人；帮我离开这屋子，让我钻进去。我再也不——（钻入篓内，二妇以污衣覆其上。）

培琪大娘　孩子，你也来帮着你的主人遮盖遮盖。福德嫂子，叫你的仆人进来吧。好一个欺人的武士！

福德大娘　喂，约翰！罗伯特！约翰！（罗宾下。）

　　　　　〔二仆重上。

福德大娘　赶快把这一篓衣服扛起来。杠子在什么地方？哎哟，瞧你们这样慢手慢脚的！把这些衣服送到洗衣服的那里去。快点！快点！

　　　　　〔福德、培琪、卡厄斯及休·伊文斯同上。

福德　各位请过来！要是我的疑心全无根据，你们尽管把我取笑好了。啊！这是什么？你们把这篓子扛到哪里去？

仆人　扛到洗衣服的那里去。

福德大娘　咦，他们把它扛到什么地方，跟你有什么相干？你就是爱多管闲事，人家洗衣服，你也要问长问短的。

福德　哼，洗衣服！**我倒希望能把自己头上的角也洗了去！角，角，角！是的，角！我知道眼下正是牲畜长角的季节**。①（二仆抬篓下）各位朋友，昨天晚上我做了一个梦，让我把这个梦告诉你们听。这儿是我的钥匙，请你们跟我到房间里搜一下，我相信我们一定会捉到那头狐狸的。让我先把这门锁上了。好，咱们捉狐狸去。

培琪　福德大爷，有话好讲，何必急成这个样子，让人家瞧着笑话。

福德　对啦，培琪大爷。各位上去吧，你们马上就有新鲜的把戏看

————————

①　朱译手稿：我倒希望把这屋子也洗一洗干净呢，什么野畜生都可以跑进跑出的！

了；大家跟我来。（下。）

伊文斯　这种吃醋简直是无理取闹。

卡厄斯　我们法国就没有这种事，法国人是不作兴吃醋的。

培琪　咱们还是跟他上去吧，瞧他搜出什么来。（培琪、卡厄斯、伊文斯同下。）

培琪大娘　咱们这计策岂不一举两得？

福德大娘　我不知道愚弄我的丈夫跟愚弄福斯塔夫比较起来，哪一件事使我更高兴。

培琪大娘　你的丈夫问那篓子里有什么东西时，他一定吓得要命。

福德大娘　我想他是应该洗个澡了，把他扔在水里，对于他也是有好处的。

培琪大娘　该死的骗人的坏蛋！我希望像他那一类人一起受到这种报应。

福德大娘　我觉得我的丈夫有点知道福斯塔夫在这儿；我从来没有见过他像今天这样的一股醋劲。

培琪大娘　让我想个计策把他试探试探。福斯塔夫那家伙虽然已经受到一次教训，可是像他那样荒唐惯了的人，一服药吃下去未必见效，我们应该让他多知道些利害才是。

福德大娘　我们要不要再叫快嘴桂嫂那个傻女人到他那里去，对他说这次把他扔在水里，实在是一时疏忽，并非故意，请他原谅，再约他一个日期，好让我们再把他作弄一次？

培琪大娘　一定那么办；我们叫他明天八点钟来，替他压惊。

　　　　〔福德、培琪、卡厄斯及休·伊文斯重上。

福德　我找不到他。这混蛋也许只会吹牛，他自己知道这种事情是办不到的。

培琪大娘　（向福德大娘旁白）你听见吗？

福德大娘　（向培琪大娘旁白）嗯，别说话。——福德大爷，您待我真是太好了，是不是？

福德　是，是，是。

福德大娘　上帝保佑您以后再不要用这种龌龊心思猜疑人家！

福德　阿门！

培琪大娘　福德大爷，您真太对不起您自己啦。

福德　是，是，是我不好。

伊文斯　这屋子里，房间里，箱子里，壁橱里，要是找得出一个人来，那么上帝在最后审判的日子饶恕我的罪恶吧！

卡厄斯　我也找不出来，一个人也没有。

培琪　啧！啧！福德大爷！您不害羞吗？什么鬼附在您身上，叫您想起这种事情来呢？**如果换上我，就是温莎城所有的财富都给我，也不会精神错乱到这个地步。**①

福德　培琪大爷，这是我的不好，自取其辱。

伊文斯　这都是您良心不好的缘故，尊夫人是一位大贤大德的娘子，五千个女人里头也找不到像她这样的一个。不，就是五百个里也找不到呢。

卡厄斯　她真的是一个规矩的女人。

福德　好，我说过请你们来吃饭。来，来，咱们先到公园里走走吧。请诸位多多原谅，我以后会告诉你们今天我有这一番举动的缘故。来，娘子。来，培琪嫂子。请你们原谅我，今天实在吵得太不像话了，请不要见气！

培琪　列位，咱们进去吧，可是今天一定要把他大大地取笑一番。明天早晨我请你们到舍间吃一顿早点心，吃过早点心，就去打鸟去。我有一头很好的猎鹰，要请你们赏识赏识它的本领。诸位以为怎样？

福德　一定奉陪。

伊文斯　要是只有一个人去，我就是第二个。

---

① 朱译手稿：我希望您以后再不要发这种神经病了。

卡厄斯　要是只有一个两个人去，我就是第三个。

福德　培琪大爷，请了。

伊文斯　请你明天不要忘记嘉德饭店老板那个坏家伙。

卡厄斯　很好，我一定不忘记。

伊文斯　这坏家伙，专爱寻人家的开心。（同下。）

第四场　培琪家中一室

〔范顿、安妮・培琪及快嘴桂嫂上；桂嫂立一旁。

范顿　我知道我得不到你父亲的欢心，所以你别再叫我去跟他说话了，亲爱的小安妮。

安妮　唉！那怎么办呢？

范顿　你应当自己作主才是。他反对我的理由，是说我的门第太高，又说我因为家产不够挥霍，想要靠他的钱来弥补弥补。此外他又举出种种的理由，说我过去的行为太放荡，说我结交的都是一班胡闹的朋友。他老实不客气地对我说，我所以爱你，不过是把你看作一注财产而已。

安妮　他说的话也许是对的。

范顿　不，**苍天在上**，我永远不会有这样的存心！安妮，我可以向你招认，我最初来向你求婚的目的，的确是为了你父亲的财产；可是自从我认识了你以后，我就觉得你的价值远超过一切的金银财富。我现在除了你本身的美好之外，再没有别的希求。

安妮　好范顿大爷，您还是去向我父亲说说吧。要是机会和最谦卑的恳求都不能使您达到目的，那么——您过来，我对您说。（二人在一旁谈话。）

〔夏禄及斯兰德上。

夏禄　桂嫂，打断他们的谈话，让我的侄子自己去向她求婚。

斯兰德　成功失败，在此一试。

夏禄　不要慌。

斯兰德　不,她不会使我发慌,可是我有点胆怯。

桂嫂　安妮,斯兰德少爷要跟你讲几句话哩。

安妮　我就来。(旁白)这是我父亲中意的人。唉,有了一年三百镑的
　　收入,顶不上眼的伧夫也就变成俊汉了。

桂嫂　范大爷,您好?请您过来说句话儿。

夏禄　她来了,侄儿,你上去吧。对她说,你父亲生前是个什么人。

斯兰德　安妮小姐,我有一个父亲,我的叔父可以告诉您许多关于他
　　的很有趣的笑话。叔父,请您把我的父亲怎样从人家篱笆里偷
　　了两只鹅的那个笑话讲给安妮小姐听吧,好叔父。

夏禄　安妮小姐,我的侄儿很爱您。

斯兰德　对了,正像我爱格洛斯特州的无论哪一个女人一样。

夏禄　他愿意按照一份乡绅人家的体面扶养您。

斯兰德　对了,无论如何,乡绅人家总是乡绅人家呀。

夏禄　他愿意在他的财产里划出一百五十镑钱来归在您的名下。

安妮　夏禄老爷,还是让他自己说吧。

夏禄　啊,谢谢您,我真感谢您的好意。侄儿,她叫你哩。我让你们
　　两个人谈谈吧。

安妮　斯兰德世兄。

斯兰德　是,好安妮小姐。

安妮　您对我有什么见教?

**斯兰德　你问我的遗嘱①? 我的天,这个玩笑开得真不小! 谢谢老
　　天,我从没立过什么遗嘱。我赞美上天,我还没有病得那么
　　严重。**

安妮　斯兰德少爷,我是问你有什么话对我说。

斯兰德　实实在在说,我自己本来一点没有这个意思,都是令尊与家

---

①　上文安妮问:What is your will? (你有何见教?)斯兰德将 will 理解成
遗嘱。

叔两个人的主张。要是我有这运气,那固然很好,不然的话,就让别人来享受这个福分吧。他们可以告诉您许多我自己不会说的话,您还是去问您的父亲吧。他来了。

　　〔培琪及培琪大娘上。

培琪　啊,斯兰德少爷!安妮,你爱他吧。咦,怎么!范顿大爷,您到这儿来有什么事?我早就对你说过了,我的女儿已经有了人家。您还是一趟一趟地到我家里来,这不是太不成话了吗?

范顿　啊,培琪大爷,您别生气。

培琪大娘　范顿大爷,您以后别再来看我的女儿了。

培琪　她是不会嫁给您的。

范顿　培琪大爷,您听我说。

培琪　不,范顿大爷,我不要听您说话。来,夏禄老爷;来,斯兰德贤婿,咱们进去吧。范顿大爷,您实在太不讲理啦。(培琪、夏禄、斯兰德下。)

桂嫂　向培琪大娘说去。

范顿　培琪大娘,我对于令爱的一片至诚,天日可表,一切的阻碍谴责和世俗的礼法,都不能使我灰心后退。我希望能够得到您的同意。

安妮　好妈妈,别让我跟那个傻瓜结婚。

培琪大娘　我是不愿让你嫁给他。我会替你找一个好一点的丈夫。

桂嫂　那就是我的主人卡厄斯大夫。

安妮　唉!要是叫我嫁给那个医生,我宁愿让你们把我活埋了!

培琪大娘　算了,别自寻烦恼啦。范顿大爷,我不愿偏着您,也不愿跟您作梗,让我先去问问我的女儿,看她究竟对您有几分意思,慢慢儿地再说吧。现在我们失陪了,范顿大爷。她要是再不进去,她的父亲一定又要发脾气的。

范顿　再见,培琪大娘。再见,小安妮。(培琪大娘及安妮下。)

桂嫂　瞧,这都是我帮您的忙。我说:"您愿意把您的孩子随随便便嫁给一个傻瓜,一个医生吗?瞧范顿大爷多好!"这都是我帮您的忙。

范顿　谢谢你。这一个戒指,请你今天晚上送给我的亲爱的小安妮。这几个钱是赏给你的。

桂嫂　天老爷赐给您好福气!(范顿下)他的心肠真好,一个女人碰见这样好心肠的人,就是为他到火里去、水里去也甘心。可是我倒希望我的主人娶到了安妮小姐。我也希望斯兰德少爷能够娶到她。天地良心,我也希望范顿大爷娶到她。我要替他们三个人同样出力,因为我已经答应过他们,说过的话总是要作准的。可是我要替范顿大爷特别出力。啊,两位奶奶还要叫我到福斯塔夫那儿去一趟呢,该死,我怎么还在这儿拉拉扯扯的!(下。)

第五场　嘉德饭店中一室

〔福斯塔夫及巴道夫上。

福斯塔夫　喂,巴道夫!

巴道夫　有,爵爷。

福斯塔夫　给我倒一碗酒来,放一块面包在里面。(巴道夫下)想不到我活到今天,却给人装在篓子里扛出去,像一车屠夫切下来的肉骨肉屑一样倒在泰晤士河里!好,要是我再上人家这样一次当,我一定把我的脑髓敲出来,涂上牛油丢给狗吃。这两个混账东西把我扔在河里,简直就像淹死一只瞎眼老母狗的一窠小狗一样不当一回事情。你们瞧我这样胖大的身体,就可以知道我沉下水里去,是比别人格外快的,即使河底深得像地狱一样,我也会一下子就沉下去,要不是水浅多沙,我早就淹死啦。我最怕的就是淹死,因为一个人淹死了尸体会发胀,像我这样的人要是发起胀来,那还成什么样子!不是要变成一堆死人山吗?

〔巴道夫携酒上。

巴道夫　爵爷,桂嫂要见您说话。

福斯塔夫　来，我一肚子都是泰晤士河里的水，冷得好像腰气痛的时候吞下了雪块一样，让我倒下些酒去把它温一温吧。叫她进来。

巴道夫　进来，妇人。

　　　　〔快嘴桂嫂上。

桂嫂　爵爷，您好？早安，爵爷！

福斯塔夫　把这些酒杯拿去了，再给我好好煮一壶酒来。

巴道夫　要不要放鸡蛋？

福斯塔夫　什么也别放。（巴道夫下）怎么？

桂嫂　呃，爵爷，福德娘子叫我来望望您。

福斯塔夫　别向我提什么福德大娘啦！要不是她，我怎么会被人丢在河里，灌满了一肚子的水。

桂嫂　哎哟！那怎么怪得她？她太相信她那两个仆人啦，谁想得到他们竟误会了她的意思。

福斯塔夫　我也是太轻信啦，会去应一个傻女人的约。

桂嫂　爵爷，她为了这件事，心里说不出地难过呢。看见她那种伤心的样子，谁都会心软的。她的丈夫一早就打鸟去了，她请您在八点钟到九点钟之间，再到她家里去一次。我必须赶快把她的话向您交待清楚。您放心好了，这一回她一定会好好补报您的。

福斯塔夫　好，你回去对她说，我一定来。叫她想一想哪一个男人不是朝三暮四，像我这样的男人，可是容易找到的？

桂嫂　我一定这样对她说。

福斯塔夫　你说是在九点到十点之间？

桂嫂　八点到九点之间，爵爷。

福斯塔夫　好，你去吧，我一定来就是了。

桂嫂　再会了，爵爷。（下。）

福斯塔夫　勃罗克到这时候还不来，倒有些奇怪；他寄信来叫我等在这儿不要出去的。我很喜欢他的钱。啊，他来啦。

　　　　〔福德上。

福德　您好,爵爷!

福斯塔夫　啊,勃罗克大爷,您是来探问我到福德老婆那儿去的经过吗?

福德　我正是要来问您这件事。

福斯塔夫　勃罗克大爷,我不愿对您撒谎,昨天我是按照她约定的时间到她家里去的。

福德　那么您进行得顺利不顺利呢?

福斯塔夫　不必说起,勃罗克大爷。

福德　怎么? 难道她又变卦了吗?

福斯塔夫　那倒不是,勃罗克大爷,都是她的丈夫,那只贼头贼脑的死乌龟,一天到晚见神见鬼地疑心他的妻子。我跟她抱也抱过了,嘴也亲过了,誓也发过了,一本喜剧刚刚念好引子,他就疯疯癫癫地带了一大批狐群狗党,气势汹汹地说是要到家里来捉奸。

福德　啊! 那时您正在屋子里吗?

福斯塔夫　那时候我正在屋子里。

福德　他没有把您搜到吗?

福斯塔夫　您听我说下去。总算我命中有救,来了一位培琪大娘,报告我们福德就要来了的消息;福德家的女人吓得毫无主意,只好听了她的计策,把我装进一只盛脏衣服的篓子里去。

福德　盛脏衣服的篓子!

福斯塔夫　正是一只盛脏衣服的篓子! 把我跟那些脏衬衫、臭袜子、油腻的手巾,一古脑儿塞在一起。勃罗克大爷,您想想这股气味可是叫人受得了的?

福德　您在那篓子里待了多久呢?

福斯塔夫　别急,勃罗克大爷,您听我说下去,就可以知道我为了您的缘故去勾引这个妇人,吃了多少的苦。她们把我这样装进了篓子以后,就叫两个混蛋仆人把我当作一篓脏衣服,扛到洗衣服的那里去。他们刚把我抬上肩走到门口,就碰见他们的主人,那个醋天醋地的家伙,问他们这里面装的是什么东西。我怕这个疯子真的要搜起篓子来,吓得浑身乱抖,可是命运注定他要做一个忘八,居然他没有搜。好,于是他就到屋子里去搜查,我也就冒充着脏衣服出去啦。可是勃罗克大爷,您听着,还有下文哪。我一共差不多死了三次:第一次,因为碰在这个吃醋的忘八羔子手里,把我吓得死去活来;第二次,我让他们塞进篓里,像一柄插在鞘子里的宝剑一样,头朝地,脚朝天,再用那些油腻得恶心的衣服把我闷起来,您想,像我这样胃口的人,本来就是像牛油一样遇到了热气会溶化的,不闷死总算是侥天之幸;到末了,脂油跟汗水把我煎得半熟以后,这两个混蛋仆人就把我像一个滚热的出笼包子似的,向泰晤士河丢了下去。勃罗克大爷,您想,我就像一块给铁匠打得通红的马蹄铁,放下水里,连河水都滋啦啦地叫起来呢!

福德　爵爷,您为我受了那么多的苦,我真是抱歉万分。这样看来,我的希望是永远达不到了,您未必会再去试一次吧?

福斯塔夫　勃罗克大爷,别说他们把我扔在泰晤士河里,就是把我扔在火山洞里,我也不会就此把她放手的。她的男人今天早上打鸟去了,我已经又得到了她的信,约我八点到九点之间再去。

福德　现在八点钟已经过了,爵爷。

福斯塔夫　真的吗?那么我要去赴约了。您有空的时候再来吧,我一定会让您知道我进行得怎么样。总而言之,她一定会到您手里的。再见,勃罗克大爷,您一定可以得到她。勃罗克大爷,您一定可以叫福德做一个大忘八。(下)

福德　哼!嘿!这是一场梦景吗?我在做梦吗?我在睡觉吗?福德,醒来!醒来!你的最好的外衣上有一个窟窿了,福德大爷!这就是娶了妻子的好处!这就是洗衣服篓子的用处!好,我要让他知道我究竟是什么人,我要现在就去把这奸夫捉住,他在我的家里,这回一定不让他逃走,他一定逃不了。也许魔鬼会帮助他躲起来,这回我一定要把无论什么希奇古怪的地方都一起搜到,连胡椒瓶子都要倒出来看看,看他能躲到哪里去。忘八虽然已经做定了,可是我不能就此甘心呀。我要叫他们看看,忘八也不是好欺侮的。(下。)

第 四 幕

第一场　街　道

〔培琪大娘、快嘴桂嫂及威廉·培琪上。

培琪大娘　你想他现在是不是已经在福德家了?

桂嫂　这时候他一定已经去了,或者就要去了。可是他因为给人扔在河里,很生气哩。福德大娘请您快点过去。

培琪大娘　等我把这孩子送上学,我就去。瞧,他的先生来了,今天大概又是放假。

〔休·伊文斯上。

培琪大娘　啊,休师傅! 今天不上课吗?

伊文斯　不上课,斯兰德少爷放孩子们一天假。

桂嫂　真是个好人!

培琪大娘　休师傅,我丈夫说,我这儿子读书毫无长进,我请你出几个拉丁文法的题目考考他。

伊文斯　过来,孩子,把头抬起来,来吧。

培琪大娘　来呀,孩子,抬起头,回答先生的问题,别怕。

伊文斯　威廉,名词的数有几种形式?

威廉　两种。

桂嫂　真是的,我原以为还有一种呢,因为人们都说"上帝的名词"。

伊文斯　不要乱插嘴！威廉，"美"这个词在拉丁文中是怎么说的？

威廉　Pulcher.

桂嫂　"臭猫"①？世上肯定还有比臭猫更美的东西。

伊文斯　你真是个头脑简单的女人，请你闭嘴。lapis 是什么东西，威廉？

威廉　石头。

伊文斯　"石头"是什么，威廉？

威廉　小圆石。

伊文斯　错了，石头还是石头，我要你牢牢记住。

威廉　是石头。

伊文斯　这才是乖孩子。威廉，冠词是从哪里借来的？

威廉　冠词从代词借过来，有这样的变格，单数主格是 hic，haec，hoc。

伊文斯　对，主格有 hig，hag，hog。请注意，它的所有格是 hujus。好了，受格是什么呢？

威廉　受格是 hinc。

伊文斯　我要你记住，孩子，受格是 hung，hang，hog。

桂嫂　hang hog 在拉丁文里一定是指咸肉，②我说。

伊文斯　别胡说了，女人。呼格是什么，威廉？

威廉　呼格——呼格——

伊文斯　记住，威廉，拉丁文中没有呼格。

桂嫂　噢，你们是说胡萝卜③。

伊文斯　你闭嘴，女人！

培琪大娘　别说话。

伊文斯　所有格的复数形式是什么，威廉？

———————————

① poulcats（臭猫）与 pulcher 发音相近。

② hang hog，字面含义是"挂""猪"，快嘴桂嫂因此联想到咸肉。

③ caret（缺失）与 carrot（胡萝卜）发音相近。

威廉 所有格的复数吗?

伊文斯 对。

威廉 所有格的复数是 horum，harum，horum。

桂嫂 什么该死的"简妮的案子"①! 去他的吧! 别管它,孩子,这简妮说不定是个婊子呢。

伊文斯 你真丢人,女人!

桂嫂 你不该用这样的字来教孩子。他教他什么"喝呀""嫖呀",这玩意孩子是很容易学会的。还要他喊什么"婊子请进"②——呸!

伊文斯 婆娘,你是不是疯了? 你一点不懂文法里的格、数和性吗? 基督徒中竟然有你这样愚昧的东西,真出乎我的意料。

培琪大娘 你少说几句吧。

伊文斯 威廉,你现在把代词的几种变格说给我听听。

威廉 我忘记了。

伊文斯 那是 qui,quae,quod。你要是把你的 qui 忘了,把你的 quae 忘了,把你的 quod 忘了,你就得挨鞭子了。(向威廉)你去玩去吧。

培琪大娘 这个学生比我原先所想象的要好。

伊文斯 他的记性很好。再见,培琪大娘。

培琪大娘 再见,休师傅。(伊文斯下)孩子,你先回家去。来,我们已经耽搁得太久了。(同下。)

第二场　福德家中一室

〔福斯塔夫及福德大娘上。

---

① 原文 genitive case(所有格),快嘴桂嫂误听为 Jinny's case(简妮的案子)。

② horum 与 whore in(婊子请进)发音相近。

福斯塔夫　　娘子,你的懊恼已经使我忘记了我所身受的种种痛苦。你既然这样一片真心对待我,我也决不会有丝毫亏负你;我一定会加意奉承,格外讨好,管保叫你心满意足就是了。可是你相信你的丈夫这回一定不会再回来吗?

福德大娘　　好爵爷,他打鸟去了,一定不会早回来的。

培琪大娘　　(在内)喂,福德嫂子! 喂!

福德大娘　　爵爷,您进去一下。(福斯塔夫下。)

　　　　　　〔培琪大娘上。

培琪大娘　　啊,心肝! 你屋子里还有什么人吗?

福德大娘　　没有,就是自己家里几个人。

培琪大娘　　真的吗?

福德大娘　　真的。(向培琪大娘旁白)说响一点。

培琪大娘　　真的没有什么人,那我就放心啦。

福德大娘　　为什么?

培琪大娘　　为什么,我的奶奶,你那汉子的老毛病又发作啦。他正在那儿拉着我的丈夫,痛骂那些有妻子的男人,皂白不分地咒骂着天下所有的女人,还把拳头捏紧了敲着自己的额头,**嘴里一个劲地喊"钻出角来,钻出角来!"**无论什么疯子狂人,比起他这种疯狂的样子来,都会变得顶文雅、顶安静的人。那个胖武士不在这儿,真是运气!

福德大娘　　怎么,他又说起他吗?

培琪大娘　　不说起他还说起谁? 他发誓说上次他来搜他的时候,他是给装在篓子里扛出去的;他一口咬定说他现在就在这儿,一定要叫我的丈夫和同去的那班人停止了打鸟,陪着他再来试验一次他疑心得对不对。我真高兴那武士不在这儿,这回他该明白他自己的傻气了。

福德大娘　　培琪嫂子,他离开这儿有多远?

培琪大娘　　只有一点点路,就在街的底头,一会儿就来了。

福德大娘　完了！那武士正在这儿呢。

培琪大娘　那么你的脸要丢尽，他的命也保不住啦。你真是个宝货！快打发他走吧！快打发他走吧！丢脸还是小事，弄出人命案子来可不是玩的。

福德大娘　叫他到哪儿去呢？我怎么把他送出去呢？还是把他装在篓子里吗？

　　　　　〔福斯塔夫重上。

福斯塔夫　不，我再也不躲在篓子里了。还是让我趁他没有来，赶快出去吧。

培琪大娘　唉！福德的三个弟兄手里拿着枪，把守着门口，什么人都不让出去，否则您倒可以溜出去的。可是您干吗又到这儿来呢？

福斯塔夫　那么我怎么办呢？还是让我钻到烟囱里去吧。

福德大娘　他们平时打鸟回来，鸟枪里剩下的子弹都是往烟囱里放的。

培琪大娘　还是灶洞里倒可以躲一躲。

福斯塔夫　在什么地方？

福德大娘　他一定会找到那个地方的。他已经把所有的柜啦，橱啦，板箱啦，皮箱啦，铁箱啦，井啦，地窖啦，以及诸如此类的地方，一起记在笔记簿上，只要照着目录一处处搜寻起来，总会把您搜到的。

福斯塔夫　那么我还是出去。

培琪大娘　爵爷，您要是就照着您的本来面目跑出去，那您休想活命。除非化装一下——

福德大娘　我们把他怎样化装起来呢？

培琪大娘　唉！我不知道。哪里找得到一身像他那样身材的女人衣服？否则叫他戴上一顶帽子，披上一条围巾，头上罩一块布，也可以混了出去。

福斯塔夫　好心肝乖心肝，替我想想法子。只要安全无事，什么丢脸的事我都愿意干。

福德大娘 我家女用人的姑母,就是那个住在布伦福特的胖婆子,倒有一件罩衫在这儿楼上。

培琪大娘 对了,那正好给他穿,她的身材是跟他一样大的。而且她的那顶粗呢帽和围巾也在这儿。爵爷,您快奔上去吧。

福德大娘 去,去,好爵爷。让我跟培琪嫂子再给您找一方包头的布儿。

培琪大娘 快点,快点!我们马上就来给您打扮,您先把那罩衫穿上再说。(福斯塔夫下。)

福德大娘 我希望我那汉子能够瞧见他扮成这个样子。他一见这个布伦福特的胖婆子就眼中冒火,他说她是个妖妇,不许她走进我们家里,说是一看见她就要打她。

培琪大娘 但愿上天有眼,让他尝一尝你丈夫的棍棒的滋味!但愿那棍棒落在他身上的时候,有魔鬼附在你丈夫的手里!

福德大娘 可是我那汉子真的要来了吗?

培琪大娘 真的,他还在说起那篓子呢,也不知道他哪里得来的消息。

福德大娘 让我们再试他一下。我仍旧去叫我的仆人把那篓子扛到门口,让他看见,就像上次一样。

培琪大娘 可是他立刻就要来啦,还是先去把他装扮做那个布伦福特的巫婆吧。

福德大娘 我先去吩咐我的仆人,叫他们把篓子预备好了。你先上去,我马上就把他的包头布带上来。(下。)

培琪大娘 该死的狗东西!这种人就是作弄他一千次也不算罪过。

　　　　不要看我们一味胡闹,
　　　　　　这蠢猪是他自取其殃,
　　　　我们要让天下人知道,
　　　　　　风流娘们不一定轻狂。(下。)

〔福德大娘率二仆重上。

福德大娘　你们再把篓子扛出去，大爷快要到门口了，他要是叫你们
　　　放下来，你们就听他的话放下来。快点，马上就去。（下。）

甲仆　来，来，把它扛起来。

乙仆　但愿这篓子里不要再装满了武士才好。

甲仆　我也希望不再像前次一样，扛一篓的铅都没有那么重哩。

　　　　〔福德、培琪、夏禄、卡厄斯及休·伊文斯同上。

福德　不错，培琪大爷，可是要是真有这回事，您还有法子替我洗去
　　　污名吗？狗才，把这篓子放下来。又有人来拜访过我的妻子了。
　　　把年青的男人装在篓子里进进出出！你们这两个混账家伙也不
　　　是好东西！你们都是串通了一气来算计我的。现在这个鬼可要
　　　叫他出丑了。喂，我的太太，你出来！瞧瞧你给他们洗些什么好
　　　衣服！

培琪　这太过分了！福德大爷，您要是再这样疯下去，我们真要把您
　　　铐起来，免得闹出什么乱子来。

伊文斯　哎哟，这简直是发疯！像疯狗一样地发疯。

夏禄　真的，福德大爷，这真有点不大好。

福德　我也是这样说哩——

　　　　〔福德大娘重上。

福德　过来，福德大娘，咱们这位贞洁的妇人，端庄的妻子，贤德的人
　　　儿，可惜嫁给了一个爱吃醋的傻瓜！娘子，是我无缘无故瞎起疑
　　　心吗？

福德大娘　天日做证，你要是疑心我有什么不规矩的行为，那你的确
　　　太会多心了。

福德　说得好，不要脸的东西！你尽管嘴硬吧。过来，狗才！（翻出篓
　　中衣服。）

培琪　这真太过分了！

福德大娘　你好意思吗？别去翻那衣服了。

福德　我就会把你的秘密揭穿的。

伊文斯　这简直是岂有此理。还不把你妻子的衣服拿起来吗？去吧，去吧。

福德　把这篓子倒空了！

福德大娘　为什么呀，傻子？为什么呀？

福德　培琪大爷，不瞒您说，昨天就有一个人装在这篓子里从我的家里扛出去，谁知道今天他不会仍旧在这里面？我相信他一定在我家里，我的消息是绝对可靠的，我的疑心是完全有根据的。给我把这些衣服一起拿出来。

福德大娘　要是你在这里面找得出一个男人来，那除非他是一头虱子。

培琪　哪里有什么人在这里面。

夏禄　福德大爷，这真太不成话了，真太不成话了。

伊文斯　福德大爷，您应该常常祷告，不要随着自己的心一味胡思乱想。吃醋也没有这样吃法的。

福德　好，他没有躲在这里面。

培琪　除了在您自己脑子里以外，您根本就找不到这样一个人。（二仆抬篓下。）

福德　帮我再把我的屋子搜这一次，要是再找不到我所要找的人，你们尽管把我嘲笑得体无完肤好了。让我永远做你们餐席上谈笑的资料，要是人家提起吃醋的男人，就把我当成一个现成的例子，因为我会在一枚空的核桃壳里找寻妻子的情人。请你们再帮我一次忙，替我搜一下，好让我死了心。

福德大娘　喂，培琪嫂子！您陪着那位老太太下来吧，我的丈夫要上楼来了。

福德　老太太！哪里来的老太太？

福德大娘　就是我家女仆的姑妈，住在布伦福特的那个老婆子。

福德　哼，这妖妇，这贼老婆子！我不是不许她走进我的屋子吗？她又是给什么人带信来的，是不是？我们都是头脑简单的人，不懂

得求神问卜这些玩意儿。什么画符念咒起课这一类鬼把戏，我
们全不懂得。快给我滚下来，你这妖妇，鬼老太婆！滚下来！

福德大娘　不，我的好大爷，列位大爷，别让他打这可怜的老婆子。

　　　　〔培琪大娘偕福斯塔夫着女装上。

培琪大娘　来，老婆婆，来，挽着我的手。

福德　**我要揍她！**（打福斯塔夫）滚出去，你这妖妇，你这贱货，你这臭
猫，你这鬼老太婆！滚出去！滚出去！**让我给你召魂，让我给你
算命！**（福斯塔夫下。）

培琪大娘　你羞不羞？这可怜的老妇人差不多给你打死了。

福德大娘　**他会干得出的**——欺侮一个老太婆，真有你的！

福德　**吊死她，这妖妇！**①

伊文斯　我想这妇人的确是一个妖妇，我不喜欢长胡须的女人，我看
见她的围巾下面露出几根胡须呢。

福德　列位，请你们跟我来好不好？看看我究竟是不是瞎起疑心。
要是我完全无理取闹，请你们以后再不要相信我的话。

培琪　咱们就再顺顺他的意思吧。各位，大家都来。（福德、培琪、夏
禄、卡厄斯、伊文斯同下。）

培琪大娘　他把他打得真可怜。

福德大娘　这一顿打才打得痛快呢。

培琪大娘　我想把那棒儿放在祭坛上供奉起来，它今天立下了很大
的功劳。

福德大娘　我倒有一个意思，不知道你以为怎样？我们横竖名节无
损，问心无愧，索性一不做，二不休，再把他作弄一番好不好？

培琪大娘　他吃过了这两次苦头，一定把他的色胆都吓破了。除非
魔鬼盘踞在他心里，大概他不会再来冒犯我们了。

福德大娘　我们要不要把我们怎样作弄他的情形告诉我们的丈夫

---

①　朱译手稿：该死的妖妇！

知道？

培琪大娘　很好,这样也可以点破你那汉子的疑心。要是他们认为这个荒唐的胖武士还有应加惩处的必要,那么仍旧可以委托我们全权办理的。

福德大娘　我想他们一定要让他当着众人出一次丑;我们这一个笑话也一定要这样才可以告一段落。

培琪大娘　好,那么我们就去商量办法吧;我的脾气是想到就做,不让事情耽搁下去的。(同下。)

第三场　嘉德饭店中一室

〔店主及巴道夫上。

巴道夫　老板,那几个德国人要问你借三匹马;公爵明天要上朝来了,他们要去迎接他。

店主　什么公爵来得这么秘密？我不曾在宫廷听人家说起。让我去跟那几个客人谈谈。**他们会说英语吗?**

巴道夫　**会的,**老板。我去叫他们来。

店主　马可以借给他们,可是我不能让他们白骑,**我要让他们好好破费一点**①。他们已经住了我的屋子一个星期了,我已经为了他们回绝了多少的客人,我可不能跟他们客气,这笔损失是一定要他们赔偿的。来。(同下。)

第四场　福德家中一室

〔培琪、福德、培琪大娘、福德大娘及伊文斯上。

伊文斯　女人家有这样的心思,难得难得！

培琪　他是同时寄信给你们两人的吗?

培琪大娘　我们在一刻钟内同时接到。

---

①　朱译手稿:世上没有这样便宜的事情。

福德　娘子，请你原谅我。从此以后，我一切听任你；我宁愿疑心太阳失去了热力，也不愿疑心你有什么不贞的行动。你已经使一个对于你的贤德缺少信心的人，变成你的一个忠实信徒了。

培琪　好了，好了，别说下去了。太冒冒失失固然不好，太服服帖帖也是不对的。我们还是来商量计策吧。让我们的妻子再跟这个胖老头子约好一个时间，到了那时候，我们就去捉住他，把他羞辱一顿。

福德　她们刚才说起的那个办法，再好没有了。

培琪　怎么？约他在半夜里在公园里相会吗？嘿，他再也不会来的。

伊文斯　你们说他已经给丢在河里，还给人当作一个老婆子痛打了一顿，我想他一定吓怕了，不会再来了。他的肉体已经受到了责罚，他一定不敢再起欲念了。

培琪　我也是这样想。

福德大娘　你们只要商量商量等他来了怎样对付他，我们两人自会想办法叫他来的。

培琪大娘　有一个古老的传说，说是曾经在温莎这儿做过管林子的猎夫赫恩，他的鬼魂常常在冬天的深夜里出现，绕着一株橡树兜圈子，头上还长着又粗又大的角，手里摇着一串链条，发出怕人的声音。他一出来，树木就要枯黄，牲畜就要害病，乳牛的乳汁会变成血液。这一个传说从前代那些迷信的人们嘴里传下来，就好像真有这回事一样，你们各位也都听见过的。

培琪　是呀，有许多人不敢在深夜里经过这株赫恩的橡树呢。可是你为什么要提起它呢？

福德大娘　这就是我们的计策：我们要叫福斯塔夫头上装了两只大角，扮作赫恩的样子，在那橡树的旁边等着我们。

培琪　好，就算他听着你们这样打扮着来了，你们预备把他怎么样呢？

培琪大娘　那我们也已经想好了：我们先叫我的女儿安妮和我的小

儿子,还有三四个跟他们差不多大小的孩子,大家打扮成一队精灵的样子,穿着绿色的和白色的衣服,各人头上顶着一圈蜡烛,手里拿着响铃,埋伏在树旁的土坑里。等福斯塔夫跟我们相会的时候,他们就一拥而出,嘴里唱着各式各样的歌儿。我们一看见他们出来,就装着吃惊逃走了,然后让他们将他团团围住,把这个龌龊的武士你拧一把,我刺一下,还要质问他为什么在这仙人们游戏的时候,胆敢装扮做那种秽恶的形状,闯进神圣的地方来。

福德大娘　这些假扮的精灵们要把他拧得遍体鳞伤,还用蜡烛烫他的皮肤,直等他招认一切为止。

培琪大娘　等他招认以后,我们大家就一起出来,揪下他的角,把他一路取笑着回家。

福德　孩子们倒要叫他们练习得熟一点,否则会露出破绽来的。

伊文斯　我可以教这些孩子怎样做;我自己也要扮一个猴儿崽子,用蜡烛去烫这个武士哩。

福德　那好极啦。我去替他们买些面具来。

培琪大娘　我的小安妮要扮做一个仙后,穿着很漂亮的白袍子。

培琪　我去买缎子来给他做衣服。(旁白)到了那个时候,我可以叫斯兰德把安妮偷走,到伊登①去跟她结婚。——你们马上就派人到福斯塔夫那里去吧。

福德　不,我还要用勃罗克的名字去见他一次,他会把什么话都告诉我。他一定会来的。

培琪大娘　不怕他不来。我们这些精灵们的一切应用的东西和饰物,也该赶快预备起来了。

伊文斯　我们就去办起来吧;这是个很好玩的玩意儿,而且是光明正大的恶作剧。(培琪、福德、伊文斯同下。)

---

①　伊登:城市名,从温莎越泰晤士河可达。

培琪大娘　福德嫂子,你就去找桂嫂,叫她到福斯塔夫那里去,探探他的意思。(福德大娘下)我现在要到卡厄斯大夫那边去,他是我中意的人,除了他谁也不能娶我的小安妮。那个斯兰德虽然有家私,却是一个呆子,我的丈夫偏偏喜欢他。这医生又有钱,他的朋友在宫廷里又有势力,只有他才配做她的丈夫,即使有二万个更了不起的人来向她求婚,我也不给他们。(下。)

第五场　嘉德饭店中一室

〔店主及辛普儿上。

店主　你要干吗,乡下佬,蠢东西?说吧,讲吧,干干脆脆的。

辛普儿　呃,老板,我是斯兰德少爷叫我来跟约翰·福斯塔夫爵士说话的。

店主　那边就是他的房间,他的公馆,他的床铺,你瞧门上新画着浪子回家的故事的就是。**只要你去敲敲门,喊他一声,他就会像食人妖那样跟你说话了。**① 过去敲门吧。

辛普儿　刚才有一个胖大的老妇人跑进他的房间里去,请您让我在这儿等她下来吧。我本来是要跟她说话的。

店主　哈!一个胖女人!也许是来偷东西的,让我叫他一声。喂,武士!好汉爷!你在房间里吗?使劲儿回答我,你的店主东在叫你呢。

福斯塔夫　(在上)什么事,老板?

店主　这儿有一个**流浪的鞑靼人**②等着你的胖婆娘下来。叫她下来,好家伙,叫她下来。我的屋子是干干净净的,不能让你们干那些鬼鬼祟祟的勾当。哼,不要脸!

〔福斯塔夫上。

---

①　朱译手稿:你去敲了敲门,喊他一声,他就会跟你胡说八道。

②　朱译手稿:蛮子。

福斯塔夫　　老板,刚才是有一个胖老婆子在我这儿,可是现在她已经
　　　　走了。

辛普儿　　请问一声,爵爷,她就是布伦福特那个算命的女人吗?

福斯塔夫　　对啦,螺蛳精,你问她干吗?

辛普儿　　爵爷,我家主人斯兰德少爷因为瞧见她在街上走过,所以叫
　　　　我来问问她,他有一串链条给一个叫作尼姆的骗去了,不知道那
　　　　链条还在不在尼姆的手里。

福斯塔夫　　我已经跟那老婆子讲起过这件事了。

辛普儿　　请问爵爷,她怎么说呢?

福斯塔夫　　呃,她说,那个从斯兰德手里把链条骗去的人,就是偷他
　　　　链条的人。

辛普儿　　我希望我能够当面跟她谈谈;我家少爷还叫我问她其他的
　　　　事情哩。

福斯塔夫　　什么事情,说出来听听看。

店主　　对了,快说。

辛普儿　　爵爷,我家少爷吩咐我要保守秘密呢。

店主　　你要是不说出来,就叫你死。

辛普儿　　啊,实在没有什么事情,不过是关于培琪小姐的事情,我家
　　　　少爷叫我来问问看,他命里能不能娶她做妻子。

福斯塔夫　　那可要看他的命运怎么样了。

辛普儿　　您怎么说?

福斯塔夫　　娶得到是他的命,娶不到也是他的命。你回去告诉主人,
　　　　就说那老妇人这样对我说的。

辛普儿　　我可以这样告诉他吗?

福斯塔夫　　是的,乡下佬,你尽管这样说好了。

辛普儿　　多谢爵爷。我家少爷听见了这样的消息,一定会十分高兴
　　　　的。(下。)

店主　　你真聪明,爵爷,你真聪明。真有一个算命婆子在你房间

里吗?

福斯塔夫　是的,老板,她刚才还在我这儿,她教给我许多我一生从来没有学过的智慧,我不但没有花半个钱的学费,而且她反倒给我酬劳呢。

　　　　〔巴道夫上。

巴道夫　哎哟,老板,不好了! 又是骗子,尽是些骗子!

店主　我的马呢? 蠢奴才,好好地对我说。

巴道夫　都跟着那些骗子们跑掉啦。一过了伊登,他们就把我从马上推下来,把我掼在一个烂泥潭里,他们就像三个德国鬼子似的,**又像三个浮士德似的**,策马加鞭飞也似的去了。

店主　狗才,他们是去迎接公爵去的。别说他们逃走,德国人都是规规矩矩的。

　　　　〔伊文斯上。

伊文斯　老板在哪儿?

店主　师傅,什么事?

伊文斯　留心你的客人。我有一个朋友到城里来,他告诉我有三个德国骗子,一路上骗人家的马匹金钱;里亭、梅登海特、科勃罗克,①各家旅店,都上了他们的当。我是一片好心来通知你,因为你是个很乖巧的人,专爱寻人家的开心,要是你也被人家骗了,那未免太笑话啦。再见。(下。)

　　　　〔卡厄斯上。

卡厄斯　店主东呢?

店主　卡厄斯大夫,我正在这儿心乱如麻呢。

卡厄斯　我不懂你的意思;可是人家告诉我,你正在准备着隆重招待一个德国的公爵,可是我不骗你,我在宫廷里就不知道有这么个公爵要来。我是一片好心通知你。再见。(下。)

---

①　里亭、梅登海特、科勃罗克:均为温莎附近的城镇。

店主　狗才,快去喊拢人来捉贼去! 武士,帮帮我的忙,我这回可完了! 快跑,捉贼! 完了! 完了! (店主及巴道夫下。)

福斯塔夫　我但愿全世界的人都受骗,因为我自己也受了骗,而且还挨了打。要是宫廷里的人听见了我怎样一次次的化身,给人当衣服洗,用棍子打,他们一定会把我身上的油一滴一滴溶下来,去擦渔夫的靴子。他们一定会用俏皮话把我挖苦得像一只干瘪的梨一样丧气。自从那一次赖了赌债以后,我一直交着坏运。好,要是我在临终以前还来得及念祷告,我一定要忏悔。

　　〔快嘴桂嫂上。

福斯塔夫　啊,又是谁叫你来的?

桂嫂　除了那两个人还有谁?

福斯塔夫　让魔鬼跟他的老娘把那两个人抓了去吧! 我已经为了她们的缘故吃过多少苦,男人本来是容易变心的,谁受得了这样的欺侮!

桂嫂　您以为她们没有吃苦吗? 说来才叫人伤心哪,尤其是那位福德娘子,天可怜见的,给她的汉子打得身上一块青一块黑的,简直找不出一处白白净净的地方。

福斯塔夫　什么一块青一块黑的,我自己给他打得五颜六色,浑身挂彩呢。我还险险乎给他们当作布伦福特的妖妇抓了去。要不是急中生智,把一个老太婆的举动装扮得活灵活现,我早已给混蛋官差们锁上脚铐,办我一个妖言惑众的罪名了。

桂嫂　爵爷,让我到您房间里去跟您说话,您就会明白一切,而且包在我身上,一定会叫您满意的。这儿有一封信,您看了就知道了。天哪! 把你们拉拢在一起,真麻烦死了! 你们中间一定是谁得罪了天,所以才这样颠颠倒倒的。

福斯塔夫　那么你跟我上楼,到我的房间来吧。(同下。)

第六场　嘉德饭店中另一室

　　〔范顿及店主上。

店主　范顿大爷，别跟我说话，我一肚子都是闷气，我想索性这门生意也不要做了。

范顿　可是你听我说。我要你帮我做一件事，事成之后，我不但赔偿你的全部损失，而且还送你黄金百镑，作为酬谢。

店主　好，范顿大爷，您说吧。我不知道我能不能帮您的忙，可是我至少不会泄露秘密。

范顿　我曾经屡次告诉你我对于培琪家的安妮小姐的深切的爱情，她对我也已经表示默许了，要是她自己作得了主，我一定可以如愿以偿的。刚才我收到了她一封信，信里所说的事情，你要是知道了，一定会拍手称奇；因为它与我自己的事情很有关系，所以我不能不让你知道。他们的意思，是要把那胖武士福斯塔夫捉弄一番吓吓他。你瞧。（指信）听着，我的好老板，今夜十二点到一点之间，在赫恩橡树的近旁，我的亲爱的小安妮要扮成仙后的样子。为什么要这样打扮，这儿写得很明白。她父亲叫她趁着大家开玩笑开得乱哄哄的时候，跟斯兰德悄悄儿溜到伊登去结婚，她已经答应他了。可是她母亲竭力反对她嫁给斯兰德，而决意把她嫁给卡厄斯，她母亲也已经约好那个医生，叫他也趁着大家忙得不留心的时候，用同样的方式把她带到教长家里去，请一个牧师替他们立刻成婚。她对于母亲的这个计策，也已经假装服从的样子，答应了那医生了。他们的计划是这样的：她的父亲要她全身穿着白的衣服，以便认识，斯兰德看准了时机，就挽着她的手，叫她跟他走，她就跟着他走。她的母亲为了让那医生容易辨认起见——因为他们大家都是戴着面具的——却叫她穿着宽大的浅绿色的袍子，头上系着飘扬的丝带，那医生一看有了下手的机会，便上去把她的手捏一把，这一个暗号便是叫她跟着他走的。

店主　她预备欺骗她的父亲呢，还是欺骗她的母亲？

范顿　我的好老板，她要把他们两人一起骗了，跟我一块儿溜走。所以我要请你费心去替我找一个牧师,十二点到一点之间在教堂里等着我,为我们举行正式的婚礼。

店主　好,您去实行您的计划吧,我一定给你找牧师去。只要把那位姑娘带来,牧师是不成问题的。

范顿　多谢多谢,我一定永远记住你的恩德,而且我马上会报答你的。(同下。)

第 五 幕

第一场　嘉德饭店中一室

〔福斯塔夫及快嘴桂嫂上。

福斯塔夫　请你别再啰里啰嗦了,去吧,我一定不失约就是了。这已经是第三次了,我希望单数是吉利的。去吧!**人们都说单数是神圣的,可以用来占卜生死荣辱。**去吧,去吧!

桂嫂　我去给您弄一根链条来,再去设法找一对角来。

福斯塔夫　好,去吧,别耽搁时间了。抬起你的头来,扭扭屁股走吧。(桂嫂下。)

〔福德上。

福斯塔夫　啊,勃罗克大爷!勃罗克大爷,事情成功不成功,今天晚上就可以知道。请你在半夜的时候,到赫恩橡树那里去,就可以看见新鲜的事儿。

福德　您昨天不是对我说过,要到她那儿赴约吗?

福斯塔夫　勃罗克大爷,我昨天到她家里的时候,正像您现在看见我一样,是个可怜的老头儿;可是勃罗克大爷,我从她家出来的时候,却变成一个苦命的老婆子了。勃罗克大爷,她的丈夫,福德那个混蛋,简直是个吃醋鬼投胎。他欺侮我是个女人,把我没头没脑一顿打。可是,勃罗克大爷,要是我穿着男人的衣服,别说他是个福德,就算他是个身长丈二的**歌利亚,拿着织布机上的梁柱**①向我打来,我也不怕他。我现在还有要事,请您跟我一路走吧,勃罗克大爷,我可以把一切的事情完全告诉您。自从我小时候偷鹅赖学抽陀螺挨打以后,直到现在才重新尝到挨打的滋味。跟我来,我要告诉您关于这个叫福德的混蛋的古怪事儿。今天晚上我就可以向他报复,我一定会把他的妻子送到您的手里。跟我来,勃罗克大爷,您就有新鲜事儿看了! 跟我来。(同下。)

第二场　温莎公园

〔培琪、夏禄、斯兰德上。

培琪　来,来,咱们就躲在这座古堡的壕沟里,等我们那班精灵们的火光出现以后再出来。斯兰德贤婿,记着我的女儿。

斯兰德　好,一定记着。我已经跟她当面谈过,约好了用什么暗语相互通知。我看见她穿着白衣服,就上去对她说"**小儿郎**",她就回答我"**别声张**"②,这样我们就不会认错啦。

夏禄　那也好,可是何必嚷什么"小儿郎",什么"别声张"哩,你只要看定了穿白衣服的人就行啦。钟已经敲十点了。

培琪　天乌沉沉的,精灵和火光这时候出现,再好没有了。愿上天保佑我们的游戏成功! 除了魔鬼以外,谁都没有恶意;我们只要看谁的头上有角,就知道他是魔鬼。去吧,大家跟我来。(同下。)

第三场　温莎街道

〔培琪大娘、福德大娘、卡厄斯同上。

---

①　歌利亚:《圣经》中的非利士勇士,作战所向无敌,后被大卫所杀。朱译手稿:天神,拿着一根千斤重的梁柱。

②　原文 mumbudget,是一种儿童游戏。朱译手稿:"姆……不见得。"

培琪大娘　大夫,我的女儿是穿绿的,您看时机一到,便过去搀着她的手,带她到教长家里去,赶快把事情办了。现在您一个人先到公园里去,我们两个人是要一块儿去的。

卡厄斯　我知道我应当怎么办。再见。

培琪大娘　再见,大夫。(卡厄斯下)我的丈夫将福斯塔夫羞辱过了以后,知道这医生已经跟我的女儿结婚,一定会把一场高兴化作满腔怒火的;可是管他呢,与其害人将来心碎,宁可眼前挨他一顿骂。

福德大娘　小安妮和她的一队精灵现在在什么地方?还有那个威尔士鬼子休师傅呢?

培琪大娘　他们都把灯遮得暗暗的,躲在赫恩橡树近旁的一个土坑里。一等到福斯塔夫与我们会见的时候,他们便立刻从黑夜里出现。

福德大娘　那一定会叫他大吃一惊的。

培琪大娘　要是吓不倒他,我们也要把他讥笑一番;要是他果然吓倒了,我们还是要讥笑他的。

福德大娘　咱们这回不怕他不上圈套。

培琪大娘　像他这种淫棍,教训教训他也是好事。

福德大娘　时间快到啦。到橡树底下去,到橡树底下去!(同下。)

第四场　温莎公园

〔伊文斯率化装成精灵的一群上。

伊文斯　跑,跑,精灵们,来,别忘了你们的词句。大家放大胆子,跟我跑下这土坑里,等我一发号令,就照我吩咐你们的做起来。来,来,跑,跑!(同下。)

第五场　公园中的另一部分

〔福斯塔夫顶公鹿头扮赫恩上。

福斯塔夫　温莎的钟已经敲了十二点，时间快到了。好色的天神们，照顾照顾我吧！记着，乔武大神，你曾经为了你的爱人欧罗巴的缘故，化身做一头公牛，爱情使你头上生角。强力的爱啊，它曾使畜生变成人类，也曾使人类变成畜生。而且，乔武大神，你为了心爱的勒达，还化身做过一只天鹅呢。① 万能的爱啊，你差一点不把天神的尊容变得像一只蠢鹅！**乔武啊，你首先以兽类的面目去偷情窃爱，那罪行就是兽行了！然后你又变成飞禽的模样，想想看吧，这一禽一兽的罪过你都犯下了！**既然天神们也都这样贪淫，我们可怜的凡人又有什么办法呢？至于讲到我，那么我就是这儿温莎地方的一匹雄鹿。在这树林子里，也可以算得上顶胖的了。**乔武啊，给我一个凉爽的交配期吧，否则谁能怪我掉膘呢？**② 谁来啦？我的母鹿吗？

〔福德大娘及培琪大娘上。

福德大娘　爵爷，你在这儿吗，我的公鹿？我的亲爱的公鹿？

福斯塔夫　我的黑尾巴的母鹿！让天上落下马铃薯般大的雨点来吧，让它大锣大鼓般地响起雷来吧，**让天雷在情歌的伴奏下打下来吧，让香吻糖、催情草像冰雹雪片一样从天而降吧。**只要让我躲在你的怀里，什么大风大雨我都不怕。（拥抱福德大娘。）

福德大娘　培琪嫂子也跟我一起来了呢，好人儿。

福斯塔夫　那么你们把我切开来，各人分一条大腿去，留下两条肋条肉给我自己，肩膀肉赏给那看园子的，还有两只角，送给你们的丈夫做个纪念品吧。哈哈，你们瞧我像不像猎人赫恩？丘比特是个有良心的孩子，现在他让我尝到甜头了。我用鬼魂的名义欢迎你们！（内喧声起。）

培琪大娘　哎哟，什么声音？

---

①　有关乔武与欧罗巴及勒达的故事，均出自古希腊神话。

②　雄鹿在发情期掉膘。

福德大娘　天老爷饶恕我们的罪过吧!

福斯塔夫　又是什么事情?

福德大娘、培琪大娘　快逃! 快逃!（二人奔下。）

福斯塔夫　我想多分是魔鬼不愿意让我下地狱,因为我身上的油太多啦,恐怕在地狱里惹起一场大火来,否则他不会这样一次一次地跟我捣蛋。

〔伊文斯乔装萨堤①,毕斯托尔扮小妖,安妮扮仙后,威廉·培琪及若干儿童各扮精灵侍从,头插小蜡烛,同上。

安妮　　　黑的,灰的,绿的,白的精灵们,

　　　　月光下的狂欢者,黑夜里的幽魂,

　　　　你们是没有父母的造化的儿女,

　　　　不要忘记了你们各人的职务。

　　　　传令的小妖,替我向众精灵宣告。

毕斯托尔　众精灵,静听召唤,不许喧吵!

　　　　蟋蟀儿,你去跳进人家的烟囱,

　　　　看他们炉里的灰屑有没有扫空;

　　　　我们的仙后最恨贪懒的婢子,

　　　　看见了就把她拧得浑身青紫。

福斯塔夫　他们都是些精灵,谁要是跟他们说话,就不得活命。让我闭上眼睛躲起来吧,神仙们的事情是不许凡人窥看的。（俯伏地上。）

伊文斯　　皮特在哪里? 你去看看谁家的姑娘,

　　　　念了三遍祈祷方才睡上眠床,

　　　　你就悄悄儿替她把妄想收束,

　　　　让她睡得像婴儿一样甜熟。

　　　　谁要是临睡前不思量自己的错处,

----

①　萨堤:即萨堤罗斯,半人半山羊怪物。

你要叫他们腰麻背疼，手脚酸楚。

安妮　　　去，去，小精灵！

把温莎古堡内外搜寻：

每一间神圣的华堂散播着幸运，

让它巍然卓立，永无毁损；

祝福它宅基巩固，门户长新，

辉煌的大厦恰称着贤德的主人。

每一个尊严的宝座用心扫洗，

洒满了袚邪垢的鲜花香水，

祝福那文棂绣瓦，画栋雕梁，

千秋万岁永远照耀着荣光！

每夜每夜你们手搀手在草地上，

拉成一个圆圈跳舞歌唱，

清晨的草上留下你们的足迹，

一团团葱翠新绿的颜色。

再用青紫粉白的各色鲜花，

写下了天书仙语，"清心去邪"，

像一簇簇五彩缤纷的珠玉，

草地是神仙的纸，花是神仙的符。

去，去，往东的往东，往西的往西！

等到钟鸣一下，可不要忘了

我们还要绕着赫恩橡树舞蹈。

伊文斯　　大家排着队，大家手牵手，

二十个萤虫给我们点亮灯笼，

照着我们树荫下舞影幢幢。

且慢！哪里来的生人气？

福斯塔夫　天老爷保佑我不要给这个威尔士老怪瞧见，他会叫我变

成一块干酪哩！

毕斯托尔　　坏东西,你是个天生的孽种。

安妮　　　　　让我用**炼狱火**①把他指尖灼烫,

　　　　　　　看他的心地是纯洁还是肮脏。

　　　　　　　他要是心无污秽,火不能伤,

　　　　　　　哀号呼痛的一定居心不良。

毕斯托尔　　来,试一试!

伊文斯　　来,看这木头怕不怕火熏。(众以烛烫福斯塔夫。)

福斯塔夫　　哎哟!哎哟!哎哟!

安妮　　坏透,坏透,这家伙淫毒攻心!

　　　　　精灵们,唱个歌儿取笑他,

　　　　　围着他窜窜跳跳,拧得他遍体酸麻。

歌

　　　　　哼,罪恶的妄想!

　　　　　哼,淫欲的孽障!

　　　　　淫欲是一把血火,

　　　　　不洁的邪念把它点亮,

　　　　　痴心搧着它的火焰,

　　　　　妄想把它愈吹愈旺。

　　　　　精灵们,拧着他,

　　　　　不要将恶人宽放。

　　　　　拧他,烧他,拖着他团团转,

　　　　　直到星月烛光一齐黑暗。

　　〔精灵们一面唱歌,一面拧福斯塔夫。卡厄斯自一旁上,将一穿绿衣的精灵偷走;斯兰德自另一旁上,将一穿白衣的精灵偷走;范顿上,将安妮·培琪偷走。内猎人号角声,犬吠声,众精灵纷纷散去。福斯塔夫扯下鹿头起立。培琪、福德、培琪大娘、福德大娘同上,将福斯塔夫捉住。

———————————

　　①　朱译手稿:三昧火。

培琪　哎,别逃呀,现在您可给我们瞧见啦。难道您只好扮扮猎人赫恩吗?

培琪大娘　好了好了,咱们不用尽跟他开玩笑啦。好爵爷,您现在喜不喜欢温莎的娘儿们?**你都看见了吧,我的夫君? 这些角长在森林里,岂不比城里更合适?**

福德　爵爷,现在究竟谁是个大忘八?勃罗克大爷,福斯塔夫是个混蛋,是个混账忘八蛋。瞧他的头上还长着角哩,勃罗克大爷!勃罗克大爷,他从福德那里什么好处也没有得到,只得到了一只洗衣服的篓子,一顿棒儿,还有十二镑钱,那笔钱是要向他追还的,勃罗克大爷。我已经把他的马扣留起来了,勃罗克大爷。

福德大娘　爵爷,只怪我们运气不好,没有缘分,总是好事多磨。以后我再不把您当作我的情人了,可是我会永远记着您是我的公鹿。

福斯塔夫　**现在我才明白我被你们戏弄成一头蠢驴了。**①

福德　是的,还是一头公牛呢;无论公牛还是蠢驴,证据都很充分。

福斯塔夫　原来这些都不是精灵吗?我曾经三四次疑心他们不是什么精灵,可是一则因为我自己做贼心虚,二则因为突如其来的怪事,把我吓昏了头,所以才会把这种破绽百出的骗局当作真实,虽然荒谬得不近情理,也会使我深信不疑。可见一个人做了坏事,虽有天大的聪明,也会受人之愚的。

伊文斯　福斯塔夫爵士,您只要敬奉上帝,去除欲念,精灵们就不会来拧您的。

福德　说得有理,休大仙。

伊文斯　还有您的妒忌心也要除掉才好。

福德　**在你能讲一口地道的英语以前**,我再也不疑心我的妻子了。

福斯塔夫　难道我已经把我的脑子剜出来放在太阳底下晒干了,所

---

①　朱译手稿:我现在才明白,我给你们愚弄啦。

以连这样明显的骗局也看不出来吗？难道一只威尔士的老山羊都会作弄我？**难道我已经戴上了小丑的粗绒帽？看来我已经活到该被干酪噎死的年纪了。**

伊文斯　冈酪挤不出浇油；但你却有一肚子浇油。

福斯塔夫　"冈酪""浇油"！你把英语做成了油煎饼了，我活到今天竟然得受你这号人的奚落！罢了，罢了，这也算是我贪欢好色，喜欢晚上串门的下场！

培琪大娘　爵爷，我们虽然愿意把那些三从四德的道理一脚踢得远远的，为了寻欢作乐，甘心死后下地狱，可是什么鬼附在您身上，叫您相信我们会喜欢您呢？

福德　就凭你这样的一只杂碎香肚？一袋破叉袋？

培琪大娘　一具浸胖的浮尸？

培琪　又老，又冷，又干枯，再加上一肚子的肮脏？

福德　像魔鬼一样到处造谣生事？

培琪　一个穷光蛋的孤老头子？

福德　像个泼老太婆一样的千刀万恶？

伊文斯　一味花天酒地，玩玩女人，喝喝老酒，喝醉了酒白盯着眼睛骂人吵架？

福斯塔夫　好，尽你们说吧，算我晦气落在你们手里，我也懒得跟这头威尔士山羊斗嘴了。无论哪个无知无识的傻瓜都可以欺侮我，悉听你们把我如何处置吧。

福德　好，爵爷，我们要带您去看一位勃罗克大爷，您骗了他的钱，却没有替他把事情办好；您现在已经吃过不少苦了，要是再叫您把那笔钱还出来，我想您一定要万分心痛的吧？

福德大娘　不，丈夫，他已经受到报应，那笔钱就算了吧。冤家宜解不宜结，咱们不要逼人太甚。

福德　好，咱们挽挽手，过去的事情，以后不用再提啦。

培琪　武士，不要懊恼，今天晚上请你到我家里来喝杯酒儿。我的妻子刚才把你取笑,等会儿我也要请你陪我把她取笑取笑。告诉她,斯兰德已经跟她的女儿结了婚啦。

培琪大娘　(旁白)**聪明人**①不会信他胡说。要是安妮·培琪是我的女儿,那么这个时候她已经做了卡厄斯大夫的太太啦。

　　　　〔斯兰德上。

斯兰德　哎哟! 哎哟! 岳父大人,不好了!

培琪　怎么,怎么,贤婿,你已经把事情办好了吗?

斯兰德　办好了! 哼,我要让格洛斯特人都知道这件事;否则还是让你们把我吊死吧。

培琪　什么事情,贤婿?

斯兰德　我到了伊登那边去,本来是要跟安妮·培琪小姐结婚的,谁知道她是一个又高又大、笨头笨脑的男孩子。倘不是在教堂里,我一定要把他揍一顿,说不定他也要把我揍一顿。我还以为他真的就是安妮哩,谁知道他是邮政局长的儿子。

培琪　那么一定是你自己看错了人啦。

斯兰德　那还用说吗? 我把一个男孩子当作一个女孩子,当然是看错了人啦。要是我真的跟他结婚,虽然他穿着女人的衣服,我也是不要他的。

培琪　这是你自己太笨的缘故。我不是告诉你怎样从衣服上认出我的女儿来吗?

斯兰德　我看见她穿着白衣服,便上去喊了一声"小儿郎",她回答我一声"别声张",正像安妮跟我预先约好的一样;谁知道他不是安妮,却是邮政局长的儿子。

伊文斯　耶稣基督! 斯兰德少爷,难道您生着眼睛不会看,竟会去跟一个男孩子结婚吗?

培琪　我心里很乱,怎么办呢?

---

①　朱译手稿:医生们。

培琪大娘　好官人,别生气,我因为知道了你的计划,所以叫女儿改
　　穿绿衣服。不瞒你说,她现在已经跟卡厄斯医生一同到了教长
　　家里,在那里举行婚礼啦。

　　　　［卡厄斯上。

卡厄斯　培琪大娘呢?哼,我上了人家的当啦!我跟一个男孩子结
　　了婚,一个男孩子,不是安妮·培琪。我上了当啦。

培琪大娘　怎么,你不是看见她穿着绿衣服吗?

卡厄斯　是的,可是那是个男孩子;我一定要叫全温莎的人评个理
　　去。(下。)

福德　这可奇了。谁把真的安妮带了去呢?

培琪大娘　我心里怪不安的,范顿大爷来了。

　　　　［范顿及安妮上。

培琪大娘　啊,范顿大爷!

安妮　好爸爸,原谅我!好妈妈,原谅我!

培琪　小姐,你怎么不跟斯兰德少爷一块去?

培琪大娘　姑娘,你怎么不跟卡厄斯大夫一块去?

范顿　你们不要吓坏了她,让我把实在的情形告诉你们吧。你们用
　　了可耻的手段,想叫她嫁给她所不爱的人;可是她跟我两个人久
　　已心心相许,到了现在,更觉得什么都不能把我们两人拆分开
　　来。她所犯的过失是神圣的,我们虽然欺骗了你们,却不能说是
　　不正当的诡计,更不能说是忤逆不孝,因为她要避免强迫婚姻所
　　造成的无数不幸的日子,这是唯一的办法。

福德　木已成舟,培琪大爷,您也不必发呆啦。在恋爱的事情上,都
　　是上天亲自安排的,金钱可以买田地,娶妻只能靠运气。

福斯塔夫　我很高兴,我给你们算计了去,你们的箭却也会发而
　　不中。

培琪　算了,有什么办法呢?——范顿,愿上天给你快乐!拗不过来
　　的事情,也只好将就过去。

福斯塔夫　夜狗跑上山，鹿儿被追赶。

培琪大娘　好，我也不再想这样想那样了。范顿大爷，愿上天给您许多许多快乐的日子！官人，我们大家回家去，在火炉旁边把今天的笑话谈笑一番吧。**爵爷，大伙儿，走吧。**

福德　很好！爵爷，您对勃罗克大爷并没有失信，因为他今天晚上真的要去陪福德大娘睡觉啦。（同下。）

（**朱生豪 译　陈才宇 校**）

皆 大 欢 喜

　　《皆大欢喜》约写于 1598—1600 年间，书业公所登记在 1600 年的 8 月 4 日，收入 1623 年的第一对开本中。

　　此剧的故事情节主要借鉴大学才子派作家劳契的田园罗曼史《罗斯琳达：尤菲斯的宝贵遗产》(1590)。而劳契自己则取材于 14 世纪的一首题为《甘姆林的故事》的叙事诗。在有关罗宾汉的传说中，叙事诗中的甘姆林即是他手下的英雄维尔·斯加勒特。

　　但剧中有关傻子试金石的情节，村夫威廉与村姑奥德蕾之间的爱情，滑稽可笑的牧师奥列佛·马坦克斯特的情节，都是莎士比亚自己虚构的。许门这个角色也是莎士比亚添加的。

　　译文见于《朱生豪译莎士比亚戏剧手稿》第 2 册，世界书局版《莎士比亚戏剧全集》第一辑。

剧 中 人 物

公爵　　在放逐中

弗莱德里克　其弟，篡位者

阿米恩斯 ⎫
　　　　　⎬ 流亡公爵的从臣
杰奎斯 ⎭

勒·波　弗莱德里克的侍臣

查尔斯　拳师

奥列佛 ⎫
贾奎斯 ⎬ 罗兰·德·鲍埃爵士之子
奥兰多 ⎭

亚当 ⎫
　　 ⎬ 奥列佛之仆
丹尼斯 ⎭

试金石　小丑

奥列佛·马坦克斯特师傅　牧师

柯林

西尔维斯 } 牧人

威廉　乡人　恋奥德蕾

扮许门者

罗瑟琳　流亡公爵之女

西莉娅　弗莱德里克之女

菲苾　牧女

奥德蕾　村姑

众臣、侍童、林居人及侍从等

地　　点

奥列佛宅旁庭院;篡位者的宫廷;亚登森林

第　一　幕

第一场　奥列佛宅旁园中

〔奥兰多及亚当上。

奥兰多　亚当,我记得遗嘱上只给了我一笔小小的一千块钱,而且正像你所说的,吩咐我的大哥把我好生教养,否则他不能得到他的祝福:我的不幸就这样开始了。他把我的二哥贾奎斯送进学校,据说成绩很好;可是我呢,他却叫我像个村汉似的住在家里。或者再说得确当一点,他把我一点不照顾地关在家里。你说像我这种身分的良家子弟,就可以像一条牛那种养着的吗? 他的马匹也还比我养得好些,因为除了食料充足之外,还要把它们调练起来,因此用重金雇下了骑师;可是我,他的兄弟,却不曾在他手下得到一点好处,除了让我徒然地长大起来,这是我跟他那些粪堆上的畜生一样要感激他的。他除了这样慷慨地不给我什么之外,还要剥夺去我固有的一点点天分;他叫我和佃工在一起过活,不把我当兄弟看待,用这种教育来摧毁我的高贵的素质。这是使我伤心的缘故。亚当,我觉得在我身体之内的我的父亲的精神已经因为受不住这种奴隶的生活而反抗起来了。我一定不能再忍受下去,虽然我还不曾想到怎样避免它的妥当的方法。

亚当　　大爷,您的哥哥从那边来了。

奥兰多　　走旁边去,亚当,你就会听到他会怎样欺侮我。

〔奥列佛上。

奥列佛　　嘿,少爷! 你来做什么?

奥兰多　　不做什么,我不曾学习过做什么。

奥列佛　　那么你在作践些什么呢,少爷?

奥兰多　　哼,大爷,我在帮您的忙,把一个上帝造下来的,您的可怜的没有用处的兄弟用游惰来作践着哩。

奥列佛　　那么你给我做事去,别站在这儿吧,少爷。

奥兰多　　我要去看守您的猪,跟它们一起吃豆荚①吗? 我浪费了什么了,才要受这种惩罚?

奥列佛　　你知道你在什么地方吗,少爷?

奥兰多　　噢,大爷,我知道得很清楚,我是在这儿您的园子里。

奥列佛　　你知道你是当着谁说话吗,少爷?

---

①　典出《新约·路加福音》第十五章:一浪子耗尽资财被迫给人放猪,恨不得拿猪所吃的豆荚充饥。朱译手稿:糠。

奥兰多　噢，我知道我所当面的人，比之他知道我更明白些。我知道你是我的大哥；照你的高贵的血统说起来，你也应该知道我是谁。按着世间的常礼，你的身分比我高些，因为你是长子；可是同样的礼法却不能取去我的血统，即使我们之间还有二十个兄弟。我的血液里有着跟你一样多的我们父亲的素质；虽然我承认你的居长在名分上应该格外受人敬重一些。

奥列佛　什么，孩子！（打奥兰多。）

奥兰多　**好哇，好哇，大哥，论打架你还不太在行呢。**①（扯住奥列佛。）

奥列佛　你要向我动起手来了吗，混蛋？

奥兰多　我不是混蛋；我是罗兰·德·鲍埃爵士的小儿子，他是我的父亲；谁敢说这样一位父亲会生下混蛋儿子来的，才是个大混蛋。你倘不是我的哥哥，我这手一定不放松你的喉咙，直等我那另一只手拔出了你的舌头为止，因为你说了这样的话。你骂的是你自己。

亚当　（上前）好爷爷们，别生气；看在去世老爷的脸上，大家和和气气吧！

奥列佛　放开我！

奥兰多　等我高兴放你的时候再放你；你一定要听我说话，父亲在遗嘱上吩咐你给我好好的教育；你却把我训练得像个农夫，不让我跟上流社会接触。父亲的精神在我心中炽烈起来，我再也忍受不下去了。你得允许我去学习那种适合于上流人身分的技艺；否则把父亲在遗嘱里指定给我的那笔小小的钱给了我，也好让我去自寻生路。

奥列佛　等到那笔钱用完了你便怎样？去做叫化子吗？哼，少爷，给我进去吧，别再跟我找麻烦了；你可以得到你所要的一部分。请你走吧。

---

① 朱译手稿：算了吧，算了吧，大哥，你不用这样卖老啊。

奥兰多　我不愿过分冒犯你,除了为我自身的利益。

奥列佛　你跟着他去吧,你这老狗!

亚当　"老狗"便是您给我的谢意吗?一点不错,我服侍你们已经服
　　　侍得牙齿都落光了。上帝和我的老爷同在!他是决不会说出这
　　　种话来的。(奥兰多、亚当下。)

奥列佛　竟有这种事吗?你不服我管了吗?我要**治治你的傲气**①,
　　　却不给你那一千块钱。喂,丹尼斯!

　　　　〔丹尼斯上。

丹尼斯　大爷叫我吗?

奥列佛　公爵手下那个拳师查尔斯不是在这儿要跟我说话吗?

丹尼斯　禀大爷,他就在门口,要求见您哪。

奥列佛　叫他进来。(丹尼斯下)这是一个妙计,明天就是摔跤的日子。

　　　　〔查尔斯上。

查尔斯　早安,大爷!

奥列佛　查尔斯好朋友,新朝廷里有些什么新消息?

查尔斯　朝廷里没有什么消息,大爷,只有一些老消息;那就是说老
　　　公爵给他的弟弟新公爵放逐了;三四个忠心的大臣自愿跟着他
　　　出亡,他们的地产收入都给新公爵没收了去,因此他巴不得他们
　　　一个个滚蛋。

奥列佛　你知道公爵的女儿罗瑟琳是不是也跟她的父亲一起放
　　　逐了?

查尔斯　啊,不;因为公爵的女儿,她的族妹,自小便跟她在一个摇篮
　　　里长大,非常地爱她,一定要跟她一同出亡,否则便要寻死;所以
　　　她现在仍旧在宫里,她的叔父把她像自家女儿一样看待着;从来
　　　不曾有两位小姐像她们这样要好了。

奥列佛　老公爵预备住在什么地方?

---

　　①　朱译手稿:把你的傲气去掉。

查尔斯　据说他已经在亚登森林①了，有好多人跟着他；他们在那边
　　　　过着英国的老罗宾汉②那样的生活。据说每天有许多青年贵人
　　　　投奔到他那儿去，逍遥自得地把时间消磨过去，像是置身在古昔
　　　　的黄金时代里一样。

奥列佛　喂，你明天要当着新公爵面前摔跤吗？

查尔斯　正是，大爷；我来就是要通知您一件事情。我得到了一个风
　　　　声，大爷，说您的令弟奥兰多明天想要假扮了来跟我交手一下。
　　　　明天这一场摔跤，大爷，是与我的名誉有关的；谁想不断一根骨
　　　　头而安然逃出，必须好好留点儿神才行。令弟年纪太轻，顾念着
　　　　咱们的交情，我不能下手把他打败；可是为了我自己的名誉起
　　　　见，他如果要来，我却非得给他一点利害不可。为此看在咱们的
　　　　交情份上，我来通报您一声：您或者劝他打断了这个念头，或者
　　　　请您不用为了他所将要遭到的羞辱而生气，这全然是他自取其
　　　　咎，并非我的本意。

奥列佛　查尔斯，多谢你对我的好意，我一定会重重报答你的。我自
　　　　己也已经注意到舍弟的意思，曾经婉言劝阻过他，可是他执意不
　　　　改。我告诉你，查尔斯，他是在全法国顶无理可喻的一个兄弟，
　　　　野心勃勃，一见人家有什么好处，心里总是不服，而且老是在阴
　　　　谋设计陷害我，他的同胞的兄长。一切悉听你的尊意吧，我巴不
　　　　得你把他的头颈和手指一起折断了呢。你得留心一些，要是你
　　　　略为削了他一点面子，或者他不能大大地削你的面子，他就会用
　　　　毒药毒死你，用奸谋陷害你，非把你的性命用卑鄙的手段除掉了
　　　　不肯甘休。不瞒你说，我一说起来也忍不住要流泪，在现在世界
　　　　上没有比他更奸恶的年青人了。为了自己的兄弟关系，我还不

─────────────

　　①　亚登森林在比利时与法国的东北部，即 Forest of Ardennes，但莎士比
亚所写的亚登森林，则为英国沃立克郡（Warwickshire）的 Forest of Arden。
　　②　罗宾汉（Robin Hood）：英国民间传统中的侠盗，15 世纪的民间谣曲描
写他的武功事迹甚多。

好怎样说他；假如我把他的真相完全告诉了你，那我一定要惭愧而哭泣，你也要脸色发白而大吃一惊的。

查尔斯　我真幸运上您这儿来。假如他明天来，我一定要给他一顿教训；倘若不叫他瘸了腿，我以后再不跟人家摔跤赌锦标了。好，上帝保佑您大爷！（下。）

奥列佛　再见，好查尔斯。——现在我要去挑拨这位好勇斗狠的家伙了。我希望他送了命。我自己也不明白为什么我是那么恨他。说起来他很善良，从来不曾受过教育，然而却很有学问，充满了高贵的思想，无论哪一等人都爱戴他。真的，大家都是这样欢喜他，尤其是我自己手下的人，以致于我倒给人家轻视起来。可是情形不会长久是这样的，这个拳师可以给我解决一切。现在我只消把那孩子激动前去就是了。我就去。（下。）

第二场　公爵宫门前草地

〔罗瑟琳及西莉娅上。

西莉娅　罗瑟琳，我的好姊姊，请你快活些吧。

罗瑟琳　亲爱的西莉娅，我已经强作欢容，你还要我再快活一些吗？除非你能够教我怎样忘掉一个放逐的父亲，否则你总不能叫我记住无论怎样有趣的事情的。

西莉娅　我看出你的爱我抵不上我爱你那样深。要是我的伯父，你的放逐的父亲，放逐了你的叔父，我的父亲，只要你仍旧跟我在一起，我可以爱你的父亲就像我自己的父亲一样。假如你的爱我也像我的爱你一样真纯，那么你也一定会这样的。

罗瑟琳　好，我愿意忘记我自己的处境，为了你而高兴起来。

西莉娅　你知道我父亲只有我一个孩子，看来也不见得会再有了，等他去世之后，你便可以承继他；因为他用暴力从你父亲手里夺了来的，我便要用爱心归还给你。凭着我的名誉起誓，我一定会这样；要是我背了誓，让我变成个妖怪。所以，我的好罗丝①，我的亲爱的罗丝，快活起来吧。

罗瑟琳　妹妹，从此以后我要高兴起来，想出一些消遣的法子。让我看，你想来一下子恋爱怎样？

西莉娅　好的，不妨作为消遣，可是不要认真爱起人来；而且玩笑也总不要开得过度，羞人答答地脸红了一下子就算了，不要弄到丢了脸，摆不脱身。

罗瑟琳　那么我们做什么消遣呢？

西莉娅　让我们坐下来嘲笑那位好管家太太命运之神，叫她羞得离开了纺车，免得她的赏赐老是不公平。②

罗瑟琳　我希望我们能够这样做，因为她的恩典完全是滥给的。这位慷慨的瞎眼婆子在对于女人的赏赐上尤其是乱来。

西莉娅　一点不错，因为被她给了美貌的，她总不让她们贞洁；被她给了贞洁的，她便叫她们生得怪难看的。

罗瑟琳　不，现在你把命运的职务拉扯到造物身上去了；命运管理着人间的赏罚，可是管不了天生的相貌。

　　　　〔试金石上。

西莉娅　管不了吗？造物生下了一个美貌的人儿来，命运不会把她推到火里去而损坏了她的容颜吗？造物虽然给我们智慧，可以把命运取笑，可是命运不已经差这个傻瓜来打断我们的谈话了吗？

罗瑟琳　真的，那么命运太对不起造物了，她会叫一个天生的傻瓜来打断天生的智慧。

西莉娅　也许这也不干命运的事，而是造物的意思，因为看到我们天

---

①　罗丝（Rose）：罗瑟琳的昵称。

②　命运女神于纺车上织人类的命运，因命运赏罚毫无定准，故下文云"瞎眼婆子"。

生的智慧太迟钝了,不配议论神明,所以才叫这傻瓜来做我们的
砺石;因为傻瓜的愚蠢往往是聪明人的砺石。喂,聪明人! 你到
哪儿去?

试金石　小姐,快到您父亲那儿去。

西莉娅　你作起差人来了吗?

试金石　不,我以名誉为誓,我是奉命来请您去的。

罗瑟琳　傻瓜,你从哪儿学来的这一句誓?

试金石　从一个武士那儿学来,他以名誉为誓说煎饼很好,又以名誉
　　　　为誓说芥末不行;可是我**坚持自己的意见**,知道煎饼不行,芥末
　　　　很好;然而那武士却也不曾发假誓。

西莉娅　你怎样用你那一大堆的学问证明他不曾发假誓呢?

罗瑟琳　噢,对了,请把你的聪明施展出来吧。

试金石　您两人都站出来;摸摸你们的下巴,以你们的胡须为誓说我
　　　　是个坏蛋。

西莉娅　以我们的胡须为誓,要是我们是有胡须的话,你是个坏蛋。

试金石　以我的坏蛋的身分为誓,要是我有坏蛋的身分的话,那么我
　　　　便是个坏蛋。可是假如你们用你们所没有的东西起誓,你们便
　　　　不算是发的假誓。这个武士用他的名誉起誓,因为他从来不曾
　　　　有过什么名誉,所以他也不算是发的假誓;即使他曾经有过名
　　　　誉,也早已在他看见这些煎饼和芥末之前发誓发掉了。

西莉娅　请问你说的是谁?

试金石　是您的父亲老弗莱德里克喜欢的一个人。

西莉娅　我的父亲喜欢他,他也就够有名誉的了。够了,别再说起
　　　　他;你总有一天会因为把人讥弹而吃鞭子的。

试金石　这就可发一叹了,聪明人可以做傻事,傻子却不准说聪
　　　　明话。

西莉娅　真的,你说的对;自从把傻子的一点点小聪明禁止发表之
　　　　后,聪明人的一点点小小的傻气却大大地显起身手来了。——

勒·波先生来啦。

罗瑟琳　含着满嘴的新闻。

西莉娅　他会把他的新闻向我们倾吐出来,就像鸽子哺雏一样。

罗瑟琳　那么我们要塞满一肚子的新闻了。

西莉娅　那再好没有,塞得胖胖的,卖出去更值钱些。

　　　　〔勒·波上。

西莉娅　您好,勒·波先生。有什么新闻?

勒·波　好郡主,您错过一场很好的玩意儿了。

西莉娅　玩意儿! 什么花色的?

勒·波　什么花色的,小姐! 我怎么回答您呢?

罗瑟琳　凭着您的聪明和您的机缘吧。

试金石　或者按照着命运女神的旨意。

西莉娅　说得好,极堆砌之能事了。

试金石　我们这类人办事倘不遵循一定的规矩——

罗瑟琳　你的身上的臭味①就会丧失。

勒·波　两位小姐,你们叫我莫名其妙。我是要来告诉你们有一场
　　　　很好的摔跤,你们错过机会了。

罗瑟琳　可是把那场摔跤的情形讲给我们听吧。

勒·波　我可以把开场的情形告诉你们。假如两位小姐听着乐意,
　　　　收场的情形你们可以自己看一个明白,精彩的部分还不曾开始
　　　　呢;他们就要到这儿来表演了。

西莉娅　好,就把那个已经**陈腐**②的开场说说看。

勒·波　有一个老人带着他的三个儿子到来——

西莉娅　我可以把这开头接上一个老故事去。

勒·波　三个漂亮的青年,长得一表人才——

――――――――――――

①　原文 rank,双关语:阶层;臭味。

②　朱译手稿:陈死了。

罗瑟琳　头颈里挂着招贴："特此布告,俾众咸知。"

勒·波　老大跟公爵的拳师查尔斯摔跤,查尔斯一下子就把他摔倒了,折断了三根肋骨,生命已无希望;老二、老三也都这样给他对付过去。他们都躺在那边;那个可怜的老头子,他们的父亲,在为他们痛哭,惹得旁观的人都陪他落泪。

罗瑟琳　哎哟!

试金石　但是,先生,您说小姐们错过了的玩意儿是什么呢?

勒·波　哪,就是我说过的这件事啰。

试金石　所以人们每天都可以增进一些见识。我今天才是第一次听见折断肋骨是小姐们的玩意儿。

西莉娅　我也是第一次呢。

罗瑟琳　可是还有谁想要听自己肋下清脆动人的一声吗? 还有谁喜欢让他的肋骨给人敲断吗? 妹妹,我们要不要去看他们摔跤?

勒·波　要是你们不走开去,那么不看也得看;因为这儿正是指定摔跤的地方,他们就要来表演了。

西莉娅　真的,他们从那边来了;让我们不要走开,看一下子。

　　〔喇叭奏花腔,弗莱德里克公爵、群臣、奥兰多、查尔斯及侍从等上。

弗莱德里克　来吧,那年青人既然不肯听劝,就让他吃些苦楚,也是他自不量力的报应。

罗瑟琳　那边就是那个人吗?

勒·波　就是他,小姐。

西莉娅　唉! 他太年青啦,可是瞧上去倒好像很有得胜的神气。

弗莱德里克　啊,吾儿和侄女! 你们也溜到这儿来看摔跤吗?

罗瑟琳　是的,殿下,请您准许我们。

弗莱德里克　我可以断定你们一定不会感到兴趣的,两方的实力太不平均了。我因为可怜见这个挑战的人年纪轻轻,想把他劝阻了,可是他不肯听劝。小姐们,你们去对他说去,看能不能说得动他。

西莉娅　　叫他过来,勒·波先生。

弗莱德里克　　好吧,我就走开去。(退至一旁。)

勒·波　　挑战的先生,两位郡主有请。

奥兰多　　敢不奉命。

罗瑟琳　　年青人,你向拳师查尔斯挑战了吗?

奥兰多　　不,美貌的郡主,他才是向众人挑战的人,我不过像别人一样来到这儿,想要跟他较量较量我的青春的力量。

西莉娅　　年青的先生,照您的年纪而论,您的胆量是太大了。您已经看见了这个人的无情的蛮力;要是您能够用您的眼睛瞧见您自己的形状,或者用您的理智判断您自己的能力,那么您对于这回冒险所怀的戒惧,一定会劝您另外找一件比较适宜于你的事情来做。为了您自己的缘故,我们请求您顾虑自身的安全,放弃了这种尝试吧。

罗瑟琳　　是的,年青的先生,您的名誉不会因此而受损;我们可以去请求公爵停止这场摔跤。

奥兰多　　我请你们原谅,我觉得我自己十分有罪,胆敢拒绝这么两位美貌出众的小姐的要求。可是让你们的美目和好意伴送着我去作这场决斗吧。假如我打败了,那不过是一个从来不曾给人看重过的人丢了脸;假如我死了,也不过死了一个自己愿意寻死的人。我不会辜负我的朋友们,因为没有人会哀悼我;我不会对世间有什么损害,因为我在世上一无所有;我不过在世间占了一个位置,也许死后可以让给更好的人来补充。

罗瑟琳　　我但愿我所有的一点点微弱的气力也加在您身上。

西莉娅　　我也愿意把我的气力再加在她的气力上面。

罗瑟琳　　再会。求上天但愿我错看了您!

西莉娅　　愿您的希望成全!

查尔斯　　来,这个想要来送死的哥儿在什么地方?

奥兰多 已经预备好了，朋友，**可是他并不想来送死。**①

弗莱德里克 你们斗一个回合就够了。

查尔斯 不，启禀殿下，您第一次已经敦劝过他，第二次就可以不必再劝他了。

奥兰多 你要在以后嘲笑我，可不必事先就嘲笑起来。来啊！

罗瑟琳 赫拉克勒斯默佑着你，年青人！

西莉娅 我希望我有隐身术，去拉住那强徒的腿。（查尔斯、奥兰多两人摔跤。）

罗瑟琳 啊，出色的青年！

西莉娅 假如我的眼睛里会打雷，我知道谁是要被打倒的。（查尔斯被摔倒，欢呼声。）

弗莱德里克 算了，算了。

奥兰多 请殿下准许我再试，我的一口气还不曾透完哩。

弗莱德里克 你怎样啦，查尔斯？

勒·波 他说不出话来，殿下。

弗莱德里克 把他扛出去。你叫什么名字，年青人？（查尔斯被扛下。）

奥兰多 禀殿下，我是奥兰多，罗兰·德·鲍埃的幼子。

弗莱德里克 我希望你是别人的儿子。世间都以为你的父亲是个好人，但他却是我的永远的仇敌；假如你是别族的子孙，你今天的行事一定可以使我更喜欢你一些。再见吧，你是个勇敢的青年，我愿你向我说起的是另外一个父亲。（弗莱德里克、勒·波及随从下。）

西莉娅 姊姊，假如我在我父亲的地位，我会做这种事吗？

奥兰多 我以做罗兰爵士的儿子为荣，即使只是他的幼子；我不愿改变我的地位，即使过继给弗莱德里克做后嗣。

罗瑟琳 我的父亲宠爱罗兰爵士，就像他的灵魂一样；全世界都抱着

---

① 朱译手稿：可是他却不像你这样傲慢。

　　和我父亲同样的意见。要是我本来就已经知道这位青年便是他的儿子,我一定含着眼泪谏劝他不要作这种冒险。

西莉娅　好姊姊,让我们到他跟前去鼓励鼓励他。我父亲的无礼猜忌的脾气,使我十分痛心。(对奥兰多)先生,您很值得尊敬;要是您在恋爱上也像在别的事情上一样守信,那么您的情人一定是很有福气的。

罗瑟琳　先生,(自颈上取下项链赠奥兰多)为了我的缘故,请戴上这个吧;我是个失爱于命运的人,心有余而力不足,不过略表微忱而已。我们去吧,妹妹。

西莉娅　好。再见,好先生。

奥兰多　我不能说一句谢谢你吗?我的勇气都已丧失,站在这儿的只是一个人形的枪靶,一块没有生命的木石。

罗瑟琳　他在叫我们回去。我的矜傲随着我的运命一起摧毁了;我且去问他有什么话说。您叫我们吗,先生?您摔跤摔得很好;给您征服了的,不单是您的敌人。

西莉娅　去吧,姊姊。

罗瑟琳　你先走,我跟着你。再会。(罗瑟琳、西莉娅下。)

奥兰多　一种什么情感重压住我的舌头?虽然她想跟我交谈,我却想不出话来对她说。可怜奥兰多啊,你给征服了!取胜了你的,不是查尔斯,却是比他更柔弱的人儿。

　　　　〔勒·波重上。

勒·波　先生,我为着好意劝您还是离开这地方吧。虽然您很值得恭维赞扬和敬爱,但是公爵的脾气太坏,他会把您一切的行事都误会了。公爵的心性有点捉摸不定,他的为人怎样我不便说,还是您自己去忖度忖度吧。

奥兰多　谢谢您,先生。我还要请您告诉我,这两位小姐中间哪一位是在场的公爵的女儿?

勒·波　要是我们照行为举止上看起来,两个可说都不是他的女儿,但是那位矮小一点的是他的女儿；另外一个便是放逐在外的公爵所生，被她这位篡位的叔父留在这儿陪伴他的女儿。她们两人的相爱是远过于同胞姊妹的。但是我可以告诉您，新晋公爵对于他这位温柔的侄女有点不乐意；毫无理由，只是因为人民都称赞她的品德，为了她那位好父亲的缘故而同情她。我可以断定他对于这位小姐的恶意就会突然显露出来的。再会吧，先生；我希望在另外一个较好的世界里可以再跟您多多结识。

奥兰多　我非常感荷您的好意，再会。（勒·波下）才穿过浓烟，又钻进烈火；一边是专制的公爵，一边是暴虐的哥哥。可是天仙一样的罗瑟琳啊！（下。）

第三场　宫中一室

〔西莉娅及罗瑟琳上。

西莉娅　喂，姊姊！喂，罗瑟琳！爱神哪！没有一句话吗？

罗瑟琳　连可以丢给一条狗的一句话也没有。

西莉娅　不，你的话是太宝贵了，怎么可以丢给贱狗呢？丢给我几句吧。**丢一些道理来把我打成残废吧**。①

罗瑟琳　那么我们姊妹两人都害了病了：一个是给道理**打残了腿**②，一个是因为想不出什么道理来而发了疯。

西莉娅　但这是不是全然为了你的父亲？

罗瑟琳　不，一部分是为了我的孩子的父亲。唉，这个平凡的世间是多么充满了荆棘呀！

西莉娅　姊姊，这不过是些有刺的果壳，为了取笑玩玩而丢在你身上的，要是我们不在步道上走，我们的裙子就要给它们抓住。

罗瑟琳　在衣裳上的，我可以把它们抖去，但是这些刺是在我的心

---

①　朱译手稿：来，讲一些道理来叫我浑身瘫痪。

②　朱译手稿：害得浑身瘫痪。

里呢。

西莉娅　　你咳嗽一声就咳出来了。

罗瑟琳　　要是我咳嗽一声,他就会应声而来,那么我倒会试一下的。

西莉娅　　算了算了,使劲儿把你的爱情克服下来吧。

罗瑟琳　　唉,我的爱情比我气力大得多哩!

西莉娅　　啊,那么我替你祝福吧! 即使你要失败,也得试一下。但是
　　　　　把笑话搁在一旁,让我们正正经经谈谈。你真的会突然这样猛
　　　　　烈地爱上了老罗兰爵士的小儿子吗?

罗瑟琳　　我的父亲和他的父亲非常要好呢。

西莉娅　　因此你也必须和他的儿子非常要好吗? 照这样说起来,那
　　　　　么我的父亲非常恨他的父亲,因此我也应当恨他了;可是我却不
　　　　　恨奥兰多。

罗瑟琳　　不,看在我的面上,不要恨他。

西莉娅　　为什么不呢? 他不是值得恨的吗?

罗瑟琳　　因为他是值得爱的,所以让我爱他;因为我爱他,所以你也
　　　　　要爱他。瞧,公爵来了。

西莉娅　　他满眼都是怒气。

　　　　　〔弗莱德里克公爵率众臣上。

弗莱德里克　　姑娘,为了你的安全,你得赶快收拾起来,离开我们的
　　　　　宫廷。

罗瑟琳　　我吗,叔父?

弗莱德里克　　你,侄女。在这十天之内,要是发现你在离我们宫廷二
　　　　　十哩之内,就得把你处死。

罗瑟琳　　请殿下开示我,我犯了什么罪过。要是我有自知之明,要是
　　　　　我并没有做梦,也不曾发疯——我相信我没有——那么,亲爱的
　　　　　叔父,我从来不曾起过半分触犯您老人家的念头。

弗莱德里克　　一切叛徒都是这样的,要是他们凭着口头的话便可以
　　　　　免罪,那么他们都是再清白没有的了。可是我不能信任你,这一

句话就够了。

罗瑟琳　但是您的不信任不能便使我变成叛徒，请告诉我您有什么证据？

弗莱德里克　你是你父亲的女儿，还用得着别的话吗？

罗瑟琳　当您殿下夺去了我父亲的公国的时候，我就是他的女儿；当您殿下把他放逐的时候，我也还是他的女儿。叛逆并不是遗传的，殿下，即使我们受到亲友的牵连，那与我又有什么相干？我的父亲并不是个叛徒呀。所以，殿下，别看错了我，把我的穷迫看作了奸慝。

西莉娅　好殿下，听我说。

弗莱德里克　嗯，西莉娅，我让她留在这儿，只是为了你的缘故，否则她早已跟她的父亲流浪去了。

西莉娅　那时候我没有请您让她留下，那是您自己的主意，因为您自己觉得不好意思。那时我还太小，不曾知道她的好处，但现在我知道她了。要是她是个叛逆，那么我也是。我们一直都睡在一起，同时起床，一块儿读书，同游同食，无论到什么地方去，都像朱诺的一双天鹅①，永远成着对，拆不开来。

弗莱德里克　她这人太阴险，你敌不过她；她的和气，她的沉默和她的忍耐，都能感动人心，叫人民可怜她。你是个傻子，她已经夺去了你的名誉；她去了之后，你就可以显得格外光彩而贤德了。所以闭住你的嘴；我对她所下的判决是确定而无可挽回的，她必须被放逐。

西莉娅　那么您把这句判决也加在我身上吧，殿下；我没有她作伴便活不下去。

弗莱德里克　你是个傻子。侄女，你得端整起来，假如误了期限，凭

---

①　朱诺（Juno，罗马神话中的天后）之鸟为孔雀，天鹅为维纳斯之鸟。这里莎士比亚似乎弄错了。

着我的名誉和我的言出如山的命令,便要把你处死。(偕众臣下。)

西莉娅　唉,我的可怜的罗瑟琳! 你到哪儿去呢? 你肯不肯换一个
　　　父亲? 我把我的父亲给了你吧。请你不要比我更伤心。

罗瑟琳　我比你有更多的伤心的理由。

西莉娅　你没有,姊姊。请你高兴一点,你知道不知道,公爵把他的
　　　女儿也放逐了?

罗瑟琳　他没有。

西莉娅　没有? 那么罗瑟琳还没有那种爱情,使你明白你我两人有
　　　如一体。我们难道要拆散了吗? 我们难道要分手了吗,亲爱的
　　　姑娘? 不,让我的父亲另外找一个后嗣吧。你应该跟我商量我
　　　们应当怎样飞走,到哪儿去,带些什么东西。不要因为环境的变
　　　迁而独自伤心,让我分担一些你的心事吧。我对着因为同情我
　　　们而惨白的天空起誓,无论你怎样说,我都要跟你一起走。

罗瑟琳　但是我们到哪儿去呢?

西莉娅　到亚登森林找我的伯父去。

罗瑟琳　唉,像我们这样的姑娘家,走这么远的路,该是多么危险!
　　　美貌比金银更容易引起盗心呢。

西莉娅　我可以穿了破旧的衣裳,用些黄泥涂在脸上,你也这样;我
　　　们便可以通行过去,不会遭人家算计了。

罗瑟琳　我的身材特别高,完全穿得像个男人一样岂不更好? 腰间
　　　插一把出色的匕首,手里拿一柄刺野猪的长矛;心里尽管隐藏着
　　　女人家的胆怯,我要在外表上装出一副雄赳赳气昂昂的样子来,
　　　正像那些冒充好汉的懦夫一般。

西莉娅　你做了男人之后,我叫你什么名字呢?

罗瑟琳　我要取一个和乔武的侍童一样的名字,所以你叫我伽倪墨
　　　得①吧。但是你叫什么呢?

---

①　伽倪墨得(Ganymede):宙斯的酒僮。

西莉娅　我要取一个可以表示我的境况的名字：不要再叫西莉娅，叫爱莲娜①吧。

罗瑟琳　但是妹妹，我们设法去把你父亲宫廷里的小丑偷了来好不好？他在我们的旅途中不是很可以给我们解闷吗？

西莉娅　他要跟着我走遍广大的世界，让我独自去向他说吧。我们且去把珠宝钱物收拾起来。我出走之后，他们一定要追寻；我们该想出一个顶适当的时间和顶安全的方法来避过他们。现在我们是满心的欢畅，去找寻自由，不是流亡。（同下。）

第 二 幕

第一场　亚登森林

［老公爵、阿米恩斯及众臣作林居人装束上。

公爵　我的流放生涯中的同伴和弟兄们，我们不已经习惯了这种生活，觉得它比虚饰的浮华有趣得多吗？这些树林不比猜忌的朝廷更为安全吗？我们在这儿所感觉到的只是时序的改变，那是上帝加于亚当②的惩罚；那冬天的风张舞着冰雪的爪牙，发出暴声的呼啸，即使当它砭刺着我的身体，使我寒冷而抖缩的时候，我也会微笑着说，"这不是谄媚啊，它们就像是忠臣一样，谆谆提醒我所处的地位。"逆运也有它的好处，就像丑陋而有毒的蟾蜍，它的头上却顶着一颗珍贵的宝石。我们的这种生活，虽然与世

---

①　爱莲娜：原文 Ailena，暗示 alienated（远隔）之意。

②　亚当（Adam）：人类的始祖，伊甸园在他们未被上帝驱逐以前，四季常春，没有寒冬。

间相遗弃，却可以听树木的谈话，溪中的流水便是大好的文章；一石之微，也暗寓着教训；每一件事物中间，都可以找到些益处来。我不愿改变这种生活。

阿米恩斯　殿下真是幸福，能把运命的顽逆说成了这样恬静而可爱的样子。

公爵　来，我们打鹿去吧，可是我心里却有些不忍，这种可怜的花斑的蠢物，本来是这荒凉的城市中的居民，在它们自己的领域之内，它们的肥圆的腰肉上却要受到箭镞的刺伤。

臣甲　不错，那忧愁的杰奎斯很为那事伤心，发誓说您在那上面比之您那篡位的兄弟是一个更大的篡位者。今天阿米恩斯大人跟我两人悄悄地躲在他背后，瞧他躺在一株橡树底下，那古老的树根露出在沿着林旁潺潺流去的溪水面上，有一只可怜的失群的牡鹿中了猎人的箭伤，奔到那边去喘气。真的，殿下，这头不幸的畜生发出了那样的呻吟，真要把它的皮囊都涨破了，一颗颗粗圆的泪珠怪可怜地争先恐后流下在它的无辜的鼻子上；忧愁的杰奎斯瞧着这头可怜的毛畜这样站在急流的小溪边，用眼泪添注在溪水里。

公爵　但是杰奎斯怎样说呢？他见了此情此景，不又要讲起一番道理来了吗？

臣甲　啊，是的，他作了一千种的比喻。起初他看见那鹿把眼泪汩汩地流注在水流之中，便说：“可怜的鹿，你就像世人立遗嘱一样，把你所有的一切给了那已经太富有的人。”于是，看它孤身独自，被它那些皮毛柔滑的朋友们所遗弃，便说：“不错，人倒了霉，朋友也不会来睬你了。”不久又有一群吃得饱饱的，无忧无虑的鹿跳过它的身边，也不停下来向它打个招呼。“嗯，”杰奎斯说，“奔过去吧，你们这批肥胖而富于脂肪的市民们，世事无非如此，那个可怜的破产的家伙，瞧他作什么呢？”他这样用最恶毒的话来辱骂着乡村、城市和宫廷的一切，甚至于骂着我们的这种生活；

发誓说我们只是些篡位者、暴君，或者比这更坏的人物，到这些
畜生们的天然的居处来惊扰它们，杀害它们。

公爵　你们就在他作这种思索的时候离开了他吗？

臣甲　是的，殿下，就在他为了这头呜咽的鹿而流泪发议论的时候。

公爵　带我到那地方去，我喜欢趁他发愁的时候去见他，因为那时候
他最富于见识。

臣甲　我就领您去见他。（同下。）

第二场　宫中一室

〔弗莱德里克公爵、群臣及侍从上。

弗莱德里克　难道没有一个人看见她们吗？决不会的；一定在我的
宫廷里有奸人知情串通。

臣甲　我不曾听见谁说曾经看见她。她寝室里的侍女们都看她上
床，可是一早就看见床上没有她们的郡主了。

臣乙　殿下，那个常常逗您发笑的下贱小丑也失踪了。郡主的侍女
希丝比利娅供认她曾经偷听到郡主跟她的姊姊常常称赞最近在
摔跤赛中打败了强有力的查尔斯的那个汉子的技艺和人品；她
说她相信不论她们到哪里去，那个少年一定是跟她们在一起的。

弗莱德里克　差人到他哥哥家里去，把那家伙抓来；要是他不在，就
带他的哥哥来见我，我要叫他去找他。马上去，这两个逃走的傻
子，一定要用心搜寻探访，非把她们寻回来不可。（众下。）

第三场　奥列佛家门前

〔奥兰多及亚当自相对方向上。

奥兰多　那边是谁？

亚当　啊，我的少爷吗？啊，我的善良的少爷！我的好少爷！啊，您
叫人想起了老罗兰爵爷！唉，您为什么到这里来呢？您为什么
是这样好呢？为什么人家要爱您呢？为什么您是这样仁善，这

样健壮,这样勇敢呢? 为什么您这么傻要去把那乖癖的公爵手下那个壮大的拳师打败呢? 您的声誉是来得太快了。您不知道吗,少爷,有些人常会因为他们太好了反而害了自己? 您也正是这样;您的好处,好少爷,就是陷害您自身的圣洁的叛徒。唉,这算是一个什么世界,怀德的人会因为他们的德行而反遭毒手。

奥兰多　啊,怎么一回事?

亚当　唉,不幸的青年! 不要走进这扇门来;在这屋子里潜伏着您一切美德的敌人呢。您的哥哥——不,不是哥哥,然而却是您父亲的儿子——不,他也不能称为他的儿子——他听见了人家称赞您的话,预备在今夜放火烧去您所住的屋子;要是这计划不成功,他还会想出别的法子来除掉您。他的阴谋给我偷听到了。这儿不是安身之处,这屋子不过是一所屠场,您要回避,您要警戒,别走进去。

奥兰多　什么,亚当,你要我到哪儿去?

亚当　随您到哪儿去都好,只要不在这儿。

奥兰多　什么,你要我去做个要饭的吗? 还是在大路上**用下贱无耻的剑做一个强盗**①? 我只好走这种路,否则我就不知道怎么办;可是即使我有这种本事,我也不愿这样干;我宁愿忍受一个不念手足之情的凶狠的哥哥的恶意。

亚当　可是不要这样。我在您父亲手下侍候了这许多年,曾经辛辛苦苦把工钱省下了五百块;我把那笔钱存下,本来是预备等我没有气力做不动事的时候做养老之本,人一老不中用了,是会给人踢在角落里的。您拿了去吧;上帝给食物予乌鸦,他也不会忘记把麻雀喂饱,我这一把年纪,就悉听他的慈悲吧! 钱就在这儿,我把它全给了您了。让我做您的仆人。我虽然瞧上去这么老,可是我的气力还不错,因为我在年青时候从不曾灌下过一滴猛

————————

① 　朱译手稿:做一个吃喝无耻的强盗?

烈的酒，也不曾卤莽地贪欲伤身，所以我的老年譬如是个生气勃
勃的冬天，虽然结着严霜，却并不惨淡。让我跟着您去；我可以
像一个年青人一样，为您照料一切。

奥兰多　啊，好老人家！在你身上多么明白地表现出来古时那种忠
心的服务，不是为着报酬，只是为了尽职而流着血汗！你是太不
合时了；现在的人们努力工作，只是为着希望高升，等到目的一
达到，便耽于安逸；你却不是这样。但是，可怜的老人家，你虽然
这样辛辛苦苦地费尽培植的功夫，给你培植的却是一株不成材
的树木，开不出一朵花来酬答你的殷勤。可是赶路吧，我们要在
一块儿走；在我们没有把你年青时的积蓄花完之前，一定要找到
一处小小的安身的地方。

亚当　少爷，走吧，我愿意忠心地跟着您，直至喘尽最后一口气。从
十七岁起我到这儿来，到现在快八十了，却要离开我的老地方。
许多人们在十七岁的时候都去追求幸运，但八十岁的人是不济
的了；可是我只要能够有个好死，对得住我的主人，那么命运对
我也不算无恩。（同下。）

第四场　亚登森林

〔罗瑟琳男装，西莉娅作牧羊女装束及试金石上。

罗瑟琳　天哪！我的精神多么疲乏啊。

试金石　我可不管我的精神，假如我的两腿不疲乏。

罗瑟琳　我简直想丢了我这身男装的脸，而像一个女人一样哭起来；
可是我必须安慰安慰这位小娘子，穿褐衫短裤的，总该向穿裙子
的显出一点勇气来才是。好，提起精神来吧，好爱莲娜。

西莉娅　请你担待担待我吧；我再也走不动了。

试金石　对我来说，倒宁可担待你而不要用肩扛你；倘若扛了你，我

　　就无须去扛十字架；①**因为我估量你的钱包里已经没有钱了。**

罗瑟琳　好，这儿就是亚登森林了。

试金石　噢，现在我到了亚登了。我真是个大傻瓜！在家里舒服得
　　　　多哩；可是旅行人只好知足一点。

罗瑟琳　对了，好试金石。你们瞧，谁来了；一个年青人和一个老头
　　　　子在一本正经地讲话。

　　　　　〔柯林及西尔维斯上。

柯林　你那样不过叫她永远把你笑骂而已。

西尔维斯　啊，柯林，你要是知道我是多么爱她！

柯林　我有点猜得出来，因为我也曾经恋爱过呢。

西尔维斯　不，柯林，你现在老了，也就不能猜想了；虽然在你年青的
　　　　时候，你也像那些半夜三更在枕上翻来覆去的情人们一样真心。
　　　　可是假如你的爱也是跟我差不多的——我想一定没有人会像我
　　　　那样爱法——那么你为了你的痴心梦想，一定做出过了多少可
　　　　笑的事情来呢！

柯林　我做过一千种的傻事，现在都已忘记了。

西尔维斯　噢！那么你就是不曾诚心爱过。假如你记不得你为了爱
　　　　情而作出来的一件最琐细的傻事，你就不算真的恋爱过。假如
　　　　你不曾像我现在这样坐着絮絮讲你的姑娘的好处，使听的人不
　　　　耐烦，你就不算真的恋爱过。假如你不曾突然离开你的同伴，像
　　　　我的热情现在驱使着我一样，你也不算真的恋爱过。啊，菲苾！
　　　　菲苾！菲苾！（下。）

罗瑟琳　唉，可怜的牧人！我在诊探你的痛处的时候，却不幸地找到
　　　　我自己的创伤了。

试金石　我也是这样。我记得我在恋爱的时候，曾经把一柄剑在石

---

　　　① 　原文 bear 和 cross 均为双关语：bear 可作"扛、背"解，亦可作"担待"（与
with 连用）解；cross 则有"十字架"和"钱币"两层意思。

头上摔断,叫那趁夜里来和简·斯美尔幽会的家伙留心着我;我记得我曾经吻过她的洗衣棒,也吻过她那只皱裂的玉手挤过的母牛乳头;我记得我曾经把一颗豌豆荚权当作她而向她求婚,我剥出了两颗豆子,又把它们放进去,边流泪边说,"为了我的缘故,请您留着作个纪念吧。"我们这种多情种子都会做出一些古怪事儿来;但是我们既然都是凡人,一着了情魔是免不得要大发其痴劲的。

罗瑟琳　你的话聪明得出于你自己意料之外。

试金石　噢,我总不知道自己的聪明,除非有一天我给它绊跌断了我的腿骨。

罗瑟琳　天神,天神! 这个牧人的痴心,
　　　　很有几分像我自己的情形。

试金石　也有点像我的情形;可是在我似乎有点儿陈腐了。

西莉娅　请你们随便哪一位去问问那边的人,肯不肯让我们用金子向他买一点吃的东西;我简直要乏力死了。

试金石　喂,你这蠢货!

罗瑟琳　别响,傻子;他并不是你的一家人。

柯林　谁叫?

试金石　比你好一点的人,朋友。

柯林　要是他们不比我好一点,那可寒惨得太不成话啦。

罗瑟琳　对你说,别响。——您晚安,朋友。

柯林　晚安,好先生;各位晚安。

罗瑟琳　牧人,假如人情或是金银可以在这种荒野里换到一点款待的话,请你带我们到一处可以休息一下吃些东西的地方去好不好? 这一位小姑娘赶路疲乏,快要晕过去了。

柯林　好先生,我可怜她,不是为我自己打算,只是为了她的缘故,我但愿我有能力帮助她;可是我只是给别人看羊的,羊儿虽然归我饲养,羊毛却不归我剪。我的东家很小气,从不会修修福做点儿好事；而且他的草屋，他的羊群，他的牧场，现在都要出卖了。现在我们的牧舍里因为他不在家，没有一点可以给你们吃的东西；但是别管它有些什么，请你们来瞧瞧看，我对你们是极其欢迎的。

罗瑟琳　他的羊群和牧场预备卖给谁呢？

柯林　就是刚才你们看见的那个年青汉子，他是从来不想要买什么东西的。

罗瑟琳　要是没有什么不对的地方，我请你把那草屋牧场和羊群都买下了，我们给你出钱。

西莉娅　我们还要加你的工钱。我欢喜这地方，很愿意在这儿消度我的时光。

柯林　这注家私一定可以成交。跟我来；要是你们打听过后，对于这块地皮，这种收益，和这样的生活觉得中意的话，我愿意做你们十分忠心的仆人，马上用你们的钱去把它买来。（同下。）

第五场　林中的另一部分

〔阿米恩斯、杰奎斯及余人等上。

阿米恩斯　（唱）绿树高张翠幕，

　　　　　谁来偕我偃卧，

　　　　　翻将欢乐心声，

　　　　　学唱枝头鸟鸣：

　　　　　盍来此？盍来此？盍来此？

　　　　　目之所接，

　　　　　精神契一，

　　　　　唯忧雨雪之将至。

杰奎斯　再来一个，再来一个，请你再唱下去。

阿米恩斯　那会叫您发起愁来的，杰奎斯先生。

杰奎斯　再好没有。请你再唱下去！我可以从一曲歌中抽出愁绪

　　来,就像黄鼠狼吮啜鸡蛋一样。请你再唱下去吧!

阿米恩斯　我的喉咙很粗,我知道一定不能讨您的欢喜。

杰奎斯　我不要你讨我的欢喜;我只要你唱。来,再唱一阕;你是不
　　是把它们叫作一阕一阕的?

阿米恩斯　随您高兴怎样叫吧,杰奎斯先生。

杰奎斯　不,我倒不去管它们叫什么名字;它们又不借我的钱。你唱
　　起来吧!

阿米恩斯　既蒙敦促,我就勉为其难了。

杰奎斯　那么好,要是我会感谢什么人的话,我一定会感谢你;可是
　　人家所说的恭维就像是两只狗猿碰了头,倘使有人诚心感谢我,
　　我就觉得好像我给了他一个铜子,所以他像一个叫化子似的向
　　我道谢。来,唱起来吧;你们不唱的都不要作声。

阿米恩斯　好,我就唱完这支歌。列位,铺起食桌来吧;公爵就要到
　　这株树下来喝酒了。(对杰奎斯)他已经找了您整整的一天。

杰奎斯　我已经躲避了他整整的一天。他太喜欢辩论了,我不高兴
　　跟他在一起;我想到的事情像他一样多,可是谢谢天,我却不像
　　他那样会说嘴。来,唱吧。

阿米恩斯　(唱,众和)

　　　　　孰能敝屣尊荣,
　　　　　来沐丽日光风,
　　　　　觅食自求果腹,
　　　　　一饱欣然意足:
　　　　　盍来此? 盍来此? 盍来此?
　　　　　目之所接,
　　　　　精神契一,
　　　　　唯忧雨雪之将至。

杰奎斯　昨天我曾经按着这调子作了一节,倒要献丑献丑。

阿米恩斯　我可以把它唱起来。

杰奎斯　是这样的：

> 倘有痴愚之徒，
>
> 忽然变成蠢驴，
>
> 趁着心性癫狂，
>
> 撇却财富安康，
>
> 特达米，特达米，特达米，
>
> 何为来此？
>
> 举目一视，
>
> 唯见傻瓜之遍地。

阿米恩斯　"特达米"是什么意思？

杰奎斯　这是希腊文里召唤傻子们排起圆圈来的一种咒语。——假如睡得成觉的话，我要睡觉去；假如睡不成，我就要把埃及地方一切头胎生的痛骂一顿。①

阿米恩斯　我可要找公爵去；他的点心已经预备好了。（各下。）

第六场　林中的另一部分

〔奥兰多及亚当上。

亚当　好少爷，我再也走不动了；唉，我要饿死了。让我在这儿躺下挺尸吧。再会了，好心的少爷！

奥兰多　啊，怎么啦，亚当！你再没有勇气了吗？再活一些时候；提起一点精神来，高兴点儿。要是这座古怪的林中有什么野东西，那么我倘不是给它吃了，一定会把它杀了来给你吃的。你并不是真就要死了，不过是在胡思乱想而已。为了我的缘故，提起精神来吧，把死神拖一拖住，我去一去就回来看你；要是我找不到什么可以给你吃的东西，我一定答应你死去；可是假如你在我没

---

① 《旧约·出埃及记》载上帝降罚埃及，凡埃及一切头胎生的皆遭瘟死；此处杰奎斯暗讽老公爵。

有回来之前便死去，那你就是看不起我的辛苦了。**谢天谢地！你瞧上去高兴起来了。**①　我立刻就来。可是你躺在寒风里呢；来，我把你背到有遮荫的地方去。只要这块荒地里有活东西，你一定不会因为没有饭吃而饿死。高兴起来吧，好亚当。（同下。）

第七场　林中的另一部分

　　〔食桌铺就。老公爵、阿米恩斯及亡命诸臣上。

公爵　　我想他一定已经变成一头畜生了，因为我到处找不到他的人影儿。

臣甲　　殿下，他刚刚走开去；方才他还在这儿很高兴地听人家唱歌儿。

公爵　　要是浑身都是不和谐的他，居然也会变得爱好起音乐来，那么天体上不久就要大起骚闹了。去找他来，对他说我要跟他谈谈。

臣甲　　他自己来了，省了我一番跋涉。

　　　　〔杰奎斯上。

公爵　　啊，怎么啦，先生！这算什么，您的可怜的朋友们一定要千求万唤才把您请得来吗？啊，您的神气很高兴哩！

杰奎斯　一个傻子，一个傻子！我在林中遇见一个傻子，一个身穿彩衣的傻子；唉，苦恼的世界！我遇见了一个傻子，正如我是靠着食物而活命的；他躺着晒太阳，用头头是道的话辱骂着命运女神，然而他仍然不过是个穿彩衣的傻子。"早安，傻子。"我说。"不，先生，"他说，"等到老天保佑我发了财，您再叫我傻子吧。"②于是他从袋里掏出一只表来，用没有光彩的眼睛瞧着它，很聪明地说："现在是十点钟了；我们可以从这里看出世界是怎样在变迁着：一小时之前还不过是九点钟，而再过一个小时便是

---

①　朱译手稿：说得好！你瞧上去很高兴。
②　俗语有"愚人多福"，故云。

十一点钟了;照这样一小时一小时过去,我们越长越老,越老越不中用,这上面就大可发感慨了。"我听见这个穿彩衣的傻子对着时间发挥了这么一段玄理,我的胸头要像公鸡一样叫起来了,奇怪着傻子居然会有这样深刻的思想;我笑了个不停,在他的表上整整笑去了一个小时。啊,高贵的傻子! 可敬的傻子! 彩衣是最好的装束。

公爵　这是个怎么样的傻子?

杰奎斯　啊,可敬的傻子! 他曾经出入宫廷;他说凡是年青貌美的小姐们,都是有自知之明的。他的头脑就像航海回来剩下的饼干那样干燥,其中的每个角落里却塞满了人生经验,他都用凌乱的话儿随口说了出来。啊,我但愿我也是个傻子! 我想要穿一件花花的外套。

公爵　你可以有一件。

杰奎斯　这是我唯一要求的一身服装;只要您愿意把一切以为我是个聪明人这种观念除掉,别让它蒙蔽了您的明鉴;同时要准许我有像风那样广大的自由,高兴吹着谁便吹着谁,傻子们是有这种权利的;最被我的傻话所挖苦的,最应该笑。殿下,为什么他们必须这样呢? 这理由正和到教区礼拜堂去的路一样明白:被一个傻子用俏皮话语讥刺了的,即使刺痛了,假如不装出一副若无其事的态度来,那么就显出聪明人的傻气,可以被傻子不经意一箭就刺穿,未免太傻了。给我穿一件彩衣,准许我说我心里的话;我一定会痛痛快快地把这染病的世界的丑恶的身体清洗个干净,假如他们肯耐心接受我的药方。

公爵　算了吧! **大言大惭**! 我知道你会做出些什么来。

杰奎斯　我可以赌一根筹码,我做的事会不好吗?

公爵　最坏不过的罪恶,就是指斥他人的罪恶:因为你自己也曾经是一个放纵你的兽欲的浪子;你要把你那身为了你的胡闹而长起来的臃肿的脓疮、溃烂的恶病,向全世界播散。

杰奎斯　什么,呼斥人间的骄傲,难道便是对于个人的攻击吗? 人们的骄傲不是像海潮一样浩瀚地流着,直到它力竭而消退? 假如我说城里的那些小户人家的妇女穿扮得像王公大人的女眷一样,我指明是哪一个女人吗? 谁能挺身出来说我说的是她,假如她的邻居也是和她一个样子? 一个操着最微贱行业的人,假如心想我讥讽了他,说他的好衣服不是我出的钱,那不是恰恰把他的愚蠢合上了我的说话吗? 照此看来,又有什么关系呢? 给我看我的说话伤害了他什么地方? 要是说的对,那是他自取其咎;假如他问心无愧,那么我的责骂就像是一头野鸭飞过,不干谁的事。——可是谁来了?

　　　　〔奥兰多拔剑上。

奥兰多　停住,不准吃!

杰奎斯　嘿,我还不曾吃过呢。

奥兰多　而且也不会再给你吃,除非让饿肚子的人先吃过了。

杰奎斯　这头公鸡是哪儿来的?

公爵　朋友,你是因为落难而变得这样强横吗? 还是因为生来就是瞧不起礼貌的粗汉子,一点儿不懂得规矩?

奥兰多　你第一下就猜中我了,困苦逼迫着我,使我不得不把温文的礼貌抛开一旁;可是我却是在都市生长,受过一点儿教养的。但是我吩咐你们停住;在我的事情没有办完之前,谁碰一碰这些果子的,就得死。

杰奎斯　你要是无理可喻,那么我准得死。

公爵　你要什么? 假如你不用暴力,客客气气地向我们说,我们一定会更客客气气地对待你。

奥兰多　我快饿死了;给我吃。

公爵　请坐请坐,随意吃吧。

奥兰多　你说得这样客气吗? 请你原谅我,我以为这儿的一切都是野蛮的,因此才装出这副暴横的威胁的神气来。可是不论你们是些什么人,在这儿人踪不到的荒野里,躺在凄凉的树荫下,不理会时间的消逝;假如你们曾经见过较好的日子,假如你们曾经到过鸣钟召集礼拜的地方,假如你们曾经参加过上流人的宴会,假如你们曾经揩过你们眼皮上的泪水,懂得怜悯和被怜悯的,那么让我的温文的态度格外感动你们:我抱着这样的希望,惭愧地藏好我的剑。

公爵　我们确曾见过好日子,曾经被神圣的钟声召集到教堂里去,参加过上流人的宴会,从我们的眼上揩去过被神圣的怜悯所感动而流下的眼泪;所以你不妨和和气气地坐下来,凡是我们可以帮忙满足你需要的地方,一定愿意效劳。

奥兰多　那么请你们暂时不要把东西吃掉,我就去像一只母鹿一样找寻我的小鹿,把食物喂给他吃。有一位可怜的老人家,全然出于好心,跟着我一瘸一拐地走了许多疲乏的路,两星期的劳瘁,他的高龄和饥饿累倒了他,除非等他吃饱了之后,我决不接触一口食物。

公爵　快去找他,我们绝对不把东西吃去,等着你回来。

奥兰多　谢谢;愿您好心有好报!(下。)

公爵　你们可以看见不幸的不只是我们;这个广大的宇宙的舞台上,还有比我们所扮演的更悲惨的场面呢。

杰奎斯　全世界是一个舞台,所有的男男女女不过是一些演员;他们都有下场的时候,也都有上场的时候。一个人的一生中扮演着好几个角色,他的表演可以分为七个时期。最初是个婴孩,在保姆的怀中啼哭呕吐。然后是背着书包,满脸红光的学童,像蜗牛一样慢吞吞地拖着脚步,不情不愿地呜咽着上学堂。然后是情人,像炉灶一样叹着气,写了一首悲哀的歌篇咏着他恋人的眉毛。然后是一个军人,满口发着古怪的誓,胡须长得像豹子一样,爱惜着名誉,动不动就要打架儿,在炮口上寻求着泡沫一样的荣名。然后是法官,胖胖圆圆的肚子塞满了阉鸡,凛然的眼光,整洁的胡须,满嘴都是些格言和老生常谈;他也扮了他的一个角色。第六个时期变成了精瘦的趿着拖鞋的龙钟老叟,鼻子上架着眼镜,腰边悬着钱袋;他那小小心心省下来的年青时候的长袜子套在他皱瘪的小腿上宽大异常;他那朗朗的男子的口音又变成了孩子似的尖声,像是吹着风笛和哨子。终结着这段古怪的多事的历史的最后一场,是孩提时代的再现,全然的遗忘,没有牙齿,没有眼睛,没有口味,没有一切。

　　　　〔奥兰多背亚当重上。

公　爵　欢迎! 放下你背上那位可敬的老人家,让他吃东西吧。

奥兰多　我代他向您竭诚道谢。

亚　当　(对奥兰多)您真该代我道谢;(对老公爵)我简直不能为自己向您开口道谢呢。

公　爵　欢迎,请用吧;我还不会马上就来打扰你问你的遭遇。给我们奏些音乐;贤卿,你唱吧。

阿米恩斯　(唱)不惧冬风凛冽,

　　　　　　风威远难遽及

　　　　　　　人世之寡情;

　　　　　　其为气也虽厉,

　　　　　　其牙尚非甚锐,

　　　　　　　风体本无形。

　　　　　　噫嘻乎! 且向冬青歌一曲:

　　　　　　友交皆虚妄,恩爱痴人逐。

　　　　　　噫嘻乎冬青!

　　　　　　可乐唯此生。

　　　　　　不愁冱天冰雪,

　　　　　　其寒尚难遽及

　　　　　　　受施而忘恩;

　　　　　风皱满池碧水，

　　　　　利剌尚难遽比

　　　　　　捐旧之友人。

　　　　　噫嘻乎！且向冬青歌一曲：

　　　　　友交皆虚妄，恩爱痴人逐。

　　　　　噫嘻乎冬青！

　　　　　可乐唯此生。

公爵　　照你刚才悄声儿老老实实告诉我的，你说你是好罗兰爵士的儿子，我看你的相貌也真的十分像他；如果不是假的，那么我真心欢迎你到这儿来。我便是敬爱你父亲的那个公爵。关于你其他的遭遇，到我的洞里来告诉我吧。好老人家，我们欢迎你像欢迎你的主人一样。搀扶着他。把你的手给我，让我明白你们一切的经过。（众下。）

第　三　幕

第一场　宫中一室

〔弗莱德里克公爵、奥列佛、群臣及侍从等上。

弗莱德里克　　以后没有见过他！哼，哼，不见得吧。倘不是因为仁慈在我的心里占了上风，有着你在眼前，我尽可以不必找一个不在的人出气的。可是你留心着吧，不论你的兄弟在什么地方，都得去给我找来；亮起灯笼去寻访吧，在一年之内，要把他不论死活捉到，否则你不用再在我们的领土里过活了。你的土地和一切你自命为属于你的东西，值得没收的我们都要没收，除非等你能够凭着你兄弟的招供洗刷去我们对你的怀疑。

奥列佛　求殿下明鉴！我从来就不曾喜欢过我的兄弟。

弗莱德里克　这可见你更是个坏人了。好，把他赶出去；吩咐该管官
　　吏把他的房屋土地没收。赶快把这事办好，叫他滚蛋。（众下。）

第二场　亚登森林

〔奥兰多携纸上。

奥兰多　　　悬在这里吧，我的诗，证明我的爱情；
　　　　　　你三重王冠的夜间的女王①，请临视，
　　　　　　从苍白的昊天，用你那贞洁的眼睛，
　　　　　　那支配我生命的，你那猎伴②的名字。
　　　　　　啊，罗瑟琳！这些树木将是我的书册，
　　　　　　我要在一片片树皮上镂刻下相思，
　　　　　　好让每一个来到此间的林中游客，
　　　　　　任何处见得到颂赞她美德的言辞。
　　　　　　走，走，奥兰多，去在每株树上刻着伊，
　　　　　　那美好的、幽娴的、无可比拟的人儿。（下。）

〔柯林及试金石上。

柯林　您欢喜不欢喜这种牧人的生活，试金石先生？

试金石　说老实话，牧人，按着这种生活的本身说起来，倒是一种很
　　好的生活；可是按着这是一种牧人的生活说起来，那就毫不足取
　　了。照它的清静而论，我很欢喜这种生活；可是照它的寂寞而
　　论，实在是一种很坏的生活。看到这种生活是在田间，很使我满
　　意；可是看到它不是在宫廷里，那简直很无聊。你瞧，这是一种
　　很经济的生活，因此倒怪合我的脾气；可是它未免太寒伧了，因

---

　　①　三重王冠的女王指狄安娜女神，因为她在天上为路娜（Luna），在地上
为狄安娜，在幽冥为普洛塞庇娜（Proserpma）

　　②　狄安娜又为司狩猎的女神，又为处女的保护神，故奥兰多以罗瑟琳为她
的猎伴。

此我的肚子却受不了①。你懂不懂得一点哲学，牧人？

柯林　我只知道这一点儿：一个人越是害病，他越是不舒服；钱财、资本和知足，是人们缺少不来的三位好朋友；雨湿淋衣，火旺烧柴；好牧场产肥羊，天黑是因为没有了太阳；生来愚笨怪祖父，学而不慧师之惰。

试金石　这样一个人是天生的哲学家了。有没有到过宫廷里，牧人？

柯林　没有，不瞒您说。

试金石　那么你这人就该死了。

柯林　我希望不至于吧？

试金石　真的，你这人该死，就像一个煎得不好，一面焦的鸡蛋。

柯林　因为没有到过宫廷里吗？请问您的理由。

试金石　喏，要是你从来没有到过宫廷里，你就不曾见过好礼貌；要是你从来没有见过好礼貌，你的举止一定很坏；坏人就是有罪的人，有罪的人就该死。你的情形很危险呢，牧人。

柯林　一点不，试金石。在宫廷里算作好礼貌的，在乡野里就会变成可笑，正像乡下人的行为一到了宫廷里就显得寒伧一样。您对我说过你们在宫廷里并不打恭作揖，却是要吻手；要是宫廷里的老爷们都是牧人，那么这种礼貌就要嫌太龌龊了。

试金石　有什么证据？简单地说；来，说出理由来。

柯林　喏，我们的手常常要去碰着母羊；它们的毛，您知道，是很油腻的。

试金石　嘿，廷臣们的手上不也要出汗的吗？羊身上的脂肪比起人身上的汗腻来，不是一样干净的吗？浅薄！浅薄！说出一个好一点的理由来，说吧。

柯林　而且，我们的手很粗糙。

试金石　那么你们的嘴唇格外容易感到它们。还是浅薄！再说一个

---

①　朱译手稿：我过不来。

充分一点的理由,说吧。

柯林　我们的手在给羊们包扎伤处的时候总是涂满了焦油;您要我们跟焦油接吻吗?宫廷里的老爷们手上都是涂着麝香的。

试金石　浅薄不堪的家伙!把你跟一块好肉比起来,你简直是一块生着蛆虫的臭肉!用心听聪明人的教训吧:麝香是一只猫身上流出来的龌龊东西,它的来源比焦油脏得多呢。把你的理由修正修正吧,牧人。

柯林　您太会讲话了,我说不过您;我不说了。

试金石　你就甘心该死吗?上帝保佑你,浅薄的人!上帝把你好好针砭一下!你太不懂世事了。

柯林　先生,我是一个道地的做活人,我用自己的力量换饭吃换衣服穿;不跟别人结怨,也不妒羡别人的福气;瞧着人家得意我也高兴,自己倒了霉就自宽自解;我的最大的骄傲就是瞧我的母羊吃草,我的羔羊啜奶。

试金石　这又是你的一桩因为傻气而造下的孽:你把母羊和公羊拉拢在一起,靠着它们的配对来维持你的生活;给挂铃的羊当龟奴,替一头歪脖子的老忘八公羊把才一岁的雌儿骗诱失身,也不想到合配不合配。要是你不会因此而下地狱,那么魔鬼也没有人给他牧羊了。我想不出你有什么豁免的希望。

柯林　伽倪墨得大官人来了,他是我的新主妇的哥哥。

　　　　〔罗瑟琳读一字纸上。

罗瑟琳　　　　从东印度到西印度找遍奇珍,
　　　　　　　没有一颗珠玉比得上罗瑟琳。
　　　　　　　她的名声随着好风播满诸城,
　　　　　　　整个世界都在仰慕着罗瑟琳。
　　　　　　　画工描摹下一幅幅倩影真真,
　　　　　　　都要黯然无色一见了罗瑟琳。
　　　　　　　任何的脸貌都不用铭记在心,

　　　　　　　　单单牢记住了美丽的罗瑟琳。

试金石　　我可以给您这样凑韵下去凑它整整的八年,吃饭和睡觉的
　　　时间除外。这韵好像是一连串上市去买奶油的好大娘。

罗瑟琳　　闭嘴,傻子!

试金石　　试一下看吧:

　　　　　　　　要是公鹿找不到母鹿很伤心,

　　　　　　　　不妨叫他前去寻找那罗瑟琳。

　　　　　　　　倘说是没有一只猫儿不叫春,

　　　　　　　　心同此情有谁能责怪罗瑟琳?

　　　　　　　　冬天的衣裳棉花应该衬得温,

　　　　　　　　免得冻坏了娇怯怯的罗瑟琳。

　　　　　　　　割下的田禾必须捆得端端整,

　　　　　　　　一车的禾捆上装着个罗瑟琳。

　　　　　　　　最甜蜜的果子皮儿酸痛了唇,

　　　　　　　　这种果子的名字便是罗瑟琳。

　　　　　　　　有谁看见了玫瑰花开香喷喷,

　　　　　　　　留心着爱情的棘刺和罗瑟琳。

　　　这简直是胡扯的歪诗;您怎么也会给这种东西沾上了呢?

罗瑟琳　　别多嘴,你这蠢傻瓜!我在一株树上找到它们的。

试金石　　真的,这株树生的果子太坏。

**罗瑟琳　　我要将这树与你①相嫁接,将它嫁接到山楂上。那时它就
　　　是田野里最早成熟的果子了;因为你没等半熟就会腐烂,这也正
　　　是山楂果的好处。**

试金石　　你的话已经说了;但是对是错,还得让林中人来判断吧。

　　　　〔西莉娅读一字纸上。

罗瑟琳　　静些!我的妹妹读着些什么来了;站旁边去。

――――――――――

　　①　原文 you(你)与 yew(紫杉)发音相同。

西莉娅　　　　为什么这里是一片荒碛？

　　　　　　　　因为没有人居住吗？不然，
　　　　　　　我要叫每株树长起喉舌，
　　　　　　　　吐露出温文典雅的语言：
　　　　　　　或者慨叹着生命一何短，
　　　　　　　　匆匆跑完了游子的行程，
　　　　　　　只须把手掌轻轻翻个转，
　　　　　　　　便早已终结人们的一生；
　　　　　　　或是感怀着旧盟今已冷，
　　　　　　　　同心的契友忘却了故交；
　　　　　　　但我要把最好树枝选定，
　　　　　　　　缀附在每行诗句的终梢，
　　　　　　　"罗瑟琳"三个字小名美妙，
　　　　　　　　向普世的读者遍告咸知。
　　　　　　　莫看她苗条的一身娇小，
　　　　　　　　宇宙间的精华尽萃于兹；
　　　　　　　造物当时曾向自然昭示，
　　　　　　　　吩咐把所有的绝世姿才
　　　　　　　向纤纤一躯中合炉熔制，
　　　　　　　　累天工费去不少的安排：
　　　　　　　负心的海伦①醉人的脸蛋，
　　　　　　　　克莉奥帕特拉②的威仪丰容，
　　　　　　　阿塔兰塔③的柳腰儿款摆，

---

　　①　海伦：即 Helen of Troy，因不贞于其夫墨涅拉俄斯（Menelaus），故云"负心"。

　　②　克莉奥帕特拉（Cleopatra）：埃及女王，参看莎士比亚悲剧《安东尼与克莉奥帕特拉》。

　　③　阿塔兰塔（Atalanta）：希腊传说中善疾走的美女。

鲁克丽西娅①的节操贞松：

劳动起玉殿上诸天仙众，

造成这十全十美罗瑟琳；

荟萃了各式的妍媚万种，

选出一副俊脸目秀精神。

上天给她这般恩赐优渥，

我命该终身做她的臣仆。

罗瑟琳　啊，最温柔的宣教师！您的恋爱的说教是多么啰嗦得叫您的教民听了厌烦，可是您却也不喊一声："请耐心一点，好人们。"

西莉娅　啊！朋友们，退后去！牧人，稍为走开一点；（对试金石）跟他去，小子。

试金石　来，牧人，让我们堂堂退却：大小箱笼都不带，只带一个头陀袋。（柯林、试金石下。）

西莉娅　你有没有听见这种诗句？

罗瑟琳　啊，是的，我都听见了，**而且比这还多呢。但其中一部分音步太多，诗篇里都容不下了。**

西莉娅　那没关系；有腿②就可以把诗带了走。

罗瑟琳　但那腿是瘸的，没有诗它们无处藏身，因此只得歪歪斜斜地站在诗篇里。

西莉娅　但是你听见你的名字被人家悬挂起来，还刻在这种树上，不觉得奇怪吗？

罗瑟琳　人家说一件奇事过了九天便不足为奇；在你没有来之前，我已经过了第七天了。瞧，这是我在一株棕榈树上找到的。自从毕达哥拉斯③的时候以来，我从不曾被人这样用诗句咒过，那时

---

①　鲁克丽西娅(Lucretia)：莎士比亚叙事诗《鲁克丽丝受辱记》(*The Rape of Lucrece*)中的主角。

②　原文 foot，双关语：音步；腿、脚。

③　毕达哥拉斯：古希腊哲学家，认为人死后其灵魂会进入另一生物体内。

我是一只爱尔兰的老鼠①,现在简直记也记不起来了。

西莉娅　你想这是谁干的?

罗瑟琳　是个男人吗?

西莉娅　而且有一根链条,是你从前带过的,套在他的颈上。你红起脸孔来了吗?

罗瑟琳　请你告诉我是谁?

西莉娅　主啊!主啊!朋友们见面真不容易;可是两座高山也许会给地震搬了场而碰起头来。

罗瑟琳　哎,但是究竟是谁呀?

西莉娅　真的猜不出来吗?

罗瑟琳　哎,我使劲儿央求你告诉我他是谁。

西莉娅　奇怪啊!奇怪啊!奇怪到无可再奇怪的奇怪!奇怪而又奇怪!说不出来的奇怪!

罗瑟琳　我要脸红起来了!你以为我打扮得像个男人,就会在精神上也穿起男装来了吗?你再耽延一刻下去不肯说出来,就要累我在汪洋大海里作茫茫的探索了。请你快快告诉我他是谁,不要吞吞吐吐。我倒希望你是个口吃的,那么你也许会把这个保守着秘密的名字不期然而然地打你嘴里吐了出来,就像酒从狭口的瓶里倒出来一样,不是一点都倒不出,就是一下子出来了许多。求求你拔出你嘴里的塞子,让我饮着你的消息吧。

西莉娅　那么你要把那人儿一口气吞下肚子里去,是不是?

罗瑟琳　他是上帝造下来的吗?是个什么样子的人?他的头戴上一顶帽子显不显得寒伧?他的下巴留着一把胡须像不像个样儿?

西莉娅　不,他只有一点点儿胡须。

罗瑟琳　哦,要是这家伙知道好歹,上帝会再给他一些的。要是你立刻就告诉我他的下巴是怎么一个样子,我愿意等候他长起须来。

---

①　念咒驱除老鼠为爱尔兰人一种迷信习俗。

西莉娅　　他就是年青的奥兰多,一下子把那拳师的脚跟和你的心一
　　　　　起绊跌了个筋斗的。

罗瑟琳　　哎,取笑人的让魔鬼抓了去;像一个老老实实的好姑娘似
　　　　　的,规规矩矩说吧。

西莉娅　　真的,姊姊,是他。

罗瑟琳　　奥兰多?

西莉娅　　奥兰多。

罗瑟琳　　哎哟! 我这一身大衫短裤该怎么办呢? 你看见他的时候他
　　　　　在做些什么? 他说些什么? 他瞧上去怎样? 他穿着些什么? 他
　　　　　为什么到这儿来? 他问起我吗? 他住在哪儿? 他怎样跟你分别
　　　　　的? 你什么时候再去看他? 用一个字回答我。

西莉娅　　你一定先要给我向卡冈都亚①借一张嘴来才行;像我们这
　　　　　时代的人,一张嘴里是装不下这么大的一个字。要是一句句
　　　　　都用"是"和"不"回答起来,也比考问教理还麻烦呢。

罗瑟琳　　可是他知道我在这林子里,打扮做男人的样子吗? 他是不
　　　　　是跟摔跤的那天一样有精神?

西莉娅　　回答情人的问题,就像数微尘的粒数一般为难。你好好听
　　　　　我讲我怎样找到他的情形,静静儿体味着吧。我看见他在一株
　　　　　树底下,像一颗落下来的橡果。

罗瑟琳　　树上会落下这样的果子来,那真可以说是神树了。

西莉娅　　好小姐,听我说。

罗瑟琳　　讲下去。

西莉娅　　他直挺挺地躺在那儿,像一个受伤的武士。

罗瑟琳　　虽然这种样子有点可怜相,可是地上躺着这样一个人,倒也
　　　　　是很合适的。

---

　　　① 卡冈都亚(Gargantua):法国文学家拉伯雷(Rabelais)著作中的巨人,能
一口吞下5个香客。

西莉娅　喊你的舌头停步吧；它简直随处乱跳。——他穿着得像个
　　　猎人。

罗瑟琳　哎哟，糟了！他要来猎取我的心①了。

西莉娅　我唱歌的时候不要别人和着唱；你缠得我弄错了拍子。

罗瑟琳　你不知道我是个女人吗？我心里想到什么，便要说出口来。
　　　好人儿，说下去吧。

西莉娅　你已经打断了我的话头。且慢！他不是来了吗？

罗瑟琳　是他，我们躲在一旁瞧着他吧。

　　　〔奥兰多及杰奎斯上。

杰奎斯　多谢相陪；可是说老实话，我倒是喜欢一个人清静些。

奥兰多　我也是这样；可是为了礼貌的关系，我多谢您的作伴。

杰奎斯　上帝和您同在！让我们越少见面越好。

奥兰多　我希望我们还是不要相识的好。

杰奎斯　请您别再在树皮上写情诗糟蹋树木了。

奥兰多　请您别再用难听的声调念我的诗，把它们糟蹋了。

杰奎斯　您的情人的名字是罗瑟琳吗？

奥兰多　正是。

杰奎斯　我不喜欢她的名字。

奥兰多　她取名的时候，并没有打算要您喜欢。

杰奎斯　她的身材怎样？

奥兰多　恰恰够得到我的心头那样高。

杰奎斯　您怪会说俏皮的回答。您是不是跟金匠们的妻子有点儿交
　　　情，因此把戒指上的警句都默记下来了？

奥兰多　不，我都是用油漆的挂帷上的话儿来回答您；您的问题也是
　　　从那儿学得来的。

杰奎斯　您的口才很敏捷，我想是用阿塔兰塔的脚跟做成的。我们

---

① 英语中"心"（heart）与"红鹿"（hart）发音相同。

　　一块儿坐下来好不好？我们两人要把世界痛骂一顿，大发一下
　　牢骚。

奥兰多　　我不愿责骂世上的有生之伦，除了我自己；因为我知道自己
　　的错处最明白。

杰奎斯　　您的最坏的错处就是要恋爱。

奥兰多　　我不愿把这个错处来换取您的最好的美德。您真叫我
　　厌烦。

杰奎斯　　说老实话，我遇见您的时候，本来是在找一个傻子。

奥兰多　　他掉在溪水里淹死了，您向水里一望，就可以瞧见他。

杰奎斯　　我只瞧见我自己的影子。

奥兰多　　那我以为倘不是个傻子，定然是个废物。

杰奎斯　　我不要再跟您在一起了。再见，多情的公子。

奥兰多　　我巴不得您走。再会，忧愁的先生。（杰奎斯下。）

罗瑟琳　　我要像一个无礼的小厮一样去向他说话，跟他捣乱捣
　　乱。——听见我的话吗，树林里的人？

奥兰多　　很好，你有什么话说？

罗瑟琳　　请问现在是几点钟？

奥兰多　　你应该问我现在是什么时辰；树林里哪来的钟？

罗瑟琳　　那么树林里也不会有真心的情人了；否则每分钟的叹气，每
　　点钟的呻吟，该会像时钟一样计算出时间的懒懒的脚步来的。

奥兰多　　为什么不说时间的快步呢？那样说不对吗？

罗瑟琳　　不对，先生。时间对于各种人有各种的步法。我可以告诉
　　你时间对于谁是走慢步的，对于谁是迈着细步走的，对于谁是奔
　　着走的，对于谁是立定不动的。

奥兰多　　请问他对于谁是迈着细步走的？

罗瑟琳　　呃，对于一个订了婚还没有成礼的姑娘，时间是迈着细步有
　　气无力地走着的，即使这中间只有一星期，也似乎有七年那样
　　难过。

奥兰多　对于谁时间是走着慢步的？

罗瑟琳　对于一个不懂拉丁文的牧师，或是一个不害痛风的富翁：一个因为不能读书而睡得很酣畅，一个因为没有痛苦而活得很高兴；一个可以不必辛辛苦苦地费尽钻研，一个不知道有贫穷的艰困。对于这种人，时间是走着慢步的。

奥兰多　对于谁它是走着快步的？

罗瑟琳　对于一个上绞架的贼子；因为虽然它尽力放慢脚步，他还是觉得到得太快了。

奥兰多　对于谁它是静止不动的？

罗瑟琳　对于在休假中的律师；因为他们在前后开庭的时期之间，完全昏睡过去，不觉到时间的移动。

奥兰多　可爱的少年，你住在哪儿？

罗瑟琳　跟这位牧羊姑娘，我的妹妹，住在这儿的树林边，**就像裙子上的花边一样**。

奥兰多　你是本地人吗？

罗瑟琳　跟那头你看见的兔子一样，它的住处就是它的生长的地方。

奥兰多　住在这种穷乡僻壤，你的谈吐却很高雅。

罗瑟琳　好多人都曾经这样说我；其实是因为我有一个修行的老伯父，他本来是在城市里生长的，是他教给我讲话；他曾经在宫廷里闹过恋爱，因此很懂得交际的门槛。我曾经听他发过许多反对恋爱的议论；多谢上帝我不是个女人，不会犯到他所归咎于一般女性的那许多心性轻浮的罪恶。

奥兰多　你记不记得他所说的女人的罪恶当中主要的几桩？

罗瑟琳　没有什么主要不主要的；跟两个铜子相比一样，全差不多；每一件过失似乎都十分严重，可是立刻又有一件出来可以赛过它。

奥兰多　请你说几件看。

罗瑟琳　不，我的药是只给病人吃的。这座树林里常常有一个人来往,在我们的嫩树皮上刻满了"罗瑟琳"的名字,把树木糟蹋得不成样子;山楂树上挂起了诗篇,荆棘枝上吊悬着哀歌,说来说去都是把罗瑟琳的名字捧作神明。要是我碰见了那个卖弄风情的家伙,我一定要好好给他一番教训,因为他似乎害着相思病。

奥兰多　我就是那个给爱情折磨的他。请你告诉我你有什么医治的方法。

罗瑟琳　我伯父所说的那种记号在你身上全找不出来,他曾经告诉我怎样可以看出来一个人是在恋爱着;我可以断定你一定不是那个草扎的笼中的囚人。

奥兰多　什么是他所说的那种记号呢?

罗瑟琳　一张瘦瘦的脸庞,你没有;一双眼圈发黑的凹陷的眼睛,你没有;一副懒得跟人家交谈的神气,你没有;一脸忘记了修剃的胡子,你没有;——可是那我可以原谅你,因为你的胡子本来就像小兄弟的产业一样少得可怜。而且你的袜子上应当是不套袜带的,你的帽子上应当是不结帽纽的,你的袖口的纽扣应当是脱开的,你的鞋子上的带子应当是松散的,你身上的每一处都要表示出一种不经心的疏懒。可是你却不是这样一个人,你把自己打扮得这么齐整,瞧你倒有点顾影自怜,全不像在爱着什么人。

奥兰多　美貌的少年,我希望我能使你相信我是在恋爱。

罗瑟琳　我相信!你还是叫你的爱人相信吧。我可以断定,她即使容易相信你,她嘴里也是不肯承认的;这也是女人们不老实的一点。可是说老实话,你真的便是把那恭维着罗瑟琳的诗句悬挂在树上的那家伙吗?

奥兰多　少年,我凭着罗瑟琳的玉手向你起誓,我就是他,那个不幸的他。

罗瑟琳　可是你真的像你诗上所说的那样热恋着吗?

奥兰多　什么也不能表达我的爱情的深切。

罗瑟琳　爱情不过是一种疯狂;我对你说,有了爱情的人,是应该像对待一个疯子一样，把他关在黑屋子里用鞭子抽一顿的。那么为什么他们不用这种处罚的方法来医治爱情呢？因为那种疯病是极其平常的，就是拿鞭子的人也在恋爱哩。可是我有医治它的法子。

奥兰多　你曾经医治过什么人吗？

罗瑟琳　是的，医治过一个；法子是这样的：他假想我是他的爱人，他的情妇，我叫他每天都来向我求爱；那时我是一个善变的少年，便一会儿伤心，一会儿温存，一会儿翻脸，一会儿思慕，一会儿欢喜；骄傲、古怪、刁钻、浅薄、轻浮，有时满眼的泪，有时满脸的笑；什么情感都来一点儿，但没有一种是真切的，就像大多数的孩子们和女人们一样；有时欢喜他，有时讨厌他，有时讨好他，有时冷淡他，有时为他哭泣，有时把他唾弃；我这样把我这位求爱者从疯狂的爱逼到真个疯狂起来，以至于抛弃人世，做起隐士来了。我用这种方法治好了他，我也可以用这种方法把你的心肝洗得干干净净，像一颗没有毛病的羊心一样，再没有一点爱情的痕迹。

奥兰多　我不**相信**①能治好，少年。

罗瑟琳　我可以把你治好，假如你把我叫作罗瑟琳，每天到我的草屋里来向我求爱。

奥兰多　凭着我的恋爱的真诚，我愿意。告诉我你住在什么地方。

罗瑟琳　跟我去，我可以指点给你看；一路上你也要告诉我你住在林中的什么地方。去吗？

奥兰多　很好，好孩子。

罗瑟琳　不，你一定要叫我罗瑟琳。来，妹妹，我们去吧。（同下。）

第三场　林中的另一部分

〔试金石及奥德蕾上；杰奎斯随后。

_____

①　朱译手稿：愿意。

试金石　快来,好奥德蕾;我去把你的山羊赶来。怎样,奥德蕾?我还不曾是你的好人儿吗?我这副粗鲁的神气你中意吗?

奥德蕾　您的神气!天老爷保佑我们!什么神气?

试金石　我陪着你和你的山羊在这里,就像那最会梦想的诗人奥维德在一群哥特人中间一样。①

杰奎斯　（旁白）唉,学问装在这么一副躯壳里,比乔武住在草棚里更坏!

试金石　要是一个人写的诗不能叫人懂,他的才情不能叫人理解,那比之小客栈里开出一张大账单来还要命。真的,我希望神们把你变得诗意一点。

奥德蕾　我不懂得什么叫作"诗意一点"。那是一句好话,一件好事情吗?那是诚实的吗?

试金石　老实说,不,因为最真实的诗是最虚妄的;情人们都富于诗意,他们在诗里发的誓,可以说都是情人们的假话。

奥德蕾　那么您愿意天爷爷们把我变得诗意一点吗?

试金石　是的,不错;因为你发誓说你是贞洁的,假如你是个诗人,我就可以希望你说的是假话了。

奥德蕾　你不愿意我贞洁吗?

试金石　对了,除非你生得难看;因为贞洁跟美貌在一起,就像在糖里再加蜜。

杰奎斯　（旁白）好一个有见识的傻瓜!

奥德蕾　好,我生得不好看,因此我求求天爷爷们让我贞洁吧。

试金石　真的,把贞洁丢给一个丑陋的懒女人,就像把一块好肉盛在醌醌的盆子里。

奥德蕾　我不是个懒女人,虽然我谢谢天爷爷们我是丑陋的。

---

①　奥维德(前43—18):古罗马诗人,莎士比亚十分钦佩他的作品。哥特人(Goth):蹂躏罗马帝国的蛮族。

试金石　好吧,感谢天爷爷们把丑陋赏给了你! 懒惰也许会跟着来的。可是不管这些,我一定要跟你结婚;为了这事我已经见过邻村的牧师奥列佛·马坦克斯特师傅,他已经答应在这儿树林里会我,给我们配对。

杰奎斯　(旁白)我倒要瞧瞧这场热闹。

奥德蕾　好,天爷爷们保佑我们快活吧!

试金石　阿门! 倘使是一个胆小的人,也许不敢贸然从事;因为这儿没有庙宇,只有树林,没有宾众,只有一些出角的畜生;但这又什么要紧呢? 放出勇气来! 角虽然讨厌,却也是少不来的。人家说,"许多人有数不清的家私"。对了,许多人也有数不清的好角儿。好在那是他老婆陪嫁来的嫁奁,不是他自己弄到手的。出角吗? 有什么要紧? 只有苦人儿才出角吗? 不,不,最高贵的鹿和最寒伧的鹿长的角儿一样大呢。那么单身汉便算是好福气吗? 不,城市总比乡村好些,已婚者隆起的额角,也要比未婚者平坦的额角体面得多;懂得几手击剑的法儿的,总比一点不会好些,因此有角也总比没角强。奥列佛师傅来啦。

　　[奥列佛·马坦克斯特师傅上。

试金石　　奥列佛·马坦克斯特师傅,您来得巧极了。您还是就在这树下替我们把事情办了呢,还是让我们跟您到您的教堂里去?

奥列佛　这儿没有人可以把这女人作主嫁出去吗?

试金石　我不要别人把她布施给我。

奥列佛　真的,她一定要有人作主许嫁,否则这种婚姻便不合法。

杰奎斯　(进前)进行下去,进行下去;我可以把她许嫁。

试金石　晚安,某某先生;您好,先生? 欢迎欢迎! 上次多蒙枉顾,不胜感激。我很高兴看见您。我现在有一点点儿小事,先生。哎,请戴上帽子。

杰奎斯　你要结婚了吗,傻瓜?

试金石　先生,牛有轭,马有勒,猎鹰腿上挂金铃,人非木石岂无情?

鸽子也要亲个嘴儿；女大当嫁，男大当婚。

杰奎斯　像你这样有教养的人，却愿意在一棵树底下像叫化子那样成亲吗？到教堂里去，找一位可以告诉你们婚姻的意义的好牧师。要是让这个家伙把你们像钉墙板似的钉在一起，你们中间总有一个人会像没有晒干的木板一样干缩起来，越变越弯的。

试金石　（旁白）我倒以为让他给我主婚比别人好一点，因为瞧他的样子是不会像像样样地主持婚礼的；假如结婚结得草率一些，以后我可以借口离弃我的妻子。

杰奎斯　你跟我来，让我指教指教你。

试金石　来，好奥德蕾。我们一定得结婚，否则我们只好通奸。再见，好奥列佛师傅，不是"亲爱的奥列佛！勇敢的奥列佛！请你不要把我丢弃"①；而是"走开去，奥列佛！滚开去，奥列佛！我们不要你行婚礼"。（杰奎斯、试金石、奥德蕾同下。）

奥列佛　不要紧，这一批荒唐的混蛋谁也不能讥笑掉我的饭碗。（下。）

第四场　林中的另一部分

〔罗瑟琳及西莉娅上。

罗瑟琳　别跟我讲话；我要哭了。

西莉娅　请你就哭吧；可是你还得想一想男人是不该流泪的。

罗瑟琳　但我岂不是有应该哭的理由吗？

西莉娅　理由是再充分也没有的了；所以你哭吧。

罗瑟琳　瞧他的头发的颜色，就可以看出来他是个坏东西。

西莉娅　比犹大的头发略为深色些；他的接吻就是犹大一脉相传下来的。

罗瑟琳　凭良心说一句，他的头发颜色很好。

_____

①　"亲爱的奥列佛"3句为俗歌中的断句。

西莉娅　那颜色好极了；栗色是最好的颜色。

罗瑟琳　他的接吻神圣得就像圣餐面包触到唇边一样。

西莉娅　他买来了一对狄安娜用过的嘴唇；一个凛若冰霜的尼姑也不会吻得像他那样虔诚；他的嘴唇里就有着冷冰冰的贞洁。

罗瑟琳　可是他为什么发誓说今天早上要来，却偏偏不来呢？

西莉娅　不用说，他这人没有半分真心。

罗瑟琳　你是这样想吗？

西莉娅　是的。我想他不是个扒儿手，也不是个盗马贼；可是要说起他的爱情的真不真来，那么我想他就像一只盖好了的空杯子或是一枚蛀空了的硬壳果一样空心。

罗瑟琳　他的恋爱不是真心吗？

西莉娅　他在恋爱的时候，他是真心的；可是我以为他并不在恋爱。

罗瑟琳　你不是听见他发誓说他的的确确在恋爱吗？

西莉娅　从前说是，现在却不一定是；而且情人们发的誓，是和堂倌嘴里的话一样靠不住的，他们都是惯报虚账的家伙。他在这儿树林子里跟公爵你的父亲在一块儿呢。

罗瑟琳　昨天我碰见公爵，跟他谈了好久。他问我的父母是怎样的人；我对他说，我的父母跟他一样高贵；他大笑着让我走了。可是我们现在有像奥兰多这么一个人，还要谈父亲做什么呢？

西莉娅　啊，好一个出色的人！他写得一手好诗，讲得一口漂亮的话儿，发着动听的誓，再堂而皇之地毁了誓，同时毁碎了他情人的心；正如一个拙劣的枪手，骑在马上一面歪，像一头好鹅一样把他的枪杆折断了。但是年青人凭着血气和痴劲做出来的事，总是很出色的。——谁来了？

　　　　　〔柯林上。

柯林　姑娘和大官人，你们不是常常问起那个害相思病的牧人，那天你们不是看见他和我坐在草地上，称赞着他的情人，那个盛气凌人的牧羊女吗？

西莉娅　嗯,他怎样啦?

柯林　要是你们想看一本认真扮演的好戏,一面是因为情痴而容颜惨白,一面是因为傲慢而满脸绯红;只要稍走几步路,我可以领你们去,看一个畅快。

罗瑟琳　啊! 来,让我们去吧。在恋爱中的人,欢喜看人家相恋。带我们去看;我将要在他们的戏文里当一名重要的角色。(同下。)

第五场　林中的另一部分

　　〔西尔维斯及菲苾上。

西尔维斯　亲爱的菲苾,不要讥笑我;请不要,菲苾! 您可以说您不爱我,但不要说得那样狠。习惯于杀人的硬心肠的刽子手,在把斧头向低俯的颈项上劈下的时候,也要先说一声对不起;难道您会比这种靠着流血为生的人更心硬吗?

　　〔罗瑟琳、西莉娅及柯林自后上。

菲苾　我不愿做你的刽子手;我逃避你,因为我不愿伤害你。你对我说我的眼睛会杀人;这种话当然说得很好听,很动人;眼睛本来是最柔弱的东西,一见了些微尘就会胆小得关起门来,居然也会给人叫作暴君、屠夫和凶手! 现在我使劲儿抡起白眼瞧着你;假如我的眼睛能够伤人,那么让它们把你杀死了吧:现在你可以假装晕去了啊;嘿,现在你可以倒下去了呀;假如你并不倒下去,哼! 羞啊,羞啊,你可别再胡说,说我的眼睛是凶手了。现在你且把我的眼睛加在你身上的伤痕拿出来看。单单用一枚针儿划了一下,也会有一点疤痕;握着一根灯心草,你的手掌上也会有一刻儿留着痕迹;可是我的眼光现在向你投射,却不曾伤了你:我相信眼睛里是决没有可以伤人的力量的。

西尔维斯　啊,亲爱的菲苾,要是有一天——也许那一天就近在眼前——您在谁个清秀的脸庞上看出了爱情的力量,那时您就会感觉到爱情的利箭所加在您心上的无形的创伤了。

菲苾　可是在那一天没有到来之前,你不要走近我吧。如其有那一
　　　天,那么你可以用你的讥笑来凌虐我,却不用可怜我;因为不到
　　　那时候,我总不会可怜你的。

罗瑟琳　(上前)为什么呢,请问? 谁是你的母亲,生下了你来,把这个
　　　不幸的人这般侮辱,如此欺凌? 你生得不漂亮——老实说,我看
　　　你还是晚上不用点蜡烛就钻到被窝里去的好——难道就该这样
　　　骄傲而无情吗? ——怎么,这是什么意思? 你望着我做什么?
　　　我瞧你不过是一件天生的粗货罢了。**我的天!**① 我想她要打算
　　　迷住我哩。不,老实说,骄傲的姑娘,你别做梦吧! 凭着你的墨
　　　水一样的眉毛,你的乌丝一样的头发,你的黑玻璃球一样的眼
　　　珠,或是你的乳脂一样的脸庞,可不能叫我为你倾倒呀。——你
　　　这蠢牧人儿,干吗你要追随着她,像是挟着雾雨而俱来的南风?
　　　你是比她漂亮一千倍的男人;都是因为有了你们这种傻瓜,世上
　　　才有那许多难看的孩子。叫她得意的是你的恭维,不是她的镜
　　　子;听了你的话,她便觉得她自己比她本来的容貌美得多
　　　了。——可是,姑娘,你自己得放明白些;跪下来,斋戒谢天,赐
　　　给你这么好的一个爱人。我得向你耳边讲句体己的话,有买主
　　　的时候赶快卖去了吧;你不是到处都有销路的。求求这位大哥
　　　恕了你;爱他,接受他的好意! 生得丑再要瞧人不起,那才是奇
　　　丑无比了。——好,牧人,你拿了她去。再见吧。

菲苾　可爱的青年,请您把我骂一整年吧。我宁愿听你的骂,不要听
　　　这人的恭维。

罗瑟琳　(对菲苾)他爱上了你的丑样子,(对西尔维斯)她爱上了我的怒
　　　气。倘使真有这种事,那么她一扮起了怒容来答复你,我便会把
　　　刻薄的话儿去治她。(对菲苾)你为什么这样瞧着我?

菲苾　我对您没有怀着恶意呀。

---

① 　朱译手稿:他妈的。

罗瑟琳　请你不要爱我吧,我这人是比醉后发的誓更靠不住的;而且我又不喜欢你。要是你们知道我家在何处,请到这儿附近的那簇橄榄树的地方来寻访好了。——我们去吧,妹妹。——(对西尔维斯)牧人,着力追求她。——来,妹妹。(对菲苾)牧女,待他好一点儿,别那么骄傲;整个儿世界上生眼睛的人,都不会像他那样把你当作天仙的。——来,瞧我们的羊群去。(罗瑟琳、西莉娅、柯林同下。)

菲苾　过去的诗人①,现在我明白了你的话果然是真:"谁个情人不是一见钟情?"

西尔维斯　亲爱的菲苾——

菲苾　啊!你怎么说,西尔维斯?

西尔维斯　亲爱的菲苾,可怜我吧!

菲苾　唉,我为你伤心呢,温柔的西尔维斯。

西尔维斯　同情之后,必有安慰;要是您见我因为爱情而伤心而同情我,那么只要把您的爱给我,您就可以不用再同情,我也无须再伤心了。

菲苾　你已经得到我的爱了;咱们不是像邻居那么要好着吗?

西尔维斯　我要的是您。

菲苾　啊,那就是贪心了。西尔维斯,从前我讨厌你;可是现在我也不是对你有什么爱情;不过你既然讲爱情讲得那么好,我本来是讨厌跟你在一起的,现在我可以忍受你了。我还有事儿要差遣你呢;可是除了你自己因为供我差遣而感到欣喜以外,可不用希望我还会用什么来答谢你。

西尔维斯　我的爱情是这样圣洁而完整,我又是这样不蒙眷顾,因此只要能够拾些人家收获过后留下来的残穗,我也以为是一次最

---

①　"过去的诗人"指马洛(Christopher Marlowe,1564—1593),"谁个情人不是一见钟情?"见马洛的叙事诗《赫洛与勒安得耳》。

丰富的收成了；随时略为给我一个不经意的微笑，我就可以靠着它而活命。

菲苾　你认识刚才对我讲话的那个少年吗？

西尔维斯　不大熟悉，但我常常遇见他；他已经把本来属于那个老头儿的草屋和地产都买下来了。

菲苾　不要以为我爱他，虽然我问起他。他只是个淘气的孩子；可是倒很会讲话；但是空话我理它作甚？然而说话的人要是能够讨听话的人欢喜，那么空话也是很好的。他是个标致的青年；不算顶标致。当然他是太骄傲了；然而他的骄傲很配他。**他倒是一个长得漂亮的汉子，**①顶好的地方就是他的脸色；他的舌头刚刚得罪了人，用眼睛一瞟就补偿过来了。他的个儿不很高；然而照他的年纪说起来也就够高。他的腿不过如此，但也还好。他的嘴唇红得很美，比他那张白脸上掺和着的红色更灿热更浓艳：一个是大红，一个是粉红。西尔维斯，有些女人假如也像我一样向他这么评头品足起来，一定会马上爱上他的；可是我呢，我不爱他，也不恨他；然而我有应该格外恨他的理由。凭什么他要骂我呢？他说我的眼珠黑，我的头发黑；现在我记起来了，他嘲笑着我呢。我不懂怎么我不还骂他；但那没有关系，不声不响并不就是善罢甘休。我要写一封辱骂的信给他，你可以给我带去；你肯不肯，西尔维斯？

西尔维斯　菲苾，那是我再愿意不过的了。

菲苾　我就写去；这件事情盘绕在我的心头，我要简简单单地把他挖苦一下。跟我去，西尔维斯。（同下。）

---

①　朱译手稿：他长起来倒是一个漂亮的汉子。

第 四 幕

第一场 亚登森林

〔罗瑟琳、西莉娅及杰奎斯上。

杰奎斯 可爱的少年,请你许我跟你结识结识。

罗瑟琳 他们说你是个多愁的人。

杰奎斯 是的,我喜欢发愁,不喜欢笑。

罗瑟琳 这两件事各趋极端,都会叫人讨厌,比之醉汉更容易招一般人的指摘。

杰奎斯 发发愁不说话,有什么不好?

罗瑟琳 那么何不做一根木头呢?

杰奎斯 我没有读书人的那种争强斗胜的烦恼,也没有音乐家的那种胡思乱想的烦恼,也没有官员们的那种装威作福的烦恼,也没有军人们的那种侵权夺利的烦恼,也没有律师们的那种卖狡弄狯的烦恼,也没有姑娘家的那种吹毛求疵的烦恼,**也没有情人们那种集诸多烦恼于一身的烦恼**①;我的烦恼全然是我自己的,它由各种成分组合而成,从许多事物中提炼出来,那是我旅行中所得到的各种观感,因为不断的沉思而使我充满了十分古怪的忧愁。

罗瑟琳 是一个旅行家吗? 噢,那你就有应该悲哀的理由了。我想你多分是卖去了自己的田地而去看别人的田地;看见的这么多,自己却一无所有;眼睛是看饱了,两手却是空空的。

---

① 朱译手稿:也没有情人们的这一切种种合拢来的烦恼。

杰奎斯　是的,我已经得到了我的经验。

罗瑟琳　而你的经验使你悲哀。我宁愿叫一个傻瓜来逗我发笑,不
　　　　愿叫经验来使我悲哀,而且还要旅行各处去找它!

　　　　　［奥兰多上。

奥兰多　早安,亲爱的罗瑟琳!

杰奎斯　要是你要念起诗来,那么我可要少陪了。(下。)

罗瑟琳　再会,旅行家先生。你该打起些南腔北调,穿了些奇装异
　　　　服,瞧不起本国的一切好处,厌恶你的故乡,简直要怨恨上帝干
　　　　吗不给你生一副外国人相貌;否则我可不能相信你曾经在威尼
　　　　斯荡过艇子的。——啊,怎么,奥兰多! 你这些时候都在哪儿?
　　　　你算是一个情人! 要是你再对我来这么一套,你可再不用来见
　　　　我了。

奥兰多　我的好罗瑟琳,我来得不过迟了一小时还不到。

罗瑟琳　误了一小时的情人的约会! 谁要是把一分钟分作了一千
　　　　份,而在恋爱上误了千分之一分钟的几分之一的约会,这种人人
　　　　家也许会说丘比特曾经拍过他的肩膀,可是我敢说他的心是不
　　　　曾中过爱神之箭的。

奥兰多　原谅我吧,亲爱的罗瑟琳!

罗瑟琳　哼,要是你再这样慢吞吞地,以后不用再见我了;我宁愿让
　　　　一条蜗牛向我献殷勤的。

奥兰多　一条蜗牛?

罗瑟琳　对了,一条蜗牛;因为它虽然走得慢,可是却把它的屋子顶
　　　　在头上,我想这是一份比你所能给与一个女人的更好的家产;而
　　　　且它还随身带着它的命运哩。

奥兰多　那是什么?

罗瑟琳　嘿,角儿哪;那正是你所要谢谢你的妻子的,可是它却自己
　　　　随身带了它做武器,免得人家说它妻子的坏话。

奥兰多　贤德的女子不会叫她丈夫当忘八;我的罗瑟琳是贤德的。

罗瑟琳　而我是你的罗瑟琳吗？

西莉娅　他欢喜这样叫你；可是他有一个长得比你漂亮的罗瑟琳哩。

罗瑟琳　来，向我求婚，向我求婚；我现在很高兴，多分会答应你。假如我真是你的罗瑟琳，你现在要向我说些什么话？

奥兰多　我要在没有说话之前先接个吻。

罗瑟琳　不，你最好先说话，等到所有的话都说完了，想不出什么来的时候，你就可以趁机接吻。善于演说的人，当他们一时无话可说之际，他们会吐一口痰；情人们呢，上帝保佑我们！倘使缺少了说话的资料，接吻是最便当的补救办法。

奥兰多　假如她不肯让我吻她呢？

罗瑟琳　那么她就使得你向她请求，这样又有了新的话题了。

奥兰多　谁见了他的心爱的情人而会说不出话来呢？

罗瑟琳　哼，假如我是你的情人，你就会说不出话来，**不然我就会觉得自己德有余而才不足了。**

奥兰多　怎么，你是说我不会求婚？

罗瑟琳　**我不是说你把头缩在衣领里，而是说你求婚时不会说话**①，我不正是你的罗瑟琳吗？

奥兰多　我很愿意把你当作罗瑟琳，因为这样我就可以讲着她了。

罗瑟琳　好，我代表她说，我不愿接受你。

奥兰多　那么我代表我自己说，我要死去。

罗瑟琳　不，真的，还是请个人代死吧。这个可怜的世界差不多有六千年的岁数了，可是从来不曾有过一个人亲自殉情而死。特洛伊罗斯是被一个希腊人的棍棒砸出了脑浆的；可是在这以前他就已经寻过死，而他是一个模范的情人。即使赫洛当了尼姑，勒安得耳也会活下去活了好多年的，倘不是因为一个酷热的仲夏之夜；因为，好孩子，他本来只是要到赫勒斯滂海峡里去洗个澡

---

①　原文 suit 为双关语：服装，求婚。

的,可是在水中害起抽筋来,因而淹死了;那时代的愚蠢的史家
却说他是为了塞斯托斯的赫洛而死。这些全都是谎;人们一代
一代地死去,他们的尸体都给蛆虫吃了,可是决不会为爱情而
死的。

奥兰多　我不愿我的真正的罗瑟琳也作这样的想法;因为我可以发
　　誓说她只要皱一皱眉头就会把我杀死。

罗瑟琳　我凭着此手发誓,那是连一只苍蝇也杀不死的。但是来吧,
　　现在我要做你的一个乖乖的罗瑟琳;你向我要求什么,我一定允
　　许你。

奥兰多　那么爱我吧,罗瑟琳!

罗瑟琳　好,我就爱你,星期五,星期六,以及一切的日子。

奥兰多　你肯接受我吗?

罗瑟琳　肯的,我肯接受像你这样二十个男人。

奥兰多　你怎么说?

罗瑟琳　你不是个好人吗?

奥兰多　我希望是的。

罗瑟琳　那么好的东西会嫌太多吗?——来,妹妹,你要扮做牧师,
　　给我们主婚。把你的手给我,奥兰多。你怎么说,妹妹?

奥兰多　请你给我们主婚。

西莉娅　我不会说**那些话**。

罗瑟琳　你应当这样开始:"奥兰多,你愿不愿——"

西莉娅　好吧。——奥兰多,你愿不愿娶这个罗瑟琳为妻?

奥兰多　我愿意。

罗瑟琳　嗯,但是什么时候才娶呢?

奥兰多　当然就在现在哪;只要她能替我们完成婚礼。

罗瑟琳　那么你必须说,"罗瑟琳,我娶你为妻。"

奥兰多　罗瑟琳,我娶你为妻。

罗瑟琳　我本来可以问你凭着什么来娶我的;可是奥兰多,我愿意接

受你做我的丈夫。——这丫头等不到牧师问起，就冲口说了出来了；真的，女人的思想总是比行动跑得更快。

奥兰多　一切的思想都是这样，它们是生着翼膀的。

罗瑟琳　现在你告诉我你占有了她之后，打算保留到多少长久？

奥兰多　永久再加上一天。

罗瑟琳　说一天，不用说永久。不，不，奥兰多，男人们在未婚的时候是四月天，结婚的时候是十二月天；姑娘们做姑娘的时候是五月天，一做了妻子，季候便改变了。我要比一头巴巴里雄鸽对待他的雌鸽格外多疑地对待你；我要比下雨前的鹦鹉格外吵闹，比猢狲格外弃旧怜新，比猴子格外反复无常；我要在你高兴的时候像喷泉上的狄安娜女神雕像一样无端哭泣；我要在你想睡的时候像土狼一样纵声大笑。

奥兰多　但是我的罗瑟琳会做出这种事来吗？

罗瑟琳　我可以发誓她会像我一样做出来的。

奥兰多　啊！但是她是个聪明人哩。

罗瑟琳　她倘不聪明，怎么有本领做这等事？越是聪明，越是淘气。假如用一扇门把一个女人的才情关起来，它会从窗子里钻出来的；关了窗，它会从钥匙孔里钻出来的；塞住了钥匙孔，它会跟着一道烟从烟囱里飞出来的。

奥兰多　男人娶到了这种有才情的老婆，就难免感慨"才情才情，看你横行到什么地方"了。

罗瑟琳　不，你可以把那句骂人的话留起来，等你瞧见你妻子的才情爬上了你邻人的床上去的时候再说。

奥兰多　那时这位多才的妻子又将用怎样的才情来辩解呢？

罗瑟琳　呃，她会说她是到那儿找你去的。你捉住她，她总有话好说，除非你把她的舌头割掉。唉！要是一个女人不会把她的错处推到她男人的身上去，那种女人千万不要让她抚养她自己的孩子，因为她会把他抚养成一个傻子的。

奥兰多　罗瑟琳，这两个小时我要离开你。

罗瑟琳　唉！爱人，我两小时都缺不得你哪。

奥兰多　我一定要陪公爵吃饭去；到两点钟我就会回来。

罗瑟琳　好，你去吧，你去吧！我知道你会变成怎样的人。我的朋友们这样对我说过，我也这样相信着，你是用你那种花言巧语把我骗上手的。不过又是一个给人丢弃的罢了；好，死就死吧！你说是两点钟吗？

奥兰多　是的，亲爱的罗瑟琳。

罗瑟琳　凭着良心，一本正经，上帝保佑我，我可以向你起一切无关紧要的誓，要是你失了一点点儿的约，或是比约定的时间来迟了一分钟，我就要把你当作在一大堆无义的人们中间一个最可怜的背信者，最空心的情人，最不配被叫作罗瑟琳的那人所爱的。所以，留心我的责骂，守你的约吧。

奥兰多　我一定恪遵，就像你真是我的罗瑟琳一样。好，再见。

罗瑟琳　好，时间是宣判一切这一类罪人的老法官，让他来宣判吧。再见。（奥兰多下。）

西莉娅　你在你那种情话中间简直是侮辱我们女性。我们一定要把你的衫裤揭到你的头上，让全世界的人看看鸟儿怎样作践了她自己的巢。

罗瑟琳　啊，小妹妹，小妹妹，我的可爱的小妹妹，你要是知道我是爱得多么深！可是我的爱是无从测计深度的，因为它有一个渊深莫测的底，像葡萄牙海湾一样。

西莉娅　或者不如说是没有底的吧；你刚把你的爱倒进去，它就漏了出来。

罗瑟琳　不，维纳斯的那个坏蛋私生子①，那个因为忧郁而感孕，因为冲动而受胎，因为疯狂而诞生的，那个瞎眼的坏孩子，因为自

---

① 指丘比特。

己没有眼睛而把每个人的眼睛都欺蒙了的,让他来判断我是爱
得多么深吧。我告诉你,爱莲娜,我不看见奥兰多便活不下去。
我要找一处树荫,去那儿长呼短叹地等着他回来。

西莉娅　我要去睡一个觉儿。(同下。)

第二场　林中的另一部分

〔杰奎斯、阿米恩斯、群臣及林居人等上。

杰奎斯　是谁把鹿杀死的?

臣甲　先生,是我。

杰奎斯　让我们引他去见公爵,像一个罗马的凯旋将军一样;顶好把
鹿角插在他头上,表示胜利的光荣。林居人,你们没有个应景的
歌儿吗?

林居人甲　有的,先生。

杰奎斯　那么唱起来吧;不要管它调子怎样,只要可以热闹热闹就
是了。

歌

杀鹿的人好幸福,

穿它的皮顶它角。

　唱个歌儿送送他。(众和。)

顶了鹿角莫讥笑,

古时便已当冠帽;

　你的祖父戴过它,

　你的阿爹顶过它:

鹿角鹿角壮而美,

你们取笑真不对。(众下。)

第三场　林中的另一部分

〔罗瑟琳及西莉娅上。

罗瑟琳　你现在怎么说？不是过了两点钟了吗？这儿有许多的奥兰
　　多呢！

西莉娅　我对你说，他怀着纯洁的爱情和忧虑的头脑，带了弓箭出去
　　睡觉去了。瞧，谁来了。

　　　〔西尔维斯上。

西尔维斯　我奉命来见您，美貌的少年；我的温柔的菲苾要我把这信
　　送给您。(将信交罗瑟琳)里面说的什么话我不知道；但是照她写
　　这封信的时候那发怒的神气看来，多分是一些气恼的话。原谅
　　我，我只是个不知情的送信人。

罗瑟琳　(阅信)最有耐心的人见了这封信也要暴跳如雷，是可忍，孰
　　不可忍？她说我不漂亮，说我没有礼貌，说我骄傲，说即使男人
　　像凤凰那样稀罕，她也不会爱我。天哪！我并不曾要追求她的
　　爱，她为什么写这种话给我呢？好，牧人，好，这封信是你捣
　　的鬼。

西尔维斯　不，我发誓我不知道里面写些什么；这封信是菲苾写的。

罗瑟琳　算了吧，算了吧，你是个傻瓜，为了爱情颠倒到这等地步。
　　我看见过她的手，她的手就像一块牛皮那样粗糙，一块沙石那样
　　颜色；我以为她戴着一副旧手套，哪知道原来就是她的手；她有
　　一双作粗工的手；但这可不用管它。我说她从来不曾想到过写
　　这封信；这是男人出的花样，是一个男人的笔迹。

西尔维斯　真的，那是她的笔迹。

罗瑟琳　嘿，这是粗暴的凶狠的口气，全然是挑战的口气；嘿，她就像
　　土耳其人向基督徒那样向我挑战呢。女人家的温柔头脑里，决
　　不会想出这种恣睢暴厉的念头来；这种狠恶的字句，含着比字面
　　更狠恶的用意。你要不要听听这封信？

西尔维斯　假如您愿意，请您念给我听听吧。因为我还不曾听过它
　　呢；虽然关于菲苾的凶狠的话，倒已经听了不少了。

罗瑟琳　她要向我撒野呢。听那只雌老虎怎样写法：(读)

> "你是不是天神的化身，
>
> 来燃烧一个少女的心？"
>
> 女人会这样骂人吗？

西尔维斯　您把这种话叫作骂人吗？

罗瑟琳　（读）"撤下了你神圣的殿堂，
>
> 虐弄一个痴心的姑娘？"
>
> 你听见过这种骂人的话吗？
>
> "人们的眼睛向我求爱，
>
> 从不曾给我丝毫损害。"
>
> 意思说我是个畜生。
>
> "你一双美目中的轻蔑，
>
> 倘能勾起我这般情热；
>
> 唉！假如你能青眼相加，
>
> 我更将怎样意乱如麻！
>
> 你一边骂，我一边爱你；
>
> 你倘求我，我何事不依？
>
> 代我传达情意的来使，
>
> 并不知道我这段心事；
>
> 让他带下了你的回报，
>
> 告诉我您的青春年少，
>
> 肯不肯接受我的奉献，
>
> 把我的一切听你调遣；
>
> 否则就请把拒绝明言，
>
> 我准备一死了却情缘。"

西尔维斯　您把这叫作骂吗？

西莉娅　唉，可怜的牧人！

罗瑟琳　你可怜他吗？不，他是不值得怜悯的。你会爱这种女人吗？

嘿，利用你作工具，那样玩弄你！你怎么受得住！好，你到她那儿去吧,因为我知道爱情已经把你变成一条驯服的蛇了;你去对她说:要是她爱我,我吩咐她爱我;要是她不肯爱你,那么我决不要她,除非你代她恳求。假如你是个真心的恋人,去吧,别说一句话。瞧,又有人来了。(西尔维斯下。)

　　[奥列佛上。

奥列佛　早安,两位。请问你们知不知道在这座树林的边界有一所橄榄树围绕着的羊栏?

西莉娅　在这儿的西面,附近的山谷之下,从那微语喃喃的泉水旁边那一列柳树的地方向右出发,便可以到那边去。但现在那边只有一所空屋,没有人在里面。

奥列佛　假如听了人家嘴里的叙述便可以用眼睛认识出来,那么你们的模样正是我所听到说起的,穿着这样的衣服,这样的年纪:"那少年生得很俊,脸孔像个女人,行为举动像是老大姐似的;那女人是矮矮的,比她的哥哥黝黑些。"你们正是我所要寻访的那屋子的主人吗?

西莉娅　既蒙下问,那么我们说我们正是那屋子的主人,也不算是自己的夸口了。

奥列佛　奥兰多要我向你们两位致意;这一方染着血迹的手帕,他叫我送给他称为他的罗瑟琳的那位少年。您就是他吗?

罗瑟琳　正是,这是什么意思呢?

奥列佛　说起来徒增我的惭愧,假如你们要知道我是谁,这一方手帕怎样,为什么,在哪里沾上这些血迹。

西莉娅　请您说吧。

奥列佛　年青的奥兰多上次跟你们分别的时候,曾经答应过在一小时之内回来;他正在林中走过,尝味着爱情的甜蜜和苦涩,瞧,什么事发生了!他把眼睛向旁边一望,听好他看见了些什么东西:在一株满覆着苍苔的秃顶的老橡树之下,有一个不幸的衣衫褴褛、须发蓬松的人仰面睡着;一条金绿的蛇缠在他的头上,正预备把它的头敏捷地伸进他的张开的嘴里去,可是突然看见了奥兰多,它便松了开来,蜿蜒地溜进林莽中去了。在那林荫下有一头乳房干瘪的母狮,头贴着地而蹲伏着,像猫一样注视这睡着人的动静,因为那畜生有一种高贵的素性,不会去侵犯瞧上去似乎已经死了的东西。奥兰多一见了这情形,便走到那人的面前,一看却是他的兄长,他的大哥。

西莉娅　啊!我听见他说起过那个哥哥;他说他是一个再忍心害理不过的。

奥列佛　他很可以那样说,因为我知道他确是忍心害理的。

罗瑟琳　但是我们说奥兰多吧;他把他丢下在那儿,让他给那饿狮吃了吗?

奥列佛　他两次转身想去,可是善心比复仇更高贵,天性克服了他的私怨,使他去和那母狮格斗,很快地那狮子便向他扑了上来。我听见了搏击的声音,就从苦恼的瞌睡中醒过来了。

西莉娅　你就是他的哥哥吗?

罗瑟琳　他救的便是你吗?

西莉娅　老是设计谋害他的便是你吗?

奥列佛　那是从前的我,不是现在的我。我现在已经变了个新的人了,因此我可以不惭愧地告诉你们我从前的为人。

罗瑟琳　可是那块血渍的手帕是怎样来的?

奥列佛　别性急。那时候我们两人叙述着彼此的经历,以及我到这荒野里来的原委;一面说一面自然流露的眼泪流个不住。简单地说,他把我领去见那善良的公爵,公爵赏给我新衣服穿,款待着我,吩咐我的弟弟照应我;于是他立刻带我到他的洞里去,脱下衣服来,一看臂上给母狮抓下了一块肉,血不停地流着,那时他便晕了过去,嘴里还念着罗瑟琳的名字。简单地说,我把他救醒转来,裹好了他的伤口;略过些时,他精神恢复了,便叫我这个陌生人到这儿来把这件事通知你们,请你们原谅他的失约。这一方手帕在他的血里浸过,他要我交给他的戏称为罗瑟琳的那位青年牧人。(罗瑟琳晕去。)

西莉娅　呀,怎么啦,伽倪墨得! 亲爱的伽倪墨得!

奥列佛　有好多人一见了血要发晕。

西莉娅　还有其他的缘故哩。哥哥! 伽倪墨得!

奥列佛　瞧,他醒过来了。

罗瑟琳　我要回家去。

西莉娅　我们可以陪着你去。——请您扶着他的臂好不好?

奥列佛　提起精神来,孩子。你算是个男人吗? 你太没有男人气了。

罗瑟琳　一点不错,我承认。啊,好小子! 人家会觉得我假装得很像哩。请您告诉令弟我假装得多么像。哎唷!

奥列佛　这不是假装;你的脸色已经有了太清楚的证明,这是出于真情的。

罗瑟琳　告诉您吧,真的是假装的。

奥列佛　好吧,那么振作起来,假装个男人样子吧。

罗瑟琳　我正在假装着呢;可是凭良心说,我理该是个女人。

西莉娅　来,你瞧上去脸色越变越白了;回家去吧。好先生,陪我们去吧。

奥列佛　好的,因为我必须把你怎样原谅舍弟的回音带回去呢,罗瑟琳。

罗瑟琳　我会想出什么来的。但是我请您就把我的假装的样子告诉他吧。我们走吧。(同下。)

第 五 幕

第一场　亚登森林

〔试金石及奥德蕾上。

试金石　咱们总会找到一个时间的,奥德蕾;耐心着吧,温柔的奥
　　　德蕾。

奥德蕾　那位先生①虽然这么说,其实这个牧师也很好呀。

试金石　顶坏不过的奥列佛师傅,奥德蕾;顶不好的马坦克斯特。但
　　　是,奥德蕾,林子里有一个年青人要向你求婚呢。

奥德蕾　嗯,我知道他是谁;他跟我全没有关涉。你说起的那个人
　　　来了。

〔威廉上。

试金石　**我只要遇见村汉就心花怒放。**②　凭良心说,我们这辈聪明
　　　人真是作孽不浅;我们总是忍不住要寻寻人家的开心。

威廉　晚安,奥德蕾。

奥德蕾　你晚安哪,威廉。

威廉　晚安,先生。

试金石　晚安,好朋友。把帽子戴上了,把帽子戴上了;请不用客气,
　　　把帽子戴上了。你多大年纪了,朋友?

威廉　二十五了,先生。

试金石　正是妙龄。你名叫威廉吗?

---

①　指杰奎斯,参见第三幕第三场。

②　朱译手稿:看见一个村汉在我是家常便饭。

威廉　威廉,先生。

试金石　一个好名字。是生在这林子里的吗?

威廉　是的,先生,我感谢上帝。

试金石　"感谢上帝",很好的回答。很有钱吗?

威廉　呃,先生,不过如此。

试金石　"不过如此",很好很好,好得很;可是也不算怎么好,不过如
　　此而已。你聪明吗?

威廉　呃,先生,我很聪明。

试金石　啊,你说得很好。我现在记起一句话来了,"傻子自以为聪
　　明,但聪明人知道他自己是个傻子。"异教的哲学家想要吃一颗
　　葡萄的时候,便张开嘴唇来,把它放进嘴里去;那意思是表示葡
　　萄是生下来给人吃,嘴唇是生下来要张开的。① 你爱这姑娘吗?

威廉　是的,先生。

试金石　把你的手给我。你有学问吗?

威廉　没有,先生。

试金石　那么让我教训你:有者有也;修辞学上有这么一个比喻,把
　　酒从杯子里倒在碗里,一只满了,那一只便要落空。写文章的人
　　大家都承认"彼"即是他;好,你不是彼,因为我是他。

威廉　哪一个他,先生?

试金石　先生,就是要跟这个女人结婚的他。所以,你这村夫,
　　莫——那在俗话里就是"不要"——与此妇——那在土话里就是
　　"和这个女人"——交游——那在俗语里就是"来住"。合拢来
　　说,莫与此妇交游,否则,村夫,你就要毁灭;或者让你容易明白
　　些,你就要死;那就是说,我要杀死你,把你干掉,叫你活不成,让
　　你当奴才。我要用毒药毒死你,一顿棒儿打死你,或者用钢刀搠

---

① 试金石提及异教哲学家,并未具体指某个人,仅为卖弄自己的博学而
已。

死你;我要跟你打架;我要想出计策来打倒你;我要用一百五十种法子杀死你:所以赶快发着抖滚吧。

奥德蕾　你快去吧,好威廉。

威廉　上帝保佑您快活,先生。(下。)

　　　　〔柯林上。

柯林　我们的大官人和小娘子找着你哪;来,走啊! 走啊!

试金石　走,奥德蕾! 走,奥德蕾! 我就来,我就来。(同下。)

第二场　林中的另一部分

　　　　〔奥兰多及奥列佛上。

奥兰多　你跟她相识得这么浅便会喜欢起她来了吗? 一看见了她,便会爱起她来了吗? 一爱了她,便会求起婚来了吗? 一求了婚,她便会答应了你吗? 你一定要得到她吗?

奥列佛　这件事进行得匆促,她的贫穷,相识的不久,我的突然的求婚和她的突然的允许,这些你都不用怀疑;只要你承认我是爱着爱莲娜的,承认她是爱我的,允许我们两人的结合,这样你也会有好处;因为我愿意把我父亲罗兰爵士的房屋和一切收入都让给你,我自己在这里终生做一个牧人。

奥兰多　你可以得到我的允许。你们的婚礼就在明天举行吧;我可以去把公爵和他的一切乐天的从者都请了来。你去吩咐爱莲娜预备一切。瞧,我的罗瑟琳来了。

　　　　〔罗瑟琳上。

罗瑟琳　上帝保佑你,哥哥。

奥列佛　也保佑你,好妹妹。(下。)

罗瑟琳　啊! 我的亲爱的奥兰多,我瞧见你把你的心裹在绷带里,我是多么难过呀。

奥兰多　　**伤口在我的臂膀上。**①

罗瑟琳　　我以为是你的心给狮子抓伤了。

奥兰多　　它的确是受了伤了，但却是给一位姑娘的眼睛伤害了的。

罗瑟琳　　你的哥哥有没有告诉你，当他把你的手帕给我看的时候，我假装晕去了的情形？

奥兰多　　是的，而且还有更奇怪的事情呢。

罗瑟琳　　噢！我知道你说的是什么。噢，那倒是真的；从来不曾有过这么快的事情，除了两头公羊的打架和凯撒那句"**我来，我见，我胜**"②的傲语。令兄和舍妹刚见了面，便大家瞧起来了；一瞧便相爱了；一相爱便叹气了；一叹气便彼此问为的是什么；一知道了为的是什么，便要想补救的办法：这样一步一步地踏到了结婚的阶段，不久他们便要成其好事了，否则他们等不到结婚便要放肆起来的。他们简直爱得慌了，一定要在一块儿；用棒儿也打不散他们。

奥兰多　　他们明天便要成婚，我就要去请公爵参加婚礼。但是，唉！从别人的眼中看见幸福，多么令人烦闷。明天我越是想到我的哥哥满足了心愿多么快活，我便将越是伤心。

罗瑟琳　　难道我明天不能仍旧充作你的罗瑟琳了吗？

奥兰多　　我不能老是靠着幻想而生存了。

罗瑟琳　　那么我不再用空话来叫你心烦了。告诉了你吧，现在我不是说着玩儿，我知道你是一个有见识的上等人；我并不是因为希望你赞美我的本领而恭维你，我要使你相信我的话，也不是图自己的名气，只是为着你的好处。假如你肯相信，那么我告诉你，我会行奇迹。从三岁时候起我就和一个术士结识，他的法术非

---

①　朱译手稿：那是我的臂膀。

②　"我来，我见，我胜"（Veni，vidi，vici）：为凯撒征服本都（Pontus）王法那瑟斯（Pharnaces）后告知罗马贵族院的有名豪语。朱译手稿："我来，我看见，我征服"。

常高深,可是并不作恶害人。要是你爱罗瑟琳真是爱得那么深,就像你瞧上去的那样,那么你哥哥和爱莲娜结婚的时候,你就可以和她结婚。我知道她现在的处境是多么不幸;只要你没有什么不方便,我一定能够明天叫她亲身出现在你的面前,一点没有危险。

奥兰多　你说的是真话吗?

罗瑟琳　我以生命为誓,我说的是真话;虽然我说我是个术士,可是我很重视我的生命呢。所以你得穿上你最好的衣服,邀请你的朋友们来;只要你愿意在明天结婚,你一定可以结婚;和罗瑟琳结婚,要是你愿意。瞧,我的一个爱人和她的一个爱人来了。

　　　　〔西尔维斯及菲苾上。

菲苾　少年人,你很对我不起,把我写给你的信宣布了出来。

罗瑟琳　**我可不在乎宣布不宣布**;①我存心要对你傲慢不客气。你背后跟着一个忠心的牧人;瞧着他吧,爱他吧,他崇拜着你哩。

菲苾　好牧人,告诉这个少年人恋爱是怎样的。

西尔维斯　它是充满了叹息和眼泪的;我正是这样爱着菲苾。

菲苾　我也是这样爱着伽倪墨得。

奥兰多　我也是这样爱着罗瑟琳。

罗瑟琳　我可是一个女人也不爱。

西尔维斯　爱情是全然的忠心和服务;我正是这样爱着菲苾。

菲苾　我也是这样爱着伽倪墨得。

奥兰多　我也是这样爱着罗瑟琳。

罗瑟琳　我可是一个女人也不爱。

西尔维斯　爱情是全然的空想,全然的热情,全然的愿望;全然的崇拜、恭顺和尊敬;全然的谦卑,全然的忍耐和焦心;全然的纯洁,全然的磨炼,**全然的服从**;我正是这样爱着菲苾。

————————

①　朱译手稿:要是我把它宣布了,我也不管。

菲苾　　我也是这样爱着伽倪墨得。

奥兰多　　我也是这样爱着罗瑟琳。

罗瑟琳　　我可是一个女人也不爱。

菲苾　　(向罗瑟琳)假如真是这样,那么你为什么责备我爱你呢?

西尔维斯　　(向菲苾)假如真的这样,那么你为什么责备我爱你呢?

奥兰多　　假如真的这样,那么你为什么责备我爱你呢?

罗瑟琳　　你在向谁说话,"你为什么责备我爱你?"

奥兰多　　向那不在这里,也听不见我的说话的她。

罗瑟琳　　请你们别再说下去了吧;这简直像是一群爱尔兰的狼向着月亮嗥叫。(向西尔维斯)要是我能够,我一定帮助你。(向菲苾)要是我有可能,我一定会爱你。明天大家来和我相会。(向菲苾)假如我会跟女人结婚,我一定跟你结婚;我要在明天结婚了。(向奥兰多)假如我会使男人满足,我一定使你满足;你要在明天结婚了。(向西尔维斯)假如使你喜欢的东西能使你满意,我一定使你满意;你要在明天结婚了。(向奥兰多)你既然爱罗瑟琳,请你赴约。(向西尔维斯)你既然爱菲苾,请你赴约。我既然不爱什么女人,我也赴约。现在再见吧,我已经吩咐过你们了。

西尔维斯　　只要我活着,我一定不失约。

菲苾　　我也不失约。

奥兰多　　我也不失约。(各下。)

第三场　　林中的另一部分

〔试金石及奥德蕾上。

试金石　　明天是快乐的好日子,奥德蕾;明天我们要结婚了。

奥德蕾　　我满心盼望着呢;我希望盼望出嫁并不是一个不正当的愿望。有两个放逐的公爵的童儿来了。

〔二童上。

童甲　　遇见得巧啊,好先生。

试金石　巧得很,巧得很。来,请坐,请坐,唱个歌儿。

童乙　　遵命遵命。居中坐下吧。

童甲　　一副坏喉咙未唱之前,总少不了来些老套子,例如咳嗽、吐痰
　　　　或是说嗓子有点儿嘎了之类;我们还是免了这些,马上唱起来
　　　　怎样?

童乙　　好的,好的;两人齐声同唱,就像两个吉卜赛人骑在一匹马上。

歌

　　　　一对情人并着肩,
　　　　　哎唷哎唷哎哎唷,
　　　　走过了青青**小麦田**①,
　　　　　春天是最好的结婚天,
　　　　听嘤嘤歌唱枝头鸟,
　　　　姐郎们最爱春光好。

　　　　小麦青青大麦鲜,
　　　　　哎唷哎唷哎哎唷,
　　　　乡女村男交颈儿眠,
　　　　　春天是最好的结婚天。(后两句重复。)

　　　　新歌一曲意缠绵,
　　　　　哎唷哎唷哎哎唷,
　　　　人生美满像好花妍,
　　　　　春天是最好的结婚天。(后两句重复。)

　　　　劝君莫负艳阳天,
　　　　　哎唷哎唷哎哎唷,

---

① 　朱译手稿:稻麦田。

　　恩爱欢娱要趁少年，

　　　　春天是最好的结婚天。（后两句重复。）

试金石　老实说，年青的先生们，这首歌词没有多大意思，连那调子也很不入调。

童甲　您弄错了，先生；我们是照着板眼唱的，一拍也没有漏过。

试金石　凭良心说，我来听这么一首傻气的歌儿，真算是白糟蹋了时间。上帝和你们同在；上帝把你们的喉咙补补好吧！来，奥德蕾。（各下。）

第四场　林中的另一部分

　　〔老公爵、阿米恩斯、奥兰多、奥列佛及西莉娅同上。

公爵　奥兰多，你相信那孩子果真有他所说的那种本领吗？

奥兰多　我有时相信，有时不相信；就像那些因恐结果无望而心中惴惴的人，一面希望一面担着心事。

　　〔罗瑟琳、西尔维斯及菲苾上。

罗瑟琳　再请耐心听我说一遍我们所约定的条件。（向公爵）您不是说，假如我把您的罗瑟琳带了来，你愿意把她赏给这位奥兰多做妻子吗？

公爵　即使再要我把几个王国作为陪嫁，我也愿意。

罗瑟琳　（向奥兰多）您不是说，假如我带了她来，你愿意娶她吗？

奥兰多　即使我是统治万国的君王，我也愿意。

罗瑟琳　（向菲苾）你不是说，假如我愿意，你便愿意嫁我吗？

菲苾　即使我在一小时后就要一命丧亡，我也愿意。

罗瑟琳　但是假如您不愿意嫁我，您不是要嫁给这位忠心无比的牧人吗？

菲苾　是这样约定着。

罗瑟琳　（向西尔维斯）您不是说，假如菲苾愿意，您便愿意娶她吗？

西尔维斯　即使娶了她等于送死，我也愿意。

罗瑟琳　我答应要把这一切事情安排得好好的。公爵,请您守约许
　　嫁您的女儿;奥兰多,请您守约娶他的女儿;菲苾,请您守约嫁
　　我,假如不肯嫁我,便得嫁给这位牧人;西尔维斯,请您守约娶
　　她,假如她不肯嫁我。现在我就去给你们解释这些疑惑。(罗瑟
　　琳、西莉娅下。)

公爵　这个牧童使我记起了我的女儿的相貌,有几分活像是她。

奥兰多　殿下,我初次见他的时候,也以为他是郡主的兄弟呢;但是,
　　殿下,这孩子是在林中生长的,他的伯父曾经教过他一些魔术的
　　原理,据说他那伯父是一个隐居在这儿林中的大术士。

　　　〔试金石及奥德蕾上。

杰奎斯　一定又有一次洪水来啦,这一对一对都要准备躲到方舟里
　　去,①又来了一对奇怪的畜生,傻瓜是他们公认的名字。

试金石　列位这厢有礼了!

杰奎斯　殿下,请您欢迎他。这就是我在林中常常遇见的那位傻头
　　傻脑的先生;据他说他还出入过宫廷呢。

试金石　要是有人不相信,尽管把我质问好了。我曾经跳过高雅的
　　舞;我曾经恭维过一位贵妇;我曾经向我的朋友弄过手腕,跟我
　　的仇家们装亲热;我曾经**赖过三个裁缝的账**②,闹过四回口角,
　　有一次几乎大打出手。

杰奎斯　那是怎样闹起来的呢?

试金石　呃,我们碰见了,一查这场争吵是根据这第七个原因。

杰奎斯　怎么叫第七个原因?——殿下,请您喜欢这个家伙。

公爵　我很喜欢他。

试金石　上帝保佑您,殿下;我希望您喜欢我。殿下,我挤在这一对
　　对乡村的姐儿郎儿中间到这里来,也是想来宣了誓然后毁誓,让

　　————————————

①　指《旧约·创世记》中洪水时挪亚造方舟之事。
②　朱译手稿:毁了三个裁缝。

婚姻把我们结合,再让血气把我们拆开。她是个寒伧的姑娘,殿下,样子又难看;可是,殿下,她是我自个儿的:我有一个坏脾气,殿下,人家不要的偏要。宝贵的贞洁,殿下,就像是住在破屋子里的守财奴,又像是丑蚌壳里的明珠。

公爵　我说,他倒很伶俐机警呢。

杰奎斯　但是且说那第七个原因;您怎么知道这场争吵是根据这第七个原因呢?

试金石　因为那是根据着一句经过七次演变后的谎话。——把你的身体站端正些,奥德蕾。——是这样的,先生,我不喜欢某位廷臣的胡须的式样;他回我说,假如我说他的胡须式样不好,他却自以为很好:这叫作"有理的驳斥"。假如我再去对他说那式样不好,他就回我说他自己喜欢要这样:这叫作"谦恭的讥刺"。要是再说那式样不好,他便蔑视我的意见:这叫作"粗暴的答复"。要是再说那式样不好,他就回答说我讲的不对:这叫作"大胆的谴责"。要是再说那式样不好,他就要说我说谎:这叫作"挑衅的反攻"。于是就到了"委婉的说谎"和"公然的说谎"。

杰奎斯　你说了几次他的胡须式样不好呢?

试金石　我只敢说到"委婉的说谎"为止,他也不敢给我"公然的说谎";因此我们较了较剑,便走开了。

杰奎斯　你能不能把一句谎话的各种程度按着次序说出来?

试金石　先生啊,我们争吵都是根据着书本的,就像你们有讲礼貌的书一样。我可以把各种程序列举出来。第一,有礼的驳斥;第二,谦恭的讥刺;第三,粗暴的答复;第四,大胆的谴责;第五,挑衅的反攻;第六,委婉的说谎;第七,公然的说谎。除了"公然的说谎"之外,其余的都可以避免;但是"公然的说谎"只要用了"假如"两个字,也就可以一天云散。我知道有一场七个法官都处断不了的争吵;当两造相遇时,其中的一个单单想起了"假如"两字,例如"假如你这样说,那么我便要这样说",于是两人便彼此握手,结为兄弟了。"假如"是唯一的和事佬;"假如"之为用大矣哉!

杰奎斯　殿下,这不是一个很难得的人吗?他什么都懂,然而仍然是一个傻瓜。

公爵　他把他的傻气当作了藏身的烟幕,在它的隐蔽之下放出他的机智来。

〔许门领罗瑟琳穿女装及西莉娅上。柔和的音乐。

许门　　　天上有喜气融融,

　　　　　人间万事尽亨通,

　　　　　　和合无嫌猜。

　　　　　公爵,接受你女儿,

　　　　　许门一路带着伊,

　　　　　　远从天上来;

　　　　　请你为她作主张,

　　　　　嫁给她心上情郎。

罗瑟琳　(向公爵)我把我自己交给您,因为我是您的。(向奥兰多)我把我自己交给您,因为我是您的。

公爵　要是眼前所见的并不是虚假,那么你是我的女儿了。

奥兰多　要是眼前所见的并不是虚假,那么你是我的罗瑟琳了。

菲苾　要是眼前的情形是真,那么永别了,我的爱人!

罗瑟琳　(向公爵)要是您不是我的父亲,那么我不要有什么父亲。(向奥兰多)要是您不是我的丈夫,那么我不要什么丈夫。(向菲苾)要是我不跟你结婚,那么我再不跟别的女人结婚。

许门　　　请不要喧闹纷纷!

　　　　　这种种古怪事情,

　　　　　都得让许门断清。

　　　　　这里有四对恋人,

　　　　　说的话儿倘应心,

　　　该携手共缔鸳盟。

　　　你俩患难不相弃，（向奥兰多、罗瑟琳。）

　　　你们俩同心永系；（向奥列佛、西莉娅。）

　　　你和他宜室宜家，（向菲苾。）

　　　再莫恋镜里空花。

　　　你两人形影相从，（向试金石、奥德蕾。）

　　　像风雪跟着严冬。

　　　等一曲婚歌奏起，

　　　尽你们寻根觅底，

　　　莫惊讶咄咄怪事，

　　　细想想原来如此。

　　　　　　歌

　　　人间添美眷，

　　　　天后爱团圆；

　　　席上同心侣，

　　　　枕边并蒂莲。

　　　不有许门力，

　　　　何缘众庶生？

　　　同声齐赞颂，

　　　　许门最堪称！

公爵　　啊，我的亲爱的侄女！我欢迎你，就像你是我自己的女儿。

菲苾　　（向西尔维斯）我不愿食言，现在你已经是我的；你的忠心使我爱
　　上了你。

　　　　〔贾奎斯上。

贾奎斯　请听我说一两句话；我是老罗兰爵士的第二个儿子，特意带
　　了消息到这群贤毕集的地方来。弗莱德里克公爵因为听见每天
　　有才智之士投奔这林中，故此兴起大军，亲自统率，预备前来捉
　　拿他的兄长，把他杀死除害。他到了这座树林的边界，遇见了一

位高年的修道士,交谈之下,悔悟前非,便即停止进兵;同时看破红尘,把他的权位归还给他的放逐的兄长,一同流亡在外的诸人的土地,也都各还原主。这不是假话,我可以用生命作担保。

公爵　　欢迎,年青人! 你给你的兄弟们送了很好的新婚贺礼来了:一个是他的被扣押的土地;一个是一座绝大的公国,享有着绝对的主权。先让我们在这林中把我们已经在进行得好好的事情办了;然后,在这幸运的一群中,每一个曾经跟着我受过艰辛的日子的人,都要按着各人的地位,分享我的恢复了的荣华。现在我们且把这种新近得来的尊荣暂时搁在脑后,举行我们乡村的狂欢来吧。奏起来,音乐! 你们各位新娘新郎,大家欢天喜地的,跳起舞来呀!

杰奎斯　　先生,恕我冒昧。要是我没有听错,好像您说的是那公爵已经潜心修道,抛弃富贵的宫廷了?

贾奎斯　　是的。

杰奎斯　　我就找他去;从这种悟道者的地方,很可以得到一些绝妙的教训。(向公爵)我让你去享受你那从前的光荣吧;那是你的忍耐和德行的酬报。(向奥兰多)你去享受你那用忠心赢得的爱情吧。(向奥列佛)你去享有你的土地、爱人和权势吧。(向西尔维斯)你去享用你那千辛万苦换来的老婆吧。(向试金石)至于你呢,我让你去口角吧,因为在你的爱情旅程上,你只带了两个月的粮草。好,大家各人找各人的快乐;跳舞可不是我的份。

公爵　　别走,杰奎斯,别走!

杰奎斯　　我不想看你们的作乐;你们将会得到些什么,我就在被你们遗弃了的山窟中也可以知道的。(下。)

公爵　　进行下去吧,开始我们的嘉礼;自始至终谁都是满心的欢喜。(跳舞。众下。)

收场白

罗瑟琳　　叫娘儿们来念收场白,似乎不大合适;可是那也不见得比叫老爷子来念开场白更不成样子些。要是好酒无须招牌,那么好戏不必有收场白;可是好酒要用好招牌,好戏倘再加上一段好收场白,岂不更好? 那么我现在的情形是怎样的呢? 既然不会念一段好收场白,又不能用一出好戏来讨好你们! 我并不穿着得像个叫化子一样,因此我不能向你们求乞;我的唯一的法子是恳请。我要先向女人们着手。女人们啊! 为着你们对于男子的爱情,请你们尽量地喜欢这本戏。男人们啊! 为着你们对于女子的爱情——瞧你们那副痴笑的神气,我就知道你们谁都不讨厌她们的——请你们学着女人们的样子,也来喜欢这本戏。假如我是一个女人①,你们中间只要谁的胡子生得叫我满意,脸蛋长得讨我欢喜,而且气息也不叫我恶心的,我都愿意给他一吻。为了我这种慷慨的奉献,我相信凡是生得一副好胡子,长得一张好脸蛋,或是有一口好气息的诸君,当我屈膝致敬的时候,都会向我**鼓掌**道别。(下。)

（朱生豪 译　陈才宇 校）

---

① 伊丽莎白时代舞台上女角皆用男童扮演。

第 十 二 夜

　　《第十二夜》约写于 1600—1602 年间，1623 年在书业公所登记，同年收入第一对开本中。

　　此剧的故事情节来自罗马剧作家普劳图斯的《孪生兄弟》和意大利的戏剧《英甘尼》。在意大利，以《英甘尼》为题的戏剧就有三种，作者分别是尼古拉·塞奇和卡兹奥·贡扎加，还有一种是流传甚广的佚名作品，有法文译本和西班牙文译本。英国作家里奇（Riche）还根据法文翻译的佚名剧编写过一个题为《阿波隆纽斯和西拉》的散文作品，这可能是莎士比亚最直接的来源。

　　此外，莎士比亚还可能参照过无名氏的剧本《克拉姆农爵士和克莱姆德斯爵士》（c. 1570—1583）、锡德尼的《阿卡狄亚》（1590）和伊曼纽尔·福德的散文罗曼史《帕里斯墨斯》。有学者认为，有关马伏里奥的描写影射了伊丽莎白女王宫廷里的一位名叫威廉·诺里斯的侍臣。

　　译文见于《朱生豪译莎士比亚戏剧手稿》第 2 册，世界书局版《莎士比亚戏剧全集》第一辑。

剧 中 人 物

奥西诺　伊利里亚公爵

塞巴斯丹　薇奥拉之兄

安东尼奥　船长，塞巴斯丹之友

另一船长　薇奥拉之友

凡伦丁 ⎫
　　　　⎬ 公爵侍臣
丘里奥 ⎭

托比·培尔契爵士　奥丽维娅的叔父

安德鲁·埃古契克爵士

马伏里奥　奥丽维娅的管家

费边
费斯特　小丑 ｝奥丽维娅之仆

奥丽维娅　富有的伯爵小姐

薇奥拉　热恋公爵者

玛丽娅　奥丽维娅的侍女

群臣、牧师、水手、乐工及其他侍从等

地　　点

伊利里亚某城及其附近海滨

第　一　幕

第一场　公爵府中一室

〔公爵、丘里奥、群臣同上；乐工随侍。

公爵　假如音乐是爱情的食粮，那么奏下去吧；尽量地奏下去，好让爱情因过饱噎塞而死。又奏起这个调子来了！它有一种渐渐消沉下去的节奏。啊，它经过我的耳畔，就像吹在一丛蔷薇上的微风的轻柔的声音，一面把花香偷走，一面又把花香分送。够了！别再奏下去了！现在已经不像原来那样甜蜜了。爱情的精灵呀！你是多么敏感而活泼；虽然你有海一样的容量，可是无论怎样高贵超越的事物，一进了你的心里，便会在顷刻间失去了它的价值。爱情是这样充满了意象,在一切事物中是最富于幻想的。

丘里奥　殿下,您要不要去打猎?

公爵　什么,丘里奥?

丘里奥　去打鹿。

公爵　啊,一点不错,我的心就像是一头鹿呢。唉! 当我第一眼瞧见奥丽维娅的时候,我觉得好像空气给她澄清了。那时我就变成了一头鹿;我的情欲像凶暴残酷的猎犬一样,永远追逐着我。

〔凡伦丁上。

公爵　怎样! 她那边有什么消息带来?

凡伦丁　禀殿下,他们不给我进去,只从她的侍女嘴里传来了这一个答复:在七个寒暑不曾过去之前,就是青天也不能窥见她的全面;她要像一个尼姑一样,蒙着面幕而行,每天用辛酸的眼泪浇洒她的卧室:这一切都是为着纪念对于一个死去的兄长的爱,她要永远活生生地保留在她的悲伤的记忆里。

公爵　唉! 她有这么一颗优美的心,对于她的哥哥也会挚爱到这等地步。假如爱神那支富丽的金箭把她心里一切其他的感情一齐射死,假如只有一个唯一的君王占据着她的心肝头脑,这些尊严的御座,只有他充满在她的一切可爱的品性之中,那时她将要怎样恋爱着啊!

　　　　　给我引道到芬芳的花丛;

　　　　　相思在花荫下格外情浓。(同下。)

第二场　海　滨

〔薇奥拉、船长及水手等上。

薇奥拉　朋友们,这儿是什么国土?

船长　这儿是伊利里亚,姑娘。

薇奥拉　我在伊利里亚干什么呢? 我的哥哥已经到极乐世界里去了。也许他侥幸没有淹死。水手们,你们以为怎样?

船长　您也是侥幸才保全了性命的。

薇奥拉　唉，我的可怜的哥哥！但愿他也侥幸无恙！

船长　不错，姑娘，您可以用侥幸的希望来宽慰您自己。我告诉您，当我们的船撞破了之后，您和那几个跟您一同脱险的人坐在我们那只给风涛所颠摇的小船上，那时我瞧见您的哥哥很有急智地把他自己绑在一根浮在海面的桅樯上，胆勇和希望教给了他这个计策；我见他像阿里翁①骑在海豚背上似的浮沉在波浪之间，直到我的眼睛望不见他。

薇奥拉　这样的话赛过黄金。(给钱)我自己的脱险使我抱着他也能够同样脱险的希望；你的话更把我的希望证实了几分。你知道这国土吗？

船长　是的，姑娘，很熟悉；因为我就是在离这儿不到三小时旅程的地方生长的。

薇奥拉　谁统治着这地方？

船长　一位名实相符的高贵的公爵。

薇奥拉　他叫什么名字？

船长　奥西诺。

薇奥拉　奥西诺！我曾经听见我父亲说起过他；那时他还没有娶亲。

船长　现在他还是这样，至少在最近我还不曾听见他娶亲的消息；因为只一个月之前我从这儿出发，那时刚刚有一种新鲜的风传——您知道大人物的一举一动，都会被一般人纷纷议论着的——说他在向美貌的奥丽维娅求爱。

薇奥拉　她是谁呀？

船长　她是一位品德高尚的姑娘；她的父亲是位伯爵，约摸在一年前

① 阿里翁(Arion)：希腊诗人和音乐家。传说他在某次乘船自西西里至科林多，途中为水手所迫害，被迫跃入海中。后为海豚负至岸上，盖深感其音乐之力云。

死去,把她交给他的儿子,她的哥哥照顾,可是他不久又死了。他们说为了对于她哥哥的深切的友爱,她已经发誓不再跟男人们在一起或见他们的面。

薇奥拉　唉! 要是我能够待候这位小姐,就可以不用在时机没有成熟之前泄露我的身分了。

船长　那很难办到,因为她不肯接纳无论哪一种请求,就是公爵的请求她也是拒绝的。

薇奥拉　船长,你瞧上去是个好人;虽然造物常常用一层美丽的墙来围蔽住内中的污秽,但是我可以相信你的心地跟你的外表一样好。请你把我的真相保守秘密,我以后会重重答谢你的;你得帮助我假扮起来,好让我达到我的目的。我要去侍候这位公爵,你要把我送给他做近侍;也许你会得到些好处的,因为我会唱歌,用各种的音乐向他说话,使他会重用我。

　　　　以后有什么事以后再说;

　　　　我会使计谋,你只须静默。

船长　　　我便当哑巴,你去做近侍;

　　　　倘多话挖去我的眼珠子。

薇奥拉　谢谢你;领着我去吧。(同下。)

第三场　奥丽维娅宅中一室

〔托比·培尔契爵士及玛丽娅上。

托比　我的侄女见什么鬼把她哥哥的死看得那么重? 悲哀是要损寿的呢。

玛丽娅　真的,托比老爷,您晚上得早点儿回来;您那侄小姐很反对您深夜不归呢。

托比　哼,让她去今天反对,明天反对,尽管反对下去吧。

玛丽娅　哦,但是您总得讲个分寸,不要太失了身分才是。

托比　身分! 我这身衣服难道不合身分吗? 穿了这种衣服去喝酒,

也很有身分的了；还有这双靴子，要是它们不合身分，就叫它们在靴带上吊死了吧。

玛丽娅　您这样酗酒会作践了您自己的，我昨天听见小姐说起过；她还说起您有一晚带到这儿来向她求婚的那个傻武士。

托比　谁？安德鲁·埃古契克爵士吗？

玛丽娅　哦，就是他。

托比　他在伊利里亚也算是一表人才了。

玛丽娅　那又有什么相干？

托比　哼，他有三千块钱一年的收入呢。

玛丽娅　哦，可是一年之内就把这些钱全花光了。他是个大傻瓜，而且是个浪子。

托比　呸！你说出这种话来！他会拉低音提琴；他会不看书本讲三四国文字，一个字都不麻糊；他有一切很好的天分。

玛丽娅　是的，傻子都是得天独厚的；因为他除了是个傻瓜之外，又是一个惯会惹是招非的家伙；要是他没有懦夫的天分来缓和一下他那喜欢吵架的脾气，有见识的人都以为他就会有棺材困的。

托比　我举手发誓，这样说他的人，都是一批坏蛋，信口雌黄的东西。他们是谁啊？

玛丽娅　他们又说您每夜跟他在一块儿喝酒。

托比　我们都喝酒祝我的侄女健康呢。只要我的喉咙里有食道，伊利里亚有酒，我便要为她举杯祝饮。谁要是不愿为我的侄女举杯祝饮，喝到像抽陀螺似的天旋地转，他就是个不中用的汉子，是个卑鄙小人。嘿，丫头！瞧！安德鲁·埃古契克爵士来啦。

　　　〔安德鲁·埃古契上。

安德鲁　托比·培尔契大人！您好，托比·培尔契大人！

托比　亲爱的安德鲁大人！

安德鲁　您好，美貌的小泼妇！

玛丽娅　您好，大人。

托比 寒暄几句,安德鲁大人,寒暄几句。

安德鲁 您说什么?

托比 这是舍侄女的丫环。

安德鲁 好寒萱姊姊,我希望咱们多多结识。

玛丽娅 我的名字是玛丽,大人。

安德鲁 好玛丽·寒萱姊姊——

托比 你弄错了,武士;"寒暄几句"就是跑上去向她应酬一下,招呼一下,客套一下的意思。

安德鲁 哎哟,我可不要跟她打交道。"寒暄"就是这个意思吗?

玛丽娅 再见,先生们。

托比 要是你让她这样走了,安德鲁爵士,你以后再不用充汉子了。

安德鲁 要是你这样走了,姑娘,我以后再不用充汉子了。好小姐,你以为你是在跟傻瓜们周旋吗?

玛丽娅 大人,可是我还不曾跟您握手呢。

安德鲁 好,让我们握手。

玛丽娅 好了,大人,我想什么您别管它。您还是先把您的这只手带到卖酒的柜台前,让它喝上几盅吧。

安德鲁 你这话怎么说,宝贝?你的话是什么意思?

玛丽娅 干燥的意思,大人。

安德鲁 我也这样想。我不是一头蠢驴,我能让我的手保持干燥。你跟我开的是什么玩笑?

玛丽娅 一个干燥的玩笑。

安德鲁 你满肚子都是这些玩笑吗?

玛丽娅 这样的玩笑我随手抓抓就是。好了,我现在得松手了,我的玩笑也开光了。① (下。)

托比 武士啊!你应该喝杯酒儿。几时我见你这样给人愚弄过?

---

① 朱译手稿:现在,大人,我可以想我是在跟谁周旋了。

安德鲁　我想你从来没有见过；除非你见我给酒弄昏了头。有时我觉得我跟平常人一样笨；可是我是个吃牛肉的老饕，我相信那对于我的聪明很有妨害。

托比　一定一定。

安德鲁　要是我那样想的话，那么我发誓否认。托比大人，明天我要骑马回家去了。

托比　Pourquoi①，我的亲爱的武士？

安德鲁　什么叫 pourquoi？好还是不好？我理该把我花在击剑、跳舞和耍熊上面的工夫学几种外国话的。唉！要是我读了文学多么好！

托比　要是你花些工夫在你的卷发钳上头，你就可以有一头很好的头发了。

安德鲁　怎么，那跟我的头发有什么关系？

托比　很明白，因为你瞧你的头发不用些工夫上去是不会卷曲起来的。

安德鲁　可是我的头发不也已经够好看了吗？

托比　好得很，它披下来就像纺杆上的麻线一样，我希望有哪位奶奶把你夹在大腿间纺它一纺。

安德鲁　真的，我明天要回家去了，托比大人。你侄女不肯接见我；即使接见我，多分她也不会要我。这儿的公爵也向她求婚呢。

托比　她不要什么公爵不公爵；她不愿嫁给比她身分高、地位高、年龄高、智慧高的人，我听见她这样发过誓。嘿，老兄，还有希望呢。

安德鲁　我再耽搁一个月。我是世上心思最古怪的人；我有时老是喜欢喝酒跳舞。

托比　这种玩意儿你很擅长的吗，武士？

----

①　Pourquoi，法文：为什么。

安德鲁　可以比得过伊利里亚无论哪个不比我高明的人；可是我不
　　　愿跟老手比。

托比　你跳舞的本领怎样？

安德鲁　我会来几下雀步。①

托比　我也会来几下燕舞。

安德鲁　讲到我的倒跳的本事，简直可以比得上伊利里亚的无论什
　　　么人。

托比　为什么你要把这种本领隐匿起来呢？为什么这种天才要覆上
　　　一块幕布？难道它们也会沾上灰尘，像灶下的烧饭丫头一样？
　　　为什么不跳着“加里阿”到教堂里去，跳着“科兰多”一路回家？
　　　假如是我的话，我要走一步路也是“捷格”舞，撒一泡尿也是五步
　　　舞呢。你是什么意思？这世界上是应该把才能隐藏起来的吗？
　　　照你那双出色的好腿看来，我想它们是在一个跳舞的星光底下
　　　生下来的。

安德鲁　哦，我这双腿很有力道，穿了火黄色的袜子倒也十分漂亮。
　　　我们喝酒去吧？

托比　除了喝酒，咱们还有什么事好做？咱们的命宫不是金牛星吗？

安德鲁　金牛星！金牛星管的是腰和心。

托比　不，老兄，是腿和股。跳个舞给我看。哈哈！跳得高些！哈
　　　哈！好极！（同下。）

第四场　公爵府中一室

　　　　〔凡伦丁及薇奥拉男装上。

凡伦丁　要是公爵继续这样宠幸你，西萨里奥，你多分就要高升起来
　　　了；他认识你还只有三天，你就跟他这样熟了。

薇奥拉　你说继续这样宠幸我，你的意思是不是说他的心性有点捉

①　朱译手稿：不骗你，我很会跳两下子。

摸不定,或是担心我的疏忽? 先生,他待人是不是有始无终的?

凡伦丁　不,相信我。

薇奥拉　谢谢你。公爵来了。

　　　　　〔公爵、丘里奥及侍从等上。

公爵　喂! 有谁看见西萨里奥吗?

薇奥拉　在这儿,殿下,听候您的吩咐。

公爵　你们暂时走开些。西萨里奥,你已经知道了一切,我已经把我
　　　秘密的内心中的书册向你展示过了;因此,好孩子,到她那边去,
　　　别让他们把你摈之门外,站在她的门口,对他们说,你要站到脚
　　　底下生了根,直等她把你延见为止。

薇奥拉　殿下,要是她真像人家所说的那样沉浸在悲哀里,她一定不
　　　会允许我进去的。

公爵　你可以跟他们吵闹,不用顾虑一切礼貌的界限,但一定不要毫
　　　无结果而归。

薇奥拉　假定我能够和她见面谈话了,殿下,那么又怎样呢?

公爵　噢! 那么就向她宣布我的恋爱的热情,把我的一片挚诚说给
　　　她听,让她吃惊。你表演起我的伤心来一定很出色,你这样的青
　　　年一定比那些脸孔板板的使者们更能引起她的注意。

薇奥拉　我想不见得吧,殿下。

公爵　好孩子,相信我的话,因为像你这样的妙龄,还不能算是个成
　　　人:狄安娜的嘴唇也不比你的更柔滑而红润;你的娇细的喉咙像
　　　处女一样尖锐而清朗;在各方面你都像个女人。我知道你的性
　　　格很容易对付这件事情。四五个人陪着你;要是你们愿意,就把
　　　他们全带去也好;因为我欢喜孤寂。你倘能成功,那么你主人的
　　　财产你也可以有份。

薇奥拉　我愿意尽力去向您的爱人求婚。

　　　　　(旁白)唉,怨只怨多阻碍的前程!

　　　　　　　但我一定要做他的夫人。(各下。)

第五场　　奥丽维娅宅中一室

〔玛丽娅及小丑上。

玛丽娅　不，你要是不告诉我你到哪里去来，我便把我的嘴唇抿得紧紧的，连一根毛发也钻不进去，不给你说句好话。小姐因为你不在，要吊死你呢。

小丑　让她吊死我吧；好好儿吊死的人，在这世上可以不怕敌人。①

玛丽娅　把你的话解释解释。

小丑　因为他看不见敌人了。

玛丽娅　好一句无聊的回答。**让我告诉你"我不怕敌人"这句老古话的出典吧。**

小丑　什么出典，好玛丽娅姑娘？

玛丽娅　这是战争用语，下回你遇到傻子问题时，也可以大胆地这么说。

小丑　好吧，上帝给聪明与聪明人；至于傻子们呢，那只好靠他们的本事了。

玛丽娅　可是你这么久**在外边鬼混**②，小姐一定要把你吊死呢，否则把你赶出去，那不是跟把你吊死一样好吗？

小丑　好好儿的吊死常常可以防免坏的婚姻；至于赶出去，那在夏天倒没甚要紧。

玛丽娅　那么你已经下了决心了吗？

小丑　不，没有；可是我决定了两端。

玛丽娅　假如一端断了，一端还连着；假如两端都断了，你的裤子也落下来了。

小丑　妙，真的很妙。好，去你的吧；要是托比老爷戒了酒，你在伊利

---

①　原文 color（人种）与 collar（绞架）发音相近。

②　朱译手稿：不在。

里亚的雌儿中间也好算是个调皮的角色了。

玛丽娅　闭嘴,你这坏蛋,别胡说了。小姐来啦;你还是好好儿想出个推托来吧。(下。)

小丑　才情呀,请你帮我好好儿装一下傻瓜!那些自负才情的人,实际上往往是些傻瓜;我知道我自己没有才情,因此也许可以算做聪明人。昆那伯勒斯①怎么说的?"与其做愚蠢的智人,不如做聪明的愚人。"

　　　　〔奥丽维娅偕马伏里奥上。

小丑　上帝祝福你,小姐!

奥丽维娅　把这傻子撵出去!

小丑　喂,伙计们,你们没听见吗?把这位小姐撵出去。

奥丽维娅　算了吧!你是个干燥无味的傻子,我不要再看见你了;而且你已经变得不老实起来了。

小丑　我的小姐,这两个毛病用酒和忠告都可以治好。只要给干燥无味的傻子一点酒喝,他就不干燥了。只要劝不老实的人洗心革面,弥补他从前的过失:假如他能够弥补的话,他就不再不老实了。假如他不能弥补,那么叫裁缝把他补一补也就得了。弥补者,弥而补之也:道德的失足无非补上了一块罪恶;罪恶悔改之后,也无非补上了一块道德。假如这种简单的论理可以通得过去,很好;假如通不过去,还有什么办法?当忘八是一件倒霉的事,美人好比鲜花,这都是无可怀疑的。小姐吩咐把傻子撵出去,因此我再说一句,把她撵出去吧。

奥丽维娅　尊驾,我吩咐他们把你撵出去呢。

小丑　这就是大错而特错了!小姐,"戴了僧侣帽,不定是僧侣"②;那就好比说,我身上虽然穿着愚人的彩衣,可是我并不一定连

---

①　小丑杜撰的一个人名。

②　朱译手稿:戴了和尚帽,不定是和尚。

头脑里也穿着它呀。我的好小姐,准许我证明您是个傻子。

奥丽维娅　你能吗?

小丑　再便当也没有了,我的好小姐。

奥丽维娅　那么证明一下看。

小丑　小姐,我必须把您盘问;我的贤淑的小乖乖,回答我。

奥丽维娅　好吧,先生,为了没有别的消遣,我就等候着你的证明吧。

小丑　我的好小姐,你为什么悲伤?

奥丽维娅　好傻子,为了我哥哥的死。

小丑　小姐,我想他的灵魂会是在地狱里。

奥丽维娅　傻子,我知道他的灵魂是在天上。

小丑　这就越显得你的傻了,我的小姐;你哥哥的灵魂既然在天上,为什么要悲伤呢? 列位,把这傻子撵出去。

奥丽维娅　马伏里奥,你以为这傻子怎样? 他弥缝得好不好?

马伏里奥　是的,他到死都要在弥缝里过着日子。意志薄弱可以毁了一个聪明人,可是对于傻子却能使他变得格外傻起来。

小丑　大爷,上帝保佑您快快意志薄弱起来,好让您格外傻得利害! 托比老爷可以发誓说我不是狐狸,可是他不愿跟人家打赌两便士说您不是个傻子。

奥丽维娅　你怎么说,马伏里奥?

马伏里奥　我不懂您小姐怎么会欢喜这种没有头脑的混账东西。前天我看见他给一个像石头一样冥顽不灵的下等的傻子算计了去。您瞧,他已经无招架之功了;要是您不笑笑给他一点题目,他便要无话可说。我说,听见这种傻子的话也会那么高兴的聪明人们,我看都不过是些傻子们的应声虫罢了。

奥丽维娅　啊! 您是太自命不凡了,马伏里奥;你缺少一副健全的胃口。宽容慷慨、气度汪洋的人,把炮弹也不过看成了鸟箭。傻子有特许放肆的权利,虽然他满口骂人,人家不会见怪于他;君子出言必有分量,虽然他老是指摘人家的错处,也不能算为谩骂。

小丑　墨丘利①赏给你说谎的本领吧,因为你给傻子说了好话!

〔玛丽娅重上。

玛丽娅　小姐,门口有一位年轻的先生很想跟您说话。

奥丽维娅　从奥西诺公爵那儿来的吧?

玛丽娅　我不知道,小姐;他是一位漂亮的青年,随从很盛。

奥丽维娅　我家里有谁在跟他周旋呢?

玛丽娅　是令亲托比老爷,小姐。

奥丽维娅　你去叫他走开;他满口都是些疯话。不害羞的!(玛丽娅下)马伏里奥,你给我去;假若是公爵差来的,说我病了,或是不在家,随你怎样说,把他打发走。(马伏里奥下)你瞧,先生,你的打诨已经陈腐起来,人家不喜欢了。

小丑　我的小姐,你帮我说话就像你的大儿子也是个傻子一般;愿上帝在他的头颅里塞满脑子吧!瞧你的那位有一副最不中用的头脑的令亲来了。

〔托比·培尔契爵士上。

奥丽维娅　哎哟,又已经半醉了。叔叔,门口是谁?

托比　一个绅士。

奥丽维娅　一个绅士!什么绅士?

托比　有一个绅士在这儿——这种该死的咸鱼!怎样,蠢货!

小丑　好托比爷爷。

奥丽维娅　叔叔,叔叔,你怎么这么早就昏天黑地了?

托比　声天色地!我打倒声天色地!有一个人在门口。

小丑　是呀,他是谁呢?

托比　让他是魔鬼也好,我不管;我说,我心里耿耿三尺有神明。好,都是一样。(下。)

奥丽维娅　傻子,醉汉像个什么东西?

---

①　墨丘利:罗马神话中的商业神,即希腊神话中的赫耳墨斯。

小丑　像个溺死鬼，像个傻瓜，又像个疯子。多喝了一口就会把他变
　　　成个傻瓜；再喝一口就发了疯；喝了第三口就把他溺死了。

奥丽维娅　你去找个验尸的来吧，让他来验验我的叔叔；因为他已经
　　　喝酒喝到了第三个阶段，他已经溺死了。瞧瞧他去。

小丑　他还不过是发疯呢，我的小姐；傻子该去照顾疯子。（下。）

　　　　〔马伏里奥重上。

马伏里奥　小姐，那个少年发誓说要见您说话。我对她说您有病；他
　　　说他知道，因此要来见您说话。我对他说您睡了，他似乎也早已
　　　知道了，因此要来见您说话。还有什么话好对他说呢，小姐？什
　　　么拒绝都挡他不了。

奥丽维娅　对他说我不要见他说话。

马伏里奥　这也已经对他说过了；他说，他要像州官衙门前竖着旗杆
　　　那样立在您的门前不去，像凳子脚一样直挺挺地站着，非得见您
　　　说话不可。

奥丽维娅　他是怎样一个人？

马伏里奥　呃，就像一个人那么的。

奥丽维娅　可是是什么样子的呢？

马伏里奥　很无礼的样子；不管您愿不愿意，他一定要见您说话。

奥丽维娅　他的相貌怎样？多大年纪？

马伏里奥　说是个大人吧，年纪还太轻；说是个孩子吧，又嫌大些：就
　　　像是一颗没有成熟的豆荚，或是一只半生的苹果，所谓介乎两可
　　　之间。他长得很漂亮，说话也很刁钻；看他的样子，似乎有些未
　　　脱乳臭。

奥丽维娅　叫他进来。把我的侍女唤来。

马伏里奥　姑娘，小姐叫着你呢。（下。）

　　　　〔玛丽娅重上。

奥丽维娅　把我的面纱拿来；来，罩住我的脸。我们要再听一次奥西
　　　诺来使的说话。

〔薇奥拉及侍从等上。

薇奥拉　哪一位是这里府中的贵小姐？

奥丽维娅　有什么话对我说吧；我可以代她答话。你来有什么见教？

薇奥拉　最辉煌的、卓越的、无双的美人！请您指示我，这位是不是就是这里府中的小姐，因为我没有见过她。我不大甘心浪掷我的言辞；因为它不但写得非常出色，而且我费了好大的辛苦才把它背熟。两位美人，不要把我取笑；我是个非常敏感的人，一点点轻侮都受不了的。

奥丽维娅　你是从什么地方来的，先生？

薇奥拉　除了我所温练过的以外，我不能说别的话；您那问题是我所不曾预备作答的。温柔的好人儿，好好儿告诉我您是不是府里的小姐，好让我陈说我的来意。

奥丽维娅　你是个小丑吗？

薇奥拉　不，我的深心的人儿；可是**不管人家如何恶意中伤我**，我发誓我并不是我所扮演的角色。您是这府中的小姐吗？

奥丽维娅　是的，要是我没有篡夺了我自己。

薇奥拉　假如您就是她，那么您的确是篡夺了您自己了；因为你有权力给与别人的，你却没有权力把它藏匿起来。但是这种话跟我来此的使命无关；我要继续着恭维您的言辞，然后告知您我的来意。

奥丽维娅　把重要的话说出来；恭维免了吧。

薇奥拉　唉！我好容易才把它背熟，而且它又是很诗意的。

奥丽维娅　那么多分是些鬼话，请你留着不用说了吧。我听说你在我门口一味顶撞；让你进来只是为要看看你究竟是个什么人，并不是要听你说话。要是你没有发疯，那么去吧；要是你明白事理，那么说得简单一些：我现在没有那样心思去理会一段没有意思的谈话。

玛丽娅　请你动身吧，先生，这儿便是你的路。

薇奥拉　　不,好清道夫,我还要在这儿闲荡一会儿呢。亲爱的小姐,
　　　　请您劝劝您这位"彪彪大汉"别那么神气活现。

奥丽维娅　　把你的尊意告诉我。

薇奥拉　　我是一个使者。

奥丽维娅　　你那种礼貌那么可怕,你带来的信息一定是些坏事情。
　　　　有什么话说出来。

薇奥拉　　除了您之外不能让别人听见。我不是来向您宣战,也不是
　　　　来要求您臣服;我手里握着橄榄枝,我的话里充满了和平,也充
　　　　满了意义。

奥丽维娅　　可是你一开始就不讲礼。你是谁? 你要的是什么?

薇奥拉　　我的不讲礼是我从你们对我的接待上学来的。我是谁,我
　　　　要些什么,是个秘密;在您的耳中是神圣,别人听起来就是亵渎。

奥丽维娅　　你们都走开吧;我们要听一听这神圣的话。(玛丽娅及侍从
　　　　等下)现在,先生,请教您的经文?

薇奥拉　　最可爱的小姐——

奥丽维娅　　倒是一种叫人听了怪舒服的教理,可以大发议论呢。你
　　　　的经文呢?

薇奥拉　　在奥西诺的心头。

奥丽维娅　　在他的心头! 在他的心头的哪一章?

薇奥拉　　照目录上排起来,是他心头的第一章。

奥丽维娅　　噢! 那我已经读过了,无非是些旁门左道。你没有别的
　　　　话要说了吗?

薇奥拉　　好小姐,让我瞧瞧你的脸孔。

奥丽维娅　　贵主人有什么事要差你来跟我的脸孔接洽的吗? 你现在
　　　　岔开你的正文了;可是我们不妨拉开幕儿,让你看看这幅图画。
　　　　(揭除面幕)你瞧,先生,我就是这个样子;它不是画得很好吗?

薇奥拉　　要是一切都出于上帝的手,那真是绝妙之笔。

奥丽维娅　　它的色彩很耐久,先生,受得起风霜的侵蚀。

薇奥拉　那真是各种色彩精妙地调和而成的美貌；那红红的、白白的
　　　都是造化亲自用他的可爱的巧手敷上去的。小姐，您是世上最
　　　忍心的女人，要是您甘心让这种美埋没在坟墓里，不给世间留下
　　　一份副本。

奥丽维娅　啊！先生，我不会那样狠心；我可以列下一张我的美貌的
　　　清单，一一开陈清楚，把每一件细目都载在我的遗嘱上，例如：一
　　　款，浓淡适中的朱唇两片；一款，灰色的倩眼一双，附眼睑；一款，
　　　玉颈一围，柔颐一个，等等。你是奉命到这儿来恭维我的吗？

薇奥拉　我明白您是个什么样的人了。您太骄傲了；可是即使您是
　　　个魔鬼，您是美貌的。我的主人爱着您；啊！这么一种爱情，即
　　　使您是人间的绝色，也应该酬答他的。

奥丽维娅　他怎样爱着我呢？

薇奥拉　用崇拜，大量的眼泪，震响着爱情的呻吟，吞吐着烈火的
　　　叹息。

奥丽维娅　你的主人知道我的意思，我不能爱他；虽然我想他品格很
　　　高，知道他很尊贵，很有身分，年青而纯洁，有很好的名声，慷慨、
　　　博学、勇敢，长得又体面；可是我总不能爱他，他老早就已经得到
　　　我的回音了。

薇奥拉　要是我也像我的主人一样热情地爱着您，也是这样的受苦，
　　　这样了无生趣地把生命拖延，我不会懂得您的拒绝是什么意思。

奥丽维娅　啊，你预备怎样呢？

薇奥拉　我要在您的门前用柳枝筑成一所小屋，在府中访谒我的灵
　　　魂；我要吟咏着被冷淡的忠诚的爱情的篇什，不顾夜多么深，我
　　　要把它们高声歌唱；我要向着回声的山崖呼喊您的名字，使饶舌
　　　的风都叫着"奥丽维娅"！啊，您在天地之间将要得不到安静，除
　　　非您怜悯了我！

奥丽维娅　你可以这样做的。你的家世怎样？

薇奥拉　超过于我目前的境遇，但我是个有身分的士人。

奥丽维娅　　回到你主人那里去；我不能爱他，叫他不要再差人来了；除非或者你再来见我，告诉我他对于我的答复觉得怎样。再会！多谢你的辛苦；这几个钱赏给你。

薇奥拉　　我不是个要钱的信差，小姐，留着您的钱吧；不曾得到报酬的，是我的主人，不是我。但愿爱神使您所爱的人也是心如铁石，好让您的热情也跟我主人的一样遭到轻蔑！再会，忍心的美人！（下。）

奥丽维娅　　"你的家世怎样？""超过于我的境遇，但我是个有身分的士人。"我可以发誓你一定是的；你的语调，你的脸孔，你的肢体、动作、精神，**各方面都可以证明你的高贵**①。——别这么性急。且慢！且慢！除非颠倒了主仆的名分。——什么！这么快便染上那种病了？我觉得好像这个少年的美处在悄悄地蹑步进入我的眼中。好，让它去吧。喂！马伏里奥！

　　　　　　〔马伏里奥重上。

马伏里奥　　有，小姐，听候您的吩咐。

奥丽维娅　　去追上那个无礼的使者，公爵差来的人，他不管我要不要，硬把这戒指留下。对他说我不要，请他不要向他的主人献功，让他死不了心；我跟他没有缘分。要是那少年明天还打这儿走过，我可以告诉他为什么。去吧，马伏里奥。

马伏里奥　　是，小姐。（下。）

奥丽维娅　　　我的行事我自己全不懂，
　　　　　　　　怎一下子便会把人看中？
　　　　　　　　一切但凭着命运的吩咐，
　　　　　　　　谁能够作得了自己的主！（下。）

---

①　朱译手稿：给你五重的证明你的高贵。

第 二 幕

第一场 海 滨

[安东尼奥及塞巴斯丹上。

安东尼奥 您不愿住下去吗？您也不愿让我陪着您去吗？

塞巴斯丹 请您原谅，我不愿。我是个倒霉的人，我的晦气也许要连累了您，所以我要请您离开我，好让我独自担承我的恶运；假如连累到您身上，那是太辜负了您的好意了。

安东尼奥 可是让我知道您的去向吧。

塞巴斯丹 不瞒您说，先生，我不能告诉您；因为我所决定的航行不过是无目的的漫游。可是我看您这样有礼，您一定不会强迫我说出我所保守的秘密来；因此按礼该我来向您表白我自己。安东尼奥，您要知道我的名字是塞巴斯丹，罗德利哥是我的化名。我的父亲便是梅萨琳的塞巴斯丹，我知道您一定听见过他的名字。他死后丢下我和一个妹妹，我们两人是在同一个时辰里出世的；我多么希望上天也让我们两人在同一个时辰里死去！可是您，先生，却来改变了我的命运；因为在您把我从海浪里搭救起来的那一点钟里，我的妹妹已经淹死了。

安东尼奥 唉，可惜！

塞巴斯丹 先生，虽然人家说她非常像我，许多人都说她是个美貌的姑娘；我虽然不好意思相信这句话，但是至少可以大胆说一句，即使妒嫉她的人也不能不承认她有一颗美好的心。她已经给海水淹死了，先生，虽然我似乎要用更多的泪水来淹没对她的记忆。

安东尼奥　先生,请您恕我招待不周。

塞巴斯丹　啊,好安东尼奥! 我才是多多打扰了您哪!

安东尼奥　要是您看在我的交情分上,不愿叫我伤心的话,请您允许
　　我做您的仆人吧。

塞巴斯丹　您已经搭救了我的性命,要是您不愿让我**负愧**①而死,那
　　么请不要提出那样的请求,免得您白白救了我一场。我立刻就
　　告辞了;我的心是怪软的,还不曾脱去我母亲的性质,为了一点
　　点理由,我的眼睛里就会露出我的**弱点**②来。我要到奥西诺公
　　爵的宫廷里去,再会了。(下。)

安东尼奥　一切神明护佑着你! 我在奥西诺的宫廷里有许多敌人,
　　否则我就会马上到那边去会你——

　　　　　　但无论如何我爱你太深,

　　　　　　履险如夷我定要把你寻。(下。)

第二场　街　道

　　　　　[薇奥拉上,马伏里奥随上。

马伏里奥　您不是刚从奥丽维娅伯爵小姐那儿来的吗?

薇奥拉　是的,先生,因为我走得慢,所以现在还不过在这儿。

马伏里奥　先生,这戒指她还给您;您很可以自己拿了,免得我麻烦。
　　她又说您必须叫您家主人**死了心,明白**③她再不要跟他来往。
　　还有,您不用再那么莽撞地到我家来了,除非来回报一声您家主
　　人有没有把这戒指拿回去。好,拿去吧。

薇奥拉　她自己拿了我这戒指去的;我不要。

马伏里奥　算了吧,先生,您使性子把它丢给她;她的意思也要我把

---

①　朱译手稿:难过。

②　朱译手稿:马脚。

③　朱译手稿:死心塌地的明白。

它照样丢还给您。假如它是值得弯下身子拾起来的话，它就在您的眼前；不然的话，让什么人看见就给什么人拿去吧。（下。）

薇奥拉　我没有留下戒指呀，这位小姐是什么意思？但愿她不要迷恋了我的外貌才好！她把我打量得那么仔细，真的，我觉得她看得我那么出神，连自己讲的什么话儿也不顾到了，那么没头没脑、颠颠倒倒的。一定的，她爱上我啦；情急智生，才差这个无礼的使者来邀请我。不要我主人的戒指！嘿，他并没有把什么戒指送给她呀！我才是她意中的人；真是这样的话——事实上确是这样——那么，可怜的小姐，她真是做梦了！我知道了假扮的确不是一桩好事情，魔鬼会趁机大显他的身手。一个又漂亮又靠不住的男人，多么容易占据了女人家柔弱的心！唉！这都是我们生性脆弱的缘故，不是我们自身的错处；因为上天造下来我们是哪样的人，我们就是哪样的人。这种事情怎么了结呢？我的主人深深地爱着她；我呢，可怜的小鬼，也是那样恋着他；她呢，认错了人，似乎在相思我。这怎么得了呢？因为我是个男人，我决不能叫我的主人爱上我；因为我是个女人，唉！可怜的奥丽维娅也要白费无数的叹息了！

　　　　这纠纷要让时间来理清，

　　　　叫我打开这结儿怎么成！（下。）

第三场　奥丽维娅宅中一室

［托比·培尔契爵士及安德鲁·埃古契克爵士上。

托比　过来，安德鲁爵士。深夜不睡即是起身得早；"起身早，身体好"，你知道的——

安德鲁　不，老实说，我不知道；我知道的是，深夜不睡便是深夜不睡。

托比　一个错误的结论；我听见这种话就像看见一个空酒瓶那么头痛。深夜不睡，过了半夜才睡，那就是到大清早才睡，岂不是睡得很早？我们的生命不是由四大元素组成的吗？

安德鲁　不错,他们是这样说;可是我以为我们的生命不过是吃吃和喝喝而已。

托比　你真有学问;那么让我们吃吃喝喝吧。玛丽娅,喂！开一瓶酒来！

　　　　〔小丑上。

安德鲁　那个傻子来啦。

小丑　啊,我的心肝们！咱们刚好凑成一幅"三星图"。

托比　欢迎,驴子！现在我们来一个轮唱歌吧。

安德鲁　说老实话,这傻子有一副很好的喉咙。我宁愿拿四十个先令换他这么一条腿和这么一副可爱的声音。真的,你昨夜打诨打得很好,说什么匹格罗格罗密忒斯哪,维比亚人越过了丘勃斯的赤道线哪,①真是好得很。我送了六便士给你的姘头,不是吗？

小丑　你的恩典我已经放进了我的口袋里;因为马伏里奥的鼻子不是鞭柄,我的小姐有一双玉手,她的跟班们不是开酒馆的。

安德鲁　好极了！嗯,无论如何这要算是最好的打诨了。现在唱个歌吧。

托比　来,给你六便士,唱个歌吧。

安德鲁　我也有六便士给你呢;要是他会给你,我也会给你。

小丑　你们要我唱支爱情的歌呢,还是唱支劝人为善的歌？

托比　唱个情歌,唱个情歌。

安德鲁　是的,是的,劝人为善有什么意思？

小丑　（唱）　　你到哪里去,啊我的姑娘？
　　　　　　　听呀,那边来了你的情郎,
　　　　　　　　　嘴里吟着抑扬的曲调。

———————————

①　小丑有意卖弄自己的博学。

　　　　　　不要再走了,美貌的亲亲;

　　　　　　恋人的相遇终结了行程,

　　　　　　　　每个聪明人全都知晓。

安德鲁　真好极了!

托比　好,好!

小丑　（唱）　什么是爱情? 它不在明天;

　　　　　　欢笑嬉游莫放过了眼前,

　　　　　　　　将来的事有谁能猜料?

　　　　　　不要蹉跎了大好的年华;

　　　　　　来吻着我吧,你双十娇娃,

　　　　　　　　转眼青春早化成衰老。

安德鲁　凭良心说话,好一副流利的歌喉!

托比　好一股恶臭的气息!

安德鲁　真的,很甜蜜又很恶臭。

托比　用鼻子听起来,那么恶臭也很动听。可是我们要不要让天空
　　　跳起舞来呢? 我们要不要唱一支轮唱歌,把夜枭吵醒,那曲调会
　　　叫一个织工听了三魂出窍?

安德鲁　要是你爱我,让我们来一下吧;唱轮唱歌我挺拿手啦。

小丑　对啦,大人,有许多狗也会唱得很好。

安德鲁　不错不错。让我们唱《你这坏蛋》吧。

小丑　《闭住你的嘴,你这坏蛋》,是不是这一首,武士? 那么我可不
　　　得不叫你做坏蛋啦,武士。

安德鲁　人家不得不叫我做坏蛋,这也不是第一次。你开头,傻子;
　　　第一句是“闭住你的嘴”。

小丑　要是我闭住我的嘴,我就再也开不了头啦。

安德鲁　说得好,真的,来,唱起来吧。（三人唱轮唱歌。）

　　　　〔玛丽娅上。

玛丽娅　你们在这里猫儿叫春似的闹些什么呀! 要是小姐不会叫起

她的管家马伏里奥来把你们赶出门外去,再不用相信我的话好了。

托比　小姐是个支那人;我们都是阴谋家;马伏里奥是拉姆西的佩格姑娘①;"我们是三个快活的人"。我跟她不是同宗吗?我不是她的一家人吗?胡说八道,姑娘!"巴比伦有一个人,姑娘,姑娘!"

小丑　要命,这位老爷真会开玩笑。

安德鲁　哦,他高兴开起玩笑来,真会开得很好,我也是这样。不过他的玩笑开得富于风趣,而我比较自然一点。

托比　"啊!十二月的十二——"

玛丽娅　看在上帝的面上,别闹了吧!

　　　　〔马伏里奥上。

马伏里奥　我的爷爷们,你们疯了吗?还是怎么啦?难道你们没有脑子,不懂规矩,全无礼貌,在这种夜深时候还要像一群发酒疯的补锅匠似的乱吵?你们把小姐的屋子当作一间酒馆,好让你们直着喉咙,嘶那种鞋匠司务的歌儿吗?难道你们全不想想这是什么地方,这儿有的是什么人,或者现在是什么时候了吗?

托比　**先生,我们唱歌是按时轮换的**。你去上吊吧!

马伏里奥　托比老爷,莫怪我说句不怕忌讳的话。小姐吩咐我告诉您说,她虽然把您当个亲戚留您住在这儿,可是她不能容忍您那种胡闹。要是您能够循规蹈矩,我们这儿是十分欢迎您的;否则的话,要是您愿意向她告别,她一定会让您走。

托比　"既然我非去不可,那么再会吧,亲亲!"

玛丽娅　别这样,好托比老爷。

小丑　"他的眼睛显示出他末日将要来临。"

马伏里奥　岂有此理!

---

①　拉姆西的佩格姑娘:歌曲中的人物。

托比　"可是我决不会死亡。"

小丑　托比老爷,您在说谎。

马伏里奥　真有体统!

托比　"我要不要叫他滚蛋?"

小丑　"不叫他滚蛋又怎样?"

托比　"要不要叫他滚蛋,毫无留贷?"

小丑　"啊! 不,不,不,你没有这种胆量。"

托比　唱得不入调吗? 先生,你说谎! 除了是一个管家之外,你还有
　　什么可以神气的呢? 你以为你自己道德高尚,人家便不能喝酒
　　取乐了吗?(下。)

小丑　是的,我凭圣安娜起誓,嘴里的生姜总是辣的。

托比　**你说得好!** ——去,朋友,用面包屑去擦你的项链吧。开一瓶
　　酒来,玛丽娅!

马伏里奥　玛丽娅姑娘,要是你不愿小姐对你生气,你可不要帮助他
　　们作这种胡闹;我一定会去告诉她的。(下。)

玛丽娅　滚你的吧!

安德鲁　向他挑战,然后失他的约,愚弄他一下子,倒是个很好的办
　　法,就像人肚子饿了喝酒一样。

托比　好,武士,我给你写挑战书,或者代你去口头向他通知你的
　　愤怒。

玛丽娅　亲爱的托比老爷,今夜忍耐一下子吧;今天公爵那边来的少
　　年会见了小姐之后,她心里很烦。至于马伏里奥先生,我去对付
　　他好了;要是我不把他愚弄得给人当做笑柄,让大家取乐儿,我
　　便是个连直挺挺躺在床上都不会的蠢东西。我知道我一定
　　能够。

托比　告诉我们,告诉我们,告诉我们一些关于他的事情。

玛丽娅　好,老爷,有时候他有点儿像清教徒。

安德鲁　啊! 要是我早想到了这一点,我要把他像狗一样打一顿呢。

托比　什么，为了是个清教徒吗？你有什么绝妙的理由，亲爱的
　　　武士？

安德鲁　我没有什么绝妙的理由，可是我有相当的理由。

玛丽娅　他是个鬼清教徒，反复无常、逢迎取巧是他的本领；一头装
　　　腔作势的驴子，背熟了几句官话，便倒也似的倒了出来；自信非
　　　凡，以为自己真了不得，谁看见他都会爱他；我可以凭着那个弱
　　　点堂堂正正地给他一顿教训。

托比　你预备怎样？

玛丽娅　我要在他的路上丢下一封暧昧的情书，里面活生生地描写
　　　着他的胡须的颜色，他的腿的形状，他的走路的姿势，他的眼睛、
　　　额角和脸上的表情；他一见就会觉得是写他自己的。我会学您
　　　侄小姐的笔迹写字；在一件已经忘记了的文件上，简直辨不出来
　　　是谁的一手字。

托比　好极！我嗅到了一个计策了。

安德鲁　我鼻子里也闻到了呢。

托比　他见了你丢下的这封信，便会以为是我的侄女写的，以为她爱
　　　上了他。

玛丽娅　我的意思正是这样。

安德鲁　你的意思要叫他变成一头驴子。

玛丽娅　驴子，那是毫无疑问的。

安德鲁　啊！那好极了！

玛丽娅　出色的把戏，你们瞧着好了；我知道我的药对他一定生效。
　　　我可以把你们两人连那傻子安顿在他捡着那信的地方，瞧他怎
　　　样把它解释。今夜呢，大家上床睡去，梦着那回事吧。再见。
　　　（下。）

托比　晚安，好姑娘！

安德鲁　我说，她是个好丫头。

托比　她是头纯种的小猎犬，很爱我；怎样？

安德鲁　我也曾经给人爱过呢。

托比　让我们去睡吧,武士。你应该叫家里再寄些钱来。

安德鲁　要是我不能得到您的侄女,我就大上其当了。

托比　去要钱吧,武士;要是你结果终不能得到她,你叫我傻子。

安德鲁　要是我不去要,再不要相信我,随你以为怎样吧。

托比　来,来,我去烫些酒来;现在去睡太晚了。来,武士;来,武士。

　　(同下。)

第四场　公爵府中一室

〔公爵、薇奥拉、丘里奥及余人等上。

公爵　给我奏些音乐。早安,朋友们。好西萨里奥,我只要听我们昨晚所听见的那支古曲;我觉得它比讲究轻快急速的近代的那种轻情的乐调和警炼的字句更能慰解我的痴情。来,只唱一节吧。

丘里奥　禀殿下,会唱这歌儿的人不在这儿。

公爵　他是谁?

丘里奥　是那个弄人费斯特,殿下;他是奥丽维娅小姐的尊翁所宠幸的傻子。他就在这儿左近。

公爵　去找他来,现在先把那曲调奏起来吧。(丘里奥下。奏乐)过来,孩子。要是你有一天发生了恋爱,在那种甜蜜的痛苦中请记着我;因为真心的恋人都像我一样,在其他一切情感上都是轻浮易变,但他所爱的人儿的影像,却是永远铭刻在他心头的。你喜欢不喜欢这个曲调?

薇奥拉　它传出了爱情的宝座上的回声。

公爵　你说得很好。我相信你虽然这样年青,你的眼睛一定曾经看中过什么人,是不是,孩子?

薇奥拉　略为有点,请您恕我。

公爵　是个什么样子的女人呢?

薇奥拉　相貌跟您差不多。

公爵　　那么她是不配被你爱的。什么年纪呢？

薇奥拉　　年纪也跟您差不多，殿下。

公爵　　啊，那太老了！女人应当拣一个比她年纪大些的男人，这样她
　　　　才可以跟他合得拢来，不会失去她丈夫的欢心；因为，孩子，不论
　　　　我们怎样自称自赞，我们的爱情总比女人们流动不定些，富于希
　　　　求，易于反复，更容易消失而生厌。

薇奥拉　　这一层我也想到了，殿下。

公爵　　那么选一个比你年青一点的姑娘做你的爱人吧，否则你的爱
　　　　情便不能维持常态——

　　　　　　　　女人正像是娇艳的蔷薇，

　　　　　　　　花开才不久便转眼枯萎。

薇奥拉　　　　　　是啊，可叹她刹那的光荣，

　　　　　　　　早枝头零落留不住东风！

　　　　〔丘里奥偕小丑重上。

公爵　　啊，朋友！来，把我们昨夜所听见的那支歌儿再唱一遍。听
　　　　好，西萨里奥。那是个古老而平凡的歌儿，晒着太阳的织布工人
　　　　和无忧无虑的纺纱女郎们常常唱着它；歌里的话儿都是些平常
　　　　不过的真理，搬弄着纯朴的古代的那种爱情的纯洁。

小丑　　您预备好了吗，殿下？

公爵　　好，请你唱吧。（奏乐。）

小丑　　（唱）

　　　　　　　　过来吧，过来吧，死神！

　　　　　　　　　让我横陈在凄凉的柏棺的中央；

　　　　　　　　飞去吧，飞去吧，浮生！

　　　　　　　　　我被害于一个狠心的美貌姑娘。

　　　　　　　　为我罩上白色的殓衾铺满紫杉；

　　　　　　　　没有一个真心的人为我而悲哀。

莫让一朵花儿甜柔，

　　撒上了我那黑色的、黑色的棺材；

没有一个朋友迎候

　　我尸身，不久我的骨骼将会散开。

免得多情的人们千万次的感伤，

　　请把我埋葬在无从凭吊的荒场。

公爵　这是赏给你的辛苦钱。

小丑　一点不辛苦，殿下；我很以唱歌为快乐呢。

公爵　那么就算赏给你的快乐吧。

小丑　不错，殿下，快乐总是要付代价的。

公爵　现在允许我不要见你吧。

小丑　好，忧愁之神保佑着你！但愿裁缝用闪缎给你裁一身衫子，因为你的心就像猫眼石那样闪烁不定。我希望像这种没有恒心的人都航海去，好让他们过着五湖四海、千变万化的生活，因为这样的人才有冒险进取的精神。再会。（下。）

公爵　大家都退开去。（丘里奥及侍从等下）西萨里奥，你再给我到那位忍心的女王那边去；对她说，我的爱情是超越时间的，泥污的土地不是我所看重的事物；命运所赐给她的尊荣财富，你对她说，在我的眼中都像命运一样无常；吸引我的灵魂的是她的天赋的灵奇，绝世的仙姿。

薇奥拉　可是假如她不能爱您呢，殿下？

公爵　我不能得到这样的回音。

薇奥拉　可是您不能不得到这样的回音。假如有一位姑娘，也许真有那么一个人，也像您爱着奥丽维娅一样痛苦地爱着您；您不能爱她，您这样告诉她；那么她就不得不以这样的答复为满足了吗？

公爵　女人的小小的身体里一定受不住像爱情给与我心的那种激烈的搏跳；女人的心没有这样广大，可以藏得下这许多；她们缺少含忍的能力。唉,她们的爱就像一个人的口味一样,不是从脏腑里,而是从舌尖上感觉到的,过饱了便会食伤呕吐;可是我的爱就像饥饿的大海,能够消化一切。不要把一个女人所能对我发生的爱情跟我对于奥丽维娅的爱情相提并论吧。

薇奥拉　哦,可是我知道——

公爵　你知道什么?

薇奥拉　我知道得很明白女人对于男人会怀着怎样的爱情;真的,她们是跟我们一样真心的。我的父亲有一个女儿,她爱上了一个男人,正像假如我是个女人,也许会爱上了您殿下一样。

公爵　她的历史怎样?

薇奥拉　一片空白而已,殿下。她从来不向人诉说她的爱情,让隐藏在内心中的抑郁,像蓓蕾中的蛀虫一样,侵蚀着她绯红的脸颊;她因相思而憔悴,疾病和忧愁折磨着她,像是墓碑上刻着的"忍耐"的化身,默坐着向悲哀微笑。这不是真的爱情吗?我们男人也许更多话,更会发誓,可是我们所表示的,总过于我们所决心实行的;不论我们怎样盟山誓海,我们的爱情总不过如此。

公爵　但是你的姊姊有没有殉情而死,我的孩子?

薇奥拉　我父亲的女儿只有我一个,**儿子也只有我一个**;可是我不知道。殿下,我要不要就去见这位小姐?

公爵　对了,这是正事——

　　　　快前去,送给她这颗珍珠,

　　　　说我的爱情永不会认输。(各下。)

第五场　奥丽维娅的花园

　　　　〔托比·培尔契爵士、安德鲁·埃古契克爵士及费边上。

托比　来吧,费边先生。

费边　噢,我就来;要是我把这场好戏略为错过了一点点儿,让我在懊恼里煎死了吧。

托比　让这个卑鄙龌龊的丑东西出一场丑,你高兴不高兴?

费边　我才要快活死哩!您知道那次我因为耍熊,被他在小姐跟前
　　　说我坏话。

托比　我们再把那头熊牵来激他发怒;我们要把他作弄得体无完肤。
　　　你说怎样,安德鲁大人?

安德鲁　要是我们不那么做,那才是终身的憾事呢。

托比　小坏东西来了。

　　　　〔玛丽娅上。

托比　啊,我的小宝贝!

玛丽娅　你们三人都躲到黄杨树后面去。马伏里奥要从这条走道上
　　　跑过来了;他已经在那边太阳光底下对他自己的影子练习了半
　　　个钟头仪法。谁要是喜欢笑话儿的,就留心瞧着他吧;我知道这
　　　封信一定会叫他变成一个发痴的呆子的。凭着玩笑的名义,躲
　　　起来吧!你躺在那边;(丢下一信)这条鲟鱼已经来了,你不去撩
　　　撩他的痒处是捉不上手的。(下。)

　　　　〔马伏里奥上。

马伏里奥　不过是运气;一切都是运气。玛丽娅曾经对我说小姐喜
　　　欢我;我也曾经听见她说过那样的话,说要是她爱上了人的话,
　　　一定要选像我这种相貌的人。而且,她待我比待其他的下人好
　　　得异乎寻常。**我的结果会是怎样呢?**①

托比　瞧这个自命不凡的混蛋!

费边　静些!他已经痴心妄想得变成一头出色的火鸡了;瞧他那种
　　　蓬起了羽毛高视阔步的样子!

安德鲁　他妈的,我可以把这混蛋痛打一顿!

托比　别闹啦!

马伏里奥　做了马伏里奥伯爵!

---

①　朱译手稿:我看怎么呢?

托比　啊,混蛋!

安德鲁　给他吃手枪!给他吃手枪!

托比　别闹!别闹!

马伏里奥　这种事情是有前例可援的;斯特拉契夫人也下嫁给家臣。

安德鲁　该死,这畜生!

费边　静些!现在他着了魔啦;瞧他越想越得意。

马伏里奥　跟她结婚过了三个月,我坐在我的宝座上——

托比　啊!我要弹一颗石子到他的眼睛里去!

马伏里奥　身上披着绣花的丝绒袍子,召唤我的臣僚过来;那时我刚
　　睡罢午觉,撇下奥丽维娅酣睡未醒——

托比　大火硫磺烧死他!

费边　静些!静些!

马伏里奥　那时我要装出一副威严的神气,先目光凛凛地向众人瞟
　　视一周,然后对他们说我知道我的地位,他们也需要明白自己的
　　身分;吩咐他们去请我的托比老叔过来,——

托比　把他铐起来!

费边　别闹!别闹!别闹!好啦!好啦!

马伏里奥　我的七个仆人恭恭敬敬地前去找他。我皱了皱眉头,或
　　者开了开表,或者抚弄着我的——什么珠宝之类。托比来了,向
　　我行了个礼——

托比　这家伙可以让他活命吗?

费边　虽然几辆马车要把我们的静默拉走,可是还是不要闹吧!

马伏里奥　我这样向他伸出手去,用一副庄严的威势来抑住我的亲
　　昵的笑容——

托比　那时托比不就给了你一个嘴巴子吗?

马伏里奥　说,"托比叔父,我已蒙令侄女不弃下嫁,请您准许我这样
　　说话——"

托比　什么?什么?

马伏里奥　"您必须把喝酒的习惯戒掉。"

托比　他妈的，这狗东西！

费边　哎，别生气，否则我们的计策就要失败了。

马伏里奥　"而且，您还把您的宝贵的光阴跟一个傻瓜武士在一块儿浪费——"

安德鲁　说的是我，一定的啦。

马伏里奥　"那个安德鲁爵士——"

安德鲁　我知道是我；因为许多人都叫我做傻瓜。

马伏里奥　(见信)这儿有些什么事情呢？

费边　现在那蠢鸟走近陷阱旁边来了。

托比　啊，静些！但愿开玩笑的神灵叫他高声朗读。

马伏里奥　(拾信)哎哟，这是小姐的手笔！瞧这一钩一弯一横一直，那不正是她的笔锋吗？没有问题，一定是她写的。

安德鲁　她的一钩一弯一横一直，那是什么意思？

马伏里奥　(读)"给不知名的恋人，至诚的祝福。"完全是她的口气！对不住，封蜡，且慢！这封口上的钤记不就是她一直用作封印的鲁克丽丝①的肖像吗？一定是我的小姐。可是这是写给谁的呢？

费边　这叫他心窝儿里都痒起来了。

马伏里奥　"知我者天，

我爱为谁？

慎莫多言，

莫令人知。"

"莫令人知"下面还写些什么？又换了句调了！"莫令人知"，说的也许是你哩，马伏里奥！

托比　嘿，该死，这獾子！

———————

①　女性贞洁的典范，参见莎士比亚的叙事诗《鲁克丽丝受辱记》。

马伏里奥   "我可以向我所爱的人发号施令；

    但隐秘的衷情如鲁克丽丝之刀，

    杀人不见血地把我的深心剚刃：

    我的命在 M. O. A. I 的手里飘摇。"

费边 无聊的谜语！

托比 我说是个好丫头。

马伏里奥 "我的命在 M. O. A. I 的手里飘摇。"不，让我先想一想，让我想一想，让我想一想。

费边 她给他吃了一服多好的毒药！

托比 瞧那头鹰儿多么饿急似的想一口吞下去！

马伏里奥 "我可以向我所爱的人发号施令。"哦，她可以命令我；我侍候着她，她是我的小姐。这是无论哪个有一点点脑子的人都看得出来的；全然合得拢。可是那结尾一句，那几个字母又是什么意思呢？ 能不能牵附在我的身上？ ——慢慢！ M. O. A. I——

托比 哎，这应该想个法儿；他弄糊涂了。

费边 **即使是一头臭气熏天的狐狸，这条好狗也能汪汪吠叫着，把它逮住的。**①

马伏里奥 M，马伏里奥，M，嘿，那正是我的名字的第一个字母哩。

费边 我不是说他会想出来的吗？ 这狗的鼻子什么都嗅得出来。

马伏里奥 M——可是这次序不大对；倒要想一想看。跟着来的应该是个 A 字，可是却是个 O 字。

费边 我希望 O 字应该放在结尾的吧？

托比 对了，否则我要揍他一顿，让他喊出个"O"来！

马伏里奥 A 的背后又跟着个 I——

---

  ① 朱译手稿：即使像一头狐狸那样骚气冲天，这狗子也会大惊小怪地叫起来的。

费边　哼,要是你背后生眼睛①的话,你就知道你眼前并没有什么幸运,你的背后却有倒霉的事跟着呢。

马伏里奥　M.O.A.I,这隐语可跟前面所说的不很合辙;可是稍微把它颠倒一下,**也就可以适合我了**②,因为这几个字母都在我的名字里。且慢! 这儿还有散文呢。"要是这封信落到你手里,请你想一想。照我的命运而论,我是在你之上,可是你不用惧怕富贵:有的人是生来的富贵,有的人是挣来的富贵,有的人是送上来的富贵。你的好运已经向你伸出手来,赶快用你的全副精神抱住它。你应该练习一下怎样才合乎你所将要做的那种人的身分,脱去你卑恭的旧习,放出一些活泼的神气来。对亲戚不妨分庭抗礼,对仆人不妨摆摆架子;你嘴里要鼓唇弄舌地谈些国家大事,装出一副矜持的样子。为你叹息的人儿这样吩咐着你。记着谁曾经赞美过你的黄袜子,愿意看见你永远扎着十字交叉的袜带;我对你说,你记着吧。好,只要你自己愿意,你就可以出头了;否则让我见你一生一世做个管家,与众仆为伍,不值得抬举的。再会! 我是愿意跟你交换地位的,幸运的不幸者。"青天白日也没有这么明白,平原旷野也没有这么显豁。我要摆起架子来,读起政论来;我要叫托比吃瘪,我要断绝那些鄙贱之交,我要一点不含糊地做起这么一个人来。我没有自己哄骗自己,让想象把我愚弄;因为每一个理由都指点着说,我的小姐爱上了我了。她最近称赞过我的黄袜子和我的十字交叉的袜带;这里面就表示着她的爱我,用一种命令的方法叫我打扮成她所喜欢的样式。谢谢我的命星,我好幸福! 我要放出高傲的神气来,穿了黄袜子,扎着十字交叉的袜带,立刻就去装束起来。赞美上帝和我的命星! 这儿还有附启:"你一定想知道我是谁。要是你接受

---

①　I 的发音与 eye(眼睛)同。

②　朱译手稿:也就没有可疑的地方。

我的爱情,请你用微笑表示你的意思;你的微笑是很好看的。我的好人儿,请你当着我的面前永远微笑着吧。"上帝,我谢谢你!我要微笑;我要作每一件你吩咐我作的事。(下。)

费边　即使波斯王给我一笔几千块钱的恩俸,我也不愿错过这场玩意儿。

托比　这丫头想得出这种主意,我简直可以娶了她。

安德鲁　我也可以娶了她呢。

托比　我不要她什么嫁奁,只要再给我想出这么一个笑话来就行了。

安德鲁　我也不要她什么嫁奁。

费边　我那位捉蠢鹅的好手来了。

　　　　〔玛丽娅重上。

托比　你愿意把你的脚搁在我的头颈上吗?

安德鲁　或者搁在我的头颈上?

托比　我要不要把我的自由作孤注一掷,而做你的奴隶呢?

安德鲁　是的,我也要不要做你的奴隶?

托比　你已经叫他大做其梦,要是那种幻象一离开了他,他一定会发疯的。

玛丽娅　可是您老实对我说,他不是中计了吗?

托比　就像收生婆喝了烧酒一样。

玛丽娅　要是你们要看看这场把戏会闹出些什么结果来,请看好他怎样到小姐跟前去:他会穿起了黄袜子,那正是她所讨厌的颜色;还要扎着十字交叉的袜带,那正是她所厌恶的式样;他还要向她微笑,照她现在那样忧郁的心境,一定会不高兴,管保叫他大受一场没趣。假如你们要看的话,跟我来吧。

托比　好,到地狱门口去,你这好机灵鬼儿!

安德鲁　我也要去。(同下。)

第 三 幕

第一场 奥丽维娅的园中

［薇奥拉及小丑持手鼓上。

薇奥拉 上帝保佑你,朋友! 你是靠打手鼓的音乐家吗?

小丑 不,先生,**我靠教堂生活**①。

薇奥拉 你是个教士吗?

小丑 没有的事,先生。**我靠教堂生活**②,因为我住在我的家里,而我的家就在教堂附近。

薇奥拉 你也可以说,**国王靠叫化子生活**③,因为叫化子住在王宫的附近;教堂筑在你的手鼓旁边,因为你的手鼓放在教堂旁边。

小丑 您说得对,先生。人们一代比一代聪明了! 一句话对于一个聪明人就像是一副小山羊皮的手套,一下子就可以翻了转来。

薇奥拉 嗯,那是一定的啦;善于在字面上翻弄花样的,很容易流于轻薄。

小丑 那么,先生,我希望我的妹妹不要有名字。

薇奥拉 为什么呢,朋友?

小丑 先生,她的名字不也是个字吗? 在那个字上面翻弄翻弄花样,也许我的妹妹就会轻薄起来。可是自从文字失去自由以后,它也是个危险的家伙了。

――――――――

① 原文 live by 是双关语:住……附近;靠……生活。朱译手稿:我住在教堂附近。

② 朱译手稿:我住在教堂附近。

③ 朱译手稿:国王住在叫化窝的附近。

薇奥拉　你有什么理由,朋友?

小　丑　不瞒您说,先生,要是我向您说出理由来,那非得用文字不可;可是现在文字变得那么坏,我真不高兴用它们来证明我的理由。

薇奥拉　我敢说你是个快活的家伙,万事都不关心。

小　丑　不是的,先生,我所关心的事倒有一点儿;可是凭良心说,先生,我可一点也不关心您。**如果不关心您就是万事不关心的话,我倒希望您在人们的视野中消失了。**

薇奥拉　你不是奥丽维娅小姐府中的傻子吗?

小　丑　真的不是,先生。奥丽维娅小姐不喜欢傻气;她要嫁了人才会在家里养起傻子来,先生;傻子之于丈夫,犹之乎小鱼之于大鱼,丈夫不过是个大一点的傻子而已。我真的不是她的傻子,我是给她说说笑话的人。

薇奥拉　我最近曾经在奥西诺公爵的地方见过你。

小　丑　先生,傻气就像太阳一样环绕着地球,到处放射它的光辉。要是傻子不常到您主人那里去,如同他在我的小姐那儿一样,那么,先生,我可真抱歉。我想我也曾经在那边看见过您这聪明人。

薇奥拉　哼,你要在我身上打趣,我可要不睬你了。拿去,这几个钱给你。(给他两枚钱币。)

小　丑　好,上帝保佑你长起胡子来吧!

薇奥拉　老实告诉你,我倒真为了胡子害相思呢;虽然我不要在自己脸上长起来。小姐在里面吗?

小　丑　(指着钱币)先生,这两个钱会不会养儿子?

薇奥拉　会的,你只要拿它们去放债取利息好了。

小　丑　先生,我愿意做个弗里吉亚的潘达勒斯,给这个特洛伊罗斯找一个克瑞西达来。①

薇奥拉　我知道了,朋友;你很善于乞讨。（又给一枚钱币。）

小丑　**我希望这不是过分的乞讨,我只是想得到一个叫化子;克瑞西达就是一个叫化子**。小姐就在里面,先生。我可以对他们说明您是从哪儿来的;至于您是谁,您来有什么事,那就不属于我的"领土"之内了,——我应当说"范围",可是那两个字已经给人用得太熟了。（下。）

薇奥拉　这家伙扮傻子很有点聪明。装傻装得好也是要靠才情的:他必须窥伺被他所取笑的人们的心绪,了解他们的身分,还得看准了时机,然后**像窥伺着眼前每一只鸟雀的野鹰一样**②,每个机会都不放松。这是一种和聪明人的艺术一样艰难的工作:

　　　　　　傻子不妨说几句聪明话,

　　　　　　聪明人说傻话难免笑骂。

　　〔托比·培尔契爵士、安德鲁·埃古契克爵士同上。

托比　您好,先生。

薇奥拉　您好,大人。

安德鲁　上帝保佑您,先生。

薇奥拉　上帝保佑您,我是您的仆人。

安德鲁　先生,我希望您是我的仆人;我也是您的仆人。

托比　请您进去吧。舍侄女有请,要是您是来看她的话。

薇奥拉　我来正是要拜见令侄女,大人;她是我的航行的目标。

托比　请您试试您的腿吧,先生;把它们移动起来。

薇奥拉　我的腿也许会听得懂我的话,大人,可是我却听不懂您叫我试试我的腿是什么意思?

────────────

　　①　关于特洛伊罗斯与克瑞西达的故事,参见莎士比亚的另一部喜剧《特洛伊罗斯与克瑞西达》。

　　②　朱译手稿:像不择目的的野鹰一样。

托比　　我的意思是，先生，请您走，请您进去。

薇奥拉　　好，我就移步前进。可是有人走来了。

〔奥丽维娅及玛丽娅上。

薇奥拉　　最卓越最完美的小姐，愿诸天为您散下芬芳的香雾！

安德鲁　　那年青人是一个出色的廷臣。"散下芬芳的香雾"！好
　　　　得很。

薇奥拉　　我的来意，小姐，只能让您自己的玉耳眷听。

安德鲁　　"香雾"，"玉耳"，"眷听"，我已经学会了三句话了。

奥丽维娅　　关上园门，让我们两人谈话。（托比、安德鲁、玛丽娅同下）把
　　　　你的手给我，先生。

薇奥拉　　小姐，我愿意奉献我的绵薄之力为您效劳。

奥丽维娅　　你叫什么名字？

薇奥拉　　您仆人的名字是西萨里奥，美貌的公主。

奥丽维娅　　我的仆人，先生！自从假装卑恭认为是一种恭维之后，世
　　　　界上从此不曾有过乐趣。你是奥西诺的仆人，年青人。

薇奥拉　　他是您的仆人，他的仆人自然也是您的仆人；您的仆人的仆
　　　　人便是您的仆人，小姐。

奥丽维娅　　我不高兴想他；我希望他心里空无所有，不要充满着我。

薇奥拉　　小姐，我来是要替他说动您那颗温柔的心。

奥丽维娅　　啊！对不起，请你不要再说起他了。可是如果你换一个
　　　　人向我说，我愿意听你的请求，胜过于听天乐。

薇奥拉　　亲爱的小姐——

奥丽维娅　　对不起，让我说句话。上次你到这儿来把我迷醉了之后，
　　　　我叫人拿了个戒指追你；我欺骗了我自己，欺骗了我的仆人，也
　　　　许欺骗了你；我用那种无耻的狡狯把你明知道不属于你的东西
　　　　强纳在你手里，一定会使你看不起我。你会怎样想呢？你不曾
　　　　把我的名誉拴在桩柱上，让你那残酷的心所想得到的一切思想
　　　　恣意地把它虐弄吧？像你这样敏慧的人，我已经表示得太露骨

了；掩藏着我的心事的，只是一层薄薄的蝉纱。所以，让我听你的意见吧。

薇奥拉　我可怜你。

奥丽维娅　那是到达恋爱的一个阶段。

薇奥拉　不是，我们常常经验到，对于敌人也会发生怜悯的。

奥丽维娅　啊，那么我想现在是应该再微笑起来的时候了。世界啊！微贱的人多么容易骄傲！要是作了俘虏，那么落于狮子的爪下比之豺狼的吻中要幸运多少啊！（钟鸣）时钟在谴责我把时间浪费。别担心，好孩子，我不会留住你。可是等到才情和青春成熟之后，你的妻子将会收获到一个出色的男人。向西是你的路。

薇奥拉　那么向西开步走！愿小姐称心如意！您没有什么话要我向我的主人说吗，小姐？

奥丽维娅　且慢，请你告诉我，你以为我这人怎样？

薇奥拉　我以为，你以为你不是你自己。

奥丽维娅　要是我以为这样，我以为你也是这样。

薇奥拉　你猜想得不错，我不是我自己。

奥丽维娅　我希望你是我所希望于你的那种人！

薇奥拉　那是不是比现在的我要好些，小姐？我希望好一些，因为现在我不过是你的弄人。

奥丽维娅　　唉！他嘴角的轻蔑和怒气，
　　　　　　冷然的神态可多么美丽！
　　　　　　爱比杀人重罪更难隐藏；
　　　　　　爱的黑夜有中午的阳光。
　　　　　　西萨里奥，凭着春日蔷薇，
　　　　　　贞操、忠信与一切，我爱你
　　　　　　这样真诚，不顾你的骄傲，
　　　　　　理智拦不住热情的宣告。
　　　　　　别以为我这样向你求情，

你就可以无须再献殷勤；

须知求得的爱虽费心力，

不劳而获的更应该珍惜。

薇奥拉　我起誓，凭着天真与青春，

我只有一条心一片忠诚，

没有女人能够把它占有，

只有我是我自己的君后。

别了，小姐，我从此不再来

为我主人向你苦苦陈哀。

奥丽维娅　你不妨再来，也许能感动

我释去憎嫌把感情珍重。（同下。）

第二场　奥丽维娅宅中一室

〔托比·培尔契爵士、安德鲁·埃古契克爵士及费边上。

安德鲁　不，真的，我再不能住下去了。

托比　为什么呢，亲爱的坏东西？说出你的理由来。

安德鲁　嘿，我见你的侄小姐对待那个公爵的佣人比之待我好得多；

我在花园里瞧见的。

托比　她那时也看见你吗，孩子？告诉我。

安德鲁　就像我现在看见你一样，明明的当着我的脸。

费边　那正是她爱您的一个很好的证据。

安德鲁　啐！你把我当作一头驴子吗？

费边　大人，我可以用判断和推理来证明这句话的不错。

托比　判断和推理早在挪亚上船以前就是大法官了。

费边　她当着您的脸对那个少年表示殷勤，是要叫您发急，唤醒您那

打瞌睡的勇气，给您的心里生起火来，在您的肝脏里加点儿硫磺

罢了。您那时就该走上去向她招呼，说几句崭新的俏皮话儿叫

那年青人哑口无言。她盼望您这样，可是您却大意错过了。您

放过了这么一个大好的机会,我的小姐自然要冷淡您啦;您在她的心里的地位要像荷兰人胡须上悬着的冰柱一样,除非您能用勇气或是手段来干出一些出色的勾当,才可以挽回过来。

安德鲁 无论如何,我宁愿用勇气,因为我顶讨厌手段。叫我做个政客,还不如做个布朗派①的教徒。

托比 好啊,那么把你的命运建筑在勇气上吧。给我去向那公爵差来的少年挑战,在他身上戳十来个窟窿,我的侄女一定会注意到。你可以相信,世上没有一个媒人会比一个勇敢的名声更能说动女人的心了。

费边 此外可没有别的办法了,安德鲁大人。

安德鲁 你们谁肯给我向他下战书?

托比 快去用一手虎虎有威的笔法写起来,要干脆简单,不用说俏皮话,只要言之有理,别出心裁就得了。尽你的笔墨所能把他嘲骂;要是你把他"你"啊"你"的"你"了三四次,那不会有错;再把纸上写满了谎,即使你的纸大得可以铺满英国威耳地方的那张大床②。快去写吧。把你的墨水里掺满着怨毒,虽然你用的是一枝鹅毛笔。去吧。

安德鲁 我到什么地方去见你们?

托比 我们会到你房间里去看你;去吧。(安德鲁下。)

费边 这是您的一个宝货,托比老爷。

托比 我倒累他破费过不少呢,孩儿,约摸有两千多块钱的样子。

费边 我们就可以看到他的一封妙信了。可是您不会给他送去的吧?

托比 要是我不送去,你别相信我;我一定要把那年青人激出一个回音来。我想就是叫牛儿拉着车绳也拉不拢他们两人在一起。要

---

① 早期公理会教派。

② 此床 11 英尺见方,躺得下 12 人,据说存于威耳一家旅店。

是把安德鲁解剖开来,你在他肝脏里找得出一滴可以沾湿一支跳蚤的脚的血,我愿意把他那副臭皮囊一起吃下。

费边　他那个对头的年青人,照那副相貌看来,也不像是会下辣手的。

托比　瞧,一窝九只的鹨鹨中顶小的一只来了。

　　　　〔玛丽娅上。

玛丽娅　要是你们愿意捧腹大笑,不怕笑到腰酸背痛的,那么跟我来吧。那只蠢鹅马伏里奥已经信了邪道,变成一个十足的异教徒了;因为没有一个相信正道而希望得救的基督徒,会作出这种丑恶不堪的奇形怪状来的。他穿着黄袜子呢。

托比　袜带是十字交叉的吗?

玛丽娅　再恶相不过的了,就像个在寺院里开学堂的塾师先生。我像是他的刺客一样紧跟着他。我故意掉下来诱他的那封信上的话,他每一句都听从;他把脸笑得皱纹比新添上东印度群岛的增订地图上的线纹还多。你们从来不曾见过这样一个东西;我真忍不住要向他丢东西过去。我知道小姐一定会打他;要是她打了他,他一定仍然会笑,以为是一件大恩典。

托比　来,同我们去,同我们到他那儿去。(同下。)

第三场　街　道

　　　　〔塞巴斯丹及安东尼奥上。

塞巴斯丹　我本来不愿意麻烦你;可是你既然这样欢喜自讨劳碌,那么我也不再向你多话了。

安东尼奥　我抛不下你;我的愿望比磨过的刀还要锐利地驱迫着我。虽然为着要看见你起见,再远的路我也会跟着你去;可并不全然为着这个理由:我担心你在这些地方是个陌生人,路上也许会碰到些什么;一路没人领导没有朋友的异乡客,出门总有许多不方便。我的诚心的爱,再加上这些使我忧虑的理由,才促使我来追赶你。

塞巴斯丹　我的善良的安东尼奥,除了感谢,感谢,永远的感谢之外,我再没有别的话好回答你,一件好事常常只换得一声空口的道谢;可是我的钱财假如能跟我的衷心的感谢一样多,你的好心一定不会得不到重重的酬报。我们干些什么呢? 要不要去瞧瞧这城里的古迹?

安东尼奥　明天吧,先生;还是先去找个下处。

塞巴斯丹　我没有疲倦,等天黑还有许多时候;让我们去瞧瞧这儿的名胜,一饱眼福吧。

安东尼奥　请你原谅我;我在这一带街道上走路是冒着危险的。从前我曾经参加海战,和公爵的舰队作过对;那时我很立了一点功,假如在这儿给捉到了,可不知要怎样抵罪哩。

塞巴斯丹　大概你杀死了很多的人吧?

安东尼奥　我的罪名并不是这么一种流血的性质;虽然照那时的情形和争执的激烈看来,很容易有流血的可能。本来也许把我们夺来的东西还给了他们,就可以和平解决,为了商业的缘故,我们大多数的城市都是这样的。可是我却不肯屈服:因此,要是我在这儿给捉到了的话,他们决不会轻易放过我。

塞巴斯丹　那么你不要常常出来吧。

安东尼奥　那的确不大妥当。先生,这儿是我的钱袋,请你拿着吧。南郊的爱勒芬旅店是最好的下宿的地方,我先去定好膳宿;你可以在城里逛着见识见识,再到那边来见我好了。

塞巴斯丹　为什么你要把你的钱袋给我?

安东尼奥　也许你会看中什么玩意儿想要买下;我知道你的钱不够,先生。

塞巴斯丹　好,我就替你保管你的钱袋;过一个钟头再见吧。

安东尼奥　在爱勒芬旅店。

塞巴斯丹　我记得。(各下。)

第四场　奥丽维娅的园中

[奥丽维娅及玛丽娅上。

奥丽维娅　我已经差人去请他了。假如他肯来,我要怎样款待他呢? 我要给他些什么呢? 因为年青人常常是买来的,而不是讨来或借来的。我说得太高声了。马伏里奥在哪儿呢? 他这人很严肃,懂得规矩,很配做我家里的仆人。马伏里奥在什么地方?

玛丽娅　他就来了,小姐;可是他的样子古怪得很。他一定给鬼迷了,小姐。

奥丽维娅　啊,怎么啦? 他在说胡话吗?

玛丽娅　不,小姐,他只是一味笑。他来的时候,小姐,您最好叫人保护着您,因为这人的神经有点异状呢。

奥丽维娅　去叫他来。(玛利娅下。)

　　　　　他是痴汉,我也是个疯婆;

　　　　　他欢喜,我忧愁,一样糊涂。

[玛丽娅偕马伏里奥重上。

奥丽维娅　怎样,马伏里奥!

马伏里奥　亲爱的小姐,哈哈!

奥丽维娅　你笑吗? 我要差你做一件正经事呢,别那么快活。

马伏里奥　不快活,小姐! 我当然可以不快活,这种十字交叉的袜带扎得我血脉不通;可是那有什么要紧呢? 只要能叫一个人看了欢喜,那就像诗上所说的"士为悦己者容"了。

奥丽维娅　什么,你怎么啦,家伙? 究竟是怎么一回事?

马伏里奥　我的腿儿虽然是黄的,我的心儿却不黑。那话儿他已经懂得了,命令一定要服从。我想那一首簪花妙楷我们都是认得出的。

奥丽维娅　你还是睡觉去吧,马伏里奥。

马伏里奥　睡觉去! 对了,好人儿,我一定奉陪。

奥丽维娅　　上帝保佑你！为什么你这样笑着，还老是吻你的手？

玛丽娅　　您怎么啦，马伏里奥！

马伏里奥　　多承见问！是的，夜莺应该回答乌鸦的问话。

玛丽娅　　您为什么当着小姐的面前这样放肆？

马伏里奥　　"不用惧怕富贵"，写得很好！

奥丽维娅　　你说那话是什么意思，马伏里奥？

马伏里奥　　"有的人是生来的宝贵"——

奥丽维娅　　嘿！

马伏里奥　　"有的人是挣来的富贵"——

奥丽维娅　　你说什么？

马伏里奥　　"有的人是送上来的富贵。"

奥丽维娅　　上天保佑你！

马伏里奥　　"记着谁曾经赞美过你的黄袜子"——

奥丽维娅　　你的黄袜子！

马伏里奥　　"愿意看见你永远扎着十字交叉的袜带。"

奥丽维娅　　扎着十字叉的袜带！

马伏里奥　　"好，只要你自己愿意，你就可以出头了"——

奥丽维娅　　我就可以出头了？

马伏里奥　　"否则让我见你一生一世做个奴才吧。"

奥丽维娅　　哎哟，这家伙简直中了暑，在发疯了。

　　　　　　〔一仆人上。

仆人　　小姐，奥西诺公爵的那位青年使者回来了，我好容易才请他回
　　　转来。他在等候着小姐的意旨。

奥丽维娅　　我就去见他。（仆下）好玛丽娅，这家伙要好好看管。我的
　　　托比叔父呢？叫几个人加意留心着他；**我宁可失去我的一半嫁
　　　妆，也不希望他出什么差错**①。（奥丽维娅、玛丽娅下。）

————————

　　①　朱译手稿：我希望他不要有什么意外。

马伏里奥　啊,哈哈!你现在走近我来了吗?不叫别人,却叫托比爵士来照看我!这正合信上所说的:她有意叫他来,好让我跟他顶撞一下;因为她信里正要我这样:"脱去你卑恭的旧习;"她说,"对亲戚不妨分庭抗礼,对仆人不妨摆摆架子;你嘴里要鼓唇弄舌地谈些国家大事,装出一副矜持的样子";下面还写着怎样板起一副严肃的面孔,庄重的举止,慢声慢气的说话腔调,学着大人先生的样子,诸如此类。我已经捉到她了;可是那是上帝的功劳,感谢上帝!而且她刚才临去的时候,她说,"这家伙要好好照看"。家伙!不说马伏里奥,也不照我的地位称呼我,而叫我家伙。哈哈,一切都符合,一点儿没有疑惑,一点儿没有阻碍,一点儿没有不放心的地方。还有什么好说呢?什么也不能阻止我达到我的全部的希望。好,干这种事情的是上帝,不是我,感谢上帝!

　　〔玛丽娅偕托比·培尔契爵士及费边上。

托比　凭着神圣的名义,他在哪儿?要是地狱里的群鬼都缩小了身子,一起走进他的身体里去,我也要跟他说话。

费边　他在这儿,他在这儿。你怎么啦,大爷?你怎么啦,老兄?

马伏里奥　走开,我用不着你;别搅扰了我的安静。走开!

玛丽娅　听,魔鬼在他嘴里说着鬼话了!我不是对您说过吗?托比老爷,小姐请您看顾看顾他。

马伏里奥　啊!啊!她这样说吗?

托比　好了,好了,别闹了吧!我们一定要客客气气对付他;让我一个人来吧。——你好,马伏里奥?你怎么啦?嘿,老兄!抵抗魔鬼呀!你想,他是人类的仇敌呢。

马伏里奥　你知道你在说些什么话吗?

玛丽娅　你们瞧!你们一说了魔鬼的坏话,他就生气了。求求上帝,不要让他中了鬼迷才好!

费边　把他的小便送到巫婆那边去吧。

玛丽娅　好,明天早晨一定送去。我的小姐舍不得他哩。

马伏里奥　怎么,姑娘!

玛丽娅　主啊!

托比　请你别闹,这不是个办法;你不见你惹他生气了吗? 让我来对付他。

费边　除了用软劲之外,没有别的法子;轻轻儿的,轻轻儿的,魔鬼是个粗坯,你要跟他动粗是不行的。

托比　喂,怎么啦,我的好家伙! 你好,好人儿?

马伏里奥　大人!

托比　哦,小鸡,跟我来吧。嘿,老兄! 跟魔鬼在一起玩可不对。该死的黑炭!

玛丽娅　叫他念祈祷,好托比老爷,叫他祈祷。

马伏里奥　念祈祷,小淫妇!

玛丽娅　你们听着,跟他讲到关于上帝的话,他就听不进去了。

马伏里奥　你们全给我去上吊吧! 你们都是些浅薄无聊的东西;我不是跟你们一样的人,你们就会知道的。(下。)

托比　有这等事吗?

费边　要是这种情形在舞台上表演起来,我一定要批评它捏造得出乎情理之外。

托比　他已经中计了,老兄。

玛丽娅　还是追上他去吧;也许这计策一漏了风,就会坏掉。

费边　哦,我们真的要叫他发起疯来。

玛丽娅　那时屋子里可以清静些。

托比　来,我们要把他关在一间暗室里捆缚起来。我的侄女已经相信他疯了;我们可以这样依计而行,让我们开开心,叫他吃吃苦头。等到我们这玩笑开乏了之后,再向他发起慈悲来;那时我们宣布我们的计策,把你封做疯人的发现者。可是瞧,瞧!

〔安德鲁·埃古契克爵士上。

费边　又有别的花样来了。

安德鲁　挑战书已经写好在此,你读读看;念上去就像酸醋胡椒的味道呢。

费边　是这样利害吗?

安德鲁　对了,我向他保证的;你只要读着好了。

托比　给我。(读)"年青人,不管你是谁,你不过是个下贱的东西。"

费边　好,真勇敢!

托比　"不要吃惊,也不要奇怪为什么我这样称呼你,因为我不愿告诉你是什么理由。"

费边　一句很好的话,这样您就可以不受法律的攻击了。

托比　"你来见奥丽维娅小姐,她当着我的面把你厚待;可是你说谎,那并不是我要向你挑战的理由。"

费边　很简单明白,**还不怀什么好意**①。

托比　"我要在你回去的时候埋伏着等候你;要是命该你把我杀死的话——"

费边　很好。

托比　"你便是个坏蛋和恶人。"

费边　您仍旧避过了法律方面的责任,很好。

托比　"再会吧;上帝超度我们两人中一人的灵魂吧! 也许他会超度我的灵魂;可是我比你有希望一些,所以你留心着自己吧。你的朋友和你的势不两立的仇敌,安德鲁·埃古契克上。"——要是这封信不能激动他,那么他的两条腿也不能走动了。我去送给他。

玛丽娅　您有很凑巧的机会;他现在正在跟小姐谈话,等会儿就要出来了。

托比　去,安德鲁大人,给我在园子角落里等着他,像个捕役似的;一

---

　　①　朱译手稿:而且不通极了。

看见他,便拔出剑来;一拔剑,就高声咒骂;一句可怕的咒骂,神气活现地从嘴里括辣松脆地发了出来,比之真才实艺更能叫人相信他是个了不得的家伙。去吧!

安德鲁　好,骂人的事情我自己会来。(下。)

托比　我可不去送这封信。因为照这位青年的举止看来,是个很有资格很有教养的人,否则他的主人不会差他来拉拢我的侄女的。这封信写得那么奇妙不通,一定不会叫这青年害怕;他一定会以为这是一个呆子写的。可是,老兄,我要口头去替他挑战,故意夸张埃古契克的勇气,让这位仁兄相信他是个勇猛暴躁的家伙;我知道他那样年青一定会害怕起来的。这样他们两人便会彼此害怕,一见面就像见了毒蜥蜴一样掉了魂魄。

费边　他和您的侄小姐来了;让我们回避他们,等他告别之后再追上去。

托比　我可以想出几句可怕的挑战话儿来。(托比、费边、玛丽娅下。)

〔奥丽维娅偕薇奥拉重上。

奥丽维娅　我对一颗石子样的心太多费唇舌了,卤莽地把我的名誉下了赌注。我心里有些埋怨自己的错;可是那是个极其倔强的错,埋怨只能招它一阵讪笑。

薇奥拉　我主人的悲哀也正和您这种痴情的样子相同。

奥丽维娅　拿着,为我的缘故把这玩意儿带在你身上吧,那上面有我的小照。不要拒绝它,它不会多话讨你厌的。请你明天再过来。你无论向我要什么,只要与我的名誉没有妨碍,我都可以给你。

薇奥拉　我向您要的,只是请您把真心的爱给我的主人。

奥丽维娅　那我已经给了你了,怎么还能凭着我的名誉再给他呢?

薇奥拉　**我可以奉还给你**。①

奥丽维娅　好,明天再来吧。

---

① 朱译手稿:我要去了。

再见！你即便是一个恶魔，

我也甘愿被你拖向地狱。（下。）

〔托比·培尔契爵士及费边重上。

托比　先生，上帝保佑你！

薇奥拉　上帝保佑您，大人！

托比　准备着防御吧。我不知道你作了什么对不起他的事情，可是你那位对头满心怀恨，一股子的杀气在园子尽头等着你呢。拔出你的剑来，赶快预备好；因为你的敌人是个敏捷精明而可怕的人。

薇奥拉　你弄错了，大人，我相信没人会跟我争吵；我完全不记得我曾经得罪过什么人。

托比　你会知道事情是恰恰相反的，我告诉你；所以要是你看重你的生命的话，留一点儿神吧，因为你的冤家年轻力壮，武艺不凡，火气又是那么大。

薇奥拉　请问大人，他是谁呀？

托比　他是个不靠军功而受封的武士；可是跟人吵起架来，那简直是个魔鬼：他已经叫三个人的灵魂出窍了。现在他的怒气已经一发不可收拾，非把人杀死送进坟墓里去决不甘心。他的格言是不管三七二十一，拼个你死我活。

薇奥拉　我要回到府里去请小姐派几个人给我保镖。我不会跟人打架。我听说有些人故意向别人寻事，试验他们的勇气；这个人大概也是这一类的。

托比　不，先生，他的发怒是有充分理由的，因为你得罪了他；所以你还是上去答应他的要求吧。你不能回到屋子里去，除非你在没有跟他交手之前先跟我比个高低。所以上去吧，把你的剑白条条地拔了出来；无论如何你非得动手一下不可，否则以后你再不用带剑了。

薇奥拉　这真是既无礼又古怪。请您帮我一下忙，去问问那武士看我得罪了他什么。那一定是我偶然的疏忽,绝不是有意的。

托比　我就去问他。费边先生,你陪着这位先生等我回来。(下。)

薇奥拉　先生,请问您知道这是怎么一回事吗?

费边　我知道那武士对您很不乐意,抱着拼命的决心;可是详细的情形我也不知道。

薇奥拉　请您告诉我,他是个什么样子的人?

费边　照他的外表上看起来,并没有什么惊人的地方;可是您跟他一交手,就知道他的利害了。他,先生,的确是您在伊利里亚无论哪个地方所碰得到的最有本领、最凶狠、最利害的敌手。您就过去见他好不好?我愿意给您向他讲个和,要是能够的话。

薇奥拉　那多谢您了。我是个宁愿亲近教士不愿亲近武士的人;我不喜欢跟人争强斗胜。(同下。)

　　　　〔托比及安德鲁重上。

托比　嘿,老兄,他才是个魔鬼呢;我从来不曾见过这么一个泼货。我跟他连剑带鞘较量了一回,他给我这么致命的一刺,简直无从招架;至于他还起手来,那简直像是你的脚踏在地上一样万无一失。他们说他曾经在波斯王宫里当过剑师。

安德鲁　糟了!我不高兴跟他动手。

托比　好,但是他可不肯甘休呢;费边在那边简直拦不住他。

安德鲁　该死!早知道他有这种本领,我再也不去惹他的。假如他肯放过这回,我情愿把我的灰色马儿送给他。

托比　我去跟他说去。站在这儿,摆出些威势来;这件事情总可以和平了结的。(旁白)你的马儿少不得要让我来骑,你可大大地给我捉弄了。

　　　　〔费边及薇奥拉重上。

托比　(向费边)我已经叫他把他的马儿送上议和。我已经叫他相信这孩子是个魔鬼。

费边　他也是大大地害怕着对方,吓得心惊肉跳,脸色发白,像是有一头熊追在背后似的。

托比　(向薇奥拉)没有法子，先生，他因为已经发过了誓，非得跟你决斗一下不可。他已经把这回吵闹考虑过，认为现在没有什么话好说的了；所以为了他所发的誓起见，拔出你的剑来吧，他声明他不会伤害你的。

薇奥拉　(旁白)求上帝保佑我！一点点事情就会给他们知道我是不配做个男人的。

费边　要是你见他势不可挡，就让让他吧。

托比　来，安德鲁大人，没有办法，这位先生为了他的名誉起见，不得不跟你较量一下，按着决斗的规则，他不能规避这一回事；可是他已经答应我，因为他是个堂堂君子，又是个军人，他不会伤害你的。来吧，上去！

安德鲁　求上帝让他不要背誓！(拔剑。)

薇奥拉　相信我，这全然不是出于我的本意。(拔剑。)

　　　　〔安东尼奥上。

安东尼奥　放下你的剑。要是这位年青的先生得罪了你，我替他代担个不是；要是你得罪了他，我可不肯对你甘休。(拔剑。)

托比　你，朋友，咦，你是谁呀？

安东尼奥　先生，我是他的好朋友；为了他的缘故，无论什么事情说得出的便做得到。

托比　好吧，你既然这样喜欢管人家的闲事，我就奉陪了。(拔剑。)

费边　啊，好托比老爷，住手吧！警官们来了。

托比　过会儿再跟你算账。

薇奥拉　(向安德鲁)先生，请你放下你的剑吧。

安德鲁　好，放下就放下，朋友；我可以向你担保，我的话说过就算数。我那匹马很好骑，很听管束的。

　　　　〔二警吏上。

警吏甲　就是这个人；执行你的任务吧。

警吏乙　安东尼奥，我奉奥西诺公爵之命把你逮捕。

安东尼奥　你看错人了，朋友。

警吏甲　不，先生，一点没有错。我很认识你的脸孔，虽然你现在头上不戴着水手的帽子。——把他带走，他知道我认识他的。

安东尼奥　我只好服从。（向薇奥拉）这场祸事都是因为要来寻找你而起；可是没有办法，我必得服罪。现在我不得不向你要回我的钱袋了，你预备怎样呢？叫我难过的倒不是我自己的遭遇，而是不能给你尽一点力。你吃惊吗？请你宽心吧。

警吏乙　来，朋友，去吧。

安东尼奥　那笔钱我必须向你要几个。

薇奥拉　什么钱，先生？为了您在这儿对我的好意相助，又看见您现在的不幸，我愿意尽我的微弱的力量给您几个钱；我是个穷小子，这儿随身带着的钱，可以跟您平分。拿着吧，这是我一半的家私。

安东尼奥　你现在不认识我了吗？难道我给你的好处不能使你心动吗？别看着我倒霉好欺侮，要是激起我的性子来，我也会不顾一切，向你一一数说你的忘恩负义的。

薇奥拉　我一点不知道；您的声音相貌我也完全不认识。我痛恨人们的忘恩，比之痛恨说谎、虚荣、饶舌、酗酒，或是其他存在于脆弱的人心中的陷人的恶德还要利害。

安东尼奥　唉，天哪！

警吏乙　好了，对不起，朋友，走吧。

安东尼奥　让我再说句话儿，你们瞧这个孩子，他是我从死神的掌握中夺了转来的，我用神圣的爱心照顾着他；我以为他的样子是个好人，那样看重着他。

警吏甲　那跟我们有什么相干呢？别耽误了时间，去吧！

安东尼奥　可是唉！这个天神一样的人，原来却是个罗刹！塞巴斯丹，你未免太羞辱了你这副好相貌了。

> 心上的瑕疵是真的垢污；
>
> 无情的人才是残废之徒。
>
> 善即是美；但美丽的奸恶，
>
> 是魔鬼雕就文彩的空椟。

警吏甲　这家伙发疯了；带他去吧！来，来，先生。

安东尼奥　带我去吧。（警吏带安东尼奥下。）

薇奥拉　　他的话儿句句发自衷肠；

> 他坚持不疑，我意乱心慌。
>
> 但愿想象的事果真不错，
>
> 是他把妹妹错认作哥哥！

托比　过来，武士；过来，费边；让我们悄悄儿讲几句聪明话。

薇奥拉　　他说起塞巴斯丹的名字，

> 我哥哥正是我镜中影子，
>
> 兄妹俩生就一般的形状，
>
> 再加上穿扮得一模一样；
>
> 但愿暴风雨真发了慈心，
>
> 无情的波浪变作了多情！（下。）

托比　好一个刁滑的卑劣的孩子，比兔子还胆怯！他坐视朋友危急而不顾，还要装做不认识，可见他刁恶的一斑。至于他的胆怯呢，问费边好了。

费边　一个懦夫，一个敬畏上帝的懦夫。

安德鲁　他妈的，我要追上去把他揍一顿。

托比　好，把他痛痛地揍一顿，可是别拔出你的剑来。

安德鲁　要是我不——（下。）

费边　来，让我们去瞧去。

托比　我可以赌无论多少钱，到头来不会有什么事发生的。（同下。）

第 四 幕

第一场　奥丽维娅宅边街道

〔塞巴斯丹及小丑上。

小丑　你要我相信我不是差来请你的吗？

塞巴斯丹　算了吧，算了吧，你是个傻瓜；给我走开去。

小丑　装腔装得真好！是的，我不认识你；我的小姐也不会差我来请你讲话；你的名字也不是西萨里奥大爷。什么都不是。

塞巴斯丹　请你到别处去大放厥辞吧；你又不认识我。

小丑　大放厥辞！他从什么大人物那儿听了这句话，却来用在一个傻瓜身上。大放厥辞！我担心整个痴愚的世界都要装腔作态起来了。请你别那么怯生生的，告诉我应当向我的小姐放些什么"厥辞"。要不要对她说你就来？

塞巴斯丹　傻东西，请你走开吧，这儿有钱给你；要是你再不去，我就不给你这么多了。

小丑　真的，你倒是很慷慨。这种聪明人把钱给傻子，就像用十四年的收益来买一句好话。

〔安德鲁上。

安德鲁　呀，朋友，我又碰见你了吗？吃这一下。（击塞巴斯丹。）

塞巴斯丹　怎么，给你尝尝这一下，这一下，这一下！（打安德鲁）所有的人都疯了吗？

〔托比及费边上。

托比　停住，朋友，否则我要把你的刀子摔到屋子里去了。

小丑　我就去把这事告诉我的小姐。我不愿花两便士换你们的一件

　　　　衣服穿。（下。）

托比　（拉塞巴斯丹）算了，朋友，住手吧。

安德鲁　不，让他去吧。我要换一个法儿对付他。要是伊利里亚是
　　　　有法律的话，我要告他非法殴打的罪；虽然是我先动手，可是那
　　　　没有关系。

塞巴斯丹　放下你的手！

托比　算了吧，朋友，我不能放走你。来，我的青年的勇士，放下你的
　　　　家伙。**你也该打够了，**①来吧。

塞巴斯丹　你别想抓住我。（挣脱）现在你要怎样？要是你有胆子的
　　　　话，拔出你的剑来吧。

托比　什么！什么！那么我倒要让你流几滴莽撞的血呢。（拔剑。）

　　　　　〔奥丽维娅上。

奥丽维娅　住手，托比！我命令你！

托比　小姐！

奥丽维娅　有这等事吗？忘恩的恶人！只配住在从来不懂得礼貌的
　　　　山林和洞窟里的。滚开！——别生气，亲爱的西萨里奥。——
　　　　莽汉，走开！（托比、安德鲁、费边同下）好朋友，你是个有见识的人，
　　　　这回的惊扰实在太失礼，太不成话了，请你不要生气。跟我到舍
　　　　下去吧，我可以告诉你这个恶人曾经多少次无缘无故地惹是招
　　　　非，你听了就可以把这回事情一笑置之了。你一定要去的：

　　　　　　　别推托！他灵魂该受天戮，
　　　　　　　为你惊起了我心头小鹿。

塞巴斯丹　　滋味难名，不识其中奥妙；
　　　　　　　是疯眼昏迷？是梦魂颠倒？
　　　　　　　愿心魂永远在忘河沉浸；
　　　　　　　有这般好梦再不须梦醒！

───────────

　　①　朱译手稿：你已经冒上火来了。

奥丽维娅　　请你来吧；你得听我的话。

塞巴斯丹　　小姐，遵命。

奥丽维娅　　但愿这回非假！（同下。）

第二场　奥丽维娅宅中一室

〔玛丽娅及小丑上；马伏里奥在相接的暗室内。

玛丽娅　　哦，我请你把这件袍子穿上，这把胡须套上，让他相信你是
　　　　副牧师托伯斯师父。快些，我就去叫托比老爷来。（下。）

小丑　　好，我就穿起来，假装一下；我希望我是第一个扮作这种样子
　　　　的。我的身材不够高，穿起来不怎么神气；略为胖一点，也不像
　　　　个用功念书的：可是给人称赞一声是个老实汉子，很好的当家
　　　　人，也就跟一个用心思的读书人一样好了。——那两个同党的
　　　　来了。

〔托比·培尔契爵士及玛丽娅上。

托比　　上帝祝福你，牧师先生！

小丑　　早安，托比大人！ 目不识丁的布拉格的老隐士曾经向高伯德
　　　　克王的侄女说过这么一句聪明话①："是什么，就是什么。"因此
　　　　我是牧师先生，我便是牧师先生；因为"什么"即是"什么"，"是"
　　　　即是"是"。

托比　　走过去，托伯斯师父。

小丑　　呃哼，喂！ 这监狱里平安呀！

托比　　这小子装得很像，好小子。

马伏里奥　　（在内）谁在叫？

小丑　　副牧师托伯斯师父来看疯人马伏里奥来了。

马伏里奥　　托伯斯师父，托伯斯师父，托伯斯好师父，请您到小姐那

①　所谓"布拉格的老隐士"，为小丑杜撰。高伯德克：传说中的不列颠国
王，其事迹参见早期的一部同名悲剧。

儿去一趟。

小丑　滚你的,大魔鬼! 瞧这个人给你缠得这样子! 只晓得嚷小
　　姐吗?

托比　说得好,牧师先生。

马伏里奥　(在内)托伯斯师父,从来不曾有人给人这样冤枉过。托伯
　　斯好师父,别以为我疯了。他们把我关在这个暗无天日的地方。

小丑　唪,你这不老实的撒旦! 我用最客气的称呼叫着你,因为我是
　　个最有礼貌的人,即使对于魔鬼也不肯失礼。你说这屋子是黑
　　的吗?

马伏里奥　像地狱一样,托伯斯师父。

小丑　嘿,它的凸窗像壁垒一样透明,它的向着南北方的顶窗像乌木
　　一样发光呢;你还说看不见吗?

马伏里奥　我没有发疯,托伯斯师父。我对您说,这屋子是黑的。

小丑　疯子,你错了。我对你说,世间并无黑暗,只有愚昧。埃及人
　　在大雾中辨不清方向,还不及你在愚昧里那样发昏。

马伏里奥　我说,这座屋子简直像愚昧一样黑暗,即使愚昧是像地狱
　　一样黑暗。我说,从来不曾有人给人这样欺侮过。我并不比您
　　更疯;您不妨提出几个合理的问题来问我,试试我疯不疯。

小丑　毕达格拉斯对于野鸟有什么意见?

马伏里奥　他说我们祖母的灵魂也许曾经寄住过鸟儿的身体里。

小丑　你对于他的意见觉得怎样?

马伏里奥　我认为灵魂是高贵的,绝对不赞成他的说法。

小丑　再见,你在黑暗里住下去吧。等到赞成了毕达哥拉斯的说法
　　之后,我才可以承认你的头脑健全。留心别打山鹬,因为也许你
　　要害得你祖母的灵魂流离失所了。再见。

马伏里奥　托伯斯师父! 托伯斯师父!

托比　我的了不得的托伯斯师父!

小丑　嘿,我可真是多才多艺呢。

玛丽娅　你就是不挂胡须不穿道袍也没有关系；他又看不见你。

托比　你再用自己的口音去对他说话；怎样的情形再来告诉我。我
　　希望这场恶作剧快快告个段落。要是不妨把他释放，我看就放
　　了他吧；因为我已经大大地失去了我侄女的欢心，倘把这玩意儿
　　尽管闹下去，恐怕不大妥当。等会儿到我的屋子里来吧。（托比、
　　玛丽娅下。）

小丑　"嗨，罗宾，快活的罗宾哥，
　　　问你的姑娘近况如何。"

马伏里奥　傻子！

小丑　"不骗你，她心肠有点硬。"

马伏里奥　傻子！

小丑　"唉，为了什么原因，请问？"

马伏里奥　喂，傻子！

小丑　"她已经爱上了别个人。"
　　　——嘿！谁叫我？

马伏里奥　好傻子，谢谢你给我拿一支蜡烛、笔、墨水和纸张来，以后
　　我不会亏待你的。君子不撒谎，我永远感你的恩。

小丑　马伏里奥大爷吗？

马伏里奥　是的，好傻子。

小丑　唉，大爷，您怎么会发起疯来呢？

马伏里奥　傻子，从来不曾有人给人这样欺侮过。我的头脑跟你一
　　样清楚呢，傻子。

小丑　跟我一样？那么您真的是疯了，要是您的头脑跟傻子差不多。

马伏里奥　他们把我当作一件家具看待，把我关在黑暗里，差牧师
　　们——那些蠢驴子！——来看我，千方百计地想把我弄昏了头。

小丑　您说话留点儿神吧；牧师就在这儿呢。——马伏里奥，马伏里
　　奥，上天保佑你明白过来吧！好好儿睡睡觉儿，别噜哩噜苏地讲
　　空话。

马伏里奥　托伯斯师父!

小丑　别跟他说话,好伙计。——谁?我吗,师父?我可不要跟他说
　　话哩,师父。上帝和您同在,好托伯斯师父!——呃,阿
　　门!——好的,师父,好的。

马伏里奥　傻子,傻子,傻子,我对你说!

小丑　唉,大爷,您耐心吧!您怎么说,师父?——师父怪我跟您说
　　话哩。

马伏里奥　好傻子,给我拿一点儿灯火和纸张来。我对你说,我跟伊
　　利里亚无论哪个人一样脑子都清楚呢。

小丑　唉,我巴不得这样呢,大爷!

马伏里奥　我可以举手发誓我没有发疯。好傻子,拿些墨水、纸盒和
　　灯火来;我写好之后,你去替我送给小姐。你送了这封信去,一
　　定会到手一笔空前的大赏赐的。

小丑　我愿意帮您的忙。但是老实告诉我,您是不是真的疯了?还
　　是装疯?

马伏里奥　相信我,我没有发疯,我老实告诉你。

小丑　嘿,我可信不过一个疯子的话,除非我能看见他的脑子。我去
　　给您拿蜡烛、纸和墨水来。

马伏里奥　傻子,我一定会重重报答你。请你去吧。

小丑　　　大爷我去了,

　　　　　请您不要吵,

　　　　不多一会的时光,

　　　　小鬼再来见魔王;

　　　　　手拿木板刀,

　　　　　胸中如火烧,

　　　　向着魔鬼打哈哈,

　　　　样子像个疯娃娃:

　　　　　爹爹不要恼,

给你剪指爪，

再见，我的魔王爷！① （下。）

第三场　奥丽维娅的花园

〔塞巴斯丹上。

塞巴斯丹　这是空气，那是灿烂的太阳；这是她给我的珍珠，我看得
见也摸得到：虽然怪事这样包围着我，然而却不是疯狂。那么安
东尼奥到哪儿去了呢？我在爱勒芬旅店里找不到他，可是他曾
经到过那边，据说他到城中各处找我去了。现在我很需要他的
指教；因为虽然我心里很觉得这也许是出于错误，而并非是一种
疯狂的举动，可是这种意外和飞来的好运太有些未之前闻、无可
理解了，我简直不敢相信我的眼睛；无论我的理智怎样向我解
释，我总觉得不是我疯了，便是这位小姐疯了。可是真是这样的
话，她一定不会那样井井有条，神气那么端庄地操持她的家务，
指挥她的仆人，料理一切的事情，如同我所看见的那样。其中一
定有些蹊跷。她来了。

〔奥丽维娅及一牧师上。

奥丽维娅　不要怪我太性急。要是你没有坏心肠的话，现在就跟我
和这位神父到我家的礼拜堂里去吧；当着他的面前，在那座圣堂
的屋顶下，你要向我充分证明你的忠诚，好让我小气的多疑的心
安定下来。他可以保守秘密，直到你愿意宣布出来，按照着我的
身分在什么时候举行婚礼。你说怎样？

塞巴斯丹　　我愿意跟你们两位前往；
　　　　　立过的盟誓永没有欺罔。

奥丽维娅　　走吧，神父；但愿天公作美，
　　　　　一片阳光照着我们酣醉！（同下。）

————————

　① 小丑此处模仿道德剧中丑角的表演。

第 五 幕

第一场　奥丽维娅门前街道

　　〔小丑及费边上。

费边　看在咱们交情的分上，让我瞧一瞧他的信吧。

小丑　好费边先生，允许我一个请求。

费边　尽管说来。

小丑　别向我要这封信看。

费边　这就是说，把一条狗给了人，然后为着偿报他起见，再把那条
　　　狗要还。

　　　　〔公爵、薇奥拉、丘里奥及侍从等上。

公爵　朋友们，你们是奥丽维娅小姐府中的人吗？

小丑　是的，殿下；我们是附属于她的一两件零星小物。

公爵　我认识你；你好吗，我的好朋友？

小丑　不瞒您说，殿下，我的仇敌使我好些，我的朋友使我坏些。

公爵　恰恰相反，你的朋友使你好些。

小丑　不，殿下，坏些。

公爵　为什么呢？

小丑　呃，殿下，他们称赞我，把我当作驴子一样愚弄；可是我的仇敌
　　　却坦白地告诉我，说我是一头驴子；因此，殿下，亏着我的仇敌，
　　　我才能明白我自己，我的朋友却把我欺骗了；因此，结论就像接
　　　吻一样，两个异性合拢来变成一个接吻，两个否定合拢来等于一
　　　个肯定；要是四个否定可以变成两个肯定，那么朋友坏而仇敌
　　　好了。

公爵　啊,这说得好极了!

小丑　凭良心说,殿下,这一点不好;虽然您愿意做我的朋友。

公爵　我不会使你坏些;这儿是钱。

小丑　倘不是恐怕犯了骗人钱财的罪名,殿下,我倒希望您把它再倍一倍。

公爵　啊,你给我出了个好主意。

小丑　把您慷慨的手伸进您的袋里去,殿下;只这一次,不要犹疑吧。

公爵　好吧,**我就倍一倍,罪加罪吧**。拿去。

小丑　掷骰子有幺二三;古话说:"一不做,二不休,三回才算数";跳舞要用三拍子;您只要听圣班纳特教堂的钟声好了,殿下,——一、二、三。

公爵　你这回可骗不动我的钱了。要是你愿意去对你小姐说我在这儿要见她说话,你能同着她到这儿来,那么也许会再唤醒我的慷慨来的。

小丑　好吧,殿下,给您的慷慨唱个安眠歌儿,等着我回来吧。我去了,殿下;可是我希望您明白我的要钱并不是贪财。好吧,殿下,就照您的话,让您的慷慨打个盹儿,等我一会儿再来叫醒他吧。(下。)

薇奥拉　殿下,这儿来的人就是搭救了我的。

　　　　〔安东尼奥及警吏上。

公爵　他那张脸我记得很清楚;可是上次我见他的时候,他的脸上涂得黑黑的,就像烽烟里的弗尔坎①一样。他是一支小小的战舰上的舰长,可是却使我们舰队中最好的船只大遭损失,就是给他打败的人也不得不佩服他。为了什么事?

警吏　启禀殿下,这就是在坎迪地方把"凤凰号"和它的货物劫了去的安东尼奥;也就是在"猛虎号"上把您的侄公子泰特斯削去了

---

① 弗尔坎(Vulcan):古罗马火神。

腿的那人。我们在这儿的街道上看见他穷极无赖,在跟人家闹架儿,因此抓了来了。

薇奥拉　殿下,他曾经拔刀相助,帮过我的忙,可是后来却对我说了一番奇怪的话,似乎发了疯似的。

公爵　好一个海盗!你怎么敢凭着你的愚勇,投身到你用血肉和巨量的代价结下冤仇的人们的手里呢?

安东尼奥　尊贵的奥西诺,请许我洗刷去您给我的称呼;安东尼奥从来不曾做过海盗,虽然我有充分的理由和原因承认我是奥西诺的敌人。一种魔法把我吸引到这儿来。在您身边的那个最没有良心的孩子,是我从汹涌的怒海的吞噬中救了出来的,否则他已经毫无希望了。我给了他生命,又把我的友情无条件地完全给了他;为了他的缘故,纯粹出于爱心,我冒着危险出现在这座倒运的城里,见他给人包围了,就拔剑相助;可是我遭了逮捕,他的狡恶的心肠因恐我连累他受罪,便假装不认识我,一眨眼就像已经暌违了二十年似的,甚至于我在半点钟前给他任意使用的我自己的钱袋,也不肯还给我。

薇奥拉　怎么会有这种事呢?

公爵　他在什么时候到这城里来的?

安东尼奥　今天,殿下;三个月来,我们朝朝夜夜都在一起,不曾有一分钟分离过。

　　　　　〔奥丽维娅及侍从等上。

公爵　这里来的是伯爵小姐,天神降临人世了! ——可是你这家伙,完全在说疯话;这孩子已经侍候我三个月了。那种话等会儿再说吧。把他带到一旁去。

奥丽维娅　殿下有什么下示?除了断难遵命的一件事之外,凡是奥丽维娅力量所能及的,一定愿意效劳。——西萨里奥,你失了我的约啦。

薇奥拉　小姐!

公爵　温柔的奥丽维娅！——

奥丽维娅　你怎么说,西萨里奥?——殿下——

薇奥拉　我的主人要跟您说话;地位关系我不能开口。

奥丽维娅　殿下,要是您说的仍旧是那么一套,我可已经听得厌了,
就像奏过音乐以后的叫号一样令人不耐。

公爵　仍旧是那么残酷吗?

奥丽维娅　仍旧是那么坚定,殿下。

公爵　什么,坚定得不肯改变一下你的乖僻吗? 你这无礼的女郎!
向着你的无情的不仁的祭坛,我的灵魂已经用无比的虔诚吐露
出最忠心的献礼。我还有什么办法呢?

奥丽维娅　办法就请殿下自己斟酌吧。

公爵　假如我狠得起那么一条心,为什么我不可以像临死时的埃及
大盗一样,把我所爱的人杀死呢?[①] 蛮性的嫉妒有时也带着几
分高贵的气质。但是你听着我吧:既然你漠视我的诚意,我也有
些知道谁在你的心中夺去了我的位置,你就继续做你的铁石心
肠的暴君吧;可是你所爱着的这个宝贝,我当天发誓我曾经那样
宠爱着他,我要把他从你的那双冷酷的眼睛里除去,免得他傲视
他的主人。来,孩子,跟我来。我的恶念已经成熟:

　　　　　我要牺牲我钟爱的羔羊,
　　　　　白鸽的外貌乌鸦的心肠。(走。)

薇奥拉　　　我甘心愿受一千次死罪,
　　　　　只要您的心里得到安慰。(随行。)

奥丽维娅　西萨里奥到哪儿去?

薇奥拉　　　追随我所爱的人,
　　　　　我爱他甚于生命和眼睛,

---

① 所述事迹见于古希腊的一个浪漫故事,作者是赫利奥多罗斯
(Heliodorus)。

> 远过于对于妻子的爱情。

> 愿上天监察我一片诚挚，

> 倘有虚谎我决不辞一死！

奥丽维娅　哎哟，他厌弃了我！我受了欺骗了！

薇奥拉　谁把你欺骗？谁给你受气？

奥丽维娅　才不久你难道已经忘记？——请神父来。（一侍从下。）

公爵　（向薇奥拉）去吧！

奥丽维娅　到哪里去，殿下？西萨里奥，我的夫，别去！

公爵　你的夫？

奥丽维娅　是的，我的夫；他能抵赖吗？

公爵　她的夫，嘿？

薇奥拉　不，殿下，我不是。

奥丽维娅　唉！是你的卑怯的恐惧使你否认了自己的身分。不要害怕，西萨里奥；别放弃了你的地位。你知道你是什么人，要是承认了出来，你就跟你所害怕的人并肩相埒了。

　　　　　〔牧师上。

奥丽维娅　啊，欢迎，神父！神父，我请你凭着你的可尊敬的身分，到这里来宣布你所知道的关于这位少年和我之间不久以前的事情；虽然我们本来预备保守秘密，但现在不得不在时机未到之前公布了。

牧师　一个永久相爱的盟约，已经由你们两人握手缔结，用神圣的吻证明，用戒指的交换确定了。这婚约的一切仪式，都由我主持作证；照我的表上所指示，距离现在我不过向我的坟墓走了两小时的行程。

公爵　唉，你这骗人的小畜生！等你年纪一大了起来，你会是个怎样的人呢？

> 也许你过分早熟的奸诡，

> 反会害你自己身败名毁。

> 别了，你尽管和她论嫁娶；
>
> 可留心以后别和我相遇。

薇奥拉　　殿下，我要声明——

奥丽维娅　　不要发誓；放大胆些，别亵渎了神祇！

〔安德鲁·埃古契克爵士头破血流上。

安德鲁　　看在上帝的分上，叫个外科医生来吧！立刻去请一个来瞧瞧托比大人。

奥丽维娅　　什么事？

安德鲁　　他把我的头给打破了，托比大人也给他弄得满头是血。看在上帝的分上，救救命吧！谁要是给我四十镑钱，我也宁愿回到家里去。

奥丽维娅　　谁干了这种事，安德鲁大人？

安德鲁　　公爵的跟班名叫西萨里奥的。我们把他当做一个孱头，哪晓得他简直是个魔鬼。

公爵　　我的跟班西萨里奥？

安德鲁　　他妈的！他就在这儿。你无缘无故敲破我的头！我不过是给托比大人撺掇了才动手的。

薇奥拉　　你为什么对我说这种话呢？我没有伤害你呀。你自己无缘无故向我拔剑；可是我对你很客气，并没有伤害你。

安德鲁　　假如一颗血淋淋的头可以算得是伤害的话，你已经把我伤害了；我想你以为满头是血，是不算什么一回事的。托比大人一跛一拐地来了——

〔托比·培尔契爵士由小丑搀扶醉步上。

安德鲁　　还有话要跟你说呢；可是倘不是因为他喝醉了酒的话，他一定不会那样招惹你的。

公爵　　怎么，老兄！你怎么啦？

托比　　有什么关系？他把我打坏了，还有什么别的说的？傻瓜，你有没有看见狄克医生，傻瓜？

小丑　喔！他在一个钟头之前喝醉了，托比老爷；他的眼睛在早上八
　　点钟就昏花了。

托比　那么他便是个踱着八字步的混蛋。我顶讨厌酒鬼。

奥丽维娅　把他带走！谁把他们弄成这样子的？

安德鲁　我来扶着您吧，托比大人；咱们一块儿裹伤口去。

托比　你来扶着我？蠢驴，傻瓜，混蛋，瘦脸孔的混蛋，笨鹅！

奥丽维娅　招呼他上床去，他的伤口好好看顾一下。（小丑、费边、托
　　比、安德鲁同下。）

　　　　〔塞巴斯丹上。

塞巴斯丹　小姐，我很抱歉伤了令亲；可是即使他是我的同胞兄弟，
　　为了自卫起见，我也只好出此手段。您用那样冷淡的眼光瞧着
　　我，我知道我一定冒犯了您了；原谅我吧，好人，看在不久以前我
　　们彼此立下的盟誓分上。

公爵　一样的脸孔，一样的声音，一样的装束，化成了两个身体；一副
　　天然的幻境，真实和虚妄的对照！

塞巴斯丹　安东尼奥！啊，我的亲爱的安东尼奥！自从我不见了你
　　之后，我的时间过得多么痛苦啊！

安东尼奥　你是塞巴斯丹吗？

塞巴斯丹　难道你不相信是我吗，安东尼奥？

安东尼奥　你怎么会分身呢？把一只苹果切成两半，也不会比这两
　　人更为相像。哪一个是塞巴斯丹？

奥丽维娅　真奇怪呀！

塞巴斯丹　那边站着的是我吗？我从来不曾有过一个兄弟；我又不
　　是一尊无所不在的神明。我只有一个妹妹，但已经被盲目的波
　　涛卷去了。对不住，请问你我之间有什么关系？你是哪一国人？
　　叫什么名字？谁是你的父母？

薇奥拉　我是梅萨林人。塞巴斯丹是我的父亲；我的哥哥也是一个
　　像你一样的塞巴斯丹，他葬身于海洋中的时候也穿着像你一样

的衣服。要是灵魂能够照着在生时的形状和服饰出现，那么你
是来吓我们的。

塞巴斯丹　我的确是一个灵魂；可是还没有脱离我的生而俱有的物
质的皮囊。你的一切都能符合，只要你是个女人，我一定会让我
的眼泪滴在你的脸上，而说，"大大地欢迎，溺死了的薇奥拉！"

薇奥拉　我的父亲的额角上有一颗黑痣。

塞巴斯丹　我的父亲也有。

薇奥拉　他死的时候薇奥拉才十三岁。

塞巴斯丹　唉！那记忆还鲜明地留在我的灵魂里。他的确在我妹妹
刚满十三岁的时候完毕了他人世的任务。

薇奥拉　假如只是我这一身僭妄的男装阻碍了我们彼此的欢欣，那
么等一切关于地点、时间、遭遇的枝节完全衔接，证明我确是薇
奥拉之后，再拥抱我吧。我可以叫一个在这城中的船长为我证
明，我的女衣便是寄放在他那里的；多亏他的帮忙，我才侥幸保
全了生命，能够来侍候这位尊贵的公爵。此后我便一直奔走于
这位小姐和这位贵人之间。

塞巴斯丹　（向奥丽维娅）小姐，原来您是弄错了；但那也是心理上的自
然的倾向。您本来要跟一个女孩子订婚；可是您认错了人，现在
同时成为一个女人和一个男人的未婚妻了。

公爵　不要惊骇；他的血统也很高贵。要是这回事情果然是真，看来
似乎不是一面骗人的镜子，那么在这番幸运的船难里我也要沾
点光。（向薇奥拉）孩子，你曾经向我说过一千次决不会爱一个人
像爱我一样。

薇奥拉　那一切的话我愿意再发誓证明；那一切的誓我都要坚守在
心中，就像隔分昼夜的天球中蕴藏着的烈火一样。

公爵　把你的手给我，让我瞧你穿了女人的衣服是怎么样子。

薇奥拉　把我带上岸来的船长那里存放着我的女服；可是他现在跟
这位小姐府上的管家马伏里奥有点讼事，被拘留起来了。

奥丽维娅　他一定要放他出来。去叫马伏里奥来。——唉，我现在记起来了，他们说，可怜的人，他的神经病很利害呢。因为我自己在大发其疯，所以把他完全忘记了。

　　　　〔小丑持信及费边上。

奥丽维娅　他怎么啦，狗才？

小　丑　启禀小姐，他总算很尽力抵挡着魔鬼。他写了一封信给您。我本该今天早上就给您的；可是疯人的信不比福音，送没送到都没甚关系。

奥丽维娅　拆开来读给我听。

小　丑　傻子要念疯子的话了，请你们洗耳恭听。（读）"凭着上帝的名义，小姐——"

奥丽维娅　怎么！你疯了吗？

小　丑　不，小姐，我在读疯话呢。您小姐既然要我读这种东西，那么您就得准许我疯声疯气地读。

奥丽维娅　（向费边）喂，还是你读吧。

费　边　（读）"凭着上帝的名义，小姐，您屈待了我；全世界都要知道这回事。虽然您已经把我幽闭在黑暗里，叫您的醉酒的令叔看管我，可是我的头脑跟您小姐一样清楚呢。您自己骗我打扮成那个样子，您的信还在我手里；我很可以用它来证明我自己的无辜，可是您的脸面上却不好看哩。随您把我怎样想法吧。因为冤枉难明，不得不暂时僭越了奴仆的身分，请您原谅。被虐待的马伏里奥上。"

奥丽维娅　这封信是他写的吗？

小　丑　是的，小姐。

公　爵　这倒不像是个疯子的话哩。

奥丽维娅　去把他放出来，费边；带他到这儿来。（费边下）殿下，看到了这种事情，我们虽然没有缘分，可是假如您肯把我当个妹妹看待，大家不仍旧是一家人吗？倘不嫌弃，请就在这儿住下，让我略尽地主之谊。

公爵　小姐,多蒙厚意,敢不领情。(向薇奥拉)你的主人解除你的职
　　务了。为了你的事主的勤劳,不顾到那种事情多么不适于你的
　　娇弱的身分和优雅的教养,你既然一直把我称作主人,从此以
　　后,你便是你主人的主妇了。握着我的手吧。

奥丽维娅　你是我的妹妹了!

　　　〔费边偕马伏里奥重上。

公爵　这便是那个疯子吗?

奥丽维娅　是的,殿下,就是他。——怎样,马伏里奥!

马伏里奥　小姐,您屈待了我,大大地屈待了我!

奥丽维娅　我屈待了你吗,马伏里奥? 没有的事。

马伏里奥　小姐,您屈待了我。请您瞧这封信。您能抵赖说那不是
　　您写的吗? 您能写几笔跟这不同的字,几句跟这不同的句子吗?
　　您能说这不是您的图章,不是您的大作吗? 您可不能否认。好,
　　那么承认了吧;凭着您的贞洁告诉我:为什么您向我表示这种露
　　骨的恩意,吩咐我见您的时候脸带笑容,扎着十字叉的袜带,穿
　　了黄袜子,对托比大人和底下人要皱眉头? 我满怀着希望,一切
　　服从您的话,怎么您要把我关起来,禁锢在暗室里,叫牧师来看
　　我,给人当做大傻瓜愚弄? 告诉我为什么?

奥丽维娅　唉! 马伏里奥,这不是我写的,虽然我承认很像我的笔
　　迹;但这一定是玛丽娅写的。现在我记起来了,第一个告诉我你
　　发疯了的就是她;那时你便一路带笑而来,那样子就跟信里所说
　　的一样。你别恼吧;这场诡计未免太恶作剧,等我们调查明白原
　　因和主谋的人之后,你可以自己兼作原告和审判官来判断这件
　　案子。

费边　好小姐,听我说,不要让争闹和口角来打断了当前的兴会。我
　　坦白地承认是我跟托比老爷因为看不惯这个马伏里奥的顽固无
　　礼,才想出这个计策来。玛丽娅因为吃托比老爷央求不过,才写

了这封信;为了酬劳她的缘故,他已经跟她结了婚了。假如把两方所受到的难堪衡情酌理地判断起来,那么这种恶作剧的戏谑可供一笑,也不必计较了吧。

奥丽维娅　唉,可怜的傻子,他们太把你欺侮了!

小丑　嘿,"有的人是生来的富贵,有的人是挣来的富贵,有的是送上来的富贵。"这本戏文里我也是一个角色呢,大爷;托伯斯师父就是我,大爷;但这没有什么相干。"凭着上帝起誓,傻子,我没有疯。"可是您记得吗?"小姐,您为什么要对这么一个没头脑的混蛋发笑? 您要是不笑,他就开不了口啦。"六十年风水轮流转,您也遭了报应了。

马伏里奥　我一定要出这一口气,你们这批东西一个都不放过。

（下。）

奥丽维娅　他给人欺侮得太不成活了。

公爵　追他回来,跟他讲个和;他还不曾把那船长的事告诉我们哩。等我们知道了以后,假如时辰吉利,我们便可以举行郑重的结合的典礼。贤妹,我们现在还不会离开这儿。西萨里奥,来吧,当你还是一个男人的时候,你便是西萨里奥——

　　　　等你换过了别样的衣裙,

　　　　你才是奥西诺心上情人。（除小丑外众下。）

歌

小丑　　　当初我是个小儿郎,

　　　　　嗨,呵,一阵雨儿一阵风;

　　　　做了傻事毫不思量,

　　　　　朝朝雨雨呀又风风。

　　　　　年纪长大啦不学好,

　　　　　嗨,呵,一阵雨儿一阵风;

　　　　闭门羹到处吃个饱,

朝朝雨雨呀又风风。

娶了老婆,唉! 要照顾,
　　嗨,呵,一阵雨儿一阵风;
法螺医不了肚子饿,
　　朝朝雨雨呀又风风。

一壶老酒往头里灌,
　　嗨,呵,一阵雨儿一阵风;
掀开了被窝三不管,
　　朝朝雨雨呀又风风。

开天辟地有几多年,
　　嗨,呵,一阵雨儿一阵风;
咱们的戏文早完篇,
　　愿诸君欢喜笑融融!（下。）

（朱生豪　译　　陈才宇　校）

莎士比亚别裁集

第二卷

悲剧五种

朱生豪　陈才宇　译

浙江工商大学出版社
ZHEJIANG GONGSHANG UNIVERSITY PRESS

·杭州·

图书在版编目(CIP)数据

莎士比亚别裁集. 第二卷，悲剧五种 ／（英）莎士比亚著；朱生豪，陈才宇译. — 杭州：浙江工商大学出版社，2019.3

ISBN 978-7-5178-3159-4

Ⅰ．①莎… Ⅱ．①莎… ②朱… ③陈… Ⅲ．①悲剧－剧本－作品集－英国－中世纪 Ⅳ．①I561.13

中国版本图书馆 CIP 数据核字（2019）第 037478 号

莎士比亚别裁集·悲剧五种
SHASHIBIYA BIECAIJI BEIJU WUZHONG

［英］威廉·莎士比亚 著　朱生豪　陈才宇 译

出 品 人	鲍观明
丛书策划	钟仲南
责任编辑	钟仲南
责任校对	袁金麟
装帧设计	林朦朦
责任印制	包建辉
出版发行	浙江工商大学出版社
	（杭州市教工路 198 号　邮政编码 310012）
	（E-mail：zjgsupress@163.com）
	（网址：http://www.zjgsupress.com）
	电话：0571 - 88904980，88831806（传真）
排　　版	杭州朝曦图文设计有限公司
印　　刷	杭州杭新印务有限公司
开　　本	880mm×1230mm　1/32
印　　张	50
字　　数	1300 千
版 印 次	2019 年 3 月第 1 版　2019 年 3 月第 1 次印刷
书　　号	ISBN 978-7-5178-3159-4
定　　价	268.00 元（全四册）

目　　录

罗密欧与朱丽叶

《罗密欧与朱丽叶》约写于 1594—1596 年间,最初见于 1597 年由约翰·丹特印行的劣版四开本,善版四开本两年后由托马斯·克里德印行。

该剧的基本情节源于意大利的民间传说,英国诗人亚瑟·布鲁克根据意大利人班代罗的作品改写出叙事长诗《罗密欧与朱丽叶的悲剧》(1562),这是莎士比亚最重要的依据。此外,他还有可能阅读过其他作者的同题材作品,如威廉·潘特的《欢乐宫》(1566)等。

在布鲁克的作品中,朱丽叶的年龄是 16 岁,莎士比亚这里改成了 14 岁,剧情演示的时间也从九个月缩短为五天。在人物性格的刻画上,莎士比亚笔下的人物显然比布鲁克作品中的人物更生动、更丰满。凯普莱特和蒙太古两大家族的矛盾与冲突,也是莎士比亚写得更合乎情理、张合有致。

译文见于国家图书馆出版社 2012 年版《朱生豪译莎士比亚戏剧手稿》第 4 册,世界书局版《莎士比亚戏剧全集》(1947)第二辑。

剧 中 人 物

埃斯卡勒斯　维洛那亲王

帕里斯　少年贵族,亲王的亲戚

蒙太古　
凯普莱特　}　互相敌视的两家家长

罗密欧　蒙太古之子

默丘西奥　亲王的亲戚　
班伏里奥　蒙太古之侄　}　罗密欧的朋友

提伯尔特　凯普莱特夫人之侄

劳伦斯神父　法兰西斯派教士

约翰神父　与劳伦斯同门的教士

鲍尔萨泽　罗密欧的仆人

桑姆森

葛雷高里　　凯普莱特的仆人

彼得　朱丽叶乳媪的从仆

亚伯拉罕　蒙太古的仆人

卖药人

乐工三人

默丘西奥的侍童

帕里斯的侍童

蒙太古夫人

凯普莱特夫人

朱丽叶　凯普莱特之女

朱丽叶的乳媪

维洛那市民；两家男女亲属；跳舞者、卫士、巡丁及侍从等

副末　说明剧情者

地　点

维洛那；第五幕第一场在曼多亚

开　场　诗

副末上诵：

　　　　　　故事发生在维洛那名城，

　　　　　　　有两家门第相当的巨族，

　　　　　　累世的宿怨激起了新争，

鲜血把市民的白手污渎。
是命运注定这两家仇敌，
　　生下了一双不幸的恋人，
他们的悲惨凄凉的陨灭，
　　和解了他们交恶的尊亲。
这一段生生死死的恋爱，
　　还有那两家父母的嫌隙，
把一对多情的儿女杀害，
　　演成了今天这一本戏剧。
交代过这几句挈领提纲，
　　请诸位耐着心细听端详。（下。）

第 一 幕

第一场　维洛那;广场

〔桑姆森及葛雷高里各持盾剑上。

桑姆森　葛雷高里，咱们可真的不能让人家当做苦力一样欺侮。

葛雷高里　对了，咱们不是可以随便给人欺侮的。

桑姆森　我说，咱们要是发起脾气来,就会拔刀子动武。

葛雷高里　对了，你可不要把脖子缩进领口里去。

桑姆森　我一动性子,我的剑是不认人的。

葛雷高里　可是你不大容易动性子。

桑姆森　我见了蒙太古家的狗子就生气。

葛雷高里　有胆量的,生了气就应当站住不动;逃跑的不是好汉。

桑姆森　我见了他们家里的狗子,就会站住不动;只要碰上蒙太古家的狗男女,我就贴墙壁站住,不给他们让路。

葛雷高里 这只会证明你软弱无能,因为只有最无能的人才贴墙壁站。

桑姆森 不错,女人天生软弱,从来都是被男人往墙上顶的。只要是蒙太古家的男人,我就把他们往墙外挤;要是女人,就往墙上顶①。

葛雷高里 吵架是咱们两家主仆男人们的事,与她们女人有什么相干?

桑姆森 那我不管,我要做一个杀人不眨眼的魔王;一面跟男人们打架,一面对娘儿们也不留情面,我要割掉她们的头。

葛雷高里 割掉娘儿们的头吗?

桑姆森 对了,娘儿们的头,或是她们的奶奶头,你爱怎么说就怎么说。

葛雷高里 割奶头时她们一定有感觉的。

桑姆森 只要我挺得住,她们一定有感觉;谁都知道我的那块肉很坚挺。

葛雷高里 幸亏你不是一条鱼;如果是,你那块肉一定不争气。拔出你的家伙来;有两个蒙太古家的人来啦。

〔亚伯拉罕及鲍尔萨泽上。

桑姆森 我的刀子已经出鞘;你去跟他们吵起来,我就在你背后帮你的忙。

葛雷高里 怎么?你想转过背逃走吗?

桑姆森 你放心吧,我不是那样的人。

葛雷高里 哼,我倒有点不放心!

桑姆森 还是让他们先动手,打起官司来也是咱们的理直。

---

① 朱译手稿:是男人我就把他们从墙边推出去,是女人我就把他们望着墙壁摔过去。

葛雷高里　我走过去向他们横个白眼,瞧他们怎么样。

桑姆森　好,瞧他们有没有胆。我要向他们咬我的大拇指,瞧他们能不能忍受这样的侮辱。

亚伯拉罕　你向我们咬你的大拇指吗?

桑姆森　我是咬我的大拇指。

亚伯拉罕　你是向我们咬你的大拇指吗?

桑姆森　（向葛雷高里旁白)要是我说是,那么打起官司来是谁的理直?

葛雷高里　（向桑姆森旁白)是他们的理直。

桑姆森　不,我不是向你们咬我的大拇指;可是我是咬我的大拇指。

葛雷高里　你是向我们挑衅吗?

亚伯拉罕　挑衅! 不,哪儿的话。

桑姆森　你要是想跟我们吵架,那么我可以奉陪;你也是你家主子的奴才,我也是我家主子的奴才,难道我家的主子就比不上你家的主子?

亚伯拉罕　比不上。

桑姆森　好。

葛雷高里　（向桑姆森旁白)说"比得上";我家老爷的一位亲戚来了。

桑姆森　比得上。

亚伯拉罕　你胡说。

桑姆森　是汉子就拔出刀子来。葛雷高里,别忘了你的撒手锏。（双方互斗。)

　　　　〔班伏里奥上。

班伏里奥　分开,蠢才! 收起你们的剑;你们不知道你们在干些什么事。（击下家仆的剑。)

　　　　〔提伯尔特上。

提伯尔特　怎么! 你跟这些不中用的奴才吵架吗?过来,班伏里奥,让我结果你的性命。

班伏里奥　我不过维持和平;收起你的剑,或者帮我分开这些人。

提伯尔特　　什么！你拔出了剑,还说什么和平？我痛恨这两个字,就
　　　　跟我痛恨地狱,痛恨所有蒙太古家的人和你一样。照剑,懦夫！
　　（二人相斗。）
　　　　〔两家各有若干人上；加入争斗；一群市民持枪棍继上。
众市民　　打！打！打！把他们打下来！打倒凯普莱特！打倒蒙
　　　　太古！
　　　　〔凯普莱特穿长袍及凯普莱特夫人同上。
凯普莱特　　什么事吵成这个样子？喂！把我的长剑拿来。
凯普莱特夫人　　我的拐杖呢？我的拐杖呢？你要剑做什么用？
凯普莱特　　快拿剑来！蒙太古那老东西来啦,他还晃着他的剑,明明
　　　　在跟我寻事。
　　　　〔蒙太古及蒙太古夫人上。
蒙太古　　凯普莱特,你这奸贼！——别拉住我,让我去。
蒙太古夫人　　你要去跟人家吵架,我一步也不让你走。
　　　　〔亲王率侍从上。
亲王　　目无法纪的臣民,扰乱治安的罪人,你们的刀剑都被你们邻人
　　　　的血玷污了；——他们不听我的话吗？喂,听着！你们这些人,
　　　　你们这些畜生,你们为了扑灭你们怨毒的怒焰,不惜让殷红的流
　　　　泉从你们的血管里喷涌出来,你们要是畏惧刑法,赶快给我把你
　　　　们的凶器从你们血腥的手里丢下来,静听你们震怒的君王的判
　　　　决。凯普莱特,蒙太古,你们已经三次为了一句口头上的空言,
　　　　引起了市民的械斗,扰乱了我们街道上的安宁,害得维洛那的年
　　　　老公民也不能不脱下他们尊严的装束,在他们习于安乐的苍老
　　　　衰弱的手里捎起古旧的长枪来,分解你们溃烂的纷争。要是你
　　　　们以后再在市街上闹事,就要把你们的生命作为扰乱治安的代
　　　　价。现在别人都给我退下去；凯普莱特,你跟我来；蒙太古,你今
　　　　天下午到自由村的审判厅里来,听候我对于今天这一案的宣判。
　　　　大家散开去,倘有逗留不去的,格杀勿论！（除蒙太古夫妇及班伏里
　　　　奥外皆下。）

蒙太古　谁把这一场宿怨重新挑起纷争？侄儿，对我说，他们动手的时候，你也在场吗？

班伏里奥　我还没有到这儿来，您的仇家的仆人跟你们家里的仆人已经打成一团了。我拔出剑来分开他们；就在这时候，那个性如烈火的提伯尔特提着剑来了，他向我口出不逊之言，把剑在他自己头上挥舞，那剑在风中发出咝咝的声音，就像风在那儿讥笑他的装腔作势一样。当我们正在剑来剑去的时候，人越来越多，有的帮这一面，有的帮那一面，乱哄哄地互相争斗，直等亲王来了，方才把两边的人喝开。

蒙太古夫人　啊，罗密欧呢？你今天见过他吗？我很高兴他没有参加这场争斗。

班伏里奥　伯母，在尊严的太阳开始从东方的黄金窗里探出头来的前一个时辰，我因为心中烦闷到郊外去散步，在城西一棵枫树的下面，我看见罗密欧兄弟一早在那儿走来走去。我正要向他走过去，他已经看见了我，就躲到树林深处去了。我因为自己也是心灰意懒，觉得连自己这一身也是多余的，只想找一处没有人迹的地方，所以凭着自己的心境推测别人的心境，也就不去多事追寻他，彼此互相避开了。

蒙太古　好多天的早上，曾经有人在那边看见过他，用眼泪洒为清晨的露水，用长叹嘘成天空的云雾；可是一等到鼓舞众生的太阳在东方的天边开始揭起黎明女神床上灰黑色的帐幕的时候，我那怀着一颗沉重的心的儿子，就逃避了光明，溜回到家里，一个人关起了门躲在房间里，闭紧了窗子，把大好的阳光锁在外面，为他自己造成了一个人工的黑夜。他这一种怪脾气恐怕不是好兆，除非良言劝告可以替他解除心头的烦恼。

班伏里奥　伯父，您知道他的烦恼的根源吗？

蒙太古　我不知道，也没有法子从他自己嘴里探听出来。

班伏里奥　您有没有设法探问过他？

蒙太古　我自己以及许多其他的朋友都曾经探问过他，可是他把心事一起闷在自己肚里，总是绝口严守着秘密，不让人家试探出来，正像一朵初生的蓓蕾，还没有迎风舒展它的嫩瓣，向太阳献吐它的娇艳，就给妒忌的蛀虫咬啮了一样。只要能够知道他的悲哀究竟是从什么地方来的，我们一定会尽心竭力替他找寻治疗的方案。

班伏里奥　瞧，他来了；请您站在一旁，等我去问问他究竟有些什么心事，看他理不理我。

蒙太古　但愿你留在这儿，能够听到他的真情的吐露。来，夫人，我们去吧。（蒙太古夫妇同下。）

　　　　〔罗密欧上。

班伏里奥　早安，兄弟。

罗密欧　天还是这样早吗？

班伏里奥　刚才敲过九点钟。

罗密欧　唉！在悲哀里度过的时间似乎是格外长的。急忙忙地走过去的那个人，不就是我的父亲吗？

班伏里奥　正是。什么悲哀使罗密欧的时间过得这样长？

罗密欧　因为我缺少了可以使时间变为短促的东西。

班伏里奥　你跌进了恋爱的网里了吗？

罗密欧　不，是跌出——

班伏里奥　你跌出了爱情之网？

罗密欧　我不能得到我的意中人的欢心。①

班伏里奥　唉！想不到爱神的外表这样温柔，实际上却是如此残暴！

罗密欧　唉！想不到爱神蒙着眼睛，却会一直闯进人们的心灵！我们在什么地方吃饭？哎哟！又是谁在这儿打过架了？可是不必告诉我，我早就知道了。这些都是怨恨造成的后果，可是爱情的

---

①　朱译手稿：我徘徊在恋爱的门外，因为我不能得到我的意中人的欢心。

力量比它还要大过许多。啊，吵吵闹闹的相爱，亲亲热热的怨恨！啊，无中生有的一切！啊，沉重的轻浮，严肃的狂妄，整齐的混乱，铅铸的羽毛，光明的烟雾，寒冷的火焰，憔悴的健康，永远觉醒的睡眠，否定的存在！我感觉到爱情正是这么一种东西，可是我并不喜爱这一种爱情。你不会笑我吗？

班伏里奥　不，兄弟，我倒是有点儿想哭。

罗密欧　好人，为什么呢？

班伏里奥　因为瞧着你善良的心受到这样的痛苦。

罗密欧　唉！这就是爱情的错误，我自己已经有太多的忧愁重压在我的心头，你对我表示的同情，徒然使我在太多的忧愁之上再加上一重忧愁。爱情是叹息吹起的一阵烟；恋人的眼中有它净化了的火星；恋人的眼泪是它激起的波涛。它又是最智慧的疯狂，哽喉的苦味，沁舌的蜜糖。再见，兄弟。（欲去。）

班伏里奥　且慢，让我跟你一块儿去；要是你就这样丢下了我，未免太不给我面子啦。

罗密欧　嘿！我已经遗失了我自己；我不在这儿；这不是罗密欧，他是在别的地方。

班伏里奥　老实告诉我，你所爱的是谁？

罗密欧　什么！你要我在痛苦呻吟中说出她的名字来吗？

班伏里奥　痛苦呻吟！不，你只要告诉我她是谁就得了。

罗密欧　叫一个病人郑重其事地立起遗嘱来！啊，对于一个病重的人，还有什么比这更刺痛他的心？老实对你说，兄弟，我是爱上了一个女人。

班伏里奥　我说你一定有了恋爱，果然猜得不错。

罗密欧　好一个每发必中的射手！我所爱的是一位美貌的姑娘。

班伏里奥　好兄弟，只要目标准确，不怕发而不中。

罗密欧　你这一箭就射岔了。丘比特的金箭不能射中她的心；她有黛安娜女神的圣洁，不让爱情稚弱的弓矢损害她的坚不可破的贞操。她不愿听任深怜密爱的词句把她包围,也不愿让灼灼逼人的眼光向她进攻,更不愿接受可以使圣人动心的黄金的诱惑;啊!美貌便是她巨大的财富,只可惜她一死以后,她的美貌也要化为黄土!

班伏里奥　那么她已经立誓终身守贞不嫁了吗?

罗密欧　她已经立下了这样的誓言,为了珍惜她自己,造成了莫大的浪费;因为她让美貌在无情的岁月中日渐枯萎,不知道替后世传留下她的绝世容华。她是个太美丽、太聪明的人儿,不应该剥夺她自身的幸福,使我抱恨终天。她已经立誓割舍爱情,我现在活着也就等于死去一般。

班伏里奥　听我的劝告,别再想起她了。

罗密欧　啊!那么你教我怎样忘记吧。

班伏里奥　你可以放纵你的眼睛,让它们多看几个世间的美人。

罗密欧　那不过格外使我觉得她的美艳无双罢了。那些吻着美人娇额的幸运的面罩,因为它们是黑色的缘故,常常使我们想起被它们遮掩的面庞不知应该多么娇丽。突然盲目的人,永远不会忘记存留在他消失了的视觉中的宝贵的影像。给我看一个姿容绝代的美人,她的美貌除了使我记起世上有一个人比她更美以外,还有什么别的用处?再见,你不能教我怎样忘记。

班伏里奥　我一定要证明我的意见不错,否则死了也不瞑目。

（同下。）

第二场　同前;街道

〔凯普莱特、帕里斯及仆人上。

凯普莱特　可是蒙太古也负着跟我同样的责任;我想像我们这样有了年纪的人,维持和平还不是难事。

帕里斯　你们两家都是很有名望的大族,结下了这样不解的冤仇,真是一件不幸的事。可是,老伯,您对于我的求婚有什么见教?

凯普莱特　我的意见早就对您表示过了。我的女儿今年还没有满十
　　　　四岁，完全是一个不懂事的孩子，再过两个夏天，才可谈到亲事。

帕里斯　比她年纪更小的人，都已经做了幸福的母亲了。

凯普莱特　早结果的树木一定早凋。我在这世上什么希望都已经没
　　　　有了，只有她是我的唯一的安慰。可是向她求爱吧，善良的帕里
　　　　斯，得到她的欢心；只要她愿意，我的同意是没有问题的。今天
　　　　晚上，我要按照旧例，举行一次宴会，邀请许多亲友参加；您也是
　　　　我所要邀请的一个，请您接受我的最诚意的欢迎。在我的寒舍
　　　　里，今晚您可以见到灿烂的群星翩然下降，照亮了黑暗的天空；
　　　　在蓓蕾一样娇艳的女郎丛里，您可以充分享受青春的愉快，正像
　　　　盛装的四月追随着残冬的足迹君临人世，在年青的人心里充满
　　　　着活跃的欢欣一样。您可以听一个够，看一个饱，从许多美貌的
　　　　女郎中间，连我的女儿也在内，拣一个最好的做您的意中人。
　　　　来，跟我去。（以一纸交仆）你到维洛那全城去走一转，一个一个去
　　　　找这单子上有名字的人，请他们到我的家里来。（凯普莱特、帕里
　　　　斯同下。）

仆人　找这单子上有名字的人！人家说，鞋匠的针线，裁缝的钉锤，
　　　　渔夫的笔，画师的网，各人有各人的职司，可是我们的老爷却叫
　　　　我找这单子上有名字的人，我怎么知道写字的人在这上面写着
　　　　些什么？我一定要找个识字的人。来得正好。

　　　　〔班伏里奥及罗密欧上。

班伏里奥　不，兄弟，新的火焰可以把旧的火焰扑灭，大的苦痛可以
　　　　使小的苦痛减轻；头晕目眩的时候，只要转身向后，一桩绝望的
　　　　忧伤，也可以用另一桩烦恼把它驱除。给你的眼睛找一个新的
　　　　迷惑，你的原来的痼疾就可以霍然脱体。

罗密欧　你的药草只好医治——

班伏里奥　医治什么？

罗密欧　医治你的跌伤的胫骨。

班伏里奥　怎么，罗密欧，你疯了吗？

罗密欧　我没有疯，可是比疯人更不自由；关在牢狱里，不进饮食，挨受着鞭挞和酷刑——晚安，好朋友！

仆人　晚安！请问先生，您念过书吗？

罗密欧　是的，这是我的贫穷的资产。

仆人　也许您不看着书念；可是请问您会不会看着字一个儿一个儿的念？

罗密欧　是我认得的字，我就会念。

仆人　您说得很老实；上帝保佑您！（欲去。）

罗密欧　等一等，朋友，我会念："马丁诺先生暨夫人和诸位令媛，安赛尔美伯爵及诸位令妹，寡居之维特鲁维奥夫人，帕拉森西奥先生及诸位令侄女，麦丘西奥及其令弟凡伦丁，凯普莱特叔父暨婶母及诸位贤妹，罗瑟琳贤侄女，里维娅，伐伦西奥先生及其令表弟提伯尔特，路西奥及活泼之海伦娜。"好一群名士贤媛！请他们到什么地方去？

仆人　到——

罗密欧　到哪里？

仆人　到家里吃饭去。

罗密欧　谁的家里？

仆人　我的主人的家里。

罗密欧　这是我本该先问你的。①

仆人　那么好，您不用问我，我就告诉您吧。我的主人就是那个有财有势的凯普莱特；要是您不是蒙太古家里的人，请您也来跟我们喝一杯酒，上帝保佑您！（下。）

班伏里奥　在这一个凯普莱特家里按照旧例举行的宴会中间，您所热恋的美人罗瑟琳也要跟着维洛那城里所有的绝色名媛一同去

------

① 朱译手稿：那还用问吗？

赴宴,你也到那儿去吧,用着不带成见的眼光,把她的容貌跟别人比较比较,你就可以知道你的天鹅不过是一只乌鸦罢了。

罗密欧　要是我的虔敬的眼睛会相信这种谬误的幻象,那么让眼泪变成火焰,把这一双罪状昭著的异教邪徒烧成灰烬吧!比我的爱人还美!烛照万物的太阳,自有天地以来也不曾看见过一个可以和她媲美的人。

班伏里奥　嘿!你看见她的时候,因为没有别人在旁边,你的两只眼睛里只有她一个人,所以你以为她是美丽的;可是在你那水晶的天秤里,要是把你的恋人跟另外一个我可以在这宴会里指点给你看的美貌的姑娘同时较量起来,那么她现在虽然仪态万方,那时候就要自惭形秽了。

罗密欧　我倒要去这一次,不是去看你所说的美人,只要看看我自己的爱人怎样大放光彩,我就心满意足了。(同下。)

第三场　同前;凯普莱特家中一室

　　[凯普莱特夫人及乳媪上。

凯普莱特夫人　奶妈,我的女儿呢?叫她出来见我。

乳媪　凭着我十二岁时候的童贞发誓,我早就叫过她了。喂,小绵羊!喂,小鸟儿!上帝保佑!这孩子到什么地方去啦?喂,朱丽叶!

　　[朱丽叶上。

朱丽叶　什么事?谁叫我?

乳媪　你的母亲。

朱丽叶　母亲,我来了。您有什么吩咐?

凯普莱特夫人　是这么一件事。奶妈,你出去一会儿,我们要谈些秘密的话。——奶妈,你回来吧;我想起来了,你也应当听听我们的谈话。你知道我的女儿年纪也不算怎么小啦。

乳媪　对啊,我把她的**生辰**①记得清清楚楚的。

凯普莱特夫人　她现在还不满十四岁。

乳媪　我可以用我的十四颗牙齿打赌——唉,说来伤心,我的牙齿掉
　　得只剩四颗啦!——她还没有满十四岁呢。现在离开收获节还
　　有多久?

凯普莱特夫人　两个星期多一点。

乳媪　不多不少,不先不后,到收获节的晚上她才满十四岁。苏珊跟
　　她同年,——上帝安息一切基督徒的灵魂!唉!苏珊是跟上帝
　　在一起啦,我命里不该有这样一个孩子。可是我说过的,到收获
　　节的晚上,她就要满十四岁啦;正是,一点不错,我记得清清楚楚
　　的。自从地震那一年到现在,已经十一年啦;那时候她已经断了
　　奶,我永远不会忘记,不先不后,刚巧在那一天,因为我在那个时
　　候用艾叶涂在奶头上,坐在鸽棚下面晒着太阳;老爷跟您那时候
　　都在曼多亚。瞧,我的记性可不算坏。可是我说的,她一尝到我
　　那奶头上的艾叶的味道,觉得变苦啦,哎哟,这可爱的小傻瓜!
　　她就发起脾气来,把奶头甩开啦,**那时候鸽棚都在晃动**:这个说
　　来话长,算来也有十一年啦;后来她就慢慢儿会一个人站得直挺
　　挺的,还会摇呀摆地到处乱跑,就是在她跌破额角的那一天,我
　　那去世的丈夫——上帝安息他的灵魂!他是个喜欢说说笑笑的
　　人,——把这孩子抱了起来。"啊!"他说,"你扑在地上了吗?**等
　　你懂事了**②,你就要仰在床上了,是不是呀,朱丽?"谁知道这个
　　可爱的坏东西忽然停住了哭声,说:"嗯。"哎哟,直把人都笑死
　　了!要是我活到一千岁,我也再不会忘记这句话。"是不是呀,
　　朱丽?"他说;这可爱的小傻瓜就停住了哭声,说"嗯"。

凯普莱特夫人　得了得了,请你别说下去了吧。

---

①　朱译手稿:时辰八字。

②　朱译手稿:再过两年。

乳媪　是,太太。可是我一想到她会停住了哭说"嗯",就禁不住笑起来。不说假话,她额角上肿起了像小雄鸡的睾丸那么大的一个包哩,她痛得放声大哭;"啊!"我的丈夫说,"你扑在地上了吗?等你年纪一大,你就要仰在床上了;是不是呀,朱丽?"她就停住了哭声,说"嗯"。

朱丽叶　我说,奶妈,你也可以停嘴了。

乳媪　好,我不说啦,我不说啦。上帝保佑你!你是在我手里抚养长大的一个最可爱的小宝贝,要是我能够活到有一天瞧着你嫁了出去,也算了结我的一桩心愿啦。

凯普莱特夫人　是呀,我现在就是要谈起她的亲事。朱丽叶,我的孩子,告诉我,要是现在把你嫁了出去,你觉得怎么样?

朱丽叶　这是我做梦也没有想到过的一件荣誉。

乳媪　一件荣誉!倘不是你只有我这一个奶妈,我一定要说你的聪明是从奶头上得来的。

凯普莱特夫人　好,现在你把婚姻问题考虑考虑吧。在这儿维洛那城里,比你再年轻点的千金小姐们,都已经做了母亲啦。就拿我来说吧,我在你现在这样的年纪,也已经生下了你。废话用不到多说,少年英俊的帕里斯已经来向你求过婚啦。

乳媪　真是一位好官人,小姐!像这样的一个男人,小姐,真是天下少有。哎哟!他真是一位十全十美的好郎君。

凯普莱特夫人　维洛那的夏天找不到这样一朵好花。

乳媪　是啊,他是一朵花,真是一朵好花。

凯普莱特夫人　你怎么说?你能不能够喜欢这个绅士?今晚上在我们家里的宴会中间,你就可以看见他。从年青的帕里斯的脸上,你可以读到用秀美的笔写成的迷人的诗句;一根根极齐整的线条,交织成整个的一幅和谐的图画;要是你想探索这一卷美好的书中的奥秘,在他的眼角上可以找到微妙的诠注。这本珍贵的恋爱的经典,只缺少一帧可以使它相得益彰的封面;正像游鱼需要活水,美妙的内容也少不了美妙的外表陪衬。记载着金科玉律的宝籍,锁合在金漆的封面里,它的辉煌富丽为众目所共见;要是你做了他的封面,那么他所有的一切都属于你所有,**你的光彩也就不少于宝籍本身了**。

乳媪　不少于?说错了,是更大于。女人有了男人就会变大。①

凯普莱特夫人　简简单单地回答我,你能够接受帕里斯的爱吗?

朱丽叶　要是我看见了他以后,能够发生好感,那么我是准备着喜欢他的。可是我的眼光的飞箭,倘然没有得到您的允许,是不敢大胆发射出去的呢。

　　　　　〔一仆人上。

仆人　太太,客人都来了,餐席已经摆好了,请您跟小姐快些出去。大家在厨房里埋怨着奶妈,什么都乱成一团糟。我要侍候客人去;请您马上就来。

凯普莱特夫人　我们就来了。朱丽叶,那伯爵在等着呢。

乳媪　去,孩子,快去找天天欢乐,夜夜良宵。(同下。)

第四场　同前;街道

　　　　　〔罗密欧、默丘西奥、班伏里奥及五六人或戴假面或持火炬上。

罗密欧　怎么!我们就用一这番话作为我们的进身之阶呢,还是就这么昂然直入,不说一句道歉的话?

班伏里奥　这种虚文俗套,现在早就不时行了。我们用不到蒙着眼睛的丘比特背着一张花漆的木弓,像个稻草人似的去吓唬那些娘儿们;也用不到跟着提示的人一句一句念那从书上默诵出来的登场白;凭他们把我们认做什么人,我们只要跳完一回舞,走了就完啦。

罗密欧　给我一个火炬,我不高兴跳舞。我的阴沉的心需要着光明。

---

①　指女人怀孕。

默丘西奥　不,好罗密欧,我们一定要你陪着我们跳舞。

罗密欧　我实在不能跳。你们都有轻快的舞鞋;我只有一个铅一样重的灵魂,把我的身体紧紧地钉在地上,使我的脚步不能移动。

默丘西奥　你是一个恋人,你就借着丘比特的翅膀,高高地飞起来吧。

罗密欧　他的羽镞已经穿透我的胸膛,我不能借着他的羽翼高翔;他束缚住了我整个的灵魂,爱的重担压得我向下坠沉。

默丘西奥　爱是一件温柔的东西,要是你拖着它一起沉下去,那未免太难为它了。

罗密欧　爱是温柔的吗?它是太粗暴、太专横、太野蛮了;它像荆棘一样刺人。

默丘西奥　要是爱情虐待了你,你也可以虐待爱情;它刺痛了你,你也可以刺痛它;这样你就可以战胜爱情。给我一个面具,让我把我的尊容藏起来;(戴假面)哎哟,好难看的鬼脸!再给我拿一个面具来把它罩住吧。也罢,就让人家笑我丑,也有这一张鬼脸儿替我遮盖。

班伏里奥　来,敲门进去;大家一进门,就跳起舞来。

罗密欧　拿一个火炬给我,让那些无忧无虑的公子哥儿们去卖弄他们的舞步吧;莫怪我说句老气横秋的话,我对于这种玩意儿实在敬谢不敏,还是做个壁上旁观的人吧。

默丘西奥　胡说!要是你已经没头没脑深陷在恋爱的泥沼里——恕我说这样的话——那么我们一定要拉你出来。来来来,别浪费光阴啦!

罗密欧　我们并没有浪费光阴。

默丘西奥　我的意思是说,我们拿着火炬踌躇不前,就像白天点灯辜负了光明。请领会这浅显的道理,因为它远胜过智者的花言巧语。

罗密欧　我们去参加他们的舞会,**本不是坏事**,但实在不是一件聪明

　　的事。

默丘西奥　为什么？请问。

罗密欧　昨天晚上我做了一个梦。

默丘西奥　我也做了一个梦。

罗密欧　好，你做了什么梦？

默丘西奥　我梦见做梦的人老是说谎。

罗密欧　一个人在睡梦里往往可以见到真实的事情。

默丘西奥　啊！那么一定是**梅勃仙后**①来看望过你了。

班伏里奥　梅勃仙后！她是谁？

默丘西奥　她是精灵们的稳婆；她的身体只有郡吏手指上一颗玛瑙
　　那么大；几匹蚂蚁大小的细马替她拖着车子，越过酣睡的人们的
　　鼻梁；她的车轮是用蜘蛛的长脚做成的；车篷是蚱蜢的翅膀；**挽
　　索是小蜘蛛丝；颈带是如水的月光；**②马鞭是蟋蟀的骨头；缰绳
　　是天际的游丝。替她驾车的是一只小小的灰色的蚊虫，它的大
　　小还不及从一个贪懒的丫头的指尖上挑出来的懒虫的一半。她
　　的车子是野蚕用一个榛子的空壳替她造成，它们从古以来，就是
　　精灵们的车匠。她每夜驱着这样的车子，穿过情人们的脑中，他
　　们就会在梦里谈情说爱；经过官员们的膝上，他们就会在梦里打
　　躬作揖；经过律师们的手指，他们就会在梦里伸手讨讼费；经过
　　娘儿们的嘴唇，她们就会在梦里跟人家接吻，可是因为梅勃仙后
　　讨厌她们嘴里吐出来的口香糖的气息，往往罚她们满嘴长着水
　　泡。**有时她驾车从廷臣的鼻子上飞驰，他就会在梦中领略到卖
　　官鬻爵的玄机奥理；**有时她从捐献给教会的猪身上拔下它的尾
　　巴来，撩拨着一个牧师的鼻孔，他就会梦见他自己又领到一份俸

---

　　①　关于梅勃仙后(Queen Mab)，可能根据凯尔特民间传说。朱译手稿：春
梦婆。

　　②　朱译手稿：**挽索是如水的月光。**

禄;有时她绕过一个兵士的颈项,他就会梦见杀敌人的头,进攻、埋伏,锐利的剑锋、淋漓的痛饮,忽然被耳边的鼓声惊醒,咒骂了几句,又翻了个身睡去了。就是这一个梅勃仙后在夜里把马鬣打成了辫子,把懒女人的腌臜的乱发烘成一处处胶粘的硬块,倘然把它们梳通了,就要遭逢祸事;就是这个仙婆子在人家女孩子们仰面睡觉的时候,压在她们的身上,教会她们怎样养儿子;就是她——

罗密欧　得啦,得啦,默丘西奥,别说啦! 你全然在那儿痴人说梦。

默丘西奥　对了,梦本来是痴人脑中的胡思乱想;它的本质像空气一样稀薄;它的变化莫测,就像一阵风,刚才还在向着冰雪的北方求爱,忽然发起恼来,一转身又到雨露的南方来了。

班伏里奥　你讲起的这一阵风,把我们自己不知吹到哪儿去了。人家晚饭都用过了,我们进去怕要太晚啦。

罗密欧　我怕也许是太早了,我觉得仿佛有一种不可知的命运,将要从我们今天晚上的狂欢开始它的恐怖统治,我这可憎恨的生命,将要遭遇惨酷的夭折而告一结束。可是让支配我的前途的上帝指导我的行动吧! 前进,勇敢的朋友们!

班伏里奥　来,把鼓擂起来。(同下。)

第五场　同前;凯普莱特家中厅堂

[乐工各持乐器等候;众仆上。

甲仆　波德潘呢? 他怎么不来把这些盘子拿下去? 他不愿意搬碟子! 他不愿意揩砧板!

乙仆　**什么**事情都交给一两个人管,使他们连洗手都没有工夫,[①]这**才**糟糕!

甲仆　把折凳拿进去,把食器架搬开,留心打碎盘子。好兄弟,留一

———————————

① 朱译手稿:自己没有洗净手,却怪人家不懂规矩。

块杏仁酥给我；谢谢你去叫那管门的让苏珊跟耐儿进来。安东尼！波德潘！

乙仆　喔，兄弟，我在这儿。

甲仆　里头在找着你，叫着你，问着你，到处寻着你。

丙仆　咱们可不能把一个身子分在两处呀。

乙仆　来，孩子们，大家出力！（众仆退后。）

　　　〔凯普莱特、朱丽叶、提伯尔特及其家族等自一方上；众宾客及假面跳舞者等自另一方上，相遇。

凯普莱特　诸位朋友，欢迎，欢迎！足趾上不生茧的小姐太太们要跟你们跳一回舞呢。啊哈！我的小姐们，你们中间现在有什么人不愿意跳舞？我可以发誓，谁要是推三阻四的，一定脚上长着老大的茧；果然给我猜中了吗？诸位朋友，欢迎欢迎！我从前也曾经戴过假面，在一个标致的姑娘的耳朵旁边讲些使得她心花怒放的话儿；这种时代现在是过去了，过去了，过去了。诸位朋友，欢迎欢迎！来，乐工们，奏起音乐来吧。站开些！站开些！让出地方来。姑娘们，跳起来吧。（奏乐，众人开始跳舞）混蛋，把灯点亮一点，把桌子一起搬掉，把火炉熄了，这屋子里太热啦。啊，好小子！这才玩得有兴。啊！请坐，请坐，好兄弟，我们两人现在是跳不起来的了；您还记得我们最后一次戴着假面跳舞是在什么时候？

族人　这话说来也有三十年啦。

凯普莱特　什么，兄弟！没有这么久，没有这么久；那是在卢森西奥结婚的那年，大概离现在有二十五年模样，我们曾经跳过一次。

族人　不止了，不止了；大哥，他的儿子也有三十岁啦。

凯普莱特　我难道不知道吗？他的儿子两年以前还没有成年哩。

罗密欧　挽着那位**骑士**①的手的那位小姐是谁?

仆人　我不知道,先生。

罗密欧　　　啊! 火炬远不及她的明亮;

　　　　　她皎然照耀在暮天颊上,

　　　　　像黑奴耳边璀璨的珠环;

　　　　　她是天上明珠降落人间!

　　　　　瞧她随着女伴进退周旋,

　　　　　像鸦群中一头白鸽蹁跹。

　　　　　我要等舞阑后追随左右,

　　　　　握一握她那纤纤的素手。

　　　　　我从前的恋爱是假非真,

　　　　　今晚才遇见绝世的佳人!

提伯尔特　听这个人的声音,好像是一个蒙太古家里的人。孩儿,拿我的剑来。哼! 这不知死活的奴才,竟敢套着一个鬼脸,到这儿来嘲笑我们的盛会吗? 为了保持凯普莱特家族的光荣,我把他杀死了也不算罪过。

凯普莱特　哎哟,怎么,侄儿! 你怎么动起怒来啦?

提伯尔特　伯父,这是我们的仇家蒙太古家里的人;这贼子今天晚上到这儿来,一定不怀好意,存心来捣乱我们的盛会。

凯普莱特　他是罗密欧那小子吗?

提伯尔特　正是他,正是罗密欧这小杂种。

凯普莱特　别生气,好侄儿,让他去吧。瞧他的举动倒也规规矩矩;说句老实话,在维洛那城里,他也算得一个品行很好的青年。我无论如何不愿意在我自己的家里跟他闹事。你还是耐着性子,别理他吧。我的意思就是这样,你要是听我的话,赶快收下了怒容,和和气气的,不要打断了大家的兴致。

①　朱译手稿:武士。

提伯尔特　这样一个贼子也来做我们的宾客，我怎么不生气？我不能容他在这里放肆。

凯普莱特　不容也得容，哼，目无尊长的孩子！我偏要容他。嘿！谁是这里的主人？是你还是我？嘿！你容不得他！什么话！你要当着这些客人的面前吵闹吗？你不服气！你要充好汉！

提伯尔特　伯父，咱们不能忍受这样的耻辱。

凯普莱特　得啦，得啦，你真是一点规矩都不懂——是真的吗？您也许不喜欢这个调调儿。——我知道你一定要跟我闹别扭！——说得很好，我的好人儿！——你是个放肆的孩子，去，别闹！不然的话——把灯再点亮些！把灯再点亮些！——不害臊的！我要叫你闭嘴。——啊！痛痛快快地玩一下，我的好人儿们！

提伯尔特　我这满腔怒火偏给他浇下一盆冷水，好教我气得浑身起了哆嗦。我且退下去；可是今天由他闯进了咱们的屋子，看他不会有一天得意反成了后悔。（下。）

罗密欧　（向朱丽叶）

　　　　　　要是我这俗手上的尘污，
　　　　　　　褒渎了你的神圣的庙宇，
　　　　　　这两片嘴唇，含羞的信徒，
　　　　　　　愿意用一吻乞求你宥恕。

朱丽叶　信徒，莫把你的手儿侮辱，
　　　　　　这样才是最虔诚的礼敬；
　　　　　　神明的手本许信徒接触，
　　　　　　　掌心的密合远胜如亲吻。

罗密欧　生下了嘴唇有什么用处？

朱丽叶　信徒的嘴唇要祷告神明。

罗密欧　那么我要祈求你的允许，
　　　　　　让手的工作交给了嘴唇。

朱丽叶　　　你的祷告已蒙神明允准。

罗密欧　　　　神明,请容我把殊恩受领。(吻朱丽叶。)

　　　　　　这一吻涤清了我的罪孽。

朱丽叶　　　　你的罪却沾上我的唇间。

罗密欧　　　啊!请原谅我无心的过失,

　　　　　　这一次我要把罪恶收还。

乳媪　小姐,你妈要跟你说话。

罗密欧　谁是她的母亲?

乳媪　小官人,她的母亲就是这儿府上的太太,她是个好太太,又聪明,又贤德;我替她抚养她的女儿,就是刚才跟你说话的那个;告诉您吧,谁要是娶了她去,才发财哪。

罗密欧　她是凯普莱特家里的人吗?哎哟!我的生死现在操在我的仇人的手里了!

班伏里奥　去吧,跳舞快要完啦。

罗密欧　是的,我只怕盛宴易散,良会难逢。

凯普莱特　不,列位,请慢点儿去;我们还要请你们稍微用一点茶点。真的吗?那么谢谢你们;各位朋友,谢谢,谢谢,再会!再会!再拿几个火把来!来,我们去睡吧。啊,好小子!天真是不早了;我要去休息一会儿。(除朱丽叶及乳媪外俱下。)

朱丽叶　过来,奶妈,那边的那位绅士是谁?

乳媪　提伯里奥那老头儿的儿子。

朱丽叶　现在跟出去的那个人是谁?

乳媪　呃,我想他就是那个年青的彼特鲁乔。

朱丽叶　那个跟在人家后面不跳舞的人是谁?

乳媪　我不认识。

朱丽叶　去问他叫什么名字。——要是他已经结过婚,**那么坟墓便**

　　是我的婚床①。

乳媪　他的名字叫罗密欧,是蒙太古家里的人,咱们仇家的独子。

朱丽叶　　恨灰中燃起了爱火融融,

　　　　　要是不该相识,何必相逢!

　　　　　昨天的仇敌,今日的情人,

　　　　　这场恋爱怕要种下祸根。

乳媪　你在说什么? 你在说什么?

朱丽叶　那是刚才一个陪我跳舞的人教给我的几句诗。(内呼:"朱
　　丽叶!")

乳媪　就来,就来! ——来,咱们去吧,客人们都已经散了。(同下。)

副末上诵:

　　　　　旧日的温馨已尽付东流,

　　　　　　新生的爱恋正如日初上;

　　　　　为了朱丽叶的绝世温柔,

　　　　　　忘却了曾为谁魂思梦想。

　　　　　罗密欧爱着她媚人容貌,

　　　　　　把一片痴心呈献给宿仇;

　　　　　朱丽叶恋着他风流才调,

　　　　　　甘愿被香饵钓上了金钩。

　　　　　只恨解不开的世仇宿怨,

　　　　　　这段山海深情向谁申诉?

　　　　　幽闺锁住了桃花人面,

　　　　　　要相见除非是梦魂来去。

　　　　　可是热情总会战胜辛艰,

　　　　　　苦味中间才有无限甘甜。(下。)

---

　　①　朱译手稿:那么婚床便是我的新坟。

第 二 幕

第一场　维洛那;凯普莱特花园墙外的小巷

〔罗密欧上。

罗密欧　我的心还逗留在这里,我能够就这样掉头前去吗? **回转身吧,笨拙的尘土,去寻找你的灵魂的归宿**。① (攀登墙上,跳入墙内。)

〔班伏里奥及默丘西奥上。

班伏里奥　罗密欧! 罗密欧兄弟!

默丘西奥　他是个乖巧的家伙,我说他一定溜回家去睡了。

班伏里奥　他往这条路上跑,一定跳进这花园的墙里去了。好默丘西奥,你叫叫他吧。

默丘西奥　不,我还要念咒喊他出来呢。罗密欧! 痴人! 疯子! 恋人! 情郎! 快化作一声叹息出来吧。我不要你多说什么,只要你念一行诗,叹一口气,把咱们那位维纳斯奶奶恭维两句,替她的瞎眼儿子丘比特少爷取个绰号就行啦。**既老又少的丘比特,他的箭术真高明,居然让科菲图阿国王爱上了丐女!** ② 他没有听见,他没有作声,他没有动静;这猴崽子难道死了吗? 待我咒他的鬼魂出来,凭着罗瑟琳的光明的眼睛,凭着她的高额角,她的红嘴唇,她的玲珑的脚,挺直的小腿,弹性的大腿和大腿附近的那一部分,凭着这一切的名义,赶快给我现出真形来吧!

---

①　"笨拙的尘土"指罗密欧的身体。朱译手稿:缩回去吧,无情的土地,让我回到这世界的中心。

②　关于科菲图阿国王爱上丐女的故事出自民间谣曲。

班伏里奥　他要是听见了,一定会生气的。

默丘西奥　**他不会因此生气的。要是我召来一个陌生的精灵进入他的情人的沟渠,让它硬邦邦地挺立着,直到她将它击倒,那才会惹他生气呢。那才叫恶作剧呢。我的咒语是善意的、正当的;我只是凭他的情人的名义召唤他现身罢了。**

班伏里奥　来,他已经躲到树丛里,跟那多露水的黑夜做伴去了;爱情本来是盲目的,让他在黑暗里摸索去吧。

默丘西奥　**倘若爱情是盲目的,那他就射不中靶子。此刻他一定坐在某棵楂树底下,巴望他的情人变成了树上的果实;少女们私下说笑时,都管那果子叫"红杏儿"。啊,罗密欧,但愿她就是你的红杏儿!但愿她就是你的樱桃儿!但愿你就是她的香梨儿!晚安,罗密欧!我要上床睡觉去了;这儿草地上太冷啦,我可受不了。来,咱们走吧。**

班伏里奥　好,走吧;他要避着我们,找他也是白费辛苦。(同下。)

第二场　同前;凯普莱特家的花园

〔罗密欧上。

罗密欧　没有受过伤的才会讥笑别人身上的创痕。(朱丽叶自上方窗户中出现)轻声!那边窗子里亮起来的是什么光?那就是东方,朱丽叶就是太阳!起来吧,美丽的太阳!赶走那妒忌的月亮,她因为她的女弟子比她美得多,已经气得面色惨白了。既然她这样妒忌着你,你不要皈依她吧;脱下她给你的这一身惨绿色的贞女的道服,它是只配给愚人穿着的。那是我的意中人;啊!那是我的爱;唉,但愿她知道我在爱着她!她欲言又止,可是她的眼睛已经道出了她的心事。待我去回答她吧;不,我不要太卤莽,她不是对我说话。天上两颗最灿烂的星,因为有事他去,请求她的眼睛替代它们在空中闪耀。要是她的眼睛变成了天上的星,天上的星变成她的眼睛,那便怎样呢?她脸上的光辉会掩盖了星星的明亮,正像灯光在朝阳下黯然失色一样;在天上的她的眼睛,会在太空中大放光明,使鸟儿们误认为黑夜已经过去而展开它们的歌喉。瞧!她用纤手托住了脸庞,那姿态是多么美妙!啊,但愿我是那一只手上的手套,好让我亲一亲她脸上的香泽!

朱丽叶　唉!

罗密欧　她说话了。啊,再说下去吧,光明的天使!因为我在这夜色之中仰视着你,就像一个尘世的凡人,张大了出神的眼睛,瞻望着一个生着翅膀的天使,驾着白云缓缓地驰过了天空一样。

朱丽叶　罗密欧啊,罗密欧!为什么你偏偏是罗密欧呢?否认你的父亲,抛弃你的姓名吧。也许你不愿意这样做,那么只要你宣誓做我的爱人,我也不愿意再姓凯普莱特了。

罗密欧　(旁白)我是继续听下去呢,还是现在就对她说话?

朱丽叶　只有你的名字才是我的仇敌;你即使不姓蒙太古,仍然是这样的一个你。姓不姓蒙太古又有什么关系呢?它又不是手,又不是脚,又不是手臂,又不是脸,又不是身体上任何其他的部分。啊!换一个姓名吧!姓名本来是没有意义的;我们叫作玫瑰的这一种花,要是换了个名字,它的香味还是同样芬芳;罗密欧要是换了别的名字,他的可爱的完美也决不会有丝毫改变。罗密欧,抛弃了你的名字吧;我愿意把我整个的心魂,赔偿你这一个身外的空名。

罗密欧　那么我就听你的话,你只要管我叫作爱,我就有了一个新的名字,从今以后,永远不再叫罗密欧了。

朱丽叶　你是什么人,在黑夜里躲躲闪闪地偷听人家的说话?

罗密欧　我没法告诉你我叫什么名字。敬爱的神明,我痛恨我自己的名字,因为它是你的仇敌;要是把它写在纸上,我一定把这几个字撕成粉碎。

朱丽叶　我的耳朵里还没有灌进从你嘴里吐出来的一百个字,可是我认识你的声音;你不是罗密欧、蒙太古家里的人吗?

罗密欧　不是,美人,要是你不喜欢这两个名字。

朱丽叶　告诉我,你怎么会到这儿来,为什么到这儿来?花园的墙这
　　　　么高,不是容易爬得上的;要是我家里的人瞧见你在这儿,他们
　　　　一定不让你活命。

罗密欧　我借着爱的轻翼飞过园墙,因为砖石的墙垣是不能把爱情
　　　　阻隔的;爱情的力量所能够做到的事,它都会冒险尝试,所以我
　　　　不怕你家里人的干涉。

朱丽叶　要是他们瞧见了你,一定会把你杀死的。

罗密欧　唉!你的眼睛比他们二十柄刀剑还厉害;只要你用温柔的
　　　　眼光看着我,他们就不能伤害我的身体。

朱丽叶　我怎么也不愿让他们瞧见你在这儿。

罗密欧　朦胧的夜色可以替我遮过他们的眼睛。只要你爱我,就让
　　　　他们瞧见我吧;与其因为得不到你的爱情而在这世上捱命,还
　　　　不如在仇人的刀剑下丧生。

朱丽叶　谁叫你找到这儿来的?

罗密欧　爱情怂恿我探听出这儿一个地方;他替我出主意,我借给他
　　　　眼睛。我不会操舟驾舵,可是倘使你在辽远辽远的海滨,我也会
　　　　冒着风波,**寻访你这颗珍宝**①。

朱丽叶　幸亏黑夜替我罩上了一重面幕,否则为了我刚才被你听去
　　　　的话,你一定可以看见我脸上羞愧的红晕。我真想遵守礼法,否
　　　　认已经说过的言语,可是这些虚文俗礼,现在只好一切置之不顾
　　　　了!你爱我吗?我知道你定会说"是的",我也一定会相信你的
　　　　话;可是也许你起的誓只是一个谎,人家说,对于恋人们的寒盟
　　　　背信,上帝是一笑置之的。温柔的罗密欧啊!你要是真的爱我,
　　　　就请你诚意告诉我;你要是嫌我太容易降心相从,我也会堆起怒
　　　　容,装出倔强的神气,拒绝你的好意,好让你向我宛转求情,否则

---

①　朱译手稿:把你寻访。

我是无论如何不会拒绝你的。俊秀的蒙太古啊,我真的太痴心了,所以也许你会觉得我的举动有点轻浮;可是相信我,朋友,总有一天你会知道我的忠心远胜过那些善于矜持作态的人。我必须承认,倘不是你乘我不备的时候偷听去了我的真情的表白,我一定会更加矜持一点的;所以原谅我吧,是黑夜泄露了我心底的秘密,不要把我的允诺看作无耻的轻狂。

罗密欧　姑娘,凭着这一轮皎洁的月亮,它的银光涂染着这些果树的梢端,我发誓——

朱丽叶　啊!不要指着月亮起誓,它是变化无常的,每个月都有盈亏圆缺;你要是指着它起誓,也许你的爱情也会像它一样无常。

罗密欧　那么我指着什么起誓呢?

朱丽叶　不用起誓吧;或者要是你愿意的话,就凭着你优美的自身起誓,那是我所崇拜的偶像,我一定会相信你的。

罗密欧　要是我的出自深心的爱情——

朱丽叶　好,别起誓啦。我虽然喜欢你,却不喜欢今天晚上的密约;它太仓促,太轻率,太出人意料了,正像一闪电光,等不及人家开一声口,已经消隐下去了。好人,再会吧!这一朵爱的蓓蕾,靠着夏天的暖风的吹拂,也许会在我们下次相见的时候,开出鲜艳的花来。晚安,晚安!但愿恬静的安息同样降临到你我两人的心头!

罗密欧　啊!你就这样离我而去,不给我一点满足吗?

朱丽叶　你今夜还要什么满足呢?

罗密欧　你还没有把你的爱情的忠实的盟誓跟我交换。

朱丽叶　在你没有要求以前,我已经把我的爱给了你了;可是我很愿意再把它重新收回转来。

罗密欧　你要把它收回去吗?为什么呢,爱人?

朱丽叶　为了表示我的慷慨,我要把它重新给你。可是这样等于希望得到自己已经有的东西;我的慷慨像海一样浩渺,我的爱情也像海一样深沉；我给你的越多，我自己也越是富有，因为这两者都是没有穷尽的。（乳媪在内呼唤）我听见里面有人在叫；亲爱的，再会吧——就来了，好奶妈！——亲爱的蒙太古，愿你不要负心。再等一会儿，我就会来的。（自上方下。）

罗密欧　幸福的、幸福的夜啊！我怕我只是在晚上做了一个梦，这样美满的事不会是真实的。

　　　　〔朱丽叶自上方重上。

朱丽叶　亲爱的罗密欧，再说三句话，我们真的要再会了。要是你的爱情的确是光明正大，你的目的是在于婚姻，那么明天我会叫一个人到你的地方来，请你叫他带个信给我，告诉我你愿意在什么地方什么时候举行婚礼；我就会把我的整个命运交托给你，把你当作我的主人，跟随你到世界的尽头。

乳　媪　（在内）小姐！

朱丽叶　就来。——可是你要是没有诚意，那么我请求你——

乳　媪　（在内）小姐！

朱丽叶　等一等，我来了。——停止你的求爱，让我一个人独自伤心吧。明天我就叫人来看你。

罗密欧　凭着我的灵魂——

朱丽叶　一千次的晚安！（自上方下。）

罗密欧　晚上没有你的光，我只有一千次的心伤！恋爱的人去赴他情人的约会，像一个放学归来的儿童；可是当他和情人分别的时候，却像上学去一般满脸懊丧。（退后。）

　　　　〔朱丽叶自上方重上。

朱丽叶　嘘！罗密欧！嘘！唉！我希望我会发出呼鹰的声音，招这只鹰儿回来。我不能高声说话，否则我要**让我的喊声传进厄科**

的洞穴①,让她的无形的喉咙因为反复叫喊着我的罗密欧的名字而变成嘶哑。

罗密欧　那是我的灵魂在叫喊着我的名字。恋人的声音在晚间多么清婉,听上去就像最柔和的音乐!

朱丽叶　罗密欧!

罗密欧　我的爱!

朱丽叶　明天我应该在什么时候叫人来看你?

罗密欧　就在九点钟吧。

朱丽叶　我一定不失信;挨到那个时候,该有二十年那么长久!我记不起为什么要叫你回来。

罗密欧　让我站在这儿,等你记起了告诉我。

朱丽叶　你这样站在我的面前,我一心想着多么爱跟你在一块儿,一定永远记不起来了。

罗密欧　那么我就永远等在这儿,让你永远记不起来,忘记除了这里以外还有什么家。

朱丽叶　天快要亮了;我希望你快去;可是我就好比一个淘气的女孩子,像放松一个囚犯似的让她心爱的鸟儿暂时跳出她的掌心,又用一根丝线把它拉了回来,爱的私心使她不愿意给它自由。

罗密欧　我但愿我是你的鸟儿。

朱丽叶　好人,我也但愿这样,可是我怕你会死在我的过分的抚爱里。晚安!晚安!离别是这样甜蜜的凄清,我真想向你道晚安直到天明!(下。)

罗密欧　　　但愿睡眠合上你的眼睛!

　　　　　　但愿平和安息我的心灵!

　　　　　　我如今要去向神父求教,

---

①　厄科(Echo)是希腊神话中的仙女,因恋爱美少年那尔喀索斯(Narcissus)不遂而形销体灭,化为山谷中的回音。朱译手稿:捣毁厄科的洞穴。

把今宵的艳遇诉他知晓。(下。)

第三场　同前;劳伦斯神父的庵院

〔劳伦斯神父携篮上。

劳伦斯　　　黎明笑向着含愠的残宵,
　　　　　　金鳞浮上了东方的天梢;
　　　　　　看赤轮驱走了片片乌云,
　　　　　　像一群醉汉向西处狼奔。
　　　　　　趁太阳还没有睁开火眼,
　　　　　　晒干深夜里的涔涔露点,
　　　　　　我待要采摘下满篋盈筐,
　　　　　　毒草灵葩充实我的青囊。
　　　　　　大地是生化万类的慈母,
　　　　　　她又是掩藏群生的坟墓;
　　　　　　试看她无所不载的胸怀,
　　　　　　哺乳着多少的姹女婴孩!
　　　　　　天生下的万物没有弃掷,
　　　　　　什么都有它各自的特色。
　　　　　　石块的冥顽,草木的无知,
　　　　　　都含着玄妙的造化生机。
　　　　　　莫看那蠢蠢的恶木莠蔓,
　　　　　　对世间都有它特殊贡献;
　　　　　　即使最纯良的美谷嘉禾,
　　　　　　用得失当也会害性戕躯。
　　　　　　美德的误用会变成罪过,
　　　　　　罪恶有时反会造成善果。
　　　　　　这一朵有毒的弱蕊纤苞,
　　　　　　也会把淹煎的痼疾医疗;

　　　　　它的香味可以祛除百病，

　　　　　吃下腹中却会昏迷不醒。

　　　　　草木和人心并没有不同，

　　　　　各自有善意和恶念争雄；

　　　　　恶的势力倘然占了上风，

　　　　　死便会蛀蚀进它的心中。

　　　〔罗密欧上。

罗密欧　早安，神父。

劳伦斯　上帝祝福你！是谁的温柔的声音这么早就在叫我？孩子，你一早起身，一定有什么心事。老年人因为多忧多虑，往往容易失眠；可是身心壮健的青年，一上了床就应该酣然入睡；所以你的早起，倘不是因为有什么烦恼，一定是昨夜没有睡过觉。

罗密欧　你的第二个猜测是对的；我昨夜享受到比睡眠更甜蜜的安息。

劳伦斯　上帝饶恕我们的罪恶！你是跟罗瑟琳在一起吗？

罗密欧　跟罗瑟琳在一起，我的神父？不，我已经忘记了那一个名字，那是一个使人不快的名字。

劳伦斯　那才是我的好孩子，可是你究竟在什么地方呢？

罗密欧　我愿意在你没有问我第二遍以前告诉你。昨天晚上我跟我的仇敌在一起宴会，突然有一个人伤害了我，同时她也被我伤害了；只有你的帮助和你的圣药，才会医治我们两人的重伤。神父，我并不怨恨我的敌人，因为瞧，我来向你请求的事，不单为了我自己，也同样为了她。

劳伦斯　好孩子，说明白一点，把你的意思老老实实告诉我，别打着哑谜了。

罗密欧　那么老实告诉你吧，我心底的一往情深，已经完全倾注在凯普莱特的美丽的女儿身上了。她也同样爱着我；一切都完全定当了，只要你肯替我们主持神圣的婚礼。我们在什么时候遇见，在什么地方求爱,怎样彼此交换着盟誓,这一切我都可以慢慢儿告诉你;可是无论如何,请你一定答应就在今天替我们成婚。

劳伦斯　圣芳济各啊! 多么快的变化! 难道你所深爱着的罗瑟琳,就这样一下子被你抛弃了吗? 这样看来,年青人的爱情,都是见异思迁,不是发于真心的。耶稣,玛利亚! 你为了罗瑟琳的缘故,曾经用多少的眼泪洗过你消瘦的面庞! 为了替无味的爱情添加一点辛酸的味道,曾经浪费掉多少的咸水! 太阳还没有扫清你吐向苍穹的怨气,我这龙钟的耳朵里还留着你往日的呻吟;瞧! 就在你自己的颊上,还剩着一丝不曾揩去的旧时的泪痕。要是你不曾变了一个人,这些悲哀都是你真实的情感,那么你是罗瑟琳的,这些悲哀也是为罗瑟琳而发的;难道你现在已经变心了吗? 男人既然这样没有恒心,那就莫怪女人**朝三暮四**①了。

罗密欧　你常常因为我爱罗瑟琳而责备我。

劳伦斯　我的学生,我不是说你不该恋爱,我只叫你不要因为恋爱而发痴。

罗密欧　你又叫我把爱情埋葬在坟墓里。

劳伦斯　我没有叫你把旧的爱情埋葬了,再去别找新欢。

罗密欧　请你不要责备我;我现在所爱的她,跟我心心相印,不像前回那个一样。

劳伦斯　啊,罗瑟琳知道你对她的爱情完全抄着人云亦云的老调,你还没有读过恋爱入门的一课哩。可是来吧,朝三暮四的青年,跟我来;为了这个理由,我愿意帮助你一臂之力:因为你们的结合也许会使你们两家释嫌修好,那就是天大的幸事了。

罗密欧　啊! 我们就去吧,我巴不得越快越好。

劳伦斯　凡事三思而行,跑得太快是会跌倒的。(同下。)

---

①　朱译手稿:朝秦暮楚。

第四场　同前；街道

〔班伏里奥及默丘西奥上。

默丘西奥　见鬼的，这罗密欧究竟到哪儿去了？他昨天晚上没有回家吗？

班伏里奥　没有，我问过他的仆人了。

默丘西奥　哎哟！那个白面孔狠心肠的女人，那个罗瑟琳，一定把他虐待得要发疯了。

班伏里奥　提伯尔特，凯普莱特那老头子的亲戚，有一封信送在他父亲那里。

默丘西奥　一定是一封挑战书。

班伏里奥　罗密欧一定会给他一个答复。

默丘西奥　只要会写几个字，谁都会写一封复信。

班伏里奥　不，我说他一定会接受他的挑战。

默丘西奥　唉！可怜的罗密欧！他已经死了：一个白女人的黑眼睛戳破了他的心；一支恋歌穿过了他的耳朵；瞎眼的丘比特的箭把他当胸射中；他现在还能够抵得住提伯尔特吗？

班伏里奥　提伯尔特是个什么人？

默丘西奥　我可以告诉你，**他不是一只平常的猫**①。啊！他是个顶懂得礼节的人。他跟人打起架来，就像照着乐谱唱歌一样，一板一眼都不放松，一秒钟的停顿，然后一、二、三，刺进了人家的胸膛；他全然是个穿礼服的屠夫；一个决斗的专家。啊！那了不得的侧击！那反击！那直中要害的一剑！

班伏里奥　那什么？

默丘西奥　见他的鬼！这种怪模怪样、扭扭捏捏的装腔作势，说起话

---

①　狐狸列那故事系列中有只猫，其名为提伯尔特。朱译手稿：他不是平常的阿猫阿狗。

来怪声怪气的:"耶稣啊,好一柄锋利的刀子!"——好一个高大的汉子,好一个风流的婊子! 嘿,老爹,咱们中间有这么一群不知从哪儿飞来的苍蝇,这一群满嘴法国话的时髦人,他们因为趋新好异,坐在一张旧凳子上也会不舒服,这不是一件可以痛哭流涕的事吗?

〔罗密欧上。

班伏里奥 罗密欧来了,罗密欧来了。

默丘西奥 瞧他孤零零的神气,倒像一条风干的咸鱼。**人啊,人啊,怎么就变成鱼了呢?** 现在他又要念起彼得拉克①的诗句来了,罗拉比起他的情人来不过是个灶下的丫头,虽然她有一个会作诗的爱人;狄多是个蓬头垢面的村妇;克莉奥帕特拉是个吉卜赛姑娘;海伦、希罗都是下流的娼妓;提斯柏也许有一双美丽的灰色眼睛,可是也不配相提并论。② Bonjour③,罗密欧先生! **向你的法国灯笼裤致以法国式的问候! 你昨天晚上把我们骗惨了。**

罗密欧 两位大哥早安! **我怎么骗惨了你们?**

默丘西奥 你昨天晚上逃走得好;**这你自己不明白吗?**

罗密欧 对不起,默丘西奥,我因为有一件很重要的事情;**在这样的情形之下,**只好失礼了。

默丘西奥 那意思是说,这样的情形使你有必要弯腿了。

罗密欧 你是说行屈膝礼吧。

默丘西奥 你的解释很有礼貌。

罗密欧 是最有礼貌的解释。

默丘西奥 不对,我才是礼貌的化身。④

---

① 彼得拉克(Petrarch,1304—1374):意大利诗人,写过许多赞美其爱人罗拉的诗篇。

② 上述女性大多出自希腊神话传说,唯克莉奥帕特拉为埃及王后。

③ 法文"早安"。

④ 原文 pink 为双关语:完美、极致;粉红色。

罗密欧 你是粉红色的花吧。

默丘西奥 你说对了。

罗密欧 怪不得我脚上穿的鞋儿也是花花搭搭的。

默丘西奥 真聪明！跟我继续说说这个笑话，直到将你的鞋儿穿破。你那鞋儿一旦穿破，只剩薄薄的鞋底，那时这个笑话就孤孤单单，没有伙伴了。①

罗密欧 那时，这薄鞋底的笑话就变得孤单而无聊了。

默丘西奥 好班伏里奥，快来帮帮忙，我已经江郎才尽了。

罗密欧 快抽鞭子！快踢马刺！否则我就要欢呼胜利了。

默丘西奥 不，倘若我们的才智跑起野鹅式②的追逐赛，那我一定不是你的对手；我心里清楚，我的五智③全部加在一起，也不及你的一智所拥有的野鹅多。论起追逐野鹅来，我哪里敢与你比啊？

罗密欧 你任何事都比不上我，例外的就是争当呆鹅。

默丘西奥 我要在你的耳朵上深情地咬上一口。

罗密欧 别，别，我的好呆鹅，别咬我。

默丘西奥 你的才智又辣又甜，简直就是浓味的辣酱。

罗密欧 拿这辣酱做呆鹅的调味品，不正好是一顿美餐？

默丘西奥 你的才智是一张柔软的羔羊皮，从一寸可以拉到四十五寸宽。

罗密欧 那好，我就利用才智将你刚才说的"宽"字拉一拉，再加到呆鹅身上去，那你就是一只庞大无比的呆鹅了。

默丘西奥 这不比你为爱情苦苦呻吟好得多吗？你现在有说有笑的，这才是真正的罗密欧！这才是你本来应该有的样子，无论凭

---

① 默丘西奥说的是文字游戏：原文 sole 作名词时，意为"鞋底"，作形容词（包括派生词 solely）时，意为"孤独"。

② 原文 wild-goose，意为"徒劳无益的"，但默丘西奥有意从字面意义展开话题。

③ 基督教有五智说，即慷慨、仁慈、节欲、谦恭和纯洁。

　　　　天性还是后天的教养。一个好长吁短叹的情人就是一个大傻
　　　　瓜,整天气急败坏地东窜西窜,总想把他的那根棍子藏进一个洞
　　　　洞里去。

班伏里奥　　就此打住,就此打住!

默丘西奥　　你把我的话头打断了。

班伏里奥　　你那话头再不打断,会越增越粗的。

默丘西奥　　啊,你错怪我了。我自己也想把话头打断的,因为我的话
　　　　头已经深深探入话题,我自己也不想再在那里待着了。

罗密欧　　好笑的又来了。

　　　　　　〔乳媪及彼得上。

　　　　来的是一条帆船。

默丘西奥　　不对,明明是两条帆船,一公一母。

乳媪　　彼得!

彼得　　有!

乳媪　　彼得,我的扇子。

默丘西奥　　好彼得,快替她把脸孔遮了,因为她的扇子比她的脸孔好
　　　　看一点。

乳媪　　早安,列位先生。

默丘西奥　　晚安,好太太。

乳媪　　怎么是晚安呢?

默丘西奥　　一点没错,我告诉你:日晷上的指针已经顶在正午了①。

乳媪　　胡说!你是谁?

罗密欧　　好太太,他是由上帝创造又被上帝毁损的人。

乳媪　　这话说得好。“被上帝毁损”,这话对极了! 列位先生,你们有
　　　　谁能够告诉我:年青的罗密欧在什么地方?

罗密欧　　我可以告诉你;可是等你找到他的时候,年青的罗密欧已经

────────────────

　　①　暗指男女性爱行为。

比你寻访他的时候老了点儿了。我因为取不到一个好一点的名
字，所以就叫作罗密欧；在取这一个名字的人们中间，我是最年
青的一个。

乳媪　您说得好，先生。

默丘西奥　**怎么，这最坏的家伙你也说得好么？这话从何说起！太
聪明了，太聪明了！**

乳媪　要是你就是他，我要跟您讲句心腹话儿。

班伏里奥　她要拉他吃晚饭去。

默丘西奥　一个老虔婆，一个老虔婆！嗨嗬！①

罗密欧　**你发现了什么？**

默丘西奥　没有发现野兔②；先生，要是有野兔，也是斋期馅饼里的
肉了，没等吃完就会变馊发霉。（唱）

　　　　老兔肉儿发了霉，

　　　　老兔肉儿发了霉，

　　　　本是斋期好食品；

　　　　发霉兔肉变了质，

　　　　没等吃完味儿变，

　　　　半个子儿也不值。

　罗密欧，你到不到你父亲那儿去？我们要在那边吃饭。

罗密欧　我就来。

默丘西奥　再见，老太太；（唱）再见吧，我的好姑娘！（默丘西奥、班伏里
奥下。）

乳媪　好，再见。请问先生，这个满嘴胡说八道的放肆的家伙是什
么人？

罗密欧　奶妈，这位先生最喜欢听他自己讲话；他在一分钟里所说的

---

①　默丘西奥模仿猎人的呼喊声。
②　原文 hare，"娼妓"的俚语。

话,比他在一个月里听人家讲的话还多。

乳媪　要是他对我说了一句不客气的话,尽管他力气再大一点,我也要给他一顿教训;这种家伙二十个我都对付得了;要是对付不了,我会叫那些对付得了他们的人来。混账东西!他把老娘看作什么人啦?我不是那些烂污婊子,由得他随便取笑的。(向彼得)你也是个好东西,看着人家把我欺侮,站在旁边一动也不动!

彼得　我没有看见什么人欺侮你;要是我看见了,一定会立刻拔出刀子来的。碰到吵架的事,只要理直气壮,打起官司来不怕人家,我是从来不肯落在人家后头的。

乳媪　哎哟!真把我气得浑身发抖。混账的东西!对不起,先生,让我跟你说句话儿。我刚才说过的,我家小姐叫我来找您;她叫我说些什么话我可不能告诉您;可是我要先明白对您说一句,要是正像人家说的,您想骗她做一场春梦,那可真是人家说的一件顶坏的行为;因为这位姑娘年纪还小,所以您要是欺骗了她,实在是一桩对无论哪一位好人家的姑娘都是对不起的事情,而且也是一桩顶不应该的举动。

罗密欧　奶妈,请你替我向你家小姐致意。我可以对你发誓——

乳媪　很好,我就这样告诉她。主啊!主啊!她听见了一定会非常喜欢的。

罗密欧　奶妈,你去告诉她什么话呢?你没有听我说呀。

乳媪　我就对她说您发过誓了,那可以证明您是一位正人君子。

罗密欧　你请她今天下午想个法子出来到劳伦斯神父的庵院里忏悔,就在那个地方举行婚礼。这几个钱是给你的酬劳。

乳媪　不,真的,先生,我一个钱也不要。

罗密欧　别客气了,你还是拿着吧。

乳媪　今天下午吗,先生?好,她一定会去的。

罗密欧　好奶妈,请您在这寺墙后面等一等,就在这一点钟之内,我要叫我的仆人去拿一捆扎得像船上的软梯一样的绳子来给你带去；在秘密的夜里，我要凭着它攀登我的幸福的尖端。再会！愿你对我们忠心，我一定不会有负你的辛劳。再会！替我向你的小姐致意。

乳媪　天上的上帝保佑您！先生，我对您说。

罗密欧　你有什么话说，我的好奶妈？

乳媪　你那仆人可靠得住吗？你没听见古话说，两个人知道是秘密，三个人知道就不是秘密吗？

罗密欧　你放心吧，我的仆人是最可靠不过的。

乳媪　好先生，我那小姐是个最可爱的姑娘，——主啊！主啊！——那时候她还是个咿咿呀呀怪会说话的小东西，——啊！本地有一位叫作帕里斯的贵人，他巴不得把我家小姐抢到手里；可是她，好人儿，瞧他比瞧一只蛤蟆还讨厌。我有时候对她说帕里斯人品不错，你才不知道哩，她一听见这样的话，就会气得面如土色。请问先生，"罗密欧"与"迷迭香"①这两个字的开头是不是相同的？

罗密欧　是呀，奶妈，你问这干什么？都是"R"开头的。

乳媪　啊，那倒好笑了！R是狗的叫声。R的意思是——不说了，我原以为不是R开头的。我家小姐对你和迷迭香说过许多好听的话，你听了一定会喜欢的。

罗密欧　替我向你家小姐致意。

乳媪　一定一定。（罗密欧下）彼得！

彼得　有！

乳媪　给我带路，快些走。（同下。）

第五场　同前；凯普莱特家花园

　　〔朱丽叶上。

---

①　迷迭香（rosemary）：花名，此词由"玫瑰"与"结婚"两词合成。

朱丽叶　我在九点钟差奶妈去；她答应在半小时以内回来。也许她碰不见他；那是不会的。啊！她的脚走起路来不大方便。恋爱的使者应当是思想，因为它比驱散山坡上的阴影的太阳光还要快过十倍；所以维纳斯的云车是用白鸽驾驶的，所以凌风而飞的丘比特生着翅膀。现在太阳已经升上中天，从九点钟到十二点钟是三个长长的钟点，可是她还没有回来。要是她是个有感情、有温暖的青春的血液的人，她的行动一定会像球儿一样敏捷，我用一句话就可以把她抛到我的心爱的情人那里，他也可以用一句把她抛回到我这里；可是上了年纪的人，大多像死人一般，手脚滞钝，呼唤不灵，慢吞吞地没有一点精神。

　　　　〔乳媪及彼得上。

朱丽叶　啊，上帝！她来了。啊，好心肝奶妈！什么消息？你碰到他了吗？叫那个人出去。

乳媪　彼得，到门门口去等着。（彼得下。）

朱丽叶　亲爱的好奶妈，——哎呀，你怎么满脸的懊恼？即使是坏消息，你也应该装着笑容说；如果是好消息，你就不该用这副难看的面孔奏出美妙的音乐来。

乳媪　我累死了，让我歇一会儿吧。哎呀，我的骨头好痛！我赶了多少的路！

朱丽叶　我但愿把我的骨头给你，你的消息给我。求求你，快说呀；好奶妈，说呀。

乳媪　耶稣哪！你忙什么？你不能等一下子吗？你没见我气都喘不过来了吗？

朱丽叶　你既然气都喘不过来，那么你怎么会告诉我说你气都喘不过来？你费了这么久的时间推三推四的，要是干脆告诉了我，还不是几句话就完了。我只要你回答我，你的消息是好的还是坏的？只要先回答我一个字，详细的话慢慢再说好了。快让我知道了吧，是好消息还是坏消息？

乳媪　好,你是个傻孩子,选中了这么一个人;你不知道怎样选一个
　　　男人。罗密欧! 不,他不行,虽然他的脸孔长得比人家漂亮一
　　　点;可是他的腿才长得有样子;讲到他的手,他的脚,他的身体,
　　　虽然这种话不太好出口,可是的确谁也比不上他。他不是顶懂
　　　得礼貌,可是温柔得就像一头羔羊。好,看你的运气吧,姑娘;好
　　　好敬奉上帝。怎么,你在家里吃过饭了吗?

朱丽叶　没有,没有,你这些话我都早就知道了。他对于结婚的事情
　　　怎么说?

乳媪　主啊! 我的头痛死了! 我害了多厉害的头痛! 痛得好像要裂
　　　成二十块似的。还有我那一边的背痛;哎哟,我的背! 我的背!
　　　你的心肠真好,叫我到外边东奔西走去寻死。

朱丽叶　害你这样不舒服,我真是说不出来的抱歉。亲爱的,亲爱
　　　的,亲爱的奶妈,告诉我,我的爱人说些什么话?

乳媪　你的爱人说,——他说得很像个老老实实的绅士,很有礼貌,
　　　很和气,很漂亮,而且也很规矩,——你的妈呢?

朱丽叶　我的妈! 她就在里面;她还会在什么地方? 你回答得多么
　　　古怪:"你的爱人说,他说得很像个老老实实的绅士,你的妈呢?"

乳媪　哎哟,圣母娘娘! 你这样性急吗? 哼! 反了反了,这就是你瞧
　　　着我筋骨酸痛而替我涂上的药膏吗? 以后还是你自己去送
　　　信吧。

朱丽叶　别缠下去啦! 快些,罗密欧怎么说?

乳媪　你已经得到准许,今天去忏悔吗?

朱丽叶　我已经得到了。

乳媪　那么你快到劳伦斯神父的庵院里去,有一个丈夫在那边等着
　　　你去做他的妻子哩。现在你的脸红起来啦。你到教堂里去吧,
　　　我还要到别处去搬一张梯子来,等到天黑的时候,你的爱人就可
　　　以凭着它爬进鸟巢里去。**我不辞辛劳为你奔忙,但今天晚上,你**

也有你的沉重负担①。去吧，我还没有吃过饭呢。

朱丽叶　我要找寻我的幸运去！好奶妈，再会。（各下。）

第六场　同前；劳伦斯神父的庵院

〔劳伦斯神父及罗密欧上。

劳伦斯　愿上天祝福这神圣的结合，不要让日后的懊恨把我们谴责！

罗密欧　阿门！阿门！可是无论将来会发生什么悲哀的后果，都抵不过我在看见她这短短一分钟内的欢乐。不管侵蚀爱情的死亡怎样伸展它的魔手，只要你用神圣的言语把我们的灵魂结为一体，让我能够称她一声我的人，我也就不再有什么遗恨了。

劳伦斯　这种狂暴的快乐将会产生狂暴的结局，正像火和火药的亲吻，就在最得意的一刹那烟消云散。最甜的蜜糖可以使味觉麻木；不太热烈的爱情才会维持久远；太快和太慢，结果都不会圆满。

〔朱丽叶上。

劳伦斯　这位小姐来了，啊！这样轻盈的脚步，是永远不会踩破神龛前面的砖石的；一个恋爱中的人，可以踏在随风飘荡的蛛网上而不会跌下，幻妄的幸福使他灵魂飘然轻举。

朱丽叶　晚安，神父。

劳伦斯　孩子，我让罗密欧来代表我们两人感谢你。②

朱丽叶　我会问候他的，他用不着承担太多的谢忱。

罗密欧　啊，朱丽叶！要是你感觉到像我一样多的快乐，要是你的灵唇慧舌，能够宣叙你衷心的快乐，那么让空气中满布着从你嘴里吐出来的芳香，用无比的妙乐把这一次会晤中我们两人给与彼此的无限欢欣倾吐出来吧。

---

① 喻指男女之欢。

② 意为让罗密欧亲吻朱丽叶。

朱丽叶　充实的思想不在于言语的富丽,只有乞儿才能够计数他的家私。真诚的爱情充溢在我的心里,我无法估计自己享有的财富。

劳伦斯　来,跟我来,我们要把这件事情早点办好,因为在神圣的教会没有把你们两人结合以前,你们两人是不能在一起的。

（同下。）

第 三 幕

第一场　维洛那;广场

〔默丘西奥,班伏里奥,侍童及若干仆人上。

班伏里奥　好默丘西奥,咱们还是回去吧。天这么热,凯普莱特家里的人满街都是,要是碰到他们,又免不了一场吵架;因为在这种热的天气,一个人的脾气最容易暴躁起来。

默丘西奥　你就像有一种家伙,他们跑进了酒店的门,把剑在桌子一放,说:“上帝保佑我不要用到你!”等到两杯喝罢,他就无缘无故拿起剑来跟酒保吵架。

班伏里奥　我难道是这样一种人吗?

默丘西奥　得啦得啦,你的坏脾气比得上意大利无论哪一个人;动不动就要生气,一生气就要乱动。

班伏里奥　再以后怎样呢?

默丘西奥　哼! 要是有两个像你这样的人碰在一起,结果总会一个也没有,因为大家都要把对方杀死了方肯甘休。你! 嘿,你会跟人家吵架,因为他比你多一根或少一根胡须。瞧见了人家咬栗子,你也会跟他闹翻,你的理由只是因为你有一双栗色的眼睛。

除了生着这样一双眼睛的人以外,谁还会像这样吹毛求疵地去跟人家寻事? 你的脑袋里装满了惹是招非的念头,正像鸡蛋里装满了蛋黄蛋白,虽然为了惹是招非的缘故,你的脑袋曾经给人打得像个坏蛋一样。你曾经为了有人在街上咳了一声嗽而跟他吵架,因为他咳醒了你那条在太阳底下睡觉的狗。不是还有一次你因为看见一个裁缝在复活节以前穿起他的新背心来,就跟他大闹吗? 不是还有一次因为他用旧带子系他的新鞋子,就又跟他大闹吗? 现在你却要教我不要跟人家吵架!

班伏里奥　要是我像你一样爱吵架,不消一时半刻,我的性命早就卖给了人家了。

默丘西奥　卖给人家! 这是什么话!

班伏里奥　哎哟! 凯普莱特家里的人来了。

默丘西奥　我可不把他们放在我的脚跟上。

　　　　　〔提伯尔特及余人等上。

提伯尔特　你们跟着我不要走开,等我去向他们说话,两位晚安! 我要跟你们中间无论哪一位说句话儿。

默丘西奥　你只要跟我们两人中间的一个讲一句话吗? **再来点儿别的吧**。① 要是你愿意在一句话以外,再跟我们较量一两手,我们倒愿意奉陪。

提伯尔特　只要你给我一个理由,你就会知道我也不是个怕事的人。

默丘西奥　你不会自己想出一个什么理由来吗?

提伯尔特　默丘西奥,你陪着罗密欧到处乱闯——

默丘西奥　到处拉唱! 怎么! 你把我们当作一群沿街卖唱的人吗? 你要是把我们当作沿街卖唱的人,那么我们倒要请你听一点儿不太好听的声音,这就是我的提琴上的拉弓,拉一拉就要叫你跳起舞来。他妈的! 到处拉唱!

---

　　① 朱译手稿:那未免太不成意思了。

班伏里奥　这儿来往的人太多，讲话不大方便，最好还是找个清静一点的地方去谈谈；要不然大家别闹意气，有什么过不去的事，平心静气理论理论；否则各走各的路也就完了，别让这么许多人的眼睛瞧着我们。

默丘西奥　人们生着眼睛总要瞧，让他们瞧去好了，我可不能趁着别人的高兴。

〔罗密欧上。

提伯尔特　好，我的人来了，我不跟你吵。

默丘西奥　他又不吃你的饭，不穿你的衣，怎么是你的人？可是他虽然不是你的跟班，要是你逃走起来，他倒一定会紧紧跟住你的。

提伯尔特　罗密欧，我对你的仇恨使我只能用一个名字称呼你——你是一个恶贼！

罗密欧　提伯尔特，我跟你无冤无恨，你这样无端挑衅，我本来是不能容忍的，可是因为我有必须爱你的理由，所以也不愿跟你计较了。我不是恶贼，再见，我看你还不知道我是个什么人。

提伯尔特　小子，你冒犯了我。现在可不能用这种花言巧语掩饰过去；赶快回过身子，拔出剑来吧。

罗密欧　我可以郑重声明，我从来没有冒犯过你，而且你想不到我是怎样爱你，除非你知道了我所以爱你的理由。所以，好凯普莱特——我尊重这一个姓氏，就像尊重我自己的姓氏一样，——咱们还是讲和了吧。

默丘西奥　哼，好丢脸的屈服！只有武力才可以洗去这种耻辱。（拔剑）提伯尔特，你这捉耗子的猫儿，你愿意跟我决斗吗？

提伯尔特　你要我跟你干么？

默丘西奥　好猫精，听说你有九条性命，我只要取你一条命，留下那另外八条，等以后再跟你算账。快快拔出你的剑来，否则莫怪无情，我的剑就要临到你的耳朵边了。

提伯尔特　（拔剑）好，我愿意奉陪。

罗密欧　好默丘西奥,收起你的剑。

默丘西奥　来,来,来,我倒要领教你的剑法。(二人互斗。)

罗密欧　班伏里奥,拔出剑来,把他们的武器打下来。两位老兄,这算什么? 快别闹啦! 提伯尔特,默丘西奥,亲王已经明令禁止在维洛那的街道上斗殴。住手,提伯尔特! 好默丘西奥!(提伯尔特及其党徒下。)

默丘西奥　我受伤了。你们这两家倒霉的人家! 我已经完啦。他不带一点伤就去了吗?

班伏里奥　啊,你受伤了吗?

默丘西奥　嗯,嗯,擦破了一点儿;可是伤得很厉害。我的侍童呢? 狗才,快去找个外科医生来。(侍童下。)。

罗密欧　放心吧,老兄;这伤口不会十分厉害的。

默丘西奥　是的,它没有一口井那么深,也没有一扇门那么宽,可是这一点伤也就够要命了;要是你明天找我,就到坟墓里来看我吧。我这一生是完了。你们这两家倒霉的人家。他妈的! 狗,耗子,猫儿,都会咬得死人! 这个说大话的家伙,这个混账东西,打起架来也要按照着数学的公式! 谁叫你把身子插了进来? 都是你把我拉住了,我才受了伤。

罗密欧　我完全是出于好意。

默丘西奥　班伏里奥,快把我扶进什么屋子里去,不然我就要晕过去了。你们这两家倒霉的人家! 我已经死在你们手里了。——你们这两家人家!(默丘西奥、班伏里奥同下。)

罗密欧　他是亲王的近亲,也是我的好友,如果他为了我的缘故受了致命的重伤。提伯尔特杀死了我的朋友,又毁谤了我的名誉,虽然他在一小时以前还是我的亲人。亲爱的朱丽叶啊! 你的美丽使我变成了懦弱,磨钝了我的勇气的锋刃!

　　　〔班伏里奥重上。

班伏里奥　啊,罗密欧,罗密欧! 勇敢的默丘西奥死了,他已经撒手离开尘世,他的英魂已经升上天庭了。

罗密欧　今天这一场意外的变故,怕要引起日后的灾祸。

〔提伯尔特重上。

班伏里奥　暴怒的提伯尔特又来了。

罗密欧　默丘西奥死了,他却耀武扬威活在人世!现在我只好抛弃了一切顾忌,不怕伤了亲戚的情分,让眼睛里喷出火焰的愤怒支配着我的行动了!提伯尔特,你刚才骂我恶贼,我要把你这两个字收回去;默丘西奥的阴魂就在我们头上,他在等着你去跟他做伴;我们两个人中间必须有一个去陪陪他,要不然就是两人一起死。

提伯尔特　你这该死的小子,你生前跟他做朋友,死后也去陪他吧!

罗密欧　这柄剑可以替我们决定谁死谁生。(二人互斗,提伯尔特倒下。)

班伏里奥　罗密欧,快走!市民们都已经被这场争吵惊动了,提伯尔特又死在这儿。别站着发怔,要是你给他们捉住了,亲王就要判你死刑。快去吧,快去吧!

罗密欧　唉!我是受命运玩弄的人。

班伏里奥　你为什么还不走。(罗密欧下。)

〔市民等上。

市民甲　杀死默丘西奥的那个人逃到哪儿去了?那凶手提伯尔特逃到什么地方去了?

班伏里奥　躺在那边的就是提伯尔特。

市民甲　先生,请你跟我去,我用亲王的名义命令你服从。

〔亲王率侍从;蒙太古夫妇、凯普莱特夫妇及余人等上。

亲王　这一场争吵的肇祸的罪魁在什么地方?

班伏里奥　啊,尊贵的亲王!我可以把这场流血的争吵的不幸的经过向您从头告禀。躺在那边的那个人,就是把您的亲戚、勇敢的默丘西奥杀死的人。他现在已经被年青的罗密欧杀死了。

凯普莱特夫人　提伯尔特,我的侄儿!啊,我的哥哥的孩子!亲王啊！侄儿啊！丈夫啊！哎哟，我的亲爱的侄儿给人杀死了！殿下，您是正直无私的，我们家里流的血，应当用蒙太古家里流的血来报偿。哎哟，侄儿啊，侄儿啊！

亲王　班伏里奥，是谁开始这场流血的争斗？

班伏里奥　死在这儿的提伯尔特，他是被罗密欧杀死的。罗密欧很诚恳地劝告他，叫他想一想这种争吵多么没意思，并且也提起您的森严的禁令。他用温和的语调、谦恭的态度，赔着笑脸向他反复劝解，可是提伯尔特充耳不闻，一味逞着他的骄横，拔出剑来就向勇敢的默丘西奥胸前刺了过去；默丘西奥也动了怒气，就和他两个交锋起来，自恃着本领高强，满不在乎地一手挡开了敌人致命的剑锋，一手向提伯尔特还刺过去；提伯尔特眼明手快，也把它挡开了。那个时候罗密欧就高声喊叫："住手，朋友，两下分开！"说时迟，来时快，他的敏捷的腕臂已经打下了他们的利剑，他就插身在他们两人中间；谁料提伯尔特怀着毒心，冷不防打罗密欧的手臂下面刺了一剑过去，竟中了默丘西奥的要害，于是他就逃走了。等了一会儿他又回来找罗密欧，罗密欧这时候正是满腔怒火，就像闪电似的跟他打起来，我还来不及拔剑阻止他们，勇敢的提伯尔特就已经中剑而死。罗密欧见他倒在地上，也就转身逃走了。我所说的句句都是真话，倘有虚言，愿受死刑。

凯普莱特　他是蒙太古家的亲戚，他说的话都是徇着私情，完全是假的。他们一共有二十来个人参加这场恶斗。二十个人合力谋害一个人的生命。殿下，我要请您主持公道，罗密欧杀死了提伯尔特，罗密欧必须抵命。

亲王　罗密欧杀了他，他杀了默丘西奥；默丘西奥的生命应当由谁抵偿？

蒙太古　殿下，罗密欧不应该偿他的命，他是默丘西奥的朋友，他的过失不过是执行了提伯尔特依法应处的死刑。

亲王　为了这一个过失，我现在宣布把他立刻放逐出境。你们双方的憎恨已经牵涉到我的身上,在你们残暴的争斗中,已经流下了我的亲人的血;可是我要给你们一个重重的惩罚,警戒警戒你们的将来。我不要听任何的请求辩护,哭泣和祈祷都不能使我枉法徇情,所以不用想什么挽回的办法,赶快把罗密欧遣送出境吧,不然的话,他在什么时候被我们发现,就在什么时候把他处死。把这尸体抬去,不许违抗我的命令;对杀人的凶手不能讲慈悲,否则就是鼓励杀人了。(同下。)

第二场　同前;凯普莱特家的花园

〔朱丽叶上。

朱丽叶　快快跑过去吧,踏着火云的骏马,把太阳拖回到它的安息的所在;但愿驾车的法厄同①鞭策你们飞驰到西方,让阴沉的暮夜赶快降临。展开你密密的帷幕吧,成全恋爱的黑夜! 遮住夜行人的眼睛,让罗密欧悄悄地投入我的怀里,不被人家看见也不被人家谈论! 恋人们可以在他们自身美貌的光辉里互相缱绻,即使恋爱是盲目的,那也正好和黑夜相称。来吧,温文的夜,你朴素的黑色妇人,教会我怎样在一场全胜的赌博中失败,把各人纯洁的童贞互为赌注。用你黑色的罩巾遮住我脸上羞怯的红潮,等我深藏内心的爱情慢慢儿胆大起来,不再因为在行动上流露真情而惭愧。来吧,黑夜! 来吧,罗密欧! 来吧,你黑夜中的白昼! 因为你将要睡在黑夜的翼上,比乌鸦背上的新雪还要皎白。来吧,柔和的黑夜! 来吧,可爱的黑颜的夜,把我的罗密欧给我! 等他死了以后,你再把他带去,分散成无数的星星,把天空装饰得如此美丽,使全世界都恋爱着黑夜,不再崇拜炫目的太阳。啊! 我已经买下了一所恋爱的华厦,可是它还不曾属我所有;虽

---

①　法厄同(Phaethon):日神之子,曾为其父驾驭太阳车,致使马匹脱缰飞奔,大地起火。

然我已经把自己出卖,可是还没有买主领去。这日子长得真叫人厌烦,正像一个做好了新衣服的小孩,在节日的前夜焦躁地等着天明一样。啊！我的奶妈来了。

　　〔乳媪揣绳上。

朱丽叶　她带着消息来了。谁的舌头上只要说出了罗密欧的名字,他就在吐露着天上的仙音。奶妈,什么消息？你带着些什么来了？那就是罗密欧叫你去拿的绳子吗？

乳媪　是的,是的,这绳子。(将绳掷下。)

朱丽叶　哎哟！什么事？你为什么扭着你的手？

乳媪　唉！唉！唉！他死了,他死了,我们完了,小姐,我们完了！唉,小姐,我们完了！他去了,他给人杀了,他死了！

朱丽叶　天道竟会这样狠毒吗？

乳媪　不是天道狠毒,罗密欧才下得了这样狠毒的手。啊！罗密欧！罗密欧！谁想得到会有这样的事情？罗密欧！

朱丽叶　你是个什么鬼,这样煎熬着我？这简直就是地狱里的酷刑。罗密欧把他自己杀死了吗？你只要回答我一个"是"字,这一个"是"字就比毒龙眼里射放的死光更会致人死命。**要是你的回答是一个"是",或者说有一双已经闭上的眼睛使你不得不回答一个"是",那我也就不想活了**。要是他死了,你就说是；要是他没有死,你就说不；这两个简单的字就可以决定我的终身祸福。

乳媪　我看见他的伤口,我亲眼看见他的伤口,慈悲的上帝！就在他的**宽阔的**①胸上。一具可怜的尸体,一具可怜的流血的尸体,像灰一样苍白,满身都是血,满身都是一块块的血；我一瞧见就晕过去了。

朱丽叶　啊,我的心要碎了！——可怜的破产者,你已经丧失了一切,还是赶快碎裂了吧！失去了光明的眼睛,你从此不能再见天

————————

①　朱译手稿:勇敢的。

日了！你这俗恶的泥土之躯，赶快停止呼吸，复归于泥土，去和罗密欧同眠在一个圹穴里吧！

乳媪　啊！提伯尔特，提伯尔特！我的顶好的朋友！啊，温文的提伯尔特，正直的绅士！想不到我活到今天，却会看见你死去！

朱丽叶　这是一阵什么风暴，一会儿又换了方向！罗密欧给人杀了，提伯尔特又死了吗？一个是我的最亲爱的哥哥，一个是我的更亲爱的夫君？那么，可怕的号角，宣布世界末日的来临吧！要是这样两个人都可以死去，谁还应该活在这世上？

乳媪　提伯尔特死了，罗密欧放逐了；罗密欧杀了提伯尔特，他现在被放逐了。

朱丽叶　上帝啊！提伯尔特是死在罗密欧的手里吗？

乳媪　是的，是的，唉！是的。

朱丽叶　啊，花一样的脸庞里藏着蛇一样的心！哪一条恶龙曾经栖息在这样清雅的洞府里？美丽的暴君！天使般的魔鬼！披着白鸽羽毛的乌鸦！豺狼一样贪残的羔羊！圣洁的外表包覆着丑恶的实质！你的内心刚巧和你的形状相反，一个万恶的圣人，一个庄严的奸徒！造物主啊！你为什么要从地狱里提出这个恶魔的灵魂，把它安放在这样可爱的一座肉体的天堂里？哪一本邪恶的书籍曾经装订得这样美观？啊！谁想得到这样一座富丽的宫殿里，会容纳着欺人的虚伪！

乳媪　男人都是靠不住，没有良心，没有真心的；谁都是三心二意、反复无常、奸恶多端，尽是些骗子。啊！我的人呢？快给我倒点儿酒来；这些悲伤烦恼，已经使我老起来了。愿耻辱降临到罗密欧的头上！

朱丽叶　你说出这样的愿望，你的舌头上就应该长起水疱来！耻辱从来不曾和他在一起；它不敢侵上他的眉宇，因为那是君临天下的荣誉的宝座。啊！我刚才把他这样辱骂，我真是个畜生！

乳媪　杀死了你的族兄的人，你还说他好话吗？

朱丽叶　　他是我的丈夫，我应该说他坏话吗？啊！我的可怜的丈夫！
　　　　你的三小时的妻子都这样凌辱你的名字，谁还会对它说一句温
　　　　情的慰藉呢？可是你这恶人，你为什么杀死我的哥哥？他要是
　　　　不杀死我的哥哥，我的凶恶的哥哥就会杀死我的丈夫。回去吧，
　　　　愚蠢的眼泪，流回到你的源头；你那滴滴的细流，本来是悲哀的
　　　　倾注，可是你却错把它呈献给喜悦。我的丈夫活着，他没有被提
　　　　伯尔特杀死。提伯尔特死了，他想要杀死我的丈夫！这明明是
　　　　喜讯，我为什么要哭泣呢？还有两个字比提伯尔特的死更使我
　　　　痛心，像一柄利刃刺进了我的胸中；我但愿忘了它们，可是唉！
　　　　它们紧紧地牢附在我的记忆里，就像萦回在罪人脑中的不可宥
　　　　恕的罪恶。"提伯尔特死了，罗密欧放逐了！放逐了！"这"放逐"
　　　　两个字，就等于杀死了一万个提伯尔特。单单提伯尔特的死，已
　　　　经可以令人伤心了；即使祸不单行，必须在"提伯尔特死了"这一
　　　　句话以后，再接上一句不幸的消息，为什么不说你的父亲，或是
　　　　你的母亲，或是父母两人都死了，那也可以引起一点人情之常的
　　　　哀悼？可是在提伯尔特的噩耗以后，再接连一记更大的打击，
　　　　"罗密欧放逐了！"这句话简直等于说，父亲、母亲、提伯尔特、罗
　　　　密欧、朱丽叶一起被杀，一起死了。"罗密欧放逐了！"这一句话
　　　　里面包含着无穷无际、无极无限的死亡，没有字句能够形容出这
　　　　里蕴蓄着的悲伤。——奶妈，我的父亲、我的母亲呢？

乳媪　　他们正在抚着提伯尔特的尸体痛哭。你要去看他们吗？让我
　　　　带着你去。

朱丽叶　　让他们用眼泪洗涤他的伤口，我的眼泪是要留着为罗密欧
　　　　的放逐而哀哭的。拾起那些绳子来。可怜的绳子，你是失望了，
　　　　我们俩都失望了，因为罗密欧已经被放逐；他要借着你做接引相
　　　　思的桥梁，可是我却要做一个独守空闺的怨女而死去。来，绳
　　　　儿，来，奶妈。我要去睡上我的新床，把我的童贞奉献给死亡！

乳媪　　那么你快到房里去吧；我去找罗密欧来安慰你，我知道他在什

么地方。听着,你的罗密欧今天晚上一定会来看你;他现在躲在
劳伦斯神父的庵里,我就去找他。

朱丽叶　啊! 你快去找他;把这指环拿去给我的忠心的骑士,叫他来
　　　做一次最后的诀别。(各下。)

第三场　同前;劳伦斯神父的庵院

〔劳伦斯神父上。

劳伦斯　罗密欧,跑出来,出来吧,你受伤的人,你已经和坎坷的命运
　　　结下了不解之缘。

〔罗密欧上。

罗密欧　神父,什么消息? 亲王的判决怎样? 还有什么我所不知道
　　　的不幸的事情将要来找上我?

劳伦斯　我的好孩子,你已经遭逢到太多的不幸了。我来报告你亲
　　　王的判决。

罗密欧　除了死罪以外,还会有什么判决?

劳伦斯　他的判决是很温和的:他并不判你死罪,只宣布把你放逐。

罗密欧　嘿! 放逐! 慈悲一点,还是说"死"吧! 不要说"放逐",因为
　　　放逐比死还要可怕。

劳伦斯　你必须立刻离开维洛那境内。不要懊恼,这是一个广大的
　　　世界。

罗密欧　在维洛那城以外没有别的世界,只有地狱的苦趣,所以从维
　　　洛那放逐,就是从这世界上放逐,也就是死。明明是死,你却说
　　　是放逐,这就等于用一柄利斧砍下我的头,反因为自己犯了杀人
　　　罪而洋洋得意。

劳伦斯　哎哟! 罪过罪过! 你怎么可以这样不知恩德! 你所犯的过
　　　失,按照法律本来应该处死,幸亏亲王仁慈,特别对你开恩,才把
　　　可怕的死罪改成了放逐;这明明是莫大的恩典,你却不知道。

罗密欧　这是酷刑,不是恩典。朱丽叶所在的地方就是天堂;这儿的

每一只猫,每一只狗,每一只小小的老鼠,都生活在天堂里,都可以瞻仰她的容颜,可是罗密欧却看不见她。污秽的苍蝇都可以接触亲爱的朱丽叶的皎洁的玉手,从她的嘴唇上偷取天堂中的幸福,那两个嘴唇是这样的纯洁贞淑,永远含着娇羞,好像觉得它们自身的相吻也是一种罪恶一样;苍蝇可以这样做,我却必须远走高飞,它们是自由人,我却是一个放逐的流徒。你还说放逐不是死吗?难道你没有配好的毒药、锋锐的刀子或者无论什么致命的利器,而必须用"放逐"这两个字把我杀害吗?放逐!啊,神父!只有沉沦在地狱里的鬼魂才会用到这两个字,伴着凄厉的呼号;你是一个教士,一个替人忏罪的神父,又是我的朋友,怎么忍心用"放逐"这两个字来寸磔我呢?

劳伦斯　你这痴心的疯子,听我说一句话。

罗密欧　啊!你又要对我说起放逐了。

劳伦斯　我要教给你怎样抵御这两个字的方法,用哲学的甘乳安慰你的逆运,让你忘却被放逐的痛苦。

罗密欧　又是"放逐"!我不要听什么哲学!除非哲学能够制造一个朱丽叶,迁徙一个城市,撤销一个亲王的判决,否则它就没有什么用处。别再多说了吧。

劳伦斯　啊!那么我看疯人是不生耳朵的。

罗密欧　聪明人不生眼睛,疯人何必生耳朵呢?

劳伦斯　让我跟你讨论讨论你现在的处境吧。

罗密欧　你不能谈论你所没有感觉到的事情;要是你也像我一样年青,朱丽叶是你的爱人,才结婚一小时,就把提伯尔特杀了;要是你也像我一样热恋,像我一样被放逐,那时你才可以讲话,那时你才会像我现在一样扯着你的头发,倒在地上,替自己量个葬身的墓穴。(内叩门声。)

劳伦斯　快起来,有人在敲门,好罗密欧,躲起来吧。

罗密欧　我不要躲,除非我心底里发出来的痛苦呻吟的气息,会像一重云雾一样把我掩过了追寻者的眼睛。（叩门声。）

劳伦斯　听！门打得多么响！——是谁在外面？——罗密欧，快起来，你要给他们捉住了。——等一等！——站起来；（叩门声）跑到我的书斋里去。——就来了！——上帝啊！瞧你多么不听话！——来了，来了！（叩门声）谁把门敲得这么响？你是什么地方来的？你有什么事？

乳媪　（在内）让我进来，你就可以知道我的来意；我是从朱丽叶小姐那里来的。

劳伦斯　那好极了，欢迎欢迎！

　　　　［乳媪上。

乳媪　啊，神父！啊，告诉我，神父，我的小姐的姑爷呢？罗密欧呢？

劳伦斯　在那边地上哭得**死去活来**①的就是他。

乳媪　啊！他正像我的小姐一样，正像她一样！唉！真是同病相怜，一般的伤心！她也是这样躺在地上，一边唠叨一边哭，一边哭一边唠叨。起来，起来；你是个男子汉就该起来；为了朱丽叶的缘故，为了她的缘故，站起来吧。为什么你要伤心到这个样子呢？

罗密欧　奶妈！

乳媪　唉，姑爷！唉，姑爷！一个人到头来总是要死的。

罗密欧　你刚才不是说起朱丽叶吗？她现在怎么样？我现在已经用她近亲的血玷污了我们的新欢，她不会把我当作一个杀人的凶犯吗？她在什么地方？她怎么样？我这位秘密的新妇对于我们这一段中断的情缘说些什么话？

乳媪　啊，她没有说什么话，姑爷，只是哭呀哭地哭个不停；一会儿倒在床上，一会儿又跳了起来；一会儿叫一声提伯尔特，一会儿哭一声罗密欧，然后又倒了下去。

罗密欧　好像我那一个名字是从枪口里瞄准了射出来似的，一弹出

---

①　朱译手稿：如醉如痴。

去就把她杀死，正像我这一双该死的手杀死了她的亲人一样。啊！告诉我，神父，告诉我，我的名字是在我身上哪一处万恶的地方？告诉我，好让我捣毁这可恨的巢穴。（拔剑。）

劳伦斯　　放下你的卤莽的手！你是一个男子吗？你的形状是一个男子，你却流着妇人的眼泪；你的狂暴的举动，简直是一头野兽的无可理喻的咆哮。你这须眉的贱妇，你这人头的畜类！我真想不到你的性情竟会这样毫无涵养。你已经杀死了提伯尔特，你还要杀死你自己吗？你没想到你对自己采取了这种万劫不赦的暴行，不也就是杀死与你相依为命的你的妻子吗？为什么你要怨恨天地，怨恨你自己的生不逢辰？天地好容易生下你这一个人来，你却要亲手把你自己摧毁！呸！呸！你有的是一副堂堂的七尺之躯，有的是热情和智慧，你却不知道把它们好好利用，这岂不是辜负了你的七尺之躯，辜负了你的热情和智慧？你的堂堂的仪表不过是一尊蜡塑的形象，没有一点男子汉的血气；你的山盟海誓都是些空虚的谎语，杀害你所发誓珍爱的情人；你的智慧不知道指示你的行动，驾驭你的感情，它已经变成了愚妄的谬见，正像装在一个笨拙的兵士的枪膛里的火药，本来是自卫的武器，因为不懂得怎样点燃的方法，反而毁损了自己的肢体。怎么！起来吧，孩子！你刚才几乎要为了你的朱丽叶而自杀，可是她现在好好活着，这是你的第一件幸事。提伯尔特要把你杀死，可是你却杀死了提伯尔特，这是你的第二件幸事。法律上本来规定杀人抵命，可是它对你特别留情，减成了放逐的处分，这是你的第三件幸事。这许多幸事照顾着你，幸福穿着盛装向你献媚，你却像一个倔强乖僻的女孩，向你的命运和爱情噘起了嘴唇。留心，留心，像这样不知足的人是不得好死的。去，快去会见你的情人，按照预定的计划，到她的寝室里去，安慰安慰她；可是在逻骑没有出发以前，你必须及早离开，否则你就不能到曼多亚去。你可以暂时在曼多亚住下，等我们觑着机会，把你们的婚姻宣布出来,和解了你们两家的亲族,向亲王请求特赦,那时我们就可以用超过你现在离别的悲痛二百万倍的欢乐招呼你回来。奶妈,你先去,替我向你家小姐致意;叫她设法催促她家里的人早早安睡,他们在遭到这样重大的悲伤以后,这是很容易办到的。你对她说,罗密欧就要来了。

乳媪　主啊,像这样好的教训,我就是在这儿听上一整夜也愿意;啊,真是有学问的人说的话!姑爷,我就去对小姐说您就要来了。

罗密欧　很好,请你再叫我的爱人端整好一顿责骂。

乳媪　姑爷,这一个戒指小姐叫我拿来送给您,请您赶快就去,天色已经很晚了。(下。)

罗密欧　现在我又重新得到了多大的安慰!

劳伦斯　去吧,晚安!你的命运在此一举:你必须在巡逻者没有开始查缉以前脱身,否则就得在黎明时候化装逃走。你就在曼多亚安身下来;我可以找到你的仆人,倘使这儿有什么关于你的好消息,我会叫他随时通知你。把你的手给我。时候不早了,再见吧。

罗密欧　倘不是一个超乎一切喜悦的喜悦在招呼着我,像我这样匆匆的离别,一定会使我黯然神伤。再会!(各下。)

第四场　同前;凯普莱特家中一室

[凯普莱特、凯普莱特夫人及帕里斯上。

凯普莱特　伯爵,舍间因为遭逢变故,我们还没有时间去开导小女;您知道她跟她那个族兄弟提伯尔特是友爱很笃的,我也非常喜欢他;唉!人生不免一死,也不必再说他了。现在时间已经很晚,她今晚不会再下来了;不瞒您说,倘不是您大驾光临,我也早在一小时以前上了床啦。

帕里斯　我在你们正在伤心的时候来此求婚,实在是太冒昧了。晚安,伯母,请您替我向令爱致意。

凯普莱特夫人　好,我明天一早就去探听她的意思;今夜她已经抱着
　　满腔的悲哀关上门睡了。

凯普莱特　帕里斯伯爵,我可以大胆替我的孩子做主,我想她一定会
　　绝对服从我的意志;是的,我对于这一点可以断定。夫人,你在
　　临睡以前先去看看她,把这位帕里斯伯爵向她求爱的意思告诉
　　她知道;你再对她说,听好我的话,叫她在星期三——且慢! 今
　　天星期几?

帕里斯　星期一,老伯。

凯普莱特　星期一! 哈哈! 好,星期三是太快了点儿,那么就星期四
　　吧。对她说,在这个星期四,她就要嫁给这位尊贵的伯爵。您预
　　备得起来吗? 您不嫌太匆促吗? 咱们也不必十分铺张,略为请
　　几位亲友就够了;因为,你听我说,提伯尔特才死不久,他是我们
　　自己家里的人,要是我们大开欢宴,人家也许会说我们对去世的
　　人太没有情分。所以我们只要请五六个亲友,把仪式举行一下
　　就算了。你说星期四怎样?

帕里斯　老伯,我但愿星期四便是明天。

凯普莱特　好,你去吧;那么就是星期四。夫人,你在临睡前先去看
　　看朱丽叶,叫她预备预备,好做起新娘来啊。再见,伯爵,喂! 掌
　　灯,时候已经很晚了,等一会儿我们就要说时间很早了。晚安!
　　(各下。)

第五场　同前;朱丽叶的卧室

〔罗密欧及朱丽叶上。

朱丽叶　你现在就要走了吗? 天亮还有一会儿呢。那刺进你惊恐的
　　耳膜中的,不是云雀,是夜莺的声音;它每天晚上在那边石榴树
　　上歌唱。相信我,爱人,那是夜莺的歌声。

罗密欧　那是报晓的云雀,不是夜莺。瞧,爱人,不作美的晨曦已经
　　在东天的云朵上镶起了金线,夜晚的星光已经烧尽,愉快的白昼

蹑足踏上了迷雾的山顶。我必须到别处去找寻生路,或者留在
这儿束手待毙。

朱丽叶　那光明不是晨曦,我知道;那是从太阳中吐射出来的流星,
要在今夜替你拿着火炬,照亮你到曼多亚去。所以你不必急着
要去,再耽搁一会儿吧。

罗密欧　让我被他们捉住,让我被他们处死,只要是你的意思,我就
毫无怨恨。我愿意说那边灰白色的云彩不是黎明睁开它的睡
眼,那不过是从月亮的眉宇间反映出来的微光;那响彻云霄的歌
声,也不是出于云雀的喉中。我巴不得留在这里,永远不要离
开。来吧,死,我欢迎您! 因为这是朱丽叶的意思,怎么,我的灵
魂? 让我们谈谈,天还没有亮哩。

朱丽叶　天已经亮了,天已经亮了;快走吧,快走吧! 那唱得这样刺
耳、嘶着粗涩的噪声和讨厌的锐音的,正是天际的云雀。有人说
云雀会发出千变万化的甜蜜的歌声,这句话一点不对,因为它只
使我们彼此分离;有人说云雀曾经和丑恶的蟾蜍交换眼睛,啊!
我但愿它们也交换了声音,因为那声音使你离开了我的怀抱,用
催醒的晨歌催促你就道。啊! 现在你快走吧;天越来越亮了。

罗密欧　天越来越亮,我们悲哀的心却越来越黑暗。

　　　　〔乳媪上。

乳　媪　小姐!

朱丽叶　奶妈?

乳　媪　你的母亲就要到你房里来了。天已经亮啦,留心点儿。(下。)

朱丽叶　那么窗啊,让白昼进来,让生命出去。

罗密欧　再会,再会! 给我一个吻,我就下去。(由窗口下降。)

朱丽叶　你就这样走了吗? 我的夫君,我的爱人,我的朋友! 我必须
在**每一天的每时每刻**①听到你的消息,因为一分钟就等于许多

---

①　朱译手稿:每一小时内的每一天。

日子。啊！照这样计算起来，等我再看见我的罗密欧的时候，我不知道已经老到怎样了。

罗密欧　再会！我决不放弃任何的机会，爱人，向你传递我的衷忱。

朱丽叶　啊！你想我们会不会再有见面的日子？

罗密欧　一定会有的；我们现在这一切悲哀痛苦，到将来便是握手谈心的资料。

朱丽叶　上帝啊！我有一颗预感不祥的灵魂；你现在站在下面，我仿佛望见你像一具坟墓底下的尸骸。也许是我的眼光昏花，否则就是你的面容太惨白了。

罗密欧　相信我，爱人，在我的眼中你也是这样；忧伤吸干了我们的血液。再会！再会！（下。）

朱丽叶　命运啊命运，谁都说你反复无常；要是你真的反复无常，那么你怎样对待一个忠贞不贰的人呢？愿你不要改变你的轻浮的天性，因为这样也许你厌倦于把他玩弄，会早早打发他回来。

凯普莱特夫人　（在内）喂，女儿！你起来了吗？

朱丽叶　谁在叫我？是我的母亲吗？——难道她这么晚还没有睡觉？还是这么早就起来了？什么特殊的原因使她到这儿来？

〔凯普莱特夫人上。

凯普莱特夫人　啊！怎么，朱丽叶！

朱丽叶　母亲，我不太舒服。

凯普莱特夫人　老是为了你族兄的死而掉泪吗？什么！你想用眼睛把他从坟墓里冲出来吗？就是冲得出来，你也没法子叫他复活；所以还是算了吧。适当的悲哀可以表示感情的深切，过度的伤心却可以证明智慧的欠缺。

朱丽叶　可是让我为了这样一个痛心的损失而流泪吧。

凯普莱特夫人　损失固然痛心，可是一个失去的亲人，不是可以用泪眼哭得回来的。

朱丽叶　因为这损失是如此痛心，我不能不为了失去的亲人而痛哭。

凯普莱特夫人　好,孩子,人已经死了,你也不用多哭他了;顶可恨的
　　是那杀死他的恶人仍旧活在世上。

朱丽叶　什么恶人,母亲?

凯普莱特夫人　就是罗密欧那个恶人。

朱丽叶　(旁白)恶人跟他相去着不知多少距离呢。——上帝饶恕他!
　　我愿意全心饶恕他;**可是任何人也没有像他那样使我心里充满
　　了悲伤**①。

凯普莱特夫人　那是因为这个万恶的凶手还活在世上。

朱丽叶　是的,母亲,我恨不得把他抓住在我的手里。但愿我能够独
　　自报复这一段杀兄之仇!

凯普莱特夫人　我们一定要报仇的,你放心吧;别再哭了。这个亡命
　　的流徒现在到曼多亚去了,我要差一个人到那边去,用一种希有
　　的毒药把他毒死,让他早点儿跟提伯尔特见面;那时候我想你一
　　定可以满足了。

朱丽叶　真的,我心里永远不会感到满足,除非我看见罗密欧在我的
　　面前——死去;我这颗可怜的心是这样为了一个亲人而痛楚!
　　母亲,要是您能够找到一个愿意带毒药去的人,让我亲手把它调
　　好,好叫那罗密欧服下以后,就会安然睡去。唉,我心里多么难
　　过,只听到他的名字,却不能赶到他的面前,让他知道我是多么
　　爱着我的——提伯尔特哥哥。

凯普莱特夫人　你去想办法;我一定可以找到这样一个人。可是,孩
　　子,现在我要告诉你好消息。

朱丽叶　在这样不愉快的时候,好消息来得真是再适当没有了。请
　　问母亲,是什么好消息呢?

凯普莱特夫人　哈哈,孩子,你有一个体贴你的好爸爸哩;他为了替
　　你排解愁闷,已经为你选定了一个大喜的日子,不但你想不到,

---

① 　朱译手稿:可是像他这样的人,是不值得我为他伤心的。

就是我也没有想到。

朱丽叶　母亲，快告诉我，是什么日子？

凯普莱特夫人　哈哈，我的孩子，星期四的早晨，那位风流年少的贵人，帕里斯伯爵，就要在圣彼得教堂里娶你做他的幸福的新娘了。

朱丽叶　凭着圣彼得教堂和圣彼得的名字起誓，我决不让他娶我做他的幸福的新娘。世间哪有这样匆促的事情，人家还没有来向我求过婚，我倒先做了他的妻子了！母亲，请你对我的父亲说，我现在还不愿意出嫁；就是要出嫁，我可以发誓，我也宁愿嫁给我所痛恨的罗密欧，不嫁给帕里斯。真是些好消息！

凯普莱特夫人　你爸爸来啦，你自己对他说去，看他会不会听你的话。

　　　　〔凯普莱特及乳媪上。

凯普莱特　太阳西下的时候，天空中落下了蒙蒙的细露；可是我的侄儿死了，却有倾盆的大雨送着他下葬。怎么！装起喷水管来了吗，孩子？咦！还在哭吗？雨到现在还没有停吗？你这小小的身体里面，也有船，也有海，也有风；因为你的眼睛就是海，永远有泪潮在那儿涨退；你的身体是一艘船，在这泪海上面航行；你的叹气是海上的狂风；你的身体经不起风浪的吹打，是会在这汹涌的怒海中覆没的。怎么，妻子！你没有把我们的主张告诉她吗？

凯普莱特夫人　我告诉她了，可是她说谢谢你，她不要嫁人。我希望这傻丫头还是死了干净。

凯普莱特　且慢！请明白点儿，请明白点儿，妻子。怎么！她不要嫁人吗？她不谢谢我们吗？她不称心吗？像她这样一个贱丫头，我们替她找到了这么一位高贵的绅士做她的新郎，她还不想想这是多大的福气吗？

朱丽叶　我没有欢喜，只有感激；你们不能勉强我喜欢一个我对他没有好感的人，可是我感激你们爱我的一片好心。

凯普莱特　怎么！怎么！胡说八道！这是什么话？什么欢喜不不欢喜，感激不感激！好丫头，我也不要你感谢，我也不要你欢喜，只要你预备好星期四到圣彼得教堂里去跟帕里斯结婚；你要不愿意，我就把你装在木笼里拖了去。不要脸的死丫头，贱东西！

凯普莱特夫人　哎哟！哎哟！你疯了吗？

朱丽叶　好爸爸，我跪下来求求您，请您耐心听我说一句话。

凯普莱特　该死的小贱妇！不孝的畜生！我告诉你，星期四给我到教堂里去，不然以后再也不要见我的面。不许说话，不要回答我，我的手指儿痒着呢。——夫人，我们常常怨叹自己福薄，只生下这一个孩子；可是现在我才知道这一个已经太多了，总是家门不幸，出了这个冤孽！不要脸的贱货！

乳媪　上帝祝福她！老爷，你不该这样骂她。

凯普莱特　为什么不该！我的聪明的老太太？谁要你多嘴，我的好大娘？你去跟你那些婆婆妈妈们谈天去吧，去！

乳媪　我又没有说过一句冒犯您的话。

凯普莱特　去吧去吧。

乳媪　你总得让人说话呀。

凯普莱特　闭嘴，你这叽里咕噜的蠢婆娘！我们不要听你的教训。

凯普莱特夫人　你的脾气太躁了。

凯普莱特　哼！我气都气疯啦。每天每夜，时时刻刻，不论忙着空着，独自一个人或是跟别人在一起，我心里总是在盘算着怎样替她配一份好好的人家；现在好容易找到一位出身高贵的绅士，又有家私，又年青，又受过高尚的教养，正是人家说的十二分的人才，好到没得说的了，偏偏这个不懂事的傻丫头，放着送上门来的好福气不要，说什么"我不要结婚""我不懂恋爱""我年纪太小""请你原谅我"；好，你要是不愿意嫁人，我可以放你自由，尽你的意思到什么地方去，我这屋子里可容不得你了。你给我想想明白,我是一向说到哪里做到哪里的。星期四就在眼前;自己仔细考虑考虑。你倘然是我的女儿,就得听我的话嫁给我的朋友,你倘然不是我的女儿,那么你去上吊也好,做叫化子也好,挨饿也好,死在街路上也好,我都不管,因为凭着我的灵魂起誓,我是再也不会认你这个女儿的,你也别想会分一点什么给你。我不会骗你,你想一想吧;我誓也发过了,一定要把它做到的。(下。)

朱丽叶　天知道我心里是多么难过,难道它竟会不给我一点慈悲吗?啊,我的亲爱的母亲! 不要丢弃我! 把这门亲事延期一个月或是一个星期也好;或者要是您不答应我,那么请您把我的新床安放在提伯尔特长眠的幽暗的坟茔里吧!

凯普莱特夫人　不要对我讲话,我没有什么话好对你说。随你的便吧,我是不管你啦。(下。)

朱丽叶　上帝啊! 啊,奶妈,这件事情怎么避过去呢? 我的丈夫还在世间,我的誓言已经上达天听;倘使我的誓言可以收回,那么除非我的丈夫已经脱离人世,从天上把它送还给我。安慰安慰我,替我想办法吧。唉! 唉! 想不到天也会作弄像我这样一个柔弱的人! 你怎么说? 难道你没有一句可以使我快乐的话吗? 奶妈,给我一点安慰吧!

乳媪　好,那么你听我说,罗密欧是已经放逐了;我可以打赌无论什么东西,他再也不敢回来责问你,除非他偷偷地溜了回来。事情既然这样,那么我想你最好还是跟那伯爵结婚吧。啊! 他真是个可爱的绅士! 罗密欧比起他来只好算是一块抹布;小姐,一只鹰也没有帕里斯那样一双又是碧绿好看、又是锐利的眼睛。说句该死的话,我想你这第二个丈夫,比第一个丈夫好得多啦;话也许不是这么说,可是你的第一个丈夫虽然还在世上,对你已经没有什么用处,也就跟死了差不多啦。

朱丽叶　你这些话是从心里说出来的吗?

乳媪　那不但是我心里的话,也是我灵魂里的话;倘有虚假,让我的灵魂下地狱。

朱丽叶　阿门!

乳媪　什么!

朱丽叶　好,你已经给了我很大的安慰。你进去吧;告诉我的母亲说我出去了,因为得罪了我的父亲,要到劳伦斯的庵院里去忏悔我的罪过。

乳媪　很好,我就这样告诉她;这才是聪明的办法哩。(下。)

朱丽叶　老而不死的魔鬼!顶丑恶的妖精!她希望我背弃我的盟誓;她几千次向我夸奖我的丈夫,说他比谁都好,现在却又用同一条舌头说他的坏话!去,我的顾问,从此以后,我再也不把你当作心腹看待了。我要到神父的地方去向他求救;要是一切办法都已穷尽,我唯有一死了之。(下。)

第　四　幕

第一场　维洛那;劳伦斯神父的庵院

［劳伦斯神父及帕里斯上。

劳伦斯　在星期四吗,伯爵?时间未免太局促了。

帕里斯　这是我的岳父凯普莱特的意思;他既然这样性急,我也不愿把时间延迟下去。

劳伦斯　你说你还没有知道那小姐的心思;我不赞成这种片面决定的事情。

帕里斯　她为了提伯尔特的死流着过度的眼泪,所以我没有多跟他谈恋爱,因为在一间哭哭啼啼的屋子里,维纳斯是露不出笑容来

的。神父,她的父亲因为瞧她这样一味忧伤,恐怕会发生什么意
外,所以才决定替我们提早完婚,免得她一天到晚哭得像个泪人
儿一般;一个人在房间里最容易触景伤情,要是有了伴侣,也许
可以替她排除悲哀。现在您可以知道我这次匆促结婚的理
由了。

劳伦斯　(旁白)我希望我不知道它为什么必须延迟的理由。——瞧,
　　　　伯爵,这位小姐到我庵里来了。

　　　　　〔朱丽叶上。

帕里斯　你来得正好,我的爱妻。

朱丽叶　伯爵,等我做了妻子以后,也许你可以这样叫我。

帕里斯　爱人,这也许到星期四就会成为事实了。

朱丽叶　事实是无法避免的。

劳伦斯　那是当然的道理。

帕里斯　你是来向这位神父忏悔的吗?

朱丽叶　回答您这一个问题,我必须向您忏悔了。

帕里斯　不要在他的面前否认您爱我。

朱丽叶　我愿意在您的面前承认我爱他。

帕里斯　我相信您也一定愿意在我的面前承认您爱我。

朱丽叶　要是我必须承认,那么在您的背后承认,比在您的面前承认
　　　　好得多啦。

帕里斯　可怜的人儿,眼泪已经毁损了你的美貌。

朱丽叶　眼泪并没有得到多大的胜利;因为我这副容貌在没有被眼
　　　　泪毁损以前,已经够丑了。

帕里斯　你不该说这样的话诽谤你的美貌。

朱丽叶　这不是诽谤,伯爵,这是实在的话,我当着我自己的脸说的。

帕里斯　你的脸是我的,你不该侮辱它。

朱丽叶　也许是的,因为它不是我自己的。神父,您现在有空吗?还
　　　　是让我在晚祷的时候再来?

劳伦斯　我还是现在有空,多愁的女儿。伯爵,我们现在必须请您离
　　　　开我们。

帕里斯　我不敢打扰你们的祈祷。朱丽叶,星期四一早我就来叫醒
　　　　你;现在我们再会吧,请你保留下这一个神圣的吻。(下。)

朱丽叶　啊!把门关了!关了门再来陪着我哭吧。没有希望,没有
　　　　补救,没有挽回了!

劳伦斯　啊,朱丽叶!我早已知道你的悲哀,实在想不出一个万全的
　　　　计策。我听说你在星期四必须跟这伯爵结婚,而且毫无拖延的
　　　　可能了。

朱丽叶　神父,不要对我说你已经听见这件事情,除非你能够告诉我
　　　　怎样避免它;要是你的智慧不能帮助我,那么只要你赞同我的决
　　　　心,我就可以立刻用这把刀解决一切。上帝把我的心和罗密欧
　　　　的心结合在一起,我们两人的手是你替我们结合的;要是我这一
　　　　只已经由你证明和罗密欧缔盟的手,再去和别人缔结新盟,或是
　　　　我的忠贞的心起了叛变,投进别人的怀里,那么这把刀可以割下
　　　　背盟的手,诛戮这叛变的心。所以,神父,凭着你的丰富的见识
　　　　阅历,请你赶快给我一些指教;否则瞧吧,这把血腥气的刀,就可
　　　　以在我跟我的困难之间做一个公证人,替我解决你的经验和才
　　　　能所不能替我觅得的一个光荣解决的难题。不要老是不说话;
　　　　要是你不能指教我一个补救的办法,那么我除了一死以外,没有
　　　　别的希冀。

劳伦斯　住手,女儿,我已经望见了一线希望,可是那必须用一种非
　　　　常的手段,方才能够抵御这一种非常的变故。要是你因为不愿
　　　　跟帕里斯伯爵结婚,能够毅然立下视死如归的决心,那么你也一
　　　　定愿意采取一种和死差不多的办法,来避免这种耻辱;倘然你敢
　　　　冒险一试,我就可以把办法告诉你。

朱丽叶　啊!只要不嫁给帕里斯,你可以叫我从那边塔顶的雉堞上
　　　　跳下来,你可以叫我在盗贼出没、毒蛇潜迹的路上匍匐行走,把

我和咆哮的怒熊锁禁在一起，或者在夜间把我关在堆积尸骨的地窟里，用许多陈死的白骨、霉臭的腿胴和失去下颚的焦黄的骷髅掩盖着我的身体，或者叫我跑进一座新坟里去，把我隐匿在死人的殓衾里；无论什么使我听了战栗的事，只要可以让我活着对我的爱人做个纯洁无瑕的妻子，我都愿意毫不恐惧、毫不迟疑地做去。

劳伦斯　好，那么放下你的刀，快快乐乐地回家去，答应嫁给帕里斯。明天就是星期三了；明天晚上你必须一人独睡，别让你的奶妈睡在你的房间里；这一个药瓶你拿去，等你上床以后，就把这里面炼就的汁液一口喝下，那时就会有一阵昏昏沉沉的寒气通过你的全身的血管，接着脉搏就会停止下来；没有一丝温暖和呼吸可以证明你还活着；你的嘴唇和颊上的红色都会变成灰白；你的眼睑闭下，就像死神的手关闭了生命的白昼；你身上的每一部分失去了灵活的控制，都像死一样僵硬寒冷；在这种与死无异的状态中，你必须经过四十二小时，然后你就仿佛从一场酣睡中醒了过来。当那新郎在早晨来催你起身的时候，他们会发现你已经死了，然后，照着我们国里的规矩，他们就要替你穿起了盛装，用枢车载着你到凯普莱特族中祖先的坟茔里。一方面我这里要预备你醒来，我可以写信给罗密欧，告诉他我们的计划，叫他立刻到这儿来；我跟他两个人就守在你的身边，等你一醒过来，当夜就叫罗密欧带着你到曼多亚去。只要你不临时变卦，不中途气馁，这一个办法一定可以使你避免这一场眼前的耻辱。

朱丽叶　给我！给我！啊，不要对我说起害怕两个字！

劳伦斯　拿着，你去吧，愿你立志坚强，前途顺利！我就叫一个弟兄飞快到曼多亚，带我的信去送给你的丈夫。

朱丽叶　爱情啊，给我力量吧！只有力量可以搭救我。再会，亲爱的神父！（各下。）

第二场　同前;凯普莱特家中厅堂

〔凯普莱特、凯普莱特夫人、乳媪及众仆上。

凯普莱特　这单子上有名字的,都是要去邀请的客人。(仆甲下)来
　　人,给我去雇二十个有本领的厨子来。

仆乙　老爷,您尽管放心,我一定挑选能舔着手指头的人来掌勺。

凯普莱特　你怎么可以这样找人呢?

**仆乙　老爷,你不知道,不会舔手指头的就不是好厨师,因此,只要他
　　不会舔手指头,我就不要他。**

凯普莱特　**好,你去吧**。(仆乙下)咱们这一次实在有点儿措手不及。
　　什么!我的女儿到劳伦斯神父那里去了吗?

乳媪　正是。

凯普莱特　好,也许他可以劝劝她;真是个乖僻不听话的浪蹄子!

乳媪　瞧她已经忏悔完毕,高高兴兴地回来啦。

〔朱丽叶上。

凯普莱特　啊,我的倔强的丫头!你荡到什么地方去啦?

朱丽叶　我因为自知忤逆不孝,违抗了您的命令,所以特地前去忏悔
　　我的罪过。现在我听从劳伦斯神父的指教,跪在这儿请您宽恕。
　　爸爸,请您宽恕我吧!从此以后,我永远听您的话了。

凯普莱特　去请伯爵来,对他说:我要把婚礼改在明天早上举行。

朱丽叶　我在劳伦斯庵里遇见过这位少年伯爵,我已经在不超过礼
　　法的范围内,向他表示过我的爱情了。

凯普莱特　啊,那很好,我很高兴。站起来吧;这样才对。让我见见
　　这伯爵,喂,快去请他过来。多谢上帝,把这位可尊敬的神父赐
　　给我们!我们全城的人都感戴他的好处。

朱丽叶　奶妈,请您陪我到我的房间去,帮我检点检点衣饰,看有哪
　　几件可以在明天穿戴。

凯普莱特夫人　不,还是到星期四再说吧,急什么呢?

凯普莱特 去,奶妈,陪她去。我们一定明天上教堂。(朱丽叶及乳媪下。)

凯普莱特夫人 我们现在预备起来怕来不及,天已经快黑了①。

凯普莱特 胡说!我现在就动手起来,你瞧着吧,太太,到明天一定什么都安排得好好的。你快去帮朱丽叶打扮打扮;我今天晚上不睡了,让我一个人在这儿做一次管家妇。喂!喂!这些人一个都不在。好,让我自己跑到帕里斯那里去,叫他准备明天做新郎。这个倔强的孩子现在回心转意,真叫我高兴得了不得。(各下。)

第三场　朱丽叶的卧室

〔朱丽叶及乳媪上。

朱丽叶 嗯,那些衣服都很好,可是,好奶妈,今天晚上请你不用陪我,因为我还要念许多祷告,求上天宥恕我过去的罪恶,默佑我将来的幸福。

〔凯普莱特夫人上。

凯普莱特夫人 啊!你正在忙着吗?要不要我帮你?

朱丽叶 不,母亲,我们已经选择好了明天需用的一切,所以现在请您让我一个人在这儿吧;让奶妈今天晚上陪着您不睡,因为我相信这次事情办得太匆促了,你一定忙得不可开交。

凯普莱特夫人 晚安,早点睡觉,你应该好好休息休息。(凯普莱特夫人及乳媪下。)

朱丽叶 再会!上帝知道我们将在什么时间相见。我觉得仿佛有一阵寒战刺激着我的血液,简直要把生命的热流冻结起来似的;待我叫她们回来安慰安慰我,奶妈!——要她到这儿来干么?这凄惨的场面必须让我一个人扮演。来,药瓶,要是这药水不发生

---

①　朱译手稿:夜了。

效力呢？那么我明天早上就必须结婚吗？不，不，这把刀会阻止我；你躺在那儿吧。（将匕首置枕边）也许这瓶里是毒药，那神父因为已经替我和罗密欧证婚，现在我再跟别人结婚，恐怕有损他的名誉，所以有意骗我服下去毒死我；我怕果然会有这样的事。可是他一向是众所公认的道高德重的人，我想大概不至于；我不能抱着这样卑劣的思想。要是我在坟墓里醒了过来，罗密欧还没到来把我救出去呢？这倒是很可怕的一点！那时我不是要在终年透不进一丝新鲜空气的地窟里活活闷死，等不及我的罗密欧到来吗？即使不闷死，那死亡和长夜的恐怖，那古墓中阴森的气象，几百年来，我祖先的尸骨都堆积在那里，入土不久的提伯尔特蒙着他的殓衾，正在那里腐烂；人家说，一到晚上，鬼魂便会归返他们的墓穴；唉，唉！要是我太早醒来，这些恶臭的气味，这些使人听了会发疯的凄厉的叫声；啊！要是我醒来，周围都是这种吓人的东西，我不会心神迷乱，疯狂地抚弄着我的祖宗的骨骼，把肢体溃烂的提伯尔特拖出了他的殓衾吗？在这种疯狂的状态中，我不会拾起一根老祖宗的骨头来，当一根棍子，打破我的发昏的头颅吗？啊，瞧！那不是提伯尔特的鬼魂，正在那里追赶罗密欧，报复他的一剑之仇吗？等一等，提伯尔特，等一等！罗密欧，我来了！我为你干了这一杯。（倒在幕内的床上。）

第四场　同前；凯普莱特家中厅堂

〔凯普莱特夫人及乳媪上。

凯普莱特夫人　奶妈，把这串钥匙拿去，再拿一点香料来。

乳媪　点心房里在喊着要枣子和榅桲呢。

〔凯普莱特上。

凯普莱特　来，赶紧点儿，赶紧点儿！鸡已经叫了第二次，熄灯钟已经打过,到三点钟了。好安吉丽加①,当心看看肉饼有没有烘焦。多花几个钱没有关系。

乳媪　走开,走开,女人家的事用不着您多管;快去睡吧,今天忙了一个晚上,明天又要害病了。

凯普莱特　不,哪儿的话! 嘿,我为了没要紧的事,也曾经整夜不睡,几曾害过病来?

凯普莱特夫人　对啦,你从前也是惯偷女人的夜猫儿,可是现在我却不放你出去胡闹啦。(凯普莱特夫人及乳媪下。)

凯普莱特　真是个醋娘子! 真是个醋娘子!

〔三四仆人持炙叉、木柴及篮子上。

凯普莱特　喂,这是什么东西?

仆甲　老爷,这些都是拿去给厨子的,我也不知道是什么东西。

凯普莱特　赶紧点儿,赶紧点儿。(仆甲下)喂,木头要捡干燥点儿的,你去问彼得,他可以告诉你什么地方有。

仆乙　老爷,我自己也长着眼睛会捡木头,用不着麻烦彼得。(下。)

凯普莱特　嘿,倒说得有理,这个淘气的小杂种! 哎哟,天已经亮了;伯爵就要带着乐工来了,他说过的。(内乐声)我听见他已经走近。奶妈! 夫人! 喂,喂,喂,奶妈呢?

〔乳媪重上。

凯普莱特　快去叫朱丽叶起来,把她打扮打扮,我要去跟帕里斯谈天去了。快去,快去,赶紧点儿;新郎已经来了;赶紧点儿。(各下。)

第五场　同前;朱丽叶卧室

〔乳媪上。

乳媪　小姐! 喂,小姐! 朱丽叶! 她准是睡熟了。喂,小羊! 喂,小姐! 哼,你这懒丫头! 喂,亲亲! 小姐! 心肝! 喂,新娘! 怎么!

———

①　凯普莱特夫人的名字。

一声也不响！现在尽你睡去，尽你睡一个星期；到今天晚上，帕里斯伯爵可不让你安安静静休息一忽儿了。上帝饶恕我，阿门；她睡得多熟！我必须叫她醒来。小姐！小姐！小姐！好，让那伯爵自己到你床上来吧，那时你可要吓得跳起来了，是不是？怎么！衣服都穿好了，又重新睡下去吗？我必须把你叫醒。小姐！小姐！小姐！哎哟！哎哟！哎哟！救命！救命！我的小姐死了！哎哟，我还活着做什么！喂，拿一点酒来！老爷！太太！

〔凯普莱特夫人上。

凯普莱特夫人　吵些什么？

乳媪　哎哟，好伤心啊！

凯普莱特夫人　什么事？

乳媪　瞧，瞧，哎哟，好伤心啊！

凯普莱特夫人　哎哟，哎哟！我的孩子，我的唯一的生命！醒醒！睁开你的眼睛来！你死了，叫我怎么活得下去？救命！救命！救命！大家来啊！

〔凯普莱特上。

凯普莱特　还不送朱丽叶出来，她的新郎已经来啦。

乳媪　她死了，死了，她死了！哎哟，伤心啊！

凯普莱特夫人　唉！她死了，她死了，她死了！

凯普莱特　嘿！让我瞧瞧。哎哟！她身子冰冷的；她的血液已经停止不流，她的手脚都硬了；她的嘴唇里已经没有了生命的气息；死像一阵未秋先降的寒霜，摧残了一朵最鲜嫩的娇花。

乳媪　哎哟，好伤心啊！

凯普莱特夫人　哎哟，好苦啊！

凯普莱特　死神夺去了我的孩子，他使我悲伤得说不出话来。

〔劳伦斯神父、帕里斯及乐工等上。

劳伦斯　来，新娘有没有预备好上教堂去？

凯普莱特　她已经预备动身，可是这一去再不回来了。啊，贤婿！死神已经在你新婚的前夜降临到你妻子的身上。她躺在那里，像一朵被死神摧残了的鲜花。死神是我的新婿，是我的后嗣，他已经娶走了我的女儿。我也快要死了，把我的一切都传给他；我的生命、财产，一切都是死神的了！

帕里斯　难道我眼巴巴望到天明，却让我看见这一个凄惨的情景吗？

凯普莱特夫人　倒霉的、不幸的、可恨的日子！永无休止的时间的运行中的一个顶悲惨的时辰！我就生了这一个孩子，这一个可怜的疼爱的孩子，她是我唯一的欢喜和安慰，现在却被残酷的死神从我眼前夺了去啦！

乳媪　好苦啊！好苦的、好苦的、好苦的日子啊！我这一生一世里顶伤心的日子，顶凄凉的日子！哎哟，这个日子！这个可恨的日子！从来不曾见过这样倒霉的日子！好苦的、好苦的日子啊！

帕里斯　最可恨的死，你欺骗了我，杀害了她，拆散了我们的良缘，一切都被残酷的、残酷的你破坏了！啊，爱人！啊，我的生命！没有生命，只有被死亡吞噬了的爱情！

凯普莱特　悲痛的命运，为什么你要来打破、打破我们的盛礼？儿啊，儿啊，我的灵魂，你死了！你已经不是我的孩子了！死了，唉！我的孩子死了，我的快乐也随着我的孩子埋葬了！

劳伦斯　静下来！不害羞吗？你们这样乱哭乱叫是无济于事的。上天和你们共有着这一个好女儿，现在她已经完全属于上天所有，这是她的幸福，因为你们不能使她的肉体避免死亡，上天却能使她的灵魂得到永生。你们竭力替她找寻一个美满的前途，因为你们的幸福是寄托在她的身上；现在她高高地升上云中去了，你们却为她哭泣吗？啊！你们瞧着她享受最大的幸福，却这样发疯一样号啕叫喊，这可以算是真爱你们的女儿吗？活着，嫁了人，一直到老，这样的婚姻有什么乐趣呢？在年青时候结了婚而死去，才是最幸福不过的。揩干你们的眼泪，把你们的香花散布在这美丽的尸体上，按照着习惯，把她穿着盛装抬到教堂里去。

愚痴的天性虽然使我们伤心痛哭,可是在理智眼中,这些天性的眼泪却是可笑的。

凯普莱特　我们本来为了喜庆预备好的一切,现在都要变成悲哀的殡礼;我们的乐器要变成忧郁的丧钟,我们的婚宴要变成凄凉的丧席,我们的歌诗要变成沉痛的挽曲,新娘手里的鲜花要放在坟墓中殉葬;一切都要相反而行。

劳伦斯　凯普莱特先生,你进去吧;夫人,你陪着他进去;帕里斯伯爵,你也去吧;大家准备送这具美丽的尸体下葬。上天的愤怒已经降临在你们身上,不要再违拂他的意志,招致更大的灾祸。

　　(凯普莱特夫妇、帕里斯、劳伦斯同下。)

乐工甲　真的,咱们也可以收起笛子走啦。

乳媪　啊!好兄弟们,收起来吧,收起来吧;这真是一场伤心的横祸。

　　(下。)

乐工甲　我真希望这样的横祸能有补救的妙方。

　　〔彼得上。

彼得　乐工!啊,乐工,《心里的安乐》,《心里的安乐》!啊,替我奏一曲《心里的安乐》吧,否则我要活不下去了。

乐工甲　为什么要奏《心里的安乐》呢?

彼得　啊!乐工,因为我的心在那里唱着《我心里充满了忧伤》,啊!替我奏一支快活的歌儿,安慰安慰我吧。

乐工乙　不奏不奏,现在不是奏乐的时候。

彼得　那么你们不奏吗?

众乐工　不奏。

彼得　那么我就给你们——

乐工甲　你给我们什么?

彼得　我可不给你们钱,哼!我要给你们一顿骂;我骂你们是一群卖唱的叫化子。

乐工甲　那么我们就骂你是个下贱的奴才。

彼得　那么我就把奴才的刀搁在你们的头顶上。**我可容不得你们的侮辱,我要用刀子在你们身上弹奏"哆—来—米—发",你听见了没有?**

乐工甲　**倘若你真的在我们身上奏"哆来米发",你就能谱曲了。**

乐工乙　且慢,君子动口,小人动手。

彼得　好,那么让我用舌剑唇枪杀得你们抱头鼠窜。有本领的,回答我这一个问题:

> 悲哀伤痛着心灵,
>
> 忧郁萦绕在胸怀,
>
> 唯有音乐的银声——

为什么说"银声"? 为什么说"音乐的银声"? 西门·凯特林,你怎么说?

乐工甲　因为银子的声音很好听。

彼得　说得好! 修·利培克,你怎么说?

乐工乙　因为乐工奏乐的目的,是想人家赏他几两银子。

彼得　说得好! 杰姆斯·桑特普斯特,你怎么说?

乐工丙　不瞒你说,我可不知道应当怎么说。

彼得　啊! 对不起,你是只会唱唱歌的;我替你说了吧,因为乐工尽管奏乐奏到老死,也换不到一些金子。

> 唯有音乐的银声,
>
> 可以把烦恼推开。(下。)

乐工甲　真是个讨厌的家伙!

乐工乙　该死的奴才! 来,咱们且慢回去,等吊客来的时候吹奏两声,吃他们一顿饭再走。(同下。)

第 五 幕

第一场 曼多亚；街道

[罗密欧上。

罗密欧　要是梦寐中的美景果然可以成为事实，那么我的梦预兆着将有好消息到来；我觉得心君宁恬，整日里有一种向来所没有的精神，用快乐的思想把我从地面上飘扬起来。我梦见我的爱人来看见我死了，——奇怪的梦，一个死人也会思想！——她吻着我，把生命吐进了我的嘴唇里，于是我复活了，并且成为一个君王。唉！仅仅是爱的影子，已经给人这样丰富的欢乐，要是能占有了爱的本身，那该有多么的甜蜜！

[鲍尔萨泽上。

罗密欧　从维洛那来的消息！啊，鲍尔萨泽！不是神父叫你带信来给我吗？我的爱人怎样？我的父亲好吗？我再问你一遍，我的朱丽叶安好吗？因为只要她安好，一定什么都是好好儿的。

鲍尔萨泽　那么她是安好的，什么都是好好儿的；她的身体长眠在凯普莱特家的坟茔里，她的不死的灵魂和天使们在一起。我看见她下葬在她亲族的墓穴里，所以立刻飞马前来告诉您。啊，少爷！恕我带了这恶消息来，因为这是你吩咐我做的事。

罗密欧　有这样的事！命运，我咒诅你！——你知道我的住处；给我买些纸笔，雇下两匹快马，我今天晚上就要动身。

鲍尔萨泽　少爷，请您宽心一下；你的脸色惨白而仓皇，恐怕是不吉之兆。

罗密欧　胡说，你看错了。快去，把我叫你做的事赶快办好。神父没

　　　　有叫你带信给我吗?

鲍尔萨泽　没有,我的好少爷。

罗密欧　算了,你去吧,把马匹雇好了;我就来找你。(鲍尔萨泽下)好,
　　　　朱丽叶,今晚我要睡在你的身旁。让我想个办法。啊,罪恶的念
　　　　头!你会多么快钻进一个绝望者的心里!我想起了一个卖药的
　　　　人,他的铺子就开设在附近,你曾经看见他穿着一身破烂的衣
　　　　服,皱着眉头在那儿捡药草;他的形状十分消瘦,贫苦把他熬煎
　　　　得只剩下一把骨头;他的寒伧的铺子里挂着一只乌龟,一条剥制
　　　　的鳄鱼,还有几张形状丑陋的鱼皮;他的架子上稀疏地散放着几
　　　　只空匣子,绿色的瓦罐,一些胞囊和发霉的种子,几段包扎的麻
　　　　绳,还有几块陈年的干玫瑰花,作为聊胜于无的点缀。看到这一
　　　　种寒酸的样子,我就对自己说,在曼多亚城里,谁出卖了毒药是
　　　　会立刻处死的,可是倘有谁在需要毒药,这儿有一个可怜的奴
　　　　才会卖给他。啊!不料我这一个思想,竟会预兆着我自己的需
　　　　要,这个穷汉的毒药却要卖给我。我记得这里就是他的铺子,今
　　　　天是假日,所以这叫化子没有开门。喂,卖药的!

　　　　　　[卖药人上。

卖药人　谁在高声叫喊?

罗密欧　过来,朋友,我瞧你很穷,这儿是四十块钱,请你给我一点能
　　　　够迅速致命的毒药,厌倦于生命的人一服下便会散入全身的血
　　　　管,立刻停止呼吸而死去,就像火药从炮膛里放射出去一样快。

卖药人　这种致命的毒药我是有的,可是曼多亚的法律严禁发卖,出
　　　　卖的人是要处死刑的。

罗密欧　难道你这样穷苦,还怕死吗?饥寒的痕迹刻在你的面颊上,
　　　　贫乏和迫害在你的眼睛里射出了饿火,轻蔑和卑贱重压在你的
　　　　背上;这世间不是你的朋友,这世间的法律也保护不到你;没有
　　　　人为你定下一条法律使你富有;那么你何必苦耐着贫穷呢?违
　　　　犯了法律,把这些钱收下吧。

卖药人　我的贫穷答应了你,可是那是违反我的良心的。

罗密欧　我的钱是给你的贫穷,不是给你的良心的。

卖药人　把这一服药放在无论什么饮料里喝下去,即使你有二十个人的气力,也会立刻送命。

罗密欧　这儿是你的钱,那才是害人灵魂的更坏的毒药,在这万恶的世界上,它比你那些不准贩卖的微贱的药品更会杀人;你没有把毒药卖给我,是我把毒药卖给你。再见,买些吃的东西,把你自己喂得胖一点。——来,你不是毒药,你是替我解除痛苦的仙丹,我要带着你到朱丽叶的坟上,少不得要借重你一下哩。

(各下。)

第二场　维洛那;劳伦斯神父的庵院

〔约翰神父上。

约翰　喂! 师兄在哪里?

〔劳伦斯神父上。

劳伦斯　这是约翰师弟的声音。欢迎你从曼多亚回来! 罗密欧怎么说? 要是他的意思在信里写明,那么把他的信给我吧。

约翰　我临走的时候,因为要找一个同伴,去看一个同门的师弟,他正在这城里访问病人,不料给本地巡逻的人看见了,疑心我们走进了一家染着瘟疫的人家,把门封锁了,不让我们出来,所以耽误了我的曼多亚之行。

劳伦斯　那么谁把我的信送去给罗密欧了?

约翰　我没有法子把它送出去,现在我又把它带回来了;因为他们害怕瘟疫传染,也没有人愿意把它送还给你。

劳伦斯　糟了! 这封信不是等闲,性质十分重要,把它耽误下来,也许会引起极大的灾祸。约翰师弟,你快去给我找一柄铁锄,立刻带到这儿来。

约翰　好师兄,我去给你拿来。(下。)

劳伦斯　现在我必须独自到墓地里去;在这三小时之内,朱丽叶就会醒来,她因为罗密欧不曾知道这些事情,一定会责怪我。我现在要再写一封信到曼多亚去,让她留在我的庵里,直等罗密欧到来。可怜的没有死的尸体,幽闭在一座死人的坟墓里!(下。)

第三场　同前;凯普莱特家坟茔所在的墓地

〔帕里斯及侍童携鲜花火炬上。

帕里斯　孩子,把你的火把给我;走开,站在远远的地方,把火灭了吧,我不愿给人看见。你到那边的紫杉树底下直躺下来,把你的耳朵贴着中空的地面。**这里挖掘了许多坟墓,土质疏松,要是有人来,你是听得见脚步声的。**① 要是听见了什么声息,便吹一个呼哨通知我。把那些花给我,照我的话做去,走吧。

侍童　(旁白)我简直不敢独个儿站在这墓地上,可是我要硬着头皮试一下。(退后。)

帕里斯　　　这些鲜花替你铺盖新床;

　　　　　　　惨啊,一朵娇红永委沙尘,

　　　　　　我要用沉痛的热泪淋浪,

　　　　　　　和着香水浇灌你的芳坟;

　　　　　　夜夜到你墓前散花哀泣,

　　　　　　　这一段相思啊,永无消歇!(侍童吹口哨。)

这孩子在警告我有人来。哪一个该死的家伙在这晚上到这儿来打扰我在爱人的墓前的凭吊?什么!还拿着火把来吗?——让我躲在一旁看看他的动静。(退后。)

〔罗密欧及鲍尔萨泽持火炬锹锄等上。

罗密欧　把那锄头跟铁钳给我。且慢,拿着这封信,等天一亮,你就把它送给我的父亲。把火把给我,听好我的吩咐,无论你听见什

---

① 朱译手稿:听听有没有什么跟跄的脚步走到坟地上来发掘坟墓。

么瞧见什么,都只好远远地站着不许动,免得妨碍我的事情;要是动一动,我就要你的命。我之所以要跑下这个坟墓里去,一部分的原因是要探望探望我的爱人,可是主要的理由却是要从她的手指上取下一个宝贵的指环,因为我有一个很重要的用途。所以你赶快给我走开吧;要是你不相信我的话,胆敢回来窥伺我的行动,那么,我可以对天发誓,我要把你的骨骼一节一节扯下来,让这饥饿的墓地上散满了你的肢体。我现在的心境非常狂野,比饿虎或是咆哮的怒海都要凶猛无情,你可不要惹我性起。

鲍尔萨泽　少爷,我去就是了,决不来打扰你。

罗密欧　这才像个朋友,这些钱你拿去,愿你一生幸福。再会,好朋友。

鲍尔萨泽　(旁白)虽然这么说,我还是要躲在附近的地方看着他;他的脸色使我害怕,我不知道他究竟打算做出什么事来。(退后)

罗密欧　你无情的泥土,吞噬了世上最可爱的人儿,我要掰开你的馋吻,(将墓门掘开)索性让你再吃一个饱!

帕里斯　这就是那个已经放逐出去的骄横的蒙太古,他杀死了我爱人的族兄,据说她就是因为伤心他的惨死而夭亡的。现在这家伙又要来盗尸发墓了。待我去抓住他。(上前)万恶的蒙太古!停止你的罪恶的工作,难道你杀了他们还不够,还要在死人身上发泄你的仇恨吗?该死的凶徒,赶快束手就捕,跟我见官去!

罗密欧　我果然该死,所以才到这儿来。好孩子,不要激怒一个不顾死活的人,快快离开我走吧。想想这些死了的人,你也该胆寒了。孩子,请你不要激动我的怒气,使我再犯一次罪;啊,走吧!我可以对天发誓,我爱你远过于爱我自己,因为我来此的目的,就是要跟自己作对。别留在这儿,走吧;好好留着你的活命,以后也可以对人家说,一个疯子发了慈悲,叫你逃走的。

帕里斯　我不听你这种鬼话;你是一个罪犯,我要逮捕你。

罗密欧　你一定要激怒我吗?那么好,来,孩子!(二人格斗。)

侍童　哎哟，主啊，他们打起来了，我去叫巡逻的人来。（下。）

帕里斯　（倒下）啊，我死了！——你倘有几分仁慈，打开墓门来，把我放在朱丽叶的身旁吧。（死。）

罗密欧　好，我愿意成全你的志愿，让我瞧瞧他的脸孔；啊，默丘西奥的亲戚，尊贵的帕里斯伯爵。当我们一路上骑马而来的时候，我的仆人曾经对我说过几句话，那时我心绪烦乱，没有听得进去；他说些什么？好像他告诉我说帕里斯本来预备娶朱丽叶为妻，他不是这样说吗？还是我做过这样的梦？或者还是我神经错乱，听见他说起朱丽叶的名字，所以发生了这一种幻想？啊！把你的手给我，你我都是登录在恶运的黑册上的人，我要把你葬在一个胜利的坟墓里。一个坟墓吗？啊！不，被杀害的少年，这是一个灯塔，因为朱丽叶睡在这里，她的美貌使这个墓窟变成一座充满着光明的欢宴的华堂。死了的人，躺在那儿吧，一个死了的人把你安葬了。（将帕里斯放下墓中）人们临死的时候，往往反会觉得心中愉快，旁观的人便说这是死前的一阵回光返照；啊！这也就是我的回光返照吗？啊，我的爱人！我的妻子！死虽然已经吸去了你呼吸中的芳蜜，却还没有力量摧残你的美貌；你还没有被他征服，你的嘴唇上、脸庞上，依然呈显着红润的美艳，不曾让灰白的死亡进占。提伯尔特，你也裹着你血淋淋的殓衾躺在那儿吗？啊，你的青春葬送在你仇人的手里，现在我来替你报仇来了，我要亲手杀死那杀害你的人。原谅我吧，兄弟！啊！亲爱的朱丽叶，你为什么仍然是这样美丽？难道那虚无的死亡，那枯瘦可憎的妖魔也是个多情种子，所以把你藏匿在这幽暗的洞府里做他的情妇吗？为了防止这样的事情，我要永远陪伴着你，再不离开这漫漫长夜的幽宫；我要留在这儿，跟你的侍婢、那些蛆虫们在一起；啊！我要在这儿永久安息下来，从我这厌倦人世的凡躯上挣脱恶运的束缚。眼睛，瞧你的最后一眼吧！手臂，做你最后一次的拥抱吧！嘴唇，啊！你呼吸的门户，用一个合法的吻，跟网罗一切的死亡订立一个永久的契约吧！来，苦味的向导，绝望的领港人，现在赶快把你的厌倦于风涛的船舶向那巉岩上冲撞过去吧！为了我的爱人，我干了这一杯！（饮药）啊！卖药的人果然没有骗我，药性很快地发作了。我就在这一吻中死去。（死。）

　　〔劳伦斯神父持灯笼、锄、锹自墓地另一端上。

劳伦斯　圣芳济各保佑我！我这双老脚今天晚上怎么老是在坟堆里绊来跌去的！那边是谁？

鲍尔萨泽　是一个朋友，也是一个跟你熟识的人。

劳伦斯　祝福你！告诉我，我的好朋友，那边是什么火把，对蛆虫和没有眼睛的骷髅浪费着它的光明？照我辨认起来，那火把亮着的地方，似乎是凯普莱特家里的坟茔。

鲍尔萨泽　正是，神父；我的主人，你的好朋友，就在那儿。

劳伦斯　他是谁？

鲍尔萨泽　罗密欧。

劳伦斯　他来多久了？

鲍尔萨泽　足足半点钟。

劳伦斯　陪我到墓穴里去。

鲍尔萨泽　我不敢，神父。我的主人不知道我还没有走；他曾经对我严词恐吓，说要是我留在这儿窥伺他的动静，就要把我杀死。

劳伦斯　那么你留在这儿，让我一个人去吧。恐惧临到我的身上；啊！我怕会有什么不幸的祸事发生。

鲍尔萨泽　当我在这株紫杉树底下睡了过去的时候，我梦见我的主人跟另外一个人打架，那个人被我的主人杀了。

劳伦斯　（趋前）罗密欧！哎哟！哎哟！这坟墓的石门上染着些什么血迹？在这安静的地方，怎么横放这两柄无主的血污的刀剑！（进墓）罗密欧！啊，他的脸色这么惨白！还有谁！什么！帕里斯也躺在这儿？浑身浸在血泊里？啊！多么残酷的时辰，造成了这场凄惨的意外！那小姐醒了。(朱丽叶醒。)

朱丽叶　啊,善心的神父！我的夫君呢。我记得很清楚我应当在什么地方,现在我正在这地方。我的罗密欧呢?(内喧声。)

劳伦斯　我听见有什么声音。小姐,赶快离开这个密布着毒氛腐臭的死亡的巢穴吧。一种我们所不能反抗的力量已经阻挠了我们的计划。来,出去吧,你的丈夫已经在你的怀中死去;帕里斯也死了。来,我可以替你找一处地方出家做尼姑。不要耽误时间盘问我,巡夜的人就要来了。来,好朱丽叶,去吧。(内喧声又起)我不敢再等下去了。

朱丽叶　去,你去吧。我不愿意走。(劳伦斯下)这是什么? 一只杯子,紧紧地握住在我的忠心的爱人手里? 我知道了,一定是毒药结果了他的生命。唉,冤家! 你一起喝干了,不留一滴给我吗? 我要吻着你的嘴唇,也许这上面还留着一些毒液,可以让我当作兴奋剂服下而死去。(吻罗密欧)你的嘴唇还是温暖的!

巡丁甲　(在内)孩子,带路,在哪一个方向?

朱丽叶　啊,人声吗? 那么我必须快一点了结。啊,好刀子! (握住罗密欧的匕首)这就是你的鞘子;(以匕首自刺)你插了进去,让我死了吧。(扑在罗密欧身上死去。)

　　　　〔巡丁及帕里斯侍童上。

侍童　就是这儿,那火把亮着的地方。

巡丁甲　地上都是血,你们几个人去把墓地四周搜查一下,看见什么人就抓起来。(若干巡丁下)好惨! 伯爵被人杀了躺在这儿,朱丽叶胸口流着血,身上还是热热的,好像死得不久,虽然她已经葬在这里两天了。去,报告亲王,通知凯普莱特家里,再去把蒙太古家里的人也叫醒了,剩下的人到各处搜搜。(若干巡丁下)我们看见这些惨事发生在这个地方,可是在没有得到人证以前,却无法明了这些惨事的真相。

　　　　〔若干巡丁率鲍尔萨泽上。

巡丁乙　这是罗密欧的仆人；我们看见他躲在墓地里。

巡丁甲　把他好生看押起来，等亲王来审问。

　　　　［若干巡丁率劳伦斯神父上。

巡丁丙　我们看见这个教士从墓地旁边跑出来，神色慌张，一边叹气一边流着眼泪，他手里还拿着锄头铁锹，都给我们拿下来了。

巡丁甲　他有很重大的嫌疑；把这教士也看押起来。

　　　　［亲王及侍从上。

亲王　什么祸事在这么早的时候发生，打断了我的清晨的安睡？

　　　　［凯普莱特、凯普莱特夫人及余人等上。

凯普莱特　外边这样乱叫乱喊，是怎么一回事？

凯普莱特夫人　街上的人们有的喊着罗密欧，有的喊着朱丽叶，有的喊着帕里斯，大家沸沸扬扬地向我们家里的坟上奔去。

亲王　这么许多人为什么发出这样惊人的叫喊？

巡丁甲　王爷，帕里斯伯爵被人杀死了躺在这儿；罗密欧也死了；已经死了两天的朱丽叶身上还热着，又被人重新杀死了。

亲王　用心搜寻，把这场万恶的杀人命案的真相调查出来。

巡丁甲　这儿有一个教士，还有一个被杀的罗密欧的仆人，他们都拿着掘墓的器具。

凯普莱特　天啊！——啊，夫人！瞧我们的女儿流着这么多的血！这把刀弄错了位置了！瞧，它的空鞘子还在蒙太古家小子的背上，它却插进了我的女儿的胸前！

凯普莱特夫人　哎哟，这些死亡惨象就像惊心动魄的钟声，警告我这风烛残年，快要不久于人世了。

　　　　［蒙太古及余人等上。

亲王　来，蒙太古，你起来虽然很早，可是你的儿子倒下得更早。

蒙太古　唉，殿下，我的妻子因为悲伤小儿的远逐，已经在昨天晚上去世了，还有什么祸事要来跟我这老头子作对呢？

亲王　瞧吧，你就可以看见。

蒙太古　啊，你这不孝的东西！你怎么可以抢在你父亲的前面，自己先钻到坟墓里去呢？

亲　王　暂时停止你们的悲恸，让我把这些可疑的事实讯问明白，知道了详细的原委以后，再来领导你们放声一哭吧；也许我的悲哀还胜过你们多多呢！——把嫌疑犯带上来。

劳伦斯　时间和地点都可以做不利于我的证人；在这场悲惨的血案中，我虽然是一个能力最薄弱的人，却是嫌疑最重的人。我现在站在殿下的面前，一方面要供认我自己的罪过，一方面也要为我自己辩解。

亲　王　那么快把你所知道的一切说出来。

劳伦斯　我要把经过的情形尽量简单地叙述出来，因为我的短促的残生还不及一段冗繁的故事那么长。死了的罗密欧是死了的朱丽叶的丈夫，她是罗密欧忠心的妻子，他们的婚礼是由我主持的。就在他们秘密结婚的那天，提伯尔特死于非命，这位才做的新郎也从这城里被放逐出去；朱丽叶是为了他，不是为了提伯尔特，才那样伤心憔悴的。你们因为要替她解除烦恼，把她许婚给帕里斯伯爵，还要强迫她嫁给他，她就跑来见我，神色慌张地要我替她想个办法避免这第二次的结婚，否则她要在我的庵里自杀。所以我就根据我的医药方面的学识，给她一服安眠的药水；它果然发生了我所预期的效力，她一服下去就像死了一样昏沉过去。同时我写信给罗密欧，叫他就在这一个悲惨的晚上到这儿来，帮助把她搬出她的寄寓的坟墓，因为药性到时候便会过去。可是替我带信的约翰神父却因遭到意外，不能脱身，昨天晚上才把我的信依然带了回来。那时我只好按照着预先算定她醒来的时间，一个人前去把她从她家族的墓茔里带出来，预备把她藏匿在我的庵里，等有方便去叫罗密欧来；不料我在她醒来以前几分钟到这儿来的时候，尊贵的帕里斯和忠诚的罗密欧已经双双惨死了。她一醒过来，我就请她出去，劝她安心忍受这一种出自天意的变故；可是那时我听见了纷纷的人声，吓得逃出了墓穴,她在万分绝望之中不肯跟我去,看样子她是自杀了。这是我所知道的一切。至于他们两人的结婚,那么她的乳母也是与闻的。要是这一场不幸的惨祸,是由我的疏忽所造成,那么我这条老命愿受最严厉的法律的制裁,请您让它提早几点钟牺牲了吧。

亲王　我一向知道你是一个道行高尚的人。罗密欧的仆人呢? 他有什么话说?

鲍尔萨泽　我把朱丽叶的死讯通知了我的主人,因此他从曼多亚急急地赶到这里,到了这座坟堂的前面。这封信他叫我一早送去给我家老爷;当他走进墓穴的时候,他还恐吓我,说要是我不赶快走开,让他一个人在那儿,他就要杀死我。

亲王　把那封信给我,我要看看。叫巡丁来的那个伯爵的侍童呢? 喂,你的主人到这地方来做什么?

侍童　他带了花来散在他夫人的坟上,他叫我站得远远的,我就听他的话;不一会儿工夫,来了一个拿着火把的人把坟墓打开了。后来我的主人就拔剑跟他打了起来,我就奔去叫巡丁来。

亲王　这封信证实了神父的话,讲起他们恋爱的经过和她的去世的消息;他还说他从一个穷苦的卖药人手里买到一种毒药,要把它带到墓穴里来准备和朱丽叶长眠在一起。这两家仇人在哪里?——凯普莱特! 蒙太古! 瞧你们的仇恨已经受到了多大的惩罚,上天借手于爱情,夺去了你们心爱的人;我为了忽视你们的争执,也已经丧失了一双亲戚,大家都受到惩罚了。

凯普莱特　啊,蒙太古大哥! 把你的手给我;这就是你给我女儿的一份聘礼,我不能再做更大的要求了。

蒙太古　但是我可以给你更多的;我要用纯金替她铸一座像,只要维洛那一天不改变它的名称,任何塑像都不会比忠贞的朱丽叶那一座更为超卓。

凯普莱特　罗密欧也要有一座同样富丽的金像卧在他情人的身旁,这两个在我们的仇恨下惨遭牺牲的可怜虫!

亲 王　　　　清晨带来了凄凉的和解，
　　　　　　　太阳也惨得在云中躲闪。
　　　　　　大家先回去发几声感慨，
　　　　　　　该恕的该罚的再听宣判。
　　　　　　古往今来多少离合悲欢，
　　　　　　　谁曾见这样的哀怨辛酸！（同下。）

　　　　　　　　　　　　　　（**朱生豪　译　　陈才宇　校**）

哈 姆 莱 特

　　《哈姆莱特》约写于 1599—1601 年间,伦敦书业公所登记于 1602 年 7 月 26 日。1603 年刊行的第一四开本舛误甚多,后人认为是初稿本或盗本;1604 年印行的第二四开本对第一四开本大加增润,被认为是定稿本。

　　有关哈姆莱特的史迹,最早见于 12 世纪的丹麦史家萨克索·格兰玛狄克所著的《丹麦史》。1570 年,法国人贝尔佛莱用法文编译了哈姆莱特的故事,收入他所著的《悲剧故事集》中。贝尔佛莱的法文本增加了一些原著没有的内容,如哈姆莱特的忧郁,等等。

　　莎士比亚创作《哈姆莱特》,并不一定参照上述文献,因为在他以前戏剧界已经产生过一个同名剧本。此剧的作者有人认为是《西班牙的悲剧》的作者基德,只可惜这个本子没有流传下来;如今我们已无法考证莎士比亚多大程度上参照并创新了基德的作品。

　　译文见于国家图书馆出版社 2012 年版《朱生豪译莎士比亚戏剧手稿》第 4 册,世界书局版《莎士比亚戏剧全集》(1947)第二辑。原标题为《汉姆莱脱》。

剧 中 人 物

克劳狄斯　丹麦国王

哈姆莱特　前王之子,今王之侄

福丁勃拉斯　挪威王子

霍拉旭　哈姆莱特之友

波洛涅斯　御前大臣

雷厄提斯　波洛涅斯之子

伏提曼特
考尼律斯
罗森克兰兹　　朝臣
吉尔登斯特恩
奥斯里克

一侍臣

马西勒斯
勃那多　　军官

弗兰西斯科　兵士

雷那尔多　波洛涅斯之仆

一队长

英国使臣

众伶人

二小丑　掘坟墓者

葛特鲁德　丹麦王后，哈姆莱特之母
奥菲莉娅　波洛涅斯之女

贵族、贵妇、军官、兵士、教士、水手、使者及侍从等
哈姆莱特父亲的鬼魂

地　　点

埃尔西诺

第 一 幕

第一场 埃尔西诺;城堡前的露台

〔弗兰西斯科立台上守望,勃那多自对面上。

勃那多 那边是谁?

弗兰西斯科 不,你先回答我;站住,告诉我你是什么人。

勃那多 国王万岁!

弗兰西斯科 勃那多吗?

勃那多 正是。

弗兰西斯科 你来得很准时。

勃那多 现在已经打过十二点钟;你去睡吧,弗兰西斯科。

弗兰西斯科 谢谢你来替换我,天冷得利害,我心里也老大不舒服。

勃那多 你守在这儿,一切都很安静吗?

弗兰西斯科 一只小老鼠也不见走动。

勃那多 好,晚安! 要是你碰见霍拉旭和马西勒斯,我的守夜的伙伴
们,就叫他们赶紧一点来。

弗兰西斯科 我想我听见了他们的声音。喂,站住! 那边是谁?

〔霍拉旭及马西勒斯上。

霍拉旭 都是自己人。

马西勒斯 丹麦王的臣民。

弗兰西斯科 祝你们晚安!

马西勒斯 啊! 再会,正直的军人! 谁替换了你?

弗兰西斯科 勃那多代替我值班。祝你们晚安。(下。)

马西勒斯 喂! 勃那多!

勃那多 　喂，——啊！霍拉旭也来了吗？

霍拉旭 　这儿有一个他。

勃那多 　欢迎，霍拉旭！欢迎，好马西勒斯！

马西勒斯 　什么！这东西今晚又出现过了吗？

勃那多 　我还没有瞧见什么。

马西勒斯 　霍拉旭说那不过是我们的幻想。我告诉他，我们已经两次看见这一个可怕的怪象，他总是不肯相信；所以我请他今晚也来陪我们守一夜，要是这鬼再出来，就可以证明我们并没有看错，还可以叫他和它说几句话。

霍拉旭 　嘿，嘿，它不会出现的。

勃那多 　先请坐下；虽然你一定不肯相信我们的故事，我们还是要把我们这两夜来所看见的情形再向你絮叨一遍。

霍拉旭 　好，我们坐下来，听听勃那多怎么说。

勃那多 　昨天晚上，当那照耀在旗杆西端的天空的明星正在向它现在吐射光辉的地方运行的时候，马西勒斯跟我两个人，那时候钟刚敲了一点——

马西勒斯 　住声！不要说下去，瞧，它又来了！

　　　　　〔鬼魂上。

勃那多 　正像已故的国王的模样。

马西勒斯 　你是有学问的人，对它说话去，霍拉旭。

勃那多 　它的样子不像已故的国王吗？看好，霍拉旭。

霍拉旭 　像得很；它使我心里充满了恐怖和惊奇。

勃那多 　它希望我们对它说话。

马西勒斯 　你去问它，霍拉旭。

霍拉旭 　你是什么鬼怪，胆敢僭窃丹麦先王神武的雄姿，在这样深夜的时分出现？凭着上天的名义，我命令你说话！

马西勒斯 　它生气了。

勃那多 　瞧，它悄悄地走了！

霍拉旭　不要走！说呀，说呀！我命令你，快说！（鬼魂下。）

马西勒斯　它去了，不愿回答我们。

勃那多　怎么，霍拉旭！你在发抖，你的脸色这样惨白。这不是幻想吧？你有什么高见？

霍拉旭　当着上帝的面前，倘不是我自己的眼睛向我证明，我再也不会相信这样的怪事。

马西勒斯　它不像我们的国王吗？

霍拉旭　正像你就是自己一样。它身上的那副战铠，正就是他讨伐野心的挪威那时候所穿的；它脸上的那副怒容，活像他有一次在一场激烈的争辩中，把那些波兰人打倒在冰上那时候的神气。怪事怪事！

马西勒斯　前两次他也是这样不先不后地在这个静寂的时辰，用军人的步态走过我们的眼前。

霍拉旭　我不知道究竟应该怎样想法；可是大概推测起来，这恐怕预兆着我们国内将要有一番非常的变故。

马西勒斯　好吧，坐下来。谁要是知道的，请告诉我，为什么我们要有这样森严的戒备，使全国的军民每夜不得安息；为什么每天都在制造铜炮，还要向国外购买战具；为什么赶造这许多船只，连星期日也不停止工作；这样夜以继日的辛苦忙碌，究竟将要有什么事情发生呢？谁能够告诉我？

霍拉旭　我可以告诉你，至少一般人都是这样传说。刚才他的形象还向我们出现的那位已故的王上，你们知道，曾经接受骄矜好胜的挪威的福丁勃拉斯的挑战；在那一次决斗中间，我们的勇武的哈姆莱特，——他的英名是举世称颂的，——把福丁勃拉斯杀死了；按照双方根据法律和骑士精神所订立的协定，福丁勃拉斯要是战败了，除了他自己的生命以外，必须把他所有的一切土地拨归胜利的一方；同时我们的王上也提出相当的土地作为赌注，要是福丁勃拉斯得胜了，就归他没收占有，正像在同一协定上所规定的,他失败了,哈姆莱特可以把他的土地没收占有一样。现在要说起那位福丁勃拉斯的儿子,他生得一副烈火也似的性格,已经在挪威的四境召集了一群无赖之徒,供给他们衣食,驱策他们去干冒险的勾当;他的唯一的目的,我们的当局看得很清楚,无非是要用武力和强迫性的条件,夺回他父亲所丧失的土地。照我所知道的,这就是我们种种准备的主要动机,我们这样戒备的唯一原因,也是全国所以这样慌忙骚乱的缘故。

勃那多　我想正是为了这一个缘故。我们那位王上在过去和目前的战乱中间,都是一个主要的角色,所以无怪他的武装的形象要向我们出现示警了。

霍拉旭　那是扰乱我们心灵之眼的一点微尘。从前在富强繁盛的罗马,当那雄才大略的朱利斯·凯撒驾崩以前不久的时候,披着殓衾的死人都从坟墓里出来,在街道上啾啾鬼语,拖着火尾喷着血露的星辰在白昼陨落,支配潮汐的月亮被吞蚀得像一个没有起色的病人;这一类预报重大变故的征兆,在我们国内也已经屡次出现了。可是不要响!瞧!瞧!它又来了。

　　　　　〔鬼魂重上。

霍拉旭　我要挡住它的去路,即使它会害我。不要走,幻象!要是你会开口,对我说话吧;要是我有可以为你效劳之处,使你的灵魂得到安息,那么对我说话吧;要是你预知祖国的命运,靠着你的指示,可以及时避免未来的灾祸,那么对我说话吧!或者你在生前曾经把你搜刮得来的财宝埋藏在地下,我听见人家说,鬼魂往往在他们藏金的地方徘徊不散,(鸡啼)要是有这样的事,你也对我说吧;不要走,说呀!拦住它,马西勒斯。

马西勒斯　要不要用我的戟刺它?

霍拉旭　好的,要是它不肯站定。

勃那多　它在这儿!

霍拉旭　它在这儿!(鬼魂下。)

马西勒斯 它走了！我们不该用暴力对待这样一个尊严的亡魂；因
为它是像空气一样不可侵害的，我们无益的打击不过是恶意的
徒劳。

勃那多 它正要说话的时候，鸡就啼了。

霍拉旭 于是它就像一个罪犯听到了可怕的召唤似的惊跳起来。我
听人家说，报晓的雄鸡用高锐的啼声，唤醒了白昼之神，一听到
它的警告，那些在海里、火里、地下、空中，到处浪游的有罪的灵
魂，就一个个钻回自己的巢穴里去；这句话现在已经证实了。

马西勒斯 它在鸡啼的时候隐去。有人说我们的救主将要诞生以
前，这报晓的鸟儿彻夜长鸣；那时候，他们说，没有一个鬼魂可以
出外行走，夜间的空气非常清净，没有一颗星用毒光射人，没有
一个神仙用法术迷人，妖巫的符咒也失去了力量，一切都是圣洁
而美好的。

霍拉旭 我也听人家这样说过，倒有几分相信。可是瞧，清晨披着赤
褐色的外衣，已经踏着那边东方高山上的露水过来了。我们也
可以下班了。照我的意思，我们应该把我们今夜看见的事情告
诉年青的哈姆莱特；因为凭着我的生命起誓，这一个鬼魂虽然对
我们不发一言，见了他一定有话要说。你们以为按着我们的忠
心和责任说起来，是不是应当让他知道这件事情？

马西勒斯 很好，我们决定去告诉他吧；我知道今天在什么地方最容
易找到他。（同下。）

第二场　城堡中的大厅

〔国王、王后、哈姆莱特、波洛涅斯、雷厄提斯、伏提曼特、考尼律斯、群
臣、侍从等上。

国王 虽然我们亲爱的王兄哈姆莱特新丧未久，我们的心里应当充
满了悲痛，我们全国都应当表示一致的哀悼，可是我们凛于后死
者责任的重大，不能不违情逆性，一方面固然要用适度的悲哀纪

念他,一方面也要为自身的利害着想;所以,在一种悲喜交集的
情绪之下,让幸福和忧郁分据了我的两眼,殡葬的挽歌和结婚的
笙乐同时并奏,用盛大的喜乐抵销沉重的不幸,我已经和我旧日
的长嫂,当今的王后,这一个多事之国的共同的统治者,结为夫
妇;这一次婚姻事先曾经征求各位的意见,多承你们诚意的赞
助,这是我必须向大家致谢的。现在我要告诉你们知道,年青的
福丁勃拉斯看轻了我们的实力,也许他以为自从我们亲爱的王
兄崩逝以后,我们的国势已经瓦解,所以挟着他的从中取利的梦
想,不断向我们书面要求把他的父亲依法割让给我们英勇的王
兄的土地归还。这是他一方面的说话。现在要讲到我们的态度
和今天召集各位来此的目的。我们的对策是这样的:我这儿已
经写好了一封信给挪威国王,年青的福丁勃拉斯的叔父,他因为
卧病在床,不曾与闻他侄子的企图,在信里我请他注意他的侄子
擅自在国内征募丁壮、训练士卒、积极进行各种准备的事实,要
求他从速制止他的进一步的行动;现在我就派遣你,考尼律斯,
还有你,伏提曼特,替我把这封信送去给挪威老王,除了训令上
所规定的条件以外,你们不得僭用你们的权力,和挪威答成逾越
范围的妥协。你们赶紧就去吧,再会!

考尼律斯、伏提曼特　我们敢不尽力执行陛下的旨意。

国王　我相信你们的忠心;再会!(伏提曼特、考尼律斯同下)现在,雷厄
提斯,你有什么话说? 你对我说你有一个请求,是什么请求,雷
厄提斯? 只要是合理的事情,你向丹麦王说了,他总不会不答应
你。你有什么要求,雷厄提斯,是我不曾在你没有开口以前就自
动给了你的? 丹麦王室和你父亲的关系,正像头脑之于心灵一
样密切;丹麦国王乐意为你父亲效劳,正像嘴里所说的话,可以
由双手去执行一样。你要些什么,雷厄提斯?

雷厄提斯　陛下,我要请求你允许我回到法国去。这一次我回国参
加陛下加冕的盛典,略尽臣子的微忱,实在是莫大的荣幸;可是

现在我的任务已尽,我的心愿又向法国飞驰,但求陛下开恩
允许。

国王　你父亲已经答应你了吗?波洛涅斯怎么说?

波洛涅斯　陛下,我却不过他几次三番的恳求,已经勉强答应他了;
请陛下放他去吧。

国王　好好利用你的时间,雷厄提斯,尽情发挥你的才能吧!可是
来,我的侄儿哈姆莱特,我的孩子——

哈姆莱特　(旁白)超乎寻常的亲族,漠不相干的路人。

国王　为什么愁云依旧笼罩在你的身上?

哈姆莱特　不,陛下,我已经在太阳里晒得太久了。

王后　好哈姆莱特,脱下你的黑衣,对你的父王应该和颜悦色一点;
不要老是垂下了眼皮,在泥土之中找寻你的高贵的父亲。你知
道这是一件很普通的事情,活着的人谁都要死去,从生存的空间
踏进了永久的宁静。

哈姆莱特　嗯,母亲,这是一件很普通的事情。

王后　既然是很普通的,那么你为什么瞧上去好像老是这样郁郁于
心呢?

哈姆莱特　好像,母亲!不,是这样就是这样,我不知道什么"好像"
不"好像"。好妈妈,我的墨黑的外套,礼俗上规定的丧服,勉强
吐出来的叹气,像滚滚江流一样的眼泪,悲苦沮丧的脸色,以及
一切仪式、外表和忧伤的流露,都不能表示出我的真实的情绪。
这些才真是给人瞧的,因为谁也可以做作成这种样子。它们不
过是悲哀的装饰和衣服,可是我的郁结的心事却是无法表现出
来的。

国王　哈姆莱特,你这样孝思不匮,原是你天性中纯笃过人之处;可
是你要知道,你的父亲也曾失去过一个父亲,那失去的父亲自己
也失去过父亲;那后死的儿子为了尽他的孝道起见,必须有一个
时期服丧守制,然而固执不变的哀伤,却是一种逆天悖理的愚

行,不是堂堂男子所应有的举止;它表现出一个不肯安于天命的意志,一个经不起艰难痛苦的心,一个缺少忍耐的头脑和一个简单愚昧的理性。既然我们知道那是无可避免的事,无论谁都要遭遇到同样的经验,那么我们为什么要这样固执地把它耿耿于怀呢?嘿!那是对上天的罪戾,对死者的罪戾,也是违反人情的罪戾;在理智上它是完全荒谬的,因为从第一个死了的父亲起,直到今天死去的最后一个父亲为止,理智永远在呼喊:"这是无可避免的。"我请你抛弃了这种无益的悲伤,把我当作你的父亲;因为我要让全世界知道,你是王位的直接继承者,我要给你尊荣和恩宠,不亚于一个最慈爱的父亲之于他的儿子。至于你要回到威登堡去继续求学的意思,那是完全违反我们的愿望的;请你听从我的劝告,不要离开这里,在朝廷上领袖群臣,做我们最亲近的国亲和王儿,使我们因为每天能够看见你而心生快慰。

王后　不要让你母亲的祈求全归无用,哈姆莱特;请你不要离开我们,不要到威登堡去。

哈姆莱特　我要勉力服从您的意见,母亲。

国王　啊,那才是一个有孝心的答复;你将在丹麦享有和我同等的尊荣。御妻,来。哈姆莱特这一种自动的顺从使我非常高兴;为了表示庆祝起见,今天丹麦王每一次举杯祝饮的时候,都要放一响高入云霄的祝炮,让上天应和着地上的雷鸣,发出欢乐的回声。来。(除哈姆莱特外均下。)

哈姆莱特　啊,但愿这一个太坚实的肉体会融解、消散,化成一堆露水!或者那永生的真神不曾制定禁止自杀的律法!上帝啊!上帝啊!人世间的一切在我看来是多么可厌、陈腐、乏味而无聊!哼!哼!那是一个荒芜不治的花园,长满了恶毒的莠草。想不到居然会有这种事情?刚死了两个月!不,两个月还不满!这样好的一个国王,比起这一个来,简直是天神和丑怪;这样爱我的母亲,甚至于不愿让天风吹痛了她的脸庞,天上和地下!我必须记着吗？嘿，她会偎依在他的身旁，好像吃了美味的食物，格外促进了食欲一般；可是，只有一个月的时间，我不能再想下去了！脆弱啊，你的名字就是女人！短短的一个月以前，她哭得像个泪人儿似的，送我那可怜的父亲下葬；她在送葬的时候所穿的那双鞋子现在还没有破旧，她就，她就——上帝啊！一个没有理性的畜生也要悲伤得长久一些——她就嫁给我的叔父，我的父亲的弟弟，可是他一点不像我的父亲，正像我一点不像赫拉克勒斯一样。只有一个月的时间，她那流着虚伪之泪的眼睛还没有消去红肿，她就嫁了人了。啊，罪恶的匆促，这样迫不及待地钻进了乱伦的衾被！那不是好事，也不会有好结果；可是碎了吧，我的心，因为我必须噤住我的嘴！

〔霍拉旭、马西勒斯、勃那多同上。

霍拉旭　祝福，殿下！

哈姆莱特　我很高兴看见你身体康健，霍拉旭！——**真的是你吗？**

霍拉旭　我也是这样，殿下，我永远是您的卑微的仆人。

哈姆莱特　不，你是我的好朋友，我愿意和你朋友相称。你怎么不在威登堡，霍拉旭？马西勒斯！

马西勒斯　殿下——

哈姆莱特　我很高兴看见你。（向勃那多）午安，朋友。——可是你究竟为什么离开威登堡？

霍拉旭　无非是偷闲躲懒罢了，殿下。

哈姆莱特　我不愿听见你的仇敌说这样的话，你也不能用这样的话刺痛我的耳朵，使它相信你对你自己所做的诽谤；我知道你不是一个偷闲躲懒的人。可是你在埃尔西诺有什么事？趁你未去之前，我们要陪你痛饮几杯哩。

霍拉旭　殿下，我是来参加您的父王的葬礼的。

哈姆莱特　请你不要取笑，我的同学，我想你是来参加我的母后的婚礼的。

霍拉旭　真的,殿下,这两件事情相去得太近了。

哈姆莱特　这是一举两便的办法,霍拉旭! 葬礼中剩下来的残羹冷炙,正好宴请婚筵上的宾客。霍拉旭,我宁愿在天上遇见我的最痛恨的仇人,也不愿看到那样的一天! 我的父亲,我仿佛看见我的父亲。

霍拉旭　啊,在什么地方,殿下?

哈姆莱特　在我的心灵的眼睛里,霍拉旭。

霍拉旭　我曾经见过他一次,他是一个很好的君王。

哈姆莱特　他是一个堂堂男子;整个儿说起来,我再也见不到像他那样的人了。

霍拉旭　殿下,我想我昨天晚上看见他。

哈姆莱特　看见谁?

霍拉旭　殿下,我看见您的父王。

哈姆莱特　我的父王!

霍拉旭　不要吃惊,请您静静地听我把这件奇事告诉您,这两位可以替我做见证。

哈姆莱特　看在上帝的分上,讲给我听。

霍拉旭　这两位朋友,马西勒斯和勃那多,在万籁俱寂的午夜守望的时候,曾经连续两夜看见一个自顶至踵全身甲胄,像您父亲一样的人形,在他们的面前出现,用庄严而缓慢的步伐走过他们的身边。当着他们惊奇骇愕的眼前,他三次步行过去,他手里所握的鞭杖可以碰到他们的身上;他们吓得几乎浑身都瘫痪了,只是呆立着不动,一句话也没有对他说。怀着惴惧的心情,他们把这件事悄悄地告诉了我。我就在第三夜陪着他们一起守望;正像他们所说的一样,那鬼魂又出现了,出现的时间和他的形状,证实了他们的每一个字都是正确的。我认识你的父亲,那鬼魂是那样酷肖他的生前,我这两手也不及他们彼此的相似。

哈姆莱特　可是这是在什么地方?

马西勒斯　殿下，就在我们守望的露台上。

哈姆莱特　你有没有对它说话？

霍拉旭　殿下，我说的，可是它没有回答我；不过有一次我觉得它好像抬起头来，像要开口说话似的，可是就在那时候，晨鸡高声啼了起来，它一听见鸡鸣，就很快地隐去不见了。

哈姆莱特　这很奇怪。

霍拉旭　凭着我的生命起誓，殿下，这是真的；我们认为按着我们的责任，应该让您知道这件事。

哈姆莱特　不错，不错，朋友们，可是这件事情很使我迷惑。你们今晚仍旧要去守望吗？

马西勒斯、勃那多　是，殿下。

哈姆莱特　你们说他穿着甲胄吗？

马西勒斯、勃那多　是，殿下。

哈姆莱特　从头到脚？

马西勒斯、勃那多　从头到脚，殿下。

哈姆莱特　那么你们没有看见他的脸吗？

霍拉旭　啊，看见的，殿下；他的脸甲是掀起的。

哈姆莱特　怎么，他瞧上去像在发怒吗？

霍拉旭　他的脸上悲哀多于愤怒。

哈姆莱特　他的脸色是惨白的还是红红的？

霍拉旭　非常惨白。

哈姆莱特　他把眼睛注视着你吗？

霍拉旭　他直盯着我瞧。

哈姆莱特　我希望我也在那边。

霍拉旭　那一定会使您惊愕万分。

哈姆莱特　多分会的，多分会的。它停留得长久吗？

霍拉旭　大概有一个人用不快不慢的速度从一数到一百的那段时间。

马西勒斯、勃那多　还要长久一些，还要长久一些。

霍拉旭　我看见它的时候，不过是这么久。

哈姆莱特　他的胡须是斑白的吗？

霍拉旭　是的，正像我在他生前看见的那样，乌黑的胡须里略有几根变成白色。

哈姆莱特　我今晚也要守夜去，也许它还会出来。

霍拉旭　我可以担保它一定会出来。

哈姆莱特　要是它借着我的父王的形貌出现，即使地狱张开嘴来，叫我不要作声，我也一定要对它说话。要是你们到现在还没有把你们所看见的告诉别人，那么我要请求你们大家继续保持沉默；无论今夜发生什么事情，都请放在心里，不要在口舌之间泄露出去。我一定会报答你们的忠诚。好，再会；今晚十一点钟到十二点钟之间，我要到露台上来看你们。

众人　我们愿意为殿下尽忠。

哈姆莱特　让我们彼此保持着不渝的交情；再会！（霍拉旭、马西勒斯、勃那多同下）我父亲的灵魂披着甲胄！事情有些不妙，我恐怕这里面一定有奸人的恶计。但愿黑夜早点到来！静静地等着吧，我的灵魂，罪恶的行为总有一天被发现，虽然地上所有的泥土把它们遮掩。（下。）

第三场　波洛涅斯家中一室

〔雷厄提斯及奥菲莉娅上。

雷厄提斯　我需要的物件已经装在船上，再会了；妹妹，在好风给人方便、路上没有阻碍的时候，不要贪睡，让我听见你的消息。

奥菲莉娅　你还不相信我吗？

雷厄提斯　对于哈姆莱特和他的调情献媚，你必须把它认作一时的感情冲动，一朵初春的紫罗兰，早熟而易凋，馥郁而不能持久，一分钟的芬芳和喜悦，如此而已。

奥菲莉娅　不过如此吗？

雷厄提斯　不过如此，因为像新月一样逐渐饱满的人生，不尽是肌肉和体格的成长，而且随着身体的发展，精神和心灵也同时扩大。也许他现在爱你，他的真诚的意志是纯洁而不带欺诈的；可是你必须留心，他有这样高的地位，他的意志并不属于他自己，因为他自己也要被他的血统所支配，他不能像一般庶民一样为自己选择，因为他的决定足以影响到整个国家的安危，他是全身的首脑，他的选择必须得到各部分肢体的同意；所以要是他说，他爱你，你可以相信他在他的地位之上，也许会把他的说话见之行事，可是那必须以丹麦的公意给他赞许为限。你再想一想，要是你过于轻信的耳朵倾听他的歌曲，让他攫走你的心，在他的狂妄的渎求之下，打开了你的宝贵的童贞，那时候你的名誉将要蒙受多大的损失。留心，奥菲莉娅，留心，我的亲爱的妹妹，不要放纵你的爱情，不要让欲望的利箭把你射中。一个自爱的女郎不应该向月亮显露她的美貌，圣贤也不能逃避谗口的中伤；春天的草木往往还没有吐放它们的蓓蕾，就被蛀虫蠹蚀；朝露一样晶莹的青春，常常会受到罡风的吹打。所以留心吧，戒惧是最安全的方策；即使没有旁人的诱惑，少年的血气也要向他自己叛变。

奥菲莉娅　我要记住你这个很好的教训，让它看守着我的心。可是，我的好哥哥，你不要像有些坏牧师一样，指点我上天去的险峻的荆棘之途，自己却在花街柳巷流连忘返，忘记了自己的箴言。

雷厄提斯　啊！不要为我担心。我耽搁得太久了；可是我的父亲来了。

　　　　　〔波洛涅斯上。

雷厄提斯　两重的祝福是双倍的恩荣，第二次的告别是格外可喜的。

波洛涅斯　还在这儿，雷厄提斯！上船去，上船去，真好意思！风息在帆顶上，人家都在等着你哩。好，我为你祝福！还有几句教训，希望你铭刻在记忆之中：不要想到什么就说什么，凡事必须三思而行。对人要和气，可是不要过分狎昵。相知有素的朋友，应该用钢圈箍在你的灵魂上，可是不要对每一个泛泛的新知滥施你的交情。留心避免和人家争吵；可是万一争端已起，就应该让对方知道你不是可以轻侮的。倾听每一个人的意见，可是只对极少数人发表你自己的意见；接纳每一个人的批评，可是保留你自己的判断。尽你的财力购制贵重的衣服，可是不要炫新立异，必须富丽而不浮艳，因为服装往往可以表现人格；法国的名流要人，在这一点上是特别注重的。不要向人告贷，也不要借钱给人；因为借款放了出去，往往不但丢了本钱，而且还失去了朋友；向人告贷的结果，容易养成因循懒惰的习惯。尤其要紧的，你必须对你自己忠实，正像有了白昼才有黑夜一样，对自己忠实，才不会对别人欺诈。再会；让我的祝福使你记住这一番话！

雷厄提斯　父亲，我告别了。

波洛涅斯　时候不早了；去吧，你的仆人都在等着。

雷厄提斯　再会，奥菲莉娅，记住我对你说的话。

奥菲莉娅　你的话已经锁在我的记忆里，那钥匙你替我保管着吧。

雷厄提斯　再会！（下。）

波洛涅斯　奥菲莉娅，他对你说些什么话？

奥菲莉娅　回父亲的话，我们刚才谈起哈姆莱特殿下的事情。

波洛涅斯　嗯，这是应该考虑一下的。听说他近来常常跟你在一起，你也从来不拒绝他的求见；要是果然有这种事——人家这样告诉我，也无非是叫我注意的意思——那么我必须对你说，你还没有懂得你做了我的女儿，按照你的身份，应该怎样留心你自己的行动。究竟在你们两人之间有些什么关系？老实告诉我。

奥菲莉娅　父亲，他最近曾经屡次向我表示他的爱情。

波洛涅斯　爱情！呸！你讲的话完全像是一个不曾经历这种危险的不懂事的女孩子。你相信他的那种表示吗？

奥菲莉娅　父亲，我不知道我应该怎样想才好。

波洛涅斯　好，让我来教你；你应该这样想，你是一个小孩子，把这些假意的表示当作了真心的奉献。**你应该懂得自重才是**①，**否则——我也不想转弯抹角，多费唇舌了——否则你就要在我面前变成一个大傻瓜了。**

奥菲莉娅　父亲，他向我求爱的态度是很光明正大的。

波洛涅斯　哼，他的态度；**好了，好了**②。

奥菲莉娅　而且，父亲，他差不多用尽一切指天誓日的神圣的盟约，证实他的言语。

波洛涅斯　嗯，这些都是捕捉愚蠢的山鹬的圈套。我知道在热情燃烧的时候，一个人无论什么盟誓都会说出口来。这些火焰，女儿，是光多于热的，一下子就会光消焰灭，因为它们本来是虚幻的，你不能把它们当作真火看待。从现在起，你还是少露一些你的女儿家的脸，你应该**懂得自重**③，不要让人家以为你是可以随意呼召的。对于哈姆莱特殿下，你应该这样想，他是个年青的王子，他比你在行动上有更大的自由。总而言之，奥菲莉娅，不要相信他的盟誓，因为它们都是诱人堕落的鸨媒，用庄严神圣的辞令，掩饰淫邪险恶的居心。我的言尽于此，简单一句话，从现在起，我不许你跟哈姆莱特殿下谈一句话。你留点儿神吧。进去。

奥菲莉娅　我一定听从您的话，父亲。（同下。）

第四场　露　台

〔哈姆莱特、霍拉旭及马西勒斯上。

哈姆莱特　风吹得人怪痛的，这天气真冷。

霍拉旭　是很凛冽的寒风。

---

①　朱译手稿：你应该把自己的价值抬高一些。
②　朱译手稿：很好，很好。
③　朱译手稿：自高身价。

哈姆莱特　现在什么时候了？

霍拉旭　我想还不到十二点。

马西勒斯　不，已经打过了。

霍拉旭　真的？我没有听见；那么鬼魂出现的时候快要到了。（内喇叭奏花腔及鸣炮声）这是什么意思，殿下？

哈姆莱特　王上今晚大宴群臣，做通宵的醉舞；每次他喝下去一杯葡萄美酒，铜鼓和喇叭便吹打起来，欢祝万寿。

霍拉旭　这是向来的风俗吗？

哈姆莱特　嗯，是的。可是我虽然从小就熟习这种风俗，**却以为把它破除了去倒比遵守它更体面些**①。这一种酗酒纵乐的风俗，使我们在东西各国受到许多诽谤，他们称我们为酒徒醉汉，将下流的污名加在我们头上，使我们各项伟大的成就都因此而大为减色。在个人方面也常常是这样，有些人因为身体上长了丑陋的黑痣——这天生的缺陷，本不是他们自己的过失——或者天生就有一种令人侧目的怪癖，**动辄逾越理性的樊篱**，或者因某种陋习就轻易放弃令人欣悦的行为规范，我要说的是，这种人身上一旦打下了缺憾的标记，无论这标记是与生俱来还是命中注定，虽然他们此外还有许多纯洁优美的品性，可是为了这一个缺点，往往会受到世人的歧视。**一分瑕疵足以损害全部的美质，使人从此声名扫地。**

　　　〔鬼魂上。

霍拉旭　瞧，殿下，它来了！

哈姆莱特　天使保佑我们！不管你是一个善良的灵魂或是万恶的妖魔，不管你带来了天上的和风或是地狱中的罡风，不管你的来意好坏，因为你的形状是这样的和蔼可亲，我要对你说话；我要叫你哈姆莱特，君王，父亲！尊严的丹麦先王，啊，回答我！不要让

---

①　朱译手稿：却也不是常常举行的。

我在无知的蒙昧里抱恨终天；告诉我为什么你的长眠的骸骨不
安窀穸，为什么安葬你的遗体的坟墓张开它的沉重的大理石的
两颚，把你重新吐放出来。你这已死的尸体这样全身甲胄，出现
在月光之下，使黑夜变得这样阴森，使我们这些为造化所玩弄的
愚人充满了不可思议的恐怖，究竟是什么意思呢？说，这是为了
什么？你要我们怎样？（鬼魂向哈姆莱特招手。）

霍拉旭　它招手叫您跟着它去，好像有什么话要对你一个人说似的。

马西勒斯　瞧，它用很有礼貌的举动，招呼您到一个僻远的所在去；
　　可是别跟它去。

霍拉旭　千万不要跟它去。

哈姆莱特　它不肯说话；我还是跟它去。

霍拉旭　不要去，殿下。

哈姆莱特　嗨，怕什么呢？我把我的生命看得不值一枚针；至于我的
　　灵魂，那是跟它自己同样永生不灭的；它能够加害它吗？它又在
　　招手叫我前去了；我要跟它去。

霍拉旭　殿下，要是它把您诱到潮水里去，或者把您领到下临大海的
　　峻峭的悬崖之巅，在那边它现出了狰狞的化形，使您丧失理智，
　　变成疯狂，那可怎么好呢？您想，无论什么人一到了那样的地
　　方，望着下面千仞的峭壁，听见海水奔腾的怒吼，即使没有别的
　　原因，也会吓得心惊胆裂的。

哈姆莱特　它还在向我招手，去吧，我跟着你。

马西勒斯　你不能去，殿下。

哈姆莱特　放开你们的手！

霍拉旭　听我们的劝告，不要去。

哈姆莱特　我的命运在高声呼喊，使我全身每一根微细的血管都变
　　得像怒狮的筋骨一样坚硬。（鬼魂招手）它仍旧在招我去。放开
　　我，朋友们；（挣脱二人之手）凭着上天起誓，谁要是拉住我，我要叫
　　他变成一个鬼！走开！去吧，我跟着你。（鬼魂及哈姆莱特同下。）

霍拉旭　幻想占据了他的头脑,使他不顾一切。

马西勒斯　让我们跟上去,我们不应该服从他的话。

霍拉旭　那么去吧,这种事情会引出些什么结果来呢?

马西勒斯　丹麦国里恐怕有些不可告人的坏事。

霍拉旭　上帝的意旨支配一切。

马西勒斯　不,我们还是跟上去。(同下。)

第五场　露台的另一部分

　　〔鬼魂及哈姆莱特上。

哈姆莱特　你要领我到什么地方去? 说! 我不愿再前进了。

鬼魂　听我说。

哈姆莱特　我在听着。

鬼魂　我的时间快到了,我必须再回到硫黄的烈火里去受煎熬的痛苦。

哈姆莱特　唉,可怜的亡魂!

鬼魂　不要可怜我,你只要留心听着我将要告诉你的话。

哈姆莱特　说吧;我在这儿听着。

鬼魂　你听了以后,必须替我报仇。

哈姆莱特　什么?

鬼魂　我是你父亲的灵魂,因为生前孽障未尽,被判在晚间游行地上,白昼忍受火焰的烧灼,必须经过相当的时期,等生前的过失被火焰净化以后,方才可以脱罪。可是我不能违犯禁令,泄露我的狱中的秘密。我可以告诉你一个故事,最轻微的一句话,都可以使你魂飞魄散,使你年青的血液凝冻成冰,使你的双眼像脱了轨道的星球一样向前突出,你的纠结的卷发根根分开,像愤怒的豪猪身上的刺毛一样森然耸立;可是这一种永恒的神秘,是不能向血肉的凡耳宣示的。听着,听着,啊,听着! 要是你曾经爱过你的亲爱的父亲——

哈姆莱特　上帝啊！

鬼魂　你必须替他报复那个逆伦惨恶的杀身的仇恨。

哈姆莱特　杀身的仇恨！

鬼魂　杀人是重大的罪恶；可是这一件谋杀的惨案，更是骇人听闻而
　　　逆天害理的罪行。

哈姆莱特　赶快告诉我知道，让我驾着像思想和爱情一样迅速的翅
　　　膀，飞去把仇人杀死。

鬼魂　我的话果然激动了你；要是你听见了这种事情而漠然无动于
　　　衷，那你除非比舒散在忘河之滨的蔓草还要冥顽不灵。现在，哈
　　　姆莱特，听我说，一般人都以为我在花园里睡觉的时候，一条蛇
　　　来把我咬死，这一个虚构的死状，把丹麦全国的人都骗过了。可
　　　是你要知道，好孩子，那毒害你父亲的蛇，头上戴着王冠呢。

哈姆莱特　啊，果然给我猜着了，我的叔父！

鬼魂　嗯，那个乱伦的、奸淫的畜生，他有的是过人的诡诈、天赋的奸
　　　恶，凭着他的阴险的手段，诱惑了我的外表上似乎非常贞淑的王
　　　后，满足他的无耻的兽欲。啊，哈姆莱特，那是一个多么相去悬
　　　殊的差异！我的爱情是那样纯洁真诚，始终信守着我在结婚的
　　　时候对她所做的盟誓；她却会对一个天赋的才德远不如我的恶
　　　人降心相从！可是正像一个贞洁的女子，虽然淫欲罩上神圣的
　　　外表，也不能把她煽动一样，一个淫妇虽然和光明的天使为偶，
　　　也会有一天厌倦于天上的唱随之乐，而宁愿搂抱人间的朽骨。
　　　可是且慢！我仿佛嗅到了清晨的天空，让我把话说得简短一些。
　　　当我按照每天午后的惯例，在花园里睡觉的时候，你的叔父乘我
　　　不备，悄悄溜了进来，拿着一个盛着毒草汁的小瓶，把一种使人
　　　麻痹的药水注入我耳腔之内，那药性发作起来，会像水银一样很
　　　快地流过了全身的大小血管，像酸液滴进牛乳一般把淡薄而健
　　　全的血液凝结起来；它一进入我的身体里，我全身光滑的皮肤上
　　　便立刻发生无数疱疹，像害着癞病似的满布着可憎的鳞片。这

样,我在睡梦之中,被一个兄弟同时夺去了我的生命、我的王冠和我的王后;甚至于不给我一个忏罪的机会,使我在没有领到圣餐也没有受过临终涂膏礼以前,就一无准备地负着我的全部罪恶去对簿阴曹。可怕啊,可怕!要是你有天性之情,不要默尔而息,不要让丹麦的御寝变成了藏奸养逆的卧榻;可是无论你怎样进行复仇,你的行事必须光明磊落,更不可对你的母亲有什么不利的图谋;让她去受上天的裁判和她自己内心中的荆棘的刺戳吧。现在我必须去了!萤火的微光已经开始暗淡下去,清晨快要到来了;再会,再会!哈姆莱特,记着我。(下。)

哈姆莱特　　天上的神明啊!地啊!再有什么呢!我还要向地狱呼喊吗?啊,呸!忍着吧,忍着吧,我的心!我的全身的筋骨,不要一下子就变成衰老,支持着我的身体呀!记着你!是的,你可怜的亡魂,当记忆不曾从我这混乱的头脑里消失的时候,我会记着你的。记着你!是的,我要从我的记忆的碑板上,拭去一切琐碎愚蠢的记录,一切书本上的格言,一切陈言套语,一切过去的印象、我的少年的阅历所留下的痕迹,只让你的命令留在我的脑筋的书卷里,不掺杂一些下贱的废料;是的,上天为我做证!啊,最恶毒的妇人!啊,奸贼,奸贼,脸上堆着笑的万恶的奸贼!我的写字板呢?我必须把它记下来;一个人尽管满面都是笑,骨子里却是杀人的奸贼,至少我相信在丹麦是这样的。(写字)好,叔父,我把你写下来了,现在我要记下我的话,那是"再会,再会!记着我"。我已经发过誓了。

霍拉旭　　(在内)殿下!殿下!

马西勒斯　　(在内)哈姆莱特殿下!

霍拉旭　　(在内)上天保佑他!

马西勒斯　　(在内)但愿如此!

霍拉旭　　(在内)喂,呵,呵,殿下!

哈姆莱特　　喂,呵,呵,孩儿!来,鸟儿,来。

　　　　　〔霍拉旭及马西勒斯上。

马西勒斯　　怎样，殿下？

霍拉旭　　有什么事，殿下？

哈姆莱特　　啊！奇怪！

霍拉旭　　好殿下，告诉我们。

哈姆莱特　　不，你们会泄露出去的。

霍拉旭　　不，殿下，凭着上天起誓，我一定不泄露。

马西勒斯　　我也一定不泄露，殿下。

哈姆莱特　　那么你们说，哪一个人会想到有这种事？可是你们能够
　　保守秘密吗？

霍拉旭、马西勒斯　　是，上天为我们做证，殿下。

哈姆莱特　　全丹麦从来不曾有哪一个奸贼——不是一个十足的
　　坏人。

霍拉旭　　殿下，这样一句话是用不着什么鬼魂从坟墓里出来告诉我
　　们的。

哈姆莱特　　啊，对了，你说得有理；所以，我们还是不必多说废话，大
　　家握握手分开了吧。你们可以去照你们自己的意思干你们自己
　　的事——因为各人都有各人的意思和各人的事——至于我自
　　己，那么我对你们说，我是要去祈祷去的。

霍拉旭　　殿下，你这些话好像有些疯疯癫癫似的。

哈姆莱特　　我的话冒犯了你，真是非常抱歉；是的，我从心底里抱歉。

霍拉旭　　哪儿的话，殿下。

哈姆莱特　　不，凭着圣伯特力克①的名义，霍拉旭，我真是大大冒犯
　　了你。讲到这一个幽灵，那么让我告诉你们，它是一个真实的亡
　　魂；你们要是想知道它对我说了些什么话，我只好请你们暂时不
　　必动问。现在，好朋友们，你们都是我的朋友，都是学者和军人，

———————————

　　①　圣伯特力克（St. Patrick）：爱尔兰的保护神，据说曾从爱尔兰把蛇驱走。

请你们允许我一个卑微的要求。

霍拉旭　是什么要求，殿下？我们一定允许您。

哈姆莱特　永远不要把你们今晚所见的事情告诉别人。

霍拉旭、马西勒斯　我们一定不告诉别人。

哈姆莱特　不，你们必须宣誓。

霍拉旭　凭着良心起誓，殿下，我决不告诉别人。

马西勒斯　凭着良心起誓，殿下，我也决不告诉别人。

哈姆莱特　把手按在我的剑上宣誓。

马西勒斯　殿下，我们已经宣誓过了。

哈姆莱特　那不算，把手按在我的剑上。

鬼魂　（在下）宣誓！

哈姆莱特　啊哈！孩儿，你也这样说吗？你在那儿吗，好家伙？来，
　　你们不听见这个地下的人怎么说吗？宣誓吧。

霍拉旭　请您教我们怎样宣誓，殿下。

哈姆莱特　永不向人提起你们所看见的这一切。把手按在我的剑上
　　宣誓。

鬼魂　（在下）宣誓！

哈姆莱特　又在那边了吗？那么我们换一个地方。过来，朋友们。
　　把你们的手按在我的剑上，宣誓永不向人提起你们所见的这
　　件事。

鬼魂　（在下）宣誓！

哈姆莱特　说得好，老鼹鼠！你能够在地底钻得这么快吗？好一个
　　开路的先锋！好朋友们，我们再来换一个地方。

霍拉旭　哎哟，真是不可思议的怪事！

哈姆莱特　那么你还是用见怪不怪的态度对待它吧。霍拉旭，天地
　　之间有许多事情，是你们的哲学里所没有梦想到的呢。可是，
　　来，上帝的慈悲保佑你们，你们必须再做一次宣誓。我今后也许
　　有时候要故意装出一副疯疯癫癫的样子，你们要是在那时候看

见了我的古怪的举动,切不可像这样交叉着手臂,或者这样摇头摆脑的,或者嘴里说些吞吞吐吐的言辞,例如"呃,呃,我们知道",或是"只要我们高兴,我们就可以",或者"要是我们愿意说出来的话",或是"有人要是怎么怎么",诸如此类的含糊其辞的话语,表示你们知道我有些什么秘密;你们必须答应我避免这一类言行,上帝的恩惠和慈悲保佑着你们,宣誓吧。

鬼魂　（在下）宣誓！（二人宣誓。）

哈姆莱特　安息吧,安息吧,受难的灵魂！好,朋友们,我用全心的真情,信赖着你们两位;要是在哈姆莱特的微弱的能力以内,能够有可以向你们表示他的友情之处,上帝在上,我一定不会有负你们。让我们一同进去;请你们记着无论在什么时候都要守口如瓶。这是一个颠倒混乱的时代,唉,倒霉的我却要负起重整乾坤的责任！来,我们一块儿去吧。（同下。）

第 二 幕

第一场　波洛涅斯家中一室

〔波洛涅斯及雷那尔多上。

波洛涅斯　把这些钱和这封信交给他,雷那尔多。

雷那尔多　是,老爷。

波洛涅斯　好雷那尔多,你在没有去看他以前,最好先探听探听他的行为。

雷那尔多　老爷,我本来就有这个意思。

波洛涅斯　很好,很好,好得很。你先给我调查调查有些什么丹麦人在巴黎,他们是干什么事情去的,叫什么名字,有没有钱,住在什么地方,跟哪些人做伴,用度大不大;用这种转弯抹角的方法,要是你打听到他们也认识我的儿子,你就可以更进一步,表示你对他也有相当的认识,你可以这样说:"我知道他的父亲和他的朋友,对他也略为有点认识。"你听见没有,雷那尔多?

雷那尔多　　是,我在留心听着,老爷。

波洛涅斯　　"对他也略为有点认识,可是",你可以说,"不怎么熟悉;不过假如果然是他的话,那么他是个很放浪的人,有些怎样怎样的坏习惯"。说到这里,你就可以随便捏造一些关于他的坏话;当然罗,你不能把他说得太不成样子,那是会损害他的名誉的,这一点你必须注意;可是你不妨举出一些纨绔子弟们所犯的最普通的浪荡的行为。

雷那尔多　　譬如赌钱,老爷。

波洛涅斯　　对了,或是喝酒、斗剑、赌咒、嫖妓之类,你都可以说。

雷那尔多　　老爷,那是会损害他的名誉的。

波洛涅斯　　不,不,你可以在言语之间说得轻淡一些。你不能说他公然纵欲,那可不是我的意思;可是你要把他的过失讲得那么巧妙,让人家听着好像那不过是行为上的小小的不检,一个血气方刚的少年的一时胡闹,算不了什么事的。

雷那尔多　　可是老爷——

波洛涅斯　　为什么叫你做这种事?

雷那尔多　　是的,老爷,请您告诉我。

波洛涅斯　　呃,我的用意是这样的,我相信我可以有这种权利;你这样轻描淡写地说了我儿子的一些坏话,就像你提起一件略有污损的东西似的,听着,要是跟你谈话的那个人,也就是你向他探询的那个人,果然看见过你所说起的那个少年犯着你刚才所列举的那些罪恶,他一定会用这样的话对你表示同意:"好先生——"也许他称你"朋友""仁兄",按照着各人的身份和各国的习惯。

雷那尔多　很好，老爷。

波洛涅斯　然后他就——他就——我刚才要说一句什么话？哎哟，我正要说一句什么话；我说到什么地方啦？

雷那尔多　你刚才说到"用这样的话表示同意"。

波洛涅斯　说到"用这样的话表示同意"，嗯，对了，他会用这样的话对你表示同意："我认识这位绅士，昨天我还看见他，或许是前天，或许是什么什么时候，跟什么什么人在一起，正像您所说的，他在什么地方赌钱，在什么地方喝得醺醺大醉，在什么地方因为打网球而跟人家打起架来。"也许他还会说："我看见他走进什么什么一家生意人家去。"那就是说窑子或是诸如此类的所在。你瞧，你用说谎的钓饵，就可以把事实的真相诱上你的钓钩；我们有智慧有见识的人，往往用这种旁敲侧击的方法，间接达到我们的目的；你也可以照着我上面所说的那一番话，探听出我的儿子的行为。你懂得我的意思没有？

雷那尔多　老爷，我懂得。

波洛涅斯　上帝和你同在；再会！

雷那尔多　那么我去了，老爷。

波洛涅斯　你自己也得留心观察他的举止。

雷那尔多　是，老爷。

波洛涅斯　叫他用心学习音乐。

雷那尔多　是，老爷。

波洛涅斯　你去吧。（雷那尔多下。）

　　　　　〔奥菲莉娅上。

波洛涅斯　啊，奥菲莉娅！什么事？

奥菲莉娅　哎哟，父亲，吓死我了！

波洛涅斯　凭着上帝的名义，吓什么？

奥菲莉娅　父亲，我正在房间里缝纫的时候，哈姆莱特殿下跑了进来，走到我的面前，他的上身的衣服完全没有扣上纽子，头上也不戴帽子，他的袜子上沾着污泥，没有袜带，一直垂到脚踝上；他的脸色像他的衬衫一样白，他的膝盖互相碰撞，他的神气是那样凄惨，好像他刚从地狱里逃出来，要向人讲述它的恐怖一样。

波洛涅斯　他因为不能得到你的爱而发疯了吗？

奥菲莉娅　父亲，我不知道，可是我想也许是的。

波洛涅斯　他怎么说？

奥菲莉娅　他握住我的手腕紧紧不放，拉直了手臂向后退立，用他的另一只手这样遮在他的额角上，一眼不眨地瞧着我的脸，好像要把它临摹下来似的。这样经过了好久的时间，然后他轻轻地摇动一下我的手臂，他的头上上下下地颠了三颠，于是他发出一声非常惨痛而深长的叹息，好像他的整个的胸部都要爆裂，他的生命就在这一声叹息中间完毕似的。然后他放松了我，转过他的身体，他的头还是向后回顾，好像他不用眼睛的帮助也能够找到他的路，因为直到他走出了门外，他的两眼还是注视在我的身上。

波洛涅斯　跟我来，我要见王上去。这正是恋爱不遂的疯狂；一个人受到这种剧烈的刺激，什么不顾一切的事情都会干得出来，**人世间折磨着我们的天性的狂热都是这般情状**。我真后悔。怎么，你最近对他说过什么使他难堪的话没有？

奥菲莉娅　没有，父亲，可是我已经遵从你的命令，拒绝他的来信，并且不允许他来见我。

波洛涅斯　这就是使他疯狂的原因。我很后悔看错了人。我以为他不过把你玩弄玩弄，恐怕贻误你的终身，可是我不该这样多疑！正像年青人干起事来，往往不知道瞻前顾后一样，我们这种上了年纪的人，总是免不了鳃鳃过虑。来，我们见王上去，这种事情是不能蒙蔽起来的，要是隐讳不报，也许会闹出乱子来。（同下。）

第二场　城堡中一室

〔国王、王后、罗森克兰兹，吉尔登斯特恩及侍从等上。

国王　欢迎,亲爱的罗森克兰兹和吉尔登斯特恩! 这次匆匆召请你
　　　们两位前来,一方面是因为我非常思念你们,一方面也是因为我
　　　有需要你们帮忙的地方。你们大概已经听到哈姆莱特的变化;
　　　我把它称为变化,因为无论在外表上或是精神上,他已经和从前
　　　大不相同。除了他父亲的死以外,究竟还有些什么原因,把他激
　　　成这种疯疯癫癫的样子,我实在无从猜测。你们从小便跟他在
　　　一起长大,素来知道他的脾气,所以我特地请你们到我们宫廷里
　　　来盘桓几天,陪伴陪伴他,替他解解愁闷,同时乘机窥探他究竟
　　　有些什么秘密的心事,为我们所不知道的,也许一旦公开之后,
　　　我们就可以替他下对症的药饵。

王后　他常常讲起你们两位,我相信世上没有哪两个人比你们更为
　　　他所亲信了。你们要是不嫌怠慢,答应在我们这儿小做勾留,帮
　　　助我们实现我们的希望,那么你们的盛情雅意,一定会受到丹麦
　　　王室的礼谢的。

罗森克兰兹　我们是两位陛下的臣子,两位陛下有什么旨意,尽管命
　　　令我们;像这样言重的话,倒使我们置身无地了。

吉尔登斯特恩　我们愿意投身在两位陛下的足下,两位陛下无论有
　　　什么命令,我们都愿意尽力奉行。

国王　谢谢你们,罗森克兰兹和善良的吉尔登斯特恩。

王后　谢谢你们,吉尔登斯特恩和善良的罗森克兰兹。现在我就要
　　　请你们立刻去看看我的大大变了样子的儿子。来人,领这两位
　　　绅士到哈姆莱特的地方去。

吉尔登斯特恩　但愿上天保佑,使我们能够得到他的欢心,帮助他恢
　　　复常态!

王后　阿门!(罗森克兰兹、吉尔登斯特恩及若干侍从下。)

　　　　〔波洛涅斯上。

波洛涅斯　禀陛下,我们派往挪威去的两位钦使已经喜气洋洋地回
　　　来了。

国王　你总是带着好消息来报告我们。

波洛涅斯　真的吗,陛下?不瞒陛下说,我把我对于我的上帝和我的宽仁厚德的王上的责任,看得跟我的灵魂一样重呢。要是我的脑筋还没有出毛病,想到了岔路上去,那么我想我已经发现了哈姆莱特发疯的原因。

国王　啊!你说吧,我急着要听呢。

波洛涅斯　请陛下接见了钦使,我的消息留着做盛筵以后的佳果美点吧。

国王　那么有劳你去迎接他们进来。(波洛涅斯下)我的亲爱的王后,他对我说他已经发现了你的儿子心神不定的原因。

王后　我想主要的原因还是他父亲的死和我们过于迅速的结婚。

国王　好,我们可以把他试探试探。

　　　　　[波洛涅斯率伏提曼特及考尼律斯重上。

国王　欢迎,我的好朋友们!伏提曼特,我们的挪威王兄怎么说?

伏提曼特　他叫我们向陛下转达他的友好的问候。他听到了我们的要求,就立刻传谕他的侄儿停止征兵;本来他以为这种举动是准备对付波兰人的,可是一经调查,才知道它的对象原来是陛下;他知道此事以后,痛心自己因年老多病,受人欺罔,震怒之下,传令把福丁勃拉斯逮捕;福丁勃拉斯并未反抗,受到了挪威王一番申斥,最后就在他的叔父面前立誓决不兴兵侵犯陛下。老王看见他诚心悔过,非常欢喜,当下就给他三千克朗的年俸,并且委任他统率他所征募的那些兵士,去向波兰人征伐;同时他叫我把这封信呈上陛下,(以书信呈上)请求陛下允许他的军队借道通过陛下的领土,他已经在信里提出若干条件,作为保证。

国王　这样很好,等我们有空的时候,还要仔细考虑一下,然后答复。你们远道跋涉,不辱使命,很是劳苦了,先去休息休息,今天晚上我们还要在一起欢宴。欢迎你们回来。(伏提曼特、考尼律斯同下。)

波洛涅斯　这件事情总算圆满结束了。王上，娘娘，要是我向你们长篇大论地解释君上的尊严，臣下的名分，白昼何以为白昼，黑夜何以为黑夜，时间何以为时间，那不过徒然浪费了昼夜和时间；所以，既然简洁是智慧的灵魂，冗长是肤浅的藻饰，我还是把话说得简单一些吧。你们的那位殿下是疯了；我说他疯了，因为假如要说明什么才是真疯，那么除了说他疯了以外，还有什么话好说呢？可是那也不用说了。

王后　多谈些实际，少弄些玄虚。

波洛涅斯　娘娘，我发誓我一点不弄玄虚。他疯了，这是真的。唯其是真的，所以才可叹，它的可叹也是真的——蠢话少说，因为我不愿弄玄虚。好，让我们同意他已经疯了；现在我们就应该求出这一个结果的原因，或者不如说，这一种病态的原因，因为这个病态的结果不是无因而至的，这就是我们现在要做的一步工作。我们来想一想吧。我有一个女儿——当她还不过是我的女儿的时候，她是属于我的——难得她一片孝心，把这封信给了我；现在请猜一猜里面说些什么话。"给那天仙化人的、我的灵魂的偶像、最艳丽的奥菲莉娅——"这是一个恶劣的句子，**"艳丽"两字就是恶劣的**；可是你们听下去吧；"让这几行诗句留下在她的皎洁的胸中——"

王后　这是哈姆莱特写给她的吗？

波洛涅斯　"好娘娘，等一等，听我念下去：

　　　　　你可以疑心星星是火把，

　　　　　　你可以疑心太阳会移转；

　　　　　你可以疑心真理是谎话；

　　　　　　可是我的爱永没有改变。

亲爱的奥菲莉娅啊！我的诗写得太坏。我不会用诗句来抒写我的愁怀；可是相信我，最好的人儿啊！我最爱的是你。再会！永远是你的哈姆莱特。"这一封信是我的女儿出于孝顺之心拿来给我看的；此外，她又把他一次次求爱的情形、在什么时候、用什么方法、在什么所在，全都讲给我听了。

国王　可是她对于他的爱情抱着怎样的态度呢？

波洛涅斯　陛下以为我是怎样的一个人？

国王　一个忠心正直的人。

波洛涅斯　但愿我能够证明自己是这样一个人。可是假如我看见这场热烈的恋爱正在进行——不瞒陛下说，我在我的女儿没有告诉我以前，就早已看出来了——假如我知道有了这么一回事，却在暗中玉成他们的好事，或者故意视若无睹，假作痴聋，一切不闻不问，那时候陛下的心里觉得怎样？我的好娘娘，您这位王后陛下的心里又觉得怎样？不，我一点儿也不敢懈怠我的责任，立刻就对我那位小姐说："哈姆莱特殿下是一位王子，不是你可以仰望的；这种事情不能让它继续下去。"于是我把她教训了一番，叫她深居简出，不要和他见面，不要接纳他的来使，也不要收受他的礼物；她听了这番话，就照着我的意思实行起来。说来话短，他遭到拒绝以后，心里就郁郁不快，于是饭也吃不下了，觉也睡不着了，他的身体一天憔悴一天，他的精神一天恍惚一天，这样一步步发展下去，就变成现在他这一种为我们大家所悲痛的疯狂。

国王　你想是这个原因吗？

王后　这是很可能的。

波洛涅斯　我倒很想知道知道，哪一次我肯定地说过了"这件事情是这样的"，而结果却并不这样？

国王　照我所知道的，那是倒没有。

波洛涅斯　要是我说错了话，把这个东西从这个上面拿了下来吧。（指自己的头及肩）只要有线索可寻，我总会找出事实的真相，即使那真相一直藏在地球的中心。

国王　我们怎么可以进一步试验试验？

波洛涅斯　你知道，有时候他会接连几个钟头在这儿走廊里踱来踱去。

王后　他真的常常这样踱来踱去。

波洛涅斯　乘他踱来踱去的时候，我就让我的女儿去见他，你我可以躲在帏幕后面注视他们相会的情形；要是他不爱她，他的理智不是因为恋爱而丧失，那么不要叫我襄理国家的政务，让我去做个耕田的农夫吧。

国王　我们要试一试。

王后　可是瞧，这可怜的孩子忧忧愁愁地念着一本书来了。

波洛涅斯　请两位陛下避一避，让我走上去招呼他。（国王、王后及侍从等下。）

　　　　　　〔哈姆莱特读书上。

波洛涅斯　啊，恕我冒昧，您好，哈姆莱特殿下？

哈姆莱特　呃，上帝怜悯世人。

波洛涅斯　你认识我吗？殿下？

哈姆莱特　认识认识，你是一个卖鱼的贩子。

波洛涅斯　我不是，殿下。

哈姆莱特　那么我但愿你是一个老实人。

波洛涅斯　老实，殿下！

哈姆莱特　嗯，先生；在这世上，一万个人中间只不过有一个老实人。

波洛涅斯　这句话说得很对，殿下。

哈姆莱特　要是太阳在一具和天神亲吻的死狗尸体上孵育蛆虫——你有一个女儿吗？

波洛涅斯　我有，殿下。

哈姆莱特　不要让她在太阳光底下行走；怀孕是一种幸福，可是你的女儿要是怀了孕，那可糟了。朋友，留心哪。

波洛涅斯　（旁白）你们瞧，他念念不忘地提着我的女儿；可是最初他不认识我，他说我是一个卖鱼的贩子。他的疯病已经很深了，很深了。说句老实话，我在年青的时候，为了恋爱也曾大发其疯，那样子也跟他差不多哩。让我再去对他说话。——您在读些什么，殿下？

哈姆莱特　都是些空话，空话，空话。

波洛涅斯　有些什么内容，殿下？

哈姆莱特　一派诽谤，先生；这个专爱把人讥笑的坏蛋在这儿说着，老年人长着灰白的胡须，他们的脸上满是皱纹，他们的眼睛里沾满了眼屎，他们的头脑是空空洞洞的，他们的两腿是摇摇摆摆的；这些话，先生，虽然我十分相信，可是照这样写在书上，总有些有伤厚道；因为就是拿您先生自己来说，要是您能够像一只蟹一样向后倒退，那么你也应该跟我差不多老了。

波洛涅斯　(旁白)这些虽然是疯话，却有深意在内。——您要走进里边避风吗，殿下？

哈姆莱特　走进我的坟墓里去？

波洛涅斯　**那倒真是避风的所在**。(旁白)他的回答有时候是多么深刻！疯狂的人往往能够说出理智清明的人所说不出来的话。我要离开他，立刻就去设法让他跟我的女儿见面。——殿下，我要向您告别了。

哈姆莱特　先生，那是再好没有的事。但愿我也能够向我的生命告别；但愿我也能够向我的生命告别，但愿我也能够向我的生命告别。

波洛涅斯　再会，殿下。(欲去。)

哈姆莱特　这些讨厌的老傻瓜！

　　　　　〔罗森克兰兹及吉尔登斯特恩重上。

波洛涅斯　你们要去找哈姆莱特殿下，那儿就是。

罗森克兰兹　上帝保佑您，大人！(波洛涅斯下。)

吉尔登斯特恩　我的尊贵的殿下！

罗森克兰兹　我的最亲爱的殿下！

哈姆莱特　我的好朋友们！你好，吉尔登斯特恩？啊，罗森克兰兹！
好孩子们，你们两人都好？

罗森克兰兹　不过像一般庸庸碌碌之辈，在这世上虚度时光而已。

吉尔登斯特恩　无荣无辱便是我们的幸福，我们不是命运女神帽上
的纽扣。

哈姆莱特　也不是她鞋子的底吗？

罗森克兰兹　也不是，殿下。

哈姆莱特　那么你们是在她的腰上，或是在她的怀抱之中吗？

吉尔登斯特恩　说老实话，我们是在她的私处。

哈姆莱特　在命运身上秘密的那部分吗？啊，对了，她本来是一个娼
妓。你们听到什么消息没有？

罗森克兰兹　没有，殿下，我们只知道这世界变得老实起来了。

哈姆莱特　那么世界末日快到了，可是你们的消息是假的。让我再
问你们一些私人的问题，我的好朋友们，你们在命运手里犯了什
么案子，她把你们送到这儿牢狱里来了？

吉尔登斯特恩　牢狱，殿下！

哈姆莱特　丹麦是一所牢狱。

罗森克兰兹　那么世界也是一所牢狱。

哈姆莱特　一所很大的牢狱，里面有许多监房囚室；丹麦是一间最坏
的囚室。

罗森克兰兹　我们倒不这样想，殿下。

哈姆莱特　啊，那么对于你们它并不是牢狱，因为世上的事情本来没
有善恶，都是各人的思想把它们分别出来的；对于我它是一所
牢狱。

罗森克兰兹　啊，那么因为您的梦想太大，丹麦是个狭小的地方，不
够给您发展，所以您把它看成一所牢狱啦。

哈姆莱特　上帝啊！倘不是因为我有了恶梦，那么即使把我关在一
个果壳里，我也会把自己当作一个拥有无限空间的君王的。

吉尔登斯特恩　那种恶梦便是您的野心，因为野心者本身的存在，也不过是一个梦的影子。

哈姆莱特　一个梦的本身便是一个影子。

罗森克兰兹　不错，因为野心是那么空虚轻浮的东西，所以我认为它不过是影子的影子。

哈姆莱特　那么我们的乞丐是实体，我们的帝王和大言不惭的英雄，却是乞丐的影子了。我们进宫好不好？因为我实在不能陪着你们谈玄说理。

罗森克兰兹、吉尔登斯特恩　我们愿意待候殿下。

哈姆莱特　没有的事，我不愿把你们当作我的仆人一样看待；老实对你们说吧，在我旁边待候我的人太多啦。可是，凭着我们多年的交情，老实告诉我，你们到埃尔西诺来有什么贵干？

罗森克兰兹　我们是来拜访您来的，殿下；没有别的原因。

哈姆莱特　像我这样一个叫化子，我的感谢也是不值钱的，可是我谢谢你们；我想，亲爱的朋友们，你们专程而来，只换到我的一声不值半分钱的感谢，未免太不值得了。不是有人叫你们来的吗？果然是你们自己的意思吗？真的是自动的访问吗？来，不要骗我。来，来，快说。

吉尔登斯特恩　叫我们说些什么话呢，殿下？

哈姆莱特　无论什么话都行，只要不是废话。你们是奉命而来的；瞧你们掩饰不了你们良心上的惭愧，已经从你们的脸色上招认出来了。我知道是我们这位好国王和好王后叫你们来的。

罗森克兰兹　为了什么目的呢，殿下？

哈姆莱特　那可要请你们指教我了。可是凭着我们朋友的道义，凭着我们少年时候亲密的情谊，凭着我们始终不渝的友好的精神，凭着其他一切更有力量的理由，让我要求你们开诚布公，告诉我究竟你们是不是奉命而来的？

罗森克兰兹　（向吉尔登斯特恩旁白）你怎么说？

哈姆莱特 （旁白）好，那么我看透你们的行动了。——要是你们爱我，别再抵赖了吧。

吉尔登斯特恩 殿下，我们是奉命而来的。

哈姆莱特 让我代你们说明来意，免得你们泄露了自己的秘密，有负国王和王后的付托。我近来不知为了什么缘故，一点兴致都提不起来，什么游乐的事都懒得过问；在这一种抑郁的心境之下，仿佛负载万物的大地，这一座美好的框架，只是一个不毛的荒岬；覆盖众生的苍穹，这一顶壮丽的帐幕，这一个点缀着金黄色的火球的庄严的屋宇，只是一大堆污浊的瘴气的集合。人类是一件多么了不得的杰作！多么高贵的理性！多么广大的能力！多么优美的仪表！多么文雅的举动！在行为上多么像一个天使！在智慧上多么像一个天神！宇宙的精华！万物的灵长！可是在我看来，这一个泥土塑成的生命算得了什么？人类不能使我发生兴趣；不，女人也不能使我发生兴趣，虽然从你的微笑之中，我可以看到你的意思。

罗森克兰兹 殿下，我心里并没有这样的思想。

哈姆莱特 那么当我说"人类不能使我发生兴趣"的时候，你为什么笑起来？

罗森克兰兹 我想，殿下，要是人类不能使您发生兴趣，那么那班戏子们恐怕要来自讨一场没趣了；我们在路上追上他们，他们是要到这儿来向您献技的。

哈姆莱特 扮演国王的那个人将要得到我的欢迎，我要在他的御座之前致献我的敬礼；冒险的骑士可以挥舞他的剑盾；情人的叹息不会没有酬报；躁急易怒的角色可以平安下场；小丑将要使那班善笑的观众捧腹；我们的女主角必须坦白诉说她的心事，否则那无韵诗的句子将要脱去板眼。他们是一班什么戏子？

罗森克兰兹 就是您向来所欢喜的那一个班子，在城里专演悲剧的。

哈姆莱特 他们怎么走起江湖来了？固定在一个地方演戏，在名誉和进益上都要好得多哩。

罗森克兰兹　我想他们不能在一个地方立足，是为了时势的变化。

哈姆莱特　他们的名誉还是跟我在城里那时候一样吗？他们的观众还是那么多吗？

罗森克兰兹　不，他们现在已经大非昔比了。

哈姆莱特　怎么会这样的？他们的演技退落了吗？

罗森克兰兹　不，他们还是跟从前一样努力；可是，殿下，他们的地位已经被一群羽毛未丰的黄口小儿占夺了去。这些娃娃们的嘶叫博得了疯狂的喝彩，他们是目前流行的宠儿，他们的声势压倒了所谓普通的戏班，以至于许多腰佩长剑的悲剧伶人，都因为惧怕批评家鹅毛管的威力，而不敢到那边去了。

哈姆莱特　什么！是一些童伶吗？谁维持他们的生活？他们的薪工是怎么计算的？他们一到不能唱歌的年龄，就不再继续他们的本行了吗？要是他们赚不了多少钱，长大起来多分还是要做普通戏子的，那时候他们不是要抱怨他们的批评家们从前不该把他们捧得那么高，结果反而妨碍了他们自己的前途吗？

罗森克兰兹　真的，两方面闹过不少的纠纷，全国的人都站在旁边恬不为意地呐喊助威，怂恿他们互相争斗。曾经有一个时期，一个脚本非到编剧家和演员争吵得动起武来，是没有人愿意出钱购买的。

哈姆莱特　有这等事？

吉尔登斯特恩　啊！多少人的头都打破了。

哈姆莱特　**是童伶们打赢了吧？**

罗森克兰兹　**正是，他们赢了，殿下，连赫拉克勒斯和他肩负的地球都被他们打败了。**①

---

①　此处暗指莎士比亚所在的环球剧院，赫拉克勒斯肩负地球的形象是该剧院的招牌。

哈姆莱特　那也没有什么稀奇；我的叔父是丹麦的国王，当我父亲在世的时候，对他扮鬼脸的那些人，现在都愿意拿出二十、四十、五十、一百块金洋来买他的一幅小照。哼，这里面有些不是常理可解的地方，要是哲学能够把它推究出来的话。（内喇叭奏花腔。）

吉尔登斯特恩　这班戏子们来了。

哈姆莱特　两位先生，欢迎你们到埃尔西诺来。把你们的手给我，按照通行的礼节，我应该向你们表示欢迎。让我不要对你们失礼，因为这些戏子们来了以后，我不能不敷衍他们一番，也许你们见了会发生误会，以为我招待你们还不及招待他们殷勤。我欢迎你们；可是我的叔父父亲和婶母母亲可弄错啦。

吉尔登斯特恩　弄错了什么，我的好殿下？

哈姆莱特　天上刮着西北风，我才发疯的；风从南方吹来的时候，我不会把一只鹰当作了一只鹭鸶。

　　　　〔波洛涅斯重上。

波洛涅斯　祝福你们，两位先生！

哈姆莱特　听着，吉尔登斯特恩；你也听着；两人站在我的两边，听我说：你们看见的那个大孩子，还在襁褓之中，没有学会走路哩。

罗森克兰兹　也许他是第二次裹在襁褓里，因为人家说，一个老年人是第二次做婴孩。

哈姆莱特　我可以预言，他是来报告我戏子们来到的消息的；听好。——你说得不错，在星期一早上，正是正是。①

波洛涅斯　殿下，我有消息要来向您报告。

哈姆莱特　大人，我也有消息要向您报告。当罗歇斯②在罗马演戏的时候——

波洛涅斯　那班戏子们已经到这儿来了，殿下。

---

①　这句胡诌的话是故意说给波洛涅斯听的，以表示他正在与人说话。

②　罗歇斯（Roscius）：古罗马著名伶人。

哈姆莱特　　嗤,嗤!

波洛涅斯　　凭着我的名誉起誓——

哈姆莱特　　那时每一个伶人都骑着驴子而来——

波洛涅斯　　他们是全世界最好的伶人,无论悲剧、喜剧、历史剧、田园剧、田园喜剧、田园史剧、历史悲剧、历史田园悲喜剧、不分场的古典剧,或是近代的自由诗剧,他们无不擅长。塞内加的悲剧不嫌其太沉重,普鲁图斯的喜剧不嫌其太轻浮。① 无论在规律的或是即兴的演出方面,他们都是唯一的演员。

哈姆莱特　　以色列的士师耶弗他②啊,你有一件怎样的宝贝!

波洛涅斯　　他有什么宝贝,殿下?

哈姆莱特　　嗨——

　　　　　　　　他有一个独生娇女,

　　　　　　　　爱她胜过掌上明珠。

波洛涅斯　　(旁白)还是在提我的女儿。

哈姆莱特　　我念得对不对,耶弗他老头儿?

波洛涅斯　　要是您叫我耶弗他,殿下,那么我有一个爱如掌珠的娇女。

哈姆莱特　　不,下面不是这样的。

波洛涅斯　　那么应当是怎样的呢,殿下?

哈姆莱特　　**是这样的——**

　　　　　　　　命中注定,上帝有眼,

　　　　　　　　下文你一定清楚——

　　　　　　　　造化弄人,变生肘腋;

　　　　　　你去查那原歌的第一节吧。瞧,有人来打断我的谈话了。

———————————

　　①　塞内加(Seneca)、普鲁图斯(Plautus):均为罗马戏剧家,前者善写悲剧,后者善写喜剧。

　　②　耶弗他(Jephthah):得上帝之助击败敌人,乃以其女献祭。事见《旧约·士师记》。

　　［优伶四五人上。

哈姆莱特　欢迎，各位朋友，欢迎欢迎！我很高兴看见你们都是这样健好。啊，我的老朋友！你的脸上比我上次看见你的时候，多长了几根胡子，格外显得威武啦；你是要到丹麦来向我挑战吗？啊，我的年青的姑娘！凭着圣母起誓，你穿上了一双高底木靴，比我上次看见您的时候更苗条得多啦；求求上帝，但愿您的喉咙不要沙哑得像一面破碎的铜锣才好！各位朋友，欢迎欢迎！我们要像法国的猎鹰一样，看见什么就飞扑上去；让我们立刻就来念一段剧词。来，试一试你们的本领，来一段激昂慷慨的剧词。

伶甲　殿下要听的是哪一段？

哈姆莱特　我曾经听见你向我背诵过一段台词，可是它从来没有上演过；即使上演，也不会有一次以上，因为我记得这本戏并不受大众的欢迎。它是不合一般人口味的鱼子酱；可是照我的意思看来，还有其他在这方面比我更有权威的人也抱着同样的见解，它是一本绝妙的戏剧，场面支配得很是适当，文字质朴而富于技巧。我记得有人这样批评它，说是没有耐人寻味的名言隽句，可是一点不见矫揉造作的痕迹；他把它称为一种老老实实的写法，兼有刚健与柔和之美，壮丽而不流于纤巧。其中有一段话是我最喜爱的，那就是埃涅阿斯对狄多讲述的故事，尤其是讲到普里阿摩斯被杀的那一节①。要是你们还没有把它忘记，请从这一行念起；让我看，让我看——

　　　　野蛮的皮洛斯②像猛虎一样——

不，不是这样；它是从皮洛斯开始的——

　　　　野蛮的皮洛斯蹲伏在木马之中，

————————————

　　①　以下所引剧词，叙述特洛伊亡国惨状，大约莎士比亚模拟古典剧风之作。普里阿摩斯（Priamus）为特洛伊之王。

　　②　皮洛斯（Pyrrhus）：希腊英雄阿喀琉斯（Achilles）之子，以骁勇残忍著称。

　　　　　黝黑的手臂和他的决心一样，

　　　　　像黑夜一般阴森而恐怖；

　　　　　在这黑暗狰狞的肌肤之上，

　　　　　现在更染上令人惊怖的纹章，

　　　　　从头到脚，他全身一片殷红，

　　　　　溅满了父母子女们无辜的血。

　　　　　那些燃烧着熊熊烈火的街道，

　　　　　发出残忍而惨恶的凶光，

　　　　　照亮敌人去肆行他们的杀戮，

　　　　　也焙干了到处横流的血泊；

　　　　　冒着火焰的熏炙，像恶魔一般，

　　　　　全身胶粘着凝结的血块，

　　　　　圆睁着两颗血红的眼睛，

　　　　　来往寻找普里阿摩斯的踪迹。

　　你接下去吧。

波洛涅斯　　上帝在上，殿下，你念得好极了，真是抑扬顿挫，曲尽

　　其妙。

伶甲　　　　那老王正在气喘吁吁，

　　　　　在希腊人的重围中苦战，

　　　　　古老的剑背叛他的手臂，

　　　　　一劈下去居然锵然落地；①

　　　　　皮洛斯瞧老王孤弱可欺，

　　　　　疯狂似的向他猛力攻击，

　　　　　凶恶的剑锋上下四方挥舞，

　　　　　把那心胆俱丧的老翁击倒。

---

　　①　　朱译手稿：一点不听他手臂的指挥，

　　　　　　　　他的古老的剑锵然落地。

这一下打击有如天崩地裂，
惊动了没有感觉的伊利恩①。
冒着火焰的屋顶霎时坍下，
那轰然的巨响像一个霹雳，
震聋了皮洛斯的耳朵；瞧！
他的剑尚未砍下白发头颅，
却已经在半空中骤然停住。②
像一个涂朱抹彩的暴君，
对自己的行为漠不关心，
他一动不动地站在那里③。
在一场暴风雨未来以前，
天上往往有片刻的宁寂，
一块块乌云静悬在空中，
狂风悄悄地收起它的声息，
死样的沉默笼罩整个大地；
可是就在这短短的瞬间，
可怕的雷鸣震裂了天空。
经过暂时休止，杀人的暴念
重新激起皮洛斯的精神；
库克罗普斯为战神铸造甲胄④，
那巨力无比的锤击也远不及
皮洛斯手中那把流血的剑

---

① 伊利恩（Ilium）：特洛伊之别名。
② 朱译手稿：他的剑还没有砍下普里阿摩斯
　　　　　　白发的头颅，却已在空中停住。
③ 朱译手稿：他兀立不动。
④ 库克罗普斯（Cyclops）：希腊神话中一族独眼巨人，负责给英雄们锻造
武器。

> 劈向普里阿摩斯那样凶狠无情。
> 去,去,你娼妇一样的命运!
> 天上的诸神啊!剥去她的权力,
> 不要让她僭窃神明的宝座;
> 拆毁她的车轮,把它滚下神山,
> 直到将她打入地狱的深渊。

波洛涅斯　这一段太长啦。

哈姆莱特　它应当跟你的胡子一起到理发匠那儿去剃一剃。念下去吧,他只爱听俚俗的歌曲和淫秽的故事,否则他就要瞌睡的。念下去,下面要讲到赫卡柏①了。

伶甲　可是啊!谁看见那蒙脸的王后——

哈姆莱特　"那蒙脸的王后"?

波洛涅斯　那很好,"蒙脸的王后"是很好的句子。

伶甲　　　满面流泪,在火焰中赤脚奔走,
> 一块布覆在失去宝冕的头上,
> 也没有一件蔽体的衣服,
> 只有在惊惶中抓到一幅毡巾,
> 裹住她瘦削而多产的腰身;
> 谁见了这样伤心惨目的景象,
> 不要向残酷的命运申申毒詈?
> 她看见皮洛斯以杀人为戏,
> 正在把她丈夫的肢体脔割,
> 忍不住大放哀声,那凄凉的号叫——
> 除非人间的哀乐不能感动天庭——
> 即使光明的日月也会陪她流泪,
> 诸神的心中都要充满悲愤。

———————————

① 赫卡柏(Hecuba):特洛伊王普里阿摩斯之后。

波洛涅斯　瞧，他的脸色都变了，他的眼睛里已经含着眼泪！不要念下去了吧。

哈姆莱特　很好，其余的部分等会儿再念给我听吧。大人，请您去找一处好好的地方安顿这一班伶人。听着，他们是不可怠慢的，因为他们是这一个时代的缩影；宁可在死后得到一首恶劣的墓铭，也不要在生前受他们一场刻毒的讥讽。

波洛涅斯　殿下，我按着他们应得的名分对待他们就是了。

哈姆莱特　哎哟，朋友，还要客气得多哩！要是照每一个人应得的名分对待他，那么谁逃得了一顿鞭子？照你自己的名誉地位对待他们；他们越是不配受这样的待遇，越可以显出你的谦虚有礼。领他们进去。

波洛涅斯　来，各位朋友。

哈姆莱特　跟他去，朋友们，明天我们要听你们唱一本戏。（波洛涅斯偕众伶人下，伶甲独留）听着，老朋友，你会演《贡扎古之死》吗？

伶甲　会演的，殿下。

哈姆莱特　那么我们明天晚上就把它上演。也许我因为必要的理由，要另外写下约莫十几行句子的一段剧词插进去，你能够把它预先背熟吗？

伶甲　可以，殿下。

哈姆莱特　很好。跟着那位老爷去，留心不要取笑他。（伶甲下。向罗森克兰兹、吉尔登斯特恩）我的两位好朋友，我们今天晚上再见；欢迎你们到埃尔西诺来！

吉尔登斯特恩　再会，殿下！（罗森克兰兹、吉尔登斯特恩同下。）

哈姆莱特　好，上帝和你们同在！现在我只剩下一个人了。啊，我是一个多么不中用的蠢才！这一个伶人不过在一本虚构的故事、一场激昂的幻梦之中，却能够使他的灵魂融化在他的意象里，在它的影响之下，他的整个的脸色变成惨白，他的眼中洋溢着热泪，他的神情流露着仓皇，他的声音是这么呜咽凄凉，他的全部动作都表现得和他的意象一致，这不是很不可思议的吗？而且一点也不为了什么！为了赫卡柏！赫卡柏对他有什么相干，他对赫卡柏又有什么相干，他却要为她流泪？要是他也有了像我所有的那样使人痛心的理由，他将要怎样呢？他一定会让眼泪淹没了舞台，用可怖的字句震裂了听众的耳朵，使有罪的人发狂，使无罪的人骇愕，使愚昧无知的人惊惶失措，使所有的耳目迷乱了它们的功能。可是我，一个糊涂颟顸的家伙，垂头丧气，一天到晚像在做梦似的，忘记了杀父的大仇；虽然一个国王给人家用万恶的手段掠夺了他的权位，杀害了他的最宝贵的生命，我却始终哼不出一句话来。我是一个懦夫吗？谁骂我恶人？谁敲破我的脑壳？谁拔去我的胡子，把它吹在我的脸上？谁扭我的鼻子？谁当面指斥我胡说？谁对我做这种事？嘿！我应该忍受这样的侮辱，因为我是一个没有心肝、逆来顺受的怯汉，否则我早已用这奴才的尸肉，喂肥了四境之内的乌鸢了。嗜血的、荒淫的恶贼！狠心的、奸诈的、淫邪的、悖逆的恶贼！啊，复仇！——嗨，我真是个蠢才！我的亲爱的父亲被人谋杀了，鬼神都在鞭策我复仇，我这做儿子的却像一个下流女人似的，只会用空言发发牢骚，学起泼妇骂街的样子来，真是了不得的勇敢！呸，呸，活动起来吧，我的脑筋！我听人家说，犯罪的人在看戏的时候，因为台上表演的巧妙，有时会激动天良，当场供认他们的罪恶；因为暗杀的事情无论干得怎样秘密，总会借着神奇的喉舌泄露出来。我要叫这班伶人在我的叔父面前表演一本跟我的父亲的惨死情节相仿的戏剧，我就在一旁窥察他的神色；我要探视到他的灵魂的深处，要是他稍露惊骇不安之态，我就知道我应该怎么办了。我所看见的幽灵也许是魔鬼的化身，借着一个美好的形状出现，魔鬼是有这一种本领的；对于柔弱忧郁的灵魂，他最容易发挥他的力量；也许他看准了我的柔弱和忧郁，才来向我作祟，要把我引诱到沉沦的路上。我要先得到一些比这更切实的证据；凭着这一本戏，我可以发掘国王内心的隐秘。（下。）

第 三 幕

第一场　城堡中的一室

〔国王、王后、波洛涅斯、奥菲莉娅、罗森克兰兹及吉尔登斯特恩上。

国王　你们不能用迂回婉转的方法，探出他为什么这样神思颠倒，让紊乱而危险的疯狂困扰他的安静的生活吗？

罗森克兰兹　他承认他自己有些神经迷惘，可是绝口不肯说为了什么缘故。

吉尔登斯特恩　他也不肯虚心接受我们的探问；当我们想要从他嘴里知道他自己的一些真相的时候，他总是用假作痴呆的神气回避不答。

王后　他对待你们还客气吗？

罗森克兰兹　很有礼貌。

吉尔登斯特恩　可是不大出于自然。

罗森克兰兹　对于我们的问题，他力守缄默，可是对我们倒盘问得很是详细。

王后　你们有没有劝诱他找些什么消遣？

罗森克兰兹　娘娘，我们来的时候，刚巧有一班戏子也要到这儿来，给我们追上了；我们把这消息告诉了他，他听了好像很高兴。现在他们已经到了宫里，我想他今晚就要看他们表演的。

波洛涅斯　一点不错；他还叫我来请两位陛下同去看看他们演得怎样哩。

国王　那好极了；我非常高兴听见他在这方面感兴趣。请你们两位还要更进一步鼓起他的兴味，把他的心思移转到这种娱乐上面。

罗森克兰兹　是，陛下。（罗森克兰兹、吉尔登斯特恩同下。）

国王　亲爱的葛特鲁德，你也暂时离开我们，因为我们已经暗中差人去唤哈姆莱特到这儿来，让他和奥菲莉娅见面，就像是他们偶然相遇一般。她的父亲跟我两人将要权充一下密探，躲在可以看见他们，却不能被他们看见的地方，注意他们会面的情形，从他的行为上判断他的疯病究竟是不是因为恋爱上的苦闷。

王后　我愿意服从您的意旨。奥菲莉娅，但愿你的美貌果然是哈姆莱特疯狂的原因；更愿你的美德能够帮助他恢复原状，使你们两人都能安享尊荣。

奥菲莉娅　娘娘，但愿如此。（王后下。）

波洛涅斯　奥菲莉娅，你在这儿走走。陛下，我们就去躲起来吧。（向奥菲莉娅）你拿这本书去读，他看见你这样用功，就不会疑心你为什么一个人在这儿了。人们往往用至诚的外表和虔敬的行动，掩饰一颗魔鬼般的内心，这样的例子是太多了。

国王　（旁白）啊，这句话是太真实了！它在我的良心抽上了多么重的一鞭！涂脂抹粉的娼妇的脸颊，还不及掩藏在虚伪的言辞后面的我的行为更丑恶。难堪的重负啊！

波洛涅斯　我听见他来了；我们退下去吧。陛下。（国王及波洛涅斯下。）

　　　　　〔哈姆莱特上。

哈姆莱特　生存还是毁灭，这是一个值得考虑的问题；默然忍受命运的暴虐的毒箭，或是挺身反抗人世的无涯的苦难，在奋斗中结束了一切，这两种行为，哪一种是更勇敢的？死了，睡去了，什么都完了；要是在这种睡眠之中，我们心头的创痛，以及其他无数血肉之躯所不能避免的打击，都可以从此消失，那正是我们求之不得的结局。死了，睡去了；睡去了也许还会做梦，嗯，阻碍就在这儿：因为当我们摆脱了这一具朽腐的皮囊以后，在那死的睡眠里,究竟将要做些什么梦,那不能不使我们踌躇顾虑。人们甘心久困于患难之中,也就是为了这个缘故,谁愿意忍受人世的鞭挞和讥嘲、压迫者的凌辱、傲慢者的冷眼、被轻蔑的爱情的惨痛、法律的迁延、官吏的横暴和**下贱的小人对勤恳劳作所得的功绩的蔑视**①,要是他只要用一柄小小的刀子,就可以清算他自己的一生?谁愿意负着这样的重担,在烦劳的生命的迫压下呻吟流汗,倘不是因为惧怕不可知的死后,那从来不曾有一个旅人回来过的神秘之国,是它迷惑了我们的意志,使我们宁愿忍受目前的折磨,不敢向我们所不知道的痛苦飞去?这样,理智使我们全变成了懦夫,决心的赤热的光彩,被审慎的思维盖上了一层灰色,伟大的事业在这一种考虑之下,也会逆流而退,失去了行动的意义。且慢!美丽的奥菲莉娅!——女神,在你的祈祷之中,不要忘记替我忏悔我的罪孽。

奥菲莉娅　我的好殿下,你这许多天来贵体安好吗?

哈姆莱特　谢谢你,很好,很好,很好。

奥菲莉娅　殿下,我有几件您送给我的纪念品,我早就想把它们还给您;请您现在收回去吧。

哈姆莱特　不,我不要,我从来没有给你什么东西。

奥菲莉娅　殿下,我记得很清楚您把它们送给我,那时候您还向我说了许多甜蜜的言语,使这些东西格外显得贵重;现在它们的芳香已经消散,请您拿了回去吧,因为送礼的人要是变了心,礼物虽贵,也会失去了价值。拿去吧,殿下。

哈姆莱特　哈哈!你贞洁吗?

奥菲莉娅　殿下!

哈姆莱特　你美丽吗?

奥菲莉娅　殿下是什么意思?

---

① 　朱译手稿:微贱者费尽辛劳所换来的鄙视。

哈姆莱特　要是你既贞洁又美丽，那么顶好不要让你的贞洁跟你的
　　　　美丽来往。

奥菲莉娅　殿下，美丽跟贞洁相交，那不是再好没有吗？

哈姆莱特　嗯，真的；因为美丽可以使贞洁变成淫荡，贞洁却未必能
　　　　使美丽受它自己的感化；这句话从前像是怪诞之谈，可是现在的
　　　　时世已经把它证实了。我曾经爱过你。

奥菲莉娅　真的，殿下，您曾经使我相信您爱我。

哈姆莱特　你当初就不应该相信我，因为美德不能熏陶我们罪恶的
　　　　本性；我没有爱过你。

奥菲莉娅　那么我真是受了骗了。

哈姆莱特　进尼姑庵去吧；为什么你要生养一群罪人出来呢？我自
　　　　己还不算是一个顶坏的人；可是我可以指出我的许多过失，一个
　　　　人有了那些过失，他的母亲还是不要生下他来的好。我很骄傲、
　　　　任性、不安分，还有那么多的罪恶，连我的思想里也容纳不下，我
　　　　的想象也不能给它们形象，甚至于我没有充分的时间可以把它
　　　　们实行出来。像我这样的家伙，匍匐于天地之间，有什么用处
　　　　呢？我们都是些十足的坏人，一个也不要相信我们。进尼姑庵
　　　　去吧。你的父亲呢？

奥菲莉娅　在家里，殿下。

哈姆莱特　把他关起来，让他只好在家里发发傻劲。再会！

奥菲莉娅　哎哟，天哪！救救他！

哈姆莱特　要是你一定要嫁人，我就把这一个咒诅送给你做嫁妆；尽
　　　　管你像冰一样坚贞，像雪一样纯洁，你还是逃不过谗人的诽谤。
　　　　进尼姑庵去吧，去；再会！或者要是你必须嫁人的话，就嫁给一
　　　　个傻瓜吧。因为聪明人都明白你们会叫他们变成怎样的怪物。
　　　　进尼姑庵去吧，去；越快越好，再会！

奥菲莉娅　天上的神明啊，让他清醒过来吧。

哈姆莱特　我也知道你们会怎样涂脂抹粉，上帝给了你们一张脸，你

们又替自己另外造了一张。你们烟视媚行，淫声浪气，替上帝造下的生物乱取名字，卖弄你们不懂事的风骚。算了吧，我再也不敢领教了；它已经使我发了狂。我说，我们以后再不要结什么婚了；已经结过婚的，除了一个人以外，都可以让他们活下去；没有结婚的不准再结婚，进尼姑庵去吧，去。（下。）

奥菲莉娅　啊，一颗多么高贵的心是这样陨落了！朝臣的眼睛，学者的辩舌，军人的利剑，国家所属望的一朵娇花，时流的明镜，人伦的雅范，举世瞩目的中心，就这样无可挽回地陨落了！我是一切妇女中间最伤心而不幸的，我曾经从他音乐一般的盟誓中吮吸芬芳的甘蜜，现在却眼看着他的高贵无上的理智，像一串美妙的银铃失去了谐和的音调，无比的青春美貌，在疯狂中凋谢！啊，我好苦，谁料过去的繁华，变作今朝的泥土！

　　　　〔国王及波洛涅斯重上。

国王　恋爱！他的精神错乱不像是为了恋爱；他说的话虽然有些颠倒，也不像是疯狂。他有些什么心事盘踞在他的灵魂里，我怕它也许会产生危险的结果。为了防免万一起见，我已经当机立断，决定了一个办法：他必须立刻到英国去，向他们追索延宕未纳的贡物；也许他到海外各国游历一趟以后，时时变换的环境可以替他排解去这一桩使他神思恍惚的心事。你看怎么样？

波洛涅斯　那很好。可是我相信他的烦闷的根本原因，还是为了恋爱上的失意。啊，奥菲莉娅！你不用告诉我们哈姆莱特殿下说些什么话；我们全都听见了。陛下，照您的意思办吧；可是您要是认为可以的话，不妨在戏剧终场以后，让他的母后独自一人跟他在一起，恳求他向她吐露他的心事；她必须很坦白地跟他谈谈，我就找一个所在听他们说些什么。要是她也探听不出他的秘密来，您就叫他到英国去，或者凭着您的高见，把他关禁在一个适当的地方。

国王　就这样办吧；大人物的疯狂是不能听其自然的。（同下。）

第二场　城堡中的厅堂

　　〔哈姆莱特及若干伶人上。

哈姆莱特　　请您念这段剧词的时候，要照我刚才读给你听的那样子，一个字一个字打舌头上很轻快地吐出来；要是你也像多数的伶人们一样，只会拉开了喉咙嘶叫，那么我宁愿叫那宣布告示的公差念我这几行词句。也不要老是把你的手在空中这么摇挥；一切动作都要温文，因为就是在洪水暴风一样的感情激发之中，你也必须取得一种节制，免得流于过火。啊！我顶不愿意听见一个披着满头假发的家伙在台上乱嚷乱叫，把一段感情片片撕碎，让那些只爱热闹的下层观众听了出神，他们中间的大部分是除了欣赏一些莫名其妙的手势以外，什么都不懂得的。我可以把这种家伙抓起来抽一顿鞭子，因为他把妥玛冈特形容过分，希律王的凶暴也要对她甘拜下风。① 请您留心避免才好。

伶甲　　我留心就是了，殿下。

哈姆莱特　　可是太平淡了也不对，你应该接受你自己的常识的指导，把动作和言语互相配合起来；特别要注意到这一点，你不能越过人情的常道；因为不近情理的过分描写，是和演剧的原意相反的；自有戏剧以来，它的目的始终是反映人生，显示善恶的本来面目，给它的时代看一看它自己演变发展的模型。要是表演得过分了或者太懈怠了，虽然可以博外行的观众一笑，明眼之士却要因此而皱眉；你必须看重这样一个卓识者的批评甚于满场观众盲目的毁誉。啊！我曾经看见有几个伶人演戏，而且也听见有人把他们极口捧场，说一句并不过分的话，他们既不会说基督徒的语言，又不会学着人的样子走路，瞧他们在台上大摇大摆，

---

　　① 　妥玛冈特（Termagant）：传说中残忍凶暴的回教女神。希律（Herold）：耶稣时代统治加利利之暴君。二者为道德剧和神迹剧中常见的角色。

　　使劲叫喊的样子,我心里就想一定是什么造化的雇工把他们造
　　了下来;造得这样拙劣,以至于全然失去了人类的面目。

伶甲　我希望我们在这方面已经相当纠正过来了。

哈姆莱特　啊!你们必须彻底纠正这一种弊病。还有你们那些扮演
　　小丑的,除了剧本上专为他们写下的台词以外,不要让他们临时
　　编造一些话加上去。往往有许多小丑爱用自己的笑声,引起台
　　下一些无知的观众的哄笑,虽然那时候全场的注意力应当集中
　　于其他更要重要的问题上;这种行为是不可恕的,它表示出那丑
　　角的可鄙的野心。去,准备起来吧。(伶人等同下。)

　　　　〔波洛涅斯、罗森克兰兹及吉尔登斯特恩上。

哈姆莱特　啊,大人,王上愿意来听这一本戏吗?

波洛涅斯　他跟娘娘都就要来了。

哈姆莱特　叫那些戏子们赶紧点儿。(波洛涅斯下)你们两人也去帮着
　　催催他们。

罗森克兰兹、吉尔登斯特恩　是,殿下。(罗森克兰兹、吉尔登斯特恩下。)

哈姆莱特　喂,霍拉旭!

　　　　〔霍拉旭上。

霍拉旭　有,殿下。

哈姆莱特　霍拉旭,你是我所交接的人们中间最正直的一个人。

霍拉旭　啊,殿下!——

哈姆莱特　不,不要以为我在恭维你,你除了你的善良的精神以外,
　　身无长物,我恭维了你又有什么好处呢?为什么要向穷人恭维?
　　不,让蜜糖一样的嘴唇去吮舐愚妄的荣华,在有利可图的所在屈
　　下他们生财有道的膝盖来吧。听着,自从我能够辨别是非、察择
　　贤愚以后,你就是我灵魂里选中的一个人,因为你虽然经历一切
　　的颠沛,却不曾受到一点伤害,命运的虐待和恩宠,对于你都是
　　一样;能够把感情和理智调整得那么适当,命运不能把他玩弄于
　　指掌之间,那样的人是有福的。给我一个不为感情所奴役的人,

我愿意把他珍藏在我的心坎,我的灵魂的深处,正像我对你一样。这些话现在也不必多说了。今晚我们要在国王面前演一出戏,其中有一场的情节跟我告诉过你的我的父亲的死状颇相仿佛;当那幕戏正在串演的时候,我要请你集中你的全副精神,注视我的叔父,要是他在听到那一段剧词以后,他的隐藏的罪恶还是不露出一丝痕迹来,那么我们所看见的那个鬼魂一定是个恶魔,我的幻想也像铁匠的砧石那样黑漆一团了。留心看他;我也要把我的眼睛看定他的脸上;过后我们再把各人观察到的结果综合起来,给他下一个判断。

霍拉旭　很好,殿下,在演这出戏的时候,要是他在容色举止之间,有什么地方逃过了我们的注意,请您唯我是问。

哈姆莱特　他们来看戏了;我必须装作无所事事的神气。你去捡一个地方坐下。

　　　〔奏丹麦进行曲,喇叭奏花腔。王后、波洛涅斯、奥菲莉娅、罗森克兰兹、吉尔登斯特恩及余人等上。

国王　你好吗,哈姆莱特贤侄?

哈姆莱特　很好,好极了;我吃的是变色蜥蜴的肉,喝的是充满着甜言蜜语的空气,你们的肥鸡还没有这样的味道哩。

国王　你这种话真是答非所问,哈姆莱特,我不是那个意思。

哈姆莱特　不,我现在也没有那个意思。(向波洛涅斯)大人,您说您在大学里念书的时候,曾经演过一回戏吗?

波洛涅斯　是的,殿下,他们都称赞我是一个很好的演员哩。

哈姆莱特　您扮演什么角色呢?

波洛涅斯　我扮的是朱利斯·凯撒;布鲁托斯在朱庇特神殿里把我杀死。

哈姆莱特　他在神殿里杀死了那么好的一头小牛,真太残忍了。那班戏子已经预备好了吗?

罗森克兰兹　是,殿下,他们在等候您的旨意。

王后　过来，我的好哈姆莱特，坐在我的旁边。

哈姆莱特　不，好妈妈，这儿有一个更迷人的东西哩。

波洛涅斯　(向国王)啊哈，您看见吗？

哈姆莱特　小姐，我可以睡在你的怀里吗？

奥菲莉娅　不，殿下。

哈姆莱特　我的意思是说，我可以把我的头枕在您的膝上吗？

奥菲莉娅　嗯，殿下。

哈姆莱特　你以为我在转着下流的念头吗？

奥菲莉娅　我没有想到，殿下。

哈姆莱特　睡在姑娘大腿的中间，想起来倒是很有趣的。

奥菲莉娅　什么，殿下？

哈姆莱特　没有什么。

奥菲莉娅　你在开玩笑哩，殿下。

哈姆莱特　谁，我吗？

奥菲莉娅　嗯，殿下。

哈姆莱特　上帝啊，我不过是给您消遣消遣的。一个人为什么不说说笑笑呢？您瞧，我的母亲多么高兴，我的父亲还不过死了两个钟头。

奥菲莉娅　不，已经四个月了，殿下。

哈姆莱特　这么久了吗？哎哟，那么让魔鬼去穿孝服吧。我可以去做一身貂皮的新衣啦。啊，死了两个月，还没有把他忘记吗？那么也许一个大人物死了以后，他的记忆还可以保持半年之久；可是凭着圣母起誓，他必须造下几所教堂，否则他就要跟那被遗弃的木马一样，没有人再会想念他了。

　　〔高音笛奏乐，哑剧登场。

　　〔一国王及一王后上，状极亲热，互相拥抱，后跪地，向王做宣誓状。王扶后起，俯首后颈上。王就花坪上睡下；后见王睡熟离去。另一个人上，自王头上去冠，吻冠，注毒药于王耳，下。后重上，见王死，作哀恸状。下毒者率其他二、三人重上，佯作陪后悲哭状。从者抬王尸下。下毒者以礼物赠

　　　　后,向其乞爱;后先作憎恶不愿状,卒允其请。同下。

奥菲莉娅　　这是什么意思,殿下?

哈姆莱特　　呃,这是阴谋诡计的意思。

奥菲莉娅　　大概这一场哑剧就是全剧的本事了。

　　　　　　〔致开场词者上。

哈姆莱特　　这家伙可以告诉我们一切;演戏的都不能保守秘密,他们
　　　　什么话都会说出来。

奥菲莉娅　　他会给我们解释刚才那场哑剧的意思吗?

哈姆莱特　　那当然,不管你向他表演什么,他都能解释;只要你不害
　　　　臊演得出来,他也就不害臊说得出口。

开　场　词

　　　　　　　这悲剧要是演不好,

　　　　　　　要请各位原谅指教,

　　　　　　　小的在这厢有礼了。(致辞者下。)

哈姆莱特　　这算开场词呢,还是指环上的诗铭?

奥菲莉娅　　它很短,殿下。

哈姆莱特　　正像女人的爱情一样。

　　　　　　〔二伶人扮国王,王后上。

伶王　　　　　　日轮已经盘绕三十春秋,

　　　　　　　　那茫茫海水和滚滚地球,

　　　　　　　　月亮吐耀着借来的晶光,

　　　　　　　　三百六十回向大地环航,

　　　　　　　　自从爱把我们缔结良姻,

　　　　　　　　许门替我们证下了鸳盟。

伶后　　　　　　愿日月继续他们的周游,

　　　　　　　　让我们再厮守三十春秋,

　　　　　　　　可是唉,你近来这样多病,

郁郁寡欢，失去旧时高兴，
好教我满心里为你忧惧。
可是，我的主，你不必疑虑；
女人的忧像她的爱一样，
不是太少，就是超过分量；
你知道我爱你是多么深，
所以才会有如此的忧心。
越是相爱，越是挂肚牵胸；
不这样哪显得你我情浓？

伶王　　爱人，我不久必须离开你，
我的全身将要失去生机；
留下你在这繁华的世界，
安享尊荣，受人们的敬爱；
也许再嫁一位如意郎君——

伶后　　啊！我断不是那样薄情人，
我倘忘旧迎新，难邀天恕；
再嫁的除非是杀夫淫妇。

哈姆莱特　　（旁白）苦恼，苦恼！

伶后　　女人失节大半贪慕荣华，
多情女子决不另抱琵琶；
我要是与他人共枕同衾，
怎么对得起地下的先灵！

伶王　　我相信你的话发自心田，
可是我们往往自食前言。
志愿不过是记忆的奴隶，
总是有始无终，虎头蛇尾，
像未熟的果子密布树梢，
一朝红烂就会离去枝条。

我们对自己所负的债务，
最好把它丢在脑后不顾；
一时的热情中发下誓愿，
心冷了，那意志也随云散。
过分的喜乐，剧烈的哀伤，
反会毁害了感情的本常。
人世间的哀乐变幻无端，
痛哭转瞬早变成了狂欢。
世界也会有毁灭的一天，
何怪爱情要随境遇变迁；
有谁能解答这一个哑谜，
是境由爱造？是爱逐境移？
失财势的伟人举目无亲，
走时运的穷酸仇敌逢迎。
这炎凉的世态古今一辙，
富有的门庭挤满了宾客；
要是你在穷途向人求助，
即使知交也要形同陌路。
把我们的谈话拉回本题，
意志命运往往背道而驰，
决心到最后会全部推倒，
事实的结果总难符预料。
你以为你自己不会再嫁，
只怕我一死你就要变卦。

伶后　　　地不要养我，天不要亮我！
昼不得游乐，夜不得安卧！
毁灭了我的希望和信心，
铁锁囚门把我监禁终身！

　　　　　　　　每一种恼人的飞来横逆，

　　　　　　　　把我一重重的心愿摧折！

　　　　　　　　我倘死了丈夫再做新人，

　　　　　　　　让我生前死后永陷沉沦！

哈姆莱特　　要是她现在背了誓！

伶王　　　　难为您发这样重的誓愿。

　　　　　　　爱人，你且去，我神思昏倦，

　　　　　　　想要小睡片刻。（睡。）

伶后　　　　愿你安睡；

　　　　　　　上天保佑我俩永无灾悔。（下。）

哈姆莱特　　母亲，您觉得这出戏怎样？

王后　我想那女人发的誓太重了。

哈姆莱特　　啊，可是她会守约的。

国王　这本戏是怎么一个情节？里面没有什么要不得的地方吗？

哈姆莱特　　不，不，他们不过开玩笑毒死了一个人，没有什么要不得的。

国王　戏名叫什么？

哈姆莱特　《捕鼠机》。呃，怎么？这是一个象征的名字。戏中的故事影射着维也纳的一件谋杀案。贡扎古是那公爵的名字，他的妻子叫作白普蒂丝姐。您看下去就知道是怎么一回事。这是一部很恶劣的作品，可是那有什么关系？它不会对您陛下跟我们这些灵魂清白的人有什么相干；让那有毛病的马儿去惊跳退缩吧，我们的肩背都是好好儿的。

　　　　〔一伶人扮琉西安纳斯上。

哈姆莱特　　这个人叫作琉西安纳斯，是那国王的侄子。

奥菲莉娅　　你很会解释剧情，殿下。

哈姆莱特　　要是我看见傀儡戏搬演你跟你爱人的故事，我也会替你们解释的。

奥菲莉娅 你说话真尖利,殿下,你说话真尖利。

哈姆莱特 要拔出我那尖利的刀锋,一定让你痛得呻吟①。

奥菲莉娅 说得更妙了,更不像话了。

哈姆莱特 你们女人都是这样欺骗丈夫的。动手吧,凶手! 混账东西,别扮鬼脸了,动手吧! 来,哑哑的乌鸦发出复仇的啼声。

琉西安纳斯 黑心快手,遇到妙药良机;

趁着没人看见,事不宜迟。

你夜半采来的毒草练成,

赫卡忒②的咒语念上三巡,

赶快发挥您凶恶的魔力,

让他的生命速归于幻灭。(以毒药注入睡者耳中。)

哈姆莱特 他为了觊觎权位,在花园里把他毒死。他的名字叫贡扎古;那故事原文还存在,是用很好的意大利文写成的。底下就要**演到**③那凶手怎样得到贡扎古的妻子的爱了。

奥菲莉娅 王上站起来了!

哈姆莱特 什么! 给一场假火吓怕了吗?

王后 陛下怎么啦?

波洛涅斯 不要演下去了!

国王 给我点起火把来! 去!

众人 火把! 火把! 火把!(除哈姆莱特、霍拉旭外均下。)

哈姆莱特 嗨,让那中箭的母鹿掉泪,

没有伤的公鹿自去游玩;

有的人失眠,有的人酣睡,

世界就是这样循环轮转。

---

① 暗喻性爱。

② 赫卡忒(Hecate):希腊神话中的月亮、大地和冥界女神,后被视为巫神。

③ 朱译手稿:做到。

老兄,要是我的命运跟我作起对来,凭着我这样的本领,再插上满头的羽毛,开缝的靴子上缀上两朵绢花,你想我能不能在戏班子里插足?

霍拉旭　也许他们可以让你领半额包银。

哈姆莱特　我可要领全额的。

　　　　　因为你知道,亲爱的朋友,

　　　　　这一个荒凉破碎的国土;

　　　　　原来是乔武统治的雄邦,

　　　　　　而今王位上却坐着——孔雀。

霍拉旭　你该把它押了韵才是。

哈姆莱特　啊,好霍拉旭!那鬼魂真的没有骗了我。你看见吗?

霍拉旭　看见的,殿下。

哈姆莱特　当那演戏的一提到毒药的时候?

霍拉旭　我看得他很清楚。

哈姆莱特　啊哈!来,奏乐,那吹笛子的呢?

　　　　　要是国王不爱这本喜剧,

　　　　　那么他多半是不能赏识。

　　　　　来,奏乐!

　　　〔罗森克兰兹及吉尔登斯特恩重上。

吉尔登斯特恩　殿下,允许我跟您说句话。

哈姆莱特　好,你对我讲全部历史都可以。

吉尔登斯特恩　殿下,王上——

哈姆莱特　嗯,王上怎么样?

吉尔登斯特恩　他回去以后,非常不舒服。

吉尔登斯特恩　喝醉酒了吗?

吉尔登斯特恩　不,殿下,他在发脾气。

哈姆莱特　你应该把这件事告诉他的医生,才算你的聪明;因为叫我去替他诊视,恐怕反而更会激动他的脾气的。

吉尔登斯特恩　好殿下,请您说话检点些,别这样拉扯开去。

哈姆莱特　好,我是听话的,你说吧。

吉尔登斯特恩　你的母后心里很难过,所以叫我来。

哈姆莱特　欢迎得很。

吉尔登斯特恩　不,殿下,这一种礼貌是用不到的。要是您愿意给我
　　一个好好的回答,我就把您母亲的意旨向您传达;不然的话,请
　　您原谅我,让我就这么回去,我的事情就算是完了。

哈姆莱特　我不能。

吉尔登斯特恩　你不能什么,殿下?

哈姆莱特　我不能给你一个好好的回答,因为我的脑子已经坏了;可
　　是我所能够给你的回答,你——我应该说我的母亲——可以要
　　多少有多少,所以别说废话,言归正传吧;你说我的母亲——

罗森克兰兹　她这样说:你的行为使她非常惊愕。

哈姆莱特　啊,好儿子,居然会叫一个母亲吃惊! 可是在这母亲的惊
　　愕的后面,还有什么话说,说吧。

罗森克兰兹　她请您在就寝以前,到她房间里去跟她谈谈。

哈姆莱特　即使我的母亲改嫁十次,我也一定服从她。你还有什么
　　别的事情?

罗森克兰兹　殿下,我曾经蒙您错爱。

哈姆莱特　凭着我这双扒儿手起誓,我现在还是欢喜你的。

罗森克兰兹　好殿下,您心里这样不痛快,究竟为了什么原因? 要是
　　您不肯把您的心事告诉您的朋友,那恐怕会害您自己失去了自
　　由的。

哈姆莱特　我不满足我现在的地位。

罗森克兰兹　怎么! 王上自己已经亲口把您立为王位的继承者了,
　　你还不能满足吗?

哈姆莱特　嗯，可是"**青草长，马儿亡**"①，——这句老话也有点儿发了霉啦。

〔乐工等持笛上。

哈姆莱特　啊！笛子来了，拿一支给我。跟你们退后一步说话；为什么你们这样千方百计窥探我的隐私，好像一定要把我逼进你们的圈套？

吉尔登斯特恩　啊！殿下，要是我有太冒昧放肆的地方，那都是因为我对于您的忠诚太激切了。

哈姆莱特　我不大懂得你的话。你愿意吹吹这笛子吗？

吉尔登斯特恩　殿下，我不会吹。

哈姆莱特　请你吹一吹。

吉尔登斯特恩　我真的不会吹。

哈姆莱特　请你不要客气。

吉尔登斯特恩　我真的一点不会，殿下。

哈姆莱特　那是跟说谎一样容易的；你只要用你的手指按着这些笛孔，把你的嘴放在上面一吹，它就会发出最好听的音乐来。瞧，这些是音栓。

吉尔登斯特恩　可是我不曾从它里面吹出谐和的曲调来，我没有懂得它的技巧。

哈姆莱特　哼，你把我看成了什么东西！你会玩弄我；你自以为摸得到我的心窍，你想要探出我的内心的秘密；你会从我的最低音试到最高音，可是在这支小小的乐器之内，藏着绝妙的音乐，你却不会使它发出声音来。哼，你以为玩弄我比玩弄一支笛子容易吗？无论你把我叫作什么乐器，我是不让你把我玩弄的。

〔波洛涅斯重上。

哈姆莱特　上帝祝福你，先生！

---

①　这是一句谚语。朱译手稿：草儿青青。

波洛涅斯　　殿下,娘娘请您立刻就去见她说话。

哈姆莱特　　你看见那片像骆驼一样的云吗?

波洛涅斯　　哎哟,它真的像一头骆驼。

哈姆莱特　　我想它还是像一头鼬鼠。

波洛涅斯　　它拱起了背,正像是一头鼬鼠。

哈姆莱特　　还是像一条鲸鱼吧?

波洛涅斯　　很像一条鲸鱼。

哈姆莱特　　那么等一会儿我就去见我的母亲。(旁白)我给他们愚弄
　　　　　　得再也忍不住了。(高声)我等一会儿就来。

波洛涅斯　　我就去这么说。(下。)

哈姆莱特　　等一会儿是很容易说的。离开我,朋友们。(除哈姆莱特外
　　　　　　均下)现在是一夜之中最阴森的时候,鬼魂都在此刻从坟墓里出
　　　　　　来,地狱也要向人世吐放疠气;现在我可以痛饮热腾腾的鲜血,
　　　　　　干那白昼所不敢正视的残忍的行为了。且慢! 我还要到我母亲
　　　　　　那儿去一趟。心啊! 不要失去你的天性之情,永远不要让尼
　　　　　　禄①的灵魂潜入我这坚定的胸怀;让我做一个凶徒,可是不要做
　　　　　　一个逆子。我要用利剑一样的说话刺痛她的心,可是决不伤害
　　　　　　她身体上一根毛发;我的舌头和灵魂要在这一次学学伪善者的
　　　　　　样子,无论在言语上给她多么严厉的谴责,在行动上却要做得丝
　　　　　　毫不让人家指责。(下。)

第三场　　城堡中的一室

　　〔国王、罗森克兰兹及吉尔登斯特恩上。

国王　　我不喜欢他;纵容他这样疯闹下去,对于我是一个很大的威
　　　　胁。所以你们快去准备起来吧;我马上就可以发表明令,派遣你
　　　　们两人护送他到英国去。就我的地位而论,他的疯狂每小时都

———————————————

　　①　尼禄(Nero):古罗马暴君,曾谋杀其母。

可以危害我的安全，我不能让他留在我的近旁。

吉尔登斯特恩　我们就去准备起来；许多人的安危都寄托在陛下身上，这一种顾虑是最圣明不过的。

罗森克兰兹　每一个庶民都知道怎样远祸全身，一个身负天下重寄的人，尤其应该刻刻不懈地防备危害的袭击。君主的薨逝不仅是个人的死亡，它像一个漩涡一样，凡是在它近旁的东西，都要被它卷去同归于尽；又像一个矗立在最高山峰上的巨轮，它的轮辐上连附着无数的小物件，当巨轮轰然崩裂的时候，那些小物件也跟着它一齐粉碎。国王的一声叹息，总是随着全国的呻吟。

国王　请你们准备立刻出发，因为我们必须及早制止这一种公然的威胁。

罗森克兰兹、吉尔登斯特恩　我们就去赶紧预备。（罗森克兰兹、吉尔登斯特恩同下。）

　　　　〔波洛涅斯上。

波洛涅斯　陛下，他到他母亲房间里去了。我现在就去躲在帏幕后面，听他们怎么说。我可以断定她一定会把他好好教训一顿。您说得很不错，母亲对于儿子总有几分偏心，所以最好有一个第三者躲在旁边偷听他们的谈话。再会，陛下，在您未睡以前，我还要来看您一次，把我所探听到的事情告诉您。

国王　谢谢您，贤卿。（波洛涅斯下）啊！我的罪恶的戾气已经上达于天，我的灵魂上负着一个元始以来最初的咒诅，杀害兄弟的暴行！我不能祈祷，虽然我的愿望像决心一样强烈；我的更坚强的罪恶击败了我的坚强的意愿。像一个人同时要做两件事情，我因为不知道应该先从什么地方下手而徘徊歧途，结果反弄得一事无成。要是这一只可咒诅的手上染满了一层比它本身还厚的兄弟的血，难道天上所有的甘霖，都不能把它洗涤得像雪一样洁白吗？慈悲的使命，不就是宽宥罪恶吗？祈祷的目的，不是一方面预防我们的堕落，一方面救拔我们于已堕落之后吗？那么我要仰望上天；我的过失已经消灭了，可是唉！哪一种祈祷是我所适用的呢？"求上帝赦免我的杀人重罪"吗？那不能，因为我现在还占有着那些引起我的犯罪动机的目的物，我的王冠、我的野心和我的王后。非分攫取的利益还在手里，就可以幸邀宽恕吗？在这贪污的人世，罪恶的镀金的手也许可以把公道推开不顾，暴徒的赃物往往就是枉法的贿赂；可是天上却不是这样的，在那边一切都无可遁避，任何行动都要显现它的真相，我们必须当面为我们自己的罪恶做证。那么怎么办呢？还有什么法子好想呢？试一试忏悔的力量吧。什么事情是忏悔所不能做到的？可是对于一个不能忏悔的人，它又有什么用呢？啊，不幸的处境！啊，像死亡一样黑暗的心胸！啊，越是挣扎，越是不能脱身的胶住了的灵魂！救救我，天使们！试一试吧：弯下来，顽强的膝盖，钢丝一样的心弦，变得像新生之婴的筋肉一样柔嫩吧！但愿一切转祸为福！（退后跪祷。）

　　〔哈姆莱特上。

哈姆莱特　　他现在正在祈祷，我正好动手；我决定现在就干，让他上天堂去，我也算报了仇了。不，那还要考虑一下：一个恶人杀死我的父亲；我，他的独生子，却把这个恶人送上天堂。啊，这简直是以恩报怨了。他用卑鄙的手段，在我父亲罪孽方中的时候乘其不备地把他杀死；虽然谁也不知道在上帝面前，他的生前的善恶如何相抵，可是照我们一般的推想，他的孽债多分是很重的。现在他正在洗涤他的灵魂，要是我在这时候结果了他的性命，那么天国的路是为他开放着，这样还算是复仇吗？不！收起来，我的剑，等候一个更惨酷的机会吧；当他在酒醉以后，在愤怒之中，或是在荒淫纵欲的时候，在赌博、咒骂，或是其他邪恶的行为的中间，我就要叫他颠踬在我的脚下，让他幽深黑暗不见天日的灵魂永堕地狱。我的母亲在等我。这一服续命的药剂不过延长了你临死的痛苦。（下。）

〔国王起立上前。

国王　我的言语高高飞起，我的思想滞留地下；没有思想的言语永远不会上升天界。（下。）

第四场　王后寝宫

〔王后及波洛涅斯上。

波洛涅斯　他就要来了，请您把他着实教训一顿，对他说他这种狂妄的态度，实在叫人忍无可忍，倘没有您娘娘替他居中迴护，王上早已对他大发雷霆了。我就悄悄地躲在这儿。请您对他讲得着力一点。

哈姆莱特　（在内）母亲，母亲，母亲！

王后　都在我身上，你放心吧。退下去，我听见他来了。（波洛涅斯匿帷后。）

〔哈姆莱特上。

哈姆莱特　母亲，你叫我有什么事？

王后　哈姆莱特，你已经大大得罪了您的父亲啦。

哈姆莱特　母亲，您已经大大得罪了我的父亲啦。

王后　来，来，不要用这种胡说八道的话回答我。

哈姆莱特　去，去，不要用这种胡说八道的话问我。

王后　啊，怎么，哈姆莱特！

哈姆莱特　现在又是什么事？

王后　你忘记我了吗？

哈姆莱特　不，凭着十字架起誓，我没有忘记您；您是王后，您的丈夫的兄弟的妻子，您又是我的母亲，——但愿您不是！

王后　哎哟，那么我要去叫那些会说话的人来跟你谈谈了。

哈姆莱特　来，来，坐下来，不要动；我要把一面镜子放在您的面前，让您看一看您自己的灵魂。

王后　你要干什么呀？你不是要杀我吗？救命！救命呀！

波洛涅斯　（在后）喂！救命，救命，救命！

哈姆莱特　（拔剑）怎么！是哪一个鼠贼？要钱不要命吗？我来结果
　　　你。（以剑刺穿帷幕。）

波洛涅斯　（在后）啊！我死了。

王后　哎哟！你干了什么事啦？

哈姆莱特　我也不知道，那不是国王吗？

王后　啊，多么卤莽残酷的行为！

哈姆莱特　残酷的行为！好妈妈，简直就跟杀了一个国王再去嫁给
　　　他的兄弟一样坏。

王后　杀了一个国王！

哈姆莱特　嗯，母亲，我正是这样说。（揭帷见波洛涅斯）你这倒运的、
　　　粗心的、爱管闲事的傻瓜，再会！我还以为是一个在你上面的人
　　　哩。也是你命不该活；现在你可知道爱管闲事的危险了。——
　　　别尽扭着你的手。静一静。坐下来，让我扭你的心，你的心倘不
　　　是铁石打成的，万恶的习惯倘不曾把它硬化得透不进一点感情，
　　　那么我的话一定可以把它刺痛。

王后　我干了些什么错事，你竟敢这样肆无忌惮地向我摇唇弄舌呢？

哈姆莱特　你的行为可以使贞洁蒙污，使美德得到了伪善的名称；从
　　　纯洁的恋情的额上取下娇艳的蔷薇，替它盖上一个烙印；使婚姻
　　　的盟约变成赌徒的誓言一样虚伪；啊！这样一种行为，简直使盟
　　　约成为一个没有灵魂的躯壳，神圣的宗教变成一串谵妄的狂言；
　　　苍天的脸上也为它带上羞色，大地因为痛心这样的行为，也罩上
　　　满面的愁容，好像世界末日就要到来一般。

王后　唉！究竟是什么极恶重罪，你把它说的这样惊人呢？

哈姆莱特　瞧这一幅图画，再瞧这一幅，这是两个兄弟的肖像。你看
　　　这一个的相貌多么高雅优美：太阳神的卷发，乔武的前额，像战
　　　神玛尔斯一样威风凛凛的眼睛，像降落在高吻穹苍的山巅的神
　　　使墨丘利一样矫健的姿态；这一个完善卓越的仪表，真像每一个
　　　天神都曾在那上面打下印记，向世间证明这是一个男子的典型。

这是你从前的丈夫。现在你再看这一个：这是你现在的丈夫，像一株霉烂的禾穗，损害了他的健硕的兄弟。你有眼睛吗？你甘心离开这一座大好的高山，靠着这荒野生活吗？嘿！你有眼睛吗？你不能说那是爱情，因为在你的年纪，热情已经冷淡下来，它必须等候理智的判断；什么理智愿意从这么高的地方，降落到这么低的所在呢？知觉你当然是有的，否则你就不会有行动；可是你那知觉也一定已经麻木了，因为就是疯人也不会犯那样的错误，无论怎样丧心病狂，总不会连这样悬殊的差异都分辨不出来。那么是什么魔鬼蒙住了你的眼睛，把你这样欺骗呢？你的视觉、听觉、触觉，全都失去了交相为用的功能了吗？因为单单一个感官有了毛病，决不会使人愚蠢到这步田地的。羞啊！你不觉得惭愧吗？要是地狱中的孽火可以在一个中年妇人的骨髓里煽起了蠢动，那么在青春的烈焰中，让贞操像蜡一样融化了吧。在强力的威迫下失身，有什么可耻呢？霜雪都会自动燃烧，理智都会做情欲的奴隶呢。

王后　啊，哈姆莱特！不要说下去了！你使我的眼睛看进了我自己灵魂的深处，看见我灵魂里那些洗拭不去的黑色的污点。

哈姆莱特　嘿，生活在汗臭垢腻的眠床上，让淫邪熏没了心窍，在污秽的猪圈里调情弄爱——

王后　啊，不要再对我说下去了！这些话像刀子一样戳进我的耳朵里，不要说下去了，亲爱的哈姆莱特！

哈姆莱特　一个杀人犯，一个恶徒，一个不及你前夫二百分之一的庸奴，一个戴王冠的丑角，一个盗国窃位的扒手！**是他从架子上偷取了那顶珍贵的王冠，塞进了自己的口袋——**

王后　别说了！

哈姆莱特　一个下流无赖的国王——

　　　　〔鬼魂上。

哈姆莱特　天上的神明啊，救救我，用你们的翅膀覆盖我的头顶！——陛下英灵不昧，有什么见教？

王后 哎哟，他疯了！

哈姆莱特 您不是来责备您的儿子不该浪费他的时间和感情，把您煌煌的命令搁在一旁，耽误了我所应该做的大事吗？啊，说吧！

鬼魂 不要忘记。我现在是来磨砺你的快要蹉跎下去的决心。可是瞧！你的母亲满身都是惊愕。啊，快去安慰安慰她的正在交战中的灵魂吧！最柔弱的人最容易受幻想的激动。对她说话去，哈姆莱特。

哈姆莱特 您怎么啦，母亲？

王后 唉！你怎么啦？为什么你把眼睛睁视着虚无，向空中喃喃说话？你的眼睛里射出狂乱的神情，像熟睡的士兵突然听到警号一般，你的整齐的头发一根根都像有了生命似的耸立起来。啊，好儿子！在你的疯狂的热焰上，浇洒一些清凉的镇静吧！你瞧着什么？

哈姆莱特 他，他！你瞧，他的脸色多么惨淡！看见了他这一种形状，要是再知道他所负的沉冤，即使石块也会感动的。——不要瞧着我，因为那不过徒然勾起我的哀戚，也许反会妨碍我的冷酷的决心；也许我会因此而失去勇气，让挥泪代替了流血。

王后 你这番话是对谁说的？

哈姆莱特 您没有看见什么吗？

王后 什么也没有；要是有什么东西在那边，我不会看不见的。

哈姆莱特 您也没有听见什么吗？

王后 不，除了我们两人的说话以外，我什么也没有听见。

哈姆莱特 啊，您瞧！瞧，它悄悄儿去了！我的父亲，穿着他生前所穿的衣服！瞧！他就在这一刻，从门口走出去了！（鬼魂下。）

王后 这是你脑中虚构的意象；一个人在心神恍惚的状态中，最容易发生这种幻妄的错觉。

哈姆莱特 心神恍惚！我的脉搏跟您的一样，在按着正常的节奏跳动哩。我所说的并不是疯话；要是您不信，我可以把我刚才说过的话一字不漏地复述一遍，一个疯人是不会记忆得那样清楚的。母亲，为了上帝的慈悲，不要自己安慰自己，以为我这一番说话，只是出于疯狂，不是真的对您的过失而发；那样的思想不过是骗人的油膏，只能使您溃烂的良心上结起一层薄膜，那内部的毒疮却在底下愈长愈大。向上天承认您的罪恶吧，忏悔过去，警戒未来；不要把肥料浇在莠草上，使它们格外蔓延起来。原谅我这一番正义的劝告，因为在这种万恶的时世，正义必须向罪恶乞恕，它必须俯首屈膝，要求人家接纳他的善意的箴规。

王后　啊，哈姆莱特！你把我的心劈为两半了！

哈姆莱特　啊！把那坏的一半丢掉，保留那另外的一半，让您的灵魂清净一些。晚安！可是不要上我叔父的床，即使您已经失节，也得勉力学做一个贞节妇人的样子。习惯虽然是一个可以使人失去羞耻的魔鬼，但是它也可以做一个天使，对于勉力为善的人，它会用潜移默化的手段，使他弃恶从善。您要是今天晚上自加抑制，下一次就会觉得这一种自制的功夫并不怎么为难，慢慢儿就可以习以为常了；因为习惯简直有一种改变气质的神奇的力量，它可以使魔鬼主宰人类的灵魂，也可以把他从人们心里驱逐出去。让我再向您道一次晚安，当您希望得到上天祝福的时候，我将求您祝福我。至于这一位老人家，（指波洛涅斯）我很后悔自己一时卤莽把他杀死；可是这是上天的意思，要借着他的死惩罚我，同时借着我的手惩罚他，使我一方面自己受到天谴，一方面又成为代天行刑的使者。我现在先去把他的尸体安顿好了，再来承担这个杀人的过咎。晚安！为了顾全母子的恩慈，我不得不忍情暴戾；不幸已经开始，更大的灾祸还在接踵而至。再有一句话，母亲。

王后　我应当怎么做？

哈姆莱特　我不能禁止您不再让那骄淫的僭王引诱您和他同床，让他拧你的脸颊,叫您做他的小耗子;我也不能禁止您因为他给了您一两个恶臭的吻,或是用他万恶的手指抚摩你的颈项,就把您所知道的事情一起说了出来,告诉他我实在是装疯,不是真疯。您应该让他知道;因为哪一个聪明懂事的王后,愿意隐藏着这样重大的消息,不去告诉一只蛤蟆、一只蝙蝠、一只老雄猫知道呢?不,虽然理性警告您保守秘密,您尽管学那寓言中的猴子,因为受了好奇心的驱使,到屋顶上去开了笼门,把鸟儿放走,自己钻进笼里去,结果连笼子一起掉下来跌死吧。

王后　你放心吧,要是言语是从呼吸里吐出来的,我决不会让我的呼吸泄露了你对我所说的话。

哈姆莱特　我必须到英国去,您知道吗?

王后　唉!我忘了;这事情已经这样决定了。

哈姆莱特　公文已经封好,打算交给我那两个同学带去,这两个家伙我要像对待两条咬人的毒蛇一样随时提防;他们将要做我的先驱,引导我钻进什么圈套里去。我倒要瞧瞧他们的能耐。开炮的要是给炮轰了,也是一件好玩的事;他们会埋地雷,我要比他们埋得更深,把他们轰到月亮里去。啊!用诡计对付诡计,不是顶有趣的吗?这家伙一死,多半会提早了我的行期;让我把这尸体拖到隔壁去。母亲,晚安!这一位大臣生前是个愚蠢饶舌的家伙,现在却变成非常谨严庄重的人了。来,老先生,让我把您拖下您的坟墓里去。晚安,母亲!(各下。哈姆莱特拽波洛涅斯的尸体入内。)

第 四 幕

第一场　城堡中的一室

〔国王、王后、罗森克兰兹及吉尔登斯特恩上。

国王　这些长吁短叹之中，都含着深长的意义，我们必须设法探索出来。你的儿子呢？

王后　（向罗森克兰兹、吉尔登斯特恩）请你们暂时退开。（罗森克兰兹、吉尔登斯特恩下）啊，陛下！今晚我看见了多么惊人的事情！

国王　什么，葛特鲁德？哈姆莱特怎么啦？

王后　疯狂得像彼此争强斗胜的天风和海浪一样。在他野性发作的时候，他听见帏幕后面有什么东西爬动的声音，就拔出剑来，嚷着："有耗子！有耗子！"于是在一阵疯狂的恐惧之中，把那躲在幕后的好老人家杀死了。

国王　啊，罪过罪过！要是我在那儿，我也会照样死在他手里的；放任他这样胡作非为，对于你，对于我，对于每一个人，都是极大的威胁。唉！这一件流血的暴行应当由谁负责呢？我们是不能辞其咎的，因为我们早该防患未然，把这个发疯的孩子关禁起来，不让他到处乱走；可是我们太爱他了，以至于不愿想一个适当的方策，正像一个害着恶疮的人，因为不让它出毒的缘故，弄到毒气攻心，无法救治一样。他到哪儿去了？

王后　拖着那个被他杀死的尸体出去了。像一堆下贱的铅铁，掩不了真金的光彩一样，他知道他自己做错了事，他的纯良的本性就从他的疯狂里透露出来，他哭了。

国王　啊，葛特鲁德！来！太阳一到了山上，我们必须赶紧让他登船

出发。对于这一件罪恶的行为，我们必须用最严正的态度，最巧
妙的措辞，决定一个执法原情的措置。喂！吉尔登斯特恩！

〔罗森克兰兹及吉尔登斯特恩重上。

国王　两位朋友，我们还要借重你们一下。哈姆莱特在疯狂之中，已
　　　经把波洛涅斯杀死；他现在把那尸体从他母亲的房间里拖出去
　　　了。你们去找他来，对他说话要和气一点；再把那尸体搬到教堂
　　　里去。请你们快去把这件事情办好。（罗森克兰兹、吉尔登斯特恩
　　　下）来，葛特鲁德，我们要去召集我们那些最有见识的朋友们，把
　　　我们的决定和这一件意外的变故告诉他们，免得外边无稽的谰
　　　言牵涉到我们身上，它的毒箭从低声的密语中散放出去，是像弹
　　　丸从炮口射出去一样每发必中的。啊，来吧，我的灵魂里充满着
　　　混乱和惊愕。（同下。）

第二场　城堡中的另一室

〔哈姆莱特上。

哈姆莱特　藏好了。

罗森克兰兹、吉尔登斯特恩　（在内）哈姆莱特！哈姆莱特殿下！

哈姆莱特　什么声音？谁在叫哈姆莱特？啊，他们来了。

〔罗森克兰兹及吉尔登斯特恩上。

罗森克兰兹　殿下，您把那尸体怎么样啦？

哈姆莱特　它本来就是泥土，我仍旧让它回到泥土里去。

罗森克兰兹　告诉我们它在什么地方，让我们把它搬到教堂里去。

哈姆莱特　不要相信。

罗森克兰兹　相信什么？

哈姆莱特　相信我会放弃我自己的意见来听你的话。而且，一块海
　　　绵也敢问起我来！一个堂堂王子应该用什么话去回答它呢？

罗森克兰兹　您把我当作一块海绵吗，殿下？

哈姆莱特　嗯，先生，一块吸收君王的恩宠、利禄和官爵的海绵。可

是这样的官员要到最后才会显出他们最大的用处来；像猴子吃硬壳果一般，他们的君王先把他们含在嘴里舐弄了好久，然后再一口咽了下去。当他需要被你们所吸收去的东西的时候，他只要把你们一挤，于是，海绵，你又是一块干干的海绵了。

罗森克兰兹　我不懂您的话，殿下。

哈姆莱特　那很好，一句下流的话睡在一个傻瓜的耳朵里。

罗森克兰兹　殿下，您必须告诉我们那尸体在什么地方，然后跟我们见王上去。

哈姆莱特　他的身体和国王同在，可是那国王并不和他的身体同在。国王是一件东西——

吉尔登斯特恩　一件东西，殿下！

哈姆莱特　一件虚无的东西。带我去见他。狐狸躲起来，大家追上去。（同下。）

第三场　同前；另一室

〔国王上，侍从后随。

国王　我已经叫他们找他去了，并且叫他们把那尸体寻出来。让这家伙任意胡闹，是一件多么危险的事情！可是我们又不能把严刑峻法加在他的身上，他是为糊涂的群众所喜爱的，他们喜欢一个人，只凭眼睛，不凭理智；我要是处罚了他，他们只看见我的刑罚的苛酷，却不想到他犯的是什么重罪。为了顾全各方面的关系，叫他迅速离国，不失为一种适宜的策略；应付非常的变故，必须用非常的手段。

〔罗森克兰兹上。

国王　啊！事情怎样啦？

罗森克兰兹　陛下，他不肯告诉我们那尸体在什么地方。

国王　可是他呢？

罗森克兰兹　在外面，陛下；我们把他看起来了，等候您的旨意。

国王　带他来见我。

罗森克兰兹　喂,吉尔登斯特恩! 带殿下进来。

　　　　　〔哈姆莱特及吉尔登斯特恩上。

国王　啊,哈姆莱特,波洛涅斯呢?

哈姆莱特　吃饭去了。

国王　吃饭去了! 在什么地方?

哈姆莱特　不是在他吃饭的地方,是在人家吃他的地方;有一群精明
　　的蛆虫正在他身上大吃特吃哩。蛆虫是全世界最大的饕餮家;
　　我们喂肥了各种牲畜给自己受用,再喂肥了自己去给蛆虫受用。
　　胖胖的国王跟瘦瘦的乞丐是一个桌子两道不同的菜,不过是这
　　么一回事。

国王　唉! 唉!

哈姆莱特　一个人可以拿一条吃过一个国王的蛆虫去钓鱼,再吃那
　　吃过那条蛆虫的鱼。

国王　你这句话是什么意思?

哈姆莱特　没有什么意思,我不过指点你一个国王可以在一个乞丐
　　的脏腑里经过一番什么变化。

国王　波洛涅斯呢?

哈姆莱特　在天上;你差人到那边去找他吧。要是你的使者在天上
　　找不到他,那么你可以自己到另外一个所在去找他。可是你们
　　在这一个月里要是找不到他的话,你们只要跑上走廊的阶石,也
　　就可以闻到他的气味了。

国王　(向若干侍从)到走廊里去找一找。

哈姆莱特　他在等着你们哩。(侍从等下。)

国王　哈姆莱特,你干出这种事来,使我非常痛心。为了你自身的安
　　全起见,你必须火速离开国境;所以快去自己预备预备。船已经
　　整装待发,风势也很顺利,同行的人都在等着你,一切都已经准
　　备好向英国出发。

哈姆莱特 到英国去！

国王 是的，哈姆莱特。

哈姆莱特 好。

国王 要是你明白我的用意，你应该知道这是为了你的好处。

哈姆莱特 我看见一个明白你的用意的天使。可是来，到英国去！再会，亲爱的母亲！

国王 你的慈爱的父亲，哈姆莱特。

哈姆莱特 我的母亲。父亲和母亲是夫妇两个，夫妇是一体之亲；所以再会吧，我的母亲！来，到英国去！（下。）

国王 跟在他的后面，劝诱他赶快上船，不要耽误；我要叫他今晚离开国境。去！这件事情一解决，什么都没有问题了。请你们赶快一点。（罗森克兰兹、吉尔登斯特恩下）英格兰啊，丹麦的宝剑在你的身上还留着鲜明的创痕，你向我们纳款输诚的敬礼至今未减，要是你畏惧我的威力，重视我的友谊，你就不能忽视我的意旨；我已经在公函里要求你把哈姆莱特立即处死，照着我的意思做吧，英格兰，因为他像是我深入膏肓的痼疾，一定要借你的手把我治好。我必须知道他已经不在人世，我的脸上才会有笑容浮起。（下。）

第四场　丹麦原野

［福丁勃拉斯、一队长及兵士等列队行进上。

福丁勃拉斯 队长，你去替我问候丹麦国王，告诉他说福丁勃拉斯因为得到他的允许，已经按照约定，率领一支军队通过他的国境。你知道我们在什么地方集合，要是丹麦王有什么话要跟我当面说，我也可以入朝晋谒；你就这样对他说吧。

队长 是，主将。

福丁勃拉斯 慢步前进。（福丁勃拉斯及兵士等下。）

［哈姆莱特、罗森克兰兹、吉尔登斯特恩同上。

哈姆莱特　官长,这些是什么人的军队?

队长　他们都是挪威的军队,先生。

哈姆莱特　请问他们是开到什么地方去的?

队长　到波兰的某一部分去。

哈姆莱特　谁是领兵的主将?

队长　挪威老王的侄儿福丁勃拉斯。

哈姆莱特　他们是要向波兰本土进攻呢,还是去袭击边疆?

队长　不瞒您说,我们是要去夺一小块徒有虚名、毫无实利的土地。叫我出五块钱去把它买了下来,我也不要;无论挪威人、波兰人,要是把它标卖起来,谁也不会付出比这大一点的价钱来的。

哈姆莱特　啊,那么波兰人一定不会防卫它了。

队长　不,他们早已布防好了。

哈姆莱特　为了这一块荒瘠的土地,浪掷了二千人的生命,二万块的金圆,谁也不对它表示一点疑问。这完全是因为国家太富足升平了,晏安的积毒蕴蓄于内,虽然已经到了溃烂的程度,外表上却还一点看不出将死的征象来。谢谢您,官长。

队长　上帝和您同在,先生。(下。)

罗森克兰兹　我们走吧,殿下。

哈姆莱特　我就来,你们先走一步。(除哈姆莱特外均下)我所见到听到的一切,都好像在对我谴责,鞭策我赶快进行我的蹉跎未就的复仇大愿!一个人要是在他生命的盛年,只知道吃吃睡睡,他还算是个什么东西?简直不过是一头畜生!上帝造下我们来,使我们能够这样高谈阔论、瞻前顾后,当然要我们利用他所赋予我们的这一种能力和灵明的理智,不让它们白白废掉。现在我明明有理由,有决心,有力量,有方法,可以动手干我所要干的事,可是我还是在说一些空话“我要怎么怎么干”,而始终不曾在行动上表现出来;我不知道这是因为鹿豕一般的健忘呢,还是为了三分懦怯一分智慧的过于审慎的顾虑。像大地一样显明的榜样都

在鼓励我；瞧这一支勇猛的大军，领队的是一个娇养的少年王
子，勃勃的雄心振起了他的精神，使他蔑视不可知的结果。为了
区区弹丸大小的一块不毛之地，拼着血肉之躯，去向命运、死亡
和危险挑战。真正的伟大不是轻举妄动，而是在荣誉遭遇危险
的时候，即使为了一根稻秆之微，也要慷慨力争。可是我的父亲
给人惨杀，我的母亲给人污辱，我的理智和感情都被这种不共戴
天的大仇所激动，我却因循隐忍，一切听其自然；看着这二万个
人为了博取一个空虚的名声，视死如归地走下他们的坟墓里去，
目的只是争夺一方还不够作为他们埋骨之所的土地，相形之下，
我将何地自容呢？啊！从这一刻起，让我摈除一切的疑虑妄念，
把流血的思想充满在我的脑际。（下。）

第五场　埃尔西诺；城堡中一室

　　〔王后、霍拉旭及一侍臣上。

王后　我不愿意跟她说话。

侍臣　她一定要见您；她的神气疯疯癫癫，瞧着怪可怜的。

王后　她要什么？

侍臣　不断提起她的父亲；她说她听见这世上到处是诡计；一边呻
　　吟，一边捶她的心，对一些琐琐屑屑的事情痛骂，讲的都是些很
　　玄妙的话，好像有意思，又好像没有意思。她的话虽然不知所
　　云，可是却能使听见的人心中发生反应，而企图从它里面找出意
　　义来；他们妄加猜测，把她的话断章取义，用自己的思想附会上
　　去；当她讲那些话的时候，有时眨眼，有时点头，做着种种的手
　　势，的确使人相信在她的言语之间含蓄着什么意思，虽然不能确
　　定，却可以做一些很不好听的解释。

霍拉旭　最好有什么人跟她谈谈，因为也许她会在愚妄的脑筋里散
　　布一些危险的猜测。

王后　让她进来。（侍臣下。）

> 我负疚的灵魂惴惴惊惶，
>
> 琐琐细事也像预兆灾殃；
>
> 罪恶是这样充满了疑猜，
>
> 越小心越容易流露鬼胎。

〔侍臣率奥菲莉娅重上。

奥菲莉娅　丹麦的美丽的王后陛下呢？

王后　啊，奥菲莉娅！

奥菲莉娅　（唱）

> 张三李四满街走，
>
> 谁是你情郎？
>
> 毡帽在头杖在手，
>
> 草鞋穿一双。

王后　唉！好姑娘，这支歌是什么意思呢？

奥菲莉娅　您说？请您听好了。（唱）

> 姑娘，姑娘，他死了，
>
> 一去不复来，
>
> 头上盖着青春草，
>
> 脚下石生苔。
>
> 嗬呵！

王后　哎，可是，奥菲莉娅——

奥菲莉娅　请您听好了。（唱）

> 殓衾遮体白如雪——

〔国王上。

王后　唉！陛下，您瞧。

奥菲莉娅

> 鲜花红似雨，
>
> 花上盈盈有泪滴，
>
> 伴郎坟墓去。

国王　你好，美丽的姑娘？

奥菲莉娅　好,上帝保佑您! 他们说猫头鹰是一个面包师的女儿变成的。主啊! 我们**都知道自己现在是什么,**但谁也不知道将来会变成什么。愿上帝在您的食桌上。

国王　她父亲的死激成了她这种幻想。

奥菲莉娅　对不起,我们以后再别提这件事了。要是有人问您这是什么意思,您就这样对他说:(唱)

> 情人佳节就在明天,
>
> 我要一早起身,
>
> 梳洗齐整到你窗前,
>
> 来做你的恋人。
>
> 他下了床披了衣裳,
>
> 他打开了房门,
>
> 她进去时是个女郎,
>
> 出来变了妇人。

国王　美丽的奥菲莉娅!

奥菲莉娅　真的,不用发誓,我会把它唱完:(唱)

> 凭着神圣慈悲名字,
>
> 这种事太丢脸!
>
> 少年男子不知羞耻,
>
> 一味无赖纠缠。
>
> 她说你曾答应婚嫁,
>
> 然后再同枕席;
>
> 谁料如今被你欺诈,
>
> 懊悔万千无及!

国王　她这个样子已经多久了?

奥菲莉娅　我希望一切转祸为福! 我们必须忍耐,可是我一想到他们把他放下寒冷的泥土里去,我就禁不住掉泪。我的哥哥必须知道这件事。谢谢你们很好的劝告。来,我的马车! 晚安,太太们,晚安,可爱的小姐们,晚安,晚安!（下。）

国王 紧紧跟住她;留心不要让她闹出乱子来。（霍拉旭下）啊! 深心的忧伤把她害成这样子,这完全是为了她父亲的死。啊,葛特鲁德,葛特鲁德! 不幸的事情总是接踵而来:第一是她父亲的被杀;然后是你儿子的远别,他闯了这样的大祸,不得不亡命异国,也是自取其咎。人民对于善良的波洛涅斯的暴死,已经群疑蜂起,议论纷纷;我们这样匆匆忙忙地把他秘密安葬,更加引起了外间的疑窦,可怜的奥菲莉娅也因此而伤心得失去了她的正常的理智。我们人类没有了理智,不过是画上的图形,无知的禽兽。最后,跟这些事情同样使我不安的,她的哥哥已经从法国秘密回来,行动诡异,居心巨测,他的耳中所听到的,都是那些搬弄是非的人所散播的关于他父亲死状的恶意的谣言;**这些没有事实根据的谣言,在造谣者的牵强附会中,**少不得牵涉到我的身上。啊,我的亲爱的葛特鲁德! 这种消息像一尊杀人的巨炮,到处都在危害着我的生命。（内喧呼声。）

王后 哎哟! 这是什么声音?

　　　〔一侍臣上。

国王 我的瑞士卫队呢? 叫他们把守宫门。什么事?

侍臣 赶快避一避吧,陛下,比大洋中的怒潮冲决堤岸还要汹汹其势,年青的雷厄提斯带领着一队叛军,打败了您的卫士,冲进宫里来了。这一群暴徒把他称为主上,就像世界还不过刚才开始一般,他们推翻了一切的传统和习惯,高喊着:"我们推举雷厄提斯做国王!"他们掷着帽子,挥舞双手,吆喝的声音响彻云霄:"让雷厄提斯做国王,让雷厄提斯做国王!"

王后 他们这样兴高采烈,却不知道已经误入歧途! 啊,你们干了错事了,你们这些不忠的丹麦狗!（内喧呼声。）

国王 宫门都已经打破了。

　　　〔雷厄提斯戎装上;一群丹麦人随上。

雷厄提斯   这国王在哪儿？弟兄们，大家站在外面。

众人   不，让我们进来。

雷厄提斯   对不起，请你们**让我自己来解决这件事**①。

众人   好，好。（众人退立门外。）

雷厄提斯   谢谢你们，把门看守好了。啊，你这万恶的奸王！还我的
　　父亲来！

王后   安静一点，好雷厄提斯。

雷厄提斯   我身上要是有一点血安静下来，我就是个野生的杂种，我
　　的父亲是个王八，我的母亲的贞洁的额角上，也要雕上娼妓的
　　恶名。

国王   雷厄提斯，你这样大张声势，兴兵犯上，究竟为了什么原
　　因？——放了他，葛特鲁德，不要担心他会伤害我的身体，一个
　　君王是有神圣呵护的，他的威焰可以吓退叛徒。——告诉我，雷
　　厄提斯，你有什么气恼不平的事？——放了他，葛特鲁德。——
　　你说吧。

雷厄提斯   我的父亲呢？

国王   死了。

王后   但是并不是他杀死的。

国王   尽他问下去。

雷厄提斯   他怎么会死的？我可不能受人家的愚弄。忠心，到地狱
　　里去吧！让最黑暗的魔鬼把一切誓言抓了去！什么良心，什么
　　礼貌，都给我滚下无底的深渊里去！我要向永劫挑战。**我已横
　　下一条心**②：死也好，活也好，我什么都不管，只要痛痛快快地为
　　我的父亲复仇。

国王   谁可以阻止你？

---

①   朱译手稿：让我一个人在这儿。

②   朱译手稿：我的立场已经决定。

雷厄提斯　除了我自己的意志以外,全世界也不能阻止我;**凭我的力量,我一定能轻而易举地达到我的目的。**①

国王　好雷厄提斯,要是你想知道你的亲爱的父亲究竟是怎样死去的话,你还是先认认清楚谁是友人谁是敌人呢,还是不分青红皂白地把他们一概作为你的复仇的对象?

雷厄提斯　冤有头,债有主,我只要找我父亲的敌人算账。

国王　那么你要知道谁是他的敌人吗?

雷厄提斯　对于他的好朋友,我愿意张开我的手臂拥抱他们,像舍身的鹈鹕一样,把我的血供他们喝饮②。

国王　啊,现在你才说得像一个孝顺的儿子和真正的绅士。我不但对于令尊的死不曾有份,而且为此也感觉到非常的悲痛;这一个事实将会透过你的心,正像白昼的阳光照射你的眼睛一样。

众人　(在外)放她进去!

雷厄提斯　怎么!那是什么声音?

　　　〔奥菲莉娅上。

雷厄提斯　啊,赤热的烈焰,炙枯了我的脑浆吧!七倍辛酸的眼泪,灼伤了我的视觉吧。天日在上,我一定要叫那害你疯狂的仇人重重地抵偿他的罪恶。啊,五月的玫瑰!亲爱的女郎,好妹妹,奥菲莉娅!天啊!一个少女的理智,也会像一个老人的生命一样受不起打击吗?**恋爱中的天性是完美的,如今这完美的珍宝已随所爱者而去了!**

奥菲莉娅　(唱)

　　　　　他们把他抬上枢架;

　　　　　　哎呀,哎呀,哎哎呀,

　　　　　在他坟上泪如雨下,

---

①　朱译手稿:不费吹灰之力,我就可以达到我的目的。

②　昔人误信鹈鹕以其血哺雏,故云。

再会,我的鸽子!

雷厄提斯　要是你没有发疯,你会激励我复仇,你的言语也不会比你现在这样子更使我感动了。

奥菲莉娅　**你应该这样唱"当厄当",你就叫他当厄当吧。**① 啊,这纺轮转动的声音多么好听! 是那坏良心的管家把主人的女儿拐了去了。

雷厄提斯　这一种无意识的话,比正言危论还要有力得多。

奥菲莉娅　这是表示记忆的迷迭香;爱人,请你记着吧:这是表示思想的三色堇。

雷厄提斯　她在疯狂中把思想和记忆混杂在一起了。

奥菲莉娅　这是给你的茴香和漏斗花;这是给你的芸香;这儿还留着一些给我自己;**这芸香,我们可以管它叫礼拜日的忏悔草**。啊! 你可以把你的芸香插戴得别致点儿。这儿是一枝雏菊,我想要给你几朵紫罗兰,可是我父亲一死,它们全都谢了。他们说他死得很好。——(唱)

　　　　可爱的罗宾是我的宝贝。

雷厄提斯　忧愁、痛苦、悲哀和地狱中的磨难,在她身上都变成了可怜可爱。

奥菲莉娅　(唱)

　　　　他会不会再回来?
　　　　他会不会再回来?
　　　　　不,不,他死了,
　　　　　　你的命难保,
　　　　　他再也不会回来。
　　　　　他的胡须像白银,
　　　　　满头黄发乱纷纷。

① 奥菲莉娅此处模仿民间谣曲中的副歌。

> 人死不能活，
>
> 且把悲声歇；
>
> 上帝饶恕他灵魂！
>
> 求上帝饶恕一切基督徒的灵魂！上帝和你们同在。（下。）

雷厄提斯　上帝啊，你看见这种惨事吗？

国王　雷厄提斯，我必须跟你详细谈谈关于你所遭逢的不幸，你不能拒绝我这一个权利。你不妨先去选择几个你的最有见识的朋友，请他们在你我两人之间做公证人：要是他们评断的结果，认为你父亲是我主动或同谋杀害的，我愿意放弃我的国土，我的王冠，我的生命，以及我所有的一切，作为对你的补偿；可是他们假如认为我是无罪的，那么你必须答应助我一臂之力，让我们两人开诚合作，定出一个惩凶的方策来。

雷厄提斯　就这样吧；他死得这样不明不白，他的下葬又是这样偷偷摸摸的，他的尸体上没有一些战士的荣饰，也不曾替他举行一些哀祭的仪式，从天上到地下都在发出愤怒不平的呼声，我不能不问一个明白。

国王　你可明白一切；谁是真有罪的，让斧钺加在他的头上吧。请你跟我来。（同下。）

第六场　同前；另一室

　　　　〔霍拉旭及一仆人上。

霍拉旭　要来见我说话的是些什么人？

仆人　是个水手，主人，他们说他们有信要交给您。

霍拉旭　叫他们进来。（仆下）倘不是哈姆莱特殿下差来的人，我不知道在这世上的哪一部分会有人来看我。

　　　　〔水手等上。

水手甲　上帝祝福您，先生！

霍拉旭　愿他也祝福你。

水手乙　他要是高兴，先生，他会祝福我们的。这儿有一封信给您，
　　　先生——它是从那位到英国去的钦使寄来的。——要是您的名
　　　字果然是霍拉旭的话。

霍拉旭　（读信）"霍拉旭，你把这封信看过以后，请把来人领去见一见
　　　国王，他们还有信要交给他。我们在海上的第二天，就有一艘很
　　　凶猛的海盗船向我们追袭。我们因为船行太慢，只好勉力迎敌；
　　　在彼此相持的时候，我跳上了盗船，他们就立刻抛下我们的船，
　　　扬帆而去，剩下我一个人做他们的俘虏。他们对待我很是有礼，
　　　可是他们知道他们所做的事，我还要重谢他们哩。把我给国王
　　　的信交给他以后，请你就像逃命一般火速来见我。我有一些可
　　　以使你听了挢舌不下的话要在你的耳边说；可是事实的本身比
　　　这些话还要严重得多。来人可以把你带到我现在所在的地方。
　　　罗森克兰兹和吉尔登斯特恩到英国去了，关于他们我还有许多
　　　话要告诉你。再会。你的哈姆莱特。"来，让我立刻就带你们去
　　　把你们的信送出，然后请你们领我到那把这些信交给你们的那
　　　个人的地方去。（同下。）

第七场　同前；另一室

〔国王及雷厄提斯上。

国王　你已经用你同情的耳朵，听见我告诉你那杀死令尊的人，也在
　　　图谋我的生命，现在你必须明白我的无罪，并且把我当作你的一
　　　个心腹的友人了。

雷厄提斯　听您所说，果然像是真的；可是告诉我，为了您自己的安
　　　全起见，为什么你对于这样罪大恶极的暴行，不采取严厉的手
　　　段呢？

国王　啊！那是因为有两个理由，也许在你看来是不成其为理由的，
　　　可是对于我却有很大的关系。王后，他的母亲，差不多一天不看
　　　见他就不能生活；至于我自己，那么不管它是我的好处或是我的

致命的弱点,我的生命和灵魂是这样跟她联结在一起,正像星球不能跳出轨道一样,我也不能没有她而生活。而且我之所以不能把这件案子公开,还有一个重要的顾虑:一般民众对他都有很大的好感,他们盲目的崇拜像一道使树木变成石块的魔泉一样,把他所有的错处都变成了优点。我的箭太轻,太没有力了,遇到这样的狂风,一定不能射中目的,反而给吹了转来。

雷厄提斯　那么难道我的一个高贵的父亲就这样白白死去,一个好好妹妹就这样白白疯了不成?她的完美卓越的姿容才德,是可以傲视一世、睥睨古今的。可是我的报仇的机会总有一天会到来。

国王　不要让这件事扰乱了你的睡眠;你不要以为我是这样一个麻木不仁的人,会让人家揪着我的胡须,还以为不过是开开玩笑。不久你就可以听到消息。我爱你的父亲,我也爱我自己,那我希望可以使你想到——

　　〔一使者上。

国王　啊!什么消息?

使者　启禀陛下,是哈姆莱特寄来的信;这一封是给陛下的,这一封是给王后的。

国王　哈姆莱特寄来的!谁把它们送到这儿来?

使者　他们说是几个水手,陛下,我没有看见他们;这两封信是克劳第奥交给我的,来人把信送在他手里。

国王　雷厄提斯,你可以听一听这封信。出去!（使者下。读信）"陛下,我已经光着身子回到您的国土上来了。明天我就要请您允许我拜谒御容。让我先向您告我的不召而返之罪,然后再禀告您我这次突然意外回国的原因。哈姆莱特敬上。"这是什么意思?同去的人也都一起回来了吗?还是什么人在捣鬼,并没有这么一回事?

雷厄提斯　您认识这笔迹吗?

国王　这确是哈姆莱特的亲笔。"光着身子!"这儿还附着一笔,说是"一个人回来"。你看他是什么用意?

雷厄提斯　我可不懂,陛下。可他是来得正好,我一想到我能够有这样一天当面申斥他的罪状,我的郁闷的心也热起来了。

国王　要是果然这样的话——**事情怎么会这样呢?还有其他的办法吗?**——雷厄提斯,你愿意听我的吩咐吗?

雷厄提斯　愿意,陛下,只要你不勉强我跟他和解。

国王　我是要使你自己心里得到平安。要是他现在中途而返,不预备再做这样的航行,那么我已经想好了一个计策,激动他去做一件事情,一定可以叫他自投罗网;而且他死了以后,谁也不能讲一句闲话,即使他的母亲也不能觉察我们的**计策**①,只好认为是一件意外的灾祸。

雷厄提斯　陛下,我愿意服从你的指挥,最好请您设法让他死在我的手里。

国王　我正是这样计划。自从你到国外游学以后,人家常常说起你有一种特长的本领,这种话哈姆莱特也是早就听到过的;虽然在我的意见之中,这不过是你所有的才艺中最不足道的一种,可是你的一切才艺的总和,都不及这一种本领更能挑起他的妒忌。

雷厄提斯　是什么本领呢,陛下?

国王　它虽然不过是装饰在少年人帽子上的一条缎带,但也是少不了的;因为年青人应该装束得华丽潇洒一些,表示他的健康活泼,正像老年人应该装束得朴素大方一些,表示他的矜严庄重一样。两个月以前,这儿来了一个诺曼底的绅士,我自己曾经和法国人在马上比过武艺,他们都是很精于骑术的,可是这位好汉简直有不可思议的魔力,他骑在马上,好像和他的坐骑化成了一体似的,随意驰骤,无不出神入化。他的技术是那样远超过我的预

---

①　朱译手稿:诡计。

料,无论我在杜撰一些怎样夸大的词句,都不够形容它的奇妙。

雷厄提斯　是个诺曼底人吗?

国　王　是诺曼底人。

雷厄提斯　那么一定是拉摩德了。

国　王　正是他。

雷厄提斯　我认识他;他的确是全国知名的勇士。

国　王　他承认你的武艺很了不得,对于你的剑术尤其极口称赞,说是倘有人能够和你对敌,那一定大有可观;他发誓说他们国里的剑士要是跟你交起手来,一定会眼花缭乱,全然失去招架之功。他对你的这一翻夸奖,使哈姆莱特妒恼交集,一心希望你快些回来,跟他比赛一下。从这一点上——

雷厄提斯　从这一点上怎么,陛下?

国　王　雷厄提斯,你是真爱你的父亲吗?还是不过是做作出来的悲哀,只有表面,没有真心?

雷厄提斯　您为什么这样问我?

国　王　我不是以为你不爱你的父亲;可是我知道爱不过起于一时的感情冲动,经验告诉我,经过了相当时间,它是会逐渐冷淡下去的。爱像一盏油灯,灯芯烧枯以后,它的火焰也会由微暗而至于消灭。一切事情都不能永远保持良好,因为过度的善反会摧毁它的本身,正像一个人因充血而死去一样。我们所要做的事,应该一想到就做;因为一个人的心理是会随时变化的,稍一迟疑就会遭遇种种的迁延阻碍。**那时雄心壮志就会变成一声多余的叹息,夭折在聊以自慰之中。**可是回到我们所要谈论的中心问题上来吧。哈姆莱特回来了;你预备怎样用行动代替言语,表明你自己的确是父亲的肖子呢?

雷厄提斯　我要在教堂里割破他的喉咙。

国　王　无论什么所在都不能庇护一个杀人的凶手,复仇不应该在碍手碍脚的地方。可是,好雷厄提斯,你要是果然志在复仇,还是住在自己家里不要出来。哈姆莱特回来以后,我们可以让他知道你也已经回来,叫几个人在他的面前夸奖你的本领,把你说得比那法国人所讲的还要了得,怂恿他和你做一次比赛。他是个粗心的人,一点想不到人家在算计他,一定不会仔细检视比赛用的刀剑的利钝;你只要预先把一柄利剑混杂在里面,趁他没有注意的时候不动声色地自己拿了,在比赛之际,看准他的要害刺了过去,就可以替你的父亲报了仇了。

雷厄提斯　我愿意这样做,为了达到复仇的目的,我还要在我的剑上涂一些毒药。我已经从一个卖药人手里买到一种致命的药油,只要在剑头上沾了一滴,刺到人身上,它一碰到血,即使只是擦破了一些皮肤,也会毒性发作,无论什么灵丹仙草,都不能挽救他的性命。**我要在剑头上涂上这种毒药,到时候即便轻轻一点,也能取他性命。**

国王　让我们再考虑考虑,看时间和机会能够给我们什么方便。要是这一个计策会失败,要是我们会在行动之间露出了破绽,那么还是不要尝试的好。为了预防失败起见,我们应该另外再想一个万全之计。且慢!让我想来,我们可以对你们两人的胜负打赌;啊,有了:你在跟他交手的时候,必须使出你全副的精神,使他疲于奔命,等他口干唇燥,要讨水喝的当儿,我就为他预备好一杯毒酒;万一他逃过了你的毒剑,也逃不过我们这一着。且慢!什么声音?

　　　　〔王后上。

国王　啊,亲爱的王后!

王后　一桩祸事刚刚到来,又有一桩接踵而至。雷厄提斯,你的妹妹掉在水里溺死了。

雷厄提斯　溺死了!啊!在哪儿?

王后　在小溪之旁,斜生着一株杨柳,它的毵毵的枝叶倒映在明镜一样的水流之中;她一个人到那儿去,用毛茛、荨麻、雏菊和长颈紫兰——说话随便的牧羊人给这种花起了个粗俗的名字,贤德的少女们则管它叫"死人指"——编成了一个个花圈,替她自已做成了奇异的装饰。然后她爬上一根横垂的树枝,想要把她的花冠挂在上面;就在这时候,树枝折断了,连人带花一起落下呜咽的溪水里。她的衣服四散展开,使她暂时像人鱼一样漂浮水上;她嘴里还断断续续唱着古老的谣曲,好像一点不感觉到什么痛苦,又好像她本来就是生长在水中的一般。可是不多一会儿,她的衣服给水浸得重起来了,这可怜的人儿歌还没有唱完,就已经沉了下去。

雷厄提斯　唉! 那么她溺死了吗?

王后　溺死了,溺死了。

雷厄提斯　太多的水淹没了你的身体,可怜的奥菲莉娅,所以我必须忍住我的眼泪。可是人类的常情是不能遏阻的,我掩饰不了心中的悲哀,只好顾不得惭愧了;当我们的眼泪干了以后,我们的妇人之仁也会随着消灭的。再会,陛下! 我有一段炎炎欲焚的烈火般的说话,可是我的傻气的眼泪把它浇熄了。(下。)

国王　让我们跟上去,葛特鲁德。我好容易才把他的怒气平息了一下,现在我怕又要把它挑起来了。快让我们跟上去吧。(同下。)

第 五 幕

第一场　墓　地

〔二小丑携锄锹等上。

小丑甲　她存心自己脱离人世,却要照基督徒的仪式下葬吗?

小丑乙　我对你说是的,所以你赶快把她的坟掘好了吧;验尸官已经验明她的死状,宣布应该按照基督徒的仪式把她下葬。

小丑甲　这可奇了,难道她是因为自卫而逃下水里的吗?

小丑乙　他们验明是这样的。

小丑甲　那么故意杀人也可以罪从末减了。因为问题是这样的:要是我有意投水自杀,那必须成立一个行为;一个行为可以分为三部分,那就是干、行、做,所以,她是有意投水自杀的。

小丑乙　哎,你听我说——

小丑甲　对不起。这儿是水,好。这儿站着人,好。要是这个人跑到这个水里,把他自己淹死了,那么,不管他自己愿不愿意,总是他自己跑下去的;你听见了没有? 可是要是那水走到他的身上把他淹死了,那就不是他自己把自己淹死;所以,对于他自己的死无罪的人,并没有杀害他自己的生命。

小丑乙　法律上是这样说的吗?

小丑甲　嗯,是的,这是验尸官的验尸法。

小丑乙　说一句老实话,要是这个死的不是一位贵家女子,他们决不会按照基督徒的仪式把她下葬的。

小丑甲　对了,你说得有理,有财有势的人,就是要投河上吊,比起他们同教的基督徒来也可以格外通融,世上的事情真是太不公平! 来,我的锄头。古时候没有什么绅士,只有一些种地的、开沟的、掘坟的人,他们都继承着亚当的行业。

小丑乙　亚当是一个绅士吗?

小丑甲　他是第一个佩戴纹章的人。①

小丑乙　没有吧。

小丑甲　什么! 你是个异教徒吗? 你有没有读过《圣经》?《圣经》上说:"亚当掘地。"**没有手臂他能掘地吗?** 让我再问你一个问题;要是你回答得不对,那么你就承认你自己——

———————————

①　原文 arms 为双关语:纹章;手臂。

小丑乙　　你问吧。

小丑甲　　谁造出东西比泥水匠、船匠或是木匠更坚固？

小丑乙　　造绞架的人，因为一千个寄寓在这屋子里的人都已经先后死去，它还是站在那儿动都不动。

小丑甲　　我很喜欢你的聪明，真的。绞架是很合适的；可是它怎么是合适的？它对于那些有罪的人是合适的。你说绞架造得比教堂还坚固，说这样的话是罪过的；所以，绞架对于你是合适的。来，重新说过。

小丑乙　　谁造出东西比泥水匠、船匠或是木匠更坚固？

小丑甲　　嗯，你回答了这个问题，我就让你下工。

小丑乙　　呃，现在我知道了。

小丑甲　　说吧。

小丑乙　　真的，我可回答不出来。

〔哈姆莱特及霍拉旭上，立远处。

小丑甲　　别尽绞我的脑筋了，懒驴子是打死也走不快的；下回有人问你这个问题的时候，你就对他说"掘坟的人"，因为他造的房子是可以一直住到世界末日的。去，到酒店里去给我倒一杯酒来。

（小丑乙下，小丑甲且掘且歌）

> 年青时候最爱偷情，
>
> 　　觉得那事很有趣味；
>
> 规规矩矩学做好人，
>
> 　　在我看来太无意义。

哈姆莱特　　这家伙难道对于他的工作一点没有什么感觉，在掘坟的时候还会唱歌吗？

霍拉旭　　他做惯了这种事，所以不以为意。

哈姆莱特　　正是，不大劳动的手，它的感觉要比较灵敏一些。

小丑甲　　（唱）

> 谁料如今岁月潜移，

> 老景催人急于星火，
>
> 　两腿挺直一命归西，
>
> 　　世上原来不曾有我。（掷起一骷髅。）

哈姆莱特　那个骷髅里面曾经有一条舌头，它也会唱歌哩；瞧这家伙把它摔在地上，好像它是第一个杀人凶手该隐的颚骨似的！它也许是一个政客的头颅，现在却让这蠢货把它丢来踢去；也许他生前是一个偷天换日的好手，你看是不是？

霍拉旭　也许是的，殿下。

哈姆莱特　也许是一个朝臣，他会说："早安，大人！您好，大人！"也许他就是某大人，嘴里称赞某大人的马好，心里却想把它讨了来，你看是不是？

霍拉旭　是，殿下。

哈姆莱特　啊，正是；现在却让蛆虫伴寝，他的下巴也脱掉了，一柄工役的锄头可以在他头上敲来敲去。从这种变化上，我们大可看透生命无常的**道理**①。难道这些枯骨生前受了那么多的教养，死后却只好给人家当木块一般抛着玩吗？想起来真是怪不好受的。

小丑甲　（唱）

> 　锄头一柄，铁铲一把，
>
> 　　殓衾一方掩面遮身，
>
> 　挖松泥土深深掘下，
>
> 　　掘了个坑招待客人。（掷起另一个骷髅。）

哈姆莱特　又是一个；谁知道那不会是一个律师的骷髅？他的舞文弄法的手段，颠倒黑白的雄辩，现在都到哪儿去了？为什么他让这个放肆的家伙用龌龊的铁铲敲他的脑壳，不去控告他一个殴打罪？哼！这家伙生前也许曾经买下许多地产，开口闭口用那

---

①　朱译手稿：消息。

些条文、具结、罚款、证据、赔偿一类的名词吓唬人；现在他的脑
壳里塞满了泥土，这就算是他所取得的最后的赔偿了吗？除了
两张契约大小的一方地面以外，谁能替他证明他究竟有多少地
产？这一抔黄土，就是他所有的一切了吗，嗯？

霍拉旭　这就是他所有的一切了，殿下。

哈姆莱特　**契约纸是不是用羊皮做的？**

霍拉旭　**是的，殿下，也有用牛皮做的。**

哈姆莱特　想凭契约获得财产保证的人，其实与牛羊一样愚蠢。我
要去跟这家伙谈谈。喂，这是谁的坟墓？

小丑甲　我的，先生——

　　　　　挖松泥土深深掘下，

　　　　　掘了个坑招待客人。

哈姆莱特　**我想也是你的，因为你人在里面。**

小丑甲　您人在外面，先生，因此这坟墓不属于您；就我而言，虽然我
没有躺在里面，但它还是我的。

哈姆莱特　你人在里面，就说这坟是你的，你这是在说谎。坟墓是死
人睡的，不是给活人睡的，你因此说了谎①。

小丑甲　那我说的是一个活人谎，先生；你要留意，先生，这活人谎会
从我这里跑到你那里的。

哈姆莱特　**你给什么人掘这坟墓？是个男人吗？**

小丑甲　不是男人，先生。

哈姆莱特　那么是什么女人？

小丑甲　也不是女人。

哈姆莱特　不是男人，也不是女人，那么谁葬在这里面？

小丑甲　先生，她本来是一个女人，可是上帝让她的灵魂得到安息，
她已经死了。

---

① 朱译手稿：怎么说是你的？

哈姆莱特　这混蛋倒会分辨得这样清楚！我们讲话必须直截痛快，要是像这样含含糊糊的，可把人烦死了。凭着上帝发誓，霍拉旭，我觉得这三年来，时世变得越发不成样子，一个平民也敢用他的脚趾地去踢痛贵人的后跟。——你做这掘墓的营生，已经多久了？

小丑甲　我开始干这个营生，是在我们的老王爷哈姆莱特打败福丁布拉斯那一天。

哈姆莱特　那是多少时候以前的事？

小丑甲　你不知道吗？每一个傻子都知道的，那正是小哈姆莱特出世的那一天，就是那个发了疯给他们送到英国去的。

哈姆莱特　嗯，对了，为什么他们叫他到英国去？

小丑甲　就是因为他发了疯呀；他到英国去，他的疯病就会好的，即使疯病不会好，在那边也没有什么关系。

哈姆莱特　为什么？

小丑甲　英国人不会把他当作疯子，他们都跟他一样疯的。

哈姆莱特　他怎么会发疯？

小丑甲　人家说得很奇怪。

哈姆莱特　怎么奇怪？

小丑甲　他们说他神经有了毛病。

哈姆莱特　有什么根据吗？

小丑甲　丹麦就是我的根据。我从小到大，就在本地给人掘墓，已经整整三十年了。

哈姆莱特　一个人埋在地下，要经过多少时候才会腐烂？

小丑甲　假如他不是在未死以前就已经腐烂——现在多的是害杨梅疮死去的尸体，简直抬都抬不下去——他大概可以过八九年，一个硝皮匠在九年以内不会腐烂。

哈姆莱特　为什么他要比别人长久一些？

小丑甲　因为，先生，他的皮硝得比人家的硬，可以长久不透水；尸体一碰到水，是最会腐烂的。这儿又是一个骷髅，这骷髅已经埋在地下二十三年了。

哈姆莱特　它是谁的骷髅？

小丑甲　是个婊子养的疯小子，你猜是谁？

哈姆莱特　我猜不出。

小丑甲　这个遭瘟的疯小子！他有一次把一瓶葡萄酒倒在我的头上。这一个骷髅，先生，是国王的弄人约里克的骷髅。

哈姆莱特　这就是他！

小丑甲　正是他。

哈姆莱特　让我看。（取骷髅）唉，可怜的约里克！霍拉旭，我认识他，他是一个最会开玩笑，非常富于想象力的家伙。他曾经把我负在背上一千次；现在我一想起来，却忍不住胸头作呕。这儿本来有两片嘴唇，我不知吻过它们多少次。——现在你还会挖苦人吗？你还会蹦蹦跳跳，逗人发笑吗？你还会唱歌吗？你还会随口编造一些笑话，说得满座捧腹吗？你没有留下一个笑话讥笑你自己吗？这样垂头丧气了吗？现在你给我到小姐的闺房里去，对她说，任凭她脸上的脂粉擦得一寸厚，到后来总要变成这个样子的。你用这样的话告诉她，看她笑不笑吧。霍拉旭，请你告诉我一件事情。

霍拉旭　什么事情，殿下？

哈姆莱特　你想亚历山大在地下也是这一副形状吗？

霍拉旭　也是这样。

哈姆莱特　也有同样的臭味吗？呸！（掷下骷髅。）

霍拉旭　也有同样的臭味，殿下。

哈姆莱特　谁知道我们将来会变成一些什么下贱的东西，霍拉旭！要是我们用想象推测下去，谁知道亚历山大的高贵的尸体，不就是塞在酒桶口上的泥土呢？

霍拉旭　那未免太想入非非了。

哈姆莱特　不，一点也不，这是很可能的；我们可以这样想：亚历山大
死了，亚历山大埋葬了，亚历山大化为尘土；人们把尘土做成烂
泥；那么为什么亚历山大所变成的烂泥，不会被人家拿来塞在酒
桶的口上呢？

　　　　　凯撒死了，他尊严的尸体，

　　　　　也许变了泥巴破墙填砌；

　　　　　啊！他从前是何等的英雄，

　　　　　现在只好替人挡雨遮风！

可是不要作声！不要作声！站开；国王来了。

　　　　〔教士等列队上，众抬奥菲莉娅尸体前行；雷厄提斯及诸送葬者、国王、
王后及侍从等随后。

哈姆莱特　王后和朝臣们也都来了，他们是送什么人下葬呢？仪式
又是这样草率的？瞧上去好像他们所送葬的那个人，是自杀而
死的，同时又是个很有身分的人。让我们躲在一旁瞧瞧他们。
（与霍拉旭退后。）

雷厄提斯　还有些什么仪式？

哈姆莱特　（向霍拉旭旁白）那是雷厄提斯，一个很高贵的青年，听着。

雷厄提斯　还有些什么仪式？

教士甲　她的葬礼已经超过了她所应得的名分。她的死状很是可
疑，倘不是因为我们迫于权力，按例就该把她安葬在圣地以外，
直到最后审判的喇叭吹召她起来。我们不但不应该替她念祷
告，并且还要用砖瓦碎石丢在她坟上；可是现在我们已经允许给
她处女的葬礼，用花圈盖在她的身上，替她散播鲜花，鸣钟送她
入土，这还不够吗？

雷厄提斯　难道不能再有其他的仪式了吗？

教士甲　不能再有其他仪式了。要是我们为她奏安魂曲，就像对于
一般平安死去的灵魂一样，那就要亵渎了教规。

雷厄提斯　把她放下泥土里去；愿她的娇美的无瑕的肉体上，生出芬

芳馥郁的紫罗兰来！我告诉你，你这下贱的教士，我的妹妹将要做一个天使，你死了却要在地狱里呼号。

哈姆莱特　什么！是美丽的奥菲莉娅吗？

王后　好花是应当散在美人身上的；永别了！（撒花）我本来希望你做我的哈姆莱特的妻子。这些鲜花本来要铺在你的新床上，亲爱的女郎，谁想得到我要把它们散在你的坟上！

雷厄提斯　啊，但愿千百重的灾祸降临在害得你精神错乱的那个该死的恶人的头上！等一等，不要把泥土盖上去，让我再把她拥抱一次。（跳下墓中）现在把你们的泥土倒下来，把死的和活的一起掩埋了吧。让这块平地上堆起一座高山，那古老的皮利恩山和苍秀插天的俄林波斯山都要俯伏在它的足下。

哈姆莱特　（上前）哪一个人的心里装载得下这样沉重的悲伤？哪一个人的哀恸的词句，可以使天上的流星惊疑止步？那是我，丹麦王子哈姆莱特（跳下墓中。）

雷厄提斯　魔鬼抓了你的灵魂去！（将哈姆莱特揪住。）

哈姆莱特　你祷告错了。请你不要抱住我的头颈；因为我虽然不是一个暴躁易怒的人，可是我的火性发作起来，是很危险的，你还是不要激恼我吧。放开你的手！

国王　把他们拉开！

王后　哈姆莱特！哈姆莱特！

众人　殿下，公子——

霍拉旭　好殿下，安静点儿。（侍从等分开二人。二人自墓中出。）

哈姆莱特　嘿，我愿意为了这个题目跟他决斗，直到我眼皮不再眨动。

王后　啊，我的孩子！什么题目？

哈姆莱特　我爱奥菲莉娅，四万个兄弟的爱合起来，还抵不过我对她的爱。你愿意为她干什么事情？

国王　啊，他是个疯人，雷厄提斯。

王后　看在上帝的分上,不要跟他认真。

哈姆莱特　哼,让我瞧瞧你会干些什么事。你会哭吗?你会打架吗?你会绝食吗?你会撕破你自己的身体吗?你会喝一大缸醋吗?你会吃一条鳄鱼吗?我都会做得到。你是到这儿来哭泣的吗?你跳下她的坟墓里,是要当面羞辱我吗?你跟她活埋在一起,我也会跟她活埋在一起;要是你还要夸说什么高山大岭,那么让他们把几百万亩的泥土堆在我们身上,直到我们的地面深陷到赤热的地心,让巍峨的奥萨山在相形之下变得只像一个瘤那么大吧!嘿,你会吹,我就不会吹吗?

王后　这不过是他一时的疯话。他的疯病一发作起来,总是这个样子的;可是等一会儿他就会安静下来,正像母鸽孵育它那金羽的雏鸽的时候一样温和了。

哈姆莱特　听我说,老兄,你为什么这样对待我?我一向是爱你的。可是这些都不用说了,有本领的,随他干什么事吧。猫总是要叫,狗总是要闹的。(下。)

国王　好霍拉旭,你跟住他。(霍拉旭下,向雷厄提斯)记住我们昨天晚上所说的话,格外忍耐点儿吧;我们马上就要可以实行我们的办法。好葛特鲁德,叫几个人好好看守你的儿子。这一个坟上将要植立一块永久的墓碑。平静的时间不久就会到来,现在我们必须耐着心把一切安排。(同下。)

第二场　城中的厅堂

〔哈姆莱特及霍拉旭上。

哈姆莱特　这个题目已经讲完,现在我可以让你知道另外一段事情。你还记得当初的一切经过情形吗?

霍拉旭　记得,殿下。

哈姆莱特　在我的心里有一种战争,使我不能睡眠,我觉得我的处境比锁在脚镣里的叛变的水手还要难堪。**卤莽,卤莽反而是值得**

赞美的——我们应该知道,我们乘着一时的孟浪,往往可以做出一些为我们的深谋密虑所做不成功的事;从这一点上,我们可以看出来,无论我们怎样辛苦图谋,我们的结果却早已有一种冥冥中的力量把它布置好了。

霍拉旭　这是无可置疑的。

哈姆莱特　当时我从舱里起来,一件航海的宽衣罩在我的身上,我在黑暗之中摸索着找寻他们的所在,果然给我达到目的,摸到了他们的包裹,拿着它回到我自己的地方;疑心使我忘记了礼貌,我大胆地拆开了他们的公文,在那里面,霍拉旭——啊,堂皇的诡计!——我发现一道切实的命令,借了许多好听的理由为名,**如果让我继续活在人世,我必然会兴妖作怪**①;说是为了丹麦和英国双方的利益,必须不等磨好利斧,立即枭下我的首级。

霍拉旭　有这等事?

哈姆莱特　这一封就是原来的国书;你有空的时候可以仔细读一下。可是你愿意听我告诉你后来我怎么办吗?

霍拉旭　请您告诉我。

哈姆莱特　在这样重重诡计的包围之中,我的脑筋不等我定下心来思索,就开始活动起来了;我坐下来另外写了一通官样文章的国书。从前我曾经抱着跟我们那些政治家们同样的意见,认为文章写得好是一件有失体面的事,总是想竭力忘记这一种学问,可是现在它却对我有了大大的用处。你知道我写些什么话吗?

霍拉旭　嗯,殿下。

哈姆莱特　我用国王的名义,向英王提出恳切的要求,因为英国是他忠心的藩属,因为两国之间的友谊,必须让它像棕榈树一样发荣繁茂,因为和平的女神必须永远戴着她的荣冠,沟通彼此的情感,以及许许多多诸如此类的重要理由,请他在读完这一封信以

①　朱译手稿:掩藏着狰狞丑恶的鬼蜮的面貌。

后,不要有任何的迟延,立刻把那两个传书的来使处死,不让他们有从容忏悔的时间。

霍拉旭　可是国书没有盖印,那怎么办呢?

哈姆莱特　啊,就在这件事上,也可以看出一切都是上天预先注定。我的衣袋里恰巧藏着我父亲的私印,它跟丹麦的国玺是一个式样的;我把伪造的国书照着原来的样子折好,签上名字,盖上印玺,把它小心封好,归还原处,一点没有露出破绽。下一天就遇见了海盗,那以后的情形,你早已知道了。

霍拉旭　这样说来,吉尔登斯特恩和罗森克兰兹是去送死的了。

哈姆莱特　哎,朋友,他们本来是自己钻求这件差事的;我在良心上没有对不起他们的地方,是他们自己的阿谀献媚断送了他们的生命。两个强敌猛烈争斗的时候,不自量力的微弱之辈,却去插身在他们的中间,这样的事情是最危险不过的。

霍拉旭　嘿,这是一个什么国王!

哈姆莱特　你想,我是不是应该——他杀死了我的父王,奸污了我母亲,篡夺了我的嗣位的权利,用这种诡计谋害我的生命,凭良心说,我是不是应该亲手向他复仇雪恨?上天会不会嘉许我替世上剪除这一个戕害天性的蟊贼,不让他继续为非作恶?

霍拉旭　他不久就会从英国得到消息,知道这一回事产生了怎样的结果。

哈姆莱特　时间虽然很局促,可是我已经抓住眼前这一刻工夫;一个人的生命可以在说一个"一"字的一刹那之间了结。可是我很后悔,好霍拉旭,不该在雷厄提斯之前失去了自制;因为他所遭遇的惨痛,正是我自己的怨愤的影子。我要取得他的好感。可是他俩不是那样夸大他的悲哀,我也决不会动起那么大的火性来的。

霍拉旭　不要作声,谁来了!

　　　　〔奥斯里克上。

奥斯里克　殿下，欢迎您回到丹麦来！

哈姆莱特　谢谢您，先生。(向霍拉旭旁白)你认识这只水苍蝇吗？

霍拉旭　(向哈姆莱特旁白)不认识，殿下。

哈姆莱特　(向霍拉旭旁白)那是你的运气，因为认识他是一件丢脸的事。他有许多肥田美壤，**要是一头畜生做了一群畜生的主人，他就有资格在御座之前低头吃草了。他是个愚蠢的乡巴佬，只是——我刚才说了——拥有许多田产**①。

奥斯里克　殿下，您要是有空的话，我奉陛下之命，要来告诉您一件事情。

哈姆莱特　先生，我愿意恭聆大教。您的帽子是应该戴在头上的，你还是戴上去吧。

奥斯里克　谢谢殿下，天气真热。

哈姆莱特　不，相信我，天冷得很，在刮北风哩。

奥斯里克　真的有点儿冷，殿下。

哈姆莱特　可是对于像我这样的体质，我觉得这一种天气却是闷热得利害。

奥斯里克　对了，殿下；真是说不出来的闷热。可是，殿下，陛下叫我来通知您一声，他已经为您下了一个很大的赌注了。殿下，事情是这样的——

哈姆莱特　请您不要忘记了您的帽子。(促奥斯里克戴上帽子。)

奥斯里克　不，殿下，我还是这样舒服些，真的。殿下，雷厄提斯新近到我们的宫廷里来，相信我，他是一个完善的绅士，充满着最卓越的特点，他的态度非常温雅，他的谈吐又是非常渊博，说一句发自衷心的话，他是上流社会的指南针，因为在他身上可以找到一个绅士所应有的品质的总汇。

---

①　朱译手稿：要是一头畜生做了万兽之王，他也会在御座之前低头吃草了。他是个满身泥土气的伧夫。

哈姆莱特　先生,他对于您这一番描写,的确可以当之无愧,虽然我
　　知道,要是把他的好处一件一件列举出来,不但我们的记忆将要
　　因此而淆乱,交不出一篇正确的账目来,而且他这一艘满帆的快
　　船,也决不是我们失舵之舟所能追及;可是,凭着真诚的赞美而
　　言,我认为他是一个才德优异的人,他的高超的禀赋是那样希有
　　而罕见,说一句真心的话,除了在他的镜子里以外,再也找不到
　　第二个跟他同样的人,纷纷追踪**希迹**之辈,不过是他的影子
　　而已。

奥斯里克　殿下把他说得一点不错。

哈姆莱特　您的用意呢?为什么我们要用尘俗的呼吸,嘘在这位绅
　　士的身上呢?

奥斯里克　殿下?

霍拉旭　就是你自己所用的语言,到了别人的嘴里,你就听不懂了
　　吗?**你还是直说了吧。**

哈姆莱特　你向我提起这位绅士的名字,有什么目的?

奥斯里克　雷厄提斯吗?

霍拉旭　他的嘴里已经变得空空洞洞,因为他的那些好听的话都说
　　完了。

哈姆莱特　正是雷厄提斯。

奥斯里克　我知道您不是不知道——

哈姆莱特　您既然知道,那就很好;即使您不知道,对我也没什么不
　　好。好,您怎么说?

奥斯里克　您不是不知道雷厄提斯有些什么特长——

哈姆莱特　那我可不敢说,因为也许人家会疑心我有意跟他比并高
　　下,可是要知道一个人的底细,应该先知道他自己。

奥斯里克　殿下,我的意思是说他的武艺;人家都称赞他的本领一时
　　无两。

哈姆莱特　他会使些什么武器?

奥斯里克　长剑和短刀。

哈姆莱特　他会使这两种武器吗？很好。

奥斯里克　殿下，王上已经用六匹巴巴里的骏马跟他打赌；在他的一方面，照我所知道的，押的是六柄法国的宝剑和好刀，连同一切鞘带之类的附件，其中有三柄的革绶尤其珍奇可爱，跟剑柄配得非常合式，式样非常精致，花纹非常富丽。

哈姆莱特　你所说的"革绶"是什么东西？

霍拉旭　我知道您要听懂他的说话，非得翻查一下注解不可。

奥斯里克　殿下，革绶就是剑柄上的挂带。

哈姆莱特　**要是我们的腰间挂着大炮，你用这个名称倒也合适；这样的情景还没有出现以前，我暂时还是叫它挂带吧。**好，说下去；六匹巴巴里骏马对六柄法国宝剑，附件在内，外加三条花纹富丽的革绶。**这是法国和丹麦之间的打赌。**为什么两方面要下这样的赌注呢？

奥斯里克　殿下，王上跟他打赌，要是你们两人交起手来，在十二个回合之中，他至多不过有三个回合占到您的上风；**而他却打赌十二回合中要赢下九个回合。**殿下要是答应的话，马上就可以试一试。

哈姆莱特　要是我不答应呢？

奥斯里克　殿下，我的意思是说，王上要请您去跟他当面比较高低。

哈姆莱特　先生，我还要在这儿厅堂里散散步；您去回陛下说，现在是我一天之中休息的时间。叫他们把比赛的用的钝剑准备好了，要是这位绅士愿意，王上也不改变他的意见的话，我愿意尽力为他博取一次胜利；万一不幸失败，那我也不过丢了一次脸，给他多剁了两下。

奥斯里克　我就照这样去回话吗？

哈姆莱特　你就照这个意思去说，随便你再加上一些什么花俏的句子都行。

奥斯里克　我愿意随时为殿下效劳。①

哈姆莱特　**岂敢岂敢！**②（奥斯里克下）他还是好好为他自己效劳吧。

　　别人恐怕是不会说好话给他听的。

霍拉旭　这一只小鸭子顶着壳儿逃走了。

哈姆莱特　他在母亲怀抱里的时候，也要先把他母亲的奶头恭维几

　　句，然后吮吸。像他这一类靠着一些繁文缛礼撑撑场面的家伙，

　　正是愚妄的世人所醉心的；他们的浅薄的牙慧使傻瓜和聪明人

　　同样受他们的欺骗，可是一经试验，他们的水疱就爆破了。

　　　　〔一贵族上。

贵族　殿下，陛下刚才叫奥斯里克来向您传话，知道您在这儿厅上等

　　候他的旨意；他叫我再来问您一声，您是不是仍旧愿意跟雷厄提斯

　　比剑，还是慢慢再说。

哈姆莱特　我没有改变我的初衷，一切服从王上的旨意。现在也好，

　　无论什么时候都好，只要他方便，我总是随时准备着，除非我丧

　　失了现在所有的力气。

贵族　王上、娘娘，跟其他的人都要到这儿来了。

哈姆莱特　他们来得正好。

贵族　娘娘请您在开始比赛以前，对雷厄提斯客气点儿。

哈姆莱特　我愿意服从她的教诲。（贵族下。）

霍拉旭　殿下，您在这一回打赌中间，多分要失败的。

哈姆莱特　我想我不会失败。自从他到法国去以后，我练习得很勤，

　　我一定可以把他打败。可是你不知道我的心里是多么不舒服，

　　那也不说了。

霍拉旭　啊，我的好殿下——

哈姆莱特　那不过是一种傻气的心理；可是一个女人也许会因为这

---

① 　朱译手稿：那么殿下，我告辞了。

② 　朱译手稿：再见，再见！

种莫名其妙的疑虑而惶惑。

霍拉旭　要是您心里不愿意做一件事,那么就不要做吧。我可以去通知他们不用到这儿来,说你现在不能比赛。

哈姆莱特　不,我们不要害怕什么预兆,一只雀子的死生,都是命运预先注定的。注定在今天,就不会是明天;不是明天,就是今天;逃过了今天,明天还是逃不了,随时准备着就是了。一个人既然不知道他会留下些什么,那么早早脱身而去,不是更好吗? 随它去。

〔国王、王后、雷厄提斯、奥斯里克及侍从等持钝剑等上。

国王　来,哈姆莱特,来,让我替你们两人和解和解。(牵雷厄提斯、哈姆莱特二人手使相握。)

哈姆莱特　原谅我,雷厄提斯,我得罪了你,可是你是个堂堂男子,请您原谅我吧。这儿在场的众人都知道,你也一定听见人家说起,我是怎样被疯狂害苦了。凡是我的所作所为,足以伤害你的感情和荣誉,挑起你的愤激来的,我现在声明都是我在疯狂中犯下的过失。难道哈姆莱特会做对不起雷厄提斯的事吗? 哈姆莱特决不会做这种事。要是哈姆莱特在丧失他自己的心神的时候,做了对不起雷厄提斯的事,那样的事不是哈姆莱特做的,哈姆莱特不能承认。那么是谁做的呢? 是他的疯狂。既然是这样,那么哈姆莱特也是属于受害的一方,他的疯狂是可怜的哈姆莱特的敌人。当着在座众人之前,我承认我在无心中射出的箭,误伤了我的兄弟;我现在要向他请求大度包涵,宽恕我的不是出于故意的罪恶。

雷厄提斯　我的气愤虽然已经平息,可是几句道歉的说话,却不能使我放弃我的复仇的誓愿:除非有什么为众人所敬仰的长者,告诉我可以跟你捐弃宿怨,指出这样的事是有前例可援的,不至于损害我的名誉,那时我才可以跟你言归于好。可是现在我意愿抛弃一切猜疑,诚心接受你的友好的表示。

哈姆莱特　我绝对信任你的诚意,愿意奉陪你举行这一次友谊的比赛。把钝剑给我们。来。

雷厄提斯　来,给我一柄。

哈姆莱特　雷厄提斯,我的剑术荒疏已久,不是你的对手,正像最黑暗的夜里一颗吐耀的明星一般,彼此相形之下,一定更显得你的本领的高强。

雷厄提斯　殿下不要取笑。

哈姆莱特　不,我可以举手起誓,这不是取笑。

国王　奥斯里克,把钝剑分给他们。哈姆莱特侄儿,你知道我们怎样打赌吗?

哈姆莱特　我知道,陛下,你把赌注下在实力较弱的一方了。

国王　我想我的判断不会有错。你们两人的技术我都领教过,现在我们不过要看看他比从前进步得怎么样。

雷厄提斯　这一柄太重了,换一柄给我。

哈姆莱特　这一柄我很满意,这些钝剑都是同样长短的吗?

奥斯里克　是,殿下。(二人准备比剑。)

国王　替我在那桌子上斟下几杯酒。要是哈姆莱特击中了第一剑或是第二剑,或者在第三次交锋的时候争得上风,让所有的碉堡上一齐鸣起炮来;国王将要饮酒慰劳哈姆莱特,他还要拿一颗比丹麦四代国王戴在王冠上的更贵重的珍珠丢在酒杯里。把杯子给我;鼓声一起,喇叭就接着吹响,通知外面的炮手,让炮声震彻天地,报告这一个消息:"现在国王为哈姆莱特祝饮了!"

来,开始比赛吧,你们在场裁判的都要留心看好。

哈姆莱特　请了。

雷厄提斯　请了,殿下。(二人比剑。)

哈姆莱特　一剑。

雷厄提斯　不,没有击中。

哈姆莱特　请裁判员公断。

奥斯里克　中了，很明显的一剑。

雷厄提斯　好，再来。

国　王　且慢，拿酒来！哈姆莱特，这一颗珍珠是你的；祝你健康！把
　　　　这一杯酒给他。（喇叭齐奏，内鸣炮。）

哈姆莱特　让我先赛完这一局，暂时把它放在一旁。来！（二人比剑）
　　　　又是一剑；你怎么说？

雷厄提斯　我承认给你碰着了。

国　王　我们的孩子一定会胜利。

王　后　他身体太胖，有些喘不过气来。来，哈姆莱特，把我的手巾拿
　　　　去，揩干你额上的汗。王后为你饮下这一杯酒，祝你的胜利了，
　　　　哈姆莱特。

哈姆莱特　好妈妈！

国　王　葛特鲁德！不要喝。

王　后　我要喝的，陛下，请您原谅我。

国　王　（旁白）这一杯酒里有毒；太迟了。

哈姆莱特　母亲，我现在还不敢喝酒；等一等再喝吧。

王　后　来，让我揩揩干净你的脸孔。

雷厄提斯　陛下，现在我一定要击中他了。

国　王　我怕你击不中他。

雷厄提斯　（旁白）可是我的良心却不赞成我干这件事。

哈姆莱特　来，再受我一剑，雷厄提斯；你怎么一点不上劲？请你使
　　　　出你全身的本领来吧，我怕你在开我的玩笑哩。

雷厄提斯　你这样说吗？来。（二人比剑。）

奥斯里克　两边都没有中。

雷厄提斯　受我这一剑！（雷厄提斯挺剑刺伤哈姆莱特；二人在争夺中彼此
　　　　手中之剑各为对方夺去，哈姆莱特以夺来之剑刺雷厄提斯，雷厄提斯亦
　　　　受伤。）

国王　　分开他们！他们动起火性来了。

哈姆莱特　　来，再试一下。（王后倒地。）

奥斯里克　　哎哟，瞧王后怎么啦！

霍拉旭　　他们两人都在流血。您怎么啦，殿下？

奥斯里克　　您怎么啦，雷厄提斯？

雷厄提斯　　唉，奥斯里克，正像一只自投罗网的山鹬，我用诡计害人，反而害了自己，这也是我应得的报应。

哈姆莱特　　王后怎么啦？

国王　　她看见他们流血，昏了过去了。

王后　　不，不，那杯酒，那杯酒——啊，我的亲爱的哈姆莱特，那杯酒，那杯酒，我中毒了。（死。）

哈姆莱特　　啊，奸恶的阴谋！喂！，把门锁上！阴谋，查出来是哪一个人干的。（雷厄提斯倒地。）

雷厄提斯　　凶手就在这儿，哈姆莱特。哈姆莱特，你已经不能活命了；世上没有一种药可以救治你；不到半小时，你就要死去。那杀人的凶器就在你的手里，它的锋利的刃上还涂着毒药。这奸恶的诡计已经回转来害了我自己；瞧！我躺在这儿，再也不会站起来了。你的母亲也中了毒。我说不下去了。国王——国王——都是他一个人的罪恶。

哈姆莱特　　锋利的刃上还涂着毒药！——好，毒药，发挥你的力量吧。（刺国王。）

众人　　反了！反了！

国王　　啊！帮帮我，朋友们；我不过受了点伤。

哈姆莱特　　好，你这败坏伦常、嗜杀贪淫、万恶不赦的丹麦奸王！喝干了这杯毒药——你那颗珍珠是在这儿吗？——跟我的母亲一道去吧。（国王死。）

雷厄提斯　　他死得应该，这毒药是他亲手调下的。尊贵的哈姆莱特，让我们互相宽恕；我不怪你杀死我和我的父亲，你也不要怪我杀死你!(死。)

哈姆莱特　愿上天赦免你的错误!我也跟着你来了。我死了,霍拉旭。不幸的王后,别了!你们这些看见这一幕意外的惨变而战栗失色的无言的观众,倘不是因为死神的拘捕不给人片刻的留滞,啊!我可以告诉你们——可是随它去吧。霍拉旭,我死了,你还活在世上,请您把我的行事的始末根由昭告世人,解除他们的疑惑。

霍拉旭　不,我虽然是个丹麦人,可是在精神上我却更是个古代的罗马人;这儿还留剩着一些毒药。

哈姆莱特　你是个汉子,把那杯子给我;放手!凭着上天起誓,你必须把它给我。啊,上帝!霍拉旭,我一死之后,要是世人不明白这一切事情的真相,我的名誉将要永远蒙着怎样的损伤!你倘然爱我,请你暂时牺牲一下天堂上的幸福,留在这一个冷酷的人间,替我传述我的故事吧。(内军队自远处行进及鸣炮声)这是哪儿来的战场上的声音?

奥斯里克　年青的福丁勃拉斯从波兰奏凯班师,这是他对英国来的钦使所发的礼炮。

哈姆莱特　啊!我死了,霍拉旭,猛烈的毒药已经克服了我的精神,我不能活着听见英国来的消息。可是我可以预言福丁勃拉斯将被推戴为王,他已经得到我这临死之人的同意;你可把这儿所发生的一切事实告诉他。此外唯余沉默。(死。)

霍拉旭　一颗高贵的心现在碎裂了!晚安,亲爱的王子,愿成群的天使们用歌唱抚慰你安息!——为什么鼓声越来越近了?(内军队行进声。)

　　　〔福丁勃拉斯、英国使臣及余人等上。

福丁勃拉斯　这一场比赛在什么地方举行?

霍拉旭　你们要看些什么?要是你们想知道一些惊人的惨事,那么不用再到别处找了。

福丁勃拉斯　好一场惊心动魄的屠杀！啊，骄傲的死神！你用这样残忍的手腕，一下子杀死了这许多王裔贵胄，在你的永久的幽窟里，将要有一席多么丰美的盛筵！

使臣甲　这一个景象太惨了，我们从英国奉命来此，本来是要回复这儿的王上，告诉他我们已经遵从他的命令，把罗森克兰兹和吉尔登斯特恩两人处死；不幸我们来迟了一步，那应该听我们说话的耳朵已经没有知觉了。我们还希望从谁的嘴里得到一声感谢呢？

霍拉旭　即使他能够向你们开口说话，他也不会感谢你们；他从来不曾命令你们把他们处死。可是，既然你们都来得这样凑巧，有的刚从波兰凯旋，有的刚从英国到来，恰好看见这一幕流血的惨剧，那么请你们叫人把这几个尸体抬起来放在高台上面，让大家可以看见，让我向那懵无所知的世人报告这些事情的发生经过；你们可以听到奸淫残杀，反常悖理的行为，冥冥中的判决，意外的屠戮，借手杀人的狡计，以及陷入自害的结局：这一切我都可以确确实实地告诉你们。

福丁勃拉斯　让我们赶快听你说；所有最尊贵的人，都叫他们一起来吧。我在这一个国内本来也有继承王位的权利，现在国中无主，正是我要求这一个权利的机会；可是我虽然准备接受我的幸运，我的心里却充满了悲哀。

霍拉旭　关于那一点，我受死者的嘱托，也有一句话要说，他的意见是可以影响许多人的；可是在这人心惶惶的时候，让我还是先把这一切解释明白了，免得引起更多的不幸、阴谋和错误来。

福丁勃拉斯　让四个将士把哈姆莱特像一个军人似的抬到台上，因为要是他能够践登王位，一定会成为一个贤明的君主的；为了表示对他的悲悼，我们要用军乐和战地的仪式，向他致敬。把这些尸体一起扛起来。这一种情形在战场上是不足为奇的，可是在宫廷之内,却是非常的变故。去,叫兵士去放起炮来。(奏丧礼进行曲;众抬尸同下。鸣炮。)

（朱生豪 译　陈才宇 校）

奥 瑟 罗

　　《奥瑟罗》约写于 1603—1604 年间,伦敦书业公所登记于 1621 年 10 月 6 日,次年以四开本印行。

　　此剧的基本情节来源于意大利作家辛蒂奥(1504—1573)的《故事百篇》,这部模仿《十日谈》写成的故事集印行于 1565 年,辛蒂奥可能直接根据 1508 年发生在威尼斯的一起真实事故写出。莎士比亚可能通过法文熟悉这个作品。

　　尽管基本情节大致相同,但莎士比亚的改造也是显而易见的:辛蒂奥的故事中只简单提及苔丝德梦娜的家庭反对她和奥瑟罗的婚姻;莎士比亚据此提示创作出勃拉班旭这个人物。被伊阿古利用来做帮凶的罗德利哥,原著中没有,是莎士比亚添加上去的。伊阿古对奥瑟罗的报复,起因是他垂涎苔丝德梦娜的美色而不能遂愿,最后因爱生恨;莎士比亚改造了这一情节,将伊阿古报复的动机说成是他对凯西奥提拔为副将的妒忌。还有比恩卡这个人物,也是莎士比亚添加的。关于最后的结局,原著中的摩尔人因杀人罪而流放,最后被苔丝德梦娜的亲友杀死;莎士比亚让他因悔恨而当场自杀,不仅使情节更紧凑,而且深化了爱情悲剧的主题。

　　译文见于国家图书馆出版社 2012 年版《朱生豪译莎士比亚戏剧手稿》第 4 册,世界书局版《莎士比亚戏剧全集》(1947)第二辑。

剧 中 人 物

威尼斯公爵

勃拉班旭　元老

葛莱西安诺　勃拉班旭之弟

罗多维科　勃拉班旭的亲戚

奥瑟罗　摩尔族贵裔,供职威尼斯政府

凯西奥　奥瑟罗的副将

伊阿古　奥瑟罗的旗官

罗德利哥　威尼斯绅士

蒙太诺　塞浦路斯总督,奥瑟罗的前任

小丑　奥瑟罗的仆人

苔丝德梦娜　勃拉班旭之女,奥瑟罗之妻

爱米莉娅　伊阿古之妻

比恩卡　凯西奥的情妇

元老、水手、吏役、绅士、使者、乐工、传令官、侍从等

地　　点

第一幕在威尼斯;其余各幕在塞浦路斯岛一海口

第 一 幕

第一场　威尼斯;街道

　　〔罗德利哥及伊阿古上。

罗德利哥　嘿!别对我说,伊阿古;我把我的钱袋交给你支配,让你
　　随意花用,你却做了他们的同谋,这太不够朋友啦。

伊阿古　他妈的!你总不肯听我说下去。要是我做梦会想到这种事
　　情,你不要把我当作一个人。

罗德利哥　你告诉我你一向对他怀恨的。

伊阿古　要是我不恨他，你从此别理我。这城里的三个当道要人亲自向他打招呼，举荐我做他的副将；凭良心说，我知道我自己的价值，难道我就做不得一个副将？可是他眼睛里只有自己，没有别人，对于他们的请求，都用一套充满了军事上口头禅的空话回绝了；因为，他说："我已经选定我的将佐了。"他选中的是个什么人呢？哼，一个算学大家，一个叫作迈克尔·凯西奥的佛罗伦萨人，一个几乎因为娶了娇妻而误了终身的家伙；他从来不曾在战场上领过一队兵，对于布阵作战的知识，简直比不上一个老守空闺的女人知道得更多；即使懂得一些书本上的理论，那些身穿宽袍的元老大人们讲起来也会比他更头头是道；只有空谈，毫无实际，这就是他的全部的军人资格。可是，老兄，他居然得到了任命；我在罗得斯、塞浦路斯，以及其他基督徒和异教徒的国土之上，立过多少的军功，都是他亲眼看见的，现在却必须低首下心，受一个市侩的指挥。这位掌柜居然做起他的副将来，而我呢——上帝恕我这样说——却只在这位黑将军的麾下充一名旗官。

罗德利哥　天哪，我宁愿做他的刽子手。

伊阿古　这也是没有办法呀。说来真叫人恼恨，军队里的升迁可以全然不管古来的定法，按照各人的阶级依次递补，只要谁的脚力大，能够得到上官的欢心，就可以越级晋升。现在，老兄，请你替我评一评，我究竟为了什么理由要跟这摩尔人要好。

罗德利哥　假如是我，我就不愿跟随他。

伊阿古　啊，老兄，你放心吧；我之所以跟随他，不过是要利用他达到我自己的目的。我们不能每个人都是主人，每个主人也不是都有忠心的仆人。有一辈天生的奴才，他们卑躬屈膝，拼命讨主人的好，甘心受主人的鞭策，像一头驴子似的，为了一些粮草而出卖他们的一生，等到年纪老了，主人就把他们撵走；这种老实的奴才是应该抽一顿鞭子的。还有一种人，他们表面上尽管装出一副鞠躬如也的样子,骨子里却是为他们自己打算;看上去好像替主人做事,实际却在借主人的牌头发展自己的势力;**自家的钱囊一旦鼓起,他们就尊敬起自己。**这种人还有几分头脑,我自己就属于这一类。因为,老兄,正像你是罗德利哥,不是别人一样,我要是做了那摩尔人,我就不会是伊阿古。虽说跟随他,其实还是跟随自己。上天是我的公证人,我这样对他赔着小心,既不是为了感情,又不是为了义务,只是为了自己的利益,才戴上这一副假面。要是我表面上的行动,果然出于内心的自然流露,那么不久我就要掏出我的心来,让乌鸦们乱啄了。世人所知道的我,并不是实在的我。

罗德利哥　要是那厚嘴唇的家伙也有这么一手,他可以挣到一份多大的家私!

伊阿古　叫起她的父亲来;不要放过他,打断他的兴致,在各处街道上宣布他的罪恶;激怒她的亲族。让他虽然住在气候宜人的地方,也免不了受蚊蝇的滋扰,虽然享受着盛大的欢乐,也免不了受烦恼的缠绕。

罗德利哥　这儿就是她父亲的家里;我要高声叫喊。

伊阿古　很好,你嚷起来吧,就像在一座人口众多的城里,因为晚间失慎而起火的时候,人们用那种惊骇惶恐的声音呼喊一样。

罗德利哥　喂,喂!勃拉班旭!勃拉班旭先生,喂!

伊阿古　醒来!喂,喂!勃拉班旭!提贼!提贼!提贼!留心你的屋子、你的女儿和你的钱袋!提贼!提贼!

　　　　〔勃拉班旭自上方窗口上。

勃拉班旭　大惊小怪地叫什么呀?出了什么事?

罗德利哥　先生,您家里的人没有缺少吗?

伊阿古　您的门都锁上了吗?

勃拉班旭　咦,你们为什么这样问我?

伊阿古　哼!先生,有人偷了您的东西去啦,还不赶快披上您的袍子！您的心碎了，您的灵魂已经丢掉半个；就在这时候，就在这一刻工夫，一头老黑羊在跟您的白母羊交尾哩。起来，起来！打钟惊醒那些鼾睡的市民，否则魔鬼要让您抱孙子啦。喂，起来！

勃拉班旭　什么！你发疯了吗？

罗德利哥　老先生，您认识我的声音吗？

勃拉班旭　我不认识。你是谁？

罗德利哥　我的名字是罗德利哥。

勃拉班旭　讨厌！我叫你不要在我的门前走动；我已经老老实实、明明白白对你说，我的女儿是不能嫁给你的；现在你吃饱了饭，喝醉了酒，疯疯癫癫，不怀好意，又要来扰乱我的安静了。

罗德利哥　先生，先生，先生！

勃拉班旭　可是你必须明白，我不是一个好说话的人；要是你惹我性起，凭着我的地位，只要略微拿出一点力量来，你就要叫苦不迭了。

罗德利哥　好先生，不要生气。

勃拉班旭　说什么有贼没有贼？这儿是威尼斯；我的屋子不是一座独家的田庄。

罗德利哥　最尊严的勃拉班旭，我是一片诚心来通知您。

伊阿古　嘿，先生，您也是那种因为魔鬼叫他敬奉上帝而把上帝丢在一旁的人。您把我们当作了坏人，所以把我们的好心看成了恶意，宁愿让您的女儿给一头黑马骑了，替您生下一些马子马孙，攀一些马亲马眷。

勃拉班旭　你是个什么混账东西，敢这样胡说八道？

伊阿古　先生，我是一个特意来告诉您一个消息的人，令爱现在正在跟那摩尔人干那件禽兽一样的勾当哩。

勃拉班旭　你是个混蛋！

伊阿古　您是一位——元老呢。

勃拉班旭　你留点儿神吧；罗德利哥，我认识你。

罗德利哥　先生,我愿意负一切责任;可是请您允许我说一句话。要是令爱因为得到您的明智的同意,所以才会在这样更深人静的午夜,让一个公爵的奴才、一个下贱的船夫,把她载到一个贪淫的摩尔人的粗野的怀抱里——要是您对于这件事情不但知道,而且默许——照我看来,您至少已经给她一部分的同意——那么我们的确太放肆、太冒昧了;可是假如您果真不知道这件事,那么从礼貌上说起来,您也不应该对我们恶声相向。难道我会这样一点不懂规矩,敢来戏侮像您这样一位年尊的长者吗?我再说一句,要是令爱没有得到您的许可,就把她的责任、美貌、智慧和财产,全部委弃在一个到处为家、漂泊流浪的异邦人的身上,那么她的确已经干下了一件重大的逆行了。您可以立刻去调查一个明白,要是她好好儿在她的房间里或是在您的屋子里,那么是我欺骗了您,您可以按照国法惩办我。

勃拉班旭　喂,点起火来!给我一支蜡烛!把我的仆人全都叫起来!这件事情很像我的恶梦,它的极大的可能性已经重压在我的心头了。喂,拿火来! 拿火来!（自上方下。）

伊阿古　再会,我要少陪了;要是我不去,我就要做一个不利于这摩尔人的见证,那不但不大相宜,而且在我的地位上也很多不便;因为我知道无论他将要因此而受到什么谴责,政府方面现在还不能就把他监禁起来:他就要出发指挥那正在进行中的塞浦路斯的战事了,这是他们必须宽宥他的一个重大理由,因为没有第二个人有像他那样的才能,可以担当这一个重任。所以虽然我恨他像恨地狱里的刑罚一样,可是为了事实上的必要,我不得不和他假意周旋,那也不过是表面上的敷衍而已。你等他们出来找人的时候,只要领他们到**马人旅店**①去,一定可以找到他;我也在那边跟他在一起。再见。（下。）

---

①　朱译手稿:市政厅。

　　　　〔勃拉班旭率众仆持火炬自下方上。

勃拉班旭　真有这样的祸事！她去了；只有悲哀怨恨伴着我这衰朽的余年！罗德利哥，你在什么地方看见她的？——啊，不幸的孩子！——你说跟那摩尔人在一起吗？——谁还愿意做一个父亲！——你怎么知道是她？——唉，想不到她会这样欺骗我！——她对你怎么说？——再拿些蜡烛来！唤醒我的所有的亲族！——你想他们有没有结婚？

罗德利哥　说老实话，我想他们已经结了婚啦。

勃拉班旭　天哪！她怎么出去的？啊，**骨肉**①的叛逆！做父亲的人啊，从此以后，你们千万留心你们女儿的行动，不要信任她们的心思。世上有没有一种引诱青年少女失去贞操的魔术？罗德利哥，你有没有在书上读到过这一类的事情？

罗德利哥　是的，先生，我的确读到过。

勃拉班旭　叫起我的兄弟来！唉，我后悔不让你娶了她去！你们快去给我分头找寻！你知道我们可以在什么地方把她和那摩尔人一起捉到？

罗德利哥　我想我可以找到他的踪迹，要是您愿意多派几个得力的人手跟着我前去。

勃拉班旭　请你带路。我要到每一户人家去搜寻；大部分的人家都在我的势力之下。喂，多带一些武器！叫起几个巡夜的警吏！去，好罗德利哥，我一定重谢你的辛苦。（同下。）

第二场　另一街道

　　　　〔奥瑟罗、伊阿古及侍从等持火炬上。

伊阿古　虽然我在战场上杀过不少的人，可是总觉得有意杀人是违反良心的；缺少作恶的本能，往往使我不能做我所要做的事。好

----

①　朱译手稿：血肉。

多次我想要把我的剑从他的肋骨下面刺进去。

奥瑟罗　还是随他说去吧。

伊阿古　可是他唠唠叨叨地说了许多破坏您的名誉的难听话,虽然像我这样一个荒唐的家伙,也实在忍不住我的怒气。可是请问主帅,你们有没有完成婚礼? 您要注意,这位元老是很得人心的,他的潜势力比公爵还要大上一倍;他会拆散你们的姻缘,尽量运用法律的力量来给您种种压制和迫害。

奥瑟罗　随他怎样发泄他的愤恨吧;我对贵族们所立的功劳,就可以抹杀他的控诉。世人还没有知道——要是夸口是一件荣耀的事,我就要到处宣布——我是高贵的祖先的后裔,我有充分的资格,享受我目前所得到的值得骄傲的幸运。告诉你吧,伊阿古,倘不是我真心恋爱温柔的苔丝德梦娜,即使给我大海中所有的珍宝,我也不愿意放弃我的无拘无束的自由生活,来俯就家室的羁绊的。可是瞧! 那边举着火把而来的是些什么人?

伊阿古　她的父亲带着他的亲友来找您了;您还是进去躲一躲吧。

奥瑟罗　不,我要让他们看见我;我的地位和我的清白的人格可以以替我表明一切。是不是他们?

伊阿古　**杰纳斯**①**做证**,我想不是。

　　　　〔凯西奥及若干吏役持火炬上。

奥瑟罗　原来是公爵手下的人,还有我的副将。晚安,各位朋友! 有什么消息?

凯西奥　主帅,公爵向您致意,请您立刻就过去。

奥瑟罗　你知道是为了什么事?

凯西奥　照我猜想起来,大概是塞浦路斯方面的事情,看样子很是紧急。就在这一个晚上,已经连续派了十二个使者飞桨出发;许多

---

①　杰纳斯(Janus):古意大利守护神,有两张脸,能同时察看前后两个方向。

元老都从睡梦中叫了起来，在公爵府里集合了。他们正在到处找您；因为您不在家里，所以元老院派了三队人出来分头寻访。

奥瑟罗　幸而我给你找到了。让我到这儿屋子里去说一句话，就来跟你同去。（下。）

凯西奥　旗官，他到这儿来有什么事？

伊阿古　不瞒你说，他今天夜里登上了一艘陆地上的大船；要是能够证明那是一件合法的战利品，他可以从此成家立业了。

凯西奥　我不懂你的话。

伊阿古　他结了婚啦。

凯西奥　跟谁结婚？

　　　　〔奥瑟罗重上。

伊阿古　呃，跟——来，主帅，我们走吧。

奥瑟罗　好，我跟你走。

凯西奥　又有一队人来找您了。

伊阿古　那是勃拉班旭。主帅，请您留心点儿；他来是不怀好意的。

　　　　〔勃拉班旭、罗德利哥及吏役等持火炬武器上。

奥瑟罗　喂！站住！

罗德利哥　先生，这就是那摩尔人。

勃拉班旭　杀死他，这贼！（双方拔剑。）

伊阿古　你，罗德利哥！来，我们来比个高下。

奥瑟罗　收起你们明晃晃的剑，它们沾了露水会生锈的。老先生，像您这么年高德劭的人，有什么话不可以命令我们，何必动起武来呢？

勃拉班旭　啊，你这恶贼！你把我的女儿藏到什么地方去了？你不想想你自己是个什么东西，胆敢用妖法蛊惑她；我们只要凭着情理判断，像她这样一个年青貌美、娇生惯养的姑娘，多少我们国里有财有势的俊秀子弟她都看不上眼，倘不是中了魔，怎么会不怕人家的笑话，背着尊亲投奔到你这个丑恶的黑鬼的怀里？**你**

的形象只会让人见了害怕,不会给人带来快乐。世人可以替我评一评,是不是显而易见你用邪恶的符咒欺诱她的娇弱的心灵,用药饵丹方迷惑她的知觉;我要上法庭请人评论评论,这种事情是不是很可能的。所以我现在逮捕你!妨害风化,行使邪术,便是你的罪名。抓住他!要是他敢反抗,你们就用武力制伏他。

奥瑟罗　帮助我的,反对我的,大家放下你们的手!我要是想打架,我自己会知道应该在什么时候动手。您要我到什么地方去答复您的控诉?

勃拉班旭　到监牢里去,等法庭上传唤你的时候你再开口。

奥瑟罗　要是我听从您的话去了,那么怎样答复公爵呢?他的使者就在我的身边,因为有紧急的公事,等候着带我去见他。

吏役　真的,大人;公爵正在举行会议,我相信他已经派人请您去了。

勃拉班旭　怎么!公爵在举行会议!在这样夜深的时候!把他带去。我的事情也不是一件等闲小事;公爵和我的同僚们听见了这个消息,一定会感到这种侮辱简直就像加在他们自己身上一般。要是这样的行为可以置之不问,奴隶和异教徒都要来主持我们的国政了。(同下。)

第三场　议事厅

　　〔公爵及众元老围桌而坐;吏役等随侍。

公爵　这些消息彼此分歧,令人难以置信。

元老甲　它们真是参差不一;我的信上说是共有船只一百零七艘。

公爵　我的信上是一百四十艘。

元老乙　我的信上又说是二百艘。可是它们所报的数目虽然个个不同,因为根据估计所得的结果,难免多少有些出入,不过它们都证实确有一支土耳其舰队在向塞浦路斯进发。

公爵　嗯,这种事情推想起来很有可能;即使消息不尽正确,大体上总是有根据的,我们倒不能不担着几分心事。

水手　（在内）喂！喂！喂！有人吗？

吏役　一个从船上来的使者。

　　　　〔一水手上。

公爵　什么事？

水手　安哲鲁大人叫我来此禀告殿下，土耳其人调集舰队，正在向罗得斯岛进发。

公爵　你们对于这一个变动有什么意见？

元老甲　照常识判断起来，这是不会有的事；它无非是转移我们目标的一种诡计。我们只要想一想塞浦路斯对于土耳其人的重要性远在罗得斯岛以上，而且攻击塞浦路斯，也比攻击罗得斯岛容易得多，因为它的防务比较空虚，不像罗得斯岛那样戒备严密；我们只要想到这一点，就可以断定土耳其人决不会那样愚笨，甘心舍本逐末，避轻就重，进行一场无益的冒险。

公爵　嗯，他们的目标决不是罗得斯岛，这是可以断定的。

吏役　又有消息来了。

　　　　〔一使者上。

使者　**启禀诸位大人，**向罗得斯岛前进的土耳其人，已经和后来的另外一支舰队会合了。

元老甲　嗯，果然符合我的预料。照你猜想起来，一共有多少船只？

使者　三十艘模样；它们现在已经回过头来，显然是要开向塞浦路斯去的。蒙太诺大人，您的忠实英勇的仆人，叫我来向您报告这一个消息。

公爵　那么一定是到塞浦路斯去的了。玛克斯·路西科斯不在威尼斯吗？

元老甲　他现在到佛罗伦萨去了。

公爵　替我写一封十万火急的信给他。

元老甲　勃拉班旭和那勇敢的摩尔人来了。

　　　　〔勃拉班旭、奥瑟罗、伊阿古、罗德利哥及吏役等上。

公爵　英勇的奥瑟罗，我们必须立刻派你出去向我们的公敌土耳其
　　　人作战。（向勃拉班旭）我没有看见你；欢迎，先生，我们今晚正需
　　　要你的指教和帮助呢。

勃拉班旭　我也同样需要您的指教和帮助。殿下，请您原谅，我并不
　　　是**受职责所驱**，也不是因为听到了什么国家大事而从床上惊起；
　　　国家的安危不能引起我的注意，因为我的个人的悲哀是那么压
　　　倒一切，把其余的忧虑一起吞没了。

公爵　啊，为了什么事？

勃拉班旭　我的女儿！啊，我的女儿！

公爵、众元老　死了吗？

勃拉班旭　嗯，她对于我是死了。她已经被人污辱，人家把她从我的
　　　地方拐走，用江湖骗子的符咒药物引诱她堕落；因为一个没有废
　　　疾、眼睛明亮、理智健全的人，倘不是中了魔法的蛊惑，决不会犯
　　　下这样荒唐的错误来的。

公爵　用这种邪恶的手段引诱你的女儿，使她丧失自己的本性，使你
　　　丧失了她的，无论他是什么人，你都可以根据无情的法律，照你
　　　自己的解释给他应得的严刑；即使他是我的儿子，你也可以照样
　　　控诉他。

勃拉班旭　感谢殿下。罪人就在这儿，就是这个摩尔人；好像您有重
　　　要的公事召他来的。

公爵、众元老　那我们真是抱憾得很。

公爵　（向奥瑟罗）你自己对于这件事有什么话要分辩？

勃拉班旭　没有，事情就是这样。

奥瑟罗　威严无比、德高望重的各位大人，我的尊贵贤良的主人们，
　　　我把这位老人家的女儿带走了，这是完全真实的；我已经和她结
　　　了婚，这也是真的；我的最大的罪状仅止于此，别的就不是我所
　　　知道的了。我的言语是粗鲁的，一点不懂得那些温文尔雅的辞
　　　令；因为自从我这双手臂长了七年的膂力以后，直到最近这九个

月时间在无所事事中蹉跎过去以前,它们一直都在战场上发挥它们的本领;对于这一个广大的世界,我除了冲锋陷阵以外,几乎一无所知,所以我也不能用什么动人的字句替我自己辩护。可是你们要是愿意耐心听我说下去,我可以向你们讲述一段质朴无文的、关于我的恋爱的全部经过的故事;告诉你们我用什么药物,什么符咒,什么驱神役鬼的手段,什么神奇玄妙的魔法,骗到了他的女儿,因为这是他所控诉我的罪名。

勃拉班旭 一个素来胆小的女孩子,她的生性是那么幽娴贞静,甚至于心里略为动了一点感情,就会满脸羞愧;像她这样的性质,像她这样的年龄,竟会不顾国族的畛域,把名誉和一切作为牺牲,去跟一个她所不敢正眼瞧看的人发生恋爱,这是全然不近情理的。倘没有阴谋诡计,怎么会有这种事情?我断定他一定曾经用烈性的药饵或是邪术练成的毒剂麻醉了她的血液。

公爵 没有更确实显明的证据,单单凭着这些表面上的猜测和莫须有的武断,是不能使人信服的。

元老甲 奥瑟罗,你说,你有没有用不正当的诡计诱惑这一位年青的女郎,或是用强暴的手段逼迫她服从你;还是正大光明地对她披心吐腹,达到你的求爱的目的?

奥瑟罗 请你们差一个人到马人旅店叫这位小姐到市政厅来,让她当着她的父亲的面前告诉你们我是怎么一个人。要是你们根据她的报告,认为我是有罪的,你们不但可以撤销你们对我的信任,解除你们给我的职权,并且可以把我判处死刑。

公爵 去把苔丝德梦娜带来。

奥瑟罗 旗官,你领他们去;你知道她在什么地方。(伊阿古及侍从等下)当她没有到来以前,我要像对天忏悔我的血肉的罪恶一样,把我怎样得到这位美人的爱情和她怎样得到我的爱情的经过情形,忠实地向各位陈述。

公爵 说吧,奥瑟罗。

奥瑟罗　她的父亲很看重我，常常请我到他家里，每次谈话的时候，总是问起我过去生命中的历史，要我讲述我所经历的各次战争、围城和意外的遭遇；我就把我的一生事实，从我的童年时代起，直到他叫我讲述的时候为止，原原本本地说了出来。我说起最可怕的灾祸，海上陆上惊人的奇遇，间不容发的脱险，在傲慢的敌人手中被俘为奴和遇赎脱身的经过，以及旅途中的种种见闻；那些广大的岩窟、荒凉的沙漠、突兀的崖嶂、巍峨的峰岭，以及彼此相食的野蛮部落和肩下生头的化外异民，都是我的谈话的题目。苔丝德梦娜对于这种故事，总是出神倾听；有时为了家庭中的事务，她不能不离座而起，可是她总是尽力把事情赶紧办好，再回来孜孜不倦地把我所讲的每一个字都听了进去。我注意到她这种情形，有一天在一个适当的时间，从她的嘴里逗出了她的真诚的心愿：她希望我能够把我的一生经历，对她做一次详细的复述，因为她平日所听到的，只是一鳞半爪、残缺不全的片段。我答应了她的要求；当我讲到我在少年时代所遭逢的不幸的打击的时候，她往往忍不住掉下泪来。我的故事讲完以后，她用无数的叹息酬劳我；她发誓说，那是非常奇异而悲惨的；她希望她没有听到这段故事，可是又希望上天为她造下这样一个男子。她向我道谢，对我说，要是我有一个朋友爱上了她，我只要教他怎样讲述我的故事，就可以得到她的爱情。我听了这一个暗示，才向她吐露我的求婚的诚意。她为了我所经历的种种患难而爱我，我为了她对我所抱的同情而爱她：这就是我的唯一的妖术。她来了；让她为我证明吧。

　　　　〔苔丝德梦娜、伊阿古及侍从等上。

公爵　像这样的故事，我想我的女儿听了也会着迷的。勃拉班旭，木已成舟，不必懊恼了。刀剑虽破，比起手无寸铁来，总是略胜一筹。

勃拉班旭　请殿下听她说；要是她承认她本来也有爱慕他的意思，我

从此决不归咎于他，**否则就让我不得好死**。过来，好姑娘，你看
这在座的济济众人之间，谁是你所最应该服从的？

苔丝德梦娜　我的尊贵的父亲，我在这里所看到的，是我的分歧的义
务：对您说起来，我深荷您的生养教育的大恩，您给我的教养使
我明白我应该怎样敬重您；您是我的家长和严君，我直到现在都
是您的女儿。可是这儿是我的丈夫，正像我的母亲对您恪尽一
个妻子的义务，把您看得比她的父亲更重一样，我也应该有权利
向这位摩尔人、我的夫主，尽我应尽的名分。

勃拉班旭　上帝和你同在！我没有话说了。殿下，请您继续处理国
家的要务吧。我宁愿抚养一个义子，也不愿自己生男育女。过
来，摩尔人。我现在用我的全副诚心，把她给了你；倘不是你早
已得到了她，我一定再也不会让她到你手里。为了你的缘故，宝
贝，我很高兴我没有别的儿女，否则你的私奔将要使我变成一个
虐待儿女的暴君，替他们手脚加上镣铐。我没有话说了，殿下。

公爵　让我设身处地说几句话给你听听，也许可以帮助这一对恋人，
使他们能够得到你的欢心。

　　　　　　眼看希望幻灭，厄运临头，
　　　　　　无可挽回，何必满腹牢愁？
　　　　　　为了既成的灾祸而痛苦，
　　　　　　徒然招惹出更多的灾祸。
　　　　　　既不能和命运争强斗胜，
　　　　　　还是付之一笑，安心耐忍。
　　　　　　聪明人遭盗窃毫不介意；
　　　　　　痛哭流涕反而伤害自己。

勃拉班旭　　　让敌人夺去我们的海岛，
　　　　　　我们同样可以付之一笑。
　　　　　　那感激法官慈仁的囚犯，
　　　　　　他可以忘却刑罚的苦难；

　　　　　倘然他怨恨那判决太重，

　　　　　他就要忍受加倍的惨痛。

　　　　　种种譬解虽能给人慰藉，

　　　　　它们也会格外添人悲戚；

　　　　　可是空言毕竟无补实际，

　　　　　几曾有一句话刺透心底？

　　　请殿下继续进行原来的公事吧。

公爵　土耳其人正在向塞浦路斯大举进犯。奥瑟罗，那岛上的实力你是知道得十分清楚的；虽然我们派在那边代理总督职务的是一个公认为很有能力的人，可是大家的意思，都觉得由你去负责镇守，才可以万无一失；所以不得不打扰你的新婚的快乐，辛苦你去赶这一趟了。

奥瑟罗　各位尊敬的元老们，习惯的暴力已经使我把冷酷无情的战场当作我的温软的眠床；对于艰难困苦，我总是挺身而赴。我愿意接受你们的命令，去和土耳其人作战；可是我要请求你们给我的妻子一个适当的安置，按照她的身分，供给她一切日常的需要。

公爵　你要是同意的话，可以让她住在她父亲的家里。

勃拉班旭　我不愿意容留她。

奥瑟罗　我也不能同意。

苔丝德梦娜　我也不愿住在父亲的家里，让他每天看见我生气。最仁慈的公爵，愿您俯听我的陈请，让我的卑微的衷忱得到您的谅解和赞许。

公爵　你有什么请求，苔丝德梦娜？

苔丝德梦娜　我的大胆的行动可以代我向世人宣告，我因为爱这摩尔人，所以愿意和他过共同的生活；我的心灵完全为他的高贵的德行所征服；在他天挺的精神里，我看见他的奇伟的仪表；我已经把我的灵魂和命运一起呈献给他了。所以，各位大人，要是他一个人迢迢出征，把我遗留在和平的后方，像一只醉生梦死的蜉蝣一样，我将要因为不能朝夕侍奉他，而在镂心刻骨的离情别绪中度日如年了。让我跟他去吧。

奥瑟罗　请你们允许了她吧。上天为我做证，我向你们这样请求，**并非为了贪图享受，也不是为了满足自己的情欲——年轻人那孟浪的激情在我身上已经不复存在，我只是想让她心安，让她心情舒畅**①。你们千万不要抱着那样的思想，以为她跟我在一起，会使我懈怠了你们所付讬给我的重大的使命。不，要是插翅的爱神的风流解数，可以蒙蔽了我的灵明的理智，使我因为贪恋欢娱而误了正事，那么让主妇们把我的战盔当作水罐，让一切的污名都丛集于我的一身吧！

公爵　她的去留行止，可以由你们自己去决定。事情很是紧急，你必须立刻出发。

元老甲　今天晚上你就得动身。

奥瑟罗　很好。

公爵　明天早上九点钟，我们还要在这儿聚会一次。奥瑟罗，请你留下一个将佐在这儿；要是我们随后还有什么决定，可以叫他把我们的训令传达给你。

奥瑟罗　殿下，我的旗官是一个很适当的人物，他的为人是忠实而可靠的；我还要请他负责护送我的妻子，要是此外再有什么必须寄给我的物件，也请殿下一起交给他。

公爵　很好。各位晚安！(向勃拉班旭)尊贵的先生，倘若以才德取人，不凭容貌，你这位贤东床难道比不上翩翩年少？

元老甲　再会，勇敢的摩尔人！好好看顾苔丝德梦娜。

勃拉班旭　留心看着她，摩尔人，不要视而不见；她已经愚弄了她的

---

①　朱译手稿：并不是为了满足我自己的欲望，因为青春的热情在我已成过去了，我的唯一的动机，只是不忍使她失望。

父亲,她也会把你欺骗。(公爵、众元老、吏役等同下。)

奥瑟罗　我用生命保证她的忠诚!正直的伊阿古,我必须把我的苔丝德梦娜托付给你,请你叫你的妻子尽心照料她;看什么时候有方便,就烦你护送她们起程。来,苔丝德梦娜,我只有一小时的工夫和你诉说衷情、料理庶事了。我们必须服从环境的支配。

(奥瑟罗、苔丝德梦娜同下。)

罗德利哥　伊阿古!

伊阿古　你怎么说,好人儿?

罗德利哥　你想我该怎么办?

伊阿古　上床睡觉去吧。

罗德利哥　我立刻就投水去。

伊阿古　好,要是你投了水,我从此不喜欢你了。嘿,你这傻大少爷!

罗德利哥　要是活着这样受苦,傻瓜才愿意活下去;一死可以了却烦恼,还是死了的好。

伊阿古　啊,该死!我在这世上也经历过四七二十八个年头了,自从我能够辨别利害以来,我从来不曾看见过什么人知道怎样爱惜他自己。要是我也会为了爱上一个雌儿的缘故而投水自杀,我宁愿变成一头猴子。

罗德利哥　我该怎么办?我承认这样痴心是一件丢脸的事,可是我没有力量把它补救过来呀。

伊阿古　力量!废话!我们要这样那样,只有靠我们自己。我们的身体就像一座园圃,我们的意志是这园圃里的园丁;不论我们插荨麻,种莴苣,栽下牛膝草,拔起百里香,或者单独培植一种草木,或者把全园种得万卉纷披,让它荒废不治也好,把它辛勤耕垦也好,那权力都在于我们的意志。要是在我们的生命之中,理智和情欲不能保持平衡,我们血肉的邪心就会引导我们到一个荒唐的结局;可是我们有的是理智,可以冲淡我们汹涌的热情、肉体的刺激和奔放的淫欲;我认为你所称为爱情的,也不过是那样的一种东西。

罗德利哥 不,那不是。

伊阿古 那不过是在意志的默许之下一阵情欲的冲动而已。算了,
做一个汉子。投水自杀!捉几只大猫小狗投在水里吧!我曾经
声明我是你的朋友,我承认我对你的友谊是用不可摧折的坚韧
的缆索联结起来的;现在正是我应该为你出力的时候。把银钱
放在你的钱袋里;跟他们出征去;装上一脸假胡子,遮住了你的
本来面目;我说,把银钱放在你的钱袋里。苔丝德梦娜爱那摩尔
人决不会长久——把银钱放在你的钱袋里——他也不会长久爱
她。她一开始就把他爱得这样热烈,他们感情的破裂一定也是
很突然的;你只要把银钱放在你的钱袋里。这些摩尔人很容易
变心——把你的钱袋装满了钱——现在他吃起来像蝗虫一样美
味的食物,不久便要变得像**柯萝辛草**①一样涩口了。她必须换
一个年青的男子;当她餍足了他的肉体以后,她就会觉悟她的选
择的错误。她必须换换口味,她一定得换!所以把银钱放在你
的钱袋里。要是你一定要寻死,也得想一个比投水巧妙一点的
死法。尽你的力量搜括一些钱。要是凭着我的计谋和魔鬼们的
奸诈,破坏这一个卤莽的蛮子和这一个狡猾的威尼斯女人之间
的脆弱的盟誓,还不算是一件难事,那么你一定可以享受她;所
以快去设法弄些钱来吧。投水自杀!什么话!那根本就不用
提;你宁可因为追求你的快乐而被人吊死,也不要在没有一亲她
的香泽以前就投水自杀。

罗德利哥 要是我期待着这样的结果,你一定会尽力帮助我达到我
的愿望吗?

伊阿古 你可以完全信任我。去,弄一些钱来。我常常对你说,一次
一次反复告诉你,我恨那摩尔人;我的怨毒蓄积在心头,你也对

---

① 朱译手稿:苦苹果。

他抱着同样深刻的仇恨,让我们同心合力向他复仇;要是你能够替他戴上一顶绿头巾,你果然是如愿以偿,我也可以拍掌称快。无数人事的变化孕育在时间的胚胎里,我们等着看吧。去,预备好你的钱。我们明天再谈这件事情。再见。

罗德利哥　明天早上我们在什么地方会面?

伊阿古　就在我的寓所里吧。

罗德利哥　我一早就来看你。

伊阿古　好,再会。你听见吗,罗德利哥?

罗德利哥　你说什么?

伊阿古　别再提起投水的话了,你听见没有?

罗德利哥　我已经变了一个人了。

伊阿古　**去吧去吧,再会**。多往你的钱袋里放些钱。

罗德利哥　我要去把我的田地一起变卖。

伊阿古　好,再会!(罗德利哥下)我总是这样让这种傻瓜掏出钱来给我花用;因为倘不是为了替自己解解闷气,打算到手一些利益,那我浪费时间跟这样一个呆子周旋,才是冤枉哩。我恨那摩尔人;有人说他和我的妻子私通,我不知道这句话是真是假;可是在这种事情上,即使不过是嫌疑,我也要把它当作实有其事一样看待。他对我很有好感,这样可以使我对他实行我的计策的时候格外方便一些。凯西奥是一个俊美的男子;让我想想看:夺到他的位置,实现我的一举两得的阴谋;怎么?怎么?让我看:等过了一些时候,在奥瑟罗的耳边捏造一些鬼话,说他跟他的妻子看上去太亲热了;他长得漂亮,性情又温和,天生一种媚惑妇人的魔力,像他这种人是很容易引起疑心的。那摩尔人是一个坦白爽直的人,他看见人家在表面上装出一副忠厚诚实的样子,就以为一定是好人;我可以把他像一头驴子一样牵着鼻子跑。有了!我的计策已经产生。地狱和黑夜正温酿成这空前的罪恶,它必须向世界显露它的面目。(下。)

第 二 幕

第一场 塞浦路斯岛海口一市镇；码头附近的广场

〔蒙太诺及二绅士上。

蒙太诺 你从那海岬上望出去，看见海里有什么船只没有？

绅士甲 一点望不见。波浪很高，在海天之间，我看不见一片船帆。

蒙太诺 风在陆地上吹得也很利害；从来不曾有这么大的暴风摇撼
过我们的雉堞。要是它在海上也这么猖狂，哪一艘橡树造成的
船身支持得住山一样的巨涛迎头倒下？ 我们将要从这场风暴中
间听到什么消息呢？

绅士乙 土耳其的舰队一定要被风浪冲散了。你只要站在白沫飞溅
的海岸上，就可以看见咆哮的怒涛高击云霄，被狂风卷起的怒浪
奔腾山立，好像要把海水浇向光明的大熊星上，熄灭那照耀北极
的永古不移的斗宿一样。我从来没有见过这样可怕的惊涛
骇浪。

蒙太诺 要是土耳其舰队没有避进港里，它们一定沉没了；这样的风
浪是抵御不了的。

〔另一绅士上。

绅士丙 报告消息！咱们的战事已经结束了。土耳其人遭受这场风
暴的突袭，不得不放弃他们进攻的计划。一艘从威尼斯来的大
船一路上看见他们的船只或沉或破，大部分零落不堪。

蒙太诺 啊！这是真的吗？

绅士丙　这一艘船已经在这儿进港，**是维洛那造的船**①；迈克尔·凯西奥，那勇武的摩尔人奥瑟罗的副将，已经上岸来了；那摩尔人自己还在海上，他是奉到全权委任，到这儿塞浦路斯来的。

蒙太诺　我很高兴，这是一位很有才能的总督。

绅士丙　可是这个凯西奥说起土耳其的损失，虽然兴高采烈，同时却满脸愁容，祈祷着那摩尔人的安全，因为他们是在险恶的大风浪中彼此失散的。

蒙太诺　但愿他平安无恙；因为我曾经在他手下做过事，知道他在治军用兵这方面，的确是一个大将之才。来，让我们到海边去！一方面看看新到的船舶，一方面把我们的眼睛遥望到海天相接的远处，盼候着勇敢的奥瑟罗。

绅士丙　来，我们去吧；因为每一分钟都会有更多的人到来。

　　　　〔凯西奥上。

凯西奥　谢谢，你们这座英勇的岛上的各位壮士，因为你们这样褒奖我们的主帅。啊！但愿上天帮助他战胜风浪，因为我是在险恶的波涛之中和他失散的。

蒙太诺　他的船靠得住吗？

凯西奥　船身很是坚固，舵师是一个很有经验的人，所以我还抱着很大的希望。（内呼声："一条船！一条船！一条船！"）

　　　　〔一使者上。

凯西奥　什么声音？

使者　全市的人都出来了；海边站满了人，他们在嚷："一条船！一条船！"

凯西奥　我希望那就是我们新任的总督。（炮声。）

绅士乙　他们在放礼炮了；即使不是总督，至少也是我们的朋友。

凯西奥　先生，请你去看一看，回来告诉我们究竟是什么人来了。

---

①　朱译手稿：船名是维洛那号。

绅士乙　我就去。（下。）

蒙太诺　可是，副将，你们主帅有没有结过婚？

凯西奥　他的婚姻是再幸福不过的。他娶到了一位女郎，她的美貌才德，胜过一切的形容和盛大的名誉；笔墨的赞美不能穷极她的好处，没有一句适当的言语可以充分表露她的天赋的优美。

　　　　　〔绅士乙重上。

凯西奥　啊！谁到来了？

绅士乙　是一个名叫伊阿古的元帅麾下的旗官。

凯西奥　他倒一帆风顺地到了。汹涌的怒涛，咆哮的狂风，埋伏在海底的礁石沙碛，似乎也懂得爱惜美人，收敛了它们凶恶的本性，让神圣的苔丝德梦娜安然通过。

蒙太诺　她是谁？

凯西奥　就是我刚才说起的，我们大帅的主帅；勇敢的伊阿古护送她到这儿来；想不到他们路上走得这么快，比我们的预期还早了七天。伟大的乔武啊，保佑奥瑟罗，吹一口你的大力的气息在他的船帆上，让他的高大的桅樯在这儿海港里显现它的雄姿，让他跳动着一颗恋人的心投进了苔丝德梦娜的怀里，重新燃起我们奄奄欲绝的精神，使整个塞浦路斯充满了兴奋！

　　　　　〔苔丝德梦娜、爱米莉娅、伊阿古，罗德利哥及侍从等上。

凯西奥　啊！瞧，船上的珍宝到岸上来了。塞浦路斯人啊，向她下跪吧。祝福你，夫人！愿神灵在你前后左右周遭呵护你！

苔丝德梦娜　谢谢您，英勇的凯西奥。您知道我的丈夫有什么消息吗？

凯西奥　他还没有到来；我只知道他是平安的，大概不久就会到来。

苔丝德梦娜　啊！可是我怕——你们怎么会分散的？

凯西奥　天风和海水的猛烈的激战，使我们彼此失散。可是听！有船来了。（内呼声："一条船！一条船！"炮声。）

绅士乙　他们向我们城上放礼炮了；到来的也是我们的朋友。

凯西奥　你去探看探看。(绅士乙下。向伊阿古)老总,欢迎!(向爱米莉
　　　　娅)欢迎,嫂子! 请你不要恼怒,好伊阿古,因为我敢这样放肆;
　　　　我的教养使我不得不表示这大胆的礼节。(吻爱米莉娅。)

伊阿古　老兄,要是她向你掀动她的嘴唇,也像她向我掀动她的舌头
　　　　一样,那你就要叫苦不迭了。

苔丝德梦娜　唉! 她又不会多嘴。

伊阿古　真的,她太会多嘴了;每次我想睡觉的时候,总是被她吵得
　　　　不得安宁。不过,在您夫人的面前,我还要说一句,她有些话是
　　　　放在心里说的,人家瞧她不开口,她却在心里骂人。

爱米莉娅　你没有理由这样冤枉我。

伊阿古　得啦,得啦,你们跑出门来像图画,走进房去像响铃,到了灶
　　　　下像野猫;设计害人的时候,面子上装得像一个**圣徒**①;人家冒
　　　　犯了你们,你们便活像夜叉;叫你们管家,你们只会一味胡闹;一
　　　　上床却又是个幽娴贞静的主妇。

苔丝德梦娜　啊,啐! 你这乱造谣言的家伙!

伊阿古　不,我说的话儿千真万确,
　　　　　　你们下床游戏,上床工作。

爱米莉娅　我再也不要你写赞美我的诗句。

伊阿古　不,不要叫我写吧。

苔丝德梦娜　要是叫你赞美我,你要怎么写法呢?

伊阿古　啊,好夫人,别叫我做这件事,因为我的脾气是要吹毛求
　　　　疵的。

苔丝德梦娜　来,试试看。有人到港口去了吗?

伊阿古　是,夫人。

苔丝德梦娜　我虽然心里愁闷,姑且强作欢容。来,你怎么赞美我?

伊阿古　我正在想着呢;可是我的诗情粘在我的脑壳里,用力一挤就

---

① 　朱译手稿:菩萨。

会把脑浆一起挤出的。**我的缪斯在难产**,噢,有了:

　　　　她要是既漂亮又智慧,

　　　　就不会误用她的娇美。

苔丝德梦娜　赞美得好! 要是她虽黑丑而聪明呢?

伊阿古　她要是虽黑丑却聪明,

　　　　包她找到一位俊郎君。

苔丝德梦娜　不成话。

爱米莉娅　要是美貌而愚笨呢?

伊阿古　美女人决不是笨冬瓜,

　　　　蠢煞也会抱个小娃娃。

苔丝德梦娜　这些都是在酒店里骗傻瓜们笑笑的古老的歪诗。还有
　　一种又丑又笨的女人,你也能够勉强赞美她两句吗?

伊阿古　别嫌她心肠笨相貌丑,

　　　　女人的戏法一样拿手。

苔丝德梦娜　啊,岂有此理! 你把最好的赞美给了最坏的女人。**可
　　是对于一个真正值得赞美的女人,她的贤德令坏人也不得不为
　　之叹服,你又怎样赞美她呢?**

伊阿古　　　她美如仙子,却从不轻狂,

　　　　她伶牙俐齿,却从不嚣张;

　　　　她家财万贯,却穿着淡雅,

　　　　她懂得节制,总说"试试吧";

　　　　她受了委屈,想报仇雪恨,

　　　　却宽容为怀,让烦恼消遁;

　　　　她明白事理,有高超智慧,

　　　　从不拿鳕鱼头换鲑鱼尾;

　　　　她嘴巴甚严,但善于思索,

　　　　见情人追随,也不肯回顾;

　　　　这样的好女人如果真有——

苔丝德梦娜　真有又怎样？

伊阿古　可给傻孩喂奶，打打酱油。

苔丝德梦娜　啊，这样的结局真是糟糕透了！爱米莉娅，不要听他的话，虽然他是你的丈夫。您怎么说，凯西奥？他不是一个胡说八道的家伙吗？

凯西奥　他说得很**实在**①，夫人。您要是把他当作一个军人，不把他当作一个文士，您就不会嫌他出言粗俗了。

伊阿古　（旁白）他捏着她的手心。嗯，交头接耳，好得很。我只要张起这么一个小小的网，就可以捉住像凯西奥这样一只大苍蝇。嗯，对她微笑，很好；我要叫你跌翻在你自己的礼貌中间。——您说得对，正是正是。——要是这种鬼殷勤会葬送你的前程，你还是不要老是吻着你的三个指头，表示你的绅士风度吧。很好；吻得不错！绝妙的礼貌！正是正是。又把你的手指放到你的嘴唇上去了吗？**但愿你的手指头变成了通肠管子！**（喇叭声）主帅来了！我听得出他的喇叭声音。

凯西奥　真的是他。

苔丝德梦娜　让我们去迎接他。

凯西奥　瞧！他来了。

　　　　　〔奥瑟罗及侍从等上。

奥瑟罗　啊，我的娇美的战士！

苔丝德梦娜　我的亲爱的奥瑟罗！

奥瑟罗　看见你比我先到这里，真使我又惊又喜。啊，我的心爱的人！要是每一次暴风雨之后，都有这样和煦的阳光，那么尽管让狂风肆意地吹，把死亡都吹醒了吧！让那辛苦挣扎的船舶爬上一座座如山的高浪，就像从高高的天上堕下幽深的地狱一般，一泻千丈地跌下来吧！要是我现在死去，那才是最幸福的；因为我

---

　　①　朱译手稿：的确。

怕我的灵魂已经尝到了无上的欢乐,此生此世,再也不会有同样令人欣喜的事情了。

苔丝德梦娜　但愿上天眷顾,让我们的爱情和欢乐与日俱增!

奥瑟罗　阿门,慈悲的神明!我不能充分说出我心头的快乐;太多的欢喜窒住了我的呼吸。(吻苔丝德梦娜。)

伊阿古　(旁白)啊,你们现在是琴瑟调和,看我不动声色,叫你们弦断柱裂。

奥瑟罗　来,让我们到城堡里去。好消息,朋友们;我们的战事已经结束,土耳其人全都溺死了。我的岛上的旧友,您好?爱人,你在塞浦路斯将要受到众人的宠爱,我觉得他们都是非常热情的。啊,亲爱的,我自己太高兴了,所以会说出这样忘形的话来。好伊阿古,请你到港口去一趟,把我的箱子搬到岸上。带那船长到城堡里来;他是一个很好的家伙,他的才能非常叫人钦佩。来,苔丝德梦娜。(除伊阿古、罗德利哥外均下。)

伊阿古　你马上就到港口来会我。过来。人家说,爱情可以刺激懦夫,使他鼓起本来所没有的勇气;要是你果然有胆量,请听我说。副将今晚在卫舍守夜。第一我必须告诉你,苔丝德梦娜是直接跟他发生恋爱的。

罗德利哥　跟他发生恋爱!那是不会有的事。

伊阿古　闭住你的嘴,好好听我说。你看她当初不过因为这摩尔人向她吹了些法螺,撒下了一些漫天的大谎,她就爱得他那么热烈;难道她会继续爱他,只是为了他的吹牛的本领吗?你是个聪明人,不要以为世上会有这样的事。她的视觉必须得到满足;她能够从魔鬼脸上感到什么佳趣?情欲在一阵兴奋过了以后而渐生厌倦的时候,必须换一换新鲜的口味,方才可以把它重新刺激起来,或者是容貌的漂亮,或者是年龄的相称,或者是举止的风雅,这些都是这摩尔人所欠缺;她因为在这些必要的条件上不能得到满足,一定会觉得她的青春娇艳所托非人,而开始对这摩尔人由失望而憎恨，由憎恨而厌恶，她的天性就会迫令她再做第二次的选择。这种情形是很自然而可能的；要是承认了这一点，试问哪一个人比凯西奥更有享受这一种福分的便利？一个很会讲话的家伙，为了达到他的秘密的淫邪的欲望，他会恬不为意地装出一副殷勤文雅的外表。哼，谁也比不上他，一个狡猾阴险的家伙，惯会乘机取利，无孔不入，**尽管能供他钻营的机会并不多**；一个鬼一样的家伙！而且，这家伙又漂亮，又年青，凡是可以使无知妇女醉心的条件，他无一不备，一个十足害人的家伙。这女人已经把他勾上了。

罗德利哥　我不能相信，她是一位圣洁的女郎。

伊阿古　他妈的圣洁！她喝的酒也是用葡萄酿成的；她要是圣洁，她就不会爱这摩尔人了。哼，圣洁！你没有看见她捏弄他的手心吗？你没有看见吗？

罗德利哥　是的，我看见的；可是那不过是礼貌罢了。

伊阿古　我举手为誓，这明明是奸淫！这一段意味深长的楔子，就包括无限淫情欲念的交流。他们的嘴唇那么贴近，他们的呼吸简直互相拥抱了。该死的思想，罗德利哥！这种表面上的亲热一开了端，主要的好戏就会跟着上场，肉体的结合是必然的结论。呸！可是，老兄，你听我说。我特意把你从威尼斯带来，今晚你代我值班守夜；凯西奥是不认识你的；我就在离你不远的地方看着你；你见了凯西奥就找一些借口向他挑衅，或者高声辱骂，或者毁谤他的军誉，或者随你的意思用其他无论什么比较适当的方法。

罗德利哥　好。

伊阿古　他是个性情暴躁、易于发怒的人，也许会向你动武；即使他不动武，你也要激动他和你打起架来；因为借着这一个理由，我就可以在塞浦路斯人中间煽起一场暴动，假如要平息他们的愤怒，除了把凯西奥解职以外没有其他的方法。这样你就可以在

　　我的设计协助之下，早日达到你的愿望，你的阻碍也可以从此除去，否则我们的事情是决无成功之望的。

罗德利哥　我愿意这样干，要是我能够找到下手的机会。

伊阿古　那我可以向你保证。等会儿在城门口见我。我现在必须去替他把应用物件搬上岸来。再会。

罗德利哥　再会。（下。）

伊阿古　凯西奥爱她，这一点我是可以充分相信的；她爱凯西奥，这也是一件很自然而可能的事。这摩尔人我虽然气他不过，却有一副坚定、仁爱、正直的性格；我相信他会对苔丝德梦娜做一个最多情的丈夫。讲到我自己，我也是爱她的，并不完全出于情欲的冲动——虽然也许我也犯着这样的罪名——可是一半是为要报复我的仇恨，因为我疑心这好色的摩尔人夺去了我在她心头的地位。这一种思想像毒药一样腐蚀我的肝肠，什么都不能使我心满意足，除非在他身上发泄这一口怨气，他夺去我的人，我也叫他有了妻子享受不成；即使不能做到这一点，我也要叫这摩尔人心里长起根深蒂固的嫉妒来，没有一种理智的药饵可以把它治疗。为了达到这一个目的，我已经利用这威尼斯的瘟生做我的鹰犬；要是他果然听我的唆使，我就可以抓住我们那位迈克尔·凯西奥的把柄，在这摩尔人面前诽谤他，因为我疑心凯西奥跟我的妻子也是有些暧昧的。这样我可以让这摩尔人感谢我、喜欢我、报答我，因为我叫他做了一头大大的驴子，用诡计捣乱他的平和安宁，使他因气愤而发疯。方针已经决定，前途未可预料；恶人的面目必须到临时揭晓。（下。）

第二场　街　道

　　〔传令官持告示上；民众随后。

传令官　我们尊贵英勇的元师奥瑟罗有令，根据最近接到的消息，土耳其舰队已经全军覆灭，全体军民听到这一个捷音，理应同庆共祝:跳舞的跳舞,燃放焰火的燃放焰火,每一个人都可以随他自己的高兴尽情欢乐;因为除了这些可喜的消息以外,我们同时还要祝贺我们元帅的新婚。帅府中一切门禁完全撤除,从下午五时起,直到深夜十一时,无论何人,可以自由出入,饮酒宴乐。上天祝福塞浦路斯岛和我们尊贵的元帅奥瑟罗!（同下。）

第三场　城堡中的厅堂

　　〔奥瑟罗、苔丝德梦娜、凯西奥及侍从等上。

奥瑟罗　好迈克尔,今天请你留心警备;我们必须随时谨慎,免得因为纵乐无度而肇成意外。

凯西奥　我已经吩咐伊阿古怎样办了,我自己也要亲自督察照看。

奥瑟罗　伊阿古是个忠实可靠的汉子。迈克尔,晚安;明天你一早就来见我。（向苔丝德梦娜）来,我的爱人,我们已经把彼此心身互相交换,愿今后花开结果,恩情美满。晚安!（奥瑟罗、苔丝德梦娜及侍从等下。）

　　〔伊阿古上。

凯西奥　欢迎,伊阿古;我们该守夜去了。

伊阿古　时候还早哪,副将;现在还不到十点钟。咱们主帅因为舍不得他的新夫人,所以这么早就打发我们出去;可是我们也怪不得他,他还没有跟她真个销魂,任是天神见了她也要动心的。

凯西奥　她是一位人间无比的佳人。

伊阿古　我可以担保她也是一个非常风流的人儿。

凯西奥　她的确是一个娇艳可爱的女郎。

伊阿古　她的眼睛多么迷人!简直在向人挑战。

凯西奥　一双动人的眼睛,可是却有一种端庄贞静的神气。

伊阿古　她说话的时候,不就是爱情的警报吗?

凯西奥　她真是十全十美。

伊阿古　好,愿他们被窝里快乐!来,副将,我还有一瓶酒;外面有两个塞浦路斯的绅士,要想为黑将军祝饮一杯。

凯西奥　今夜可不能奉陪了,好伊阿古。我一喝了酒,头脑就会糊涂起来。我希望有人能够发明在宾客欢会的时候,用另外一种方法招待他们。

伊阿古　啊,他们都是我们的朋友;喝一杯吧,我也可以代你喝。

凯西奥　我今晚只喝了一杯,就是那一杯也被我偷偷儿冲了些水,可是我的头已经有点儿昏啦。我知道自己的弱点,实在不敢再多喝了。

伊阿古　哎哟,朋友! 这是一个狂欢的良夜,不要扫了那些绅士们的兴致。

凯西奥　他们在什么地方?

伊阿古　就在这儿门外;请你去叫他们进来吧。

凯西奥　我这就去,可是我心里是不愿意的。(下。)

伊阿古　他今晚已经喝过了一些酒,我只要再灌他一杯下去,他就会像小狗一样到处招惹是非。我们那位为情憔悴的傻瓜罗德利哥今晚为了苔丝德梦娜也喝了几大杯的酒,我已经派他守夜了。还有三个心性高傲、重视荣誉的塞浦路斯少年,都是这座尚武的岛上的优秀人物,我也把他们灌得醺醺大醉;他们今晚也是要守夜的。在这一些醉汉中间,我要叫我们这位凯西奥干出一些可以激动这岛上公愤的事来。可是他们来了。**要是事情的结果遂我所愿,我这条帆船就乘风破浪,畅行无阻了。**

　　　　　〔凯西奥率蒙太诺及绅士等重上;众仆持酒后随。

凯西奥　上帝可以做证,他们已经灌了我一满杯啦。

蒙太诺　真的,只是小小的一杯,顶多也不过一品脱的分量;我是一个军人,从来不会说谎的。

伊阿古　喂,酒来! (唱)

　　　　　　　一瓶一瓶复一瓶,

　　　　　　　饮酒击瓶叮当鸣。

> 我为军人岂无情，
>
> 人命倏忽如烟云，
>
> 聊持杯酒遣浮生。
>
> 孩子们，酒来！

凯西奥　好一支歌儿！

伊阿古　这一支歌是我在英国学来的。英国人的酒量才利害呢；什
　　　么丹麦人，德国人，大肚子的荷兰人——酒来！——比起英国人
　　　来都不算什么。

凯西奥　你那英国人果然这样善于喝酒吗？

伊阿古　嘿，他会不动声色地把丹麦人灌得烂醉如泥，面不流汗把德
　　　国人灌得不省人事，还没有倒满下一杯，那荷兰人已经呕吐狼
　　　藉了。

凯西奥　祝我们的主帅健康！

蒙太诺　赞成，副将，您喝我也喝。

伊阿古　啊，可爱的英格兰！喂，酒来！（唱）

> 斯蒂芬是个贤明君主，
>
> 掏五先令做一条马裤；
>
> 硬说工钱贵了六便士，
>
> 裁缝被他骂得直叫苦。
>
> 他斯蒂芬可是大名人，
>
> 你小子只有单寒家世；
>
> 虚荣心从来亡国殃民，
>
> 劝君莫遗弃旧服敝衣。

凯西奥　我要说，这支歌比刚才那支好听多了。

伊阿古　那你要不要再听一遍？

凯西奥　不必了，但我觉得他做出这样的事来，是有失身分的。好，
　　　上帝在我们头上，有的灵魂必须得救，有的灵魂就不能得救。

伊阿古　对了，副将。

凯西奥 讲到我自己——我并没有冒犯我们主帅或是无论哪一位大
　　人物的意思
　　　　——我是希望能够得救的。

伊阿古 我也是这样希望,副将。

凯西奥 嗯,可是,对不起,你不能比我先得救;副将得救了,然后才
　　是旗官得救。咱们别提这种话啦,还是去干我们的事吧。上帝
　　赦免我们的罪恶! 各位先生,我们不要忘记了我们的事情。不
　　要以为我是醉了,各位先生。这是我的旗官;这是我的右手,这
　　是我的左手。我现在并没有醉;我站得很稳,我说话也很清楚。

众人 非常清楚。

凯西奥 那么很好;你们可不要以为我醉了。(下。)

蒙太诺 各位朋友,来,我们到露台上守望去。

伊阿古 你们看见刚才出去的这一个人,讲到指挥三军的才能,他可
　　以和凯撒争一日之雄;可是你们瞧他这一种酗酒的样子,它正好
　　和他的长处互相抵销。我真为他可惜! 我怕奥瑟罗对他如此信
　　任,也许有一天会被他误了大事,使全岛大受震动的。

蒙太诺 可是他常常是这样的吗?

伊阿古 他喝醉了酒总要睡觉,要是没有酒替他催眠,他可以一整夜
　　打起精神不睡。

蒙太诺 这种情形应该向元帅提起;也许他没有觉察,也许他秉性仁
　　恕,因为看重凯西奥的才能而忽略了他的短处。这句话对不对?
　　　　〔罗德利哥上。

伊阿古 (向罗德利哥旁白)怎么,罗德利哥! 你快追上那副将后面去
　　吧;去。(罗德利哥下。)

蒙太诺 这高贵的摩尔人竟会让一个染上这种恶癖的人做他的辅
　　佐,真是一件令人抱憾的事。谁能够老实对他这样说,才是一个
　　正直的汉子。

伊阿古 即使把这一座大好的岛送给我,我也不愿意说;我很爱凯西

奥，要是有办法，我愿意尽力帮助他除去这一种恶癖。可是听！什么声音？（内呼声："救命！救命！"）

　　〔凯西奥驱罗德利哥重上。

凯西奥　混蛋！狗贼！

蒙太诺　什么事，副将？

凯西奥　一个混蛋也敢教训起我来！我要把这混蛋打进一只瓶子里去。

罗德利哥　打我！

凯西奥　你还要利嘴吗，狗贼？（打罗德利哥。）

蒙太诺　（拉凯西奥）不，副将，请您住手。

凯西奥　放开我，先生，否则我要一拳打到你的头上来了。

蒙太诺　得啦得啦，你醉了。

凯西奥　醉了！（与蒙太诺斗。）

伊阿古　（向罗德利哥旁白）快走！到外边去高声嚷叫，说是出了乱子啦。（罗德利哥下）不，副将！天哪，各位先生！喂，来人！副将！蒙太诺！帮帮忙，各位朋友！这算是守的什么夜呀！（钟鸣）谁在那儿打钟？该死！全市的人都要起来了。天哪！副将，住手！你的脸要从此丢尽啦。

　　〔奥瑟罗及侍从等重上。

奥瑟罗　这儿出了什么事情？

蒙太诺　他妈的！我的血流个不停；我受了重伤啦。

奥瑟罗　要活命的快住手！

伊阿古　喂，住手，副将！蒙太诺！各位先生！你们忘记你们的地位和责任了吗？住手！主帅在对你们说话；还不住手！

奥瑟罗　怎么，怎么！为什么闹起来的？难道我们都变成野蛮人了吗？**上天不允许土耳其人打我们，我们自己倒打起来了！**为了基督徒的面子，停止这场粗暴的争吵；谁要是一味怄气，再敢动一动，他就是看轻他自己的灵魂，他一举手我就叫他死。叫他们不要打那可怕的钟，它会扰乱岛上的人心。各位，究竟是怎么一回事？正直的伊阿古，瞧你懊恼得脸色惨淡，告诉我，谁开始这场争闹的？凭着你的忠心，老实对我说。

伊阿古　我不知道；刚才还是好好的朋友，像正在宽衣解带的新夫妇一般相亲相爱，一下子就好像受到什么星光的刺激，迷失了他们的本性似的，大家拔出剑来，向彼此的胸前直刺过去，拼个你死我活了。我说不出这场任性的争吵是怎么开始的；只怪我这双腿不曾在光荣的战阵上失去，那么我也不会踏进这种是非中间了！

奥瑟罗　迈克尔，你怎么会这样忘记你自己的身分？

凯西奥　请您原谅我，我没有话可说。

奥瑟罗　尊贵的蒙太诺，您一向是个温文知礼的人，您的少年端庄为举世所钦佩，在贤人君子之间，您有很好的名声；为什么您会这样自贬身价，牺牲您的宝贵的名誉，让人家说您是个在深更半夜里酗酒闹事的家伙？给我一个回答。

蒙太诺　尊贵的奥瑟罗，我伤得很利害，不能多说话；您的贵部下伊阿古可以告诉您我所知道的一切。其实我也不知道我在今夜说错了什么话或是做错了什么事，除非在暴力侵凌的时候，自卫是一桩罪恶。

奥瑟罗　苍天在上，我现在可再也遏制不住我的怒气了，**我的情感遮蔽了我的理性，支配着我的行动**。我只要动一动，或是举一举这一只手臂，就可以叫你们中间最有本领的人在我的一怒之下丧失了生命。让我知道这一场可耻的骚扰是怎么开始的，谁是最初肇起事端来的人；要是证实了哪一个人是启衅的罪魁，即使他是我的孪生兄弟，我也不能放过他。什么！一个新遭战乱的城市，秩序还没有恢复，人民的心里充满了恐惧，你们却在深更半夜，在全岛治安所系赖的所在，为了私人间的细故争吵起来！岂有此理！伊阿古，谁是肇事的人？

蒙太诺　你要是意存偏袒，或是同僚相护，所说的话和事实不尽符合，你就不是个军人。

伊阿古　不要这样逼我，我宁愿割下自己的舌头，也不愿让它说迈克尔·凯西奥的坏话；可是事已如此，我想说老实话也不算对不起他。是这样的，主帅：蒙太诺跟我正在谈话，忽然跑进一个人来高呼救命，后面跟着凯西奥，杀气腾腾地提着剑，好像一定要杀死他才甘心似的；那时候这位先生就挺身前去拦住凯西奥，请他息怒；我自己追赶那个叫喊的人，因为恐怕他在外边大惊小怪，扰乱人心；可是他跑得快，我追不上，又听见背后刀剑碰撞和凯西奥高声咒骂的声音，所以就回来了。我从来没有听见他这样骂过人；我本来追得不远，一转身就看见他们在这儿你一刀我一剑地厮杀得难解难分，正像您到来喝开他们的时候一样。我所能报告的就是这几句话。人总是人，圣贤也有错误的时候；一个人在愤怒之中，就是好朋友也会翻脸不认。虽然凯西奥给了他一点小小的伤害，可是我相信凯西奥一定从那逃走的家伙手里受到什么奇耻大辱，所以才会动起那么大的火性来的。

奥瑟罗　伊阿古，我知道你的忠实和义气，你把这件事情轻描淡写，替凯西奥减轻他的罪名。凯西奥，你是我的好朋友，可是从此以后，你不是我的部属了。

　　　　〔苔丝德梦娜率侍从重上。

奥瑟罗　瞧！我的温柔的爱人也给你们吵醒了！（向凯西奥）我要拿你做一个榜样。

苔丝德梦娜　什么事？

奥瑟罗　现在一切都没事了，爱人，去睡吧。先生，您受的伤我愿意亲自替您医治。把他扶出去。（侍从扶蒙太诺下）伊阿古，你去巡视市街，安定安定受惊的人心。来，苔丝德梦娜；难圆的是军人的好梦，才合眼又被杀声惊动。（除伊阿古、凯西奥外均下。）

伊阿古　什么！副将，你受伤了吗？

凯西奥　嗯，我的伤是无药可救的了。

伊阿古　哎哟，上天保佑，没有这样的事！

凯西奥　名誉，名誉，名誉！啊，我的名誉已经一败涂地了！我已经失去我的生命中不死的一部分，留下来的也就跟畜生没有分别了。我的名誉，伊阿古，我的名誉！

伊阿古　我是个老实人，我还以为你受到了什么身体上的伤害，那是比名誉的损失痛苦得多的。名誉是一件无聊的骗人的东西；得到它的人未必有什么功德，失去它的人也未必有什么过失。你的名誉仍旧是好端端的，除非你自以为它已经扫地了。嘿，朋友，你要恢复主帅对你的欢心，尽有办法呢。你现在不过一时遭逢他的恼怒；他给你的这一种处分，与其说是表示对你的不满，还不如说是遮掩世人耳目的政策，正像有人为了吓退一头凶恶的狮子而故意鞭打他的驯良的狗儿一样。你只要向他恳求恳求，他一定会回心转意的。

凯西奥　我宁愿恳求他唾弃我，也不愿蒙蔽他的聪明，让这样一位贤能的主帅手下有这么一个酗酒放荡的不肖将领。纵饮无度！胡言乱道！吵架！吹牛！赌咒！跟自己的影子说些废话！啊，你空虚缥缈的厄酒的精灵，要是你还没有一个名字，让我们叫你做魔鬼吧！

伊阿古　你提着剑追逐不舍的那个人是谁？他怎么冒犯了你？

凯西奥　我不知道。

伊阿古　你怎么会不知道？

凯西奥　我记得一大堆的事情，可是全都是模模糊糊的；我记得跟人家吵起来，可是不知道为了什么。上帝啊！人们居然会把一个仇敌放进自己的嘴里，让它偷去他们的头脑，在欢天喜地之中，把我们自己变成了畜生！

伊阿古　可是你现在已经很清醒了；你怎么会明白过来的？

凯西奥　气鬼一上了身，酒鬼就自动退让；一件过失引起了第二件过

　　失,简直使我自己也瞧不起自己了。

伊阿古　得啦,你也太认真了。照此时此地的环境说起来,我但愿没
　　有这种事情发生;可是既然事已如此,以后留心改过就是了。

凯西奥　我要向他请求恢复我的原职;他会对我说我是一个酒棍!
　　即使我有一百张嘴,这样一个答复也会把它们一起封住。现在
　　还是一个清清楚楚的人,不一会儿就变成个傻子,然后立刻就变
　　成一头畜生!啊,奇怪!每一杯过量的酒都是魔鬼酿成的毒水。

伊阿古　算了,算了,好酒只要不滥喝,也是一个很好的伙伴;你也不
　　用咒骂它了。副将,我想你一定把我当作一个好朋友看待。

凯西奥　我很信任你的友谊。——我醉了!

伊阿古　朋友,一个人有时候多喝了几杯,也是免不了的。让我告诉
　　你一个办法:我们主帅的夫人现在是我们真正的主帅;我可以这
　　样说,因为他心里只念着她的好处,眼睛里只看见她的可爱。你
　　只要在她面前坦白忏悔,恳求恳求她,她一定会帮助你官复原
　　职。她的性情是那么慷慨仁慈,那么体贴人心,人家请她出十分
　　力,她要是没有出到十二分,就觉得好像对人不起似的。你请她
　　替你弥缝弥缝你跟她的丈夫之间的这一道裂痕,我可以拿我的
　　全部财产打赌,你们的交情一定会反而因此格外加强的。

凯西奥　你的主意出得很好。

伊阿古　我发誓这一种意思完全出于一片诚心。

凯西奥　我充分信任你的善意;明天一早我就请求贤德的苔丝德梦
　　娜替我尽力说情。要是我在这儿给他们革退了,我的前途也就
　　从此毁了。

伊阿古　你说得对。晚安,副将;我还要守夜去呢。

凯西奥　晚安,正直的伊阿古!(下。)

伊阿古　谁说我做事奸恶?我贡献给他的这番意见,不是光明正大、
　　很合理,而且的确是挽回这摩尔人的心意的最好办法吗?只要
　　是正当的请求,苔丝德梦娜总是有求必应的;她的为人是再慷慨

再热心不过的了。至于叫她去说动这摩尔人,更是不费吹灰之力;他的灵魂已经完全成为她的爱情的俘虏,无论她要做什么事,或是把已经做成的事重新推翻,即使叫他抛弃他的信仰和一切得救的希望,他也会唯命是从,让她的喜恶主宰他的无力反抗的身心。我既然向凯西奥指示了这一条对他有利的方策,谁还能说我是个恶人呢?佛面蛇心的鬼魅!恶魔往往用神圣的外表,引诱世人干最恶的罪行,正像我现在所用的手段一样;因为当这个老实的呆子恳求苔丝德梦娜为他转圜,当她竭力在那摩尔人面前替他说情的时候,我就要用毒药灌进那摩尔人的耳中,说是她所以要运动凯西奥复职,只是为了恋奸情热的缘故。这样她越是忠于所托,越是会加强那摩尔人的猜疑;我就利用她的善良的心肠污毁她的名誉,让他们一个个都落进了我的罗网之中。

〔罗德利哥重上。

伊阿古　啊,罗德利哥!

罗德利哥　我在这儿给你们驱来赶去,不像一头追寻狐兔的猎狗,倒像是替你们凑凑热闹的。我的钱也差不多花光了,今夜我还挨了一顿痛打;我想这番教训,大概就是我费去不少辛苦换来的代价了。现在我的钱囊已经空空如也,我的头脑里总算增加了一点智慧,我要回威尼斯去了。

伊阿古　没有耐性的人是多么可怜!什么伤口不是慢慢儿平复起来的?你知道我们干事情全赖计谋,并不是用的魔法;用计谋就必须等待时机成熟。一切进行得不是很顺利吗?凯西奥固然把你打了一顿,可是你受了一点小小的痛苦,已经使凯西奥把官职都丢了。虽然在太阳光底下,各种草木都欣欣向荣,可是最先开花的果子总是最先成熟。你安心点儿吧。哎哟,天已经亮啦;又是喝酒,又是打架,闹哄哄的就让时间飞过去了。你去吧,回到你的宿舍里去;去吧,有什么消息我再来告诉你;去吧。(罗德利哥下)我还要做两件事情:第一是叫我的妻子在她的女主人面前替凯西奥说两句好话;同时我就去设法把那摩尔人骗一骗开,等到凯西奥去向他的妻子请求的时候,再让他亲眼看见这幕把戏。好,言之有理;不要迁延不决,耽误了锦囊妙计。(下。)

第 三 幕

第一场　塞浦路斯;城堡前

　　[凯西奥及若干乐工上。

凯西奥　列位朋友,就在这儿奏起来吧;我会酬劳你们的。奏一支简短一些的乐曲,敬祝我们的主帅晨安。(音乐。)

　　[小丑上。

小丑　怎么,列位朋友,你们的乐器都曾到过那不勒斯,所以会这样嗡声嗡气地用鼻音说话吗?

乐工甲　怎么,大哥,怎么?

小丑　请问这些都是管乐器吗?

乐工甲　正是,大哥。

小丑　噢,怪不得这下面还拖着条茎儿。

乐工甲　你说拖着条茎儿,大哥?

小丑　**我说,许多管乐器都是这个模样。**① 可是,列位朋友,这儿是赏给你们的钱;将军非常喜欢你们的音乐,他请求你们千万不要再奏下去了。

乐工甲　好,大哥,那么我们不奏了。

────────────

　　①　朱译手稿:啊,原来如此。

小丑　　要是你们会奏听不见的音乐,请奏起来吧;可是正像人家说
　　　的,将军对于听音乐这件事不大感兴趣。

乐工甲　我们不会奏那样的音乐。

小丑　　那么把你们的笛子藏起来,因为我要去了。去,消灭在空气里
　　　吧;去!（乐工等下。）

凯西奥　你听不听见,我的好朋友?

小丑　　不,我没有听见你的好朋友;我只听见您。

凯西奥　少说笑话。这一块小小的金币你拿了去;要是伺候将军夫
　　　人的那位奶奶已经起身,你就告诉她有一个凯西奥请她出来说
　　　话。你肯不肯?

小丑　　她已经起身了,先生;要是她愿意出来,我就告诉她。

凯西奥　谢谢你,我的好朋友。（小丑下。）

　　　〔伊阿古上。

凯西奥　来得正好,伊阿古。

伊阿古　你还没有上过床吗?

凯西奥　没有,我们分手的时候,天早就亮了。伊阿古,我已经大胆
　　　叫人去请你的妻子出来;我想请她替我设法见一见贤德的苔丝
　　　德梦娜。

伊阿古　我去叫她立刻出来见你。我还要想一个法子把那摩尔人调
　　　开,好让你们谈话方便一些。

凯西奥　多谢你的好意。（伊阿古下）我从来没有认识过一个比他更
　　　善良正直的弗罗伦萨人。

　　　〔爱米莉娅上。

爱米莉娅　早安,副将! 听说您误触主帅之怒,真是一件令人懊恼的
　　　事;可是一切就会转祸为福的。将军和他的夫人正在谈起此事,
　　　夫人竭力替您辩白,将军说,被您伤害的那个人,在塞浦路斯是
　　　很有名誉、很有势力的,为了避免受人非难起见,他不得不把您
　　　斥革;可是他说他很喜欢您,即使没有别人替您说情,他也会留

心着一有适当的机会,就让您恢复原职的。

凯西奥　可是我还要请求您一件事:要是您认为没有妨碍,或是可以办得到的话,请您设法让我独自见一见苔丝德梦娜,跟她做一次简短的谈话。

爱米莉娅　请您进来吧;我可以带您到一处可以让您从容吐露您的心曲的所在。

凯西奥　那真使我感激万分了。(同下。)

第二场　城堡中的一室

〔奥瑟罗、伊阿古及绅士等上。

奥瑟罗　伊阿古,这几封信你拿去交给舵师,叫他回去替我呈上元老院。我就在堡垒上走走;你把事情办好以后,就到那边来见我。

伊阿古　是,主帅,我就去。

奥瑟罗　各位,我们要不要去看看这儿的防务?

众人　我们愿意奉陪。(同下。)

第三场　城堡前

〔苔丝德梦娜、凯西奥及爱米莉娅上。

苔丝德梦娜　好凯西奥,你放心吧,我一定尽力替你说情就是了。

爱米莉娅　好夫人,请您千万出力。不瞒您说,我的丈夫为了这件事情,也懊恼得不得了,就像是他自己身上的事情一般。

苔丝德梦娜　啊! 你的丈夫是一个好人。放心吧,凯西奥,我一定会设法使我的丈夫对你恢复原来的友谊。

凯西奥　大恩大德的夫人,无论迈克尔·凯西奥将来会有什么成就,他永远是您的忠实的仆人。

苔丝德梦娜　我知道;我感谢你的好意。你爱我的丈夫,你又是他的多年的知交;放心吧,他除了表面上因为避免嫌疑而对你略示疏远以外,决不会真把你见外的。

凯西奥　您说得很对,夫人;**可是这样的避嫌也许会拖得很久,或者出于一些琐碎的顾虑,或者受环境的种种牵制,**①日久之后,有人会代替了我的地位,那时恐怕主帅就要把我的忠诚和微劳一起忘记了。

苔丝德梦娜　那你不用担心;当着爱米莉娅的面前,我保证你一定可以回复原职。请你相信我,要是我发誓帮助一个朋友,我一定会帮助他到底。我的丈夫将要不得安息,无论睡觉吃饭的时候,我都要在他耳旁聒噪;无论他干什么事,我都要插进嘴去替凯西奥说情。所以高兴起来吧,凯西奥,因为你的辩护人是宁死不愿放弃你的权益的。

　　　　　〔奥瑟罗及伊阿古自远处上。

爱米莉娅　夫人,将军来了。

凯西奥　夫人,我告辞了。

苔丝德梦娜　啊,等一等,听我说。

凯西奥　夫人,改日再谈吧;我现在心里很不自在,见了主帅恐怕反多不便。

苔丝德梦娜　好,随您的便。(凯西奥下。)

伊阿古　吓!我不喜欢那种样子。

奥瑟罗　你说什么?

伊阿古　没有什么,主帅;要是——我不知道。

奥瑟罗　那从我妻子身边走开去的,不是凯西奥吗?

伊阿古　凯西奥,主帅?**不,一定不是他;真难以想象,他怎么会一见您来了,就好像做了什么虚心事似的,偷偷地溜走呢?**②

奥瑟罗　我相信是他。

---

①　朱译手稿:可是我现在失去了在帐下供奔走的机会。

②　朱译手稿:不,我想他一定不会看见您来了,就好像做了什么虚心事似的,偷偷儿溜走的。

苔丝德梦娜　啊，我的主！刚才有人在这儿向我请托，他因为失去了
　　您的欢心，非常抑郁不快呢。

奥瑟罗　你说的是什么人？

苔丝德梦娜　就是您的副将凯西奥呀。我的好夫君，要是我还有几
　　分面子，或是几分可以左右您的力量，请您立刻对他恢复原来的
　　恩宠吧；因为他倘不是一个真心爱您的人，他的过失倘不是无心
　　而是有意的，那么我就是看错了人啦。请您叫他回来吧。

奥瑟罗　他刚才从这儿走开吗？

苔丝德梦娜　嗯，是的；他是那样满含着羞愧，使我也不禁对他感到
　　同情的悲哀。爱人，叫他回来吧。

奥瑟罗　现在**不行**①，亲爱的苔丝德梦娜；慢慢儿再说吧。

苔丝德梦娜　可是那不会太久吗？

奥瑟罗　亲爱的，为了你的缘故，我叫他早一点复职就是了。

苔丝德梦娜　能不能在今天晚餐的时候？

奥瑟罗　不，今晚可不能。

苔丝德梦娜　那么明天午餐的时候？

奥瑟罗　明天我不在家里午餐；我要跟将领们在营中会面。

苔丝德梦娜　那么明天晚上吧；或者星期二早上，星期二中午，晚上，
　　星期三早上，随您指定一个时间，可是不要超过三天以上。他对
　　于自己的行为不检的确非常悔恨；固然在这种战争的时期，地位
　　较高的人必须以身作则，可是照我们平常的眼光看来，他的过失
　　实在是微乎其微的。什么时候让他来？告诉我，奥瑟罗。要是
　　您有什么事情要求我，我想我决不会拒绝您，或是这样吞吞吐吐
　　的。**你忘了吗，**②您向我求婚的时候，是迈克尔·凯西奥陪着您
　　来的；好多次我表示对您不满意的时候，他总是为您辩护；现在

---

①　朱译手稿：不必。

②　朱译手稿：什么！

我请您把他重新叙用，却会这样为难！相信我，我可以——

奥瑟罗　好了，不要说下去了。让他随便什么时候来吧；你要什么我总不愿拒绝的。

苔丝德梦娜　这并不是一个恩惠，就好像我请求您戴上您的手套，劝您吃些富于营养的菜肴，穿些温暖的衣服，或是叫您做一件对您自己有益的事情一样。不，要是我真的向您提出什么要求，来试探试探您的爱情，那一定是一件非常棘手而难以应允的事。

奥瑟罗　我什么都不愿拒绝你；可是现在你必须答应暂时离开我一会儿。

苔丝德梦娜　我会拒绝您的要求吗？不。再会，我的主。

奥瑟罗　再会，我的苔丝德梦娜；我马上就来看你。

苔丝德梦娜　爱米莉娅，来吧。您爱怎么样就怎么样，我总是服从您的。（苔丝德梦娜、爱米莉娅同下。）

奥瑟罗　可爱的女人！我的灵魂永坠地狱，要是我不爱你！当我不爱你的时候，世界也要复归于混沌了。

伊阿古　尊贵的主帅——

奥瑟罗　你说什么，伊阿古？

伊阿古　当您向夫人求婚的时候，迈克尔·凯西奥也知道你们的恋爱吗？

奥瑟罗　他从头到尾都知道。你为什么问起？

伊阿古　不过是为了解释我心头的一个疑惑，并没有其他用意。

奥瑟罗　你有什么疑惑，伊阿古？

伊阿古　我以为他本来跟夫人是不相识的。

奥瑟罗　啊，不，他常常在我们两人之间传递消息。

伊阿古　当真！

奥瑟罗　当真！嗯，当真。你觉得有什么不对吗？他这人不老实吗？

伊阿古　老实，我的主帅？

奥瑟罗　老实！嗯，老实。

伊阿古　主帅,照我所知道的——

奥瑟罗　你有什么意见?

伊阿古　意见,我的主帅!

奥瑟罗　意见,我的主帅! 天哪,他在学我的舌,好像在他的思想之
　　　　中,藏着什么丑恶得不可见人的怪物似的。你的话里含有意思。
　　　　刚才凯西奥离开我的妻子的时候,我听见你说,你不喜欢那种样
　　　　子;你不喜欢什么样子呢? 当我告诉你在我求婚的全部过程中
　　　　他都参与我们的秘密的时候,你又喊着说:"当真!"蹙紧了你的
　　　　眉头,好像在把一个可怕的思想关锁在你的脑筋里一样。要是
　　　　你爱我,把你所想到的事告诉我吧。

伊阿古　主帅,您知道我是爱您的。

奥瑟罗　我相信你的话;因为我知道你是一个忠爱正直的人,从来不
　　　　让一句没有忖度过的话轻易出口,所以你这种吞吞吐吐的口气
　　　　格外使我惊疑。在一个奸诈的小人,这些不过是一套玩惯了的
　　　　戏法;可是在一个正人君子,那就是从心底里不知不觉自然流露
　　　　出来的秘密的抗议。

伊阿古　讲到迈克尔·凯西奥,我敢发誓,我相信他是忠实的。

奥瑟罗　我也这样想。

伊阿古　人们的内心应该跟他们的外表一致,有的人却不是这样;要
　　　　是他们能够脱下了假面,那就好了!

奥瑟罗　不错,人们的内心应该跟他们的外表一致。

伊阿古　所以我想凯西奥是个忠实的人。

奥瑟罗　不,我看你还有一些别的意思。请你老老实实把你的思想
　　　　告诉我,尽管用最坏的字眼,说出你所想到的最坏的事情。

伊阿古　我的好主帅,请原谅我,凡是我名分上应尽的责任,我当然
　　　　不敢躲避,可是您不能勉强我做那一切奴隶们也没有那种义务
　　　　的事。吐露我的思想? 也许它们是邪恶而卑劣的;哪一座庄严
　　　　的宫殿里,不会有时被下贱的东西闯入呢? 哪一个人的心胸这

样纯洁，没有一些污秽的念头和正大的思想分庭抗礼呢？

奥瑟罗　伊阿古，要是你以为你的朋友受人欺侮了，可是却不让他知道你的思想，这不成了党敌卖友了吗？

伊阿古　也许我是以小人之腹度君子之心，因为我是一个秉性多疑的人，常常会无中生有，错怪了人家；所以请您还是不要把我的无稽的猜测放在心上，更不要因为我的胡乱的妄言而自寻烦恼。要是我让您知道了我的思想，一则将会破坏您的安宁，对您没有什么好处；二则那会影响我的人格，对我也是一件不智之举。

奥瑟罗　你的话是什么意思？

伊阿古　我的好主帅，无论男人女人，名誉是他们灵魂里面最切身的珍宝。谁偷窃我的钱囊的，不过偷窃到一些废物，一些虚无的幻质，它只是从我的手里转到他的手里，而它也曾做过千万人的奴隶；可是谁偷去了我的名誉的，那么他虽然并不因此而富足，我却因为失去它而成为赤贫了。

奥瑟罗　凭着上天起誓，我一定要知道你的思想。

伊阿古　即使我的心在您的手里，您也不能知道我的思想；当它还在我的保管之下，我更不能让您知道。

奥瑟罗　吓！

伊阿古　啊，主帅，您要留心嫉妒啊；那是一个绿眼的妖魔，谁做了它的牺牲，就要受它的玩弄。本来并不爱他的妻子的那种丈夫，虽然明知被他的妻子欺骗，算来还是幸福的；可是啊！一方面那样痴心疼爱，一方面又是那样满腹狐疑，这才是活活的受罪！

奥瑟罗　啊，难堪的痛苦！

伊阿古　贫穷而知足，可以赛过富有；有钱的人要是时时刻刻都在担心他会有一天变成穷人，那么即使他有无限的资财，实际上也像冬天一样贫困。天啊，保佑我们不要嫉妒吧！

奥瑟罗　咦，这是什么意思？你以为我会在嫉妒里消磨我的一生，随着每一次月亮的变化，发生一次新的猜疑吗？不，我有一天感到

怀疑,就要把它立刻解决。要是我会让这种捕风捉影的猜测支
配我的心灵,像你所暗示的那样,我就是一头愚蠢的山羊。谁说
我的妻子貌美多姿、爱好交际、口才敏慧、能歌善舞,决不会使我
嫉妒;对于一个贤淑的女子,这些是锦上添花的美妙的外饰。我
也绝不因为我自己的缺点而担心她会背叛我;她倘不是独具慧
眼,决不会选中我的。不,伊阿古,我在没有亲眼目睹以前,决不
妄起猜疑;当我感到怀疑的时候,我就要把它证实;果然有了确
实的证据,我就一了百了,让爱情和嫉妒同时毁灭。

伊阿古　您这番话使我听了很是高兴,因为我现在可以用更坦白的
　　　精神,向您披露我的忠爱之忱了。**既然我有必要说,那您就接受
　　　我的忠告吧。**虽然我还不能给您确实的证据,但您得注意尊夫
　　　人的行动;留心观察她对凯西奥的态度;用冷静的眼光看着他
　　　们,不要一味多心,也不要过于大意。我不愿您的慷慨豪迈的天
　　　性被人欺罔;留心着吧。我知道我们国里娘儿们的脾气;在威尼
　　　斯她们背着丈夫干的风流活剧,是不瞒天地的;她们可以不顾羞
　　　耻,干她们所要干的事,只要不让丈夫知道,就可以问心无愧。

奥瑟罗　你真的这样说吗?

伊阿古　她当初跟您结婚,曾经骗过她的父亲;当她好像对您的容貌
　　　战栗畏惧的时候,她的心里却在热烈地爱着它。

奥瑟罗　她正是这样。

伊阿古　好,她这样小小的年纪,就有这般能耐,做作得不露一丝破
　　　绽,把她父亲的眼睛完全遮掩过去,使他疑心您用妖术把她骗
　　　走。——可是我不该说这种话;请您原谅我对您的过分的忠
　　　心吧。

奥瑟罗　我永远感激你的好意。

伊阿古　我看这件事情有点儿扫了您的兴致。

奥瑟罗　一点不,一点不。

伊阿古　真的,我怕您在发恼啦。我希望您把我这番话当作善意的

警戒。可是我看您真的在动怒啦。我必须请求您不要因为我这么说了,就武断地下了结论;不过是一点嫌疑,还不能就认为事实哩。

奥瑟罗　我不会的。

伊阿古　您要是这样,主帅,那么我的话就要引起不幸的后果,完全违反我的本意了。凯西奥是我的好朋友,——主帅,我看您在动怒啦。

奥瑟罗　不,并不怎么动怒。我想苔丝德梦娜是贞洁的。

伊阿古　但愿她永远如此!但愿您永远这样想!

奥瑟罗　可是一个人往往容易迷失本性——

伊阿古　嗯,问题就在这儿。说句大胆的话,当初多少跟她同国族、同肤色、同阶级的人向她求婚,她都置之不理,这明明是违反常情的举动;嘿!从这儿就可以看到一个荒唐的意志、乖僻的习性和不近人情的思想。可是原谅我,我不一定指着她说;虽然我恐怕她因为一时的孟浪跟随了您,也许后来会觉得您在各方面不能符合她自己国中的标准而懊悔她的选择的错误。

奥瑟罗　再会,再会。要是您还观察到什么事,请让我知道;叫你的妻子留心察看。离开我,伊阿古。

伊阿古　主帅,我告辞了。(欲去。)

奥瑟罗　我为什么要结婚呢?这个诚实的汉子所看到所知道的事情,一定比他向我宣布出来的多得多。

伊阿古　(回转)主帅,我想请您最好把这件事情搁一搁,慢慢儿再说吧。凯西奥虽然应该让他复职,因为他对于这一个职位是非常胜任的;可是您要是愿意对他暂时延宕一下,就可以借此窥探他的真相,看他钻的是哪一条门路。您只要注意尊夫人在您面前是不是着力替他说情;从那上头就可以看出不少情事。现在请您只把我的意见认作无谓的过虑——我相信我的确太多疑了——仍旧把尊夫人看成一个清白无罪的人。

奥瑟罗　你放心吧,我不会失去自制的。

伊阿古　那么我告辞了。(下。)

奥瑟罗　这是一个非常诚实的家伙,对于人情世故是再熟悉不过的了。要是我能够证明她是一头没有驯服的野鹰,虽然我用自己的心弦把她系住,我也要放她随风远去,追寻她自己的命运。也许因为我生得黑丑,缺少绅士们温柔风雅的谈吐,也许因为我年纪老了点儿——虽然还不算顶老——所以她才会背叛我;我已经自取其辱,只好割断对她这一段痴情。啊,结婚的烦恼! 我们可以在名义上把这些可爱的人儿称为我们所有,却不能支配她们的爱憎喜恶! 我宁愿做一只蛤蟆,呼吸牢室中的浊气,也不愿占住了自己心爱之物的一角,让别人把它享用。可是那是富贵者也不能幸免的灾祸,他们并不比贫贱者享有更多的特权;那是像死一样不可逃避的命运,我们一生下来就已经在冥冥中注定了的。瞧! 她来了。倘然她是不贞的,啊! 那么上天在开自己的玩笑了。我不信。

　　　〔苔丝德梦娜及爱米莉娅重上。

苔丝德梦娜　啊,我的亲爱的奥瑟罗! 您所宴请的那些岛上的贵人们都在等着您去就席哩。

奥瑟罗　是我失礼了。

苔丝德梦娜　您怎么说话这样没有劲? 您不大舒服吗?

奥瑟罗　我有点儿头痛。

苔丝德梦娜　那一定是因为少睡的缘故,不要紧的;让我替您绑紧了,一小时内就可以痊愈。

奥瑟罗　你的手帕太小了。(手帕坠地)随它去;来,我跟你一块儿进去。

苔丝德梦娜　您身子不舒服,我很懊恼。(奥瑟罗、苔丝德梦娜下。)

爱米莉娅　我很高兴我拾到了这方手帕;这是她从那摩尔人手里第一次得到的礼物。我那古怪的丈夫向我说过了不知多少好话,要我把它偷了来；可是她非常喜欢这玩意儿，因为他叫她永远保存，不许遗失，所以她随时带在身边，一个人的时候就拿出来把它亲吻，对它说话。我要去把那花样描下来，再把它送给伊阿古，究竟他拿去有什么用，天才知道，我可不知道。我只不过为了讨他的欢喜。

　　〔伊阿古重上。

伊阿古　啊！你一个人在这儿干吗？

爱米莉娅　不要骂；我有一件好东西给你。

伊阿古　一件好东西给我？一件不值钱的东西——

爱米莉娅　吓！

伊阿古　娶了一个愚蠢的老婆。

爱米莉娅　啊！当真？要是我现在把那方手帕给了你，你给我什么东西？

伊阿古　什么手帕？

爱米莉娅　什么手帕！就是那摩尔人第一次送给苔丝德梦娜，你老是叫我偷了来的那方手帕呀。

伊阿古　已经偷来了吗？

爱米莉娅　不，不瞒你说，她自己不小心掉了下来，我正在旁边，乘此机会就把它拾起来了。瞧，这不是吗？

伊阿古　好娘子，给我。

爱米莉娅　你一定要我偷了它来，究竟有什么用？

伊阿古　哼，那干你什么事？（夺帕。）

爱米莉娅　要是没有重要的用途，还是把它还了我吧。可怜的夫人！她失去这方手帕，准要发疯了。

伊阿古　不要说出来；我自有用处。去，离开我。（爱米莉娅下）我要把这手帕丢在凯西奥的寓所里，让他找到它。像空气一样轻的小事，对于一个嫉妒的人，也会变成天书一样坚强的确证；也许这就可以引起一场是非。这摩尔人已经中了我的毒药，他的心理上已经发生变化了;危险的思想本来就是一种毒药,虽然在开始的时候尝不到什么苦涩的味道,可是渐渐儿在血液里活动起来,就会像火山一样轰然爆发。我已经说过了;瞧,他又来了!

〔奥瑟罗重上。

伊阿古　罂粟、曼陀罗,或是世上一切使人昏迷的药草,都不能使你得到昨天晚上你还安然享受的酣眠。

奥瑟罗　吓!吓!对我不贞?

伊阿古　啊,怎么,主帅!别老想着那件事啦。

奥瑟罗　去!滚开!你害得我好苦。与其知道得不明不白,还是糊里糊涂受人家欺弄的好。

伊阿古　怎么,主帅!

奥瑟罗　她瞒着我跟人家私通,我不是一无知觉的吗?我没有看见,没有想到,它对我漠不相干;到了晚上,我还是睡得好好的,逍遥自得,无忧无虑,在她的嘴唇上找不到凯西奥吻过的痕迹。被盗的人要是不知道偷儿盗去了他什么东西,他就等于没有被盗一样。

伊阿古　我很抱歉听见您说这样的话。

奥瑟罗　要是全营的将士,从最低微的工兵起,都曾领略过她的肉体的美趣,只要我一无所知,我还是快乐的。啊!从今以后,永别了,宁静的心绪!永别了,平和的幸福!永别了,威武的大军、激发壮志的战争!啊,永别了!永别了,长嘶的骏马、锐利的号角、惊魂的鼙鼓、刺耳的横笛、庄严的大旗和一切战阵上的威仪!还有你,杀人的巨炮啊,你的残暴的喉管里模仿着天神乔武的怒吼,永别了!奥瑟罗的事业已经完毕。

伊阿古　难道一至于此吗,主帅?

奥瑟罗　恶人,你必须证明我的爱人是一个淫妇,你必须给我目击的证据;否则凭着人类永生的灵魂起誓,我的激起了的怒火将要喷射在你的身上,使你悔恨自己当初不曾投胎做一条狗!

伊阿古　竟会到了这样的地步吗？

奥瑟罗　让我亲眼看见这种事实，或者至少给我无可置疑的切实的证据，否则我要活活取你的命！

伊阿古　尊贵的主帅——

奥瑟罗　你要是故意捏造谣言，毁坏她的名誉，使我受到难堪的痛苦，那么你再不要祈祷吧；放弃一切恻隐之心，让各种残酷的罪恶聚集于你的罪恶的一身，尽管做一些使上天悲泣、使人世惊愕的暴行吧，因为你现在已经罪大恶极，没有什么可以使你在地狱里沉沦得更深的了。

伊阿古　天啊！您是一个汉子吗？您有灵魂吗？您有知觉吗？上帝和您同在！我也不要做这劳什子的旗官了。啊，倒霉的傻瓜！你以为自己是个老实人，人家却把你的老实当作了罪恶！啊，丑恶的世界！注意，注意，世人啊！说老实话，做老实人，是一件危险的事哩。谢谢您给我这一个有益的教训；既然善意反而遭人嗔怪，从此以后，我再也不对什么朋友掬献我的真情了。

奥瑟罗　不，且慢；你应该做一个老实的人。

伊阿古　我应该做一个聪明人；因为老实人就是傻瓜，虽然一片好心，结果还是不能取信于人。

奥瑟罗　我想我的妻子是贞洁的，可是又疑心她不大贞洁；我想你是诚实的，可是又疑心你不大诚实。我一定要得到一些证据。她的名誉本来是像狄安娜的容颜一样皎洁的，现在已经染上污垢，像我自己的脸庞一样黝黑了。要是这儿有绳子、刀子、毒药、火焰，或是使人窒息的河水，我一定不能忍受下去。但愿我能够扫空这一块疑团！

伊阿古　主帅，我看您完全被感情所支配了。我很后悔不该惹起您的疑心。那么您愿意知道究竟吗？

奥瑟罗　愿意！嘿，我一定要知道。

伊阿古　那倒是可以的；可是怎样去知道它呢，主帅？您还是眼睁睁地当场看她被人奸污吗？

奥瑟罗　啊！该死该死！

伊阿古　叫他们当场出丑，我想很不容易；他们干这种事，总是要避
　　　　人眼目的。那么怎么样呢？我应该怎么说呢？怎样才可以拿到
　　　　真凭实据？即使他们像山羊一样风骚、猴子一样好色、豺狼一样
　　　　贪淫，即使他们是糊涂透顶的傻瓜，您也看不到他们这一幕把
　　　　戏。可是我说，有了确凿的线索，就可以探出事实的真相；要是
　　　　这一类间接的旁证可以替您解除疑惑，那倒是不难得到的。

奥瑟罗　给我一个充分的理由，证明她已经失节。

伊阿古　我不欢喜这件差使，可是既然愚蠢的忠心已经把我拉进了
　　　　这一桩纠纷里去，我也不能再守沉默了。最近我曾经和凯西奥
　　　　同过榻，我因为牙痛不能入睡；世上有一种人，他们的灵魂是不
　　　　能保守秘密的，往往会在睡梦之中吐露他们的私事，凯西奥也就
　　　　是这一种人；我听见他在梦寐中说："亲爱的苔丝德梦娜，我们须
　　　　要小心，不要让别人窥破了我们的爱情！"于是，主帅，他就紧紧
　　　　地捏住我的手，嘴里喊："啊，可爱的人儿！"然后狠狠地吻着我，
　　　　好像那些吻是长在我的嘴唇上，他恨不得把它们连根拔起一样；
　　　　然后他又把他的脚搁在我的大腿上，叹一口气，亲一个吻，喊一
　　　　声"该死的命运，把你给了那摩尔人！"

奥瑟罗　啊，可恶！可恶！

伊阿古　不，这不过是他的梦。

奥瑟罗　**梦体现的是往昔的经验**；虽然只是一个梦，已经可以断定一
　　　　切了。

伊阿古　这也许可以进一步证实其他的疑窦。

奥瑟罗　我要把她碎尸万段。

伊阿古　不，您不能太卤莽了；我们还没有看见实际的行动；也许她
　　　　还是贞洁的。告诉我这一点：您有没有看见过在尊夫人的手里
　　　　有一方绣着草莓花样的手帕？

奥瑟罗　我给过她这样一方手帕；那是我第一次送给他的礼物。

伊阿古　那我不知道，可是今天我看见凯西奥用这样一方手帕抹他的胡子，我相信它一定就是尊夫人的。

奥瑟罗　假如就是那一方手帕——

伊阿古　假如就是那一方手帕，或者是其他她所用过的手帕，那么又是一个对她不利的证据了。

奥瑟罗　啊，我但愿那家伙有四万条生命！单单让他死一次是发泄不了我的愤怒的。现在我明白这件事情全然是真的了。瞧，伊阿古，我把我的全部痴情向天空中吹散，它已经随风消失了。黑暗的复仇，从你的幽窟之中升起来吧！爱情啊，把你的王冠和你的心灵深处的宝座让给残暴的憎恨吧！胀起来吧，我的胸膛，因为你已经满载着毒蛇的螫舌！

伊阿古　请不要发恼。

奥瑟罗　啊，血！血！血！

伊阿古　忍耐点儿吧；也许您的意见会改变过来的。

奥瑟罗　决不，伊阿古。正像黑海的寒涛滚滚奔流，**进入马莫拉海，流入达达尼尔海峡**，永远不会后退一样，我的风驰电掣的流血的思想，在复仇的目的没有充分达到以前，也决不会踟蹰反顾，化为绕指的柔情。（跪地）苍天在上，我倘不能报复这奇耻大辱，誓不偷生人世。

伊阿古　且慢起来。（跪地）永古炳耀的日月星辰，环抱宇宙的风云雨雾，请你们为我做证：从现在起，伊阿古愿意尽心竭力，为被欺的奥瑟罗效劳；无论他叫我做什么残酷的工作，我一切唯命是从。

奥瑟罗　我不用空口的感谢接受你的好意，为了表示我的诚心的嘉纳，我要请你立刻履行你的诺言：在这三天以内，让我听见你说凯西奥已经不在人世。

伊阿古　我的朋友的死已经决定了，因为这是您的意旨；可是放她活命吧。

奥瑟罗　该死的淫妇！啊，咒死她！来，跟我去；我要为这美貌的魔
　　　鬼想出一个干脆的死法。现在你是我的副将了。

伊阿古　我永远是您的忠仆。（同下。）

第四场　城堡前

　　　　　〔苔丝德梦娜、爱米莉娅及小丑上。

苔丝德梦娜　喂，你知道凯西奥副将住在什么地方吗？

小丑　我不敢说他在什么地方说了谎。①

苔丝德梦娜　为什么，**好人儿？**

小丑　他是一个军人，让我说一个军人撒谎，那是要吃刀子的。

苔丝德梦娜　好吧，就问他下榻在哪里吧。

小丑　告诉您住在什么地方，就等于告诉您：我在撒谎。

苔丝德梦娜　那是什么意思？

小丑　我不知道他住在什么地方；要是胡乱想出一个地方来，说他住
　　　在这儿那儿，那就是随口撒谎啦。

苔丝德梦娜　你可以打听打听他在什么地方呀。

小丑　好，我就去到处打听人家——**也就是盘问盘问，**看他们怎么回
　　　答我。

苔丝德梦娜　找到了他，你就叫他到这儿来；对他说我已经替他在将
　　　军面前说过情了，大概可以得到圆满的结果。

小丑　干这件事是一个人的智力所能及的，所以我愿意去干它一下。
　　　（下。）

苔丝德梦娜　我究竟在什么地方掉了那方手帕呢，爱米莉娅？

爱米莉娅　我不知道，夫人。

苔丝德梦娜　相信我，我宁愿失去我的一袋金币；倘然我的摩尔人不
　　　是这样一个光明磊落的汉子，倘然他也像那些多疑善妒的卑鄙

---

　　①　原文 lies 为双关语：住；说谎。朱译手稿：我不敢说他住在什么地方。

男人一样,这是很可以引起他的疑心的。

爱米莉娅　他不会嫉妒吗?

苔丝德梦娜　谁!他?我想在他生长的地方,那灼热的阳光已经把
　　这种气质完全从他身上吸去了。

爱米莉娅　瞧!他来了。

苔丝德梦娜　我在他没有跟凯西奥当面谈话以前,决不离开他一步。

　　　　〔奥瑟罗上。

苔丝德梦娜　您好吗?我的主?

奥瑟罗　好,我的好夫人。(旁白)啊,装假脸真不容易!——你好,苔
　　丝德梦娜?

苔丝德梦娜　我好,我的好夫君。

奥瑟罗　把你的手给我。这手很潮润呢,我的夫人。

苔丝德梦娜　它还没有感到老年的侵袭,也没有受过忧伤的损害。

奥瑟罗　这一只手表明它的主人是多育子女而心肠慷慨的。这么
　　热,这么潮。奉劝夫人努力克制邪心,常常斋戒祷告,反躬自责,
　　礼拜神明,因为这儿有一个年少风流的魔鬼,惯会在人们血液里
　　捣乱。这是一只好手,一只很慷慨的手。

苔丝德梦娜　您真的可以这样说,因为就是这一只手把我的心献给
　　您的。

奥瑟罗　一只慷慨的手。从前的姑娘把手给人,同时把心也一起给
　　了他;现在时世变了,得到一位姑娘的手的,不一定能够得到她
　　的心。

苔丝德梦娜　这种话我不会说。来,您答应我的事怎么样啦?

奥瑟罗　我答应你什么,乖乖?

苔丝德梦娜　我已经叫人去请凯西奥来跟您谈谈了。

奥瑟罗　我的眼睛有些胀痛,老是淌着眼泪。把你的手帕借给我
　　一用。

苔丝德梦娜　这儿,我的主。

奥瑟罗　我给你的那一方呢？

苔丝德梦娜　我没有带在身边。

奥瑟罗　没有带？

苔丝德梦娜　真的没有带，我的主。

奥瑟罗　那你可错了。那方手帕是一个埃及女人送给我的母亲的；她是一个能够洞察人心的女巫，她对我的母亲说，当她保存着这方手帕的时候，它可以使她得到我的父亲的欢心，享受专房的爱宠；可是她要是失去了它，或是把它送给旁人，我的父亲就要对她发生憎厌，他的心就要另觅新欢了。她在临死的时候把它传给我，叫我有了妻子以后，就把它交给新妇。我遵照她的吩咐给了你，所以你必须格外小心，珍惜它像珍惜你自己宝贵的眼睛一样；万一失去了，或是送给别人，那就难免遭到一场无比的灾祸。

苔丝德梦娜　真会有这种事吗？

奥瑟罗　真的，这一方小小的手帕，却有神奇的魔力织在里面；它是一个二百岁的神巫在一阵心血来潮的时候缝就的；它那一缕缕的丝线，也不是世间的凡蚕所吐；织成以后，它曾经在用处女的心练成的丹液里浸过。

苔丝德梦娜　当真！这是真的吗？

奥瑟罗　绝对的真实；所以留心藏好它吧。

苔丝德梦娜　上帝啊，但愿我从来没有见过它！

奥瑟罗　吓，为什么？

苔丝德梦娜　您为什么说得这样暴躁？

奥瑟罗　它已经失去了吗？不见了吗？说，它是不是已经丢了？

苔丝德梦娜　上天祝福我们！

奥瑟罗　你说。

苔丝德梦娜　它没有失去；可是要是失去了，那可怎么样呢？

奥瑟罗　怎么！

苔丝德梦娜　我说它没有失去。

奥瑟罗　去把它拿来给我看。

苔丝德梦娜　我可以去把它拿来，可是现在我不高兴。这是一个诡计，要想把我的要求赖了过去。请您把凯西奥重新录用了吧。

奥瑟罗　给我把那手帕拿来。我在疑心起来了。

苔丝德梦娜　得啦，得啦，您再也找不到一个比他更能干的人。

奥瑟罗　手帕！

苔丝德梦娜　请您还是跟我谈谈凯西奥的事吧。

奥瑟罗　手帕！

苔丝德梦娜　他一向受您的眷爱，跟着您同甘共苦，历尽艰辛——

奥瑟罗　手帕！

苔丝德梦娜　凭良心说，您也太不该。

奥瑟罗　去！（下。）

爱米莉娅　这个人在嫉妒吗？

苔丝德梦娜　我从来没有见过他像这样子。这手帕一定有些不可思议的魔力；我真倒霉把它丢了。

爱米莉娅　好的男人一两年里头也难得碰见一个。男人是一张胃，我们是一块肉；他们贪婪地把我们吞下去，吃饱了，就把我们呕出来。您瞧！凯西奥跟我的丈夫来啦。

　　　〔伊阿古及凯西奥上。

伊阿古　没有别的法子，只好央求她出力。瞧！好运气！去求求她吧。

苔丝德梦娜　啊，好凯西奥！您有什么见教？

凯西奥　夫人，我还是要向您重提我的原来的请求，希望您发挥鼎力，让我重做一个人，能够在我所尊敬的主帅麾下再邀恩眷。我不能这样延宕下去了。假如我果然罪大恶极，无论过去的微劳、现在的悔恨，或是将来立功自赎的决心，都不能博取他的矜怜宽谅，那么我也希望得到一个明白的答复，我就死心塌地向别处去乞讨命运的布施了。

苔丝德梦娜　　唉,善良的凯西奥! 我的话已经变成刺耳的烦渎了;我的丈夫已经不是我的丈夫,要是他的面貌也像他的脾气一样改变,我简直要不认识他了。愿神灵保佑我! 我已经尽力替您说话;为了我的言辞的憨拙,我已经遭到他的憎怒。您必须暂时忍受。只要是我力量所及的事,我都愿意为您一试;请您相信我,倘然那是我自己的事情,我也不会这样热心的。**我这样说您满意了吗?**

伊阿古　　主帅发怒了吗?

爱米莉娅　　他刚才从这儿走开去,他的神气暴躁异常。

伊阿古　　他会发怒吗? 我曾经看见大炮冲散他的队伍,像魔鬼一样把他的兄弟从他身边轰掉,但他仍旧不动声色。他也会发怒吗? 那么一定出了什么重大的事情啦。我要去看看他。他要是发怒,一定有些缘故。

苔丝德梦娜　　请你就去吧。(伊阿古下)一定是有什么国家大事,或是他在这儿塞浦路斯发现了威尼斯方面有什么秘密的阴谋,扰乱了他的清明的神志;人们在这种情形之下,往往会为了一些些小事而生气,虽然实际激怒他们的却是其他更大的原因。正是这样,我们一个指头疼痛的时候,全身都会觉得难受。我们不能把男人当作完善的天神,也不能希望他们永远像新婚之夜那样殷勤体贴。爱米莉娅,我真该死,**我这个不合格的战士**,会在心里抱怨主帅的无情;现在我才觉悟我是错怪他了。

爱米莉娅　　谢天谢地,但愿果然像您所想的,是为了些国家的事情,不是因为对您起了疑心。

苔丝德梦娜　　唉! 我从来没有给过他一些可以使他怀疑的理由。

爱米莉娅　　可是多疑的人是不会因此而满足的;他们往往不是因为有了什么理由而嫉妒,只是为了嫉妒而嫉妒,那是一个凭空而来、自生自长的怪物。

苔丝德梦娜　　愿上天保佑奥瑟罗,不要让这怪物钻进他的心!

爱米莉娅　阿门，夫人。

苔丝德梦娜　我去找他去。凯西奥，您在这儿走走；要是我看见他可以说话，我会向他提起您的请求，尽力给您转圜就是了。

凯西奥　多谢夫人。（苔丝德梦娜、爱米莉娅下。）

　　　　〔比恩卡上。

比恩卡　你好，凯西奥朋友！

凯西奥　你怎么不在家里？你好，我的最娇美的比恩卡？不骗你，亲爱的，我正要到你家里来呢。

比恩卡　我也是要到你的尊寓里去的，凯西奥。什么！一个星期不来看我？七天七夜？一百六十八个小时？在相思里挨过的时辰，比时钟上是要慢上八十倍的；啊，这一笔算不清的糊涂账！

凯西奥　对不起，比恩卡，这几天来我实在心事太重，改日加倍补报你就是了。亲爱的比恩卡，（以苔丝德梦娜手帕授比恩卡）替我把这手帕上的花样描下来。

比恩卡　啊，凯西奥！这是什么地方来的？这一定是哪个新相好送给你的礼物；我现在明白你不来看我的缘故了。有这等事吗？好，好。

凯西奥　得啦，女人！把你这种瞎疑心丢还给魔鬼吧。你在吃醋了，你以为这是什么情人送给我的纪念品；不，凭着我的良心发誓，比恩卡。

比恩卡　那么这是谁的？

凯西奥　我不知道，爱人；我在寝室里找到它。那花样我很喜欢，我想趁失主没有来问我讨还以前，把它描了下来。请你拿去给我描一描。现在请你暂时离开我。

比恩卡　离开你！为什么！

凯西奥　我在这儿等候主帅到来；让他看见我有女人陪着，恐怕不大方便。

比恩卡　为什么？我倒要请问。

凯西奥　不是因为我不爱你。

比恩卡　只是因为你并不爱我。请你陪我略走一段路,告诉我今天晚上你来不来看我。

凯西奥　我只能陪你略走几步,因为我在这儿等人,可是我就会来看你的。

比恩卡　那很好,我也不勉强你。(各下。)

第 四 幕

第一场　塞浦路斯;城堡前

〔奥瑟罗及伊阿古上。

伊阿古　你愿意这样想吗?

奥瑟罗　这样想,伊阿古!

伊阿古　什么! 背着人接吻?

奥瑟罗　这样的接吻是为礼法所不许的。

伊阿古　脱光了衣服,和她的朋友睡在一床,经过一个多小时,却一点不起邪念?

奥瑟罗　伊阿古,脱光衣服睡在床上,还会不起邪念! 这明明是对魔鬼的假意矜持;无论怎样坚贞自诩的人到了这时候,也免不了受魔鬼的诱惑的。

伊阿古　要是他们不及于乱,那还不过是一个小小的过失;可是假如我把一方手帕给了我的妻子——

奥瑟罗　给她便怎样?

伊阿古　啊,主帅,那时候它就是她的东西了;既然是她的东西,我想她可以把它送给无论什么人的。

奥瑟罗　她的贞操也是她自己的东西,她也可以把它送给无论什么人吗?

伊阿古　她的贞操是一种不可捉摸的品质;世上有几个真正贞洁的贞洁妇人?可是讲到那方手帕——

奥瑟罗　天哪,我但愿忘记那句话儿!你说——啊!它笼罩着我的记忆,就像预兆不祥的乌鸦**在染疫人家的屋顶上**①回旋一样——你说我的手帕在他的手里。

伊阿古　是的,在他手里便怎么样?

奥瑟罗　那可不大好。

伊阿古　什么!要是我说我看见他干那对您不住的事?或是听见他说——世上尽多那种家伙,他们靠着死命的追求征服了一个女人,或者得到什么情妇的自动的垂青,就禁不住到处向人吹嘘——

奥瑟罗　他说过什么话吗?

伊阿古　说过的,主帅;可是您放心吧,他说过的话,他都可以发誓否认的。

奥瑟罗　他说过些什么?

伊阿古　他说,他曾经——我不知道他曾经干些什么事。

奥瑟罗　什么?什么?

伊阿古　跟她睡——

奥瑟罗　在一床?

伊阿古　睡在一床,睡在她的身上;随您怎么说吧。

奥瑟罗　跟她睡在一床!睡在她的身上!岂有此理!**那太恶心了。**手帕——口供——手帕!叫他招供了,再把他吊死。先把他吊起来,然后叫他招供。我一想起就气得发抖。人们总是有了某种感应,阴暗的情绪才会笼罩他的心灵;一两句空洞的说话是不

———————

①　朱译手稿:在一座染疫的屋顶上。

能给我这样大的震动的。呸！摸鼻子,咬耳朵,抿嘴唇。会有这样的事吗？口供！——手帕！——啊,魔鬼！（晕倒。）

伊阿古　显出你的效力来吧,我的妙药,显出你的效力来吧！轻信的愚人是这样落进了圈套;许多贞洁贤淑的娘儿们,都是这样蒙上了不白之冤。喂,主帅！主帅！奥瑟罗！

　　　　〔凯西奥上。

伊阿古　啊,凯西奥！

凯西奥　怎么一回事？

伊阿古　咱们大帅发起癫痫来了。这是他第二次发作;昨天他也发过一次。

凯西奥　在他太阳穴上摩擦摩擦。

伊阿古　不,不行;他这种昏迷状态,必须保持安静;要不然的话,他就要嘴里冒出白沫,慢慢儿会发起疯狂来的。瞧！他在动了。你暂时走开一下,他就会恢复原状的。等他走了以后,我还有要紧的话儿跟你说。（凯西奥下）怎么啦,主帅？您没有跌痛您的头吗？

奥瑟罗　你在讥笑我吗？

伊阿古　我讥笑您！不,没有这样的事！我愿您像一个大丈夫似的忍受命运的拨弄。

奥瑟罗　顶上了绿头巾,还好算是一个人吗？

伊阿古　在一座热闹的城市里,这种不好算人的人多着呢。

奥瑟罗　他自己公然承认了吗？

伊阿古　主帅,您看破一点吧;您只要想一想,哪一个有家室的须眉男子,没有遭到跟您同样命运的可能;世上不知有多少男人,他们的卧榻上容留过无数的生张熟魏,他们自己还满以为这是一块私人的禁地哩;您的情形还不算顶坏。啊！这是最刻毒的恶作剧,魔鬼的最大的玩笑,让一个男人安安心心地搂着一个荡妇亲嘴,还以为她是一个三贞九烈的女人！不,我知道我自己是个什么人,所以我也知道她会变成什么样子。

奥瑟罗　啊!你是个聪明人;你说得一点不错。

伊阿古　现在请您暂时站在一旁,竭力耐住您的怒气。刚才您恼得昏过去的时候——**像您这样叱咤风云的英雄怎么能这样感情用事呢**——凯西奥曾经到这儿来过;我告诉他您不省人事,把他打发走了,叫他过一会儿再来跟我谈谈;他已经答应我了。您只要找一处所在躲一躲,就可以看见他满脸得意忘形、冷嘲热讽的神气;因为我要叫他从头叙述他历次跟尊夫人相会的情形,还要问他重温好梦的时间和地点。您留心看着他那副表情吧。可是不要气恼,否则我就要说您一味意气用事,一点没有大丈夫的气概啦。

奥瑟罗　告诉你吧,伊阿古,我会很巧妙地不动声色;可是,你听着,我也会包藏一颗最凶恶的杀心。

伊阿古　那很好;可是什么事都要看准时机。您走远一步吧。(奥瑟罗退后)现在我要向凯西奥谈起比恩卡,一个靠着出卖风情维持生活的雌儿;她热恋着凯西奥,这也是娼妓们的报应,往往她们迷惑了多少的男子,结果却被一个男人迷昏了心。他一听见她的名字,就会忍不住捧腹大笑。他来了。

　　　　［凯西奥重上。

伊阿古　他一笑起来,奥瑟罗就会发疯;可怜的凯西奥的嬉笑的神情和轻狂的举止,在他那充满着无知的嫉妒的心头,一定可以引起严重的误会。——您好,副将?

凯西奥　我因为丢掉了这个头衔,正在懊恼得要死,你却还要这样称呼我。

伊阿古　在苔丝德梦娜跟前多说几句央求的话,包你原官起用。(低声)要是这件事情换在比恩卡手里,早就不成问题了。

凯西奥　唉,可怜虫!

奥瑟罗　(旁白)瞧!他已经在笑起来啦!

伊阿古　我从来不知道一个女人会这样爱一个男人。

凯西奥　唉,小东西! 我看她倒是真的爱我。

奥瑟罗　(旁白)现在他在含糊否认,想把这事情用一笑搪塞过去。

伊阿古　你听见吗,凯西奥?

奥瑟罗　(旁白)现在他在要求他宣布经过情形啦。说下去;很好,
　　　　很好。

伊阿古　她向人家说你将要跟她结婚;你有这个意思吗?

凯西奥　哈哈哈!

奥瑟罗　(旁白)你这样得意吗,好家伙? 你这样得意吗?

凯西奥　我跟她结婚! 什么? 一个卖淫妇? 对不起,你不要这样看
　　　　轻我,我还不至于糊涂到这等地步哩。哈哈哈!

奥瑟罗　(旁白)好,好,好,好。得胜的人才会笑逐颜开。

伊阿古　不骗你,人家都在说你将要跟她结婚。

凯西奥　对不起,别说笑话啦。

伊阿古　我要是骗了你,我就是个大大的混蛋。

奥瑟罗　(旁白)这明明是在污辱我,好啊好啊。

凯西奥　一派胡说! 她自己一厢情愿,相信我会跟她结婚;我可没有
　　　　答应她。

奥瑟罗　(旁白)伊阿古在向我打招呼;现在他开始讲他的故事啦。

凯西奥　她刚才还在这儿;她到处缠着我。前天我正在海边跟几个
　　　　威尼斯人谈话,那傻东西就来啦;不瞒你说,她这样攀住我的
　　　　颈项——

奥瑟罗　(旁白)叫一声:"啊,亲爱的凯西奥!"我可以从他的表情之间
　　　　猜得出来。

凯西奥　她这样拉住我的衣服,靠在我的怀里,哭个不了,还这样把
　　　　我拖来拖去,哈哈哈!

奥瑟罗　(旁白)现在他在讲她怎样把他拖到我的寝室里去啦。啊!
　　　　我看见你的鼻子,可是不知道应该把它丢给哪一条狗吃。

凯西奥　好,我只好离开她。

伊阿古　啊! 瞧,她来了。

凯西奥　好一头抹香粉的臭猫!

　　　　〔比恩卡上。

凯西奥　你这样到处盯着我不放,这算是什么呀?

比恩卡　让魔鬼跟他的老娘盯着你吧! 你刚才给我的那方手帕算是
什么意思? 我是个大傻瓜,才会把它受了下来。叫我描下那花
样! 真好看的花样,你在你的寝室里找到它,却不知道谁把它丢
在那边! 这一定是哪一个贱丫头送给你的东西,却叫我描下它
的花样来! 拿去,还给你那个相好吧;随你从什么地方得到这方
手帕,我可不高兴描下它的花样。

凯西奥　怎么,我的亲爱的比恩卡! 怎么! 怎么!

奥瑟罗　(旁白)天哪,那该是我的手帕哩!

比恩卡　今天晚上你要是愿意来吃饭,尽管来吧;要是不愿意来,等
你下回有兴致的时候再来吧。(下。)

伊阿古　追上去,追上去。

凯西奥　真的,我必须追上去,否则她会沿街骂人的。

伊阿古　你预备到她家里去吃饭吗?

凯西奥　是的,我想去。

伊阿古　好,也许我会再碰见你;因为我很想跟你谈谈。

凯西奥　请你一定来吧。

伊阿古　得啦,别多说啦。(凯西奥下。)

奥瑟罗　(趋前)伊阿古,我应该怎样杀死他?

伊阿古　您看见他一听到人家提起他的丑事,就笑得多么高兴吗?

奥瑟罗　啊,伊阿古!

伊阿古　你还看见那方手帕吗?

奥瑟罗　那就是我的吗?

伊阿古　我可以举手起誓,那是您的。瞧他多么看得起您那位痴心

的太太！她把手帕送给他，他却拿去给了他的娼妇。

奥瑟罗　我要用九年的时间慢慢儿地磨死她。一个高雅的女人！一个美貌的女人！一个温柔的女人！

伊阿古　不，您必须忘掉那些。

奥瑟罗　嗯，让她今夜腐烂、死亡、坠入地狱吧，因为她不能再活在世上。不，我的心已经变成钻石了；我打它，反而打痛了我的手。啊！世上没有一个比她更可爱的东西；她可以睡在一个皇帝的身边，命令他干无论什么事。

伊阿古　您素来不是这个样子的。

奥瑟罗　让她死吧！我不过说她是怎么样的一个人。她的针线活儿是这样精妙！一个出色的音乐家！啊，她唱起歌来，可以驯服一头野熊的心！她的心思才智，又是这样敏慧多能！

伊阿古　唯其这样多才多艺，干出这种丑事来，才格外叫人气恼。

奥瑟罗　啊！一千倍，一千倍的可恼！而且她的性格又是这样温柔！

伊阿古　嗯，太温柔了。

奥瑟罗　对啦，一点不错。可是，伊阿古，可惜！啊！伊阿古！伊阿古！太可惜啦！

伊阿古　要是您对于一个失节之妇，还是这样恋恋不舍，那么索性采取**放任**①吧；因为既然您自己也不以为意，当然更不干别人的事。

奥瑟罗　我要把她剁成一堆肉酱。叫我当一个王八！

伊阿古　啊，她太不顾羞耻啦！

奥瑟罗　跟我的部将通奸！

伊阿古　那尤其可恶。

奥瑟罗　给我弄些毒药来，伊阿古；今天晚上。我不想跟她多费唇舌，免得她的肉体和美貌再打动了我的心。今天晚上，伊阿古。

---

①　朱译手稿：放任主义。

伊阿古　不要用毒药,在她床上扼死她,就在那被她玷污了的床上。

奥瑟罗　好,好;那是一个大快人心的处置,很好。

伊阿古　至于凯西奥,让我去取他的命吧;您在午夜前后,一定可以听到消息。

奥瑟罗　好极了。(内喇叭声)那是什么喇叭的声音?

伊阿古　一定是从威尼斯来了什么人。——是罗多维科奉公爵之命到这儿来了;瞧,您那位太太也跟他在一起。

　　　　〔罗多维科、苔丝德梦娜及侍从等上。

罗多维科　上帝保佑您,尊贵的将军!

奥瑟罗　祝福您,大人。

罗多维科　公爵和威尼斯的元老们问候您安好。(以信交奥瑟罗。)

奥瑟罗　我敬吻他们的恩命。(拆信阅读。)

苔丝德梦娜　罗多维科大哥,威尼斯有什么消息?

伊阿古　我很高兴看见您,大人;欢迎您到塞浦路斯来!

罗多维科　谢谢。凯西奥副将好吗?

伊阿古　他还健在,大人。

苔丝德梦娜　大哥,他跟我的丈夫闹了点儿别扭,可是您可以使他们言归于好。

奥瑟罗　你有把握吗?

苔丝德梦娜　您怎么说,我的主?

奥瑟罗　(读信)"务必照办为要,不得有误——"

罗多维科　他没有回答;他正在忙着读信。将军跟凯西奥果然有了意见吗?

苔丝德梦娜　有了很不幸的意见;为了我对凯西奥所抱的好感,我很愿意尽力调解他们。

奥瑟罗　该死。

苔丝德梦娜　您怎么说,我的主?

奥瑟罗　你聪明吗?

苔丝德梦娜　　什么！他生气了吗？

罗多维科　　也许这封信激动了他；因为照我猜想起来，他们是要召他
　　　回国，叫凯西奥代理他的职务。

苔丝德梦娜　　真的吗？那好极了。

奥瑟罗　　当真！

苔丝德梦娜　　您怎么说，我的主？

奥瑟罗　　你要是发了疯，我才高兴。

苔丝德梦娜　　为什么，亲爱的奥瑟罗？

奥瑟罗　　**魔鬼！**（击苔丝德梦娜。）

苔丝德梦娜　　我没有错处，您不该这样对待我。

罗多维科　　将军，我要是把这回事情告诉威尼斯人，即使发誓说我亲
　　　眼看见，他们也一定不会相信我。这太过分了；向她赔罪吧，她
　　　在哭了。

奥瑟罗　　啊，魔鬼！魔鬼！要是妇人的眼泪有滋生化育的力量，她的
　　　每一滴泪都会变成一条鳄鱼。走开，不要让我看见你！

苔丝德梦娜　　我不愿留在这儿害您生气。（欲去。）

罗多维科　　真是一位顺从的夫人。将军，请您叫她回来吧。

奥瑟罗　　夫人！

苔丝德梦娜　　我的主？

奥瑟罗　　大人，您要跟她说些什么话？

罗多维科　　谁？我吗，将军？

奥瑟罗　　嗯，您要我叫她转来，现在她转过来了。她会转来转去，走
　　　一步路回一个身；她还会哭，大人，她还会哭；她是非常顺从的，
　　　正像您所说，非常顺从。尽管流你的眼泪吧。大人，这信上的意
　　　思，——好一股装腔作势的劲儿！——是要叫我回去。——你
　　　去吧，等会儿我再叫人来唤你。——大人，我服从他们的命令，
　　　不日就可以束装上道，回到威尼斯去。——去，滚开！（苔丝德梦
　　　娜下）凯西奥可以接替我的位置。今天晚上，大人，我还要请您赏

光便饭。欢迎您到塞浦路斯来！——山羊和猴子！（下。）

罗多维科　　这就是为我们整个元老院所同声赞叹，称为全才全德的那位英勇的摩尔人吗？这就是那喜怒之情不能把它震撼的高贵的天性吗？那命运的箭矢不能把它擦伤穿破的坚定的德操吗？

伊阿古　　他已经大大变了样子啦。

罗多维科　　他的头脑没有毛病吗？他的神经是不是有点错乱？

伊阿古　　照他现在这种情形看起来，我实在不敢说他还会变成怎么一个样子；但愿不至于此！

罗多维科　　什么！打他的妻子！

伊阿古　　真的，那可不大好；可是我但愿知道他对她没有比这更暴虐的行为！

罗多维科　　他一向都是这样的吗？还是因为信上的说话激怒了他，所以才会有这种以前所没有的过失？

伊阿古　　唉！唉！按着我的地位，我实在不便把我所看见所知道的一切说出口来。您不妨留心注意他，他自己的行动就可以说明一切，用不着我多说了。请您跟上去，看他还有些什么花样做出来。

罗多维科　　他竟是这样一个人，真使我大失所望啦。（同下。）

第二场　城堡中的一室

〔奥瑟罗及爱米莉娅上。

奥瑟罗　　那么你没有看见什么吗？

爱米莉娅　　没有看见，没有听见，也没有疑心到。

奥瑟罗　　你不是看见凯西奥跟他在一起吗？

爱米莉娅　　可是我不知道那有什么不对，而且我听见他们两人所说的每一个字。

奥瑟罗　　什么！他们从来不会低声耳语吗？

爱米莉娅　　从来没有，将军。

奥瑟罗　　也不曾打发你走开吗？

爱米莉娅　　没有。

奥瑟罗　　没有叫你去替她拿扇子、手套、脸罩，或是其他什么东西吗？

爱米莉娅　　没有，将军。

奥瑟罗　　那可奇了。

爱米莉娅　　将军，我敢用我的灵魂打赌她是贞洁的。要是您疑心她有非礼的行为，赶快除掉这种思想吧，因为那是您心理上的一个污点。要是哪一个混蛋把这种思想放进您的脑袋里，让上天罚他变成一条蛇，受永远的咒诅！假如她不是贞洁、贤淑和忠诚的，那么世上没有一个幸福的男人了；最纯洁的妻子，也会变成最丑恶的淫妇了。

奥瑟罗　　叫她到这儿来；去。（爱米莉娅下）她的话说得很动听；可是这种做惯王婆的人，谁都是天生的利嘴。这是一个狡猾的淫妇，一肚子千刁万恶，当着人却会跪下来向天祈祷，我看见过她这一种手段。

　　　　　〔爱米莉娅率苔丝德梦娜重上。

苔丝德梦娜　　我的主，您有什么吩咐？

奥瑟罗　　过来，乖乖。

苔丝德梦娜　　您要我怎么样？

奥瑟罗　　让我看看你的眼睛；瞧着我的脸。

苔丝德梦娜　　这是什么古怪的念头？

奥瑟罗　　（向爱米莉娅）你去干你的事吧，奶奶；把门关了，让我们两人在这儿谈谈心。要是有人来了，你就在门口咳嗽一声。干你的贵营生去吧；快，快！（爱米莉娅下。）

苔丝德梦娜　　我跪在您的面前，请您告诉我您这些话是什么意思？我知道您在生气，可是我不懂您的话。

奥瑟罗　　嘿，你是什么人？

苔丝德梦娜　　我的主，我是您的妻子，您的忠心不二的妻子。

奥瑟罗　来,发一个誓,让你自己死后下地狱吧;因为你的外表太像一个天使了,倘不是在不贞之上,再加一重伪誓的罪名,也许魔鬼们会不敢抓你下去的;所以发誓说你是贞洁的吧。

苔丝德梦娜　天知道我是贞洁的。

奥瑟罗　天知道你是像地狱一样淫邪的。

苔丝德梦娜　我的主,我对谁干了欺心的事?我跟哪一个人有不端的行动?我怎么是淫邪的?

奥瑟罗　啊,苔丝德梦娜!去!去!去!

苔丝德梦娜　唉,不幸的日子!——您为什么哭?您的眼泪是为我而流的吗,我的主?要是您疑心这次奉召回国,是我父亲的主意,请您不要怪我;您固然失去他的好感,我也已经失去他的慈爱了。

奥瑟罗　要是上天的意思,要让我历受种种的磨难,要是他用诸般的痛苦和耻辱降在我的毫无防卫的头上,把我浸没在贫困的泥沼里,剥夺我的一切自由和希望,我也可以在我的灵魂的一隅之中,找到一滴忍耐的甘露。可是唉!在这尖酸刻薄的世上,做一个被人戟指笑骂的目标!那还可以容忍;可是我的心灵失去了归宿,我的生命失去了寄托,我的活力的源泉,变成了蛤蟆们繁育生息的污池!忍耐,你朱唇韶颜的天婴啊,转变你的脸色,让它化成地狱般的狰狞吧!

苔丝德梦娜　我希望我在我的尊贵的夫主眼中是一个贤良、贞洁的妻子。

奥瑟罗　啊,是的,就像夏天肉铺里的苍蝇一样贞洁,飞来飞去撒它的卵子。你这野草闲花啊!你的颜色是这样娇美,你的香气是这样芬芳,人家看见你嗅到你就会心疼;但愿世上从来不曾有过你!

苔丝德梦娜　唉!我究竟犯了什么连我自己也不知道的罪恶呢?

奥瑟罗　这一张皎洁的白纸,这一本美丽的书册,是要让人家写上

"娼妓"两个字的吗？犯了什么罪恶！啊，你这人尽可夫的娼妇！我只要一说起你所干的事，我的两颊就会变成两座熔炉，把廉耻烧为灰烬。犯了什么罪恶！天神见了它要掩鼻而过；月亮看见了要羞得闭上眼睛；碰见什么都要亲吻的淫荡的风，也静悄悄地躲在岩窟里面，不愿听见人家提起它的名字。犯了什么罪恶！不要脸的娼妇！

苔丝德梦娜　天啊，您不该这样侮辱我！

奥瑟罗　您不是一个娼妇吗？

苔丝德梦娜　不，我发誓我不是，否则我就不是一个基督徒。要是为我的主保持这一个清白的身子，不让淫邪的手把它污毁，要是这样的行为可以使我免去娼妇的恶名，那么我就不是娼妇。

奥瑟罗　什么！你不是一个娼妇吗？

苔丝德梦娜　不，否则我死后没有得救的希望。

奥瑟罗　真的吗？

苔丝德梦娜　啊！上天饶恕我们！

奥瑟罗　那么我真是多多冒昧了；我还以为你就是那个嫁给奥瑟罗的威尼斯的狡猾的娼妇哩。——喂，你这位刚刚和圣彼得①干着相反的差使的，看守地狱门的奶奶！

　　　　　〔爱米莉娅重上。

奥瑟罗　你，你，对了，你！我们的谈话已经完毕。这几个钱是给你作为酬劳的；请你开了门上的锁，不要泄露我们的秘密。（下。）

爱米莉娅　唉！这位爷爷究竟在转些什么念头呀？您怎么啦，夫人？您怎么啦，我的好夫人？

苔丝德梦娜　我是在半醒半睡之中。

爱米莉娅　好夫人，我的主到底有什么心事？

苔丝德梦娜　谁？

─────────────

① 圣彼得（St. Peter）：耶稣的十二门徒之一，传说他掌管天堂门户的钥匙。

爱米莉娅　我的主呀,夫人。

苔丝德梦娜　谁是你的主?

爱米莉娅　我的主就是你的丈夫,好夫人。

苔丝德梦娜　我没有丈夫。不要对我说话,爱米莉娅;我不能哭,我
　　没有话可以回答你,除了我的眼泪。请你今夜把我结婚的被褥
　　铺在我的床上,记好了;再替我叫你的丈夫来。

爱米莉娅　真是变了,变了。(下。)

苔丝德梦娜　我应该受到这样的待遇,全然是应该的。我究竟有些
　　什么不检的行为——**哪怕有最微小的**——才会引起他的猜
　　疑呢?

　　　　〔爱米莉娅、伊阿古重上。

伊阿古　夫人,您有什么吩咐?您怎么啦?

苔丝德梦娜　我不知道。小孩子做了错事,做父母的总是用温和的
　　态度,轻微的责罚教训他们;他也应该这样责备我,因为我是一
　　个娇养惯了的孩子,不惯受人家责备的。

伊阿古　怎么一回事,夫人?

爱米莉娅　唉!伊阿古,将军口口声声咒她娼妇,用那样难堪的名字
　　加在她的身上,稍有人心的人,谁听见了都不能忍受的。

苔丝德梦娜　我应该得到那样一个称呼吗,伊阿古?

伊阿古　什么称呼,好夫人?

苔丝德梦娜　就像她说我的主称呼我的那种名字。

爱米莉娅　他叫她娼妇;一个喝醉了酒的叫化子,也不会把这种名字
　　加在他的姘妇的身上。

伊阿古　为什么他要这样?

苔丝德梦娜　我不知道;我相信我不是那样的女人。

伊阿古　不要哭,不要哭,唉!

爱米莉娅　多少名门贵族向她求婚,她都拒绝了,她抛下了老父,离
　　乡背井,远别亲友,结果却只讨他骂一声娼妇吗?这还不叫人伤

心吗？

苔丝德梦娜　都是我自己命薄。

伊阿古　他太岂有此理了！他怎样会起这种心思的？

苔丝德梦娜　天才知道。

爱米莉娅　我可以打赌，一定有一个万劫不复的恶人，一个爱管闲事、鬼讨好的家伙，一个说假话骗人的奴才，因为要想钻求差使，造出这样的谣言来；要是我的话说得不对，我愿意让人家把我吊死。

伊阿古　呸！哪里有这样的人？一定不会的。

苔丝德梦娜　要是果然有这样的人，愿上天宽恕他！

爱米莉娅　宽恕他！一条绳子籓住他的颈项，地狱里的恶鬼咬碎他的骨头！他为什么叫她娼妇！谁跟她在一起？什么所在？什么时候？什么方式？什么根据？这摩尔人一定是上了不知哪一个千刁万恶的坏人的当，一个下流的大混蛋，一个卑鄙的家伙，天啊！愿你揭破这种家伙的嘴脸，让每一个老实人的手里都拿一根鞭子，把这些混蛋们脱光了衣服一顿抽，从东方一直抽到西方！

伊阿古　别嚷得给外边都听见了。

爱米莉娅　哼，可恶的东西！前回弄昏了你的头，使你疑心我跟这摩尔人有暧昧的，也就是这种家伙。

伊阿古　好了，好了，你是个傻瓜。

苔丝德梦娜　好伊阿古啊，我应当怎样重新取得我的丈夫的欢心呢？好朋友，替我向他解释解释，因为凭着天上的太阳起誓，我实在不知道我怎么会失去他的宠爱。我对天下跪，要是在思想上、行动上，我曾经有意背弃他的爱情；要是我的眼睛、我的耳朵，或是我的任何感觉，曾经对别人发生爱悦；要是我在过去、现在和将来，不是那样始终深深地爱着他，即使他把我弃如敝屣，也不因此而改变我对他的忠诚；要是我果然有那样的过失，愿我终身不能享受快乐的日子！无情可以给人重大的打击,他的无情也许会摧残我的生命,可是永不能毁坏我的爱情。我不愿提起"娼妇"两个字,一说到它就会使我心生憎恶,更不用说亲自去干那博得这种丑名的行为了。整个世界的荣华也不能诱动我。

伊阿古　请您宽心,这不过是他一时的心绪恶劣,在国事方面受了点刺激,所以跟您呕起气来啦。

苔丝德梦娜　要是没有别的原因,——

伊阿古　只是为了这个原因,我可以保证。(喇叭声)听! 喇叭在吹晚餐的信号了,威尼斯的使者在等候进餐。进去,不要哭,一切都会圆满解决的。(苔丝德梦娜、爱米莉娅下。)

　　　[罗得利哥上。

伊阿古　啊,罗德利哥!

罗德利哥　我看你全然在欺骗我。

伊阿古　我怎么欺骗你?

罗德利哥　伊阿古,你每天在我面前捣鬼,把我支吾过去;照我现在看来,你非但不给我开一线方便之门,反而使我的希望一天一天地微薄下去。我实在再也忍不住了。为了自己的愚蠢,我已经吃了不少的苦头,这一笔账我也不能就此善罢甘休。

伊阿古　你愿意听我说吗,罗德利哥?

罗德利哥　哼,我已经听得太多了;你的说话和行动是不相符合的。

伊阿古　你冤人太过啦。

罗德利哥　我一点没有冤你。我的钱都花光啦。你从我手里拿去送给苔丝德梦娜的珠宝,即使一个圣徒也会被它诱惑的;你对我说她已经收下了,告诉我不久就可以得到喜讯,可是到现在还不见一点动静。

伊阿古　好,算了,很好。

罗德利哥　很好! 算了! 我不能就此算了,朋友;这事情也不很好。我举手起誓,这种手段太卑鄙;我开始觉得我自己受了骗了。

伊阿古　很好。

罗德利哥　我告诉你这事情不很好。我要亲自去见苔丝德梦娜，要是她肯把我的珠宝还我，我愿意死了这片心，忏悔我这种非礼的追求；要不然的话，你留心点儿吧，我一定要跟你算账。

伊阿古　你现在话说完了吧？

罗德利哥　嗯，我的话都是说过就做的。

伊阿古　好，现在我才知道你是一个有骨气的人；从这一刻起，你已经使我比从前加倍看重你了。把你的手给我，罗德利哥。你责备我的话，都非常有理，可是我还要声明一句，我替你干这件事情，的的确确是尽忠竭力，不敢存一分昧良的心的。

罗德利哥　那还没有事实的证明。

伊阿古　我承认还没有事实的证明，你的疑心不是没有理由的。可是，罗德利哥，要是你果然有决心，有勇气，有胆量——我现在相信你一定有的——今晚你就可以表现出来；要是明天夜里你不能享用苔丝德梦娜，你可以用无论什么恶毒的手段、暴虐的刑具取去我的生命。

罗德利哥　好，你要我怎么干？是说得通做得到的事吗？

伊阿古　老兄，威尼斯已经派了专使来，叫凯西奥代替奥瑟罗的职位。

罗德利哥　真的吗？那么奥瑟罗和苔丝德梦娜都要回到威尼斯去了。

伊阿古　啊，不，他要到毛里塔尼亚去，把那美丽的苔丝德梦娜一起带走，除非这儿出了什么事，使他耽搁下来。最好的办法是把凯西奥除掉。

罗德利哥　你说把他除掉是什么意思？

伊阿古　砸碎他的脑袋，让他不能担任奥瑟罗的职位。

罗德利哥　那就是你要我去干的事吗？

伊阿古　嗯，要是你敢做一件对你自己有利益的事。他今晚在一个妓女家里吃饭,我也要到那儿去见他。现在他还没有知道他自己的幸运。我可以设法让他在十二点钟到一点钟之间从那边出来,你只要留心在门口守候,就可以照你的意思把他处置;我就在附近接应你,他在我们两人之间一定逃不了。来,不要发呆,跟我去;我可以告诉你为什么他的死是必要的,你听了就会知道这是你的一件无可推辞的行动。现在正是晚餐的时候,夜过去得很快,准备起来吧。

罗德利哥　我还要听一听你叫我这样做的理由。

伊阿古　我一定可以向你解释明白。(同下。)

第三场　城堡中的另一室

〔奥瑟罗、罗多维科、苔丝德梦娜、爱米莉娅及侍从等上。

罗多维科　将军请留步吧。

奥瑟罗　啊,没有关系,散散步对于我也是很好的。

罗多维科　夫人,晚安;谢谢您的盛情。

苔丝德梦娜　大驾光临,我们是十分欢迎的。

奥瑟罗　请吧,大人。啊!苔丝德梦娜——

苔丝德梦娜　我的主?

奥瑟罗　你快进去睡吧;我马上就回来的。把你的侍女们打发开了,不要忘记。

苔丝德梦娜　是,我的主。(奥瑟罗、罗多维科及侍从等下。)

爱米莉娅　怎么? 他现在的脸色温和得多啦。

苔丝德梦娜　他说他就会回来的;他叫我去睡,还叫我把你遣开。

爱米莉娅　把我遣开!

苔丝德梦娜　这是他的吩咐;所以,好爱米莉娅,把我的睡衣给我,你去吧,我们现在不能再惹他生气了。

爱米莉娅　我希望您当初并不和他相识!

苔丝德梦娜　我却不希望这样,我是那么喜欢他,即使他的固执、他

的呵斥、他的怒容——请你替我取下衣上的扣针——在我看来
也是可爱的。

爱米莉娅　我已经照您的吩咐,把那些被褥铺好了。

苔丝德梦娜　很好。天哪! 我们的思想是多么傻! 要是我比你先
死,请你就把那些被褥做我的殓衾。

爱米莉娅　得啦得啦,你在说呆话。

苔丝德梦娜　我的母亲有一个侍女名叫巴巴拉,她跟人家有了恋爱;
她的爱人发了疯,把她丢了。她有一支《杨柳歌》,那是一支古老
的曲调,可是正好说中了她的命运;她到死的时候,嘴里还在唱
着它。那支歌今天晚上老是萦回在我的脑畔;我的烦乱的心绪,
使我禁不住侧下的我的头,学着可怜的巴巴拉的样子把它歌唱。
请你赶快点儿。

爱米莉娅　我要不要就去把您的睡衣拿来?

苔丝德梦娜　不,先替我取下这儿的扣针。这个罗多维科是一个俊
美的男子。

爱米莉娅　一个很漂亮的人。

苔丝德梦娜　他的谈吐很好。

爱米莉娅　我知道威尼斯有一个女郎,愿意赤了脚步行到巴勒斯坦,
为了希望碰一碰他的下唇。

苔丝德梦娜　(唱)

　　　　可怜的她坐在枫树下啜泣,
　　　　　歌唱那青青杨柳①;
　　　　她手抚着胸膛,她低头靠膝,
　　　　　唱杨柳,杨柳,杨柳。
　　　　清澈的流水吐出她的呻吟,
　　　　　唱杨柳,杨柳,杨柳。

---

①　民俗中杨柳的意象是失望的爱情。

　　　　　她的热泪溶化了顽石的心——
　　　把这些放在一旁。——（唱）

　　　　　　　唱杨柳，杨柳，杨柳。

　　　快一点，他就要来了。——（唱）

　　　　　　　青青的柳枝织成一个翠环；

　　　　　　　不要怪他，我甘心受他笑骂——

　　　不，下面一句不是这样的。听！谁在打门？

爱米莉娅　　是风哩。

苔丝德梦娜　　（唱）

　　　　我称爱人负心汉，他又怎讲？

　　　　　　唱杨柳，杨柳，杨柳；

　　　　我既觅新欢，你可红杏出墙。

　　　你去吧，晚安。我的眼睛在跳，那是哭泣的预兆吗？

爱米莉娅　　没有这样的事。

苔丝德梦娜　　我听见人家这样说。啊，这些男人！这些男人！凭你
　　　的良心说，爱米莉娅，你想世上有没有背着丈夫干这种坏事的
　　　女人？

爱米莉娅　　怎么没有？

苔丝德梦娜　　你愿意为了整个世界的财富而干这种事吗？

爱米莉娅　　难道您不愿意吗？

苔丝德梦娜　　不，凭着天上的月亮起誓！

爱米莉娅　　不，光天化日之下，我也不干；要干也得在暗地里。

苔丝德梦娜　　你愿意为了整个的世界而干这种事吗？

爱米莉娅　　世界是一件很大的东西；干一件小小的坏事，**换取这件大
　　　东西，是很合算的**①。

苔丝德梦娜　　真的，我想你不会。

_____

①　　朱译手稿：这代价太贵了。

爱米莉娅　真的,我想我应该干的;**事后可以设法补救**。但为了一枚
对合的戒指、**几丈细麻布**①,或是几件衣服、几件裙子、一两顶帽
子,以及诸如此的小玩意而叫我干这种事,我当然不愿意;可是
为了整个的世界,谁不愿意出卖自己的贞操,让她的丈夫做一个
皇帝呢? 我就是因此而下炼狱,也是甘心的。

苔丝德梦娜　我要是为了整个的世界,会干出这种丧心病狂的事来,
一定不得好死。

爱米莉娅　世间的是非本来没有定准,您因为干了一件错事而得到
整个的世界,在您自己的世界里,您还不能把是非颠倒过来吗?

苔丝德梦娜　我想世上不会有那样的女人的。

爱米莉娅　愿意做这种赌博的女人多着呢。照我想来,妻子的堕落
总是丈夫的过失;要是他们疏忽了自己的责任,把我们所珍爱的
东西浪掷在外人的怀里,或是无缘无故吃起醋来,约束我们行动
的自由,或是殴打我们,削减我们的花粉钱,我们也是有脾气的。
虽然生就温柔的天性,到了一个时候也是会复仇的。让做丈夫
的人们知道,他们的妻子也和他们有同样的感觉:她们的眼睛也
能辨别美恶,她们的鼻子也能辨别香臭,她们的舌头也能辨别甜
酸,正像她们的丈夫们一样。他们厌弃了我们,另寻新欢,是为
了什么缘故呢? 是逢场作戏吗? 我想是的。是因为爱情的驱使
吗? 我想也是的。还是因为喜新厌旧的人类常情吗? 那也是一
个理由。那么难道我们就不会对别人发生爱情,难道我们就没
有逢场作戏的欲望,难道我们就不会喜新厌旧,跟男人们一样
吗? 所以让他们好好儿地对待我们吧;否则我们要让他们知道,
我们所干的坏事都是出于他们的指教。

苔丝德梦娜　晚安,晚安! 愿上天监视我的言行,我不愿以恶为师,
我只愿鉴非自警! (各下。)

---

①　朱译手稿:几亩草地。

第 五 幕

第一场　塞浦路斯；街道

〔伊阿古及罗德利哥上。

伊阿古　来，站在这堵披屋后面；他就会来的。把你的宝剑拔出鞘，看准要害刺过去。快，快，不要怕！我就在你旁边。成功失败，在此一举，你得下定决心。

罗德利哥　不要走开，也许我会失手。

伊阿古　我就在这儿，你的近旁。胆子放大些，站定了。（退后。）

罗德利哥　我对于这件事情不是顶热心；可是他讲的理由十分充足。左右不过去掉一个人。出来，我的剑；他必须死！

伊阿古　我已经激动这小脓包的心，他居然动起怒来了。不管是他杀死凯西奥，还是凯西奥杀死他，或者两败俱伤，对于我都是有好处的。要是罗德利哥活在世上，他总有一天要问我讨还那许多我从他手里干没下来、说是送给苔丝德梦娜的金银珠宝；这可断断不能。要是凯西奥活在世上，我每天都要在他的旁边相形见绌；而且那摩尔人万一向他当面质问起来，我的阴谋就会暴露，那时候我的地位就非常危险了。不，他非死不可。就这样吧，我听见他来了。

〔凯西奥上。

罗德利哥　我认识他的走路的姿势；正是他。——恶人，你给我死吧！（挺剑刺凯西奥。）

凯西奥　幸亏我穿着一身好甲，否则那一剑一定会致我的死命。让我也来试一试你的甲牢不牢吧。（拔剑刺伤罗德利哥。）

罗德利哥　啊,我死了!（伊阿古自后刺伤凯西奥腿,下。）

凯西奥　我从此终生残废了! 救命啊! 杀了人啦! 杀了人啦!
（倒地。）

　　　　〔奥瑟罗自远处上。

奥瑟罗　凯西奥的声音,伊阿古果然没有失信。

罗德利哥　啊,我真是个恶人!

奥瑟罗　一点不错。

凯西奥　啊,救命哪! 拿火来! 找一个医生!

奥瑟罗　正是他。勇敢正直的伊阿古呀,你这样奋不顾身,为你的朋
友复仇雪耻,真是难得! 你给我一个教训了。贱人,你心爱的人
已经死在这儿,你的末日就在眼前;娼妇,我来了! 从我的心头
抹去你的媚眼的魔力,让淫邪的血溅洒你那被淫邪玷污了的枕
席。（下。）

　　　　〔罗多维科及葛莱西安诺自远处上。

凯西奥　喂! 怎么! 没有巡夜的逻卒? 没有过路的行人? 杀了人
啦! 杀了人啦!

葛莱西安诺　出了什么乱子啦? 这叫声很是凄惨。

凯西奥　救命啊!

罗多维科　听!

罗德利哥　啊,该死的恶人!

罗多维科　两三个人在那儿呻吟。这是一个很阴沉的黑夜;也许他
们是故意假装出来的,我们人手孤单,冒冒失失过去,恐怕不大
安全。

罗德利哥　没有人来吗? 那么我要流血而死了!

罗多维科　听!

　　　　〔伊阿古持火炬重上。

葛莱西安诺　有一个人穿着衬衫,一手拿火,一手举着武器来了。

伊阿古　那边是谁? 什么人在那儿喊杀人?

罗多维科　我们不知道。

伊阿古　你们听见一个呼声吗？

凯西奥　这儿，这儿！看在上天的面上，救救我！

伊阿古　怎么一回事？

葛莱西安诺　这个人好像是奥瑟罗麾下的旗官。

罗多维科　正是，一个很勇敢的汉子。

伊阿古　你是什么人，在这儿叫喊得这样凄惨？

凯西奥　伊阿古吗？啊，我被恶人算计，害得我不能做人啦！救救我！

伊阿古　哎哟，副将！这是什么恶人干的事？

凯西奥　我想有一个暴徒还在这儿，他逃不了。

伊阿古　啊，可恶的奸贼！（向罗多维科、葛莱西安诺）你们是什么人？过来帮帮忙。

罗德利哥　啊，救救我！我在这儿。

凯西奥　他就是恶党中的一人。

伊阿古　好一个杀人的凶徒！啊，恶人！（刺罗德利哥。）

罗德利哥　啊，万恶的伊阿古！没有人心的狗！

伊阿古　在暗地里杀人！这些凶恶的贼党都在哪儿？这地方多么寂静！喂！杀了人啦！杀了人啦！你们是什么人？是好人还是坏人？

罗多维科　请您自己判断我们吧。

伊阿古　罗多维科大人吗？

罗多维科　正是，老总。

伊阿古　恕我失礼了。这儿是凯西奥，被恶人刺伤，倒在地上。

葛莱西安诺　凯西奥！

伊阿古　怎么样，兄弟？

凯西奥　我的腿断了。

伊阿古　哎哟，罪过罪过！两位先生，请替我照火；我要用我的衫子把它包扎起来。

〔比恩卡上。

比恩卡　喂,什么事?谁在这儿叫喊?

伊阿古　谁在这儿叫喊!

比恩卡　哎哟,我的亲爱的凯西奥!我的温柔的凯西奥!啊,凯西
　　　奥,凯西奥!凯西奥!

伊阿古　哼,你这声名狼藉的娼妇!凯西奥,照你猜想起来,向你下
　　　这样毒手的大概是些什么人?

凯西奥　我不知道。

葛莱西安诺　我正要来找你,谁料你会遭逢这样的祸事,真是恼人!

伊阿古　借给我一条吊袜带。好。啊,要是有一张椅子,让他舒舒服
　　　服躺在上面,把他抬去才好。

比恩卡　哎哟,他晕过去了!啊,凯西奥!凯西奥!凯西奥!

伊阿古　两位先生,我很疑心这个贱人也是那些凶徒们的同
　　　党。——忍耐点儿,好凯西奥。——来,来,借我一个火,我们认
　　　不认识这一张面孔?哎哟!是我的同国好友罗德利哥吗?不。
　　　唉,果然是他!天哪!罗德利哥!

葛莱西安诺　什么!威尼斯的罗德利哥吗?

伊阿古　正是他,先生。你认识他吗?

葛莱西安诺　认识他!我怎么不认识他?

伊阿古　葛莱西安诺先生吗?请您原谅,这些流血的惨剧,使我礼貌
　　　不周,失敬得很。

葛莱西安诺　哪儿的话;我很高兴看见您。

伊阿古　你怎么啦,凯西奥!啊,来一张椅子!来一张椅子!

葛莱西安诺　罗德利哥!

伊阿古　他,他,正是他。(众人携椅子上)啊!很好;椅子。几个人把
　　　他小心抬走;我就去找军医官来。(向比恩卡)你,奶奶,你也不用
　　　装腔作势啦。——凯西奥,死在这儿的这个人是我的好朋友。
　　　你们两人都有什么仇恨?

凯西奥　一点没有；我根本不认识这个人。

伊阿古　(向比恩卡)什么！你脸色变白了吗？——啊！把他抬进屋子里去。(众人抬凯西奥、罗德利哥二人下)等一等，两位先生。奶奶，你脸色变白了吗？你们看见她眼睛里这一股惊慌的神气吗？哼，要是你这样睁大了眼睛，我们还要等着听一些新鲜的话儿哩。留心瞧着她；你们瞧，你们是看见了吗，两位先生？哼，犯了罪的人，即使舌头僵住了，也会不打自招的。

　　　　[爱米莉娅上。

爱米莉娅　唉！出了什么事啦？出了什么事啦，丈夫？

伊阿古　凯西奥在这儿黑暗之中，被罗德利哥和几个在逃的同党袭击；他几乎送了性命，罗德利哥已经死了。

爱米莉娅　哎哟，好一位绅士！哎哟，好凯西奥！

伊阿古　这是他爱嫖的结果。爱米莉娅，你去问问凯西奥，他今天晚上在什么地方吃饭的。——什么！你听了这句话就发抖吗？

比恩卡　他在我家里吃饭；可是我并没有因此而发抖。

伊阿古　噢，他在你家里吃饭？你跟我走！

爱米莉娅　呸，呸，你这不要脸的娼妇！

比恩卡　我不是娼妇，我跟你一样清白。

爱米莉娅　跟我一样清白！呸！不要脸！

伊阿古　两位好先生，让我们去帮助帮助可怜的凯西奥，替他把伤口扎好。来，奶奶，你必须对我们讲老实话。爱米莉娅，你快奔到城堡里去，告诉将军和夫人这儿发生了什么事。你们先请吧。(旁白)今夜是我的命运所寄，倘不能青云直上，就要一败涂地。(同下。)

第二场　城堡中的卧室

　　　　[苔丝德梦娜睡床上；一灯照耀室内，奥瑟罗上。

奥瑟罗　只是为了这一个原因，只是为了这一个原因，我的灵魂！纯洁的星星啊,让我不要向你们说出它的名字。只是为了这一个原因……可是我不愿溅她的血,也不愿毁伤她那比白雪更皎洁,比石膏更腻滑的肌肤。可是她不能不死,否则她将要陷害更多的男子。让我熄灭了这一盏灯,然后我就熄灭你的生命的火焰。融融的灯光啊,我把你吹熄以后,要是我心生后悔,仍旧可以把你重新点亮;可是你,造化最精美的样本啊,你的火焰一旦熄灭,我不知道什么地方有那天上的神火,能够燃起你的原来的光彩!我摘下了蔷薇,就不能再给它已失的生机,只好让它枯萎凋谢;当它还在枝头的时候,我要嗅一嗅它的芳香。(吻苔丝德梦娜)啊,甘美的气息!你几乎诱动公道的心,使她折断她的利剑了!再一个吻,再一个吻,愿你到死都是这样;我要杀死你,然后再爱你。再一个吻,这是最后的一吻了。这样销魂,却又是这样无比的惨痛!我必须哭泣,然而这些是无情的眼泪。**这悲痛是神圣的,因为悲痛所打击的正是它所挚爱的**。她醒来了。

苔丝德梦娜　谁?奥瑟罗吗?

奥瑟罗　嗯,苔丝德梦娜。

苔丝德梦娜　你要睡了吗?我的主?

奥瑟罗　你今晚有没有祈祷过,苔丝德梦娜?

苔丝德梦娜　祈祷过了,我的主。

奥瑟罗　要是你想到在你的一生之中,还有什么罪恶不曾为上帝所宽宥,赶快恳求他的恩赦吧。

苔丝德梦娜　哎哟!我的主,你这句话是什么意思?

奥瑟罗　嘿,祈祷吧,干脆点儿。我就在一旁等着你。我不愿杀害你的没有准备的灵魂;不,上天禁止这种罪行!我不愿杀害你的灵魂。

苔丝德梦娜　您在说杀人的话吗?

奥瑟罗　嗯,是的。

苔丝德梦娜　那么愿上天垂怜于我!

奥瑟罗　　阿门,但愿如此!

苔丝德梦娜　　要是您这样说,我希望您不至于把我杀死。

奥瑟罗　　哼!

苔丝德梦娜　　可是我怕您;因为您的眼珠这样滚转的时候,你总是要杀人的。我不知道为什么害怕,因为我不知道我有什么罪;可是我觉得害怕。

奥瑟罗　　想想你的罪恶吧。

苔丝德梦娜　　除非我对您的爱是罪恶,我不知道我有什么罪恶。

奥瑟罗　　好,你必须因此而死。

苔丝德梦娜　　为了爱而被杀,那样的死是违反人情的。唉!您为什么这样咬着您的下唇呢?一种饮血的欲念震撼你的全身,这便是它的征兆;可是我希望,我希望您的怒气不是对我而发。

奥瑟罗　　闭嘴,不要作声!

苔丝德梦娜　　是;可是请您告诉我究竟为了什么事?

奥瑟罗　　你把我给你的那条我的心爱的手帕送给凯西奥。

苔丝德梦娜　　不,凭着我的生命和灵魂起誓;您叫他来问好了。

奥瑟罗　　好人儿,留心不要发伪誓;**你的死已在眼前了**①。

苔丝德梦娜　　不,我现在还不能死。

奥瑟罗　　你必须立刻死。所以赶快坦白招认你的罪恶吧;即使你发誓否认每一件事实,也不能除去那使我痛心的坚强的确信。你必须死。

苔丝德梦娜　　那么愿上帝垂怜于我!

奥瑟罗　　阿门

苔丝德梦娜　　愿您也大发慈悲!我生平从不曾得罪过您,也从不曾用上天所不容的非分的爱情滥施在凯西奥的身上;我没有给过他什么东西。

---

①　朱译手稿:你已经死在眼前了。

奥瑟罗　苍天在上,我亲眼看见我的手帕在他的手里。欺罔神明的
　　　妇人!你使我的心变成坚硬;我本来想把你作为献祭的牺牲,现
　　　在却被你激起我的屠夫的恶念来了。我明明看见那手帕的。

苔丝德梦娜　那么是他在什么地方拾到的;我没有给他。叫他到这
　　　儿来,让他供认事实的真相。

奥瑟罗　他已经承认了。

苔丝德梦娜　承认什么,我的主?

奥瑟罗　承认他已经和你发生过关系。

苔丝德梦娜　怎么?非法的关系吗?

奥瑟罗　嗯。

苔丝德梦娜　他不会这样说的。

奥瑟罗　是的,他的嘴已经闭住,正直的伊阿古已经把他解决了。

苔丝德梦娜　啊,我的恐惧竟成事实!什么!他死了吗?

奥瑟罗　即使他每一根头发里都有生命,我的复仇的怒火也会把它
　　　们一起吞下。

苔丝德梦娜　唉!他被人陷害,我的一生也从此断送了。

奥瑟罗　不要脸的娼妇!你当着我的面为他哭泣吗?

苔丝德梦娜　啊,我的主,把我放逐,可是不要杀我!

奥瑟罗　倒下,娼妇!

苔丝德梦娜　明天杀我,让我活过今天!

奥瑟罗　不,要是你想挣扎——

苔丝德梦娜　给我半点钟的时间!

奥瑟罗　已经决定了,没有挽回的余地。

苔丝德梦娜　可是让我做一次祷告吧。

奥瑟罗　太迟了。(扼苔丝德梦娜咽喉。)

爱米莉娅　(在内)将军,将军!喂,将军,将军!

奥瑟罗　这是什么声音?没有死吗?还没有完全死吗?我虽然狠
　　　心,却还有几分慈悲;我不愿你多挨受一刻痛苦。好,好。(刺苔

丝德梦娜。)

爱米莉娅 （在内）喂！将军，将军！

奥瑟罗 哪一个？

爱米莉娅 （在内）啊，将军！我要跟您说句话儿。

奥瑟罗 是的，这是爱米莉娅。——等一等，——她死了。她多分要来说起凯西奥的死。外边已经听得见嘈杂的声音。吓！一动也不动了吗？像坟墓一样沉寂。要不要让她进来？妥当不妥当？我想她又在动了，不，怎么办呢？要是她进来，她一定要跟我的妻子说话。我的妻子！我的妻子！什么妻子？我没有妻子。啊，难堪！啊，不幸的时辰！我想现在日月应该晦暗不明，受惊的地球看见这种非常的灾变，也要吓得目瞪口呆。

爱米莉娅 （在内）啊，好将军！请您让我进来对您说句话儿。

奥瑟罗 我忘记了。啊，进来，爱米莉娅。慢点儿，等一等。让我把帐幕拉下来，你在哪儿？（启锁开门。）

　　　　〔爱米莉娅上。

奥瑟罗 现在你可有什么事？

爱米莉娅 啊，好将军！那边出了杀人命案啦！

奥瑟罗 什么！现在？

爱米莉娅 就是刚才，将军。

奥瑟罗 那都是因为月亮走错了轨道，比平常更近地球，所以人们都发起疯来了。

爱米莉娅 将军，凯西奥杀死了一个名叫罗德利哥的威尼斯青年。

奥瑟罗 罗德利哥被杀了！凯西奥也被杀了吗？

爱米莉娅 不，凯西奥没有死。

奥瑟罗 凯西奥没有死！那么杀人认错了对象，痛快的复仇又有了变卦啦。

苔丝德梦娜 啊，死得好冤枉呀！

爱米莉娅 哎哟！那是什么呼声？

奥瑟罗　那！什么？

爱米莉娅　哎哟！那是夫人的声音。救命！救命啊！救命！啊，夫
　　人，再说一声话儿！亲爱的苔丝德梦娜！啊，亲爱的夫人，说呀！

苔丝德梦娜　我是无罪而死的。

爱米莉娅　啊！这是谁干的事？

苔丝德梦娜　谁也没有干；是我自己。再会吧；替我向我的仁慈的夫
　　君致意。啊，再会吧！（死。）

奥瑟罗　啊！她怎么会被人杀死的？

爱米莉娅　唉！谁知道？

奥瑟罗　你听见她说是她自己，我没有杀死她。

爱米莉娅　她是这样说，我只好按照事实去报告。

奥瑟罗　她到地狱的火焰里去，还不愿说一句真话。杀死她的是我。

爱米莉娅　啊，那么她尤其是一个天使，你尤其是一个黑心的魔
　　鬼了！

奥瑟罗　她干了无耻的事，她是个淫妇。

爱米莉娅　你冤枉她，你是个魔鬼。

奥瑟罗　她像水一样轻浮。

爱米莉娅　你说她轻浮，你自己才像火一样粗暴。啊，她是圣洁而忠
　　贞的！

奥瑟罗　凯西奥和她通奸，不信你去问你的丈夫吧。啊，要是我采取
　　这种极端的手段，并没有正当的理由，死后就要永远堕入地狱的
　　底层！你的丈夫一切全都知道。

爱米莉娅　我的丈夫！

奥瑟罗　你的丈夫。

爱米莉娅　他知道她不守贞节吗？

奥瑟罗　嗯，他知道她跟凯西奥有暧昧。嘿，要是她是个贞洁的妇
　　人，即使上帝为我用一颗完整的宝石另造一个世界，我也不愿用
　　她去交换。

爱米莉娅　我的丈夫！

奥瑟罗　嗯，他最初告诉我这件事。他是个正人君子，他痛恨卑鄙龌
　　龊的行为。

爱米莉娅　我的丈夫！

奥瑟罗　妇人，为什么把这句话说了又说呢？我是说你的丈夫。

爱米莉娅　啊，夫人！你因为多情，受了奸人的愚弄了！我的丈夫说
　　她不贞！

奥瑟罗　正是他，妇人，我说你的丈夫；你懂得这句话吗？我的朋友，
　　你的丈夫，正直的、正直的伊阿古。

爱米莉娅　要是他果然说了这样的话，愿他恶毒的灵魂每天一分一
　　寸地糜烂！他全然胡说；她对于她的最卑鄙的男人是太痴心不
　　过的了。

奥瑟罗　嘿！

爱米莉娅　随你把我怎么样吧。你配不上这样的好妻子，你这种行
　　为是上天所不容的。

奥瑟罗　还不闭嘴！

爱米莉娅　你没有半分力量可以伤害我，我也不能让人家把我欺侮。
　　啊，笨伯，傻瓜！泥土一样蠢的家伙！你已经做了一件大大不该
　　的事，——我不怕你的剑；我要宣布你的罪恶，即使我将要因此
　　而丧失二十条生命。救命！救命啊！救命！摩尔人杀死了夫人
　　啦！杀了人啦！杀了人啦！

　　　　〔蒙太诺、葛莱西安诺、伊阿古及余人等上。

蒙太诺　什么事？怎么，将军！

爱米莉娅　啊！你来了吗，伊阿古？你做的好事，人家都把杀人的罪
　　名架在你头上啦！

葛莱西安诺　什么事？

爱米莉娅　你倘是个汉子，赶快否认这恶人所说的吧；他说你告诉他
　　他的妻子不贞。我知道你不会说这种话，你还不会是这样一个

恶人。说吧,我的心都要胀破了。

伊阿古　我不过把我自己的意思告诉他;我对他所说的话,已经由他自己证实了。

爱米莉娅　可是你有没有对他说她是不贞的?

伊阿古　我对他说过。

爱米莉娅　你说谎,一个可憎的、万恶不赦的谎!凭着我的灵魂起誓,一个谎,一个罪恶的谎!她跟凯西奥私通!你说她跟凯西奥私通吗?

伊阿古　跟凯西奥私通,太太。好了好了,收住你的舌头吧。

爱米莉娅　我不愿收住我的舌头,我必须说话。夫人在这儿床上给人谋杀了。

众人　啊,哪会有这样的事!

爱米莉娅　都是你造的谣言,引起这场血案。

奥瑟罗　各位不必惊慌,这事情是真的。

葛莱西安诺　真有这样的事,那可奇了!

蒙太诺　啊,骇人的行为!

爱米莉娅　诡计!诡计!诡计!我现在想起来了,啊,诡计!那时候我就有些怀疑;我要伤心死了!啊!诡计!诡计!

伊阿古　什么!你疯了吗?快给我回家去!

爱米莉娅　各位先生,让我有一个说话的机会。照理我应该服从他,可是现在却不能服从他。也许,伊阿古,我永远不再回家了。

奥瑟罗　啊!啊!啊!(仆卧床上。)

爱米莉娅　哼,你躺下来哭叫吧,因为你已经杀死一个世间最温柔纯洁的人。

奥瑟罗　啊,她是淫污的!我简直不认识您啦,叔父。那边躺着您的侄女,她的呼吸刚才被我这双手扼断;我知道这个行为在世人眼中看起来是惊人而惨酷的。

葛莱西安诺　可怜的苔丝德梦娜!幸亏你父亲已经死了,你的婚事是他的致死的原因,悲伤摧折了他的衰老的生命。要是他现在还活着,看见这种惨状,一定会干出一些疯狂的事情来的。**他会咒诅他的守护天使,毁灭了自己的灵魂。**

奥瑟罗　这诚然是一件伤心的事;可是伊阿古知道她曾经跟凯西奥干过许多回无耻的勾当,凯西奥自己也承认了。她还把我的定情礼物送给凯西奥,表示接受他的献媚。我看见它在他的手里,那是一方手帕,我的父亲给我的母亲的一件古老的纪念品。

爱米莉娅　天啊!天上的神明啊!

伊阿古　算了,闭住你的嘴!

爱米莉娅　事情总会暴露的,事情总会暴露的。闭住我的嘴?不,不,我要像风一样自由地说话;让天神、世人和魔鬼全都把我嘲骂羞辱,我也要说我的话。

伊阿古　放明白一些,回家去吧。

爱米莉娅　我不愿回家。(伊阿古拔剑欲刺爱米莉娅。)

葛莱西安诺　呸!你向一个妇人动武吗?

爱米莉娅　你这愚笨的摩尔人啊!你所说起的那方手帕,是我偶然拾到,把它给了我的丈夫;虽然那只是一件小小的东西,他却几次三番恳求我替他偷了回来。

伊阿古　长舌的淫妇。

爱米莉娅　她送给凯西奥!唉,不,是我拾到的,把它交给我的丈夫的。

伊阿古　贱人,你说谎!

爱米莉娅　苍天在上,我没有说谎;我没有说谎,各位先生。杀人的傻瓜啊!像你这样一个蠢才,怎么配得上这样好的一位妻子呢?

奥瑟罗　天上没有石块,可以像雷霆一样打下来吗?好一个奸贼!

(向伊阿古扑奔;伊阿古刺爱米莉娅逃下。)

葛莱西安诺　这妇人倒下来了;他把他的妻子杀死了。

爱米莉娅　是,是;啊!把我放在夫人的身旁吧!

葛莱西安诺　　他**逃走了**①，他的妻子给他杀了。

蒙太诺　　这是一个罪大恶极的凶徒。你把这一柄我从这摩尔人手里夺下来的剑拿了。来，在门外看守好了，别让他出去，他要是想逃走，尽管把他杀死。我要去追那恶人，那是一个不可宽恕的家伙。（蒙太诺、葛莱西安诺下。）

奥瑟罗　　我的勇气也离我而去了，每一个孱弱的懦夫都可以夺下我的剑来。可是奸恶既然战胜了正直，哪里会有荣誉存在呢？让一切都归于幻灭吧！

爱米莉娅　　你的歌儿是一个谶兆吗，夫人？听，你听不听见我的声音？我要像天鹅一般在音乐里死去。（唱）

　　　　杨柳，杨柳，杨柳……

摩尔人，她是贞洁的，她爱你，狠心的摩尔人。我说的是真话，愿我的灵魂享受天福，我的话是跟我的思想一致的。我死了，我死了。（死。）

奥瑟罗　　我还有一柄剑在这屋子里，那是一柄用冰泉的水所浸炼的西班牙宝剑。啊，在这儿！叔父，我一定要出来。

葛莱西安诺　　（在内）你要是敢试一试，就得付重大的代价；你没有武器，只好屈服。

奥瑟罗　　那么进来瞧瞧我吧，我有话对你说；否则我虽然没有武器，也只好不顾一切跟你拼一下了。

　　　　〔葛莱西安诺重上。

葛莱西安诺　　什么事？

奥瑟罗　　瞧！我有一柄剑；从来不曾在一个战士的身上佩带过一柄比它更好的剑；凭着这一条小小的手臂和这一柄利剑，我曾经冲破二十倍于你们这样人数的包围；可是，无聊的夸口啊！谁能主宰他自己的命运呢？现在我已经没有那样的本领了。虽然你看

---

①　朱译手稿：去了。

我拿着武器,可是不用害怕,这儿是我的旅途的终点,我的航程的最后的目标。你吓得退走了吗?这是不必要的惊恐;谁只要拿一根灯草向奥瑟罗的胸前挺了过来,他也会向后退缩的。奥瑟罗应该到什么地方去呢?——啊,让我再看看你的脸庞吧,薄命的女郎!像你的衬衣一样惨白!我们在天庭对簿的时候,你这一副脸色就可以把我的灵魂赶下天堂,让魔鬼把它抓去。你的全身冰冷,我的恋人!正像你的贞洁一样凛若寒霜。啊,该死的、该死的奴才!魔鬼啊,把我从这天仙一样美人的面前鞭逐出去吧!让狂风把我吹卷,硫黄把我熏烤,沸汤的深渊把我沉浸吧!啊,苔丝德梦娜!苔丝德梦娜!死了!啊!啊!啊!

〔罗多维科、蒙太诺,二侍从以卧椅抬凯西奥;警吏等押伊阿古同上。

罗多维科　这卤莽而不幸的人在哪儿?

奥瑟罗　那就是从前的奥瑟罗;我在这儿。

罗多维科　那条毒蛇呢?把这恶人带上来。

奥瑟罗　据说魔鬼的脚是分趾的,让我看看他的脚是不是这样。要是你真的是一个魔鬼,我也不能杀死你。(刺伤伊阿古。)

罗多维科　把他手里的剑夺下来。

伊阿古　我不过流了点儿血,还没有给他杀死。

奥瑟罗　那也好,我要你留着活命;因为在我看来,死倒是一种幸福。

罗多维科　啊,奥瑟罗!你本来是一个很好的汉子,却会中一个万恶的奸人的诡计,我们应该对你怎么说呢?

奥瑟罗　随便你们怎么说吧,要是你们愿意,不妨说我是一个正直的凶手,因为我所干的事,都是出于荣誉的观念,不是出于猜嫌的私恨。

罗多维科　这恶人已经一部分承认了他的奸谋;杀死凯西奥是你跟他同谋的吗?

奥瑟罗　是的。

凯西奥　主帅,我从来不曾得罪过您。

奥瑟罗　我相信你的话,请你原谅我吧。你们问一问那个顶着人头的恶魔,为什么他要这样陷害我的灵魂和肉体?

伊阿古　什么也不要问我,你们该知道的,你们已经知道了;从这一刻起,我不再说一句话。

罗多维科　什么!你也不要祈祷吗?

葛莱西安诺　酷刑可以逼你开口。

奥瑟罗　你最好还是别说。①

罗多维科　将军,你将会明白经过的一切,我相信你现在还有一点是不知道的。这是从已死的罗德利哥衣袋里搜到的一封信;这儿还有一封;其中一封信里说到杀死凯西奥的事情由罗德利哥动手执行。

奥瑟罗　啊,奸贼。

凯西奥　野蛮残忍的阴谋!

罗多维科　这儿还有从他的衣袋里找到的一封充满着怨望的信,看来好像是罗德利哥预备寄给这个万恶的奸人的;可是信还没有寄出,伊阿古就来给他满足了。

奥瑟罗　啊,恶毒的奸贼!凯西奥,我的妻子的手帕怎么会到你手里的?

凯西奥　我在我的房间里找到它;他刚才已经亲口承认有意把它丢在那里,借此可以达到他自己的图谋。

奥瑟罗　啊,傻瓜!傻瓜!傻瓜!

凯西奥　在罗德利哥的信里,他又埋怨伊阿古不该撺掇他在我值夜的时候向我寻事;我就是为了那一回事情而去职的。就在刚才,他从长时间的昏迷中醒了过来,还说起他一切都受伊阿古的指使,结果却是伊阿古伤了他的生命。

罗多维科　你必须离开这所屋子,跟我们去;你的军队和兵权必须全

――――――――――――

①　朱译手稿:你还是说吧。

部交卸,让凯西奥主持塞浦路斯的军政重务。对于这一个家伙,我们将要用一切巧妙的酷刑加在他的身上,使他遍受种种的痛苦,而不至于立刻死去。我们还要把你严密监禁,等候威尼斯政府判断你的罪状。来,把他带下去。

奥瑟罗　且慢,在你们未走以前,再听我说一两句话。我对于国家曾经立过相当的功绩,这是执政诸公所知道的;那些话现在也不用说了。当你们把这种不幸的事实报告他们的时候,请你们在公文上老老实实照我本来的样子叙述,不要徇情迴护,也不要恶意构陷;你们应当说我是一个在恋爱上不智而过于深情的人;一个不容易发生嫉妒,可是一旦被人煽动以后,就会感到极度烦恼的人;一个像愚蠢的印度人一般,把一颗比他整个部落所有的财产更贵重的珍珠随手抛弃的人;一个虽然不惯于流妇人之泪,可是当他被感情征服的时候,也会像涌流着胶液的阿拉伯药胶树一般两眼泛滥的人。请你们把这些话记下,再补充一句说:在阿勒普地方,曾经有一个裹着头巾的敌意的土耳其人殴打一个威尼斯人,诽谤我们的国家,那时候我就一把抓住这受割礼的狗子的咽喉,像这样把他杀了。(以剑自刎。)

罗多维科　啊,惨酷的结局!

葛莱西安诺　一切说过的话,现在又要颠倒^①过来了。

奥瑟罗　我在杀死你以前,曾经用一吻和你诀别;现在我自己的生命也在一吻里终结。(仆倒在苔丝德梦娜身上,死。)

凯西奥　我早就担心会有这样的事发生,可是我还以为他没有武器;他的心地是光明正大的。

罗多维科　(向伊阿古)你这比痛苦、饥饿和大海更凶暴的猛犬啊! 瞧瞧这床上两具浴血的尸身吧;这是你干的好事。这样伤心惨目的景象,赶快把它遮盖起来吧。葛莱西安诺,请你接收这一座屋

――――――――

① 朱译手稿:改变。

子;这摩尔人的全部家产,都应该归您继承。总督大人,怎样处置这一个恶魔般的奸徒,什么时候,什么地点,用怎样的刑法,都要请您全权办理,千万不要宽纵他!我现在就要上船回去禀明政府,用一颗悲哀的心报告这一段悲哀的故事。(同下。)

（朱生豪 译　陈才宇 校）

李 尔 王

《李尔王》约写于 1605—1606 年间,伦敦书业公所登记于 1607年 11 月 26 日,次年以四开本刊行。

有关李尔王的故事,最早见于杰弗里的《不列颠君王史》(约1136),这部著作反映的不是英国的真实历史,而是历史传说。莎士比亚的同代人威廉·华纳所著的《阿尔比恩时期的英格兰》(1586),霍林雪德所著的《苏格兰编年史》(1587),斯宾塞的长诗《仙后》,都复述过李尔王的故事。

莎士比亚最直接的借鉴则是一部题为《李尔王及其三女的悲剧》,此剧早于 1588 年就已问世,作者不详,有人推测是大学才子派中的一位。这部逸名剧的结局具有喜剧性:在高卢国王的帮助下,李尔王重登王位。莎士比亚笔下的李尔王在极度的悲伤中死去,奥本尼公爵恢复了英伦三岛的统一和谐。另外,莎士比亚还参照锡德尼的作品《阿卡迪亚》(1590),为全剧添加了一条副线:葛罗斯特伯爵和他的两个儿子的故事。

译文见于国家图书馆出版社 2012 年版《朱生豪译莎士比亚戏剧手稿》第 5 册,世界书局版《莎士比亚戏剧全集》(1947)第二辑。

剧 中 人 物

李尔　不列颠国王

法兰西国王

勃艮第公爵

康沃尔公爵　里根之夫,李尔女婿

奥本尼公爵　贡纳莉尔之夫,李尔女婿

肯特伯爵

葛罗斯特伯爵

爱德加　葛罗斯特伯爵之子

爱德蒙　葛罗斯特伯爵之庶子

卡伦　朝士

奥斯华德　贡纳莉尔的管家

老翁　葛罗斯特的佃户

医生

弄人

爱德蒙属下一军官

考德莉娅一侍臣

传令官

康沃尔的众仆

贡纳莉尔 ⎫
里根　　 ⎬　李尔之女
考德莉娅 ⎭

扈从李尔之骑士、军官、使者、兵士及侍从等

地　　点

不列颠

第　一　幕

第一场　李尔王宫中大厅

⌈肯特、葛罗斯特及爱德蒙上。

肯特　我想王上对奥本尼公爵,比对康沃尔公爵更有好感。

葛罗斯特　我们一向都觉得是这样;可是在这一次国土的划分中,却看不出来他对这两位公爵有什么偏心;因为他分配得那么平均,无论他们怎样斤斤计较,都不能说对方比自己占了便宜。

肯特　大人,这位是令郎吗?

葛罗斯特　他是在我手里长大的;我常常不好意思承认他,可是现在习惯了,也就不以为意啦。

肯特　我不懂您的意思。

葛罗斯特　**这小子的母亲能懂得我的意思。**伯爵,不瞒你说,这小子的母亲没有嫁人就大了肚子生下他来。您想这应该不应该?

肯特　能够生下这样一个好儿子来,即使一时错误,也是可以原谅的。

葛罗斯特　我还有一个合法的儿子,年纪比他大一岁,然而我还是喜欢他。这畜生虽然不等我的召唤,就自己莽莽撞撞来到这世上,可是他的母亲是个迷人的东西,我们在制造他的时候,曾经有过一场销魂的游戏,这孽种我不能不承认他。爱德蒙,你认识这位贵人吗?

爱德蒙　不认识,父亲。

葛罗斯特　肯特伯爵;从此以后,你该记好他是我的尊贵的朋友。

爱德蒙　大人,我愿意为您效劳。

肯特　我必须喜欢你,希望我们以后能够常常见面。

爱德蒙　大人,我一定尽力报答您的垂爱。

葛罗斯特　他已经在国外九年,不久还是要出去的。王上来了。

　　　　〔喇叭奏花腔。李尔、康沃尔、奥本尼、贡纳莉尔、里根、考德莉娅及侍从等上。

李尔　葛罗斯特,你去招待招待法兰西国王和勃艮第公爵。

葛罗斯特　是,陛下。(葛罗斯特、爱德蒙同下。)

李尔　现在我要向你们说明我的心事。把那地图给我。告诉你们吧,我已经把我的国土划成三部;我因为自己年纪老了,决心摆脱一切俗务的牵萦,把责任交卸给年青力壮之人,让自己松一松肩,好安安心心地等死。康沃尔和奥本尼两位贤婿,为了预防他日的争执,我想还是趁现在把我的几个女儿的嫁妆处分处分清楚。法兰西和勃艮第两位君主正在竞争我的小女儿的爱情,他们为了求婚而住在我们宫廷里,也已经有好多时候了,现在他们就可以得到答复。孩子们,在我还没有把我的政权、领土和国事的重任全部放弃以前,告诉我,你们中间哪一个人最爱我?我要看看谁最有孝心,最有贤德,我就给她最大的恩惠。贡纳莉尔,我的大女儿,你先说。

贡纳莉尔　父亲,我对您的爱,不是言语所能表达的;我爱您胜过自己的眼睛,整个的空间和广大的自由;超越一切可以估价的贵重希有的事物;不亚于赋有淑德、康健、美貌和荣誉的生命;不曾有一个儿女这样爱过他的父亲,也不曾有一个父亲这样被他的儿女所爱;这一种爱可以使唇舌失去能力,辩才无所效用;我爱您是不可以数量计算的。

考德莉娅　(旁白)考德莉娅应该怎么好呢?默默地爱着吧。

李尔　在这些疆界以内,从这一条界线起,直到这一条界线为止,所有一切茂密的森林、膏腴的平原、富庶的河流、广大的牧场,都要奉你为它们的女主人;这一块土地永远为你和奥本尼的子孙所保有。我的二女儿,最亲爱的里根,康沃尔的夫人,你怎么说?

里根　我跟姊姊是一样的,您凭着她就可以判断我。在我的真心之中,我觉得她刚才所说的话,正是我爱您的实际的情形,可是她还不能充分说明我的心理:我厌弃一切凡是敏锐的知觉所能感受到的快乐,只有爱您才是我的无上的幸福。

考德莉娅　(旁白)那么,考德莉娅,你只好自安于贫穷了!可是我并不贫穷,因为我深信我的爱心比我的口才更富有。

李尔　这一块从我们这美好的王国中划分出来的三分之一的沃壤,

是你和你的子孙永远世袭的产业,和贡纳莉尔所得到的一份同样的广大,同样的富庶,也同样的佳美。现在,我的宝贝,虽然是最后的一个,我却并不对你歧视;法兰西的葡萄和勃艮第的乳酪都在竞争你的青春之爱;你有些什么话,可以换到一份比你的两个姊姊更富庶的土地? 说吧。

考德莉娅　父亲,我没有话说。

李尔　没有?

考德莉娅　没有。

李尔　没有只能换到没有;重新说过。

考德莉娅　我是个笨拙的人,不会把我的心涌上我的嘴里;我爱您只是按照我的名分,一分不多,一分不少。

李尔　怎么,考德莉娅! 把你的话修正修正,否则你要毁坏你自己的命运了。

考德莉娅　父亲,您生下我来,把我教养成人,爱惜我,厚待我;我受到您这样的恩德,只有恪尽我的责任,服从您,爱您,敬重您。我的姊姊们要是用她们整个的心来爱您,那么她们为什么要嫁人呢? 要是我有一天出嫁了,那接受我的忠诚的誓约的丈夫,将要得到我的一半的爱,我的一半的关心和责任;假如我只爱我的父亲,我一定不会像我的姊姊们一样再去嫁人的。

李尔　你这些话果然是从心里说出来的吗?

考德莉娅　是的,父亲。

李尔　年纪这样小,却这样没有良心吗?

考德莉娅　父亲,我年纪虽小,我的心是忠实的。

李尔　好,那么让你的忠实做你的嫁妆吧。凭着太阳神圣的光辉,凭着黑夜的神秘,凭着主宰人类生死的星球的运行,我发誓从现在起,永远和你断绝一切父女之情和亲属的关系,把你当作一个路人看待。啖食自己儿女的野蛮的锡第亚人,比起你,我的旧日的女儿来,也不会更令我憎恨。

肯特　　陛下——

李尔　　闭嘴,肯特!不要来触怒龙的逆鳞。她是我最爱的一个,我本来想要在她的殷勤看护之下,终养我的天年。去,不要让我看见你的脸!让坟墓做我安息的眠床,我从此割断对她的天伦的慈爱了!叫法兰西王来!都是死人吗?叫勃艮第来!康沃尔,奥本尼,你们已经分到我的两个女儿的嫁妆,现在把我第三个女儿那一份也拿去分了吧;让骄傲——她自己所称为坦白的——替她找一个丈夫。我把我的威力、特权和一切君主的尊荣一起给了你们。我自己只保留一百名武士,在你们两人的地方按月轮流居住,由你们负责供养。除了国王的名义和尊号以外,所有行政的大权、国库的收入和大小事务的处理,完全交在你们手里;为了证实我的说话,两位贤婿,我赐给你们这一顶宝冠,归你们两人共同保有。

肯特　　尊严的李尔,我一向敬重您像敬重我的君王,爱您像爱我的父亲,跟随您像跟随我的主人,在我的祈祷之中,我总把您当作我的伟大的恩主——

李尔　　弓已经弯好拉满,你留心躲开箭锋吧。

肯特　　让它落下来吧,即使箭镞会刺进我的心里。李尔发了疯,肯特也只好不顾礼貌了。你究竟要怎样,老头儿?你以为有权有位的人向谄媚者低头,尽忠守职的臣僚就不敢说话了吗?君主不顾自己的尊严,干下了愚蠢的事情,在朝的端人正士只好直言极谏。保留你的权力,仔细考虑一下你的举措,收回这一种卤莽灭裂的成命。你的小女儿并不是最不孝顺你的一个;那两个有口无心的女儿,她们的柔和的低声反映不出她们内心的空虚,也决不是真心爱你;我的判断要是有错,你尽管取我的命。

李尔　　肯特,你要是想活命,赶快停住你的嘴。

肯特　　我的生命本来是预备向你的仇敌抛掷的;为了你的安全,我也不怕把它失去。

李尔　　走开，不要让我看见你！

肯特　　瞧明白一些，李尔；还是让我永远**当你的箭靶**①吧。

李尔　　凭着阿波罗起誓——

肯特　　凭着阿波罗，老王，你向神明发誓也是没用的。

李尔　　啊，可恶的奴才！（以手按剑。）

奥本尼、康沃尔　　陛下请息怒。

肯特　　好，杀了你的医生，把你的恶病养得一天比一天厉害吧。赶快
　　　撤销你的分土授国的原议；否则只要我的喉舌尚在，我就要大声
　　　疾呼，告诉你你做了错事啦。

李尔　　听着，逆贼！**凭你为臣子的名分，给我听着！**你想要耸动我毁
　　　弃我的不容更改的誓言，凭着你的不法的跋扈，对我的命令和权
　　　力妄加阻挠，这一种目无君上的态度，使我忍无可忍；为了维持
　　　王命的尊严，不能不给你应得的处分。我现在宽容你五天的时
　　　间，让你预备些应用的衣服食物，免得受饥寒的痛苦；在第六天
　　　上，你那可憎的身体必须离开我的国境；要是在此后十天之内，
　　　我们的领土上再发现你的踪迹，那时候就要将你当场处死。去！
　　　凭着朱庇特发誓，这一个判决是无可改移的。

肯特　　　　　再会，国王；你既不知悔改，
　　　　　　　囚笼里也没有自由存在。

　　　　　（向考德莉娅）

　　　　　　　神明荫护你，善良的女郎！
　　　　　　　你的正心谠论无愧纲常。

　　　　　（向里根、贡纳莉尔）

　　　　　　　愿你们的夸口变成实事，
　　　　　　　假树上会结下真的果子。
　　　　　　　各位王子，肯特从此远去；

---

　　①　朱译手稿：留在你的眼前。

到新的国土走他的旧路。(下。)

[喇叭奏花腔。葛罗斯特率法王、勃艮第及侍从等重上。

葛罗斯特　陛下,法兰西国王和勃艮第公爵来了。

李尔　勃艮第公爵,您跟这位国王都是来向我的女儿求婚的,现在我先问您:您希望她至少要有多少陪嫁的妆资,否则宁愿放弃对她的追求?

勃艮第　陛下,照着你所已经答应的数目,我就很满足了;想来您也不会再吝惜的。

李尔　尊贵的勃艮第,当她为我所宠爱的时候,我是把她看得非常珍重的,可是现在她的价格已经跌落了。公爵,您瞧她站在那儿,一个小小的东西,要是除了我的憎恨以外,我什么都不给她,而您仍然觉得她有使您喜欢的地方,或者您觉得她整个儿都能使您满意,那么她就在那儿,您把她带去好了。

勃艮第　我不知道怎样回答。

李尔　像她这样一个一无可取的女孩子,没有亲友的照顾,新近遭到我的憎恨,咒诅是她的嫁妆,我已经立誓和她断绝关系了,您是还愿意娶她呢,还是愿意把她放弃?

勃艮第　恕我,陛下;在这种条件之下,决定取舍是一件很为难的事。

李尔　那么放弃她吧,公爵;凭着神明起誓,我已经告诉您她的全部的价值。(向法兰西王)至于您,伟大的国王,为了重视你我的友谊,我断不愿把一个我所憎恶的人匹配于您;所以请您还是丢开了这一个为天地所不容的贱人,另外去找寻佳偶吧。

法兰西王　这太奇怪了,她刚才还是您眼中的珍宝,您的赞美的题目,您的老年的安慰,您的最心爱的人儿,怎么一转瞬间,就会干下这么一件罪大恶极的行为,丧失了您的深恩厚爱!她的罪恶倘不是超乎寻常,您的爱心决不会变得这样利害;可是除非那是一桩奇迹,我无论如何不相信她会干那样的事。

考德莉娅　陛下,我只是因为缺少娓娓动人的口才,不会讲一些违心的话语，凡是我心里想到的事情，我总不愿在没有把它实行以前就放在嘴里宣扬；要是您因此而恼我，我必须请求您让世人知道，我之所以失去您的欢心的原因，并不是什么丑恶的污点、淫邪的行动，或是不名誉的举止，只是因为我缺少像人家那样的一双献媚希恩的眼睛，一条我所认为可耻的善于逢迎的舌头。虽然没有了这些使我不能再受您的宠爱，可是唯其如此，却使我格外尊重我自己的人格。

李　尔　你不能在我面前曲意承欢，我还是不要把你生养下来的好。

法兰西王　只是为了这一个原因吗？**就因为天性迟缓，不愿将心里想做的事随便说出吗？**① 勃艮第公爵，您对这位公主意下如何？爱情里面要是掺杂了和它本身不相关涉的顾虑，那就不是真的爱情。您愿不愿意娶她？她自己就是一注无价的嫁妆。

勃艮第　尊严的李尔，只要把您原来已经允许过的那一份嫁妆给我，我现在就可以使考德莉娅成为勃艮第公爵的夫人。

李　尔　我什么都不给；我已经发过誓，再也不能挽回了。

勃艮第　那么抱歉得很，您已经失去一个父亲，现在必须再失去一个丈夫了。

考德莉娅　愿勃艮第平安！他所爱的既然只是财产，我也不愿做他的妻子。

法兰西王　最美丽的考德莉娅！你因为贫穷，所以是最富有的；你因为被遗弃，所以是最可宝贵的；您因为遭人轻视，所以最蒙我的怜爱。我现在把你和你的美德一起攫在我的手里；人弃我取是法理上所许可的。天啊天！想不到他们的冷酷的蔑视，却会激起我热烈的敬爱。陛下，您的没有嫁妆的女儿跟我三生缘定，现在是我的分享荣华的王后，法兰西全国的女主人了；沼泽之邦的勃艮第所有的公爵，都不能从我手里买去这一个无价之宝的女

---

① 　朱译手稿：历史上往往有许多远大的计划，因为不求人知而失于记载。

郎。考德莉娅,向他们告别吧,虽然他们是这样无良;你抛弃了
故国,将要得到一个更好的家乡。

李尔　你带了她去吧,法兰西;她是你的,我没有这样的女儿,也再不
要看见她的脸。去吧,你们不要想得到我的恩宠和祝福。来,尊
贵的勃艮第公爵。(喇叭奏花腔。李尔、勃艮第、康沃尔、奥本尼、葛罗
斯特及侍从等同下。)

法兰西王　向你的姊姊们告别。

考德莉娅　父亲眼中的两颗宝玉,考德莉娅用泪洗过的眼睛向你们
告别。我知道你们是怎样的人;因为碍着姊妹的情分,我不愿直
言指斥你们的错处。好好对待父亲;你们自己说是孝敬他的,我
把他托付给你们了。可是,唉!要是我没有失去他的欢心,我一
定不让他受你们的照顾。再会了,两位姊姊。

里根　我们用不着你教训。

贡纳莉尔　你还是去小心伺候你的丈夫吧,命运的慈悲把你交在他
的手里;你自己忤逆不孝,今天空手跟了汉子去也是活该。

考德莉娅　慢慢儿总有一天深藏的奸诈会显出它的原形;罪恶虽然
可以掩饰一时,免不了最后的出乖露丑。愿你们幸福!

法兰西王　来,我的考德莉娅。(法兰西王、考德莉娅同下。)

贡纳莉尔　妹妹,我有许多对我们两人有切身关系的话必须跟你谈
谈。我想我们的父亲今晚就要离开此地。

里根　那是十分确定的事,他要住到你们那儿去;下个月他就要跟我
们住在一起了。

贡纳莉尔　你瞧他现在年纪老了,他的脾气多么变化不定;我们已经
屡次注意到他的行为的乖僻了。他一向都是最爱我们的妹妹
的,现在他凭着一时的气恼就把她撵走,这就可以见得他是多么
糊涂。

里根　这是他老年的昏悖;可是他向来就是这样喜怒无常的。

贡纳莉尔　他年青的时候性子就很暴躁,现在他任性惯了,再加上老

年人刚愎自用的怪脾气,看来我们只好准备受他的气了。

里根 他把肯特也放逐了;谁知道他心里一不高兴起来,会不会用同样的手段对付我们?

贡纳莉尔 法兰西王辞行回国,跟他还有一番礼仪上的应酬。让我们同心合力,决定一个方策;要是我们的父亲顺着他这种脾气滥施威权起来,这一次的让国对于我们未必有什么好处。

里根 我们还要仔细考虑一下。

贡纳莉尔 我们必须趁早想个办法。(同下。)

第二场　葛罗斯特伯爵城堡中的厅堂

〔爱德蒙持信上。

爱德蒙 大自然,你是我的女神,我愿意在你的法律之前俯首听命。为什么我要受世俗的排挤,让世人的歧视剥夺我的应享的权利,只因为我比一个哥哥迟生了一年或是十四个月?为什么他们要叫我私生子?为什么我比人家卑贱?我的壮健的体格,我的慷慨的精神,我的端正的容貌,哪一点比不上正夫人的公子?为什么他们要给我加上庶出、贱种、私生子的恶名?贱种,贱种,贱种?难道在热烈兴奋的奸情里生下的孩子,倒不及拥着一个毫无欢趣的老婆,在半睡半醒之间制造出来的那一批蠢货?好,合法的爱德加,我一定要得到你的土地;我们的父亲喜欢他的私生子爱德蒙,正像他喜欢他的合法嫡子一样。好听的名词,"合法"!好,我的合法的哥哥,要是这封信发生效力,我的计策能够成功;瞧着吧,庶出的爱德蒙将要把合法的嫡子盖罩在他的下面;——那时候我可要扬眉吐气啦。神啊,帮助帮助私生子吧!

〔葛罗斯特上。

葛罗斯特 肯特就这样放逐了!法兰西王盛怒而去;王上昨晚又走了!他的权力全部交出,依靠他的女儿过活!这些事情都在匆促中决定,不曾经过丝毫的考虑!爱德蒙,有什么消息?

爱德蒙　禀父亲,没有什么消息。(藏信。)

葛罗斯特　你为什么急急忙忙把那封信藏起来?

爱德蒙　我不知道有什么消息,父亲。

葛罗斯特　你读的是什么信?

爱德蒙　没有什么,父亲。

葛罗斯特　没有什么? 那么你为什么慌慌张张地把它塞进你的衣袋里去? 既然没有什么,何必藏起来? 来,给我看;要是那上面没有什么话,我也可以不用戴眼镜。

爱德蒙　父亲,请您原谅我;这是我哥哥写给我的一封信,我还没有把它读完,照我所已经读到的一部分看起来,我想还是不要让您看见的好。

葛罗斯特　把信给我。

爱德蒙　不给您看您要恼我,给您看了您又要动怒。哥哥真不应该写出这种话来。

葛罗斯特　给我看,给我看。

爱德蒙　我希望哥哥写这封信是有他的理由的,他不过要试试我的德行。

葛罗斯特　(读信)"这一种尊敬老年人的政策,使我们在年青时候不能享受生命的欢娱;我们的财产不能由我们自己处分,等到年纪老了,这些财产对我们也失去了用处。我开始觉得老年人的专制,实在是一种荒谬愚蠢的束缚;他们没有权力压迫我们,是我们自己容忍他们的压迫。来跟我讨论讨论这一个问题吧。要是我们的父亲闭上了眼睛,你就可以永远享受他的一半的收入,并且将要为你的哥哥所喜爱。爱德加"——哼! 阴谋!"要是他闭上了眼睛,你就可以享受他的一半的收入。"我的儿子爱德加! 他会有这样的心思,写这样的信吗? 这封信是什么时候到你手里的? 谁把它送给你?

爱德蒙　它不是什么人送给我的,父亲;这正是他狡猾的地方;我看见它塞在我的房间的窗眼里。

葛罗斯特　你认识这笔迹是你哥哥的吗？

爱德蒙　父亲，要是这信里所写的都是很好的话，我敢发誓这是他的笔迹；可是那上面写的既然是这种话，我但愿不是他写的。

葛罗斯特　这是他的笔迹。

爱德蒙　笔迹确是他的，父亲，可是我希望这种话不是出于他的真心。

葛罗斯特　他以前有没有用这一类话试探过你？

爱德蒙　没有，父亲；可是我常常听见他说，儿子成年以后，父亲要是已经衰老，他应该受儿子的监护，把他的财产交给他的儿子掌管。

葛罗斯特　啊，混蛋！混蛋！正是他在这信里所表示的意思！可恶的混蛋！不孝的畜生！禽兽不如的东西！去，把他找来；我要依法惩办他。可恶的混蛋！他在哪儿？

爱德蒙　我不大知道，父亲。照我的意思，您在没有得到可靠的证据，证明哥哥确有这种意思以前，最好暂时耐一耐您的怒气；因为要是您立刻就对他采取激烈的手段，万一事情出于误会，那不但大大妨害了您的名誉，而且他对于您的孝心，也要从此动摇了！我敢拿我的生命为他作保，他写这封信的用意，不过是试探试探我对您的孝心，并没有其他危险的目的。

葛罗斯特　你以为是这样的吗？

爱德蒙　您要是认为可以的话，让我把您安置在一个隐僻的地方，从那个地方您可以听到我们两人谈论这件事情，用您自己的耳朵得到一个真凭实据；事不宜迟，今天晚上就可以一试。

葛罗斯特　他不会是这样一个大逆不道的禽兽——

爱德蒙　他断不会是这样的人。

葛罗斯特　天地良心！我从来没有亏待过他。爱德蒙，找他出来；探探他究竟居心何在；你尽管照你自己的意思随机应对。我愿意放弃我的地位和财产,把这一件事情调查明白。

爱德蒙　父亲,我立刻就去找他,用最适当的方法探明这回事情,然后再来告诉您知道。

葛罗斯特　最近这一些日食月食果然不是好兆;虽然人们凭着天赋的智慧,可以对它们做种种合理的解释,可是接踵而来的天灾人祸,却不能否认是上天对人们所施的惩罚。亲爱的人互相疏远,朋友变为陌路,兄弟化成仇敌;城市里有暴动,国家发生内乱,宫廷之内潜藏着逆谋;父不父,子不子,纲常伦纪完全破灭。我这畜生也是上应天数,有他这样逆亲犯上的儿子,也就有像我们王上一样不慈不爱的父亲。我们最好的日子已经过去;现在只有一些阴谋、欺诈、叛逆、纷乱,追随在我们的背后,把我们赶下坟墓里去。爱德蒙,去把这畜生找来;那对你不会有什么妨害的;你只要自己留心一点就是了。——忠心的肯特被放逐了!他的罪名是正直!怪事怪事!(下。)

爱德蒙　人们最爱用这一种思想来欺骗自己;往往当我们因为自己行为不慎而遭逢不幸的时候,我们就会把我们的灾祸归怨于日月星辰,好像我们做恶人也是命运注定,做傻瓜也是出于上天的旨意,做无赖、做盗贼、做叛徒,都是受到天体运行的影响,酗酒、造谣、奸淫,都有一颗什么星在那儿主持操纵,我们无论干什么罪恶的行为,全都是因为有一种超自然的力量在冥冥之中驱策着我们。明明自己跟人家通奸,却把他的好色的天性归咎到一颗星的身上,真是绝妙的推诿!我的父亲跟我的母亲在巨龙星的尾巴底下交媾,我又是在大熊星底下出世,所以我就是个粗暴而好色的家伙。嘿!即使当我的父母苟合成奸的时候,有一颗最贞洁的处女星在天空眨眼睛,我也决不会换了一个样子的。爱德加——

　　〔爱德加上。

爱德蒙　一说起他,他就来了,正像旧式喜剧里的大团圆一样;我现在必须装出一副奸诈的忧郁，像疯子一般长吁短叹。唉！这些日食月食果然预兆着人世的纷争！法——索——拉——咪。

爱德加　啊，爱德蒙兄弟！你在沉思些什么？

爱德蒙　哥哥，我正在想起前天读到的一篇预言，说是在这些日食月食之后，将要发生些什么事情。

爱德加　你让这些东西烦扰你的精神吗？

爱德蒙　他所预言的事情，果然不幸被他说中了；什么父子的乖离、死亡、饥荒、友谊的毁灭、国家的分裂、对于国王和贵族的恫吓和咒诅、无谓的猜疑、朋友的放逐、军队的瓦解、婚姻的破坏，还有许许多多我所不知道的事情。

爱德加　你什么时候相信起星象之学来？

爱德蒙　来，来，你最近一次看见父亲在什么时候？

爱德加　昨天晚上。

爱德蒙　你跟他说过话没有？

爱德加　嗯，我们谈了两个钟头。

爱德蒙　你们分别的时候，没有闹什么意见吗？你在他的辞色之间，不觉得他对你有点恼怒吗？

爱德加　一点没有。

爱德蒙　想想看，你在什么地方得罪了他；听我的劝告，暂时避开一下，等他的怒气平息下来再说；现在他正在大发雷霆，恨不得一口咬下你的肉来呢。

爱德蒙　哪一个坏东西在搬弄是非？

爱德蒙　我也怕有什么人在暗中离间。请你千万忍耐忍耐，不要碰在他的火性上；现在你还是跟我到我的地方去，我可以想法让你躲起来听听他老人家怎么说。去吧；这是我的钥匙。你要是在外面走动的话，最好身边带些武器。

爱德加　带些武器，弟弟！

爱德蒙　哥哥，我这样劝告你都是为了你的好处；带些武器在身边吧；要是我对你存着什么心思，我就不是个好人。我已经把我所看到听到的事情都告诉你了；可是实际的情形，却比我的话更要严重可怕得多哩。请你赶快去吧。

爱德加　我不久就可以听到你的消息吗？

爱德蒙　我在这一件事情上总是竭力帮你的忙就是了。（爱德加下）一个轻信的父亲，一个忠厚的哥哥，他自己从不会算计别人，所以也不疑心别人算计他；对付他们这样老实的傻瓜，我的奸计是绰绰有余的。**整个计划，我都想好了**：饶你出身高贵，斗不过我足智多谋，夺到了这一份家私，我的志愿方酬。（下。）

第三场　奥本尼公爵府中一室

〔贡纳莉尔及其管家奥斯华德上。

贡纳莉尔　我的父亲因为我的侍卫骂了他的弄人，所以动手打他吗？

奥斯华德　是，夫人。

贡纳莉尔　他一天到晚欺侮我；每一点钟他都要借端寻事，把我们这儿吵得鸡犬不宁。我不能再忍受下去了。他的武士们一天一天横行不法起来，他自己又在每一件小事上都要责骂我们。等他打猎回来的时候，我不高兴见他说话；你就对他说我病了。你也不必像从前那样殷勤伺候他；他要是见怪，都在我身上。

奥斯华德　他来了，夫人；我听见他的声音。（内号角声。）

贡纳莉尔　你跟你手下人尽管对他装出一副不理不睬的态度，我要看看他有什么话说。要是他恼了，那么让他到我妹妹那儿去吧，我知道我的妹妹的心思，她也跟我一样不能受人压制的。这老废物已经放弃了他的权力，还想管这个管那个！凭着我的生命发誓，年老的傻瓜正像小孩子一样，一味的姑息会纵容坏了他的脾气，不对他凶一点是不行的，记住我的话。

奥斯华德　是，夫人。

贡纳莉尔　让他的武士们也受到你们的冷眼；无论发生什么事情，你们都不用管;你去这样通知你手下的人吧。我要造成一些借口,和他当面说个明白。我还要立刻写信给我的妹妹,叫她采取一致的行动。吩咐他们备饭。(各下。)

第四场　同前;厅堂

〔肯特化装上。

肯　特　我已经完全隐去我的本来面目,要是我能够把我的语音也完全改变过来,那么,我的一片苦心也许可以达到目的。被放逐的肯特啊,要是你再有机会服侍你所得罪的主人,也许他看你勤劳尽力,会鉴念你的忠诚的。

〔内号角声。李尔、众武士及侍从等上。

李　尔　我一刻也不能等待,快去叫他们拿出饭来。(一侍从下)啊! 你是什么?

肯　特　我是一个人,陛下。

李　尔　你是干什么的? 你来见我有什么事?

肯　特　您瞧我是怎样一个人,我就是怎样一个人;谁要是信任我,我愿意尽忠服侍他;谁要是居心正直,我愿意爱他;谁要是聪明而不爱多说话,我愿意跟他来往;我害怕法官;迫不得已的时候,我也会跟人家打架;我不吃鱼。

李　尔　你究竟是什么人?

肯　特　一个心肠非常正直的汉子,而且像国王一样的穷。

李　尔　要是你这做臣民的,也像我这做国王的一样穷得无家可归,那么你也可以算得真穷了。你要什么?

肯　特　我要讨一个差使。

李　尔　你想替谁做事?

肯　特　替您。

李　尔　你认识我吗?

肯　特　不,陛下;可是在您的神气之间,有一种什么力量,使我愿意叫您做我的主人。

李尔　是什么力量？

肯特　一种天生的威严。

李尔　你会做些什么事？

肯特　我会保守秘密，我会骑马，我会跑路，我会把一个复杂的故事讲得索然无味，我会老老实实传一个简单的口信；凡是普通人能够做的事情，我都可以做，我的最大的好处是勤力。

李尔　你年纪多大了？

肯特　陛下，说我年青，我也不算年青，我不会为了一个女人会唱几句歌而害相思；说我年老，我也不算年老，我不会糊里糊涂地溺爱一个女人；我已经活过四十八个年头了。

李尔　跟着我吧；你可以替我做事。要是我在吃过晚饭以后，还是这样欢喜你，那么我还不会就把你撵走。喂！饭呢？拿饭来！我的孩子呢？我的傻瓜呢？你去叫我的傻瓜来。（一侍从下。）

　　　〔奥斯华德上。

李尔　喂，喂，我的女儿呢？

奥斯华德　对不起①——（下。）

李尔　这家伙怎么说？叫那蠢东西回来。（一武士下）喂，我的傻瓜呢？全都睡着了吗？怎么！那狗头呢？

　　　〔武士重上。

武士　陛下，他说公主病了。

李尔　我叫他回来，那奴才为什么不回来？

武士　陛下，他非常放肆，回答我说他不高兴回来。

李尔　他不高兴回来！

武士　陛下，我也不知道为了什么缘故，可是照我看起来，他们对待您的礼貌，已经不像往日那样殷勤了；不但一般下人从仆，就是

———————

①　朱译手稿：是，是。

公爵和公主，也对您冷淡得多了。

李尔　嘿！你这样说吗？

武士　陛下，要是我说错了话，请您原谅我，可是当我觉得您受人欺侮的时候，责任所在，我不能闭口不言。

李尔　你不过向我提起一件我自己已经感觉到的事；我近来也觉得他们对我的态度有点冷淡，可是我总以为那是我自己的多心，不愿断定是他们有意的怠慢。我还要仔细观察观察他们的举止。可是我的傻瓜呢？我这两天没有看见他。

武士　陛下，自从小公主到法国去了以后，这傻瓜老是闷闷不乐的。

李尔　别再提起那句话了；我也注意到他这种情形。——你去对我的女儿说，我要跟她说话。（一侍从下）你去叫我的傻瓜来。（另一侍从下。）

　　　　　〔奥斯华德重上。

李尔　啊！你，你过来。你知道我是什么人？

奥斯华德　我们夫人的父亲。

李尔　"我们夫人的父亲"！我们大爷的奴才！好大胆的狗！**你这奴才！你这狗！**

奥斯华德　请您原谅，我不是狗。

李尔　你敢跟我当面顶嘴吗，你这混蛋？（打奥斯华德。）

奥斯华德　您不能打我。

肯特　我也不能踢你吗，你这下贱的足球？（自后踢奥斯华德倒地。）

李尔　谢谢你，好家伙；你帮了我，我喜欢你。

肯特　来，朋友，站起来，给我滚吧！我要教训教训你，让你知道尊卑上下的分别。去！去！你还要想用你粗笨的身体丈量丈量地面吗？滚！你难道不懂得利害吗？去。（将奥斯华德推出。）

李尔　我的好小子，谢谢你；这是你替我做事的定钱。（以钱给肯特。）

　　　　　〔弄人上。

弄人　让我也把他雇下来；这儿是我的鸡头帽。（脱帽授肯特。）

李尔　啊,我的乖乖! 你好?

弄人　喂,你还是戴了我的鸡头帽吧。

肯特　傻瓜,为什么?

弄人　为什么? 因为你帮了一个失势的人。要是你不会看准风向把你的笑脸迎上去,你就会吞下一口冷气的。来,把我的鸡头帽拿去。嘿,这家伙撵走了两个女儿,他的第三个女儿倒很受他的好处,虽然也不是出于他的本意;要是你跟了他,你必须戴上我的鸡头帽。啊,老伯伯! 但愿我有两顶鸡头帽,再有两个女儿!

李尔　为什么,我的孩子?

弄人　要是我把我的家私一起给了她们,我自己还可以存下两顶鸡头帽。我这儿有一顶;再去向你的女儿们讨一顶戴戴吧。

李尔　嘿,你留心着鞭子。

弄人　真理是一条贱狗,他只好躲在狗洞里,当猎狗太太站在火边撒尿的时候,他必须给人一顿鞭子赶出去。

李尔　简直是揭我的痛疮!

弄人　(向肯特)喂,让我教你一段话。

李尔　你说吧。

弄人　听着,老伯伯——

　　　　　多积财,少摆阔;

　　　　　耳多听,话少说;

　　　　　少放款,多借债;

　　　　　走路不如骑马快;

　　　　　三言之中信一语,

　　　　　多掷骰子少下注;

　　　　　莫饮酒,莫嫖妓;

　　　　　闭门不管他家事;

　　　　　会打算的占便宜,

　　　　　不会打算叹口气。

肯特 傻瓜,这些话一点意思也没有。

弄人 那么正像拿不到讼费的律师一样,我的话都白说了。老伯伯,
你不能从没有意思的中间,探求出一点意思来吗?

李尔 啊,不,孩子;垃圾里是淘不出金子来的。

弄人 (向肯特)请你告诉他,他有了那么多的土地,也只等于一堆垃
圾;他不肯相信一个傻瓜嘴里的话。

李尔 好尖酸的傻瓜!

弄人 我的孩子,你知道傻瓜是有酸有甜的吗?

李尔 不,孩子;告诉我。

弄人 听了他人话,

   土地全丧失,

 我傻你更傻,

   两傻相并立,

 一个傻瓜甜,

   一个傻瓜酸;

 甜的穿花衣,

   酸的戴王冠。

李尔 你叫我傻瓜吗,孩子?

弄人 你把你所有的尊号都送了别人,只有这一个名字是你娘胎里
带来的。

肯特 陛下,他倒不全然是个傻瓜哩。

弄人 不,那些老爷大人们都不肯答应我的;要是我取得了傻瓜的专
利权,他们一定要来夺我一份去,就是太太小姐们也不会放过我
的;他们不肯让我一个人做傻瓜。老伯伯,给我一个蛋,我给你
两顶冠。

李尔 两顶什么冠?

弄人 我把蛋从中间切开,吃完了蛋黄蛋白,就用蛋壳给你做两顶
冠。你想你自己好端端有了一顶王冠,却把它从中间剖成两半,

把两半全都送给人家,这不是背了驴子过泥潭吗?你这光秃秃的头顶连里面也是光秃秃的,没有一点脑子,所以才会把一顶金冠送了人。谁说我这种话是傻话,让他挨一顿鞭子——

> 这年头傻瓜供过于求,
> 聪明人个个变了糊涂,
> 顶着个没有思想的头,
> 只会跟着人依样葫芦。

李尔　你几时学会了这许多歌儿?

弄人　老伯伯,自从你把你的女儿当作了你的母亲以后,我就常常唱起歌儿来了;因为当你把棒儿给了她们,拉下你自己的裤子的时候——

> 她们高兴得眼泪盈眶,
> 我只好唱歌自遣哀愁,
> 可怜你堂堂一国之王,
> 却跟傻瓜们做伴嬉游。

老伯伯,你去请一位先生来,教教你的傻瓜怎样说谎吧;我很想学学说谎。

李尔　要是你说了谎,小子,我就用鞭子抽你。

弄人　我不知道你跟你的女儿们究竟是什么亲戚:她们因为我说了真话,要用鞭子抽我,你因为我说谎,又要用鞭子抽我;有时候我话也不说,你们又要用鞭子抽我。我宁可做一个无论什么东西,也不要做个傻瓜;可是我宁可做个傻瓜,也不愿意做你,老伯伯;人家在两旁剥削你的聪明,剥削得中间不剩一点东西。瞧,一个剥削你的人来了。

　　〔贡纳莉尔上。

李尔　啊,女儿!为什么你的脸上罩满了怒气?我看你近来老是皱着眉头。

弄人　从前你用不到看她的脸孔,随她皱不皱眉头都与你不相干,那

时候你也算得了一个好汉子；可是现在你却变成一个孤零零的
圆圈圈儿了。你还比不上我；我是个傻瓜，你简直不是个东西。
（向贡纳莉尔）好，好，我闭嘴就是啦；虽然你没有说话，我从你的脸
色上知道你的意思。

　　　　闭嘴，闭嘴；

　　　　你不知道积谷防饥，

　　　　活该啃不到麦包皮。

他是一荚去壳的豌豆。（指李尔。）

贡纳莉尔　父亲，您这一个肆无忌惮的傻瓜不用说了，还有您那些蛮
　　横的卫士，也都在时时刻刻寻事骂人，种种不法的暴行，实在叫
　　人忍无可忍。父亲，我本来还以为要是让您知道了这种情形，您
　　一定会戒饬他们的行动；可是照您最近所说的话和所做的事看
　　来，我不能不疑心您有意纵容他们，他们才会这样有恃无恐。要
　　是果然出于您的授意，为了维持法纪的尊严，我们也不能默尔而
　　息，不采取断然的处置，虽然也许在您的脸上不大好看，可是这
　　样的步骤，在事实上却是必要的。

弄人　你看，老伯伯——

　　　　那篱雀养大了杜鹃鸟，

　　　　自己的头也给它吃掉。

蜡烛熄了，我们跟前只有一片黑暗。

李尔　你是我的女儿吗？

贡纳莉尔　您不是一个不懂道理的人，我希望您想明白一些；近来您
　　动不动就怄气，实在太有失一个做长辈的体统啦。

弄人　一头驴子可不可以知道什么时候马儿颠倒过来给车子拖着
　　走？呼，甲——格！我爱你。

李尔　这儿有谁认识我吗？这不是李尔。是李尔在走路吗？在说话
　　吗？他的眼睛呢？他的知觉迷乱了吗？他的神志麻木了吗？
　　嘿！他醒着吗？没有的事。谁能够告诉我我是什么人？

弄人　李尔的影子。

李尔　我愿意相信这句话；因为我的庄严的服饰和我的记忆都在告诉我，我是个有女儿的人。

弄人　那些女儿们是会叫你做一个孝顺的父亲的。

李尔　太太，请教您的芳名？

贡纳莉尔　父亲，您何必这样假痴假呆？您是一个有年纪的老人家，应该懂事一些。请您明白我的意思；您在这儿养了一百个武士，全是些胡闹放荡、大胆妄为的家伙，我们好好的宫廷给他们骚扰得像一个喧嚣的客店；他们成天吃、喝、玩女人，简直把这儿当作了酒馆妓院，哪里还是一座庄严的御邸。这一种可耻的现象，必须立刻设法纠正；所以请您俯从我的要求，酌量减少您的扈从的人数，只留下一些适合于您的年龄、知道您的地位、也明白他们自己身分的人跟随您；要是您不答应，那么我没有法子，只好勉强执行了。

李尔　地狱里的魔鬼！备起我的马来；召集我的侍从。没有良心的贱人！我不要麻烦你；我还有一个女儿哩。

贡纳莉尔　你打我的用人，你那一班捣乱的流氓也不想想自己是什么东西，胆敢把他们上面的人像奴仆一样呼来叱去。

　　　　〔奥本尼上。

李尔　唉！现在懊悔也来不及了。(向奥本尼)啊！你也来了吗？这不是你的意思？你说。——替我备马。丑恶的海怪也比不上忘恩的儿女那样可怕。

奥本尼　陛下，请您不要生气。

李尔　(向贡纳莉尔)枭獍不如的东西！你说谎！我的卫士都是最有品行的人，他们懂得一切的礼仪，他们的一举一动，都不愧武士之名。啊！考德莉娅不过犯了一点小小的错误，怎么在我的眼睛里却会变得这样丑恶！它像一座酷虐的刑具，扭曲了我的天性，抽干了我心里的慈爱，把苦味的怨恨灌了进去。啊，李尔！李尔！李尔！对准这一扇装进你的愚蠢、放出你的智慧的门，着力痛打吧！（自击其头）去，去，我的人。

奥本尼　陛下，我没有得罪您，我也不知道您为什么生气。

李尔　也许不是你的错，公爵。——听着，造化的女神，听我的讼诉！要是你想使这畜生生男育女，请你改变你的意旨吧！取消她的生殖的能力，干涸她的产育的器官，让她的枯瘠的身体里永远生不出一个子女来！要是她必须生产，请你让她生下一个忤逆狂悖的孩子，使她终身受苦！让她年青的额角上很早就刻了皱纹；眼泪流下她的面颊，磨成一道道的沟渠；她的鞠育的辛劳，只换到一声冷笑和一个白眼；让她也感觉到一个负心的孩子，比毒蛇的牙齿还要多么使人痛入骨髓！去，去！（下。）

奥本尼　凭着我们敬奉的神明，告诉我这是怎么一回事？

贡纳莉尔　你不用知道为了什么原因；他老糊涂了，让他去使他的性子吧。

　　　　　〔李尔重上。

李尔　什么！我在这儿不过住了半个月，就把我的卫士一下子裁撤了五十名吗？

奥本尼　什么事，陛下？

李尔　等一等告诉你。（向贡纳莉尔）吸血的魔鬼！我真惭愧我会在你的面前失去了大丈夫的气概，让我的热泪为了一个下贱的婢子而滚滚流出。愿毒风吹着你，恶雾罩着你！愿一个父亲的咒诅刺透你的五官百窍，留下永远不能平复的疮痕！痴愚的老眼，要是你再为此而流泪，我要把你挖出来，丢在你所流的泪水里，和泥土拌在一起！哼，竟有这等事吗？好，我还有一个女儿，我相信她是孝顺我的；她听见你这样对待我，一定会用指爪抓破你的豺狼一样的脸孔。你以为我一辈子也不能恢复我的原来的威风了吗？好，你瞧着吧。（李尔、肯特及侍从等下。）

贡纳莉尔　你听见没有？

奥本尼　　贡纳莉尔，虽然我十分爱你，可是我不能这样偏心——

贡纳莉尔　　你不用管我。喂，奥斯华德！（向弄人）你这七分奸刁三分傻的东西，跟你的主人去吧。

弄人　　李尔老伯伯，李尔老伯伯！等一等，带傻瓜一块儿去。

　　　　　　捉狐狸，杀狐狸，

　　　　　　谁家女儿是狐狸？

　　　　　　可惜我这顶帽子，

　　　　　　换不到一条绳子；

　　　　　　追上去，你这傻子。（下。）

贡纳莉尔　　不知道是什么人替他出的好主意。一百个武士！让他随身带一百个全副武装的卫士，真是万全之计；只要他做了一个梦，听了一句谣言，转了一个念头，或者心里有什么不高兴不舒服，就可以用他们的力量危害我们的生命。喂，奥斯华德！

奥本尼　　也许你太过虑了。

贡纳莉尔　　过虑总比大意好些。与其时时刻刻提心吊胆，害怕人家的暗算，宁可爽爽快快除去一切可能的威胁。我知道他的心理。他所说的话，我已经写信去告诉我的妹妹了，她要是不听我的劝告，仍旧容留他带着他的一百个武士——

　　　　　〔奥斯华德重上。

贡纳莉尔　　啊，奥斯华德！什么！我叫你写给我妹妹的信，你写好了没有？

奥斯华德　　写好了，夫人。

贡纳莉尔　　带几个人跟着你，赶快上马出发；把我所担心的情形明白告诉她，再加上一些你想到的理由，让它格外动听一些。去吧，早点回来。（奥斯华德下）不，不，我的爷，你做人太仁善厚道了，虽然我不怪你，可是恕我说一句话，只有人批评你糊涂，却没有什么人称赞你一声好。

奥本尼　　我不知道你的眼光能够看到多远；可是过分操切也会误

事的。

贡纳莉尔　咦,那么——

奥本尼　好,好,但看结果如何。(同下。)

第五场　同前;外庭

[李尔、肯特及弄人上。

李尔　你带着这几封信,先到葛罗斯特去。我的女儿看了我的信,倘然有什么话问你,你就照你所知道的回答她,此外可不要多说什么。要是你在路上偷懒耽搁时间,也许我会比你先到的。

肯特　陛下,我在没有把您的信送到以前,决不打一次瞌睡。(下。)

弄人　要是一个人的脑筋生在脚跟上,它会不会长起脓疮来呢?

李尔　嗯,孩子。

弄人　那么你放心吧;幸亏你的脑筋安在头上,尽管路再有多远,它也不用拖了鞋跟走路的。

李尔　哈哈哈!

弄人　你到了你那另外一个女儿的地方,就可以知道她会待你多么好;虽然她跟这一个就像野苹果跟家苹果一样相像,可是我可以告诉你我所知道的事情。

李尔　你可以告诉我什么,孩子?

弄人　你一尝到她的滋味,就会知道她跟这一个完全相同,正像两只野苹果一般没有分别。你能够告诉我为什么一个人的鼻子生在脸中间吗?

李尔　不能。

弄人　因为中间放了鼻子,两旁就可以安放眼睛;鼻子嗅不出来的,眼睛可以窥探进去。

李尔　我对不起她——

弄人　你知道牡蛎怎样造它的壳吗?

李尔　不知道。

弄人　我也不知道;可是我知道蜗牛为什么背着一个屋子。

李尔　为什么?

弄人　因为可以把它的头放在里面;它不会把它的屋子送给它的女
　　　儿,害得它的角也没有地方安顿。

李尔　我也顾不得什么天性之情了。我这做父亲的有什么地方亏待
　　　了她! 我的马儿都已经预备好了吗?

弄人　你的驴子们正在那儿给你预备呢。金牛星座里为什么只有七
　　　颗星,其中有一个绝妙的理由。

李尔　因为它们没有第八颗吗?

弄人　正是,一点不错;你可以做一个很好的傻瓜。

李尔　用武力夺回来! 忘恩负义的畜生!

弄人　假如你是我的傻瓜,老伯伯,我就要打你,因为你不到时候就
　　　老了。

李尔　那是什么意思?

弄人　你应该懂得些世故再老呀。

李尔　啊! 你要让我发疯! 天哪,抑制住我的怒气,不要让我发疯!
　　　我不想发疯。

　　　〔侍臣上。

李尔　怎么! 马预备好了吗?

侍臣　预备好了,陛下。

李尔　来,孩子。

弄人　　　**你们这班小妮子,别笑我走得匆忙;**
　　　　　　　只要那棍子不折,处女之身不久长。① （同下。）

———————

①　此处为弄人对台下女性观众的戏言。

第 二 幕

第一场　葛罗斯特伯爵城堡内庭

〔爱德蒙及卡伦自相对方向上。

爱德蒙　您好，卡伦？

卡伦　您好，公子。我刚才见过令尊，通知他康沃尔公爵跟他的夫人里根公主今天晚上要到这儿来拜访他。

爱德蒙　他们怎么要到这儿来？

卡伦　我也不知道。您有没有听见外边的消息？我的意思是说，人们交头接耳、在暗中互相传说的那些消息。

爱德蒙　我没有听见；请教是些什么消息？

卡伦　您没有听见说起康沃尔公爵也许会跟奥本尼公爵开战吗？

爱德蒙　一点没有听见。

卡伦　那么您也许慢慢会听到的。再会，公子。（下。）

爱德蒙　公爵今天晚上到这儿来！那也好！再好没有了！我正好利用这个机会，我的父亲已经叫人四处把守，要捉我的哥哥；我还有一件不大容易的事情，必须赶快动手做起来。这事情要做得敏捷迅速，但愿命运帮助我！——哥哥，跟你说一句话；下来，哥哥！

〔爱德加上。

爱德蒙　父亲在那儿守着你。啊，哥哥！离开这个地方吧；有人已经告诉他你躲在什么所在；趁着现在天黑，你快逃吧。你有没有说过什么反对康沃尔公爵的话？他也就要到这儿来了，在这样的夜里，急急忙忙的。里根也跟着他来；你对于他跟奥本尼公爵争执的事情,没有说过什么话吗?想一想看。

爱德加　我真的一句话也没有说过。

爱德蒙　我听见父亲来了;原谅我,我必须假装对你动武的样子;拔出剑来,就像你在防御你自己一般;现在你去吧。(高声)放下你的剑;见我的父亲去! 喂,拿火来! 这儿! ——逃吧,哥哥。(高声)火把! 火把! ——再会。(爱德加下)身上沾几点血,可以使他相信我真的做过一番凶猛的争斗。(以剑刺伤手臂)我曾经看见有些醉汉为了开玩笑的缘故,不顾死活地割破他自己的皮肉。(高声)父亲! 父亲! 住手! 住手! 没有人来帮我吗?

　　　　[葛罗斯特率众仆持火炬上。

葛罗斯特　爱德蒙,这畜生呢?

爱德蒙　他站在这儿黑暗之中,拔出他的锋利的剑,嘴里念念有词,见神见鬼地请月亮帮他的忙。

葛罗斯特　可是他在什么地方?

爱德蒙　瞧,父亲,我流着血呢。

葛罗斯特　这畜生呢,爱德蒙?

爱德蒙　往这边逃去了,父亲。他看见他没有法子——

葛罗斯特　喂,你们追上去! (若干仆人下)"没有法子"什么?

爱德蒙　没有法子劝我跟他同谋把您杀死;我对他说,疾恶如仇的神明看见弑父的逆子,是要用天雷把他殛死的;我告诉他,儿子对于父亲的关系是多么深切而不可摧毁;总而言之一句话,他看见我这样憎恶他的荒谬的图谋,他就恼羞成怒,拔出他的早就预备好的剑,汹汹其势地向我毫无防卫的身上挺了过来,把我的手臂刺破了;那时候我也发起怒来,自恃理直气壮,跟他奋力对抗,他倒胆怯起来,也许因为听见我喊叫的声音,就飞也似的逃走了。

葛罗斯特　让他逃得远远的吧;除非逃到国外去,我们总有捉到他的一天;看他给我们捉住了还活得成活不成。公爵殿下,我的主上,今晚要到这儿来啦,我要请他发出一道命令,谁要是能够把这杀人的懦夫捉住、交给我们绑在木桩上烧死的，我们将要重重酬谢他；谁要是把他藏匿起来的，一经发觉，也要把他处死。

爱德蒙　当他不听我的劝告，决意实行他的企图的时候，我就严词恫吓他，对他说我要宣布他的秘密；可是他却回答我说："你这光棍私生子！你以为要是我们两人立在敌对的地位，人家会来相信你的话吗？哼！尽管你当面揭穿我，我不但可以绝口否认，而且还可以反咬你一口，说这全是你的阴谋恶计；人们不是傻瓜，他们当然会相信你因为觊觎我死后的利益，所以才会起这样的毒心，想要颠覆我的生命。"

葛罗斯特　好狠心的畜生！他赖得掉他的信吗？（内喇叭奏花腔）听！公爵的喇叭。我不知道他来有什么事。我要把所有的城门关起来，看这畜生逃到哪儿去；公爵必须答应我这一个要求；而且我还要把他的小像各处传送，让全国的人都可以注意他。我的孝顺的孩子，你不学你哥哥的坏样，我一定想法子使你能够承继我的土地。

　　〔康沃尔、里根及侍从等上。

康沃尔　您好，我的尊贵的朋友！我还不过刚到这儿，就已经听见了奇怪的消息。

里根　要是真有那样的事，那罪人真是万死不足蔽辜了。是怎么一回事，伯爵？

葛罗斯特　啊！夫人，我这颗老心已经碎了，已经碎了！

里根　什么！我父亲的义子要谋害您的性命吗？就是我父亲替他取名字的，您的爱德加吗？

葛罗斯特　啊！夫人，夫人，发生了这种事情，真是说来也叫人丢脸。

里根　他不是常常跟我父亲身边的那些横行不法的武士们在一起吗？

葛罗斯特　我不知道，夫人。太可恶了！太可恶了！

爱德蒙　是的，夫人，他正是常跟这些人在一起的。

里根　无怪他会变得这样坏；一定是他们撺掇他谋害了老头子，好把他的财产拿出来给大家挥霍。今天傍晚的时候，我接到我姊姊的一封信，她告诉我他们种种不法的情形，并且警告我要是他们想要住到我的家里来，我千万不要招待他们。

康沃尔　相信我，里根，我也决不会去招待他们。爱德蒙，我听说你对你的父亲很尽孝道。

爱德蒙　那是做儿子的本分，殿下。

葛罗斯特　他揭发了他哥哥的阴谋；您看他身上的这一处伤就是因为他奋不顾身，想要捉住那畜生而受到的。

康沃尔　那凶徒逃走了，有没有人追上去？

葛罗斯特　有的，殿下。

康沃尔　要是他给我们捉住了，我们一定不让他再为非作恶；你只要决定一个办法，在我的权力范围以内，我都可以替你办到。爱德蒙，你这一回所表现的深明大义的孝心，使我们十分赞美；像你这样不负托付的人，正是我们所需要的，我们将要太大的地重用你。

爱德蒙　殿下，我愿意为您尽忠效命。

葛罗斯特　殿下这样看得起他，使我感激万分。

康沃尔　你还不知道我们现在所以要来看您的原因——

里根　尊贵的葛罗斯特，我们这样在黑暗的夜色之中，一路摸索前来，实在是因为有一些相当重要的事情，必须请教请教您的意见。我们的父亲和姊姊都有信来，说他们两人之间发生了一些冲突，我想最好不要在我们自己的家里答复他们；两方面的使者都在这儿等候我的打发。我们的善良的老朋友，您不要气恼，替我们赶快出个主意吧。

葛罗斯特　夫人但有所命，我总是愿意贡献我的一得之愚的。两位殿下光临蓬荜，欢迎得很！(同下。)

第二场　葛罗斯特城堡之前

〔肯特及奥斯华德各上。

奥斯华德　早安,朋友;你是这屋子里的人吗?

肯特　嗯。

奥斯华德　什么地方可以让我们拴马?

肯特　烂泥地里。

奥斯华德　对不起,大家是好朋友,告诉我吧。

肯特　谁是你的好朋友?

奥斯华德　好,那么我也不睬你。

肯特　要是我把你一口咬住,看你睬不睬我。

奥斯华德　你为什么对我这样? 我又不认识你。

肯特　家伙,我可认识你。

奥斯华德　你认识我是谁?

肯特　一个无赖,一个恶棍,一个吃肉皮肉骨的家伙;一个下贱的、骄傲的、浅薄的、叫化子一样的、只有三身衣服、全部家私算起来不过一百镑的、卑鄙龌龊的、穿毛绒裤子的奴才;一个没有胆量的、靠着官府势力压人的奴才;一个婊子生的、顾影自怜的、奴颜婢膝的、装腔作势的混账东西;一个天生的王八坯子,又是奴才,又是叫化子,又是懦夫,又是王八,又是一条杂种老母狗的儿子;要是你不承认你这些头衔,我要把你打得放声大哭。

奥斯华德　咦,奇了,你是个什么东西,你也不认识我,我也不认识你,怎么开口骂人?

肯特　你还说不认识我,你这厚脸皮的奴才! 两天以前,我不是把你绊跌在地上,还在王上的面前打过你吗? 拔出剑来,你这混蛋;虽然是夜里,月亮亮着呢;我要在月光底下把你剁得稀烂。(拔剑)拔出剑来,你这婊子生的下流东西,拔出剑来!

奥斯华德　去! 我不跟你胡闹。

肯特 拔出剑来,你这恶棍! 谁叫你做人家的傀儡,替一个女儿寄信
　　　攻击她的父王? 拔出剑来,你这混蛋,否则我要砍下你的胫骨。
　　　拔出剑来,恶棍,来来来!

奥斯华德 喂! 救命哪! 要杀人啦! 救命哪!

肯特 来,你这奴才;站住,混蛋,别跑! 你这漂亮的奴才,你不会还
　　　手吗? (打奥斯华德。)

奥斯华德 救命啊! 要杀人啦! 要杀人啦!

　　　　　〔爱德蒙拔剑上。

爱德蒙 怎么! 什么事? (分开二人。)

肯特 好小子,你也要寻事吗? 来,我们试一下,来,小哥儿。

　　　　　〔康沃尔、里根、葛罗斯特及众介上。

葛罗斯特 动刀动剑的,什么事呀?

康沃尔 大家不要闹;谁再动手,就叫他死。怎么一回事?

里根 一个是我姊姊的使者,一个是国王的使者。

康沃尔 你们为什么争吵? 说。

奥斯华德 殿下,我给他缠得气都喘不过来啦。

肯特 怪不得你,你把全身勇气都提起来了。你这怯懦的恶棍,造化
　　　不承认他曾经造下你这个人;你是一个裁缝手里做出来的。

康沃尔 你是一个奇怪的家伙;一个裁缝会做出一个人来吗?

肯特 嗯,一个裁缝、石匠或者油漆匠都不会把他做得这样坏,即使
　　　他们学会这门技艺才不过两个钟头。

康沃尔 说,你们怎么会吵起来的?

奥斯华德 这个老不讲理的家伙,殿下,倘不是我看在他的花白胡子
　　　分上,早就取了他的性命了——

肯特 你这**婊子养的**、不中用的废物! 殿下,要是你允许我的话,我
　　　要把这下流的东西踏成一堆替人家涂刷墙壁的泥浆。看在我的
　　　花白胡子分上? 你这摇尾乞怜的狗!

康沃尔 住口! 畜生,你规矩也不懂吗?

肯特　是，殿下，可是我实在气愤不过。

康沃尔　你为什么气愤？

肯特　我气愤的是像这样一个奸诈的奴才，居然也让他佩起剑来。都是这种笑脸的小人，像老鼠一样咬破了神圣的伦常纲纪；他们的主上起了一个恶念，他们便竭力逢迎，不是火上浇油，就是雪上添霜；他们最擅长的是随风转舵，他们的主人说一声是，他们也跟着说是，说一声不，他们也跟着说不，就像狗一样什么都不知道，只知道跟着主人跑。恶疮烂掉了你的抽搐的面孔！你笑我所说的话，你以为我是个傻瓜吗？呆鹅，要是我在旷野里碰见了你，看我不把你打得嘎嘎乱叫，一路赶回你的老家去！

康沃尔　什么！你疯了吗，老头儿？

葛罗斯特　说，你们究竟是怎么吵起来的？

肯特　我跟这混蛋是势不两立的。

康沃尔　你为什么叫他混蛋？他做错了什么事？

肯特　我不喜欢他的脸孔。

康沃尔　也许你也不喜欢我的脸孔，他的脸孔，还有她的脸孔。

肯特　殿下，我是说惯老实话的，我曾经见过一些脸孔，比现在站在我面前的这些脸孔好得多啦。

康沃尔　这个人正是那种因为有人称赞了他的言辞率直而有心矫揉造作，装出一副骂世不恭的态度来的家伙。他不会谄媚，他有一颗正直坦白的心，他必须说老实话，要是人家愿意接受他的意见，很好；不然的话，他是个老实人。我知道这种家伙，他们用坦白的外表，包藏着极大的奸谋祸心，比二十个胁肩谄笑、小心翼翼的愚蠢的谄媚者更要不怀好意。

肯特　殿下，您的伟大的明鉴，就像福玻斯神光煜煜的额上的烨耀的火轮，请您照临我的善意的忠诚，恳切的虔心——

康沃尔　这是什么意思？

肯特　因为您不喜欢我的话，所以我改变了一个样子。我知道我不是一个谄媚之徒；我也不愿做一个故意用率直的言语诱惑人家听信的奸诈小人；即使您请求我做这样的人，我也决不从命。

康沃尔　（向奥斯华德）你在什么地方冒犯了他？

奥斯华德　我从来没有冒犯过他。最近他的王上因为对我有了点误会，把我殴打；他便助主为虐，闪在我的背后把我绊倒地上，侮辱谩骂，无所不至，装出一副非常勇敢的神气；他的王上看见他这样，把他称赞了两句，他便得意忘形，以为我不是他的对手，所以一看见我，又跟我闹起来了。

肯特　像他这样的流氓和懦夫，连埃阿斯①都只能做他们的傻瓜了。

康沃尔　拿足枷来！你这口出狂言的倔强的老贼，我们要教训你一下。

肯特　殿下，我已经太老，不能受您的教训了；您不能用足枷枷我。我是王上的人，奉他的命令前来；您要是把他的使者枷起来，那未免对我的主上太失敬、太放肆无礼了。

康沃尔　拿足枷来！凭着我的生命和荣誉起誓，他必须锁在足枷里直到中午为止。

里根　到中午为止！到晚上，殿下；把他整整枷上一夜再说。

肯特　啊，夫人，假如我是您父亲的狗，您也不该这样对待我。

里根　因为你是他的奴才，所以我要这样对待你。

康沃尔　这正是我们的姊姊说起的那个家伙。来，拿足枷来。（从仆取出足枷。）

葛罗斯特　殿下，请您不要这样。他的过失诚然很大，王上知道了一定会责罚他的；您所决定的这一种羞辱的刑罚，只能惩戒那些犯偷窃之类普通小罪的下贱的囚徒；他是王上差来的人，要是您给他这样的处分，王上一定要认为您轻蔑了他的来使而心中不快。

康沃尔　那我可以负责。

①　埃阿斯（Ajax）：特洛伊战争中希腊联军的将领，以好吹牛著称。

里根　我的姊姊要是知道她的使者因为奉行她的命令而被人这样侮辱殴打，她的心里还要不高兴哩。把他的腿放进去。(从仆将肯特套入足枷)来，殿下，我们走吧。(除葛罗斯特、肯特外均下。)

葛罗斯特　朋友，我很为你抱憾；这是公爵的意思，全世界都知道他的脾气非常固执，不肯接受人家的劝阻。我还要替你向他求情。

肯特　请您不必多此一举，大人。我走了许多路，还没有睡过觉；一部分的时间将在瞌睡中过去，醒着的时候我可以吹吹口哨。**好人总会倒点儿霉的**。再会！

葛罗斯特　这是公爵的不是；王上一定会见怪的。(下。)

肯特　好王上，你正像俗语说的，抛下天堂的幸福，来受赤日的煎熬了。来吧，你照耀下土的炬火，让我借着你的温暖的光辉，可以读一读这封信。倒霉的人偏会遇见奇迹；我知道这是考德莉娅寄来的，我的改头换面的行踪，已经侥幸给她知道了；她一定会找到一个机会，纠正这种反常的情形。疲倦得很；闭上了吧，沉重的眼睛，免得看见你自己的耻辱。晚安，命运，求你转过你的轮子来，再向我们微笑吧。(睡。)

第三场　荒野的一部

〔爱德加上。

爱德加　听说他们已经发出告示捉我，幸亏我躲在一株空心的树干里，没有给他们找到。没有一处城门可以出入无阻，没有一个地方不是警卫森严，准备把我捉住！为了保全自己的生命起见，我想还不如改扮作一个最卑贱穷苦、最为世人所轻视、和禽兽相去无几的家伙；我要用污泥涂在脸上，一块毡布裹住我的腰，把满头的头发打了许多乱结，赤身裸体，抵抗着风雨的侵凌。这地方本来有许多疯丐，他们高声叫喊，用针哪、木锥哪、钉子哪、迷迭香的树枝哪，刺在他们麻木而僵硬的手臂上；用这种可怕的形状，到那些穷苦的农场、乡村、羊棚和磨坊里去，有时候发出一些疯狂的咒诅,有时候向人哀求祈祷,乞讨一些布施。我现在学着他们的样子,一定不会引起人家的疑心。可怜的疯叫化! 可怜的汤姆! 倒有几分像,我现在不再是爱德加了。(下。)

第四场 葛罗斯特城堡前

〔肯特系足枷中。李尔、弄人及侍臣上。

李 尔　真奇怪,他们不在家里,又不打发我的使者回去。

侍 臣　我听说他们在前一个晚上还不曾有走动的意思。

肯 特　祝福您,尊贵的主人!

李 尔　吓! 你把这样的羞辱作为消遣吗?

肯 特　不,陛下。

弄 人　哈哈! 他吊着一副多么难受的袜带! 缚马缚在头上,缚狗缚熊缚在脖子上,缚猴子缚在腰上,缚人缚在腿上;一个人的腿儿太会活动了,就要叫他穿木袜子。

李 尔　谁认错了人,把你锁在这儿?

肯 特　**是那一对男女,**您的女婿和女儿。

李 尔　不。

肯 特　是的。

李 尔　我说不。

肯 特　我说是的。

李 尔　不,不,他们不会干这样的事。

肯 特　他们干也干了。

李 尔　凭着朱庇特起誓,没有这样的事。

肯 特　凭着朱诺起誓,有这样的事。

李 尔　他们不敢做这样的事;他们不能,也不会做这样的事;要是他们有意做出这种重大的暴行来,那简直比杀人更不可恕了。赶快告诉我,你究竟犯了什么罪,他们才会用这种刑罚来对待一个国王的使者。

肯特　陛下,我带了您的信到了他们家里,当我跪在地上把信交上去,还没有立起身来的时候,又有一个使者汗流满面,气喘吁吁,急急忙忙地奔了进来,代他的女主人贡纳莉尔向他们请安;他们看见她也有信来,就来不及理睬我,先读她的信;读罢了信,他们立刻召集仆从,上马出发,叫我跟到这儿来,等候他们的答复;对待我十分冷淡。一到这儿,我又碰见了那个使者,他也就是最近对您非常无礼的那个家伙,我知道他们对我这样冷淡,都是因为他来了的缘故,一时激于气愤,不加考虑地向他动起武来;他看见我这样,就高声发出怯懦的叫喊,惊动了全屋子的人。您的女婿女儿认为我犯了这样的罪,应该把我羞辱一下,所以就把我枷起来了。

弄人　冬天还没有过去,要是野雁尽往那个方向飞。

　　　　老父衣百结,
　　　　儿女不相识;
　　　　老父满囊金,
　　　　儿女尽孝心。
　　　　命运如娼妓,
　　　　贫贱遭遗弃。

　　虽然这样说,你的女儿们还要孝敬你数不清的烦恼哩。

李尔　啊!我这一肚子的气都涌上我的心头来了! **狂暴的怒火啊,快熄灭了吧;步步升级的恼恨啊,你应该永远在腹中藏身!** 我这女儿呢?

肯特　在里边,陛下;跟伯爵在一起。

李尔　不要跟我;在这儿等着。(下。)

侍臣　除了你刚才所说的以外,你没有犯其他的过失吗?

肯特　没有。王上怎么不多带几个人来?

弄人　你会发出这么一个问题,活该给人用足枷枷起来。

肯特　为什么,傻瓜?

弄人　你应该拜蚂蚁做老师,让它教训你冬天是不能工作的。**嗅觉灵敏的人,只要不是瞎子,总能凭借他的眼睛辨别方向;二十个鼻子中没有一个鼻子嗅不出来他身上的发霉的味道。**[①] 一个大车轮滚下山坡的时候,你千万不要抓住它,免得跟它一起滚下去,跌破了你的头颈;可是你要是看见它上山去,那么让它拖着你一起上去吧。倘然有什么聪明人给你更好的教训,请你把这番话还我:一个傻瓜的教训,只配让一个混蛋去遵从。

> 他为了自己的利益,
> 　向你屈膝卑躬,
> 天色一变就要告别,
> 　留下你在雨中。
> 聪明的人全都飞散,
> 　只剩傻瓜一个;
> 傻瓜逃走变成混蛋,
> 　那混蛋不是我。

肯特　傻瓜,你从什么地方学会这支歌儿?

弄人　不是在足枷里,傻瓜。

　　　　〔李尔偕葛罗斯特重上。

李尔　拒绝跟我说话! 他们有病! 他们疲倦了,他们昨天晚上走路辛苦! 都是些鬼话,明明是要背叛我的意思。给我再去向他们要一个好一点的答复来。

葛罗斯特　陛下,您知道公爵的火性,他决定了怎样就是怎样,再也没有更改的。

李尔　反了! 反了! 火性! 什么火性? 嘿,葛罗斯特,葛罗斯特,我要跟康沃尔公爵和他的妻子说话。

葛罗斯特　呃,陛下,我已经对他们说过了。

---

① 朱译手稿:谁都长着眼睛鼻子,哪一个人嗅不出来他身上发霉的味道?

李尔　对他们说过了！你懂得我的意思吗？

葛罗斯特　是，陛下。

李尔　国王要跟康沃尔说话；父亲要跟他的女儿说话，叫她出来见我：你有没有这样告诉他们？哼！火性！对那性如烈火的公爵说——不，且慢，也许他真的不大舒服；一个人为了疾病而疏忽了他的责任，是应当加以原谅的；我们身体上有了病痛，精神上总是连带觉得烦躁郁闷。我且忍耐一下，不要太卤莽了，对一个有病的人做过分求全的责备。该死！（视肯特）为什么把他枷在这儿？这一种举动使我相信公爵和她对我回避，完全是一种预定的计谋。把我的仆人放出来还我。去，对公爵和他的妻子说，我现在立刻就要跟他们说话；叫他们赶快出来见我，否则我要在他们的寝室门前擂起鼓来，搅得他们不能安睡。

葛罗斯特　我但愿你们大家和和好好的。（下。）

李尔　啊！我的心！我的怒气直冲的心！安静下来吧！

弄人　厉声呵斥吧，老伯伯，就像伦敦的厨娘将活鳗放进面糊时所做的那样；她手中提一根棍子，朝着活鳗的脑门敲去，口中一边喊："下去，你这流氓，下去！"您还可以学学她兄弟的榜样，为了优待他的马，就给干草涂上黄油。

　　　　〔康沃尔、里根、葛罗斯特及众仆上。

李尔　你们两位早安！

康沃尔　祝福陛下！（众人释肯特。）

里根　我很高兴看见陛下。

李尔　里根，我想你一定高兴看见我的，我知道为什么你要这样想；要是你不高兴看见我，我就要跟你已故的母亲离婚，把她的坟墓当作一座淫妇的丘陇。（向肯特）啊！你放出来了吗？等会儿见再谈吧。新爱的里根，你的姊姊太不孝啦。啊，里根！她的无情的凶恶像饿鹰的利喙一样猛啄我的心，（以手按于心口）我简直不能告诉你，你不会相信她忍心害理到什么地步——啊，里根！

里根　父亲,请您不要恼怒。我想她不会对您有失敬礼,恐怕还是您
　　　不能谅解她的苦心哩。

李尔　啊,这是什么意思?

里根　我想我的姊姊决不会有什么地方不尽孝道;要是,父亲,她约
　　　束了您那班随从的放荡的行为,那当然有充分的理由和正大的
　　　目的,绝对不能怪她的。

李尔　我的咒诅降在她的头上!

里根　啊,父亲!您年纪老了,**已经快到大限的边缘**,应该让一个比
　　　您自己更明白您的地位的人管教管教您;所以我劝您还是回到
　　　姊姊的地方去,对她赔一个不是。

李尔　请求她的饶恕吗? 你看这样像不像个样子:"好女儿,我承认
　　　我年纪老了,不中用啦,让我跪在地上,(跪下)请求您赏给我几件
　　　衣服穿,赏给我一张床睡,赏给我一些东西吃吧。"

里根　父亲,别这样子;这算个什么,简直是胡闹! 回到我姊姊那儿
　　　去吧。

李尔　(起立)再也不回去了,里根。她裁减了我一半的侍从,不给我
　　　好脸孔看;用她的毒蛇一样的舌头打击我的心。但愿上天蓄积
　　　的愤怒一起降在她的无情无义的头上! 但愿恶风吹打她的腹中
　　　的胎儿,让它生下地来就是个跛子!

康沃尔　嘿! 这是什么话!

李尔　迅疾的闪电啊,把你的炫目的火焰,射进她的傲慢的眼睛里去
　　　吧! 在烈日的熏灼下蒸发起来的沼地的瘴气啊,损坏她的美貌,
　　　毁灭她的骄傲吧!

里根　天上的神明啊! 您要是对我发起怒来,也会这样咒我的。

李尔　不,里根,你永远不会受我的咒诅;你的温柔的天性决不会使
　　　你干出冷酷残忍的行为来。她的眼睛里有一股凶光,可是你的
　　　眼睛却是温存而和蔼的。你决不会吝惜我的享受,裁撤我的侍
　　　从,用不逊之言向我的顶撞,削减我的费用,甚至于把我关在门

外不让我进来;你是懂得天伦的义务、儿女的责任,孝敬的礼貌和受恩的感激的;你总还没有忘记我曾经赐给你一半的国土。

里根　父亲,不要把话说到岔儿上去。

李尔　谁把我的人枷起来?(内喇叭奏花腔。)

康沃尔　那是什么喇叭声音?

里根　我知道,是我的姊姊来了;她信上说就要到这儿来的。

　　　　〔奥斯华德上。

里根　夫人来了吗?

李尔　这是一个靠着主妇暂时的恩宠,狐假虎威、倚势凌人的奴才。滚开,贱奴,不要让我看见你!

康沃尔　陛下,这是什么意思?

李尔　谁把我的仆人枷起来?里根,我希望你并不知道这件事。谁来啦?

　　　　〔贡纳莉尔上。

李尔　天啊,要是你爱老人,要是你认为子女应该孝顺他们的父母,要是你自己也是老人,那么不要漠然无动,降下你的愤怒来,帮我申雪我的怨恨吧!(向贡纳莉尔)你看见我这一把胡须,不觉得惭愧吗?啊,里根,你愿意跟她握手吗?

贡纳莉尔　为什么她不能跟我握手呢!我干了什么错事?难道凭着一张糊涂昏悖的嘴里的胡言乱语,就可以成立我的罪案吗?

李尔　啊,我的胸膛!你还没有胀破吗?我的人怎么给你们枷了起来?

康沃尔　陛下,是我把他枷在那儿的;照他狂妄的行为,这样的惩戒还太轻呢。

李尔　你!是你干的事吗?

里根　父亲,您该明白您是一个衰弱的老人,一切只好将就点儿。要是您现在仍旧回去跟姊姊住在一起,裁撤了您的一半的侍从,那么等住满了一个月,再到我这儿来吧。我现在不在自己家里,要供养您也有许多不便。

李尔　回到她那儿去？裁撤五十名侍从！不,我宁愿什么屋子也不
　　　要住,过着风餐露宿的生活,和无情的大自然抗争,和豺狼鸱鸮
　　　做伴侣,忍受一切饥寒的痛苦！回去跟她住在一起！嘿,我宁愿
　　　到那娶了我的没有嫁妆的小女儿去的热情的法兰西国王的座前
　　　匍匐膝行,像一个臣仆一样向他讨一份微薄的恩俸,苟延我的残
　　　喘。回去跟她住在一起！你还是劝我在这可恶的仆人手下当奴
　　　才,当牛马吧。（指奥斯华德。）

贡纳莉尔　随你的便。

李尔　女儿,请你不要使我发疯,我也不愿再来打扰你了,我的孩子。
　　　再会吧;我们从此不再相见。可是你是我的肉、我的血、我的女
　　　儿;或者还不如说是我身体上的一个恶瘤,我不能不承认你是我
　　　的;你是我的腐败的血液里的一个瘀块,一个肿毒的疔疮。可是
　　　我不愿责骂你;让羞辱自己降临你的身上吧,我没有呼召它;我
　　　不要求天雷把你殛死,我也不把你的忤逆向垂察善恶的天神控
　　　诉,你回去仔细想一想,趁早痛改前非,还来得及。我可以忍耐,
　　　我可以带着我的一百个武士,跟里根住在一起。

里根　那绝对不行;现在还轮不到我,我也没有预备好招待您的礼
　　　数。父亲,听我姊姊的话吧;人家冷眼看着您这种愤怒的神气,
　　　他们心里都要说您因为老了,所以——可是姊姊是知道她自己
　　　所做的事的。

李尔　这是你的好意的劝告吗？

里根　是的,父亲,这是我的真诚的意见。什么！五十个卫士？这不
　　　是很好吗？再多一些有什么用处？就是这么许多人,数目也不
　　　少了,别说供养他们不起,而且让他们成群结党,也是一件危险
　　　的事。一间屋子里养了这许多人,**受着两个主人支配**①,怎么不

---

①　朱译手稿:拥戴着两个主人。

会发生争闹？简直不成话。

贡纳莉尔　父亲，您为什么不让我们的仆人侍候您呢？

里根　对了，父亲，那不是很好吗？要是他们怠慢了您，我们也可以训斥他们。您下回到我这儿来的时候，请您只带二十五个人来，因为现在我已经看到了一个危险；超过这个数目，我是恕不招待的。

李尔　我把一切都给了你们——

里根　您总算捡了适当的时候给了我们。

李尔　叫你们做我的代理人、保管者，我的唯一的条件，只是让我保留这么多的侍从。什么！我必须只带二十五个人到你这儿来吗？里根，你是不是这样说？

里根　父亲，我可以再说一遍，我只允许您带这么几个人来。

李尔　恶人的脸相虽然狰狞可怖，要是再有人比他更恶，相形之下，就会变得和蔼可亲。不是绝顶的凶恶，总还有几分可取。（向贡纳莉尔）我愿意跟你去；你的五十个人还比她的二十五个人多上一倍，你的孝心也比她大一倍。

贡纳莉尔　父亲，我们家里难道没有两倍这么多的仆人可以侍候您？依我说，不但用不着二十五人个人，就是十个五个也是多余的。

里根　依我看来，一个也不需要。

李尔　啊！不要跟我讲什么需要不需要，最卑贱的乞丐，也有他的不值钱的身外之物；人生除了天然的需要以外，要是没有其他的享受，那和畜类的生活有什么分别。你是一位夫人，你穿着这样华丽的衣服，如果你的目的只是保持温暖，那就根本不合你的需要，因为这种盛装艳饰并不能使你温暖。可是，讲到真的需要，那么天啊，给我忍耐吧，我需要忍耐！神啊，你们看见我在这儿，一个可怜的老头子，被忧伤和老迈折磨得好苦！假如是你们鼓动这些女儿们的心，使她们忤逆她们的父亲，那么请你们不要仅是愚弄我、叫我默然忍受吧；让我的心里激起了刚强的怒火，让妇人所恃为武器的泪点别沾污我的男子汉的脸颊！不，你们这两个不孝的妖妇，我要向你们复仇，我要做出一些使全世界惊怖的事情来，虽然我现在还不知道我要怎么做。你们以为我将要哭泣；不，我不愿哭泣，虽然我有充分的哭泣的理由，可是我宁愿让这颗心碎成万片，也不愿流下一滴泪来。啊，傻瓜！我要发疯了！（李尔、葛罗斯特、肯特及弄人同下。）

康沃尔　我们进去吧；一场暴风雨将要来了。（远处暴风雨声。）

里根　这间屋子太小了，这老头儿带着他那班人来是容纳不下的。

贡纳莉尔　是他自己不好，放着安逸的日子不过，一定要吃些苦，才知道自己的蠢。

里根　单是他一个人，我倒也很愿意收留他，可是他的那班跟随的人，我可一个也不能容纳。

贡纳莉尔　我也是这个意思。葛罗斯特伯爵呢？

康沃尔　跟老头子出去了。他已经回来了。

　　　　〔葛罗斯特重上。

葛罗斯特　王上正在盛怒之中。

康沃尔　他要到哪儿去？

葛罗斯特　他叫人备马，可是不让我知道他要到什么地方去。

康沃尔　还是不要管他，悉听他自己的意思吧。

贡纳莉尔　伯爵，您千万不要留他。

葛罗斯特　唉！天色暗起来了，田野里都在刮着狂风，附近许多哩之内，简直连一株小小的树木都没有。

里根　啊！伯爵，对于刚愎自用的人，只好让他们自己招致的灾祸教训他们。关上您的门；他有一班亡命之徒跟随在身边，他自己又是这样容易受人愚弄，谁也不知道他们会煽动他干出些什么事来。我们还是小心点儿好。

康沃尔　关上您的门，伯爵，这是一个狂暴的晚上。我的里根说得一点不错。暴风雨来了，我们进去吧。（同下。）

第 三 幕

第一场　荒　野

〔暴风雨，雷电。肯特及一侍臣上，相遇。

肯特　除了恶劣的天气以外，还有谁在这儿？

侍臣　一个心绪像这天气一样不安静的人。

肯特　我认识你。王上呢？

侍臣　正在跟暴怒的大自然竞争，他叫狂风把大地吹下海里，叫泛滥的波涛吞没了陆地，使万物都变了样子或归于毁灭；拉下他的一根根的白发，让挟着盲目的愤怒的暴风把它们卷到不知去向；在他渺小的一身之内，正在努力进行着一场比暴风雨的冲突更剧烈的争斗。这样的晚上，被小熊吸干了乳汁的母熊，也躲着不敢出来，狮子和饿狼都不愿沾湿它们的毛皮。他却光秃着头在风雨中狂奔，把一切付托给不可知的力量。

肯特　可是谁和他在一起？

侍臣　只有那傻瓜一路跟着他，竭力用些笑话替他排解他的衷心的伤痛。

肯特　我知道你是什么人，我敢凭着我的观察所及，告诉你一件重要的消息。在奥本尼和康沃尔两人之间，虽然表面上彼此掩饰得毫无痕迹，可是暗中却已经发生了冲突；正像一般身居高位的人一样，在他们手下都有一些名为仆人，实际上却是向法国密报我们国内情形的探子，凡是这两个公爵的明争暗斗，他们两人对于善良的老王的冷酷的待遇，以及其他更秘密的一切动静，全都传到了法国的耳中；现在已经有一支军队从法国开到我们这一个分裂的国土上来,乘着我们疏忽无备,在我们几处最好的港口秘密登陆,不久就要揭开他们鲜明的旗帜了。现在,你要是能够信任我的话,请你赶快到多佛去一趟,那边你可以碰见有人在欢迎你,你可以把王上所受种种无理的屈辱向他做一个确实的报告,他一定会感激你的好意。我是一个有地位有**身家**的绅士,因为知道你的为人可靠,所以把这件差使交给你。

侍臣　我还要跟您谈谈。

肯特　不,不必。为了向你证明我并不是像我的外表那样的一个微贱之人,你可以打开这一个钱囊,把里面的东西拿去。你一到多佛,一定可以见到考德莉娅;只要把这戒指给她看了,她就可以告诉你,你现在所不认识的同伴是个什么人。好大的暴风雨!我要找王上去。

侍臣　把您的手给我。您没有别的话了吗?

肯特　**还有一句话,这可比什么都重要。**我们现在先去把王上找到了再说,你往那边去,我往这边去,谁先找到他,就打一声招呼。

(各下。)

第二场　荒野的另一部分

〔暴风雨继续未止。李尔及弄人上。

李尔　吹吧,风啊!吹破了你的脸颊,猛烈地吹吧!你瀑布一样的倾盆大雨,尽管倒泻下来,浸没了我们的尖塔,淹没了屋顶上的风标吧!你思想一样迅速的硫黄的电火,劈碎橡树的巨雷的先驱,烧焦了我的白发的头颅吧!你,震撼一切的霹雳啊,把这生殖繁密的饱满的地球击平了吧!打碎造物的模型,不要让一颗忘恩负义的人类的种子遗留在世上!

弄人　啊,老伯伯,在一间干燥的屋子里讨一杯冷水喝,不比在这没有遮蔽的旷野里淋雨好得多吗?老伯伯,回到那所屋子里去,向你的女儿们请求祝福吧;这样的夜无论对于聪明人或是傻瓜,都是不发一点慈悲的。

李尔　尽管轰着吧！尽管吐你的火舌，尽管喷你的雨水吧！雨、风、雷、电，都不是我的女儿，我不责怪你们的无情；我不曾给你们国土，不曾称你们为我的孩子，你们没有顺从我的义务；所以，随你们的高兴，降下你们可怕的威力来吧。我站在这儿，只是你们的奴隶，一个可怜的、衰弱的、无力的、遭人贱视的老头子。可是我仍然要骂你们是卑劣的帮凶，因为你们滥用上天的威力，帮同两个万恶的女儿来跟我这个白发的老翁作对。啊！啊！这太卑劣了！

弄人　知道将脑袋藏在屋子里的人，才是有头脑的人。

　　　　　头儿没有房子躲，

　　　　　　身子栖在袋儿里，

　　　　　袋儿①生出虱子多，

　　　　　　全被乞儿娶为妻。

　　　　　有人疼爱脚指头，

　　　　　　错将脚板当心肝，

　　　　　生了鸡眼涕泪流，

　　　　　　心中惶惶夜无眠。

　　因为没有一个美人儿不是对着镜子扮相弄姿的。

　　　　〔肯特上。

李尔　不，我要忍受众人所不能忍受的痛苦；我要闭口无言。

肯特　谁在那边？

弄人　一个是陛下，一个是弄人，**这两人一个聪明一个傻。**

肯特　唉！陛下，您在这儿吗？喜爱黑夜的东西，不会喜爱这样的夜晚；狂怒的天色吓怕了黑暗中的漫游者，使他们躲在洞里不敢出来。自从有生以来，我从没有看见过这样的闪电，听见过这样可

----

①　原文 head，指的是阴茎；codpiece，是男人的护阴袋。

怕的雷声,这样惊人的风雨的咆哮;人类的精神是禁受不起这样的磨折和恐怖的。

李尔　伟大的神灵在我们头顶掀起这场可怕的骚动。让他们现在找到他们的敌人吧。战栗吧,你尚未被人发觉、逍遥法外的罪人!躲起来吧,你杀人的凶手,你用伪誓欺人的骗子,你道貌岸然的逆伦禽兽!魂飞魄散吧,你用正直的外表遮掩杀人阴谋的大奸巨恶!撕下你们包藏祸心的伪装,显露你们罪恶的原形,向这些可怕的天吏哀号乞命吧!我并没有犯什么罪,我是一个含冤负屈的人。

肯特　唉!您头上没有一点遮盖的东西!陛下,这儿附近有一间茅屋,可以替您挡挡风雨。我刚才曾经到那所冷酷的屋子里——那比它墙上的石块更冷酷无情的屋子——探问您的行踪,可是他们关上了门不让我进去;现在您且暂时躲一躲雨,我还要回去向他们说去。

李尔　我的头脑开始昏乱起来了。来,我的孩子。你怎么啦,我的孩子?你冷吗?我自己也冷呢。我的朋友,这间茅屋在什么地方?一个人到了困穷无告的时候,微贱的东西也会变成无价之宝。来,带我到你那间茅屋里去。可怜的傻小子,我心里还留着一块地方为你悲伤哩。

弄人　只怪自己糊涂自己蠢,

　　　　嗨呵,一阵风来一阵雨,

　　　　背时倒运莫把天公恨,

　　　　管它朝朝雨雨又风风。

李尔　不错,我的好孩子。来,领我们到这茅屋里去。(李尔、肯特同下。)

弄人　多凉快的夜晚啊,连婊子都凉得提不起劲了。临走以前我还要说几句预言:

　　　　待到教士只耍嘴皮不干事,

待到酒师酒里掺水不知耻，

待到贵族做了裁缝的师傅，

嫖客被火焚，放走了异教徒，

到那时候，我们这个英格兰

劫数难逃，将陷入一场混乱。

待到法院理清了桩桩诉案，

乡绅不负债，骑士也有了钱，

待到造谣者不再造谣诽谤，

扒儿手不再去人多的地方，

待到高利贷者不再怕露富，

老鸨和娼妓都为教堂捐助，

到那时候，活着的人都清楚：

人走路还得凭自己的双足。

其实这预言应该由梅林①来说，因为我出生在那之前。

第三场　葛罗斯特城堡中的一室

　　［葛罗斯特及爱德蒙上。

葛罗斯特　唉，唉！爱德蒙，我不赞成这种不近人情的行为。当我请求他们允许我给他一点援助的时候，他们竟会剥夺我使用自己屋子的权利，不许我提起他的名字，不许我替他说一句恳求的话，也不许我给他任何的救济，要是违背了他们的命令，我就要永远失去他们的欢心。

爱德蒙　太野蛮，太不近人情了。

葛罗斯特　算了，你不要多说什么。两个公爵现在已经有了意见，而且还有一件比这更严重的事情。今天晚上我接到一封信，里面的话说出来也是很危险的；我已经把这信锁在壁橱里了。王上

―――――――――

①　梅林：亚瑟王时代的魔法师。

受到这样的凌虐,总有人会来替他报复的;已经有一支军队在路上了;我们必须站在王上的一方面。我就要找他去,暗地里救济救济他;你去陪公爵谈谈,免得被他觉察了我的行动。要是他问起我的话,你就回他说我身子不好,已经睡了。大不了是一个死——**他们已经这样威胁过我了**——王上是我的老主人,我不能坐视不救。出人意料的事情快要发生了,爱德蒙,你必须小心点儿。(下。)

爱德蒙　你违背了命令去献这种殷勤,我立刻就要去告诉公爵知道;还有那封信我也要告诉他。这是我献功邀赏的好机会,我的父亲将要因此而丧失他所有的一切,也许他的全部家产都要落到我的手里;老的一代没落了,年青的一代才会兴起。(下。)

第四场　荒野;茅屋之前

　　[李尔、肯特及弄人上。

肯特　就是这地方,陛下,进去吧。在这样毫无掩庇的黑夜里,像这样的狂风暴雨,是谁也受不了的。(暴风雨继续不止。)

李尔　不要缠着我。

肯特　陛下,进去吧。

李尔　你要碎裂我的心吗?

肯特　我宁愿碎裂我自己的心。陛下,进去吧。

李尔　你以为让这样的狂风暴雨侵袭我们的肌肤,是一件了不得的苦事;在你看来是这样的;可是一个人要是身染重病,他就不会感觉到小小的痛楚。你见了一头熊就要转身逃走;可是假如你的背后是汹涌的大海,你就只好硬着头皮向那头熊迎面走上去。当我们心绪宁静的时候,我们的肉体才是敏感的;我的心灵中的暴风雨已经取去我一切其他的感觉,只剩下心头的热血在那儿搏动。儿女的忘恩! 这不就像这一只手把食物送进这一张嘴里,这一张嘴却把这一只手咬了下来吗? 可是我要重重惩罚她们。不，我不愿再哭泣了。在这样的一个夜里，把我关在门外！尽管倒下来吧，什么大雨我都可以忍受。在这样的夜里！啊，里根，贡纳莉尔！你们年老仁慈的父亲一片诚心，把一切都给了你们——啊！那样想下去是要发疯的；我不要想起那些；别再提起那些话了。

肯特　陛下，进去吧。

李尔　你要舒服，你自己进去吧。这暴风雨不肯让我仔细思想种种的事情；那些事情我越想下去，越会增加我的痛苦。可是我要进去。（向弄人）进去，孩子，你先走。你这无家可归的人，——你进去吧。我要祈祷，然后我要睡一会儿。（弄人入内）衣不蔽体的不幸的人们，无论你们在什么地方忍受着这样无情的暴风雨的袭击，你们的头上没有片瓦遮身，你们的腹中饥肠雷动，你们的衣服千疮百孔，怎么抵挡得了这样的气候呢？啊！我一向太没有想到这种事情了。安享荣华的人们啊，睁开你们的眼睛来，替这些不幸的人们设身处地想一想，分一些你们享用不了的福泽给他们，让上天知道你们不是全无心肝的人吧！

爱德加　（在内）九呎深，九呎深！可怜的汤姆！（弄人自屋内奔出。）

弄人　老伯伯，不要进去；里面有一个鬼。救命！救命！

肯特　让我搀着你，谁在里边？

弄人　一个鬼，一个鬼，他说他的名字叫作可怜的汤姆。

肯特　你是什么人，在这茅屋里大呼小叫的？出来。

　　　〔爱德加乔装疯人上。

爱德加　走开！恶魔跟在我的背后！风儿吹过山楂林。哼！到你冷冰冰的床上暖一暖你的身体吧。

李尔　你把你所有的一切都给了你的两个女儿，所以才到今天这地步吗？

爱德加　谁把什么东西给可怜的汤姆？恶魔带着他穿过大火，穿过烈焰，穿过水道和漩涡，穿过沼地和泥泞；把刀子放在他的枕头底下,把绳子放在他的凳子底下,把毒药放在他的粥里;使他心中骄傲,骑了一匹栗色的奔马,从四时阔的桥梁上过去,把他自己的影子当作了一个叛徒,紧紧追逐不舍。祝福你的五种才智!汤姆冷着呢。啊!哆啼哆啼哆啼。愿旋风不吹你,星星不把毒箭射你,瘟疫不到你身上!做做好事,救救那给恶魔害得好苦的可怜的汤姆吧!他现在就在那边,在那边,又到那边去了,在那边。(暴风雨继续不止。)

李尔　什么!他的女儿害得他变成这个样子吗?你不能留下一些什么来吗?你一起都给了她们了吗?

弄人　不,他还留着一方毡毯,否则我们大家都要不好意思了。

李尔　愿那弥漫在天空之中的惩罚恶人的瘟疫一起降临在你的女儿身上!

肯特　陛下,他没有女儿哩。

李尔　该死的奸贼!他没有不孝的女儿,怎么会流落到这等不堪的地步?难道被弃的父亲,都是这样一点不爱惜他们自己的身体的吗?适当的处罚!谁叫他们的身体产下那些枭獍般的女儿来?

爱德加　小雄鸡坐在高墩上,呵罗,呵罗,罗,罗!

弄人　这一个寒冷的夜晚将要使我们大家变成傻瓜和疯子。

爱德加　当心恶魔。孝顺你的爹娘;说过的话不要反悔;不要赌咒,不要奸淫有夫之妇;不要把你的情人打扮得太漂亮。汤姆冷着呢。

李尔　你本来是干什么的?

爱德加　一个心性高傲的仆人,头发卷得曲曲的,帽子上佩着情人的手套,惯会讨妇女的欢心,干些不可告人的勾当;开口发誓,闭口赌咒,当着上天的面前把它们一个个毁弃;睡梦里都在转奸淫的念头,一醒来便把它实行。我贪酒,我爱赌,我比土耳其人更好色;一颗奸诈的心,一对轻信的耳朵,一双不怕血腥气的手;猪一般懒惰,狐狸一般狡诡,狼一般贪狠,狗一般疯狂,狮子一般凶恶。不要让女人的脚步声和窸窸窣窣的绸衣裳的声音摄去了你的魂魄;不要把你的脚踏进窑子里去;不要把你的手伸进裙子里去;不要把你的笔碰到放债人的账簿上;抵抗恶魔的引诱吧。冷风还是打山楂树里吹过去;听它怎么说,呼——呼——呜——呜——哈——哈——。道芬,我的孩子,我的孩子;叱嚓!让他奔过去。(暴风雨继续不止。)

李尔　唉,你这样赤身裸体,受风雨吹淋,还是死了的好。难道人不过是这样一个东西吗?想一想吧,你也不向蚕身上借一根丝,也不向野兽身上借一张皮,也不向羊身上借一片毛,也不向麝猫身上借一块香料。吓!我们这三个人都已经泯没了本来的面目,只有你才保全着天赋的原形;人类在草昧的时代,不过是像你这样的一个寒伧的赤裸的毛发蓬松的动物。脱下来,脱下来,你们这些身外之物!来,松开你的纽扣。(扯去衣服。)

弄人　老伯伯,请您安静点儿;这样危险的夜里是不能游泳的。旷野里一点小小的火光,正像一个好色的老头儿的心,只有这么一星星的热,他的全身都是冰冷的。瞧!一团火走来了。

　　　　〔葛罗斯特持火把上。

爱德加　这就是那个叫作弗里勃提吉贝特①的恶魔;他在黄昏时候出现,一直到第一声鸡啼方才隐去;他叫人眼睛里长白膜,刺痛得睁不开来;他叫人嘴唇上起裂缝;他还会叫麦粉发霉,寻穷人们的晦气。

　　　　　　圣维塞尔德②三次过山冈,

　　　　　　　遇见魔魔和她九个儿郎;

　　　　　　　　他说妖精你别逃,

----

① 弗里勃提吉贝特(Flibbertigibbet):民俗中的鬼怪。
② 圣维塞尔德(St. Withold):民俗中安眠的保护神。

　　　　　　发过誓儿放你跑；

　　　　　　　急急如律令勅！

肯　特　陛下，您怎么啦？

李　尔　他是谁？

肯　特　那边什么人？你找谁？

葛罗斯特　你们是些什么人？你们叫什么名字？

爱德加　　可怜的汤姆，他吃的是泅水的青蛙、蛤蟆、蝌蚪、壁虎和水
　　蜥；恶魔在他心里捣乱的时候，他发起狂来，就会把牛粪当作一
　　盆美味的生菜；他吞的是老鼠和癞狗，喝的是一潭死水上面绿色
　　的浮渣；他到处给人家鞭打，锁在枷里，关在牢里；他从前有三身
　　外衣，六件衬衫，跨着一匹马，带着一口剑。

　　　　　　可是在这整整七年时光，

　　　　　　　耗子是汤姆唯一的食粮。

　　留心那跟在我背后的鬼。不要闹，史墨金！不要闹，你这恶魔！

葛罗斯特　什么？陛下竟会跟这种人做起伴来了吗？

爱德加　　地狱里的魔王是一个绅士，他的名字叫作摩陀，又叫作
　　玛呼。

葛罗斯特　陛下，我们亲生的骨肉都变得那样坏，把自己生身之人当
　　作了仇敌。

爱德加　　可怜的汤姆冷着呢。

葛罗斯特　跟我回去吧。我的良心不允许我全然服从您的女儿的无
　　情的命令，虽然他们叫我关上了门，把您丢下在这狂暴的黑夜之
　　中，可是我还是大胆出来找您，把您带到有火炉有食物的地
　　方去。

李　尔　让我先跟这位哲学家谈谈。天上打雷是什么缘故？

肯　特　陛下，接受他的好意；跟他回去吧。

李　尔　我还要跟这位学者说一句话。您研究的是哪一门学问？

爱德加　　抵御恶魔的战略和消灭毒虫的方法。

李尔　让我私下里问您一句话。

肯特　大人,请您再催催他吧;他的神经有点儿错乱起来了。

葛罗斯特　你能怪他吗?(暴风雨继续不止)他的女儿要他死哩。唉!那善良的肯特,他早就说过会有这么一天的,可怜的被放逐的人!你说王上要疯了;告诉你吧,朋友,我自己也差不多疯了。我有一个儿子,现在我已经跟他断绝关系了;他要谋害我的生命,这还是最近的事。我爱他,朋友,没有一个父亲比我更爱他的儿子;不瞒你说,(暴风雨继续不止)我的头脑都气昏了。这是一个什么晚上?陛下,求求您——

李尔　啊!请您原谅,先生。高贵的哲学家,请了。

爱德加　汤姆冷着呢。

葛罗斯特　进去,家伙,到这茅屋里去暖一暖吧。

李尔　来,我们大家进去。

肯特　陛下,这边走。

李尔　带着他,我要跟我这位哲学家在一起。

肯特　大人,顺顺他的意思吧,让他把这家伙带去。

葛罗斯特　您带着他来吧。

肯特　小子,来,跟我们一块儿去。

李尔　来,好雅典人。

葛罗斯特　嘘!不要说话,不要说话。

爱德加　　　骑士罗兰来到阴森的古堡前;

　　　　　　魔怪嘴里不停地叫嚷:"哼嗬嗨!

　　　　　　我已经闻到不列颠人的血腥。"(同下。)

第五场　葛罗斯特城堡中一室

〔康沃尔及爱德蒙上。

康沃尔　我在离开他的屋子以前,一定要把他惩治一下。

爱德蒙　殿下,我为了尽忠的缘故,不顾父子之情,一想到人家不知将要怎样批评我,心里很有点儿惴惴不安哩。

康沃尔　我现在才知道你的哥哥想要谋害他的生命,并不完全出于恶意,多分是他自己咎有应得,才会引起他的杀心的。

爱德蒙　我的命运多么颠倒,虽然做了正义的事情,却必须抱恨终身!这就是他说起的那封信,它可以证实他私通法国的罪状。天啊!为什么他要干这种叛逆的行为,为什么偏偏又在我手里发觉了呢?

康沃尔　跟我见公爵夫人去。

爱德蒙　这信上所说的事情倘然确实,那您就要有一番重大的行动了。

康沃尔　不管它是真是假,它已经使你成为葛罗斯特伯爵了。你去找找你父亲在什么地方,让我们可以把他逮捕起来。

爱德蒙　(旁白)要是我看见他正在援助那老王,他的嫌疑就格外加重了。——虽然忠心和孝道在我的灵魂里发生剧烈的争战,可是大义所在,只好把私恩抛弃不顾。

康沃尔　我完全信任你。你在我的恩宠之中,将要得到一个更慈爱的父亲。(各下。)

第六场　邻接城堡的农舍一室

〔葛罗斯特、李尔、肯特、弄人及爱德加上。

葛罗斯特　这儿比露天好一些,不要嫌它寒伧,将就住下来吧。我再去找找什么吃的用的东西,我去去就来。

肯特　他的智力已经在他的盛怒之中完全消失了。神明报答您的好心!(葛罗斯特下。)

爱德加　弗拉特雷多①在叫我,他告诉我尼禄王在冥湖里钓鱼。喂,傻瓜,你要留心恶魔呀。

---

①　弗拉特雷多(Frateretto):民俗中的小魔鬼。

弄人　老伯伯,告诉我,一个疯子是绅士呢还是平民?

李尔　是个国王,是个国王!

弄人　**不,他是一个平民,但他有一个绅士的儿子;他看见儿子先他一步做了绅士,气成了疯子**①。

李尔　一千条血红的火舌吱啦吱啦卷到她们的身上——

爱德加　恶魔在咬我的背。

弄人　谁是要相信豺狼的驯良、马儿的健康、孩子的爱情,或是娼妓的盟誓,他就是个疯子。

李尔　一定要办她们一办,我现在就要控诉她们。(向爱德加)来,最有学问的法官,你坐在这儿,(向弄人)你,贤明的官长,坐在这儿。——来,你们两头雌狐!

爱德加　瞧,他站在那儿,眼睛睁得大大的! 太太,你在审判的时候,要不要有人瞧着你?(唱)

　　　　　渡过河来会我,蓓西——

弄人　(唱)

　　　　　　她的小船儿漏了,

　　　　　　　她不能让你知道

　　　　　　为什么她不敢见你。

爱德加　恶魔借着夜莺的喉咙,向可怜的汤姆作祟了。霍普丹斯②在汤姆的肚子里嚷着要两条新鲜的鲱鱼。别吵,魔鬼,我没有东西给你吃。

肯特　陛下,您怎么啦? 不要这样呆呆地站着。您愿意躺下来,在这褥垫上面休息休息吗?

李尔　我要先看她们受了审判再说。把她们犯罪的证据带上来。

―――――――――

　　① 朱译手稿:他是一个变卖了田地,替他的儿子挣一个绅士头衔的平民。

　　② 霍普丹斯(Hoppedanceo):民俗中的魔鬼,又作霍贝德丹斯(Hobbedidance)。

（向爱德加）你这披着法衣的审判官,请坐;（向弄人）你,他的执法的同僚,坐在他的旁边。（向肯特）你是陪审官,你也坐下。

爱德加　　让我们秉公判断。

　　　　　　你睡着还是醒着,牧羊人?

　　　　　　　你的羊儿在田里跑;

　　　　　　你只要开开你的小嘴唇,

　　　　　　　不坏你羊儿一根毛。

　　　　　　呼噜呼噜,这是一只灰色的猫儿。

李尔　　先控诉她,她是贡纳莉尔。我当着尊严的堂上起誓,她曾经踢她的可怜的父王。

弄人　　过来,奶奶。您的名字叫贡纳莉尔吗?

李尔　　她不能抵赖。

弄人　　对不起,我还以为您是一张折凳哩。

李尔　　这儿还有一个,你们瞧她满脸的横肉,就可以知道她的心肠是怎么样的。拦住她!举起你们的兵器,拔出你们的剑,点起火把来!营私舞弊的法庭!枉法的贪官,你为什么放她逃走?

爱德加　　上天保佑您的神志!

肯特　　哎哟!陛下,您不是常常说您没有失去忍耐吗?现在您的忍耐呢?

爱德加　　（旁白）我的滚滚的热泪忍不住为他流下,怕要给他们瞧破我的假装了。

李尔　　这些小狗,托雷,勃朗契,史威哈特,瞧,它们都在向我狂吠。

爱德加　　让汤姆用他的头把它们轰走。滚开,你们这些恶狗!

　　　　　　黑嘴巴,白嘴巴,

　　　　　　疯狗咬人磨毒牙,

　　　　　　猛犬猎犬杂种犬,

　　　　　　叭儿小犬团团转,

　　　　　　青屁股,卷尾毛,

一见汤姆没命逃。

手持头儿扬一扬，

头未掷出狗跳墙。

哆啼哆啼。叱嚓！来，我们赶庙会、上市集去。可怜的汤姆，你的牛角里干得挤不出一滴水来啦。①

李尔　叫他们剖开里根的身体来，看看她心里有些什么东西。究竟为了什么天然的原因，她们的心才会变得这样硬？（向爱德加）我把你收留下来，叫你做我一百名侍卫中间的一个，只是我不喜欢你的衣服的式样；你也许要对我说，这是最漂亮的波斯装；可是我看还是请你换一换吧。

肯特　陛下，你还是躺下来休息休息吧。

李尔　不要吵，不要吵；放下帐子，好，好，好。我们到早上再去吃晚饭吧。好，好，好。

弄人　我一到中午可要睡觉哩。

　　　〔葛罗斯特重上。

葛罗斯特　过来，朋友；王上呢？

肯特　在这儿，大人；可是不要打扰他，他的神经已经错乱了。

葛罗斯特　好朋友，请你把他抱起来。我已经听到了一个谋害他生命的阴谋。马车套好在外边，你快把他放进去，驾着它到多佛，那边有人会欢迎你，并且会保障你的安全。抱起你的主人来；要是你耽误了半点钟的时间，他的性命，你的性命，以及一切出力救护他的人的性命，都要保不住了。抱起来，抱起来，跟我来，让我设法把你们赶快送到一处可以安身的地方。

肯特　受尽折磨的身心，现在安然入睡了；安息也许可以镇定他的破碎的神经，但愿上天行个方便，不要让它破碎得不可收拾才好。（向弄人）来，帮我扛起你的主人来，你也不能留在这儿。

---

①　行乞者通常用牛角作为饮水的器具。

葛罗斯特　来，来，去吧。（除爱德加外，肯特、葛罗斯特及弄人抬李尔下。）

爱德加　　　做君王的不免如此下场，

　　　　　　使我忘却了自己的忧伤。

　　　　　　最大的不幸是独抱牢愁，

　　　　　　任何的欢娱兜不上心头；

　　　　　　倘有了同病相怜的侣伴，

　　　　　　天大痛苦也会解去一半。

　　　　　　国王有的是不孝的逆女，

　　　　　　我自己遭逢无情的严父，

　　　　　　他与我两个人一般遭际！

　　　　　　去吧，汤姆，忍住你的怨气，

　　　　　　你现在蒙着无辜的污名，

　　　　　　总有日回复你清白之身。

不管今夜里还会发生些什么事情，王上总是安然出险了。我还是躲起来吧。（下。）

第七场　葛罗斯特城堡中一室

　　　　［康沃尔、里根、贡纳莉尔、爱德蒙及众仆上。

康沃尔　夫人，请您赶快到尊夫的地方去，把这封信交给他；法国军队已经登陆了。——来人，替我去搜寻那反贼葛罗斯特的踪迹。（若干仆人下。）

里根　把他捉到了立刻吊死。

贡纳莉尔　把他的眼珠挖出来。

康沃尔　我自有处置他的办法。爱德蒙，我们不应该让你看见你的谋叛的父亲受到怎样的刑罚，所以请你现在护送我们的姊姊回去，替我向奥本尼公爵致意，叫他赶快准备；我们这儿也要采取同样的行动。我们两地之间，必须随时用飞骑传报消息。再会，亲爱的姊姊，再会，葛罗斯特伯爵。

〔奥斯华德上。

康沃尔　怎么啦？那国王呢？

奥斯华德　葛罗斯特伯爵已经把他载送出去了；有三十五六个追寻他的武士在城门口和他会合，还有几个伯爵手下的人也在一起，一同向多佛进发，据说那边有他们武装的友人在等候他们。

康沃尔　替你家夫人备马。

贡纳莉尔　再会，殿下，再会，妹妹。

康沃尔　再会，爱德蒙。（贡纳莉尔、爱德蒙及奥斯华德下）再去几个人把那反贼葛罗斯特捉来，像偷儿一样把他绑来见我。（若干仆人下）虽然在没有经过正式的审判手续以前，我们不能就把他判处死刑，可是为了发泄我们的愤怒，却只好不顾人们的指摘，凭着我们的权力独断独行了。那边是什么人？是那反贼吗？

〔众仆押葛罗斯特重上。

里根　没有良心的狐狸！正是他。

康沃尔　把他枯瘪的手臂牢牢缚起来。

葛罗斯特　两位殿下，这是什么意思？我的好朋友们，你们是我的客人；不要用这种无礼的手段对待我。

康沃尔　捆住他。（众仆绑葛罗斯特。）

里根　绑紧些，绑紧些。啊，可恶的反贼！

葛罗斯特　你是一个没有慈悲的女人，我却不是反贼。

康沃尔　把他缚在这张椅子上。奸贼，我要让你知道——（里根扯葛罗斯特须。）

葛罗斯特　天神在上，这还成什么话，你扯起我的胡子来啦！

里根　胡子这么白，想不到却是一个反贼！

葛罗斯特　恶妇，你从我的腮上扯下这些胡须来，它们将要像活人一样控诉你的罪恶。我是这里的主人，你不该用你强盗的手，这样报答我的好客的殷勤。你究竟要怎么样？

康沃尔　说，你最近从法国得到了什么书信？

里根　老实说出来，我们已经什么都知道了。

康沃尔　你跟那些最近踏到我们国境上来的叛徒们有些什么来往？

里根　你把那发疯的老王送到什么人手里去了？说。

葛罗斯特　我只收到过一封信，里面都不过是些猜测之谈，寄信的是一个没有偏见的人，并不是一个敌人。

康沃尔　好狡猾的推托！

里根　一派鬼话！

康沃尔　你把国王送到什么地方去了？

葛罗斯　送到多佛。

里根　为什么送到多佛？我们不是早就警告你——

康沃尔　为什么送到多佛？让他回答这个问题。

葛罗斯特　罢了，我现在身陷虎穴，只好拼着这条老命了。

里根　为什么送到多佛？

葛罗斯特　因为我不愿意看见你的凶恶的指爪挖出他的可怜的老眼；因为我不愿意看见你的残暴的姊姊用她野猪般的利齿咬进他神圣的肉里。他的赤裸的头顶在地狱一般黑暗的夜里冲风冒雨，受到那样狂风暴雨的震荡的海水，也要把它的怒潮喷向天空，熄灭了星星的火焰，但是他，可怜的老翁，却还要把他的热泪帮助天空浇洒。要是在那样怕人的晚上，豺狼在你的门前悲鸣，你也要说"善良的看门人，开了门放它进来吧"，而不计较它一切的罪恶。可是我总有一天见到上天的报应降临在这种儿女的身上。

康沃尔　你再也不会见到那样一天。来，按住这椅子。我要把你这一双眼睛放在我的脚底下践踏。

葛罗斯特　谁要是希望他自己平安活到老年的，帮帮我吧！啊，好惨！天啊！（葛罗斯特一眼被挖出。）

里根　还有那一颗眼珠也挖出来，免得它嘲笑没有眼珠的一面。

康沃尔　要是你看见什么报应——

仆甲　住手,殿下;我从小服侍您到现在,可是从来没有对您干过一件比现在请您住手更好的事情。

里根　怎么,你这狗东西!

仆甲　要是你的腮上长起了胡子,我现在也要把它扯下来。

康沃尔　混账奴才,你反了吗?(拔剑。)

仆甲　好,那么来,我们拼一个你死我活。(拔剑。二人决战,康沃尔受伤。)

里根　把你的剑给我。一个奴才也会撒野到这等地步!(取剑自后刺仆甲。)

仆甲　啊!我死了。大人,您还剩着一只眼睛,看见他受到一点小小的报应。啊!(死。)

康沃尔　哼,看他再瞧得见一些什么报应!出来,可恶的浆块!现在你还会发光吗?(葛罗斯特另一眼被挖出。)

葛罗斯特　一切都是黑暗和痛苦。我的儿子爱德蒙呢?爱德蒙,燃起你天性中的怒火,替我报复这一场暗无天日的暴行吧!

里根　哼,万恶的奸贼!你在呼唤一个憎恨你的人;你对我们反叛的阴谋,就是他出首告发的,他是一个深明大义的人,决不会对你发一点怜悯。

葛罗斯特　啊,我是个蠢才!那么爱德加是冤枉的了。仁慈的神明啊,赦免我的错误,保佑他有福吧!

里根　把他推出门外,让他一路摸索到多佛去。(一仆牵葛罗斯特下)怎么,殿下?您的脸色怎么变啦?

康沃尔　我受了伤啦。跟我来,夫人。把那瞎眼的奸贼撵出去;把这奴才丢在粪堆里。里根,我的血尽在流着;这真是无妄之灾。用你的胳臂挽着我。(里根扶康沃尔同下。)

仆乙　要是这家伙会有好下场,我什么坏事都可以去做了。

仆丙　要是他会寿终正寝,所有的女人都要变成恶鬼了。

仆乙　让我们跟在那老伯爵的后面,叫那疯丐把他领到他所要去的地方。**凭他的疯劲,他是什么地方都敢去的**。

仆丙　你先去吧;我还要去拿些麻布和蛋白来,替他贴在他的流血的
　　　脸上。但愿上天保佑他!（各下。）

第 四 幕

第一场　荒　野

〔爱德加上。

爱德加　与其被人在表面上恭维而背地里鄙弃,那么还是像这样自
　　　己知道为举世所不容的好。一个最困苦、最微贱、最为命运所屈
　　　辱的人,可以永远抱着希冀而无所恐惧;从最高的地位上跌落下
　　　来,那变化是可悲的,对于穷困的人,命运的转机却能使他欢笑!
　　　我所拥抱着的虚无缥缈的气流啊,让我欢迎你吧! 被你吹刮得
　　　狼狈不堪的不幸者并没有亏欠你什么。可是谁来啦?

〔一老人率葛罗斯特上。

爱德加　我的父亲,让一个穷苦的老头儿领着他吗? 啊,世界,世界,
　　　世界! 倘不是你的变幻无常,使我们厌倦于为人,哪一个人是甘
　　　心老去的?

老人　啊,我的好老爷! 我在老太爷手里就做您府上的佃户,一直做
　　　到您老爷手里,已经有八十年了。

葛罗斯特　去吧,好朋友,你快去吧,你的安慰对我一点没有用处,他
　　　们也许反会害你的。

老人　您眼睛看不见,怎么走路呢?

葛罗斯特　我没有路,所以不需要眼睛;当我能够看见的时候,我也
　　　会失足颠扑。我们往往因为有所自恃而失之于大意,反不如缺

陷却能对我们有益。啊！爱德加好儿子，你的父亲受人之愚，错怪了你，要是我能在未死以前，摸到你的身体，我就要说，我又有了眼睛啦。

老人 啊！那边是什么人？

爱德加 （旁白）神啊！谁能够说"我现在已经到了不幸的极点"？我现在比以前才更要不幸得多啦。

老人 那是可怜的发疯的汤姆。

爱德加 （旁白）也许我还要碰到更不幸的命运；当我们能够说"这是最不幸的事"的时候，那还不是最不幸的。

老人 汉子，你到哪儿去？

葛罗斯特 是一个叫化子吗？

老人 是个疯叫化子。

葛罗斯特 他的理智还没有完全丧失，否则他不会向人乞讨。在昨晚的暴风雨里，我也看见这样一个家伙，他使我想起了一个人不过等于一条虫；那时候我的儿子的影像就闪进了我的心里，可是当时我正在恨他，不愿想起他；后来我才听到一些其他的话。天神掌握着我们的命运，正像顽童捉到飞虫一样，为了戏弄的缘故而把我们杀害。

爱德加 （旁白）怎么会有这样的事？在一个伤心人的面前装傻，对自己，对别人，都是一件不愉快的行为。（向葛罗斯特）祝福你，先生！

葛罗斯特 他就是那个不穿衣服的家伙吗？

老人 正是，老爷。

葛罗斯特 那么你去吧。我要请他领我到多佛去，要是你看在我的分上，愿意回去拿一点衣服来替他遮盖身体，那就再好没有了；我们不会走远，从这儿到多佛的路上一二哩之内，你一定可以追上我们。

老人 唉，老爷！他是个疯子哩。

葛罗斯特 疯子带着瞎子走路，本来是这时代一般的病态。照我的话,或者还是照你自己的意思做吧;第一件事情是请你快去。

老人　我要把我所有的最好的衣服拿来给他,不管它会引起怎样的
　　　后果。(下。)

葛罗斯特　喂,不穿衣服的家伙——

爱德加　可怜的汤姆冷着呢。(旁白)我不能再假装下去了。

葛罗斯特　过来,汉子。

爱德加　(旁白)可是我不能不假装下去。——祝福你的可爱的眼睛,
　　　它们在流血哩。

葛罗斯特　你认识到多佛去的路吗?

爱德加　一处处关口城门,一条条马路人行道,我全认识。可怜的汤
　　　姆被他们吓迷了心窍;祝福你,好人的儿子,愿恶魔不来缠绕你!
　　　五个魔鬼一齐作弄着可怜的汤姆:一个是色魔奥别狄克特;一个
　　　是哑鬼霍别狄丹斯;一个是偷东西的玛呼;一个是杀人的摩陀;
　　　一个是扮鬼脸的弗里勃提吉贝特,他后来常常附在丫头使女的
　　　身上。好,祝福你,先生!

葛罗斯特　来,你这受尽上天凌虐的人,把这钱囊拿去;我的不幸却
　　　是你的运气。天道啊,愿你常常如此! 让那穷奢极欲、把你的法
　　　律当作满足他自己享受的工具、因为知觉麻木而沉迷不悟的人,
　　　赶快感到你的威力吧;从享用过度的人手里夺下一点来分给穷
　　　人,让每一个人都得到他所应得的一份吧。你认识多佛吗?

爱德加　认识,先生。

葛罗斯特　那边有一座悬崖,它的峭拔的绝顶俯瞰着幽深的海水;你
　　　只要领我到那悬崖的边上,我就给你一些我随身携带的贵重的
　　　东西,你拿了去可以过些舒服的日子;我也不用再烦你带路了。

爱德加　把你的手臂给我;让可怜的汤姆领着你走。(同下。)

第二场　奥本尼公爵府前

〔贡纳莉尔及爱德蒙上。

贡纳莉尔　欢迎,伯爵,我不知道我那位和善的丈夫为什么不来迎接我们。

　　　　〔奥斯华德上。

贡纳莉尔　主人呢?

奥斯华德　夫人,他在里边,可是已经大大变了一个人啦。我告诉他法国军队登陆的消息,他听了只是微笑;我告诉他说您来了,他的回答却是,"还是不来的好";我告诉他葛罗斯特怎样谋反,他的儿子怎样尽忠的时候,他骂我蠢东西,说我颠倒是非。凡是他所应该痛恨的事情,他听了都觉得很得意;他所应该欣慰的事情,反而使他恼怒。

贡纳莉尔　(向爱德蒙)那么你止步吧。这是他懦怯畏缩的天性,使他不敢担当大事;他宁愿忍受侮辱,不肯挺身而起。我们在路上谈起的那个愿望,也许可以实现。爱德蒙,你且回到我的妹夫那儿去;催促他赶紧调齐人马,交给你统率;我这儿只好由我自己出马,把家务托付我的丈夫照管了。这个可靠的仆人可以替我们传达消息;要是你有胆量为了你自己的好处履行你的女主人的命令,那么不久大概就会听到我的音信的。把这东西拿去带在身边;不要多说什么;(以饰物赠爱德蒙)低下你的头来:这一个吻要是能够替我说话,它会叫你的灵魂儿飞上天空的。你要明白我的心;再会吧。

爱德蒙　我愿意为您赴汤蹈火。

贡纳莉尔　我的最亲爱的葛罗斯特!(爱德蒙下)唉!都是男人,却有这样的不同! 哪一个女人不愿意为你贡献她的一切,我却让一个傻瓜侵占了我的眠床。

奥斯华德　夫人,殿下来了。(下。)

　　　　〔奥本尼上。

贡纳莉尔　你太瞧不起人啦。

奥本尼　啊,贡纳莉尔! 你的价值还比不上那狂风吹在你脸的尘土。

我替你这种脾气担着心事;一个人要是看轻了自己的根本,难免做出一些越限逾分的事来;树干砍伤了,枝叶也要跟着萎谢,到后来只好让人当作枯柴而付之一炬。

贡纳莉尔　得啦得啦,全是些傻话。

奥本尼　智慧和仁义在恶人眼中看来都是恶的;下流的人只喜欢下流的事。你们干下了些什么事情?你们是猛虎,不是女儿,你们干了些什么事啦?这样一位父亲,这样一位仁慈的老人家,一头野熊见了他也会俯首帖耳,你们这些蛮横下贱的女儿,却把他激成了疯狂!难道我那位贤襟兄竟会让你们这样胡闹吗?他也是个堂堂汉子,一邦的君主,又受过他这样的深恩厚德!要是上天不立刻降下一些明显的灾祸来惩罚这种万恶的行为,那么人类快要像深海的鱼龙一样自相吞食了。

贡纳莉尔　不中用的懦夫!**你脸上不长眼睛,**人家打肿你的脸,把侮辱加在你的头上,你还以为是一件体面的事;正像那些不明是非的傻瓜,人家存心害你,幸亏发觉得早,他们在未下毒手以前就受到惩罚,你却还要可怜他们。你的鼓呢?法国的旌旗已经展开在我们安静的国境上了,你的敌人顶着羽毛飘扬的战盔,已经开始他的威胁。你这迂腐的傻子却坐着一动不动,只会说:"唉!他为什么要这样呢?"

奥本尼　瞧瞧你自己吧,魔鬼!恶魔的丑恶的嘴脸,还不及一个恶魔般的女人更要丑恶万分。

贡纳莉尔　哎哟,你这没有头脑的蠢货!

奥本尼　你这变化做女人的形状,掩蔽你的蛇蝎般的真相的魔鬼,不要露出你的狰狞的面目来吧!要是我可以允许这双手服从我的怒气,它们一定会把你的肉一块块抓下来,把你的骨头一根根折断;可是你虽然是一个魔鬼,你的形状却还是一个女人,我不能伤害你。

贡纳莉尔　哼,这就是你的男子汉的气概。——呸!

〔一使者上。

奥本尼　有什么消息？

使者　啊！殿下，康沃尔公爵死了；他正要挖去葛罗斯特第二只眼睛的时候，他的一个仆人把他杀死了。

奥本尼　葛罗斯特的眼睛！

使者　他所畜养的一个仆人因为激于义愤，反对他这一种行动，就拔出剑来向他的主人行刺；他的主人也动了怒，和他奋力猛斗，结果把那仆人砍死了，可是自己也受了重伤，终于不治身亡。

奥本尼　啊，天道究竟还是有的，人世的罪恶这样快就受到了诛谴！但是啊，可怜的葛罗斯特！他失去了他的第二只眼睛吗？

使者　殿下，他两只眼睛全部给挖去了。夫人，这一封信是您的妹妹写来的，请您立刻给她一个回音。

贡纳莉尔　（旁白）从一方面说来，这是一个好消息；可是她做了寡妇，我的葛罗斯特又跟她在一起，也许我的一切美满的愿望，都要从我这可憎的生命中消灭了；不然的话，这消息还不算顶坏。（向使者）我读过以后再写回信吧。（下。）

奥本尼　他们挖去他的眼睛的时候，他的儿子在什么地方？

使者　他是跟夫人一起到这儿来的。

奥本尼　他不在这儿。

使者　不，殿下，我在路上碰见他回去了。

奥本尼　他知道这种罪恶的事情吗？

使者　是，殿下，就是他出首告发他的，他离开那座屋子，为的是让他们行事方便一些。

奥本尼　葛罗斯特，我永远感激你对王上所表示的好意，一定替你报复你的挖目之仇。过来，朋友，详细告诉我一些你所知道的其他的消息。（同下。）

第三场　多佛附近法军营地

〔肯特及一侍臣上。

肯特　　为什么法兰西王突然回去,您知道他的理由吗?

侍臣　　他在国内还有一点未了的要事,直到离国以后,方才想起;因为那件事情有关国家的安全,所以他不能不亲自回去料理。

肯特　　他去了以后,委托什么人代他主持军务?

侍臣　　拉发元帅。

肯特　　王后看了您的信,有没有什么悲哀的表示?

侍臣　　是的,先生;她拿了信,当着我的面前读下去,一颗颗饱满的泪珠淌下她的娇嫩的颊上;可是她仍然保持着一个王后的尊严,虽然她的情感像叛徒一样想要把她压服,她还是竭力把它克制下去。

肯特　　啊!那么她是受到感动的了。

侍臣　　她并不痛哭流涕;忍耐和悲哀互相竞争着谁能把她表现得更美。您曾经看见过阳光和雨点同时出现;她的微笑和眼泪也正是这样,只是更要动人得多;那些荡漾在她的红润的嘴唇上的小小的微笑,似乎不知道她的眼睛里有些什么客人,他们从她钻石一样晶莹的眼球里滚出来,正像一颗颗浑圆的珍珠。简单一句话,要是所有的悲哀都是这样美,那么悲哀将要成为最受世人喜爱的珍奇了。

肯特　　她没有说过什么话吗?

侍臣　　一两次她的嘴里迸出了"父亲"两个字,好像它们重压着她的心一般;她哀呼着:"姊姊!姊姊!女人的耻辱!姊姊!肯特!父亲!姊姊!什么,在风雨里吗?在黑夜里吗?不要相信世上还有怜悯吧!"于是她挥去了她的天仙一般的眼睛里的神圣的水珠,让眼泪淹没了她的沉痛的悲号,移步他往,和哀愁独自做伴去了。

肯特　　那是天上的星辰,天上的星辰主宰着我们的命运;否则同一个父母怎么会生出这样不同的儿女来。您后来没有跟她说过话吗?

侍臣　没有。

肯特　这是在法兰西王回国以前的事吗？

侍臣　不，这是他去后的事。

肯特　好，告诉您吧，可怜的受难的李尔已经到了此地，他在比较清醒的时候，知道我们来干什么事，一定不肯见他的女儿。

侍臣　为什么呢，好先生？

肯特　羞耻之心掣住了他；他自己的忍心剥夺了她的应得的慈爱，使她远适异国，听任天命的安排，把她的权利分给那两个犬狼之心的女儿——这种种的回忆像毒刺一样螫着他的心，使他充满了火烧一样的惭愧，阻止他和考德莉娅相见。

侍臣　唉！可怜的人！

肯特　关于奥本尼和康沃尔的军队，您听见什么消息没有？

侍臣　是的，他们已经出动了。

肯特　好，先生，我要带您去见见我们的王上，请您替我照料照料他。我因为有某种重要的理由，必须暂时隐藏我的真相，当您知道我是什么人以后，您决不会后悔跟我结识的。请您跟我走吧。

（同下。）

第四场　同前；帐幕

〔旗鼓前导，考德莉娅、医生及兵士等上。

考德莉娅　唉！正是他。刚才还有人看见他，疯狂得像被飓风激动的怒海，高声歌唱，头上插满了恶臭的地烟草、牛蒡、毒芹、荨麻、杜鹃花和各种蔓生在田亩间的野草。派一百个兵士到繁茂的田野里各处搜寻，把他领来见我。（一军官下）人们的智慧能不能恢复他的丧失的心神？谁要是能够医治他，我愿意把我的身外的富贵一起送给他。

医生　娘娘，法子是有的；休息是滋养疲乏的精神的保姆，他现在就是缺少休息；只要给他服一些药草，就可以合上他的痛苦的眼睛。

考德莉娅　一切神圣的秘密，一切地下潜伏的灵奇，随着我的眼泪一起奔涌出来吧！帮助解除我的善良的父亲的痛苦！快去找他，快去找他，我只怕他在不可控制的疯狂之中会消灭了他的失去主宰的生命。

　　　　　〔一使者上。

使者　报告娘娘，英国军队向这儿开过来了。

考德莉娅　我们早已知道，一切都预备好了，只等他们到来。亲爱的父亲啊！我这次掀动干戈，完全是为了你的缘故；伟大的法兰西王被我的悲哀和祈恳的眼泪所感动，他一点没有非分的野心，只有一片真情、热烈的真情，要替我们的老父王主持正义。但愿我不久就可以听见看见他！（同下。）

第五场　葛罗斯特城堡中一室

　　　　　〔里根及奥斯华德上。

里根　可是我的姊夫的军队已经出发了吗？

奥斯华德　出发了，夫人。

里根　他亲自率领吗？

奥斯华德　夫人，好容易才把他催上了马，还是您的姊姊是个更好的军人哩。

里根　爱德蒙伯爵到了你们家里，有没有跟你家主人谈过话？

奥斯华德　没有，夫人。

里根　我的姊姊给他的信里有些什么话？

奥斯华德　我不知道，夫人。

里根　告诉你吧，他有重要的事情，已经离开此地了。葛罗斯特被挖去了眼睛以后，仍旧放他活命，实在是一个极大的失策；因为他每到一处地方，都会激起众人对我们的反感。我想爱德蒙因为怜悯他的困苦，是要去替他解脱他的暗无天日的生涯的；而且他还负有探察敌人实力的使命。

奥斯华德　夫人，我必须追上去把我的信送给他。

里根　我们的军队明天就要出发；你暂时耽搁在我们的地方吧，路上很危险呢。

奥斯华德　我不能，夫人；我家夫人曾经吩咐我不准误事的。

里根　为什么她要写信给爱德蒙呢？难道你不能替她口头传达她的意思吗？看来恐怕有点儿——我也说不出来。让我拆开这封信来，我会十分喜欢你的。

奥斯华德　夫人，那我可——

里根　我知道你家夫人不爱她的丈夫了，这一点我是可以确定的。她最近在这儿的时候，常常对高贵的爱德蒙抛掷含情的媚眼。我知道你是她的心腹之人。

奥斯华德　我，夫人！

里根　我的话不是随便说说的，我知道你是她的心腹；所以你且听我说，我的丈夫已经死了，爱德蒙跟我曾经谈起过，他应该向我求爱，不应该向你家夫人求爱。其余的你自己去意会吧。要是你找到了他，请你替我把这信交给他；你把我的话对你家夫人说了以后，再请她仔细想个明白。好，再会。假如你听见人家说起那瞎眼的老贼在什么地方，能够把他除掉，一定可以得到重赏。

奥斯华德　但愿他能够碰在我的手里，夫人，我一定可以向您表明我是哪一方面的人。

里根　再会。（各下。）

第六场　多佛附近的乡间

[葛罗斯特及爱德加作农民装束同上。

葛罗斯特　什么时候我才能够登上山顶？

爱德加　您现在正在一步步上去；瞧这路多么难走。

葛罗斯特　我觉得这地面是很平的。

爱德加　陡峭得可怕呢；听！那不是海水的声音吗？

葛罗斯特　不，我真的听不见。

爱德加　哎哟，那么大概因为您的眼睛痛得厉害，所以别的知觉也连带模糊起来啦。

葛罗斯特　那倒也许是真的。我觉得你的声音也变了样啦，你讲的话不像原来那样疯疯癫癫啦。

爱德加　您错啦，除了我的衣服以外，我什么都没有变样。

葛罗斯特　我觉得你的话像样得多啦。

爱德加　来，先生，我们已经到了，您站好。把眼睛一直望到这么低的地方，真是惊心炫目！在半空盘旋的乌鸦，瞧上去还没有甲虫那么大；山腰中间悬着一个采金花草的人，可怕的工作！我看他的全身简直抵不上一个人头的大小。在海滩上走路的渔夫就像小鼠一般，那艘停泊在岸旁的高大的帆船小得像它的划艇，它的划艇小得像一个浮标，几乎看不出来。澎湃的波涛在海滨无数的石子上冲击的声音，也不能传到这样高的所在。我不愿再看下去了，恐怕我的头脑要昏眩起来，眼睛一花，就要一个觔斗直跌下去。

葛罗斯特　带我到你所立的地方。

爱德加　把您的手给我；您现在已经离开悬崖的边上只有一呎之距了，谁要是把天下所有的一切都给了我，我也不愿意跳下去。

葛罗斯特　放开我的手。朋友，这儿又是一个钱囊，里面有一颗宝石，一个穷人得到了它，可以终身温饱；愿天神们保佑你因此而得福吧！你再走远一点；向我告别一声，让我听见你走过去。

爱德加　再会吧，好先生。

葛罗斯特　再会。

爱德加　（旁白）我这样戏弄他的目的，是要把他从绝望的境界中解救出来。

葛罗斯特　威严的神明啊！我现在脱离这一个世界，当着你们的面前,摆脱我的惨酷的痛苦了;要是我能够再忍受下去,而不怨尤你们不可反抗的伟大的意志,我这可厌的残余的生命不久也要烧干了的。要是爱德加尚在人世,神啊,请你们祝福他! 现在,朋友,我们再会了!（向前仆地。）

爱德加　我去了,先生;再会。（旁白）可是我不知道当一个人愿意受他自己的幻想的欺骗,相信他已经死去的时候,那一种幻想会不会真的偷去了他的生命的至宝;要是他果然在他所想象的那一个地方,现在他早已没有思想了。活着还是死了？（向葛罗斯特）喂,你这位先生! 朋友! 你听见吗,先生? 说呀! 也许他真的死了;可是他醒过来啦。你是什么人,先生？

葛罗斯特　去,让我死。

爱德加　要是你不过是一根蛛丝、一片羽毛、一阵空气,从这样千仞的悬崖上跌落下来,也要像鸡蛋一样化成粉碎;可是你还在呼吸,你的身体还是好好的,不流一滴血,还会说话,简直一点损伤也没有。十根桅杆连接起来,也不及你所跌下来的那地方高;你的生命是一个奇迹。再对我说两句话吧。

葛罗斯特　可是我有没有跌下来？

爱德加　你就是从这可怕的悬崖绝顶上面跌下来的。抬起头来看一看吧;鸣声嘹亮的云雀飞到了那样高的所在,我们不但看不见它的形状,也听不见它的声音;你看。

葛罗斯特　唉! 我没有眼睛哩。难道一个苦命的人,连寻死的权利都要被剥夺去吗？ 罢了,这也是上天的意思,不让骄横的暴君如愿以偿。

爱德加　把你的手臂给我;起来,好,怎样? 站得稳吗？

葛罗斯特　很稳,很稳。

爱德加　这真太不可思议了。刚才在那悬崖的顶上,从你身边走开的是什么东西？

葛罗斯特　一个可怜的叫化子。

爱德加　我站在下面望着他,仿佛看见他的眼睛像两轮满月;他有一
　　　千个鼻子,满头都是像波浪一样高低不齐的角;一定是个什么恶
　　　魔。所以,你幸运的老人家,你应该想这是无所不能的神明在暗
　　　中默佑你,否则决不会有这样的奇事。

葛罗斯特　我现在记起来了;从此以后,我要耐心忍受痛苦,直等它
　　　有一天自己喊了出来,"够啦,够啦",那时候再撒手死去。你所
　　　说起的这一个东西,我还以为是个人;它老是嚷着"恶魔,恶魔"
　　　的;就是他把我领到了那个地方。

爱德加　不要胡思乱想,安心忍耐。可是谁来啦?

　　　[李尔以鲜花杂乱饰身上。

爱德加　不是疯狂的人,决不会把他自己打扮成这一个样子。

李尔　不,他们不能判我私造货币的罪名;我是国王哩。

爱德加　啊,伤心的景象!

李尔　在那一点上,天然是胜过人工的。这是强迫你们当兵的慰劳
　　　费。那家伙弯弓的姿势,活像一个稻草人;给我射一支一码长的
　　　箭试试看,瞧,瞧! 一只小老鼠! 别闹,别闹! 这一块烘乳酪可
　　　以捉住它。这是我的铁手套;尽管他是一个巨人,我也要跟他一
　　　决胜负。带那些戟手上来。啊! 飞得好,鸟儿,刚刚中在靶子心
　　　里,咻! 口令!

爱德加　马郁兰。①

李尔　过去。

葛罗斯特　我认识那个声音。

李尔　吓! 长着白胡须的贡纳莉尔! 她们像狗一样向我献媚。说我
　　　在没有出黑须以前,就已经有了白须②。我说一声"是",她们就
　　　应一声"是";我说一声"不",她们就应一声"不"! 当雨点淋湿了

_____

① 马郁兰:一种可治疗疯病的药草。
② 赞词,是说具有老人的智慧。

我,风吹得我牙齿打颤,当雷声不肯听我的话平静下来的时候,我才发现了她们,嗅出了她们的踪迹。算了,她们不是心口如一的人;她们把我恭维得天花乱坠;全然是个谎,一发起寒热病来我就没有办法。

葛罗斯特　这一种说话的声调我记得很清楚;他不是我们的君王吗?

李尔　嗯,每一时都是君王,我只要一瞪眼睛,我的臣子就要吓得发抖。我赦免那个人的死罪。你犯的是什么案子?奸淫吗?你不用死;为了奸淫而犯死罪!不,小鸟儿都在干那把戏,金苍蝇当着我的面前也会公然交尾哩。让通奸的人多子多孙吧;因为葛罗斯特的私生的儿子,也比我的合法的女儿更孝顺他的父亲。淫风越盛越好,我巴不得他们替我多制造几个兵士出来。瞧那个脸上堆着假笑的妇人,她装出一副冷若冰霜的神气,做作得那么端庄贞静,一听见人家谈起调情的话儿就要摇头,其实她自己干起那回事来,比臭猫和骚马还要浪得多哩。她们的上半身虽然是女人,下半身却是淫荡的妖怪:腰带以上是属于天神的,腰带以下全是属于魔鬼的:那儿是地狱,那儿是黑暗,那儿是火坑,吐着熊熊的烈焰,发出熏人的恶臭,把一切烧成了灰。啐!啐!啐!呸!呸!好掌柜,给我称一两麝香,让我解解我的想象中的臭气;钱在这儿。

葛罗斯特　啊!让我吻一吻那只手!

李尔　让我先把它揩揩干净;它上面有一股热烘烘的人气。

葛罗斯特　啊,毁灭了的生命!这一个广大的世界有一天也会像这样零落得只剩一堆残迹。您认识我吗?

李尔　我很记得你这双眼睛。你在向我瞟吗?不,盲目的丘比特,随你使出什么手段来,我是再也不会恋爱的。这是一封挑战书,你拿去读吧,瞧瞧它是怎么写的。

葛罗斯特　即使每一个字都是一个太阳,我也瞧不见。

爱德加　(旁白)要是人家告诉我这样的事,我一定不会相信,可是这样的事是真的,我的心要碎了。

李尔　读。

葛罗斯特　什么!用眼眶子读吗?

李尔　啊哈!你原来是这个意思吗?你的头上没有眼睛,你的袋里
　　　也没有银钱吗? **你的眼睛变深了,你的钱袋变浅了**,可是你却看
　　　见了这世界的**真相**①。

葛罗斯特　**我只能凭触摸去看它了**。②

李尔　什么!你疯了吗?一个人就是没有眼睛,也可以看见这世界
　　　的变化。用你的耳朵瞧着吧:你没看见那法官怎样痛骂那个卑
　　　贱的偷儿吗? 侧过你的耳朵来,听我告诉你:让他们两人换了地
　　　位,谁还认得出哪个是法官,哪个是偷儿?你见过一条农夫的狗
　　　向一个乞丐吠叫吗?

葛罗斯特　嗯,陛下。

李尔　你还看见那家伙怎样给那条狗赶走吗?从这一件事情上面,
　　　你就可以看到威权的伟大的影子;一条得势的狗,也可使人家唯
　　　命是从。你这可恶的教吏,停住你的残忍的手!为什么你要鞭
　　　打那个妓女?向你自己的背上着力抽下去吧;你自己心里和她
　　　犯奸淫,却因为她跟人家犯奸淫而鞭打她。杀人的是个放重利
　　　债的家伙,被杀的是个骗子。褴褛的衣衫遮不住小小的过失;披
　　　上锦袍裘服,便可以隐匿一切。罪恶镀了金,公道的坚强的枪刺
　　　也会迎之而断;把它用破烂的布条裹起来,一根侏儒的稻草就可
　　　以戳破它。没有一个人是犯罪的,我说,没有一个人;我愿意为
　　　他们担保,相信我吧,我的朋友,我有权力封住控诉者的嘴唇。
　　　你还是去装上一副玻璃眼睛,像一个卑鄙的阴谋家似的,假装能
　　　够看见你所看不见的事情吧。来,来,来,替我把靴子脱下来,用

---

① 　朱译手稿:变化。
② 　朱译手稿:我只能感觉到它的变化。

力一点,用力一点。好!

爱德加　(旁白)啊!虽然是疯话,却不是全无意义的。

李尔　要是你愿意为我的命运痛哭,那么把我的眼睛拿了去吧。我
　　　知道你是什么人;你的名字是葛罗斯特。你必须忍耐,你知道我
　　　们来到这世上,第一次嗅到了空气,就哇呀哇呀地哭起来。让我
　　　讲一番道理给你听,你听着。

葛罗斯特　唉!唉!

李尔　当我们生下地来的时候,我们因为来到了这个全是些傻瓜的
　　　广大的舞台之上,所以禁不住放声大哭。这顶帽子的式样很不
　　　错!用毡呢钉在一队马儿的蹄上,倒是一个妙计;我要把它实行
　　　一下,悄悄地偷进了我那两个女婿的营里,然后我就杀,杀,杀,
　　　杀,杀,杀!

　　　　〔侍臣率侍从上。

侍臣　啊!他在这儿;抓住他。陛下,你的最亲爱的女儿——

李尔　没有人救我吗?什么!我变成一个囚犯了吗?我是天生下来
　　　被命运愚弄的。不要虐待我;有人会拿钱来赎我的。替我请几
　　　个外科医生来,我的头脑受了伤啦。

侍臣　你将会得到您所需要的一切。

李尔　一个伙伴也没有?只有我一个人吗?哎哟,这样会叫一个人
　　　变成了个泪人儿,用他的眼睛充作了灌园的水壶,去浇洒秋天的
　　　泥土。

侍臣　陛下——

李尔　我要像一个新郎似的勇敢地死去。嘿!我要高高兴兴的。
　　　来,来,我是一个国王,你们知道吗?

侍臣　您是一位尊严的王上,我们服从您的旨意。

李尔　那么还有几分希望。要去快去。沙沙沙沙。(下。侍从等随下。)

侍臣　最微贱的平民到了这样一个地步,也会叫人看了伤心,何况是
　　　一个国王!您那两个不孝的女儿,已经使全体女人受到咒诅;可

是您还有一个女儿,却已经把她自己从这样的咒诅中间拯拔出来了。

爱德加　祝福,先生。

侍臣　足下有什么见教?

爱德加　您有没有听见什么关于将要有一场战事发生的消息?

侍臣　这已经是一件千真万确、谁都知道的事了;每一个耳朵能够辨别声音的人都听到过那样的消息。

爱德加　可是借问一声,您知道对方的军队离这儿还有多少路?

侍臣　很近了,他们一路来得很快;他们的主力部队每一点钟都有到来的可能。

爱德加　谢谢您,先生,这是我所要知道的一切。

侍臣　王后虽然有特别的原因还在这儿,她的军队已经开上去了。

爱德加　谢谢您,先生。(侍臣下。)

葛罗斯特　永远仁慈的神明,请俯听我的祷告:在你们没有要我死以前,不要再让我的罪恶的灵魂引诱我、结束我自己的生命!

爱德加　你祷告得很好,老人家。

葛罗斯特　好先生,您是什么人?

爱德加　一个非常穷苦的人,受惯命运的打击;因为自己是从忧患中间过来的,所以对于不幸的人很容易抱同情。把您的手给我,让我把您领到一处可以栖身的地方去。

葛罗斯特　多谢多谢;愿上天大大赐福给您!

　　〔奥斯华德上。

奥斯华德　明令缉拿的要犯!居然碰在我的手里!你那颗瞎眼的头颅,却是我的进身的阶梯。你这倒霉的老奸贼,赶快忏悔你的罪恶;剑已经拔出了,你今天难逃一死。

葛罗斯特　但愿你这慈悲的手多用一些气力,帮助我早早脱离苦痛。

　　(爱德加上前阻止。)

奥斯华德　大胆的村夫,你怎么敢袒护一个明令缉拿的叛徒?滚开,免得你也遭到和他同样的命运。放开他的手臂。

爱德加　先生，你不向我说明理由，我是不放的。

奥斯华德　放开，奴才，否则我叫你死。

爱德加　好先生，你走你的路，让穷人们过去吧。这种吓人的话，就是接连说上半个月也吓不倒人的。不，不要走近这个老头儿；我关照你，走远一点儿；要不然的话，我要试一试究竟还是你的头硬还是我的棍子硬。我可不知道什么客气不客气。

奥斯华德　走开，混账东西！

爱德加　我要拔掉你的牙齿，先生。来，尽管刺过来吧。（二人决斗，爱德加击奥斯华德倒地。）

奥斯华德　奴才，你打死我了。把我的钱囊拿了去吧。要是你希望将来有好日子过，请你把我的尸体掘一个坑埋了；我身边还有一封信，请你替我送给葛罗斯特伯爵爱德蒙大爷，他在英国军队里，你可以找到他。啊！想不到我今天会死在你的手里！（死。）

爱德加　我认识你；你是一个惯会讨主上欢心的奴才；你的女主人无论有什么万恶的命令，你总是奉命唯谨。

葛罗斯特　什么！他死了吗？

爱德加　坐下来，老人家；您休息一会儿吧。让我们搜一搜他的衣袋；他说起那一封信，也许可以对我有一点用处。他死了，我只可惜他不死在别人的手里。让我们看：对不起，好蜡，我要把你拆开来了；恕我无礼，为了要知道我们的敌人的思想，就是他们的心肝也要剖出来，拆阅他们的信件不算是违法的事。（读信）"不要忘记我们彼此间的誓约。你有许多机会可以除去他；只要你有决心，一切都是不成问题的。要是他得胜归来，那就什么都完了；我将要成为一个囚人，他的眠床就是我的牢狱。把我从这可憎的温热中拯救出来吧，他的地位你可以取而代之。你的恋慕的奴婢——但愿我能换上妻子两个字——贡纳莉尔"啊，不可测度的女人的心！谋害她的善良的丈夫，叫我的兄弟代替他的位置！在这砂土之内，我要把你掩埋起来，你这杀人的淫妇的使者。在一个适当的时间，我要让那被人阴谋弑害的公爵见到这一封卑劣的信。我能够把你的死讯和你的使命告诉他，对于他是一件幸运的事。

葛罗斯特　王上疯了！我的万恶的知觉却牢附在我的身上，我一站起身来，无限的悲痛就涌上我的心头！还是疯了的好；那样我可以不再想到我的不幸，让一切痛苦在昏乱的幻想之中忘记了它们本身的存在吧。（远处鼓声。）

爱德加　把您的手给我；好像我听见远远有打鼓的声音。来，老人家，让我把您安顿在一个朋友的地方。（同下。）

第七场　法军营帐

〔考德莉娅、肯特、医生及侍臣上。

考德莉娅　好肯特啊！我怎么能够报答你这一番苦心好意呢？就是粉身碎骨，也不能抵偿您的大德。

肯特　娘娘，只要自己的苦心被人了解，那就是莫大的报酬了。我所讲的话，句句都是事实，没有一分增减。

考德莉娅　去换一身好一点的衣服吧；您身上的衣服是那一段悲惨的时光中的纪念品，请您脱下来吧。

肯特　恕我，娘娘，我现在还不能回复我的本来面目，因为那会妨碍我的预定的计划。请您准许我这一个要求，在我自己认为还没有到适当的时间以前，您必须把我当作一个不相识的人。

考德莉娅　那么就照你的意思吧，伯爵。（向医生）王上怎样？

医生　娘娘，他仍旧睡着。

考德莉娅　慈悲的神明啊，医治他的被凌辱的心灵中的重大的裂痕！保佑这一个被不孝的女儿所反噬的老父，让他错乱昏迷的神智回复健全吧！

医生　请问娘娘，我们现在可不可以叫王上醒来？他已经睡得很久了。

考德莉娅　　照你的意见,应该怎么办就怎么办吧。他有没有穿着好?

　　　〔李尔卧椅内,众仆抬上。

侍臣　　是,娘娘;我们乘着他熟睡的时候,已经替他把新衣服穿上去了。

医生　　娘娘,请您不要走开,等我们叫他醒来,我相信他的神经已经安定下来了。

考德莉娅　　很好。(奏乐。)

医生　　请您走近一步。音乐还要响一点儿。

考德莉娅　　啊,我的亲爱的父亲!但愿我的嘴唇上有治愈疯狂的灵药,让这一吻抹去了我那两个姊姊加在你身上的无情的伤害吧!

肯特　　善良的好公主!

考德莉娅　　假如您不是她们的父亲,这满头的白雪也该引起她们的怜悯。这样一张面庞是受得起激战的狂风的吹打的吗?它能够抵御可怕的雷霆吗?在最惊人的闪电的光辉之下,您,可怜的无援的兵士!戴着这一顶薄薄的戎盔,苦苦地守住您的哨岗吗?我的敌人的狗,即使它曾经咬过我,在那样的夜里,我也要让它躺在我的火炉之前。但是您,可怜的父亲,却甘心钻在污秽霉烂的稻草里,和猪狗乞儿为伴吗?唉!唉!您的生命不和您的智慧同归于尽,才是一件怪事。他醒来了;对他说些什么话吧。

医生　　娘娘,应该您去跟他说说。

考德莉娅　　父王陛下,您好吗?

李尔　　你们不应该把我从坟墓中间拖了出来。你是一个有福的灵魂;我却缚在一个烈火的车轮上,我自己的眼泪也像熔铅一样灼痛我的脸。

考德莉娅　　父亲,您认识我吗?

李尔　　你是一个灵魂,我知道;你在什么时候死的?

考德莉娅　　还是疯疯癫癫的。

医生　他还没有完全清醒过来；暂时不要惊扰他。

李尔　我到过些什么地方？现在我在什么地方？明亮的白昼吗？我大大受了骗啦。怎么我还能活着看见这样的一天？我不知道应该怎么说。我不愿发誓这一双是我的手；让我试试看，这针刺上去是觉得痛的。但愿我能够知道我自己的确实情形！

考德莉娅　啊！瞧着我，父亲，把您的手按在我的头上为我祝福吧。不，父亲，您千万不能跪下。

李尔　请不要取笑我；我是一个非常愚蠢的傻老头子，活了八十多岁了，不瞒您说，我怕我的头脑有点儿不大健全。我想我应该认识您，也该认识这个人；可是我不敢确定；因为我全然不知道这是什么地方，而且凭着我所有的能力，我也记不起来什么时候穿上这身衣服；我也不知道昨天晚上我在什么所在过夜。不要笑我；我想这位夫人是我的孩子考德莉娅。

考德莉娅　正是，正是。

李尔　你在流着眼泪吗？当真。请你不要哭啦，要是你有毒药为我预备着，我愿意喝下去。我知道你不爱我，因为我记得你的两个姊姊都虐待我；你虐待我还有几分理由，她们却没有理由虐待我。

考德莉娅　谁都没有理由虐待您。

李尔　我是在法国吗？

肯特　在您自己的国土之内，陛下。

李尔　不要骗我。

医生　请宽心一点，娘娘，您看他的疯狂已经平静下去了；可是再向他提起从前的事情，却是非常危险的。不要多烦扰他，让他的神经完全安定下来。

考德莉娅　请陛下到里边去安息安息吧。

李尔　你必须原谅我。请你不咎既往，宽赦我的过失，我是个年老糊涂的人。（李尔、考德莉娅、医生及侍从等同下。）

侍臣　先生,康沃尔公爵被刺的消息是真的吗?

肯特　完全真确。

侍臣　他的军队归什么人带领?

肯特　据说是葛罗斯特的庶子。

侍臣　他们说他的放逐在外的儿子爱德加现在跟肯特伯爵都在德国。

肯特　消息常常变化不定。现在是应该戒备的时候了,英国军队很快就要逼近。

侍臣　一场血战是免不了的。再会,先生。(下。)

肯特　我的目的能不能顺利达到,要看这一场战事的结果方才分晓。(下。)

第 五 幕

第一场　多佛附近英军营地

〔旗鼓前导,爱德蒙、里根、军官、兵士及侍从等上。

爱德蒙　(向一军官)你去问一声公爵,他是不是仍旧保持着原来的决心,还是因为有了其他的理由,已经改变了方针;他这个人毫无定见,动不动引咎自责;我要知道他究竟抱着怎样的主张。(军官下。)

里根　我那姊姊差来的人一定在路上出了事啦。

爱德蒙　那可说不定,夫人。

里根　好爵爷,我对你的一片好心,你不会不知道的;现在请你告诉我,老老实实地告诉我,你不爱我的姊姊吗?

爱德蒙　我只是按照我的名分敬爱她。

里根　可是你从来没有深入我的姊夫的禁地吗?

爱德蒙　这样的思想是有失您自己的体统的。

里根　我怕你们已经打成一片,她心坎儿里只有你一个人哩。

爱德蒙　凭着我的名誉起誓,夫人,没有这样的事。

里根　我决不答应她;我的亲爱的爵爷,不要跟她亲热。

爱德蒙　你放心吧。——她跟她的公爵丈夫来啦!

　　　　〔旗鼓前导,奥本尼、贡纳莉尔及兵士等上。

贡纳莉尔　(旁白)我宁愿这一次战争失败,也不让我那个妹子把他从
　　我手里夺了去。

奥本尼　贤妹久违了。伯爵,我听说王上已经带了我们国内的一群
　　亡命之徒,到他女儿的地方去了。要是我们所兴的是一场不义
　　之师,我是再也提不起我的勇气来的;可是现在的问题,并不是
　　我们的王上和他手下的一群人在法国的煽动之下,用堂堂正正
　　的理由向我们兴师问罪,而是法国举兵侵犯我们的领土,这是我
　　们所不能容忍的。

爱德蒙　您说得有理,佩服佩服。

里根　这种话讲它做什么呢?

贡纳莉尔　我们只须同心合力,打退敌人,这些内部的纠纷,不是现
　　在所要讨论的问题。

奥本尼　那么让我们跟那些久历戎行的战士们讨论讨论我们所应该
　　采取的战略吧。

爱德蒙　很好,我就到您的帐里来叨陪末议。

里根　姊姊,您也跟我们一块儿去吗?

贡纳莉尔　不。

里根　您怎么可以不去? 来,请吧。

贡纳莉尔　(旁白)哼! 我明白你的意思。(高声)好,我就去。

　　　　〔爱德加乔装上。

爱德加　殿下要是不嫌我微贱,请听我说一句话。

奥本尼　你们先请一步,我就来。——说。(爱德蒙、里根、贡纳莉尔、军官、兵士及侍从等同下。)

爱德加　在您没有开始作战以前,先把这封信拆开来看一看。要是您得到胜利,可以吹喇叭为信号,叫我出来;虽然您看我是这样一个下贱的人,我可以请出一个证人来,证明这信上所写的事。要是您失败了,那么您在这世上的使命已经完毕,一切阴谋也都无能为力了。愿命运眷顾您!

奥本尼　等我读了信你再去。

爱德加　我不能。时候一到,您只要叫传令官传唤一声,我就会出来的。

奥本尼　那么再见;你的信我拿回去看吧。(爱德加下。)

　　　　[爱德蒙重上。

爱德蒙　敌人已经望得见了,快把您的军队集合起来。这儿记载着根据精密侦查所得的敌方军力的估计,可是现在您必须快点儿了。

奥本尼　好,我们准备迎敌就是了。(下。)

爱德蒙　我对这两个姊妹都已经立下爱情的盟誓;她们彼此互怀嫉妒,就像被蛇咬过的人看见不得蛇的影子一样。我应该选择哪一个呢?两个都要?只要一个?还是一个也不要?要是两个全部留在世上,我就一个也不能到手;娶了那寡妇,一定会激怒她的姊姊贡纳莉尔,而且她的丈夫一天不死,总是我前途的一个障碍。现在我们还是要借他做号召军心的幌子;等到战事结束以后,她要是想除去他,让她自己设法结果他的性命吧。照他的意思,李尔和考德莉娅两人被我们捉到以后,是不能加害的;可是假如他们果然掉在我们手里,我们可决不让他们得到他的赦免;因为我保全自己的地位要紧,什么天理良心只好一概不论。(下。)

第二场　两军营地之间的原野

　　[内号角声。旗鼓前导,李尔及考德莉娅率军队上;同下。爱德加及葛罗斯特上。

爱德加　来,老人家,在这树荫底下坐坐吧;但愿正义得到胜利! 要是我还能够回来见你,我一定会给你好消息的。

葛罗斯特　上帝照顾您,先生!（爱德加下。）

　　[号角声;有顷,内吹退军号。爱德加重上。

爱德加　去吧,老人家! 把你的手给我;去吧! 李尔王已经失败,他跟他的女儿都被他们捉去了。把你的手给我;来。

葛罗斯特　不,先生,我不想再到什么地方去了;让我就在这儿等死吧。

爱德加　怎么! 你又转起那种坏念头来了吗? 人们的生死都不是可以勉强求到的,你应该耐心忍受天命的安排。来。

葛罗斯特　那也说得有理。（同下。）

第三场　多佛附近英军营地

　　[旗鼓前导奏凯,爱德蒙上,李尔、考德莉娅被俘随上,军官、兵士等同上。

爱德蒙　来人,把他们押下去,好生看守,等上面发落下来,再做道理。

考德莉娅　存心良善的反而得到恶报,这样的前例是很多的。我只是为了您,被迫害的国王,才落得如此下场;否则尽管欺人的命运向我横眉怒目,我也不会害怕受她的凌辱。我们要不要去见见这两个女儿和这两个姊姊?

李尔　不,不,不,不! 来,让我们到监牢里去。我们两人将要像笼中之鸟一般唱歌儿;当你求我为你祝福的时候,我要跪下来求你饶恕;我们就这样生活着,祈祷,唱歌,说些古老的故事,嘲笑那披着金翅的蝴蝶,听听那些可怜的囚徒们讲些宫廷里的消息;我们也要跟他们在一起谈话,谁失败,谁胜利,谁在朝,谁在野,用我们的意见解释各种事情的秘密,就像我们是上帝的间谍一样;在囚牢的四壁之内,我们将要冷眼看那些朋比为奸的党徒随着月亮的圆缺而升沉。

爱德蒙　把他们带下去。

李尔　对于这样的祭物,我的考德莉娅,天神也要焚香致敬的。我果然把你捉住了吗?谁要是想分开我们,必须从天上取下一把火炬来像驱逐狐狸一样把我们赶散。揩干你的眼睛,让恶疮烂掉他们的全身,他们也不能使我们流泪,我们要看他们活活饿死。来。(兵士押李尔、考德莉娅下。)

爱德蒙　过来,队长。听着,把这一通密令拿去;(以一纸授军官)跟着他们到监牢里去。我已经把你提升了一级,要是你能够照这密令上所说的实行,一定有大大的好处。你要知道,识时务的才是好汉;心肠太软的人不配佩带刀剑。我吩咐你去干这件重要的差使,你可不必多问;愿意就做,不愿意就别做。

军官　我愿意,大人。

爱德蒙　那么去吧,你立了这一个功劳,你就是一个幸运的人。听着,事不宜迟,必须照我所写的办法赶快办好。

军官　我不会拖车子,也不会吃干麦;只要是男子汉干的事,我就会干。(下。)

　　　　[喇叭奏花腔。奥本尼、贡纳莉尔、里根、军官及侍从等上。

奥本尼　伯爵,你今天果然表明了你是一个将门之子,命运眷顾着你,使你克奏朕功,跟我们敌对的人都已经束手就擒。请你把你的俘虏交给我们,让我们一方面按照他们的身分,一方面顾到我们自身的安全,决定一个适当的处置。

爱德蒙　殿下,我已经把那不幸的老王拘禁起来,并且派兵严密监视了。他的高龄和尊号都有一种莫大的魔力,可以吸引人心归附他,要是不加防范,恐怕我们的部下都要受他的煽惑而对我们反

戈相向。那王后我为了同样的理由，也把她一起下了监；他们明
天或者迟一两天就可以受你们的审判。现在弟兄们刚刚流过血
汗，丧折了不少的朋友亲人，对于感受战争的残酷的人们，无论
引起这场争端的理由怎样正大，在一时的愤激之中，都是可咒诅
的；所以审问考德莉娅和她的父亲这一件事，必须在一个更适当
的时候举行。

奥本尼　伯爵，说一句怕你见怪的话，你不过是一个随征的将领，我
并没有把你当作一个同等地位的人。

里根　假如我愿意，为什么他不能和你分庭抗礼呢？我想你在说这
样的话以前，应该先问问我的意思才是。他带领我们的军队，受
到我的全权委任，凭着这一层亲密的关系，也够资格和你称兄道
弟了。

贡纳莉尔　少亲热点吧，他的地位是他靠着自己的才能造成的，并不
是你给他的恩典。

里根　我凭着我的权力，使他可以和最尊贵的人匹敌。

贡纳莉尔　要是他做了你的丈夫，你才可以有这种权力。

里根　笑话往往会变成预言。

贡纳莉尔　呵呵！看你挤眉弄眼的，果然不怀好意。

里根　太太，我现在身子不大舒服，懒得跟你斗口了。将军，请你接
受我的军队、俘虏和财产；这一切连我自己都由你支配；我是你
的献城降服的臣仆，让全世界为我证明，我现在把你立为我的丈
夫和君主。

贡纳莉尔　你想要受用他吗？

奥本尼　那不是你所能阻止的。

爱德蒙　也不是你所能阻止的。

奥本尼　杂种儿，我可以阻止你们。

里根　（向爱德蒙）叫鼓手打起鼓来，证明我已经把尊位给了你。

奥本尼　等一等，我还有话说。爱德蒙，你犯有叛逆重罪，我逮捕你；

同时我还要逮捕这一条金鳞的毒蛇。（指贡纳莉尔）贤妹，为了我的妻子的缘故，我必须要求您放弃您的权利；她已经跟这位勋爵有约在先，所以我，她的丈夫，不得不对你们的婚姻表示异议。要是您想结婚的话，还是把您的爱情用在我的身上吧，我的妻子已经另有所属了。

贡纳莉尔　怎么又节外生枝起来！

奥本尼　葛罗斯特，你现在甲胄在身；让喇叭吹起来，要是没有人出来证明你所犯的无数凶残惨恶、众目昭彰的叛逆重罪，这儿是我的信物；（掷下手套）在我没有当着你的胸前证明我所说的一切以前，我决不让一些食物接触我的嘴唇。

里根　唉哟！我病了！我病了！

贡纳莉尔　（旁白）要是你不病，我也从此不相信药物了。

爱德蒙　这儿是我给你的交换；（掷下手套）谁骂我是叛徒的，他就是个说谎的恶人。叫你的喇叭吹起来吧；谁有胆量出来，我可以向他，向你，向每一个人证明我的不可动摇的忠心和荣誉。

奥本尼　来，传令官！

爱德蒙　传令官！传令官！

奥本尼　信赖你个人的勇气吧；因为你的军队都是用我的名义征集的，我已经用我的名义把他们遣散了。

里根　我的病越来越厉害啦！

奥本尼　她身体不舒服；把她扶到我的帐里去。（侍从扶里根下）过来，传令官。

　　　　〔传令官上。

奥本尼　叫喇叭吹起来。宣读这一道命令。

军官　吹喇叭！（喇叭吹响。）

传令官　"在本军将校官佐之中，要是有人愿意证明爱德蒙、名分未定的葛罗斯特伯爵，是一个罪恶多端的叛徒，让他在第三次喇叭声中出来。**该爱德蒙决心自卫。**"

爱德蒙　吹！（喇叭初响。）

传令官　再吹！（喇叭再响。）

传令官　再吹！（喇叭三响。内喇叭声相应。）

　　　　〔喇叭手前导，爱德加武装上。

奥本尼　问明他的来意，为什么他听了喇叭的呼召到这儿来。

传令官　你是什么人？你叫什么名字？在军中是什么官级？为什么你要应召而来？

爱德加　我的名字已经被阴谋的毒齿咬啮蛀蚀了；可是我的出身正像我现在所要来面对的敌手同样高贵。

奥本尼　谁是你的敌手？

爱德加　代表葛罗斯特伯爵爱德蒙的是什么人？

爱德蒙　他自己；你对他有什么话说？

爱德加　拔出你的剑来，要是我的话激怒了一颗正直的心，你的兵器可以为你辩护；这儿是我的剑。听着，虽然你有的是勇力、青春、权位和尊荣，虽然你挥着胜利的宝剑，夺到了新的幸运，可是凭着我的荣誉、我的誓言和我的**骑士**①的身分所给我的特权，我当众宣布你是一个叛徒，不忠于你的神明，你的兄长和你的父亲，阴谋倾覆这一位崇高卓越的君王，从你的头顶直到你的足下的尘土，彻头彻尾是一个最可憎的逆贼。要是你说一声"不"，这一柄剑，这一只手臂和我的全身的勇气，都要向你的心口证明你说谎。

爱德蒙　照理我应该问你的名字；可是你的外表既然这样英勇，你的出言吐语，也可以表明你不是一个卑微的人，虽然按照骑士的规则，我可以拒绝你的挑战，我却不惜唾弃这些规则，把你所说的那种罪名仍旧丢回到你的头上，让那像地狱一般可憎的谎话吞没你的心；凭着这一柄剑，我要在你的心头挖破一个窟窿，把你

———————————

①　朱译手稿：武士。

的罪恶一起塞进去。吹起来,喇叭!(号角声。二人决斗。爱德蒙倒地。)

奥本尼　留他活命,留他活命!

贡纳莉尔　这是诡计,葛罗斯特;按照决斗的法律,你尽可以不接受一个不知名的对手的挑战;你不是被人打败,你是中了人家的计了。

奥本尼　闭住你的嘴,妇人,否则我要用这一张纸塞住它了。——**且慢,先生**——拿去,你这比一切恶名更恶的恶人,读读你自己的罪恶吧。不要撕,太太;我看你也认识这一封信的。(以信授爱德蒙。)

贡纳莉尔　即使我干了这样的事,法律是我的,不是你的;谁可以控诉我?(下。)

奥本尼　岂有此理!你知道这封信吗?

爱德蒙　不要问我知道不知道。

奥本尼　追上她去;她现在情急了,什么事都干得出来;留心看着她。(一军官下。)

爱德蒙　你所指斥我的罪状,我全都承认,而且我所干的事,着实不止这一些呢,总有一天会全部暴露的。现在这些事已成过去,我也要永辞人世了。——可是你是什么人,我会败在你的手里?假如你是一个贵族,我愿意对你不记仇恨。

爱德加　让我们互相宽恕吧。在血统上我并不比你低微,爱德蒙;要是我的出身比你更高贵,你尤其不该那样陷害我。我的名字是爱德加,你的父亲的儿子。公正的天神使我们的风流罪过成为惩罚我们的工具,他在黑暗淫邪的地方生下了你,结果使他丧失了他的眼睛。

爱德蒙　你说得不错,天道的车轮已经循环过来了。

奥本尼　我一看见你的举止行动,就觉得你不是一个凡俗之人。我必须拥抱你;让悔恨碎裂了我的心,要是我曾经憎恨过你和你的父亲。

爱德加　殿下，我一向知道您的仁慈。

奥本尼　你把自己藏匿在什么地方？你怎么知道你的父亲的灾难？

爱德加　殿下，我知道他的灾难，因为我就在他的身边照料他，听我
讲一段简短的故事；当我说完以后，啊，但愿我的心爆裂了吧！
贪生怕死，是我们人类的常情，我们宁愿每小时忍受着死亡的惨
痛，也不愿一下子结束自己的生命；我为了逃避那紧迫着我的残
酷的宣判，不得不披上一身疯人的褴褛衣服，改扮成一副连狗儿
们也要看不起的样子。在这样的乔装之中，我碰见了我的父亲，
他的两个眼眶里淋着血，那宝贵的眼珠已经失去了；我替他做向
导，带着他走路，为他向人求乞，把他从绝望之中拯救出来；啊！
千不该万不该，我不该向他瞒住我自己的真相！直到约莫半小
时以前，我已经披上甲胄，因为不知道此行结果如何，请他为我
祝福，才把我的全部经历从头到尾告诉他知道；可是唉！他的破
碎的心太脆弱了，载不起这样重大的喜悦和悲伤，在这两种极端
的情绪猛烈的冲突之下，他含着微笑死了。

爱德蒙　你这番话很使我感动；可是说下去吧，看上去你还有一些话
要说。

奥本尼　要是还有比这更伤心的事，请不要说下去了吧；因为我听了
这样的话，已经忍不住热泪盈眶了。

爱德加　对于不喜欢悲哀的人，这似乎已经是悲哀的顶点；可是在极
度的悲哀之上，却还有更大的悲哀。当我正在放声大哭的时候，
来了一个人，他认识我就是他所见过的那个疯丐，不敢接近我；
可是后来他知道了我究竟是什么人，他就抱住我的头颈，大放悲
声，好像要把天空都震碎一般；他俯伏在我的父亲的尸体上，讲
出了关于李尔和他两个人的一段最惨人听闻的故事；他越讲越
伤心，他的生命之弦都要开始颤断了；那时候喇叭的声音已经响
过二次，我只好抛下他一个人在那如痴如醉的状态之中。

奥本尼　可是这是什么人？

爱德加　肯特，殿下，被放逐的肯特；他一路上乔装改貌，跟随那把他视同仇敌的国王，替他躬操奴隶不如的贱役。

　　　　〔一侍臣持一流血之刀上。

侍臣　救命！救命！救命啊！

爱德加　救什么命！

奥本尼　说呀，什么事？

爱德加　那柄血淋淋的刀是什么意思？

侍臣　它还热腾腾地冒着气呢；它是从她的心窝里拔出来的，——啊！她死了！

奥本尼　谁死了？说呀。

侍臣　您的夫人，殿下，您的夫人；她的妹妹也给她毒死了，她自己承认的。

爱德蒙　我跟她们两人都有婚姻之约，现在我们三个人可以在一块儿做夫妻了。

爱德加　肯特来了。

奥本尼　把她们的尸体抬出来，不管她们有没有死。这一个上天的判决使我们战栗，却不能引起我们的怜悯。（侍臣下。）

　　　　〔肯特上。

奥本尼　啊！这就是他吗？当前的变故使我不能对他尽我应尽的敬礼。

肯特　我要来向我的王上道一声永久的晚安，他不在这儿吗？

奥本尼　我们把一件重要的事情忘了！爱德蒙，王上呢？考德莉娅呢？肯特，你看见这一种情景吗？（侍从抬贡纳莉尔、里根二人尸体上。）

肯特　唉哟！这是为了什么？

爱德蒙　爱德蒙还是有人爱的；这一个为了我的缘故毒死了那一个，跟着她也自杀了。

奥本尼　正是这样。把她们的脸遮起来。

爱德蒙　我快要断气了,倒还想做一件违反我的本性的好事。赶快差人到城堡里去,因为我已经下令把李尔和考德莉娅处死。不要多说废话,迟一点就来不及啦。

奥本尼　跑!跑!跑呀!

爱德加　叫谁跑呀,殿下?——谁奉命干这件事的?你得给我一件什么东西,作为赦免的凭证。

爱德蒙　想得不错;把我的剑拿去给那队长。

奥本尼　快去,快去。(爱德加下。)

爱德蒙　他从我的妻子跟我两人的手里得到密令,把考德莉娅在狱中缢死,对外面说是她自己在绝望中自杀的。

奥本尼　神明保佑她!把他暂时抬出去。(侍从抬爱德蒙下。)

　　　　〔李尔抱考德莉娅尸体,爱德加、军官及余人等同上。

李尔　哀号吧,哀号吧,哀号吧,哀号吧!啊!你们都是些石头一样的人,要是我有了你们的舌头和眼睛,我要用我的眼泪和哭声震撼穹苍。她是一去不回的了。一个人死了还是活着,我是知道的;她已经像泥土一样死去。借一面镜子给我;要是她的气息还能够在镜面上呵起一层薄雾,那么她还没有死。

肯特　这就是世界最后的结局了吗?

爱德加　还是末日恐怖的预象?

奥本尼　天倒下来了,一切都要归于毁灭吗?

李尔　这一根羽毛在动;她没有死!要是她还有活命,那么我的一切悲哀都可以消释了。

肯特　(跪)啊,我的好主人!

李尔　走开!

爱德加　这是尊贵的肯特,您的朋友。

李尔　一场瘟疫降落在你们身上,全是些凶手、奸贼!我本来可以把她救活的;现在她再也回不转来了!考德莉娅,考德莉娅!等一等。吓！你说什么？她的声音总是那么柔软温和，女儿家是应该这样的。我亲手杀死了那把你缢死的奴才。

军官　殿下，他真的把他杀死了。

李尔　我不是把他杀死了吗，汉子？从前我一举起我的宝刀，就可以叫他们吓得抱头鼠窜，现在年纪老啦，受到这许多磨难，一天比一天不中用啦。你是谁？老实告诉你吧，我的眼睛可不大好。

肯特　要是命运女神向人夸口，说起有两个曾经一度被她宠爱，后来却为她厌弃的人，那么其中的一个就在我们的眼前。

李尔　我的眼睛太糊涂啦。你不是肯特吗？

肯特　正是，您的仆人肯特。您的仆人卡厄斯呢？

李尔　他是一个好人，我可以告诉你；他一动起性子来就会打人。他现在已经死得骨头都腐烂了。

肯特　不，陛下，我就是那个人——

李尔　**我很快就能明白的。**①

肯特　自从您开始遭遇变故以来，我一直跟随着您的不幸的足迹。

李尔　欢迎，欢迎。

肯特　不，这一切都是凄惨的、黑暗的、阴郁的！您的两个大女儿已经在绝望中自杀了。

李尔　嗯，我也是这样想的。

奥本尼　他不知道他自己在说些什么话，我们谒见他也是徒然的。

爱德加　全然是徒劳。

　　　　［一军官上。

军官　禀殿下，爱德蒙死了。

奥本尼　他的死在现在不过是一件无足重轻的小事。各位勋爵和尊贵的朋友，听我向你们宣示我的意旨：对于这一位老病衰弱的君王，我们将要尽我们的力量给他可能的安慰；当他在世的时候，

---

① 朱译手稿：很好，很好。

我仍旧把最高的权力归还给他。(向爱德加、肯特)你们两位仍旧恢复原来的爵位,我还要加赉你们额外的尊荣,褒扬你们过人的节行。一切朋友都要得到他们忠贞的报酬,一切仇敌都要尝到他们罪恶的苦杯。——啊!瞧!瞧!

李尔 我的可怜的傻瓜给他们缢死了!不,不,没有命了!为什么一条狗、一匹马、一只耗子,都有它们的生命,你却没有一丝呼吸?你是永不回来的了,永不,永不,永不,永不,永不!请你替我解开这个纽扣;谢谢你,先生。你看见吗?瞧着她,瞧着她的嘴唇,瞧那边,瞧那边!(死。)

爱德加 他晕过去了!——陛下,陛下!

肯特 碎吧,心啊!碎吧!

爱德加 抬起头来,陛下。

肯特 不要烦扰他的灵魂。啊!让他安然死去吧,他将要痛恨那想要使他在这无情的人世多受一刻酷刑的人。

爱德加 他真的去了。

肯特 他居然忍受了这么久,才是一件奇事;他的生命不是他自己的。

奥本尼 把他们抬出去。我们现在要传令全国举哀。(向肯特、爱德加)

　　　两位朋友,帮我主持大政,
　　　培养这已经砍伤的国本。

肯特 不日间我就要登程上道,
　　　我已经听见主上的呼召。

爱德加 不幸的重担不能不肩负,
　　　感情是我们唯一的言语。
　　　年老的人已经忍受一切,
　　　后人只有抚陈迹而叹息。(同下,奏丧礼进行曲。)

　　　　　　　　　　　　　(朱生豪 译　陈才宇 校)

麦 克 白

《麦克白》约写于 1606—1607 年间，初刊于 1623 年的第一对开本。

此剧第三幕第五场的全部，第四幕第一场的部分内容，是从托马斯·密德尔顿所著的《巫婆》一剧移置过来的。密德尔顿曾继莎士比亚之后为皇家剧团编剧，估计这移花接木的事是他自身所为，不是莎士比亚对他作品的抄袭。

有关麦克白的事迹主要来自霍林雪德所著的《苏格兰编年史》（1587）。麦克白是真实的历史人物，有关他杀邓肯篡位的事也基本上是历史的事实，但班柯和弗里恩斯是霍林雪德之前的编年史家鲍斯虚构的。莎士比亚对历史及其传说做了较多的改动，比如麦克白夫人的作用，在他笔下大大加强了。

另外，《苏格兰编年史》中关于邓华德谋杀达夫国王的描写也被他融合借鉴过。詹姆斯一世所撰的《魔怪论》，也影响过他的写作。

译文见于国家图书馆出版社 2012 年版《朱生豪译莎士比亚戏剧手稿》第 5 册，世界书局版《莎士比亚戏剧全集》（1947）第二辑，原标题为《麦克佩斯》。

剧 中 人 物

邓肯　苏格兰国王

马尔坎姆
道纳尔本 ｝ 邓肯之子

麦克白
班柯 ｝ 苏格兰军中大将

麦克德夫
列诺克斯
洛斯 } 苏格兰贵族
孟提斯
安格斯
凯士纳斯

弗里恩斯　班柯之子

西华德　诺森伯兰伯爵,英国军中大将

小西华德　西华德之子

塞顿　麦克白的侍臣

麦克德夫的幼子

英格兰医生

苏格兰医生

军曹

司阍

老翁

麦克白夫人

麦克德夫夫人

麦克白夫人的侍女

赫卡忒及三女巫

贵族、绅士、将领、兵士、刺客、侍从及使者等

班柯的鬼魂及其他幽灵等

地　　点

苏格兰;英格兰

第 一 幕

第一场　荒　野

〔雷电。三女巫上。

女巫甲　何时姐妹再相逢；
　　　　雷电轰轰雨濛濛？

女巫乙　且等烽烟静四陲，
　　　　败军高奏凯歌回。

女巫丙　半山夕照尚含晖。

女巫甲　何处相逢？

女巫乙　**在郊外。**①

女巫丙　**共同去见麦克白。**②

女巫甲　我来了，格林姆金！

女巫乙　帕特多克在叫我呢。③

女巫丙　快快动身吧。

三女巫　（合唱）美即丑恶丑即美，
　　　　翱翔毒雾妖云里。（同下。）

第二场　福里斯附近的营地

〔内号角声。邓肯、马尔坎姆、道纳尔本、列诺克斯及侍从等上，与一流

----

①　朱译手稿：荒野遇。

②　朱译手稿：麦克佩斯由此去。

③　格林姆金是狸猫精，供女巫甲使唤；帕特多克为蛤蟆精，侍候女巫乙；侍候女巫丙的是鸟怪。

血之军曹相遇。

邓肯　　那个流血的人是谁？看他的样子，也许可以向我们报告关于乱事的最近的消息。

马尔坎姆　　这就是那个奋勇苦战、帮助我冲出敌人重围的军曹。祝福，勇敢的朋友！把你离开战场以前的战况报告王上。

军曹　　双方还在胜负未决之中；正像两个精疲力竭的游泳者，彼此扭成一团，显不出他们的本领来。那残暴的麦克唐华德不愧为一个叛徒，因为无数奸恶的天性都丛集于他的一身；他已经征调了西方各岛上的轻重步兵，命运也好像一个娼妓一样，有意向叛徒卖弄风情，助长他的罪恶的气焰。可是这一切都无能为力，因为英勇的麦克白——**这称呼他当之无愧**——不以命运的喜怒为意，挥舞着他的血腥的宝剑，**像个煞星似的**一路砍杀过去，直到到了那奴才的面前，**也不打个躬，也不通一句话**①，就挺剑从他的肚脐上刺了进去，把他的胸膛划破，一直划到下巴上；他的头已经割下来挂在我们的城楼上了。

邓肯　　啊，**英勇的表弟**！尊贵的壮士！

军曹　　天有不测风云，我们正在兴高采烈的时候，却又遭遇了重大的打击。听着，陛下，听着：当正义凭着勇气的威力，正在驱逐敌军向后溃退的时候，挪威国君看见有机可乘，调了一批甲械精良的生力部队又向我们开始一次新的猛攻。

邓肯　　我们的将军们，麦克白和班柯有没有因此而气馁？

军曹　　是的，要是麻雀能使怒鹰退却，兔子能把雄狮吓走的话。实实在在的说，他们就像两尊巨炮，满装着双倍火力的炮弹，愈发愈猛地向敌人射击；瞧他们的神气，好像拼着浴血负创，非让尸骸铺满了原野，决不罢手似的。可是我的气力已经不济了，我的伤口需要医治。

---

① 　朱译手稿：也不打一句话。

邓肯　你的叙述和你的伤口一样,都表现出一个战士的精神。来,把他送到军医那儿去。(侍从扶军曹下。)

　　　　〔洛斯上。

邓肯　谁来啦?

马尔坎姆　尊贵的洛斯爵士。

列诺克斯　他的眼睛里露出多么慌张的神色! 好像要说些什么古怪的事情似的。

洛斯　上帝保佑吾王!

邓肯　爵士,你是从什么地方来的?

洛斯　从法夫来,陛下;挪威的旌旗在那边的天空招展,把一阵寒风搧进了我们人民的心里。挪威国君亲自率领了大队人马,靠着那个最奸恶的叛徒考特爵士的帮助,开始了一场惨酷的血战;直到麦克白擐甲而前,和他奋勇交锋,方才挫折了他的傲气;胜利终于属我们所有——

邓肯　好大的幸运!

洛斯　现在史威诺、挪威的国王,已经向我们求和了;我们责令他在圣科尔姆小岛上缴纳一万块钱充入我们的国库,否则不让他把战死的将士埋葬。

邓肯　我们不能再让考特爵士泄露我们的秘密。把他立刻宣布死刑,他的原来的爵位移赠麦克白。

洛斯　我就去执行陛下的旨意。

邓肯　他所失去的,也就是尊贵的麦克白所得到的。(同下。)

第三场　荒　野

　　　　〔雷鸣。三女巫上。

女巫甲　妹妹,你从哪儿来?

女巫乙　我刚杀了猪来。

女巫丙　姊姊,你从哪儿来?

女巫甲　　一个水手的妻子坐在那儿吃栗子,啃呀啃呀啃呀地啃着。"给我。"我说。"滚开,妖巫!"这个吃人家剩下来的肉皮肉骨的贱人喊起来了。她的丈夫是猛虎号的船长,到阿勒坡去了;可是我要坐在一张筛子里追上他去,像一头没有尾巴的老鼠,我要去,我要去,我要去。

女巫乙　　　　我助你一阵风。

女巫甲　　　　感谢你的神通。

女巫丙　　　　我也助你一阵风。

女巫甲　　　　驾风直到海西东。

　　　　　　　到处狂风吹海立,

　　　　　　　浪打行船无休息,

　　　　　　　终朝终夜不得安,

　　　　　　　骨瘦如柴血色干;

　　　　　　　年年辛苦月月劳,

　　　　　　　气断神疲精力销;

　　　　　　　波涛汹涌鱼龙怒,

　　　　　　　一叶漂流无定处。

　　瞧我有些什么东西?

女巫乙　　给我看,给我看。

女巫甲　　这是一个在归途覆舟殒命的舵工的拇指。(内鼓声。)

女巫丙　　鼓声! 鼓声! 麦克白来了。

三女巫　　(合)手携手,三姊妹,

　　　　　　　沧海高山弹指地,

　　　　　　　朝飞暮返任游戏。

　　　　　　　姊三巡,妹三巡,

　　　　　　　三三九转蛊方成。

　　　　　　［麦克白及班柯上。

麦克白　　我从来没有见过这样阴郁而又是这样光明的日子。

班柯　到福里斯还有多少路？这些是什么人,形容这样枯瘦,服装这
　　　样怪诞,不像是地上的居民,可是却在地上出现？你们是活人
　　　吗？你们能不能回答我们的问题？好像你们懂得我的话,每一
　　　个人都同时把她满是皱纹的手指按在她的干枯的嘴唇上。你们
　　　应当是女人,可是你们的胡须却使我不敢相信你们是女人。

麦克白　你们要是能够讲话,告诉我们你们是什么人？

女巫甲　万福,麦克白！祝福你,葛莱密斯爵士！

女巫乙　万福,麦克白！祝福你,考特爵士！

女巫丙　万福,麦克白,未来的君王！

班柯　将军,您为什么这样吃惊,好像害怕这种听上去很好的消息似
　　　的？用真理的名义回答我,你们是幻象呢,还是果然是像你们所
　　　显现的那个样子的生物？你们向我的高贵的同伴致敬,并且预
　　　言他未来的尊荣和远大的希望,使他听得出了神;可是你们却没
　　　有对我说一句话。要是你们能够洞察时间所播的种子,知道哪
　　　一颗会长成,哪一颗不会长成,那么请对我说;我既不乞讨你们
　　　的恩惠,也不惧怕你们的憎恨。

女巫甲　祝福！

女巫乙　祝福！

女巫丙　祝福！

女巫甲　比麦克白低微,可是你的地位在他之上。

女巫乙　不像麦克白那样幸运,可是你比他更为有福。

女巫丙　你虽然不是君王,你的子孙将要君临一国。万福,麦克白和
　　　班柯！

女巫甲　班柯和麦克白,万福！

麦克白　且慢,你们这些闪烁其词的预言者,明白一点告诉我。西纳
　　　尔死了以后,我知道我已经晋封为葛莱密斯爵士;可是怎么会做
　　　起考特爵士来呢？考特爵士现在还活着,他的势力非常煊赫;至
　　　于说我是未来的君王,那正像说我是考特爵士一样难于置信。

说，你们这种奇怪的消息是从什么地方来的？为什么你们要在这荒凉的旷野用这种预言式的称呼使我们止步？说，我命令你们。(三女巫隐去。)

班柯　水上有泡沫，土地也有泡沫，这些便是大地上的泡沫。她们消失到什么地方去了？

麦克白　消失在空气之中，好像是有形体的东西，却像呼吸一样融化在风里了。我倒希望她们再多留一会儿。

班柯　我们正在谈论的这些怪物，果然曾经在这儿出现吗？还是因为我们误食了令人疯狂的草根，已经丧失了我们的理智？

麦克白　您的子孙将要成为君王。

班柯　您自己将要成为君王。

麦克白　而且还要做考特爵士；她们不是这样说的吗？

班柯　正是这样说。谁来啦？

　　　　〔洛斯及安格斯上。

洛斯　麦克白，王上已经很高兴地接到了你的胜利的消息；当他听见你在这次征讨叛逆的战争中所表现的英勇的勋绩的时候，他简直不知道应当惊异还是应当赞叹，在这两种心理的交相冲突之下，他快乐得说不出话来。他又知道你在同一天之内，又在雄壮的挪威大军的阵地上出现，不因为你自己亲手造成的死亡的惨象而感到些微的恐惧。报信的人像蜜霰一样接踵而至，异口同声地在他的面前称颂你的保卫祖国的大功。

安格斯　我们奉王上的命令前来，向你传达他的慰劳的诚意；我们的使命只是迎接你回去面谒王上，不是来酬答你的功绩。

洛斯　为了向你保证他将给你更大的尊荣起见，他叫我替你加上考特爵士的称号；祝福你，最尊贵的爵士！这一个尊号是属于你的了。

班柯　什么！魔鬼居然会说真话吗？

麦克白　考特爵士现在还活着；为什么你们要替我穿上借来的衣

服呢？

安格斯　原来的考特爵士现在还活着，可是因为他自取其咎，犯了不赦的重罪，在无情的判决之下，将要失去他的生命。他究竟有没有和挪威人公然联合，或者曾经给叛党秘密的援助，或者同时用这两种手段来图谋颠覆他的祖国，我还不能确实知道；可是他的叛国的重罪，已经由他亲口供认，并且有了事实的证明，使他遭到了毁灭的命运。

麦克白　（旁白）葛莱密斯，考特爵士；最大的尊荣还在后面。（向洛斯、安格斯）谢谢你们的跋涉。（向班柯）她们叫我做考特爵士，果然被她们说中了；您不希望您的子孙将来做君王吗？

班柯　您要是果然完全相信了她们的话，也许做了考特爵士以后，还想把王冠攫到手里。可是这种事情很奇怪；魔鬼为了要陷害我们起见，往往故意向我们说真话，在小事情上取得我们的信任，然后我们在重要的关头便会堕入他的圈套。两位大人，让我对你们说句话。

麦克白　（旁白）两句话已经证实，这是我有一天将会跻登王座的幸运的预告。（向洛斯、安格斯）谢谢你们两位。（旁白）这种神奇的启示不会是凶兆，可是也不像是好兆。假如它是凶兆，为什么用一句灵验的预言，保证我未来的成功呢？我现在不是已经做了考特爵士了吗？假如它是好兆，为什么那句话会在我脑中引起可怖的印象，使我毛发森然，使我的心全然失去常态，勃勃地跳个不住呢？想象中的恐怖远过于实际上的恐怖；我的思想中不过偶然浮起了杀人的妄念，就已经使我全身震撼，心灵在疑似的猜测之中丧失了作用，把虚无的幻影认为真实了。

班柯　瞧，我们的同伴想得多么出神。

麦克白　（旁白）要是命运将会使我成为君王，那么也许命运会替我加上王冠，用不到我自己费力。

班柯　新的尊荣加在他的身上，就像我们穿上新衣服一样，在没有穿惯以前,总觉得有些不大适合身材似的。

麦克白　（旁白）无论事情怎样发生,最难堪的日子也是会过去的。

班柯　尊贵的麦克白,我们在等候着您的意旨。

麦克白　原谅我;我的迟钝的脑筋刚才偶然想起了一些已经忘记了的事情。两位大人,你们的辛苦已经铭刻在我的心版上,我每天都要把它翻开来诵读。让我们到王上那儿去。想一想最近发生的这些事情;等我们把一切详细考虑过了以后,再把各人心里的意思彼此开诚相告吧。

班柯　很好。

麦克白　现在暂时不必多说。来,朋友们!（同下。）

第四场　福里斯;宫中一室

〔喇叭奏花腔。邓肯、马尔坎姆、道纳尔本、列诺克斯及侍从等上。

邓肯　考特的死刑有没有执行完毕? 监刑的人还没回来吗?

马尔坎姆　陛下,他们还没有回来;可是我曾经和一个亲眼看见他死的人谈过话,他说他很坦白地供认他的叛逆,请求您宽恕他的罪恶,并且表示深切的悔恨。他的一生行事,从来不曾像他临终的时候那样值得钦佩;他抱着视死如归的态度,抛弃了他的最宝贵的生命,就像它是不足介意的琐屑一样。

邓肯　世上还没有一种方法,可以从一个人的脸上探察他的居心;他是我所曾经绝对信任的一个人。

〔麦克白、班柯、洛斯及安格斯上。

邓肯　啊,贤卿! 我的忘恩负义的罪恶,刚才还重压有我的心头。你的功劳太超乎寻常了,飞得最快的报酬都追不上你;要是它再微小一点,那么也许我可以按照适当的名分,给你应得的感谢和酬劳;现在我只能这样说,一切的报酬都不能抵偿你的伟大的勋绩。

麦克白　为陛下尽忠效命,它的本身就是一种酬报。接受我们的劳力是陛下的名分；我们对于陛下的责任，正像子女和奴仆一样，为了尽我们的爱敬之忱，无论做什么事都是应该的。

邓肯　欢迎你回来；我已经开始把你栽培，我要努力使你繁茂。尊贵的班柯，你的功劳也不在他之下，让我把你拥抱在我的心头。

班柯　要是我能够在陛下的心头生长，那收获是属于陛下的。

邓肯　我的洋溢在心头的盛大的喜乐，想要在悲哀的泪滴里隐藏它自己。吾儿，各位国戚，各位爵士，以及一切最亲近的人，我现在向你们宣布封我的长子马尔坎姆为坎伯兰亲王，**他将来要继承我的王位**；不仅仅是他一个人受到这样的光荣，广大的恩宠将要像繁星一样，照耀在每一个有功者的身上。陪我到因弗内斯去，让我再叨受你一次盛情的招待。

麦克白　这是一个莫大的光荣；让我做一个前驱者，把陛下光降的喜讯先去报告我的妻子知道；现在我就此告辞了。

邓肯　我的尊贵的考特！

麦克白　（旁白）坎伯兰亲王！这是一块横在我的前途的阶石，我必须跳过这块阶石，否则就要颠仆在它的上面。星星啊，收起你们的火焰！不要让光亮照见我的黑暗幽深的欲望。**眼睛啊，请闭上吧，不要看这双手！该发生的事总要发生**，事情一旦做成，眼睛一定会受惊的。（下。）

邓肯　真的，尊贵的班柯；他的英勇真是名不虚传，我已经饱听人家对他的赞美，那对我就像是一桌盛筵。他现在先去预备款待我们了，让我们跟上去。真是一个无比的国戚。（喇叭奏花腔。众下。）

第五场　因弗内斯；麦克白的城堡

［麦克白夫人上，读信。

麦克白夫人　"她们在我胜利的那天迎接我；我从可靠的传说上知道，她们是具有超越凡俗的知识的。当我燃烧着热烈的欲望，想要向她们详细询问的时候,她们已经化为一阵风不见了。我正在惊奇不置,王上的使者就来了,他们都称我为'考特爵士';那一个尊号正就是这些神巫用来称呼我的,而且她们还对我做这样的预示,说是'祝福,未来的君王!'我想我应该把这样的消息告诉你,我的最亲爱的有福同享的伴侣,好让你不至于因为对于你所将要得到的富贵一无所知,而失去了你所应该享有的欢欣。把它放在你的心头,再会。"你现在已经一身兼葛莱密斯和考特两个显爵,将来还会达到预言所告诉你的那样高位。可是我却为你的天性忧虑:它充满了太多的人情的乳臭,使你不敢采取最近的捷径;你希望做一个伟大的人物,你不是没有野心,可是你却缺少和那种野心相联属的奸恶;你希望用正直的手段,达到你的崇高的企图;一方面不愿玩弄机诈,一方面却又要做非分的攫夺,**伟大的葛莱密斯**,你没有事后的追悔,却太多事前的顾忌。赶快回来吧,让我把我的精神力量倾注在你的耳中;命运和玄奇的力量分明已经准备把黄金的宝冠罩在你的头上,让我用舌尖的勇气,把那阻止你得到那顶王冠的一切障碍驱扫一空吧。

　　　　　[一使者上。

麦克白夫人　你带了些什么消息来?

使者　王上今晚要到这儿来。

麦克白夫人　你在说疯话吗?主人是不是跟他在一起?要是在一起的话,一定会早就通知我们准备准备的。

使者　禀夫人,这话是真的。我们的爵爷快要来了;我的一个伙伴比他早到了一步,他跑得气都喘不过来,好不容易告诉了我这个消息。

麦克白夫人　好好看顾他;他带来了重大的消息。(使者下)报告邓肯走进我这堡门来送死的乌鸦,它的叫声是嘶哑的。来,注视着人类恶念的魔鬼们!解除我的女性的柔弱,用最凶恶的残忍自顶至踵贯注在我的全身;凝结我的血液,不要让悔恨通过我的心头,不要让天性中的恻隐摇动我的狠毒的决意! 来,你们这些杀人的助手,你们无形的躯体散满在空间,到处找寻为非作歹的机会,进入我的妇人的胸中,把我的乳水当作胆汁吧! 来,阴沉的黑夜,用最昏暗的地狱中的浓烟罩住你自己,让我的锐利的刀瞧不见它自己切下的伤口,让青天不能从黑暗的重衾里探出头来,高喊:"住手,住手!"

〔麦克白上。

麦克白夫人 伟大的葛莱密斯! 尊贵的考特! 比葛莱密斯更伟大,比考特更尊贵的未来的统治者! 你的信使我飞越蒙昧的现在,我已经感觉到未来的搏动了。

麦克白 我的最亲爱的爱人,邓肯今晚要到这儿来。

麦克白夫人 什么时候回去呢?

麦克白 他预备明天回去。

麦克白夫人 啊! 太阳永远不会见到那样一个明天。您的脸,我的爵爷,正像一本书,人们可以从那上面读到奇怪的事情。您要欺骗世人,必须装出和世人同样的神气;让您的眼睛里,您的手上,您的舌尖,随处流露着欢迎;让人家瞧您像一朵纯洁的花朵,可是在花瓣底下却有一条毒蛇潜伏。我们必须准备款待这位**将要来到的**贵宾;您可以把今晚的大事交给我去办;凭此一举,我们今后就可以永远掌握君临万民的无上威权。

麦克白 我们还要商量商量。

麦克白夫人 泰然自若地抬起您的头来;恐惧往往是误事的根源。一切都在我的身上。(同下。)

第六场　同前;城堡之前

〔高音笛奏乐。火炬前导;邓肯、马尔坎姆、道纳尔本、班柯、列诺克斯、麦克德夫、洛斯、安格斯及侍从等上。

邓肯 这座城堡的位置很好;一阵阵温柔的和风轻轻地吹拂着我们

微妙的感觉。

班柯　这一个夏天的客人、巡礼庙宇的燕子,也在这里筑下了它的温暖的巢居,这可以证明这里的空气有一种诱人的香味;檐下梁间、墙头屋角,都是这鸟儿安置它的吊床和摇篮的地方:凡是它们生息繁殖之处,**我注意到**空气总是很甘美的。

　　　　〔麦克白夫人上。

邓肯　瞧,瞧,我们的尊贵的主妇! 到处跟随我们的挚情厚爱,往往使我们窘于致谢。**我们给你带来了麻烦,但我要告诉你,上帝会因此酬谢你的,你尽可以因这麻烦而感谢我们。**

麦克白夫人　我们的犬马微劳,即使加倍报效,比起陛下赐给我们的深恩广泽来,也还是不足挂齿的;我们只有燃起一瓣心香,为陛下祷祝上苍,报答陛下过去和新近加于我们的荣宠。

邓肯　考特爵士呢? 我们想要追在他的前面,趁他没有到家,先替他预备设筵洗尘,不料他骑马的本领十分了得,他的一片忠心使他急如星火,帮助他比我们先到了一步。高贵贤淑的主妇,今天晚上我要做您的宾客了。

麦克白夫人　只要陛下吩咐,您的仆人们随时准备把他们自己和他们所有的一切捐献在陛下之前,抵偿他们对您所负的重债。

邓肯　把您的手给我;领我去见我们的主人。我很爱重他,我还要继续眷顾他。请了,夫人。(同下。)

第七场　同前;堡中一室

　　　　〔高音笛奏乐;室中遍燃火炬,一司膳及若干仆人持肴馔食具上,自台前经过。麦克白上。

麦克白　要是干了以后就完了,那么还是快一点干;要是凭着暗杀的手段,可以攫取美满的结果,又可以排除一切后患;要是这一刀砍下去,就可以完成一切,终结一切;要是我们就可以在这里跳过时间的浅濑,展开生命的新页……可是在这种事情上,我们往往可以看见冥冥中的裁判；教唆杀人的人，结果反而自己被人所杀；把毒药投入酒杯里的人，结果也会自己饮鸩而死，**这就是严明公正的天理**。他到这儿来是有两重的信任：第一，我是他的亲戚，又是他的臣子，按照名分绝对不能干这样的事；第二，我是他的主人，应当保障他身体的安全，怎么可以自己持刀行刺？而且，这个邓肯秉性仁慈，处理国政从来没有过失，要是把他杀死了，他的生前的美德，将要像天使一般发出喇叭一样清澈的声音，向世人昭告我的弑君重罪；怜悯像一个御气而行的天婴，将要把这可憎的行为揭露在每一个人眼中，使眼泪淹没了天风。没有一种力量可以鞭策我前进，可是我的跃跃欲试的野心，却不顾一切地驱着我去冒颠踬的危险。——

　　〔麦克白夫人上。

麦克白　啊！什么消息？

麦克白夫人　他快要吃好了；你为什么**从大厅里**跑了出来？

麦克白　他有没有问起我？

麦克白夫人　你不知道他问起过你吗？

麦克白　我们还是不要进行这一件事情吧。他最近给我极大的尊荣；我也好容易从各种人的嘴里博到了无上的美誉，我的名声现在正在发射最灿烂的光彩，不能这么快就把它丢弃了。

麦克白夫人　难道你把自己沉浸在里面的那种希望，只是醉后的妄想吗？它现在从一场睡梦中醒来，因为追悔自己的孟浪而吓得脸色这样苍白吗？从这一刻起，我要把你的爱情看作同样靠不住的东西。你不敢让你在自己的行为和勇气上跟你的欲望一致吗？你宁愿像一头畏首畏尾的猫儿，顾全你所认为生命的装饰品的名誉，不惜让你在自己眼中成为一个懦夫，让"我不敢"永远跟随在"我想要"的后面吗？

麦克白　请你不要说了。只要是男子汉做的事，我都敢做；没有人比我有更大的胆量。

麦克白夫人　那么当初是什么畜生使你把这一种企图告诉我的呢？是男子汉就应当敢作敢为；要是你敢做你所不能做的事，那才更是一个男子汉。那时候无论时间和地点都不曾给你下手的方便，可是你却居然决意要实现你的愿望；现在你有了大好的机会，你又失去勇气了。我曾经哺乳过婴孩，知道一个母亲是怎样怜爱那吮吸她乳汁的子女；可是我会在它看着我的脸微笑的时候，从它的柔软的嫩嘴里摘下我的乳头，把它的脑袋砸碎，要是我也像你一样，曾经发誓下这样毒手的话。

麦克白　假如我们失败了——

麦克白夫人　我们失败！只要你集中你的全副勇气，我们决不会失败。邓肯赶了这一天辛苦的路程，一定睡得很熟；我再去陪他那两个侍卫饮酒作乐，灌得他们头脑模糊，记忆化成了一阵烟雾；等他们烂醉如泥，像死猪一样睡去以后，我们不就可以把那毫无防卫的邓肯随意摆布了吗？我们不是可以把这一件重大的谋杀罪案，推在他的酒醉的侍卫身上吗？

麦克白　愿你所生育的全是男孩子，因为你的无畏的精神，只应该铸造一些刚强的男性。要是我们在那睡在他寝室里的两个人身上涂抹一些血迹，而且就用他们的刀子，人家会不会相信真是他们干下的事？

麦克白夫人　等他的死讯传出去以后，我们就假意装出号啕痛哭的样子，这样还有谁敢不相信？

麦克白　我的决心已定，我要用全身的力量，去干这件惊人的举动。去，用最美妙的外表把人们的耳目欺骗；奸诈的心必须罩上虚伪的笑脸。（同下。）

第 二 幕

第一场　因弗内斯;堡中庭院

〔一仆人执火炬引班柯及弗里恩斯上。

班柯　孩子,夜已经过了几更了?

弗里恩斯　月亮已经下去;我还没有听见打钟。

班柯　月亮是在十二点钟下去的。

弗里恩斯　**我想不止十二点钟了,**①父亲。

班柯　把我的剑拿着。天上也讲究节俭,把灯烛一起熄灭了。把那个也拿着。催人入睡的疲倦,像沉重的铅块一样压在我的身上,可是我却一点也不想去睡。慈悲的神明! 抑制那些罪恶的思想,不要让它们潜入我的睡梦之中。

〔麦克白上,一仆人执火炬随上。

班柯　把我的剑给我。——那边是谁?

麦克白　一个朋友。

班柯　什么,爵爷! 你还没有安息吗? 王上已经睡了;他今天非常高兴,赏了你家仆人许多的东西。这一颗金刚钻是他送给尊夫人的,他称她为最殷勤的主妇。无限的愉快笼罩着他的全身。

麦克白　我们因为事先没有准备,恐怕有许多招待不周的地方。

班柯　好说好说。昨天晚上我梦见那三个女巫;她们对您所讲的话倒有几分应验。

麦克白　我没有想到她们;可是等我们有了功夫,不妨谈谈那件事,

---

①　朱译手稿:我想它要到十二点以后方才下去呢。

要是您愿意的话。

班柯　悉如尊命。

麦克白　您听从了我的话，包您有一笔富贵到手。

班柯　为了觊觎富贵而丧失荣誉的事，我是不干的；要是您有什么见教，只要不毁坏我的清白的忠诚，我都愿意接受。

麦克白　那么慢慢再说，请安息吧。

班柯　谢谢；您也可以安息啦。（班柯、弗里恩斯同下。）

麦克白　去对太太说，要是我的酒预备好了，请她打一下钟。你去睡吧。（仆人下）在我面前摇晃着、它的柄对着我的手的，不是一把刀子吗？来，让我抓住你。我抓不到你，可是仍旧看见你。不祥的幻象，你只是一件可视不可触的东西吗？或者你不过是一把想象中的刀子，从谵热的脑筋里发出来的虚妄的意匠？我仍旧看见你，你的形状正像我现在拔出的这一把刀子一样明显。你指示着我所要去的方向，告诉我应当用什么利器。我的眼睛倘不是受了其他知觉的愚弄，就是兼领了一切感官的机能。我仍旧看见你；你的刃上和柄上还流着一滴一滴刚才所没有的血。没有这样的事；杀人的恶念使我看见这种异象。现在在半个世界上，大自然似乎已经死去，罪恶的梦境扰乱着平和的睡眠，作法的巫觋在向惨白的赫卡忒献祭；形容枯瘦的杀人犯，听到了替他巡风的豺狼的嗥声，像一个鬼似的向他的目的地蹑足跨出前进。坚固结实的大地啊，不要听见我的脚步声，知道它们是向什么地方去的，我怕路上的砖石会泄露了我的行踪。我正在这儿威胁他的生命，他却在那儿活得好好的；在紧张的行动中间，言语是多么软弱无力。（钟声）我去，就这么干；钟声在招引我。不要听它，邓肯，这是召唤你上天堂或者下地狱的丧钟。（下。）

第二场　同　前

　　　［麦克白夫人上。

麦克白夫人　酒把他们醉倒了，却提起了我的勇气；浇熄了他们的馋焰，却燃起了我心头的烈火。听！不要响！这是夜枭的啼声，它正在鸣着丧钟，向人道凄厉的晚安。他在那儿动手了。门都开着，那两个醉饱的侍卫用鼾声代替他们的守望；我曾经在他们的乳酒里放下麻药，瞧他们熟睡的样子，简直分别不出他们是活人还是死人。

麦克白　（在内）那边是谁？喂！

麦克白夫人　哎哟！我怕他们已经醒过来了，这件事情还没有办好；不是行为本身，而是我们的企图扰乱了我们。听！我把他们的刀子都放好了；他不会找不到的。倘不是我看他睡着的样子活像我的父亲，我早就自己动手了。我的丈夫！

　　　　　〔麦克白上。

麦克白　我已经把事情办好。你没有听见一个声音吗？

麦克白夫人　我听见枭啼和蟋蟀的鸣声。你没有讲过话吗？

麦克白　什么时候？

麦克白夫人　刚才。

麦克白　我下来的时候吗？

麦克白夫人　嗯。

麦克白　听！谁睡在隔壁的房间里？

麦克白夫人　道纳尔本。

麦克白　（视手）好惨！

麦克白夫人　别发傻，惨什么。

麦克白　一个人在睡梦里大笑，还有一个人喊"杀人啦！"，他们把彼此惊醒了；我站定听他们；可是他们念完祷告，又睡过去了。

麦克白夫人　好一对宝货。

麦克白　一个喊"上帝保佑我们！"一个喊"阿门！"好像他们看见我高举这一双杀人的血手似的。听着他们惊慌的口气，当他们说过了"上帝保佑我们"以后，我想要说"阿门"，却怎么也说不出来。

麦克白夫人　不要把它放在心上。

麦克白　可是我为什么说不出"阿门"两个字来呢？我才是最需要上帝垂恩的，可是"阿门"两个字却哽在我的喉间。

麦克白夫人　我们干这种事，不能尽往这方面想下去；这样想着是会使我们发疯的。

麦克白　我仿佛听见了一个声音喊着："不要再睡了！麦克白已经杀害了睡眠。"那清白的睡眠，把忧虑的乱丝编织起来的睡眠，那日常的死亡，疲劳者的沐浴，受伤的心灵的油膏，大自然的副程，生命的盛筵上主要的营养——

麦克白夫人　你这种话是什么意思？

麦克白　那声音继续向全屋子喊着："不要再睡了！葛莱密斯已经杀害了睡眠，所以考特将再也得不到睡眠，麦克白将再也得不到睡眠！"

麦克白夫人　谁喊着这样的话？唉，我的爵爷，您这样胡思乱想，是会妨碍您的健康的。去拿些水来，把您手上的血迹洗洗干净。为什么您把这两把刀子带了来？它们应该放在那边。把它们拿回去，涂一些血在那两个熟睡的侍卫身上。

麦克白　我不高兴再去了；我不敢回想刚才所干的事，更没有胆量再去看它一眼。

麦克白夫人　意志动摇的人！把刀子给我。睡着的人和死了的人不过和画像一样；只有小儿的眼睛才会害怕画中的魔鬼。要是他还流着血，我就把它涂在那两个侍卫的脸上，因为我们必须让人家瞧着是他们的罪恶。（下。内敲门声。）

麦克白　那打门的声音是从什么地方来的？究竟是怎么一回事，一点点的声音都会吓得我心惊肉跳？这是什么手！嘿！它们要挖出我的眼睛。大洋里所有的水，能够洗净我手上的血迹吗？不，恐怕我这一手的血，倒要把一碧无垠的海水染成一片殷红呢。

　　　　〔麦克白夫人重上。

麦克白夫人　我的两手也跟你的同样颜色,可是我的心却不像你那样惨白。(内敲门声)我听见有人打着南面的门;让我们回到自己房间里去;一点点的水就可以替我们泯除痕迹,不是很容易的事吗? 你的魄力不知道到哪儿去了。(内敲门声)听! 又在那儿打门了。披上你的睡衣,也许人家会来找我们,不要让他们看见我们还没有睡觉。别这样傻头傻脑地呆想了。

麦克白　要知道我所干的事,最好还是不要知道我自己。(内敲门声)用你打门的声音把邓肯惊醒了吧! 我希望你能够惊醒他!(同下。)

第三场　同　前

〔内敲门声。一司阍上。

司阍　门打得这样利害! 要是一个人在地狱里做了管门人,就是拔闩开锁这一件事也够把他累老了。(内敲门声)敲,敲,敲! 凭着魔鬼的名义,谁在那儿? **一定是什么粮贩子,因为粮食丰收,粮价大跌而自缢身死;来得正是时候! 多预备几方手绢,这儿是地狱的大火坑,包你淌一身臭汗**。①(内敲门声)敲,敲! 凭着还有一个魔鬼的名字,是谁在那儿? 哼,一定是什么讲起话来暧昧含糊的家伙,他会同时站在两方面,一会儿帮着这个骂那个,一会儿帮着那个骂这个,他曾经为了上帝的缘故,干过不少亏心事,可是他那条暧昧含糊的舌头却不能把他送上天堂去。啊! 进来吧,暧昧含糊的家伙。(内敲门声)敲,敲,敲! 谁在那儿? 哼,一定是什么英国的裁缝,要想到这儿来从一条法国的裤子里偷些什么回去。进来吧,裁缝;**你可以在这儿烧你的熨斗**②。(内敲门声)敲,敲,敲个不停! 你是什么人? 你要进地狱,这儿太冷呢。

---

①　朱译手稿:一定是什么乡下人,想要来沾一点财主人家的光。赶快进来吧,多预备几方餐巾,这儿有的是大鱼大肉,你流着满身的臭汗都吃不完呢。

②　朱译手稿:你可以在这儿烤你的鹅肉。

我再也不要做这鬼看门人了。我倒很想放进几个各色各种的人来,让他们经过酒池肉林,一直到刀山火焰上去。(内敲门声)来了,来了!请你记着我这看门的人。(开门。)

　　　　　[麦克德夫及列诺克斯上。

麦克德夫　朋友,你是不是睡得太晚了,所以睡到现在还爬不起来?

司阍　不瞒您说,大人,我们昨天晚上喝酒,一直闹到第二次鸡啼哩;喝酒这一件事,大人,最容易引起三件事情。

麦克德夫　是哪三件事情?

司阍　呃,大人,打架、睡觉和撒尿。它还会激起淫欲,大人,同时又抑制淫欲:它挑起你的念头,可又不让你干成事①。所以对于淫欲来说,酗酒只是个骗子,可以成全他,又会损害他;它让他上了道,接着又拖他下马;它鼓动他,又让他失望;它让他竖起来,又让他倒下去。最后,它在睡梦中哄骗他,给他一场空欢喜,然后弃他而去。

麦克德夫　我相信昨天晚上它就把你放倒过一次了。

司阍　这倒也是,大人,它无事生非,故意侮辱了我;但我报复了它的诽谤,我知道自己比它更强大,虽然几次三番它揪住了我的大腿,但我最终还是把它撂倒②了。

麦克德夫　你的主人起来了没有?

　　　　　[麦克白上。

麦克德夫　我们打门把他闹醒了;他来了。

列诺克斯　早安,爵爷。

麦克白　两位早安。

麦克德夫　爵爷,王上起来了没有?

麦克白　还没有。

---

①　朱译手稿:可是喝醉酒的人,干起这种事情来是一点不中用的。

②　原文 lie 为双关语:说谎;躺下。

麦克德夫　他叫我一早就来叫他；我几乎误了时间。

麦克白　我带您去看他。

麦克德夫　我知道这是您乐意干的事，可是有劳您啦！

麦克白　我们所喜欢的工作，可以使我们忘记劳苦。这门里就是。

麦克德夫　那么我就冒昧进去了，因为我奉有王上的命令。（下。）

列诺克斯　王上今天就要走吗？

麦克白　是的，他已经这样决定了。

列诺克斯　昨天晚上刮着很利害的暴风，我们住的地方，烟囱都给吹了下来；他们还说空中有哀哭的声音，有人听见奇怪的死亡的惨叫，还有人听见一个可怕的声音，预言着将要有一场绝大的纷争和混乱，降临在这不幸的时代。不知名的怪鸟整整地吵了一个漫漫的长夜；有人说大地都发热而战抖起来了。

麦克白　果然是一个可怕的晚上。

列诺克斯　我的年青的经验里唤不起一个同样的回忆。

　　　　　〔麦克德夫重上。

麦克德夫　啊，可怕！可怕！可怕！不可言说，不可想象的恐怖！

麦克白、列诺克斯　什么事？

麦克德夫　混乱已经完成了他的杰作！大逆不道的凶手打开了上帝的圣殿，把里面的生命偷了去了！

麦克白　你说什么？生命？

列诺克斯　你是说陛下吗？

麦克德夫　到他的寝室里去，让一幕惊人的惨剧昏眩了你们的视觉吧。不要向我追问；你们自己去看了再说。（麦克白、列诺克斯同下）醒来！醒来！敲起警钟来。杀了人啦！有人在谋反啦！班柯！道纳尔本！马尔坎姆！醒来！不要贪恋温柔的睡眠，那只是死亡的假装，瞧一瞧死亡的本身吧！起来，起来，瞧瞧世界末日的影子！马尔坎姆！班柯！像鬼魂从坟墓里起来一般，过来瞧瞧这一幕恐怖的景象吧！把钟敲起来！（钟鸣。）

　　〔麦克白夫人上。

麦克白夫人　为什么要吹起这样凄厉的号角,把全屋子睡着的人唤醒?说,说!

麦克德夫　啊,好夫人!我不能让您听见我嘴里的消息,它一进到妇女的耳朵里,是比利剑还要难受的。

　　〔班柯上。

麦克德夫　啊,班柯!班柯!我们的主上给人谋杀了!

麦克白夫人　哎哟!什么!在我们的屋子里吗?

班柯　无论在什么地方,都是太惨了。好德夫,请你收回你刚才说过的话,告诉我们没有这么一回事。

　　〔麦克白及列诺克斯重上。

麦克白　要是我在这件变故发生以前一小时死去,我就可以说是活过了一段幸福的时间;因为从这一刻起,人生已经失去它的严肃的意义,一切都不过是儿戏;荣名和美德已经死了,生命的美酒已经喝完,剩下来的只是一些无味的渣滓。

　　〔马尔坎姆及道纳尔本上。

道纳尔本　出了什么乱子了?

麦克白　你们还没有知道你们重大的损失;你们的血液的源泉已经切断了,你们的生命的本根已经切断了。

麦克德夫　你们的父王给人谋杀了。

马尔坎姆　啊!给谁谋杀的?

列诺克斯　瞧上去是睡在他房间里的那两个家伙干的事;他们的手上脸上都是血迹;我们从他们枕头底下搜出了两把刀,刀上的血迹也没有揩掉;他们的神色惊惶万分;谁也不能把他自己的生命信托给这种家伙。

麦克白　啊!可是我后悔一时卤莽,把他们杀了。

麦克德夫　你为什么杀了他们?

麦克白　谁能够在惊愕之中保持冷静,在盛怒之中保持镇定,在激于忠愤的时候保持他的不偏不倚的精神?世上没有这样的人吧。

我的理智来不及控制我的愤激的忠诚。这儿躺着邓肯,他的白
银的皮肤上镶着一缕缕黄金的宝血,他的创巨痛深的伤痕张开
了裂口,像是一道道毁灭的门户;那边站着这两个凶手,身上浸
润着他们罪恶的颜色,他们的刀上凝结着刺目的血块;只要是一
个尚有几分忠心的人,谁不要怒火中烧,替他的主子报仇雪恨?

麦克白夫人　啊,什么人来扶我进去!

麦克德夫　快来照料夫人。

马尔坎姆　(向道纳尔本旁白)这是跟我们切身相关的事情,为什么我
们一言不发?

道纳尔本　(向马尔坎姆旁白)我们身陷危地,不可测的命运随时都会
吞噬我们,还有什么话好说呢?去吧,我们的眼泪现在还只在心
头酝酿呢。

马尔坎姆　(向道纳尔本旁白)我们的沉重的悲哀也还没有阻碍了我们
的行动。

班柯　照料这位夫人。(侍从扶麦克白夫人下)**我们祖露的身子容易着
凉,大家先回去穿好衣服,回头再举行一次会议,**①详细彻查这
一件最残酷的血案的真相。恐惧和疑虑使我们惊惶失措;站在
上帝的伟大的指导之下,我一定要从尚未揭发的假面具下面,探
出叛逆的阴谋,和它做殊死的奋斗。

麦克德夫　我也愿意做同样的宣告。

众人　我们也都抱着同样的决心。

麦克白　让我们赶快振起我们刚强的精神,大家到厅堂里商议去。

众人　很好。(除马尔坎姆、道纳尔本均下。)

马尔坎姆　你预备怎么办?我们不要跟他们在一起。假装一副悲哀
的脸孔,是每一个奸人的拿手好戏。我要到英格兰去。

---

①　朱译手稿:等我们把自然流露出来的无遮饰的弱点收藏起来以后,让我
们举行一次会议。

道纳尔本　我到爱尔兰去；我们两人各奔前程，对于彼此都是比较安
　　全的办法。我们现在所在的地方，人们的笑脸里都暗藏着利刀；
　　越是跟我们血统相近的人，越是想喝我们的血。

马尔坎姆　杀人的利箭已经射出，可是还没有落下，避过它的目标，
　　是我们唯一的活路。所以赶快上马吧；让我们不要斤斤于告别
　　的礼貌；趁着有便就溜了出去；明知没有网开一面的希望，就该
　　及早逃避弋人的罗网。(同下。)

第四场　同前；城堡外

　　〔洛斯及一老翁上。

老翁　我已经活了七十个年头，惊心动魄的日子也经过得不少，稀奇
　　古怪的事情也看到过不少，可是像这样可怕的夜晚，却还是第一
　　次遇见。

洛斯　啊！好老人家，你看上天好像恼怒人类的行为，在向这流血的
　　舞台发出恐吓。照钟上现在应该是白天了，可是黑夜的魔手却
　　把那盏在天空中运行的明灯遮蔽得不露一丝光亮。难道黑夜已
　　经统治一切，还是因为白昼不好意思抬起头来，所以在这应该有
　　阳光遍吻大地的时候，地面上却被无边的黑暗所笼罩？

老翁　这种现象完全是反常的，正像那件惊人的血案一样。在上星
　　期二那天，有一头雄踞在高岩上的猛鹰，被一只吃田鼠的鸱鸮飞
　　来把它啄死了。

洛斯　还有一件非常怪异可是十分确实的事情，邓肯有几匹躯干俊
　　美、举步如飞的骏马，的确是不可多得的良种，忽然野性大发，撞
　　破了马棚，冲了出来，倔强得不受羁勒，好像要向人类挑战似的。

老翁　据说它们还彼此相食。

洛斯　是的，我亲眼看见这种事情，简直不敢相信自己的眼睛。麦克
　　德夫来了。

　　〔麦克德夫上。

洛斯　世界现在变得怎么样啦？

麦克德夫　啊,您没有看见吗？

洛斯　有没有知道谁干了这件残酷得超乎寻常的行为？

麦克德夫　就是那两个给麦克白杀死的家伙。

洛斯　唉！他们干了这件事可以希望得到什么好处呢？

麦克德夫　他们一定受人的教唆。马尔坎姆和道纳尔本,王上的两个儿子,已经偷偷地逃走了,这使他们也蒙上了嫌疑。

洛斯　那更加违反了人情了！反噬自己的命根,这样的野心会有什么好结果呢？看来大概王位要让麦克白登上去了。

麦克德夫　他已经受到推举,现在到斯贡即位去了。

洛斯　邓肯的尸体在什么地方？

麦克德夫　已经抬到戈姆基尔、他的祖先的陵墓上。

洛斯　您也要到斯贡去吗？

麦克德夫　不,大哥,我还是到法夫去。

洛斯　好,我要到那边去看看。

麦克德夫　好,但愿您看见那边的一切都是好好的,再会！怕只怕我们的新衣服不及旧衣服舒服哩！

洛斯　再见,老人家。

老翁　上帝祝福您,也祝福那些把恶事化成善事,把仇敌化为朋友的人们！（各下。）

第 三 幕

第一场　福里斯;宫中一室

〔班柯上。

班柯　你现在已经如愿以偿了：国王、考特、葛莱密斯，一切符合女巫们的预言；你得到这种富贵的手段恐怕不大正当；可是据说你的王位不能传及子孙，我自己却要成为许多君王的始祖。她们的话既然已经在你麦克白身上应验，那么难道不也会成为对我的启示，使我对未来发生希望吗？可是闭口！不要多说了。

〔喇叭奏花腔，麦克白王冠王服；麦克白夫人后冠后服；列诺克斯、洛斯、贵族、贵妇、侍从等上。

麦克白　这儿是我们主要的上宾。

麦克白夫人　要是忘记了请他，那就要成为我们盛筵上绝大的遗憾，一切都要显得寒伧了。

麦克白　将军，我们今天晚上要举行一次隆重的宴会，请你千万出席。

班柯　谨遵陛下命令；我的忠诚永远接受陛下的使唤。

麦克白　今天下午你要骑马去吗？

班柯　是的，陛下。

麦克白　否则我很想请你参加我们今天的会议，贡献我们一些良好的意见，你的老谋深算，我是一向佩服的；可是我们明天再谈吧。你要骑到很远的地方吗？

班柯　陛下，我想尽量把从现在起到晚餐时候为止这一段的时间在马上消磨过去；要是我的马不跑得快一些，也许要到天黑以后一两个小时才能回来。

麦克白　不要误了我们的宴会。

班柯　陛下，我一定不失约。

麦克白　我听说我那两个凶恶的王侄已经分别到了英格兰和爱尔兰，他们不承认他们的残酷的弑父重罪，却到处向人传播离奇荒谬的谣言；可是我们明天再谈吧，有许多重要的国事要等候我们两人共同处理呢。请上马吧；等你晚上回来的时候再会。弗里恩斯也跟着你去吗？

班柯　是,陛下;时间已经不早,我们就要去了。

麦克白　愿你回蹄轻快,一路平安。再见。(班柯下)大家请便。各人去干各人的事,到晚上七点钟再聚首吧。为要更能领略到嘉宾满堂的快乐起见,我在晚餐以前,预备一个人独自静息静息;愿上帝和你们同在!(除麦克白及侍从一人外均下)喂,问你一句话:那两个人是不是在外面等候着我的旨意?

侍从　是,陛下,他们就在宫门外面。

麦克白　带他们进来见我。(侍从下)单单做到了这一步**是不够的**①,总要把现状确定巩固起来才好。我对于班柯怀着深切的恐惧,他的高贵的天性中有一种使我生畏的东西;他是个敢作敢为的人,在他的无畏的精神上,又加上深沉的智虑,指导他的大勇在确有把握的时机行动。除了他以外,我什么人都不怕,只有他的存在却使我惴惴不安;据说安东尼在恺撒的手下,他的天才完全被恺撒所掩盖,我在他的雄才大略之下,情形也是这样。当那些女巫们最初称我为王的时候,他呵斥她们,叫她们对他说话;她们就像先知似的说他的子孙将相继为王,她们把一顶不结果的王冠戴在我的头上,把一根没有人继承的御杖放在我的手里,然后再从我的手里夺去。要是果然是这样,那么我玷污了我的手,只是为了班柯后裔的好处;我为了他们暗杀了仁慈的邓肯;为了他们良心上负着重大的罪疚和不安;我把我的永生的灵魂给了人类的公敌,只是为了使他们可以登上王座,使班柯的种子登上王座! 不,我不能忍受这样的事,宁愿接受命运的挑战! 是谁?

　　　　〔侍从率二刺客重上。

麦克白　你现在到门口去,等我叫你再进来。(侍从下)我们不是在昨天谈过话吗?

刺客甲　回陛下的话,正是昨天。

---

①　朱译手稿:是不算的。

麦克白　那么好,你们有没有考虑过我的话? 你们知道从前都是因为他的缘故,使你们屈身微贱,虽然你们却错怪到我的身上。在上一次我们谈话的中间,我已经把这一点向你们说明白了,我用确凿的证据,指出你们怎样被人操纵愚弄,怎样受人牵制压抑,人家对你们是用怎样的手段,这种手段的主动者以及一切其他的种种,都可以使一个半痴的疯癫的人恍然大悟地说:"这些都是班柯干的事。"

刺客甲　我们已经蒙陛下开示过了。

麦克白　是的,而且我还要更进一步,这就是我们今天第二次谈话的目的。你们难道有那样的好耐性,能够忍受这样的屈辱吗? 他的铁手已经快要把你们压下坟墓里去,使你们的子孙永远做乞丐,难道你们**就这样虔敬,还要替这个好人和他的子孙祈祷吗**①?

刺客甲　陛下,我们是人总有人气。

麦克白　嗯,按说,你们也是算作人类的,正像家狗、野狗、猎狗、巴儿狗、狮子狗、杂种狗、癞皮狗,统称为狗一样;它们有的灵敏,有的迟钝,有的狡猾,有的可以看门,有的可以打猎,各自按照造物赋予它们的本能而分别价值的高下,在广泛的总称之下得到特殊的名号;人类也是一样。要是你们在人类的行列之中,并不属于最卑劣的一级,那么说吧,我就可以把一件事情信托你们,你们照我的话干了以后,不但可以除去你们的仇人,而且还可以永远受我的眷宠;他一天活在世上,我的心病一天不能痊愈。

刺客乙　陛下,我久受世间无情的打击和虐待,为了向这个世界发泄我的怨恨起见,我什么事都愿意干。

刺客甲　我也是这样,一次次的灾祸逆运,使我厌倦于人世,我愿意拿我的生命去赌博,或者从此交上好运,或者了结了我的一生。

———————————

①　朱译手稿:所受到的教诲,却还要叫你们替这个好人和他的子孙祈祷吗?

麦克白　你们两人都知道班柯是你们的仇人。

刺客乙　是的,陛下。

麦克白　他也是我的仇人,而且他是我的肘腋之患,他的存在每一分钟都威胁着我生命的安全;虽然我可以老实不客气地运用我的权力,把他从我的眼前扫去,**而且只要言明我的旨意就可以名正言顺地把事情办好**①,可是我却还不能就这么干,因为他有几个朋友同时也是我的朋友,我不能招致他们的反感;即使我亲手把他打倒,也必须假意为他的灭亡悲泣;所以我只好借重你们两人的助力,为了许多重要的理由,把这件事情遮过一般人的眼睛。

刺客乙　陛下,我们一定照您的命令做去。

刺客甲　即使我们的生命——

麦克白　你们的勇气已经充分透露在你们的神情之间。最迟在这一小时之内,我就可以告诉你们在什么地方埋伏,在什么时间动手;因为这件事情一定要在今晚干好,而且要离开王宫远一些,你们必须记住不能把我牵涉在内;同时为了免得留下形迹起见,你们还要把跟在他身边的他的儿子弗里恩斯也一起杀了;他们父子俩的死,对于我是同样重要的,必须让他们同时接受黑暗的命运。你们先下去决定一下;我就来看你们。

刺客乙　我们已经决定了,陛下。

麦克白　我立刻就会来看你们;你们进去等一会儿。(二刺客下)班柯,你的命运已经决定,你的灵魂要是找得到天堂的话,今天晚上你就该去找起来了。(下。)

第二场　同前;宫中另一室

　　〔麦克白夫人及一仆人上。

麦克白夫人　班柯已经离开宫廷了吗?

---

①　朱译手稿:而且这样做在我的良心上并没有使我不安的地方。

仆人　是的,娘娘,可是他今天晚上就要回来的。

麦克白夫人　你去对王上说,我要请他允许我跟他说几句话。

仆人　是,娘娘。(下。)

麦克白夫人　费去了一切,结果还是一无所得,我们的目的虽然达到,却一点不感觉满足。要是用毁灭他人的手段,使自己置身在充满着忧虑的欢娱里,那么还不如那被我们所害的人,倒落得无愁无虑。

　　〔麦克白上。

麦克白夫人　啊,我的主!您为什么一个人孤零零的,让最悲哀的幻想做您的伴侣,把您的思想念念不忘地集中在一个已死者的身上?无法挽回的事,只好听其自然;事情干了就算了。

麦克白　我们不过刺伤了蛇身,却没有把它杀死,它的伤口会慢慢平复过来,再用它原来的毒牙向我们复仇。可是让一切秩序完全解体,让活人、死人都去受罪吧,为什么我们要在忧虑中进餐,在每夜使我们惊恐的恶梦的虐弄中睡眠呢?我们为了希求自身的平安,把别人送下坟墓里去享受永久的平安,可是我们的心灵却把我们折磨得没有一刻平静的安息,使我们觉得还是跟已死的人在一起,倒要幸福得多了。邓肯现在睡在他的坟墓里,经过了一场人生的热病,他现在睡得好好的,叛逆已经对他施过最狠毒的伤害,再没有刀剑、毒药、内乱、外患,可以加害于他了。

麦克白夫人　算了算了,我的好丈夫,把您的烦恼的面孔收起;今天晚上您必须和颜悦色地招待您的客人。

麦克白　正是,爱人;你也要这样。尤其请你对班柯曲意殷勤,用你的眼睛和舌头给他特殊的荣宠。我们的地位现在还没有巩固,必须把我们的尊严濡染在这种谄媚的流水里,用我们的外貌遮掩着我们的内心,不要给人家窥破。

麦克白夫人　您不要多想这些了。

麦克白　啊!我的头脑里充满着蝎子,亲爱的妻子;你知道班柯和他的弗里恩斯尚在人间。

麦克白夫人　可是他们并不是长生不死的。

麦克白　那还可以给我几分安慰,他们是可以侵害的;所以你快乐起来吧。在蝙蝠完成它黑暗中的飞翔以前,在振翅而飞的甲虫应答着幽冥中赫卡忒的呼召、用嗡嗡的声音摇响催眠的晚钟以前,将要有一件可怕的事情干完。

麦克白夫人　是什么事情?

麦克白　你暂时不必知道,最亲爱的宝贝,等事成以后,你再鼓掌称快吧。来,使人盲目的黑夜,遮住可怜的白昼的温柔的眼睛,用你的无形的毒手,撕毁那使我困顿的重大的束缚吧!天色在朦胧起来,乌鸦都飞回到昏暗的林中;一天的好事开始沉沉睡去,黑夜的罪恶的使者却在准备攫捕他们的猎物。我的话使你惊奇;可是不要说话;以不义开始的事情,必须用罪恶使它强固。跟我来。(同下。)

第三场　同前;苑囿,有一路通王宫

[三刺客上。

刺客甲　可是谁叫你来帮我们的?

刺客丙　麦克白。

刺客乙　他不必不信任我们,他已经把我们的任务和怎样动手的方法都指示给我们了。

刺客甲　那么就跟我们站在一起吧。西方还闪耀着一线白昼的余晖;晚归的行客现在快马加鞭,要来找寻宿处了;我们守候的目标已经在那儿向我们走近。

刺客丙　听!我听见马声。

班柯　(在内)喂,给我们一个火把!

刺客乙　一定是他;别的客人们都已经到了宫里了。

刺客甲　他的马在兜圈子。

刺客丙　差不多有一哩路；可是他正像许多人一样，常常把从这儿到
　　宫门口的这一条路作为他们的跑道。

刺客乙　**火把，火把！**①

刺客丙　是他。

刺客甲　**准备好。**②

　　　　　[班柯及弗里恩斯持火炬上。

班柯　今晚恐怕要下雨。

刺客甲　让它下吧。（刺客等向班柯攻击。）

班柯　啊，阴谋！快逃，好弗里恩斯，逃，逃，逃！你也许可以替我报仇。
　　啊，奴才！（死，弗里恩斯逃去。）

刺客丙　谁把火灭了？

刺客甲　不应该灭火吗？

刺客丙　只有一个人倒下；那儿子逃去了。

刺客乙　我们工作的重要一部分失败了。

刺客甲　好，我们回去报告我们工作的结果吧。（同下。）

第四场　同前；宫中大厅

　　　　　[厅中陈设筵席；麦克白、麦克白夫人、洛斯、列诺克斯、群臣及侍从
　　等上。

麦克白　大家按着各人自己的品级坐下来；总而言之一句话，我竭诚
　　欢迎你们。

群臣　谢谢陛下的恩典。

麦克白　我自己将要跟你们在一起，做一个谦恭的主人，我们的主妇
　　现在还保持着她的尊严，可是我就要请她给你们殷勤的招待。

麦克白夫人　陛下，请您替我向我们所有的朋友们表示我的欢迎的

---

①　朱译手稿：一个火，一个火！
②　朱译手稿：站好。

诚意吧。

> ［刺客甲上，至门口。

麦克白　瞧，他们用诚意的感谢答复你了，两方面已经各得其平。我将要在这儿中间坐下来。大家不要拘束，乐一个畅快；等会儿我们就要合席痛饮一巡。（至门口）你的脸上有血。

刺客甲　那么它是班柯的。

麦克白　我宁愿你站在门外，不愿他置身室内。你们已经把他结果了吗？

刺客甲　陛下，他的咽喉已经割破了，这是我干的事。

麦克白　你是一个最有本领的杀人犯；可是谁杀死了弗里恩斯，也一样值得夸奖；要是你也把他杀了，那你才是一个无比的好汉。

刺客甲　陛下，弗里恩斯逃走了。

麦克白　我的心病本来可以痊愈，现在它又要发作了；我本来可以像大理石一样完整，像岩石一样坚固，像空气一样广大自由，现在我却被恼人的疑惑和恐惧所包围拘束。可是班柯已经死了吗？

刺客甲　是，陛下；他安安稳稳地躺在一条泥沟里，他的头上刻着二十道伤痕，最轻的一道也可以致他的死命。

麦克白　谢天谢地。大蛇躺在那里；那逃走了的小虫，将来会用它的毒液害人，可是现在它的牙齿还没有长成。去吧，明天再来听候我的旨意。（刺客甲下。）

麦克白夫人　陛下，您还没有劝过客；宴会上倘没有主人的殷勤招待，**那就不是请客，而是在卖酒了；仅仅为了吃，最好的地方还是自己的家；离开了家，主人的礼节才是开胃的佳肴；缺少了它**①，那就会使合席失去了兴致的。

麦克白　亲爱的，不是你提起，我几乎忘了！来，请放量醉饱吧，愿各位胃纳健旺，身强力壮！

---

① 朱译手稿：使大家都能客至如归。

列诺克斯　　陛下请安坐。

　　　〔班柯鬼魂上,坐在麦克白座上。

麦克白　　要是班柯在座,那么全国的英俊,真可以说是会集于一堂了;我宁愿因为他的疏忽而嗔怪他,不愿因为他遭到什么意外而为他惋惜。

洛斯　　陛下,他今天失约不来,是他自己的过失。请陛下上坐,让我们叨陪末席。

麦克白　　席上已经坐满了。

列诺克斯　　陛下,这儿是给您留着的一个位置。

麦克白　　什么地方?

列诺克斯　　这儿,陛下。什么事情使陛下这样变色?

麦克白　　你们哪一个人干了这件事?

群臣　　什么事,陛下?

麦克白　　你不能说这是我干的事;别这样对我摇着你的染着血的头发。

洛斯　　各位大人,起来;陛下病了。

麦克白夫人　　坐下,尊贵的朋友们,王上常常是这样的,他从小就有这种毛病。请各位安坐吧;他的癫狂不过是暂时的,一会儿就会好起来。要是你们太注意了他,他也许会动怒,发起狂来更加利害。尽管自己吃喝,不要理他。你是一个男子吗?

麦克白　　哦,我是一个堂堂男子,可以使魔鬼胆裂的东西,我也敢正眼瞧着它。

麦克白夫人　　啊,这才说得不错!这不过是你的恐惧所描绘出来的一幅图像;正像你所说的那柄引导你去行刺邓肯的空中的匕首一样。啊!要是在冬天的火炉旁,听一个妇女讲述她的老祖母告诉她的故事的时候,那么这种情绪的冲动、恐惧的伪装,倒是非常合适的。不害羞吗?你为什么扮这样的怪脸?你瞧着的不过是一张凳子罢了。

麦克白　你瞧那边！瞧！瞧！瞧！你怎么说？哼，我什么都不在乎。要是你会点头，你也应该会说话。要是殡舍和坟墓必须把我们埋葬了的人送回世上，那么我们的坟墓都要变成鸢鸟的胃囊了。（鬼魂隐去。）

麦克白夫人　什么！你发了痴，把你的男子气都失掉了吗？

麦克白　要是我现在站在这儿，那么刚才我明明瞧见他。

麦克白夫人　啐！不害羞吗？

麦克白　在人类不曾制定法律保障公众福利以前的古代，杀人流血是不足为奇的事；即使在有了法律以后，惨不忍闻的谋杀事件，也随时有得发生。从前的时候，一刀下去，当场毙命，事情就这样完结了；可是现在他们却会从坟墓中起来，他们的头上戴着二十件谋杀的重罪，把我们推下座位。这种事情是比这样一件谋杀案更奇怪的。

麦克白夫人　陛下，您的尊贵的朋友们都因为您不去陪他们而十分扫兴哩。

麦克白　我忘了。不要对我惊诧，我的最尊贵的朋友们；我有一种怪病，认识我的人都知道那是不足为奇的。来，让我们用这一杯酒表示我们的同心永好，祝各位康健！你们干了这一杯，我就坐下。给我拿些酒来，倒得满满的。我为今天在座众人的快乐，还要为我们亲爱的缺席的朋友班柯尽此一杯；要是他也在这儿就好了！**来，为大家，为他，干杯！大家一起干一杯！**①

群臣　敢不奉命。

〔班柯鬼魂重上。

麦克白　去！离开我的眼前！让土地把你藏匿了！你的骨髓已经干枯，你的血液已经凝冷，你那向人瞪望的眼睛里也已经失去了光彩。

---

①　朱译手稿：来，大家请干杯。

麦克白夫人　各位大人,这不过是他的旧病复发,没有什么别的缘故;累各位扫兴,真是抱歉得很。

麦克白　别人敢做的事,我都敢:无论你用什么形状出现,像粗暴的俄罗斯大熊也好,像披甲的犀牛、舞爪的猛虎也好,只要不是你现在的样子,我的坚定的神经决不会起半分战栗;或者你现在死而复活,用你的剑向我挑战,要是我会惊惶胆怯,那么你就可以宣称我是一个少女怀抱中的婴孩。去,可怕的影子!幻妄的揶揄,去!(鬼魂隐去)嘿,他一去,我的勇气又恢复了。请你们安坐吧。

麦克白夫人　你这样疯疯癫癫的,已经打断了众人的兴致,扰乱了今天的良会。

麦克白　世上会有这种事情,像一朵夏天的黑云遮在我们的头上,怎么不叫人吃惊呢?我吓得面无人色,你们眼看着这样的怪象,你们的脸上却仍然保持着天然的红润,这才怪哩。

洛斯　什么怪象,陛下?

麦克白夫人　请您不要对他说话;他越来越疯了;你们多问了他,他会动怒的。对不起,请各位还是散席了吧;大家不必推先让后,请立刻就去,晚安!

列诺克斯　晚安;愿陛下早复康健!

麦克白夫人　各位晚安!(群臣及侍从等下。)

麦克白　他们说,流血是免不了的;流血必须引起流血。据说石块曾经自己转动,树木曾经开口说话;鸦鹊的鸣声里已经预示着阴谋作乱的人。夜过去了多少了?

麦克白夫人　差不多到了黑夜和白昼的交界,分别不出**是昼是夜来**①。

麦克白　麦克德夫貌视王命,拒不奉召,你看怎么样?

---

①　朱译手稿:谁是谁来。

麦克白夫人　你有没有差人去叫过他？

麦克白　我在路上听人这么说；可是我要差人去唤他。他们这一批人家里谁都有一个被我买通的仆人，替我窥探他们的动静。我明天要去访那三个女巫，听她们还有什么话说；因为我现在非得从最妖邪的恶魔口中知道我的最悲惨的命运不可。为了我自己的好处，只好把一切置之不顾。我已经两足深陷于血泊之中，要是不再涉血前进，那么回头的路也是同样使人厌倦的。我想起了一些非常的计谋，必须在不曾被人觉察以前迅速实行。

麦克白夫人　一切有生之伦，都少不了睡眠的调剂，可是你还没有好好睡过。

麦克白　来，我们睡去。我的疑鬼疑神，出乖露丑，都是因为未经历练，心怀恐惧的缘故；我们在行事上太缺少经验了。（同下。）

第五场　荒　野

[雷鸣。三女巫上，与赫卡忒相遇。

女巫甲　哎哟，赫卡忒！您在发怒哩。

赫卡忒　我不应该发怒吗，你们这些放肆大胆的丑婆子？你们怎么敢用哑谜和有关生死的秘密和麦克白交通？我是你们魔法的总管，一切的灾祸都由我主持支配，你们却不通知我一声，让我也来显一显我们的神通。而且你们所干的事，都只是为了一个刚愎自用、残忍忮刻的人；他像所有的世人一样，只知道自己的利益，一点不对你们存着什么好意。可是现在你们必须补赎你们的过失；快去，天明的时候，在阿契隆的地坑附近会我，他将要到那边来探询他的命运；把你们的符咒魔蛊和一切应用的东西预备齐整，不得有误。我现在乘风而去，今晚我要用整夜的工夫，布置出一场悲惨的结果；在正午以前，必须完成大事。月亮角上挂着一颗湿淋淋的露珠，我要在它没有坠地以前把它摄取，用魔术提炼以后，就可以凭着它呼灵召鬼，让种种虚妄的幻影迷乱他

的本性；他将要藐视命运，唾斥死生，超越一切的情理，排弃一切
的疑虑，执着他的不可能的希望；你们都知道自信是人类最大的
仇敌。（内歌声："来吧，来吧……"）听！他们在叫我啦；我的小精灵
们，瞧，他们坐在云雾之中，在等着我呢。（下。）

女巫甲　来，我们赶快；她就要回来的。（同下。）

第六场　福里斯；宫中一室

[列诺克斯及另一贵族上。

列诺克斯　您现在才想起我从前的话，那些话是还可以进一步解释
的；我只觉得事情有些古怪。仁厚的邓肯被麦克白所哀悼；邓肯
是已经死去的了。勇敢的班柯不该在深夜走路，您也许可以说，
要是您愿意这么说的话，他是被弗里恩斯杀死的，因为弗里恩斯
已经逃匿无踪；人总不应该在夜深的时候走路。哪一个人不以
为马尔坎姆和道纳尔本杀死他们仁慈的父亲，是一件多么惊人
的巨变？万恶的行为！麦克白为了这件事多么痛心；他不是乘
着一时的忠愤，把那两个酗酒贪睡的溺职卫士杀了吗？那件事
干得不是很忠勇的吗？嗯，而且也干得很聪明；因为要是人家听
见他们抵赖他们的罪状，谁都会怒从心起的。所以我说，他把一
切事情处理得很好；我想要是邓肯的两个儿子也给他拘留起
来——上天保佑他们不会落在他的手里——他们就会知道向自
己的父亲的行弑，必须受到怎样的报应；弗里恩斯也是一样。可
是这些话别提啦，我听说麦克德夫因为出言不逊，又不出席那暴
君的宴会，已经受到贬辱。您能够告诉我他现在在什么地方吗？

贵族　被这暴君篡逐出亡的邓肯世子现在寄身在英格兰宫廷之中，
谦恭的爱德华对他非常优待，一点不因为他处境颠危而减削了
敬礼。麦克德夫也到那里去了，他的目的是要请求贤明的英王
协力激励诺森伯兰和好战的西华德，使他们秉承王命，出兵相
援，帮助我们恢复已失的自由，使我们仍旧能够享受食桌上的盛

馔和酣畅的睡眠,不再畏惧宴会中有沾血的刀剑,让我们能够一方面输忠效信,一方面安受爵赏而心无疑虑;这一切都是我们现在所渴望而求之不得的。这一个消息已经使我们的王上大为震怒,他正在那儿准备作战了。

列诺克斯　他有没有差人到麦克德夫那儿去?

贵族　他已经差人去过了;他的话说得很决绝:"**大人,我不去。**"那面有忧色的使者没有明白告诉我他说了些什么,只是转身吟哦,好像说:"你给我这样的答复,看着吧,你一定会自食其果。"

列诺克斯　那很可以叫他留心留心远避当前的祸害。但愿什么神圣的天使飞到英格兰的宫廷里,预先把他的信息带来给我们,让上天的祝福迅速回到我们这一个在毒手压制下备受苦难的国家!

贵族　我愿意为他祈祷。(同下。)

第　四　幕

第一场　山　洞

　　〔洞中置沸釜,雷鸣。三女巫上。

女巫甲　　斑猫已经叫过三声。

女巫乙　　刺猬已经啼了四次。

女巫丙　　怪鸟在鸣啸:时候到了,时候到了。

女巫甲　　绕釜环行火融融,

　　　　　　毒肝腐脏真其中。

　　　　　　蛤蟆蛰眠寒石底,

　　　　　　三十一日夜相继;

　　　　　　汗出淋漓化毒浆,

投之鼎釜沸为汤。

三女巫　　（合）不惮辛劳不惮烦，

釜中沸沫已成澜。

女巫乙　　沼地蟒蛇取其肉，

脔以为片煮至熟；

蝾螈之目青蛙趾，

蝙蝠之毛犬之齿，

蝮舌如叉蚯蚓刺，

蜥蝎之足枭之翅，

炼为毒蛊鬼神惊，

扰乱人世无安宁。

三女巫　　（合）不惮辛劳不惮烦，

釜中沸沫已成澜。

女巫丙　　豺狼之牙巨龙鳞，

千年巫尸貌狰狞；

海底抉出鲨鱼胃，

夜掘毒芹根块块；

杀犹太人摘其肝，

剖出羊胆汁潺潺；

雾黑云深月食时，

潜携斤斧劈杉枝；

娼妇弃儿死道间，

断指持来血尚殷；

土耳其鼻鞑靼唇，

烈火糜之煎做羹；

猛虎肝肠和鼎内，

炼就妖丹成一味。

三女巫　　（合）不惮辛劳不惮烦，

　　　　　　釜中沸沫已成澜。

女巫乙　　　炭火将残蛊将成，

　　　　　　猩猩滴血蛊方凝。

　　　　〔赫卡忒上。

赫卡忒　　　善哉尔曹功不浅，

　　　　　　颁赏酬劳利泽遍。

　　　　　　于今绕釜且歌吟，

　　　　　　摄人魂魄荡人心。（音乐，众巫唱幽灵之歌。）

女巫乙　　　拇指怦怦动，

　　　　　　必有恶人来；

　　　　　　既来皆不拒，

　　　　　　洞门敲自开。

　　　　〔麦克白上。

麦克白　　啊，你们这些神秘的幽冥的夜游的妖婆子！你们在干什么？

众巫　　　（合）一件没有名义的行动。

麦克白　　凭着你们的职业，我吩咐你们回答我，不管你们的知识是从
　　　　　哪里得来的。即使你们的嘴里放出狂风，让它们向教堂猛击；即
　　　　　使汹涌的波涛会把航海的船只颠覆吞噬；即使谷物的叶片会倒
　　　　　折在田亩上，树木会连根拔起；即使城堡会向它们的守卫者的头
　　　　　上倒下；即使宫殿和金字塔都会倾圮；即使大自然所孕育的一切
　　　　　灵奇完全归于毁灭，我也要你们回答我的问题。

女巫甲　　说。

女巫乙　　你问吧。

女巫丙　　我们可以回答你。

女巫甲　　你愿意从我们嘴里听到答复呢，还是愿意让我们的主人们
　　　　　回答你？

麦克白　　叫他们出来；让我见见他们。

女巫甲　　　母猪九子食其豚，

血浇火上焰生腥；

杀人恶犯上刑场，

汗脂投火发凶光。

三女巫　　（合）鬼王鬼卒火中来，

现形作法莫惊猜。

〔雷鸣。第一鬼魂出现，为一戴盔之头。

麦克白　　告诉我，你这不可思议的力量——

女巫甲　　他知道你的心事；听他说，你不用开口。

第一鬼魂　　麦克白！麦克白！麦克白！留心麦克德夫；留心法夫爵士。放我回去。够了。（隐入地下。）

麦克白　　不管你是什么精灵，我感谢你的忠言警告；你已经一语道破了我的忧虑。可是再告诉一句话——

女巫甲　　他是不受命令的。这儿又来了一个，比第一个法力更大。

〔雷鸣。第二鬼魂出现，为一流血之小儿。

第二鬼魂　　麦克白！麦克白！麦克白！

麦克白　　我要是有三只耳朵，我的三只耳朵都会听着你。

第二幽灵　　你要残忍、勇敢、坚决；你可以把人类的力量付之一笑，因为没有一个**妇人所生的人**①可以伤害麦克白。（隐入地下。）

麦克白　　那么尽管活下去吧，麦克德夫，我何必惧怕你呢？可是我要使确定的事实加倍确定，从命运手里接受切实的保证。我还是要你死，让我可以斥胆怯的恐惧为虚妄，在雷电怒作的夜里也能安心睡觉。

〔雷鸣。第三鬼魂出现，为一戴王冠之小儿，手持一树。

麦克白　　这是什么，他的模样是一个王子，他的幼稚的头上还戴着统治的荣冠？

众巫　　静听，不要对它说话。

———————

①　朱译手稿：在妇人腹中生长的人。

第三鬼魂　你要像狮子一样骄傲而无畏，不要关心人家的怨怒，也不要担忧有谁在算计你。麦克白永远不会被人打败，除非有一天勃南的树林会向邓西嫩高山移动。（隐入地下。）

麦克白　那是决不会有的事，谁能够命令树木，叫它从泥土之中拔起它的深根来呢？幸运的预兆！好！勃南的树林不会移动，叛徒的举事也不会成功，我们巍巍高位的麦克白将要尽其天年，在他寿数告终的时候奄然物化。可是我的心还在跳动着想要知道一件事情；告诉我，要是你们的法术能够解释我的疑惑，班柯的后裔会不会在这一个国土上称王？

众巫　不要追问下去了。

麦克白　我一定要知道究竟；要是你们不告诉我，愿永久的咒诅降在你们身上！告诉我。为什么那口釜沉了下去？这是什么声音？（高音笛声。）

女巫甲　出来！

女巫乙　出来！

女巫丙　出来！

三女巫　　　（合）一见惊心，魂魄无主；

　　　　　　　　如影而来，如影而去。

　　〔作国王装束者八人次第上；最后一人持镜；班柯鬼魂随其后。

麦克白　你太像班柯的鬼魂了；下去！你的王冠刺痛了我的眼珠。怎么，又是一个戴着王冠的，你的头发也跟第一个一样。第二个过去了，第三个又跟第二个一样。该死的鬼婆子！你们为什么让我看见这些人？第四个！跳出来吧，我的眼睛！什么，这一连串戴着王冠的，要到世界末日才会完结吗？又是一个？第七个！我不想再看了。可是第八个又出现了，他拿着一面镜子，我可以从镜子里面看见许许多多戴王冠的人；有几个还拿着两重的宝珠，三头的御杖。可怕的景象！啊，现在我知道这不是虚妄的幻象，因为血污的班柯在向我微笑，用手指点着他们，表示他们就是他的子孙。(众幻影消灭)什么！真是这样吗？

女巫甲 嗯，这一切都是真的；可是麦克白为什么这样呆若木鸡？来，姊妹们，让我们鼓舞鼓舞他的精神，用最好的歌舞替他消愁解闷。我先用魔法叫空中奏起乐来，你们就搀成一个圈子团团跳舞，让这位伟大的君王知道，我们并没有怠慢了他。(音乐，众女巫跳舞，舞毕与赫卡忒俱隐去。)

麦克白 她们在哪儿？去了？愿这不祥的时辰在日历上永远被人咒诅！外面有人吗？进来。

　　　　[列诺克斯上。

列诺克斯 陛下有什么命令？

麦克白 你看见那三个女巫吗？

列诺克斯 没有，陛下。

麦克白 她们没有打你身边过去吗？

列诺克斯 确实没有，陛下。

麦克白 愿她们所驾乘的空气都化为毒雾，愿一切相信她们言语的人都永堕沉沦！我曾经听见奔马的声音，是谁经过这地方？

列诺克斯 禀陛下，刚才有两三个使者来过，向您报告麦克德夫已经逃奔英格兰去了。

麦克白 逃奔英格兰去了？

列诺克斯 是的，陛下。

麦克白 时间，你早就料到我的狠毒行为；无远弗至的恶念，一旦见之于事实，就容易被人所乘。从这一刻起，我心里一想到什么，便要立刻把它实行，没有迟疑的余地；我现在就要用行动表示我的意志。我要去突袭麦克德夫的城堡；把法夫攫取下来；把他的妻子儿女和**一切跟他有血缘之亲的不幸的人们**①一齐杀死。我不能像一个傻瓜似的只会空口说大话；我必须趁着我这一个目

――――――――――

① 朱译手稿：一切追随他的不幸的人们。

的还没有冷淡下来以前把这件事干好。可是我不要再看见什么幻象了！那几个使者呢？来，带我去见见他们。（同下。）

第二场　法夫；麦克德夫城堡

〔麦克德夫夫人、麦克德夫之子及洛斯上。

麦克德夫夫人　他干了什么事，要逃亡国外？

洛斯　您必须安心忍耐，夫人。

麦克德夫夫人　他可没有一点忍耐；他的逃亡全然是发疯。我们的行为本来是光明坦白的，可是我们的疑虑却使我们成为叛徒。

洛斯　您还不知道他的逃亡究竟是明智的行为还是无谓的疑虑。

麦克德夫夫人　明智的行为！他自己高飞远走，把他的妻子儿女，他的宅第尊位，一起丢弃不顾，这算是明智的行为吗？他不爱我们；他没有天性之情，鸟类中最微小的鹪鹩也会奋不顾身，和鸱鸮争斗，保护它巢中的众雏。他心里只有恐惧没有爱；也没有一点智慧，因为他的逃亡是完全不合情理的。

洛斯　好嫂子，请您抑制一下自己；讲到尊夫的为人，那么他是高尚明理而有识见的，他知道应该怎样见机行事。我不敢多说什么；现在这种时世太冷酷无情了，我们自己还不知道，就已经蒙上了叛徒的恶名；一方面恐惧流言，一方面却不知道为何而恐惧，就像在一个风波险恶的海上漂浮，全没有一定的方向。现在我必须向您告辞；不久我会再到这儿来。最恶劣的事态总有一天告一段落，或者逐渐恢复原状。我的可爱的侄儿，祝福你！

麦克德夫夫人　他虽然有父亲，却和没有父亲一样。

洛斯　我是这样一个傻子，要是我再逗留下去，会叫人家笑话我，还要带累您心里难过；我现在立刻告辞了。（下。）

麦克德夫夫人　小子，你爸爸死了；你现在怎么办？你预备怎么样过活？

麦克德夫之子　像鸟儿一样生活，妈妈。

麦克德夫夫人　什么！吃些小虫儿飞虫儿吗？

麦克德夫之子　我的意思是说，我得到些什么就吃些什么，正像鸟儿们一样。

麦克德夫夫人　可怜的鸟儿！你从来没有想到有人在张起网儿，布下陷阱，端整捉了你去哩。

麦克德夫之子　我为什么要怕这些，妈妈？他们是不会算计可怜的小鸟的。我的爸爸并没有死，虽然您是这么说。

麦克德夫夫人　不，他真的死了。你没了父亲怎么好呢？

麦克德夫之子　您没了丈夫怎么好呢？

麦克德夫夫人　嘿，我可以到随便哪个市场上去买二十个丈夫回来。

麦克德夫之子　那么您买了他们回来，还是要卖出去的。

麦克德夫夫人　这刁钻的小油嘴；可是也亏你想得出来。

麦克德夫之子　我的爸爸是个反贼吗，妈妈？

麦克德夫夫人　嗯，他是个反贼。

麦克德夫之子　怎么叫作反贼？

麦克德夫夫人　反贼就是起假誓扯谎的人。

麦克德夫之子　凡是反贼都是起假誓扯谎的人吗？

麦克德夫夫人　起假誓扯谎的人都是反贼，都应该绞死。

麦克德夫之子　起假誓扯谎的都应该绞死吗？

麦克德夫夫人　都应该绞死。

麦克德夫之子　谁去绞死他们呢？

麦克德夫夫人　那些正人君子。

麦克德夫之子　那么那些起假誓扯谎的都是些傻瓜，他们有这许多人，为什么不联合起来打倒那些正人君子，把他们绞死了呢？

麦克德夫夫人　哎哟，上帝保佑你，可怜的猴子！可是你没了父亲怎么好呢？

麦克德夫之子　要是他真的死了，您会为他哀哭的；要是您不哭，那是一个好兆，我就可以有一个新的爸爸了。

麦克德夫夫人　这小油嘴真会胡说!

　　〔一使者上。

使者　祝福您,好夫人!您不认识我是什么人,可是我久闻夫人的令名,所以特地前来,报告您一个消息。我怕夫人目下有极大的危险,要是您愿意接受一个微贱之人的忠告,那么还是离开此地,赶快带着您的孩子们避一避的好。我这样惊吓着您,已经是够残忍的了;要是有人再要加害于您,那真是太没有人道了。**可是事情已经迫在眉睫**。上天保佑您!我不敢多耽搁时间。(下。)

麦克德夫夫人　叫我逃到哪儿去呢?我没有做过害人的事。可是我记起来了,我是在这个世上,这世上做了恶事才会被人恭维赞美,做了好事反会被人当作危险的傻瓜;那么,唉!我为什么还要用这种婆子气的话替自己辩护,说是我没有做过害人的事呢?

　　〔刺客等上。

麦克德夫夫人　这些是什么人?

众刺客　你的丈夫呢?

麦克德夫夫人　我希望他是在光天化日之下,你们这些鬼东西不敢露脸的地方。

刺客　他是个反贼。

麦克德夫之子　你胡说,你这蓬头的恶人!

刺客　什么!你这叛徒的孽种!(刺麦克德夫之子。)

麦克德夫之子　他杀死我了,妈妈;您快逃吧!(死。麦克德夫夫人呼"杀人啦!"下,众刺客追下。)

第三场　英格兰;王宫前

　　〔马尔坎姆及麦克德夫上。

马尔坎姆　让我们找一处没有人踪的树荫,在那边把我们胸中的悲哀痛痛快快地哭个干净吧。

麦克德夫　我们还是紧握着利剑,像好汉子似的**护卫我们被颠覆的**

祖国吧①。每一个新的黎明都听得见新媀的寡妇在哭泣,新失父母的孤儿在号啕,新的悲哀上冲霄汉,发出凄厉的回声,就像哀悼苏格兰的命运,替她奏唱挽歌一样。

马尔坎姆　我要为我所知道的一切痛哭,我还要等待机会报复我的仇恨。您说的话也许是事实。一提起这个暴君的名字,就使我们切齿腐舌。可是他曾经有过正直的名声,您对他也有很好的交情;他也还没有加害于您。我虽然年轻识浅,可是您也许可以利用我向他邀功求赏,把一头柔弱无罪的羔羊向一个愤怒的天神献祭,不失为一件聪明的事。

麦克德夫　我不是一个奸诈小人。

马尔坎姆　麦克白却是的。在尊严的王命之下,忠实仁善的人也许不得不背着天良行事。可是我必须请您原谅;您的忠诚的人格决不会因为我用小人之心去测度它而发生变化;最光明的天使也许会堕落,可是天使总是光明的;罪恶虽然可以遮蔽美德,美德仍然会露出它的光辉来。

麦克德夫　我已经失去我的希望。

马尔坎姆　也许您的希望就失去在我曾经发生疑问的地方。您为什么不告而别,丢下您的妻子儿女,那些生活中宝贵的原动力、爱情的坚强的联系,让她们担惊受险呢?请您不要把我的多心引为耻辱,为了我自己的安全,我不能不这样顾虑。不管我心里怎样想,也许您真是一个忠义的汉子。

麦克德夫　流血吧,流血吧,可怜的国家!不可一世的暴君,奠下你的安若泰山的基业吧,因为正义的力量不敢向你诛讨!**戴上你那不义的王冠吧**②,这是你的已经确定的名分,再会,殿下;即使把这暴君掌握下的全部土地一起给我,再加上富庶的东方,我也

---

① 朱译手稿:大踏步跨过我们颠覆了的身世吧。
② 朱译手稿:忍受你的屈辱吧。

不愿做一个像你所猜疑我那样的奸人。

马尔坎姆　不要生气;我说这样的话,并不是完全为了不放心您。我想我们的国家呻吟在虐政之下,流泪、流血,每天都有一道新的伤痕加在旧日的疮痍之上;我也想到一定有许多人愿意为了我的权利奋臂而起,就在这里友好的英格兰,也已经有数千义士愿意给我助力;可是虽然这样说,要是我有一天能够把暴君的头颅放在足下践踏,或者把它悬挂在我的剑上,我的可怜的祖国却要在一个新的暴君的统治之下,滋生更多的罪恶,忍受更大的苦痛,造成更多分歧的局面。

麦克德夫　这新的暴君是谁?

马尔坎姆　我的意思是说我自己;我知道在我的天性之中,深植着各种的罪恶,要是有一天暴露出来,黑暗的麦克白在相形之下,将会变成白雪一样纯洁;我们的可怜的国家看见了我的无限的暴虐,将会把他当作一头羔羊。

麦克德夫　踏遍地狱也找不出一个比麦克白更万恶不赦的魔鬼。

马尔坎姆　我承认他嗜杀、骄奢、贪婪、虚伪、欺诈、躁急、凶恶,一切可以指名的罪恶他都有;可是我的淫佚是没有止境的:你们的妻子、女儿、妇人、处女,都不能填满我的欲壑;我的猖狂的欲念会冲决一切节制和约束;与其让这样一个人做国王,还是让麦克白统治的好。

麦克德夫　无限制的纵欲是一种"虐政",它曾经颠覆了不少王位,推翻了无数君主。可是您还不必担心,谁也不能禁止您满足您的分内的欲望;您可以一方面尽情欢乐,一方面在外表上装出庄重的神气,世人的耳目是很容易遮掩过去的。我们国内尽多自愿献身的女子,无论您怎样贪欢好色,也应付不了这许多求荣献媚的娇娥。

马尔坎姆　除了这一种弱点以外,在我的邪僻的心中还有一种不顾廉耻的贪婪,要是我做了国王,我一定要诛锄贵族,侵夺他们的土地;不是向这个人索取珠宝,就是向那个人索取房屋;我所有的越多,我的贪心越不知道餍足,我一定会为了图谋财富的缘故,向善良忠贞的人无端寻衅,把他们陷于死地。

麦克德夫　这一种贪婪比起少年的情欲来,它的根是更深而更有毒的,我们曾经有许多过去的国王死在它的剑下。可是您不用担心,苏格兰有足够您享用的财富,它都是属于您的。只要有其他的美德,这些缺点都不算什么。

马尔坎姆　可是我一点没有君人之德,什么公平、正直、节俭、镇定、慷慨、坚毅、仁慈、谦恭、诚敬、宽容、勇敢、刚强,我全没有;各种罪恶却应有尽有,在各方面表现出来。嘿,要是我掌握了大权,我一定要把和谐的甘乳倾入地狱,扰乱世界的和平,破坏地上的统一。

麦克德夫　啊,苏格兰,苏格兰!

马尔坎姆　你说这样一个人是不是适宜于统治?我正是像我所说那样的人。

麦克德人　适宜于统治!不,这样的人是不该让他留在人世的。啊,多难的国家,一个篡位的暴君握着染血的御杖高踞在王座上,你的最合法的嗣君又亲口吐露了他是这样一个可咒诅的人,辱没了他的高贵的血统,那么你几时才能重见天日呢?你的父王是一个最圣明的君主,生养你的母后每天**都想到人生难免的死亡**①,她朝夕都在屈膝跪求上天的垂怜。再会!你自己供认的这些罪恶,已经把我从苏格兰放逐。啊,我的胸膛,你的希望永远在这儿埋葬了。

马尔坎姆　麦克德夫,只有一颗正直的心,才会有这种勃发的忠义之情,它已经把黑暗的疑虑从我的灵魂上一扫而空,使我充分信任你的真诚。魔鬼般的麦克白曾经派了许多说客来,想要把我诱

---

①　朱译手稿:在死中过活。

进他的罗网,所以我不得不着意提防;可是上帝鉴临在你我二人的中间!从现在起,我委身听从你的指导,并且撤回我刚才对我自己所讲的坏话,我所加在我自己身上的一切污点,都是我的天性中所没有的。我还没有近过女色,从来没有背过誓,即使是我自己的东西,我也没有贪得的欲念;我从不曾失信于人,我不愿把魔鬼出卖给他的同伴;我宝爱忠诚不亚于生命;刚才我对自己的诽语,是我第一次的说谎。那真诚的我,是准备随时接受你和我的不幸的祖国的命令的。在你还没有到这儿来以前,年老的西华德已经带领了一万个战士,向苏格兰出发了。现在我们就可以把我们的力量并合在一起;我们堂堂正正的义师,一定可以克奏朕功。您为什么不说话?

麦克德夫　好消息和恶消息同时传进我的耳朵里,使我的喜怒都失去了自主。

　　　　　〔一医生上。

马尔坎姆　好,等会儿再说。请问一声,王上出来了吗?

医生　出来了,殿下,有一大群不幸的人们在等候他的医治,他们的疾病使最高明的医生束手无策,可是上天给他这样神奇的力量,只要他的手一触,他们就立刻痊愈了。

马尔坎姆　谢谢您的见告,大夫。(医生下。)

麦克德夫　他说的是什么疾病?

马尔坎姆　他们都把它叫作恶病;自从我来到英格兰以后,我常常看见这位善良的国王显示他的奇妙无比的本领。除了他自己以外,谁也不知道他是怎样祈求着上天;可是害着怪病的人,浑身肿烂,惨不忍睹,一切外科手术所无法医治的,他只要嘴里念着祈祷,用一枚金章亲手挂在他们的颈上,他们便会霍然痊愈;据说他这种治病的天能,是世世相传,永袭罔替的。除了这种特殊的本领以外,他还是一个天生的预言者,而且具有各种值得讴歌的美德。

麦克德夫　瞧，谁来啦？

马尔坎姆　是我们国里的人；可是我还认不出他是谁。

　　　　〔洛斯上。

麦克德夫　我的贤弟，欢迎。

马尔坎姆　我现在认识他了。好上帝，赶快除去使我们成为陌路之人的那一层隔膜吧。

洛斯　阿门，殿下。

麦克德夫　苏格兰还是原来那样子吗？

洛斯　唉！可怜的祖国！它简直不敢认识它自己。它不能再称为我们的母亲，只是我们的坟墓；除了浑浑噩噩、一无所知的人以外，谁的脸上也不曾有过一丝笑容；叹息、呻吟、震撼天空的呼号，都是日常听惯的声音，不能再引起人们的注意；剧烈的悲哀变成一般的风气；葬钟敲响的时候，谁也不再关心它是为谁而鸣；善良人的生命往往在他们帽上的花朵还没有枯萎以前就化为朝露。

麦克德夫　啊！太巧妙，也是太真实的描写！

马尔坎姆　最近有什么令人痛心的事情？

洛斯　一小时以前的变故，在叙述者的嘴里就已经变成陈迹了；每一分钟都产生新的祸难。

麦克德夫　我的妻子安好吗？

洛斯　呃，她很安好。

麦克德夫　我的孩子们呢？

洛斯　也很安好。

麦克德夫　那暴君还没有毁坏他们的平和吗？

洛斯　没有；当我离开他们的时候，他们是很平安的。

麦克德夫　不要吝惜你的言语；究竟怎样？

洛斯　当我带着沉重的消息，预备到这儿来传报的时候，一路上听见谣传,说是许多有名望的人都已经**揭竿而起**①;这种谣言照我想起来是很可靠的,因为我亲眼看见那**暴君的军队在出动**②。现在是应该出动全力,挽救祖国沦夷的时候了;你们要是在苏格兰出现,可以使男人们个个变成军士,使女人们愿意为了从她们的困苦之下获得解放而奋斗。

马尔坎姆　我们正要回去,让这消息作为他们的安慰吧。友好的英格兰已经借给我们西华德将军和一万兵士,所有基督教的国家里找不出一个比他更老练、更优秀的军人。

洛斯　我希望我也有同样好的消息给你们!可是我所要说的话,是应该把它在荒野里呼喊,不让它钻进人们耳中的。

麦克德夫　它是关于哪方面的? 是和大众有关的呢,还是一两个人单独的不幸?

洛斯　天良未泯的人,对于这件事情谁都要觉得像自己身受一样伤心,虽然你是最感到切身之痛的一个。

麦克德夫　倘然那是与我有关的事,那么不要瞒过我;快让我知道了吧。

洛斯　但愿你的耳朵不要从此永远憎恨我的舌头,因为它将要让你听见你有生以来所听到的最惨痛的声音。

麦克德夫　哼,我猜到了。

洛斯　你的城堡受到袭击;你的妻子和儿女都惨死在野蛮的刀剑之下;要是我把他们的死状告诉你,那么不但他们已经成为猎场上被杀害的驯鹿,就是你也要痛不欲生的。

马尔坎姆　慈悲的上天!什么,朋友!不要把你的帽子拉下来遮住了你的额角;用言语把你的悲伤倾泻出来吧;无言的哀痛是会向那不堪重压的心低声耳语,叫它裂成片片的。

---

①　朱译手稿:纷纷去位。

②　朱译手稿:暴君的肆虐。

麦克德夫　我的孩子也都死了吗？

洛斯　妻子、孩子、仆人、凡是被他们找得到的，杀得一个不存。

麦克德夫　我却必须离开那里！我的妻子也被杀了吗？

洛斯　我已经说过了。

马尔坎姆　请宽心吧；让我们用壮烈的复仇做药饵，治疗这一段惨酷
　　的悲痛。

麦克德夫　他自己没有儿女。我的可爱的宝贝们都死了吗？你说他
　　们一个也不存吗？啊，地狱里的恶鸟！一个也不存？什么！我
　　的可爱的鸡雏们和他们的母亲一起葬送在毒手之下了吗？

马尔坎姆　放出丈夫的气概来。

麦克德夫　我要放出丈夫的气概来；可是我不能抹杀我的人类的感
　　情。我怎么能够把我所最宝爱的人置之度外，不去想念他们呢？
　　难道上天看见这一幕惨剧而不对他们抱同情吗？罪恶深重的麦
　　克德夫！他们都是为了你的缘故而死于非命。我真该死，他们
　　没有一点罪过，只是因为我自己不好，无情的屠戮才会降临到他
　　们的身上。愿上天给他们安息！

马尔坎姆　把这一桩仇恨作为磨快你的剑锋的砺石；让哀痛变成愤
　　怒；不要让你的心麻木下去，激起它的怒火来吧。

麦克德夫　啊！我可以一方面让我的眼睛里流着妇人之泪，一方面
　　让我的舌头发出大言壮语。可是，仁慈的上天，求你撤除一切中
　　途的障碍，让我跟这苏格兰的恶魔正面相对，使我的剑能够刺在
　　他的身上；要是我放他逃走了，那么上天饶恕他吧！

马尔坎姆　这几句话说得很像个汉子。来，我们见国王去；我们的军
　　队已经调齐，一切齐备，只待整装出发。麦克白气数将绝，天诛
　　将至；黑夜无论怎样悠长，白昼总会到来。（同下。）

第 五 幕

第一场　邓西嫩;城堡中一室

〔一医生及一侍女上。

医生　我已经陪着你看守了两夜,可是一点不能证实你的报告。她最后一次晚上起来行动是在什么时候?

侍女　自从王上出征以后,我曾经看见她从床上起来,披上睡衣,开了橱门上的锁,拿出信纸,把它折起来,在上面写了字,读了一遍,然后把信封好,再回到床上去;可是在这一段时间里,她始终睡得很熟。

医生　这是心理上的一种重大的扰乱,一方面入于睡眠的状态,一方面还能像醒着一般做事。在这种睡眠不安的情形之下,除了走路和其他动作以外,你有没有听见她说过什么话?

侍女　大夫,那我可不能背着她告诉您。

医生　你不妨对我说,而且应该对我说。

侍女　我不能对您说,也不能对无论什么人说,因为没有一个见证可以证实我的话。

〔麦克白夫人持烛上。

侍女　您瞧! 她来啦。这正是她往常的样子;凭着我的生命起誓,她现在睡得很熟。留心看着她;站近一些。

医生　她怎么会有那支蜡烛?

侍女　那就是放在她的床边;她的寝室里通宵点着灯火,这是她的命令。

医生　你瞧,她的眼睛睁着呢。

侍女　嗯,可是她的视觉却关闭着。

医生　她现在在干什么?瞧,她在擦她的手。

侍女　这是她的一个惯常的动作,好像在洗手似的。我曾经看见她这样擦了足有一刻钟的时间。

麦克白夫人　可是这儿还有一点血迹。

医生　听,她说话了。我要把她的话记下来,免得忘记。

麦克白夫人　去,该死的血迹!去吧!一点、两点,啊,那么现在可以动手了。地狱里是这样幽暗!呸,我的爷,呸!你是一个军人,也会害怕吗?既然谁也不能奈何我们,为什么我们要怕被人知道?可是谁想得到这老头儿会有这么多的血?

医生　你听见没有?

麦克白夫人　法夫爵士从前有一个妻子;现在她在哪儿?什么!这两只手再也不会干净了吗?算了,我的爷,算了;你这样大惊小怪,把事情都弄糟了。

医生　说下去,说下去,你已经知道你所不应该知道的事。

侍女　我想她已经说了她所不应该说的话;天知道她心里有些什么秘密。

麦克白夫人　这儿还是有一股血腥气;所有阿拉伯的香料都不能叫这只小手变得香一点。啊!啊!啊!

医生　这一声叹息多么沉痛!她的心里蕴蓄着无限的凄苦。

侍女　我不愿为了身体上的尊荣,而让我的胸膛里装着这样一颗心。

医生　好,好,好。

侍女　但愿一切都是好好的,大夫。

医生　这种病我没有法子医治。可是我知道有些曾经在睡梦中走动的人,都是很虔敬地寿终正寝。

麦克白夫人　洗净你的手,披上你的睡衣;不要这样面无人色。我再告诉你一遍。班柯已经下葬了;他不会从坟墓里出来的。

医生　有这等事?

麦克白夫人 睡去;睡去;有人在打门哩。来,来,来,来,让我搀着你。事情已经干了就算了。睡去,睡去,睡去。(下。)

医生 她现在要去上床了吗?

侍女 就去上床。

医生 外边很多骇人听闻的流言。反常的行为引起了反常的纷扰;良心负疚的人往往会向无言的衾枕泄露他们的秘密;她需要教士的训诲甚于医生的诊视。上帝,上帝饶恕我们一切世人! 留心照料她;避免一切足以使她烦恼的根源,随时看顾着她。好,晚安! 她扰乱了我的心,迷惑了我的眼睛。我心里所想到的,却不敢把它吐出嘴唇。

侍女 晚安,好大夫。(各下。)

第二场 邓西嫩附近乡野

[旗鼓前导,孟提斯、安格斯、列诺克斯及兵士等上。

孟提斯 英格兰军队已经迫近,领军的是马尔坎姆、他的叔父西华德和麦克德夫三人,他们的胸头燃起复仇的怒火;即使奄奄垂毙的人,这种痛入骨髓的仇恨也会激起他溅血的决心。

安格斯 在勃南森林附近,我们将要和他们相见;他们正在从那条路上过来。

凯士纳斯 谁知道道纳尔本是不是跟他的哥哥在一起?

列诺克斯 我可以确实告诉你,将军,他们不在一起。我有一张他们军队里上级将领的名单,里面有西华德的儿子,还有许多初上战场、乳臭未干的少年。

孟提斯 那暴君有什么举动?

凯士纳斯 他把邓西嫩防御得非常坚固。有人说他疯了;对他比较没有什么恶感的人,却说那是一个猛士的愤怒;可是他不能自己约束住他的惶乱的心情,却是一件无疑的事实。

安格斯 现在他已经感觉到他的暗杀的罪恶紧粘在他的手上;每分

钟都有一次叛变,谴责他的不忠无义;受他命令的人,都不过听
令而行,并不是出于对他的忠诚;现在他已经感觉到他的尊号罩
在他的身上,就像一个矮小的偷儿穿了一件巨人的衣服一样拖
手绊脚。

孟提斯　他自己的灵魂都在谴责它本身的存在,谁还能怪他的昏乱
的知觉怔忡不安呢。

凯士纳斯　好,我们整队前进吧;我们必须认清谁是我们应该服从的
人。为了拔除祖国的沉疴,让我们准备和他共同流尽我们的最
后一滴血。

列诺克斯　否则我们也愿意喷掷我们的热血,灌溉这一朵国家主权
的娇花,淹没那凭陵它的野草。向勃南进军!（众列队行进下。）

第三场　邓西嫩;城堡中一室

〔麦克白、医生及侍从等上。

麦克白　不要再告诉我什么消息,让他们一个个逃走吧;除非勃南的
森林会向邓西嫩移动,我是不知道有什么事情值得害怕的。马
尔坎姆那小子算得什么?他不是妇人所生的吗?预知人类死生
的精灵曾经这样向我宣告:"不要害怕,麦克白;没有一个妇人所
生的人可以加害于你。"那么逃走吧,不忠的爵士们,去跟那些饕
餮的英国人在一起吧。我的头脑,永远不会被疑虑所困扰,我的
心灵永远不会被恐惧所震荡。

〔一仆人上。

麦克白　魔鬼罚你变成炭团一样黑,你这脸色惨白的狗头!你从哪
儿得来这么一副呆鹅的蠢相?

仆人　有一万——

麦克白　一万只鹅吗,狗才?

仆人　一万个兵,陛下。

麦克白　去刺破你自己的脸,把你那吓得毫无血色的两颊染一染红

吧,你这鼠胆的小子。什么兵,蠢才?该死的东西!瞧你吓得脸像白布一般。什么兵,不中用的奴才?

仆人 启禀陛下,是英格兰兵。

麦克白 不要让我看见你的脸。(仆人下)塞顿!——我心里很不舒服,当我看见——喂,塞顿!——这一次的战争也许可以使我从此高枕无忧,也许可以立刻把我倾覆。我已经活得够长久了;我的生命已经日渐枯萎,像一片凋谢的黄叶;凡是老年人所应该享有的尊荣、爱敬、服从和一大群的朋友,我是没有希望再得到了;代替这一切的,只有低声而深刻的咒诅,口头上的恭维和一些违心的假话。塞顿!

〔塞顿上。

塞顿 陛下有什么吩咐?

麦克白 还有什么消息没有?

塞顿 陛下,刚才所报告的消息,全都证实了。

麦克白 我要战到我的全身不剩一块好肉。给我拿战铠来。

塞顿 现在还用不到哩。

麦克白 我要把它穿起来。加派几匹马,到全国各处巡回视察,要是有谁嘴里提起了一句害怕的话,就把他吊死。给我拿战铠来。大夫,你的病人今天怎样?

医生 回陛下,她并没有什么病,只是因为思虑太过,继续不断的幻想扰乱了她的神经,使她不得安息。

麦克白 替她医好这一种病。你难道不能诊治那种病态的心理,从记忆中拔去一桩根深蒂固的忧郁,拭掉那写在脑筋上的烦恼,用一种使人忘却一切的甘美的药剂,把那堆满在胸间、重压在心头的积毒扫除干净吗?

医生 那还是要仗病人自己设法的。

麦克白 那么把医药丢给狗子吧。我不要仰仗它。来,替我穿上战铠;给我拿指挥杖来。塞顿,把我的命令传出去。——大夫,那些爵士们都背了我逃走了。——来,快去。——大夫,要是你能够**为我的国家验一验小便,诊断出她的病根**①,使她回复原来的健康,我一定要使太空之中充满着我对你的赞美的回声。——喂,把它脱下了。——什么大黄肉桂,什么清泻的药剂,可以把这些英格兰人驱走呢?你听见关于他们的消息吗?

医生　是的,陛下,您的森严的防卫告诉了我们一些消息。

麦克白　你要是听见什么就来告诉我。除非勃南森林会向邓西嫩移动,我对死亡和毒害都没有半分惊恐。

医生　(旁白)要是我能够从邓西嫩远远离开,高官厚禄再也诱不动我回来。(同下。)

第四场　勃南森林附近的乡野

[旗鼓前导,马尔坎姆、西华德父子、麦克德夫、孟提斯、凯士纳斯、安格斯、列诺克斯、洛斯及兵士等列队行进上。

马尔坎姆　诸位贤卿,我希望大家都能够安枕而寝的日子已经不远了。

孟提斯　那是我们一点没有疑惑的。

西华德　前面这一座是什么树林?

孟提斯　勃南森林。

马尔坎姆　每一个兵士都砍下一根树枝来,把它举起在各人的面前;这样我们可以隐匿我们全军的人数,让敌人无从知道我们的实力。

众兵士　得令。

西华德　我们所得到的情报,都说那自信的暴君仍旧在邓西嫩深居不出,等候我们兵临城下。

马尔坎姆　这是他的唯一的希望;因为在他手下的人,不论地位高

———————

①　朱译手稿:用全国的水为她洗去病根。

低，一找到机会都要叛弃他，他们接受他的号令，都只是出于被
迫，并不是自己心愿。

麦克德夫　让我们用坚毅的战士精神，执行我们惩凶诛暴的正义的
使命。

西华德　我们这一次胜败得失，不久就可以分晓。口头的推测不过
是一些悬空的希望，实际的行动才能够产生决定的结果，大家奋
勇前进吧！（众列队行进下。）

第五场　邓西嫩；城堡内

　　〔旗鼓前导，麦克白、塞顿及兵士等上。

麦克白　把我们的旗帜挂在城墙外面；到处仍旧是一片"他们来了"
的呼声；我们这座城堡防御得这样坚强，还怕他们围攻吗？让他
们到这儿来，等饥饿和瘟疫来把他们收拾去了吧。倘不是我们
自己的军队也倒了戈跟他们联合在一起，我们尽可以挺身出战，
把他们赶回老家去。（内妇女哭声）那是什么声音？

塞顿　是妇女们的哭声，陛下。（下。）

麦克白　我简直已经忘记恐惧的滋味。从前一声晚间的哀叫，可以
把我吓出一身冷汗；**听到一个可怕的故事，我的头发会一根根竖
起来，好像它们都有生命似的**①。现在我已经饱尝无数的恐怖；
我的习惯于杀戮的思想，再也没有什么悲惨的事情可以使它惊
悚了。

　　〔塞顿重上。

麦克白　那哭声是为了什么事？

塞顿　陛下，王后死了。

麦克白　她应该迟一点再死；现在不是应该让我听见这一个消息的

---

　　①　朱译手稿：一根头发的落下，都会使我惊惶惴恐，好像它的里面藏着我
们的生命一样。

时候。明天,明天,再一个明天,一天接着一天地蹑步前进,直到最后一秒钟的时间;我们所有的昨天,不过替傻子们照亮了到死亡的土壤中去的路。熄灭了吧,熄灭了吧,短促的烛光! 人生不过是一个行走的影子,一个在舞台上指手画脚的拙劣的伶人,登场片刻,就在无声无臭中悄然退下;它是一个愚人所讲的故事,充满着喧哗和骚动,却找不到一点意义。

〔一使者上。

麦克白　你要来拨弄你的唇舌,有什么话快说。

使者　陛下,我应该向您报告我以为我所看见的事,可是我不知道应该怎么说起。

麦克白　好,你说吧。

使者　当我站在山头守望的时候,我向勃南一眼望去,好像那边的树木都在开始行动了。

麦克白　说谎的奴才!

使者　要是没有那样一回事,我愿意悉听陛下的惩处;在这三哩路以内,您可以看见它向这边过来;一座活动的树林。

麦克白　要是你说了谎话,我要把你活活吊在**最近的一株**树上,让你饥饿而死;要是你的话是真的,我也希望你把我吊死了吧。我的决心已经有些动摇,我开始怀疑起那魔鬼所说的似是而非的暧昧的诳话了;"不要害怕,除非勃南森林会到邓西嫩来";现在一座树林真的到邓西嫩来了。披上武装,出去! 他所说的这种事情要是果然出现,那么逃走固然逃不走了,留在这儿也不过坐以待毙。我现在开始厌倦白昼的阳光,但愿这世界早一点崩溃。敲起警钟来! 吹吧,狂风! 来吧,灭亡! 就是死我们也要捐命沙场。(同下。)

第六场　同前;城堡前平原

〔旗鼓前导,马尔坎姆、老西华德、麦克德夫等率军队各持树枝上。

马尔坎姆　现在已经相去不远;把你们树叶的幕障抛下,现出你们威武的军容来。尊贵的叔父,请您带领我的兄弟、您的英勇的儿子,先去和敌人交战;其余的一切统归尊贵的麦克德夫跟我两人负责部署。

西华德　再会。今天晚上我们只要找得到那暴君的军队,一定要跟他们拼个你死我活。

麦克德夫　把我们所有的喇叭一齐吹起来,鼓足了你们的中气,把流血和死亡的消息吹进敌人的耳里。(同下。)

第七场　同前;平原上的另一部分

　　〔号角声。麦克白上。

麦克白　他们已经缚住我的手脚;我不能逃走,可是我必须像熊一样挣扎到底。哪一个人不是妇人生下的? 除了这样一个人以外,我还怕什么人!

　　〔小西华德上。

小西华德　你叫什么名字?

麦克白　我的名字说出来会吓坏了你。

小西华德　即使你给自己取了一个比地狱里的魔鬼更炽热的名字,也吓不倒我。

麦克白　我就叫麦克白。

小西华德　魔鬼自己也不能向我的耳中说出一个更可憎恨的名字。

麦克白　他也不能说出一个更可怕的名字。

小西华德　胡说,你这可恶的暴君;我要用我的剑证明你的说谎。

　　(二人交战,小西华德被杀。)

麦克白　你是妇人所生的;我瞧不起一切妇人之子手里的刀剑。(下。)

　　〔号角声。麦克德夫上。

麦克德夫　那喧声是在那边。暴君,露出你的脸来;要是你已经被人杀死,等不及我来取你的性命,那么我的妻子儿女的阴魂一定不会放过我。我不能杀害那些被你雇佣的倒霉的士卒；我的剑倘不能刺中你，麦克白，我宁愿让它闲置不用，保全它的锋刃，把它重新插回鞘里。你应该在那边；这一阵高声的呐喊，好像是宣布什么重要的人物上阵似的。命运，让我找到他吧！我没有此外的奢求了。（下。号角声。）

　　　　[马尔坎姆及老西华德上。

西华德　　这儿来，殿下；那城堡已经拱手纳降。暴君的人民有的帮这一面，有的帮那一面；英勇的爵士们一个个出力奋战；您已经胜算在握，大势就可以决定了。

马尔坎姆　　我们曾经看见敌人阵中，有的在那里自相残杀。

西华德　　殿下，请进堡里去吧。（同下，号角声。）

　　　　[麦克白重上。

麦克白　　我为什么要学那些罗马人的样子，死在我自己的剑上呢？我的剑是应该为杀敌而用的。

　　　　[麦克德夫重上。

麦克德夫　　转过来，地狱里的恶狗，转过来！

麦克白　　我在一切人中间，最不愿意看见你。可是你回去吧，我的灵魂里沾着你一家人的血，已经太多了。

麦克德夫　　我没有话说；我的话都在我的剑上，你这没有一个名字可以形容你的狠毒的恶贼！（二人交战。）

麦克白　　你不过白费了气力；你要使我流血，正像用你锐利的剑锋在空气上划一道痕迹一样困难。让你的刀刃降落在别人的头上吧；我的生命是有魔法保护的，没有一个妇人所生的人可以把它伤害。

麦克德夫　　不要再信任你的魔法了吧；让你所信奉的神告诉你，麦克德夫是没有足月就从他母亲的腹中**剖出来的**①。

----

①　朱译手稿：堕下来的。

麦克白　愿那告诉我这样的话的舌头永受咒诅，因为它使我失去了男子汉的勇气！愿这些欺人的魔鬼再也不要被人相信，他们用模棱两可的话愚弄我们，虽然句句应验，却完全和我们原来的期望相反。我不愿跟你交战。

麦克德夫　那么投降吧，懦夫，我们可以饶你活命，可是要叫你在众人的面前出丑：我们要把你当作一头稀有的怪物一样，把你缚在柱上，涂上花脸，下面写着："请看暴君的原形。"

麦克白　我不愿投降，我不愿低头吻那马尔坎姆小子足下的泥土，被那些下贱的民众任意唾骂。虽然勃南森林已经到了邓西嫩，虽然今天和你狭路相逢，你偏偏不是妇人所生下的，可是我还要擎起我的雄壮的盾牌，尽我最后的力量。来，麦克德夫，谁先喊"住手，够了"的，让他永远在地狱里沉沦。（二人且战且下。）

　　〔吹退军号。喇叭奏花腔。旗鼓前导，马尔坎姆、老西华德、洛斯、众爵士及兵士等重上。

马尔坎姆　我希望我们所失去的朋友都能够安然到来。

西华德　总有人免不了牺牲；可是照我看见的眼前这些人说起来，我们这次重大的胜利所付的代价是很小的。

马尔坎姆　麦克德夫跟您的英勇的儿子都失踪了。

洛斯　老将军，令郎已经尽了一个军人的责任；他刚刚活到成人的年龄，就用他的一往无前的战斗精神证明了他的勇气，像一个男子汉似的死了。

西华德　那么他已经死了吗？

洛斯　是的，他的尸体已经从战场上搬去。他的死是一桩无价的损失，您必须勉抑哀思才好。

西华德　他的伤口是在前面吗？

洛斯　是的，在他的**额部**①。

――――――――――

　　①　朱译手稿：胸前。

西华德　那么愿他成为上帝的军士！要是我有像头发一样多的儿子，我也不希望他们得到一个更光荣的结局；这就作为他的丧钟吧。

马尔坎姆　他是值得我们更深的悲悼的，我将向他致献我的哀思。

西华德　他已经得到他最大的报酬；他们说，他死得很英勇，他的责任已尽；愿上帝与他同在！又有好消息来了。

　　　　　［麦克德夫携麦克白首级重上。

麦克德夫　祝福，吾王陛下！**你就是我们的国王了**。瞧，篡贼的万恶的头颅已经取来；无道的虐政从此推翻了。我看见全国的英俊拥绕在你的周围，他们心里都在发出跟我同样的敬礼；现在我要请他们陪着我高呼：祝福，苏格兰的国王！

众人　祝福，苏格兰的国王！（喇叭奏花腔。）

马尔坎姆　多承各位拥戴，论功行赏，在此一朝。各位爵士国戚，从现在起，你们都得到了伯爵的封号，在苏格兰你们是最初享有这样封号的人。在这去旧布新的时候，我们还有许多事情要做；那些因为逃避暴君的罗网而出亡国外的朋友们，我们必须召唤他们回来；这个屠夫虽然已经死了，他的魔鬼一样的王后，据说也已经亲手杀害了自己的生命，可是帮助他们杀人行凶的党羽，我们必须一一搜捕，处以极刑；此外一切必要的工作，我们都要按照上帝的旨意，分别处理。现在我要感谢各位的相助，还要请你们陪我到斯贡去，参与加冕的盛典。（喇叭奏花腔。众下。）

　　　　　　　　　　　　　　　（朱生豪　译　陈才宇　校）

莎士比亚别裁集

第三卷

历史剧传奇剧五种

朱生豪　陈才宇　译

浙江工商大学出版社
ZHEJIANG GONGSHANG UNIVERSITY PRESS

·杭州·

图书在版编目(CIP)数据

莎士比亚别裁集. 第三卷, 历史剧传奇剧五种 /
(英)莎士比亚著；朱生豪, 陈才宇译. — 杭州：浙江
工商大学出版社, 2019.3

ISBN 978-7-5178-3159-4

Ⅰ. ①莎… Ⅱ. ①莎… ②朱… ③陈… Ⅲ. ①历史剧
－剧本－作品集－英国－中世纪②传奇剧（戏曲）－剧本－
作品集－英国－中世纪 Ⅳ. ①I561.13

中国版本图书馆 CIP 数据核字(2019)第 037481 号

莎士比亚别裁集·历史剧传奇剧五种
SHASHIBIYA BIECAIJI LISHIJU CHUANQIJU WUZHONG

［英］威廉·莎士比亚 著　　朱生豪　陈才宇 译

出 品 人	鲍观明
丛书策划	钟仲南
责任编辑	钟仲南
责任校对	袁金麟
装帧设计	林朦朦
责任印制	包建辉
出版发行	浙江工商大学出版社
	（杭州市教工路 198 号　邮政编码 310012）
	（E-mail：zjgsupress@163.com）
	（网址：http://www.zjgsupress.com）
	电话：0571－88904980，88831806（传真）
排　　版	杭州朝曦图文设计有限公司
印　　刷	杭州杭新印务有限公司
开　　本	880mm×1230mm　1/32
印　　张	50
字　　数	1300 千
版 印 次	2019 年 3 月第 1 版　2019 年 3 月第 1 次印刷
书　　号	ISBN 978-7-5178-3159-4
定　　价	268.00 元（全四册）

目　　录

亨 利 五 世

　　《亨利五世》写于 1599 年,伦敦书业公所登记于 1600 年 8 月 4 日。同年刊行的四开本是个劣版,收入第一对开本中的文本是最可靠的。

　　此剧的基本情节来自霍林雪德所著的《编年史》(1587)和爱德华·霍尔所著的《兰开斯特与约克两大家族的联合》(1542),该两种文献都将亨利五世描述成英明的国王。莎士比亚继承了此说。

　　逸名剧《亨利五世的丰功伟绩》也曾影响过莎士比亚的创作。15世纪的民间谣曲也有歌颂亨利五世的作品,如《亨利五世征服法兰西》,莎士比亚应该熟悉。

剧 中 人 物

亨利五世

葛罗斯特公爵 ⎤

贝德福德公爵 ⎬ 国王的兄弟

克拉伦斯公爵 ⎦

埃克塞特公爵　国王的叔父

约克公爵　国王的堂弟

索尔兹伯里伯爵

威斯摩兰伯爵

沃里克伯爵

亨廷登伯爵

坎特伯雷大主教

伊利主教

理查　剑桥伯爵

斯克鲁普勋爵　⎫

托马斯·格雷爵士　⎭　国王的反对党

托马斯·欧平汉爵士　⎫

高厄

弗鲁爱伦　　　　　　⎬　亨利王军中将领

麦克摩里斯

杰米　　　　　　　　⎭

培茨　⎫

考特　⎬　士兵

威廉斯　⎭

毕斯托尔

尼姆

巴道夫

童儿

传令官

女店主　野猪头酒店女店主桂嫂,毕斯托尔太太

勃艮第公爵

查理六世　法国国王

伊莎贝尔　法国王后

路易　太子

凯瑟琳　查理和伊莎贝尔之女

艾丽丝　凯瑟琳公主之女侍

奥尔良公爵

培利公爵

波旁公爵

布列塔尼公爵

法军元帅

朗伯尔
葛朗伯莱 } 法国贵族

哈弗娄总督

蒙乔　法国使臣

法国大使

贵族、贵妇、官吏、士兵、市民、使者、侍从等

地　　点

英国；法国

开　场　白

[解说员上。

解说员　哦！激情如火的缪斯女神,请赋予我们灵感,指引我们登上
　　金光灿烂的创造的天堂！让整个王国作为我们的舞台,让帝王
　　们出场表演,请君主们前来观看这宏伟的场面！到时候骁勇的
　　哈利①将以战神的姿态出现,而饥馑、刀剑和战火就像系在一起
　　的三只猎犬蹲伏着听候他的呼唤。但是,诸位贵宾,请原谅我们
　　这些平庸之辈吧,他们竟敢在这简陋的舞台上演出如此轰轰烈
　　烈的一段历史！难道这个斗鸡场竟能容纳法兰西的万里江山？
　　难道这座圆形的木头平台真的挤得下那么多曾使阿金库尔②的
　　空气变得令人毛骨悚然的钢盔？哦,原谅我们吧！既然一个小
　　小的圆圈能用来表示百万的巨数,那就让我们这班微不足道的

---

　①　即亨利五世。

　②　阿金库尔:地名,位于法国北部,1415 年 10 月 25 日亨利五世在此大败
法军。

人来激发你们丰富的想象力吧。就当这环形的圈子里拥有两个强大的王国,它们的疆界由一片凶险而狭窄的海峡隔开。用你们的想象来弥补我们的不足,把一个当作千个,组成一支想象的大军。当我们提到战马时,就想象你们看见了它们在大地上留下了豪迈的蹄印。这里正需要你们用想象来装扮我们的国王,把他们带到这里、那里,跨过时间的界限,将许多年所建立的功勋浓缩到一个时辰里去完成。为此,请允许我作为解说员出来同演这段历史。

　　恳求你们的耐心,静静地听,

　　善意地评判我们这出戏文。(下。)

第　一　幕

第一场　伦敦;王宫前厅

[坎特伯雷大主教和伊利主教上。

坎特伯雷　主教,我告诉你,那个议案①现在又提出来了,其实,早在先王治下第十一年,它就有可能,不,应该说确实,已经不顾我们的利益而通过了,只是当时兵荒马乱,一时还来不及进一步考虑。

伊利　大人,这一回我们该怎样抵制它好呢?

坎特伯雷　这还得仔细想想。如果此案获得通过,我们将损失一大

---

①　指英国议院于 1404 年和 1410 年两次提出的议案,旨在将教会的一部分地产转到国王手中。当时英国教会拥有大量土地,成为国王与教会之间的重要争端。

半产业,那些虔诚的信徒立遗嘱赠送给教会的民间土地都将被他们没收。根据估计,这笔财产可以为国王足足供养十五个伯爵、一千五百名骑士、六千二百个乡绅。为了救济麻风病人和丧老的人,以及那些失去劳动能力的穷苦人,这笔财产还足以维持一百所救济院。除此之外,每年还能为国库增加一千英镑的收入。议案是这样说的。

伊利　真是喝了一大口了。

坎特伯雷　何止喝了一大口呢,连杯子都啃掉了。

伊利　有什么办法可以阻止吗?

坎特伯雷　我们的国王很仁慈,处事很周到。

伊利　而且是个真心爱护神圣的教会的人。

坎特伯雷　凭他年轻时的行为,谁预料得到今天的情景呢?他的父亲一断气,他那份野性也就收敛起来,似乎也跟着死去了。不错,就是在那个时候,内省就像天使般降临,拿鞭子驱逐了他身上的种种邪念,使它成为一个供圣洁的精灵栖息的天堂。从来没有人像他那样转眼间变成了谦谦君子;从来没有人像他那样从此洗心革面,让滚滚的洪流彻底洗去以往的种种过失;从来没有人像当今王上那样迅速地把身上九头蛇①般顽固的恶习一股脑儿给清除干净了。

伊利　他这一变使我们有福了。

坎特伯雷　听他阐释神学的教义,你不得不心悦诚服,内心暗暗祝愿国王当上了牧师;听他议论国家大事,你会说他满腹经纶;听他畅谈战争,你将听到可怕的战争变成了悦耳的音乐。说到治国安邦,任何不可解的结一到了他手里便像解裤带一样轻而易举。他一开口说话,连放荡不羁的空气也会凝固起来,无言的惊叹会躲进人们的耳朵里,偷听他美妙的言辞。看样子,他的睿智必然

---

①　指希腊神话中的九头怪蛇,砍掉一头,就生出两头。

来自生活的经验和实践；但这就令人费解了：既然他一直沉溺于浮华的生活，他的伙伴又都是些不学无术、粗俗浅薄之徒，他的时间全都消磨在饮宴和嬉闹之中，他又怎么能掌握这么多的知识呢？从来没有人看见他读过什么书，或者离开过那些人来人往、吵吵嚷嚷的场所。

伊利　草莓生长在荨麻丛中，佳果一旦与劣质的果实为邻，反而能长得更茂盛，更早成熟。王子的情况也是这样，他用粗陋的面纱遮掩起自己的城府，因此，它就像夏天的草儿，趁夜间迅猛生长，外人虽看不见它，但它却顺着自然的威力日益丰茂。

坎特伯雷　肯定就是如此了。如今奇迹已成过去，因此，我们必须承认，任何事物的完善都有它自身的轨迹。

伊利　但是，我的好大人，下议院催办的议案有没有缓和的迹象呢？王上的意思是赞成还是不赞成？

坎特伯雷　他似乎保持中立；或者不如说他倾向我们，而不是偏心提议者来反对我们。因为我已经根据教士会议的决议，并考虑到目前的局势——比如与法国的关系，我已同国王陛下广泛地交谈过——向陛下许诺捐献一笔款项，其数目超过过去的教会向先王所做的任何一次捐献。

伊利　这笔捐款王上有没有接受呢，大人？

坎特伯雷　王上欣然接受了。我发现他很乐意听我的意见，只是当时他太忙，没有时间向我详细了解他对几个公国名正言顺地拥有继承权的情况，我指的主要是法兰西的王冠与王位，那是从他的曾祖父爱德华①那里沿袭下来的。

伊利　究竟是什么事，妨碍了你们这番谈话呢？

坎特伯雷　正在那时候，法国大使要求谒见。我想，现在该是接见他

---

① 指英王爱德华三世（1327—1377），其外祖父为法国国王腓力四世，其母伊莎贝拉曾为其争取法国王位。

的时候了。是不是四点钟了？

伊利　是的。

坎特伯雷　那就让我们进去听听他的使命吧；其实，用不着那个法国人开口，我就已猜到他的来意。

伊利　我乐意奉陪，也很想听听。（同下。）

第二场　王　宫

　　［亨利王、葛罗斯特、贝德福德、克拉伦斯、沃里克、威斯摩兰、埃克塞特及侍从上。

亨利王　我的贤明的坎特伯雷大主教在这里吗？

埃克塞特　不在这里。

亨利王　派人把他请来，好叔叔。

威斯摩兰　要不要唤使臣进来，陛下？

亨利王　等一会，贤卿。召见他以前，我们得先把有关我们两国的某些重大问题，即那些伤我们脑筋的问题决定下来。

　　［坎特伯雷大主教和伊利主教上。

坎特伯雷　愿上帝和他的天使庇护陛下的圣座，愿陛下万寿无疆！

亨利王　多谢你的美意。我的博学的大主教，请你继续讲一讲，公正而虔诚地说说为什么法兰克人所奉行的萨利法典①能够，或者不能够，阻止我们的要求。我的亲爱的、忠诚的大主教，上帝不允许你任意歪曲对法典的理解，不允许你让自己明慧的心灵蒙上歪曲事实的罪名，从而使自己的天性与真理背道而驰。因为上帝知道，如今健康活着的人，一旦支持你所怂恿我们去做的事，不计其数的人将洒出他们的热血。因此，在你责成我们履行职责，唤醒我们手中沉睡的刀剑以前，千万要慎重——看在上帝

_____

　　①　萨利法典，指古代法兰克人萨利族的法典，根据其中规定，法国的王位只能由男性后嗣及其男性子孙继承。

的分上,我们要你谨慎行事。因为像我们这样两个王国一旦交
战起来,没有不大量流血的,而那无辜流下的鲜血每一滴都是一
个悲伤,一个沉痛的责难,谴责着那个挑起干戈,使短暂的人生
白白葬送的人的罪行。我的大主教,请你在这样的约束下开口
说话吧。我们在听你,注意你,并由衷地相信你所说的一切都经
过良心的洗涤,就像原罪经过洗礼已经变得纯洁一样。

坎特伯雷　那就听我说吧,圣明的君主,还有你们身属王权、献身王
权的诸位贵人。这里其实并不存在任何障碍阻止陛下向法国提
出继承王位的要求,除非他们动用法拉蒙①时代所规定的一条
法律"In terram salicam mulieres ne succedant",那意思是说,
"在萨利族的土地上妇女没有继承权"。而法国人就把这"萨利
族的土地"误认为是法兰西的国土,并把法拉蒙当作这项排斥女
性的法律的制定者。然而,他们自己的史学家倒诚实地断言萨
利族的土地在日耳曼境内,位于萨拉河和易北河之间。当年查
理大帝②征服了撒克逊之后,曾留下一部分法国人在那里定居。
这些法国人由于看不惯日耳曼妇女的某些放荡的生活习俗,于
是就制定了这条法律,即:在萨利族的土地上女性不得成为继承
人。这个萨利地区,我已经说过,位于易北河和萨拉河之间,亦
即今天日耳曼境内叫作"迈森"的那个地方。事情已很清楚,这
条所谓的萨利法律不是为法兰克王国而制定的,而且,法国人是
在那个谬传中的法律制定者法拉蒙王驾崩以后三百七十几年才
占有那片萨利族的土地,按耶稣纪元,他死于四百二十六年。而
查理大帝征服撒克逊,把法兰西国境扩展到萨拉河是在公元八
百零五年。还有,他们自己的史学家也说过,那位废黜了喜尔德

①　法拉蒙:传说中公元 5 世纪的一个法兰克国王。
②　查理大帝:法兰克国王,也称查理曼大帝(742—814)。

利克的丕平王是克罗退尔王的女儿白莉蒂尔的后代[1]，他就是以一个普通的继承人的身份要求得到并真的登上了法兰克的王位的。还有休·卡佩[2]，他篡夺了查理大帝嫡系真传的唯一男性继承人洛林公爵查理的王位，为了使自己显得名正言顺——其实那全是一派胡言——他说自己是查尔曼[3]之女林格尔公主的嗣子，而查尔曼又是国王路易的儿子，路易又是查理大帝的儿子。还有路易十世，他是那个篡位者卡佩的唯一继承人，他虽然头戴法兰西的王冠，良心上却一直不得安宁，直到他查明他的祖母伊莎贝尔王后是上面提到的洛林公爵查理之女艾芒迦尔的嫡系嗣子才放心。通过联姻，查理大帝的血统又与法兰西王位结合在一起。这样，事情清楚得就像夏日的太阳：无论丕平的称王，休·卡佩的登基，还是路易十世的心安理得，都是从母系方面取得权利和名分的。法兰西的王位就这样代代相传到今天。然而，他们这时候却偏偏要拿什么萨利的法律来阻止陛下获得应有的权利，他们宁可把自己藏在一张网里，也不愿理直气壮地否定他们从您和您的先祖那里僭取的王权。

亨利王　　我可以名正言顺、心安理得地提出继承王位的要求吗？

坎特伯雷　　令人敬畏的君主，如有差错，让罪孽降临在我的头上。《民数记》就这样写着：人若死了没有儿子，就要把他的产业归给他的女儿。[4]　贤明的王上，去捍卫您的权利，展开血红的战旗，想想您强大的祖先吧！威严的君主，到您曾祖父的陵墓前去，向他要求您的继承权，祈求他的英灵庇护吧！然后再到您的叔祖

---

①　喜尔德利克：法兰克国王（743—751），被丕平王所废。丕平王：又称矮子丕平（714—768），查理大帝的父亲。克罗退尔：法兰克国王，558—561年在位。

②　休·卡佩：法国国王，987—996年在位。

③　查尔曼：指法国国王查理二世（840—877），外号"秃顶查理"。

④　见《旧约·民数记》第二十七章第8节。

黑太子爱德华①的坟前去祈求庇护,他曾经在法兰西的土地上演出过一幕悲剧②,使法兰西全军溃败,而那威风凛凛的父王则站在山头上,含笑观望他的虎子将法国贵族杀得血肉横飞。哦,高贵的英国人,你们只需动用一半的兵力,就能打败法兰西的全部精兵,那就让另一半站在一旁谈笑,无事可做,因缺少活动而着凉吧。

伊利　请陛下记住这些已故的英雄,用您强健的手再创奇迹! 您是他们的子嗣,高坐在他们传下的王座上,那使他们千古流芳的热血和勇气同样也在您的血管里奔流。我们英勇绝伦的君主啊,您正处于青春的五月之晨③,这正是建功立业的大好时光。

埃克塞特　世上各友邦的君主也都期望您奋然而起,就像您雄狮般的祖先那样。

威斯摩兰　他们知道陛下出师有名,而且有充足的财力和兵力;陛下确实万事俱备。英格兰哪一朝国王能拥有比您更富有的贵族和忠诚的臣民呢? 他们的肉体虽在英格兰,心早已飞到法兰西战场上的营帐里去了。

坎特伯雷　哦,我亲爱的君主,您就让他们的肉体也跟了去吧,让他们用鲜血、利剑和烈火为你赢得继承权。我们教会将为陛下募集一笔巨款作为援助,那数目必定超过教会对于您的祖先所做的任何一次捐献。

亨利王　我们千万别只顾举兵入侵法兰西,一定得拨出一部分兵力提防苏格兰,他们会利用这个机会进攻我们的。

坎特伯雷　仁慈的君主,那些守卫边界的军民便是一堵坚固的城墙,足以保卫我们的内地不受边鄙小蟊贼的侵犯。

---

①　指英国国王爱德华三世的大儿子爱德华(1330—1376),因为他在作战时的残酷行为和穿戴黑盔黑甲而被称为"黑太子"。

②　指 1346 年的克雷西(法国村名)战役,英军大败法军。

③　亨利五世当年 27 岁。

亨利王 我指的不光是那些零散的偷袭者,而是担心苏格兰大举进犯,因为他们向来是一些靠不住的邻居。从史书上你们一定读到过,每当我的祖先率兵进入法兰西,苏格兰的千军万马便像潮水扑向缺口那样蜂拥而来,猖狂地袭击这片空虚的土地,凶残地围攻城堡和村落。由于防守空虚,英格兰在这恶邻面前只得嗦嗦颤抖。

坎特伯雷 王上,英格兰当时也只受了点虚惊,并没有遭受多大的伤害。且听听她如何为自己创立榜样吧:当所有的骑士都去了法兰西,她成了个失去夫主的不幸的寡妇,但她不仅很好地保护了自己,而且擒获了苏格兰王,把他像一头走失的牲口那样关起来①。然后还把他送到法国,拿帝王做囚徒为爱德华国王增光扬名,使她的史册充满颂歌,就像海底的泥沙中堆满了沉船的残骸和无价的财宝一样。

伊利 但有句古话说得很对:如果你想征服法兰西,这仗得从苏格兰打起。因为,一旦英格兰这只苍鹰外出觅食,苏格兰这只鼹鼠便会偷偷来到它那缺乏防范的窠巢,偷吃它珍贵的蛋。这叫作:猫儿不在家,老鼠闹天下;它吃得并不多,但什么都糟蹋。

埃克塞特 这么说那猫就只好待在家里了,但这结论未免太牵强。因为我们有门锁保护财物,有灵巧的机关捕捉那些小偷。全副武装的兵士一旦征战海外,国内还有高士谋臣守护家园。一个政府就像一部音乐,虽然上中下层次分明,但各个部分凑合在一起才组成一个和谐的整体,弹奏出丰满而自然的旋律。

坎特伯雷 因此上天做了分工,让他们在各自的职责上尽心尽力。在他们的行动中,"服从"则作为一个目标依附其中。蜜蜂就是这样工作的,它们是一种按自然的法则从事活动的动物,却教会

---

① 1346 年,英王爱德华三世在法国作战时其王后菲利芭在国内率军打败了苏格兰人,并俘虏了苏格兰王大卫·布鲁斯(即大卫二世)。

人类的王国如何有秩序地劳作。它们有一个王,有各级官吏,其中有的像地方官,在国内主持正义;有的像商人,到国外经营生意;有的像兵士,以螫刺为武器,掠夺夏日那丝绒般的花苞,然后将战利品得意扬扬地带回它们的国王升座的营帐里。那蜂王则忙于视察哼着歌儿的泥瓦匠如何把金色的屋顶封上;那些普通市民负责酿造蜂蜜;可怜而微贱的搬运工肩扛沉重的担子,挤进狭窄的门洞;而那脸色阴沉的法官则恶狠狠地哼叫着,把懒惰成性、呵欠连天的雄蜂交付给脸色苍白的刽子手。我说这话为的是说明一个道理:许多事物只要拥有相同的目标,不妨分头进行,就像许多支箭从各个不同的角度射向同一个靶的。许多条道路可以通向同一个城镇,千万条淡水的河流在同一个咸海里汇合,无数根线条可以在日晷的中心聚结。就这样,上千种劳作只要运行起来,都可以终结于同一个目标,而且进展顺利,不会出任何的差错。因此,我的君主,到法兰西去吧!把您幸福的英格兰一分为四,由您将其中的四分之一带到法兰西,让高卢①为之颤抖!剩下的四分之三留在国内,如果我们凭此仍不能防止野狗钻进我们的门户,那就活该我们被野狗撕得粉碎,我们的民族丧失智勇皆备的美名了。

亨利王　传法国王太子的使臣进来吧。(几位侍从下)我们终于下定决心,只要有上帝保佑,有诸位大人作为我们力量的支柱,我们就能让本来就属于我们的法兰西屈服在我们面前,否则,就把它砸得粉身碎骨。我们要高高坐在那里,统治幅员辽阔的法兰西帝国和她富敌王国的公国,要么就让我们的尸骨装进破瓮埋进土里,没有坟冢,没有任何纪念的标志;要么让我们的历史连篇累牍赞美我们的丰功伟绩;要么像土耳其的哑巴那样嘴里少一根

---

① 　高卢:法国的古称。

舌头①，连刻在蜡上的墓志铭都没有。

　　〔二法国使臣上。

亨利王　现在我们已经做好充分准备聆听我们的王兄的见教，我们
　　知道，你们是奉太子之命，而不是国王之命来到我国的。

使臣甲　不知陛下是恩准我们坦率地陈述我们负有的使命呢，还是
　　婉转地暗示太子的本意和我们此行的任务？

亨利王　我不是个暴君，而是个信奉基督的国王，我的感情受理性制
　　约，就像不法之徒受监狱囚禁。因此，请你们直言不讳地把太子
　　的意思告诉我们吧。

使臣甲　那就闲话少说了。陛下最近派人到法兰西，凭您伟大的祖
　　先爱德华三世的权利，提出割让几个公国的要求。我们的主公
　　王太子对此回答说：您年纪轻轻，太不懂世故了，他要您放聪明
　　点；在法兰西，没有一寸土地是可以凭跳跳快步舞得到的。您不
　　能上那里的公园去寻欢作乐。为了更好地迎合您的情趣，他送
　　给您这一箱宝贝作为回报，他要您从此以后再别打法兰西公国
　　的主意。王太子就是这样说的。

亨利王　什么宝贝，叔叔？

埃克塞特　网球，王上。

亨利王　我很高兴王太子竟如此风趣。他的礼物和你们的辛劳都令
　　我感激不尽。如果拿我们的球拍配上这些网球，上帝做证，我们
　　将在法兰西打上一局，到时候一定会把他父亲的王冠打得岌岌
　　可危。回去告诉他，他已经为自己找到了一个好对手，从此，法
　　国所有的网球场将因他回球出界而惶惶不安。我很懂得他的意
　　思，他是在挖苦我过去的放荡，但他不知道我如何从中获得教
　　益。我当时并不看重这个可怜的英格兰的王位，因此离开宫廷
　　过了一段任性胡闹的日子。一个人一旦不受家庭的束缚，一定

---

　①　据说古时的土耳其王宫里的奴隶要被割去舌头，以防泄露宫中秘密。

会玩得很开心，这也是再普通不过的道理。去告诉你们的太子，我一旦登上法兰西的王位，我定会维护王家的尊严，像模像样地做一个国王，显示出伟人的气概。为了实现这个宏志，我才不顾王族的体面，像一个普通的工人那样跑来跑去。但我将光芒万丈地从法兰西土地上升起，照得那里的人头晕目眩；不错，我会让王太子朝我看上一眼就瞎了眼睛。去告诉那位挺风趣的王子，他开的这个玩笑已使他的网球变成了炮弹！他的内心将因随炮弹飞来的横祸而蒙受极大的痛苦。成千上万的妇女将因他这个玩笑失去亲爱的丈夫。他的玩笑将使母亲失去儿子，使城堡倒塌。就连那些未成胎、未出生的孩子也有理由诅咒王太子的这番嘲讽。当然，万事万物全凭上帝的旨意定夺，而我则要向上帝吁请；回去告诉你们的太子，我不久将以上帝的名义率军前来，尽力为自己报仇雪耻，用我正义的双手去完成一桩神圣的事业。你们现在就平平安安地回去吧，告诉太子，他的玩笑开得并不高明，因为哭者比笑者多出上万成千。好好送他们回去。——祝你们一路平安。（使臣下。）

埃克塞特　他们带走了一个好消息。

亨利王　我希望那个送网球的人会感到脸红。好了，诸位大人，别错过了出兵讨伐的大好时机。除了敬奉上帝这优先一切的事情外，我们现在脑子里所想的只有法兰西。让我们马上把这场战争所需的兵力征集起来，把各方面的事都周密考虑一下，好让我们插上翅膀，以最快的速度投入战场。上帝在前面为我们引路，我们要到法国的门前教训教训那位狂夫。

　　　　因此，请大家开动脑筋想想办法，

　　　　以便我们尽快开始正义的讨伐。（同下。）

第 二 幕

〔喇叭奏花腔;解说员上。

解说员　现在,全英格兰的青年都已热心沸腾,锦袍和欢宴被他们抛在一边;兵器制造商的生意兴旺无比,好男儿一个个只想着追求荣誉。他们卖掉牛羊换回战马,脚跟长了翅膀,成了英国的墨丘利①,追随着那信仰基督的王中之王。因为希望这时正端坐在空中,许诺给哈利和他属下的大大小小的冠冕遮蔽了那把已经出鞘的利剑。法国人从探子口中获悉这可怕的备战的消息,便害怕得嗦嗦发抖,想用狡计把英国人的意志扭转。哦,英格兰!你是伟大的气魄的一个形象的缩影,就像小小的身躯里跳动着一颗伟大的心!你想办的事,都受荣誉的驱使,但愿你的子孙个个贤良,人人孝顺!然而,请看吧,法兰西在你身上找到了缺陷,发现了一窝心怀叵测的人,并用罪恶的金币填满了他们的欲壑。这三个受贿者,第一个是剑桥的理查伯爵,第二个是马瑟姆的斯克鲁普勋爵,第三个是诺森伯兰的托马斯·格雷爵士,他们为了法国的金币(啊,真是罪过!)就跟怯懦的法国人串通,想用他们的手谋害国王陛下的性命。如果地狱的恶鬼助他们成功,亨利王将在骚桑普顿②登船前往法国以前就遭他们的毒手。诸位观众,请你们耐心观看下去,我们将不断更换地点。请注意剧情的发展:那行贿的钱已经交付,卖国贼已经答应照办,国王已经从

---

① 墨丘利:罗马神话中的信使。
② 英格兰南部一港口城市。

伦敦出发,我们的场景将转移到骚桑普顿。那里有一个戏院,你们必须坐在那里,不久我们还要把你们安全地送到法国,然后再接你们回来。让我们向英吉利海峡祈祷吧,祝你们一路上风平浪静。我们将尽力而为,决不让你们中间的任何一位因看戏而倒了胃。

> 现在我们还得再等等国王本人,
> 待他一出场就注目那骚桑普顿。(下。)

第一场　伦敦;一街道

　　〔尼姆与巴道夫上。

巴道夫　幸会幸会!尼姆伍长。

尼姆　早上好,巴道夫中尉。

巴道夫　怎么,毕斯托尔旗官和你还没有和好吗?

尼姆　就我而言,我并不在乎。我几乎没有说什么话,但只要机缘凑巧,我也会笑起来——但一切要听其自然。我不敢决斗,但我总可以闭上眼睛,把手中的铁器刺出去吧。这是一柄很普通的剑,但这又有什么关系呢?它可以用来烤乳酪,它像别人的剑一样不怕着凉。事情就是如此。

巴道夫　我可以赔上一顿早餐促成你们言归于好,然后我们三人就结拜成兄弟去法兰西。就这样办吧,好尼姆伍长。

尼姆　的确,我要尽可能多活些日子,这是毫无疑问的。当我再也活不下去时,再想怎么办就怎么办也不迟。这是我押出的最后的赌注,是我最后的一句话。

巴道夫　伍长,他确实娶了快嘴桂嫂,她这样做确实委屈了你,因为你与她是有婚约的。

尼姆　我不知道怎么说才好;要发生的事总要发生。人们会一觉睡过去,那时候他们的脖子还长在自己身上,但有人说刀子是有刀锋的。要发生的事总要发生;虽然忍耐是一匹疲惫的母马,但它

　　仍然一步步慢慢地往前走——总会有个结果的——唉，我不知
道怎么说才好。

　　　　　〔毕斯托尔和女店主桂嫂上。

巴道夫　旗官毕斯托尔和他的老婆来了。好伍长，忍一忍吧。

尼姆　你好哇，我的毕斯托尔店主！

毕斯托尔　下贱的狗杂种，你管我叫店主？听着，我指天发誓，我蔑
　　　视这个称呼，我的耐儿如今也不再接客了。

女店主　是的，这是真的，不久就不接了。因为我们不能留宿十三四
　　　个凭做针线活过日子的规矩的娘儿们而不被人认为在开窑子。
　　　（尼姆和毕斯托尔拔剑）哎呀，我的妈呀，这会不死人，也要出奸杀人
　　　命的案子了。

巴道夫　好中尉！好伍长！别在这里打架。

尼姆　呸！

毕斯托尔　呸你自己吧，冰岛的狗①，你这耳朵竖得高高的冰岛的狗
　　　杂种！

女店主　好尼姆伍长，拿出你的勇气来，把剑插回鞘里去吧。

尼姆　你敢不敢出去？我跟你单独解决。②

毕斯托尔　"单独"，你这超级的狗杂种？哦，卑鄙的毒蛇！这"单独"
　　　就在你那张最古怪的脸上，这"单独"就在你的牙齿里，在你的喉
　　　咙里，在你可恶的心肝里，对了，还在你的肚子里。更糟糕的是，
　　　还在你的臭嘴里！我一定要将你肠子里的"单独"整治整治，因
　　　为我会动手的，毕斯托尔的扳机③已经翘起，一道火光即刻就要
　　　射出。

尼姆　我不是恶鬼巴巴孙，你无法用咒语降服我。我正想好好地揍

---

　　①　一种耳朵直竖的长毛猎犬。

　　②　尼姆在此故意用了一个拉丁词 Solus（单独）。毕斯托尔以为"单独"是
骂人的词儿，就接二连三拿"单独"来回骂尼姆。

　　③　毕斯托尔的名字 pistol，意思是"火枪"。

你一顿呢。毕斯托尔，如果你一定要跟我过不去，我会用这把剑好好地治治你。如果你敢跟我出去，我会尽我所能给你的肠子好好地戳上几个窟窿。事情就是如此。

毕斯托尔　哼，你这卑鄙的、吹牛的、该死的狂徒！坟墓正张开大口，溺爱你的死神就在眼前，把剑抽出来吧！

巴道夫　听我说，听我说一句。谁要是敢先动手，我就一剑刺穿他的身子，因为我是个军人。（拔剑。）

毕斯托尔　这句话威力真大，怒气只好消一消了。把你的手给我，把你的前爪伸出来。你真有胆量！

尼姆　总有一天我会好好地割断你的喉咙，事情就是如此。

毕斯托尔　割喉咙！这话说得好，我会再向你挑战的。噢，克里特的狗，你是不是想弄走我的老婆？别做梦了，你还是到医院里去，从那丢人的蒸汽浴缸里弄一个像克瑞西达①那样的患麻风病的妓女，她的名字就叫陶·帖席，你就娶她做老婆吧。我呢，我有这位从前的快嘴就够了，因为她是举世无双的女人——我还是少说几句吧，我已经说够了，不说了。

　　　〔侍候福斯塔夫的童儿上。

童儿　我的毕斯托尔店主，你一定得来看看我家主人，还有你，女店主。他病得不轻，就要起不来了。好巴道夫，把你的脸放在他的被窝里，给他当一个暖壶用用吧。真的，他病得不轻。

巴道夫　滚开，你这无赖！

女店主　说真的，他总有一天会喂了乌鸦的。王上使他伤透了心。好丈夫，早点回家吧。（女店主及童儿下。）

巴道夫　来吧，要不要我帮你们言归于好？我们都得去法兰西，他娘的我们为什么要用刀子来抹自己人的脖子呢？

―――――――――――

　　①　克瑞西达：古代希腊传说中的一个美丽而又不忠于爱情的女人。据说她因水性杨花而受到报应，像《圣经》中的癞子乞丐一样患了麻风病。

毕斯托尔　让洪水泛滥，让魔鬼因没东西吃而哀号吧。

尼姆　上次赌钱我赢了你八先令，这钱你还不还我？

毕斯托尔　下贱的奴才才还钱给你。

尼姆　这钱我向你讨定了，事情就是如此。

毕斯托尔　男子汉只知道这样来解决问题。出剑吧！（两人拔剑。）

巴道夫　这把剑做证，谁要是先动手，我就先杀了谁。凭这把剑起誓，我会说到做到的。（拔剑。）

毕斯托尔　剑就是誓，这样的誓可不是儿戏。

巴道夫　尼姆伍长，你要是能够做个朋友，就做个朋友吧。如果不能做朋友，那就把我也当作你的对头吧。请你把剑收起来。

尼姆　我能讨回上次从你那里赢来的八先令吗？

毕斯托尔　给你六先令八便士，当场付清，并请你喝酒，从此友好相处，亲如兄弟。我为尼姆而活，尼姆为我而活。这不是天公地道吗？我将随军采办伙食，这下油水可多了。把你的手伸给我。

尼姆　你还我六先令八便士？

毕斯托尔　当场付清，一点不含糊。

尼姆　好吧，事情就这样了结算了。

　　　　　〔女店主重上。

女店主　如果你们都是女人养出来的，就快进去看看约翰爵士吧。哎，可怜的人啊！他发的是"见天热，隔天热"①的高烧，身体不停地颤抖，看了真叫人伤心。好心的人哪，快去看看他吧。

尼姆　王上对爵士发过一通脾气，事情就是如此。

毕斯托尔　尼姆，你的话说得对，他的心碎了，乱了。

尼姆　王上是个好王上，但要发生的事总会发生的。王上有时候也会动肝火的。

毕斯托尔　让我们去安慰安慰这位爵士吧，因为，小羊羔们，我们还

————————————

①　"见天热，隔天热"本是两种热病，被桂嫂混用在一起，当作一种病名。

是要活下去的。

第二场　骚桑普顿;行辕

〔埃克塞特、贝德福德和威斯摩兰上。

贝德福德　天哪,陛下也太大意了,竟然会相信这些卖国贼。

埃克塞特　他们很快会被抓起来的。

威斯摩兰　他们的行为举止看上去多么镇静自若、从容不迫啊! 好像满肚子都是真诚恭顺、赤胆忠心。

贝德福德　国王截获了他们的信件,从而了解了他们的一切企图,这是他们做梦也没有想到的。

埃克塞特　不错,但那家伙还是国王的知心朋友①,得过王上特别的恩宠呢,想不到他竟然为了几个外国钱币,就出卖了自己的君主的生命,犯下了叛国的大罪。

〔喇叭声起;亨利王与斯克鲁普、剑桥、格雷及侍从上。

亨利王　现在正好顺风,我们马上就要登船。我的剑桥伯爵和斯克鲁普勋爵,还有你,我的好爵士,请谈谈你们的想法。你们是否觉得我们所拥有的兵力足以突破法军的防线,达到我们此番劳师动众的目的?

斯克鲁普　毫无疑问,王上,只要人人肯竭诚效力。

亨利王　我对此没有疑问,因为我们完全可以相信,此次跟随我们出征的人没一个不是与我们同心同德,留在后方的也没有一个不希望胜利和成功属于我们。

剑桥　从来没有一个君王比陛下更受人敬畏和爱戴。我想,在您的仁政下,没有一个臣民过着悲惨而不安的日子。

格雷　说得对。就连那些与先王为敌的人,如今也化仇恨为甘泉,尽心尽职、满怀热忱地为陛下效劳。

---

①　指斯克鲁普勋爵。

亨利王　因此,我们更有理由表示感激,我们可以忘了自己的手的作
　　　用,也不能忘了论功行赏,报答有功之臣。

斯克鲁普　这样臣民们也就奋勇争先、不辞辛劳了,他们一个个满怀
　　　希望,振奋精神,甘愿为陛下服务终身。

亨利王　我正是这样想的。埃克塞特叔叔,把昨天押在牢里,曾经辱
　　　骂过我的那个人释放了吧。我想他是喝多了酒才这样做的,现
　　　在他脑子清醒了,就饶恕他吧。

斯克鲁普　这是王上的慈悲,但也太宽容了。陛下,还是让他受到惩
　　　罚吧,如果轻易饶了他,更多的人会学他的样子。

亨利王　哦,还是让我们更仁慈一些吧。

剑桥　陛下尽管仁慈,但惩罚还是应该的。

格雷　陛下,让他先尝点刑罚的厉害,然后再饶他一命,这也足以表
　　　明您的宽宏大量了。

亨利王　哎呀,你们太关心爱护我了,只可惜倒霉了那个可怜虫! 如
　　　果我们对那些因一时糊涂而犯下的小小过失都眼睛紧紧盯住不
　　　放,那么,一旦有经过蓄意谋划的滔天大罪出现在我们面前时,
　　　我们又将如何睁大眼睛呢? 我们还是把那人放了吧,尽管剑桥、
　　　斯克鲁普和格雷诸位大人出于对我的亲切关怀,主张惩办他。
　　　好了,现在回到法国的事上来。谁是最近指派的国务大臣?

剑桥　我是其中一位,王上。您吩咐我今天来取委任状。

斯克鲁普　我也是,陛下。

格雷　还有我,王上。

亨利王　那好,剑桥伯爵,这是你的委任状;斯克鲁普勋爵,这是你
　　　的;还有诺森伯兰的格雷爵士,这一份给你。你们都打开念一
　　　念,也好知道我是如何器重你们的。我的威斯摩兰伯爵,埃克塞
　　　特叔叔,我们今晚就上船——怎么啦,三位大人? 你们在文件上
　　　看到了什么,竟变得如此面无血色? 你们看看他们的变化! 他
　　　们的脸像纸一样苍白了。怎么啦,你们在文件上读到了什么使

你们这样胆战心惊,连脸上的血色都吓跑了?

剑桥　我承认有罪,求陛下开恩。

格雷、斯克鲁普　我们也请求陛下开恩。

亨利王　我本来很容易大发慈悲,但它刚才被你们自己的忠告给扼杀了。你们没有脸面再奢谈慈悲,因为你们自己的论据就像扑向主人的恶狗扑向你们的心胸,使你们不得安宁。诸位亲王,诸位大人,你们看看这几个英格兰的怪物吧!这位是剑桥伯爵,你们知道我待他不薄,凡是以他的身份所能得到的一切荣华富贵,我全给了他。但这个人却为了区区几个金币,就轻易图谋叛国,向法国人宣誓把我谋杀在这骚桑普顿。还有这位爵士,从我这里得到的恩惠并不少于剑桥伯爵,也一样向别人发了誓。哦,我得向你说什么好呢,斯克鲁普勋爵?你这残忍的、忘恩负义的、野蛮的、没有人性的东西!你对我的计划了如指掌,我的整个灵魂都已被你看得一清二楚,如果你想利用我图谋私利,你简直可以把我铸成金币!难道外国的钱财也能从你身上抽取一星半点的恶念来伤害我的一个指头?这真太奇怪了,即使事实真相已经黑白分明地摆在那里,我的眼睛也不敢轻易相信。"叛逆"和"谋杀"向来就狼狈为奸,像一对套在一起、发誓相互声援的恶魔,自然而然纠合在一起为非作歹,这本来没有什么值得大惊小怪的。但你却违反一切常理,居然也将"惊奇"招引来侍候"叛逆"和"谋杀"!不管是哪一个狡猾的魔鬼,只要他能引诱你做出如此伤天害理的事,就应该被当作地狱中的俊杰。别的恶魔引诱人变节卖国,还得笨手笨脚地东拼西凑,拿来自圣洁之所的种种伪装掩饰自己的罪恶;但那个引诱你的魔鬼却直截了当地命令你站出来,一点也不解释你为什么得卖国求荣,只是直接封你为叛徒的称号。这个骗了你的魔鬼只要迈开虎步逡巡世界,他就可以回到那座广大无垠的地狱里对他的下属说:"我从来没有赢过一个人的灵魂像这个英国人那样容易。"唉,你用猜忌把无

比美好的信任玷污了！看看尽心尽力是什么样子吧；嗨，你何尝
不是如此呢！看看严正而博学是什么样子吧，嗨，你何尝不是如
此呢！看看那些出身高贵的人吧，嗨，你何尝不是这种人呢！看
看那些虔诚的人吧，嗨，你何尝不是这种人呢！他们一个个饮食
有节，从来不滥用感情，或喜怒无常，他们精神专注，从来不因一
时心血来潮而动摇意志，他们的举止温文尔雅，处事不光凭眼睛
而不靠耳朵，判断事物公正合理，从来不偏听偏信。你看上去就
是这样十全十美的一个人。你的堕落给才德兼备的正人君子抹
上了污点，使人对他们的品质都不敢轻信了。我将为你流泪，因
为你的叛逆行为不亚于人类的又一次堕落。他们的罪行已经查
清，把他们逮捕起来听候法律制裁。愿上帝赦免他们的罪过吧。

埃克塞特　我以叛国重罪逮捕你，剑桥的理查伯爵；我以叛国重罪逮
　　捕你，马瑟姆的斯克鲁普勋爵；我以叛国重罪逮捕你，诺森伯兰
　　的托马斯·格雷爵士。

斯克鲁普　我们的阴谋被公正的上帝揭穿了，我悔恨我的罪行更甚
　　于我的生命。尽管我的肉体将因此付出沉重的代价，我仍要请
　　求陛下开恩。

剑桥　我其实并没有受法国金币的诱惑，虽然我承认收下金币后便
　　巴不得早点将阴谋付诸实施。感谢上帝及时阻止我们的罪行。
　　我将十分高兴地接受惩罚，只求上帝和陛下的宽恕。

格雷　一桩极危险的叛国罪已被揭露，此刻，任何一个忠于王室的臣
　　民都没有比我因罪恶的阴谋被及时阻止而更感欣慰。王上，请
　　宽恕我的罪行，但不必饶了我的性命。

亨利王　愿慈悲的上帝宽恕你们吧！听好对你们的判决。你们阴谋
　　弑杀一国之主，私通敌国，从它的金库里领取谋害我的生命的定
　　金，你们的目的是想把你们的国王杀害，让王公贵族受人奴役，
　　让这个国家的百姓受人迫害，受人凌辱，让整个国家变成一片废
　　墟。事情如果只牵涉到我本人，我倒并不想报复；但是，我们国

家的安全必须认真考虑。既然你们想颠覆这个国家,我们就只好把你们交给我国的法律来制裁。卑鄙的可怜虫,你们就去受死吧。愿慈悲的上帝赋予你们耐心以忍受死亡的滋味,并真心忏悔你们所犯的滔天大罪。把他们押下去。(剑桥、斯克鲁普和格雷被押下)现在,诸位大人,让我们向法兰西进发吧!此次出征,光荣不仅属于我,也属于你们。我们用不着怀疑这是一场成功而吉利的战争,因为上帝慈悲,一开始就把这桩阻碍我们进兵的叛国阴谋揭露了出来。我们完全可以相信,挡在我们前进道路上的一切障碍都已清除。亲爱的同胞们,出发吧!让我们立即行动起来,把我们强大的军队交到上帝的手里。大家高高兴兴地出海吧!让战旗高高飘扬!如果我不能在法兰西称王,就让我战死在沙场!

第三场 伦敦;街头客栈前

〔毕斯托尔、尼姆、巴道夫、童儿及女店主上。

女店主 我亲亲爱爱的好丈夫,让我一路送你到斯坦纳斯①吧。

毕斯托尔   别送了;男子汉也有伤心的时候。巴道夫,高兴起来吧;尼姆,尽管吹你的牛皮吧;孩儿,鼓起你的勇气。福斯塔夫已经死亡,我们应为他而悲伤。

巴道夫   不管他在哪里,无论在天堂还是在地狱,但愿我都能跟他在一起。

女店主   他肯定不会在地狱里。如果真有人投入亚瑟的怀抱②,他现在肯定在亚瑟的怀抱里。他是好好儿死的,眼睛一闭,安详得像个未满月的婴儿。他正好死在十二点和一点之间,正好是落

---

①   斯坦纳斯:伦敦西边镇名,为赴骚桑普顿的第一站。

②   亚瑟:英国传说中的亚瑟王。其实女店主是指《圣经·旧约》中犹太人的祖先亚伯拉罕;"亚伯拉罕的怀抱",即"天堂"。

潮的时候①。我当时看见他用手摸着被单,摆弄着花朵的图案,
对着自己的手指尖微笑,我就知道他死期到了。他的鼻子尖得
像一支笔,他含糊不清地谈起绿色的田野。"怎么啦,约翰爵
士?"我问他,"你这是怎么啦,老爷? 振作起来吧。"他于是就这
样叫起来:"上帝呀,上帝呀,上帝呀!"一连叫了三四遍。为了安
慰他,我要他别去想上帝。我希望他不要拿这样的想法来苦恼
自己。他接着要我在他脚上多盖些衣服。我把手伸进被窝摸了
摸他的脚,那脚冷冰冰的,像石头一样。然后我又摸了摸他的膝
盖,然后再往下摸,往上摸,哎呀,全都冷冰冰的,像石头一样。

尼姆　他们说他大声诅咒过白酒。

女店主　是的,他诅咒过。

巴道夫　还诅咒过女人。

女店主　没有,这可没有。

童儿　诅咒过的,他说她们是魔鬼的化身。

女店主　他从来容忍不了粉红色②——这是他最讨厌的颜色。

童儿　他曾经说过,魔鬼会因他玩女人而把他抓走的。

女店主　他确实说到过女人,但当时他患了风湿病③,谈到了巴比伦
的娼妇④。

童儿　你还记得吗,他看见巴道夫的鼻子上叮着个跳蚤,就说那是一
个黑色的灵魂在地狱里燃烧?

巴道夫　唉,维持那一把火的燃料如今已用光了。那是我追随他多
年所积蓄的全部财富啊。

尼姆　我们上路吧。国王就要从骚桑普顿出发了。

----

①　古代的一种迷信,认为住在海边的人都是在退潮时断气。

②　"粉红色"(carnation)与"化身"(incarnate)读音相近,故被女店主误用。

③　女店主把"疯疯癫癫"(lunatic)一词说成了"风湿病"(rheumatic)。

④　巴比伦的娼妇,语见《新约·启示录》第十七章。基督教的新教徒往往
把这个词用作对罗马教会的蔑称。

毕斯托尔　好，让我们上路吧。我的爱人，让我亲亲你的嘴唇。请你
　　　看管好我的财物和动产。凡事要处处小心；"吃饭付钱"是你的
　　　座右铭；什么人都不要相信。誓约是稻草，人的忠诚一触即碎。
　　　我的小鸭子，"抓紧钱袋"是唯一的看家狗。因此，就让"小心谨
　　　慎"做你的顾问吧。行了，把你的泪揩干吧。全副武装的伙计
　　　们，让我们到法兰西去吧。孩儿们，像蚂蟥那样去吸，去吸，去吸
　　　法国人的血吧。

童儿　他们说，那可不是有益健康的食物。

毕斯托尔　再亲一亲她酥软的嘴唇，然后就出发。

巴道夫　再见，女店主。（吻她。）

尼姆　我可不能去亲这个嘴，事情就是如此。但还是说声再见吧。

毕斯托尔　勤俭持家，别到处乱跑，我告诫你。

女店主　再见，再会。

第四场　法国；王宫

　　　　〔喇叭奏花腔；法王、太子、培利、布列塔尼、法国元帅等上。

法王　英国的大军果然向我们大举进犯了，我们需加倍小心，严阵以
　　　待。因此，培利公爵，布列塔尼公爵，布拉班和奥尔良公爵，你们
　　　出发吧；你呢，太子，赶紧派人加固或重修防御工事，增加守卫的
　　　勇士和武器装备。英王此番来势汹汹，就像洪水卷入旋涡。我
　　　们一定得周密布防，过去由于我们轻视英格兰的进犯，留下的惨
　　　痛教训实在太多了。

太子　无比威严的父王，我们确实应该武装起来抗拒敌军的侵犯。
　　　即使没有战争，没有公开的争端，那和平也不应该使一个国家变
　　　得麻木不仁，而应该不断设防，募集兵员，扩充军备，就像战争迫
　　　在眉睫一样。因此，我觉得我们大家有必要都出去视察一下法
　　　兰西那些薄弱空虚的地方。让我们丝毫不要流露出畏惧的心

理,就当我们只听说英格兰正忙于准备圣灵降临节的土风舞①一样。我的好父王,英格兰如今昏君当朝,它的王权不可思议地掌握在一个浮夸的、放荡的、浅薄的、反复无常的年轻人手里,这就没有什么好害怕的了。

元帅　噢,太子,别这么说,你把这个国王大大看错了。殿下不妨问问最近回国的使臣,了解一下他是以怎样伟大的气魄接见他们的,他的左右拥有多少谋士高人,当他提出异议时显得如何谦逊,而当他拿定主意时又如何坚毅得吓人。你会发现他过去的胡闹只是罗马人布鲁托斯②式的伪装,痴愚的外衣掩饰了机智的本相,就像园丁用肥料盖起最先冒芽的嫩苗那样。

太子　不是这样的,我的元帅大人。不过,即使这样想也没有关系。说到备战,最好把敌人估计得比它实际的情况更强大些,这样,备战的工作才能做得充分。如果我们备战不力,舍不得开支,就会像一个守财奴,为了节省几寸布料,结果毁了整件衣服。

法王　我们还是把哈利看成强敌吧。诸位大人,把你们好好武装起来去对付他。他的祖先一直把我们当作一块肥肉,而他正是那嗜血成性,常常在我们熟悉的土地上骚扰的一族的后裔。回想一下那刻骨铭心的耻辱吧,当年克雷西一役打得我们一败涂地,所有的皇亲国戚都被那个号称威尔士黑太子的爱德华所俘获。而他那位威风凛凛的父亲则高高地站在山头上,头顶金光闪闪的太阳,微笑着俯视他的骁勇的儿子杀戮生灵,残害由上帝和法国的祖先花了二十年时间培育的生命。这哈利就是这个胜利之族的后代,我们应该提防他强悍的本性和命运对他的眷顾。

　　　〔传令官上。

────────────

①　圣灵降临节:复活节后的第七个星期日,是日英国乡间村民露天跳土风舞以庆祝。

②　罗马人布鲁托斯:公元前6世纪的罗马执政官,曾装傻以躲避暴君迫害并掩饰其救国计划,最后推翻了暴政。

传令官　英格兰国王亨利派来的使臣要求晋见陛下。

法王　我们马上召见他们。去把他们带来吧。（传令官和几个贵族下）朋友们，你们看，我们被人追得多紧啊。

太子　那就回过头来，阻止这场追击吧。那些胆小的狗一旦看见受到它们威胁的猎物在前面奔跑，便会虚张声势狂吠乱叫。我的好父王，把英国人挡住吧，让他们瞧瞧您所统治的是一个什么样的王国。父王，自尊自爱不像自暴自弃那样是一种严重的罪过。

〔法国贵族、埃克塞特及随从上。

法王　你们是从我们的英格兰兄弟那里来的吗？

埃克塞特　是从他那里来。他向陛下致意，并以万能的上帝的名义要求你退位，归还那凭上天的恩赐、自然的法则和国家的法度应该归属于他和他的后代的荣誉，也就是说，交出你的王冠和根据习俗与惯例随王冠而拥有的一切荣耀。为了让你明白这绝不是一个强词夺理、无根无据的要求，既不是从百孔千疮的故纸堆中捡来，也不是从早已被人遗忘的历史尘埃中觅取，他特意送给你这份珍贵的宗谱，上面各个分支的沿革都历历在目，（呈上宗谱）请陛下御览。在你弄清他确实就是他那位最最荣耀的祖先爱德华三世的嫡传嗣子以后，他要求你放弃你所僭取的王冠和王国，把它们归还给名正言顺的继承人。

法王　如不照办又怎么样呢？

埃克塞特　那就付诸血腥的武力。即使你把王冠藏进胸口，他也要从那里把它掏出来。他将暴风雨般降临，像天帝那样挟雷电，使大地颤抖。如果请求无效，就向你强取。他要你看在慈悲的上帝分上交出王冠，因为贪婪的战争张开血盆大口吞噬芸芸众生，请你千万怜悯这些可怜人。要不然，这场冲突将夺去千万个丈夫、父亲和已订婚的情郎的生命，那时，寡妇的眼泪，孤儿的哭号，阵亡者的鲜血以及少女暗中的哀怨都将一股脑儿落在你的头上。这就是他的要求和警告，也即我的使命。如果太子也在这里,我还要向他特别致意。

法王 这事我们还得考虑考虑。明天你就可以把我们的全部意见带回给我的英格兰兄弟。

太子 说到王太子,我就站在这里。英格兰王对他有何见教?

埃克塞特 他对你只有蔑视、鄙夷、轻视和唾弃,只要不辱没我们伟大的国王的身份,他把你看成什么都行。我们的国王这样说:如果你的父王不痛快地答应他的全部要求以赔偿你对他的侮辱,那就要让你为他的雷霆震怒负责,让法兰西的洞穴和空谷都回荡起他的大炮的回声,以谴责你的冒犯,回敬你的嘲讽。

太子 哼,就算我的父王肯给你们一个满意的答复,我也不会心甘情愿。我就想跟英格兰闹闹别扭。正是为了这个目的,同时也为了迎合他年轻浅薄的性格,我才送了他那一箱巴黎网球。

埃克塞特 他要让你的巴黎的罗浮宫因此而摇晃,即便它是伟大的欧洲的心脏。请你们相信,就像我们这些他的臣民惊奇地发现那样,你们也会发现他年轻时的行迹与现在的作为已大不一样。他如今珍惜时间,一分一秒都很计较。一旦他来到法兰西,你们就能从自己的损失中领略到这一点。

法王 你们明天就可以得到我们详细的答复。(喇叭奏花腔。)

埃克塞特 请尽快让我们回去吧,否则,我们的国王就要亲自到这里来责问我们办事拖拉了,因为他已经登上了这片土地。

法王 很快就会让你们带着满意的答复回去的。要回答如此重大的问题,一夜的时间只是小小的喘息,短暂的延误。(同下。)

第 三 幕

[喇叭奏花腔;解说员上。

解说员　　就这样,凭着想象的翅膀,我们的场景飞快转换,那速度连思想也跟不上。诸位观众,就当你们看见一身戎装的国王在骚桑普顿码头上了船吧;他的英雄的舰队在晨曦中旌旗飘扬。发挥你们的想象,你们就能看见船上有水手在爬帆索,听见尖锐的笛声对着嘈杂的人群吹响,看见布帆载着无形的清风,拖着巨舰划破海面,迎着巨浪前进。哦,请你们想象自己站在海岸上,看见一座城池在汹涌的浪涛中起舞,因为那浩浩荡荡的舰队驶向哈弗娄①时就是这般光景! 跟上去,跟上去! 把你们的心都系在这支舰队的船尾上,让英格兰像深沉的黑夜那样静悄悄地留在你们身后,任凭那些要么超过青春,要么未及青春的老大爷、小孩子和老大娘们去保卫吧。因为那些下巴开始钻出第一根胡须的人,哪个不想追随这批经过精心挑选的骑士前往法兰西? 再运用你们的想象,让自己看见一次围攻吧。你们瞧,战车上的火炮对准被围的哈弗娄正张开血盆大口。从法兰西王宫回来的使臣报告哈利:法兰西国王愿意把公主凯瑟琳嫁给他,但作为陪嫁,只有几个土地贫瘠的小公国。这条件不能令人满意,动作敏捷的炮手用火绳杆引发了魔鬼般凶狠的大炮。(战号声;炮声大作。)

　　　　城墙正纷纷倒塌;请诸位多多包涵,

　　　　继续用你们的想象弥补我们的缺憾。(下。)

第一场　法兰西;哈弗娄城下

　　〔战号声;亨利王、埃克塞特、贝德福德、葛罗斯特及士兵抬云梯上。

亨利王　　亲爱的朋友们,再向缺口冲一次,再冲一次;如果再冲不开,就让我们英格兰人的尸体填满这堵围墙。在和平时期,沉默与谦逊是男子汉的本分;但战争的狂飙一旦吹过耳畔,我们就应该

---

①　哈弗娄:法国北部海港城市。

以凶猛的狮虎为榜样。绷紧你们的肌肉,让热血开始沸腾,用无情的怒火掩饰善良的本性。然后让眼睛冒出凶光,像一尊铜炮从头上的炮眼里向外窥视;让眉毛像一块危岩令人胆战心惊地悬挂在眼睛上,俯视着下面被怒涛狂浪冲刷得百孔千疮的海岸。现在,把牙关咬紧,张大你们的鼻孔,屏住气息,把每一根神经最大限度地绷紧。前进,前进! 高贵的英格兰人,你们都是身经百战的祖先的子孙! 你们的祖先,一个个像亚历山大①,曾经在这一带从早上血战到晚上,直到再找不到对手才将剑插回剑鞘。别给你们的母亲丢脸;现在轮到你们去证明自己确实是那些被你们称为父亲的人所生养! 请你们为那些出身不如你们高贵的人做出榜样,教他们如何上战场! 还有你们,善良的庄稼人,你们都出生在英格兰,就在这里显示出你们的勇气吧。让我们发誓,你们不愧为英国的臣民——这一点,我深信不疑。因为你们中没有卑鄙下贱的小人,你们的眼里无不闪烁着高尚的光彩。我知道,你们站在这里,一个个就像勒紧皮带的猎狗,急切冲向前方。猎物就在眼前! 鼓足你们的勇气,让我们边冲边喊:"上帝保佑哈利、圣乔治②和英格兰!"(同下。战号声、炮声大作。)

第二场 同 前

〔尼姆、巴道夫、毕斯托尔和童儿上。

巴道夫　冲啊,冲啊,冲啊! 冲向缺口,冲向缺口!

尼姆　请求你,伍长,停一停吧。攻得太猛了;但就我来说,我可没有十条八条性命啊。这场面实在太激烈了,简直是在唱圣歌。

毕斯托尔　唱圣歌正合适;唱一唱其乐无穷:

　　　　冲来冲去,倒下上帝的仆人,

---

① 指亚历山大大帝(前356—前323),古希腊的统帅,著名的征服者。

② 圣乔治:英国的保护神。

> 盾牌与刀枪
>
> 在血流成河的战场
>
> 赢得不朽的声名。

童儿　但愿我此时在伦敦的酒店里，我愿意拿我的全部声誉去换取一壶酒和生命的安全。

毕斯托尔　我也这样想：

> 如果希望落在我身上，
>
> 我就能如愿以偿，
>
> 赶回伦敦见我的婆娘。

〔弗鲁爱伦上。

弗鲁爱伦　朝缺口冲上去，你们这班狗！上去，你们这伙孬种！（驱赶他们。）

毕斯托尔　发发慈悲，大爵爷，对我们这些人间凡人发发慈悲吧。消消你的怒气，消消你大丈夫的怒气，消消你的怒气吧，大爵爷，好人儿，消消你的怒气；宽容一些吧，好宝贝！

尼姆　这话真有趣！你的英名受到了玷污。（弗鲁爱伦驱赶巴道夫、毕斯托尔及尼姆下。）

童儿　尽管我年纪不大，但我早看透了这三个吹牛家。我如今是这三个家伙的侍童①，但即使这三个人加在一起来服侍我，也不配做我的仆人，因为这三个小丑其实不能算一个男人。巴道夫是个懦夫，他的脸蛋红红的；他就靠这张大红脸撑场面，但不敢打架。至于毕斯托尔，他的舌头很锋利，只是手中的剑很钝；他就凭这锋利的舌头大放厥词，从而把剑保存得完好无损。至于尼姆，他听人说过，说话最少的人最勇敢，因此，他连感恩祷告也不屑去做，免得别人把他当作胆小鬼。但他坏话说得少，好事也很

---

① 这童儿在《亨利四世》中本是福斯塔夫的小听差，由于福斯塔夫失势，无法养他，只得跟随了尼姆、毕斯托尔和巴道夫三人。

少做,因为他从来没有打破过别人的头,只是自己的头例外,那是他喝多了酒自己撞到柱子上去的。他们什么东西都偷,还说那是"进货"。巴道夫偷过一只琴匣,带着它走了三十六英里地,最后以一个半便士卖了出去。尼姆和巴道夫是一对拜把子的窃贼,他俩在卡莱①偷过一把铁铲。既然干得出这样的勾当,我知道他们一定会自取其辱。他们要我去亲近别人的口袋,就像亲近他们的手套和手绢一样。如果让我把别人口袋里的东西掏出来放进自己的口袋,那简直丢尽了我男子汉的脸。因为这样做显然是为虎作伥;我必须离开他们,找点更好的事情做做。他们的丑恶行径让我感到恶心,因此我一定得吐个干净。(下。)

〔弗鲁爱伦重上;高厄随上。

高厄 弗鲁爱伦上尉,你得马上到地道里去,葛罗斯特公爵有话跟你说。

弗鲁爱伦 到地道里去?你去告诉公爵,进地道没有好处。你留意到了没有,那地道不是按打仗的要求挖掘的;它的深度不够。你留意到了没有,敌方已经挖了四码深的地道与我们相对抗——请你留意,你可以把这个情况告诉公爵。基督做证,如果我们没有更好的对付手段,我相信,他们会把我们全都炸飞的。

高厄 葛罗斯特公爵奉命指挥这次围攻,而他则完全听从一个非常勇敢的爱尔兰人的建议。

弗鲁爱伦 你是说麦克摩里斯上尉,是不是?

高厄 我想是的。

弗鲁爱伦 基督做证,他是一头蠢驴,世上最蠢的蠢驴。这话我敢当他的面说。他不懂打仗这门真正的学问,即罗马人打仗的学问。你注意到没有,他懂得不比一只小狗多。

〔麦克摩里斯及杰米上。

---

① 卡莱:法国一海港。

高厄　他来了，一起过来的还有那位苏格兰上尉杰米。

弗普爱伦　杰米上尉是个非常勇敢的人，这倒是真的。据我对他的了解，他作战经验丰富，对古代的战争知道得很多。基督做证，说到古代罗马人打仗的学问，他能够跟世界上任何一个军人理论。

杰米　我向你问好，弗鲁爱伦上尉。

弗鲁爱伦　晚上好，好杰米上尉。

高厄　怎么啦，麦克摩里斯上尉，你丢下地道不管了？工兵们停止工作了吗？

麦克摩里斯　我的基督啊，事情太糟了！工事停下了，撤退的号子已经吹过。凭我的手和父亲的神灵发誓，事情办糟了。工事放弃了。上帝救救我吧，再过一个小时，我本来可以把那座城市炸飞的！嗨，事情太糟了，太糟了，凭我的手发誓，事情太糟了！

弗鲁爱伦　麦克摩里斯上尉，我对你有一个请求，请你注意，你是否愿意让我跟你辩论几句？事情或多或少涉及打仗的学问，罗马人打仗的学问，以讨论的方式进行，请你注意，我说的是以友好的交谈的方式。这样做一半是为了满足我自己的观点，请你注意，另一半是为了我自己的观点的满足：讨论的只是打仗的学问，这是问题的关键。

杰米　这太好了，真的，两位好上尉，只要有机会，我也要插进来凑凑热闹。我会这样做的，圣母在上。

麦克摩里斯　现在不是高谈阔论的时候，上帝救救我吧。天太热了，还有这天气、战争、国王和公爵们。现在不是高谈阔论的时候。这座城池已经被包围，军号呼唤我们冲向缺口，而我们却在这里高谈阔论，我的天哪，什么事也没有做。这是我们大家的耻辱。上帝救救我吧！站着不动是一大耻辱，凭我的手发誓，这是一大耻辱。那么多脖子等待我们去抹，那么多工作等待我们去做，而我们却什么也没有做，基督救救我吧！

杰米　我的天,在我这双眼睛闭上以前,我要好好为国效劳,否则,就让我倒在地上,就让我死在沙场。我一定要视死如归,我一定要这样做,总之就是这个意思。我的妈呀,我倒真想听听你们两位的争论。

弗鲁爱伦　麦克摩里斯上尉,我想,请你注意,我说错了你可以纠正,你们这个民族并没有多少人……

麦克摩里斯　我们这个民族?我们这个民族又怎么啦?它难道是个恶棍、杂种、无赖、流氓吗?我们这个民族又怎么啦?谁在非议我们这个民族?

弗鲁爱伦　麦克摩里斯上尉,请你注意,如果你存心要歪曲我的意思,那我也许会认为你出言不逊,对我不太友好,没有按你本来应该做的那样去做。请你注意,无论是打仗的学问,还是出身,或者其他各个方面,我都一点不比你差。

麦克摩里斯　我并不知道你一点也不比我差,基督救救我吧,我可以拿脑袋担保。

高厄　两位先生,你们相互误会了。

杰米　嗨,那就太不应该了。(响起要求谈判的号声。)

高厄　城里吹响谈判号了。

弗鲁爱伦　麦克摩里斯上尉,等以后再有机会时,请你注意,我会大胆地对你说,我是懂得打仗的学问的。话就说到这里吧。(同下。)

第三场　同前;哈弗娄城门前

〔总督和市民来到城上;亨利王率众将士来到城下。

亨利王　城里的总督决心下定了没有?这是我们答应的最后一次谈判了。你们还是开城投降,以期得到最大的宽恕吧。如果公然与我们对抗,那就只能等待最坏的结果,以自我灭亡为荣了。因为我是个军人,我觉得这称呼对我很合适;我一旦再次发动进攻,就非把这座已经沦陷一半的哈弗娄城炸成一片灰烬不可。那时,慈悲的大门将紧紧关闭,怒气冲冲的士兵将变得既野蛮又凶狠,他们将伸出血腥的双手四处掠夺,让良心变成敞开大门的地狱,把你们的黄花闺女和鲜花般的儿童像割草一样芟除殆尽。如果邪恶的战争像魔鬼之王那样披上火焰的战袍,露出一副狰狞面目,犯下一桩桩导致毁灭的残酷勾当,那与我又有什么相干?由于你们自己的缘故,你们纯洁的少女落到了杀气腾腾的强暴者手中,那与我又有什么相干?邪恶的淫欲一旦向山下猛冲,什么样的缰绳能把它制住?狂暴的士兵一旦进行烧杀掳掠,我们再要他们歇下手来,就像勒令水中怪兽上岸一样徒劳无益了。因此,你们这些哈弗娄人,还是怜惜怜惜你们的城市和城中百姓吧,趁我现在尚能号令我的士兵,趁凉爽而温和的仁爱之风尚能吹散由凶杀、掳掠和邪恶凝聚而成的恶云毒雾。要不然——哼,你们看着吧,只要一眨眼工夫,那些无法无天的士兵就将用污秽的手扯住你们尖叫着的女儿们的头发,你们的父亲将被扯住银白的胡子,拿他们高贵的额头往墙壁上撞。你们的赤身裸体的婴儿将被挑到枪尖上,而那些发疯的母亲则呼天抢地、声震云霄,就像犹太的妇人对着希律王手下血腥的刽子手号啕大哭那样①。你们有什么话说?是愿意开城请降,避免战祸呢,还是执迷不悟,自取灭亡?

总督　我们的希望如今已破灭。我们向太子求援,他却回复说他还没有召集到足够的兵力来解除这场猛烈的围攻。因此,伟大的国王,我们把这所城市和自己的性命都交到您的恩德之前。进城来吧,我们和我们的一切都听凭您的处置,因为我们再也无力抵抗了。

---

①　希律王:古犹太国王。据《新约·马太福音》第二章,他曾下令杀死伯利恒的所有两岁及两岁以下的儿童,以消灭婴儿耶稣。

亨利王　把城门打开！埃克塞特叔叔，请你率兵进入哈弗娄城，到里面先驻扎下来，加强防御，以防法军的进攻。亲爱的叔叔，请您对他们一律宽大处理。冬天快到了，士兵中病号日益增多，我因此得先退回卡莱。今晚我们将在哈弗娄做您的贵宾，明天再准备向卡莱开拔。

第四场①　卢昂；宫中一室

〔凯瑟琳及艾丽丝上。

凯瑟琳　艾丽丝，你去过英格兰，你的英语说得很好。

艾丽丝　只会说一点点，公主。

凯瑟琳　我请你教教我；我必须学会说英语。英语中"手"叫什么？

艾丽丝　手？手叫作 de hand。

凯瑟琳　de hand，那"手指头"呢？

艾丽丝　手指头？哎呀，我把"手指头"忘了。但我会想起来的。手指头？我想是叫 de fingers，对了，是叫 de fingers。

凯瑟琳　手叫 de hand，手指头叫 de fingers。我想我是个好学生；我很快就学会这两个英语单词了。"手指甲"叫什么？

艾丽丝　手指甲？手指甲叫 de nails。

凯瑟琳　 de nails. 请你听好，看看我说得对不对。De hand, de fingers, de nails.

艾丽丝　说得很好，公主，这是地道的英语。

凯瑟琳　告诉我，"手臂"英语怎么说？

艾丽丝　de arma，公主。

凯瑟琳　"胳膊肘"呢？

---

　　①　在这一场，法国的凯瑟琳公主向她的女侍艾丽丝学习英语，对话全用法语；这里只能根据意思译成中文，只保留一部分英语单词——但这些英语单词往往也是"法国化"了的。

艾丽丝　de elbow.

凯瑟琳　de elbow. 让我把刚才学到的单词全都念一遍。

艾丽丝　我担心,这太难了,公主。

凯瑟琳　对不起,艾丽丝,请你听好：de hand, de fingres, de nails, de arma, de bilbow.

艾丽丝　de elbow,公主。

凯瑟琳　哟,我的天,我把 de elbow 给忘了。"脖子"你是怎么说的?

艾丽丝　de nick,公主。

凯瑟琳　de nick. 那"下巴"呢?

艾丽丝　de chin.

凯瑟琳　de chin. "脖子"叫 de nick,"下巴"叫 de chin.

艾丽丝　对了,不是我说你,说真的,你把这几个单词念得跟英国人一样准确。

凯瑟琳　只要有上帝的恩惠,我相信我一定能把英语学好,而且用不了很长时间。

艾丽丝　我刚才教给你的几个单词你没有忘记吧?

凯瑟琳　没有,我马上背给你听：de hand, de finger, de mails……

艾丽丝　de nails,公主。

凯瑟琳　de nails, de arma, de libow.

艾丽丝　对不起,得念 de elbow.

凯瑟琳　我是这样念的：de elbow, de nick. "脚"和"衣服"又是怎么说的?

艾丽丝　de foot,公主,还有 de coun.

凯瑟琳　de foot, de coun！噢,我的天,这两个字真难听,太丑陋,太粗俗,太不正经了,有教养的女子是不应该说这样的话的。在法国的绅士面前我决不说这样的话。呸！de foot, de coun!①

① foot, count(应为 coat),与法语中 foutre(性交)和 can(女生殖器)发言相近,所以公主说这些话。

不过,我还是把所学的单词全部再背一遍吧:de hand, de fingers, de nails, de arma, de elbow, de nick, de chin, de foot, de coun.

艾丽丝　好极了,公主。

凯瑟琳　一次学这么多也够了。让我们吃饭去吧。(同下。)

第五场　同前;宫中另一室

〔法王、太子、布列塔尼公爵、法国元帅及其他人上。

法王　他确实已渡过索姆河①了。

元帅　如果不跟他交战一番,陛下,我们就别在法兰西活下去了。我们干脆放弃一切,把我们的葡萄园全送给野蛮人算了。

太子　永生的上帝啊,难道我们的旁支——我们的祖先因一时的荒唐在野生的杂树上嫁接出来的枝条竟然一下子长得高耸入云,把原先的树干也盖过了吗?

布列塔尼　诺曼人,野种的诺曼人,诺曼人的野种!上帝啊,我这条命也不想要了!如果让他们长驱直入,如入无人之境,我还不如卖掉我的公国,到坑坑洼洼的英格兰岛上买一块肮脏不堪的荒地过日子好了。

元帅　战神啊,他们哪来这英勇的气概呢?他们那里的气候不是雾蒙蒙的又阴又冷吗?那太阳不是惨白无力地照在他们头上,好像紧皱着眉头,存心要让他们的果树得不到收成吗?他们的大麦啤酒只配给累垮了的驽马当水喝,难道也能使他们的冷血沸腾到如此炽热的地步吗?而我们的热血是由葡萄美酒激发起来的,难道它已变成了冰霜?哦,为了祖国的荣誉,让我们别像挂在屋檐前的冰柱那样无动于衷,反而让一个冷血的民族在我们肥沃的土地上挥洒他们的热血男儿的汗水吧。我们这样的土地

---

①　索姆河:法国北部河流。

竟养育出这样不中用的爷们，这真太可怜了！

太子　凭我的诚实和荣誉做证，法兰西的娘儿们正在嘲笑我们呢，她们甚至说我们的勇气都泄光了，她们只好拿自己的身子去满足英格兰小伙子的淫欲，给法兰西重新生一批野种的武士了。

布列塔尼　她们还要我们去英格兰舞蹈学校教授高跳旋转舞和快步舞呢，她们说我们的功夫全在脚跟上，逃跑起来比谁都快。

法王　传令官蒙乔在哪里？快把他叫到这里来，让他把我们坚决抵抗的决心告诉英格兰王。振作起来吧，王公们，让我们把追求荣誉的精神磨砺得比宝剑还锋利，迅速奔向战场！你，查理·德拉勃莱，法兰西的大元帅；你们，奥尔良公爵、波旁公爵，以及培利公爵、阿朗松公爵、布拉班公爵、巴尔公爵和勃艮第公爵；还有你们，雅各·夏蒂隆、朗伯尔、伏德蒙、博莱、葛朗伯莱、罗西，以及福贡贝里、福华、莱特拉、蒲西加和夏洛罗华，诸位高贵的公爵、王公、男爵、勋爵和爵士们，为了你们的名誉和地位，去雪洗你们的奇耻大辱吧。英格兰的哈利正举着在哈弗娄血染的旗帜席卷我们的领土，让我们去阻止他吧！冲向他的军队，就像阿尔卑斯山上融化的雪水冲向山谷，朝那些低洼的地方喷吐口水。向他扑上去吧，你们具有足够的力量，把他装进囚车，作为一名俘虏押到卢昂来！

元帅　这才是君王该说的话！我真替亨利难过，他手下只有那么几个人，士兵们又在长途跋涉中一个个病倒、饿倒，我相信，一旦看见我们的大军，他一定会吓得六神无主，在我们胜利的地方乖乖地交上他的赎金。

法王　好了，大元帅，快去催促传令官吧。让他去对英格兰说，我们派人来问问他愿意献上多少赎金。太子，你和我们一起留在卢昂。

太子　不，我求父王别留下我。

法王　别着急，你应该和我们在一起。出发吧，元帅大人以及诸位王公,愿你们早早把捷报传回宫中。(同下。)

第六场　毕卡第①;英军阵地

　　〔高厄及弗鲁爱伦上。

高厄　现在情况怎么样,弗鲁爱伦上尉,你是从大桥那边过来的吧?

弗鲁爱伦　我向你担保,大桥那边打了漂亮的一仗。

高厄　埃克塞特公爵安全吗?

弗鲁爱伦　埃克塞特公爵像阿伽门农②那样伟大,我用我的灵魂,我的心,我的责任,我的生命,我的生活,我的全部力量爱他,尊敬他。赞美上帝,祝福上帝,他没有伤着一根毫毛,他非常勇敢,精通打仗的学问,大桥被他牢牢地守住了。那里还有一位少尉旗官,凭良心说,我觉得他和马克·安东尼③一样勇敢。他虽然是个微不足道的人,但我亲眼看见他具有非凡的气概。

高厄　他叫什么名字?

弗鲁爱伦　大家都叫他毕斯托尔旗官。

高厄　我不认识他。

　　　　〔毕斯托尔上。

弗鲁爱伦　就是这个人。

毕斯托尔　上尉,我求你帮我一个忙,我知道埃克塞特公爵很器重你。

弗鲁爱伦　是的,赞美上帝,我是有值得他器重的地方。

毕斯托尔　巴道夫是个坚强、善良、生龙活虎的军人,他碰上了厄运,踩到了命运女神那怒气冲冲、变幻莫测的轮子上,那个瞎眼的女神站在滚个不停的石球上——

弗鲁爱伦　打断你一下,毕斯托尔旗官,命运女神被人画成一个瞎

----

①　毕卡第:法国北部地名。

②　阿伽门农:古希腊传说中特洛伊战争时希腊军队的统帅。

③　马克·安东尼:古罗马著名将领。

子,她的眼睛前蒙着一块布,那意思是说,命运女神是瞎眼的。她还被画成有一个轮子,那意思是说——这轮子具有深刻的含义——她不停地在转动,她是反复无常的,变化莫测的,千变万化的。她的脚,请你注意,搁在一块圆石上,那圆石不停地滚呀滚呀滚呀……说句大实话,诗人描述起来非常出色。命运女神具有非常出色的寓意。

毕斯托尔　　命运女神是巴道夫的死对头,她向他皱起了眉头,因为他偷了一块圣像牌,就得上绞架了——该死的死刑!让绞架处死一条狗吧,把人给放了吧,别让麻绳扼住了他的气管。但埃克塞特已经为这区区的圣像牌下达了死罪的命令,因此,请你去说说情吧,公爵会听你的意见的。别让巴道夫的生命线被一根破绳子和不名誉的罪名给割断了。上尉,请你去说句话救救他的命吧,我一定会报答你的。

弗鲁爱伦　　毕斯托尔旗官,你的意思我听懂了一半。

毕斯托尔　　那我心里就高兴了。

弗鲁爱伦　　当然,旗官,这不是一件值得高兴的事。请你注意,如果他是我的兄弟,我也会要求公爵按照他自己的旨意办事,并把他处死的,因为纪律是应该遵守的。

毕斯托尔　　你这该死的!你的友谊见鬼了!

弗鲁爱伦　　说得妙。

毕斯托尔　　真他娘的见鬼!(下。)

弗鲁爱伦　　说得真妙。

高厄　　噢,这人是个地地道道的骗人的流氓,我这会想起来了;他是个皮条客,一个扒儿手。

弗鲁爱伦　　我向你担保,他在大桥那边说过一些很勇敢的话,这是千真万确的。这事真太妙了,只要时机一到,我向你担保,他对我说过的那些话都太妙了。

高厄　　嗨,他只是只呆鸟,一个笨蛋,一个无赖。他这种人有时也会

到战场上转转,以便以军人的名义回到伦敦吹嘘自己。这种人
把伟大将领的名字记得一清二楚,把什么什么战役背得滚瓜烂
熟——什么堡垒,什么缺口,什么保卫战,谁奋勇冲出包围,谁中
了箭,谁出了丑,敌方提出了什么条件,所有这一切,他们都以战
争的术语牢记在心,并用一些花样翻新的咒语装饰一新。这种
人蓄着一把将军胡,穿一套令人毛骨悚然的军衣,混迹在酒店
里,手提冒泡的酒瓶子,身边围着一班被啤酒冲昏头脑的醉汉,
一想起那情景你就会觉得妙不可言。不过,你必须了解这些时
代的丑恶,否则就会大大上当了。

弗鲁爱伦　　我对你说,高厄上尉,我现在真的明白了:这个人确实不
　　是他自己竭力要表现的那种人。等我掌握了他弄虚作假的证
　　据,我会让他瞧瞧我的厉害的。(战鼓声)你听,王上过来了,我得
　　把大桥那边的战况报告给他。

　　　[战鼓和军旗;亨利王、葛罗斯特率将士上。

弗鲁爱伦　　上帝保佑陛下!

亨利王　　情况怎么样,弗鲁爱伦? 你是从大桥那边过来的吗?

弗鲁爱伦　　是的,陛下容禀:埃克塞特公爵勇敢地守住了大桥。法国
　　人退下去了;请您注意,这一仗打得非常漂亮,非常勇敢。我的
　　妈呀,大桥原先掌握在敌人手中,但现在他们只好撤下去了,埃
　　克塞特公爵成了大桥的主人。我可以告诉您,陛下,公爵是个勇
　　敢的人。

亨利王　　你们损失了多少人,弗鲁爱伦?

弗鲁爱伦　　噢,陛下容禀:敌军伤亡十分惨重,相当惨重。我的妈呀,
　　至于我们方面,我想公爵手下未损一兵一卒,只有一个人要被处
　　死,原因是他抢劫了教堂。他叫巴道夫,不知陛下是否认识这个
　　人。他的脸上长满了粉刺、丘疹和小疔小疮什么的,脸膛红红的
　　像一团火,嘴唇高高翘起快碰到了鼻子。那鼻子像一块烧红的
　　煤球,一会儿发青,一会儿发红。这会儿它已经挨了一刀子,那

火焰也就熄灭了。

亨利王 不管谁犯下这种罪行都要被处死。我曾晓谕全军：我们的军队每到一个村庄，任何东西都不得强取豪夺，除非照价付钱，不可贪图一针一线。不可出言不逊，辱骂任何法国公民。要知道，当"仁慈"与"残暴"争夺王国时，总是宽厚的一方最先成为胜利者。

　　〔喇叭声；蒙乔上。

蒙乔 看看我的服饰，您就知道我是什么人了。

亨利王 是的，我不认识你。不知你对我有何见教？

蒙乔 我来传达我们主公的旨意。

亨利王 说吧。

蒙乔 我们的国王这样对我说：你去跟英格兰的哈利说，虽然我们看上去好像已经死了，但其实只是睡着罢了。鲁莽不是个好军人，伺机而动才是真正的战士。告诉他，我们本来可以在哈弗娄教训教训他，但我们觉得，疗疮没有烂开，最好不要先挤脓。现在，我的说话的时机到了，我们的声音是威严的；英格兰应该忏悔自己的愚行，看清自己的弱点，钦佩我们的涵养。因此，叫他准备好他的赎金，以抵偿我们所蒙受的损失，我们所失去的臣民，以及我们所忍受的耻辱。这笔赎金数量不小，恐怕他瘦弱的身躯也承受不了。要赔偿我们的损失，他的国库还嫌太穷；要偿还我们的血债，他的王国的全部臣民都不够偿命。至于我们所蒙受的耻辱，就是他本人跪在我们的脚下也不足以弥补。说完这番话后再向他提出挑战，最后告诉他，是他害了他手下的将士，因为他们都被判了死刑。这就是我们国王和主公所说的话，也是我此行的任务。

亨利王 你叫什么名字？我只知道你的身份。

蒙乔 蒙乔。

亨利王 你已圆满地完成了你的任务。回去吧，告诉你们的国王：我

目前还不想马上找他,倒想一路顺风地先进军卡莱;虽然在如此
精明强大的敌人面前承认这一切是不明智的,但我还是要说句
大实话:我的将士病倒了,我们的力量大大削弱了,我们的兵员
在减少。剩下来的已为数不多,并不见得比为数众多的法国人
强多少。但是,我告诉你,使者,这些人如果身体健康,我觉得英
国人的一双腿抵得上三个法国人。上帝宽恕我吧,我竟然也这
样会吹牛了! 法兰西的空气把这个恶习传染给了我。我应该赎
罪,回去告诉你们的主公,说我在此恭候。我的赎金就是这具孱
弱不堪、一钱不值的身躯。我的军队是一支带病的弱旅。然而,
上帝在上,去告诉他:尽管有法兰西国王本人和这样一个强邻挡
道,我们还是要前进的。(给他一袋钱)这是给你的酬劳,蒙乔。去
告诉你们的主公好好想想吧。 只要我们能够前进,我们就一定
前进,如果我们的去路受阻,就让你们黄褐色的国土染遍你们的
鲜血。就这样吧,蒙乔,再见。我们的答复归纳成一句话,那就
是:根据目前的情况,我们并不求战;但是,即使是目前这种情
况,我们也不避战。就这样转告你们的主公吧。

蒙乔　我会如实转告的。谢陛下的赏赐。(下。)

葛罗斯特　我希望他们不要趁现在来攻打我们。

亨利王　我们的命运掌握在上帝手里,而不是掌握在他们手里。向
大桥进军吧,天已经黑下来了;今晚我们将在河对岸扎营,明天
再率师继续前进。(同下。)

第七场　阿金库尔附近;法军阵地

〔法国元帅、朗伯尔、奥尔良、太子及众人上。

元帅　嘿,我有一副天下最好的盔甲。愿现在就是白天!

奥尔良　你有一副最好的盔甲;让我的马也有它应得的荣誉吧。

元帅　那是欧洲最好的马。

奥尔良　天怎么还不亮呢?

太子　奥尔良公爵,元帅大人,你们在谈论马匹和盔甲,是不是?

奥尔良　无论马匹还是盔甲,你的装备都比世上任何一个太子出色。

太子　这是一个多么漫长的夜晚啊! 我决不肯拿我的马跟任何四足
　　落地的动物交换。嘿,我那匹马呀,一旦从地上蹦起,就像一个
　　肚子里装了毛发的网球。它是一匹飞马,是鼻子喷火的珀伽索
　　斯①! 当我骑上它的背,我就能飞起来,我简直成了一只鹰。它
　　凌空飞驰;当它的蹄触及地面,大地就响起歌声;它的蹄子哪怕
　　最低贱,也能弹奏出比赫耳墨斯的笛子②更动听的乐音。

奥尔良　它长着一身豆蔻般的毛发。

太子　而且它像生姜一样火辣。它是珀尔修斯的坐骑。它简直就是
　　"风"和"火";重浊的元素"土"和"水",与它毫不相干③,除非它
　　耐心地站着不动,等待它的主人跨到它的背上。它是一匹真正
　　的马,其他所有的驽马只能叫作畜生。

元帅　太子,它确实是一匹十全十美的骏马。

太子　它是马中之王:它的嘶鸣就像君主在发号施令;它的容颜更让
　　人肃然起敬。

奥尔良　别再说了,老弟。

太子　不,一个人如不能从云雀晨飞起到羊群归栏止以种种不同的
　　音调赞美我的骏马,那他就不是个有才情的人。这是一个大海
　　般广阔的主题,即使将沙滩上的沙粒都变成了巧舌,我的马也足
　　够它们谈个没完没了。这是一个值得让君王来议论的话题,因
　　为只有王中之王才配骑它。让全世界的人——包括我们认识的
　　和不认识的——都把注意力集中起来,对它表示惊叹吧。我曾

---

　　① 珀伽索斯:希腊神话中的英雄,天神之子珀耳修斯所骑的飞马之名。

　　② 赫耳墨斯:即墨丘利,希腊罗马神话中的神使,他善吹笛,笛声能引诱百
眼怪阿耳戈斯入睡。

　　③ 欧洲古代哲学家认为万物皆由"火""空气(风)""土""水"四大元素构
成;"火"与"空气(风)"轻清上浮,"土"与"水"重浊下沉。

经写过一首十四行诗赞美它,开头是这样的:"造化的奇迹啊——"

奥尔良　我曾经听到过一首写给情妇的十四行诗也是这样开头的。

太子　那么,他们是在模仿我写给我的骏马的那首诗了。因为我的骏马就是我的情妇。

奥尔良　你的"情妇"真好骑。

太子　是的,这是对一个忠贞不贰的好情妇极其完美的德行的最合适的赞美。

元帅　不对,昨天我好像还看见你的情妇使劲晃动过你的背。

太子　你的情妇大概就是这样的吧。

元帅　我的情妇没有装马鞍。

太子　哦,那她多半是匹温顺的老马了,你骑上她就像一个爱尔兰的轻骑兵,脱去了你的灯笼裤,只穿一条紧身裤。

元帅　你对于骑术很有研究。

太子　那就听听我的告诫吧:这样骑马的人一不小心就会掉进污秽的泥沼里。我宁愿把我的马当作情妇。

元帅　我倒宁愿把我的情妇当作一匹驽马。

太子　我告诉你,元帅,我的情妇用不着戴假发①。

元帅　如果我的情妇是一头母猪,我也可以像你那样吹吹牛了。

太子　狗所吐的,它转过来又吃;猪洗净了,又回到泥里打滚。② 你任何东西都能利用。

元帅　但我不会利用我的马做我的情妇,也不会利用这样不着边际的古话俗语。

朗伯尔　元帅阁下,刚才我在你的营帐里看到的那副盔甲,上面的纹饰是星星还是太阳?

---

① 梅毒病患者容易脱落头发,故常戴假发。
② 见《新约·彼得后书》第二章第 22 节。

元帅　是星星,大人。

太子　我估计,有几颗星星明天要掉了。

元帅　我的天空是不会缺少星星的。

太子　那倒也是,你身上的星星过多,去掉几颗反而更显得体面。

元帅　就像你的马受你的赞美过多,如果将你所吹的牛皮卸下来一些,它依然会跑得很快的。

太子　我的马再怎么赞美也不过分的! 天难道永远不亮了吗? 明天我只要骑马跑上一英里,一路上将铺满英国人的脸了。

元帅　我可不这么说,如果一路上都是英国人的脸,我怕自己会被他们看得难为情的。我只希望现在就是白天,我很乐意去敲敲英国人的脑袋。

朗伯尔　我要俘获二十个英国兵,谁愿意跟我打这个赌?

元帅　在你俘获他们以前,得先让自己别被俘获过去。

太子　现在是半夜了,我得去武装一下。(下。)

奥尔良　天还不亮,太子等急了。

朗伯尔　他急着想吃英国肉。

元帅　我想,他能杀多少就能吃下多少。

奥尔良　我可以拿我太太的白手臂发誓,他可是一个勇敢的王子。

元帅　你还是拿她的脚发誓吧,以便她一脚踢开这个誓。

奥尔良　他简直就是法兰西最有生气的绅士。

元帅　那叫装腔作势,他现在依然是装腔作势。

奥尔良　他从来没有伤害过什么人,我听说。

元帅　明天他也不会伤害什么人。这个好名声他会一直保持下去。

奥尔良　反正我知道他很勇敢。

元帅　一位比你更了解他的人跟我说过这个话了。

奥尔良　他是谁?

元帅　我的天,是他自己对我说的。他还说过,他不在乎别人知道这一点。

奥尔良　他没有必要自己说；这样的美德在他身上是藏不住的。

元帅　说真的，大人，他这美德倒真的藏而不露。除了他的随从，谁都没见识过他的勇敢。这勇敢像鹰一样藏在头罩下面，一旦显露出来，就要拍拍翅膀飞走了。

奥尔良　狗嘴吐不出象牙。

元帅　我要回敬你一句古话："朋友也是马屁精。"

奥尔良　我可以用这句谚语反驳你："对魔鬼也要讲公平。"

元帅　说得好！你把朋友当魔鬼了。让我用这一句击中你的要害："该死的魔鬼生瘟病！"

奥尔良　你的谚语比我多，只可惜"傻瓜射箭心太急"。

元帅　你把箭射到靶后去了。

奥尔良　你射靶后也不是头一回了。

　　　　〔使者上。

使者　元帅阁下，英国军队离您的营帐只有一千五百步了。

元帅　这距离是谁测量出来的？

使者　葛朗伯莱爵爷。

元帅　他倒是一位勇敢而富有经验的将军。（使者下）要是天亮就好了！唉，可怜的英王哈利啊！他不会像我们这样盼望天快点亮的。

奥尔良　这位英格兰国王真是既可怜又可恶！那么大老远地带了一班愚蠢透顶的追随者过来乱闯，一定是头脑不清了。

元帅　这些英国人如有脑子，早该逃命去了。

奥尔良　他们缺的就是脑子；如果他们的脑壳里有智慧装备着，就用不着戴上那么重的铁皮疙瘩了。

朗伯尔　他们那个英格兰岛出产凶猛的畜生；他们养的一种猎狗就出奇的勇敢。

奥尔良　那是一种愚蠢的狗，只知道闭起眼睛朝俄国熊的嘴里冲，结果脑壳被咬成了烂苹果。你还可以说："有一只跳蚤很勇敢，因

　　为它敢在狮子的嘴唇上用早餐。"

元帅　　说得好,说得好!这些英格兰男人确实很像横冲直撞的猎狗,
　　　　他们的智慧都留给他们的老婆保管了;这时候你只要丢出牛肉
　　　　和刀枪,他们就会像饿狼一样抢着吃,像魔鬼一样打得天昏
　　　　地暗。

奥尔良　　是呀,但眼前这些英国人最缺的就是牛肉了。

元帅　　那么我们明天一定会看到:他们只有吃牛肉的胃口,却没有打
　　　　仗的勇气。现在该是武装起来的时候了。来,该我们行动了吧?

奥尔良　　现在正好两点;让我想想,等到上午十点,我们每人定能俘
　　　　获一百个英国兵。(同下。)

第 四 幕

　　　　　〔解说员上。

解说员　　现在,请诸位想象这样一个时刻:悄悄而行的低语和沉沉的
　　　　黑暗充塞着这寥寥空宇;两军营地毗邻而驻,透过茫茫的夜空,
　　　　传来双方军中吵吵嚷嚷的喧哗,那站岗的哨兵,几乎能听见对方
　　　　在窃窃低语中传达的口令。营火对着营火,借着昏黄不明的火
　　　　光,能见出对方忽隐忽现的身影。战马怒对着战马,那高亢、豪
　　　　迈的嘶鸣声刺破黑夜迟钝的耳膜;营帐内到处是一片备战声:骑
　　　　士的扈从帮骑士穿戴整齐后,用锤子不停地敲打,以便扣紧盔甲
　　　　的铆钉。村舍里的鸡叫了,教堂的钟响了,昏沉沉的黑夜已是凌
　　　　晨三点。法国人仗着人多势众,正自信满满、得意忘形地掷着骰
　　　　子,拿被低估了的英国人打赌。他们责骂起步履迟缓的黑夜,嘲
　　　　笑她是个又脏又丑的老巫婆,总是一瘸一瘸地艰难赶路。那可

怜的、该死的英国人,像等待宰杀的牺牲,耐心地围坐在篝火旁,
暗自思忖即将来临的凶险。他们表情沉重,加上消瘦的脸颊和
破旧的战袍,在惨淡的月光底下,就像一大群可怕的幽灵。啊,
那个身为国王的统帅就在这样一支注定覆灭的军队中巡视,从
一个岗哨走到另一个岗哨,从一个营帐走到另一个营帐,此情此
景的目击者,还有谁不愿为之欢呼"赞美与荣耀归于他一身"?
他就这样检阅他的军队,以谦逊的微笑问候大家早安,称他们为
自己的兄弟、朋友和同胞。尽管大敌当前,但他威严的脸上,丝
毫没有恐惧之色。连日的操劳和彻夜不眠的警戒,也不曾使他
稍显疲态,依然那样的精神饱满,神采奕奕,那样的威严、慈祥。
每一个垂头丧气的士兵,只要见到他,就能从他那儿获得鼓舞。
他炯炯有神的目光就像普照大地的太阳,给三军将士带来温暖,
融化了他们心头的恐慌。在那一夜,全军上下,不论尊卑,都感
受到了哈利浩荡的王恩,只是我们这支秃笔未能叙其万一。那
么,我们还是赶紧将场景搬到战场上去吧!在那里——说来也
真可怜!——我们也只能用四五把破破烂烂的圆头剑,在拙劣
的戏文里荒唐可笑地争来吵去,以此玷污阿金库尔之战的赫赫
声名。

　　　　但请诸位坐好,依然看个仔细,
　　　　凭拙劣的模仿将真事记在心里。

第一场　阿金库尔;英军阵地

　〔亨利王、贝德福德及葛罗斯特上。

亨利王　葛罗斯特,我们的处境确实很危险,因此,我们需要有更大
　　的勇气。早安,贝德福德弟弟。全能的上帝! 在邪恶的事物中
　　也存在美好的精华,只要你细心地加以提炼;不是吗,我们的恶
　　邻逼得我们早早起床,这不仅有益健康,而且节省光阴。此外,
　　他们甚至称得上是我们外在的良心,我们全体的牧师,是他们时

刻提醒着我们应该为自己的末日做好充分的准备。这么说来，杂草也是我们的蜜源，魔鬼也是我们的良师了。

　　　　〔欧平汉上。

亨利王　早安，托马斯·欧平汉老爵士，一个白发苍苍的老人家，本该睡在柔软的枕头上，现在却让你拿法兰西干硬的草皮当枕头了。

欧平汉　不能这么说，王上。我倒更喜欢这个居所，在这里我可以说："这下我睡得跟帝王一样了。"

亨利王　说得好！只要有榜样，人们能知道如何苦中作乐了；他的心灵也随之获得安宁。人的精神一旦受到鼓舞，其他的器官即便僵化了，老化了，到时候也能从麻木不仁中振作起来，就像脱了皮的蛇获得新的活力，重新出来活动一样。把你的斗篷借给我，托马斯爵士。两位好兄弟，代我向营帐里各位将领致意，问候他们早安，并请他们马上到我的营帐里来。

葛罗斯特　我们这就去，陛下。

欧平汉　需要我侍候在陛下身边吗？

亨利王　不用了，我的好骑士。你也跟我的两位弟弟到众将领那里去吧。我想独自思考一会，用不着陪我了。

欧平汉　天上的主祝福你，高贵的哈利。（除国王外均下。）

亨利王　上帝保佑你，老人家！你说话总是那么让人开心。

　　　　〔毕斯托尔上。

毕斯托尔　Che vous là ?①

亨利王　自己人。

毕斯托尔　跟我说说，你是个军官，还是个下等的、平凡的、普通的士兵？

亨利王　我是一位志愿军人。

────────────

　　①　毕斯托尔卖弄自己不熟练的法文，本意为"qui vous là（那边是谁）"。

毕斯托尔　　是使长枪的步兵吗？

亨利王　　正是。你是什么人？

毕斯托尔　　一个与罗马皇帝平起平坐的大贵人。

亨利王　　那你比我们的国王还高贵了。

毕斯托尔　　国王是个好家伙，他有一颗黄金般的心，一个很活泼的小
　　　　伙子，一个很有点名望的好孩子，他有一对好父母，一对最坚实
　　　　的拳头。我亲吻他的沾满泥污的靴子，我从心底里爱着这个可
　　　　爱的宝贝儿。你叫什么名字？

亨利王　　哈利·勒·罗瓦①。

毕斯托尔　　勒·罗瓦？这可是康沃尔人的名字。你是属于康沃尔部
　　　　队的吗？

亨利王　　不是，我是威尔士部队的②。

毕斯托尔　　那你认识弗鲁爱伦吗？

亨利王　　认识。

毕斯托尔　　你转告他，到了圣大卫节那一天，我要打掉他头上的
　　　　韭菜。③

亨利王　　到那一天，你可别在自己的帽子上插刀子，我担心他会把它
　　　　打下来。

毕斯托尔　　你是他的朋友吗？

亨利王　　还是他的亲戚呢。

毕斯托尔　　那你就见鬼吧！（做一蔑视的手势。）

亨利王　　谢谢你。上帝与你同在。

毕斯托尔　　我的名字叫毕斯托尔。（下。）

亨利王　　看你那副恶狠狠的样子，这个名字倒再合适不过。（退到

---

① 原文 le Roy，法文，意为"国王"。

② 亨利五世登基前是威尔士亲王。

③ 圣大卫节在每年 3 月 1 日，届时威尔士民众会在帽子上插韭菜，以纪念
公元 540 年圣大卫率领威尔士人打败撒克逊人。

一旁。)

　　[弗鲁爱伦、高厄各自上。

高厄　　弗鲁爱伦上尉!

弗鲁爱伦　　嘘!看在基督的分上,说话小声点。正统的古代战争的定理和法则如今已经没有人遵守,这真是普天之下最奇最怪的事了。只要你肯费心研究一下庞贝大元帅的战例,我可以保证,你一定能发现:在庞贝的营帐里,既不会有人唠唠叨叨,也不会有人喋喋晓晓。我可以向你保证,庞贝营帐里你只会听到有关战争的典礼、战争的焦虑、战争的形式、战争的秩序、战争的尺度等等,一切都与这里大相径庭。

高厄　　嘿,敌人那边吵吵嚷嚷的,已经响了一整个晚上了。

弗鲁爱伦　　倘若我们的敌人是一头驴,一只笨牛,一个爱唠叨的傻子,你想想,你给我听好,难道我们也应该做一头驴,一只笨牛,一个爱唠叨的傻子吗?现在,就凭你的良心说说吧。

高厄　　我就知道说话小声点。

弗鲁爱伦　　我请求你,我恳求你,你一定要说说。(两人下。)

亨利王　　这个威尔士人虽然有点背时,但处事谨慎,也很勇敢。

　　[士兵培茨、考特、威廉斯三人上。

考特　　培茨兄弟,你看那边,天不是开始放亮了吗?

培茨　　我看是的。但我们没有重要的理由盼望天亮啊。

威廉斯　　我们看到了一天的开始,但恐怕我们再也看不到这一天的结束了。——谁在那边走动?

亨利王　　自己人。

威廉斯　　你是哪位上尉的部下?

亨利王　　托马斯·欧平汉爵士的部下。

威廉斯　　他是一位很好的老将军,待人十分和气。请问你,他对我们目前的处境怎么看?

亨利王　　就像遇难的船员躺在沙滩上,只等第二次潮水过来将他们卷走。

培茨　他没有将自己的想法告诉国王吗?

亨利王　没有,本该有人去说说才好。虽然这话只能对你们说,我觉得国王也是一个人,跟我没有两样。紫罗兰让他闻起来,跟我闻起来没有区别。他头顶的天空,也就是我头顶的天空;他所有的感官,也都是肉体凡胎所具有的。当他脱下衮衣华冕,赤裸着身子,你见到的不过是一个平凡的男人。虽然他志存高远,像雄鹰一样飞得比我们高,但一旦从高处降落,也一样得凭翅膀的力量。因此,当他有理由感到恐惧时,他也跟我们一样会感到恐惧;毫无疑问,那心中的滋味,也是一样的。但从情理上说,任何人都不该诱导他流露出丝毫的恐惧,一旦有所流露,那是会瓦解全军的士气的。

培茨　就让他表面上尽量装得很勇敢吧。但是我相信,即便天这么冷,他现在也宁愿泡在泰晤士河里,哪怕河水淹到了脖子。我也巴不得他在那里,而我就在他身边,尽管那里一样有许多危险,但我们总算离开了这个鬼地方。

亨利王　相信我吧,我可以帮国王说句良心话:既然已经在这里了,我想他是不愿意再上别的地方去的。

培茨　我倒宁愿他一个人待在这里。那时他一定免不了得付一笔赎金,但许多可怜虫的生命就可以保全了。

亨利王　我敢说,你一定不至于这样恨他,居然希望他一个人留在这里,你说这话无非是想试探一下别人的心思。我倒觉得与国王死在一起是人生最快慰的事,因为他的事业是正义的,他的战争是光荣的。

威廉斯　那就不是我们所能知道的了。

培茨　是啊,这也不是我们想知道的。我们只要知道自己是国王的臣民,这就够了。即便他的事业是不正义的,因为我们服从的是国王,我们的罪名也就消除了。

威廉斯　如果这一次我们的国王师出无名,那这一笔账也真够他算的了。到了末日审判那一天,那许许多多在战场上被砍下来的腿啊,胳膊啊,脑袋啊,都将聚集在一起齐声呼号:"我们就死在这个地方!"他们有的在咒骂,有的在喊医生,有的在哭诉,说自己抛下了苦命的妻子,有的在叨念自己欠下的债还没有还清,有的说自己的孩子没人照管。我所担心的是,死于战场的人都不会死得好好的,因为人家是要你流血的,谁还会大发慈悲处理好你的后事? 我是说,小民百姓只知道违抗王命便有失做臣民的名分,他们要是不得好死,那带他们走上不归路的国王也真是罪孽深重了。

亨利王　如此说来,假如有个做儿子的被他父亲派往海外经商,结果因犯罪而葬身大海,按照你的逻辑,他的这份罪孽应该记在送他出去的父亲身上了。再比如,有那么一个仆人,受主人之命运送一笔钱财,结果遭到强盗抢劫,来不及忏悔就死于非命,你也许要把这位主人当作导致仆人下地狱的元凶了。事情不是这样的。国王手下的士兵一个个是怎样死的,国王用不着承担责任;做父亲的也用不着对儿子负责,主人对仆人也是,因为他们分派他们任务时,并没有把死亡也分派下去。再说,一个国王率兵征讨,即便有不容置疑的正当理由,但一旦战场上真刀真枪拼杀起来,他也不能保证参战的士兵都是没有污点的有德之人。他们中有的也许犯过蓄意谋杀的重罪;有的用虚假的盟誓欺骗过少女的贞操;有的犯过抢劫罪,骚扰过社会的治安,参加战争只是找一个避难所。这些人破坏了法律,逃避了应有的惩罚,但他们瞒得过世人,却逃不出上帝的手心。对于这样的人,战争就是执法官,战争就是他的报应;他们昔日违反过国王的法律,今日在国王的战争中接受惩罚。当初他们因为怕死,才亡命于此;如今因为偷生,却在沙场丧生。这样的人要是死于非命,堕入地狱,国王是不负责的,这与当初他们不敬上帝,责任不在国王是同一个道理。每一位臣民都有责任为国王尽忠,但灵魂始终掌握在他自己手中。因此,每一位上了战场的兵士就好比患病在床的病人,应该借机洗涤自己良心上的污点。如果战死,死亡对他是灵魂的拯救;如果没有战死,战争的经历也是有福的,因为他在为灵魂的拯救做着准备。逃过这场战争劫难的人可以心安理得地这样去想:我曾经心甘情愿地为上帝奉献自己,但他让我继续活下来,为的是让我懂得他的伟大,让我留下来教导别人如何去准备。

威廉斯　没错,因罪而死的人,这罪记在他自己身上,国王是没有责任的。

培茨　我并没有要求他为我负责,但我还是会为他去拼命的。

亨利王　我亲耳听国王说过,他不打算向敌人献上赎金。

威廉斯　咳,他这样说,无非是想让我们为他去拼命;当我们的脖子让人抹了,说不定他就去献赎金了,我们只能永远做傻瓜。

亨利王　如果我活着见到这样的事发生,那我从此再也不相信他的话了。

威廉斯　那时一定有你的好看了!一个可怜巴巴的小老百姓,居然敢对抗王上,那跟孩子玩气枪一样危险。你还是拿一根孔雀的羽毛,跑到太阳底下,将炽热的太阳扇得结成冰块吧。你从此再也不相信他的话了。呸,这话真是愚蠢透顶。

亨利王　你这话真粗野,要不是今天不方便,我一定对你不客气。

威廉斯　如果你还活着,以后再跟你计较不迟。

亨利王　一言为定。

威廉斯　以后我怎样认你呢?

亨利王　不管你给我什么见证物,我都要将它戴在帽子上。到时候你只要敢承认它,我们就可以解决争端了。

威廉斯　这是我的手套。把你的手套给我。

亨利王　给你。(互换手套。)

威廉斯　我也要把它戴在帽子上。过了明天,你只要过来对我说"这是我的手套",我凭这只手起誓,那时我一定要打你一个耳光。

亨利王　只要我活到这一天,我一定要挑战你。

威廉斯　你最好还是上吊去吧。

亨利王　好吧,我一定说到做到,即便当着国王的面,我也要找你算账。

威廉斯　记住你自己的话吧。再见。

培茨　大家和气点,你们这两个英国傻瓜,大家和气点。如果你们知道如何算账,眼下找法国人算账还来不及呢。

亨利王　这话不错,法国人会拿二十个法国头①打赌,说他们一定能打败我们,因为那法国头就扛在他们肩膀上。我们英国人砍下法国头绝不是罪过,明天国王自己还要亲自做砍手呢。(三兵士下)一切由国王承担责任!让我们的生命、我们的灵魂、我们的债务、我们操心的妻子、我们的孩子、我们的罪恶,全一股脑儿让国王承担责任去吧!做国王的就得承担一切。啊,这是何等难堪的一个身份啊。一切都从这"伟大"而来:每一个只关心自己那咕咕作响的肚子的傻瓜都可以对你说三道四、评头论足!除了招摇过市的排场——那倒是普通民众所没有的——做国王的还能有什么呢?你这木偶般的排场啊,你又算得了什么呢?你比你的崇拜者忍受更多的人间忧患,你又算得了何方神明呢?你收到了多少租金?你获得多少进账?排场啊排场,让我看看你的价值吧!你那么受人崇拜,凭的又是什么?除了能引起人们敬畏和恐惧的地位、身份和派头,你还有些什么?你固然被人们所畏惧,但畏惧你的人却比你生活得幸福。你经常所饮的,还不就是那替代了忠诚的甘露的谄媚的毒液吗?啊,了不起的"伟大"啊,当你生病时,就吩咐排场来给你治病吧。你是否以为凭

---

①　此处为双关语,既指法国人,又指钱币上的头像。

谄媚者的一番甜言蜜语,来势汹汹的高烧就能消退?疾病遇见打躬作揖,是不是就退避三舍?当你命令乞丐朝你下跪时,你能命令他把健康奉献给你吗?不能!傲慢无礼的幻梦啊,是你狡猾地戏弄了国王的睡眠。我这一个国王已经看透了你,我知道,无论祝圣的油膏、权杖、金球、宝剑、权标、王冠,还是珠宝琳琅的王袍,帝号前一长串显赫的头衔,高高在上的宝座,以及那潮水般拍打着这个世界的富贵荣华,所有这一切无比隆盛的排场,都不能让睡在御床上的人像不幸的奴隶那样睡得又香又甜。一个奴隶,只要肚子里塞满了挣来不易的面包,就可以什么也不想,安心地上床休息;他可以永远无视阴森可怖的黑夜——那地狱的产儿,倒像一个服侍太阳神的小厮,从日出到日落,就在神的眼皮底下流汗,到了晚上,就在乐园里一觉睡过通宵。第二天天一亮,他便起床,帮太阳神套马车,就这样劳有所得地度过一年又一年,直至死亡。一个日出而作、日入而息的可怜虫,所缺的唯有排场,他的日子其实过得比国王还惬意。这个奴隶,也是国家的一员,他能够尽情地享受安宁的生活,但他简单的头脑何曾想过他们的国王为了维护国家的和平如何勤勉国事,彻夜无眠!他没日没夜地做事,到头来最受用的却是那些凡夫庸人!

　　　　〔欧平汉上。

欧平汉　陛下,你的将领们见你不在都很担心,他们跑遍了营帐在找你呢。

亨利王　我的好骑士,你去把他们都召到我的营帐里来吧。我先过去了。

欧平汉　遵命,陛下。(下。)

亨利王　战神啊,让我的士兵们都变得钢铁般坚强吧,别让他们心存恐惧!就让他们忘记如何计数吧,免得敌众我寡挫伤了他们的士气。别在今天,主啊,别在今天追究我的父亲为了篡夺王位所犯下的罪行!我已将理查一世的尸体重新安葬,我为它洒下忏

悔的泪水比它当初迸流的鲜血还多。我还每年雇用了五百个苦
人儿,让他们每两天一次举起他们干枯的手,向苍天祈求宽恕这
笔血债。我还建造了两座教堂,那里有神情庄重的牧师日复一
日为理查的灵魂唱安魂曲。我还要做得更多;尽管我所能做的
一切微不足道,但它毕竟是我祈求宽恕的真诚忏悔。

〔葛罗斯特上。

葛罗斯特　陛下!

亨利王　是我的兄弟葛罗斯特的声音吗?我知道你的来意了。我马
上跟你走;白天,我的朋友们,所有的一切都在等着我呢。

(同下。)

第二场　法军营帐

〔太子、奥尔良、朗伯尔、鲍芒①上。

奥尔良　阳光已经染亮了我们的金甲。上马吧,各位大人!

太子　快上马!我的马!侍从!马夫!哈!

奥尔良　哟,勇敢的精灵!

太子　去吧,飞越水和土!

奥尔良　还有吗?那风与火呢?

太子　还有天,奥尔良兄弟。

〔元帅上。

太子　来了,我的大元帅!

元帅　听,我们的战马急着上战场,正在嘶鸣呢!

太子　那就上马吧,用马刺刺穿它们的肚子,让喷出来的马血溅到英
国人的眼睛里去,凭着满腔的热血,消灭这些英国人。哈!

朗伯尔　怎么,你是想让他们的眼睛流着马血吗?那时我们如何分
辨他们流的眼泪呢?

---

①　第一对开本提到了鲍芒爵士,但没有台词。

　　　　　　〔信使上。

信使　诸位大人,英国人已经布好战阵了。

元帅　上马,勇敢的王爷们,快上马吧! 你们只消朝那班面黄肌瘦的
　　　乌合之众看上一眼,你们飞扬的神采就能吓得他们魂飞魄散,只
　　　剩下一堆空空的皮囊。要干的活儿就那么一丁点儿,远不够大
　　　家分摊,他们干瘪的血管里没有足够的血,可供我们点染手中每
　　　一把利剑,我们这些法国勇士今天拔剑出鞘,由于无用武之地,
　　　很快就得收剑回鞘了。让我们朝他们吹吹气吧,我们吐纳的英
　　　勇气息也足以将他们掀翻在地。诸位大人,有一点可以肯定:在
　　　我们方阵周围,还聚集着一大班多余的杂役和村夫,在这场不必
　　　要的行动中,就凭他们也足够将阵地前这些不中用的敌人扫荡
　　　干净,我们自己只要站在山脚下袖手旁观就行。只是我们的荣
　　　誉不允许我们这么做。我还说点什么好呢? 就让我们稍稍舒展
　　　一下筋骨,把事情给了结了吧。那么,让号角吹起来,催大家上
　　　马出发吧。

　　　　　　我们的到来,将令大地胆战心惊,

　　　　　　英国人吓倒在地上,纷纷喊饶命。

　　　　　　〔葛朗伯莱上。

葛朗伯莱　我的法国王公们,为什么到现在还不出动? 那班必死无
　　　疑的岛国死囚,也不怕丢人现眼,一大早就陈尸在战场上了。他
　　　们那可怜巴巴的破布条儿已经展开,正在遭受我们的风轻蔑的
　　　戏弄。在这支乞丐般的队伍里,伟大的战神显然已破产,他的脸
　　　藏在锈迹斑斑的面甲里,正惊慌失措地朝外窥视。骑兵坐在马
　　　上,就像一座座烛台,手中举着一根根细长的蜡烛;他们可怜的
　　　驽马耷拉着脑袋,皮肉和臀部下坠着,苍白无神的眼睛里布满了
　　　眼屎,呆滞不动的嘴巴上套着铁嚼子,肮脏的嘴角上还留有嚼过
　　　的青草。他们的行刑者——那邪恶的乌鸦正在他们头顶盘旋,
　　　不耐烦地等待着一饱口福的那一刻。一班活人,却那样的死气

沉沉,要如实加以描述,我们贫乏的语言已经不能胜任。

元帅 他们一定做过临终忏悔了,现在是在等死。

太子 我们要不要先给他们送点吃的和穿的,给他们饥饿的马送些草料,然后再跟他们开战?

元帅 我只等我的旗手。冲向战场吧!我要向号手要一面小旗,先临时用一下。冲啊,冲啊!太阳已经升得很高,我们不能再浪费时间了。(同下。)

第三场 英军营地

〔葛罗斯特、贝德福德、埃克塞特、欧平汉、索尔兹伯里、威斯摩兰及众军士上。

葛罗斯特 王上呢?

贝德福德 王上亲自去侦察敌军阵营了。

威斯摩兰 他们足足有六万作战人员。

埃克塞特 这就五比一了。而且他们全都是生力军。

索尔兹伯里 愿上帝助我们一臂之力!兵力悬殊太大了。各位王公大臣,愿上帝与你们同在。我得到我的岗位上去了。如果这一别要等到天堂才能再见面,那么,高贵的贝德福德大人,亲爱的葛罗斯特大人,好埃克塞特大人,我的好亲家①,全体战士们,我们就高高兴兴地道别吧!

贝德福德 再会,好索尔兹伯里,祝你好运!

埃克塞特 再会,好大人,勇敢地战斗吧!我这样提醒你,其实是对你的冒犯,因为你天生就是一个勇武非凡的人。(索尔兹伯里下。)

贝德福德 他这人不仅仁慈,而且一身是胆,无论哪方面都表现非凡。

〔亨利王上。

---

① 指威斯摩兰,他的儿子娶了索尔兹伯里的女儿为妻。

威斯摩兰　啊，今天英格兰闲着没事的人，如能来这里一万个就好了。

亨利王　谁在许这样的愿啊？是我的威斯摩兰兄弟吗？不，我的兄弟，如果我们注定得死，就现在这些人对国家来说，损失也够惨重了。如果我们死不了，人越少获得的光荣就越大。这都是上帝的旨意，我请求你，别希望再增加一个人了。乔武在上，我并不贪图钱财，也不在意谁花了我的钱；如果有人穿走我的衣服，我也不会伤心；这些身外之物都不是我所求的。但如果追求荣誉是一桩罪恶，那我就是世上罪孽最深重的人了。说真的，我的老弟，别希望从英格兰再增添一兵一卒了。上帝啊，我可不想失去这么大的荣耀，因为我想过，多来一个人，我就得少享受一分那最美好的愿望。啊，别希望多来一个人了！威斯摩兰，倒不如向全军将士公开宣布：谁不想参战，他可以离开，我们给他发放通行证和回国的路费。一个担心会跟我们一同战死的人，我们也不愿与他死在一起。今天正好是克里斯平节①，凡是活过这一天平安回家的人，以后只要有人提起这个日子，听到人们在说圣克里斯平，他就可以挺直身子站出来。只要他活过今天并安享晚年，以后每年的圣克里斯平节前夕，他都可以宴请左邻右舍，对他们说"明天就是圣克里斯平节了"，然后他可以卷起袖子，让大家看他的伤疤，说："这几处伤疤是克里斯平节那天留下的。"老年人容易忘事，但即便其他的一切全被遗忘了，他仍然会记得这一天他立下的功勋，以及有关他自己的某些细节。那时，我们的名字在他嘴里将一再提起，哈利国王，贝德福德和埃克塞特，沃里克和塔尔博特，索尔兹伯里和葛罗斯特，这些名字就在觥筹交错中一再唤起他的记忆。这个好人儿还会将自己的故事

---

　　①　克里斯平(？—286)：基督教殉教士，制鞋业的主保圣人。10 月 25 日为他的纪念日。

讲给儿子听,从今天起直至世界的末日,克里斯平永远不会泯灭,我们这些在这一天参战的人,也将永远被人记住。不错,我们是少数,但这是幸福的少数,我们是情同手足的一支队伍。今天跟我一起流血的,都是我的兄弟;不管他出身如何低贱,今天将提高他的身份。现在还在英格兰睡大觉的人,都会诅咒自己为什么不到这里来,因为,只要任何一位在克里斯平节这一天作战过的人开口说话,他就要自惭形秽,觉得自己缺一点男子气了。

〔索尔兹伯里上。

索尔兹伯里　尊贵的陛下,请您赶紧就位吧。法国人已经浩浩荡荡地摆好阵势,很快就要向我们发起冲锋了。

亨利王　一切都已准备就绪,就看我们的意志是否坚定了。

威斯摩兰　现在谁还想退缩,就让他死!

亨利王　你不希望英格兰多来人了,兄弟?

威斯摩兰　如果上帝愿意,陛下,就只剩下你我两人,再没有别人,我们也要打下这光荣的一仗。

亨利王　怎么,这会你又觉得五千军士成了多余了! 他们谁都不愿意看到只剩我们两人的。——你们都知道自己该做什么了吧。上帝与大家同在!

〔号角声,蒙乔上。

蒙乔　我再次奉命前来聆听你的旨意,哈利国王,在你必然遭遇毁灭以前,你是否愿意用赎金达成和解。你无疑已处在急流之中,必然会被旋涡吞没。此外,我们的元帅出于怜悯,要求你提醒你的追随者别忘了忏悔,以便他们的灵魂在离开战场时获得安宁。他们这些可怜虫的尸体就只好留在战场上任其腐烂发臭了。

亨利王　是谁派你来的?

蒙乔　法兰西元帅。

亨利王　我请你把我以前就说过的话带回去:他们得先取了我的性

命,然后再出售我的骨头。仁慈的上帝啊,他们为什么要这样嘲笑人呢?曾经有那么一个人:狮子还活得好好的,却先卖起狮子皮来,结果狩猎时被狮子咬死了。我们的许多尸体无疑将埋在故土的坟墓里,我相信,他们坟前的铜碑上将铭刻着今天所创的功绩。那些尸骨留在法兰西的军人都是因战而死的男子汉,他们虽然埋在你们的粪土堆里,却依然百世流芳;太阳照耀着他们,将他们的荣耀蒸发到天上,并留下腐朽的皮囊散发出毒气,弥漫在你们的国土上,让法兰西到处滋生瘟疫!请小心我们英国人非凡的勇敢吧,他们即便死了,也会像子弹一样反弹起来,制造二度杀伤,在死后的反弹中置人于死地。我要骄傲地说两句:你去转告你的元帅,我们都是些特别能吃苦的勇士,虽然我们光彩照人的装备在这片充满痛苦的土地上冒雨行军时弄脏了,我们的头上再没有一根羽毛——这倒也好,它能证明我们不会逃跑了——时间把我们弄得这般灰头土脸。但是,我敢担保,我们的心依然装备齐整!我的可怜的士兵对我说,不等天黑,他们就能装扮一新;要不,他们就先把法国兵身上的华丽服饰剥下来,再打发他们回去。如果他们这样做——只要上帝高兴,他们一定会这样做的——我的赎金很快就能筹集起来。传令官,你还是省点事吧,再不要来讨什么赎金了,我的好传令官。除了我身上这副骨头,我发誓,他们什么也得不到的。即便这副骨头,我将它留给了他们,也不会屈服的。就这样对元帅说吧。

蒙乔　我会转告的,哈利国王。就此向你告别,以后也不会再有使节来找你了。

亨利王　我担心,为了赎金你还得再来一趟。

　　　　〔约克上。

约克　我跪下向你恳求,请允许我担任先锋。

亨利王　勇敢的约克,我允许了。士兵们,前进!上帝啊,今天胜负如何,全由你定夺了!(同下。)

第四场　战　场

〔号角声。兵士冲锋。毕斯托尔、法国兵士及童儿上。

毕斯托尔　投降吧,你这狗!

法国兵　我想你是一位很有身份的绅士吧。

毕斯托尔　姑娘啊,我的好宝贝!① 你是个绅士吗? 你叫什么名
字? 说!

法国兵　我的主啊。

毕斯托尔　"沃德筑阿"该是一个有钱的绅士吧。给我听好了,沃德
筑阿,听着,沃德筑阿,我这一剑下去,你就没命了,除非你给我
献上一笔丰厚的赎金。(用剑抵住法国兵。)

法国兵　啊,饶命! 可怜可怜我吧。

毕斯托尔　沃巴②? 沃巴也没用,我要四十个沃巴。否则我就从你
的喉咙里把你的横膈膜掏出来,让它一滴一滴地流鲜红的血。

法国兵　好不好请你包涵包涵,剑下超生啊?

毕斯托尔　铜板,你这狗? 你这该死的、淫荡的山羊! 你只肯给我铜
板吗?

法国兵　宽恕宽恕我吧。

毕斯托尔　你说什么? 是说一吨沃巴吗? 童儿,过来,帮我问问这个
法国奴才:他叫什么名字?

童儿　听好! 你叫什么名字?

法国兵　Monsieur le Fer.

童儿　他说他名叫铁先生。

毕斯托尔　铁先生? 那我就踢他,揍他,磨他。把我的话用法国话说
给他听。

---

①　法国兵说的是法语,毕斯托尔听不懂,便用爱尔兰民歌中的副歌应之。

②　毕斯托尔当法文 moi 为金币单位。

童儿　你这踢啊揍啊磨啊，我不知道法国话怎么说。

毕斯托尔　你就让他做好准备，说我要割断他的喉咙。

法国兵　他说什么，先生？

童儿　他让我告诉你：你得做好准备，因为这位军人打算马上割断你的喉咙。

毕斯托尔　正是，割喉咙，一点不错。乡巴佬，除非你给我金克朗，金光灿烂的金克朗，否则你就得让我用这把剑剁脑袋了。

法国兵　啊，我求你，看在上帝的分上，饶了我吧。我是个出身好人家的绅士，留我一条命吧，我愿意孝敬你两百克朗。

毕斯托尔　他怎么说？

童儿　他求你饶他一命。他是个出身好人家的绅士，他愿意送给你两百克朗。

毕斯托尔　告诉他，我的怒气已经消了，那金克朗我决定收了。

法国兵　小先生，他怎么说？

童儿　虽然饶恕俘虏违背他的誓约，但看在你答应的克朗的分上，他愿意放你一码，给你自由。

法国兵　我跪着向你说一千遍的感谢。我能落在一位骑士手里，真是三生有幸。我想，你一定是英格兰最勇敢、最英武、最著名的绅士。

毕斯托尔　翻译给我听，童儿。

童儿　他跪着向你表示一千个感谢，他认为落在你的手里，是他的荣幸，因为他觉得，你是英格兰最勇敢、最英武、最高贵的绅士。

毕斯托尔　我喝血，但也要讲点慈悲。跟上我！

童儿　快跟上这位伟大的上尉！（毕斯托尔、法国兵同下）我从来没见过一颗空洞的心竟然发出这么大的声响。真应了那句老古话了："空缸敲得最响。"巴道夫和尼姆就比这个旧剧中哇哇乱叫的魔鬼①勇敢十倍,任何人都可以用一把木头剑削他的指甲。这两人都得上绞架。这是一定的,只要他敢在这里趁火打劫。我得回到跟班营帐里去,看管好辎重。看管辎重的只有我们这些孩子,法国人要是知道了,一定会来打劫的。(下。)

第五场　战　场

〔法军元帅、奥尔良、波旁、太子、朗伯尔上。

元帅　真见鬼了!

奥尔良　我的主啊,今天完了,什么都完了!

太子　让我死了算了! 一切都完了,全完了。非难和耻辱将永远插在我们的翎饰中。(短促的号角声)可恶的命运啊! 你们别逃!

元帅　唉,我们怎么会溃不成军呢?

太子　永生的耻辱啊! 让我们自杀吧。难道我们掷骰子打赌的,就是这些凶狠的恶徒吗?

奥尔良　我们派人向他索取过赎金的,就是这位国王吗?

波旁　耻辱啊,永生的耻辱,只有耻辱! 让我们死吧! 打回去,回到战场上去! 今天有谁不愿跟随我波旁的,就让他离开这里,让他手里拿着帽子,像龟奴那样守候在自家门口,让他如花似玉的女儿遭到比我的狗还下贱的奴才糟蹋。

元帅　混乱啊,你已经导致了我们的失败,现在就帮帮我们的忙吧。让我们一窝蜂冲上去,再拼个你死我活。

奥尔良　我们活在战场上的人还很多,聚集起来足以将英国人闷死,只要考虑一下部署。

波旁　让部署见鬼去吧! 我这就冲回去;生命可以短暂,耻辱难容久长!(同下。)

---

①　指道德剧中扮小鬼的丑角。

第六场　战　场

〔号角声。亨利王、埃克塞特率军并押俘虏上。

亨利王　我的无比英勇的同胞们，我们打得好！但仗还没有打完，还有法国人在战场上。

埃克塞特　约克公爵让我代他向陛下致意。

亨利王　他还活着吗，好叔叔？在这一小时之内，我已见他倒下三次，又三次站起，始终坚持战斗。从头盔到马靴，他已浑身是血。

埃克塞特　勇敢的战士，他就那样躺下了，他的血肥沃了大地。在他流血的尸体旁边，躺着受了重伤的光荣伙伴，高贵的萨福克伯爵。萨福克先死，身子浸在血污中；遍体鳞伤的约克公爵来到他身边，抓着他的胡子，亲吻着那一道道朝他张开的伤口，大声地说："等一等，我的萨福克兄弟！我的灵魂要陪伴你一起上天堂；等等我，亲爱的灵魂，让我们并肩齐飞，就像在这光荣的、胜利的战场上，我们曾为了骑士的精神并肩作战一样。"听见他说话，我走过去安慰他。他朝我笑笑，伸出他的手，有气无力地抓住我说："亲爱的大人，请代我向陛下表达我的忠诚。"说完，他便转过身去，用他受伤的手搂住萨福克的脖子，一边吻他的嘴唇，他就这样跟死亡结合在一起，用鲜血签署了一份生死之爱的证明。这幅可爱动人的场景使本不该流泪的我流下了泪水；当时的我已经完全丧失男子的气概，眼里只有女性的柔情和滚滚的热泪。

亨利王　这怪不得你；听了你的这番话，我也只能强忍模糊的双眼，否则早就泪流如注了。（号角声）听，号角又响了，这是怎么回事？法国人已经聚集了他们的残兵败将。每个兵士将自己看管的俘虏都给杀了，传我的话下去吧。（同下。）

第七场　战　场

〔弗鲁爱伦及高厄上。

弗鲁爱伦　把看守辎重的孩子都杀了！这分明是违反战争法则的。请你注意，这是彻头彻尾、前所未有的无赖行为；你凭良心说一句，是不是这样的？

高厄　确实没有一个孩子活下来；这班从战场上逃下来的懦夫恶徒竟然犯下如此暴行。而且，他们又烧又抢，把国王营帐里所有的东西全掠走了，公正的国王这才下令每个士兵杀了他的俘虏。啊，英武的国王！

弗鲁爱伦　对了，他出生在蒙穆斯，高厄上尉。亚历山大太帝出生的那个城市，你们是怎么叫的？

高厄　亚历山大大帝。

弗鲁爱伦　嘿，我问你，"太"不就是"大"吗？巨大、伟大、强大、宏大、宽大，都是一回事，只是说法有点儿差别。

高厄　我想，亚历山大大帝出生在马其顿。他的父亲，据我所知，就叫马其顿的菲利普。

弗鲁爱伦　我想，亚历山大就是在马其顿出生的。我告诉你，上尉，只要你查阅一下世界地图，我向你保证，只要你比较一下马其顿和蒙穆斯，你就能发现这两个地方的环境很相似。马其顿有一条河，蒙穆斯也有一条河。蒙穆斯那条河叫瓦伊，我记不起马其顿那条河叫什么了；但都是一样的，就像我的手指头跟我的手指头没有区别一样，河里都有大麻哈鱼。如果你注意过亚历山大的生平，在他之后的蒙穆斯的哈利的生平，也相似极了，方方面面都有据可依。上帝知道，你也知道，亚历山大在狂怒之中，盛怒之中，暴怒之中，在大动肝火、大发脾气、大为不快、大发雷霆之时，当时也有点喝多了，有点醉醺醺，酒气加上怒气，你瞧，他居然把自己最好的朋友克莱特斯给杀了。

高厄　在这一点上，我们的国王不像他。他从来没杀过自己的朋友。

弗鲁爱伦　请你注意，我的话还没有说完，你就把我的话抢走了，这是很不好的。我只是举个例子，做个比较而已。亚历山大因为喝了酒,头脑糊涂,结果杀了自己的朋友克莱特斯;蒙穆斯的哈利也是这样,他因为脑子清醒,判断英明,结果将那个穿紧身衣、挺着一个大肚子的胖骑士扫地出门。那人有一肚子的笑话、趣话,只知道胡作非为、招摇撞骗。——他的名字我倒记不起来了。

高厄　约翰·福斯塔夫爵士。

弗鲁爱伦　正是他。我告诉你,出生在蒙穆斯的好人儿还有呢。

高厄　王上来了。

〔号角声;亨利王、沃里克、葛罗斯特、埃克塞特等上;兵士押波旁等俘虏上。

亨利王　自从我来到法兰西,还不曾像现在这样发过一次火。传令官,带上喇叭,骑马到那边去,对山上的骑兵喊话。如果他们想打一仗,就吩咐他们下来,要么就退下去。他们在这里太讨人厌了。如果他们不进也不退,那我们就要过来了,那时准保让他们跑得比古代亚述人射出的石弹还快。还有,我们要将手中的俘虏全部杀了,以后抓住的俘虏,一个也别想得到我们的饶恕。去,就这样对他们说。

〔蒙乔上。

埃克塞特　陛下,法兰西的使者来了。

葛罗斯特　他的眼神比以前谦恭一些了。

亨利王　这是怎么回事,使者?我不是跟你说过,我只有这副骨头可以充当赎金,你又要来催赎金吗?

蒙乔　不是的,伟大的国王。我这次来是恳求你的慈悲,允许我们进入这满是血污的战场,登记一下阵亡者的人数,然后埋葬他们,并将贵族和平民分开。我们许多王公贵族的尸体——真惨哪——都浸泡在雇佣兵流下的血泊里;同样,那些山野村夫的粗手笨脚也都浸泡在王公贵族的血泊里。那受伤的战马,蹄子上的距毛沾满了血污,在狂暴的挣扎中用铁蹄踢着已死的主人,使死者面临第二次残杀。伟大的国王啊,请允许我们安全地视察战场,处理死者的遗体吧。

亨利王　跟你说句实话,使者,我还不知道今天的胜利是否属于我们,因为你们还有很多骑兵在东张西望,奔驰在战场。

蒙乔　今天的胜利属于你们。

亨利王　应该赞美上帝,并非我们有什么力量! 附近的这座城堡叫什么?

蒙乔　人们都叫它阿金库尔。

亨利王　那我们就可以叫这一仗为"阿金库尔战役"了,时间是克里斯平节。

弗鲁爱伦　您那大名鼎鼎的祖父——请陛下容我多嘴——还有您的叔祖"威尔士黑太子"爱德华——我曾经从史书里读到过——就曾经在法国的这个地方打过最漂亮的一仗。

亨利王　的确是这样,弗鲁爱伦。

弗鲁爱伦　陛下说得不错。陛下是否记得,威尔士军队曾在一个长满韭菜的园子里打过一场大胜仗,当时他们的蒙穆斯帽子上都插韭菜,如今它已成为军队里光荣的标记了。我相信陛下您是不会嘲笑圣大卫节这一天插韭菜的。

亨利王　为了光荣的纪念,我要戴这样的帽子。我的好同乡,你知道,我是威尔士人。

弗鲁爱伦　任凭瓦伊河里有多少水,都洗不去陛下体内的威尔士血液,我敢对您这么说。只要上帝乐意,但愿他庇佑威尔士血液,庇佑陛下!

亨利王　谢谢,我的好同乡。

弗鲁爱伦　耶稣在上,我是陛下的同乡,我才不管谁知道这一点。我要向全世界承认我是陛下的同乡。赞美上帝,只要陛下永远是个正直的男人,我就永远为陛下而自豪。

亨利王　但愿上帝永远让我保持正直!(威廉斯帽上插一手套上)让我

们的传令官跟他一起去。把双方阵亡的具体数字报告给我。

（传令官、高厄及蒙乔下）把那个家伙叫过来！

埃克塞特　军士，快去参见国王。

亨利王　军士，你为什么将手套插在帽子上？

威廉斯　回禀陛下，这是挑战的信物，只要他还活着，我定要跟他较量较量。

亨利王　他是个英国人吗？

威廉斯　回禀陛下，那是一个无赖，昨天晚上还恐吓我。如果他还活着，胆敢出来挑战这只手套，我发过誓要扇他一巴掌。如果我看见我的手套插在他的帽子上，我一定要将它痛痛快快地打下来。他是个军人，他发誓说他只要活着，一定将手套插在头上的。

亨利王　你怎么看，弗鲁爱伦上尉？你觉得这个军士得遵守自己的诺言吗？

弗鲁爱伦　回禀陛下，他要是不遵守，就是一个懦夫，一个贱民，我凭我的良心这么说。

亨利王　他的对手很可能是个很有身份的绅士，照他的地位不便出来接受挑战。

弗鲁爱伦　就算他绅士的身份像撒旦或别西卜①一样高贵，陛下，他也得遵守自己的誓约。如果他食言了，你看吧，他就名誉扫地，不管他那双肮脏的脚走到哪里，即便走遍了上帝创造的所有土地，他都是个彻头彻尾的贱民和无赖，我凭我的良心这么说。

亨利王　那么，先生，下次见到他时，你就照誓言办吧。

威廉斯　我会的，陛下，只要我活着。

亨利王　你是谁的部下？

威廉斯　高厄上尉的部下，陛下。

弗鲁爱伦　高厄是一个好上尉，有关战争方面的知识，他懂得很多。

---

①　别西卜：地位仅次于撒旦的大魔鬼。

亨利王　去叫他来见我，军士。

威廉斯　遵命，陛下。（下。）

亨利王　弗鲁爱伦，请你替我将这个纪念物佩戴在帽子上。（将威廉斯的手套交给弗鲁爱伦）当时我和阿朗松都倒在地上，这是我从他的头盔上拔下来的。如果有人前来挑战，此人就是阿朗松的朋友，我们的敌人。你如果遇见这个人，就将他逮捕起来。这事我委托你了。

弗鲁爱伦　（将手套插上帽子）陛下恩赐我这么大的荣耀，是每个臣民求之不得的。我很乐意见见这个人，只要他有两条腿，他就得为这只手套倒大霉了，就这么回事。只要上帝乐意，我很想即刻就见到他。

亨利王　你认识高厄吗？

弗鲁爱伦　回禀陛下，他是我的好友。

亨利王　请你去找他，带他到我的营帐来。

弗鲁爱伦　我这就去找。（下。）

亨利王　沃里克贤卿，葛罗斯特弟弟，请紧紧跟住弗鲁爱伦。我刚才给他的那只手套也许会给他招来一巴掌。手套是那个军士的，按约定，本来应该由我自己佩戴的。跟上去，沃里克好兄弟。如果军士打了他——凭他的倔脾气，他会说到做到的——也许会闹出乱子来。我知道弗鲁爱伦很勇敢，脾气火爆得像炸药，会当场回敬别人对他的侮辱。跟上去，别让他们双方有什么伤害。跟我一起走吧，埃克塞特叔叔。（各下。）

第八场　英军营帐

〔高厄及威廉斯上。

威廉斯　我保证，你要敕封为骑士了，上尉。

〔弗鲁爱伦上。

弗鲁爱伦　谢天谢地，上尉，总算找到你了。求你快去见国王吧。也许你要交好运了,你会连做梦也没有想到的。

威廉斯　先生,你认识这只手套吗?

弗鲁爱伦　认识这只手套?我知道这只手套就是一只手套。

威廉斯　我认得它,我就这样挑战你了。(打弗鲁爱伦。)

弗鲁爱伦　老天爷!你这个彻头彻尾的奸贼!在全世界,在法兰西,在英格兰,再也找不到比你更可恶的奸贼了!

高厄　(对威廉斯)你怎么啦?你这恶棍!

威廉斯　你以为我可以说话不算数吗?

弗鲁爱伦　你走开,高厄上尉,我要给这个奸贼一点厉害瞧瞧,我保证。

威廉斯　我不是奸贼。

弗鲁爱伦　你还敢撒谎!我以王上的名义指控你,逮捕你。他是阿朗松公爵的朋友。

　　　　〔沃里克及葛罗斯特上。

沃里克　怎么啦,怎么啦?怎么回事?

弗鲁爱伦　沃里克大人,一件最可怕的叛国阴谋大白天下了,谢天谢地!事情已经像夏天的阳光一样明明白白。——国王来了。

　　　　〔亨利王及埃克塞特上。

亨利王　怎么啦,怎么回事?

弗鲁爱伦　陛下,请你注意,这个恶徒,这个奸贼,打了陛下您从阿朗松头盔上摘下的手套。

威廉斯　陛下,这是我的手套。这里是配对的另一只。(出示另一只手套)接受我的手套的人答应把它戴在帽子上。我说过我要捆他耳光,只要他敢戴。我碰上了这个人,他的帽子上就戴着我的手套,我因此履行了我的诺言。

弗鲁爱伦　陛下容禀,如有冒犯,还请陛下海涵:这是多么彻头彻尾、多么下贱、多么卑鄙、多么肮脏的一个奴才!我希望陛下为我证明,为我见证,为我声明:这是阿朗松的手套,是陛下给了我的。

望陛下为我说句良心话。

亨利王 军士，把你的手套给我。瞧，这是与它配对的另一只。你发誓要打的人正是我，你还骂了我许多最难听的话。

弗鲁爱伦 陛下圣明，如果这天底下还有军规，就该砍下他的脖子抵罪了。

亨利王 你还有什么话要说？

威廉斯 一切冒犯，王上，都是存心的。但我从来没有冒犯陛下的存心。

亨利王 但你确实骂了我。

威廉斯 陛下来的时候不像您自己。您在我面前倒像个普通人——再说天又那么黑，还有您穿的衣服，一个下人的样子。在那样的情况下，请允许我说，陛下受了委屈，过错不在我，而在陛下您自己。如果您确实就是我所想的另外一个人，我就没有冒犯您了。我因此要请求陛下宽恕我。

亨利王 埃克塞特叔叔，替我用银币装满这只手套，交给这个家伙。——手套你也留着吧，好家伙，继续戴在帽子上，作为你的荣耀，直到有一天我向你挑战。——把银币给他。（埃克塞特将手套和银币交给威廉斯）上尉，你也得跟他交个朋友。

弗鲁爱伦 我凭白天和黑夜发誓，这家伙倒有一肚子的英勇气概。——拿着，这是我给你的十二便士。但愿你侍奉上帝，再不要跟人吵架、拌嘴、争论、抬杠，我向你保证，这对你是有好处的。

威廉斯 我不能要你的钱。

弗鲁爱伦 这是我的一点心意。我对你说，你可以拿这点钱补补你的鞋子。拿着，这有什么难为情的呢？你的鞋子也有点破了。这是一个好先令，我可以保证，要不我还可以换一枚。

　　　　〔英国传令官上。

亨利王 传令官，阵亡人数统计出来了吗？

传令官 这是阵亡的法国人名单。（呈上一纸。）

亨利王　俘虏中有哪些有身份的人，叔叔？

埃克塞特　有法国国王的侄儿，奥尔良公爵查理，波旁公爵约翰，蒲西加勋爵，还有其他勋爵和男爵，骑士和绅士，总共一千五百，平民不计在内。

亨利王　这份报告说，法军阵亡将士有一万人。其中王公和拥有纹章的贵族一百二十六人，此外，骑士、候补骑士和绅士八百四十人，这里面，有五百人是昨天才敕封的骑士。这样算来，在阵亡的一万人当中，雇佣兵只有一千六百人，其余的都是出身高贵的王公、男爵、贵族、骑士、候补骑士和绅士了。阵亡的贵族就包括法兰西大元帅理查德·德拉勃莱，法兰西海军上将沙蒂永的杰克斯，弓弩手指挥官朗伯尔勋爵，勇敢的法兰西皇室总管杰查·杜芬爵士，阿朗松公爵约翰，布拉班特公爵安东尼，即勃艮第公爵的兄弟，巴尔公爵爱德华；在伯爵名下，有葛朗伯莱和罗西，福康布里契和福克斯，鲍曼和玛尔，伏德蒙和莱斯特里斯。阵亡的达官显贵真不少啊。我们英国方面阵亡了多少呢？（传令官呈上另一纸）约克公爵爱德华，萨福克伯爵，理查·凯莱爵士，候补骑士大卫·甘姆。再没有有身份的人了。其他的人，也只有二十五人。上帝啊，是你助了我们一臂之力了！这一切，功不在我们，而在于你的神威。不凭机巧，全凭战场上实在而公平的厮杀，谁曾见过一方损失如此惨重，而另一方却所损区区？上帝啊，接受这个荣耀吧，因为这一切只有你才能做到。

埃克塞特　真不可思议。

亨利王　来，我们列队进入村庄吧。向全军将士宣告：任何人不得夸耀这场胜利，剥夺了唯一的胜利者上帝的荣耀，否则处死。

弗鲁爱伦　陛下，说说有多少人阵亡，不算违法吧？

亨利王　这可以，上尉，但要说明，是上帝帮我们打的。

弗鲁爱伦　上帝真的帮了我们大忙，我凭我的良心这么说。

亨利王　我们来举行颂神礼仪吧，让我们唱起颂歌《一切荣耀归于上帝》。阵亡者都按教礼安葬入土。然后我们就朝加莱前进,从那里返回英格兰;从法兰西回国的人,谁也没有我们这般满心欢畅。

第　五　幕

〔解说员上。

解说员　　请允许我对没有读过这段历史的人说几句提白,对于那些熟悉这段历史的,我也要谦恭地请大家多多包涵:那么长的时间,那么多的人物,那么纷繁的事件,实难原原本本地在此演绎。现在我们已将国王送到加莱。你们就想象他在加莱吧。在那里,你们见过他的尊容后,就展开想象的翅膀,跟随他越过英吉利海峡。看吧,英国的海滩上挤满了男女老少,他们的欢呼声和鼓掌声盖过了大海的呼啸;张着大嘴的海涛犹如一个威力强大的引领员,在为国王鸣锣开道。就这样让他登陆吧,再目送他率军浩浩荡荡地进入伦敦。轻捷的思想瞬息千里,现在你甚至可以想象他来到了布莱克希思①,他的臣属请求他允许他们将他那顶被击破的头盔和那把砍弯的宝剑高擎在御驾前穿过市区。他不让他们这样做,因为他没有虚荣心,没有居功自傲,他将所有可用来表示胜利的纪念物和标识都奉献给了上帝。但现在你们再看吧,凭借思想那锻炼一切的熔炉和工场,再看看伦敦的市民如何倾城相迎!市长和他所有的同僚一个个身着盛装,就像古罗马的元老们,身后簇拥着无数的平民,出城迎接胜利归来的

---

①　布莱克希思:位于伦敦东南一开阔地带。

凯撒。再举一个盛况稍逊但更感亲切的例子吧：我们仁慈女王手下的那位将军①，一旦将叛乱挑在剑上，从爱尔兰返回和平的伦敦，那时又会有多少人出城欢迎！眼下他们欢迎哈利，盛况更胜一筹，理由更加充分！现在，我们且让他待在伦敦；法国人只有忍气吞声，任凭英格兰国王安居国内而威慑海外。后来，德意志皇帝替法国人说话，出面调停两国争端……所有这一切事件，它们的前因后果，都不能一一赘述，直到哈利再次回到法兰西②。我们就到那里见他。刚才我说的一番话作为过渡，算是交代了阿金库尔战役后发生的一切。

　　原谅我省略这么多，大家眼睛擦亮，

　　追随着思想，重新回到法兰西战场。（下。）

第一场　法兰西；英军营帐

　　〔弗鲁爱伦及高厄上。

高厄　你说得不错。但今天你为什么要在帽子上插韭菜啊？圣大卫节都已经过去了。

弗鲁爱伦　任何事物都有个前因后果。高厄上尉，你是我的好朋友，我就告诉你吧。那个无耻的、卑鄙的、下贱的、肮脏的、爱说牛的奴才毕斯托尔，你和你本人，还有全世界，都知道他是个一无是处的家伙，你听好了，他昨天来到我这里，带来面包和盐，你听好了，他居然要我把韭菜吃下去。当时我不便发作，没有跟他吵起来。但现在我要大胆地将韭菜插在帽子上，直到见到他为止，那时我还要对他说说我想说的话。

　　〔毕斯托尔上。

高厄　哟，他来了，神气活现的像只火鸡。

---

　　①　指埃塞克斯伯爵，1599 年 3 月 27 日，他奉伊丽莎白女王之命率兵讨伐爱尔兰的叛乱。

　　②　1417 年 8 月 1 日，亨利王率军四万，再次进入法兰西，发动战争。

弗鲁爱伦　神气活现也罢,火鸡也罢,我都不在乎。——上帝保佑你,毕斯托尔旗官! 你这卑鄙的、肮脏的奴才,上帝保佑你!

毕斯托尔　哈,你疯了吗? 下贱的无赖,你是不是想让我一刀子剪下了你的生命线? 滚开! 我闻到韭菜味就要恶心。

弗鲁爱伦　我真心诚意恳求你,卑鄙肮脏的奴才,就照我的要求,我的请求,我的祈求,你听好了,把这把韭菜给我吃下去。(递过韭菜)你听好了,就因为你不喜欢韭菜,就因为你的嗜好,你的胃口,你的消化与它合不来,我一定要你吃下去。

毕斯托尔　你就是把卡瓦拉德①的王位和他所有的山羊都给我,也别想让我吃韭菜。

弗鲁爱伦　那我就送你一只山羊。(打毕斯托尔)卑鄙的奴才,现在你愿意吃韭菜了吧?

毕斯托尔　下贱的无赖,你这是找死啊。

弗鲁爱伦　你说得不错,卑鄙的奴才,上帝到时候会吩咐我的。我现在倒要你好好活着,只管吃你的韭菜。吃吧,这儿还有佐料呢。(打毕斯托尔)你昨天管我叫"山沟沟的绅士",今天我要让你做最下等的绅士。我求你,埋头吃吧。既然你敢嘲笑韭菜,一定吃得下韭菜的。

高厄　够了,上尉,你已经把他打得晕头转向了。

弗鲁爱伦　我发誓,我一定要他吃一些韭菜下去,否则就将他的脑袋瓜儿揍上四天四夜。吃吧,我求你;韭菜能治好你的伤,能为你的狗头止血。

毕斯托尔　我一定得吃吗?

弗鲁爱伦　是的,一定得吃,毫无疑问,不容置疑,确凿无误。

毕斯托尔　我凭这把韭菜发誓,我一定要狠狠地报仇——(弗鲁爱伦威逼他)我吃我吃——我发誓——

---

①　卡瓦拉德:7 世纪威尔士的国王。

弗鲁爱伦　吃吧,我求你。还要来点佐料吗? 这点韭菜不够你发
　　誓了。

毕斯托尔　放下你的棍子。你看我吃就是了。

弗鲁爱伦　说句心里话,卑鄙的奴才,对你有好处的。一点都别剩
　　下,我求你了。韭菜皮对你的破脑袋有好处。以后有机会见到
　　韭菜时,我求你再去嘲笑它,就这样。

毕斯托尔　好吧。

弗鲁爱伦　嘿,韭菜真是好东西。拿着,这是四便士,给你的脑袋治
　　治伤。

毕斯托尔　给我,四便士?

弗鲁爱伦　千真万确,你给我老老实实地收下,否则我口袋里还有一
　　把韭菜,得让你吃下去。

毕斯托尔　我收下这四便士,就当以后报仇的定金吧。

弗鲁爱伦　如果我还欠你什么,我以后会用棍子还给的。你是个木
　　材商,从我这里除了棍棒,你什么也买不走。上帝与你同在,记
　　住,别忘了治疗你的脑袋。(下。)

毕斯托尔　为洗刷今天的耻辱,我非要将地狱搅得天翻地覆不可。

高厄　算了吧,你这外强中干的懦夫! 那是一种敬祖的古老传统,头
　　上所插的韭菜是他们纪念死者的光荣标记,你既然有胆量嘲笑
　　它,怎么又不敢用行动来证明自己说过的话呢? 我亲眼看见你
　　嘲笑过这位绅士两三次。你一定以为他既然说不好一口地道的
　　英语,就用不好一根英国棍棒了。你现在知道不是这么回事了
　　吧。从今日起,就让威尔士人的这顿棍子教会你如何做一个行
　　为端正的英国人吧。再会! (下。)

毕斯托尔　难道命运女神这个贱货就这样捉弄我吗? 有消息说,我
　　的耐儿已因花柳病死在医院里了,这样一来,我的逍遥之所也就
　　没有了。我现在年纪大了,胳膊腿儿也没劲了,又挨了这一顿
　　打,脸面已经丢尽。也罢,我干脆就改行开窑子或做个偷儿扒儿

算了。我要偷偷溜回英格兰，就在那里做点偷鸡摸狗的营生。我还要给棍棒留下的伤疤贴上膏药，发誓说这都是法国战场上挂的彩。（下。）

第二场　法国王宫

〔亨利王、埃克塞特、贝德福德、葛罗斯特、克拉伦斯、沃里克、威斯摩兰等自一方上；王后伊莎贝尔、法国国王、勃艮第公爵、凯瑟琳公主、侍女艾丽丝等自另一方上。

亨利王　我们今天相聚一起，愿和平降临这次会议！谨祝我们的法兰西王兄和王嫂健康吉祥；愿我们最美丽、最高贵的凯瑟琳表妹快乐幸福！勃艮第公爵，你是法兰西王族的支脉和成员，这次盛会由你一手促成，我们向你表示敬意。法兰西的王公贵族们，祝大家身体健康！

法王　最可敬的英格兰兄弟，见到你本人我们喜出望外。幸会幸会！诸位英格兰王公，很高兴见到你们！

伊莎贝尔王后　英格兰兄弟，但愿今天是个好日子，我们这次欢聚幸福美满。很高兴亲眼看见你的容颜：你的那双眼睛，在跟我们法国人作对时，就像杀人巨炮里发出的两枚致人死命的炮弹。我们真诚地希望，在你现在的目光中，先前的怨毒已经荡然无存；从今天开始，一切的悲伤和争吵都将转化为友爱。

亨利王　我们此次前来，就为了得到上帝的祝福。

伊莎贝尔王后　各位英格兰王公，我向你们大家致敬。

勃艮第　伟大的法兰西国王和英格兰国王，我谨以同等的爱，向你们表示我的敬意。我已竭尽心智，不辞劳苦，不遗余力地将你们两位至尊无上的君主拉拢在一起，在这里举行隆重的会晤，这一片赤诚之心，想必两位陛下都能明察。既然我的使命已初见成效，两位陛下已经面对面、眼对眼地问候过对方，那么，就允许我冒昧地问一句：你们之间究竟还存在什么障碍与不便，为什么那位和平女神，那位照管艺术、丰产、生育的可爱的保姆，总是那样身无遮挡、可怜巴巴地任人宰割，而不能带着可爱的脸蛋出现在世界最美好的花园——这沃野千里的法兰西？哎呀，和平女神被逐出法兰西太久了，她的庄稼成堆成堆地在肥沃的田野里腐烂。她那陶醉人心的葡萄，因无人修剪整枝而死去；本来齐齐整整的树篱，就像披头散发的囚犯，长出了蓬茸无序的枝丫；在抛荒的耕地上，但见毒麦、苦芹、芜生的蓝堇扎根旺长，本来该用来铲除这些莠草的锄头都已生锈。平坦的牧场，原先长的是色彩斑斓的九轮草、小地榆、绿油油的苜蓿，但由于没有镰刀的及时刈割与整治，便在惰怠中凌杂蔓生，尽长些讨厌的酸模、粗鄙的蓟，以及一些观之不美、采之无用的梗茎与刺果。总之，所有的葡萄园，抛荒的耕地、牧场和树篱，都变成了莽野，失去了自然的功能。这里的千家万户，包括我们自己和孩子们，也都因为窘迫的时运而荒废了教化，不再学习有益于国家的种种技艺，而是变得像野蛮人，就像除了嗜血一无所长的军汉那样：身上衣冠不整，动不动横眉竖眼，一开口就赌咒骂人。所有的一切，都脱离常规，乱了纪纲了！你们在此相聚，为的就是恢复往日的昭华荣光；我刚才说的一番话，其目的也是想知道：你们之间究竟存在什么障碍，致使温柔的和平女神裹足不前，未能拿先前的恩典祝福我们。

亨利王　勃艮第公爵，如果你们真的想得到和平，失去和平就会给你们带来那么多的灾患，就像你刚才所列举的那样，那么，你们就得欣然接受我们所提出的合理要求，以此换得和平。我们的原则以及具体的条件，早已书面照会于阁下了。

勃艮第　国王已经聆听尊意，只是还来不及做出答复。

法王　我只是粗粗浏览了其中的条款。请陛下即刻指定您的几位大臣，与我们再次坐下来，对条款进行更仔细的研究，随后我们就可以很快做出明确的答复。

亨利王　王兄,我们这就照办。去吧,埃克塞特叔叔,克拉伦斯弟弟,
　　　还有你葛罗斯特弟弟,沃里克和亨廷登,跟国王一起去吧。你们
　　　可以全权处理一切,对条约内容或增或减,都凭你们的智慧决
　　　断;只要无损于我们的尊严,我们的要求不妨有所出入,我也会
　　　欣然应允。——好王嫂,您愿意与王公们一起去呢,还是跟我们
　　　一起留在这里?

伊莎贝尔王后　我的好兄弟,我还是跟他们走吧。如有什么条款双
　　　方过于计较,互不相让时,一个女人出来说上一两句,也许有好
　　　处的。

亨利王　那就让我们的凯瑟琳妹妹留下来跟我在一起吧。她是我们
　　　要求的关键,就写在条约的第一款里。

伊莎贝尔王后　我很高兴她留下来。(除亨利王、凯瑟琳及艾丽丝,余人
　　　皆下。)

亨利王　美丽的凯瑟琳,最美的美人,你是否愿意赐教于一个军人,
　　　让他学几句情场上的美言嘉语,以博取小姐的欢心?

凯瑟琳　陛下取笑我了。我可不会说你们的英语。

亨利王　啊,美丽的凯瑟琳,只要你用你那颗法国人的心真心诚意地
　　　爱我,我便很高兴听你把英语说得支离破碎。你喜欢我吗,
　　　凯蒂?

凯瑟琳　(法语)对不起,(英语)我不知道什么叫"喜欢我"。

亨利王　天使就像你,凯蒂,你就像一个天使。

凯瑟琳　(用法语问艾丽丝)他说什么?说我像天使吗?

艾丽丝　(法语)是的,回禀公主,他正是这样说的。

亨利王　我是这样说的,亲爱的凯瑟琳,我不会因承认它而脸红。

凯瑟琳　(法语)我的天哪!男人说的话都是靠不住的。

亨利王　她说什么,好人儿?她是不是说男人说话都是骗人的?

艾丽丝　(法语)是的。(英语)男人所说的话都是骗人的。公主就这
　　　么说。

亨利王　公主比英国女人更贤明。说真的,凯蒂,我的求爱用语你正好能理解。我很高兴你说不好英语;如果你说得好,一定能发现我不过是个很平常的国王,你没准会想,我一定是卖了农场才换来王冠的。对于爱情,我不会忸忸怩怩那一套,只会直截了当地说"我爱你"。如果你再追问我,我也只会说:"你是真心的吗?"说完这一句,我再没有其他说词了。给我一个答复吧,真的,如果事情能成,我们就拍拍手成交。你说呢,公主?

凯瑟琳　(法语)回禀陛下,(英语)我懂你的意思。

亨利王　说真的,凯蒂,如果让我为你作诗或跳舞,那你就让我难堪了。说到作诗,我既不会遣词造句,也不会押韵分音;至于跳舞,我更不懂三步、四步。我只是一个有些力气的武夫。如果单凭蛙跳或全身披甲跃蹬马鞍的功夫就能赢得女子的芳心,那我倒可以不避吹嘘之嫌自豪地说一句:我一定能跳出一个老婆来。如果我能凭斗力赢得爱情,或者凭骑术博取爱人的欢心,那我一定能像屠夫那样去战斗,像猴子那样稳坐马背,怎么也不会掉下来。但是,上帝在上,凯蒂,我不会因爱而脸色苍白,也不会滔滔不绝地说一些情话,把自己累得上气不接下气;表明心迹时,我更不会玩弄花招——我只会直截了当地立下我的誓言,这誓言也还是逼急了才发的,但一旦发出,再逼迫也不会更改。要是你能爱上如此性情的一个男人,凯蒂,他的那张脸让太阳再晒也还是那个样子,他自己也从来不照镜子,因为那张脸确实没有什么好看的,你如果爱上他,就让你自己的眼睛去弥补它的不足吧。我以一个率直的军人的口吻跟你说话。如果你能因此而爱我,就接受我吧。如果不能,就说我会死去,这话是不错的;但上帝做证,我不会因失恋而死,尽管我始终爱你。在你的有生之年,亲爱的凯蒂,请接受一个率真朴实、永不变心的人吧;他一定不会委屈你,因为除了你,他没有再向别人求爱的本事了。那些口若悬河、喜欢写诗媚情的人,固然能博取女人的欢心,但也会振振有词,把自己负情的罪责推脱得一干二净。不是吗?能说会道的人往往是空谈家,他们写的诗无异于民间艺人唱的谣曲。健美的双腿会干瘪,挺直的脊背会弯曲,黑黑的胡子会变白,满头的卷发会脱落,漂亮的脸蛋会生皱,明亮的眼睛会暗淡;但是,凯蒂,一颗真诚的心就是太阳和月亮——或者不如说只是太阳,不是月亮,因为只有太阳永远发光,永不变形,永守黄道。如果你想得到这样一个人,那就接受我吧。接受我,就是接受一个军人;接受一个军人,就是接受一个国王。你对我的求爱,有什么话说?说说吧,我的美人,好好说说,我求你了。

凯瑟琳　(英语)要我去爱法兰西的敌人,这可能吗?

亨利王　不可能,凯蒂,你不该去爱法兰西的敌人。但是,你一旦爱上我,就是爱上了法兰西的朋友,因为我很爱法兰西,不会舍弃她的每一个村庄。我要让整个法兰西属于我。凯蒂,当法兰西归我所有,我又属于你时,属于你的就是法兰西,而你就属于我了。

凯瑟琳　(英语)我不懂你说的话。

亨利王　不懂吗,凯蒂?那就跟你说法语吧,只是这法语到了我的舌头上,一定像新婚的妻子勾住丈夫的肩膀,再也摔不下来了。(法语)当法兰西属于我,我又属于你时——(英语)让我想想,下面怎么说呢?圣丹尼斯①,快帮帮我吧!——(法语)法兰西就是你的,你就是我的了。(英语)凯蒂,让我一下子说那么多法语,真是勉为其难,还不如让我去征服一个王国了。看来我是永远不能用法语打动你,除非有意让你笑话我。

凯瑟琳　(法语)陛下言重了,其实您说的法语比我说的英语好得多。

亨利王　不是的,真的,是我说得不好,凯蒂。你说我们的话,我说你们的话,虽然都说不好,倒也一片真诚,应该承认的是,你我一定

———————

①　圣丹尼斯:法国的保护神。

心心相印。凯蒂,这一句英语你听得懂吧:你能爱我吗?

凯瑟琳　我说不清楚。

亨利王　你身边的人,谁能说清楚,凯蒂?问问她们吧。好了,我知道你是爱我的。到了晚上,等你回到房里,你一定会向这位小姐问起我;我知道,凯蒂,你还会心口不一地诋毁起我的好处。好凯蒂,请你嘲笑时讲点慈悲吧,温柔的公主,我爱你已经将心肠都爱硬了。只要你成了我的人——凯蒂,我有一个坚定不移的信念,你一定能成为我的人——这门亲事就是凭武力抢得的,你因此必须做一个生育军人的好母亲。谁说不是呢,你和我在圣丹尼斯和圣乔治的双重庇护下,一定能生下一个半法国半英国血统的孩子来,有一天他会前往君士坦丁堡,扯一扯土耳其人的胡子。我们难道不能吗?你说呢,我的美丽的百合花①?

凯瑟琳　(英语)我不知道。

亨利王　你是不知道。要想知道,那是以后的事了,现在你只要答应就行。你就答应了吧,凯蒂,答应你代表法国一方尽你所能去缔造这样一个孩子;至于英国这一方,就听一个国王和单身汉的话好了。你怎么说,(法语)世上最美的美人儿,我的亲爱的、神圣的女神?

凯瑟琳　(法语、英语混合)陛下的法语句句骗人,足够用来欺骗全法国最聪明的女子了。

亨利王　那就让骗人的法语离开这里吧!凯蒂,我凭我的荣誉,用地道的英语对你说:我爱你!虽然我不敢凭自己的荣誉发誓说你也爱我,但我身上的热血在奉承我,说你是爱我的,尽管我长得其貌不扬,很难讨人的欢喜。该受谴责的是我的父亲的野心!他播下我这颗种子的时候,一定在想着打内战,因此使我生就一副粗犷的外表、生硬的面容;在我向小姐们求爱时,这副面容准

---

① 百合花为法国王室的象征。

会吓着她们。但是,凯蒂,请相信,随着年龄的增长,我会变得好看起来的。令我感到安慰的是,岁月摧残的只是漂亮的脸蛋,而我这样的面容,已经没有什么可供岁月摧残的了。如果你现在接受我,那接受的是最难看的我;我就像衣服,你会越穿越觉得合身。最美的凯瑟琳,你就告诉我吧:你愿意不愿意接受我?抛开你少女的羞怯,用女王的风采显现你的心思,拉住我的手,对我说一句:"英格兰的哈利,我是你的人了。"我的耳朵一旦聆听这一福音,我便要大声宣告:"英格兰是你的,爱尔兰是你的,法兰西是你的,亨利·普兰塔琪纳特是你的了!"他这人,(指自己)我不妨当着他的面说一句:如果他不能与最好的国王相提并论,他也是好人中最好的国王。来吧,用你不甚流畅的音乐做出回答!你的声音就是音乐,尽管你的英语是破碎的。凯瑟琳,万民的女王啊,就用你破碎的英语奏响你的心曲吧。你愿意接受我吗?

凯瑟琳　(英语、法语混合)那还得看我的父王是否满意。

亨利王　他会满意的,凯蒂。他一定会满意的,凯蒂。

凯瑟琳　那我也就可以同意了。

亨利王　凭你这句话,我要吻一吻你的手,我要称呼你为王后。

凯瑟琳　(法语)别,陛下,别,别!真的,我不希望您降低身份,去吻卑贱的仆人的手——哎哟哟!原谅我,求您了,我的威严的国王——

亨利王　我还要吻一吻你的嘴唇,凯蒂。

凯瑟琳　(法语)法国的小姐姑娘们结婚前是不作兴亲嘴的。

亨利王　(对艾丽丝)我的翻译小姐,她怎么说?

艾丽丝　她说法国的小姐姑娘们不习惯——我不知道 baiser 用英语怎么说。

亨利王　亲吻。

艾丽丝　陛下比我知道得更清楚。

亨利王 你们法国少女结婚前是不亲吻的,这还是习俗,她是这样说的吗?

艾丽丝 正是。

亨利王 啊,凯蒂,繁文缛节碰上了伟大的君王,也得屈膝礼让的。亲爱的凯蒂,你和我是不受国家的习俗制约的。我们是礼俗的制订者,凯蒂;与我们的身份共生共存的自由权足以堵住所有吹毛求疵者的嘴:我现在就要堵一堵你的嘴了,因为你只顾维护你们国家的繁文缛节,不肯给我一个吻。你就耐心忍一忍,学乖一点儿吧。(吻她)你的嘴唇有魔力呢,凯蒂。你甜蜜蜜的嘴唇胜过法兰西枢密院的滔滔宏论,各国君主的联合呈请也比不上你的樱唇的力量,英格兰的哈利是被你说服的。——你的父王来了。

〔法兰西王室和英格兰大臣等上。

勃艮第 上帝保佑陛下! 尊敬的王兄,在教我们的公主学英语吗?

亨利王 我的好兄弟,我想让她知道,我爱她是何等的真诚,这可是一句很好的英语。

勃艮第 她学得不错吧?

亨利王 我的舌头很笨拙,兄弟,我的脾气也不温柔;我既不会说甜言蜜语,又不会刻意奉承,自然无法召唤栖息在她身上的爱的精灵,让他显露真相了。

勃艮第 恕我心直口快,说句笑话来回答你的问题吧。你想召唤爱的精灵,那得先画一个圈;爱的精灵一旦被你召唤,显现出他的本相,他一定是个赤身裸体的瞎子。她现在还是个害羞的少女,动辄脸红;倘若她不肯让一个赤身裸体的瞎男孩瞧见她一丝不挂的处女之身,你怎么能怪她的不是呢? 我的陛下,让她同意这样的事,确实有些勉为其难。

亨利王 既然爱情那么盲目而蛮横,做姑娘的就只好闭上眼睛迁就了。

勃艮第 陛下,只要她们看不见自己在做什么,她们所做的一切,就

　　都情有可原了。

亨利王　我的好大人,那你就教你的妹妹闭上眼睛答应我吧。

勃艮第　陛下,只要您教会她领悟我的意思,我会向她眨眨眼,示意
　　她答应您的。女孩子们一旦养尊处优,被人娇惯着,就像八月天
　　的蜂蝇,虽然长着眼睛,却什么也看不见的;本来她们容不得别
　　人正眼相视,到了这时候,便会听凭你的摆布了。

亨利王　你言下之意是让我等到炎热的夏天了;那时我一定能捉住
　　你堂妹这只蝇子的,那时的她也一定是盲目的。

勃艮第　说的是,陛下,爱情都是那样产生的。

亨利王　确实如此。你和你们中的一些人,还真得谢谢我这双因爱
　　而盲目的眼睛,为了眼前这位美丽的法国姑娘,它们竟然对许多
　　美丽的法国城市视而不见了。

法王　陛下,那是您看得透彻,我们的城市都变成了一位少女;因为
　　我们的城市都有处女墙环绕着,从来不受战争的侵扰。

亨利王　凯蒂可以做我的妻子吗?

法王　只要您愿意。

亨利王　只要有您说过的那几座处女城作为她的伴娘,我也就很满
　　足。这样,这位阻止我乘胜进军、一展宏图的姑娘将为我引路,
　　使我如愿以偿。

法王　您提出的一切合理条件,我们都答应了。

亨利王　是这样吗,我的英格兰大臣们?

威斯摩兰　法王陛下已经答应所有条款:首先是他的女儿,然后是其
　　他的一切,都按我们的要求履行。

埃克塞特　只剩这一条尚未签署,即:陛下要求法兰西国王,凡遇封
　　爵分土之事,诏书上应以下列方式称呼陛下,法文为:"我的爱婿
　　英格兰国王,法兰西的继承人";拉丁文为:Praeclarissimus filius
　　noster Henricus,Rex Angliae et Haeres franciae.

法王　兄弟,这一条我也并不反对,只要您提了,我会让它通过的。

亨利王　那么,就让我恳求您:为了友爱和姻盟,请您将这一款一并写上,这样,您就可以把您的公主给我了。

法王　您娶了她吧,好儿子,从她的血液里养育出我的后代,从而消除我们间的仇恨;法兰西和英格兰,这两个争斗不休的王国,她们的海岸都因妒忌对方的幸福而变得面容苍白了。这次联姻,将在两国人民心中植下友好相处的种子,达成基督徒间的和谐,从今往后,英格兰和美丽的法兰西,再不必举起血腥的刀剑了。

众人　阿门!

亨利王　欢迎你,凯蒂!诸位为我见证:我在此将她亲吻,立她为至尊的王后。(吻凯瑟琳,喇叭奏花腔。)

伊莎贝尔王后　上帝啊,人间最美好姻缘的撮合者,把你们的心结为一体,把你们的王国合而为一吧!丈夫与妻子,本是两个人,却因爱而成一体,但愿如此美好的结合也出现在两个王国之间,从此再不会有搅扰幸福的婚床的敌意与妒忌闯入其间,使结为一体的联盟分崩离析。但愿英国人变成法国人,法国人变成英国人,大家相互包容。愿上帝为我们说一声"阿门!"

众人　阿门!

亨利王　让我们准备婚礼吧。到了那一天,勃艮第公爵,我们要听听你发的誓言,还有全体王公大臣的誓言,作为我们结盟的保证。(向凯瑟琳)

　　　　　　然后我还要向你宣誓,你也向我宣誓;

　　　　　　　誓约永远恪守,我们的国家千红万紫!(奏退场号,同下。)

收 场 白

〔解说员上。

解说员　　　凭着一支粗陋无力的羽毛笔,

　　　　　　累弯腰背的作者编讫了戏文;

小小的舞台限制了一代豪杰，
破碎的情节贬损光荣的远征。
生命短暂，但那颗英格兰之星
活得何其辉煌！命运铸就利剑，
助他赢得世上最美丽的花园①，
他的儿子继承霸业，坐享其成：
那亨利六世，襁褓中加冕登基，
受尊为英法两国共同的君主，
但他的国政由诸多王公操持，
结果丢了高卢，英伦遍地血污。
这段历史舞台上已演过多次②，
但愿诸君一样欣赏这出新戏。

（陈才宇 译）

---

① 指法兰西。
② 指《亨利六世》（上、中、下）。

理 查 三 世

《理查三世》约写于 1592—1594 年间,初刊于 1597 年的四开本。

此剧所依据的史料与《亨利六世》相同,主要是爱德华·霍尔所著的《兰开斯特与约克两大家族的联合》(1542)和拉菲尔·霍林雪德的《英格兰、苏格兰和爱尔兰编年史》(1587)。无论霍尔还是霍林雪德,都在为都铎王朝歌功颂德,因此,理查三世总是被描绘成一个丑恶、残暴的君主。他们的历史观某种程度上沿袭了波利多·佛吉尔和托马斯·莫尔:前者受亨利七世的庇护撰写了《英国的历史》(1534),后者写了《理查三世的历史》(1513),旨在揭露权术政治的危害。莎士比亚对于莫尔的作品应该是熟悉的。

另外,莎士比亚还有可能参照过一部题为《理查三世的真实悲剧》的剧目,作者为无名氏,约写于 1590—1592 年间,1594 年在伦敦出版。

根据史实的关联度,此剧与《亨利六世》(上、中、下)构成一个系列,称为四部曲。

剧 中 人 物

爱德华四世

爱德华　威尔士亲王 ⎤
理查　约克公爵 ⎦ 爱德华四世之子

乔治　克拉伦斯公爵　爱德华四世之弟

理查　葛罗斯特公爵　即位后称理查三世,爱德华四世之弟

爱德华·普兰塔琪纳特　克拉伦斯之子,沃里克伯爵

利佛斯伯爵　伊丽莎白王后之弟

道塞特侯爵 ⎤
葛雷勋爵 ⎦ 伊丽莎白王后前夫之子

波契埃红衣主教　坎特伯雷大主教

托马斯·罗塞汉　约克大主教

约翰·摩顿　伊利主教

托马斯·伏昂爵士

黑斯廷斯勋爵

白金汉公爵

诺福克公爵

萨里伯爵　诺福克公爵之子

威廉·凯茨比爵士 ⎫

理查·拉克勒夫 ⎬ 理查的亲信

洛弗尔勋爵 ⎪

詹姆斯·泰瑞尔爵士 ⎭

亨利　里士满伯爵,即位后称亨利七世

斯丹莱勋爵　又称德比伯爵 ⎫

牛津伯爵 ⎪

詹姆斯·勃伦特爵士 ⎪

华特·赫伯特爵士 ⎬ 里士满的支持者

威廉·勃兰顿爵士 ⎪

克利斯朵夫·厄塞克神父 ⎭

罗伯特·勃莱肯伯雷　伦敦塔卫队长

特莱塞尔 ⎫
　　　　 ⎬ 安妮夫人之侍从
伯克雷 ⎭

伦敦市长

威尔特郡郡长

伊丽莎白　爱德华四世之后

约克公爵夫人　爱德华四世、克拉伦斯、葛罗斯特之母

安妮夫人　亨利六世子爱德华亲王遗媚,后为葛罗斯特公爵之妻

玛格丽特　　亨利六世遗孀
玛格丽特·普兰塔琪纳特　　克拉伦斯之女
道塞特侯爵夫人

官吏、侍从、信使、乡绅、市民、凶手、使者、幽灵、兵士、看守等

第 一 幕

第一场　伦敦;塔狱附近

〔葛罗斯特公爵理查上。

理查　现在,约克的儿子已将令人懊丧的冬天化作阳光明媚的夏日,
笼罩我们家族的乌云已埋葬进海洋的深处。我们的头上戴起胜
利的花冠;伤痕累累的刀枪束之高阁,成了纪念物;尖厉的号角
变成了欢庆的乐音;令人生畏的进军换成了赏心悦目的舞步。
面目狰狞的战神舒展开他的怒容,再不必跃马扬鞭去震慑生性
胆怯的敌人;如今他尽可以在名媛淑女的闺房里伴随着撩拨春
情的琴瑟曼步轻舞。可是我呢,天生一副奇形怪状,不适宜谈情
说爱,不方便对着多情的镜子顾影自怜;我的形貌丑陋无比,全
没恋爱者的堂堂风仪,在搔首弄姿的佳丽面前,我不敢昂首阔
步;我全身的比例失调,虚伪的造化欺骗我,丑化我的形象,不等
我完全成形,便将一个跛足驼背的半成品打发到这个凭空气呼
吸的世界上来,结果连狗见了我也要猜猜狂吠——可不是,在这
轻歌曼舞的和平时期,没有赏心乐事可供我消遣,除非在阳光下
瞧瞧自己丑陋的形体,埋怨造化的不遂人意。好了,既然我做不
了爱情的宠儿,无缘享受风月场中的柔情蜜意,那我就得狠下一

条心,做一个恶棍歹徒,专事仇视普天下的闲情雅致。我已设好圈套,利用醉语、谎言和梦呓布下陷阱,以便我的二哥和王兄反目成仇。如果爱德华王的率真和正直跟我的阴险狡诈一样确凿无疑,克拉伦斯今天就该因无端的预言而遭监禁:这预言说的是爱德华的继承人中有个 G 字打头的人将成为弑君的凶手①。我的这番心思只能埋进心底;克拉伦斯来了。

　　〔克拉伦斯被押解,随塔狱卫队长勃莱肯伯雷上。

理查　哥哥,你好。你被人武装护卫着,这是怎么回事?

克拉伦斯　王上关心我的安全,让卫兵护送我到塔狱去呢。

理查　为了什么原因?

克拉伦斯　因为我名叫乔治。

理查　哎呀,我的爷,这可不是你的错。如果为这个,他应该给你的教父定罪才是。噢,王上大概想在塔里给你重新洗礼吧。到底为什么事,克拉伦斯,能告诉我吗?

克拉伦斯　那当然,理查,等我知道了一定告诉你。但我现在确实还蒙在鼓里。就我所知,他是听信了什么预言和梦呓,便从字母表上拈得了这个 G;据说有位术士告诉他:他的后代将被这个 G 篡夺王位。我的名字正好以 G 打头,他便认定篡位者是我。据我所知,他就是凭这些捕风捉影的东西把我抓起来的。

理查　只有男人受制于女人时,才会闹出这样的荒唐事。克拉伦斯,把你送进塔狱的一定不是王上自己,而是他的妻子葛雷夫人,一定是她误导王上走上极端。今天才获释的黑斯廷斯勋爵,不就是她跟她的兄弟,那个名叫安东尼·伍德维尔的好人儿②一起唆使王上,把他送进塔狱的吗? 你我都不安全了,克拉伦斯,你

---

　　①　克拉伦斯公爵其名 George 以 G 开头;有趣的是,理查的爵衔 Gloucester 也是以 G 开头,由他播布的预言最后印证在他自己身上。

　　②　安东尼·伍德维尔:即王后的兄弟利佛斯伯爵。理查在此有意不称葛雷夫人为王后,不称伍德维尔为利佛斯伯爵,是想骗取克拉伦斯的信任。

我都不安全了。

克拉伦斯　我的天,我看除了王后的亲戚,以及那些夜间为王上和肖
　　　儿夫人①奔走的信使们,谁都没有安全可言了。你有没有听说
　　　过,黑斯廷斯为了获得释放,曾经怎样低三下四地向那个肖儿夫
　　　人求情?

理查　我们的掌礼大臣②为了获得自由,就得向那位神仙娘娘③苦苦
　　　哀求。我告诉你,我们也只有这一条路可走了:如果我们想得到
　　　王上的恩宠,就得去做她的下人,穿上她的下人的号衣。她和那
　　　个好妒忌的黄脸寡妇,自从受我们的王兄册封为贵妇以来,就是
　　　我们王国里呼风唤雨的人物了。

勃莱肯伯雷　我请两位殿下见谅:王上陛下有令在先,任何人,不管
　　　他地位多高,都不允许跟您的兄弟交谈。

理查　真的是这样吗?勃莱肯伯雷大人,只要阁下愿意,我们所说
　　　的,你都可以听了去。汉子,我们并没有说大逆不道的话。我们
　　　只是说王上很贤明,他的高贵的王后年纪不轻,人长得漂亮,没
　　　有妒忌心。我们只是说肖儿夫人有两条秀腿,一张樱桃小嘴,一
　　　对美丽眼睛,一根甜蜜蜜的舌头。我们还说王后的亲戚都封为
　　　贵人了。你有什么话要说,先生?你不否定我所说的一切吗?

勃莱肯伯雷　你的这一切,殿下,与我无关。

理查　跟肖儿夫人也无关吗?我告诉你,老兄,与肖儿夫人有关系的
　　　最好悄悄地来往,只有一个人可以例外。

勃莱肯伯雷　这一个人是谁,殿下?

理查　她的丈夫,混蛋。你是想害我啊?④

勃莱肯伯雷　请大人见谅,别再跟高贵的公爵说话了。

──────────

①　肖儿夫人(Mistress Shore):伦敦城内一金匠之妻,爱德华王的情妇。
②　指黑斯廷斯。
③　指肖儿夫人。
④　理查本意是指爱德华王,但担心被人抓住把柄,故改说肖儿的丈夫。

克拉伦斯 我知道你职责在身,我服从就是。

理查 我们都是王后娘娘的贱奴,都得服从她。再见了,哥哥。我要去见王上;不管你吩咐我做什么事,只要能让你摆脱牢狱之灾,我都会去做,即便让我认爱德华王的寡妇为亲姐妹都行。只是一想起兄弟阋墙这样不体面的事,我心里有说不出的滋味。

克拉伦斯 我知道,你我心里都高兴不起来。

理查 你不会被关押太久的。我一定设法救你出来,不然就代你去坐牢。你暂时忍一忍吧。

克拉伦斯 我必须忍耐。再见。(随勃莱肯伯雷及卫兵下。)

理查 你这一去,就再也没有回头的路了。天真、单纯的克拉伦斯,我太爱你了,如果上帝肯从我的手上接受礼物,我即刻就将你的灵魂送入天堂。谁来了?是刚被释放的黑斯廷斯吗?

〔黑斯廷斯上。

黑斯廷斯 万福,仁慈的大人。

理查 万福,我的掌礼大臣。欢迎你重获自由。那因禁的日子你是怎样熬过来的?

黑斯廷斯 凭耐心,大人,做囚徒的,都需要耐心。只要我还活着,大人,对那些送我进监狱的人,我一定得表示感谢。

理查 那当然,那当然。克拉伦斯也会这样想,因为你的那些敌人也就是他的敌人;他们先把你给整了,现在又回过头来整他。

黑斯廷斯 一旦苍鹰被关进笼子,贪婪的鸢和鹫就可肆无忌惮地掠食了,这是最可悲的。

理查 外面有什么消息吗?

黑斯廷斯 外面的消息都没有比宫中的消息更糟糕:国王病倒了,身体很虚弱,情绪很忧郁,御医们都很焦急。

理查 圣约翰在上,这消息确实糟糕。他向来就有不良的生活习惯,过度地消耗了他的身体。一想到这一点,就让我心里难过。他现在在哪里?躺在床上吗?

黑斯廷斯　是的。

理查　你先走一步,我随后就来。(黑斯廷斯下)我巴不得他死掉,但现在不能死,得等我先将乔治打发上天堂再说。我这就进宫去,用强有力的论据加强我的谎言,激发他对克拉伦斯更大的仇恨;只要我隐秘的用心得逞,谅他克拉伦斯活不到明天。此事成功以后,上帝就好施予爱德华以怜悯,并将这个世界留给我打理了。那时,我要娶沃里克最小的女儿为妻;虽然是我杀了她的丈夫和父亲,那又有什么要紧呢?① 补偿这小娘子最好的办法就是由我来做她的丈夫兼父亲。这是我的如意算盘;我娶她其实并非出于爱情,而是为另一件我希望达到的计划。我在这里把话说早了。克拉伦斯还活着,爱德华也没死,依然是君主;等他们全归了天,那时,我再将计划实施不迟。(下。)

第二场　伦敦;一街道

[卫兵持戟护卫亨利六世之灵柩上;安妮夫人送殡,特莱塞尔及伯克雷随侍。

安妮　放下吧,放下这光荣的负担——如果光荣也在灵柩中裹藏,我要为盛德的兰开斯特的非命之殇略叙悼念的衷肠。(护灵者放下棺木)呜呼哀哉! 一代圣君僵冷的尸骸,兰开斯特家族苍白的灰烬,你这没有血色的皇家血脉的残余啊,但愿礼法能允许我召唤你的魂魄,前来聆听可怜的安妮为你哭灵的哀声。我是你遇害的儿子爱德华的妻子,杀害他的那只手如今又杀害了你! 看吧,你的生命已从这些窗口逸出,我眼中流溢的香膏无法将它挽回。啊,制造这些创伤的那只手应该受到诅咒! 酝酿这次杀戮的那颗心罪该万死! 导致这次流血的那股血脉该下地狱! 那个可憎

---

① 沃里克长女即安妮夫人,与亨利六世之子爱德华有婚约,这里的丈夫即指爱德华王子。

可恨的恶徒杀害了你，制造了我们的不幸，但愿有更可怕的灾患
降临在他身上，但愿他的下场比豺狼、蜘蛛、蟾蜍乃至一切爬行
的毒虫蛇蝎的命运更惨！ 如果他也有孩子，那孩子一定是个怪
胎，没有足月便出生，奇形怪状的模样让满怀希望的母亲惊恐万
分，他所继承的永远只有厄运与痛苦！ 如果他也有妻子，他的妻
子一定因他而命运多舛，所蒙受的痛苦比此时的我多得
多！ ——好了，请你们将这神圣的灵柩抬起，从圣保罗教堂送往
彻特西安葬吧。（护灵者抬起棺木）如果你们抬累了，不妨再歇歇，
好让我对着亨利王的尸体再痛哭一场。

　　　　〔理查上。

理查　　停一下，抬棺木的，你们放下来。

安妮　　是哪个黑心的魔术师召唤来这个魔鬼，让他来阻止这庄严的
殡仪？

理查　　混账东西，给我放下！ 圣保罗在上，谁敢违抗，谁就得死！

戟兵　　大人，请退一退，让棺木过去。

理查　　无礼的狗！ 我发下号令，你就得站住！ 只要你胆敢举戟高过
我的胸口，圣保罗在上，我就将你摔倒在地，再踩住你的身子。
叫花子，你真大胆！（护灵者放下棺木。）

安妮　　你们怎么发抖了？ 你们都害怕了？ 哎呀，我不能怪你们，因为
你们都是人，人是见不得魔鬼的。 ——滚开，你这来自地狱的恶
鬼！ 你有能力害死他的肉身，却奈何不了他的灵魂。 滚开吧！

理查　　可爱的圣女，发发慈悲，别这样恶语相加。

安妮　　可恶的魔鬼，看在上帝的分上，离开这里，别找我们的麻烦；你
已将欢乐的人间变成地狱，使这个世界充满呼天抢地的诅咒和
忧心惨切的哀怨。 如果你有意欣赏你的恶行，不妨看看这具被
你屠杀的躯体。（揭示亨利王尸体）哟，看吧，大家看吧，亨利王身
上已经凝固的伤口又迸裂开来，又在流血了！ 可耻啊可耻，你这
丑八怪，就因你来到跟前，本已干瘪的血脉又喷涌出鲜血来了。

你的行为有违天理人道，因此会激发出这股一反常理的血潮。上帝啊，是你创造了他的血，为他的死复仇吧！大地啊，是你吮吸了他的血，为他的死申冤吧！如果苍天不用雷电击毙这个凶手，就让大地裂开大口，将凶手活活吞噬！受地狱控制的魔手既已屠杀了善良的国王，大地就应将恶魔一并惩治！

理查　夫人，你不懂仁爱的法则；根据仁爱的法则，你应该以德报怨，用祝福代替诅咒才是。

安妮　恶徒，是你不懂上帝的律法，也不懂人道人情。即便凶猛的野兽也有恻隐之心。

理查　我是没有恻隐之心，因此我不是野兽。

安妮　说得妙哇，魔鬼也说真话了。

理查　天使会这般怒气冲冲，这就更妙了。女性的神圣楷模，请允许我为那些强加于我的罪名做出详尽的解释，以证明我的清白。

安妮　男性的无良之尤，请允许我以昭彰天日的事实控诉你，证明你应该下地狱。

理查　无法用语言形容的美人儿，请你多多包涵，允许我为自己辩护。

安妮　无法用心灵想象的丑八怪，不管你如何辩护，都开脱不了你的罪责，除非吊死你自己。

理查　如果真的陷入绝境，我会向自己提出控诉。

安妮　你草菅人命，确实已陷入绝境；要想获得宽恕，你首先得惩罚你自己。

理查　如果我没有杀死他们，那又怎样？

安妮　那他们就不会被杀害了。但事实是，他们都死了，魔鬼，凶手就是你。

理查　我没有杀害你的丈夫。

安妮　是吗？那他一定还活着。

理查　不错，他死了，杀死他的是爱德华。

安妮　你的脏嘴在说谎！玛格丽特王后亲眼看见你的屠刀沾满了他的冒着热气的血。你还用那把刀直刺王后的胸口，是你的兄弟将刀尖拨开了。

理查　那是她的诽谤激怒了我，她硬要将他们的罪责栽在我的身上。

安妮　你是被你那颗嗜血的心激怒的，你的心里只想着如何杀人。国王不就是你杀害的吗？

理查　这我承认。

安妮　你承认了吗，豪猪①？上帝一定会应我所求，因你的这桩暴行罚你下地狱的！啊，王上是多么温和、贤良的一个好人啊。

理查　天上的王有好人在身边，岂不更好？

安妮　他是在天上，那可不是你能去的地方。

理查　那他得感谢我把他送进了天堂；那里比人间更适合他。

安妮　除了地狱，没有地方适合你。

理查　不，还有一个地方，你要我说出来吗？

安妮　一定是牢房。

理查　你的闺房。

安妮　你躺哪里，哪里就不得安宁。

理查　有安宁的，夫人，只要我跟你躺在一起。

安妮　但愿如此。

理查　这我知道的。温柔的安妮夫人，我们还是收起唇枪舌剑的激烈交锋，改用一种更舒缓的方式交谈吧。亨利和爱德华这两个普兰塔琪纳特固然死于非命，但我要问你，造成他们死亡的原因不是跟死亡的结果一样应该受到谴责吗？

安妮　你就是他们死亡的原因，同时又是最可诅咒的结果。

理查　你的美才是造成这个结果的原因——你的美让我夜不成寐、六神无主，为了能在你甜美的胸口依偎上哪怕一小时，即便让我

———————————————

①　理查的纹章是一头野猪。

杀尽天下苍生,也在所不惜。

安妮　告诉你吧,杀人凶手,如果早知如此,我会用指甲把我的美从脸颊上剜下来的。

理查　我这双眼睛不会容忍这样的摧残。只要我在你的身边,你就不能对这美有任何的毁损。就像人间万物都受惠于阳光,我是受惠于你的美的。它就是我的白天,我的生命。

安妮　但愿黑夜笼罩你的白天,死亡降临你的生命!

理查　别诅咒你自己,美人儿——两者都属于你。

安妮　但愿两者都属于我,那时,我就可以向你报仇了。

理查　这真是一场最不合情理的争吵:人家那么爱你,你却要找他报仇。

安妮　这是一场最正当、最合情理的争吵:人家杀了我的丈夫,我因此要报仇。

理查　人家夺去你的丈夫,夫人,为的是帮你找到一个更好的丈夫。

安妮　她更好的丈夫,不活在这个世上。

理查　比他更爱你的人,就活在这个世上。

安妮　说出他的名字。

理查　普兰塔琪纳特。

安妮　不错,正是他。

理查　姓氏相同,但具有更优秀的天赋。

安妮　他在哪里?

理查　在这里。(安妮啐他)你为何唾我?

安妮　但愿这唾沫能化为致你死命的毒药。

理查　毒药绝不会产生在这般可爱的处所。

安妮　你比毒蛤蟆更歹毒。别让我见到你! 你的毒素感染了我的眼睛。

理查　可爱的夫人,是你的美目感染了我的眼睛。

安妮　但愿我的眼睛就是蛇妖,一瞪眼就能置你于死地![①]

理查　我也希望如此,那时我就可以一死了之,不必像现在这样被你的目光所刺,生不如死了。你的眼睛已使我流下咸涩的泪水,孩童般涕泪涟涟,全然不顾自己的体面。我的这双眼睛,从来没有流过一滴悲痛的泪水——从来没有:即便当年杀气腾腾的克利福德朝拉特兰挥舞宝剑,吓得他苦苦哀求;我的父亲约克和爱德华听到这一消息时早已泪流如注,那时唯有我没掉过一滴眼泪。当年你的英勇的父亲前来通报我父亲惨遭杀害的消息,他曾像孩子似的数十次泣不成声,害得在场的人也跟着涕泪交流,哭成了泪人——即便在那样伤心的场合,我这双充满男子气的眼睛也鄙视懦弱的泪水。但是,伤心往事所不能激发的,如今却为你的美貌所动,哭得我泪眼模糊了。我从来不向我的朋友和敌人乞求什么,我的舌头也始终学不会甜言蜜语,但如今是你的美貌成了我未来的报偿,我骄傲的心就只好放下架子,逼迫我的舌头向你苦苦哀求了。(安妮轻蔑地看了他一眼)别让你的嘴唇也学会这般的轻蔑,夫人,嘴唇是用来亲吻的,不是用来表示轻蔑的。如果你复仇的心仍不能宽恕我,看吧,我可以借给你这把锋利的剑;只要你乐意,尽可以将它插入我的胸膛,让崇拜你的灵魂从我体内飞出。(跪下,袒露胸膛;安妮持剑欲刺)别犹豫呀;亨利王确实是我杀的——但促使我下手的是你的美貌。快动手吧;年轻的爱德华确实是我捅死的——但怂恿我的是你天仙般的容颜。(安妮手中的剑掉地)把剑捡起来;要么就扶我起来。

安妮　起来吧,伪君子。尽管我巴不得你死,但我不想做刽子手。

理查　(起立)那你就命令我自杀吧,我会照办的。

安妮　这话我早说过了。

理查　那是你在气头上说的。请你再说一遍。只要你一说出口,我

---

①　神话中的蛇怪据说能以目光杀人。

这只为了爱你而杀死你的爱人的手,就一定为爱你而杀死一个
更爱你的人。这样,他们两人的死,都有你的份了。

安妮　但愿我能懂你的心。

理查　我的心已由我的嘴说出。

安妮　只怕你的心和嘴都是虚伪的。

理查　那这个世上就没有诚实的人了。

安妮　好了,好了,收起你的剑吧。

理查　那就说一声,我们和好了。

安妮　那得以后再说。

理查　我可以生活在希望中吗?

安妮　我想,每个人都怀着希望生活着。

理查　屈尊戴上这枚戒指吧。

安妮　接受并不意味着付出。(理查为她戴上戒指。)

理查　看,我的戒指戴在你的指头上多么合适,但愿你的胸怀也这样
包容我,可怜的心。把我的戒指和我的心都戴着吧,因为它们都
属于你。为了确认他永生的幸福,你的忠心耿耿的奴仆还想向
你乞求一事,万望恩准。

安妮　什么事?

理查　请你允许我来办理这场殡仪,因为我是最有理由悼念他的。
你即刻前往克罗斯比宫①,等我上彻特西修道院隆重安葬了这
位高贵的国王,在他的坟墓上洒下悔恨的泪水后,我会马上去那
里与你见面。出于一言难尽的种种理由,我希望得到你的恩准。

安妮　我很愿意;看见你如此痛改前非,我心里也很欣慰。特莱塞
尔,伯克雷,我们走吧。

理查　跟我告个别吧。

---

　　① 克罗斯比宫:理查在伦敦的一处府邸,由约翰·克罗斯比爵士兴建,故
名。

安妮　这你还不配。但你已经教了我如何奉承人，你就想象我已经向你告过别吧。（特莱塞尔、伯克雷随安妮下。）

理查　诸位，把棺木抬起来。

侍从　去彻特西吗，大人？

理查　不，去白衣修道院。你们就在那里等我。（护灵者抬棺木下）哪个女子是这样被人求爱的？哪个女子是这样被赢取芳心的？我要娶了她，但不会留她太久。这是为什么呢？我杀了她的丈夫和公公，已经在她心里植下深仇大恨；她嘴里诅咒不停，眼里热泪盈眶，那具流血的尸体更是血仇的见证，更何况上帝的意志、她的良心，所有这一切都容不得我；我甚至没有一个可以求助的朋友，难道仅凭一些鬼蜮伎俩、花言巧语就能赢得她的心吗？但我还是要把她弄到手，哪怕整个世界都跟我过不去！哈哈！三个月以前，在蒂克斯伯里，我一怒之下捅死了她的丈夫，那个勇敢的王子爱德华，这事她都忘了吗？那是一个受造化特别眷顾的正人君子，那么温良、可爱、年轻、勇敢、聪慧，毋庸置疑的还有他的王者之风，芸芸众生中，再难找到一个比他更优秀的人了。是我剪断了这个好王子的金色年华，使她成了一个独守空房的寡妇，她怎么会对我正眼相看呢？我全部的好处加在一起也抵不上他的一半，我又瘸又丑，没个人样，她能瞧得上我吗？我可以拿我的公爵领地与一个破铜钱打赌，一直以来，一定是我低估自己了。尽管我自己没有觉察，天知道，她一定把我当作一个堂堂正正的男子汉了。我得破费几个钱买一面镜子，再请几十个裁缝来，让他们研究研究时装，把我的身体装扮起来。既然我对自己有了好感，就得付出点代价，将这份好感维持下去。但我先得把那个家伙送进坟墓，然后再哭丧着脸去见我的情人。

　　　　照耀吧，灿烂的太阳，我要去买一面镜子，

　　　　　在光天化日之下，欣赏欣赏自己的影子。（下。）

第三场　伦敦；宫中一室

〔伊丽莎白王后、利佛斯伯爵、道塞特侯爵、葛雷勋爵上。

利佛斯　娘娘不必着急。王上的病很快就会痊愈，康健如初的。

葛雷　如果您心情不好，只会加剧王上的病情。因此，看在上帝的分上，您务必放宽心，多露个笑脸，好让王上高兴起来。

伊丽莎白　王上一旦崩殂，我今后的日子怎么过呀？

葛雷　除了失去一位君主，不会有事的。

伊丽莎白　失去这样一位君主，定会招致一场灾难。

葛雷　上天已赐给你一个好王子；王上一旦驾崩，他就是你的安慰。

伊丽莎白　王子年幼，成人之前得由理查·葛罗斯特来监护，此人不喜欢我，也不喜欢你们。

利佛斯　是否已经任命由他来担任护国公？

伊丽莎白　已经内定了，只是没有正式任命。王上一旦有个三长两短，任命是必然的。

〔白金汉及斯丹莱勋爵上。

葛雷　白金汉和德比两位大人来了。

白金汉　恭请王后娘娘圣安！

斯丹莱　愿上帝保佑王后陛下幸福无疆！

伊丽莎白　我的德比好大人，里士满伯爵夫人恐怕就不会像你这样祝福我了。德比啊，她是你的夫人①，她并不喜欢我，好大人，你可以放心，我不会因她高傲无礼就怀恨于你。

斯丹莱　请王后陛下不要轻信诬陷者的诽谤，他们造谣惑众，无非出于妒忌；即便指控她的言之有据，我想，那也是她的刚愎自用，不是出于蓄谋中的恶意，还望王后陛下多多宽容她的弱点。

---

①　里士满伯爵夫人是约翰·冈特的曾孙女，先嫁里士满伯爵，生里士满（即后来的亨利七世），后嫁斯丹莱勋爵（即文中的德比伯爵）。

伊丽莎白　今天你们见过王上了吗，德比大人？

斯丹莱　白金汉公爵和我刚才就是从他那里回来的。

伊丽莎白　他的病有康复的可能吗，两位大人？

白金汉　回禀娘娘，我看希望很大；他说话的时候心情很好。

伊丽莎白　愿上帝赐他健康！你们跟他谈了什么吧。

白金汉　是的，娘娘。他希望葛罗斯特公爵与您的兄弟之间能和睦相处，还希望他们与掌礼大臣之间能达成和解。他已召他们来觐见了。

伊丽莎白　但愿万事大吉！但那只是我的一厢情愿，我担心我们的幸福已经到头了。

　　　　　〔理查、黑斯廷斯勋爵上。

理查　他们如此冤枉我，真让人忍无可忍！是谁在王上面前搬弄是非，说我总是板着面孔，对他们没有好感？圣保罗在上，那些在王上耳边挑拨离间、散布谣言的，才是轻慢王上的人。我因为不会溜须拍马，不会假作殷勤，不会在人前装笑脸，不会依阿取容以骗人，不会像法国人那样点头哈腰，不会像猴子那样鞠躬行礼，就只好被人当作满肚子仇恨的敌人了。难道一个淳朴善良、襟怀坦荡的正人君子就应该这样被那些八面玲珑、阴险狡诈的下贱小人中伤吗？

葛雷　我们都在这里，殿下说的是谁啊？

理查　就说你，不仁不义的东西！我什么时候伤害过你了？我什么地方对不住你了？或者你？或者你？或者你们这班人中的任何一个？你们全都该遭瘟！王上陛下——愿上帝保佑他圣躬康泰——你们对他不怀好意，总是在他耳边说些卑鄙无耻的谗言，让他一刻也不得安宁。

伊丽莎白　葛罗斯特贤弟，你错怪他们了。王上这次召见你，是他自己决定的，并非出于他人的挑拨怂恿；他的本意是想了解你内心的怨恨。你对我的孩子、我的兄弟和我本人所怀的这种怨恨，已

经在你的行为中有所流露,王上召你觐见,是想了解你的敌意的
缘由,以便予以消解。

理查　我是有口难辩了。如今世风日下:鹡鹩出来觅食,老鹰不敢栖
息树上。下贱的奴才全都成了绅士,无数的绅士降格成了奴才。

伊丽莎白　够了,够了,我们懂你的意思了,葛罗斯特贤弟。你无非
是妒忌我和我的朋友的升迁。但愿上帝保佑,我们永远不必仰
仗你!

理查　上帝保佑,我却得仰仗你们呢。我的兄弟仰仗你们进了监狱,
我自己仰仗你们蒙受耻辱,世袭贵族仰仗你们遭人轻视,而那些
两天前还一文不值的人,一夜之间便飞黄腾达。

伊丽莎白　我本来乐天知命,蒙王上提携,才处于这寝食不安的高
位;王上可以为我做证:我从来没有挑唆他反对克拉伦斯公爵,
相反的,倒是一直真心诚意为他求情。我的大人,你这样无缘无
故地猜忌我,是存心让我蒙受耻辱与伤害了。

理查　你还可以否认最近黑斯廷斯勋爵身陷囹圄与你的干系吧。

利佛斯　大人,她确实可以,因为……

理查　她确实可以,利佛斯!这谁不知道呢?否认算得了什么,大
人,她可以做得更多:她可以一次次帮你升迁,然后再否认她对
你的援助,并将你所得的荣誉归于你非凡的天赋。有什么事她
不可以做的?她确实可以,真的,她确实可以——

利佛斯　你说,她确实可以什么?

理查　问我她确实可以什么吗?她可以嫁一个国王,嫁一个单身汉,
嫁一个英俊的小伙子!毫无疑问,你们的祖母就没有她这样
幸运。

伊丽莎白　葛罗斯特大人,你的这番露骨的非难,恶毒的嘲讽,我忍
耐得太久了。苍天在上,我要把你长期以来对我的恶言恶语禀
报王上。与其做一个高贵的王后而蒙受这般的欺凌和攻击,倒
不如做一个乡野的村妇供人役使。

〔玛格丽特王后进入后台。

伊丽莎白　自从做了英格兰的王后，我就难得有几天快活的日子。

玛格丽特　（旁白）我要祈求上帝，让她将那几天也减了去！你的荣誉、地位和宝座，本来就是属于我的。

理查　什么？你拿禀报国王来威胁我吗？那就禀报去吧，用不着给我留面子。你看好了，我刚才说过的这些话，我还要在国王面前再说一遍呢。我不怕被人送进塔狱。我是该出来说说话了；我的功劳快被人遗忘了。

玛格丽特　（旁白）说吧，魔鬼！你的功劳我记得很清楚：是你在塔狱里杀害了我的丈夫，还在蒂克斯伯里杀害了我可怜的儿子爱德华。

理查　在你敕封王后以前，在你的丈夫登基为王以前，我是他伟大的事业中一匹负重的驮马，我为他剪除傲慢的仇敌，为他慷慨地奖赏朋友。为了确立他的王室血统，我曾经流过自己的鲜血。

玛格丽特　（旁白）不错，还有比你或他更加高贵的血。

理查　那时候，你和你的丈夫葛雷还是兰开斯特家族的党羽，利佛斯，你当时也是。你的丈夫不是在圣阿尔邦替玛格丽特作战时阵亡的吗？如果你忘了，我可以提醒你：在那之前你是什么人，现在是什么人；再想想我当年怎么样，现在又怎么样。

玛格丽特　（旁白）你当年是嗜血的歹徒，现在依然是嗜血的歹徒。

理查　可怜的克拉伦斯还为了爱德华背弃了他的岳父沃里克，哎，他还发了伪誓——愿基督饶恕他！

玛格丽特　（旁白）愿基督惩罚他！

理查　他为爱德华的王冠而战；可怜的克拉伦斯，他获得的报偿却是囚牢。但愿我也有爱德华那样的一副铁石心肠，或者爱德华也像我一样心慈手软。在这个世界上，我真是太天真、太愚蠢了。

玛格丽特　（旁白）不知廉耻的恶鬼，快离开这个世界，到地狱里去吧。那里才是你的王国。

利佛斯　葛罗斯特大人,你翻我们的旧账,为的是证明我们曾经相互
　　　　为敌;在那动荡多舛的年代,我们也是追随一个合法的君主。如
　　　　果您做了国王,我们也会追随您的。

理查　如果我做了国王?我宁可做个小贩。我从来没存过这样的
　　　　念头。

伊丽莎白　如果你做了这个国家的国王,大人,你享受不到多大快乐
　　　　的;你可以看看我,自从做了王后,就没有怎么快活过。

玛格丽特　(旁白)做王后是没有欢乐可言,我这个王后,就从来没有
　　　　快活过。我不能再隐忍了。(走上前台)听我说,你们这班吵吵嚷
　　　　嚷的海盗,你们抢了我的财物,如今因分赃不均又争吵起来了!
　　　　你们见了我,不都得发抖吗?我是王后,你们得向我鞠躬称臣;
　　　　现在被你们废黜了,你们该因自己的大逆不道而颤抖了吧?(向
　　　　理查)啊,高贵的恶徒,你别走!

理查　满脸皱纹的老巫婆,你怎么跑到我面前来了?

玛格丽特　我来控诉你对我犯下的罪恶;在我把话说完以前,是不会
　　　　让你走的。

理查　你不是已被放逐,回来就要处死吗?①

玛格丽特　我是被放逐了。但我受不了放逐的痛苦,宁可回到自己
　　　　的住所等死。(向理查)你欠了我两笔血债:我的丈夫和儿子。(向
　　　　伊丽莎白)你欠我一个王国;你们都欠我一笔忠君的债。我今天
　　　　的痛苦理应是你们的;你们所篡夺的幸福本来是属于我的。

理查　那是我高贵的父亲的诅咒降临在你身上了。当初你将一顶纸
　　　　糊的王冠戴到他英勇的额头上;你的冷嘲热讽害得他涕泪交流,
　　　　那时你还将一块沾有无辜的小拉特兰的血的手绢递给他擦拭眼
　　　　泪——我父亲因此向你发出来自灵魂的严厉诅咒,这一切都应

---

　　①　玛格丽特于 1464 年遭放逐,1471 年返回英格兰,蒂克斯伯里之战后被
因于伦敦塔至 1476 年,而后回法国,于 1482 年去世。

验在你身上。如今是上帝报应你，不是我们。

伊丽莎白　　上帝是公正的，他为无辜者伸张正义。

黑斯廷斯　　啊，杀害一个孩子，真是罪大恶极，真是闻所未闻的残忍！

利佛斯　　如此暴行，连暴君听了也会痛哭流涕。

道塞特　　恶有恶报，这是谁都预见得到的。

白金汉　　如果诺森伯兰当时在场，他一定会流泪的。

玛格丽特　　怎么，在我到来以前，你们不是相互猖猖狂吠，随时准备咬断对方的喉咙吗？怎么一下子把仇恨全转移到我身上来了？约克可怕的诅咒真的就那么感天动地，一个乳臭小儿的死就得拿亨利的死亡、我可爱的爱德华的死亡、一个王朝的覆灭，再加上我本人痛苦的流放来补偿吗？难道诅咒真的能穿破云层，上达天庭？那好，阴沉沉的云彩啊，请你们散开，为我急切的诅咒让路吧！我首先诅咒你们的国王：他虽然没有死于战争，但必死于荒淫无度，因为他犯的是弑君篡位的罪孽！他的儿子爱德华，如今的威尔士亲王，将跟我的儿子爱德华，昔日的威尔士亲王一样，年纪轻轻即横死在暴力之下！我诅咒你这个当今的王后，将跟我这昔日的王后一样，你的荣华富贵已成过眼烟云，等待你的是无穷的凄凉！你苟延残喘活在世上，能做的只是哀悼儿女的夭亡，眼巴巴看着另一个人僭越你的名分，就像我此刻看着你僭越我的名分一样。你人虽未死，幸福的日子早已消亡，当你历尽漫长的痛苦岁月，终于等到死亡的一天时，你既没有子女，也没有丈夫，更不是英格兰的王后！利佛斯和道塞特，还有你，黑斯廷斯勋爵，当我的儿子被血淋淋的屠刀捅杀时，你们都站在一旁无动于衷，为此我要祈求上帝，让你们全都死于飞来横祸，不得善终！

理查　　可恶的老巫婆，停止你的诅咒吧。

玛格丽特　　我能放过你吗？别走，恶狗，你得听我说下去。如果上天特意为你保留着超出我所祈望的更严厉的惩罚，那就让它保留到你恶贯满盈的一天,然后随天怒砸在你的头上,你这搅扰人间安宁的魔鬼!但愿天良化为蛊虫,始终啮咬你的灵魂!但愿你活着时总把朋友怀疑成敌人,把奸徒当作心腹!但愿你睡眠时永远合不上凶恶的眼睛,除非一睡着就有一大群地狱的恶鬼出来骚扰你的心神!你这头早产的、留有魔鬼胎记的、专爱拱土的野猪!你一出世就烙有造化之奴、地狱之子的印记!你是你母亲不幸的子宫的诽谤者,你是你父亲精血的令人生厌的孽种!你这荣誉被劫后的残渣,你这可憎的——

理查　玛格丽特。

玛格丽特　理查!

理查　哎?

玛格丽特　我没叫你。

理查　真对不起了,你那么赌天咒地,我还以为一直在骂我呢。

玛格丽特　不错,我是在诅咒你,但不需要你回应我。你得让我把诅咒说完。

理查　还是我代你说吧,你的诅咒的结语是"玛格丽特"。

伊丽莎白　这么说你刚才在诅咒你自己了。

玛格丽特　可怜的冒牌王后,你不过是我这真命王后身边虚幻的装饰!这只鼓着肚子的蜘蛛用它致命的毒丝缠住了你,你怎么还在它身上撒糖呀?愚蠢啊,愚蠢!你把刀子磨快了,是用来宰杀你自己呢。总有一天你会指望我帮你,跟你一道诅咒这只驼背的毒蛤蟆。

黑斯廷斯　出言不逊的女人,停止你疯狂的诅咒吧,不要惹我们失去耐心,那会对你造成伤害的。

玛格丽特　无耻之徒!是你们先惹我的。

利佛斯　如果好好教训你一顿,你就知道怎样安分守己了。

玛格丽特　若要教训我,你们得先懂得自己的本分,得先学会如何礼敬你们的王后,如何做我的臣民。你们还是好好向我效忠,教自己如何恪守为臣之道吧。

道塞特　别跟她争辩了。她是个疯子。

玛格丽特　住嘴！侯爵大人，你太放肆了。你的爵印刚刚出炉，还没
　　有真正使用开呢。但愿你这个年轻的新贵不久将领略丧失爵位
　　的痛苦！人爬得越高，必遭遇更强劲的风暴；一旦从高处摔下，
　　定摔得粉身碎骨。

理查　说得妙，真的很妙，很妙！侯爵阁下，你要切记，切记！

道塞特　大人，这话不仅仅说我，也适合您呢。

理查　是的，更适合我。不过，我天生就那么高贵。我们雄鹰的窝巢
　　本来就筑在松柏的顶端，戏耍着四面来风，从不把太阳放在
　　眼里。

玛格丽特　还能将太阳遮挡呢。哎呀呀，我的儿子就是见证①，他如
　　今处在死亡的幽谷，他那无比灿烂的光辉已被你阴沉沉的怒云
　　淹没在永恒的黑暗中。你们的窝巢就筑在我们的窝巢之上。上
　　帝啊，这你都看见了，千万别容忍它！凭流血获取的，得让它在
　　流血中丧失。

白金汉　别说了，别说了，若不为仁爱，就讲点体面吧。

玛格丽特　别跟我谈什么仁爱和体面。你们对我就从来没讲过仁
　　爱；我所有的希望都被你们无耻地扼杀了。仁爱对于我就是残
　　暴，人生就是耻辱；我至今仍耻辱地生活在汹涌的苦海里。

白金汉　算了吧，算了吧。

玛格丽特　高贵的白金汉啊，我吻你的手，以表示我对你的亲善与友
　　好。愿好运降临你和你高贵的家族！你的衣服上没有溅上我们
　　的鲜血，因此，你不在我诅咒的范围之内。

白金汉　这里的人都不在内；诅咒一出口，就在空气中消失了。

玛格丽特　但我确信它能上达天庭，能将上帝从祥和的睡眠中唤醒。

――――――――――

①　sun 与 son 发音相同。

白金汉啊,你一定要提防那只恶狗!当它向你摇尾巴时,要注意它咬人。一旦被它咬了,它的毒牙足以致人死命的。你要防着它,千万别跟它来往。罪恶、死亡和地狱都在他身上刻下了标记,它们的差役都听他使唤。

理查　她跟你说了什么,白金汉大人?

白金汉　不值一听的一派胡言,仁慈的殿下。

玛格丽特　什么,我给你忠告,你居然不放在眼里?我警告你远离魔鬼,你反倒奉承起他来了?记住吧,总有一天他会撕裂你的心,让你伤心绝望,那时你该说可怜的玛格丽特是个先知了!你们就在他的仇恨中活着吧,最终你们将仇恨他,你们大家都遭上帝的惩罚!（下。）

白金汉　听她的诅咒,真让人毛骨悚然。

利佛斯　我也是。我诧异,为什么不把她关起来。

理查　我倒不怪她。圣母在上,她确实受了许多委屈,我很后悔自己所做过的一切。

伊丽莎白　就我而言,我没有冒犯过她。

理查　但你们都从她的委屈中得到了好处。为了别人的利益,我总是一片古道热肠,而人家却待我冷若冰霜。不是吗,克拉伦斯就得到优厚的回报了:他劳苦功高,如今关进猪圈养膘了——愿上帝宽恕肇事者。

利佛斯　你讲的是基督徒的仁爱:人家伤害你,你仍为他们祈祷。

理查　我历来如此。（旁白）我知道做事的分寸。如果我此时也跟着诅咒起来,那就是诅咒我自己了。

　　　　〔凯茨比上。

凯茨比　王后娘娘,王上请您进去。还有殿下,你们各位大人。

伊丽莎白　我就来,凯茨比。——诸位大人,跟我一起进去吧。

利佛斯　我们遵命。（除理查外,均下。）

理查　坏事是我干的,我才是肇事者。我暗中设下巧计,然后又让别人来承担罪责。克拉伦斯就是被我送进黑牢的，但在德比、黑斯廷斯、白金汉这一大班头脑简单的人面前，又是我在痛哭流涕；我告诉他们，是王后和她的党羽挑拨国王跟我的公爵兄弟过不去。他们居然信以为真，还鼓动我向利佛斯、道塞特和葛雷等人报仇。这时我再长吁短叹起来，引经据典说上帝要我们以善报恶。就这样，我从《圣经》窃取断锦残绣，遮掩起我赤裸的凶心，一个十足的魔鬼，看上去与圣徒没有两样了。

〔两凶手上。

理查　声音轻点！我雇下的刽子手来了。我的坚强、勇敢的好兄弟，你们这就去处置那件事吗？

凶手甲　是的，主人，我们来向您领取凭证，以便进入他所在的地方。

理查　考虑得周到。这我已经准备好了。（递过凭证）事成之后马上来克罗斯比宫见我。兄弟，行动务必迅速、果断；别听他的恳求。克拉伦斯很能说话，如果你们理睬他，说不定会动了恻隐之心。

凶手甲　不会，不会，我们不是说空话的人。多嘴多舌一定办不成大事。您放心，我们此去只动手，不动嘴。

理查　我知道你们眼中只掉磐石，不掉眼泪。小伙子，我喜欢你们。快去干你们的事吧。去吧，去吧。

凶手甲　遵命，高贵的主人。（同下。）

第四场　伦敦；塔狱

〔克拉伦斯及塔狱看守上。

看守　殿下今天为什么这般忧心忡忡？

克拉伦斯　昨天晚上睡得很不好，做了许多可怕的梦，见到许多丑陋的景象；我是个虔诚的基督徒，即便让我换取一个欢乐的世界，也不愿再经历这样一个夜晚。梦中的情景实在太阴森恐怖了！

看守　您做了什么梦，大人？请说给我听听。

克拉伦斯　我觉得自己好像离开了塔狱，坐上船，准备渡海前往勃艮第。与我同行的是我的弟弟葛罗斯特，他诱使我离开船舱，登上活动甲板。我俩从那里眺望英格兰，回顾约克与兰开斯特交战的艰难岁月。正当我们在令人眩晕的甲板上踱步时，我记得葛罗斯特绊了一下，便伸手去扶他；他却顺势推了我一把，使我跌入汹涌的浪涛里。我的天哪，当时我尽想着淹死前会有怎样的痛苦！我的耳边是何等可怕的波涛声！我的眼前浮现出死亡的种种惨状！我好像看见了上千艘沉船的残骸，上万具被鱼群咬食的尸体；在海底下，到处散落着一锭锭金子、巨大的铁锚、成堆的珍珠、不计其数的宝石和价值难以估算的首饰。它们有的就躺在死人的头骨里，有的就嵌在曾经为眼珠所居的眶洞里，全都一闪一闪的，好像在嘲讽眼眶，有意与泥泞的海底挤眉弄眼，存心藐视散落各处的死人的枯骨。

看守　你临死时怎么还有闲暇细细观察这海底的奥秘？

克拉伦斯　我觉得有的。我多次想让灵魂脱离肉体，但好妒忌的波涛从中作梗，不让它飞出去寻找空虚、辽阔、随处游荡的太空，硬将它堵在气喘吁吁的躯壳之内，害得躯壳险些就要在海水中爆裂了。

看守　在这样痛苦的挣扎中，你还没有醒过来吗？

克拉伦斯　没有，没有，这个有关死亡的梦魇仍在延续。那以后便是一场震撼我的灵魂的暴风雨了！我记得自己好像随诗人们描写的那个脾气古怪的艄公穿过冥河①，进入了永恒的黑暗之国。在那里，第一个招呼我这陌生的灵魂的是我伟大的岳父，著名的沃里克。他对我高呼："奸诈的克拉伦斯犯有伪证罪，这里的冥国该用什么酷刑惩罚他？"说完他就消失不见了。然后悠悠而至的是一个形如天使的影子，一头金发湿漉漉的，浸染过鲜血。他

① 这里的艄公指希腊神话中的卡戎(Charon)，他负责将亡灵用独木小舟载过冥河。

对我厉声高叫："克拉伦斯来了——虚伪的、反复无常的、背信弃义的克拉伦斯,是他在蒂克斯伯里的战场上用刀捅死了我。复仇神,把他抓起来,给他上刑!"随即便上来一大群恶鬼,将我团团围住,他们在我耳边咆哮着,吓得我浑身颤抖。就在这可怕的喧闹声中,我惊醒了过来,噩梦给我留下的印象太可怕了,以致过了许久我还以为自己仍在地狱里。

看守 大人,难怪你吓得不轻,连我这个听你说话的人也毛骨悚然了。

克拉伦斯 看守啊看守,我都是为了爱德华才干下这些事的,如今全成了控诉我的灵魂的见证了。看看爱德华是怎样报答我的吧!上帝啊,如果我真诚的祈祷不能平息你的愤怒,你对我犯下的罪过一定要加以严惩,那你就将复仇的怒火落在我一人头上吧。请你饶过我的无辜的妻子和可怜的孩子!好看守,我求你在我身边坐一会。我的灵魂很沉重,很想睡一会。

看守 好的,大人。愿上帝赐你安眠!(克拉伦斯入睡。)

〔卫队长勃莱肯伯雷上。

勃莱肯伯雷 苦难割裂着时序,扰乱人的安宁,它把深宵化为凌晨,又把正午当作贪夜。王公贵族都以爵衔为荣,为了表面的光彩,赔上内心的纷扰。他们经常感受永无穷尽的忧患,图谋的是虚无缥缈的幻景。隔开名流与寒士的鸿沟,无非是那空洞的头衔。

〔两凶手上。

凶手甲 嗬,谁在这里?

勃莱肯伯雷 你们要干什么,伙计? 你们怎么进来的?

凶手甲 我有话跟克拉伦斯说,我是动用双脚走进来的。

勃莱肯伯雷 怎么,就这么简单?

凶手乙 简单比啰唆好。——让你看看我们的凭证,少说废话。

〔勃莱肯伯雷阅读证书。

勃莱肯伯雷　根据指令,我得将克拉伦斯移交给你们。我不想受牵连,也就不想知道其中的缘由。公爵在那里睡着了,这是钥匙。(交出钥匙)我这就去见国王,向他禀明我已经把差事移交给你们了。

凶手甲　你走吧,先生。你做得很明智。再见。(勃莱肯伯雷及看守下。)

凶手乙　要不要我趁他睡着时一刀结果了他?

凶手甲　不行。当他醒过来,会说我们的行为像个懦夫。

凶手乙　咳,不到末日审判那一天,他再也醒不过来了。

凶手甲　那时他照样可以说我们是趁他睡着时刺杀他的。

凶手乙　提起"审判"两字,我心里倒有点不安了。

凶手甲　怎么,你害怕了?

凶手乙　手上有指令,我并不怕杀人;我怕的是杀了人会遭天谴,那是任何指令都保护不了我的。

凶手甲　我原以为你很坚强。

凶手乙　我是坚强——还是让他活吧。

凶手甲　我这就去见葛罗斯特公爵,把你的情况告诉他。

凶手乙　别,我求你,别急着走。我希望这点仁慈心就会消失。通常不等你数到二十,它就维持不住的。

凶手甲　你现在感觉怎样?

凶手乙　说真的,我身上还留有一丁点儿良心的残渣。

凶手甲　记住:事成之后,我们是有奖赏的。

凶手乙　基督的伤啊,他死定了。我刚才把奖赏给忘了。

凶手甲　你的良心现在哪里?

凶手乙　噢,就在葛罗斯特公爵的钱袋里。

凶手甲　只要他打开钱袋给我们奖赏,你的良心就飞走了。

凶手乙　不要紧,就让它飞走吧。良心这东西,很少有人,不,根本就没有人喜欢它。

凶手甲　如果它回来纠缠你,怎么办?

凶手乙　我就不理睬它;良心会让英雄变狗熊的。一讲良心,你就不能偷盗,否则它会谴责你;你不能赌咒骂娘,一骂娘它就来非难你;你不能跟邻居的妻子上床,一上床它就来捉奸;良心是个好红脸、怕难为情的精灵,总在人的心底里捣乱。它总是给人设置种种障碍。有一回,我偶然拾得一袋金子,它偏要我归还失主。谁要是收留它,谁就得穷苦一世。在城市,在乡镇,良心已经被当作危险分子扫地出门,每一个想过好日子的人都决心相信自己,与良心脱离干系。

凶手甲　基督的伤啊,它现在还在我身上作祟,劝我不要去杀公爵呢。

凶手乙　让魔鬼进驻你的灵魂,别再相信良心了。它跟你套近乎,只能让你垂头丧气。

凶手甲　呸! 现在我变坚强了。它不能再说服我。

凶手乙　这才像个珍惜自家名誉的勇敢男人。来吧,我们动手做事吧!

凶手甲　就用刀柄敲一敲他的脑门,然后就将他丢进隔壁房间的酒桶里。

凶手乙　好主意! 那他就成了一块浸过酒的面包了。

凶手甲　轻点,他醒了。

凶手乙　敲他!

凶手甲　不行,我们得向他交代几句。

克拉伦斯　(苏醒)看守,你在哪里? 给我一杯酒。

凶手乙　酒很快就来,够你喝的,大人。

克拉伦斯　上帝啊,你是谁?

凶手甲　跟你一样,是一个男人。

克拉伦斯　不对,你们没有我这样高贵。

凶手甲　你也没有我们这样为人忠诚。

克拉伦斯　你的声音像打雷,但神态却很低微。

凶手甲　我现在的声音代表国王,但神态仍属于我自己。

克拉伦斯　你说话的声音阴森恐怖! 你的目光十分吓人。你的脸色
　　为何如此苍白? 谁派你们到这里来的? 你们要干什么?

凶手乙　要,要,要——

克拉伦斯　要刺杀我吗?

两凶手　是的,是的。

克拉伦斯　你们既然支支吾吾说不出口,谅你们没有胆量对我下手。
　　两位朋友,我什么地方得罪你们了?

凶手甲　你没有得罪我们,但得罪了国王。

克拉伦斯　我会跟王上言归于好的。

凶手乙　绝不可能了,大人。你就准备死吧。

克拉伦斯　芸芸众生,怎么就单选你们来杀害无辜? 我的罪行在哪
　　里? 你们凭什么指控我? 合法的陪审团何在? 他们可曾向威严
　　的法官提交过判决书? 未经法律的正常审判,是谁提前宣布可
　　怜的克拉伦斯的死刑? 对我的死亡威胁完全是非法的。基督为
　　我们不幸的罪孽流下了宝贵的鲜血,如果你们想得到主的救赎,
　　我责令你们离开这里,不要对我下手。你们要做的事是遭天
　　谴的。

凶手甲　我们只是奉命行事。

凶手乙　下达命令的是我们的王上。

克拉伦斯　有罪的奴才! 伟大的万王之王早就在他的法典中作过训
　　示:尔等不可行凶杀人。难道你们存心要藐视他的法令而听命
　　于一个凡夫俗子吗? 留心点吧,违反上帝戒律的人是要遭受上
　　帝的严惩的。

凶手乙　你发过伪誓,还杀过人,上帝的惩罚也一定会降临在你的头
　　上。你曾经发过神圣的誓言,要为兰开斯特家族而战。

凶手甲　在上帝面前,你就是个奸贼:你背信弃义,用你阴险的屠刀,

刺杀了你的君主的儿子。

凶手乙　他是你曾经发誓要拥戴和保护的人。

凶手甲　你自己如此践踏上帝威严的戒律,怎么好意思拿它来训斥我们?

克拉伦斯　哎呀!我犯下那样的罪孽为了谁?还不是为了我的兄弟爱德华。他不会因此派你们来杀我的,因为他的罪孽跟我一样深重。你们知道,如果上帝想要惩罚我,他一定执行得光明正大。上帝威力无比,用不着凡人插手。如果他想剪除一个冒犯神意的人,他根本用不着遮遮掩掩,采取不正当的手段。

凶手甲　那么,是谁让你成了血腥的凶手,杀害那位高贵的王子,英姿勃勃的普兰塔琪纳特的?

克拉伦斯　是我对兄弟的爱,是魔鬼,还有我的愤怒。

凶手甲　现在是你的兄弟的爱,我们的职责,再加上你的罪孽,促使我们来到这里刺杀你。

克拉伦斯　如果你们爱我的兄弟,就不应该恨我。我是他的兄弟,我很爱他。如果你们受雇于人是为了赏钱,那你们回去找我的弟弟葛罗斯特:为了救我的命,他一定会给你们重赏,那比爱德华听到我的死讯时奖赏你们的多得多。

凶手乙　你受骗了。你的兄弟葛罗斯特恨你呢。

克拉伦斯　啊,不可能,他爱我,他对我很亲热。你们尽管去找他。

凶手甲　是的,我们会去找他的。

克拉伦斯　请你们告诉他,我们高贵的父亲约克当年曾用他胜利的手祝福他的三个儿子,谆谆教诲我们要相亲相爱,他哪里想得到会有兄弟阋墙的一天。只要向葛罗斯特提起这一点,他一定会痛哭流涕的。

凶手甲　不错,一定会痛哭流石①,这是他教导我们的。

---

①　原文 weep millstones,指铁石心肠。

克拉伦斯　哟,别诽谤他,他是个善良的人。

凶手甲　正是,善良得像毁稼的冰雪。你就欺骗你自个儿去吧;正是
　　　　他派我们到这里来取你的性命的。

克拉伦斯　这不可能,他曾为我的不幸遭遇流泪,他曾经把我抱住,
　　　　一边痛哭一边发誓,说他要想尽一切办法救我出去。

凶手甲　是呀,他是这样做的,他要把你从人间的牢狱中解救出来,
　　　　让你去享受天堂的快乐。

凶手乙　到上帝那里寻求安宁吧,大人,你只能死。

克拉伦斯　你们规劝我到上帝那里寻求安宁,足以证明在你们的灵
　　　　魂深处尚存神圣的感情,但你们为何又要杀了我,与上帝过不
　　　　去,反使自己的灵魂不得安宁呢?想一想吧,先生,指使你们来
　　　　干这件事的人也会因此仇恨你们的。

凶手乙　(向凶手甲)那我们怎么办?

克拉伦斯　发发慈悲,拯救你的灵魂吧。如果你们是王子,像我现在
　　　　这样身陷囹圄,失去了自由,这时有两个像你们这样的凶手来到
　　　　你们面前,你们会不会请求他们饶命呢?

凶手甲　发发慈悲?不!那是懦夫和妇人的行为。

克拉伦斯　不讲慈悲的只有禽兽、野蛮人和魔鬼。(向凶手乙)朋友,
　　　　我从你的眼神中看到了怜悯。如果你的眼睛没有骗人,来吧,跟
　　　　我站在一起,为我求个情。如果你处在我这样不幸的境地,想必
　　　　你也会向人哀求。一个哀求怜悯的王子,连乞丐也会大发慈
　　　　悲的。

凶手乙　注意你的背后,大人!

凶手甲　(刺克拉伦斯)给你一刀,再一刀!如果还死不了,我就将你投
　　　　进酒桶里淹死。(拖尸体下。)

凶手乙　血腥的屠杀,穷凶极恶地执行了!但愿我能像彼拉多那样

洗净自己的双手,摆脱与这凶残的杀戮的干系。①

　　　　〔凶手甲重上。

凶手甲　怎么啦? 你不来帮我,是什么意思? 苍天在上,我要告诉公
　　爵你是如何袖手旁观的。

凶手乙　我最遗憾的是没能救下他的兄弟! 你去领赏吧,把我说的
　　话告诉他:公爵被杀害,我深感痛心。

凶手甲　我不痛心。走吧,你这胆小鬼。——我要找个洞窟先把尸
　　体藏起来,直到公爵下令埋葬。

　　　　一旦领到赏钱,我就双脚开溜,

　　　　事情总会败露,此地不宜久留。(下。)

第 二 幕

第一场　伦敦;王宫

　　　　〔喇叭奏花腔。爱德华王扶病上;伊丽莎白王后、道塞特、利佛斯、黑斯
　　廷斯、凯茨比、白金汉及余人随上。

爱德华王　好了,就这样吧。我已经忙了一整天。诸位贤卿,继续保
　　持你们的团结吧。我每天都盼望着救世主派来使者为我赎罪,
　　召唤我离开这个世界。既然我已经促成世上的朋友和平相处,
　　我的灵魂就可以更安详地奔赴天堂了。利佛斯和黑斯廷斯,你
　　们握握手吧;别将仇恨藏在心里,发誓相亲相爱吧。

利佛斯　(握住黑斯廷斯的手)苍天在上,我对你的怨恨已从灵魂中消

---

　　①　彼拉多为犹太巡抚。《新约·马太福音》第二十七章第 24 节云:彼拉多
见说也无济于事,反要生乱,就拿水在众人面前洗手,说:"流这义人的血,罪不
在我,你们承当罢。"

除，这一握就是我衷心的爱的见证。

黑斯廷斯　我也指天发誓，我的生命因爱而旺盛！

爱德华王　你们听好了：君王面前发下的誓不是儿戏，否则，那至高无上的万王之王一定惩罚你们的虚伪，让你们丧命在自相残杀之中。

黑斯廷斯　我发誓全心全意的爱，我的前程因爱而辉煌！

利佛斯　我也发誓，我用一颗赤诚的心去爱黑斯廷斯。

爱德华王　夫人，你也不能例外；还有你，我儿道塞特；还有你，白金汉。你们都曾自立门户，相互斗气。王后，你要爱黑斯廷斯；让他吻你的手。不管做什么事，你们都要肝胆相照。

伊丽莎白　好了，黑斯廷斯，往日的怨恨我都一笔勾销，但愿我和我的亲人因此而得福！（黑斯廷斯吻王后手。）

爱德华王　道塞特，拥抱他。黑斯廷斯，你要爱侯爵大人。

道塞特　今天这份至诚之爱，我发誓，我将永不背弃。

黑斯廷斯　我也发誓。（双方拥抱。）

爱德华王　高贵的白金汉，作为联盟的见证，你也拥抱一下王后的亲人们吧。我为你们的精诚团结高兴。

白金汉　（向王后）无论什么时候，如果我白金汉对王后陛下怀有仇恨，不以应有的忠爱之心拥戴您和您的亲人，就让我遭受上帝的惩罚，让我众叛亲离，让至亲至爱者与我反目成仇！在我最需要朋友的时候，就连我最信赖的一位也对我阳奉阴违、阴险奸诈、满肚子的虚情假意！只要我冷落了您和您的亲人，上帝就该如此惩罚我！（拥抱王后。）

爱德华王　高贵的白金汉，你的誓言对于我罹病的身心不啻一剂滋补的良药。只可惜我的弟弟葛罗斯特不在这里，否则，这次握手言欢的聚会就十分圆满了。

白金汉　真巧，理查·拉克勒夫爵士和葛罗斯特公爵来了。

　　　　〔拉克勒夫爵士和葛罗斯特公爵上。

理查　　恭请王上陛下、王后陛下圣安！诸位高贵的王公，祝你们一天
　　　快乐！

爱德华王　　我们今天确实过得很快乐。葛罗斯特，我们已经做了许
　　　多促进友爱的大好事：这几位相互仇视的大人，已经捐弃前嫌，
　　　由互恨转为互爱了。

理查　　我至尊的君主，这确实是大好事。这里的各位王公大臣，如果
　　　有谁因听信谣传，或凭空臆测，把我当作他的敌人，或者是我一
　　　时糊涂，一怒之下对谁做出了惹人怨恨的事，我衷心希望他能跟
　　　我冰释前嫌，言归于好。与其惹人怨恨而活着，不如一死了之。
　　　我最痛恨人间的不和，总希望所有的好人都相亲相爱。王后娘
　　　娘，首先我得恳求您跟我冰释前嫌，言归于好，我一定恪尽职守，
　　　为您效犬马之劳。还有你，高贵的贤弟白金汉，如果我们间曾经
　　　有过嫌隙。还有你们大家，利佛斯大人，道塞特大人，你们都曾
　　　对我心怀怨恨，其实那都是没有由头的。公爵们，伯爵们，诸位
　　　王公贵人，我要向大家乞和修好。我知道，对每一个活着的英国
　　　人，我所怀的怨恨绝不会超过一个刚出生的婴儿。我为自己天
　　　赋的谦和之德感谢上帝！

伊丽莎白　　从今往后，我们要牢记今天这神圣的日子。我要向上帝
　　　祈祷，愿一切嫌隙涣然冰释。至尊的陛下，我还要恳请您降恩，
　　　赦免了我们的兄弟克拉伦斯。

理查　　怎么，娘娘，我的一片赤胆忠心，你竟然要当着王上的面取笑
　　　不成？谁不知道善良的克拉伦斯已经死了？（众人闻之大惊）你们
　　　拿他的尸体开玩笑，未免太伤天害理了。

爱德华王　　谁说他死了？谁说他死了？

伊丽莎白　　天日昭昭，这究竟是怎么回事？

白金汉　　道塞特大人，你看我的脸是不是跟大家一样苍白？

道塞特　　是的，好大人，这里所有的人都面无血色了。

爱德华王　　克拉伦斯死了？我已经收回成命了呀。

理查　可怜的人，就死在你的第一道圣谕之下，因为那是由墨丘利①
　　　送达的。而你的撤销令却由行动迟缓的跛子投递，它到得太迟，
　　　只见到了他的尸骨。有些不那么高贵，不那么忠诚的人，虽然亲
　　　近不了血缘，却亲近了血腥；但愿上帝保佑他们的下场不会比克
　　　拉伦斯更惨，但愿他们春风得意，永远不被人怀疑！

　　　　　〔德比伯爵斯丹莱上。

斯丹莱　（下跪）微臣有事恳求，望陛下开恩。

爱德华王　我不想听。我心里烦着呢。

斯丹莱　陛下不听，微臣就长跪不起。

爱德华王　快说吧，你有什么恳求。

斯丹莱　启禀陛下，我恳求您饶我的仆人一命：他今天杀了一个好闹
　　　事的乡绅，那人前不久还是诺福克公爵的随从。

爱德华王　我这根舌头刚判过自己兄弟的死刑，现在反得赦免起一
　　　个奴才来吗？我的兄弟没有杀人，他的罪过全凭臆断，但他得到
　　　的惩罚却是残酷的死亡。谁曾经为他恳求过？在我盛怒之下，
　　　谁曾经给我下跪，提醒我保持冷静？谁提起过手足之情？谁说
　　　过兄弟之爱？谁告诉过我这个可怜的人曾经背弃了强大的沃里
　　　克，为了我而作战？谁提醒过我，在蒂克斯伯里的战场上，当牛
　　　津把我击倒在地时，是他救了我，并对我说"亲爱的哥哥，你要活
　　　下去，做一国之君"？谁曾经告诉过我，当我们躺卧战场，几乎冻
　　　僵时，是他脱下战袍为我御寒，他自己却单衣薄裤，半裸着身子
　　　面对砭人肌骨的寒夜？野蛮的怒火使我罪恶地忘记了他的这些
　　　好处，而你们居然没有一人肯发善心，向我当面提醒。如今当你
　　　们的车夫或跟班酒后杀人，玷污了造物主至尊的形象时，你们便
　　　立马朝我下跪，为他们求情了；而我，还得徇私枉法，答应你们的
　　　恳求。（斯丹莱起立）你们谁都没有为我的兄弟说句话，我自己也

————————

　　① 墨丘利：神使。

薄情寡义,没有为可怜的人向自己求过情。在他活着时,你们中间最高傲的人都曾受惠于他,但你们谁都没有为他请命过。上帝啊,我担心,我自己和你们,包括我的家人和你们的家人,都要因此而遭正义之神的惩罚了!来,黑斯廷斯,扶我回卧室。可怜的克拉伦斯啊!(一部分人随国王、王后下。)

理查　这就是鲁莽的后果。大家看见没有,王后那班人做贼心虚,一听见克拉伦斯的死讯,脸色都变白了。啊,就是他们撺掇国王杀了克拉伦斯的。上帝一定不会饶过他们。来吧,各位大人,我们也一道过去,安慰安慰爱德华。

白金汉　我们谨听殿下吩咐。(同下。)

第二场　同　前

　　［约克公爵夫人偕克拉伦斯之子爱德华、女儿玛格丽特上。

克拉伦斯之子　好奶奶,告诉我们,我们的父亲死了吗?

公爵夫人　没有,孩子。

克拉伦斯之女　那您为什么老是泪流满面,捶着胸口叫嚷"克拉伦斯啊,我的不幸的儿子"?

克拉伦斯之子　如果我们高贵的父亲还活着,那您为什么看着我们时总要摇头,还叫我们孤儿、弃儿、苦命的孩子?

公爵夫人　我的可爱的孙儿孙女,你们都误会奶奶了。我是为国王的病而悲伤,我担心失去他,不是为你们父亲的死。人死了,悲痛是没有用的。

克拉伦斯之子　奶奶,您的意思还是说他死了。国王伯伯罪责难逃。上帝会惩罚他,我要用真诚的祈祷请求上帝为我们的父亲报仇。

克拉伦斯之女　我也要祈祷。

公爵夫人　别乱说,孩子,别乱说!国王是爱你们的。你们年纪小,不懂事,猜想不到究竟是谁害死了你们的父亲。

克拉伦斯之子　奶奶,我们猜想得到的。我们的好叔叔葛罗斯特就对我说过，国王受了王后的唆使，才捏造罪名把他关了起来。叔叔跟我说这话时还流了泪，说我可怜，还亲切地吻我的脸。他要我把他当父亲来依赖，还说要把我当作他自己的孩子来爱护。

公爵夫人　啊，欺诈居然披上了如此温柔的外装，仁德的面具下隐藏着何等可怕的罪恶！他是我的儿子——哎呀，这也是我的耻辱；但他的阴险不是我的乳汁哺育的。

克拉伦斯之子　奶奶，您觉得叔叔在做假吗？

公爵夫人　是的，孩子。

克拉伦斯之子　我想不明白。听，什么声音？

　　　〔伊丽莎白王后披头散发上，利佛斯、道塞特随后。

伊丽莎白　我要哀号，我要哭泣，我要诅咒命运，我要折磨自己，你们谁都别来劝我！我要跟黑色的绝望联手，抗拒我的灵魂，我要做我自己的敌人。

公爵夫人　你这样呼天抢地的，究竟为了什么？

伊丽莎白　为了演一幕惨烈的悲剧：我的夫君，您的儿子，我们的国王爱德华死了！① 既然树根已死，枝条为何还要生长？树汁已经干涸，树叶为何还不枯萎？想要活着的，就哀悼吧；想要死的，那得赶紧，好让我们的灵魂插上翅膀，赶上我们的国王，或者就像忠心的臣民，追随他奔赴那永恒的黑暗之国。

公爵夫人　我与你一样的悲伤，只不过你失去的是高贵的丈夫，我失去了我的儿子！我已经哀悼过一个高贵的丈夫的死亡，为了守望他的影子才活到今天。但现在能照出他帝王气象的两面镜子已被恶毒的死神砸得粉碎，留给我的只剩一面让我深感耻辱的坏镜了。虽然你现在成了寡妇，但你还是个母亲：你还有你的孩子作为安慰。而死神从我的怀抱中夺走我的丈夫以后，又从我

━━━━━━━━━━

　　① 从剧情看，克拉伦斯和爱德华两人的死亡时间好像很靠近，但史实是：前者死于 1478 年，后者死于 1483 年。

的虚弱的手上抢走我的两根拐杖：克拉伦斯和爱德华。哎呀，我
究竟造了什么孽呀？你的痛苦只抵得上我的一半，我的哭诉本
该比你更沉痛，哀号得比你更凄惨！

克拉伦斯之子 啊，伯母，你没有为我们父亲的死流泪，现在我们也
不能陪你为伯父的死而痛哭。

克拉伦斯之女 我们丧父之痛无人同哀，你的丧偶之苦也一样无人
陪泪。

伊丽莎白 我不需要别人为我陪泪，我自己就有诉之不尽的忧伤。
世上所有的泉水都会倒流，注入我的眼眶，一旦引潮的月亮照耀
在我身上，我将涌出滔滔的泪洪淹没这个世界！就为我的丈夫，
我亲爱的夫主爱德华！

两孩子 我们只为亲爱的父亲克拉伦斯！

公爵夫人 哎呀，我为了两人，爱德华和克拉伦斯，他们都是我的
孩子！

伊丽莎白 爱德华不在了，我还能依靠谁呀？

两孩子 父亲克拉伦斯不在了，我们还能依靠谁呀？

公爵夫人 我的两个孩子都不在了，我还能依靠谁呀？

伊丽莎白 哪个寡妇能比我更命苦啊！

两孩子 哪个孤儿能比我们更命苦啊！

公爵夫人 哪个母亲能比我更命苦啊！哎呀，我成了一切痛苦之母
了。他们的悲伤是单向的，唯独我的痛苦是综合的。她为爱德
华而哭，我也是；我为克拉伦斯而哭，她却不是。两个孩子为克
拉伦斯而哭，我也是；我为爱德华而哭，他们就不是。哎呀，我是
三重的不幸，你们三人把泪水全洒到我身上来吧！我是养育痛
苦的保姆，我要用泪水餍足它。

道塞特 *（向王后）*节哀吧，亲爱的母亲。对于上帝所赐的一切，我们
如果不知感恩，他会见怪的。在日常生活中，如果有人慷慨地出
借了你什么，到时候你却不情愿归还，这叫忘恩负义。人的生命

是上天租赁的,应当归还;违拗上天的意志,那罪过就更大了。

利佛斯 王后,作为一个尽心尽职的母亲,你还是为年轻的王子着想一下吧。赶紧派人叫他来,让他登基称王。你的安慰都维系在他身上。你应该把令人绝望的悲伤埋进已故的爱德华的坟墓,在活着的爱德华的宝座上栽培你的欢乐。

　　〔理查、白金汉、斯丹莱、黑斯廷斯、拉克勒夫上。

理查 嫂子,请节哀。我们谁都有理由为这颗璀璨的明星的陨落而悲伤,但这样的悲伤是于事无补的。——我的母亲大人,请您原谅我;刚才没有看见您。孩儿现在谦恭地跪下,请求您的祝福。(跪下。)

公爵夫人 愿上帝保佑你,愿你永怀善心,不忘仁爱、宽容、忠诚和责任!

理查 阿门!——(旁白)母亲祝福儿子,通常都以"愿你做好人,长命百岁"结束。我很纳闷,为什么母亲她老人家把这话漏下了。

白金汉 愁眉不展、忧心忡忡的王公大臣们,你们一道经受了这沉重的悲伤,现在应在互敬互爱中振作精神。虽然我们失去了先王的福荫,但能从王子的身上重获丰收的希望。你们曾相互仇恨,隔膜甚深,最近才冰释前嫌,重修旧好,这样的局面必须好好保持,认真珍惜。依我之见,我们最好马上派一小队人马去拉德洛城堡①,将年轻的王子接来伦敦,立他为我们的国王。

利佛斯 为什么只派一小队人马呢,白金汉大人?

白金汉 说实话,我的大人,如果兴师动众,只怕刚刚愈合的仇恨的毒疮又要迸裂了;如今国祚未定,纪纲未明,一旦嫌隙再肇,那就十分危险了。要知道,每匹马都有一根用作牵制的缰绳,如果放任自流,势必各奔东西。依我之见,无论近忧还是远虑,都有必要未雨绸缪。

————————

① 拉德洛城堡在什罗普郡。

理查　我相信先王已使我们大家尽弃前嫌，言归于好；至少我自己是
　　　诚心诚意，恪守盟约的。

利佛斯　我也如此，我相信，大家都愿意如此。既然眼下国祚未定，
　　　人多了很可能导致分裂，我们就应该竭力避免这种显而易见的
　　　危险。我因此赞同高贵的白金汉的意见，觉得迎接王子的人马
　　　还是以少为妥。

黑斯廷斯　我同意。

理查　那就这样定了。接下来我们就来确定一下去拉德洛接驾的人
　　　选。母亲大人，还有王嫂，在人选的问题上，你们也来拿拿主
　　　意吧？

伊丽莎白、公爵夫人　十分愿意。(除白金汉、理查，余人皆下。)

白金汉　我的大人，不管派谁去接王子，我们两人无论如何不能待在
　　　家里。按照我们原先拟定的计划，我首先得想办法让王后那班
　　　傲慢的亲属与王子隔离开。

理查　我的化身，我的智囊，我的神使和先知！我的亲爱的兄弟，我
　　　要像一个孩子那样听从您的教诲。那就上拉德洛吧，我们不能
　　　落在他们后面。(同下。)

第三场　伦敦；一街道

市民甲　早安，邻居，你急匆匆地上哪儿去？

市民乙　说实在，我自己也不清楚。你听见外面有什么消息？

市民甲　听见了，说是国王死了。

市民乙　圣母在上，这可不是好消息。这年头难得有好消息。我担
　　　心，我担心，天下要大乱了。

　　　〔另一市民上。

市民丙　邻居们，上帝保佑！

市民甲　祝你安好，先生。

市民丙　好国王爱德华死了，这消息可靠吗？

市民乙　可靠,先生,是真的,上帝保佑我们!

市民丙　这下好了,先生们,就等着看天下大乱吧。

市民甲　乱不了,乱不了。上帝降恩,他的儿子要坐江山了。

市民丙　让一个孩子来治理国家,不幸啊!

市民乙　孩子也有希望治理好国家的:未成年时,可由枢密院代替
　　　　他,成年后当然还给他自己,那时他一定能把国家治理好。

市民甲　亨利六世也是这样的,他在巴黎加冕时才九个月呢。

市民丙　也是这样吗?错了,错了,好朋友,上帝知道,那时这个国家
　　　　有的是深谋远虑的高士贤臣;辅佐王上的还有品德高尚的叔伯。

市民甲　现在不也是这样吗?无论父系母系,都有贤人哪!

市民丙　如果都是父系的人,情况也许会好些;要么父系一个人没有
　　　　也行。如果上帝不予阻止,双方争起国王的宠幸来,那我们都得
　　　　受连累。喔,葛罗斯特公爵是个非常危险的人物,还有王后的儿
　　　　子和兄弟,都趾高气扬、目中无人!只有他们听命于人而不是发
　　　　号施令时,这个多灾多难的国家才能有昔日的安宁。

市民甲　好了,好了,我们过虑了。一切都会好起来的。

市民丙　看见天上出现乌云,聪明人便会添加衣服;当大片的树叶掉
　　　　落,冬天就在眼前;太阳一旦下山,谁不知道夜晚已经降临?暴
　　　　风雨不期而至,人们自然要想到饥荒。当然,一切都会好起来;
　　　　但如果上帝有意做出这样的安排,那就不仅仅是情理所至或意
　　　　料所及的事了。

市民乙　不错,现在是人心惶惶。说到时局,没有人不是忧心忡忡,
　　　　恐惧不安了。

市民丙　时局动荡以前,情况都是这样的。担心即将到来的灾患,这
　　　　也是人的天性。凭经验我们知道,海水一旦高涨,暴风雨就要降
　　　　临。把一切交给上帝吧。你们到哪里去?

市民乙　我的天,我们得上法官那里走一趟。

市民丙　我也是。正好同路了。(同下。)

第四场　伦敦;宫中一室

〔约克大主教、小约克公爵、伊丽莎白王后、约克公爵夫人上。

大主教　我听说,他们昨天晚上住在斯托尼斯特拉特福,今天晚上在北安普敦休息。① 明天或后天就可以到达这里了。

公爵夫人　我急切想见到王子。我相信他比上次见面时长高了许多。

伊丽莎白　我听说没有长高呢。他们都说我的小儿子约克的身高已经超过他。

约克　是的,母亲,但我可不愿意长得这么高。

公爵夫人　怎么啦,我的小孙子? 长高是好事啊。

约克　奶奶,有天晚上我们坐在一起吃晚饭,利佛斯舅舅说我长得比我的哥哥高了,这时葛罗斯特叔叔却说:"小小药草含香,微贱野草疯长。"从那以后,我就不高兴长得太快,因为香花是长得慢的,只有无用的野草才会疯长。

公爵夫人　说实话,他用这句谚语来说别人,其实对他自己就不合适。他小时候是个可怜虫,长得非常迟缓、迟滞。如果这句谚语真有道理,那他应该是个宽厚的人。

大主教　他是很宽厚,夫人,这是毋庸置疑的。

公爵夫人　我希望他是,只是我这做母亲的放心不下。

约克　说真的,如果我没有记错,我倒可以取笑一下叔叔,说那句话用在他自己身上比用在我身上更合适。

公爵夫人　怎么取笑法,我的小约克? 说给奶奶听听。

约克　好吧。他们都说我的叔叔长得比谁都快,出生才两个小时,就能啃面包皮;而我却到了两周岁才长出牙齿。奶奶,这个玩笑会让他很难堪吧。

---

①　斯托尼斯特拉特福:白金汉郡一小城;北安普敦:该郡一城市。

公爵夫人　可爱的约克,告诉我,你是听谁说的?

约克　他的保姆,奶奶。

公爵夫人　他的保姆?咳,你出生时她早死了。

约克　如果不是她,我可不知道是谁告诉我了。

伊丽莎白　狡猾的孩子!别说了,你的嘴太刁了。

公爵夫人　好夫人,别生孩子的气。

伊丽莎白　小水罐,大耳朵。

　　　　　〔信使上。

大主教　信使来了。有什么消息?

信使　不幸的消息,大人,让我不忍心说。

伊丽莎白　王子他怎么啦?

信使　他很好,娘娘。

公爵夫人　究竟是什么消息?

信使　利佛斯大人和葛雷大人都被押送到庞弗里特监狱去了,一起被抓的还有托马斯·伏昂爵士。

公爵夫人　是谁下的命令?

信使　葛罗斯特和白金汉两位大公爵。

大主教　凭什么?

信使　我能说的一切,我都说了。至于几位大人为什么被抓,仁慈的大人,那我就不得而知了。

伊丽莎白　天哪,我看见了我的家族的毁灭!恶虎已经扑住温驯的红鹿;飞扬跋扈的暴虐已开始侵凌无辜而无助的王座。来吧,毁灭、流血和屠杀!我已看见一切归于毁灭的前景。

公爵夫人　该诅咒的纷扰不安的岁月啊,这样的日子我已经经历太多太多!为了争夺王冠,我的丈夫丢掉了性命;而后我的儿孙又几度沉浮,我也随他们的成败时喜时悲。内乱甫定,王权即立,征服者便开始同室操戈,骨肉相残,以血还血,自家人屠杀起自家人!荒唐的、疯狂的暴行啊,结束你该诅咒的仇恨吧,要么让我一死了之，免得再看见更多的死亡的惨景！

伊丽莎白　来吧，来吧，孩子，我们到教堂避难去。再见了，公爵夫人。

公爵夫人　等一等，我跟你们一起去。

伊丽莎白　你不必去。

大主教　仁慈的王后，走吧。您的财物我会给您送过去的。由我保管着的国玺，我要交给您自己。我将照顾好您和您的一切，其他的我只好听天由命了。走吧，我领您到教堂去。（同下。）

第 三 幕

第一场　伦敦；一街道

〔鼓号齐鸣。年轻的爱德华王子、葛罗斯特公爵、白金汉、红衣主教波契埃、凯茨比及余人等上。

白金汉　可爱的王子，欢迎你来到伦敦，来到你的寝宫。

理查　欢迎，亲爱的侄儿，我的思想的主宰！旅途劳顿，使你疲倦了吧。

王子　没有，叔叔，只是路上的烦恼让人觉得郁闷、厌倦和沉重。我原指望有更多的长辈在此迎接我。

理查　可爱的王子，你年纪尚轻，涉世不深，哪里知道这世界尔虞我诈，充满凶险。判断一个人是好是坏，你只能凭借他的外表；但上帝知道，外表与内心难得保持一致，甚至是绝对相悖的。你想见的几个长辈都是险恶之徒。殿下听到的只是他们的甜言蜜语，却不曾留意他们内心的歹毒。愿上帝保佑你，离他们远点，不要跟这些虚伪的亲朋交往！

王子　愿上帝保佑我不跟虚伪的亲朋交往！但他们并不虚伪呀。

理查　殿下，伦敦市长前来晋见。

　　　　〔伦敦市长偕随从上。

伦敦市长　上帝保佑殿下健康、幸福！

王子　谢谢你，我的好大人，谢谢大家。（市长及随从侍立一旁）我原以为母亲和弟弟约克早就在路上迎接我了。咳，黑斯廷斯办事真拖沓，还不来告诉我他们到底来不来。

　　　　〔黑斯廷斯上。

白金汉　真巧，满头大汗的黑斯廷斯赶来了。

王子　欢迎，大人。怎么，我的母亲要来吗？

黑斯廷斯　你的母后和兄弟约克进教堂避难去了，出于什么原因只有天知道，反正我不清楚。小王子倒很想跟我一起来见殿下，但硬给他母亲拦下了。

白金汉　她的这种行为不诚实，太反常了！主教大人，您能不能去劝说王后，让她放约克公爵马上来见他的兄长？如果她拒绝，黑斯廷斯，你也一块去，索性将公爵从她那里抢过来。

红衣主教　我的白金汉大人，如果我能凭这张笨嘴说服他的母亲，约克公爵自然会来这里。但如果她固执己见，不听规劝，事情就难办了：天上的主不允许我们侵犯教堂的神圣特权！如此深重的罪孽我是无论如何不敢去犯的。

白金汉　我的大人，你太食古不化，太拘泥礼节，太墨守成规了。当今这个时代没那么多的讲究，你即便将他抢来，也不算违反教堂的规矩。这项特权赋予那些出于某种原因需要庇护或自己明确申明庇护的人。王子并没有申明庇护，也不需要庇护，因此，依我之见，这项特权就不适用于他了。既然他不在受庇护范围之内，你把他从那里带出来，就算不得侵犯特权和规章。成年人要求教堂庇护，这种事我时有所闻，但一个孩子也要避难，那就闻所未闻了。

红衣主教　大人,我就放弃自己的主张,迁就你一次吧。来吧,黑斯廷斯,你要不要跟我一起去?

黑斯廷斯　我去,大人。

王子　两位好大人,快去快回。(红衣主教、黑斯廷斯下)葛罗斯特叔叔,等我弟弟来了,加冕典礼前我们住哪里呢?

理查　当然是最适合你们高贵的身份的地方。如果我可以提个建议,殿下不妨先在伦敦塔休息两三天,然后看你自己的意愿,觉得哪里合适就到哪里去,只要有利于健康,玩得开心就行。

王子　我最不喜欢的地方就是伦敦塔。那是朱利斯·凯撒建造的吧,大人?

白金汉　是的,殿下,最初是他建造的。而后几个世纪,又经过多次重修。

王子　凯撒建造的事,是根据史料记载,还是代代相传的传说?

白金汉　根据史料记载,仁慈的殿下。

王子　依我看,任何历史真相,即便没有史料记载,也会一代代口传下去,直到世界末日那一天。

理查　(旁白)人们都说:年少聪明,必定短命。

王子　你说什么,叔叔?

理查　我是说:盛名无文,口碑永存。(旁白)我这样一语双关地说话,倒像道德剧中那个表现邪恶的丑角了①。

王子　那凯撒的确是享有盛名的人;他的勇武丰富了他的智慧,他的智慧又使他的勇武永垂青史。② 死亡征服不了这样一位征服者,虽然他死了,但他仍活在他的荣名中。我还要告诉你,白金汉叔叔——

───────────────

①　道德剧属于宗教剧,经常用来表现基督教关于灵与肉、善与恶的观念。其中的丑角通常代表邪恶的力量。

②　凯撒著有《高卢战纪》,记录了他的武功事迹。

白金汉 　仁慈的殿下,你想说什么?

王子 　如果我长大成人,我一定要夺回自古以来在法国的权利,否则,作为国王,我宁可像士兵那样战死沙场。

理查 　(旁白)春天来得早,夏日不久长。

　　　[小约克、黑斯廷斯、红衣主教上。

白金汉 　约克公爵来了,来得正好。

王子 　约克的理查,我的好兄弟,你近来好吗?

约克 　好的,威严的陛下——我现在得这样称呼你了。

王子 　跟你一样,弟弟,我为此而感悲伤:拥有这个称号的人最近去世了,他这一走,这个称号的威严度也大为下降了。

理查 　高贵的约克,我的侄儿,你过得好吗?

约克 　谢谢您,好叔叔。噢,对了,叔叔,您说过"微贱野草疯长",现在我的亲王哥哥比我长得高多了。

理查 　是的,侄儿。

约克 　这么说他是微贱的了?

理查 　我的好侄儿,我绝对没有那个意思。

约克 　那他更应该感谢您了。

理查 　他可以以君王的身份对我发号施令;作为我的至亲,你也可以指使我。

约克 　叔叔,我恳求您,这把匕首送给我吧。

理查 　你要我的匕首吗,小侄儿?我当然愿意。

王子 　你好意思讨吗,弟弟?

约克 　是向好叔叔讨,我知道他会给的;这只是一件玩具,给了人也用不着太伤心。

理查 　送给我的侄儿,再大的礼物我也舍得。

约克 　再大的礼物吗?那就再送我这把宝剑吧。

理查 　好侄儿,这宝剑要是轻一点就好了。

约克 　啊,我知道了,您只愿意送出一份轻礼。如果是一份重礼,你就舍不得了。

理查　我是说，殿下佩带这把宝剑，会嫌它太重的。

约克　即便它再重些，我也觉得轻。

理查　怎么，你真的想要走我这把剑，小主人？

约克　是的，我还要照你称呼我的那样谢谢你。

理查　怎么说？

约克　小谢小谢。

王子　我的约克公爵就喜欢胡扯。叔叔，您老人家多多包涵。

约克　知道你的意思是让叔叔把我背起来，而不是包起来。叔叔，我哥哥把我们两人都嘲笑了：我个头小，像只猴子，他就觉得你应该把我背到肩上去。①

白金汉　（向黑斯廷斯旁白）看他说得多么机智、巧妙！为了缓冲对他叔叔的轻慢不敬，他又恰到好处地嘲笑了他自己。年纪轻轻的就如此机敏，真了不得！

理查　殿下，你现在就动身好吗？我跟我的白金汉兄弟还要去见你的母亲，恳请她上伦敦塔迎接你。

约克　怎么，你要去伦敦塔吗，殿下？

王子　护国公大人一定要我去。

约克　在塔里我会睡不好觉的。

理查　你有什么好怕的？

约克　真的，我怕叔叔克拉伦斯的冤魂。奶奶对我说过，他是在那里被人谋杀的。

王子　我不怕已死的叔叔。

理查　活着的叔叔，也用不着害怕，我希望。

---

　　①　此处语多双关：bear 作及物动词时，意为"背"；bear with 意为"包涵"；bear 作名词时，意为"熊"：集市上常有熊背猴子的表演。约克在此还十分巧妙地讽刺了理查的驼背。

王子　如果活着，我也希望不必害怕。好了，我的大人，想起他们，我
　　　心里很沉重。我就进塔去吧。（喇叭声起。除理查、白金汉、凯茨比
　　　外，余人皆下。）

白金汉　我的大人，你想想，这个多嘴多舌的约克如此放肆地讽刺挖
　　　苦你，会不会受了他那位敏感的母亲的教唆？

理查　毫无疑问，毫无疑问。这孩子早慧、大胆、机灵、率直、能干。
　　　彻头彻尾像他母亲。

白金汉　好了，暂且让他们休息去吧。——过来，凯茨比。你发过誓
　　　的，一定要实施我们的计划，并对我们的委派严守机密。我们的
　　　情况在来的路上你都知道了。你有什么想法？为了让高贵的公
　　　爵登上这个著名岛国的王位，我们要把黑斯廷斯勋爵争取过来，
　　　你觉得这事不难办吧？

凯茨比　因为先王的缘故，他很爱王子，要让他转而反对他，是很难
　　　做到的。

白金汉　那你觉得斯丹莱怎么样？他也很难争取过来吗？

凯茨比　他的态度与黑斯廷斯勋爵完全一致。

白金汉　好了，那就这样吧：温良的凯茨比，你先装着没事的样子，试
　　　探一下黑斯廷斯勋爵，看看他对我们的意图有什么反应，同时通
　　　知他明天去伦敦塔，商讨有关登基庆典的事。如果发现他有意
　　　归顺我们，就给他鼓鼓劲，把我们的情况全部告诉他。如果他反
　　　应呆滞、冷淡、并不情愿，那你也装着不情愿的样子。谈话不必
　　　再进行下去，只要你把他的态度告诉我们就行。明天我们要分
　　　头举行会议，①你所担负的责任可不轻哩。

理查　代我向黑斯廷斯勋爵致意。告诉他，凯茨比，他的那班宿敌明
　　　天将在庞弗里特城堡处决。传我的话给他，为了庆祝这个好消

---

　　①　除了商讨王子登基庆典的会议之外，理查的心腹同时在克罗斯比宫举
行了一个秘密会议，商讨拥立护国公为王的事。

息,他应该多多亲吻肖儿太太①。

白金汉　去吧,好凯茨比,此事务必办得干净利落。

凯茨比　两位好大人,我一定尽力而为。

理查　凯茨比,你能在我们睡觉以前给个回话吗?

凯茨比　行,我的大人。

理查　你可以在克罗斯比宫找到我们。(凯茨比下。)

白金汉　大人,如果我们发现黑斯廷斯勋爵不愿与我们共图大事,那
　　该怎么办?

理查　砍下他的脑袋。有些事我们应该有决断才行。记住,等我当
　　上了国王,你就来向我要求海福德伯爵的领地和我王兄的全部
　　动产。

白金汉　您所许诺的赏赐,我会要求的。

理查　我也一定会诚心诚意地赏赐你。好了,我们赶紧吃晚饭吧,饭
　　后还得再斟酌斟酌我们的计划。(同下。)

第二场　伦敦;黑斯廷斯府邸前

　　　〔信使上。

信使　(叩门)大人! 大人!

黑斯廷斯　(在内)谁在敲门?

信使　斯丹莱勋爵派来的。

黑斯廷斯　(在内)现在几点了?

信使　刚敲过四点。

　　　〔黑斯廷斯上。

黑斯廷斯　斯丹莱勋爵是不是觉得晚上烦闷,睡不好觉了?

信使　好像是,听我说了你就知道了。首先,他要我向大人您问候。

黑斯廷斯　其次呢?

---

①　爱德华四世去世后,肖儿太太成了黑斯廷斯的情妇。

信使　其次,他要我通报大人,今晚他梦见野猪咬下了他的头盔。再次,他说有两个会议将分头召开,其中一个会议做出的决定会使你和他追悔莫及。他派我来询问大人,您是否愿意跟他一起骑上骏马,以最快的速度逃往北方,以躲避他所预感到的危险。

黑斯廷斯　去吧,汉子,回去告诉你的主人,让他别为分别召开的两个会议担心。我和他参加的是同一个会议,我的朋友凯茨比参加的是另一个会议:如果那个会所讨论的与我们有关,我都能得到确切的消息。告诉他,他的担心全是捕风捉影,毫无根据。至于他的梦,那不过是睡眠不好引起的幻觉,他居然信以为真,那也太单纯了。野猪没追你,你便自己跑起来,那只会激怒野猪真的跟踪而至,使一场并不存在的追杀成了现实。去吧,叫你的主人起床后到我这里来,我们两人一道去伦敦塔,到了那里,他就知道野猪对我们是如何友好相待了。

信使　大人,我这就去把你的话转告我的主人。(下。)

　　〔凯茨比上。

凯茨比　祝高贵的大人日日安康!

黑斯廷斯　日日安康,凯茨比。你起得早啊。我们这个国家如今动荡不安,你有什么消息吗?

凯茨比　大人,如今的天下,确实是风雨飘摇。我相信,这个国家若要恢复正常,只有等理查戴上花冠才行。

黑斯廷斯　怎么,戴上花冠?你是说王冠吧?

凯茨比　是的,我的好大人。

黑斯廷斯　我宁可让人砍下肩膀上的脑袋,也不想看到王冠如此错置无当。你觉得他是不是有所图谋?

凯茨比　是的,我敢担保。他还希望你能站在他一边,共享其成。为此他还让我给你带来一个好消息:王后的几个亲属,你的敌人,今天将在庞弗里特被处决。

黑斯廷斯　不错,听见这样的消息,我不会难过,因为他们确实是我的宿敌。但要让我替理查说话,阻止先王的合法继承人执掌神器,上帝知道,那我是至死也不会做的。

凯茨比　愿上帝保佑大人坚守如此高尚的气节!

黑斯廷斯　能活着看到那些在先王的面前挑拨离间的人的悲惨下场,这足够让我开心上十二个月了。凯茨比,我敢担保,在最近半个月内,一定还会有人遭际飞来的横祸。

凯茨比　我的好大人,一个人毫无准备就死于非命,这样的死也太糟糕了。

黑斯廷斯　是啊,很可怕,很可怕!现在横死的是利佛斯、伏昂、葛雷他们,不久就会轮到像你我这样自以为活得很安全的人——你知道,我们都是很亲近高贵的理查和白金汉的。

凯茨比　两位公爵对你很器重。——(旁白)器重他的脑袋,打算把它挂到大桥上去。①

黑斯廷斯　这我知道,我也确实值得他们器重。

〔斯丹莱勋爵上。

黑斯廷斯　过来,过来,伙计,你猎野猪用的长矛呢?你害怕野猪,怎么不随身带着武器?

斯丹莱　大人,早上好。你好,凯茨比。你们尽管拿我寻开心好了,但神圣的十字架做证,我确实不喜欢分头开会。

黑斯廷斯　我的大人,我跟你一样珍惜自己的生命,我还要声明:此时此刻,生命对于我比以往任何时候都珍贵。我还知道我们很安全,你想想,如果不安全,我会这样喜笑颜开吗?

斯丹莱　庞弗里特的那几位爵爷,当他们骑马离开伦敦时,哪一个不是喜笑颜开,觉得自己很安全?他们也确实没有理由疑神疑鬼。但你看看,转眼之间这天说变就变了。我所担心的就是这种突如其来的仇杀。上帝保佑,但愿我是个杞人忧天的懦夫!呀,时

———

①　指伦敦桥,那里经常用来悬挂罪犯的头颅。

候不早了，我们该去伦敦塔了吧？

黑斯廷斯　走吧，走吧，我跟你一起走。你知道吗，我的大人，你谈到的那几个人就要掉脑袋了？

斯丹莱　说到忠诚，他们这几个人的脑袋本不该搬家，倒是起诉他们的人更应该摘去乌纱帽，送上断头台。来吧，我的大人，我们走吧。

　　　　〔一侍从上。

黑斯廷斯　你们先走一步，我要跟这个好伙计说几句话。（斯丹莱、凯茨比下）怎么样，老弟？日子过得好吗？

侍从　回大人话，过得好的。

黑斯廷斯　告诉你，伙计，我现在的景况可比上次你在这里见到我时好多了。由于王后那班人的陷害，我当时是作为囚犯被押送到伦敦塔去的。现在呢，告诉你吧——你一人知道就行——就在今天，我的仇敌要上断头台！我现在的处境，那才叫今非昔比呢。

侍从　愿上帝保佑大人万事如意！

黑斯廷斯　多谢了，伙计。拿着，为了我的好运，喝两杯吧。（抛出钱包。）

侍从　谢谢大人。（侍从下。）

　　　　〔一神父上。

神父　幸会，大人，很高兴见到您。

黑斯廷斯　我衷心感谢你，好约翰神父。上次你给我讲道，我还没有报答你呢。下个安息日来找我吧，我会让你满意的。（与之耳语。）

神父　悉听大人吩咐。

　　　　〔白金汉上。

白金汉　怎么，掌礼大臣阁下在跟神父说话呢。你的朋友在庞弗里特，他们正需要一个神父呢。阁下现在还不必忙着忏悔。

黑斯廷斯　不错，刚才我一见到这位神父，想到的也是你提到的这几个人。你是去伦敦塔吧？

白金汉　是的,大人,但我不会待很久。我会比你早一点离开那里。

黑斯廷斯　很有可能,因为我打算在那里吃午饭。

白金汉　(旁白)你还得在那里吃晚饭呢,只是你自己还蒙在鼓里。——好了,一起走吧?

黑斯廷斯　乐意奉陪。(同下。)

第三场　伦敦;庞弗里特城堡

〔理查·拉克勒夫率刀斧手押利佛斯、葛雷、伏昂去刑场。

拉克勒夫　来,把犯人押过来。

利佛斯　拉克勒夫爵士,请听我说一句:你今天将看到一个臣子因捍卫真理,尽职尽忠而死。

葛雷　愿上帝保佑王子不受你们这班奸党的伤害! 你们是一群该死的吸血鬼。

伏昂　你们活着,终有一天得为此而痛哭的。

拉克勒夫　快走吧,你们的大限到了。

利佛斯　庞弗里特啊,庞弗里特! 充满血腥的牢狱,对于王公贵族,你就是他们不祥的死亡之所! 理查二世就是在你罪恶的四壁之内被人砍死的;为了弘扬你业已昭著的恶名,我们今天再向你献祭我们无辜的血。

葛雷　玛格丽特的诅咒现已降在我们身上了,因为当年理查刺杀她的儿子,黑斯廷斯和我们都是袖手旁观的。

利佛斯　她当时还诅咒了理查,然后又诅咒了白金汉和黑斯廷斯。上帝呀,既然你听见了她对我们所发的诅咒,就别忘了他们几个! 至于我的姐姐和她的两位王子,亲爱的上帝,你知道我们所溅洒的血是无辜的,你就以我们的献祭为满足,放过他们吧。

拉克勒夫　快点。行刑的时刻到了。

利佛斯　过来,葛雷,过来,伏昂,我们相互拥抱一下。再见了,我们天堂再相会吧。(同下。)

第四场 伦敦塔

〔白金汉、斯丹莱、黑斯廷斯、伊利主教、诺福克、拉克勒夫、洛弗尔围桌
议事。

黑斯廷斯 高贵的大人们，我们今天聚会的目的是确定加冕典礼的
各项事宜。凭上帝之名，请大家畅所欲言。典礼哪一天举行
合适？

白金汉 加冕典礼的筹备，都做好了吗？

斯丹莱 都已筹备好，就等确定吉日了。

伊利 我看明天就是良辰吉日。

白金汉 在座的有谁知道护国公的意见？谁跟高贵的公爵交往最
亲密？

伊利 我觉得阁下您最懂他的心思。

白金汉 我们只是面熟；至于内心，他对于我的了解还比不上我对你
的了解，或者说，我对他的了解还比不上你对我的了解。黑斯廷
斯大人，你和他倒是很友好的。

黑斯廷斯 我感谢公爵大人，他确实很喜欢我，这我是知道的。但关
于加冕典礼，我倒还没有咨询过他的意见，他老人家也没有跟我
提起过。各位高贵的大人，你们不妨先将日期定下来，公爵方面
我可以先代他发表意见；我相信他一定乐意接受。

〔葛罗斯特公爵理查上。

伊利 真凑巧，公爵本人到了。

理查 各位高贵的大人，各位王亲国戚，大家好。我昨晚睡过了头；
但我相信，我的缺席并没有轻视你们的重大决策的意思；如果我
不迟到，这个决策应该有结果了。

白金汉 如果你来得再晚一点，大人，黑斯廷斯大人就要为你代言
了：我是说他将代你发表关于国王登基的意见。

理查 没有人能比黑斯廷斯大人更大胆了。他很了解我，也很喜欢

我。——我的伊利大人,上次我在霍尔本①时,看见你的园子里长有很好的草莓;我请你送一些过来给我尝尝鲜。

伊利 好的,大人,很乐意为您效劳。(主教下。)

理查 白金汉贤弟,跟你说句话。(把他拉过一旁)凯茨比已经就我们的事试探过黑斯廷斯,这位脾气暴躁的绅士很激动,说他宁可掉脑袋也不肯同意让他所崇敬的先王的子嗣丧失英格兰王位的继承权。

白金汉 您出去一会。我跟您一起走。(理查、白金汉下。)

斯丹莱 我们还决定不下庆典的日期。我觉得明天实在太仓促;我还没有做好充分的准备。依我之见,日期最好往后推迟一点。

〔伊利主教重上。

伊利 葛罗斯特公爵大人哪里去了?他要的草莓我已经送来了。

黑斯廷斯 公爵殿下今天上午显得很开心,很和气;他那样和颜悦色地跟人打招呼,一定是遇上了什么让他称心如意的事。在基督徒的国度里,再没有第二个人能比他更敢爱敢恨,襟怀坦荡,因为你只要看一看他的脸色,就知道他心里在想什么。

斯丹莱 从他今天的脸色上,你看出了什么呢?

黑斯廷斯 我敢担保,他今天对大家都很满意;如果不是,他早就形之于色了。

斯丹莱 但愿上帝保佑他真的如此。

〔理查、白金汉重上。

理查 如今有人阳奉阴违,利用该死的巫术图谋我的性命,他们恶毒的符咒已经对我的身体造成伤害。我想请教诸位,这种人得如何处置?

黑斯廷斯 凭我对殿下真诚的爱戴,我的大人,我要当着全体王公贵族的面挺身而出,严惩这样的冒犯者,不管他是什么人。我的大

---

① 霍尔本:伊利主教在伦敦的府邸。

人,我说这种人应该处死。

理查　那么,你们的眼睛就为他们的罪恶做个见证吧。(露出手臂)看看我是如何被妖术所害的!你们看,我的这只手臂像被风暴摧残过的树苗那样枯萎了。这都是爱德华的妻子,那个可恶的女巫,伙同那个卖淫的娼妓肖儿,利用巫术把我给害的。

黑斯廷斯　如果他们真的干了这样的事,我的高贵的大人——

理查　如果?你这娼妓的保护人,你要跟我说"如果"吗?你就是一个反贼!砍下他的脑袋!我凭圣保罗发誓:在我就餐以前,我一定要亲眼看到他人头落地。洛弗尔和拉克勒夫,你们两人负责办好这件事。其余的人,凡拥戴我的,站起来跟我走。(除洛弗尔、拉克勒夫、黑斯廷斯外,余人皆下。)

黑斯廷斯　不幸的英格兰啊!我死不足惜,因为我太愚蠢,自己到这里送死来了。斯丹莱梦见野猪咬下头盔,我却对这预兆嗤之以鼻,不屑于出走避难。今天我那匹披锦的骏马就颠踬了三次,见到伦敦塔时还受惊嘶鸣,原来它是不愿驮我来此屠宰场啊。刚才还跟一位神父说过话,转眼间是我自己需要他了!我真后悔那么趾高气扬地跟侍从说话,告诉他我的敌人今天如何在庞弗里特被处决,我自己则蒙恩受宠,高枕无忧。玛格丽特啊,玛格丽特,你的沉重的诅咒果然落在可怜的黑斯廷斯的头上了!

拉克勒夫　好了,好了,快走,公爵还没吃饭呢。简单地做个忏悔;他急着想看到你的脑袋。

黑斯廷斯　啊,我们凡夫俗子总是追求转瞬即逝的人间恩宠,偏偏怠慢了上帝的大恩大德!我们将希望建筑在别人多变的颜容中,就像一个喝醉酒的水手爬在桅杆上,每点一次头都有可能从上面掉下,跌入死亡的深渊。

洛弗尔　好了,好了,走吧。呼天唤地都于事无补了。

黑斯廷斯　血腥的理查!不幸的英格兰啊!我在此预言:等待你们的是一个最凄惨、最可怕的时代!

来吧,带我上断头台;砍下我的头给他。

朝我的头颅微笑的人,不久也要被杀。

第五场　伦敦塔

〔理查、白金汉上,后者身披生锈的盔甲,形容古怪。

理查　　贤弟,你能不能随时装出浑身颤抖、面如土色的样子,说话断
　　　　断续续,上气不接下气,好像神经已经错乱,恐惧得快要发狂了?

白金汉　这算得了什么! 我能扮演一个高明的悲剧演员,一边说话
　　　　一边回头张望,随时留意各方面的动静,见到一根稻草的摇曳,
　　　　就能装出大惊失色、战战兢兢的样子。满腹狐疑、面无人色的扮
　　　　相,对我来说跟强颜欢笑一样轻而易举。这两套本事,只要计谋
　　　　需要,在我这里都是现成的。噢,凯茨比走了没有?

理查　　走了。看,他把市长带来了。

〔市长及凯茨比上。

白金汉　市长大人——

理查　　看那边的吊桥!

白金汉　听,鼓声!

理查　　凯茨比,去巡视一下城堡。(凯茨比下。)

白金汉　市长大人,我们请你来是——

理查　　回头看,小心,有敌人!

白金汉　愿上帝和我们的清白保佑我们!

〔洛弗尔、拉克勒夫携黑斯廷斯首级上。

理查　　别惊慌。来的是自己人,拉克勒夫和洛弗尔。

洛弗尔　这就是那个无耻的叛徒,心怀叵测的黑斯廷斯的首级。

理查　　此人我一向很喜欢,现在真忍不住想为他哭一场。我一直当
　　　　他是人世间最质朴、最善良的一个基督徒,我把他当作我的书
　　　　本,用它记载我的灵魂的一切机密。他假仁假义,把自己的罪恶
　　　　伪装得那么巧妙,如果那公开的过失可以略去不计——我指的

是他与肖儿太太的暧昧关系——他俨然就是一个无可指责的完人。

白金汉　是啊是啊，他简直就是天底下隐蔽得最深的一个奸贼。市长大人，你看看，若不是神恩浩荡，让我们活下来叙说事情的真相，你能想象得到，或者相信这个狡猾的奸贼早已谋划妥当，打算在今天的议会上刺杀我和善良的葛罗斯特公爵吗？

市　长　他真的会这样做吗？

理　查　怎么，你把我们当作土耳其人或异教徒吗？或者以为我们会不顾法律程序，就贸然执行这个歹徒的死刑吗？当时的情况若不是万分紧急，若不是为了英格兰的和平和我们自身的安全，我们怎么会轻易处决他呢？

市　长　愿你们福星高照！他这是罪有应得。两位大人处置得当，对那些奸诈之徒也是一个警告，让他们从此不敢轻举妄动。

白金汉　自从他勾搭上肖儿太太，我就知道不会有好事了。但我们仍然觉得处死他应该有你在场；那些拥戴我们的朋友操之过急，没能等到你来就动了手，这是违背我们的本意的。我的大人，我们本来很想让你听听奸贼的自白，让你看到他胆战心惊地供认他图谋不轨的计划和目的，那时，你就可以向市民说清事情的真相，免得他们对我们产生误会，对他的死表示哀悼了。

市　长　我的好大人，您的这番话已经说清事情的真相，跟我亲眼所见、亲耳所闻是一样的。两位正直、高贵的亲王，你们尽管放心，我一定把你们对此事的公正处置昭告于温良的市民。

理　查　我们劳你大驾光临此地，也正是为了这个目的，免得外界吹毛求疵，无端指摘。

白金汉　虽然你来晚了一步，但也亲耳与闻了我们所作的陈述。就这样吧，我的好市长大人，那就再见吧。（市长下。）

理　查　去，跟他过去，白金汉贤弟。市长急匆匆赶往市政厅去了。你到那里以后，利用适当的时机，提一提爱德华几个孩子的私生子身份。提醒他们,爱德华曾经处死过一个市民,仅仅因为他说过要让他的儿子继承"王冠"——这"王冠"其实是指他的房子,酒店的招牌这样写着的。① 还有,你要强调一下他如何纵欲无度,如何禽兽般一味地追求淫乐,甚至糟蹋使女仆妇——他们的妻子女儿:只要被他毫无节制的淫眼和邪心盯上了,所有的女人都得遭殃。对了,如果有必要,还不妨牵涉到我本人:你告诉他们,我母亲怀上那个荒淫无度的爱德华时,我那高贵的父亲约克公爵当时还在法国打仗,按时间准确推算,他根本不是公爵的亲生骨肉——这从他的外表也看得出,一点都不像我那高贵的公爵父亲。不过,这事年代已久,你只可点到为止,因为,大人你也知道,我的母亲还活着。

白金汉　大人尽管放心,我一定扮演好演说家的角色,一切为了那顶金光灿烂的王冠,你的事就是我自己的事。再见,我的大人。

理查　如果一切顺利,你就把他们带到贝纳德城堡②来,我在那里还要接见几位神父和博学的主教。

白金汉　我走了。三四点钟左右等我从市政厅传来的消息吧。(下。)

理查　洛弗尔,你赶快去叫肖博士过来。(向拉克勒夫)你去见修道士潘克,③让他们一小时之内去贝纳德城堡见我。(洛弗尔、拉克勒夫下)我现在还得去下达一道密令,让克拉伦斯的几个崽子从此消失;我还得下令:任何人任何时候不得跟两位王子说话。(下。)

第六场　伦敦;一街道

〔文书手持文告上。

---

①　"王冠"为伦敦市内一家小酒店的招牌。有关爱德华处死该店店主的故事,见于托马斯·摩尔所著《理查三世的历史》。

②　贝纳德城堡:理查在伦敦的府邸,位于泰晤士河南岸,由诺曼征服时期一位姓贝纳德的贵族建造。

③　肖博士、修道士潘克:两人均为著名的布道牧师,理查的党羽。

文书　这是一份对善良的黑斯廷斯勋爵的起诉书,用漂亮的正楷书
　　　写,今天就要在圣保罗教堂宣读。请注意,前后的时间衔接得多
　　　么巧妙:昨天晚上凯茨比把起诉书送到我手里,我花了十一个小
　　　时抄写它;起草文稿也得用上这么多时间。然而,就在五个小时
　　　以前,黑斯廷斯还活得好好的,自由自在,没有受到指控,没有受
　　　到审查。这真是一个美妙的世界! 谁如此愚钝,会看不出这昭
　　　然若揭的把戏? 但又有谁如此大胆,敢将这把戏说穿? 如此罪
　　　恶的行径,你只能深埋在心底;如此糟糕的世界,一切将走向毁
　　　灭。(下。)

第七场　伦敦;贝纳德城堡

　　　〔理查、白金汉分别上。

理查　怎么样,怎么样,市民们怎么说?

白金汉　圣母在上,市民们都成哑巴,一言不发了。

理查　你有没有提及爱德华子女的私生子身份?

白金汉　我提了。我还提及他跟露西小姐的关系,以及他派人上法
　　　国提亲的事哩。① 我还说到他荒淫无度,强占民女;不分青红皂
　　　白,滥施淫威;至于他自己的私生子身份,我说他是在你父亲在
　　　法国时出生的,他的长相也不像公爵。由此我还顺便说到你的
　　　形貌特征,说你无论从外貌还是从内在的精神,都是你父亲的翻
　　　版。我还列举了你在苏格兰的赫赫战功,你的军事才能,你的治
　　　国方略,你的慷慨、仁厚、谦逊的美德。说真的,凡是有利于你一
　　　展宏图的一切好处,我都一一提及,大加阐发了。当我的演说快
　　　要结束时,我还要求他们为了国家的利益振臂高呼:"上帝保佑

---

　　　① 露西小姐,即伊丽莎白·露西,跟爱德华没有正式婚约,但生有一子。
派人上法国提亲一事,指的是沃里克出使法国,代爱德华向法王的姨妹波那郡
主求亲,参见《亨利六世下篇》。

英格兰至尊的君主理查!"

理查　他们高呼了吗?

白金汉　没有,我的上帝啊,他们一言不发,一个个泥塑木雕似的,成
　　　了会呼吸的石头,相互间瞪大眼睛看,脸色煞白煞白。见此情
　　　景,我便训斥他们,责问市长为何执意保持沉默。他回答说,这
　　　里的人都不习惯听演说,只习惯听官方的传达。我于是要求他
　　　把我的意思重述一遍;他就说:"公爵是这样说的,公爵是这样主
　　　张的"——从不以他自己的口吻予以证实。他说完后,我的几个
　　　随从在大厅的角落里掷起了帽子,大约有十来个人高呼起来:
　　　"上帝保佑理查王!"我便不失时机地对他们说:"谢谢,善良的市
　　　民们,朋友们,这满堂的喝彩声和欢呼声足以证明你们的智慧和
　　　对理查的爱戴。"——说完这话,我便结束演说,回到这里来了。

理查　一班不长舌头的东西! 他们不肯说话吗?

白金汉　是的,大人,他们确实不肯说。

理查　那么,市长和他那班人会不会来?

白金汉　市长马上要到了。你得装出忧心忡忡的样子,不到万不得
　　　已,千万别说话。我的好大人,你最好手上拿一本祈祷书,左右
　　　各站一个教士,只有这样,我才好为你大唱赞歌。他们提出的要
　　　求,你千万不要轻易答应下来。你要像个大姑娘那样,始终半推
　　　半就,最后才以身相许。

理查　我走了。你那边劝进,我这里谦让,只要我们双方配合默契,
　　　一定会有一个圆满的结局。

白金汉　去吧,先上屋顶待一会。市长大人在敲门了。(理查下。)
　　　　　〔市长、市政官员及若干市民上。

白金汉　欢迎,市长大人! 我一直在等你们;我担心公爵不肯出来接
　　　见大家。
　　　　　〔凯茨比上。

白金汉　凯茨比,你的主人对我的请求有回话吗?

凯茨比　高贵的大人,他恳请阁下明天或后天再来找他。现在他正跟两位德高望重的神父虔诚默祷,任何世俗的事务都不能催促他离开神圣的修炼。

白金汉　好凯茨比,回去禀报仁慈的公爵,就说我和市长、市政官员们有事前来与他商谈,事情关乎国是民生,十万紧迫,务请公爵大人拨冗接见。

凯茨比　我这就去如实禀报。(下。)

白金汉　啊哈,我的大人,这个亲王可不是那个爱德华! 他不是躺在淫乱的床上寻欢作乐,而是跪在地上虔诚地沉思默祷;不是与一对娼妓嬉戏调情,而是跟两位高僧潜心苦修;不是昏昏长卧,徒然肥硕那无用的躯体,而是勤勉圣事,丰赡克己自律的灵魂。如果这个仁德昭然的亲王愿意出来执掌神器,英格兰就有福了。但我十分担心,我们会请不动他。

市长　愿上帝保佑,让殿下别拒绝我们!

白金汉　我担心他会的。——凯茨比回来了。

　　　　〔凯茨比上。

白金汉　凯茨比,殿下怎么说?

凯茨比　大人,他不明白你为何召集这么多市民来见他,事先也不打个招呼。他担心,大人,你对他不怀善意。

白金汉　我很难过,我的高贵的贤弟居然会怀疑我对他不怀善意。我可以对天发誓,我们来到这里完全出于对他的爱戴。因此,请你再去禀报一次。(凯茨比下)虔诚的教徒一旦用心于功课,想让他离开真是太难了,潜心的默祷是何等美妙啊。

　　　　〔理查登上楼台,两主教侍立左右。凯茨比重上。

市长　看,殿下出来了,就站在两个教士中间!

白金汉　那是两根道德的支柱,基督教的君王凭此将超脱于人间虚荣。看,殿下手上还拿着一本祈祷书,那是圣洁者特有的标志啊。——名扬四海的普兰塔琪纳特,无比仁慈的亲王,请您屈尊

　　　　垂听我们的祈求,原谅我们冒昧打断您潜心圣事的热忱。

理查　　大人不必为此道歉。倒是我应该请求阁下原谅:刚才我一心
　　　　服侍上帝,怠慢了来访的朋友。此事先不管它,阁下来此有何
　　　　见教?

白金汉　　我们别无所求,只求一件上顺天意,下应民心,有利于这个
　　　　无主的岛国的大事。

理查　　我还以为自己犯了什么错,惹恼了这个城市的百姓,你是前来
　　　　对我的愚顽兴师问罪的。

白金汉　　您确实犯了错误,殿下。但愿您能应我等所求,改正您的
　　　　过错。

理查　　当然,否则就不配生活在基督徒的国度里了。

白金汉　　那好,您应该知道,您的错误就在于再三推辞至尊的权位,
　　　　至高的宝座,祖先留下的基业;那是你的幸运,与生俱来的权利,
　　　　你们家族代代相传的荣耀,你不该听凭它被不肖的一房肆意践
　　　　踏。就在你温情脉脉,昏昏入睡之际,我们煌煌岛国已经千疮百
　　　　孔,肢体残缺,为此,我们要呼唤你从沉睡中醒来。我们的国家,
　　　　已因丑闻而破相,她的脸上长满了疮疤;她的王室血统嫁接了卑
　　　　贱的根株,眼见就要坠入黑色的遗忘和阴森的湮没的深渊了。
　　　　为了重整纪纲,再造帝业,我们衷心恳求殿下负起重任,君临天
　　　　下——不是做护国公、大管家、代言人,或为人作嫁的什么经纪、
　　　　助理,而是依据代代相传的血统,与生俱来的权利,实行您至高
　　　　无上的统治,拥有您自己的王国。为此之故,我才跟了这些崇敬
　　　　您、爱戴您的市民朋友来到这里,在他们热烈的鼓动下,向殿下
　　　　大人斗胆劝进。

理查　　就我现在的身份和你的处境而论,我真不知道悄然离开好呢,
　　　　还是对你严加训斥才是。如果不作回答,你也许会以为我怀有
　　　　野心而不便开口,内心早已默许你刚才冒昧地要求我承领的那
　　　　顶金色的王冠;如果我训斥你,你的诉请又显然出于对我的挚

爱,训斥你意味着辜负了朋友的诚意。为了避免第一种情况出现,同时也防止第二种情况发生,我想开诚布公地向你们做以下答复:诸位的爱戴,我深为感激;但我自揣浅陋,恐难孚厚望。即便一切妨碍都已消除,时机也已成熟,由我继承大统已是名正言顺,称王之路一片坦荡,但我仍觉得自己志气贫乏,缺陷多多,为此之故,我宁可远避为王者的至尊之荣——我像一叶扁舟,不敢弄潮于浩淼的大海——更不想觊觎于王权,让自己窒息在荣耀的迷雾中。感谢上帝,我不是一个必需之人;即便需要,我也才能有限,难堪重任。王室之树尚有王室之果留存,只要假以时日,那果实便能日渐成熟,适合荣膺王权,造福于岛国百姓。因此,我要将你们推诿于我的责任推诿于他,因为那是他的福星赋予他的权利和幸运,上帝不允许我从他手里将它夺走。

白金汉　我的大人,你这番话足以证明你襟怀坦荡,但经过全面的权衡测度,又觉得你这样做未免太多虑,太琐碎了。你说爱德华是你的王兄的儿子,我们也这么说,但爱德华的妻子就不可以这么说。你的王兄最初跟露西小姐订有婚约——令堂大人尚在,她老人家就是见证——而后又派人向法王的姨妹波那郡主提亲。这两次婚约被他撇过一边,一个可怜的求情者,一个已有许多孩子的苦命母亲,一个美颜不再、命运不济、早已过了韶华之年的寡妇,居然征服了他那双好色的眼睛,使他置自己的帝王之尊于不顾,自甘堕落,犯下令人作呕的重婚罪。他就是在这样不合法的婚床上跟她生下这位爱德华的——我们出于礼节把他称为王子。我还可以说出一些更难听的话来,但出于对未亡人①的尊重,我只好略去不提。我们仁慈的大人,你就接受我们奉献的这份荣耀,登基称王吧。即便你不想赐福于我们和我们居住其间的这片土地,也应该拯救拯救你高贵的宗室,使它不因时弊而败

---

① 指约克公爵夫人。

坏,让王室血统千秋万代,永葆纯正!

市长　接受吧,我们的好大人,您的市民恳求您。

白金汉　伟大的君主,别拒绝我们奉献的这份挚爱。

凯茨比　让他们高兴起来;答应他们合理合法的诉请吧。

理查　哎呀,你们为什么要让我承受这么多的烦恼呢?我不适合做你们的君王。请你们千万别误会我;我不能够,也不愿意接受你们的提议。

白金汉　既然你拒绝我们的请求——出于爱心和热情,你不愿废黜那个孩子,你的侄儿,我们知道你有一颗妇人般的仁爱、温良之心,这从你对待你的亲属和各阶层的人士上可以看出——但你要知道,不管你是否接受我们的请求,你兄弟的儿子都不可以做我们的君主:我们会拥戴别人登上王座,让你的家族从此蒙羞,一蹶不振。我们抱着这样的决心向你告辞。——市民们,我们走吧。基督的伤口为我做证,我再不求他什么了。

理查　啊,不要赌咒,我的白金汉大人。(白金汉、市长、市政官员、市民下。)

凯茨比　把他们叫回来,亲爱的殿下。接受他们的请求吧。如果你执意拒绝,整个国家会为之惋惜的。

理查　你们一定要让我陷入无穷的烦恼吗?那就叫他们回来吧。人非草木,尽管这样做有违我的良心和灵魂,但我毕竟不是打不动的铁石心肠。

　　　〔白金汉及余人重上。

理查　白金汉贤弟,可敬的父老乡亲,既然你们一定要我驮起命运,负起大任,那我只好不顾自己的意愿,勉为其难承担这千斤重负了。你们如此强人所难,倘若由此招致他人对我的恶意诽谤和指摘,你们必须为我洗刷污点,还我清白。上帝知道,你们自己也看得出,这一切都不是我自己愿意的。

市长　上帝保佑陛下!我们心里清楚,会站出来为您说话的。

理查　到时候你们只要为我说明事实真相就行。

白金汉　那我就把您作为国王致敬了:理查王万岁! 英格兰的圣君万岁!

众人　阿门!

白金汉　加冕典礼明天举行如何?

理查　就按大人的意思办吧。

白金汉　那么,我们就在明天恭迎圣驾。现在,我们满怀喜悦之情,暂且告辞了。

理查　(向主教)来吧,让我们继续做功课。——再见,贤弟。再见,善良的朋友们! (各下。)

第 四 幕

第一场　伦敦;伦敦塔前

〔伊丽莎白王后、约克公爵夫人、道塞特侯爵夫人自一门上;葛罗斯特公爵夫人安妮及克拉伦斯之女玛格丽特·普兰塔琪纳特自另一门上。

公爵夫人　谁在这里迎接我们? 是我的孙女普兰塔琪纳特吗? 她慈祥的姊母葛罗斯特·安妮牵着她的手,我敢担保,她怀有一颗纯洁的爱心,一定是去伦敦塔看望温和的王子的。媳妇,幸会幸会。

安妮　上帝保佑两位夫人幸福安康!

伊丽莎白　上帝也保佑你们,好妹妹。到哪里去?

安妮　就这里的伦敦塔,去看望两位温和的王子;我猜想,你们也是去看望他们的吧?

伊丽莎白　好妹妹,谢谢你。我们一起进去吧。

〔伦敦塔卫队长勃莱肯伯雷上。

伊丽莎白　真凑巧,卫队长来了。卫队长大人,亲王和我的小儿子约
　　克好吗?

勃莱肯伯雷　很好,亲爱的夫人。请原谅,我不能让你们去看望他
　　们。国王已经下达了严令。

伊丽莎白　国王?哪位国王?

勃莱肯伯雷　我指的是葛罗斯特公爵。

伊丽莎白　但愿主阻止他拥有国王的称号! 他想割断我们的母子之
　　情吗? 我是他们的母亲,谁能禁止我去见他们?

公爵夫人　我是他们的祖母;我要见一见他们。

安妮　我是他们的婶婶,对他们情同母子。带我去见他们。如果有
　　人问罪于你,我可以代你承担罪责,开脱你的责任。

勃莱肯伯雷　不行,夫人,不行。我不可以这样做。我必须遵守誓
　　言,请你们原谅我。(下。)

〔斯丹莱伯爵上。

斯丹莱　诸位夫人,如果我再过一个小时见到你们,我就得向约克公
　　爵夫人致以大礼了,因为您是两位王后的婆母和见证人。(向安
　　妮)来吧,夫人,您得马上去威斯敏斯特教堂,在那里加冕为理查
　　的王后。

伊丽莎白　哎呀,剪断我的束腰带,让我被囚禁的心房自由地跳动
　　吧,否则,这致人死命的消息要让我晕厥过去了。

安妮　可恶的消息! 令人不快的消息啊!

道塞特侯爵夫人　高兴点,母亲,您这是怎么啦?

伊丽莎白　媳妇啊,别再说了,赶紧逃命吧! 死亡和毁灭正追踪着
　　你,你婆婆的名字对她的子女是不吉利的。如果你想活命,摆脱
　　地狱的魔爪,就跨过海峡,去投奔里士满吧。去吧,赶快去,赶紧
　　离开这个屠宰场,免得这里又多一个冤魂。玛格丽特的诅咒应
　　验了,我死时既无儿女,又无丈夫,更不是英格兰至尊的王后。

斯丹莱　这个建议倒也明智,娘娘。(向道塞特侯爵夫人)赶紧抓住这转
　　瞬即逝的机会。我会给我的儿子写封信,说明你的情况,让他在
　　路上迎接你。事情紧迫,别耽误时间了。

公爵夫人　不祥的、悲惨的消息啊! 我的该受诅咒的子宫,死亡的温
　　床,你给这个世界产下了一个蛇怪,它那无法躲避的目光是专门
　　用来杀人的。

斯丹莱　(向安妮)走吧,夫人,走吧。我奉命而来,得赶紧交差。

安妮　我不愿去,但也只得去。我祷告上帝,但愿那套在我的额上的
　　金箍即刻变成火红的铁环,烧焦我的头颅! 但愿涂在我身上的
　　圣油变成致命的毒药,不等人们开口说"上帝保佑王后",我便中
　　毒而亡。

伊丽莎白　去吧,去吧,可怜的人儿。我不妒忌你的荣耀。别为了安
　　慰我而诅咒你自己了。

安妮　为什么不诅咒? 当初我现在这位丈夫来到我跟前时,我正在
　　为亨利护灵,他手上还沾有我那位天使般的丈夫的血没有洗净。
　　哎呀,当时我一边哭泣一边走在灵柩后面,当我看见理查那张脸
　　时,心里只有一个愿望:"但愿你遭到诅咒,因为你把年纪轻轻的
　　我变成了衰老的寡妇! 你一旦结婚,但愿痛苦萦绕你的婚床;如
　　果有女人失去理智,做了你的妻子,就让她因为你对我的丈夫犯
　　下的罪孽,活得比我还悲惨!"你们看吧,我还没来得及重复一遍
　　我的诅咒,转眼之间,我这女人的心就糊里糊涂地成了他甜言蜜
　　语的俘虏,使我自己成了诅咒的对象。从此以后,我的灵魂再也
　　得不到安宁:躺在他的眠床上,我再也享受不到一滴睡眠的甘
　　露,而是常常被他的噩梦惊醒。再说,由于我父亲的缘故,他也
　　恨我,用不了多久,我就会被他嫌弃了。

伊丽莎白　不幸的人,再见吧,我同情你的处境。

安妮　我也以我的灵魂为你的不幸悲伤。

道塞特侯爵夫人　再见,荣耀加身的苦命人!

安妮　　再见,荣耀离身的可怜人!

公爵夫人　　(向道塞特侯爵夫人)你去投奔里士满吧,愿你吉星高照!
　　(向安妮)你到理查那里去吧,愿仁德天使护卫你!(向伊丽莎白)你
　　上教堂避难去吧,愿你心境愉快!我自己得到坟墓里去了,和平
　　与安息与我同在!我已经历了八十多年的人间辛酸,每一小时
　　的欢乐总被一整周的痛苦打断。(欲行。)

伊丽莎白　　等一等,陪我回头再看一眼伦敦塔。古老的石头啊,可怜
　　可怜那两个娇嫩的孩子吧,他们是被妒忌幽禁在你们的墙体之
　　内的。对于这两个可爱的孩子,这样的摇篮实在太难堪了!粗
　　鄙的保姆,阴沉的老妪,请你们照料好年幼的王子,愚蠢而伤心
　　的母亲向石头们辞行了!(同下。)

第二场　　伦敦;王宫

　　　　[喇叭奏花腔。理查戴王冠盛装上;白金汉、凯茨比、拉克勒夫、洛弗尔
　　　　随上。

理查王　　你们都退到一边去。白金汉贤弟!

白金汉　　仁慈的陛下?

理查王　　扶我一下。(奏乐;理查登上王座)理查王遵从你的劝告,依靠
　　你的辅佐,就这样登上了高位。此等荣耀,我们是享之一时呢,
　　还是持之永久,欢欣百年?

白金汉　　当然是持之永久,欢欣百年!

理查　　白金汉啊,那我就充当一回试金石,看看你是不是十足的真
　　金。年轻的爱德华还活着。请你想想,下面我会怎么说。

白金汉　　说下去,可敬的王上。

理查王　　嗨,白金汉,我说我要做国王。

白金汉　　您已经是国王了呀,威名远扬的陛下。

理查王　　哈!我是国王吗?不错,现在是。但爱德华还活着。

白金汉　　是的,高贵的王上。

理查王　你觉得爱德华是"真正的、高贵的王子"①，应该继续活着吗？贤弟，你平时不是这样迟钝的。要不要让我说得明白一点？我希望那两个私生子死掉，此事即刻就办理。你现在怎么说？快说，一句话。

白金汉　一切按陛下旨意办理就是。

理查王　呸，呸，你简直就是一块冰；你的善意冻僵了。说，我要他们死，你同意吗？

白金汉　在我做出明确的回答以前，亲爱的王上，请允许我喘口气，请给我一点时间。我会很快回答您的。（下。）

凯茨比　（向身边的人）王上生气了。看，他在咬嘴唇呢。

理查王　（旁白）我宁可跟麻木不仁的傻瓜、没有头脑的贱人打交道。用沉思的目光打量我的人，都不是我所需要的。雄心勃勃的白金汉也变得谨慎起来了。——来人！

侍童　王上？

理查王　你知道有谁能被黄金收买，愿意替我秘密杀人吗？

侍童　我认识一位不得志的绅士，微薄的收入与他高傲的心气很不相称。金子对于他抵得上二十个雄辩家，为了金子，你可以让他干任何事。

理查王　他叫什么名字？

侍童　回禀王上，他叫泰瑞尔。

理查王　此人我见过。叫他到这里来，小子。（侍童下。）

理查王　（旁白）深谋远虑的白金汉，从此不再是我的股肱之臣。一直以来，他都不遗余力地支持我，怎么现在要停下来喘口气呢？好吧，你就喘你的气去吧。

〔斯丹莱伯爵上。

---

① 白金汉回答的原文是：true, noble prince；理查王故意理解为"真正的、高贵的王子"。

理查王　怎么样,斯丹莱大人? 有消息吗?

斯丹莱　禀报尊敬的王上,我听人说,道塞特侯爵已经逃到里士满那里去了。(侍立一旁。)

理查王　过来,凯茨比。你去散布谣言,就说我的妻子安妮患了重病。我要发布命令将她幽禁起来。你再给我找一个出身低贱的穷汉,我要马上把克拉伦斯的女儿嫁给他。克拉伦斯的儿子是个傻子,我用不着担心他。你在听吗? 怎么这样心不在焉? 我再说一遍,出去散布谣言,就说安妮王后得了重病,快要死了。此事关系重大,凡是有碍于我的一切希望,我都要扼杀在萌芽之中。(凯茨比下)我一定得将我的侄女①娶过来,否则,我的王国就不可能有牢固的根基。杀了她的兄弟,再娶她为妻,我的如意算盘未必成功。但我已经深陷于血泊之中,歇手不得了。我这双眼睛是从不流怜悯之泪的。

　　　　〔侍童率泰瑞尔上。

理查王　你就是泰瑞尔吗?

泰瑞尔　詹姆斯·泰瑞尔,陛下最忠顺的臣民。

理查王　此话当真?

泰瑞尔　仁慈的陛下,您可以考验我。

理查王　你敢帮我杀一个朋友吗?

泰瑞尔　一切遵从王上旨意。但我宁可杀两个敌人。

理查王　那好,就给你两个敌人:两个死敌,两个让我寝食不安的仇敌。我要你把他们给处置了,泰瑞尔,我指的是伦敦塔里的那两个私生子。

泰瑞尔　只要陛下设法让我接近他们,我即刻就能为您去掉这两块心病。

理查王　你的回答就是美妙的音乐。听着,泰瑞尔,你过来。这是你

---

①　指爱德华四世之女伊丽莎白,后来成了亨利七世里士满的王后。

的凭证。站起来吧,离我近一点。(耳语)就交代你这么多。事成之后,我会更喜欢你,重用你。

泰瑞尔　我即刻去办理。(下。)

　　　〔白金汉上。

白金汉　王上,您刚才垂询于我的那件事,我已经想好了。

理查王　此事随它去吧。道塞特已经逃到里士满那里去了。

白金汉　此事我听说了,王上。

理查王　斯丹莱,里士满可是你妻子的儿子。你得留心点。

白金汉　王上,我要求得到您的赏赐,那是您凭荣誉和信用保证过的。赫里福德伯爵的领地和爱德华的动产,那都是您亲口答应过我的。

理查王　斯丹莱,看好你的妻子。如果她跟里士满有书信来往,我拿你是问。

白金汉　王上陛下对我的合理要求怎么说?

理查王　我记得很清楚,亨利六世曾预言里士满将成为国王,当时里士满还是个淘气的小男孩。成为国王! 有这可能,有这可能——

白金汉　王上!

理查王　凑巧的是,预言家说这话时我偏偏不在场;如果我在场,看我不杀了这个里士满。

白金汉　王上,您答应过我的伯爵领地!

理查王　里士满! 上次我巡视埃克塞特,那里的市长毕恭毕敬地向我介绍那座城市,他就管它叫里奇满①,我听了这个字便大吃一惊,因为爱尔兰一位游吟诗人对我说过:只要见到里士满,我的寿命就不长了。

白金汉　王上!

_____

① 　Richmond 与 rougemont 发音相近。

理查王　哟,现在几点了?

白金汉　我斗胆提醒陛下,您答应给我的赏赐。

理查王　好的,但现在几点了?

白金汉　刚敲过十点。

理查王　那好,就让它敲下去吧。

白金汉　怎么就让它敲下去呢?

理查王　是你在不停地敲啊,你就是时鸣钟里那个小人,始终在你的
　　　　乞求和我的沉思之间摆动。但我今天心情不好,不想给你什么
　　　　赏赐。

白金汉　那就请陛下给我一个明确的答复吧。

理查王　你烦扰我了。我现在没那个心情。(除白金汉外,余人皆下。)

白金汉　怎么会这样呢?我为他出生入死,他就这样报答我吗?我
　　　　辅佐他登上王位,就该得到这样的羞辱吗?

　　　　　　想想黑斯廷斯的下场吧,此地不宜久留;

　　　　　　我得赶紧返回布雷肯①,趁脑袋尚在肩头。(下。)

第三场　伦敦;王宫

[泰瑞尔上。

泰瑞尔　血腥的暴行已经实施,这场屠杀是这个岛国犯下的最令人
　　　　发指的罪恶。无情的杀戮是我收买德顿和福勒斯特两人干的,
　　　　尽管他们是杀人的行家,嗜血成性的恶狗,一谈到两位王子的
　　　　死,也不免柔肠寸断,大动恻隐。德顿说:"啊,那两个乖孩子就
　　　　这样躺着。"福勒斯特说:"他们雪白粉嫩的胳膊就这样,就这样
　　　　相互搂抱在一起。他们红艳艳的嘴唇,就像一根花茎上开出的
　　　　四朵玫瑰,在盛夏中以美相吻。他们的枕头边放着一本祈祷书,
　　　　那书差点让我不忍下手了。哎呀,都是那魔鬼——"那恶徒说到

───────────

①　布雷肯位于威尔士境内,是白金汉的家乡。

这里停下了,德顿接着说下去:"那是造物主最完美的杰作,最精美的创造啊,让我们给生生掐死了。"说到这里,两人都很沮丧;出于良心和悔恨,他们再也说不出话来。我于是离开他们,来这里向血腥的国王复命。

〔理查王上。

泰瑞尔　他来了。——至尊的君主万福!

理查王　善良的泰瑞尔,你带来让人高兴的消息吧?

泰瑞尔　如果办妥您所交办的事能让您高兴,那您就高兴吧,事情已办好了。

理查王　你亲眼看见他们死了?

泰瑞尔　是的,王上。

理查王　埋了吗,善良的泰瑞尔?

泰瑞尔　伦敦塔里的牧师负责埋的;至于埋在哪里,说实话,我倒不清楚。

理查王　泰瑞尔,晚饭后马上来见我,到时候再跟我说说他们死时的情景。在这以前,你可以想想我会给你的好处,想想向我讨点什么样的赏赐。再见!

泰瑞尔　小的向陛下告辞了。(下。)

理查王　我已将克拉伦斯的儿子严密看管,他的女儿已被我嫁给了穷汉,爱德华的两个儿子已在亚伯拉罕的怀里长眠①,我的妻子安妮已向这个世界道过晚安②。据我所知,布列塔尼的里士满想娶我哥哥爱德华的女儿为妻,通过这桩婚姻,显然对王位虎视眈眈。我得抢在他前面,做一个快活的求婚者。

〔拉克勒夫上。

拉克勒夫　王上!

———————————

①　《新约·路加福音》第十六章第 22 节云:后来那讨饭的死了,被天使带去放在亚伯拉罕的怀里。

②　安妮死于 1485 年 3 月,死因有多种说法,有人怀疑是中毒而亡。

理查王　你如此冒冒失失,给我带来好消息还是坏消息?

拉克勒夫　坏消息,王上。伊利主教摩顿跑到里士满那里去了;白金
　　　汉在好战的威尔士人的支持下,已经起兵,他的人马越来越
　　　壮大。

理查王　白金汉和他的乌合之众不足为虑,伊利和里士满才是我的
　　　心腹之患。我深深懂得,畏首畏尾只会贻误战机,削弱自身的力
　　　量,最后导致毁灭。那就让神使墨丘利成为我的翅膀,让他为一
　　　个国王火急传递信息吧!

　　　　快将人马召集起来! 让战盾做我的顾问;

　　　　既然逆贼已经起兵,我们必须即刻上阵。(下。)

第四场　伦敦;王宫前

　　　〔玛格丽特王后上。

玛格丽特　挂满枝头的果实已经成熟,很快将掉进死神腐朽的嘴里。
　　　这些年我一直隐身而居,观察着我的仇敌一天天走向没落。我
　　　看见惨剧的序幕已经拉开;等我回到法国,但愿他们的结局也是
　　　那般的痛苦、绝望而悲凉! 可怜的玛格丽特,你且躲一躲。是谁
　　　来了?(避过一旁。)

　　　〔约克公爵夫人、伊丽莎白王后上。

伊丽莎白　我可怜的王子,年幼的孩子,我那尚未开放、芳香初露的
　　　花朵啊! 如果你们可爱的灵魂仍飞翔在空中,尚未进入万劫不
　　　复的冥府,就展开你们轻灵的翅膀,飞到我的身边来,听听你们
　　　母亲的哭诉吧。

玛格丽特　(旁白)飞到她身边,对她说:苍天有眼,你的孩子受到报
　　　应,他们的清晨已化为暗夜。

公爵夫人　无穷的悲痛已让我哭哑嗓子,如今我欲言无语了。爱
　　　德华·普兰塔琪纳特,你怎么就死了呢?

玛格丽特　(旁白)普兰塔琪纳特报复普兰塔琪纳特,爱德华因爱德华

而偿命。

伊丽莎白　上帝啊,你为何离弃如此温顺的羔羊,让他们填塞豺狼的饥肠? 当暴行发生时,你怎么睡着了?

玛格丽特　(旁白)上帝是在虔诚的哈利和我的儿子死亡时睡着的。

公爵夫人　活着等于死亡,睁眼等于瞎眼,我们是活着的孤魂野鬼! 痛苦的场景,人间的耻辱,坟墓为活人所侵占! 痛苦岁月的缩影和记录,英格兰这片讲究法纪的土地已无法纪可言,生灵涂炭,民不聊生,无辜者的鲜血已将它灌得酩酊大醉!(坐下。)

伊丽莎白　上帝啊,与其让我活着伤心,倒不如给我一座坟墓,好让我在那里藏起我的骨骸,无须在这里活受罪。啊,人世间还有谁能比我们更命苦啊。(在公爵夫人身边坐下。)

玛格丽特　(从隐身处走出)如果旧时的伤痛更值得尊敬,那你们得让我拥有优先权,允许我率先倾诉我的痛苦。如果悲伤需要悲伤做伴,那就先听听我的不幸,然后再细述你们的辛酸。我有一个爱德华①为理查所杀;我有一个哈利,也为理查所杀。你们有一个爱德华②,为理查所杀;你们还有一个理查③,也为理查所杀。

公爵夫人　我有一个理查④,是被你杀死的;我还有一个拉特兰,是你同谋杀害的。

玛格丽特　你还有一个克拉伦斯,也为理查所杀。你的子宫就是一个狗窝,从那里爬出一只地狱的看门狗,专来索取我们的性命。那只恶狗尚未睁开眼睛便长出牙齿,他撕咬羔羊,吸食温良的鲜血;他是上帝所造之物的毁损者,人间最凶残的暴君;他是哭泣的灵魂的主宰;他来自你的子宫,存心要把大家都送进坟墓。公正、正义、主持公道的上帝啊,我得如何感谢你好呢? 是你让这

---

①　指玛格丽特的儿子。

②　指爱德华四世之长子。

③　指爱德华四世之次子。

④　指约克公爵,公爵夫人的丈夫。

只食肉的恶狗扑向他母亲生下的同胞骨肉,让她也跟别人一起哀号痛哭了!

公爵夫人 哈利的妻子啊,你别因我的痛苦而幸灾乐祸了!上帝为我做证,我也为你的不幸流泪过的。

玛格丽特 让我把话说完。我一直渴望复仇,但此刻也厌倦了这样的冤冤相报。你那个杀死了我的爱德华的爱德华,已经不在世;为了偿还我的爱德华的血债,你的另一个爱德华也死了;年幼的约克是搭上去的,因为他们两人抵销不了我的十全十美的爱德华。你的克拉伦斯捅死了我的爱德华,他也死了;这场疯狂的杀戮的旁观者,包括犯奸的黑斯廷斯、利佛斯、伏昂、葛雷等人,都已死于非命,埋入幽暗的坟墓。然而,理查还活着,这位地狱的恶使之所以留下来,为的是让他诱惑更多的灵魂下地狱。但他无人怜悯的可悲的结局也已近在眼前。大地裂开大口,地狱燃起烈火,魔鬼在呼喊,圣徒在祈祷,都想将他即刻从人间带走。亲爱的上帝啊,我祈求你尽早夺取他的寿元,好让我活着说一句:“这只恶狗死了。”

伊丽莎白 哦,你确实预言过:总有一天,我得希望你帮我诅咒那只鼓着肚子的蜘蛛,那只驼背的毒蛤蟆!

玛格丽特 我当时就称你为我宝座上虚幻的装饰,可怜的影子,画中的王后,我昔日的翻版,凄凉的殡礼中花哨的仪仗;我预言你爬得越高会摔得越惨;你有两个漂亮的孩子,那只是命运对你的嘲讽;我说你的荣华富贵只是一场春梦;我说你是一面俗丽的旗帜,每一个危险的射手都可以将你当作靶子。你充其量不过是荣耀的一块招牌,一阵风,一个影,一位供人取笑、用于补场的王后。你的丈夫现在哪里?你的兄弟现在哪里?你的两个儿子现在哪里?你的欢乐又在哪里?现在还有谁有求于你,跪在你面前高呼“上帝保佑王后”?那些朝你作揖、向你献媚的王公贵族哪里去了?那班前呼后拥跟着你的侍从哪里去了?仔细想想这一切,看看在你身上究竟发生了什么:你从一个幸福的妻子变成了最不幸的寡妇;从一个欢乐的母亲变为一听见"母亲"这称呼就得伤心流泪的人;原先是别人有求于你,现在是你低三下四求人;原先是你瞧不起我,现在是我瞧不起你;当初人人畏惧你,如今是你整天提心吊胆;当初是你号令天下,如今再没有人为你出力卖命。公正的幸运之神就这样来了个大转弯,将你遗弃在路上,任凭时间将你摧残;现在你能做的只是回忆昔日的荣华,徒增伤感地想想今日的困窘。你篡夺了我的王后之位,不也同时篡夺了同样多的痛苦吗?我所负的重轭的一半,如今已由你骄傲的脖子承担去了;现在我还要从轭下抽出我的头颅,干脆将全部重负留给你。再见吧,约克公爵夫人,苦命的王后!等我回到法国,英格兰的这些伤心事都将成为我的笑谈。(准备起身。)

伊丽莎白　哟,你太擅长于诅咒了,请等一等,教教我如何诅咒我的敌人。

玛格丽特　晚上少睡觉,白天少吃饭;想想今日的苦难,比比已逝的幸福;把你的孩子想象得更可爱,把杀害他们的凶手想象得更可恶。夸大你的损失,让作恶者显得更恶毒;仔细想想其中的道理,你就学会怎样诅咒人了。

伊丽莎白　我的语言很迟钝,请教我怎样使它变得锋利。

玛格丽特　你的悲伤能磨快它,变得跟我说的一样锋利。(下。)

公爵夫人　患难者为何总有说不完的话?

伊丽莎白　律师滔滔不绝地为当事人辩护,无望的继承人谈论无望的欢喜,贫穷的演说家唠叨自己的悲伤,这些人你得让他们把话说够!虽然这样的倾吐于事无补,但能畅快他们的胸襟。

公爵夫人　说得在理,我们不能再沉默。随我来,我那该死的儿子活活掐死了你的两个儿子,我们就用尖刻的言辞把他活活呛死。(号角声起)喇叭响起来了。让我们大张挞伐,一吐为快!

〔鼓号齐鸣。理查王率军队上。

理查王　是谁阻挡我军前进？

公爵夫人　是我，坏蛋！是那个早该把你扼杀在她该诅咒的子宫里的人：如果当初把你扼杀了，今天你所犯的种种屠杀罪也就被阻止了。

伊丽莎白　你以为一顶黄金冠冕就能遮住你的脸吗？如果正义确是正义，你的脸上就应打上两道烙印：一道说明你屠杀了拥有王冠的君主，另一道说明你残害了我的儿子和兄弟。告诉我，可恶的奴才，我的孩子哪里去了？

公爵夫人　你这蛤蟆，你这蛤蟆，你的兄弟克拉伦斯哪里去了？他的儿子小奈德·普兰塔琪纳特哪里去了？

伊丽莎白　温和的利佛斯、伏昂、葛雷哪里去了？

公爵夫人　善良的黑斯廷斯哪里去了？

理查王　喇叭，吹起来！战鼓，敲起来！别让上天听见这两个饶舌的女人咒骂受膏的君主。敲啊，我说！（鼓号齐鸣）你们放耐心点，好好向我请求，否则，我就用战争的喧嚣盖过你们的吵闹。

公爵夫人　你是我的儿子吗？

理查王　当然是，这我要感谢上帝，感谢父亲和您本人。

公爵夫人　那你就耐心地听听我不耐心的声音。

理查王　夫人，我的天性有点像您，容不得别人对我说三道四。

公爵夫人　让我说下去！

理查王　那就说吧，反正我不在听。

公爵夫人　我会尽量平心静气地说。

理查王　说简单点，好母亲，我正忙着呢。

公爵夫人　有这么忙吗？上帝知道，我可是怀着痛苦，忍着煎熬，一直在等你。

理查王　我这不是来安慰您了吗？

公爵夫人　什么安慰！神圣的十字架可以见证，你自己心里十分清楚：你来到这个世上，就是想让人间变成地狱。你的出世让我承受的只有痛苦。你从小乖僻、任性；读书时就凶狠、恶毒、粗野、暴躁；少年时便大胆妄为，无法无天；随着年龄增长，越发变得傲慢、阴险、狡猾、残忍；再到后来，表面上温和了些，实际上笑里藏刀，危害更大了。有你这样的逆子在我身边，我何曾有过一时半刻的安慰呢？

理查王 的确没有。不过，当我肚子饿了时，也曾喊过您吃早饭的。既然您看我那么不顺眼，就让我率军过去，免得再冒犯您，夫人。——把鼓敲起来！

公爵夫人 你让我把话说完。

理查王 您的话太尖刻了。

公爵夫人 就听我一句话，以后再也不跟你说话了。

理查王 那好吧。

公爵夫人 上天有眼，这次要么是你等不到战争胜利就死于沙场，要么就是我因悲伤和年迈与世长辞，永远再见不到你的那张脸。我这严厉的诅咒将追随着你，在你与人作战的那一天，它将始终萦绕在你的心头，比你身上穿的盔甲还要沉重。我的祈祷将与你的敌人并肩作战，爱德华的儿子的幽灵也将向你的敌人耳语祝福，护佑他们获得成功和胜利！你这人太血腥，血腥也将是你的下场；不管是死是活，耻辱永远与你相伴。（下。）

伊丽莎白 虽然我有更多的理由诅咒你，但我已提不起这精神；我就对夫人的话说声阿门吧。（欲行。）

理查王 等一等，嫂子，我有话跟你说。

伊丽莎白 我已没有王室血统的儿子可供你屠杀。我的几个女儿，理查，她们都将去做虔诚祈祷的修女，而不做哭哭啼啼的王后，因此，你就用不着谋害她们的性命了。

理查王 你有个女儿叫伊丽莎白，既贤淑又漂亮，既高贵又谦和。

伊丽莎白 她得因此而死吗？啊，你就让她活下去吧。我会设法败坏她的美德，污损她的容貌；我还可以诽谤自己，说自己不忠于爱德华,使她蒙受了耻辱,背上了污名。只要你能放过她,让她免遭血腥的屠杀,我可以承认她不是爱德华的亲生女儿。

理查王 别亵渎她的出身;她是我们王室的公主。

伊丽莎白 只要能救她的性命,我可以说她不是。

理查王 她的性命因出身而安全。

伊丽莎白 她的两个兄弟就因安全的出身而送命。

理查王 那是因为他们出生时不是吉星高照。

伊丽莎白 不对,那是因为有人六亲不认。

理查王 命中注定的,总是不可避免。

伊丽莎白 那倒也是,一旦这命运被为神所弃的人所掌握。如果你是个为神所爱的有福之人,那命中注定我的孩子就不会死于非命了。

理查王 听你的口气,好像是我杀害了我的侄子。

伊丽莎白 侄子,不错,是侄子,他们是被自己的叔叔骗去了安慰、王国、亲友、自由和性命的。不管是谁的手用刀刺进他们娇嫩的心脏,背后指使的那个人都是你。毫无疑问,那把杀人的屠刀不经你的铁石之心的磨砺,一定不够锋利,很难在我的羊羔的肚子里狂欢。要不是我狂野的悲痛被时间作弄得麻木起来,在我向你提起我的孩子以前,我的指甲早挖进你的眼睛。在这个恶浪滔天的死亡港里,我宁可充当一艘失去风帆和索具的小舟,在你岩石般的胸口撞个粉碎。

理查王 嫂子,祝福我出师顺利,在这场凶险莫测的血战中旗开得胜吧;你和你的家人曾经受过我的伤害,到时候我一定用更多的好处给你们补偿。

伊丽莎白 你能给我什么好处?还有什么好处被上天藏着掖着,未曾昭示?

理查王 亲爱的夫人,我要提挈你的孩子。

伊丽莎白 提到断头台上,然后砍脑袋吗?

理查王　提到尊严和幸运的顶端,提到人间荣耀的至尊之位。

伊丽莎白　用诳语虚言来戏弄我的悲痛。告诉我,你能转让给我的孩子的是怎样的身份、尊严和荣耀?

理查王　我所有的一切——对了,包括我自己和我的一切——我都要赠予你的一个孩子。但愿从此以后你能在灵魂的忘川里消除那些痛苦的记忆,不再把我当作罪人。

伊丽莎白　说明白点,我担心你的仁慈心不等把仁慈的话说完就已化为乌有。

理查王　那就告诉你吧:我从灵魂深处爱上了你的女儿。

伊丽莎白　我女儿的母亲得从灵魂深处想一想这个问题。

理查王　你想得怎么样?

伊丽莎白　你从你的灵魂深处爱上了我的女儿,你还从你的灵魂深处爱过她的两个兄弟,为此我要衷心感谢你。

理查王　别急于误解我的好意。我是说:我从灵魂深处爱上了你的女儿,我要把她立为英格兰的王后。

伊丽莎白　那么,你打算让谁来做她的国王呢?

理查王　当然是那个立她为王后的人。除了他还能是谁呢?

伊丽莎白　怎么,就你吗?

理查王　正是。这事你怎么看?

伊丽莎白　你怎么可以向她求婚呢?

理查王　这是我要向你请教的,因为你最了解她的脾性。

伊丽莎白　你要向我请教?

理查王　真心诚意,嫂子。

伊丽莎白　好吧,就让杀害她的兄弟的那个人给她送去两颗血淋淋的心,一颗心上刻下"爱德华",另一颗心上刻下"约克";她收到后也许会哭起来。那时就递给她一块手帕——就像当年玛格丽特把蘸了拉特兰的鲜血的手帕递给你的父亲那样——并对她说,这块手帕蘸的是她可爱的兄弟的血,她可以用它擦拭眼泪。

如果这样的劝诱还不能使她动心,就再送给她一封记着你的丰功伟绩的信。告诉她,你杀害了她的叔叔克拉伦斯,还有她的舅舅利佛斯,噢,对了,为了她的缘故,你还匆匆打发了她的好婶母安妮。

理查王 你在嘲讽我,夫人。这样做我是得不到你的女儿的。

伊丽莎白 再没有其他的办法了,除非你能换一张面孔,不再是做过这些事的理查。

理查王 如果说我做的这一切都是为了爱她呢?

伊丽莎白 那也无济于事,她只会恨你,因为你是用血腥的屠杀换取爱情的。

理查王 要知道,已经做出的事是无法挽回的。人有时难免做点傻事,过后静心想想,便会懊悔不迭。如果我从你儿子手里夺取了王国,作为补偿,我要把这个王国还给你的女儿。如果我杀害了从你的腹中产出的子嗣,为了加速你的家族的繁衍,我愿意借你的女儿延续你的血脉。就亲密的程度论,外婆这个称呼与母亲是相去不远的。无论儿子还是孙子,都是你的子嗣,他们只有一代之隔,都是你的骨肉,都是你的血亲,都从阵痛中分娩,不同的只是通宵呻吟的人从你自己换成了你为之呻吟过的一位。你的孩子是你年轻时的烦恼;我的孩子却能给你的晚年带来安慰。你的损失只是一个儿子没能做王,但通过这一损失,你的女儿成了王后。我已无法对你做出我所愿意的补偿,那就请你接受我能实施的这番好意吧。你的儿子道塞特如今在异国他乡过着提心吊胆的生活,这桩美满的姻缘能促成他即刻回国,晋升高位,安享尊荣。把你漂亮的女儿叫作妻子的国王一定会亲切地称你的道塞特为妻舅;而你又成了国王的母亲。痛苦的岁月所造成的废墟将以双倍的豪华重新建修。可不是吗?我们的好日子还都在后头呢。你曾经流过的泪滴那时还会涌出,但已化为晶莹的珍珠,你当初的辛酸换回的是二十倍利息的幸福!去吧,

我的岳母大人,到你的女儿那里去。用你的经验克服她的羞怯,
让她鼓起爱的勇气,准备谛听一个求爱者的倾诉。在她温柔的
心中燃起追求至尊之荣的火焰;让公主知道婚姻的欢乐是何等
的甜蜜、恬静! 待我这只手臂惩治了那个呆头呆脑的小小反贼
白金汉,我将戴着胜利的花环归来,把你的女儿带进征服者的洞
房。那时我要向她细述我的战功,称她为唯一的胜利者,凯撒的
凯撒。

伊丽莎白　那我得怎样向她说好呢? 就说她父亲的弟弟要做她的夫
主? 还是说她的叔叔? 或者就说杀了她的兄弟和叔叔的那个
人? 我得凭借什么名义代你向她求婚? 上帝、法律、我的名誉、
她的爱情,所有这一切哪一样让年纪轻轻的她更称心如意呢?

理查王　向她挑明:这桩婚姻能为美丽的英格兰赢得和平。

伊丽莎白　这和平还得用持续不断的战争来获取。

理查王　告诉她:是号令天下的国王向她求婚。

伊丽莎白　众王之王不许她同意这样的婚姻。①

理查王　告诉她:她将成为权倾天下的至尊王后。

伊丽莎白　还得辱没那个称号,像她的母亲那样。

理查王　告诉她:我将永远爱她。

伊丽莎白　那个称号能维持多久?

理查王　甜美地永远拥有,直至天年。

伊丽莎白　这天年能维持多久?

理查王　上天和造化允许她多久就多久。

伊丽莎白　该是地狱和理查高兴多久就多久吧。

理查王　告诉她:我是她的君主,又是她的臣仆。

---

①　按基督教戒律,叔侄间不可通婚。《旧约·利未记》第十八章第 17 节
云:不可露了妇人的下体,又露了他女儿的下体,也不可娶他孙女或外孙女,露
他们的下体,他们是骨肉之亲,这本是大恶。

伊丽莎白　只怕她这个臣仆厌恶你这个君主。

理查王　这就需要你为我侃侃陈辞。

伊丽莎白　做老实事说老实话，才能使人动心。

理查王　那你就老老实实告诉她，我对她一往情深。

伊丽莎白　老老实实说谎话，那是最恶劣的。

理查王　你的话太浅薄，太活络。

伊丽莎白　你错了，我的话太深沉，太死板。——我可怜的孩子呀，他们已在坟墓里，那里才是又深又死。

理查王　别再弹老调子了，嫂子。事情已经过去。

伊丽莎白　我要弹，一直弹到心弦绷断。

理查王　现在，就让我以圣乔治，以我的嘉德勋章，以我的王冠发誓——

伊丽莎白　圣乔治已被你亵渎，嘉德勋章已被你玷污，王冠是你窃取的。

理查王　我发誓——

伊丽莎白　别发誓了，因为你这不叫誓。被亵渎的乔治失去了崇高的荣誉；被玷污的嘉德典当了骑士的美德；被窃取的王冠辱没了国王的光荣。如果你想让别人相信你，最好拿你不曾糟蹋过的东西发誓。

理查王　那我凭我自己发誓——

伊丽莎白　你早被自己糟蹋。

理查王　那我凭这个世界发誓——

伊丽莎白　这个世界充满了丑陋的罪恶。

理查王　那我凭我父亲的死发誓——

伊丽莎白　你的生命已使他蒙受耻辱。

理查王　好了，我就凭上帝发誓——

伊丽莎白　你对上帝的亵渎最为严重。如果你害怕背弃凭上帝立下的誓约，你就不会破坏由我的丈夫一手促成的团结，我的兄弟也

就不至于上断头台。如果你害怕背弃凭上帝立下的誓约,戴在
你头上的这顶王冠就应该闪烁在我那娇嫩的孩子的额头,两位
王子一定仍健康地活在人间。但现在他们已与泥土为伴,你背
信弃义,使他们成了蛆虫的供养。你还能凭什么发誓?

理查王　我凭未来发誓。

伊丽莎白　未来也已经被你在已逝的岁月里糟蹋。我自己就因为过
去受了你的残害,今后还得流许多的泪水。那些父亲被你杀害
的孩子们还活着,今后没有人教诲他们,长大后也只有忧伤与他
们相随;那些孩子被你杀害的父母还活着,他们像干枯的树,晚
景必然凄凉。千万别拿未来发誓,因为未来已在你对过去的摧
残中毁灭。

理查王　我要让王室昌盛,我要悔过自新,但愿我在凶险莫测的战争
中无往不胜! 我要诅咒我自己! 如果我不能以真心的爱、纯洁
的奉献和神圣的思恋对待你美丽而高贵的女儿,就让上天和幸
运褫夺我一生的幸福! 白天,让我见不到阳光;晚上,让我不得
安眠! 所有的幸运星都跟我作对,成为我的克星! 我的幸福和
你的幸福都维系在她身上;如果我不能娶她,对于我自己,对于
你,对于她自己,对于这个国家,对于许许多多的基督徒,即意味
着死亡、荒芜、毁灭和腐败。没有她,这一切不可能避免,这一切
无法避免。因此,亲爱的岳母大人——我必须这样称呼你——
就请你代我向她表达爱意吧。向她说说未来的我,而不是过去
的我,说说我具有的价值,而不是我应得的惩罚。向她说说当前
的情况和必需,希望她晓明大义,顾全大局,不要一味斗气使性。

伊丽莎白　我应该这样受到魔鬼的诱惑吗?

理查王　应该的,只要这魔鬼诱惑你行善。

伊丽莎白　我应该忘记我是我自己吗?

理查王　应该的,只要关于你自己的记忆有害于你自己。

伊丽莎白　但确实是你杀害了我的孩子。

理查王　但我可以将你的孩子埋进你女儿的子宫,在那个由香木筑
　　就的巢里,他们将孵化成新的生命,给你带来安慰。

伊丽莎白　你真的要我按你的意愿说服我的女儿?

理查王　做好这件事,你就是幸福的母亲了。

伊丽莎白　我这就去。马上给我写封信,我会把她的意思及时告诉
　　你的。

理查王　代我亲吻我的心上人。再见!(伊丽莎白下)软心肠的傻瓜,
　　浅薄而多变的女人!

　　　　　〔拉克勒夫上。

理查王　怎么样,有什么消息?

拉克勒夫　无比威严的王上,一支强大的舰队出现在我们的西海岸;
　　同时,还有许多来路不明的人聚集在海岸边,他们没有武装起
　　来,好像也不打算把舰队赶走。舰队的首领估计就是里士满,他
　　们眼下仍按兵不动,只等白金汉的援兵接应他们登陆。

理查王　火速派人去见诺福克公爵。拉克勒夫,你自己走一趟,或者
　　让凯茨比去。凯茨比在哪里?

凯茨比　在这里,王上。

理查王　凯茨比,赶快去见公爵。

凯茨比　遵命,王上,我马上去。

理查王　拉克勒夫,过来。你即刻去索尔兹伯里。到了那里以
　　后——(向凯茨比)呆头呆脑、心不在焉的家伙,你怎么还在这里?
　　为什么不去见公爵?

凯茨比　威严的王上,您还没有告诉我向他下达什么谕旨呢。

理查王　噢,对了,好凯茨比。让他即刻征集一支最强大的军队,迅
　　速赶往索尔兹伯里与我会合。

凯茨比　我去了。(下。)

拉克勒夫　请陛下谕示,我去索尔兹伯里做什么?

理查王　是啊,我还没有去那里,你能做点什么呢?

拉克勒夫　陛下刚才让我即刻去那里的。

理查王　现在我改变主意了。

〔德比伯爵斯丹莱上。

理查王　斯丹莱,你有什么消息?

斯丹莱　没有能让王上高兴的好消息,也没有不便报告的坏消息。

理查王　嗨,猜谜啊!不好也不坏!明明可以直截了当说的话,何必绕那么大的圈子呢?什么消息,给我说清楚了。

斯丹莱　里士满已经在海上了。

理查王　让他淹死好了,让大海吞没他!懦弱的亡命之徒,他来干什么?

斯丹莱　不清楚,威严的王上,只能猜测。

理查王　那好,你猜测一下。

斯丹莱　他这次来英格兰,一定是受了道塞特、白金汉、摩顿等人的煽动,来这里争夺王位的。

理查王　王位空着吗?我的宝剑不好使了吗?国王死了不成?帝国无主了吗?除了我,约克家族还有活着的继承人吗?除了伟大的约克家族的继承人,还有谁做得了英格兰王?告诉我,他来到海上究竟要干什么?

斯丹莱　除此之外,王上,我实在猜不出。

理查王　除了来这里做你的王上,你便猜不出这个威尔士人究竟来做什么。我担心,你会背叛我,去投奔他吧。

斯丹莱　决不会,我的好王上。别怀疑我。

理查王　那你的军队在哪里?为什么不去赶走他们?你的佃户和追随者都到哪里去了?他们此刻该不会在西海岸为来自船上的叛贼做向导吧?

斯丹莱　我的好王上,我的朋友们现在都在北方。

理查王　冷漠的朋友!他们应该在西边为国王效劳,为什么待在北方呢?

斯丹莱　他们没有接到王上的命令。王上陛下可以允许我暂时离开,把我的人马召集起来;什么地方什么时候跟王上会合,一切听王上号令。

理查王　嘿,那时你正好去跟里士满会合了。我信不过你。

斯丹莱　无比强大的君主,您不该怀疑我的友谊。无论过去还是将来,我都忠心耿耿。

理查王　那就去召集你的人马吧,但得把你的儿子乔治·斯丹莱留下。注意你的忠诚,否则他的脑袋就不保了。

斯丹莱　为了证明我的忠心,王上怎样处置他都行。(下。)

　　　　〔使者甲上。

使者甲　仁慈的王上,我从朋友处获悉,德文郡的爱德华·库特尼爵士和他那位傲慢的哥哥,埃克塞特主教,已经纠集许多党羽起兵造反了。

　　　　〔使者乙上。

使者乙　王上,在肯特郡,吉尔福德这一族人已经起兵造反,随时都有更多的人投奔反叛者,他们的队伍越来越壮大。

　　　　〔使者丙上。

使者丙　王上,强大的白金汉的军队——

理查王　滚出去,猫头鹰!除了哭丧就没有其他消息了吗?(打使者丙)记住,有了好消息再来报告。

使者丙　我要向陛下禀报的是:由于遇上突发的山洪和暴雨,白金汉的军队都溃散了,他本人也走失了,至今下落不明。

理查王　请你多多包涵。这是给你的赏钱,你拿去治疗你的伤口。哪位办事稳妥的朋友愿意把这个叛徒带到这里来,向我领取丰厚的奖赏?

使者丙　王上,这样的告示已经张贴出去了。

　　　　〔使者丁上。

使者丁　王上,听说托马斯·洛弗尔爵士和道塞特侯爵已在约克郡起兵造反了。但我也有好消息带给您:来自布列塔尼的舰队被风浪冲散了。进入道塞特郡的里士满派了一只小船来到岸边，询问岸上的人是不是友军。岸上的人回答说：他们是白金汉的部队，是来接应他们的。但里士满信不过他们，张起帆返回布列塔尼了。

理查王　进军，进军！我们的军队已经集合，既然用不着与外敌交战，那就先平定国内的叛乱吧。

　　　　〔凯茨比上。

凯茨比　王上，白金汉公爵已经被擒了！这是特大的喜讯。但也有坏消息需要禀报：里士满伯爵率领一支大军已经在米尔福德港登陆①。

理查王　迅速向索尔兹伯里进军！等你慢慢拟定出周密的作战方案，争夺王位的战争早已分出输赢。传我的命令：把白金汉押到索尔兹伯里。其余的人跟上我！（喇叭奏花腔。同下。）

第五场　伦敦；斯丹莱勋爵府第

　　　　〔斯丹莱勋爵及神父克利斯朵夫·厄塞克上。

斯丹莱　克利斯朵夫神父，请你转告里士满，我的儿子乔治·斯丹莱现在作为人质扣押在凶险无比的野猪圈里；如果我起兵响应，我的乔治就小命不保了。有此顾虑，我现在不能支援他。你到他那里去，代我向你的主人致意。对他说，王后已经真心同意他娶她的女儿伊丽莎白。告诉我，高贵的里士满现在哪里？

克利斯朵夫　在威尔士的彭布罗克，或哈弗福德韦斯特。

斯丹莱　有哪些著名人士聚集在他身边？

克利斯朵夫　著名的华尔特·赫伯特将军，吉尔伯特·塔博爵士，威廉·斯丹莱爵士，牛津，令人闻风丧胆的彭布罗克，詹姆斯·布

---

①　米尔福德港在威尔士境内。这一次登陆在1485年8月，距前一次无功而返的进军（1483年10月）已近两年。

伦特爵士,莱斯·托马斯和他的一班勇士,还有许多声名显赫、出身高贵的人。如果路上没有遇到抵抗,他们率领的人马就要直逼伦敦城下了。

斯丹莱　　好,你赶紧到你的主人那里去。代我吻他的手。我的想法都写在这封信里。再见。(各下。)

第 五 幕

第一场　　索尔兹伯里;郊外

〔郡长率刀斧手押白金汉赴行刑场。

白金汉　　理查王不想跟我说几句话吗?

郡长　　不错,我的好大人。你就耐心点吧。

白金汉　　啊,黑斯廷斯和爱德华的儿子们,葛雷和利佛斯,神圣的亨利王和你的好儿子爱德华,伏昂和所有被阴险、卑鄙、非法的手段害死的人们,如果你们愤懑的冤魂能透过云层见到眼前的景象,你们就幸灾乐祸地嘲笑我的毁灭吧。伙计,今天是万灵节,是不是?

郡长　　正是,大人。

白金汉　　这么说,万灵节就是我的祭日了。爱德华王在位时,我曾经发过誓:如果我不忠于他的孩子和他妻子的亲属,就让这一天降临到我头上;如果我辜负了我最信任的人对我的信任,就让我在这一天遭受灭顶之灾。令我的灵魂战栗的是,这万灵节真的成了惩罚我的罪孽的绝命日。我轻慢了高踞天庭、洞察一切的上帝,他便让伪誓应验在我自己身上,当真将我戏言中所做的请求赐予了我。他让作恶者的利剑掉转剑头,对准作恶者自己的胸腔。玛格丽特的诅咒就这样落在我头上：她说过："总有一天他会撕裂你的心脏，让你伤心绝望，那时你就记得玛格丽特是先知了！"

　　来吧，执行官，请带我登上断头台；

　　恶有恶报，害人者终为自己所害。（同下。）

第二场　塔姆沃思附近营地

　　〔旗鼓前导，里士满、牛津、詹姆斯·勃伦特爵士、华特·赫伯特爵士及余人等上。

里士满　亲爱的战友们，在暴君的桎梏下伤痕累累的朋友们，我们长驱直入，未遇抵抗，现已进入英格兰的腹地。刚才我收到继父斯丹莱的来信，信中所述令人欣慰和鼓舞。那头邪恶的、血腥的、篡位的野猪糟蹋了你们绿油油的田野和丰收在望的葡萄园，像喝泔水一样大口吞食你们的鲜血，你们的腹腔已被他掏空内脏，成了他的食槽。据我所知，这头肮脏的野猪现在就在这个岛国中部的莱斯特城附近。从塔姆沃思到那里只有一天的路程。勇敢的朋友们，让我们以上帝的名义欢快地进军吧，通过这场浴血的战争，我们将收获永久和平的硕果！

牛津　每个人的天良就是一千把利剑，刺向这个罪恶滔天的刽子手。

赫伯特　连他的亲信都会倒向我们一边，对此我深信不疑。

勃伦特　他没有朋友，只有受他胁迫的乌合之众；一旦大难临头，他们便会纷纷离他而去。

里士满　一切都有利于我们。那就以上帝的名义前进吧！

　　真正的希望凭借燕子的翅膀迅疾飞翔；

　　它能使国王成为神明，使平民成为国王。（下。）

第三场　博斯沃思原野

　　〔理查王着戎装，率诺福克、拉克勒夫、萨里伯爵及余人上。

理查王　　我们就在这博斯沃思旷野安营扎寨吧。我的萨里贤卿,你
　　　　怎么满面愁容?

萨里　　我的心情比面容轻松十倍。

理查王　　我的诺福克贤卿——

诺福克　　仁慈的陛下,我在这里。

理查王　　诺福克,这一场是非打不可了,哈,你说是吗?

诺福克　　亲爱的王上,凡事都是先有付出,后有所取。

理查王　　搭起营帐! 今晚我就在这里睡觉。(士兵们开始为理查王搭帐
　　　　篷)明天睡哪里好呢? 唉,先过了今天再说。你们弄清了叛军的
　　　　人数没有?

诺福克　　最多不过六七千人。

理查王　　这么说,我们的军队是他们的三倍。而且,国王的名号就是
　　　　力量的堡垒,这是他们缺乏的。搭起营帐! 来吧,高贵的将军
　　　　们,我们去察看一下地形。去找几个精于战术的人过来。我们
　　　　的纪律一定要严明,行动要迅速;大人们,明天将是繁忙的一天。
　　　　(同下。)

　　　　〔里士满、威廉·勃兰顿、牛津、道塞特、勃伦特、赫伯特及余人自舞台
　　　　另一侧上。若干士兵为里士满搭起营帐。

里士满　　疲惫的太阳映照出一个金色的黄昏,凭借那辆火焰车留下
　　　　的灿烂印辙,可以预见明天的天气一定晴朗。威廉·勃兰顿爵
　　　　士,你负责扛我的军旗。给我的营帐里备点纸和墨,我要筹画一
　　　　下作战方略,给每位将领规定出各自的职责,为我们有限的军力
　　　　做出合理的部署。我的牛津大人,威廉·勃兰顿爵士,还有你华
　　　　特·赫伯特爵士,你们三人留在我身边。彭布罗克伯爵现在跟
　　　　他的兵团在一起。勃伦特队长,代我问候他,并通知他于深夜两
　　　　点到这里来。还有一事,好队长,你去办理一下:你知道斯丹莱
　　　　大人驻扎在哪里吗?

勃伦特　　如果我没有认错他的旗帜——我相信一定错不了——他的

部队就驻扎在南面,离理查王的主力至少半英里的地方。

里士满　如果有可能,亲爱的勃伦特,如果没有危险,请你想办法跟他接上头,把我这封极其重要的信件交到他手里。(递过一信。)

勃伦特　我以性命担保,一定把信送到。上帝保佑你今晚睡个好觉。

里士满　再见,勃伦特好队长。(勃伦特下)来吧,各位将军,我们来商量一下明天的作战计划。大家进我的帐篷去,晚上的露水寒气逼人。(众人进入营帐。)

　　　　〔理查王营帐。理查王、拉克勒夫、诺福克及凯茨比上。

理查王　现在几点了?

凯茨比　现在是晚饭时间,王上,已经九点了。

理查王　我不想吃晚饭。给我墨水和纸。我的护面甲改大了没有?我的盔甲送进营帐了吧?

凯茨比　是的,王上,一切都准备好了。

理查王　好诺福克,快去执行你的任务吧。一定要严密警戒;哨兵要选可靠的。

诺福克　我走了,王上。

理查王　善良的诺福克,明天早上百灵鸟一叫就起身。

诺福克　放心吧,王上。(下。)

理查王　凯茨比!

凯茨比　王上?

理查王　派一个传令官到斯丹莱的军团去,命令他在拂晓以前率领他的人马来到这里,否则他的儿子乔治将坠入永恒的黑暗的窟窿。(凯茨比下)给我倒一杯酒,点上计时的蜡烛。给我的白马套上鞍辔,以便明天的作战。检查一下我的长矛,不要选太重的。拉克勒夫!

拉克勒夫　王上?

理查王　有没有看见心情忧郁的诺森伯兰勋爵?

拉克勒夫　他和萨里伯爵托马斯黄昏时巡视了各支部队,鼓舞了士气。

理查王　这我就放心了。给我来一杯酒。我的心情轻松不起来，平
　　时常有的兴致也不见了。(酒送上)放那儿吧。墨水和纸准备好
　　了没有？

拉克勒夫　准备好了，王上。

理查王　吩咐我的卫兵注意警戒。你可以走了。拉克勒夫，子夜时
　　到我的营帐来，帮我穿上盔甲。你可以走了，我说。(拉克勒夫下。
　　理查王入睡。)

　　　〔里士满与众将领在营帐内议事。斯丹莱上。

斯丹莱　愿幸运与胜利永驻你的头盔！

里士满　愿黑夜所能赋予的全部安慰属于你，高贵的继父！告诉我，
　　我慈爱的母亲近来可好？

斯丹莱　我代你的母亲向你祝福，她每天都在为你的好运祈祷。家
　　事不便多说了。寂静的黑夜匆匆潜行，层层的暗云已在东方露
　　出丝丝微光。简单说吧——时间已是十分紧迫——赶紧准备明
　　天凌晨的战斗，将你的命运交给血腥的厮杀和面目狰狞的战争
　　来裁决。如有可能，我真想尽我最大的力量，在这吉凶未卜的争
　　战中助你一臂之力——但我此时却是心有余而力不足。我不能
　　直截了当地与你并肩作战；一旦被发觉，你的小兄弟乔治就要当
　　着他父亲的面被处死。再会吧。时间紧迫，形势严峻，容不得我
　　们细述亲情，从容地畅谈久别重逢后的家长里短。愿上帝日后
　　给我们从容的时间畅谈！再说一遍，再见吧。勇敢作战，旗开
　　得胜！

里士满　几位大人，护送他回到他的部队。尽管头绪纷繁，我还是要
　　挤出时间打个盹，以免明天在我需要展开胜利的羽翼高高飞翔
　　时被沉重的睡眠压垮。各位大人，再次向你们道一声晚安。(除
　　里士满外，余人皆下)主啊，我自认是你的护卫官，请你以慈祥的眼
　　睛惠顾我的部队，把你雷霆震怒时的武器交到他们手里，让他们

猛击篡位者,敲碎敌人头上的钢盔! 让我们成为你的执法者吧,我们将在胜利中称颂你的名字! 在我垂下眼帘以前,我将这颗警惕的灵魂交给你。 无论睡着还是醒着,愿你始终庇护我!(入睡。)

　　〔亨利六世之子爱德华亲王的幽灵上。

小爱德华的幽灵　　(向理查王)明天我要沉重地压迫你的灵魂! 记住,在蒂克斯伯里你是怎样刺杀风华正茂的我的。 你就绝望地去死吧。(向里士满)欢欣鼓舞吧,里士满,那些被屠杀的王子的冤魂都在帮你作战。 里士满,亨利王的儿子安慰你。(下。)

　　〔亨利六世的幽灵上。

亨利六世的幽灵　　(向理查王)当我活着时,我受膏过的躯体是被你戳成千疮百孔的。 想想关押在伦敦塔中的我,你就绝望地去死吧! 亨利六世诅咒你步入绝望和死亡!(向里士满)你是有德的,神圣的,你就是征服者! 亨利曾经预言过你将成为国王,现在他在你的梦中安慰你。 愿你昌盛无疆!(下。)

　　〔克拉伦斯的幽灵上。

克拉伦斯的幽灵　　(向理查王)明天我要沉重地压迫你的灵魂,我,可怜的克拉伦斯,遭你暗算,活活溺毙在酒桶里! 明天的战场上,你一想到我,你的钝剑就会掉地。 你就绝望地去死吧!(向里士满)你是兰开斯特家族的后裔,约克家族的冤魂为你祈祷。 愿善良的天使庇护你作战! 愿你昌盛无疆!(下。)

　　〔利佛斯、葛雷、伏昂的幽灵上。

利佛斯的幽灵　　(向理查王)我是被你害死在庞弗里特的利佛斯,明天我要沉重地压迫你的灵魂。 你就绝望地去死吧!

葛雷的幽灵　　(向理查王)想想被你害死的葛雷,让你的灵魂绝望吧。

伏昂的幽灵　　(向理查王)想想伏昂,你得心惊胆战,你的长矛得掉地。 你就绝望地去死吧。

众幽灵　　(向里士满)醒来吧,想想理查对我们犯的罪,你就能战胜他! 醒来吧,明天的胜利属于你。(同下。)

〔黑斯廷斯的幽灵上。

黑斯廷斯的幽灵 （向理查王）血腥的、罪恶的理查，在罪恶中苏醒吧，
到血腥的战斗中结束你的性命！想想黑斯廷斯勋爵，你就绝望
地去死吧。（向里士满）宁静而平和的灵魂，醒醒吧，醒醒！披上
武装，投入战场，为了美丽的英格兰，打败理查王！（下。）

〔两位小王子的幽灵上。

两王子的幽灵 （向理查王）你就在梦中见见被你掐死在伦敦塔的两
个侄儿吧。理查，让我们进入你的心房，压迫你坠入毁灭、耻辱、
死亡的深渊！你的两个侄儿的灵魂诅咒你步入绝望与死亡！
（向里士满）睡吧，里士满，在宁静中入睡，在欢乐中苏醒。善良的
天使庇护你免遭野猪的残害！幸福地活在人间，生育一代代帝
王！爱德华不幸的儿子祝你昌盛无疆！（同下。）

〔理查之妻安妮的幽灵上。

安妮的幽灵 （向理查王）理查，你不幸的妻子安妮，她在你身边从未
睡过一个安稳觉，现在她要让你不得安眠。明天你上阵厮杀，一
想到我便要钝剑落地。你就绝望地去死吧。（向里士满）你宁静
的灵魂，安静地睡吧。你将梦见成功和胜利！你的仇敌的妻子
为你祝福。（下。）

〔白金汉的幽灵上。

白金汉的幽灵 （向理查王）我是助你登基为王的第一人，却是认清你
暴君本性的最后一人。在明天的战场上，只要你一想到白金汉，
你就得死于负罪的恐惧！继续做你的梦吧，梦见血腥的暴行和
死亡。懊丧吧，绝望吧，在绝望中停止你的呼吸！（向里士满）我
没来得及助你一臂之力，便在追求希望中一命而亡。愿你振奋
精神，不要气馁。上帝和善良的天使都站在里士满一边；骄横的
理查必将覆灭在眼前！（下。）

〔理查王从噩梦中惊醒。

理查王 给我换马！帮我包扎伤口！发发慈悲吧，基督！——小声
点，我只是在做梦。懦弱的天良啊，你把我害苦了！蜡烛燃起了

蓝光①,现在已是死寂的午夜了。我浑身颤抖,因恐惧而直冒冷汗。我有什么可恐惧的呢?我是害怕我自己吗?我的身边没有其他人。理查爱理查;不错,我就是我。这里有凶手吗?没有。有,我就是。那就逃吧。怎么,逃离我自己吗?理由极其充分:担心我会被报复。怎么,我报复我自己吗?哎呀,我爱我自己啊。为什么?就为我给自己谋取好处吗?噢,不!哎呀,我应该痛恨我自己,因为我做过那么多可恨的事!我是一个恶徒。但宁可说谎,相信我不是恶徒。傻瓜,你该说自己好啊。傻瓜,别奉承自己了。我的良心有一千根舌头,每一根都能说出一个不同的故事,每个故事都谴责我为恶徒。背誓,背誓,最严重的背誓,谋杀,谋杀,最可怕、最残忍的谋杀,各种各样的罪恶,大大小小的罪恶,全都涌进审判厅,齐声高叫着:"理查有罪!理查有罪!"我只有绝望了。这世上没有一个人爱我,如果我死了,没有一个人同情我。连我自己都觉得我一点也不值得同情,别人为什么要同情我呢?刚才我看见所有被我屠杀的人都来到了我的营帐,每个亡灵都威胁说:明天要找理查报仇。

　　〔拉克勒夫上。

拉克勒夫　王上!

理查王　该死的,谁在叫我?

拉克勒夫　是我,王上。村里的公鸡已经向清晨致敬过两次了。您的朋友都已起身,穿上了盔甲。

理查王　拉克勒夫,我做了个可怕的梦。你觉得我们的朋友都靠得住吗?

拉克勒夫　当然靠得住,王上。

理查王　啊,拉克勒夫,我害怕,我害怕!

拉克勒夫　别害怕,我的好王上,用不着害怕虚幻的影子。

_____

①　迷信认为:蜡烛燃起蓝光,是鬼魂出现的征兆。

理查王　圣徒保罗为我做证,今晚那些幻影给我造成的恐惧远胜过浅薄的里士满率领的一万名全副武装的兵丁。天还没有亮;来,跟上我。我要到各个营帐偷听一下,看看有没有人打算临阵脱逃。(同下。)

〔里士满坐营帐中,众将领进入。

众将领　早安,里士满!

里士满　真对不起,各位尽心尽职的大人们,你们逮住一个贪睡的懒汉了。

一将领　大人睡得好吗?

里士满　你们离开以后,各位大人,我便昏昏沉沉地做了个最甜美、最吉祥的梦。我梦见那些被理查杀害的人都来到我的营帐,向我欢呼胜利。跟你们说句实话,一想起如此美妙的梦,我心里便喜不自胜。诸位,离天亮还有多久?

一将领　刚敲过四点。

里士满　哟,那该是整装待发,发布命令的时候了。(向将士作战前演说)亲爱的同胞们,我本有许多话要说,但时间紧迫,不容我说得啰嗦。但请大家记住一点:上帝和正义站在我们这一边。由圣徒的祈祷,含冤而死的灵魂的祝福所构筑的城垣,就耸立在我们面前。除了理查自己,所有跟我们作战的人都希望胜利属于我们,而不是他们所追随的那个人。他们所追随的究竟是一个什么样的人呢?同胞们,那人的确是一个嗜血的暴君,一个杀人犯;一个凭鲜血养育,凭鲜血起家的人;一个利用已有的权势发迹,然后又肆意屠杀功臣的人。此人原本只是一块卑贱、龌龊的顽石,凭借僭窃来的英格兰的王座的衬托才冒充起宝石。此人从来就是上帝的敌人。既然你们在跟上帝的敌人作战,主持正义的上帝一定会把你们作为他的士兵加以庇护。你们只有流血流汗推翻了暴君,才能高枕无忧,安享太平。你们在跟国家的敌人作战,国家的财富自当报偿你们付出的辛劳。你们在此作战,为的是保护你们的妻子，你们的妻子定当欢迎胜利者返回家园。如果你们从敌人的屠刀下解救了你们的孩子，你们的子孙定将细心照拂你们的晚年。因此，凭上帝之名，为了如许的正当理由，你们就高擎战旗前进吧！自觉自愿地将你们的剑拔出来吧！对于我，此次冒险之举的代价就是这具不久将躺卧在冰冷的土地上的冰冷的尸体；但如果我胜利了，我从此次行动中所获得的一切，定当与大家共同分享。把战鼓响亮地敲起来，把军号欢快地吹起来！为了上帝和圣乔治！为了里士满和胜利！（同下。）

〔理查王、拉克勒夫率侍从、士兵上。

理查王　诺森伯兰是如何评价里士满的？

拉克勒夫　说他从来没有受过战争的训练。

理查王　这是真话。萨里怎么说？

拉克勒夫　他笑笑说："那我们就有利了。"

理查王　他说得不错，事实确实如此。（钟声）告诉我几点了。给我一本历书。谁看见今天的太阳了？

拉克勒夫　没有，王上。

理查王　看样子太阳不肯露脸了；按日历算，一个小时以前它就该将东方照耀得金光灿烂。今天对于某个人一定是倒霉的日子。拉克勒夫！

拉克勒夫　王上？

理查王　太阳今天不肯露脸；天空阴沉沉的对我们的军队皱起眉头。但愿这些露珠都是从地上冒出的泪滴。太阳不愿露脸？这对里士满不也是一样吗？向我皱眉的同一个天空，对他也是哭丧着脸的。

〔诺福克上。

诺福克　拿起武器，拿起武器！王上，敌人已在叫阵了。

理查王　快，准备战斗，准备战斗！给我的马套上鞍鞯。传令斯丹莱，让他带他的人马过来。我要亲率大军应战，作战的部署作如下安排:前锋部队一字儿摆开,步兵和骑兵各占一半,弓弩手安插在他们中间。诺福克公爵和萨里伯爵负责指挥步兵和骑兵。他们进入阵地后,我将亲率主力作为后盾;主力的两翼由我们最精锐的骑兵队负责策应。这样的部署,再加上圣乔治的庇护,诺福克大人,你意下如何?

诺福克 部署得很好,英勇善战的王上。这是我今天早上在营帐里发现的。(递过一纸告示。)

理查王 (读告示)"诺福克的约基,作战不要太勇敢,你的主子狄肯,已难逃覆灭下场。"①

这是敌人的离间计。去吧,各位将领,到自己的岗位上去。别让喋喋不休的梦呓吓得魂飞魄散。良心是懦夫的托词,专门用来威慑强者的。我们强有力的臂膀就是良心,宝剑就是我们的法律!前进吧,勇敢地投入战斗!我们顾不了那么多,如果上不了天堂,就让我们手拉手进入地狱。(向士兵演说)对你们我还能再说些什么呢?请记住你们的对手是些什么人吧:他们是一帮流氓、无赖和逃犯,一堆布列塔尼的渣滓,一群下贱的奴才和乡巴佬,布列塔尼对他们厌腻了,便吐了出来,让他们到这里来铤而走险,白送性命的。你们睡着安稳觉,他们却来骚扰你们的安宁;你们有自己的土地和漂亮的老婆,他们却来抢夺你们的田亩,奸污你们的女人。为首的那个人,不就是长期待在布列塔尼,靠我的母亲养活的那个无名之辈吗?这是一个没有骨气的公子哥,一生中从未受过冻,鞋尖上从未沾过霜雪。让我们用皮鞭将这班流浪汉赶回到海的那边去。狠狠地鞭打这些法兰西的贱民,这些饿昏了头,活得不耐烦的叫花子。这群可怜的耗子若不是对这次愚蠢的冒险做着白日梦,早就因缺衣少食而上吊了。如果我们注定要被征服,那也得让堂堂的男子汉来征服我们,而

① 约基是诺福克公爵的昵称;狄肯为理查王的小名。

不是这班布列塔尼的杂种。我们的父辈就曾在他们自己的土地上痛快地教训过他们,史籍见证了他们是耻辱的继承人。这样一些人配得上分享我们的土地吗?他们有权利跟我们的妻子躺在一起,糟蹋我们的女儿吗?(远处鼓角声)听!我听见了他们的鼓角声。战斗吧,英格兰的将士们!战斗吧,勇敢的自由民!弓箭手,把弓拉满,一直拉到箭镞!骑兵们,狠踢你们骄傲的战马,在血泊中前进。即便只有断剑残戟,我们也要杀它个天昏地暗!

　　〔一使者上。

理查王　斯丹莱怎么说?他有没有率他的人马过来?

使者　王上,他拒绝过来。

理查王　砍下他的儿子乔治的脑袋!

诺福克　王上,敌人已经越过沼泽地了。等打完仗再处死乔治·斯丹莱吧。

理查王　我的胸中有一千颗雄心。高举战旗前进!扑向敌人!"公正的圣乔治!"——这古老的战争口号,带着火龙的愤怒激励着我们!冲啊!胜利属于我们的头盔!(下。)

第四场　博斯沃思原野

　　〔号角齐鸣;两军交战。诺福克率军几进几退。混战中,凯茨比上。

凯茨比　救驾!诺福克大人,快去救驾!国王无所畏惧,勇猛无比,创造了常人难以创造的奇迹。他的马被杀了,现在只能徒步作战,他要在死神的咽喉中寻找里士满。快去救驾,好大人,否则我们全完了。

　　〔理查王上。

理查王　给我一匹马,一匹马!我拿一个王国换一匹马!

凯茨比　暂时退过一边,王上。我帮你去弄马。

理查王　我拿我的性命作赌注,一定要在此分出输赢。我觉得阵地上有六个里士满,其中五个替死鬼已经死在我的剑下。一匹马,

一匹马,我拿一个王国换一匹马!(下。)

第五场 同 前

〔鼓角声。理查王及里士满上。两人交战;理查被杀。里士满下。吹收兵号,喇叭奏花腔。里士满重上;斯丹莱手捧王冠偕群臣随上。

里士满　赞美上帝!赞美你们的战功,凯旋的朋友们!胜利属于我们;这只嗜血的狗已经死了。

斯丹莱　(呈上王冠)英勇的里士满,你已圆满地履行了你的职责。看,这顶长期被僭占的王冠,我已从这个血腥的恶徒头上摘下来了。你可以用它一展你的光荣。戴上它,享受它,珍惜它吧。

里士满　伟大的主啊,让我对这一切说声"阿门"!告诉我,小乔治·斯丹莱还活着吗?

斯丹莱　活着,王上,他在莱斯特城,平安无事。如果你愿意,我们可以去那里歇歇脚。

里士满　双方有哪些著名人物阵亡?

斯丹莱　有诺福克公爵约翰,费莱斯勋爵华尔特,罗伯特·勃莱肯伯雷爵士和威廉·勃兰顿爵士。

里士满　按各自的身份体面地埋葬他们。对那些愿意归顺我们的逃兵,一律予以赦免。根据事先立下的誓约,我们要把红白玫瑰两大家族联合起来。① 上天向来不满于两族的争斗,现在可以对这美好的联合报以微笑了。听见我所说的话,哪个逆贼不为之祝福?英格兰长期陷入癫狂,结果弄得自己满目疮痍。兄弟间盲目残杀,父亲鲁莽地杀死自己的儿子,儿子不得不屠杀自己的父亲。约克家族和兰开斯特家族就这样相互成仇,陷入可怕的分裂之中。现在,就让里士满和伊丽莎白,两个王族的合法继承

---

① 根据誓约,里士满将娶爱德华四世的女儿伊丽莎白为妻,红白玫瑰两大家族实行联合。

人,遵循上帝的训令联为一体! 上帝啊,如果这正是你的旨意,就让他们的子孙安享温馨的和平,欣悦的财富、昌明的生活,使未来变得无限美好吧! 仁慈的主啊,请你毁损叛逆者的刀剑,别让流血的岁月重现,别让不幸的英格兰在血雨腥风中哀泣! 今天若有谁居心叵测,意欲伤害美丽的英格兰的和平,就别让他活着见到国家的中兴。

内战的创伤愈合,和平重获生机,

她将在岛国长驻,万民齐颂上帝。(同下。)

(陈才宇 译)

爱德华三世

　　《爱德华三世》约写于 1594—1595 年间,伦敦书业公所登记于 1595 年 12 月 1 日。1596 年以四开本刊行,出版商是卡斯伯特·伯比。但由莎士比亚的演员同僚编纂的第一套《莎士比亚全集》(即 1623 年的第一对开本)没有收入此剧;而后近 4 个世纪,虽有学者提出过肯定的意见,各种版本的莎士比亚全集(如牛津版、剑桥版、朗文版、阿登版)都没有接纳它。直到 1997 年,河滨版的编纂者第一次将此剧作为莎士比亚的作品印行于世。借助文体变化统计分析的成果,可以确认第一幕第一场,第二幕第一、第二场(有关伯爵夫人的描写),以及第四幕第四场是莎士比亚的手笔。其他部分,可能另有作者。

　　1623 年的第一对开本不收这个剧目,可能是关于苏格兰国王大卫和道格拉斯伯爵的负面描写触犯了忌讳;1603 年伊丽莎白女王去世,苏格兰的詹姆斯加冕为英格兰国王,他在位一直延续到 1625 年。假设第一对开本的编纂者在确知著作权的情况下而有意回避之,也是情有可原的。

　　莎士比亚其他 10 部历史剧主要描写英法两国之间的战争和红白玫瑰战争,这段历史的源头就在爱德华三世。有了这部作品,莎士比亚的历史剧就构成了一个有机的整体。

剧 中 人 物

爱德华三世

爱德华王子　威尔士亲王

沃里克伯爵

德比伯爵

索尔兹伯里伯爵

奥德莱勋爵

帕西勋爵

洛德威克　爱德华三世的秘书

威廉·蒙太古爵士

约翰·柯普兰爵士

罗伯特　阿图瓦伯爵

蒙特福德伯爵

英国乡绅二人

英国传令官

高宾·德·格雷

约翰二世　法国国王

查理王子　诺曼底公爵,法国国王之子

菲利普王子　法国国王次子

洛林公爵

维叶　法国勋爵

波希米亚国王

波兰军官

加来商人六人

加来贫民六人

加来市民二人

法国军官二人

另一军官

法国水手一人

法国信使三人

法国人四人

大卫二世　苏格兰国王

道格拉斯伯爵

苏格兰信使二人

菲莉帕　英格兰王后

索尔兹伯里伯爵夫人

法国妇女一人

侍从、士兵若干人

地　　点

英国;弗兰德斯;法国

第 一 幕

第一场　伦敦;王宫议事厅

〔爱德华王、德比、爱德华王子、沃里克、奥德莱及阿图瓦上。

爱德华王　阿图瓦的罗伯特,虽然你被你的祖国法兰西所放逐,但在
　　我这里,你依然拥有崇高的地位:我已敕封你为里士满伯爵。请
　　你将我们的谱系继续说下去。美男子菲利普①的王位是谁继
　　承的?

阿图瓦　他有三个儿子,都依次继承过大统,但都相继驾崩,没有留
　　下子嗣。

爱德华王　我的母亲是他们的姐妹吗?

阿图瓦　是的,陛下,伊莎贝尔是菲利普唯一的女儿,她后来嫁给了

---

　　①　美男子菲利普指法国卡佩王朝国王菲利普四世(1285—1314 在位)。

您的父王,并从她芬芳的子宫诞下您本人——欧洲的希望之花,法兰西王位的继承人。但您得留意那些叛逆者的用心:当菲利普的后裔逐一去世时,尽管您的母后成了第一顺位的继承人,但这些法国人却无视她的权利,宣布伐罗瓦一房的约翰为国王。他们的理由是:法兰西王国有的是出身高贵的王子;既然直系断绝男嗣,就不该让一个总督①来治理这个国家。这就是他们蔑视陛下,存心将您排除在外的特殊依据;但他们很快就会发现,他们那个自己捏造的依据就像一堆流沙,根本就站不住脚。我是个法国人,此话从我嘴里说出,也许有人会觉得我居心不良;但我可以对天盟誓,促使我在此侃侃陈词的是我对自己的国家和正义的热爱,并非出于仇恨或个人的恩怨。您是直系的继承人,我们和平的卫士,伐罗瓦的约翰只是个僭位者。哪个臣子不拥戴自己的君主呢? 如果我不去抑制僭王的傲慢之气,为拥立真命之君而竭尽绵薄之力,我作为人臣的职责又在哪里?

爱德华王　阿图瓦,你的建议犹如甘霖,滋润着我的尊严;你的话以火般的热力,点燃起我胸中那团一直被无知所淹没的勇气。现在,它就要插上光荣的金翼冲天而起,去证明伊莎贝尔的后裔有能力用铁轭套住他们顽固的脖子,让他们从此再不敢藐视我在法兰西至高无上的权利。(喇叭声)有使者来了! ——奥德莱大人,你去看看来者是谁。(奥德莱下,旋即重上。)

奥德莱　回禀陛下,洛林公爵渡海而来,请求您接见他。

爱德华王　让他进来。诸位大人,我们来听听他带来的消息。

　　　　　[洛林公爵及随从上。

爱德华王　洛林公爵大人,你来这里有何贵干?

洛林　声名远扬的法兰西国王约翰向你——爱德华,致以问候,并让我向你转达谕旨:吾王圣恩浩荡,赐你吉耶讷公爵领地,限嗣继

---

① 这里的"总督"指爱德华三世。

承;你则须向吾王俯首称臣。为此,你务必于四十日内赶赴法国
王宫,依例向法兰西国王陛下宣誓效忠;否则,你在该省一切权
益即刻撤销,领地仍归吾王所有。

爱德华王　你们看,我可是鸿运高照了! 刚打算上法兰西走走,就有
人邀请了我。如果不去吧,我还受到了惩罚的威胁。拒绝这样
的邀请呢,那我就成了怕挨打的小孩子了。——洛林,你回去代
我这样答复你的主子:我一定应邀拜访他。至于拜访的方式,恐
怕不是向他卑躬屈膝,而是像一个征服者,让他朝我下跪。他拙
劣而罔效的权宜之计,如今已大白天下,事实已揭下他脸上那道
用来掩饰欺诈与傲慢的面纱。他真够大胆啊,居然命令我效忠
来了! 告诉他:他头上那顶王冠是从我这里窃取的,他应该在他
的立足之地朝我下跪才是。我所要求的绝不是一个区区的小公
国,而是整个法兰西王国的统治权。如果他出于妒忌拒绝交出,
那我就拔掉他身上那些借来的羽毛,把他赤身裸体赶到荒野
里去。

洛林　你这般无理,爱德华,尽管你的臣僚都在场,我要对你表示公
然的蔑视。

爱德华王　蔑视吗,法国人! 我要让你的蔑视弹回到你主子的喉咙
深处去! 我怀着对我仁慈的父王和在场的大臣的崇敬之情跟你
说话,并将你捎来的信息当作无耻的谰言;派你来的那个人是只
偷偷爬上雄鹰窝巢的懒鸟。我们要刮起一阵风暴把他吹倒在
地,让他的累累伤痕成为对世人的警示。

沃里克　叮嘱他脱下身上穿的狮子皮,以免到了荒野碰上真狮子,因
为骄傲被真狮撕成碎片。

阿图瓦　我能给予法国国王最好的忠告是:投降要趁早,千万别等到
万不得已。自愿接受厄运,总比被强行暴打少一分耻辱。

洛林　无耻的叛徒,忘恩负义的毒蛇,法兰西是生你养你的地方,你
居然也参加了这场阴谋么?(拔剑。)

爱德华王　（拔剑）洛林，你看好了，我这把剑锋利无比，但燃烧在我胸中的意志比这剑还锋利百倍：每当我稍有懈怠、贪图安逸时，它就像扎穿夜莺胸膛的那根荆棘，将我刺得遍体鳞伤，直到我将战旗插上法兰西的土地。这就是我给你的最后答复。请回吧。

洛林　我不介意吹牛的英国人，最让我痛心的是他的一意孤行：这是最有害的，最要不得的。（洛林随侍从下。）

爱德华王　各位大人，我们的战船已经挂起风帆，挑战的手套已经抛下，战争很快就要开始；但要结束这场战争，恐怕来日方长。

　　〔威廉·蒙太古爵士上。

爱德华王　你怎么来了，蒙太古爵士？苏格兰和我们的联盟怎样了？

蒙太古　启禀威严的王上，联盟破裂了，解体了。背信弃义的苏格兰王一听说您撤回了军队，便把昔日的誓言抛之脑后，侵犯我边境的城镇。伯威克已被占领；纽卡斯尔遭到洗劫。现在，那暴君又将罗克斯堡团团围住，索尔兹伯里伯爵夫人身陷绝境，危在旦夕。

爱德华王　沃里克，伯爵夫人是你的女儿吧？她的丈夫长期在布列塔尼，为扶植蒙特福德作战，是不是？

沃里克　是的，陛下。

爱德华王　卑鄙无耻的大卫，为什么偏要率兵欺负一个无依无助的女流呢？我要让你把你的蜗牛角缩回去。——奥德莱，我先给你下达任务：你负责招募讨伐法兰西的新兵。奈德，你去集合我们的军队，从每个郡挑选出一支精干的部队：这些人应该身强体壮，斗志昂扬，无所畏惧，他们只担心自己的名誉受玷污。既然我们将与一个强大的国家进行一场举世闻名的战争，大家务必谨慎从事。德比大人，我派你作为使节去见我的岳父海诺特①伯爵，将我们的情况通报于他，并请他联合我们在弗兰德斯的盟

①　海诺特位于阿图瓦以东，里尔以南，属神圣罗马帝国。

友,以我的名义争取得到德意志皇帝的支持。我自己,在你们完成各自的任务以前,将率领我身边这支军队,即刻前去痛击背信弃义的苏格兰人。诸位大人,大家要坚定意志,因为我们得迎战各方面的敌人。——奈德,从现在开始,你必须忘记你的学业与书本,让你的肩膀习惯于甲胄的重负。

爱德华王子　战争喧嚣而起,声声震耳,我青春的热血为之沸腾,对我来说,这声音跟帝王加冕时臣民"吾王万岁"的欢呼一样悦耳动听!战争是一所荣誉的学校,我要从那里获取滋养:

　　　　若不是我的敌人战场上毙命,

　　　　就是我自己为了正义而献身;

　　　　快乐地前进吧!大家分头行动,

　　　　只有雷厉风行,霸业才能成功。(同下。)

第二场　罗克斯堡;城堡前

　　　[索尔兹伯里伯爵夫人登上城楼。

伯爵夫人　哎呀,我望眼欲穿,徒劳地盼望我的君主派兵来救!蒙太古贤侄啊,我担心你缺乏激情,在王上面前代我求援时未能慷慨陈词:你一定没有告诉他,一旦我成为苏格兰人的俘虏,将如何被人耻笑,陷入怎样的痛苦!他们要么用粗俗的誓言向我求欢,要么用野蛮的凌辱逼我就范。你一定没有对他说,如果那个苏格兰人在这里得逞,他们将怎样挖苦我们这些北方人,怎样用恶毒的、粗野的、轻佻的言语,对着贫瘠的、凄凉的、无益的天空吹嘘他们的征服和我们的覆灭。

　　　[大卫王、道格拉斯、洛林及众人上。

伯爵夫人　我的死敌来到了城墙脚下,我得先退下。且在一旁躲一躲,听听他们在得意忘形中说些什么愚蠢的话。(躲入城垛背后。)

大卫王　洛林大人,请代我向法兰西王兄致意,在基督徒的国度里,他是我们最尊敬、最爱戴的人。至于你的使命,请你回去向他禀报:我们不会坐下来跟英格兰谈判,不会让他们有好日子过,不会同意休战。我们要烧毁邻近的城镇,不断地袭击他们,一直打到约克城去。我们英姿勃勃的骑兵队不会卸鞍休息,他们那轻便的马嚼、灵巧的马刺不会生锈,他们的锁子甲不会闲置,他们用苏格兰桲木制作的花斑棍不会在城墙上悠然高挂,他们锋利无比的宝剑不会从紧扣的棕色皮带上解下,直到你们的国王高呼:"够了! 为了仁慈,饶过英格兰吧。"再见吧,告诉他,你是在这座城堡前跟我们分手的:你就说,在你离开我们时,这座城堡已经陷落,在我们的掌握之中了。

洛林　那我告辞了,我回去一定向我的国王转告您令人愉快的问候。

(下。)

大卫王　道格拉斯,我们现在回到原先的话题,继续谈谈如何分配这笔必然到手的战利品。

道格拉斯　王上,我不要别的,只要得到那位夫人就行。

大卫王　别急,大人;你得让我先挑,我首要先挑的就是她。

道格拉斯　王上,那就让我获得她的珠宝吧。

大卫王　珠宝是她自己的,永远是她的随身之物;谁得到她,谁就拥有她的珠宝。

〔一信使匆匆上。

信使　启禀王上,我们刚才在那边山坡上搜罗战利品,看见一支强大的军队正朝这里开来。阳光反射在他们的盔甲上,亮闪闪的一片,就像一座长矛的森林在向前移动。请王上赶紧拿定主意:用不了四个小时,这支大军的后队也将到达这里了。

大卫王　快撤! 快撤! 英格兰王来了。

道格拉斯　杰米,我的马夫呢,快给我的乌驹备鞍!

大卫王　你想跟他们交战吗,道格拉斯? 我们的力量太弱了。

道格拉斯　这我知道得很清楚,王上,快逃命吧。

伯爵夫人　(从隐蔽处走出)苏格兰王公们,歇歇脚,喝点什么吧?

大卫王　她在嘲笑我们，道格拉斯，我忍不下这口气。

伯爵夫人　我的好王上，请你说说，伯爵夫人究竟归谁？她的珠宝又该归谁？我相信，赃物还没分到手，你们是不会离开这里的。

大卫王　刚才信使的话她听见了；我们的交谈，她也听见了。她这会幸灾乐祸，在嘲笑我们呢。

〔另一信使上。

信使　拿起武器，各位大人！我们受到袭击了！

伯爵夫人　追上法国使节，王上，告诉他，你们不敢去约克城了；找个借口，就说您的骏马瘸了腿吧。

大卫王　这话她也听见了，真叫人气恼！再见吧，女人。尽管我离开这里——

伯爵夫人　不是因为害怕。但你毕竟还是逃走了。——啊，幸福的安慰，欢迎你的光临！那个自以为是、夸夸其谈的苏格兰人，曾在我的城墙脚下赌咒发誓：即便面对全英格兰的军队，他也不会后撤半步；可这会儿，一听到援军到来的消息，便怀着不要脸的恐惧，将背影一扭到底，像一阵呼啸的东北风，逃得无踪无影了。

〔蒙太古及众人上。

伯爵夫人　啊，多美好的一天！看，我的侄儿来了。

蒙太古　姑妈，你好吗？我们不是苏格兰人，你为什么不打开城门迎接你的朋友？

伯爵夫人　我热烈欢迎你，侄儿，你们来得好，把我的敌人赶走了。

蒙太古　王上陛下已亲临此城，亲爱的姑妈，快下来接驾吧。

伯爵夫人　王上万尊之躯，我得如何接待他，以尽为臣之道好呢？

（下城楼。）

〔喇叭奏花腔。爱德华王、沃里克、阿图瓦及众人上。

爱德华王　怎么，我们的猎狗还没有撒开腿，偷食的狐狸就逃得没了踪影吗？

沃里克　是的，王上，但凭一声欢呼，凶猛的猎狗刚开始追击，他们就溜之大吉了。

〔伯爵夫人率侍从上。

爱德华王　她不就是伯爵夫人吧，沃里克？

沃里克　正是，王上，她的美颜连暴君也敬畏。她就像一朵五月的鲜花，受过无情的风雨的摧残，如今已开始褪色、枯萎、凋零、衰败了。

爱德华王　这么说，她以前比现在还要美，沃里克？

沃里克　仁慈的王上，我见过她以前的模样，如果让过去的她站在这里，现在的她一定相形见绌，根本算不上美了。

爱德华王　（旁白）她现在这双日趋暗淡的眼睛依然具有非凡的吸引力，足以让我这双惯于逼视臣民的眼睛为之臣服，顶礼膜拜，那她昔日那双眼睛又该具有怎样神奇的魅力啊。

伯爵夫人　（下跪）臣妇的职责比这里的土地还卑微，现在她只能让笨拙的双膝表示她对吾王陛下的耿耿忠心和千恩万谢：多亏王上御驾亲征，为臣妇扫除祸及家门的战争和危险。

爱德华王　夫人请起。我来这里，为你带来了和平；但为我自己，换来的是战争。

伯爵夫人　王上，没有战争了：苏格兰人都走了，他们怀着仇恨逃回苏格兰老家去了。

爱德华王　（旁白）我不能留下来陷入可耻的爱情的苦恼中。——走吧，让我们去追击苏格兰人。阿图瓦，出发！

伯爵夫人　仁慈的陛下，请您暂且留步，臣妇恳请您以一国之君的神威屈尊光临寒舍。我的夫主在外征战，他一旦得知此事，一定会欣欣鼓舞的。

　　　　　亲爱的陛下，请您务必屈尊惠顾，
　　　　　既临敝城，您又何妨在寒舍小住？

爱德华王　很抱歉，伯爵夫人，我不便进此城；
　　　　　昨晚我梦见背叛，此刻乱了心神。

伯爵夫人　但愿丑陋的背叛远离臣妇府邸！

爱德华王	（旁白）它已在你勾魂摄魄的眼里藏匿：
	你的美目将病毒注入我的心房，
	此毒没有理智和良药能够防范。
	人间并非只有凌空照耀的红烛
	能用它的光辉裷夺凡人的双目；
	我所见到的那两颗白昼的星星
	比太阳更耀眼，窃取了我的光明。
	陷入冥想的欲望啊！但愿这欲望
	在冥想中得到抑制，不至于泛滥——
	沃里克，阿图瓦，上马吧，我们快走！
伯爵夫人	我该说点什么，才能将王上挽留？
爱德华王	你的眼睛会说话，何必仰仗唇舌？
	它的魅力远胜慷慨激昂的演说。
伯爵夫人	别让您的光临成为四月的阳光，
	大地受其眷顾，却是一时的灿烂。
	您既已让我们的城郭光彩骤增，
	何不再让我们的家门沐浴圣恩？
	陛下，我们的屋宇就像乡下情郎，
	衣着朴素，行为也显愚钝而简单，
	他们没有重金进献，但内心深处
	却藏有奇珍异宝，其价尤难揆度：
	那里就像一座未经开采的金矿，
	地面上虽没有自然的一袭绿装，
	显得那么贫瘠、萧条、枯瘦而荒凉；
	但那片素颜的草皮仍可以炫耀
	它的骄傲、芬芳，以及五彩的珍宝。
	挖开地皮，您就能发现此说无虚：
	腐草败叶间常有至珍之物集聚。

我说话啰嗦，列举了比喻这么多，

其实，粗糙的城墙不能为我证佐

城堡内的好处，它就像一件外氅，

只为内在的珍物聊将风雨遮挡。

陛下的仁慈非我用语言可表述，

臣妇殷殷恳请，望您在敝城小住。

爱德华王　（旁白）好一个既聪明又美貌的妇人！既然美色有智慧护卫着门户，我何必再担心愚蠢的背叛？——伯爵夫人，虽然我军务紧急，但为了你的盛情，我只好暂且不管了。——来吧，各位大人，今晚我就在此做客。（同下。）

第　二　幕

第一场　罗克斯堡;城堡花园

〔洛德威克上。

洛德威克　我看得出来，王上的目光已经迷失在她的美目里，他的耳朵为她甜美的声音所陶醉，他的情绪就像随风飘荡的云彩，在他烦恼的脸上时起时伏，不断地变化着。你看吧，只要她的脸泛起红晕，王上的脸即刻变得苍白，好像她脸上具有某种神奇的魔力，足以将他的血色吸走。同样，当她因敬畏而花容失色时，王上的脸便涨得血红;但他的红色与夫人的艳红相比，只能算红砖之于珊瑚，死物之于活物。王上为什么要学夫人的样，改变自己的脸色呢？她脸红，是因为她面对一国之君，显得有些羞怯;他脸红，是因为他身为一国之君，却忘情地直视一个女人，自觉有些鲁莽。她脸白，是因为她面对一国之君，心里不免有些惶恐;

他脸白,是因为他身为强权的国王,居然为女色所迷,心里不免有些愧疚。再见吧,对苏格兰的战争!我担心,这场战争已经转化为一场发生在英格兰内部的难解难分的爱情之战。看,王上独自一人朝这边走过来了。(洛德威克退至一边。)

　　　　〔爱德华王上。

爱德华王　　自从我来到这里,她变得越发娇美了;她说的话,字字银铃般悦耳;她不竭的智慧,犹如行云流水。说起大卫王和他的苏格兰人,她的描述令人啧啧称奇!"他是这样说的,"她说,随即学起那个苏格兰人的语气和腔调,地道得比苏格兰人还像苏格兰。"他是这样说的,"她说,——然后又自问自答。谁能说得比她更好呢?只有她能在城头弹奏出天堂之乐,对那班野蛮的敌人表示美妙的蔑视。当她说到和平,我相信,凭她的巧舌就能将战争囚禁起来;当她说起战争,能把凯撒从罗马的古墓中唤醒,让他过来洗耳恭听她关于战争的连珠妙语。智慧,不经她的巧舌,就是愚蠢;美貌,不用来赞美她的脸蛋,就是诽谤。和煦的夏天只出现在她快意的顾盼中,严寒的冬天也只存在于她的鄙夷里。我不能责备苏格兰人对她的围攻,因为她确实是我们英格兰的宝中之宝;但面对如此美妙的理由而逃跑,那我就只好把苏格兰人叫作懦夫了。——洛德威克,是你在那里吗?给我拿墨水和纸来。

　　　　〔洛德威克上。

洛德威克　　遵命,陛下。

爱德华王　　吩咐诸位大臣继续下棋;我要独自散散步,思考一些问题。

洛德威克　　遵命,陛下。(下。)

爱德华王　　这个人熟读诗书,思维敏捷,说话有说服力:我不妨让他知道我的烦恼,以便他为我穿针引线,巧设面幕做出暗示,让众芳之王明晓:她就是我相思成疾的根源。

〔洛德威克重上。

爱德华王　笔墨纸张都准备好了吗,洛德威克?

洛德威克　准备好了,陛下。

爱德华王　那就在我身边坐一会吧,这片消暑的树荫就是我们的会议厅或内阁:我们的思想充满绿意,那就让这绿荫成为我们议事场所,在这里,我们尽可以卸下思想的重负,图个逍遥自在。现在,洛德威克,召唤一个金色的缪斯来吧,让她带给你一支生花妙笔,以便为叹息者记下真正的叹息,描写痛苦时能让你自己呻吟不已。当你描写眼泪,就叫这个词前前后后都点缀起甜蜜的哀叹,让鞑靼人读了也泪流满面,铁石心肠的锡西厄①人也陡生怜悯。诗人的笔应该具有如此感人的力量。如果你就是一个诗人,就这样去感动人吧,就用你的君主的爱情去丰富你自己吧:既然优美和谐的琴弦能让地狱的精灵听得入迷,难道诗人睿智的诗句就不能更加深切地感动并俘获人间凡人多愁善感的心胸?

洛德威克　王上,我的诗应该写给谁呢?

爱德华王　写给一个叫美人不敢称美、智者不敢言智的人,一个集世界一切美德于一身的人。你的诗必须用比"美丽"更美的词语开始,必须为"漂亮"想出一个更加漂亮的字眼,你所赞美的每一种品质,都得飞翔在赞美所及的高度之上。别担心你因此被人指责为阿谀奉承:即便你对此人的崇敬超过现在十倍,你所赞美的对象的实际价值,也是那个十倍之值的一万倍。开始写你的诗吧,我要独自沉思一会。记住,一定要写出她的美如何使我激动,使我心酸,使我万分苦恼。

洛德威克　是写给一个女人吧?

---

①　锡西厄:古代欧洲东南部以黑海北岸为中心的一地区,居民以好勇斗狠著称。

爱德华王　还有别的什么美能将我征服？除了女人，我的情诗能写给谁？怎么，你以为我会让你去赞美一匹马吗？

洛德威克　有关她现在的情况，她的地位，王上，这都是我有必要知道的。

爱德华王　她的地位，可比皇帝的宝座；我的地位，只是供她搁脚的小板凳。你就按这样的对比，自己去判断她现在的情况好了。你写吧，我现在要用思想审阅她了：她的声音好比音乐或夜莺——但一个被太阳晒得黑不溜秋的村姑说话时，也会被她那位在夏天欢蹦乱跳的庄稼汉情郎比作音乐的。我为什么还要提起夜莺？夜莺歌唱的是受辱者的冤屈①，这样的对比太具有讽刺意味了。因为任何罪孽，尽管确凿无疑，都不愿领受罪孽的恶名，而宁愿将美德当作罪孽，罪孽当作美德。她的头发比经过梳理的蚕丝还柔软，就像一面奉承人的镜子，使琥珀色显得更加鲜亮。——"就像一面奉承人的镜子"，这话我说早了：我本想用镜子来比喻她的眼睛，说它们攫取了太阳，并将火热的反光照在我的胸口上，烧灼了里面的心。啊，我的灵魂为这支爱情的素歌伴奏了何其和谐的一段天乐！——过来，洛德威克，你有没有将墨水变成金子？如果还没有，就干脆用大写字母写下我情人的名字好了，这就足以让你的纸头金光闪耀。念吧，洛德威克，用你诗歌的美妙旋律充塞我空洞的耳蜗吧。

洛德威克　我对她的赞美，还没写到句号呢。

爱德华王　对她的赞美，就像我的爱情，是无穷尽的，两者都不喜欢被突然中断，都厌恶这表示结束的句号。她的美举世无双，可以与之匹配的只有我的爱情：她的美超过了最美；而我的爱是最爱，远远超过更爱。要穷尽对她的赞美，比数清海水的滴数还难。是的，甚至比数清地球的沙粒数还难，比逐粒印记进脑海还

---

① 据希腊神话，夜莺由被暴君奸污的美少女菲罗墨拉变形而来。

难。对于需要你无休无止地崇敬着的美人儿,你怎么可以提到句号呢?读吧,让我听听。

洛德威克 "比夜之女神①更美丽更纯洁",——

爱德华王 这一行有两个明显的、严重的错误:你把她比作苍白的黑夜女王,是不是?但这个女王是凭黑夜才显得明亮的。一旦太阳探出脑袋,她会是什么样呢?还不成了暗淡无光的一支蜡烛么?我的情人敢于面对正午那只天眼,一旦揭去面纱,她的光芒一定盖过金色的太阳。

洛德威克 那另一个错误呢,王上?

爱德华王 再念一遍你那行诗。

洛德威克 "比夜之女神更美丽更纯洁,"——

爱德华王 我并没有让你谈什么纯洁,你不该那样去探索她的价值,因为我要的是征服,不是纯洁。写月亮这一行给我画掉!我不要什么月亮;我只要她像太阳。你应该说:她具有三倍于太阳的光辉,她跟太阳一样的完美,她酿造出与太阳一样多的甜蜜,她像太阳一样驱除冬天的严寒,她像太阳一样给夏天带来喜悦,她像太阳那样令凝视者头晕目眩。既然已经将她比拟成太阳,就祝福她像太阳那样自由自在,慷慨大方:面对最微贱的小草,太阳也一样微笑;对于芬芳的玫瑰,太阳总是深情满怀。——月亮这一行之后呢,让我看看你是怎么写的。

洛德威克 "比朱迪丝②更贞烈,"——

爱德华王 贞烈!比谁?

洛德威克 朱迪丝。

爱德华王 啊,这一行真可怕!下一行你再放上一把刀,等我向她求爱时,她就可以用来砍我的脑袋了。涂掉,涂掉,好洛德威克,让

---

① 夜之女神:指月神狄安娜。
② 朱迪丝:古犹太烈女,相传曾杀亚述大将霍娄芬尼斯而救全城。

我再听下去。

洛德威克　一共就写这么多了。

爱德华王　那就谢谢你了,你写得少,写得糟糕。已经写下的这两句,简直出奇的,出奇的糟糕。算了,还是让将军去谈论凶险的战争,让囚徒去描述黑牢的痛苦吧。只有病人最能写死亡前的痛苦,饥饿的人最欣赏宴席的美味,冻僵的人才懂得火的温暖。每一种痛苦都有相对应的幸福。爱情只有恋爱者自己才能最充分地描述。把纸和笔给我,还是我自己来写吧。

　　　　〔伯爵夫人上。

爱德华王　嘘,别出声,我的灵魂的管理人来了。——洛德威克,你不知道如何策划一场战争;这两翼,这侧卫,兵员的布置,都说明你缺乏训练。你的部队一部分应该在这儿,另一部分应该在那儿。

洛德威克　无比仁慈的王上,恕我冒失无礼。您就把我的打扰当作我例行请安的责任吧。

爱德华王　去吧,按我刚才所说的去做。

洛德威克　我这就去。(下。)

伯爵夫人　看见陛下如此闷闷不乐,我心里很难过。要想驱除相伴陛下的郁闷和烦恼,臣妇能做点什么呢?

爱德华王　啊,夫人,我太愚钝,不知道如何在一片羞涩的土地上播种安慰的鲜花。自从我来到这里,伯爵夫人,我便受着这样的委屈。

伯爵夫人　在我的家里,上帝禁止任何人委屈我的王上!无比仁慈的陛下,请跟我说说您闷闷不乐的原因。

爱德华王　如果告诉你,我能得到补救吗?

伯爵夫人　王上,我保证,臣妇将尽一个女人之所能,为陛下补救。

爱德华王　如果你说话当真,我就有救了。只要你尽力为我挽回快乐,我将大喜过望,否则,伯爵夫人,我只有死路一条了。

伯爵夫人　我一定尽力，王上。

爱德华王　发个誓吧，伯爵夫人，就说你愿意。

伯爵夫人　我对天发誓，我愿意。

爱德华王　那就请你暂时撇开你自己，假设一个国王爱着你，而你又有能力让他获得快乐，你自己甚至向他发过誓，要尽你所能让他得到快乐，在这种情况下，你怎样回答自己？回答了这个问题后，再请你告诉我：我什么时候才能得到那份快乐？

伯爵夫人　无比威严的王上，我已经问过自己了。我有能力给予您那份爱，连同我的一片忠心，都已奉献在您面前。为了证明它，您就吩咐我怎么去做吧。

爱德华王　你已经听我说过：我爱你。

伯爵夫人　如果您爱的是我的美，能拿时您就拿走：只是我的美微不足道，我觉得它没有任何价值。如果您爱的是我的美德，您也尽可以拿走：美德的储藏，是在付出中增长的。凡是我能给予的，无论什么，您都可以拿走，都可以接管。

爱德华王　我想享受你的美。

伯爵夫人　啊，如果我的美是画出来的，我就将这画揭下来送给您。但是，陛下，它却与我的生命融合在一起：你如取走其中之一，就等于扼杀了它们双方，因为我的美就像一个卑微的影子，总是与锦绣的生命年华相依相随、不离不弃的。

爱德华王　但你可以将它借给我，让我高兴高兴呀。

伯爵夫人　一个人可以出借灵魂，而让肉体活着，也可以出借灵魂的居所肉体，而保留灵魂本身，这都是很容易的。但我的肉体不仅是灵魂的居所，还是灵魂的宫廷和修道院，而她又是那么纯洁，那么神圣，那么无疵无瑕的一个天使，如果我将它借给了您，陛下，我就杀死了可怜的灵魂，而可怜的灵魂也同时杀死我了。

爱德华王　你不是发誓过要给我任何我想要的东西吗？

伯爵夫人　是的，我发过誓，凡是您想要而我又能给的，我都给您。

爱德华王　我所想要的，其实都是你可以给的。与其说是向你乞求，不如说是向你购买。我要买的是你的爱，为了得到它，我可以用我的爱向你高价购买。

伯爵夫人　王上，您说出的话是神圣的，我担心您亵渎了神圣的爱情。您答应给我的爱，其实您是给不了的，因为凯撒的爱只属于他的王后。您向我索取的爱，我也是给不了的，因为撒拉得为自己的丈夫恪守妇道。① 您的臣民如果有谁损坏或伪造您在钱币上的形象，那就是死罪；我的王上，难道神圣的您就可以背叛天上的王，全然不顾您对他的忠诚和誓言，用被禁止的金属铸造主的形象吗？婚姻的法则是神圣的，违背这个法则，就败坏了比您更加伟大的荣誉。论辈分，做国王还是男女姻缘的晚辈：你的祖先，天地间唯一的主人亚当，蒙上帝之恩成了一个已婚的男人，但上帝并没有让他受膏成为君主。虽然在您的治下没有明文颁布，但破坏您作为君主的形象，毕竟是一桩罪过。婚姻是上帝亲口颁布、亲自制订的神圣法令，你要是违背它，其罪孽不知要大多少了！我的丈夫索尔兹伯里伯爵此时正忠心耿耿为王上驰骋在沙场，我知道，王上出于对他的爱，想考验他的妻子，看看她会不会轻易受好色之徒的蛊惑；我担心，在这里逗留久了会做出什么错事，我还是就此向陛下告辞吧。（下。）

爱德华王　我不知道，究竟是她的美因她的言辞变得神圣呢，还是她的言辞像可爱的牧师弘扬了她的美？但可以肯定，她的言辞增添了她的美，她的美又美化了她的言辞，就像和风吹美了风帆，风帆又将不可见的风彰显高扬。啊，但愿我成为一只采花的蜜蜂，从这朵鲜花上采走美德的蜜汁，而不是一只吸食毒液的蜘

---

　　① 撒拉：亚伯拉罕之妻。《新约·彼得前书》第三章第5—6节：因为古时仰赖上帝的圣洁妇人，正是以此为妆饰，顺服自己的丈夫，就如撒拉听从亚伯拉罕，称他为主。

蛛,将攫取来的蜜汁变成致命的毒液！宗教是苛刻的,美貌是柔顺的,若让宗教做美的保护人,实在太严酷了。她对于我,如能像空气那样自由自在,该多好啊！唉,她现在就是空气呢,可不是,当我抱住她时,（做拥抱状）除了我自己,什么也没抱住。我一定要占有她,因为我这一片痴情,如今已无法用理智和内省来消除了。她的父亲来了,我要让他配合我,以便将我的战旗插上爱情的战场。

　　〔沃里克上。

沃里克　王上为什么这样闷闷不乐？恕我冒昧,王上的痛苦能否让我略知一二？如果我这把老骨头能为陛下分忧,我一定不会让您长久地陷入苦恼之中。

爱德华王　我正急切想向你讨取一件礼物,你倒自己先提起了。人间世道啊,你这培育阿谀奉承的大保姆,为什么要让世人的舌头流溢金子般的言辞,同时又用铅一般沉重的负荷压垮他们的行动,让承诺不能付诸美满的实施呢？啊,但愿人人能守住情感的门户,当说出言不由衷的话语时,就让他的舌头因不知约束而窒息吧。

沃里克　如果我拥有金子却给人以铅块,那我也太不讲年长者的信用了。上了年纪的人善于冷嘲热讽,却不会阿谀奉承。我再说一遍：如果我知道陛下的忧伤,也有能力为您分忧,那我即便豁出老命,也要为您的幸福效力。

爱德华王　这都是言而无信的伪善者惯用的伎俩。你现在毫不犹豫地许下了诺言,但等你知道了我的忧伤的真正原因后,你就会将匆匆吐出的言语吞了回去,留下我依然无依无助。

沃里克　苍天做证,我决不会那样做,即便王上要我上刀山入火海,我也在所不辞。

爱德华王　假如我的忧伤只有损害你的荣誉才能得到医治,你说该怎么办好？

沃里克　只要那样的损害对王上有益,我会将损失当作收获。

爱德华王　想好了,你不会收回自己的誓言吧?

沃里克　不会,即便我能够,我也不愿意。

爱德华王　如果你那样做了,我对你怎么说好呢?

沃里克　您可以把我当作一个背弃神圣誓约的无赖来处置。

爱德华王　你怎样看待一个背弃誓言的人?

沃里克　他就是一个不忠于上帝、不忠于人类的人,他应该被上帝和人类所唾弃。

爱德华王　如果建议一个人违背合法的宗教誓言,这该是一种什么行为?

沃里克　那是魔鬼的行为,不是人能做的事。

爱德华王　我要你为我做的正是魔鬼做的事,否则你就是违背誓言,取消了你我君臣之间友爱和职责的联系。沃里克,如果你说话算数,能为自己所立的誓言做主,就请你到你女儿那里去,代我向她下令,向她求情,无论如何说服她做我的情人,做我秘密的爱人。我不想听你的辩解:我只要你用你的誓言摧毁她的誓言,否则,你的君主就活不成了。(下。)

沃里克　糊涂的国王啊!何等可憎的差事啊!当他让我以上帝的名义立誓,去破坏一个同样以上帝的名义所发的誓言时,我就已经误入歧途,与自己过不去了。让我用右手发誓砍去右手,这算什么事啊?与其捣毁偶像,还不如亵渎偶像。但这两件事我都不愿做。我要兑现我的誓言,在女儿面前撤销曾经教导过她的一切美德:我要对她说,如果她想拥抱国王,她必须忘记她的丈夫索尔兹伯里。然后我还要说,一个人背弃誓言很容易,但誓言一旦背弃,就很难得到原谅。我要说,爱是一种慈悲,但慈悲并不是真正的爱。我要说,他显赫的地位可以容忍耻辱,但他的整个王国也赎不了他的罪孽。我要说,说服她依从国王,那是我的责任;但她答应依从,却不是一种忠诚。

〔伯爵夫人上。

沃里克　看,她过来了!哪个做父亲的承担过这样糟糕的差事,居然得伤害自己的女儿!

伯爵夫人　父亲大人,我一直在找你;母亲和诸位大臣催促你去陪伴王上,尽量想办法让他高兴起来。

沃里克　(旁白)这无良的差事让我如何启齿呢?我不可以叫她孩子:哪有做父亲的教唆自己的孩子与人苟合啊?那么,我是不是该叫她"索尔兹伯里夫人"?不行,索尔兹伯里是我的朋友,做朋友的怎么可以如此玷污他们间的友谊?(向伯爵夫人)我不能叫你女儿,也不能称呼你为朋友的妻子,我也不是你心中所想的那个沃里克:我只是来自地狱的使者,魔鬼借我的形体留居他的意志,并要我替你们的国王传谕这样的信息:伟大的英格兰王迷恋着你;那是一个有权取走你的生命,也有权褫夺你的荣誉的人,但他这一次只想让你典当荣誉,而不是生命。荣誉通常能失而复得;但生命一旦丧失,就再也无法挽回。太阳能使草木干枯,也能使草木蓬勃生长;玷污你的国王能使你步步高升。在诗人的笔下,伟大的阿喀琉斯的长矛既能伤人,也能为人疗伤:①这是说,伟大人物犯下的过错,可以由他们自己来弥补。狮子可以张着血盆大口对它的猎物表示温情,但它爪子下的弱兽早已吓得瑟瑟发抖。国王就像太阳,可以用荣耀掩饰他的耻辱;那些凝视他的人一旦发现了你,他们的视力会因凝视而丧失。区区一滴毒液能给大海造成什么伤害?浩瀚的大海足以化解一切毒素,使其功效归于乌有。国王的赫赫威名能减轻你的罪过,能赋予令人厌恶的苦药以甜美、可口的滋味。更何况此事一旦实施,只

---

①　据希腊神话,赫拉克勒斯之子忒勒福斯为阿喀琉斯的长矛所伤,神示说,唯有造成创伤的那个人用他那件武器方能治愈创伤。后来,经过阿伽门农说情,阿喀琉斯用长矛上的铁锈治愈了忒勒福斯的伤口。

是有益无害；如果不做，也不见得能免遭羞辱。我已经代表国王为罪恶披上德操的伪装，并向你提出恳求，现在就等待你的答复。

伯爵夫人　　有违常理的围攻啊！我何其的不幸！刚刚逃离来自敌人的危险，又遭朋友险恶十倍的围困！难道他就没有别的办法玷污我圣洁的血液，非得买通我的血脉的缔造者，让他来充当这卑鄙无耻、可恶可恨的捐客吗？一旦毒液浸入树根，树枝就难免遭殃。狠毒的母亲给奶头涂上毒药，患麻风病的婴儿就难免一死。哎呀，那就干脆给罪恶颁发作恶的通行证，让年轻人拥有肆意妄为的特权好了！法律的禁令可以撤销，界定耻辱的法典，惩治罪犯的条文，都可以弃之如敝屣了！哦，如果他欲火汹汹，偏要一意孤行，那就让我在屈从他无耻的情欲以前就一死了之吧。

沃里克　　好，你现在所说的，也正是我所希望的。你听好了，我这就收回我说过的话：光荣的坟墓比帝王污秽的寝宫更值得尊敬。一个人权势越大，他所做的事，不管是好是坏，影响也更大；微不足道的尘埃，一旦飘浮在太阳底下，就显得比原物大了许多；明媚的夏日总是最迅速地腐败着令人厌恶的尸体，但表面上看，那夏日是在亲吻它；一柄巨斧砍开的口子一定更深；在神圣的场所犯下的罪孽，要比别处所犯的罪孽深重十倍；权威人士做了坏事，不仅是罪恶，而且是腐败；给猴子穿上绫罗绸缎，那华服只会让畜生更遭人嘲笑。女儿啊，在他的荣耀和你的耻辱之间，我还可以举出更多的例证来比附：毒药盛进金杯，那是最可怕的；闪电中的黑夜，显得尤其黑暗；腐烂的百合花，臭味比野草更浓；尊荣者一旦犯罪，其耻辱也增添三倍。好了，我得走了，记住我对你的祝福：如果你将金光灿烂的荣誉转化为玷污床褥的黑色耻辱，那时，我的祝福也就变成最严厉的诅咒了。（下。）

伯爵夫人　　我听您的吩咐；如果我变得那般无耻，就让我的灵魂随肉体一起堕落，蒙受无穷的痛苦！（下。）

第二场 罗克斯堡;城堡中一室

[从法兰西归来的德比伯爵自一门上;奥德莱勋爵自另一门上。

德比 无比高贵的奥德莱,幸会! 王上和众大臣都好吗?

奥德莱 自从上次见到王上,已有近半个月了。他派我招募兵员,任务已如期完成,一支兵强马壮的部队带到王上面前了。德比大人,德意志皇帝那边有什么消息?

德比 一切都如我们所愿:德意志皇帝答应支援我们的王上,还授予他统领德意志全境及其属地的大将军之职。然后,我们就"前进①"! 向着辽阔的法兰西!

奥德莱 好哇,听到这样的消息,我们的王上一定高兴得跳起来了吧?

德比 我还没有机会向他禀报;王上正在他的内室里生闷气。我不知道其中的原因,只知道他传下口谕:不到午饭以后,任何人不得打扰他。索尔兹伯里伯爵夫人、她的父亲沃里克、阿图瓦和所有的人,都忧心忡忡。

奥德莱 他一定有什么不顺心的事。(内喇叭声。)

德比 喇叭响了:国王要出来了。

[爱德华王上。

奥德莱 王上驾到!

德比 愿吾王陛下万事如意!

爱德华王 愿你是个巫师,真能让我万事如意。

德比 德意志皇帝问候您。(呈上文书。)

爱德华王 (旁白)这问候来自伯爵夫人就好了。

德比 他已经同意陛下的请求。

爱德华王 (旁白)你在说谎:她没有,那只是我的愿望。

———————————

① 原文为意大利语:via!

奥德莱　我全部的爱和责任都献给吾王陛下！

爱德华王　（旁白）全部的爱，但缺了她的一份，就等于什么也没有。——你有什么消息？

奥德莱　回禀王上，我已按照您的谕旨招募兵马，并把部队带来了。

爱德华王　那你就传我的命令，让那些兵从马背上下来，全体解散！德比，伯爵夫人的提议我会马上考虑。

德比　什么伯爵夫人的提议，王上？

爱德华王　哦，我是说德意志皇帝。让我独自待一会。

奥德莱　王上这是怎么啦？

德比　还是让他独自待一会吧。（德比、奥德莱下。）

爱德华王　心里想得太多，嘴巴就管不住了："德意志皇帝"被我说成了"伯爵夫人"。说实话，我为什么不可以这样说呢？她确实是我的皇帝啊，在她面前，我就是一个跪地磕头的奴仆，随时得看她的眼色行事。

　　　　〔洛德威克上。

爱德华王　那位比克莉奥帕特拉①还高贵的美人，她现在对凯撒怎么说？

洛德威克　回禀王上，她会在傍晚以前给您一个答复。（内鼓号声。）

爱德华王　是什么鼓敲得这般震天动地，惊扰了我心中温柔的爱神？可怜的羊皮！你与击鼓人吵得不可开交了。去，给我把隆隆作响的羊皮撕下来，我要教它如何向天上的仙女弹奏悦耳动听的音符。我要用它来写字，让它从骂骂咧咧的战鼓变为可亲可爱的信使，在女神和权重的国王之间传递佳音。去，吩咐击鼓手改学弦琴，要么就用那根鼓带吊死他自己：这时候居然用如此粗陋的声音搅扰天地间的和美，简直不成体统！快去！（洛德威克下）眼前的这场战争不需要别的武器，只需要我用深沉的叹息迎击

————————

①　克莉奥帕特拉：埃及艳后。

我的敌人。我的眼睛就是飞箭，我的叹息具有风的威力，能将我最甜蜜的炮弹送入敌方阵地。但是，哎呀，她的威力却胜过我，因为她就是太阳；难怪诗人们总将那个任性的战士①描述成瞎子。爱神其实有眼睛指引自己的行为，只是爱的光芒太强烈，眩晕了他的双眼。

　　〔洛德威克上。

爱德华王　怎么样？

洛德威克　王上，敲响嘹亮的进军鼓的不是别人，正是您那位英勇无比的儿子，爱德华王子。

　　〔爱德华王子上。

爱德华王　我看见我的孩子了。（洛德威克下；爱德华王旁白）啊，他的脸多么酷似他的母亲！这肖像在谴责我的朝三暮四，鞭挞我的良心，申斥我这双用于偷香窃玉的眼睛呢。她是那般的光彩照人，而我偏要偷觑别处的风景；不能用贫穷塞责的偷盗，无疑是卑鄙之尤了。——孩子，有什么消息？

爱德华王子　亲爱的父亲，为了讨伐法兰西，我已经把英格兰全境最优秀的青年召集起来，并将他们带到这里，听候父王陛下的号令。

爱德华王　（旁白）从他身上，我始终能见到他母亲的影子：那双眼睛是她的，它们一旦注视我，我就会脸红。这就叫做贼心虚。情欲似火，男人如灯，轻佻的火在薄纱罩里燃烧，总要向外透射。去吧，你这守护摇曳无定的虚荣、生性放荡的薄纱！我不是要去征服辽阔而美丽的布列塔尼吗？怎么就管不住自己这小小的身体了？给我一副永世不朽的铁甲吧，我要去征服天底下所有的国王！如果我连自己也征服不了，岂不令敌人拍手称快吗？这绝对不可以。——很好，我的孩子，前进吧，进军吧！让我们的战

---

　　① 指丘比特。

旗温情地亲吻法兰西的天空!

　　　　〔洛德威克上。

洛德威克　　启禀陛下,满面笑容的伯爵夫人请求晋见。

爱德华王　　(旁白)好,这就是了! 她的一脸笑容足以赎买一个法兰西王国,让被俘的法王、王太子和众贵族都获得自由。——去吧,奈德,别管我,跟你的朋友玩去吧。(爱德华王子下。)

爱德华王　　(旁白)你的母亲长得黑,你却像她;一想到这一点就让我觉得你的母亲是多么的丑陋。——去,拉住伯爵夫人的手,把她请到这里来。她能将美赋予天和地,就让她来这里驱逐严冬的阴云吧。(洛德威克下)从披兽皮的亚当到今天,在非法的眠床上拥抱绝世美人,其罪孽总不见得比滥杀穷人更加深重。

　　　　〔洛德威克陪伴伯爵夫人上。

爱德华王　　去吧,洛德威克,我的钱包你尽管掏好了:去玩,去花,去施舍,去胡闹,千万别吝啬,想做什么就做什么;离开我一会,不用管我。(洛德威克下)我的灵魂的游侣,你是来答复我对你美丽的爱情的请求,说出那比仙乐更动听的两个字"同意"的吧?

伯爵夫人　　我的父亲给了我祝福,并命令——

爱德华王　　命令你委身于我。

伯爵夫人　　是的,亲爱的王上,那是您应得的。

爱德华王　　我最亲爱的人儿,以德报德,以情报情,乃人之常情;我所应得的,不会少于此吧?

伯爵夫人　　还有以恶报恶,以恨报恨呢。我已看清,王上已一意孤行,不管我如何不愿意,不管我的丈夫如何爱您,还有您自己的身份,以及其他值得尊重的一切,都帮不上我的忙,您显赫的权势已决意压倒并吓退这些宝贵的顾虑,那么,我也只好让不满与满意达成妥协,强制不情愿屈从于情愿了。但我有个条件,王上必须清除横亘在我们的爱情面前的那些障碍。

爱德华王　　你说吧,美丽的伯爵夫人。我对天发誓,我一定清除它们。

伯爵夫人　妨碍我们间的爱情的是他们的生命，我想除掉他们，
　　　　王上。

爱德华王　谁的生命，夫人？

伯爵夫人　最可敬的王上，一个是您的王后，另一个是我的合法丈夫
　　　　索尔兹伯里。只要他们活着，他们就有权利享受我们的爱；除非
　　　　他们死了，我们不能将爱施与别人。

爱德华王　你的提议超越了我们的法律。

伯爵夫人　您的欲望也是。既然法律可以制止您做这件事，就让它
　　　　禁止您去做另一件事吧。除非您兑现了您立下的誓言，我不敢
　　　　相信您真的像嘴上所说的那样爱我。

爱德华王　不必多说了：你的丈夫和我的王后都得死。你的美远胜
　　　　过赫洛，没胡子的勒安得耳也没有我强大；他为爱情轻松地游过
　　　　大海，我也要穿越鲜血汇成的赫勒海峡，到我的赫洛所在的塞斯
　　　　托斯城去。①

伯爵夫人　不，您要做的事比勒安得耳更多：您首先得用分离我们爱
　　　　情的人的鲜血汇成一条河，我的丈夫和您的王后只是其中两个。

爱德华王　你的美使他们犯了死罪，证明他们必须去死；我是他们的
　　　　法官，我判决他们死刑。

伯爵夫人　（旁白）作伪证的美！更加腐败的法官！等到末日审判那
　　　　一天，人类都在头顶那座星球法院接受审判时，我们都得为这桩
　　　　合谋的罪孽而发抖的。

爱德华王　我的美人怎么说？决心下定了吗？

伯爵夫人　下决心毁灭。这样吧，伟大的国王，只要您不食言，我就

---

① 据希腊传说，勒安得耳爱上了塞斯托斯城的女祭司赫洛，每夜都泅渡赫
勒海峡与她相会。后因海上的灯塔被风吹灭，勒安得耳溺水身亡；赫洛在绝望
中投海自尽。

是您的了。您在这里稍候,我过一会就回来,那时你就可以看到我如何投入你的怀抱了。(旋即返回,突然转身,露出两把匕首)我身上挂着两把家用小刀,你拿一把去,杀死你的王后,我会告诉你在什么地方可以找到她。① 另一把我要用来除掉我的爱人,他现在就酣睡在我的心里。只有他们都死了,我才能同意爱你。别动!淫荡的国王,别阻止我:我的决心比你救人的动作敏捷得多。如果你动一动,我就刺下去。你还是站着别动吧,听我说下去,以便你做出选择:(下跪)你要么发誓放弃这最亵渎神明的要求,从此再不纠缠我;要么,苍天做证,就让这把锋利的刀刺出我可怜的、贞洁的鲜血,玷污这片土地,那血是你想玷污的。发誓吧,爱德华,发誓吧,否则我即刻动手,死在你的面前。

爱德华王　凭此刻赋予我力量,让我懂得羞耻的神明发誓:我从此再不向你提非分的要求。起来吧,忠贞的英格兰贵妇!罗马人曾经夸耀过一个妇女,她受侵犯的贞操曾被无数的文人骚客着力描述过;②你比她更值得我们岛国的夸耀。起来吧,愿我的过错成全你的美名,愿你千秋万代受世人赞美。我已从这场痴梦中苏醒。——沃里克、我的儿子、德比、阿图瓦、奥德莱、所有勇敢的战士们,你们现在哪里?

〔众人上。

爱德华王　沃里克,我任命你为北部地区总督。威尔士亲王,你和奥德莱即刻率兵向海岸进发,迅速到达纽黑文,并在那里留下一部分人等我。我自己和阿图瓦、德比等人将取道弗兰德斯,在那里问候我们的朋友,并争取他们的支援。

　　　　我对一位忠贞的爱人做过愚蠢追求,

---

① 伯爵夫人让爱德华王扪心自问,意在谴责他心目中并没有王后。

② 此罗马妇女可能是指鲁克丽丝。参见莎士比亚长诗《鲁克丽丝受辱记》。

今晚我即便通宵反省,时间仍嫌不够;

明晨,不等太阳给东方染上一层黄金,

我们就要用和谐的进军号将它唤醒。(同下。)

第 三 幕

第一场　弗兰德斯;法军营地

〔法国国王约翰、查理王子、菲利普王子及洛林公爵上。

约翰王　在我们千帆齐发的强大舰队将敌人当成一顿早餐消灭以
　　前,我们就在这里安营扎寨,等候他们的捷报吧。洛林,爱德华
　　的备战情况如何? 有关他这次行动的军事装备,你探听到什么
　　消息?

洛林　王上,我们不说那些聊以自慰的空话,也不过多纠缠一些无关
　　紧要的事,外面的传闻已得到证实,他拥有的兵力异常强大。他
　　的臣属纷纷要求参战,好像胜利已经到手。

查理王子　英格兰人向来牢骚满腹,嗜血成性,爱玩阴谋,挥霍无度,
　　他们一心想的是改朝换代。这样的一些人,怎么可能变得那样
　　忠心耿耿呢?

洛林　例外的只有那个苏格兰人①,他庄严地承诺,他的宝剑决不入
　　鞘,决不停战——这我已向王上禀报过了。

约翰王　这么说来,我心里也踏实多了。但从另一方面看,爱德华王
　　在弗兰德斯有一班酒肉朋友,这些满嘴泡沫、酒气熏天的荷兰人
　　总是走到哪里喝到哪里,想到这些人,便陡增我的烦恼。还有,

―――――――

①　指大卫王。

听说德意志皇帝也跟他联合了,并授予他以皇帝的名义统领军务的权力。话说回来,他们的势力越是强大,我们获胜后所得的荣誉也更大。除了国内的力量,我们也有自己的朋友:勇敢的波兰人和善战的丹麦人,波希米亚国王和西西里国王,都成了我们的盟友,我相信,他们的军队正火速向这里进发。(内鼓号声)别出声,我听见他们的鼓号声了,估计他们已离这里不远。

　　　　〔波希米亚国王及若干丹麦人自一侧上;一波兰军官率士兵及若干莫斯科人自另一侧上。

波希米亚王　法兰西的约翰王,我已按照盟约和睦邻友好的约定,在朋友蒙难时率我国的军队增援您来了。

波兰军官　我从令土耳其人闻风丧胆的伟大的莫斯科和勇士的摇篮——傲视天下的波兰,率领这些忠勇之士为您作战,为您的事业赴汤蹈火。

约翰王　欢迎,波希米亚王,欢迎,所有的朋友!诸位的好意我不会忘记。你们将从我们的国库领取丰厚的酬报,除此之外,还可以从那个外强中干、轻率鲁莽的国家得到三倍的战利品。现在我满怀希望,欢欣鼓舞:在海上,我们强大的力量可比阿伽门农停泊在特洛伊海湾的舰队;在陆地,我们的兵力可比泽尔士一世①的大军,我们的士兵口渴了,能喝干河流。那个自以为是、不知天高地厚的奈德,妄想攫取我们的王冠,他的下场不是在海上被浪涛吞没,就是在岸上被剁成肉酱。

　　　　〔一水手上。

水手　启禀王上,刚才我奉命放哨瞭望,发现爱德华王不可一世的舰队已经来到海岸边。最初从远处望去,这支舰队就像一座垂头丧气的松树林;但到了近处,便显得闪光耀眼起来,那五彩缤纷

---

　　① 泽尔士一世(约前519—前465):古波斯帝国国王,大流士一世之子,曾率大军远征希腊。

的旗帜就像一片百花盛开的草地,装点在大地赤裸的胸膛上。他们的船只摆成了新月的阵势,显得好不威武、浩荡!包括旗舰在内,所有舰只的上桅都悬挂着四等分的英法联合国徽。英格兰舰艇就这样趁着和风,犁开海水,朝我们扑过来了!

约翰王　他居然敢剪我们的鸢尾花①吗?我希望他等到花蜜采光以后,再跟蜘蛛一起到这里来,那时他能吸食的就只有鸢尾叶上致命的毒素了。——我们的海军在哪里?他们有没有做好迅速迎击这群乌鸦的准备?

水手　他们一接到哨兵的报告,就已拔锚起航:船帆刚鼓满了风,义愤填膺的海军将士奋勇争先,犹如饿鹰为了满足干瘪的嗉囊扑向敌人。

约翰王　这是给你的赏钱。(给钱)回到船上去吧。愿你能挨过这场浴血的战争活着归来,再来向我们报告战斗的消息。(水手下)诸位大人,情况紧急,我们最好分头行动,以防他们登陆。我的国王,您率领您的波希米亚军队负责洼地这一边;我的大儿子诺曼底公爵和莫斯科援兵,登上那边的高地。我和我的小儿子菲利普,就驻扎在你们之间的海岸上。诸位大人,出发吧,请你们各守阵地,保卫这个王国:美丽、辽阔的法兰西!(查理王子、洛林、波希米亚王率兵士下)跟我说说,菲利普,对于英格兰人的挑衅,你是怎么看的?

菲利普王子　我说,父王,不管爱德华如何主张,不管他援引的家谱如何清楚,您都是王冠的实际拥有者,这就是最明确的法律依据。即便情况并非如此,我也不会让他轻易得逞;我要把这班走向歧途的暴徒赶回他们的老家,否则就让我的一腔热血洒在战场上。

约翰王　说得好,年轻人!来人,送一些酒食上来,我们要开开心心

---

① 鸢尾花:法国的国花。

地吃点东西,以便更坚定地面对敌人。(侍从搬上桌椅等物;约翰王及菲利普王子在桌旁坐下。远处传来厮杀声)海上的激战已经开始。战斗吧,法国同胞们,战斗吧! 像野外的熊为保护洞穴里的幼仔那样战斗吧。愤怒的复仇女神,愿你操纵好幸福的舵轮,用硝烟弥漫的怒火将英格兰的舰队驱散、击沉! (炮声。)

菲利普王子　父王,这震耳欲聋的炮声犹如美妙的音乐,帮助我消化食物!

约翰王　孩子,你都听见了,捍卫一个王国的主权,得经受怎样雷轰电闪般的恐怖。作为国王,只要他执意发泄胸中的怨恨,即便大地令人眩晕地颤抖起来,闪电频频划破长空,那样的景象也是吓他不倒的。(收兵号)收兵号吹响了,肯定有一方已经败退。啊,仁慈的命运之神,如果败退的一方是法国,就请你掉转风向,变不利为有利,让我们的军队战而胜之,让英国的军队仓皇逃命吧。

　　　　〔水手重上。

约翰王　我有点心神不定。——快说,死亡般苍白的影子,快告诉我,今天的荣誉属于谁? 我请求你,如果你喘得过气来,快说说这场失败的惨景。

水手　遵命,王上。仁慈的陛下,法兰西败下阵来了,爱吹牛的爱德华赢得了胜利。上次我向陛下报告时,双方勇敢的海军就已迅速出动,开始了正面交锋:双方都怒气冲天,既满怀信心又心存畏惧。我们的旗舰被他们的旗舰击中了多发炮弹。其他的舰只见此情景,便纷纷向对方开炮,你来我往的炮弹凌空而飞,就像吐火的飞龙:一个个冒烟的子宫送出的是面目狰狞的死亡天使。后来,天色开始暗淡下来,黑夜围困了幸存者,也笼罩了那些刚刚失去生命的将士。朋友间没有时间相互告别,即便有,那可怕的喧嚣也使彼此成了聋子和哑巴。汹涌的海水通过被炮弹打穿的甲板流入船内,从断臂残肢中流出的鲜血便很快注入海中,将海水染成一片紫红。这边刚飞落一颗从躯干上切割下来的头颅，那边又有胳膊和腿高高地抛向空中，就好像夏季的旋风卷起尘埃，使之漫天飞舞。这以后你能看到的是船在海水中打着转，船体裂开，摇摇晃晃地沉入无情的洪流，最后，连高高的桅杆也不见了踪影。双方都使尽了进攻和防守的各种伎俩；勇敢与畏惧，坚定与怯懦，都淋漓尽致地呈现在战场上：有人苦苦厮杀为的是死后留名，有人纯粹出于无奈。无敌号战舰的表现就十分神勇；那艘以美观著称于世的布洛涅黑蛇号也英勇无比。但一切都无济于事：无论太阳、风向，还是潮水，都与我军作对，站到敌人一边。无奈之下，我们只好放弃那几艘战舰。敌人现在登陆了。这就是我的报告：由于天不作美，我军失败了，英格兰人获得了胜利。

约翰王　我们现在能做的只有赶紧把几支部队集合到一起，在他们深入腹地以前寻求战机。——来吧，可爱的菲利普，我们走吧；水手的一番话伤透了你父亲的心。（同下。）

第二场　皮卡第；克雷西附近原野

〔二法国人、一妇女及二小孩上；遇另一法国市民。

法国人丙　幸会，先生们。怎么，有什么消息？为什么带上这么多的东西？今天是交房租的日子吗？大包小包的都带在身边，是不是要搬家啊？

法国人甲　什么搬家，恐怕得搬脑袋呢。外面纷纷扬扬传的消息，你都没有听见？

法国人丙　什么消息？

法国人乙　法国海军在海上吃了败仗，英国军队已经来了。

法国人丙　那又怎么样？

法国人甲　那又怎么样，这是你说的？大难临头了，你还不想逃命吗？

法国人丙 放宽心吧,伙计,他们离这里还远着呢。我向你保证,他们想打到这里来,得付出惨重代价的。

法国人甲 蚱蜢也是这样无忧无虑地生活,一直到了冬天,当严寒冻僵它疏于防范的脑袋时,那就为时已晚,无可救药了。等到天开始下雨了再去找雨衣,说不定就会因自己的疏忽成了落汤鸡,那是他始料未及的。我们是居家的男人,身后有一班人跟着,总得预先防着点,免得到时候措手不及。

法国人丙 你们好像对不利的战局很失望,以为我们都要做亡国奴了吧。

法国人乙 事情不好说,做好最坏的打算总不会有错。

法国人丙 与其做个不顾爹娘死活的逆子,不如跟他们拼一拼。

法国人甲 呸,早已有成千上万的人拿起了武器,按力量对比,我们的敌人只是一小撮呢。但两国相争,总是有理的一方取胜:爱德华是已故国王的外甥,而约翰·伐罗瓦只是第三顺位的继承人。

妇人 而且,外面还流传着一个预言,那是一位做过修道士的人说的,他的预言总是十分灵验。这个人说:"一头狮子已在西方苏醒,过不了多久,它就会叼走法兰西的鸢尾花。"我可以告诉你,这样的猜测让许多法国人的心都凉透了。

　　　　〔法国人丁上。

法国人丁 快逃命吧,同胞们,法兰西的市民们!芬芳的和平,幸福生活的根基,已被人遗弃,被驱逐出这片国土;取而代之的是专事掳掠破坏的战争,它像不祥的乌鸦已栖息在我们的屋顶。屠杀和伤害横行于市,肆无忌惮地制造着洗劫。刚才我经过这座美丽的山头,看到的就是这番景象。就我的目力所及,就有五座城池陷入火海之中,麦地和葡萄园都烧成了大火炉。当滚滚的浓烟被风吹向一边,我随即看见:无数可怜的市民刚逃出大火,又倒在了士兵的长矛下。可怕的仇恨的舞者形成三路,正踏着血腥的节拍起舞:右边,是那位征服天下的国王;左边,是他那位脾气暴躁、肆无忌惮的儿子；被围在正中的，是我国那班戴甲持矛的兵丁。双方人马虽然隔着距离，却合谋一件事：让所到之处变成一片废墟。因此，市民们，赶快逃命吧；如果你们还不糊涂，就到更远的地方去安身吧。如果你们继续待在这里，就得含着泪水，眼巴巴看着你们的妻子被奸淫，你们的财物被瓜分。暴风雨来了，快找地方躲一躲吧。快跑，快跑，我已经听见战鼓声了。

啊，不幸的法兰西，我担心你的毁灭，

你的光荣摇摇欲坠，如朽败的雉堞。（同下。）

第三场　同　前

〔爱德华王、德比伯爵、高宾·德·格雷及若干士兵上。

爱德华王　那位机智地为我们带路，帮我们找到索姆河浅滩，安全地登陆的法国人在哪里？

高宾　在这里，我的好王上。

爱德华王　你怎么称呼？告诉我你的名字。

高宾　回禀陛下，我叫高宾·德·格雷。

爱德华王　高宾，你为我们做了事，我要让你获得自由。作为酬谢，我还要额外赏你五百马克的金币。——我不知道怎样才能见到我的儿子，我很想念他。

〔阿图瓦上。

阿图瓦　好消息，王上，王子就在附近了，与他同来的还有奥德莱勋爵和其他人；自登陆以来，我们还从没有会师过呢。

〔鼓号声。爱德华王子、奥德莱勋爵率士兵上。

爱德华王　欢迎，我的王子！自登陆法兰西海岸以后，你的情况如何，我的儿子？

爱德华王子　一路顺风，我得感谢仁慈的上天。我们已夺取几座重要的城市,如阿夫勒尔、圣洛、克劳代尔、卡伦蒂涅,①还摧毁了其他几座,身后留下的是一片片荒野和人烟绝迹的大道。对于愿意臣服的法国人,我们一概宽大为怀;但对于那些蔑视我们所提供的和平条件的人,则予以严厉的惩罚。

爱德华王 法兰西啊,你为什么偏要那般弩顽不敏,执意抗拒你的朋友善意的拥抱呢? 我们多么想温柔地抚慰你的胸口,悠闲地徜徉在你松软的土地上;而你偏要像易惊而未驯的马驹那样跳过一边,还朝我们尥蹶子。——告诉我,奈德,在你奋勇杀敌的战场上,有没有碰见那位篡位的法兰西王?

爱德华王子 碰见了,父王,就在不到两小时以前。他当时带了足足十万人马出现在河对岸,我就在河的这边。我担心他会把我们这支小部队吃掉,幸运的是,他发现您率军到来,便撤退到克雷西平原去了。他好像在那里摆好了阵势,准备与我们决战。

爱德华王 欢迎他来,我们正求之不得。

〔鼓号声。约翰王、诺曼底公爵、洛林、波希米亚王、菲利普王子及兵士上。

约翰王 爱德华,你听好了,法兰西真正的国王约翰知道你会来侵犯他的国土,在你凶残的进军中残杀他的臣民,蹂躏他的城镇,他因此特地前来吐你唾沫,并严词谴责你野蛮的入侵。首先,我要斥责你是个亡命之徒,一个惯于行窃的海盗,一个穷苦潦倒的无赖:你是个没有安居之所的人,要么就是居住在穷乡僻壤,那里长不出蔬菜和粮食,使得你只得靠偷鸡摸狗来维持生计。其次,我要当你是个恶毒的伪君子,因为你背信弃义,破坏了跟我立下的联盟和庄严的誓约。最后,我要说,虽然我瞧不起你,不愿意跟一个身份低贱的人打交道,但考虑到你渴望得到的只是黄金,你劳师动众来到这里,不是为了让人爱你,而是想让人怕你,我

---

① 阿夫勒尔、洛圣、克劳代尔、卡伦蒂涅:均为法国西北部城市。

因此满足你这个愿望：我这次来，随身带了无数的金银财宝。请你别再欺凌弱小的城镇了，有本事就拿起武器，跟我们的武装人员交交手，让我们看看，除了偷鸡摸狗，你能否像一个男子汉那样将金银财宝抢到手。

爱德华王　如果胆汁和苦艾也有好滋味，你这一番问候就甜如蜜饯了，只是胆汁没有这种功效，苦艾也确实苦得出奇。你听着，对于你无聊的奚落，我做这样的答复：如果你说这些话想败坏我的名声，或者想玷污我的身世，那你放明白点；你这恶狼般的狂吠，于我毫发无损。如果你要滑头，欺世盗名，想用娼妓的胭脂化装你丑恶的嘴脸，那你得记住，你的伪装会淡化，你的丑恶最终将大白于天下。如果你觉得我胆小怕事，做事拖沓，缺乏热情，需要你来鞭策我，那你就该想想，我是如何从容地渡海而来；自登陆以来，我又如何神速地夺取了你的城池，并离开海岸，深入你的腹地，始终没想过安安稳稳地睡大觉。伐罗瓦，你想想吧，我这次渡海而来，并非仅仅为跟你打几次小仗，得一点战利品，而是看上了你头上戴的那顶王冠。我发誓，那是我一定要得到的，否则，你我两人总得有一人进入坟墓。

爱德华王子　别指望我们跟你对骂，说一些发狠赌咒的话了。毒蛇在地洞里藏身，就让它拿毒牙咬人吧；我们手中有无情的利剑，这剑会为我们和我们的事业说话的。这样吧，承蒙我父亲允许，我提议：既然你夸夸其谈的喉咙吐出的都是恶毒的诽谤与谎言，而我们所主张的是真正的正义，就让我们在今天了结这场争端。但愿我们当中有一方鸿运高照，旗开得胜，倒霉的一方受诅咒，落个千古骂名。

爱德华王　我的权利毋庸置疑，我知道，他自己的良心也在说正义在我这里。——伐罗瓦，你说，你是愿意在镰刀伸进麦地以前退位呢，还是让我们已经燃起的怒火化为熊熊烈焰？

约翰王　爱德华，我知道你在法兰西拥有什么样的权利，在我卑贱地放弃我的王冠以前,这片旷野得成为一个血池,我们眼前所见到的地方,都将成为屠宰场。

爱德华王子　好啊,这足以证明你是一个什么人了,暴君!你根本不是什么国父、国王,更不是什么牧羊人。你是一头撕咬她的内脏的野兽,就像一只嗜血成性的饿虎。

奥德莱　法兰西的王公贵族们,他这样视你们的生命为儿戏,你们为什么还要追随他呀?

查理王子　不中用的老东西,他是天命所归的君主,不追随他又追随谁?

爱德华王　你骂他老东西,是因为他脸上铭刻着岁月的印记么?你要知道,这些饱经风霜的智者就像挺拔的橡树,当狂风吹倒小树时,他们却岿然不动。

德比　除了你自己,你的父系至今还有谁做过国王?爱德华具有伟大的血统,他的母系五百年来一直掌握王杖。同谋犯们,你们自己判断一下吧,凭出身谁是天命所归的君主,是爱德华还是约翰?

菲利普王子　父王,摆开战阵吧,别跟他们说废话了。这些英国人在磨蹭时间,等到天黑,他们就可以逃之夭夭了。

约翰王　诸位大人,我的可爱的臣民们,现在是考验你们的勇气的时候了!我的朋友们,你们可以简单地想想:你们为之作战的是一个天经地义的国王;你们面对的敌人是一个外国人;你们为之作战的人主张仁政,愿意用温和的缰绳约束你们;你们的敌人一旦得逞,就会即刻对你们实施暴政,将你们变为奴隶,用他的铁腕限制、扼杀你们最宝贵的自由。那么,为了保卫你们的国家,为了保卫你们的国王,就让你们的冲天豪气跟你们占着优势的人数保持一致,把这些亡命之徒迅速赶走。眼前这个爱德华不就是一个好色之徒,一个感情脆弱、心性放荡的浪子吗?不久前他不是因相思病差点死掉了吗?你们再看看,他那班英姿飒爽的卫士又是些什么人呢？如果不给他们吃牛排，不让他们睡羽绒软床，他们还不马上成了不堪重负、蔫头蔫脑的驽马吗？因此，法国同胞们，蔑视这些想做你们的主子的人吧，你们应该把他们一个个捆起来，让他们做你们的奴隶！

众法国人　国王万岁！上帝保佑法兰西国王约翰！

约翰王　就在这克雷西平原摆开战阵！爱德华，如果你有胆量，就开战吧。

爱德华王　法兰西的约翰，我们会马上应战的。（约翰王率随从及兵士下）诸位英格兰大人们，今天得有个决断了：要么彻底清算他们的诽谤罪，要么带着清白之躯进入坟墓。奈德，今天是你第一次上战场作战，按照见习骑士的惯例，我们要给你配备骑士所需的一切，庄严地授予你武器。过来，传令官们，为我的王儿呈上一副结实的盔甲。

　　　　〔喇叭奏花腔。四传令官分别捧甲胄、头盔、长矛和盾牌上。第一位传令官将甲胄交给爱德华王，国王将它披到王子身上。

爱德华王　爱德华·普兰塔琪纳特，我以上帝的名义为你的胸膛披上这副盔甲，愿你坚贞而高贵的心胸受这坚强无比的铁甲的保护，卑贱的思想将永远进不了那里。勇敢地战斗吧，征服就在你的脚下！——各位大人，你们也来授予他荣誉吧。

　　　　〔德比从第二位传令官手上接过头盔。

德比　爱德华·普兰塔琪纳特，威尔士亲王，我将这顶头盔戴到你的头上，你智慧的住所凭此有了保护，但愿贝娄娜女神①永远给你的两鬓饰以胜利的桂冠。勇敢地战斗吧，征服就在你的脚下！

　　　　〔奥德莱从第三位传令官手上接过长矛。

奥德莱　爱德华·普兰塔琪纳特，威尔士亲王，请用你男子汉的手接过这根长矛，把他当作一支铜铸的笔，在法兰西蘸血画出作战方

---

①　贝娄娜：罗马神话中的女战神，战神玛尔斯之妻。

　　略,并在荣誉的史册上记下你的丰功伟绩。勇敢地战斗吧,征服
　　就在你的脚下!

　　　　[阿图瓦从第四位传令官手上接过战盾。

阿图瓦　　爱德华·普兰塔琪纳特,威尔士亲王,请收下这面战盾,把
　　它挂在你的胳膊上,但愿它像珀耳修斯之盾①,你的敌人见到它
　　会大惊失色,变成没有知觉的死亡的枯骨。勇敢地战斗吧,征服
　　就在你的脚下!

爱德华王　　现在就缺骑士的封号了,这封号我们要延期授予,让你自
　　己到战场上去争取。

爱德华王子　　仁慈的父亲,诸位热情的大人们,你们用这如意吉祥的
　　标识授予我荣誉,鞭策并鼓舞我年少幼稚、蓓蕾初开的勇力,你
　　们的谆谆教诲犹如老雅各对他儿子的祝福。② 如果有一天我亵
　　渎了你们所给予的神圣礼物,没有用它们弘扬上帝的光荣,没有
　　保护孤儿和穷人,没有为英格兰的和平谋取利益,那就让我全身
　　的关节僵硬! 让我的双臂虚弱无力! 让我的心脏衰竭! 那时我
　　就是一棵没有液汁的枯树,永远蒙受耻辱!

爱德华王　　现在我们可以来部署这场残酷的战争了。奈德,你负责
　　打头阵;为使你蓬勃的朝气更具威力,我让沉稳的奥德莱节制
　　你:勇气和经验合而为一,你们的力量就无人能比了。主力部队
　　由我亲自指挥;德比率领后军作为接应。

　　　　　　任务已经布置,战阵已经摆开,
　　　　　　诸位上马吧,上帝与我们永在!（同下。）

───────────────

　　①　据希腊神话,任何人看见女妖墨杜萨的头,都会变成石头。珀耳修斯得
到雅典娜的指点,用光亮的盾牌做镜子观察墨杜萨,接着就砍下了她的头。
　　②　见《旧约·创世记》第四十九章:雅各临死前对他的十二个儿子一一做
了嘱咐。

第四场　同　前

〔厮杀声。众多法国人逃跑上；爱德华王子率英军追赶，过场。约翰王、洛林公爵上。

约翰王　啊，洛林，我们的人数大大超过敌人，我们的士兵为什么还逃啊？

洛林　王上，热那亚的卫戍部队刚从巴黎赶来，由于行军疲惫，不愿意即刻投入战斗：他们刚进入前沿阵地就往下撤，致使军心大乱，其他的人便跟着他们逃跑。慌乱中人人都急于逃命，数以千倍的士兵不是死在敌人的长矛之下，而是相互践踏而亡。

约翰王　真晦气啊！赶快想想办法，稳住军心，让他们别再撤了。

（同下。）

第五场　同　前

〔鼓号声。爱德华王及奥德莱上。

爱德华王　奥德莱大人，我的儿子正在追赶敌人，我们不妨把部队撤到这座小山上，趁机喘口气。

奥德莱　遵命，陛下。（下。吹收兵号。）

爱德华王　赏罚分明的苍天啊，你神秘的意志非我等愚顽的凡人所能揣测：就在今天，你扶助正义的一方，让邪恶者自相践踏，如此不可思议的奇迹，让我们如何赞美你好呢？

〔阿图瓦上。

阿图瓦　快去救人，爱德华王，快去救救你的儿子！

爱德华王　救什么人，阿图瓦？王子他被俘了吗？还是受到冲撞，从马背上摔下来了？

阿图瓦　都不是，王上。王子他一直在追击法国人，不想他们杀了个回马枪，反把他紧紧包围起来了。现在他很难脱险，除非王上迅速下山救援。

爱德华王　啧！让他打一打吧：今天我们给了他武器，为了骑士的封号,应该让他费点力气。

〔德比上。

德比 王子,陛下,王子! 快救救他! 王子他陷入重围,敌我力量极其悬殊!

爱德华王 只要他能凭自己的本事杀出来,他就能获得极其巨大的荣誉。如果杀不出来,那也没有办法。我有好几个儿子,除了他,还有别的儿子可以安慰我的晚年。

〔奥德莱上。

奥德莱 声名远扬的爱德华,亲王殿下正处在危险之中,请允许我率领部队去营救他:法国人布下天罗地网,像堤坝上的蚂蚁聚集在他身边;王子则像一头被困的雄狮,正疯狂地撕咬着那张罗网。但一切都无济于事,他已无法脱身而出。

爱德华王 奥德莱,放宽心。我不允许任何人去救他,违者处死。今天是命中注定考验他的勇气,让他懂得战争凶险的日子。如果他杀出重围,等他活到涅斯托①的年纪,就可以自豪地回忆这段历史了。

德比 哎呀,只怕他活不到涅斯托那个年纪了。

爱德华王 那他的墓志铭就是对他永恒的赞美。

奥德莱 我的好王上,明明有救,偏让他血洒沙场,您也太固执了。

爱德华王 别嚷嚷了,你们谁也不清楚现在去救他能帮上什么忙。他也许早就被杀,或者做了俘虏。正在飞翔的猎鹰,一旦迷糊了眼睛,从此就再难驯服。如果爱德华被我们救下来,以后一旦遇到危险,他就只会等待救援了。但如果他凭自己而得救,那他就可以欣慰于对死亡和恐惧的征服,从此不必再害怕它们,只管当它们是黄口小儿或手下败将就行。

奥德莱 (旁白)多残忍的父亲! ——爱德华,永别了。

---

① 涅斯托:特洛伊战争中著名的老英雄。

德比　永别了，可爱的王子，骑士的希望之星！

阿图瓦　但愿我能用自己的生命把他从死神那里赎出！（收兵号。）

爱德华王　安静！我好像听见了嘹亮而阴沉的收兵号。我希望，他的人马并没有全军覆没，总还有几个人回来报告消息，不管是好是坏。

　　　　[喇叭奏花腔。爱德华王子凯旋，手持残破的长矛。兵士手捧他的宝剑和残缺的战盾走在前面，随后是裹在军旗里的波希米亚王的尸体。众人急忙趋前迎接。

奥德莱　何其欢欣鼓舞的景象啊！胜利的爱德华还活着！

德比　欢迎，勇敢的亲王！

爱德华王　欢迎，普兰塔琪纳特！

爱德华王子　（下跪，吻国王手）诸位大人，我已完成了应该完成的任务，我首先要向你们再次表示衷心的感谢。你们看吧，经过严冬的辛劳和痛苦的航行，在战争这片汹涌的海洋上，我穿越了夺命的急流险滩和危岩暗礁，终于将我的货物，我夏日的希望，我辛苦劳作的报酬，送到我所向往的港口。现在，我恭敬地呈献这份牺牲，我的宝剑所获取的第一个果实：我在地狱的门口斩获的波希米亚王。父亲，这个被我杀死的人当时带了数千名士兵把我团团围住，用他们沉重的宝剑朝我残破的头盔频频砍击，就像剁一个铁砧。但无畏的勇气一直支撑着我：当疲惫的双臂像需要砍伐一车子橡木的樵夫的斧子，因不断的挥舞开始显得力不从心时，我便想起你们授予我的礼物和我自己的宏愿，我的斗志便重新振作起来。我不顾一切向前冲杀，直到将敌人杀得四散奔逃。看吧，这就是爱德华按你们的要求所做的一切，我希望，我已履行了一个骑士的职责。

爱德华王　奈德，你配得上骑士的称号：这把剑仍流淌着想置你于死地的人的鲜血，我就用它来敕封你吧。（一兵士呈上宝剑；王子下跪，国王执剑行敕封礼）起来吧，爱德华王子，值得信赖的武装骑士。

今天你让我喜不自禁,证明你配做王位的继承人。

爱德华王子 这儿有一份清单,仁慈的父王,记录着在这场战斗中被我们杀死的敌人的数目:他们中有十一位高贵的王子,八十位男爵,一百二十位骑士,三万普通的士兵。我方伤亡人数有一千。

爱德华王 赞美上帝!——法兰西的约翰,这下你该知道爱德华王不是心性放荡的浪子,不是害相思病的伦敦佬,他的士兵都不是孬种了吧。这位胆小的国王往什么方向逃了?

爱德华王子 往波亚叠方向逃了,高贵的父王,还有他的儿子。

爱德华王 奈德,你和奥德莱继续追击他们;我自己和德比立即赶往卡利斯,把那个港口城市包围起来。最后的胜负未决,必须继续扩大战果,密切注意战况的发展。这画的是什么?

爱德华王子 *(指着军旗)*一只鹈鹕,父王。它正用它的钩形嘴啄开自己的胸脯,用从心脏流出的血哺育雏鸟。上面的格言是:"汝应如是。"*(同下。)*

第 四 幕

第一场　布列塔尼;英军营地

〔蒙特福德伯爵手持爵冠偕索尔兹伯里伯爵上。

蒙特福德 索尔兹伯里大人,你援助我杀了我的敌人布罗瓦的查理爵士,使我安然重领布列塔尼公国;为报答你的国王和你给予我的友好支持,我决定向爱德华陛下宣誓效忠。请接受这顶爵冠作为见证:连同我的誓言,请你一并带给王上,告诉他,我永远是爱德华忠诚的朋友。

索尔兹伯里 我收下了,蒙特福德大人。我相信,不久以后,整个法

兰西王国都将归顺于战无不胜的爱德华。(蒙特福德下)如果一路
上能通行无阻,我真想去一趟卡利斯晋见国王陛下;从来往的信
函中我知道,王上正率兵向那边进发。噢,有了,这个办法能
行。——喂,谁在里面?把维叶带上来。

〔维叶上。

索尔兹伯里 维叶,你现在是我的俘虏,如果我愿意,我可以向你索
取十万法郎的赎金,否则你就得永远作为俘虏留在这里。但现
在我要你为我做一件小事,如果你愿意,我就可以释放你。是这
样:你给我从诺曼底公爵查理那里弄一张通行证,以便我沿途不
受阻挡,安全地经过他的辖区到达卡利斯。这事对你轻而易举:
我经常听你说起,他和你曾经是同学。事成之后,你就可以得到
自由。你怎么说?这事你愿意做吗?

维叶 愿意,大人,但我得跟他本人去说。

索尔兹伯里 那当然。骑上马,赶快去吧。但临走以前,你得宣誓你
的信用:如果不能满足我的要求,你还得回来做我的俘虏。我必
须有你的誓言做保证。

维叶 我同意这个条件,大人,我一定信守自己的诺言。

索尔兹伯里 再见,维叶。(维叶下)我要用这个办法试试法国人的信
用。(下。)

第二场 皮卡第;卡利斯前英军营地

〔爱德华王及德比率士兵上。

爱德华王 他们既然拒绝与我们结盟,不肯打开城门让我们进去,那
我们就把他们四面封锁起来,不让粮草和人员进去救援这座该
诅咒的城市:当我们不使用刀枪时,就让饥饿对付他们。

德比 他们这般有恃无恐,是因为法国国王曾许诺给他们提供支援。
现在援助撤销,提供到了别处:他们该为自己的顽固不化深感懊
悔了。

〔六法国穷人上。

德比　　王上,这几个衣着褴褛的奴才是什么人?

爱德华王　问问他们;看样子是从卡利斯来的。

德比　　你们这绝望和痛苦的形体,你们是什么人? 是活人还是从坟墓里爬出,到人间来游荡的鬼魂?

法国穷人　大人,我们不是鬼魂,是有血有肉的大活人,只是生活得比宁静的死亡还糟。我们是这座城市可怜的穷居民,由于长期患病,身体残疾,不适宜在军中服役,城里的将领便把我们赶了出来,就为了节省口粮。

爱德华王　多么仁慈的举措,真值得赞美! 但你们有没有想过我们会怎样处置你们? 我们是你们的敌人,我们提出的停战条件被你们拒绝了,在这样的情况下,我们完全可以处死你们。

法国穷人　既然王上没有别的恩赐,是死是活我们都无所谓。

爱德华王　可怜而愚钝的人,是受了太多的委屈和痛苦了。去,德比,去,周济他们一点。给他们一些粮食,每人再发五个克朗。(德比带法国人下)狮子不屑于攻击温顺的猎物,爱德华的宝剑只拿刚愎自用、一意孤行的人开刀。

〔帕西勋爵上。

爱德华王　帕西大人,欢迎你! 英格兰有什么消息?

帕西　　王上,王后就要来这里见您了。我从王后陛下和摄政大人沃里克那里带来胜利的喜报:苏格兰的大卫最近起兵寻衅,满以为陛下不在国内,他就能轻易取胜,结果却一败涂地,还做了俘虏。此次胜利,全凭您的大臣们的忠心效劳和王后陛下的笃行不倦:她虽然身怀六甲,仍披盔戴甲,身先士卒。

爱德华王　衷心感谢你带来的好消息,帕西。是谁在战场上俘虏了苏格兰王?

帕西　　回禀陛下,是一个名叫约翰·柯普兰的乡绅。王后曾要求他交出俘虏,却受到他的拒绝,他坚持要将战俘交给您本人;为此事王后还一肚子不高兴呢。

爱德华王　那就立即派人去传唤柯普兰，让他带他俘虏的国王来
　　见我。

帕西　王上，王后此刻已经在海上，只要顺风，她很快就能在卡利斯
　　登陆，来此见您。

爱德华王　欢迎她到来。为了迎接她，我要把营帐设在沙滩附近。

　　　　　〔一法军军官上。

法军军官　神威的国王，卡利斯的议员们已经召开过会议，决定将这
　　座城市连同城堡交给你们，条件是：请陛下保证市民的生命与财
　　产的安全。

爱德华王　他们真有办法！这以后他们就可以随心所欲地在这里继
　　续发号施令、举行选举、履行管理之职了。这不行，先生，你去告
　　诉他们：既然当初他们拒绝了我们的优厚条件，现在再想得到
　　它，就为时已晚了。除了火和剑，我现在什么都不接受，除非在
　　这两天之内，你们派六个最富有的商人到这里来，每人只穿麻布
　　衬衣，脖子上都套一根绞索，拜倒在我的脚下，或杀或剐，任凭我
　　处置。你就回去这样禀报你的主子吧。（爱德华王、帕西及兵
　　士下。）

法军军官　这就是信赖一根破棍的报应了！如果当初不轻信约翰王
　　会率大军来解围，我们说什么也不会如此负隅顽抗。

　　　　　　　但时过境迁，懊悔已于事无补，

　　　　　　　只好让少数人牺牲，顾全大局。（下。）

第三场　波亚叠；法军营地

　　　　　〔诺曼底公爵查理及维叶上。

查理王子　维叶，我真不明白，你为什么要为了我们的一个死敌再三
　　向我求情。

维叶　仁慈的王子，我执意求情，并非为了他，而是为了豁免我的

赎金。

查理王子　你的赎金,我的天!你还有必要谈那个吗?你现在不是自由了吗?有利于我们的敌人的事,难道我们也应该接受下来,照着去做吗?

维叶　我没那个意思,我的好大人,这要看事情本身是否正当。利益和荣誉是不可分的,否则我们的行为就很不光彩。我也不想把道理说得太复杂,请问殿下,你到底愿不愿意为我签署这份文件?

查理王子　维叶,我不愿签署,这事我不能做:不管索尔兹伯里如何想得到这个通行证,我不能遂了他的心愿。

维叶　那好,大人,我也知道自己最后的结果了:我得回去继续做他的俘虏。

查理王子　回去! 我希望你不要回去。刚逃出捕鸟人的罗网的鸟儿,怎么可以那么不谨慎,重投罗网呢? 好不容易渡过危险的急流的人,怎么可以这样犯迷糊,粗心大叶,让自己重新陷入危险之中呢?

维叶　哎呀,但那是我的誓言哪,仁慈的殿下,凭良心我是不能违背的,否则,即便给我一个王国,也不能拉我回去。

查理王子　你的誓言? 不错,誓言的确应该遵守。但你不是对你的亲王宣誓过忠诚吗?

维叶　只要他的命令是正当的,我一概服从。但要想说服我,或者威胁我,强行要求我背弃我跟别人达成的约定,那是法理所不容的,我没有必要服从。

查理王子　这么说来,一个人按法理不可以违背跟敌人许下的承诺,反而可以去杀人了不是?

维叶　殿下,双方的争端一旦通过宣战来解决,那杀人无疑是法理所许可的。但对于誓言,我们必须明白自己为什么要发誓;一旦发了誓,就不能违背它,即便赔上性命。因此,殿下,我要心甘情愿地回去,就当是飞向天堂吧。(欲下。)

查理王子 等一等,我的维叶! 你高贵的胸怀永远值得敬佩。我不再拒绝你的请求。把文件给我,我马上签署。以前我爱你,因为你是维叶;今后我要拥抱你,当你是我自己。留下来吧,你的主人将永远喜欢你。

维叶 我恭敬地感谢殿下。但我得先办事,先把这个通行证送到伯爵手里,然后再回来为殿下效劳。

查理王子 去吧,维叶。但愿查理需要时,不管他处境如何,他手下的将士,人人都像你。(维叶下。)

〔约翰王上。

约翰王 来吧,查理,拿起武器。爱德华已经中计,落入我们的手中;我们已经把他包围起来,这回他逃不走了。

查理王子 父王,是不是今天就打?

约翰王 还等什么呢,我的儿子? 他只有八千人马,我们至少有六万。

查理王子 仁慈的父王,我得到一个预言,说的是这场凶险的战争中我们的胜负结果。这预言是克雷西的一位老隐士交给我的:

> (读)"禽鸟长鸣,动摇军心;
>
> 燧石飞扬,战阵即乱。
>
> 不祥之日,惶怖征营,
>
> 思之忖之,此言匪妄。
>
> 今日敌来,践踏家门,
>
> 他日回访,君赴英伦。"

约翰王 从这预言看,我们将是幸运的:燧石不可能飞起来扰乱战阵,飞禽也不可能让拿武器的人见了害怕得发抖,显而易见,我们是不会被打败的。最后的结果倒很可能应验:我们将他赶回英国,像他们对待我们那样洗劫他的国家,通过报仇,挽回我们的损失。其实,预言这一类东西都是不着边际的呓语、梦话,没有任何意义。只要我们先围住了儿子，逮住那个做父亲的也就指日可待了。（下。）

第四场　波亚叠；英军营地

［爱德华王子、奥德莱及若干士兵上。

爱德华王子　奥德莱，死亡的臂膀已将我们紧紧抱住，除了奔赴甜蜜的永生以前需要品尝的痛苦，我们再无别的安慰了。在克雷西时，是我们浓浓的战云窒息了法国人的咽喉，使他们四散逃命；如今是他们的千军万马遮挡了煌煌的太阳，留给我们的是阴森森的黑暗和让一切归于乌有的黑夜的恐惧。

奥德莱　好亲王，他们这次动用那么多兵力，那么迅速地把我们包围起来，真有点不可思议。法国国王就在我们前面的山谷里，占尽了天时和地利；论装备，他的部队也远胜过我们。右边的山上，是他那位夸夸其谈的儿子诺曼底公爵，整座山都被他装点得闪闪耀耀的，犹如一座银矿，或者说一片星空。大大小小的旌旗在空中猎猎飘扬，拍打着八面来风；那风儿为炫丽的旗帜所迷，争着向它们献吻。左边的山头上是他的小儿子菲利普，那里长矛林立，成了金树的林海，长矛上的垂饰便是树叶，四等分的纹章图案五彩缤纷、古色古香，仿佛是树上的果实，整座山头简直就是赫斯珀里得斯姐妹的果园。① 我们的身后，是一座形同弯月的小山，只有一处出口，把我们钳在其中。那里部署着致命的弓弩手，指挥作战的是凶狠的夏蒂里雍。这就是我们现在所面临的局面：能供我们出逃的山谷被国王堵住了，左右两侧有他的两个傲慢的王子把守；我们的背后则站着死神的帮凶夏蒂里雍。

爱德华王子　死神的名字，其威力远胜过它的行动：你对它作了分

---

①　据希腊神话，赫斯珀里得斯姐妹住在大地极西的果园里，园里长着结金果的苹果树。

解,使它显得更加强大了。一个人用手一抓,就能抓起无数的沙子,但这无数的沙子充其量就是那么一把。整个世界也一样,你可以把它当作一股势力,任凭你一把抓起或放下。但如果你要一粒一粒地去数,沙子的数量足以让你数昏了头,使你的工作成亿倍地困难起来,但说到底,一把沙子就是一把:我们的前后左右,那些营房啦,编队啦,军团啦,说到底只是一股势力。当我们说到一个人时,他的手,他的脚,他的大脑,都具有各自的力量;但这一切协同起来,才是某个人的一己之力。奥德莱,你说的那些许许多多,其实只是一个,我们可以称它们为某个人的力量。一个远行的人,总用里数来计算路程:如果让他用脚步来计数,他的心得累死。构成一场洪水的水滴难以计数,你知道,我们只简单地称之为雨。世上只有一个法兰西,只有一个法兰西国王;法兰西没有别的国王了:就是这一个国王带来了一支强大的军队。我们也有一支:用不着担心双方力量悬殊,因为这是一对一的公平对抗。

　　　　〔约翰王的信使上。

爱德华王子　什么消息,信使?说简单点。

信使　我的君主法兰西国王让我代他致意他的敌人威尔士亲王:只要你召集一百个有名望的人,包括你的将领、骑士、候补骑士和英格兰的乡绅,由你亲自率领向他屈膝下跪,他就可以即刻卷起血腥的战旗,那些判了死刑的人也就可以用赎金赎回自己的性命。不然的话,今天就要流洒更多的英格兰人的血,比埋葬在布列塔尼土地上的人多得多。对于国王这仁慈的提议,你如何答复?

爱德华王子　只有这笼罩法兰西的苍天所具有的仁慈,才是我恭敬祈求的;上帝不允许我从自己的舌头发出如此卑贱的声音,向一个凡夫俗子乞求怜悯。回去告诉你的国王,我的舌头是用钢铁铸就的,它要向他怯懦的头盔祈求仁慈。告诉他,我的军旗跟他的一样鲜红,我的士兵跟他的一样勇敢,英格兰人的武器也一样犀利无比。回去对他说:我要当面蔑视他。

信使　我告辞。(下。)

　　　　〔查理王子的信使上。

爱德华王子　你有什么消息?

信使　我的主人诺曼底公爵大人怜悯你年纪轻轻就被危险所困,特意让我给你送来一匹你从未骑过的最敏捷的骏马;他建议你骑上它赶紧逃命,否则,死神已经发誓,说你必死无疑。

爱德华王子　你把这畜生送回到送它来的畜生那里去! 告诉他,我不骑胆小鬼的马。你叮嘱他今天就骑上这匹劣马逃命,因为我会给我的马浑身涂上鲜血,再给马镫涂上两层血污,直到把他俘虏。你就这样对那个趾高气扬的小伙子说,去吧。(信使下。)

　　　　〔菲利普的信使上。

信使　威尔士的爱德华,无比强大的法兰西基督教国王的次子菲利普,见你大限已到,出于仁慈和基督徒的爱,让我送来这本全是祈祷文的书,交到你漂亮的手上。他希望你在临终前好好反省,以便你的灵魂踏上那漫长的旅程。这就是王子对你的嘱咐,请回复。

爱德华王子　菲利普的信使,请代我向你的主子致意:他的好意我一概领受。但你想过没有,这个缺乏管教的孩子送这礼物过来,岂不害了他自己? 没有了这本书,他也许就不会祈祷了。我看他不是那种能背诵祈祷文的人,你还是把这本普通的祈祷书带回去吧:在他大祸临头时,这书对他是有好处的。再说,我还不知道自己犯下了怎样的罪孽,也就不知道什么样的祈祷文对我有用。天黑以前,他也许就得向上帝祈祷了,那时候,我会用心去听他的祷告的。就这样对那个宫廷的浪子说,去吧。

信使　告辞。(下。)

爱德华王子　由于兵力占优,看他们多自信啊! ——奥德莱大人,在这危难的时刻,请张开你银色的翅膀,让时间乳白色的使者展示你丰赡的学识吧。你身经百战,经历过种种磨难,你可敬的脸上留有铁笔写下的谋略的诸多印记:面对这样的难局,你是个过来人,我却是个好红脸的处子。请传授我排忧解难的良策吧。

奥德莱　死和生一样,都很平常:当我们选择了生,死照样追随我们。其实,从我们出生的那一刻开始,我们就一直追踪着死亡。我们像草木那样先是含苞,然后开花,再后结子,紧接着便掉落尘埃:我们追随死亡,就像影子追随形体。既然如此,我们又何必畏惧死亡呢?如果畏惧,为什么要追随它?我们能因为畏惧就避免它吗?我们越是畏惧,那被我们畏惧的东西只会因我们的畏惧更早地降临。如果我们不畏惧,任何一厢情愿的努力都无法改变我们命定的寿限:我们要掉落尘埃,因成熟也好,因腐败也罢,那命定的劫数就像中彩,全凭上天的安排。

爱德华王子　老人家,你这一番话犹如给我穿上百万层铁甲。啊,你把生命描述得何其愚蠢:它只知道追寻它所畏惧的东西;那屠杀生命的死神,他辉煌的胜利又被你描述得何其可笑!被死神那征服一切的箭镞射中的所有生命,其实都是在追寻他,而不是被他追寻,这样,死神的荣耀也就不值得夸耀了。既然活着不过是追寻死亡,死亡只是新的生命的开始,那我就不会拿一个便士去讨好生命,也不会拿半个便士贿赂死神,以图逃避死亡。只要主宰一切的上帝愿意,就让那一刻到来吧,反正是生是死,在我眼里并无区别。(同下。)

第五场　同前;法军营地

[约翰王及查理王子上。

约翰王　天突然间黑了下来,风害怕得躲进了山洞,树叶子纹丝不动,整个世界寂静无声,鸟儿停止了歌唱,蜿蜒的溪流不再像往常那样对着河岸絮叨问候;这静寂好像在等待什么奇迹,期待上天宣告什么预言。查理,这静寂的气象因何而起?因谁而起?

查理王子 我们的士兵都吓得目瞪口呆,面面相觑,好像都在等待别人说话,但谁也没有说什么。一种让人瞠目结舌的恐惧使白昼变成了午夜,在所有醒着的人中间,语言已经睡着了。

约翰王 绚丽多彩、趾高气扬的太阳平时总是从他那金色的马车上探身观望这个世界,现在却突然躲了起来,使得这下界顿时成了一座坟墓,那么的黑暗,死一般的寂静,令人惴惴不安。(乌鸦聒噪声)听!这是什么可怕的声音?

查理王子 我的弟弟菲利普来了。

约翰王 真叫人沮丧!

　　　　[菲利普王子上。

约翰王 你神色惊惶失措,有什么话要说?

菲利普王子 一大群!一大群!

约翰王 胆小鬼,什么逃命?你说谎,根本用不着逃命。[①]

菲利普王子 一大群!

约翰王 把你丧失的胆气提起来,说说你惊惶失措的原因;恐惧都写在你的脸上了,到底出了什么事?

菲利普王子 一大群丑陋的乌鸦在我们的士兵头上盘旋鸣叫,一会儿飞成三角形,一会儿飞成四边形,就像我们的排兵布阵。随着乌鸦的到来,又突然起了一阵大雾,遮蔽了整个天空,使大白天变成了怪异的黑夜,给这个世界带来惊悸与恐怖。总之,我们的士兵都已吓得面无人色,呆若木鸡,他们相互观望着,手中的武器都掉在地上了。

约翰王 (旁白)唉,这使我想起那个预言,但我必须保持镇静。——回去吧,给那些胆怯的士兵打打气。告诉他们:这些乌鸦看见我

---

　　① flight 一词为双关语:查理王子说的是"一大群(乌鸦)";约翰理解为"逃命"。

们这么多精兵强将拿着武器对付为数有限的一班快饿死的人，便飞来等着就餐，啄食被我们砍倒的一具具尸体。我们经常看到，当一匹马倒在地上奄奄待毙时，便会有贪婪的鸟儿飞来，等待那匹马的死亡。这些乌鸦在空中盘旋，也是来等着吃那些注定要死的可怜英国人的尸体的。如果它们冲着我们聒噪，那是要我们去杀人，以便喂肉给它们。去吧，安慰安慰我的士兵。把号角吹起来！赶紧打消这愚蠢的念头①。（菲利普下。）

〔嘈杂声。索尔兹伯里被一法军军官押上。

法军军官 启禀王上，这位骑士带了四十名士兵，千方百计想突破我们的防线，到被包围的英格兰王子那里去。他手下的人大部分已经被杀或逃走。此人如何处置，请陛下定夺。

约翰王 去，军士，见到有棵树，就让这树蒙受耻辱吧。在法兰西，每一棵树都很高贵，用来吊死英格兰强盗，可惜了。

索尔兹伯里 诺曼底公爵大人，我有你签发的通行证，你保证过我沿途的安全。

查理王子 是维叶帮你弄到的，是不是？

索尔兹伯里 是的。

查理王子 那是有效的，你可以通行无阻。

约翰王 嘻，可以通行无阻地上绞架！我的命令不得违抗、阻挠。带下去！

查理王子 我希望父王陛下别这样羞辱我，破坏我所签署的命令的效力。此人出示了我从不失信的名字，它确实是我这做王子的人亲笔写下的。我宁可不做这个王子，也不能破坏一个王子的信用。孩儿请求父王，让他安静地通过。

约翰王 你和你的命令都受我的节制，你做出的承诺，我为什么不可以撤销？违背你父亲与违背你自己相比较，哪一个行为更可耻？

---

① "愚蠢的念头"指的是约翰王心中不祥的预感。

你说的话,任何人说的话,都不能超越你父亲的权力。我的权力是绝对的,拥有这权力的人绝对不可以言而无信。是否违背诺言,取决于灵魂的认同:只要灵魂不认同,你违背的诺言就不是对诚信的破坏。——去,吊死他! 你的豁免权来自我,我的强权就是你摆脱罪责的借口。

查理王子　怎么,我不是作为一个军人在说话吗? 那就再见吧,武器,让愿意打仗的人去打吧。我想解下我的腰带送人,难道也得受某个监护人的节制,听他说我不可以把这腰带送出去吗? 我凭我的灵魂发誓,如果威尔士亲王爱德华许下了诺言,用他高贵的手签署了命令,允许您的骑士通过他父亲的领地,那位高贵的国王为了替他英武的儿子争取荣誉,不仅会欣然同意放行,还会隆重地设宴款待他们和他们的随从呢。

约翰王　你一定要强词夺理吗? 也罢,让它去吧。——英格兰人,告诉我,你是什么身份?

索尔兹伯里　英格兰的一位伯爵,虽然在这里是个俘虏,但认识我的人都叫我索尔兹伯里。

约翰王　那我问你,索尔兹伯里,你要到哪里去?

索尔兹伯里　去卡利斯,我的国王爱德华在那里。

约翰王　去卡利斯吗,索尔兹伯里? 那你就去吧,吩咐国王准备好一座雄伟的坟墓,好用来埋葬他高贵的儿子黑王子爱德华。你从这里往西走,离这里大约两法里的地方有一座高山,那山似乎没有山顶,因为覆盖万物的天空把高高的山顶埋进了它蔚蓝色的胸膛。当你登上山顶,就回头看看脚下的山谷:那里本是卑微之地,但现在因为战争显得荣耀无比了。不幸的威尔士亲王就被困在那里,我们已将他铁桶似的包围起来。看完之后你再快马加鞭赶往卡利斯,对英格兰王说:他的王子已经被窒息,但还没有死。

　　告诉他,这还不是他全部的灾难,

我一旦高兴,随时启程对他拜访。

赶快去吧! 即便子弹打不到他们,

弥漫的硝烟也呛死我们的敌人。(同下。)

第六场　波亚叠;战场的一部分

〔爱德华王子、阿图瓦上。

阿图瓦　殿下情况好吗? 你没被射中吧?

爱德华王子　没有,亲爱的阿图瓦,只是被烟尘呛着了,退下来喘口气,呼吸点新鲜空气。

阿图瓦　那就喘口气再投入战斗吧。受了惊吓的法国人军心涣散,都在观看天上的乌鸦。如果我们的有足够的箭,殿下今天一定能大获全胜。主啊,给我们更多的箭吧! 这是我们最需要的。

爱德华王子　别丧气,阿图瓦! 有长羽毛的鸟儿帮我们作战,那些羽毛箭又算得了什么! 那么多乌鸦在叫骂我们的敌人,此时我们最需要的是战斗、流汗,让他们乱成一团。振作起来,阿图瓦! 地上有的是敲得出火星的燧石,命令我们的弓弩手丢掉漂亮的紫杉弓,捡起石头继续战斗。去吧,阿图瓦,去吧! 我的灵魂在预言:我们的胜利就在眼前!(同下。)

第七场　同　前

〔厮杀声。约翰王上。

约翰王　我们的千军万马惊惶失措,军心涣散,自己先乱成一团。突如其来的恐慌在我的军队里播布着阴森的沮丧,任何小小的挫折都能让吓破了胆的士兵弃阵逃命。我自己的意志与他们相比,虽犹如好钢之于劣铅,但一想起那个预言,再想到法国的石头借英国人的臂膀也在背叛我们,就不免灰心丧气,惶恐不安。

〔查理王子上。

查理王子　快逃吧,父亲,快逃吧! 法国人在自相残杀呢。愿意坚持战斗的在追杀想要逃跑的。我们的战鼓敲出的是丧气的鼓点，我们的喇叭只会吹不光彩的退兵号。恐惧的情绪在蔓延，都担心性命不保，因为怯懦，局面越发混乱了。

[菲利普王子上。

菲利普王子　挖掉你们的眼睛吧，免得看见今天的耻辱！一只胳膊打败了一支军队，一个可怜的大卫用一块石头就打败了二十个强壮的歌利亚：①二十来个光着膀子的饿死鬼用几块小燧石就击退了一支装备精良的强大军队。

约翰王　真是活见鬼了！他们丢丢石子就让我们丢了命。今天至少有四万个不义的长老被四十个骨瘦如柴的奴才用石块砸死了。②

查理王子　啊，但愿我从此成为他国的臣民！今天，法兰西蒙受了奇耻大辱，全世界都要对我们发嘘声，把我们当笑柄了。

约翰王　怎么，就没有希望了吗？

菲利普王子　没有了，除非让死亡埋葬我们的耻辱。

约翰王　跟我一起将部队重新集合起来：只要还有二十分之一的人活下来，也足以打败那一小股敌人。

查理王子　那就再冲锋一次吧。只要老天不作对，我们就不会失败。

约翰王　冲啊！上！（同下。）

第八场　同　前

[厮杀声。奥德莱负伤上，被二绅士救起。

绅士甲　大人，怎么啦？

奥德莱　只要参加这血腥的宴席，这都是难免的。

绅士乙　大人，但愿你的伤不是致命的。

---

①　大卫打败歌利亚，参见《旧约·撒母耳记上》。

②　此处可能引自《旧约·列王记上》第二十一章：耶斯列城的长老被耶洗别利用，唆使众人将拿伯拉到城外，用石头打死。

奥德莱　即便致命也不要紧:我的大限到了,最多也就是死了一个终有一死的人。两位朋友,把我抬到高贵的爱德华亲王那里去,我要带着这一身的鲜血向他致意,为他增光。我要笑着对他说:这流血的伤口,就是我奥德莱此次作战的收获。(收兵号。同下。)

第九场　普瓦图;英军营地

〔爱德华王子率英国士兵和部分法国士兵凯旋,旌旗招展;约翰王和查理王子被俘上。

爱德华王子　法国人约翰,法国前国王约翰,你的血迹斑斑的旗帜都被我缴获了。还有你,好说大话的诺曼底公爵查理,今天还送了我一匹马让我逃跑,现在却成了我的阶下囚。呸,两位大人,就凭一班脸上还来不及长胡子的英格兰小伙子,居然在你们王国的腹地,以一当二十,把你们打得落花流水,这不是很不光彩吗?

约翰王　打败我们,你们靠的是运气,不是实力。

爱德华王子　这说明:天助正义。

〔阿图瓦押菲利普王子上。

爱德华王子　看,看! 阿图瓦把我的灵魂的导师带来了。——欢迎你,阿图瓦,也欢迎你,菲利普! 你说说,你我两人,到底哪一个需要祈祷? 有一句谚语正好适合你:凌晨晴朗,此日阴暗。

〔喇叭声。二绅士扶奥德莱上。

爱德华王子　请告诉我,这又是怎样令人懊丧的景象啊! 哎呀,奥德莱脸上刻写着死亡的印记,那不是成百上千的法国士兵作的孽吗? 说话呀,你这带着满不在乎的微笑追寻死亡的人:你能欣然面对自己的坟墓,死亡似乎就是你的爱侣。是怎样饥渴的刀剑把你的脸砍成这般模样,使我挚爱的灵魂从此失去一个真诚的朋友?

奥德莱　啊,亲王,你这一番动情的话语对于濒临死亡的人,不啻吊唁的丧钟。

爱德华王子　亲爱的奥德莱,如果我的舌头敲响了你的终期,那就再让我的手臂充当你的坟墓吧。我得做点什么才能挽回你的生命，或者为你的死报仇呢？如果你想喝被俘虏的国王的血，如果这血有起死回生的功效，那你就吩咐吧，我会备好国王的血，跟你干杯的。如果荣誉能豁免你的死亡，使你继续活下去，奥德莱，那我就将今天这不朽的荣誉全部归于你。

奥德莱　胜利的王子——你确实是胜利者，你俘虏了国王，为自己获得了凯撒一样的声名——我真希望我能让阴森的死亡迟一点靠近，直到见到我的王上，你的父亲；那时，我一定心甘情愿将这肉体的堡垒，这伤痕累累的祭品，交给黑暗、圆满、尘土和蛆虫。

爱德华王子　振作起来，勇敢的人！你有一颗高傲的灵魂，决不会因一个小小的伤口就交出她的城池。法国人软绵绵的刀剑不可能使她与尘世的伴侣①分离。你听着，为了挽救你的生命，我要给你三千马克的年金。

奥德莱　我收下你的礼物，这正好用来偿还我欠下的人情：这两个穷苦的绅士冒着九死一生的危险，把我从法国人手里救了下来，你送给我的礼物，我要转送给他们。如果你爱我，亲王殿下，就请你答应我这最后的请求。

爱德华王子　德高望重的奥德莱，只要你活着，我会送给你和这两位绅士加倍的礼物。无论是生是死，你送给这两位绅士的礼物我都永远留着。来，先生们，帮我把我的朋友抬到更舒适的担架上；然后我们就迈开胜利的步伐向卡利斯进发：

　　　　我要在那里晋见我高贵的父王，

　　　　将法国国王作为贡品向他献上。（同下。）

---

①　指肉体。

第 五 幕

第一场　皮卡第；加来城前英军营地

　　[爱德华王、王后菲莉帕、德比及士兵上。

爱德华王　别生气了，菲莉帕王后，你消消气：如果柯普兰不能为自
　　　己的冒犯辩解，我不会给他好脸色的。——现在，我们还是来对
　　　付这座负隅顽抗的城市吧：士兵们，给我进攻！他们阳奉阴违，
　　　有意拖延时间，我们不能再上他们的当。一切都由宝剑来说话，
　　　战利品谁缴获就归谁。（喇叭吹冲锋号。）

　　　[六加来市民上，每人身着麻衣，赤足，颈套绞索。

六市民　发发慈悲吧，爱德华王！发发慈悲，仁慈的君主！

爱德华王　卑鄙的奴才！现在才来乞求停战吗？我的耳朵已经听不
　　　进你们徒劳的请求。擂鼓，呼喊起来！（呐喊声）令人生畏的宝
　　　剑，拔出来！

市民甲　至尊的国王，怜悯怜悯这座城市，伟大的君主，听听我们的
　　　哀求。我们请求您履行承诺。两天的期限还没有过去：为了拯
　　　救全城战栗的生灵，我们心甘情愿前来听候陛下发落，是杀是
　　　剐，概无怨言。

爱德华王　我的承诺？不错，我是做过承诺，但我要求前来求饶的是
　　　最富有的市民，城中最重要的人。你们说不定只是几个仆役走
　　　卒，或者是已经捉拿归案的罪大恶极的海盗：按法律就该处死，
　　　我们的严惩也就毫无意义。不行，不行，我不上你们的当。

市民乙　威严的王上，正在下山的西边的太阳可以见证我们所经历
　　　的磨难：今天早上它还在绚烂的霞光中向我们致敬，当我们是名

望所归之人。如我所说有虚,就让魔鬼主宰我们的命运!

爱德华王 既然如此,那我就践约吧。我会和平接管这座城市;至于你们——你们可别后悔,得按庄严的法律执行:你们的尸体将拖着绕城一周,然后再大卸八块。这就是你们的结果。——来人,准备行刑!

菲莉帕王后 对已经归顺的人还是宽宏大量些吧! 建立和平是光荣的,给百姓带来生命安全的国王,最讨上帝的欢喜。既然陛下有意君临法兰西,就让她的子民活着称呼你为国王吧。为刀剑所砍的一切,为大火所焚的一切,都不是我们所追求的光荣。

爱德华王 经验告诉我,王后言之有理:血腥的暴行一旦得到控制,宁静的和平就是最大的欢喜。我已经让世人看到:我不仅能节制自己的情感,还能用宝剑征服天下。菲莉帕,你说服了我,我这就答应你的求情:让这几个人活着赞美我的仁德吧;暴行,只能为暴行本身制造恐怖。

市民乙 陛下万岁! 愿你的统治幸福!

爱德华王 去吧,离开这里,回到城里去。如果我的仁慈值得你们的爱戴,就学会尊敬爱德华为你们的国王。(六市民下)现在让我听听外面的消息,在阴冷的冬天结束以前,我们得部署一下留守的部队。——谁来了?

〔柯普兰押大卫王上。

德比 回禀陛下,是柯普兰和苏格兰王大卫。

爱德华王 就是那位不愿把俘虏交给王后的傲慢无礼的北方绅士吗?

柯普兰 陛下,我的确是个北方人,但我相信,我既不傲慢,也不无礼。

爱德华王 那你为什么那么固执,偏要违拗王后陛下的旨意?

柯普兰 威严的王上,我并没有执意违拗王后,只是为了我应得的奖赏和战场上惯例:我是在一对一的交战中俘获这个国王的,作为军人，我不愿放弃我自己所获取的任何荣誉。而且，柯普兰一得到王上陛下的命令，便即刻来到法兰西，脱下他胜利的帽子，谦恭地向陛下致敬。威严的王上，请收下这份跨海奉献的战礼，这是我凭自己的双手奋勇夺取的。如果陛下当时就在英格兰，这份战礼早就该献给您了。

菲莉帕　但是，柯普兰，你拒不执行我们以国王的名义颁布的法令，就是对国王的藐视。

柯普兰　我尊敬国王之名，更尊敬他本人：国王之名使我永远保持忠诚；但对于他本人，我要匍匐下跪。

爱德华王　菲莉帕，我恳求你把心里的不愉快忘了吧。我的确很喜欢这个人，也很喜欢他的话。一个人要成就一番事业，却又放弃随之而来的荣誉，这又是什么样的人呢？所有的江河都流向大海，柯普兰的忠诚都归在他的国王身上。——跪下，柯普兰！现在，起来吧，爱德华王的骑士。为了保持你的身份，我额外赏你年金三百马克。

　　　　〔索尔兹伯里上。

爱德华王　欢迎你，索尔兹伯里大人，布列塔尼有什么消息？

索尔兹伯里　启禀伟大的君主，布列塔尼公国已经归顺：摄政王蒙特福德的查理向陛下献上这顶爵冠，以表他对您的一片忠心。

爱德华王　勇敢的伯爵，感谢你的效劳。我应该怎样奖赏你好，你自己说吧。

索尔兹伯里　王上，这固然是好消息，但我还得转喜为悲，向您报告不幸的事件。

爱德华王　怎么，我们的军队在波亚叠吃败仗了？我的儿子被人数占优的敌人包围了？

索尔兹伯里　是的，王上。臣仆带了四十名善战的骑士，持王太子签署的通行证从那里经过时，发现亲王已经陷入重围。路上我们遭遇了一队长矛骑兵，受到突袭，结果被他们俘获，带到法国国王面前。国王很得意,报仇心切,随即命令手下人砍下我们的头颅。若不是诺曼底公爵比他怒气冲冲的父亲更讲究信誉,竭力促成我们的释放,我们这会早已成刀下鬼了。在我们离开前,那国王说:"代我向你们的国王致敬,叮嘱他为他的儿子准备好葬礼:今天,我们的宝剑就要斩断他的生命线:他给我们带来了许多麻烦,这笔账很快就要清算,比他预计的要早得多。"听了他这个话,我们没敢回答就匆匆离开了。我们的心全凉了,我们的神情既茫然又懊丧。当我们恍恍惚惚登上一座小山时,从那里所看见的一切又使我们原先就有的悲伤陡增三倍。就在那里,王上,就在那里,我们清楚地看见下面山谷里两军对峙的情景。法国人的战壕形成了一个大圆圈,每一道障碍的出口,都布置了铜炮。这边是一万骑兵摆下的战阵,那边是两万个长矛手形成的方阵,再这边是弓弩手和致命的弩箭。围在正中的就是声名卓著的爱德华王子,他就像地平线内一个小小的支点,大海中冒起的一个水泡,松树林中一棵榛木,或者说木桩上系着的一头熊,正等着法国的狗群扑上来撕咬它的躯体。不一会,宣告死亡的丧钟就敲响了:炮弹发射出去,震耳欲聋的声音使每座山头都摇晃起来,然后便是响彻天际的号角声。两军交战,杀得天昏地暗,这时候根本分不清哪边是敌,哪边是友。我们只好转身离开那里,眼里含着泪花,嘴里叹着气,内心黑沉沉的,就像弥漫的硝烟。我真担心,此时的爱德华王子已经遭遇不测。

菲莉帕　哎呀,我的法国之行得到的就是这样的欢迎吗?当我应该见到我亲爱的儿子的时候,难道这就是我期待的安慰吗?亲爱的奈德,与其蒙受这般肠断魂消的忧伤,你的母亲倒不如淹死在大海里好了。

爱德华王　想开些,菲莉帕。如果他真的已经阵亡,眼泪是不能让他复生的。温柔的王后,像我这样放宽心,怀着急切的、严厉的、前所未有的复仇的希望吧。法国国王让我准备好葬礼,那我就准备起来；我要让法兰西所有的王公贵族都来哭丧，一直哭到他们血管里的鲜血干涸为止。我要用他们的骨头来做王子灵柩的支架，用他们的城池焚灭后的灰烬来掩埋他的尸体；成千上万的法国人临死前的呻吟就是王子的丧钟；在我们悼念英勇的儿子时候，我要焚烧一百五十座高楼，来代替他墓前的蜡烛。

〔喇叭奏花腔。一使者上。

使者 欢庆吧，王上，登上您的宝座！神勇可嘉的威尔士亲王，好战的玛尔斯的伟大侍从，法国人的噩梦，英国的光荣，像罗马王公那样骑马凯旋了！徒步走在他身边的是他的两个俘虏：法兰西国王约翰和他的儿子。亲王还给您带来了一顶王冠，陛下戴上它，就可以宣布自己是法国国王了。

爱德华王 别再伤心了，菲莉帕，擦干你的眼泪。——喇叭，吹起来，欢迎普兰塔琪纳特凯旋！

〔喇叭奏花腔。爱德华王子押约翰王和菲利普王子上。奥德莱、阿图瓦随上。

爱德华王 就像宝物失而复得，我的王儿给他的父亲带来无限的喜悦，刚才我的灵魂还在为他发愁呢。

菲莉帕 我已激动得说不出话来了，就让我以此来表达我的欢喜吧。（吻王子。）

爱德华王子 仁慈的父亲，请收下这个礼物。（呈上法王王冠）这征服的花冠，战争的奖赏，跟此前得来的其他宝物一样，都是我们冒着极大的生命危险获得的，陛下可以名正言顺地戴上它了。还有这两个俘虏，我们这场战争的罪魁祸首，我也一并交到您手里。

爱德华王 法兰西的约翰，你倒是遵守诺言：你说过要来会会我们，比我们预想的要快，这你确实兑现了。如果你一开始就像现在这样来见我们该多好，那时，不知有多少城市可以完好无损，不至于像现在这样变成了废墟，不知有多少人的生命可以得到拯救，不至于像现在这样在坟墓中长眠！

约翰王　爱德华，无法挽回的事，你就别提了吧。告诉我，你要我交付多少赎金？

爱德华王　你的赎金，约翰，我以后会告诉你的。但你先得渡海上英格兰走一趟，看看我们是怎样招待你的。不管怎么样，我们的招待都不会像你在法兰西招待我们那样糟糕。

约翰王　真该死！早就有人向我预言过，我偏偏误解了先知的意思。

爱德华王子　父王，请允许我祈祷——（跪下祈祷）天上的父啊，你的恩典是我最坚固的战盾，你既然选择了我作为显示你的威力的工具，就请你庇佑从这个岛国养育长大的更多的王子名闻四海，百战百胜！就我而论，只要在未来的世世代代，当他们从史籍中读到我年轻时所经历的残酷征战，能因此激起他们的斗志，我宁愿自己所受的创伤，我在战场上疲惫地度过的不眠之夜，我经常遭遇的危险的冲突和可怕的威胁，都二十倍地降临我的身上！不仅仅是法兰西，还有西班牙、土耳其这些国家，只要有谁惹恼了美丽的英格兰，都得在英格兰的王子面前瑟瑟发抖，撤兵逃命。

爱德华王　英格兰的王公们，我现在宣布部队休整，我们艰苦的争战已经结束：把宝剑插回剑鞘，让疲惫的四肢恢复体力，并清点你们的战利品。只要上帝愿意，在这港口城市休整上一两天后，我们就乘船返回英格兰。我相信，我们凯旋的那一刻是幸福的：三个国王、两个王子，再加一个王后！（同下。）

　　　〔幕落。

（陈才宇　译）

暴 风 雨

《暴风雨》约写于 1611 年,收入 1623 年的第一对开本中。

就整体故事而论,经过几百年来诸多学者的研究考据,迄今为止仍没有发现任何史料文献可供莎士比亚做直接的借鉴。较可信的只是局部的或个别的场景的影响,如第一幕第一场可能得益于劳伦斯·泰恩在其《痛苦的历险》中对暴风雨场景的描写;贡扎罗在第二幕第一场关于理想国的言论可能参照了法国作家蒙田的散文《食人肉者》;米兰公爵对着山河林沼的精灵们所说的话有仿效奥维德《变形记》中美狄亚召唤鬼魅的嫌疑;如此等等。

在早先编纂出版的莎士比亚全集中,《暴风雨》经常被编排在卷首,有人说这是因为这个剧目对全部莎剧有提纲挈领的作用。这种说法其实牵强,并没有对后来的编者形成约束力。

译文见于《朱生豪译莎士比亚戏剧手稿》第 3 册、世界书局版《莎士比亚戏剧全集》(1947)第一辑。此剧初译稿(1937)因"八一三"战乱一度散失,后失而复得,收入《手稿》第 10 册。校订主要依据《手稿》第 3 册中的重译稿(1938),目录页上印有收稿日期:民国 27 年(1938)11 月 5 日。

剧 中 人 物

阿隆佐　那不勒斯王

西巴斯廷　阿隆佐之弟

普洛斯佩罗　旧米兰公爵

安东尼奥　普洛斯佩罗之弟,篡位者

费迪南　那不勒斯王子

贡扎罗　正直的老大臣

阿德里安
弗兰西斯科 } 侍臣

凯利班　野性而丑怪的奴隶

特林鸠罗　弄臣

斯丹法诺　酗酒的膳夫

船长

水手长

众水手

米兰达　普洛斯佩罗之女

爱丽儿　缥缈的精灵

伊里斯
刻瑞斯
朱诺　　 } 由精灵扮演
众水仙女
众刈禾人

其他伺候普洛斯佩罗的精灵们

地　　点

海船上;岛上

第　一　幕

第一场　在海中的一只船上

［暴风雨和雷电;船长及水手长上。

船长　老大！

水手长　有，船长。什么事？

船长　好，对水手们说：出力，手脚麻利点儿，否则我们要触礁啦。出
　　　力，出力！（下。）

　　　　　〔众水手上。

水手长　喂，弟兄们！出力，出力，弟兄们！赶快，赶快！把上樯帆收
　　　进！留心着船长的哨子。——尽你吹着怎么大的风，只要我们
　　　掉得转头，就让你吹去吧！

　　　　　〔阿隆佐、西巴斯廷、安东尼奥、费迪南、贡扎罗及余人等上。

阿隆佐　好头目，小心哪。船长在哪里？放出勇气来！

水手长　我谢谢你们，请到下面去。

安东尼奥　老大，船长在哪里？

水手长　你没听见他吗？你们妨碍了我们的工作。好好儿待在舱里
　　　吧；你们简直是跟风浪一起来和我们作对。

贡扎罗　哎，大哥，别发脾气呀！

水手长　你叫这个海不要发脾气吧。走开！这些波涛哪里管得了什
　　　么国王不国王？到舱里去，安静些！别给我们添麻烦。

贡扎罗　好，但是请记住这船上载的是什么人。

水手长　随便什么人我都不放在心上，**我只认得我自己**。你是个堂
　　　堂枢密大臣，要是你有本事命令风浪静下来，叫眼前大家都平
　　　安，那么我们愿意从此不再干这拉帆收缆的营生了。把你的威
　　　权用出来吧！要是你不能，那么还是谢谢天老爷让你活得这么
　　　长久，赶快钻进你的舱里去，等待着万一会来的恶运吧！——出
　　　力啊，好弟兄们！——快给我走开！（下。）

贡扎罗　这家伙给我很大的安慰。我觉得他脸上一点没有该当淹死
　　　的记号；他的相貌活是一副要上绞架的神气。慈悲的命运之神
　　　啊，不要放过了他的绞刑啊！让绞死他的绳索作为我们的锚缆，
　　　因为我们的锚缆全然抵不住风暴！如果他不是命该绞死的，那

么我们就倒霉了!（与众人同下。）

　　　　　〔水手长重上。

水手长　把中樯放下来！赶快！再低些,低些！把大樯横帆张起来
　　试试看。(内呼声)遭瘟的,喊得这么响！连风暴的声音和我们的
　　号令都给压得听不见了——

　　　　　〔西巴斯廷、安东尼奥、贡扎罗重上。

水手长　又来了？你们到这儿来干吗？我们大家放了手,一起淹死
　　了好不好？你们想要淹死是不是？

西巴斯廷　愿你喉咙里长起个痘疮来吧,你这胡言乱语出口伤人没
　　有心肝的狗东西！

水手长　那么你来干一下,好不好？

安东尼奥　该死的贱狗！你这下流的骄横的喧哗的东西,我们才不
　　像你那样害怕淹死哩！

贡扎罗　我担保他一定不会淹死;虽然这船不比果壳更坚牢,水漏得
　　像一个浪狂的娘儿一样。

水手长　紧紧靠着风行驶！扯起两面大帆来！把船向海中开出去！
　　避开陆地！

　　　　　〔众水手浑身淋湿上。

众水手　完了！完了！求求上天吧！求求上天吧！什么都完了！
　　(下。)

水手长　怎么,我们非淹死不可吗？

贡扎罗　王上和王子都在那里祈祷了。让我们跟他们一起祈祷吧,
　　大家的情形都是一样。

西巴斯廷　我真按捺不住我的怒火。

安东尼奥　我们的生命全然被醉汉们在作弄着。——这个大嘴巴的
　　恶徒！但愿你倘使淹死的话,十次的波涛冲打你的尸体!①

────────────

　　①　当时英国海盗被判绞刑后,在海边执行;尸体须经海潮冲打三次后,才
许收殓。

贡扎罗　他总要被绞死的，即使每一滴水都气势汹汹地要把他一口
　　吞下去。（幕内嘈杂的呼声：——"可怜我们吧！"——"我们遭难了！我们
　　遭难了！"——"再会吧，我的妻子！我的孩儿！"——"再会吧，兄弟！"——
　　"我们遭难了！我们遭难了！我们遭难了！"）

安东尼奥　让我们大家跟王上一起沉没吧！（下。）

西巴斯廷　让我们去和他作别一下。（下。）

贡扎罗　现在我真愿意用千顷的海水来换得一亩荒地；草莽荆棘，什
　　么都好。愿上天的旨意成全吧！但是我真愿望一个干燥的死。
　　（下。）

第二场　岛上；普洛斯佩罗所居洞室之前

　　　〔普洛斯佩罗及米兰达上。

米兰达　亲爱的父亲，假如你曾经用你的法术使狂暴的海水兴起这
　　场风浪，请你使它们平息了吧！天空似乎要倒下发臭的沥青来，
　　但海水腾涌到天的脸上，**把火焰浇熄了**①。唉！我瞧着那些受
　　难的人们，我也和他们同样受难：这样一只壮丽的船，里面一定
　　载着好些尊贵的人，一下子便撞得粉碎！啊，那呼号的声音一直
　　打进我的心里。可怜的人们，他们死了！要是我是一个有权力
　　的神，我一定要叫海沉进地中，让它不会把这只好船和它所载着
　　的人们一起这样吞没了。

普洛斯佩罗　安静些，不要惊怖！告诉你那仁慈的心，一点灾祸都不
　　会发生。

米兰达　唉，不幸的日子！

普洛斯佩罗　不要紧的。凡我所做的事，无非是为你打算，我的宝
　　贝！我的女儿！你不知道你是什么人，也不知道我从什么地方
　　来；你也不会想到我是一个比普洛斯佩罗，一所十分寒伧的洞窟

---

　　①　朱译手稿：把火焰吐了出来。

的主人,你的微贱的父亲更出色的人物。

米兰达　我从来不曾想到要知道得更多一些。

普洛斯佩罗　现在我是该更详细地告诉你一些事情的时候了。帮我把我的法衣脱去。好,(放下法衣)躺在那里吧,我的法术!——揩干你的眼睛,安心吧!**这场凄惨的沉舟的景象使你的同情心如此激动,但它是我借着我的法术的力量非常妥善地预先安排好的;**①在这船里你听见他们呼号,看见他们沉没,但没有一个人会送命,即使随便什么人的一根头发也不会损失。坐下来,你必须知道得更详细一些。

米兰达　你常常刚要开始告诉我我是什么人,便突然住了口,对于我的徒然的探问的回答,只是一句"且慢,时机还没有到"。

普洛斯佩罗　这时机现在已经到了,就在这一分钟它就要叫你撑开你的耳朵。乖乖地听着吧。你能不能记得在我们来到这里之前的一个时候?我想你不会记得,因为那时你还不过三岁。

米兰达　我当然记得,父亲。

普洛斯佩罗　你怎么会记得?什么房屋?或是什么人?告诉我随便什么留在你脑中的印象。

米兰达　那是很遥远了;虽然我的记忆对我说那是真实,但它更像是一个梦。不是曾经有四五个妇人服侍过我吗?

普洛斯佩罗　是的,而且还不止此数呢,米兰达。但是这怎么会留在你的脑中呢?你在过去时光的幽暗的深渊里,还看不看见其余的影子?要是你记得在你未来这里以前的情形,也许你也能记得你怎样会到这里来。

米兰达　但是我不记得了。

普洛斯佩罗　十二年之前,米兰达,十二年之前,你的父亲是米兰的

---

　　①　朱译手稿:这场凄惨的沉舟的景象,使你的同情心如此激动的,我曾经藉着我的法术的力量非常妥善地预先安排好。

公爵,并且是一个有权有势的国君。

米兰达　父亲,你不是我的父亲吗?

普洛斯佩罗　你的母亲是一位贤德的妇人,她说你是我的女儿;你的
　　父亲是米兰的公爵,他的唯一的嗣息就是你,一位堂堂的郡主。

米兰达　天啊!我们曾经遭到了什么样的奸谋才离开那里呢?还是
　　那算是幸运一桩?

普洛斯佩罗　都是,都是,我的孩儿。如你所说的,因为奸谋,我们才
　　离开了那里;因为幸运,我们才漂流到此。

米兰达　唉!想到我给你的种种劳心焦虑,那些是存在于我的记忆
　　之中的,真使我心里难过得很。请再讲下去吧。

普洛斯佩罗　我的弟弟,就是你的叔父,名叫安东尼奥。听好,世上
　　竟有这样奸恶的兄弟!除了你之外,他就是我在世上最爱的人
　　了;我把国事都托付他管理。那时候米兰在列邦中是最雄长的
　　一邦,而普洛斯佩罗是最出名的一个公爵,威名传播人口,在学
　　问艺术上更是一时无两。我因为专心研究,便把政治放到我弟
　　弟的肩上,对于自己的国事付之不问,**只管孜孜不倦地从事魔法
　　的研究**。你那坏心肠的叔父——你在不在听我?

米兰达　我在非常热切地听着,父亲。

普洛斯佩罗　学会了怎样接受或驳斥臣民的诉愿,谁应当拔擢,谁应
　　当贬抑;把我手下的人重新封叙,迁调的迁调,改用的改用;大权
　　在握,使国中所有的人心都要听从他的喜恶。他简直成为一株
　　常春藤,掩蔽了我参天的巨干,而吸收去我的精华。——你不在
　　听吗?

米兰达　啊,好父亲!我在听着。

普洛斯佩罗　听好。我这样遗弃了俗务,在幽居生活中修养我的德
　　性;因为与世间隔绝了,我把那事看得格外重要,谁知这却引起
　　了我那恶弟的毒心。我给与他无限大的信托,正像善良的父母
　　产出刁顽的儿女一样,得到的酬报只是他的同样无限大的欺诈。

他不但握有我的岁入的财源,更僭用我的权力从事搜括。像一个说谎的人自己相信自己的欺骗一样,他俨然以为自己便是一个不折不扣的公爵。处于代理者的位置上,他用一切的威权铺张着外表上的庄严;他的野心于是逐渐旺盛起来——你在不在听我?

米兰达　你的故事,父亲,具有发聋振聩的力量。

普洛斯佩罗　为要撤除横隔在他野心之间的屏障,他自然要希望自己成为米兰大权独揽的主人翁。我呢,一个可怜的人,书斋便是我广大的公国,他以为我已经没有能力执行世间的政事,因为觊觎着大位,他便和那不勒斯王协谋,甘愿每年进贡臣服,把他自己的冠冕俯伏在他人的王冠之前。唉,可怜的米兰!一个从来不曾向别人低首下心过的邦国,这回却遭到了可耻的卑屈!

米兰达　天哪!

普洛斯佩罗　听我告诉你他所缔结的条款,以及此后发生的事情,然后再告诉我那算不算得是一个好兄弟。

米兰达　我不敢冒渎我的可敬的祖母,然而美德的娘亲有时却会生出不肖的儿子来。

普洛斯佩罗　现在要说到这条约了。这位那不勒斯王因为跟我有根深蒂固的仇恨,答允了我弟弟的要求;那就是说,以纳贡称臣——**我也不知要纳多少贡金**——作为交换的条件,他当立刻把我和属于我的人撵出国境,而把大好的米兰**和一切荣衔权益**,全部奉送给我的弟弟。因此在命中注定的某夜,一队暴兵被召集起来,安东尼奥打开了米兰的国门;在寂静的深宵,阴谋的执行者便把我和哭泣着的你赶走。

米兰达　唉,可叹!我已记不起那时我是怎样哭法,但现在不禁又要哭泣起来。这是一件太叫人想起来伤心的事。

普洛斯佩罗　你再听我讲下去,不久我便要叫你明白眼前这一回事情;否则这故事是一点不相干的。

米兰达　为什么那时他们不把我们杀害呢？

普洛斯佩罗　问得不错，孩子；谁听了我的故事都会发生这个疑问。亲爱的，他们没有胆量，因为我的人民十分爱戴我，而且他们也不敢在这事情上留下太重大的污迹，他们希图用比较清白的颜色掩饰去他们的毒心。一句话，他们把我们押上船，驶出了十几哩以外的海面；在那边他们已经预备好一只腐朽的破船、帆篷、缆索、桅樯，什么都没有，就是老鼠一见也会自然而然地退缩开去。他们把我们推到这破船上，听我们向着周围的怒海呼号，望着迎面的狂风悲叹；那同情于我们的风的叹息，反而加添了我们的危险。

米兰达　唉，那时我是怎样讨你的烦累呢！

普洛斯佩罗　啊，你是个小天使，幸亏有你，我才不致绝望而死！上天赋与你一种坚忍，当我把热泪向大海溅掷，因心头的怨苦而呻吟的时候，你却向我微笑；为了这我才生出忍耐的力量，准备抵御一切接踵而来的祸患。

米兰达　我们是怎样上岸的呢？

普洛斯佩罗　靠着上天的保佑，我们有一些食物和清水，那是一个那不勒斯的贵人贡扎罗——那时他被任命为参与这件阴谋的使臣——出于善心而给我们的；另外还有一些好衣裳、布帛和各种需要的东西，使我们受惠不少。他又知道我爱好书籍，特意把我的书都让我带走，那些是我看得比一个公国更宝贵的。

米兰达　我多么希望能见一见这位好人！

普洛斯佩罗　现在我要起来了！（把法衣重新穿上）静静地坐着，听我讲完了我们海上的惨史。后来我们到达了这个岛上，就在这里，我亲自做你的教师，使你得到比别的公主小姐们更丰富的知识，因为她们大部分的时间都花在无聊的事情上，而且她们的师傅也决不会这样认真。

米兰达　真感谢你啊！现在请告诉我，父亲，为什么你要兴起这场风浪？因为我的心中仍是惊疑不定。

普洛斯佩罗　你已经知道了这么一段情节；现在由于奇怪的偶然，慈悲的天意眷宠着我，已经把我的仇人们引到这岛岸上来了。我借着预知术料知福星正在临近我运命的顶点，要是现在轻轻放过了这机会，以后我的一生将再没有出头的希望。别再多问啦，你已经倦得要睡去；放心睡吧！我知道你身不由己。（米兰达睡）出来，仆人，出来！我已经预备好了。来啊，我的爱丽儿，来吧！

　　　　〔爱丽儿上。

爱丽儿　万福，尊贵的主人！威严的主人，万福！我来听候你的旨意。无论在空中飞也好，在水里游也好，向火里钻也好，腾着云头也好，凡是你有力的吩咐，爱丽儿愿意用全副的精神奉行。

普洛斯佩罗　精灵，你有没有按照我的命令指挥那场风波？

爱丽儿　桩桩件件都没有忘失。我跃登了国王的船上；一会在船头上，一会儿在船腰上，一会儿在甲板上，每一间船舱中，我都煽起了恐慌。有时我分身在各处放起火来，中樯上哪，帆桁上哪，斜桅上哪，都一一燃烧起来；然后我再把各个身体合拢来，即使是天神的闪电，那可怕的震雷的先驱者，也没有这样迅速而炫人眼目；火光和硫黄的轰炸声似乎在围攻那摇挥着威风凛凛的三叉戟的海神，使他的怒涛不禁颤抖。

普洛斯佩罗　我的能干的精灵！谁能这样坚定，在这样的骚乱中不会惊惶失措呢？

爱丽儿　没有一个人不发疯似的干着一些不顾死活的勾当。除了水手们之外，所有的人都逃避了火光融融的船上而跳入泡沫腾涌的海水中。王子费迪南头发像海草似的耸乱着，是第一个跳水的人；他高呼着："地狱开了门，所有的魔鬼都出来了！"

普洛斯佩罗　啊，那真是我的好精灵！但是这回乱子是不是就在靠近海岸的地方呢？

爱丽儿　就在海岸附近，主人。

普洛斯佩罗　但是他们都没有送命吧，爱丽儿？

爱丽儿　一根头发都没有损失；他们穿在身上的衣服也没有一点斑迹，反而比以前更干净了。照着你的命令，我把他们一队一队地分散在这岛上。国王的儿子我叫他独个儿上岸，把他遗留在岛上一个隐僻的所在，让他悲伤地绞着两臂，坐在那儿望着天空长吁短叹，**把空气都吁凉了**。

普洛斯佩罗　告诉我你怎样处置王船上的水手们和其余的船舶？

爱丽儿　王船安全地停泊在一个幽静的所在；你曾经某次在半夜里把我从那里叫醒起来前去采集永远为波涛冲打的百慕大群岛上的露珠；船便藏在那个地方。那些水手们在精疲力竭之后，我已经用魔术使他们昏睡过去，现今都躺在舱口底下。其余的船舶我把它们分散之后，已经重又会合，现今在地中海上；他们以为他们看见王船已经沉没，国王已经溺死，都失魂落魄地驶回那不勒斯去了。

普洛斯佩罗　爱丽儿，你的差使干得一丝不差；但是还有些事情要你做。现在是什么时候了？

爱丽儿　中午已经过去。

普洛斯佩罗　至少已经过去两个钟头了。从此刻起到六点钟之间的时间，我们两人必须小心不要让它白白过去。

爱丽儿　还有讨厌的工作吗？你既然这样麻烦我，我不得不向你提醒你所允许我而还没有履行的话。

普洛斯佩罗　怎么啦！生起气来了？你要求些什么？

爱丽儿　我的自由。

普洛斯佩罗　在限期未满之前吗？别再说了吧！

爱丽儿　请你想想我曾经为你怎样尽力服务过；我不曾对你撒过一次谎，不曾犯过一次过失，不曾发过一句怨言，你曾经答应过我缩短一年的期限的。

普洛斯佩罗　你忘记了我从怎样的苦难里把你救出来吗？

爱丽儿　不曾。

普洛斯佩罗　你一定忘记了,而以为踏着海底的软泥,穿过凛冽的北
　　风,在被霜冻结着的地下水道中为我奔走,便算是了不得的辛
　　苦了。

爱丽儿　我不曾忘记,主人。

普洛斯佩罗　你说谎,你这坏蛋!你忘记了那个恶女巫西考拉克斯,
　　因为年老和恶毒,全身都弯得像一个环的妖妇吗?你把她忘
　　了吗?

爱丽儿　不曾,主人。

普洛斯佩罗　你一定已经忘记了。她是在什么地方出世的?对我
　　说来。

爱丽儿　在阿尔及尔,主人。

普洛斯佩罗　噢!是在阿尔及尔吗?我必须每个月向你复述一次你
　　的来历,因为你一下子便要忘记。这个万恶的女巫西考拉克斯,
　　因为作恶多端,她的妖法没人听见了不害怕,所以被逐出阿尔及
　　尔;他们因为她曾经行过某件好事,因此不曾杀死她。是不是?

爱丽儿　是的,主人。

普洛斯佩罗　这个眼圈发青的妖妇被押到这儿来的时候,正怀着孕;
　　水手们把她丢弃在这座岛上。你,我的奴隶,据你自己说那时是
　　她的仆人,因为你是个太柔善的精灵,不能奉行她的龌龊的、邪
　　恶的命令,因此违拗了她的意志,她在一阵大怒中借着她的强有
　　力的妖役的帮助,把你幽禁在一株有坼裂的松树中。在那松树
　　的裂缝里你挨过了十二年痛苦的岁月;**后来她死了**①,便把你一
　　直遗留在那儿,像水车轮拍水那样急速地,你不断地发出你的呻
　　吟来。那时这岛上除了她所生产下来的那个儿子,一个生满着
　　斑痣的妖妇的贱种之外,就没有一个人类。

_____

①　朱译手稿:她在那时候已经死了。

爱丽儿　不错,那是她的儿子凯利班。

普洛斯佩罗　那个凯利班是一个蠢物,现在被我收留着做苦役。你
　　当然知道得十分清楚,那时我发现你处在怎样的苦难中,你的呻
　　吟使得豺狼长嗥,哀鸣刺彻了怒熊的心胸。那是一种沦于永劫
　　的苦恼,就是西考拉克斯也没有法子把你解脱;全亏了我的法
　　术,才使那株松树张开裂口放你出来,当我到这岛上,听见了你
　　的声音的时候。

爱丽儿　我感谢你,主人。

普洛斯佩罗　假如你再要叽里咕噜的话,我要劈开一株橡树,把你钉
　　住在它多节的内心,直到你再呻吟过了十二个冬天。

爱丽儿　饶恕我,主人,我愿意听从命令,好好地执行你的差使。

普洛斯佩罗　好吧,你倘然好好办事,两天之后我就释放你。

爱丽儿　那真是我的好主人!你要吩咐我做什么事?告诉我,你要
　　我做什么事?

普洛斯佩罗　去把你自己变成一个海中的仙女,除了我之外不要让
　　别人的眼睛看见你。去,装扮好了再来。去吧,用心一点!(爱丽
　　儿下)醒来,心肝,醒来!你睡得这么熟,醒来吧!

米兰达　(醒)你的奇异的故事使我昏沉睡去。

普洛斯佩罗　清醒一下。来,我们要去访问访问我的奴隶凯利班,他
　　是从来不曾有过一句好话回答我们的。

米兰达　那是一个恶人,父亲,我不高兴看见他。

普洛斯佩罗　虽然这样说,我们也缺他不来;他给我们生火,给我们
　　捡柴,也为我们做有用的工作。——喂,奴才!凯利班!你这泥
　　块!哑了吗?

凯利班　(在内)里面木头已经尽够了。

普洛斯佩罗　跑出来,对你说,还有事情要你做呢。出来,你这乌龟!
　　还不来吗?

　　　　〔爱丽儿重上,作水中仙女的形状。

普洛斯佩罗　　出色的精灵！我的伶俐的爱丽儿，过来我对你讲话。
（耳语。）

爱丽儿　　主人，一切依照你的吩咐。（下。）

普洛斯佩罗　　你这恶毒的奴才，魔鬼和你那万恶的老娘合生下来的，
给我滚出来吧！

　　　　〔凯利班上。

凯利班　　但愿我那老娘用乌鸦毛从不洁的沼泽上刮下来的毒露一齐
倒在你们两人身上！但愿一阵西南的恶风把你们吹得浑身
青紫！

普洛斯佩罗　　记住吧，为着你的出言无礼，今夜要抽你的筋，刺你的
腰，叫你喘得透不过气来，所有的刺猬们将在漫漫的长夜里折磨
你，你将要被刺得遍身像蜜蜂窠一般，每刺一下都要比蜂刺难受
得多。

凯利班　　我必须要吃饭。这岛是我老娘西考拉克斯传给我而被你夺
了去的。你刚来的时候，抚拍我，待我好，给我有浆果的水喝，教
给我白天亮着的大的光叫什么名字，晚上亮着的小的光叫什么
名字：因此我以为你是个好人，把这岛上一切的富源都指点给你
知道，什么地方是清泉盐井，什么地方是荒地和肥田。我真该死
让你知道这一切！但愿西考拉克斯一切的符咒、癞蛤蟆、甲虫、
蝙蝠，都咒在你身上！本来我多么自由自在，现在却要做你的唯
一的奴仆；你把我囚禁在这堆岩石的中间，而把整个岛给你自己
受用。

普洛斯佩罗　　满嘴扯谎的贱奴！好心肠不能使你感恩，只有鞭打才
能教训你！虽然你这样下流，我也曾用心好好待过你，让你住在
我自己的洞里，谁叫你胆敢想要破坏我孩子的贞操！

凯利班　　啊哈哈哈！要是那时上了手才真好！你倘然不曾妨碍我的
事，我早已使这岛上住满着大大小小的凯利班了。

普洛斯佩罗　　可恶的贱奴，不学一点好，坏的事情样样都来得！我因

为看你的样子可怜，才辛辛苦苦地教你讲话，每时每刻教导你这
样那样。那时你这野鬼连自己说的什么也不懂得，只会像一只
野东西一样咕噜咕噜；我教你怎样用说话来表达你的意思，但是
像你这种下流坏子，即使受了教化，天性中的顽劣仍是改不过
来，因此你才活该被关禁在这堆岩石的中间；实在单单把你囚禁
起来也还是宽待了你。

凯利班　你教我讲话，我从这上面得到的益处只是知道怎样骂人；但
愿血瘟病瘟死了你，因为你要教我说你的那种话！

普洛斯佩罗　妖妇的贱种，滚开去！去把柴搬进来。识相的话，赶快
些，因为还有别的事要你做。你在耸肩吗，恶鬼？要是你不好好
做我吩咐你做的事，或是不情不愿的话，我要叫你浑身抽搐，叫
你每个节骨里都痛起来；叫你在地上打滚咆哮，连野兽听见你的
呼号都会吓得发抖。

凯利班　啊，不要，我求求你！（旁白）我不得不服从，因为他的法术有
很大的力量，就是我老娘所礼拜的神明塞提柏斯①也得听他指
挥，**做他的仆人**。

普洛斯佩罗　贱奴，去吧！（凯利班下。）

　　　〔爱丽儿隐形重上，弹琴唱歌；费迪南随后。

爱丽儿　（唱）

　　　　　来吧，来到黄沙的海滨，

　　　　　　把手儿牵得牢牢，

　　　　　深深地展拜细吻轻轻，

　　　　　　叫海水莫起波涛——

　　　　　柔舞翩翩在水面飘扬；

　　　　　可爱的精灵，伴我歌唱。

　　　　　听！听！

---

① 塞提柏斯（Setebos）为南美洲巴塔哥尼亚土人所信奉之主神。

> （和声）汪！汪！汪！（散乱地）
>
> 　看门狗儿的猎猎，
>
> （和声）汪！汪！汪！（散乱地）
>
> 　听！听！我听见雄鸡
>
> 　昂起了颈儿长啼，
>
> （啼声）喔喔喔！

费迪南　这音乐是从什么地方来的呢？在天上，还是在地上？现在已经静止了。一定的，它是为这岛上的神灵而弹唱的。当我正坐在海滨，思念我的父王的惨死而重又痛哭起来的时候，这音乐便从水面掠了过来，飘到我的身旁，它的甜柔的曲调平静了海水的怒涛，也安定了我的感情的激涨；因此我跟随着它，或者不如说是它吸引了我，——但它现在已经静止了。啊，又唱起来了。

爱丽儿　（唱）

> 　五㖊的水深处躺着你的父亲，
>
> 　　他的骨骼已化成珊瑚；
>
> 　　他眼睛是耀眼的明珠；
>
> 　他消失的全身没有一处不曾
>
> 　　受到海水神奇的变幻，
>
> 　　化成瑰宝，富丽而珍怪。
>
> 　海的女神时时摇起他的丧钟，
>
> （和声）叮！咚！
>
> 　听！我现在听到了叮咚的丧钟。

费迪南　这支歌提起了我的溺毙的父亲。这一定不是凡间的音乐，也不是地上来的声音。我现在听出来它是在我的头上。

普洛斯佩罗　抬起你的被睫毛深掩的眼睛来，看一看那边有什么东西。

米兰达　那是什么？一个精灵吗？啊上帝，它是怎样向着四周瞧望啊！相信我的话，父亲，它生得这样美！但那一定是一个精灵。

普洛斯佩罗　不是,女儿,它也会吃也会睡,和我们有同样的各种知觉。你所看见的这个年青汉子就是遭到船难的一人;要不是因为忧伤损害了他的美貌,你确实可以称他为一个美男子。他因为失去了他的同伴,正在四处徘徊着寻找他们呢。

米兰达　我简直要说他是个神圣;因为我从来不曾见过宇宙中有这样出色的人物。

普洛斯佩罗　(旁白)哈! 有几分意思了;这正是我心中所乐愿的。好精灵! 为了你这次功劳,我要在两天之内恢复你的自由。

费迪南　再不用疑惑,这一定是这些乐调所奏奉的女神了! ——请你俯允我的祈求,告诉我你是否属于这个岛上;指点我怎样在这里安身;我的最后的最大的一个请求是,神奇的女郎啊! 请你告诉我,你是不是一位人间的女子?

米兰达　不是神奇的人,先生;我确实是一个凡间的女子。

费迪南　天啊! 她说着和我同样的言语! 唉! 要是我在我的本国,在说这种言语的人们中间,我要算是最尊贵的人。

普洛斯佩罗　什么! 最尊贵的? 假如给那不勒斯的国王听见了,他将怎么说呢? 请问你是何等样的人?

费迪南　我是一个孤独的人,如同你现在所看见的,但我惊异着听你说起那不勒斯;因为我正是那不勒斯王位的继承者,亲眼看见我的父亲随船覆溺;我的眼泪到现在还不曾干过。

米兰达　唉,可怜!

费迪南　是的,溺死的还有他的所有大臣,其中有两人是米兰的公爵和他的卓越的儿子①。

普洛斯佩罗　(旁白)现在假如是适当的时机,米兰的公爵和他的更卓越的女儿就可以把你操纵在手掌之间。才第一次见面他们便已在眉目传情了。可爱的爱丽儿! 为着这我要使你自由。(向费迪

---

① 本剧他处均未提到安东尼奥有子。

南)且慢,老兄,我觉得你有些转错了念头! **你听我说——**

米兰达　(旁白)为什么我的父亲说得这样暴慢?这是我一生中所见到的第三个人;而且是第一个我为他叹息的人,但愿怜悯激动我父亲的心,使他也和我抱同样的感觉才好!

费迪南　(旁白)啊!假如你是个还没有爱上别人的闺女,我愿意立你做那不勒斯的王后。

普洛斯佩罗　且慢,老兄,有话给你讲。(旁白)他们已经彼此情丝互缚了;但是这样快的工程我需要给他们一点障碍,因为恐怕太不费力的获得会使人看不起他的追求的对象。(向费迪南)一句话,我命令你用心听好。你在这里僭窃着不属于你的名号,到这岛上来做密探,想要从我——这海岛的主人手里把这岛盗了去,是不是?

费迪南　凭着堂堂男子的名义,我否认。

米兰达　这样一座殿堂里是不会容留邪恶的;要是邪恶的精神占有这么美好的一所宅屋,善良的美德也必定会努力把它争夺过来。

普洛斯佩罗　(向费迪南)跟我来。(向米兰达)不许帮他说话;他是个奸细。(向费迪南)来,我要把你的头颈和脚枷锁在一起;给你喝海水,把淡水河中的贝蛤、干枯的树根和橡果的皮壳给你做食物。跟我来。

费迪南　不,我要抗拒这样的待遇,除非我的敌人有更大的威力。
　　(拔剑,但为魔法所制不能动。)

米兰达　亲爱的父亲啊!不要太折磨他,因为他很温和,并不可怕。

普洛斯佩罗　什么!小孩子倒管教起老人家来了不成?——放下你的剑,奸细!你只会装腔作势,但是不敢动手,因为你的良心中充满了罪恶。不要再想抵抗了,走过来吧,因为我能用这根杖的力量叫你的武器落地。

米兰达　我请求你,父亲!

普洛斯佩罗　走开,不要拉住我的衣服!

米兰达　父亲,发发慈悲吧!我愿意做他的保人。

普洛斯佩罗　不许说话!再多嘴,我不恨你也要骂你了。什么! 帮一个骗子说话吗?嘘! 你以为世上没有和他一样的人,因为你除了他和凯利班之外不曾见过别的人;傻丫头! 和大部分人比较起来,他不过是个凯列班,他们都是天使哩!

米兰达　真是这样的话,我的爱情的愿望是极其卑微的;我并不想看见一个更美好的人。

普洛斯佩罗　(向费迪南)来,来,服从吧;你已经软弱得完全像一个小孩子一样,一点力气都没有了。

费迪南　正是这样,我的精神好像在梦里似的,全然被束缚住了。我的父亲的死亡,我自己所感觉到的软弱无力,我的一切朋友们的丧失,以及这个将我屈服的人对我的恫吓,对于我全然不算什么,只要我能在我的囚牢中每天一次看见这位女郎。让地球的每个角落里都充满了自由吧,我在这样一个牢狱中已经觉得很宽广的了。

普洛斯佩罗　(旁白)事情进行得很顺利。(向费迪南)走来! ——你干得很好,好爱丽儿!(向费迪南)跟我来!(向爱丽儿)听我吩咐你此外应该做的工作。

米兰达　宽心吧,先生!我父亲的性格不像他的说话那样坏;他向来不是这样的。

普洛斯佩罗　你将像山上的风一样自由;但你必须先执行我所吩咐你的一切。

爱丽儿　一个字都不会弄错。

普洛斯佩罗　(向费迪南)来,跟着我。(向米兰达)不要为他说情。

　　(同下。)

第 二 幕

第一场　岛上的另一处

〔阿隆佐、西巴斯廷、安东尼奥、贡扎罗、阿德里安、弗兰西斯及余人等上。

贡扎罗　大王,请不要悲伤了吧！您跟我们大家都有应该高兴的理由;因为把我们的脱险和我们的损失较量起来,我们是十分幸运的。我们所逢的不幸是极平常的事,每天都有一些航海者的妻子、商船的主人和托运货物的商人,遭到和我们同样的逆运;但是像我们这次安然无恙的奇迹,却是一百万个人中间也难得有一个人碰到的。所以,陛下,请您平心静气地把我们的一悲一喜称量一下吧。

阿隆佐　请你不要讲话。

西巴斯廷　他厌弃安慰好像厌拒一碗冷粥一样。

安东尼奥　可是遭他厌拒的却不肯就此甘休。

西巴斯廷　瞧吧,他在旋转着他那嘴巴子里的发条;不久他那口钟又要敲起来啦。

贡扎罗　大王——

西巴斯廷　钟鸣一下,数好。

贡扎罗　人如果把每一种临到他身上的忧愁都容纳进他的心里,那他就要郁郁不乐——

西巴斯廷　就有一个大洋的酬。①

---

①　原文为 dollar,与 dolor(忧愁)发音相近。

贡扎罗　不错,是一大洋的愁;你的弦外之音比弦内之音更真实。

西巴斯廷　你的解释比我的原意更聪明。

贡扎罗　所以,大王——

安东尼奥　咄! 他多么浪费他的口舌!

阿隆佐　请你把你的言语节省点儿吧。

贡扎罗　好,我已经说完了;不过——

西巴斯廷　他还要讲下去。

安东尼奥　我们来打赌一下,他跟阿德里安两个人,这回谁先开口?

西巴斯廷　那只老公鸡。

安东尼奥　我说是那只小鸡儿。

西巴斯廷　好,赌些什么?

安东尼奥　输者大笑三声。

西巴斯廷　算数。

阿德里安　虽然这岛上似乎很荒凉——

西巴斯廷　哈! 哈! 哈! 给你赢去了。

阿德里安　不能居住,而且差不多无路可通——

西巴斯廷　然而——

阿德里安　然而——

安东尼奥　你这两个字是他缺少不来的得意之笔。

阿德里安　然而气候一定是很温和而可爱的。

安东尼奥　气候是一个可爱的姑娘。

西巴斯廷　而且很温和哩;照他那样文质彬彬的说法。

阿德里安　吹气如兰的香风飘拂到我们的脸上。

西巴斯廷　他说得似乎风也有呼吸器官,而且有的风是口臭的。

安东尼奥　又像泽地给它洒上了香粉一样。

贡扎罗　这里具有一切对人生有益的条件。

安东尼奥　不错,除了生活的必需品之外。

西巴斯廷　那简直是没有,或者非常之少。

贡扎罗　草儿望上去多么茂盛而蓬勃！多么青葱！

安东尼奥　地面实在只是一片黄土色。

西巴斯廷　加上一点点的绿。

安东尼奥　他的话说得不算十分错。

西巴斯廷　错是不算十分错，只不过完全不对而已。

贡扎罗　但最奇怪的是，那简直叫人不敢相信——

西巴斯廷　无论是谁夸张起来总是这么说。

贡扎罗　我们的衣服在水里浸过之后，却是照旧干净而有光彩；不但
　　不因咸水而褪色，反而像是新染过的一样。

安东尼奥　假如他有一只衣袋会说话，它会不会说他撒谎呢？

西巴斯廷　嗯，但也许会很不老实地把他的谣言包得好好的。

贡扎罗　克拉莉贝尔公主跟突尼斯王大婚的时候，我们在非洲第一
　　次穿上这身衣服，我觉得它们现在正就和那时一样新。

西巴斯廷　那是一桩美满的婚姻，而且我们所得的好处也真少。

阿德里安　突尼斯从来没有娶过这样一位绝世的王后。

贡扎罗　自从狄多寡妇①之后，他们的确不曾有过这样一位王后。

安东尼奥　寡妇！该死！怎样掺进一个寡妇来呢？狄多寡妇，嘿！

西巴斯廷　也许他还要说出鳏夫埃涅阿斯来呢。大王，您能够容忍
　　他这样胡说八道吗？

阿德里安　你们说的是狄多寡妇吗？照我考查起来，她是迦太基的，
　　不是突尼斯的。

贡扎罗　这个突尼斯，足下，就是迦太基。

阿德里安　迦太基？

贡扎罗　确实告诉你，它便是迦太基。

---

　　①　狄多（Dido）：古代迦太基女王，热恋特洛伊英雄埃涅阿斯，后埃涅阿斯
乘船逃走，狄多自焚而死。

安东尼奥　他的说话简直比神话中所说的坚琴①还神奇。

西巴斯廷　居然把城墙跟房子一起搬了地方啦。

安东尼奥　他还要行些什么不可能的奇迹呢？

西巴斯廷　我想他也许要想把这个岛揣在口袋里，带回家去赏赐给
　　　他的儿子，就像赏给他一只苹果一样。

安东尼奥　再把这苹果核种在海里，于是又有许多岛长起来啦。

贡扎罗　呃？

安东尼奥　呃，不消多少时候。

贡扎罗　（向阿隆佐）大王，我们刚才说的是我们的衣服新得跟我们在
　　　突尼斯参加公主的婚礼时一样；公主现在已经是一位王后了。

安东尼奥　而且是那里从来不曾有过的第一位出色的王后。

西巴斯廷　除了狄多寡妇外，我得请你记住。

安东尼奥　啊，狄多寡妇；对了，还有狄多寡妇。

贡扎罗　我的紧身衣，大人，不是跟第一天穿上去的时候一样新吗？
　　　我的意思是说有几分差不多新。

安东尼奥　那"几分"你补充得很是周到。

贡扎罗　不是吗，当我在公主大婚时穿着它的时候？

阿隆佐　你唠唠叨叨地把这种话塞进我的耳朵里，把我的胃口都倒
　　　尽了。我真希望我不曾把女儿嫁到那里！因为一离开了那边之
　　　后，我的儿子便失去了；在我的感觉中，她也同样已经失去，因为
　　　她离意大利这么远，我将永远不能再见她一面。唉，我的儿子，
　　　那不勒斯和米兰的储君！你葬身在哪一头鱼腹中呢？

弗兰西斯科　大王，他也许还活着。我看见他击着波浪，将身体耸出
　　　在水面上，不顾浪涛怎样和他作对，他凌波而前，尽力抵御着迎
　　　面而来的最大的巨浪；他的勇敢的头总是探出在怒潮的上面，而
　　　把他那壮健的臂膊以有力的姿势将自己划近岸边；海岸似乎在

① 希腊神话中安菲翁（Amphion）弹琴而筑成忒拜城。

　　　　俯向着他那和波涛战乏了的躯体，而要把他援救起来。我确信
　　　　他是平安地到了岸上。

阿隆佐　　不，不，他已经死了。

西巴斯廷　　大王，**您可以庆幸自己所造成的这个重大的损失：不把您
　　　　的女儿留着赐福给欧洲人，却宁愿把她捐弃给一个非洲人**①；因
　　　　为至少她已经不在您的眼前，可以免得您格外触景伤情了。

阿隆佐　　请你别再说了吧。

西巴斯廷　　我们大家都曾经跪求着您改变您的意志；她自己也处于
　　　　怨恨和服从之间，犹豫不决应当迁就哪一个方向。现在我们已
　　　　经失去了您的儿子，恐怕再没有看见他的希望了；为着这一回举
　　　　动，米兰和那不勒斯又添加了许多寡妇，她们本来是盼望我们带
　　　　着她们的男人回去安慰她们的：一切的过失全在您的身上。

阿隆佐　　但我也受到最严重的损失。

贡扎罗　　西巴斯廷大人，您说的自然是真话，但是太苛酷了点儿，而
　　　　且现在也不该说这种话；应当敷膏药的时候，你却去触动痛处。

西巴斯廷　　说得很好。

安东尼奥　　而且真像一位大夫的样子。

贡扎罗　　当您为愁云笼罩的时候，大王，我们也都一样处于阴沉的天
　　　　气中。

西巴斯廷　　阴沉的天气？

安东尼奥　　阴沉得很。

贡扎罗　　如果这岛是我的殖民地，大王——

安东尼奥　　他一定要把它种满了荨麻。

西巴斯廷　　或是酸模草，锦葵。

贡扎罗　　而且我是这岛上的王的话，请猜我将做些什么事？

----

　　①　　朱译手稿：您可以庆幸您自己不把您的女儿留着给祝福与欧洲的人，而
宁愿把她捐弃给一个非洲人。

西巴斯廷　使你自己不致喝醉，因为无酒可饮。

贡扎罗　在这共和国中我要实行一切与众不同的设施；我要禁止一切的贸易；没有地方官的设立；没有文学；富有、贫穷和雇佣都要废止；契约、承袭、疆界、区域、耕种、葡萄园都没有；金属、谷物、酒、油都没有用处；废除职业，所有的人都不做事，妇女也是这样，但她们是天真而纯洁；没有君主——

西巴斯廷　但是他说他是这岛上的王。

安东尼奥　他的共和国的后面的部分把开头的部分忘了。

贡扎罗　大自然中一切的产物都无须用血汗劳力而获得；叛逆、重罪、剑、戟、刀、枪、炮以及一切武器的使用，一律杜绝；但是大自然会自己产生出一切丰饶的东西，养育我那些纯朴的人民。

西巴斯廷　他的人民中间没有结婚这一件事吗？

安东尼奥　没有的，老兄；大家闲荡着，尽是些娼妓和无赖。

贡扎罗　我要照这样的理想统治，足以媲美往古的黄金时代。

西巴斯廷　上帝保佑吾王！

安东尼奥　贡扎罗万岁！

贡扎罗　而且——您在不在听我，大王？

阿隆佐　算了，请你别再说下去了吧！你对我尽说些没意思的话。

贡扎罗　我很相信陛下的话。我的本意原是要让这两位贵人把我取笑取笑，他们的天性是这样敏感而伶俐，常常会无缘无故发笑。

安东尼奥　我们笑的是你。

贡扎罗　在这种取笑讥讽的事情上，我在你们的眼中简直不算什么东西，你们还是自顾自地笑下去吧。

安东尼奥　好一句利害的话！

西巴斯廷　可惜不中要害。

贡扎罗　你们是血气奋发的贵人们，即使月亮连续五个星期不生变化，你们也会把她撵走。

　　　　　〔爱丽儿隐形上，奏庄严的音乐。

西巴斯廷　对啦,我们一定会把她撵走,然后在黑夜里捉鸟去。

安东尼奥　呦,好大人,别生气哪!

贡扎罗　放心吧,我不会的;我不会这样不知自检。我觉得疲倦得很,你们肯不肯把我笑到睡去?

安东尼奥　好,你睡吧,听我们笑你。(除阿隆佐、西巴斯廷、安东尼奥外,余皆睡去。)

阿隆佐　怎么!大家一会儿都睡熟了!我希望我的眼睛安安静静地合拢,把我的思潮关闭起来。我觉得它们确实要合拢起来了。

西巴斯廷　大王,请您不要拒绝睡神的好意。他不大会降临到忧愁者的身上;但倘使来了的时候,那是一个安慰。

安东尼奥　我们两个人,大王,会在您休息的时候护卫着您,留意着您的安全。

阿隆佐　谢谢你们。倦得很。(阿隆佐睡,爱丽儿下。)

西巴斯廷　真奇怪,大家都这样倦!

安东尼奥　那是因为气候的关系。

西巴斯廷　那么为什么我们的眼皮不垂下来呢?我觉得我自己一点不想睡。

安东尼奥　我也不想睡;我的精神很兴奋。他们一个一个倒下来,好像预先约定好似的,又像受了电击一般。可尊敬的西巴斯廷,什么事情也许会……?啊!什么事情也许会……?算了,不说了;但是我总觉得我能从你的脸上看出你应当成为何等样的人。时机全然于你有利;我在强烈的想象里似乎看见一顶王冠降到你的头上了。

西巴斯廷　什么!你是醒着还是睡着?

安东尼奥　你听不见我说话吗?

西巴斯廷　我听见的;但那一定是你睡梦中说出来的呓语。你在说些什么?这是一种奇怪的睡状,一面睡着,一面却睁大了眼睛;站立着,讲着话,行动着,然而却睡得这样熟。

安东尼奥　尊贵的西巴斯廷,你徒然让你的幸运睡去,竟或是让它死去;你虽然醒着,却闭上了眼睛。

西巴斯廷　你清清楚楚在打鼾;你的鼾声里却蕴藏着意义。

安东尼奥　我在一本正经地说话,你不要以为我跟平常一样。你要是愿意听我的话,也必须一本正经,听了我的话之后,你的尊荣将要增加三倍。

西巴斯廷　哦,你知道我是心如止水。

安东尼奥　我可以教你怎样让止水激涨起来。

西巴斯廷　你试试看吧;但习惯的惰性只会教我退落下去。

安东尼奥　啊,但愿你知道你心中实在怎样在转着念头,虽然外表上这样取笑着!越是排斥这思想,这思想越是牢固在你的心里。向后退的人,为了他们自己的胆小和因循,总是出不出头来。

西巴斯廷　请你说下去吧;你的眼睛和面颊的神气显示出有些特殊的事情在你的心头,像是产妇难产似的,很吃力地要把它说出来。

安东尼奥　我要说的是,大人:我们那位记性不好的弗兰西斯科——这个人要是去世之后,别人也会把他淡然忘却的——他虽然已经把王上劝说得几乎使他相信他的儿子还活着——因为这个人唯一的本领就是向人家唠叨劝说——但王子不曾溺死是绝对不可能的,正像在这里睡着的人不会游泳一样。

西巴斯廷　我对于他不曾溺死这一句话是一点不抱希望的。

安东尼奥　哎,不要说什么不抱希望啦,你自己的希望大着呢!从那方面说是没有希望,反过来说却正是最大不过的希望,野心所能企及而无可再进的极点。你同意不同意我说费迪南已经溺死了的话?

西巴斯廷　他一定已经送命了。

安东尼奥　那么告诉我,除了他,应该轮到谁承继那不勒斯的王位?

西巴斯廷　克拉莉贝尔。

安东尼奥　她是突尼斯的王后；她住在远离人世的蛮邦；她和那不勒斯没有通信的可能；月亮里的使者是太慢了，除非叫太阳给她捎信，那么直到新生婴孩柔滑的脸上长满了胡须的时候也许可以送到。我们从她的地方出发而遭到了海浪的吞噬，一部分人幸得生全，这是命中注定的，以往的一切都只是个开场的引子，以后的正文该由我们来干一番。

西巴斯廷　这是什么话！你怎么说的？不错，我的哥哥的女儿是突尼斯的王后，她也是那不勒斯的嗣君；当然两地之间相隔着好多路程。

安东尼奥　这路程是这么长，每一步的距离都似乎在喊着："克拉莉贝尔怎么还能回头走过我们而回到那不勒斯去呢？不要离开突尼斯，让西巴斯廷奋起来吧！"瞧，他们睡得像死去一般；真的，就是死了也不过如此。总有人会治理那不勒斯像一个瞌睡的人一样治得好；也总不会缺少像这位贡扎罗一样善于唠叨说空话的大臣——就是乌鸦我也能教它讲得比他有意思一点哩。啊，要是你也跟我一样想法就好了！这样的昏睡对于你的高升真是一个多么好的机会！你懂不懂我？

西巴斯廷　我想我懂得。

安东尼奥　那么你对于你自己的好运气有什么意见呢？

西巴斯廷　我记得你曾经篡夺过你哥哥普洛斯佩罗的位置。

安东尼奥　是的，你瞧我穿着这身衣服多么称身，比从前神气得多了！本来我的哥哥的仆人和我处在同等的地位，现在他们都在我的手下了。

西巴斯廷　但是你的良心上——

安东尼奥　哎，大人，良心在什么地方呢？假如它像一块冻疮似的，那么也许会害我穿不上鞋子；但是我并不觉得在我的胸头有这么一位神明。让所有的良心，梗在我和米兰之间的，都麻木起来吧。这儿躺着你的兄长，跟泥土一样动都不动，看上去就像死了一般;我用这柄称心如意的剑,只要轻轻刺进三寸那么深,就可以叫他永远安静。同时你照着我的样子,也可以叫这个老头子,这位老成持重的老臣,从此长眠不醒,再也不会来呶呶指责我们。至于其余的人,只要用好处引诱他们,就会像猫儿舐牛奶似的贪馋不去;假如我们说是黄昏,他们也不敢说是朝晨。

西巴斯廷　好朋友,我将把你的情形作为我的榜样;如同你得到米兰一样,我也要得到我的那不勒斯。举起你的剑来吧;只要这么一下,便可以免却你以后的纳贡;我做了国王之后,一定十分眷宠你。

安东尼奥　我们一起举剑吧;当我举起手来的时候,你也照样把你的剑对准贡扎罗的胸口。

西巴斯廷　啊!且慢。(二人往一旁密议。)

　　　〔音乐,爱丽儿隐形复上。

爱丽儿　我的主人**凭他的法术**预知你,他的朋友,所陷入的危险,因此差我来保全你的性命,因为否则他的计划就要失败。(在贡扎罗耳边唱)

　　　　　当你酣然熟睡的时候,

　　　　　眼睛睁得大大的"阴谋",

　　　　　　正在施展着毒手。

　　　　　假如你重视你的生命,

　　　　　不要再睡了,你得留神;

　　　　　　快快醒醒吧,醒醒!

安东尼奥　那么让我们赶快下手吧。

贡扎罗　天使保佑王上啊!(众醒。)

阿隆佐　什么?怎么啦?喂,醒来!你们为什么拔剑?为什么脸无人色?

贡扎罗　什么事?

西巴斯廷　我们正站在这儿守护您的安息,就在这时候忽然听见了一阵大声的狂吼，好像公牛，不，狮子一样。你们不是也被那声音惊醒的吗？它使我听得害怕极了。

阿隆佐　我什么都没听见。

安东尼奥　啊！那是一种怪兽听了也会害怕的咆哮，大地都给它震动起来。那一定是一大群狮子的吼声。

阿隆佐　你听见这声音了吗，贡扎罗？

贡扎罗　凭着我的名誉起誓，大王，我只听见一种很奇怪的蜜蜂似的声音，它使我惊醒转来。我摇着您的身体，喊醒了您。当我一睁开眼睛，便看见他们的剑拔出鞘外。有一个声音，那是真的。最好我们留心提防着，否则赶快离开这地方。让我们把武器预备好。

阿隆佐　带领我们离开这块地面，让我们再去找寻一下我那可怜的孩子。

贡扎罗　上天保佑他不要给这些野兽害了！我相信他一定在这岛上。

阿隆佐　带着路走吧。（率众人下。）

爱丽儿　　我要把我的工作回去报告我的主人；
　　　　　国王呀，安心着前去把你的孩子找寻。（下。）

第二场　岛上的另一处

〔凯利班荷柴上；雷声。

凯利班　愿太阳从一切沼泽、平原上吸起来的瘴气都降在普洛斯佩罗的身上，让他的全身没有一处不生恶病！他的精灵会听见我的话，但我非把他咒一下不可。他们要是没有他的吩咐，决不会掐我，显出各种的怪相吓我，把我推到烂泥里，或是在黑暗中化作一团磷火诱我迷失了路的；但是他们要想出种种的恶作剧来摆布我：有时变成猴子，向我咧着牙齿扮鬼脸，然后再咬我；一下子又变成刺猬，在路上滚作一团，我的赤脚一踏上去，便把针刺竖了起来;有时我的周身围绕着毒蛇,吐出分叉的舌头来,那咝咝的声音吓得我发狂。

　　[特林鸠罗上。

凯利班　瞧!瞧!又有一个他的精灵来了!因为我柴捡得慢,要来给我吃苦头。让我把身体横躺下来;也许他会不注意到我。

特林鸠罗　这儿没有丛林也没有灌木,可以抵御任何风雨。又有一阵大雷雨要起来啦,我听见风在呼啸,那边那堆大的乌云像是一只臭水袋,就要把水倒下来的样子。要是这回再像不久以前那么响着的大雷,我不晓得我该把我的头藏到什么地方去好;那块云准要整桶整桶地倒下水来。咦!这是什么东西?是一个人还是一条鱼?死的还是活的?一定是一条鱼,他的气味像一条鱼,有些隔宿得发霉了的鱼腥气,不是新腌的鱼。奇怪的鱼!我从前曾经到过英国;要是我现在还在英国,只要把这条鱼染上一些颜色,**挂在帐篷外面**,包管那边无论哪一个假期里没事做的傻瓜都会掏出整块的银洋来;在那边很可以靠这条鱼发一笔财;随便什么希奇古怪的畜生在那边都可以做成一注好生意。他们不愿意丢一个铜子给跛脚的叫化,却愿意拿出一角钱来看一个死了的印第安红种人。嘿,他像人一样生着腿呢!他的翼鳍多么像是一对臂膀!他的身体还是暖的!我说我弄错了,这不是鱼,是一个岛上的土人,刚才被天雷轰得那样子。(雷声)唉!雷雨又来了;我只得躲到他的衫子底下去,再没有别的躲避的地方了,一个人倒起运来,就得跟妖怪一起睡觉。让我躲在这儿,直到云消雨散。

　　[斯丹法诺唱歌上,手持酒瓶。

斯丹法诺　(唱)

　　　　　我将不再到海上去,到海上去,

　　　　　我要老死在岸上。——

这是一支送葬时唱的难听的曲子。好,这儿是我的安慰。(饮酒,

唱）

　　　　　　船长,船老大,咱小子和打扫甲板的,

　　　　　　　还有炮手和他的助理,

　　　　　　爱上了毛儿、梅哥、玛利恩和玛葛丽,

　　　　　　　但凯德可没有人欢喜;

　　　　　　　因为她有一副顶响的喉咙,

　　　　　　　见了水手就要嚷"送你的终!"

　　　　　　焦油和沥青的气味熏得她满心烦躁,

　　　　　　可是裁缝把她浑身搔痒就呵呵乱笑;

　　　　　　海上去吧,弟兄们,让她自个儿去上吊!

　　这也是一支难听的曲子;但这儿是我的安慰。(饮酒。)

凯利班　不要折磨我,喔!

斯丹法诺　什么事?这儿有鬼吗?叫野人和印第安人来跟我们捣乱吗?哈!海水都淹不死我,我还怕四只脚的东西不成?古话说得好,一个堂堂的人,不会见了四足的东西而退却:只要斯丹法诺鼻孔里还透着气,这句话还是要照样说下去。

凯利班　精灵在折磨我了,喔!

斯丹法诺　这是这儿岛上生四条腿的什么怪物,照我看起来像在发疟疾。见鬼,他跟谁学会了我们的话?为了这,我也得给他医治一下;要是我医好了他,把他驯伏了,带回到那不勒斯去,怕不是一桩可以送给随便哪一个脚踏牛皮的皇帝老官儿的绝妙礼物!

凯利班　不要折磨我,求求你!我愿意赶紧把柴背回家去。

斯丹法诺　他现在寒热发作,乱话三千。他应当尝一尝我瓶里的酒;要是他从来不曾沾过一滴酒,那很可以把他完全医好。我倘然医好了他,把他驯伏了,我也不要怎么狠心需索;他该得重重报偿他的恩主的。

凯利班　你还不曾给我多少苦头吃,但你就要大动其手起来了;我知道的,因为你在发抖;普洛斯佩罗的法术在驱使你了。

斯丹法诺　　给我爬过来,张开你的嘴巴;这是会叫你说话的好东西,
　　　　你这头猫! 张开嘴来;这会把你的颤抖完完全全驱走,我可以告
　　　　诉你。(给凯列班喝酒)你不晓得谁是你的朋友。再张开嘴来。

特林鸠罗　　这声音我很熟悉,那像是——但他已经淹死了。这些都
　　　　是邪鬼。老天保佑我啊!

斯丹法诺　　四条腿,两个声音,真是一个有趣不过的怪物! 他的前面
　　　　的嘴巴在向他的朋友说着恭维的话,他的背后的嘴巴却在说他
　　　　坏话讥笑他。即使医好他需要我全瓶的酒,我也要给他出一下
　　　　力。喝吧,阿门! 让我再把一些酒倒在你那另外一张嘴里。

特林鸠罗　　斯丹法诺!

斯丹法诺　　你另外的那张嘴在叫我吗? 天哪,天哪! 这是个魔鬼,不
　　　　是个妖怪,我得离开他;跟魔鬼打交道我可不来。

特林鸠罗　　斯丹法诺! 如果你是斯丹法诺,请你过来跟我讲几句话。
　　　　我是特林鸠罗;不要害怕,你的好朋友特林鸠罗。

斯丹法诺　　你倘然是特林鸠罗,那么钻出来吧。让我来把那两条小
　　　　一点的腿拔出来;要是这儿有特林鸠罗的腿的话,这一定不会
　　　　错。哎哟,你果真是特林鸠罗! 你怎么会变成这个妖怪的粪便?
　　　　他能够泻下特林鸠罗来吗?

特林鸠罗　　我以为他是给天雷轰死了的。但是你不是淹死了吗,斯
　　　　丹法诺? 我现在希望你不曾淹死。雷雨过去了吗? 我因为害怕
　　　　雷雨,所以才躲在这个死妖精的衫子底下。你还活着吗,斯丹法
　　　　诺? 啊,斯丹法诺,两个那不勒斯人脱险了!

斯丹法诺　　请你不要把我旋来旋去,我的胃不大好。

凯利班　　(旁白)这两个人倘然不是精灵,一定是好人。那是一位英雄
　　　　的天神;他还有琼浆玉液。我要向他跪下去。

斯丹法诺　　**你是怎么逃命的**[①]? 你怎么会到这儿来? 凭着这个瓶儿

———————

　　①　朱译手稿:你怎么会逃命了的?

起誓,你是怎么到这儿来的？凭着这个瓶儿起誓,我自己是因为伏在一桶白葡萄酒的桶顶上才不致淹死;那桶酒是水手们从船上抛下海的;这个瓶是我被冲上岸之后自己亲手用树干剜成功的。

凯利班　凭着那个瓶儿起誓,我要做您的忠心的仆人;因为您那种水是仙水。

斯丹法诺　嗨,起誓吧,说你是怎样逃了命的。

特林鸠罗　游泳到岸上,像一只鸭子一样;我会像鸭子一样游泳,我可以起誓。

斯丹法诺　来,吻你的《圣经》①。(给特林鸠罗喝酒)你虽然能像鸭子一样游泳,可是你的样子倒像是一只鹅。

特林鸠罗　啊,斯丹法诺！这酒还有吗？

斯丹法诺　有着整整一桶呢,老兄;我在海边的一座岩穴里藏下了我的美酒。喂,妖精！你的寒热病怎么样啦？

凯利班　您不是从天上掉下来的吗？

斯丹法诺　从月亮里下来的,实实在在告诉你;从前我是住在月亮里的。

凯利班　我曾经看见过您在月亮里;我真欢喜您。我的女主人曾经指点给我看您和您的狗,和您的柴枝。②

斯丹法诺　来,起誓吧,吻你的《圣经》;我会把它重新装满。起誓吧。

特林鸠罗　凭着这个太阳起誓,这是个蠢得很的怪物;可笑我竟会害怕起他来！一个不中用的怪物！月亮里的人,嘿！这个可怜的轻信的怪物！好啊,怪物！你的酒量真不小。

凯利班　我要指点给您看这岛上每一处肥沃的地方;我要吻您的脚。

① 吻《圣经》原为基督徒起誓时表示郑重之仪式,此处斯丹法诺用以指饮其瓶中之酒。

② 传说谓昔有人于安息日樵柴,上帝罚处月中,负荆刺牵犬,盖因月中黑影附会而云然。

请您做我的神明吧!

特林鸠罗　凭着太阳起誓,这是一个居心不良的嗜酒的怪物;一等他的神明睡了过去,他就会把酒瓶偷走。

凯利班　我要吻您的脚;我要发誓做您的仆人。

斯丹法诺　那么好,跪下来起誓吧。

特林鸠罗　这个头脑简单的怪物要把我笑死了。这个不要脸的怪物! 我心里真想把他揍一顿。

斯丹法诺　来,吻吧。

特林鸠罗　但是这个可怜的怪物是喝醉了;一个作孽的怪物!

凯利班　我要指点您最好的泉水;我要给您摘浆果;我要给您捉鱼,给您打很多的柴。但愿瘟疫降临在我那暴君的身上! 我再不给他搬柴了;我要跟着您走,您这了不得的人!

特林鸠罗　一个可笑又可气的怪物! 竟会把一个无赖的醉汉看作了不得的人!

凯利班　请您让我带您到长着野苹果的地方;我要用我的长指爪给您掘出落花生来,把樫鸟的窝指点给您看,教给您怎样捕捉伶俐的小猢狲的法子;我要采成球的榛果献给您;我还要从岩石上为您捉下海鸥的雏鸟来。您肯不肯跟我走?

斯丹法诺　请你带着我走,不要再啰哩啰嗦了。——特林鸠罗,国王和我们的同伴们既然全都淹死,这地方便归我们所有了。——来,给我拿着酒瓶。——特林鸠罗老朋友,我们不久便要再把它装满。

凯利班　(醉吆地唱)

　　再会,主人! 再会! 再会!

特林鸠罗　一个喧哗的怪物! 一个醉酒的怪物!

凯利班　　　不再筑堰捕鱼;

　　　　　　不再捡柴生火,

　　　　　　硬要听你吩咐;

不再刨木板，

不再洗碗盏；

班，班，凯——凯利班，

换了一个新老板！

自由，哈哈！哈哈，自由！自由！哈哈，自由！

斯丹法诺　啊，出色的怪物！带着路走呀。(同下。)

第 三 幕

第一场　普洛斯佩罗洞室之前

　　〔费迪南负木上。

费迪南　有一类游戏是很费力的，但兴趣会使人忘记了他的辛苦；有一类卑微的工作是用艰苦卓绝的精神忍受着的，最低陋的事情往往指向最崇高的目标。我这种贱役对于我应该是艰重而可厌的，但我所奉侍的女郎使我生趣勃发，觉得劳苦反而是一种愉快。啊，她的温柔是十倍过于她父亲的乖愎，而他则浑身都是暴戾！他严厉地吩咐我必须把几千根这样的木头搬过去堆垒起来；我那可爱的姑娘见了我这样劳苦，竟哭了起来，说从来不曾见过像我这种人干这等卑贱的工作。唉！我把工作都忘了。但这些甜蜜的思想给与我新生的力量，即使在我忙得简直不能思想的时候。

　　〔米兰达上，普洛斯佩罗潜随其后。

米兰达　唉，请你不要太辛苦了吧！我真希望一阵闪电把那些要你堆垒的木头一起烧掉！请你暂时放下来，坐下歇歇吧。要是这根木头被烧起来的时候,它一定会想到它所给你的劳苦而**流泪**①的。我的父亲正在一心一意地读书;请你休息休息吧,在这三个钟头之内,他是不会出来的。

费迪南　啊,最亲爱的姑娘,在我还没有把我必须做的工作努力做完之前,太阳就要下去了。

米兰达　要是你肯坐下来,我愿意代你搬一会儿木头,请你给我吧;让我把它搬到那一堆上面去。

费迪南　怎么可以呢,珍贵的人儿! 我宁愿毁损我的筋骨,压折我的背膀,也不愿让你干这种下贱的工作,而我空着两手坐在一旁。

米兰达　要是这种工作配给你做,当然它也配给我做。而且我做起来心里更舒服一点;因为我是自己甘愿,而你是被迫的。

普洛斯佩罗　（旁白)可怜的孩子,你已经为情颠倒了! 从这次访问上可以明白看得出来。

米兰达　你瞧上去很疲乏。

费迪南　不,尊贵的姑娘! 当你在我身边的时候,黑夜也变成了清新的早晨。我恳求你告诉我你的名字,好让我把它放进我的祈祷里去。

米兰达　米兰达。——唉! 父亲,我已经违背了你的叮嘱,把它说了出来啦!

费迪南　可赞美的米兰达! 真是一切仰慕的最高峰,值得世界上一切最珍贵的事物的! 我的眼睛曾经关爱地盼睐过许多女郎,许多次她们那柔婉的声调使我的过于敏感的听觉对之倾倒,为了各种不同的美点,我曾经欢喜过各个不同的女子,但是从不曾有过一个具有完全美满的灵魂,总有一些缺点损害了她那崇高的优美。但是你啊,这样完美而无双,是把每一个人的最好的美点集合起来而造成的!

---

①　朱译手稿:悔恨。

米兰达　我不曾见过一个和我同性的人,除了在镜子里见到自己的面孔以外,我不记得任何女子的相貌;除了你,好友,和我的亲爱的父亲以外,也不曾见过其余可以称为人类的男子。我不知道别处地方人们都是生得什么样子,但是凭着我最可宝贵的贞洁起誓:除了你之外,在这世上我不企望任何的伴侣;除了你之外,我的想象也不能再产生出一个可以使我喜爱的形象。但是我的话讲得有些太越出界限,把我父亲的教训全忘记了。

费迪南　我在我的地位上是一个王子,米兰达;也许是一个国王——但我希望我不是! 我不能容忍一只苍蝇玷污我的嘴角,更不用说挨受这种搬运木头的苦役了。听我的心灵向你诉告:当我第一眼看见你的时候,我的心就已经飞到你的身边,甘心为你执役,使我成为你的奴隶;只是为了你的缘故,我才肯让自己当这个辛苦的运木的工人。

米兰达　你爱我吗?

费迪南　天在顶上! 地在底下! 为我作证这一句妙音。要是我所说的话是真的,愿天地赐给我幸福的结果;如其所说是假,那么请把我命中注定的幸运都转成恶运! 超过世间其他一切事物的限界之上,我爱你,珍重你,崇拜你!

米兰达　我是一个傻子,听见了心中喜欢的话就流起泪来!

普洛斯佩罗　(旁白)一段难得的良缘的会合! 上天赐福给他们的后裔吧!

费迪南　你为什么哭起来了呢?

米兰达　因为我是太平凡了,我不敢献给你我所愿意献给你的,更不敢从你那儿接受我所渴想得到的。但这是废话;越是掩饰,它越是显露得清楚。去吧,羞怯的狡狯! 让单纯而神圣的天真指导我说什么话吧! 要是你肯娶我,我愿意做你的妻子;不然的话,我将到死都是你的婢女;你可以拒绝我做你的伴侣;但不论你愿不愿意,我将是你的奴仆。

费迪南　我的最亲爱的爱人！我永远低首在你的面前。

米兰达　那么你是我的丈夫吗？

费迪南　是的,我全心愿望着,如同受拘束的人乐愿自由一样。握着我的手。

米兰达　这儿是我的手,我的心也跟它在一起。现在我们该分手了,半点钟之后再会吧。

费迪南　那时间可是无限地悠长呢！（分别下。）

普洛斯佩罗　我当然不能比他们自己更为高兴,而且他们是全然不曾预先料到的;但没有别的事可以比这事更使我快活了。让我到书斋里去,因为在晚餐之前,我还有一些事情须得做好。（下。）

第二场　岛上的另一处

〔凯利班持酒瓶,斯丹法诺、特林鸠罗同上。

斯丹法诺　别对我说,要是酒桶里的酒完了,然后我们再喝水;只要还有一滴酒剩着,让我们总是喝酒吧。来,一！二！三！努力！妖怪奴才,向我祝饮呀！

特林鸠罗　妖怪奴才！这岛上特产的笨货！他说这岛上一共只有五个人,我们已经是三个;要是其余的两个人跟我们一样聪明,我们的江山就不稳了。

斯丹法诺　喝酒呀,妖怪奴才！我叫你喝你就喝。你的眼睛简直呆睁睁地生牢在你的头上了。

特林鸠罗　眼睛不生在头上倒该生在什么地方？要是他的眼睛生在尾巴上,那才真是个出色的怪物哩！

斯丹法诺　我的妖怪奴才的舌头已经在白葡萄酒里淹死了;但是我,海水也淹不死我;凭着这太阳起誓,我在一百多哩的海面上游来游去,一直游到了岸边。你得做我的副官,怪物,或是做我的旗手。

特林鸠罗　还是做个副官吧;**他做不了旗手**①。

斯丹法诺　我们不必这样奔着,怪物先生。

特林鸠罗　也不必走了,还是像条狗那么地躺下来吧;一句话也别说。

斯丹法诺　妖精,说一句话吧,如果你是个好妖精。

凯利班　给老爷请安! 让我舐您的靴子。我不要服侍他,他是个懦夫。

特林鸠罗　你说谎,一窍不通的怪物! 我打得过一个警察呢。嘿,你这条荒唐的鱼! 像我今天一样喝了那么多白酒的人,还说是个懦夫吗? 因为你是一只一半鱼一半妖怪的荒唐东西,你就要撒一个荒唐的谎吗?

凯利班　瞧! 他在多么取笑我! 您让他这样说下去吗,老爷?

特林鸠罗　他说"老爷"! 谁想得到一个怪物会是这么一个蠢才!

凯利班　喏,喏,又来啦! 我请您咬死他。

斯丹法诺　特林鸠罗,好好地堵住你的嘴! 如果你要造反,就把你吊死在眼前那株树上! 这个可怜的怪物是我的人,不能给人家欺侮。

凯利班　谢谢大老爷! 您肯不肯再听一次我的条陈?

斯丹法诺　依你所奏;跪下来说吧。我立着,特林鸠罗也立着。

　　　　〔爱丽儿隐形上。

凯利班　我已经说过,我屈服在一个暴君,一个**巫师**②的手下,他用诡计把这岛从我手里夺了去。

爱丽儿　你说谎!

凯利班　你说谎,你这插科打诨的猴子! 我希望我的勇敢的主人把你杀死。我没有说谎。

---

①　朱译手稿:酒醉郎当地捐起旗来,东倒西歪,才笑死人!

②　朱译手稿:妖道。

斯丹法诺　特林鸠罗,要是你在他讲话的时候再来缠扰,凭着这只手起誓,我要敲掉你的牙齿。

特林鸠罗　怎么? 我一句话都没有说。

斯彤法诺　那么别响,不要再多话了。(向凯利班)讲下去。

凯利班　我说,他用妖法占据了这岛,从我手里夺了去;要是老爷肯替我向他报仇——我知道您一定敢,但这家伙决没有这胆子——

斯丹法诺　那是自然。

凯利班　您就可以做这岛上的主人,我愿意服侍您。

斯丹法诺　用什么方法可以把这事实现呢? 你能不能把我带到那个人的地方去?

凯利班　可以的,可以的,老爷。我可以乘他睡熟的时候把他交付给您,您就可以用一根钉敲进他的脑袋里去。

爱丽儿　你说谎,你不敢!

凯利班　这个穿花花衣裳的蠢货! 这个混蛋! 请老爷把他痛打一顿,不要让他拿这酒瓶;他没有酒喝之后,就只好喝海里的咸水了,因为我不愿告诉他清泉在什么地方。

斯丹法诺　特林鸠罗,别再自讨没趣啦! 你再说一句话打扰这怪物,凭着这只手起誓,我就要不顾情面,把你打成一条鱼干了。

特林鸠罗　什么? 我得罪了你什么? 我一句话都没有说。让我再离得远一点儿。

斯丹法诺　你不是说他说谎吗?

爱丽儿　你说谎!

斯丹法诺　我说谎吗! 吃这一下! (打特林鸠罗)要是你觉得滋味不错的话,下回再试试看吧。

特林鸠罗　我并没有说你说谎。你头脑昏了,连耳朵也听不清楚了吗? 该死的酒瓶! 喝酒才把你搅得那么昏冬冬的。愿你的怪物给牛瘟病瘟死,魔鬼把你的手指弯断了去!

凯利班　哈哈哈！

斯丹法诺　现在讲下去吧。——请你再站得远些。

凯利班　痛痛地打他一下子；停一会儿我也要打他。

斯丹法诺　站远些。——来，说吧。

凯利班　我对您说过，他有一个老规矩，一到下午就要睡觉；那时您
　　先把他的书拿去了，就可以捶碎他的脑袋，或者用一根木头敲破
　　他的头颅，或者用一根棍子搠破他的肚肠，或者用您的刀割断他
　　的喉咙。记好，先要把他的书拿到手；因为他一失去了他的书，
　　就是一个跟我差不多的大傻瓜，也没有一个精灵会听他指挥；这
　　些精灵们没有一个不像我一样把他恨之入骨。只要把他的书烧
　　了就是了；他还有些出色的家具，预备造了房子之后陈设起来
　　的；但第一应该放在心上的是他那美貌的女儿。他自己说她是
　　一个美艳无双的人；我从来不曾见过一个女人，除了我的老娘西
　　考拉克斯和她之外；可是她比起西考拉克斯来，真不知要好看得
　　多少倍了，正像天地的相差一样。

斯丹法诺　是这样一个出色的姑娘吗？

凯利班　是的，老爷；我可以担保一句，您跟她睏觉是再合适也没有
　　的啦，她会给您生下出色的小子来。

斯丹法诺　怪物，我一定要把这人杀死；他的女儿和我做国王和王
　　后，上帝保佑我们陛下！ 特林鸠罗和你做总督。你赞成不赞成
　　这计策，特林鸠罗？

特林鸠罗　好极了。

斯丹法诺　让我握你的手。我很抱歉打了你；可是你活着的时候，总
　　以少开口为妙。

凯利班　在这半点钟之内他就要入睡，您愿不愿就在这时候杀了他？

斯丹法诺　好的，凭着我的名誉起誓。

爱丽儿　我要告诉主人去。

凯利班　您使我高兴得很，我心里充满了快乐。让我们畅快一下。

您肯不肯把您刚才教给我的轮唱曲唱起来？

斯丹法诺　准你所奏,怪物;凡是合乎道理的事我都可以答应。来
啊,特林鸠罗,让我们唱歌。(唱)

嘲弄他们,讥讽他们,

讥讽他们,嘲弄他们,

思想多么自由!

凯利班　这调子不对。

〔爱丽儿击鼓吹箫,依曲调而奏。

斯丹法诺　这是什么声音?

特林鸠罗　这是我们的歌的调子,在空中吹奏着呢。

斯丹法诺　你倘然是一个人,像一个人那样出来吧;你倘然是一个
鬼,也随你显出怎样的形状来吧!

特林鸠罗　饶赦我的罪过呀!

斯丹法诺　人一死什么都完了;我不怕你。但是可怜我们吧!

凯利班　您害怕吗?

斯丹法诺　不,怪物,我怕什么?

凯利班　不要怕。这岛上充满了各种声音和悦耳的乐调,使人听了
愉快,不会伤害人。有时成千叮叮咚咚的乐器在我的耳边鸣响,
有时在我酣睡醒来的时候,听见了那种声音,又使我沉沉睡去;
那时在梦中便好像云端里开了门,无数珍宝要向我倾倒下来;当
我醒来之后,我简直哭了起来,希望重新做一遍这样的梦。

斯丹法诺　这倒是一个出色的国土,可以不费钱白听音乐。

凯利班　但第一您得先杀死普洛斯佩罗。

斯丹法诺　那事我们不久就可以动手;我记得很牢。

特林鸠罗　这声音在走开去了;让我们跟着它,然后再干我们的事。

斯丹法诺　领着我们走,怪物;我们跟着你。我很希望见一见这个打
鼓的家伙,他奏得挺不错的样子。

特林鸠罗　来吗?我跟着你走,斯丹法诺。(同下。)

第三场　岛上的另一处

　　〔阿隆佐、西巴斯廷、安东尼奥、贡扎罗、阿德里安、弗兰西斯科及余人等上。

贡扎罗　天哪！我走不动啦，大王；我的老骨头在痛。这儿的路一条直一条弯的，完全把人迷昏了！要是您不见怪，我必须休息一下。

阿隆佐　老人家，我不能怪你，我自己也心灰意懒，疲乏得很。坐下来歇歇吧。现在我已经断了念头，不再自己哄自己了。他一定已经淹死了，尽管我们乱摸瞎撞地找寻他；海水也在嘲笑着在岸上的我们的无益的寻觅。算了吧，让他死了就完了。

安东尼奥　(向西巴斯廷旁白)我很高兴他是这样灰心。一刻也别忘了你所决心要干的那件事。

西巴斯廷　(向安东尼奥旁白)下一次的机会我们一定不要错过。

安东尼奥　(向西巴斯廷旁白)就在今夜吧，他们现在已经走得很疲乏，一定不会，而且也不能再有那么好的精神来警戒着了。

西巴斯廷　(向安东尼奥旁白)好，今夜吧。不要再说了。

　　〔庄严而奇异的音乐。普洛斯佩罗自上方隐形上。下侧若干奇形怪状的精灵抬了一桌酒席进来；他们围着它跳舞，且做出各种表示敬礼的姿势，邀请国王以次诸人就食后退去。

阿隆佐　这是什么音乐？好朋友们，听哪！

贡扎罗　神奇的甜美的音乐！

阿隆佐　上天保佑我们！这些是什么？

西巴斯廷　一幅活动的古怪的图画！现在我才相信世上有独角的麒麟，阿拉伯有凤凰所栖的树，上面有一只凤凰至今还活着。

安东尼奥　麒麟和凤凰我都相信；要是此外还有什么难于置信的东西，都来告诉我好了，我一定会发誓说那是真的。旅行的人决不会说谎话，足不出户的傻瓜才嗤笑他们。

贡扎罗　要是我现在在那不勒斯，把这事告诉了别人，他们会不会相信我呢？要是我对他们说，我看见岛上的人民是这样这样的——这些当然一定是岛上的人民啰——虽然他们的形状生得很奇怪，然而倒是很有礼貌，很和善，在我们人类中也难得见到的。

普洛斯佩罗 　(旁白)正直的老人家，你说得不错，因为在你们自己一群人当中，就有几个人比魔鬼还要坏。

阿隆佐 　**太让人吃惊了**①；虽然不开口，但他们的那种形状、那种手势、那种音乐，**都表演了一幕美妙的哑剧**②。

普洛斯佩罗 　(旁白)且慢称赞吧。

弗兰西斯科 　他们消失得很奇怪。

西巴斯廷 　不要管他，既然他们把食物留下，我们有肚子就该享用。——您要不要尝尝试试看？

阿隆佐 　我可不想吃。

贡扎罗 　真的，大王，您无须胆小。当我们还是孩子的时候，谁肯相信有一种山居的人民，喉头长着肉袋，像一头牛一样？谁又肯相信有一种人的头是长在胸膛上的？可是我们现在都相信**每个旅行的人所肯定的这种话不是虚假的了**③。

阿隆佐 　好，我要吃，即使这是我的最后一餐，有什么关系呢？我的最好的日子也已经过去了。贤弟，公爵，陪我们一起来吃吧。

　　　[雷电；爱丽儿化女面鸟身的怪鸟④上，以翼击桌，筵席顿时消失——用一种特别的机关装置。

爱丽儿 　你们是三个有罪的人；操纵着下界一切的天命，为了你们的缘故而掀起了贪馋的怒海来吞噬你们；在这没有人居住的岛上，你们在一切人中间是最不适宜于生存的。你们已经发狂了。

――――――――

①　朱译手稿：我觉得对他们并不怎样吃惊。
②　朱译手稿：都表示出一种很明白的意思。
③　朱译手稿：每个旅行的人都能肯定这种话的不是虚假了。
④　原文 Harpy，是神话中一种人面鸟身的怪物。

(阿隆佐、西巴斯廷等拔剑)即使像你们这样勇敢的人,也没有法子免除一死。你们这辈愚人!我和我的同伴们都是命运的使者;你们的刀剑不能损害我们身上的分毫,正像把它们砍向呼啸的风,刺向汹涌的水波一样。而且即使它们能够把我们伤害,现在你们也已经没有力量把臂膀举起来了。好生记住吧,我来就是告诉你们这句话,你们三个人是在米兰把善良的普洛斯佩罗篡逐的恶人,你们把他和他的无辜的婴孩放逐在海上,如今你们也受到同样的报应了。为着这件恶事,上天虽然并不把惩罚立刻加在你们的身上,却并没有轻轻放过,已经使所有的海,所有的陆地,以及一切有生之伦,都来和你们作对了。你,阿隆佐,已经丧失了你的儿子;我再向你宣告:活地狱的无穷的痛苦,一切死状合在一起也没有那么惨,将要一步步临到你生命的途程中;除非痛悔前非,以后洗心革面,做一个清白的人,否则在这荒岛上面,天谴已经迫在眼前了。

〔爱丽儿在雷鸣中隐去。柔和的乐声复起;精灵们重上,跳舞且作揶揄状,把空桌抬下。

普洛斯佩罗 （旁白)你把这怪鸟扮演得很好,我的爱丽儿,有一种非凡的气势;**这一桌酒席你也张罗得妙**,我叫你说的话你一句也没有漏去;就是那些小精灵们也各各非常出力。我的神通已经显出力量,这些我的仇人们已经惊惶得不能动弹;他们都已经在我的权力之下了。现在我要在这种情形下面离开他们,去探视他们以为已经淹死了的年青的费迪南和他的也是我的亲爱的人儿。(自上方下。)

贡扎罗 凭着神圣的名义,大王,为什么您这样呆呆地站着?

阿隆佐 啊,那真是可怕!可怕!我觉得海潮在那儿这样告诉我;风在那儿把它唱进我的耳中;深沉而可怕的雷鸣在向我震荡出普洛斯佩罗的名字,它用洪亮的低音宣布了我的罪恶。这样看来,我的孩子一定是葬身在海底的软泥之下了;我要到深不可测的海底去寻找他,跟他睡在一块儿!（下。）

西巴斯廷　要是这些鬼怪们一个一个地来,我可以打得过他们。

安东尼奥　让我助你一臂之力。（西巴斯廷、安东尼奥下。）

贡扎罗　这三个人都有些不顾死活的神气。他们的重大的罪恶像隔了好久才发作的毒药一样,现在已经在开始咬啮他们的灵魂了。你们是比较善于临机应变的,请快快追上去,阻止他们不要做出什么疯狂的举动来。

阿德里安　你们跟我来吧。（同下。）

第　四　幕

第一场　普洛斯佩罗洞室之前

　　〔普洛斯佩罗、费迪南、米兰达上。

普洛斯佩罗　要是我曾经给你太严厉的惩罚,你也已经得到补偿了;因为我已经把我生命中的一部分给了你,我是为了她才活着的。现在我再把她交给你的手里;你所受的一切苦恼都不过是我用来试验你的爱情的,而你能异常坚强地忍受它们;这里我当着天,许给你这个珍贵的赏赐。费迪南啊,不要笑我这样把她夸奖,你自己将会知道一切的称赞比起她自身的美好来,都是瞠乎其后的。

费迪南　我绝对相信您的话。

普洛斯佩罗　既然我的给与和你的获得都不是出于贸然,你就可以娶我的女儿。但在一切神圣的仪式没有充分给你许可之前,你不能侵犯她处女的尊严;否则你们的结合将不能得到上天的美满的祝福,冷淡的憎恨、白眼的轻蔑和不睦将使你们的姻缘中长满令人嫌恶的恶草。所以小心一点吧,许门①的明灯将照引着你们!

费迪南　我希望的是在以后和如今一样的爱情中享受着平和的日子,美秀的儿女和绵绵的生命,因此即使在最幽冥的暗室中,**最便利的场所,伺隙而来的魔鬼的最强烈的煽惑,都不能使我的荣誉化为肉欲,从而损毁婚礼那天应有的无上的欢乐。我只是觉得那样的一天来得太慢,总担心福玻斯的骏马在途中跑瘸了腿,黑夜会不会羁留在冥域里②。**

普洛斯佩罗　说得很好。坐下来跟她谈话吧,她是属于你的。喂,爱丽儿! 我的勤劳的仆人,爱丽儿!

〔爱丽儿上。

爱丽儿　我的威严的主人有什么吩咐? 我在这里。

普洛斯佩罗　你跟你的小伙计们把刚才的事情办得很好;我必须再差你们做一件这样的把戏。去把你手下的小喽罗们召唤到这儿来;叫他们赶快装扮起来;因为我必须在这一对年青人的面前卖弄卖弄我的法术;我曾经答应过他们,他们也在盼望着。

爱丽儿　即刻吗?

普洛斯佩罗　是的,一眨眼的时间内就得办好。

爱丽儿　　　你来去还不曾出口,

　　　　　　你呼吸还留着没透,

　　　　　　我们早脚尖儿飞快,

　　　　　　扮鬼脸大伙儿都在,

　　　　　　主人,你爱我不爱?

普洛斯佩罗　我很爱你,我的伶俐的爱丽儿! 在我没有叫你之前,不

---

①　许门(Hymen):希腊罗马神话中司婚姻之神。

②　朱译手稿:当我以为羲和的骏马在途中颠踬,或是黑夜被羁留在下界的时候,伺隙而来的魔鬼的最强烈的煽惑,也不能使我的廉耻化为贪欲,而轻轻地越过了名分上的界限。

要就来。

爱丽儿　好，我知道。（下。）

普洛斯佩罗　当心保持你的忠实，不要太恣意调情。血液中的火焰一燃烧起来，最坚强的誓言也就等于草秆。节制一些吧，否则你的誓约就要守不住了！

费迪南　请您放心，老人家，皎白的处女的冰雪，早已抑伏了我胸中的欲火。

普洛斯佩罗　好。——出来吧，我的爱丽儿！不要让精灵们缺少一个，多一个倒不妨。轻轻快快地出来吧！大家不要响，只许静静地看！

〔柔和的音乐，假面剧开始。精灵扮伊里斯①上。

伊里斯　刻瑞斯②，最丰饶的女神，我是天后的虹使，**云端的天后**传旨请你离开你那繁荣着小麦、大麦、黑麦、燕麦、野豆、豌豆的膏田；离开你那羊群所游息的茂草的山坡，以及饲牧它们的满铺着葑草的平原；离开你那生长着立金花和蒲苇的堤岸，多雨的四月奉着你的命令而把它装饰着的，在那里给清冷的水仙女们备下洁净的新冠；离开你那为失恋的情郎们所爱好而徘徊其下的金雀花的薮丛；你那牵藤的葡萄园；你那荒瘠碕确的海滨，你所散步游息的所在：请你离开这些地方，到这里的草地上来，和尊严的天后陛下一同游戏；她的孔雀已经轻捷地飞翔起来了，请你来陪驾吧，富有的刻瑞斯！

〔刻瑞斯上。

刻瑞斯　万福，你永远服从着天后命令的五彩缤纷的使者！你用你的橙黄色的翼膀常常洒下甘露和清新的阵雨在我的花朵上面，用你的青色的弓的两端为我的林木丛生的地亩和没有灌枝的高

---

①　伊里斯(Iris)：希腊罗马神话中诸神之信使，又为虹之女神。

②　刻瑞斯(Ceres)：希腊罗马神话中司农事及大地之女神。

原披上了富丽的肩巾；敢问你的王后唤我到这细草原上来，有什么吩咐？

伊里斯　为要庆祝真心的爱情的结合，大量地给福惠于这一双有福的恋人。

刻瑞斯　告诉我，天虹，你知不知道维纳斯或她的儿子是否也随侍着天后？自从她们用诡计使我的女儿陷在幽冥的狄斯的手中以后，我已经立誓不再见她和她那盲目的小儿的无耻的面孔了。①

伊里斯　不要担心会碰见她；我遇见她的灵驾正冲着云向帕福斯②而去，她的儿子驱着白鸽随在她后面。她们因为这里的这一对男女曾经立誓在许门的火炬未燃着以前不得同衾，因此想要在他们身上干一些无赖的把戏，可是白费了心机；玛尔斯③的情妇已经满心暴躁地回去；她那发恼的儿子已经折断了他的弓，发誓以后不再射人，只是跟麻雀们开开玩笑，安排做一个好孩子了。

刻瑞斯　最高贵的王后，伟大的朱诺④来了；从她的步履上我辨认得出来。

　　　　〔朱诺上。

朱诺　我的丰饶的贤妹安好？跟我去祝福这一对璧人，让他们一生幸福，产出美好的后裔来。（唱）

　　　　　富贵尊荣，美满良姻，

　　　　　百年偕老，子孙盈庭；

　　　　　幸福朝朝，欢娱暮暮，

　　　　　朱诺向你们恭贺！

————————————

　　①　狄斯（Dis）即普路同（Pluto），幽冥之主，掠刻瑞斯之女珀耳塞福涅为妻，后者即春之女神，每年一次被释返地上。维纳斯之子即小爱神丘比特，因俗语云爱情是盲目的，故云"盲目的小儿"。

　　②　帕福斯（Paphos）：维纳斯神庙所在地，相传她在海中诞生后首临于此。

　　③　玛尔斯（Mars）：希腊罗马神话里的战神，与爱神维纳斯有私。

　　④　朱诺：月神，又为天后。

刻瑞斯　（唱）田多落穗，积谷盈仓，
　　　　　　　葡萄成簇，摘果满筐；
　　　　　　　秋去春来，如心所欲，
　　　　　　　刻瑞斯为你们祝福！

费迪南　这是一个最神奇的幻景，这样迷人而谐美！我能不能猜想
　　　这些都是精灵呢？

普洛斯佩罗　是的，这些是我从他们的世界里用法术召唤来表现我
　　　一时的空想的精灵们。

费迪南　让我终老在这里吧！有着这样一位人间希有的神奇而贤哲
　　　的父亲，这地方简直是天堂了。

　　　　〔朱诺与刻瑞斯作耳语，授命令于伊里斯。

普洛斯佩罗　亲爱的，莫作声！朱诺和刻瑞斯在那儿严肃地耳语，将
　　　要有一些另外的事情。嘘！不要开口！否则我们的魔法就要破
　　　解了。

伊里斯　戴着蒲苇之冠，眼光永远是那么柔和的，住在蜿蜒的河流中
　　　的仙女们啊！离开你们那涡卷的河床，到这青青的草地上来答
　　　应朱诺的召唤吧！前来，冷洁的水仙们，伴着我们一同庆祝一段
　　　良缘的缔结，不要太迟了。

　　　　〔若干水仙女上。

伊里斯　你们在八月的日光下蒸晒着的辛苦的刈禾人，离开你们的
　　　田亩，到这里来欢乐一番；戴上你们麦秆的帽子，一个一个地来
　　　和这些清艳的水仙们跳起乡村的舞蹈来吧。

　　　　〔若干服饰齐整的刈禾人上，和水仙女们一齐优美地跳舞；临了时普洛
　　　斯佩罗突起发言，在一阵奇异的、幽沉的、杂乱的声音中，众精灵悄然隐去。

普洛斯佩罗　（旁白）我已经忘记了那个畜生凯利班和他的同党想来
　　　谋取我生命的奸谋，他们所定的时间已经差不多到了。（向精灵
　　　们）很好！现在完了，去吧！

费迪南　这可奇怪了，你的父亲在发着很大的脾气。

米兰达　直到今天为止，我从来不曾看见过他狂怒到这样子。

普洛斯佩罗　王子,你瞧上去似乎有点惊疑的神气。高兴起来吧,我
　　　儿;我们的狂欢已经终止了。我们的这一些演员们,我曾经告诉
　　　过你,原是一群精灵;他们都已化成淡烟而消散了。如同这段幻
　　　影的虚妄的构成一样,入云的楼阁、瑰伟的宫殿、庄严的庙堂,甚
　　　至地球自身,以及地球上所有的一切,都将同样消散,就像这一
　　　场幻景,连一点烟云的影子都不曾留下。我们都是梦中的人物,
　　　我们的一生是在酣睡之中。王子,我心中有些恼乱,原谅我不能
　　　控制我的弱点;我的衰老的头脑有些昏了。不要因为我的烦恼
　　　而不安。假如你们愿意,请回到我的洞里休息一下。我将略作
　　　散步,安定安定我焦躁的心境。

米兰达、费迪南　愿你安静啊!(下。)

普洛斯佩罗　赶快来! 谢谢你,爱丽儿,来啊!

　　　　〔爱丽儿上。

爱丽儿　我永远准备着执行你的意志。有什么吩咐?

普洛斯佩罗　精灵,我们必须预备着对付凯利班。

爱丽儿　是的,我的命令者;我在扮演刻瑞斯的时候就想对你说,可
　　　是我深恐触怒了你。

普洛斯佩罗　再对我说一次,你把这些恶人们安置在什么地方?

爱丽儿　我告诉过你,主人,他们喝得醉醺醺的,勇敢得了不得;他们
　　　怒打着风,因为风吹到了他们的脸上;痛击着地面,因为地面吻
　　　了他们的脚;但总是不忘记他们的计划。于是我敲起小鼓来;一
　　　听见了这声音,他们便像狂野的小马一样,耸起了他们的耳朵,
　　　睁大了他们的眼睛,掀起了他们的鼻孔,似乎音乐是可以嗅到的
　　　样子。这样我迷惑了他们的耳朵,使他们像小牛跟从着母牛的
　　　叫声一样,跟我走过了一簇簇长着尖齿的野茨,咬人的刺金雀和
　　　锐利的荆棘丛,把他们可怜的胫骨刺穿。最后我把他们遗留在
　　　离开这里不远的那口**满是浮渣的**污水池中,在那里他们手舞足
　　　蹈,把一池臭水搅了个满身。

普洛斯佩罗　干得很好，我的鸟儿。你仍旧隐形前去，把我室内的华丽的衣服拿来，好把这些恶贼们诱上圈套。

爱丽儿　我去，我去。（下。）

普洛斯佩罗　一个魔鬼，一个天生的魔鬼，教养也改不过他的天性来；在他身上我一切好心的努力都是全然白费。他的形状随着年纪而一天丑陋似一天，他的心也一天一天腐烂下去。我要把他们狠狠惩治一顿，直至他们因痛苦而呼号。

　　〔爱丽儿携带许多华服等上。

普洛斯佩罗　来，把它们挂起在**这棵树上**①。

　　〔普洛斯佩罗与爱丽儿隐身留原处。凯利班、斯丹法诺、特林鸠罗三人浑身淋湿上。

凯利班　请你们脚步轻些，不要让瞎眼的鼹鼠听见了我们的足声。我们现在已经走近他的洞窟了。

斯丹法诺　怪物，你说你那个不会害人的仙人简直跟我们开了一个不大不小的玩笑。

特林鸠罗　怪物，我满鼻子都是马尿的气味，把我恶心得不得了。

斯丹法诺　我也是这样。你听见吗，怪物？要是我向你一发起恼来，当心点儿——

特林鸠罗　你不过是一个走投无路的怪物罢了。

凯利班　好老爷，不要恼我，耐心些；因为我将要带给您的好处可以抵偿过这场不幸。请你们轻轻地讲话；大家要静得好像在深夜里一样。

特林鸠罗　呃，可是我们的酒瓶也落在池里了。

斯丹法诺　这不单是耻辱和不名誉，简直是无限的损失。

特林鸠罗　这比浑身淋湿更使我痛心，可是，怪物，你却说那是你的不会害人的仙人。

---

　　①　朱译手稿:这根绳上。

斯丹法诺　我一定要去把我的酒瓶捞起来，即使我必须没头没脑钻在水里。

凯利班　我的王爷，请您安静下来。瞧这里，这便是洞口了，不要响，走进去。把那件大好的恶事干起来，这岛便是属您所有的了；我，您的凯利班，将要永远舐您的脚。

斯丹法诺　让我握你的手；我开始动了杀人的念头了。

特林鸠罗　啊，斯丹法诺大王！大老爷！尊贵的斯丹法诺！瞧这儿有多么好的衣服给您穿呀！

凯利班　让它去，你这蠢货！这些不过是废物罢了。

特林鸠罗　哈哈，怪物！什么是旧衣庄上的货色，我们是看得出来的。啊，斯丹法诺大王！

斯丹法诺　放下那件袍子，特林鸠罗！凭着我这手起誓，那件袍子我要的。

特林鸠罗　请大王拿去好了。

凯利班　愿这傻子浑身起水肿！你老是恋恋不舍这种废料有什么意思呢？**别管它**，让我们先去行刺。要是他醒了，他会使我们从脚心到头顶遍体鳞伤，把我们弄成不知像一个什么样子。

斯丹法诺　别开口，怪物！——树太太，这不是我的短外套吗？(从树上取下外套)**本来挂在树上，现在挂在我身上了。短外套呀，我担心你会掉毛，变成秃皮外套。**

特林鸠罗　妙极妙极！大王高兴的话，让我们横七竖八一齐偷了去！

斯丹法诺　你这句话说得很妙，赏给你这件衣服吧。只要我做这里的国王，聪明人总不会被亏待的。"横七竖八偷了去"，这是一句绝妙的俏皮话，再赏你一件衣服。

特林鸠罗　怪物，来啊，涂一些胶在你的手指上，把其余的都拿了去吧。

凯利班　我什么都不要。我们将要错过了时间，大家要变成蠢鹅，或是额角低得像难看的猴子了。

斯丹法诺　怪物,别连手都不动一动;给我把这件衣服拿到我那放着
　　大酒桶的地方去,否则我的国境内不许你立足。去,把这拿去。

特林鸠罗　还有这一件。

斯丹法诺　呃,还有这一件。

〔幕内猎人的声音,若干精灵化作猎犬上,将斯丹法诺等三人追逐,普
　洛斯佩罗和爱丽儿嗾着它们。

普洛斯佩罗　嗨!莽丁,嗨!

爱丽儿　雪狒!那边去,雪狒!

普洛斯佩罗　飞雷!飞雷!那边,铁龙!那边!听,听!（凯利班、斯丹
　法诺、特林鸠罗被驱下）去叫我的妖精们用厉害的痉挛磨他们的骨
　节;叫他们的肌肉像老年人那样抽搐起来,掐得他们满身的伤痕
　比豹子或山猫身上的斑点还多。

爱丽儿　听!他们在呼号呢。

普洛斯佩罗　让他们被痛痛快快地追一下子。此刻我的仇人们都在
　我的手掌之中了;不久我的工作便可完毕,你就可以呼吸自由的
　空气,暂时你再跟我来,帮我一些忙吧。（同下。）

第 五 幕

第一场　普洛斯佩罗洞室之前

〔普洛斯佩罗穿法衣上;爱丽儿随上。

普洛斯佩罗　现在我的计划将告完成,我的魔法毫无差失;我的精灵
　们俯首听命;一切按部就班顺利地过去。是什么时候了?

爱丽儿　将近六点钟。你曾经说过,主人,在这时候我们的工作应当
　完毕。

普洛斯佩罗　当我刚兴起这场暴风雨的时候，我曾经这样说过。告诉我，我的精灵，国王和他的从者们怎么样啦？

爱丽儿　按照你的吩咐，他们仍旧照样囚禁在一起，如同你离开他们的时候一样，在荫蔽着你的洞室的那一株大菩提树底下聚集着这一群囚徒；你要是不把他们释放，他们便一步路也不能移动。国王、他的弟弟和你的弟弟，三个人都疯了；其余的人在为他们悲泣，充满了忧伤和惊骇；尤其是那位你所称为"善良的老大臣贡扎罗"的，他的眼泪一直从他的胡须上淋了下来，就像从茅檐上流下来的冬天的雨滴一样。你在他们身上所施的魔术的力量是这么大，要是你现在看见了他们，你的心也一定会软了下来。

普洛斯佩罗　你这样想吗，精灵？

爱丽儿　如果我是人类，主人，我会觉得不忍的。

普洛斯佩罗　我的心也将会觉得不忍。你不过是一阵空气罢了，居然也会感觉到他们的痛苦；我是他们的同类，跟他们一样敏锐地感到一切，和他们有着同样的感情，难道我的心反会比你硬吗？虽然他们给我这样大的迫害，使我痛心切齿，但是我宁愿压伏我的愤恨而听从我的更高尚的理性；道德的行动较之仇恨的行动是可贵得多的。要是他们已经悔过，我的唯一的目的也就达到终点，不再对他们更有一点怨恨。去把他们释放了吧，爱丽儿。我要给他们解去我的魔法，唤醒他们的知觉，让他们仍旧恢复本来的面目。

爱丽儿　我去领他们来，主人。（下。）

普洛斯佩罗　你们山河林沼的小妖们，踏沙无痕、追逐着退潮时的海神，而等他一转身来便又倏然逃去的精灵们，在月下的草地上留下了环舞的圈迹，使羊群不敢走近的小神仙们，以及在半夜中以制造菌蕈为乐事，一听见肃穆的晚钟便雀跃起来的你们：虽然你们不过是些弱小的孩儿，但我借着你们的帮助，才能遮暗了中天的太阳，唤起了作乱的狂风，在青天碧海之间激起浩荡的战争：

我把火给与震雷,用乔武大神的霹雳劈碎了他自己那株粗干的橡树;我使稳固的海岬震动,连根拔起了松树和杉柏:因着我的法力无边的命令,坟墓中的长眠者也被惊醒,打开了墓门出来。但现在我要捐弃这种狂暴的魔术,仅仅再要求一些微妙的天乐,化导他们的心性,使我能得到我所希望的结果;以后我便将折断我的魔杖,把它埋在幽深的地底,把我的书投向深不可测的海心。

〔庄严的音乐;爱丽儿重上,他的后面跟随着神情狂乱的阿隆佐,由贡扎罗随侍,西巴斯廷与安东尼奥也和阿隆佐一样,由阿德里安及弗兰西斯科随侍;他们都步入普洛斯佩罗在地上所画的圆圈中,被魔法所禁,呆立不动。

普洛斯佩罗　庄严的音乐是对于昏迷的幻觉的无上安慰,愿它医治好你那在煎灸着的失去作用的脑筋!站在那儿吧,因为你们已经被魔法所制伏了。圣人一样的贡扎罗,可尊敬的人!我的眼睛一看见了你,便油然落下同情的眼泪来。魔术的力量在很快地消失,如同晨光悄悄掩袭暮夜,把黑暗消解了一样,他们那开始抬头的知觉已经在驱除那蒙蔽住他们清明的理智的迷糊的烟雾了。啊,善良的贡扎罗!不单是我的真正的救命恩人,也是你所跟随着的君主的一位忠心耿耿的臣子,我要在名义上,在实际上,重重报答你的好处。你,阿隆佐,对待我们父女的手段未免太酷辣了!你的兄弟也是一个帮凶的人。你现在也受到惩罚了,西巴斯廷!你,我的骨肉之亲的兄弟,为着野心,忘却了怜悯和天性;在这里又要和西巴斯廷谋弑你们的君王,为着这缘故他的良心的受罚是十分利害的;我宽恕了你,虽然你的天性是这样刻薄!他们的知觉的浪潮已经在渐渐激涨起来,不久便要冲上了现在还是一片黄泥的理智的海岸。在他们中间还不曾有一个人看见我,或者会认识我。爱丽儿,给我到我的洞里去把我的帽子和佩剑拿来。(爱丽儿下)我要显出我的本来面目,重新打扮做旧时的米兰公爵的样子。快一些,精灵!你不久就可以自由了。

〔爱丽儿重上,唱歌,一面帮助普洛斯佩罗装束。

爱丽儿 （唱）蜂儿吮啜的地方,我也在那儿吮啜;

在一朵莲香花的冠中我躺着休息;

我安然睡去,当夜枭开始它的呜咽。

骑在蝙蝠背上,我快活地飞舞翩翩,

快活地快活地,追随着逝去的夏天;

快活地快活地,我要如今

向垂在枝头的花底安身。

普洛斯佩罗 啊,这真是我的可爱的爱丽儿!我真舍不得你;但你必须有你的自由。——好了,好了。——你仍旧隐着身子,到国王的船里去;水手们都在舱口下面熟睡着,先去唤醒了船长和水手长之后,把他们引到这里来!快一些。

爱丽儿 我乘风而去,不等到你的脉搏跳了两跳就回来。（下。）

贡扎罗 这儿有着一切的迫害、苦难、惊奇和骇愕;求神圣把我们带出这可怕的国土吧。

普洛斯佩罗 请您看清楚,大王,被害的米兰公爵普洛斯佩罗在这里。为要使您相信对您讲话的是一个活着的邦君,让我拥抱您;对于您和您的同伴们,我竭诚欢迎!

阿隆佐 我不知道你真的是不是他,或者不过是一些欺人的鬼魅,如同我不久以前所遇到的。但是你的脉搏跳得和寻常血肉的人一样;而且自从我一见你之后,那使我发狂的精神上的痛苦已减轻了些。如果这是一件实在发生的事,那定然是一段最希奇的故事。你的公国我奉还给你,并且恳求你饶恕我的罪恶。——但是普洛斯佩罗怎么还会活着而且在这里呢?

普洛斯佩罗 尊贵的朋友,先让我把您老人家拥抱一下;您的崇高是不可以限量的。

贡扎罗 我不能确定这是真实还是虚妄。

普洛斯佩罗 这岛上的一些蜃楼海市曾经欺骗了你,以致使你不敢相信确实的事情。——欢迎啊，我的一切的朋友们！（向西巴斯廷、安东尼奥旁白）但是你们这一对贵人，要是我不客气的话，可以当场证明你们是叛徒，叫你们的王上翻过脸来；可是现在我不想揭发你们。

西巴斯廷　（旁白）魔鬼在他嘴里说话吗？

普洛斯佩罗　不。讲到你，恶人，称你是兄弟也会玷污了我的齿舌，但我饶恕了你的最卑劣的罪恶，一切全不计较了；我单单要向你讨还我的公国，我知道那是你不得不把它交还的。

阿隆佐　如果你是普洛斯佩罗，请告诉我们你的遇救的详情，怎么你会在这里遇见我们。在三小时以前，我们的船毁没在这海岸的附近；在这里，最使我想起了心中惨痛的，我失去了我的亲爱的儿子费迪南！

普洛斯佩罗　我听见这消息很悲伤，大王。

阿隆佐　这损失是无可挽回的，忍耐也已经失去了它的效用。

普洛斯佩罗　我觉得您还不曾向忍耐求助。我自己也曾经遭到和您同样的损失，但借着忍耐的慈惠的力量，使我安之若素。

阿隆佐　你也遭到同样的损失！

普洛斯佩罗　对我正是同样重大，而且也是同样新近的事；比之您，我更缺少任何安慰的可能，我所失去的是我的女儿。

阿隆佐　一个女儿吗？天啊！要是他们俩都活着在那不勒斯，一个做国王，一个做王后，那将是多么美满！真能这样的话，我宁愿自己长眠在我的孩子现今所在的海底。你的女儿是什么时候失去的？

普洛斯佩罗　就在这次暴风雨中。我看这些贵人们因为惊奇着这次的遭遇，迷惑得不能相信他们眼睛所见的是真实，他们嘴里所说的是真的言语。但是，不论你们心里怎样迷惘，请你们相信我确实便是普洛斯佩罗，从米兰被放逐出来的公爵；因了不可思议的偶然，恰恰在这儿你们沉舟的地方做了岛上的主人。关于这事现在不要再多谈了,因为那是要好多天才讲得完,不是一顿饭的时间所能叙述得了,而且也不适宜于我们这初次的相聚。欢迎啊,大王! 这洞窟便是我的宫廷,在这里我也有寥寥的几个从者,此外再没有一个别的臣民了。请您向里面探望一下。因为您还给了我的王国,我也要把一件同样好的礼物答谢您;至少也要献出一个奇迹来,使它给与您安慰,正像我的公国安慰了我一样。

〔洞门开启,费迪南与米兰达在内对弈。

米兰达　好人,你在安排着作弄我。

费迪南　不,我的最亲爱的,即使给我整个的世界我也不愿欺弄你。

米兰达　是的,你不能强辩;除非你赌着二十个王国,那么我也许会说这是一场公正的游戏。

阿隆佐　倘使这不过是这岛上的一场幻景,那么我将要两次失去我的亲爱的孩子了。

西巴斯廷　不可思议的奇迹!

费迪南　海水虽然似乎那样凶暴,然而却是仁慈的;我错怨了它们。

（向阿隆佐跪下。）

阿隆佐　让一个快乐的父亲的所有的祝福拥抱着你! 起来,告诉我你是怎么到这里来的。

米兰达　神奇啊! 这里有多少好看的人! 人类是多么美丽! 啊,新奇的世界,有这么出色的人物!

普洛斯佩罗　对于你这是新奇的。

阿隆佐　和你一起玩着的这女郎是谁? 你们的认识顶多也不过三个钟头罢了。她是不是就是把我们拆散了又使我们重新聚合的女神?

费迪南　父亲,她是凡人,但借着上天的旨意她是属于我的;我选中她的时候,无法征询父亲的意见,而且那时我也不相信我还有一位父亲。她就是这位著名的米兰公爵的女儿;我常常听见说起他的名字,但从没有看见过他一面。从他的手里我得到了第二次生命;而现在这位女郎使他成为我的第二个父亲。

阿隆佐　那么我也是她的父亲了;但是唉,听起来多么使人奇怪,我必须向我的孩子请求宽恕!

普洛斯佩罗　好了,大王,别再说了;让我们不要把过去的不幸重压在我们的记忆上。

贡扎罗　我的心中感激得说不出话来,否则我早就要开口了。天上的神明们,请俯视尘寰,把一顶幸福的冠冕降临在这一对少年的头上;因为把我们带到这里来相聚的,完全是上天的主意!

阿隆佐　让我跟着你说"阿门",贡扎罗!

贡扎罗　米兰的主人被逐出米兰,而他的后裔将成为那不勒斯的王族吗?啊,这是超乎寻常喜事的喜事,应当用金字把它铭刻在柱上,好让它传至永久。在一次航程中,克拉莉贝尔在突尼斯获得了她的丈夫;她的兄弟费迪南又在他迷失的岛上找到了一位妻子;普洛斯佩罗在一座荒岛上拾回了他的公国;而我们大家呢,在每个人迷失了本性的时候,重新找着了各人自己。

阿隆佐　(向费迪南、米兰达)让我握你们的手;谁不希望你们快乐的,让忧伤和悲哀永远占据他的心灵!

贡扎罗　愿如大王所说的,阿门!

　　　　[爱丽儿重上;船长及水手长惊愕地随在后面。

贡扎罗　瞧啊,大王!瞧!又有几个我们的人来啦。我曾经预言过,只要陆地上有绞架,这家伙一定不会淹死。喂,你这爱漫骂的东西!在船上由得你指天骂日,怎么一上了岸响都不响了呢?难道你没有把你的嘴巴带到岸上来吗?说来,有什么消息?

水手长　最好的消息是我们平安地找到了我们的王上和同伴;其次,在三个钟头以前我们还以为已经撞碎了的那条船,却正和第一次下水的时候那样结实完好而齐齐整整。

爱丽儿　(向普洛斯佩罗旁白)主人,这些都是我去了以后所做的事。

普洛斯佩罗　(向爱丽儿旁白)我的足智多谋的精灵!

阿隆佐　这些事情都异乎寻常,它们越来越奇怪了。说,你怎么会到
　　　这儿来的?

水手长　大王,要是我自己觉得我是清清楚楚地醒着,也许我会勉强
　　　告诉您。可是我们都睡得像死去一般,也不知道怎么一下子,都
　　　给关闭在舱口底下了。就在不久之前我们听见了各种奇怪的响
　　　声——怒号、哀叫、狂呼、当啷的铁链声,以及此外许多可怕的声
　　　音,把我们闹醒。立刻我们就自由了,**个个都好好的**;我们看见
　　　壮丽的王船丝毫无恙,明明白白在我们的眼前;我们的船长一面
　　　看着它,一面手舞足蹈。忽然一下子莫名其妙地,我们就像在梦
　　　中一样糊里糊涂地离开了那边,被带到这里来了。

爱丽儿　（向普洛斯佩罗旁白）干得好不好?

普洛斯佩罗　（向爱丽儿旁白）出色极了,我的勤劳的精灵! 你就要得
　　　到自由了。

阿隆佐　这真叫人像堕入五里雾中! 这种事情一定有一个超自然的
　　　势力在那儿指挥着;愿神明的启迪给我们一些指示吧。

普洛斯佩罗　大王,不要因为这种怪事而使您心里迷惑不宁;不久我
　　　们有了空暇,我便可以简简单单地向您解答这种种奇迹,使您觉
　　　得这一切的发生,未尝不是可能的事。现在请高兴起来,把什么
　　　事都往好的方面着想吧。（向爱丽儿旁白）过来,精灵;把凯利班和
　　　他的伙伴们放出来,解去他们身上的魔法。（爱丽儿下）怎样,大
　　　王? 你们的一伙中还缺少几个人,一两个为你们所忘怀了的
　　　人物。

　　　　　［爱丽儿驱凯利班、斯丹法诺、特林鸠罗上,各人穿着他们所偷得的
　　衣服。

斯丹法诺　让各人为别人打算,不要顾到自己①,因为一切都是命。

―――――――――――

　　　①　斯丹法诺正醉酒糊涂,语无伦次,按照他的本意,他该是想说:"让各人
为自己打算,不要顾到别人。"

　　勇气啊！出色的怪物，勇气啊！

特林鸠罗　　要是装在我头上的眼睛不曾欺骗我，这里的确是很堂皇
　　的样子。

凯利班　　塞提柏斯呀！这些才真是出色的精灵！我的主人真是一表
　　非凡！我怕他要责罚我。

西巴斯廷　　哈哈！这些是什么东西，安东尼奥大人？可以不可以用
　　钱买的？

安东尼奥　　大概可以吧；他们中间的一个完全是一条鱼，而且一定很
　　可以卖几个钱。

普洛斯佩罗　　各位大人，请瞧一瞧这些家伙们身上穿着的东西，就可
　　以知道他们是不是好东西。这个奇丑的恶汉的母亲是一个很有
　　法力的女巫，能够指挥月亮潮汐，做出种种不可能的事来。这三
　　个家伙做贼偷了我的东西；这个魔鬼生下来的杂种又跟那两个
　　东西商量谋害我的生命。那两人你们应当认识，是你们的人；这
　　个坏东西我必须承认是属于我的。

凯利班　　我免不了要被揍得死去活来。

阿隆佐　　这不是我的酗酒的膳夫斯丹法诺吗？

西巴斯廷　　他现在仍然喝醉着；他从哪儿来的酒呢？

阿隆佐　　这是特林鸠罗，看他醉得天旋地转。他们从哪儿喝这么多
　　的好酒，把他们的脸染得这样血血红呢？你怎么会变成这种样
　　子的？

特林鸠罗　　自从我离开了你之后，我的骨髓也都浸酥了；我想这股气
　　味可以熏得连苍蝇也不会在我的身上下卵了吧？

西巴斯廷　　喂，喂，斯丹法诺！

斯丹法诺　　啊！不要碰我！我不是什么斯丹法诺，我不过是一堆动
　　弹不得的烂肉。

普洛斯佩罗　　狗才，你要做这岛上的王，是不是？

斯丹法诺　　那么我一定是个倒霉的王爷。

阿隆佐　这样奇怪的东西我从来没有看见过。(指凯利班。)

普洛斯佩罗　他的行为跟他的形状同样都是天生的下劣。——去，狗才，到我的洞里去；把你的同伴们也带了进去。要是你希望我饶恕的话，把里面打扫得干净点儿。

凯利班　是，是，我就去。从此以后我要聪明一些，学学讨好的法子。我真是一头比六头蠢驴合起来还蠢的蠢货！竟会把这种醉汉当作神明，向这种蠢才叩头膜拜！

普洛斯佩罗　快滚开去！

阿隆佐　滚吧，把你们那些衣服仍旧归还到原来寻得的地方去。

西巴斯廷　什么寻得，是偷的呢。(凯利班、斯丹法诺、特林鸠罗同下。)

普洛斯佩罗　大王，我请您的大驾和您的随从们到我的洞窟里来；今夜暂时要委屈你们在这儿过宿一夜。一部分的时间我将消磨在谈话上，我相信那种谈话会使时间很快溜过；我要告诉您我的生涯中的经历，以及一切自从我到这岛上来之后所遭遇的事情。明天早晨我要带着你们上船回到那不勒斯去；我希望我们所疼爱的孩子们的婚礼就在那儿举行；然后我要回到我的米兰，在那儿等待着瞑目长眠的一天。

阿隆佐　我渴想听您讲述您的经历，那一定会使我们的耳朵着了迷的。

普洛斯佩罗　我将从头到尾向您细讲，并且答应您一路上将会风平浪静，有吉利的顺风吹送，可以赶上已经去远了的您的船队。(向爱丽儿旁白)爱丽儿，我的小鸟，这事要托你办理；以后你便可以自由地回到空中，从此我们永别了！——请你们过来。(同下。)

收　场　诗①

普洛斯佩罗致辞：

---

　　①　一般认为收场诗系后人所加，多数人断定为 Ben Jonson 作。

现在我已把我的魔法尽行抛弃，
剩余微弱的力量都属于我自己；
横在我面前的分明有两条道路，
不是终身被符箓把我在此幽锢，
便是凭借你们的力量重返故郭。
既然我现今已把我的旧权重握，
饶恕了迫害我的仇人，请再不要
把我永远锢闭在这寂寞的荒岛！
求你们解脱了我灵魂上的系锁，
赖着你们善意殷勤的鼓掌相助；
再烦你们为我吹嘘出一口和风，
好让我们的船只一齐鼓满帆篷。
而今我已撒开了我空空的两手，
不再有魔法迷人，精灵为我奔走；
我的结局将要变成不幸的绝望，
除非依托着万能的祈祷的力量，
它能把慈悲的神明的中心刺彻，
赦免了可怜的下民的一切过失。
正如你们旧日的罪恶不再疵求，
让你们大度的宽容给我以自由！（下。）

（朱生豪 译　陈才宇 校）

两个高贵的亲戚

　　《两个高贵的亲戚》是莎士比亚与约翰·弗莱彻(John Fletcher，1579—1625)合作写出的一个传奇剧。1623 年的第一对开本没有收入此剧;而后三个世纪,莎剧的编纂者们一直没有注意这个剧目。最早收入莎士比亚全集的是 1974 年的河滨版,随后是 1986 年的牛津版。经学术界考证,基本认定第一幕全部、第二幕第一场、第三幕前两场、第四幕第三场和第五幕除第二场外的大部分,是莎士比亚的作品,其他为弗莱彻的手笔。莎士比亚写的部分约占篇幅的五分之二。

　　本剧的主要情节围绕帕拉蒙和阿赛特两位王子的爱情纠葛展开。乔叟《坎特伯雷故事》中的《骑士讲的故事》是基本依据,这在《序曲》中有明确的交代。

剧 中 人 物

忒修斯　雅典公爵

皮里托俄斯 ⎫
　　　　　 ⎬ 雅典将领
阿底修斯 ⎭

帕拉蒙 ⎫
　　　 ⎬ 底比斯国王的外甥
阿赛特 ⎭

瓦勒留斯

传令官

雅典乡绅

骑士六人

看守长

看守长的弟弟

看守长女儿的求婚人

看守长的朋友

医生

乡民六人

教师

鼓手

许门　婚姻之神

仙童

希波吕忒　亚马孙女王,后嫁忒修斯

艾米莉娅　希波吕忒的妹妹

艾米莉娅的侍女

三位王后

看守长的女儿

村妇五人

仙女、侍从、女仆、刽子手、卫士等

地　　点

雅典;底比斯

序　　曲

[喇叭奏花腔。解说员上。

　　　　一出新戏犹如待字闺中的淑女:

　　　　只要长得标致,求婚人趋之若鹜,

　　　　为结姻盟从不惜破费高额礼金。

　　　　好戏首演,恰似步入洞房的新人:

　　　　战战兢兢,念及行将丧失的贞操,

　　　　便满脸泛红;消受过交欢的良宵,

但端庄如故,纵然为丈夫而失身,
依然保持冰清玉洁的少女本性。
但愿我们的演出也是这般光景;
可以确信,此戏赋有高贵的出身:
从波河之滨到银色的特伦特河,①
再无诗人能比他更著名,更博学。
人人敬仰的乔叟写出这个故事,
他生花的妙笔早已永留于青史。
如果我们在此损害了原著神韵,
初次上演时只闻台下一片嘘声,
好人儿的尸骨定然会勃然大怒,
在地底下朝我等发出他的咒诅:
"哟,快给我簸扬此等愚劣的秕谷,
它败坏我的名声,比俚曲还轻薄!"
实不相瞒,这正是吾辈顾虑所系:
先贤之巍巍丰碑,可望而不可即,
我等浅陋之士,不自量力而为之,
搏击于茫茫大海,早已力竭筋疲。
台下诸位看客,请伸出援助之手,
帮我们拨正航向,脱离险滩恶流。
虽然我们的表演难比先贤高艺,
但也值得你在此消度两个小时。
为了告慰先贤,让尸骨安然长眠,
台下诸位贤士,愿你们满意开心。
倘若这戏不能为你们消遣解颐,
我们也亏损不起,唯有关门大吉。(喇叭奏花腔。解说员下。)

---

① 波河,在意大利;特伦特河,在英国境内。

第　一　幕

第一场　雅典；神庙前

　　[奏乐。许门持火炬上；一白袍仙童讴歌前引，一边撒花；许门身后为一仙女，长发披肩，手持麦穗花冠。再后为忒修斯，走在头戴麦穗花冠的两位仙女中间；随后是新娘希波吕忒，由皮里托俄斯前导，另一长发披肩的仙女为新娘高举花冠；艾米莉娅扶新娘长裙后随。阿底修斯和众侍从殿后。

仙童　　（唱）　玫瑰花，利刺既除，

　　　　　　　其香芬菲而浓郁，

　　　　　　　　其颜烂漫而靡丽；

　　　　　　　石竹的幽香清淡，

　　　　　　　无香的雏菊端庄，

　　　　　　　　百里香，娇艳无比。

　　　　　　　樱草花，春之长女，

　　　　　　　快活的青阳先驱，

　　　　　　　　摇起银色的风铃。

　　　　　　　立金花，长在摇篮，

　　　　　　　金盏花，开在坟场，

　　　　　　　　与翠雀花儿比邻。

　　　　（撒花）芬芳的自然子孙，

　　　　　　　去新人脚下栖身，

　　　　　　　　祝他们所愿满足。

　　　　　　　天上所有的神使，

一切善歌的翼族，

　都来向新人祝福。

乌鸦杜鹃好诽谤，

　渡鸦寒鸦不吉祥，

　　还有多嘴的喜鹊，

　莫在新房喳喳叫，

　莫损新人金兰好。

　　去吧，一并飞开去！

〔三王后着黑色丧服，披深色面纱，头戴王冠上。王后甲在忒修斯面前
下跪；王后乙在希波吕忒面前下跪；王后丙在艾米莉娅面前下跪。

王后甲　（向忒修斯）看在慈悲和仁德的分上，请俯听我的请求，垂怜我的哀怨。

王后乙　（向希波吕忒）如果您希望您的子宫孕育可爱的生命，请看在您母亲的分上，俯听我的请求，垂怜我的哀怨。

王后丙　（向艾米莉娅）乔武为您颁布婚姻的荣耀，为了你所爱的命中之夫，为了你纯洁的童贞，请替我们和我们的苦难伸张正义！这样的有德之举定能为你抹去记载在末日审判账本上的一切罪过。

忒修斯　（向王后甲）不幸的夫人，请起。

希波吕忒　（向王后乙）起来吧。

艾米莉娅　（向王后丙）用不着对我下跪。任何受苦的妇女，只要我力所能及，我都责无旁贷。（王后乙、丙起身。）

忒修斯　（向王后甲）你们有什么请求？说说吧。

王后甲　（依然跪着）我们三位王后的君主都死在残忍的克瑞翁①手里，他们的尸体现在还在底比斯污秽的原野上遭受乌鸦的啄食、

①　克瑞翁：俄狄浦斯后的底比斯王，以残暴著称。

鹰爪的蹂躏。他既不许我们焚化他们的尸骨,瓮盛他们的骨灰,也不许我们从神圣福玻斯的眼皮底下将令人生厌的尸体搬走,偏要让我们被杀的主人的尸体散发出恶臭,污染四周的空气。怜悯我们吧,公爵! 主持公道的大地之子,请你拔出令人生畏的宝剑,造福于这个世界! 把已故国王的尸骸还给我们,好让我们送去神庙安葬。您具有大慈大悲的襟怀,请您垂顾:除了头顶这片为狮熊和其他一切生灵所共享的天空,我们那几位头戴王冠的国王,现在还没有屋顶遮蔽身体呢。

忒修斯　请你别再跪了。我刚才一直专注你的说话,才委屈你跪了这么久。我已听说你们的国王所遭遇的不幸,心里万分悲痛,复仇的意志已经被唤醒:我会为他们报仇雪恨的。卡帕纽斯王是你的夫主,他跟你结婚时的情景我记忆犹新;我还在玛尔斯的祭坛边见过他本人。你当时是多么漂亮啊——朱诺的金发也不如你的头发秀美,你全身的装扮,比她更富丽堂皇。你的麦穗花冠,未经风雨的摧残,没有萎谢的迹象。命运女神向你露出酒窝微笑。就连我们的亲戚赫拉克勒斯,也被你的美目征服,搁下了他的大棒;他为你跌倒在涅墨亚狮皮上,发誓说他的肌腱已经酥软。① 啊,忧伤和时光,可怕的贪食者,你们总能吞噬一切!

王后甲　我真希望有位天神能将同情置入你的刚勇之躯,赋予你力量,促使你成为我们的战士。

忒修斯　哟,别跪,千万别再跪了,未亡人。你还是向披盔戴甲的柏隆娜②下跪吧;请你向她祈祷,我已经是你的战士了。(王后甲起身)我的方寸乱了。(转过身去。)

王后乙　(下跪)高贵的希波吕忒,令人敬畏的亚马孙女勇士,你曾经杀死过獠牙如镰的野猪,你的手臂不仅白皙,而且强健,足以让

---

①　据希腊神话,赫拉克勒斯打死涅墨亚狮子,剥下狮皮,披在自己身上。

②　柏隆娜:罗马神话中的女战神。

男性成为你的俘虏。但你的夫君天生是位维护自然所制定的伦理纲纪的君主,他约束了你越堤而出的神威,在征服你的力量的同时也征服了你的爱情。女战士啊,你的仁慈与勇武共生并存,我知道,你现在对他的影响远远超过他对于你:他的力量和爱情都归你所有,他是你的意志的忠诚卫士。女性的表率啊,请您对他说:战争的烈焰已将我们灼伤,只有他的宝剑能为我们遮阴祛火。请求他用宝剑为我们提供荫庇吧。用我们女人的口吻跟他说,就像我们三人一样;向他苦苦哀求,直到他答应为止。为我们向他下跪,但你只要为我们碰触一下地面就行,时间用不着超过被折断脖子的鸽子临死前那一瞬即逝的痉挛。问问他:如果是他自己鼓着肚子,对着日月呲牙咧嘴地躺在血污的战场上,他会怎么办?

希波吕忒　可怜的夫人,用不着再说了。我乐意履行这一善举,就像我此刻乐意完成的婚礼。你们的苦难已深深打动我的夫君,就让他考虑去吧。我会马上跟他说的。(王后乙起身。)

王后丙　(向艾米莉娅下跪)我的恳求寒冷如冰,炙热的悲痛已将它化为点点泪滴;无法用语言表达的痛苦就这样让我泣不成声了。

艾米莉娅　请起来吧。你的悲伤都写在脸上了。

王后丙　啊,忧伤!你在我脸上是读不到忧伤的:我的忧伤犹如在清澈的溪流中忽隐忽现的小石子,你得透过我的泪珠才能看见。唉呀,夫人,夫人!谁要想探明地底下的全部宝藏,谁就得深入地表的深处;谁要想钓到属于我的那条小鲤鱼,他得让铅坠将钓钩沉入我的心府。啊,原谅我吧!极度的悲伤能让人变得谈锋机智,而我却因此变得语无伦次了。(起身。)

艾米莉娅　请你别说了,别说了。淋在雨中的人,如果他依然感觉不到,也看不见雨的存在,那他就不知道什么是干燥,什么是潮湿了。如果这让人肝肠寸断的痛苦只是画家的一幅写生,我真想将它买下来,以便自己预先有所戒备。唉呀,我们都是女人,你的痛苦如此刻骨铭心地打动了我,想必也一定会引起我的姐夫的共鸣:即便他具有铁石心肠,也会为之感化,产生怜悯的。请你尽管放心。

忒修斯　大家到神庙去吧。神圣的婚礼不容任何疏忽。

王后甲　啊,这场婚礼将费去许多时间,我们的吁请就会被耽误了。请想想你震惊天下的英名吧:你做事总是雷厉风行而不失谨慎;你念头一转便胜过别人的冥思苦想;你的韬略远比别人的举措高明。乔武在上,你一旦采取行动,就像鱼鹰捕猎鱼群:钢爪未到,猎物早已被你镇服。亲爱的公爵,想一想吧,想想我们被杀害的君主现在什么地方躺着。

王后乙　想想我们的悲伤在哪里,想想我们的君主至今仍得不到安息。

王后丙　总不该让死者暴尸旷野吧。即便那些厌倦了光明的世界,借绳子、刀子、毒药或跳崖制造可怕的死亡的人,活着的人出于慈悲,也会给他们一抔黄土遮蔽尸体呀。

王后甲　我们的主人在光天化日下腐烂发臭;他们活着时,可都是圣君明主啊。

忒修斯　这倒是真的。你们放心吧,我一定会让你们已故的国王得到坟墓的。为此事我得跟克瑞翁交涉了。

王后甲　此事刻不容缓。打铁要趁热:时机一旦延误,一切将归于徒劳。克瑞翁现在没有防备,做梦也不会想到我们来到伟大的公爵面前,含着热泪请求您为我们伸张正义。

王后乙　他此时陶醉在胜利中,您正好趁机袭击他。

王后丙　他的军队酒足饭饱,懒懒散散。

忒修斯　(向阿底修斯)阿底修斯,此事你负责去处理,你最清楚如何挑选精兵强将,需要调集多少人马参加战斗。一定要把最好的人马征集起来。与此同时,我得赶紧去处理我们的人生大事,缔结这关乎命运的神圣婚约。

王后甲　（向另两位王后）两位夫人，我们牵起手，让我们做不幸的寡妇吧。由于时间延误，我们的希望恐怕很渺茫了。

众王后　告辞了。

王后乙　我们来得不是时候。但悲伤不像未经痛苦折磨的理智，它哪里知道什么时候最适合求助啊。

忒修斯　夫人们，我现在去参加的这场仪式比任何事物都重要，超过我以往已做的、将来要做的一切。

王后甲　怪不得我们的请求会被忽视了！当她那双足以征服乔武的玉臂在月光的庇护下拥抱着你的时候——啊，当她那对樱桃般的香唇落在你饥渴的嘴唇上的时候，你哪里还顾得上腐烂发臭的国王和泪眼汪汪的王后呢？当你所消受的快乐足以让你踢开玛尔斯的战鼓的时候，你何必关心那些与己无关的事呢？啊，只要你在她身边躺上一个晚上，为这一晚的每一个钟点的欢乐，必定得有三百个钟点作为抵押，那时，除了婚礼嘱你所做的事之外，其他的一切都将被你抛到九霄云外了。

希波吕忒　（向忒修斯）虽然你决不是那样的人，我也不愿意充当这样的一个求情者，但我想：如果我不愿放弃眼前的欢乐，让暂时的离别滋育更深切的渴望，如果我不帮她们治愈那刻不容缓的悲伤，我定然会招惹这几位贵妇人的非议。因此，夫君，（跪下）我也要在此向你请求了。你可以认真听取我的声音，也可以当我什么也没有说：我请求你推迟正在举行的婚礼，武装起你的雄心，将战盾挂上你的臂膀；你的臂膀本来就归我所有，我做主将它借出，为这几位可怜的王后效力。

众王后　（向艾米莉娅）帮帮忙吧，我们的冤情在呼唤你的膝头。

艾米莉娅　（向忒修斯下跪）我姐姐的请求恳切而及时，也是合乎天道人伦的；如果您不以同样的态度答应她，从今往后，我就再也不敢有求于您，也没有勇气为自己寻找一个丈夫了。

忒修斯　你俩请起。（希波吕忒和艾米莉娅起身）你们下跪要我做的事，我一定去做就是。——皮里托俄斯,你领新娘过去吧,为我们的胜利和凯旋向神祈祷。原先安排的仪式,别略过每一个细节。——王后们,跟上你们的战士①吧。(向阿底修斯)按我刚才所说的去做,把你征集的人马带到奥利斯河岸与我会合。在那里,我们要组织一支大军,去完成一项伟大的事业。(阿底修斯下。)

忒修斯　(向希波吕忒)事情紧迫,就让我在你的红唇上盖上吻印吧。亲爱的,请你留着它作为纪念。——你先走吧,我要目送你离开。(婚礼队列向神庙进发。)

忒修斯　(向艾米莉娅)再见,美丽的妹妹。——皮里托俄斯,婚宴要办得隆重;千万别节省时间。

皮里托俄斯　公爵,我还是跟你一块去吧。你人不在,这婚宴是隆重不了的。

忒修斯　贤弟,我不许你离开雅典半步。婚宴结束前我们就能胜利凯旋;我要求你千万别把事情办马虎了。——好了,大家再见吧。(婚礼队列下。)

王后甲　全世界将称颂您的美名。

王后乙　您的神威比得上战神玛尔斯。

王后丙　即便不能超过神,你一个人间凡人,却能让感情服从神圣的荣誉;而天神据说还得在爱情的桎梏下呻吟。

忒修斯　我们是人,就应该活得像个人。如果屈从于情欲,就不配人的称号。振作起来吧,夫人们! 我们这就去为你们排忧解难。(喇叭奏花腔。同下。)

第二场　底比斯

〔帕拉蒙、阿赛特上。

———————————

①　指忒修斯自己。

阿赛特　亲爱的帕拉蒙,我的好表哥,我们的友情胜过亲情,趁眼下
　　　　天生的罪恶尚未泯灭我们的良知,青春的光辉尚未被玷污,让我
　　　　们离开底比斯和它的种种诱惑吧。生活在这个地方,循规蹈矩
　　　　也好,放浪形骸也罢,都让人感到耻辱;谁要是不愿随波逐流,往
　　　　坏处说是灭顶之灾,往好处说是挑雪填井。要是随波逐流呢,又
　　　　不免卷入旋涡,不是在那里打转,就得在那里沉没;即便从旋涡
　　　　中侥幸脱身,也只能苟延残喘,虚度余生。

帕拉蒙　你这话确实有凭有据。自从我们上学以来,在底比斯街头
　　　　所见的是何等怪异的惨状啊! 战争固然胜利了,但那些原指望
　　　　通过浴血奋战获得荣誉和金锭的兵士,到头来什么也没得到,只
　　　　落得浑身的疮疤和褴褛;他们为了和平而战,但和平如今将他们
　　　　当作笑柄。战神的祭坛如此遭人奚落,还有谁愿意再奉献祭品?
　　　　每当我见到这些人,心里就要流血;我真希望伟大的朱诺那好妒
　　　　忌的脾气能发作起来,以便这些兵士有事可做,和平也好革除饱
　　　　食终日而无所事事的恶习,恢复她的慈悲襟怀:她现在的心肠,
　　　　其实比凶杀和战争还硬许多呢。

阿赛特　你这话说偏了吧? 在底比斯弯弯曲曲的街道上,除了士兵
　　　　的惨状,你就没见到别的凄凉景象? 你刚才还说你见过各种各
　　　　样的腐败现象,难道除了被人遗忘的士兵,就再没见过其他能唤
　　　　起你的同情心的事?

帕拉蒙　是的,任何悲惨的事,只要让我看见了,都能唤起我的同情;
　　　　但最让我痛心疾首的是:那些曾为光荣的事业流血流汗的人,却
　　　　被泼以冷水,晾在一边。

阿赛特　我不跟你谈这个,你说的这种人在底比斯是不被尊重的。
　　　　我要说的是:生活在底比斯又想洁身自好,那是一件多么危险的
　　　　事;在这里,任何罪恶都有漂亮的伪装,任何表面的美德其实都
　　　　是确凿无疑的恶行。在这里,如果你不与他人同流合污,那你就
　　　　成了怪人;与他们同流合污呢,那你就是十足的妖魔鬼怪了。

帕拉蒙　　只要猿猴不来做我们的导师,我们就有权利决定自己如何
　　为人处事。我有自己的信念,何必了无生趣地效法他人? 我自
　　己的言论也一样彰明昭著,只要我说真话,上天不会惩罚我,我
　　何必还要学舌鹦鹉,拾人唾余? 我凭什么光荣的义务,非得像一
　　个学徒那样追随他的裁缝师傅? 说不定有一天那做师傅的还得
　　再效仿别人呢! 告诉我,为什么我的理发师连同他为我修理的
　　下巴都得倒大霉,就因为他修剪的样式不合时尚? 什么法令规
　　定我不可以将佩剑挂在腰间,非得拿在手上摇晃,在干净的大街
　　上也得踮起脚尖走路? 我要么做领头的神骏,要么什么也不做:
　　男子汉大丈夫不受他人驾驭! 我身上这些小小的创伤也无须药
　　物治疗。撕裂着我的心脏,让我痛断肝肠的是——

阿赛特　　我们的舅父克瑞翁。

帕拉蒙　　不错,正是他。这个肆意妄为的暴君,他的胜利已使不法之
　　徒不再敬畏上天,让邪恶者变得目空一切。他轻慢信仰,神化无
　　常的机遇;他抹杀别人的才智,贪天之功为己有:他命令手下人
　　为他卖命,却把他们所得的一切,包括战利品和荣誉,一概归于
　　自己。他是一个坏事不怕做,好事不敢做的人。我身体里流淌
　　着与他相同的血液,我真希望蚂蟥能把这血吸走,然后再让它们
　　被污血胀死,从我身上掉落!

阿赛特　　心灵高尚的表哥,让我们离开他的宫廷吧,他昭彰天下的臭
　　名,我们是沾染不得的。牛奶总带有牧场的气味,一旦与他臭味
　　相投,我们即便不是罪恶之徒,也是忤逆之辈了。

帕拉蒙　　你的话千真万确。我想,一定是他恶名的回音震聋了正义
　　的耳蜗:寡妇们的哭喊又被堵塞在她们的喉咙里,以致天上的神
　　明听不见鸣冤的呼号了。

　　　　〔瓦勒留斯上。

帕拉蒙　　瓦勒留斯!

瓦勒留斯　　国王传唤你们。但你们不妨慢点过去,等他消了气再说。

他正在大发雷霆,即便福玻斯折断鞭子呵斥拉拽太阳车的天马,
那声音与他的相比,也只能算曼声细语。

帕拉蒙　他向来喜怒无常。出了什么事?

瓦勒留斯　那名震天下的忒修斯已向他提出严正的挑战,声称要将
底比斯夷为平地。他很快就要来兑现他愤怒的诺言了。

阿赛特　让他来吧。要不是他代表着神明,我们对他是不会有丝毫
的畏惧的。不管什么人,只要他知道自己的行为是为虎作伥,他
原有的十分斗志一定会减损三分——这就是我们现在所面临的
局面。

帕拉蒙　别想那么多了。我们现在是为底比斯而战,不是为他克瑞
翁。如果我们保持中立,那是不名誉的;如果趁机反对他,那是
一种背叛。因此,我们只能听天由命,跟他站在一起了,这也是
命运之神对我们做出的最后安排。

阿赛特　我们只好如此了。这场战争是势在必行呢,还是要看看敌
方提出的条件再作定夺?

瓦勒留斯　已是势在必行。挑战者刚到,国王就决定应战了。

帕拉蒙　我们一起去见国王吧。他的敌人给他带来了荣耀,即便他
只拥有这份荣耀的四分之一,我们也应该为之泼洒我们的热血;
因为这血是为崇高的事业而流的,有益于我们自己的健康,并非
流之无名。哎呀,我们勉为其难举起长矛,这一枪刺下去,天知
道会造成怎样的伤亡呢?

阿赛特　事件本身是永不出错的仲裁者,就让它来告诉我们什么时
候该知道自己的情况吧。一切都只能听从机缘的召唤了。

(同下。)

第三场　雅典城门外

〔皮里托俄斯、希波吕忒、艾米莉娅上。

皮里托俄斯　留步吧。

希波吕忒　再见，将军。请代我祝福我们伟大的君主，他的胜利是毋庸置疑的。我还要祝愿他拥有百万雄师，足以对抗任何不测的命运。愿他旗开得胜！善于用兵者总是多多益善的。

皮里托俄斯　我知道他浩渺的大海并不需要我这区区涓滴，但水滴必然纳贡于海洋。（向艾米莉娅）高贵的姑娘，愿上天赋予至善者的一切美好情感都供奉在你可爱的心府！

艾米莉娅　多谢了，将军。请代我问候我那位威震天下的姐夫，我要向柏隆娜祈祷他的胜利。在这凡俗的人间，祈求神灵庇佑少不了贡品，我可以向柏隆娜奉献任何她所索取的祭礼。我们的心在他的军队里，在他的营帐里！

希波吕忒　还在他的心里。我们曾经也是战士，当我们的男人披上甲胄，或乘船出海，当他们谈论起如何用长矛挑起婴儿，女人们如何烹食她们的孩子，如何一边屠杀一边流泪的时候，我们决不能流泪。如果你们看见我们只是哭哭啼啼的家庭妇女，那你们就永远走不出家门了。

皮里托俄斯　祝你们平安！我得参战去了，但愿这场战争不再需要你们的祈祷。（下。）

艾米莉娅　他是多么渴望着追随他的朋友呀！自从忒修斯离开以后，他对各种需要专注和技艺的游戏都心不在焉，无论是输是赢，都不当一回事。他只是手上应付着，脑子里却想着别的事：他的一颗心同时照拂一对性情迥异的孪生子。我们的君主离开以后，你有没有注意过他的这种变化？

希波吕忒　认真注意过；这也是我喜欢他的地方。不知有多少次，他们曾合住一间破败的营房，一起经受危险和饥寒；他们曾划着小船越过激流险滩，在危机四伏的浪涛中同生共死；他们曾并肩战斗在死神居住的地方，是命运让他们一次次化险为夷。他们友情的纽带编织在一起，缠绕在一起，那么的真诚，那么的坚固，那么的完美，时间虽能把它磨损，却永远不能将它分开。如果将忒修斯的情感一分为二,并让他自己做出公正的裁决,他一定说不清自己究竟爱的是哪一样。

艾米莉娅　一定有他更爱的一样,我们没有理由说那一样不是你。我也曾有过这样的一个游戏伙伴;你当时还驰骋在沙场,她已玉殒香消,徒然增辉了掩身的黄土;她向月神辞行,月神也为之黯然神伤——论年纪,当时我俩都只有十一岁。

希波吕忒　你是说弗拉维娜吧?

艾米莉娅　正是。你说到了皮里托俄斯和忒修斯的友情,他们这种友情具有更坚实的基础,经过更成熟的考验,紧扣在理智的判断中;可以说,浇灌他们那棵盘根错节的友情之树的是他们各自的需要。可我和她——一谈起她,我就不免伤感——我们都是天真无邪的孩子。我们只是单纯地相爱着,就像互不知因由的土、水、气、火诸元素,在随性的运行中产生奇妙的结果,我们的灵魂也那样相互影响着。只要是她所喜欢的,我便赞成;她所厌弃的,我便跟着诅咒——用不着别的理由。我有时会采来鲜花,把它放在两乳之间——啊,那时我的乳房才刚刚隆起——她一定会如法炮制,想尽办法采来鲜花放在同样天真无邪的摇篮上,让它们像凤凰那样在香木中涅槃。我头上的饰物,也总是跟她的一模一样;她的穿戴——虽然随意,但显得美——我总要刻意效仿。倘若我的耳朵窃来一支新曲,或者信口开河随意哼出一些音符,哎呀,她的灵魂一定会为之驻足——或者说为之久久牵挂——甚至在她的梦中也哼吟不止。天真是有福的,我的这番话就像一个表达得不够完整的古训,它能说明一个道理:少女之间纯真的爱是远超异性之爱的。

希波吕忒　你说得气喘吁吁了。你急赤白脸地说出这番话无非想表白:你跟弗拉维娜小姐一样,决不会爱上任何一个称之为“男人”的人。

艾米莉娅　我确实不会。

希波吕忒　啊呀,柔弱的妹妹,这一点我是断不敢相信的——尽管你自己对此坚信不疑——这就好比病人的胃口,即便十分的饥饿,却依然厌恶食物。但是,我的妹妹,如果我乐意接受你的劝告,你的这些话已足够让我不再迷恋忒修斯的拥抱。为了他的胜利,我要进屋去为他祈祷了;我深信,在他的心里,我所拥有的位置一定高过他的皮里托俄斯。

艾米莉娅　你的信念我不反对,但我要坚持自己的立场。(同下。)

第四场　底比斯城前战场

[鼓号声。内厮杀声;收兵号。喇叭奏花腔。忒修斯自一门上,传令官随其后。三王后自另一门上,遇忒修斯,向他下跪。

王后甲　愿您头上的星星永放光芒!

王后乙　天上人间永远拥戴您!

王后丙　所有的幸福都将降临您的头上,阿门!

忒修斯　公正的天神在巍然的天庭俯视尘世的羊群,只要发现有人作恶,定会及时予以严惩。去吧,找到你们已故的国王的骸骨,为他们举行隆重的葬礼。葬礼所需的一切,我会悉数提供,不让它留下任何遗憾。为了维护王者的尊严,我还要派人主持殡仪,由他们弥补我在仓促间留下的诸多不周。再见吧,上天慈爱的眼睛关照你们!(三王后下。)

[帕拉蒙和阿赛特卧担架,由侍从抬上。

忒修斯　这两人是谁?

传令官　从他们所穿的甲胄看,一定是两位身份高贵的人。有个底比斯人说他们是姨表兄弟,克瑞翁国王的外甥。

忒修斯　玛尔斯的头盔为我见证,我在战场上见过这两个人,他们就像两头沾满猎物鲜血的狮子,在惊惶失措的人群中奋力冲杀。我始终在关注他们,因为他们值得引起天神的注目。我问起过他们的名字,那个俘虏是怎么说的?

传令官　回禀大人,他们名叫阿赛特和帕拉蒙。

忒修斯　对了,是这两个人。他们没有死吧?

传令官　但也说不上活着。如果他们最后一次负伤时就成了俘虏,现在应该苏醒过来了。不过,他们还有气,勉强可以称作活人。

忒修斯　那就当他们是活人来对待吧。高贵者残留的酒渣也百万倍地胜过平庸之徒的佳酿。把最好的医生叫来,全力抢救他们!我们最好的药膏,不要吝啬,尽量给他们使用;我把他们的生命看得比底比斯还重要。作为敌人,如果他们不陷入目前的困境,而是朝气蓬勃、健康而自由,那我倒巴不得他们死去;但现在他们成了俘虏,我则四万倍地渴望他们能活下来。赶快把他们抬走,这里的空气对我们有益,但对伤员有害。善待他们,把他们当作需要救助的两个人。为了我的缘故,照顾好他们,因为我自己也是从那样的岁月过来的:那时的生活充斥着恐惧与愤怒、朋友的劝导、爱情的激励、满腔的热情、情人的差遣、自由的渴望、盲目的迷恋、疯狂的举措;你所追求的目标如果顺其自然,不依凭外力,根本无法实现,因为病态的意志压倒了理性的力量。为了我们的爱,为了阿波罗的慈悲,派最好的医生实施最好的治疗。——列队进城! 等处理好零散的事务,我就赶在部队前面,先回雅典去。(喇叭奏花腔。同下。)

第五场　底比斯郊外

〔音乐。庄严的葬礼,三王后率侍从护各自的国王灵柩上。

歌

骨殖与薰香,一并捎上路;
烟霭兼叹息,暗淡了天幕。
　　吾人为君长哭,肠断魂消!
香膏、松脂、未亡人的愁容,

哀伤的泪水溢出了圣盅!

　　凄切的号啕飘荡在云霄。

开始吧,沉痛庄严的葬礼,

你这明目的欢乐的仇敌,

我等别无所求,唯有悲戚,

我等别无所求,唯有悲戚。

王后丙　这条丧道通向你家族的墓地;愿欢乐重回你的身边! 愿你
　　入土为安!

王后乙　这条道是你们家族的。

王后甲　你的道在这边。上天赋予凡人的道有千万条,但都通向一
　　个终点。

王后丙　世界是一座城池,无处不是诱人迷失的街道;死亡是一个集
　　市,人人都要上那里赶集。(分头下。)

第　二　幕

第一场　　雅典;监狱内院

〔看守长和他女儿的求婚人上。

看守长　只要我还活着,我就拿不出多少;我会给你一些,但不会太
　　多。唉呀,我看守的这所监狱,虽说是用来关押大人物的,但真
　　正的大人物很少进来。每进来一条大马哈鱼,你得先照管好一
　　大群小鱼。人们都口口相传,说我的钱袋鼓鼓的,其实那都是无
　　稽之谈。如果我真的像人们所说的那样富有,我才求之不得呢。
　　圣母在上,我所有的一切,我保证,不管是多是少,到了我一命呜
　　呼的那一天,都会留给我的女儿。

求婚人　先生，我没有过高的要求，您愿意给多少就给多少。按照先前说过的，我也会分一部分财产给她。

看守长　很好，这事等公爵的结婚盛典过后再说吧。我女儿有没有完全同意你？只要她那边满意了，我也会答应的。

求婚人　她同意了，先生。她来了。

　　　　〔看守长的女儿手持蒲草上。

看守长　我跟你的朋友刚才提到你，又谈起了那个老问题。这事现在先别管了。等宫廷里的事①忙过去以后，再来操办你们的事吧。这时候务必看好那两个囚徒。告诉你，他们可都是王子呢。

女儿　这些蒲草就是用来铺垫他们的囚室的。他们入狱是遗憾的，出狱更让人遗憾。我相信，他们有耐心让任何逆境蒙羞。监狱因拥有这样的囚犯而自豪；小小的囚室如今是他们生活的全部了。

看守长　人们都说他们是一对受人赞美的谦谦君子。

女儿　说实话，我觉得不管如何赞美都不过分；他们本来就是那种让人赞美不够的人。

看守长　我听说他们在战场上也是最勇敢的人。

女儿　这绝对可能，因为他们现在就显得无比的坚强。如果他们是胜利者，真不知道他们又将是什么样子；他们永远是那么的高贵，在囚禁中享受着自由，化痛苦为欢乐，视厄运为儿戏。

看守长　他们真的是这样么？

女儿　我看他们根本就没有被俘的感觉，就像我压根就没想过统治雅典一样。他们胃口很好，总是乐呵呵的，谈论起许多事情，就是只字不提自己的囚禁和不幸。他们中的一个偶尔也会像殉道者那样发出一声轻轻的叹息，另一个便即刻以亲切的口吻予以责备。看见他们如此亲密无间的样子，我真恨不得自己也因叹

_____

①　指忒修斯与希波吕忒的结婚大典。

　　息而受责备:那时,我至少也是个受安慰的人了。

求婚人　我还没见过他们。

看守长　公爵本人夜里曾悄悄去看过他们,别的人也去过;他们为什么要去,这我就不知道了。

　　　　〔戴镣铐的帕拉蒙、阿赛特出现在舞台上方。

看守长　看,他们就在那边。探身向外张望的就是阿赛特。

女儿　你说错了,父亲,那是帕拉蒙。阿赛特的个子偏矮一点;你只能看见他半个身子。

看守长　好了,别指指点点的了。人家可不想看我们。别看了!

女儿　能看到他们,真太荣幸了! 主啊,人与人的差别为什么这么大呢?(同下。)

第二场　同　前

帕拉蒙　你好吗,高贵的表弟?

阿赛特　你好吗,表哥?

帕拉蒙　唉,我现在身强体健,足以嘲笑任何苦难,甚至可以上战场冲锋陷阵。但我担心,表弟,我们恐怕得一辈子做囚徒了。

阿赛特　这我相信。我已做好准备,耐心接受这样的命运。

帕拉蒙　啊,阿赛特表弟,底比斯现在哪里? 我们伟大的国家现在哪里? 我们的亲戚朋友又在哪里? 我们再也见不到这些安慰了;再也见不到那些在竞技场上角逐荣誉的年轻勇士了! 那时候,他们身上总要佩戴五颜六色的爱情表记,就像扯满风帆的航船;我们跟他们同时出发,不一会便将他们甩在身后,犹如一阵东风吹散了懒散的云彩;那时的帕拉蒙和阿赛特撒开矫健的双腿,观众还来不及赞美,还来不及表达他们的祝福,已将优胜的桂冠揽在手中。唉呀,我们就像一对荣誉的孪生子,如今却再也不能挥舞手中的武器,再也不能驾驭与骄傲的海洋一样暴烈的骏马。我们的宝剑锐利无比,连眼中冒火的战神也不曾佩带过比这更好的武器,如今也被人强行取走,束之高阁,任其生锈,只配用来装饰供奉仇恨我们的邪神的庙堂了。我们的双手再也无缘拔取,用它闪电般袭击敌人的千军万马了。

阿赛特　说的是,帕拉蒙,这样的希望跟我们一起成了囚徒了。既然到了这里,我们青春的蕙质就只能像过早降临的春天那样凋零。最让人痛心的是,帕拉蒙,我们将永远与婚恋无缘:我们将永远得不到一个可爱的妻子的甜蜜拥抱,连同那由一千个丘比特武装起来的热吻,都不是我们的脖子能承领的。我们没有后代,没有与我们相似的形象来安慰我们的晚年,不能像教导雏鹰那样让他们勇敢地注视着金光闪亮的兵器,说:"记住你们的父亲是什么样子,征服去吧!"美目的少女将为我们的消亡而流泪,用她们的歌诅咒无常的命运女神,直到她满怀羞愧地认识到自己如何委屈了青春与天性。这就是我们的结局。除了你我两人,我们再也见不到别的东西;除了那口为我们诉说苦难的大钟,再听不到其他的声音。藤蔓在生长,我们却见不到它。夏天很快到来,连同一切的欢乐,但留驻在这里的永远只有与死亡一般冰冷的严冬。

帕拉蒙　你的话不错,阿赛特。我们再也呼唤不了那些吠声震撼古老森林的底比斯猎犬了;当恼怒的野猪被我们的利箭射中,像帕提亚人①那样在我们的盛怒面前逃遁时,我们再也不能晃动尖利的投枪了。我们一生的追求,那滋育一个高尚的心灵所需的食物和养料,都将覆灭在这里了。最后,我们将在荣誉的诅咒中——在凄凉和遗忘中走向死亡。

阿赛特　但是,表哥,即便从这灾难的深渊,从折磨我们的一切厄运中,我还是看到了安慰和纯粹的福佑:天神明鉴,我们有着坚定

---

　　①　帕提亚,即安息,亚洲西部古国,他们的战士作战勇猛,善于在退却中给对手致命一击。

的耐心,同时还懂得乐在其中。只要有帕拉蒙跟我在一起,我就决不会把这里当作牢狱,否则,我就是该死的人了。

帕拉蒙 当然,表弟,你我相依为命,这就是最大的幸福。寄寓在高贵的躯体中的两个灵魂,即便蒙受最大的灾患,但只要依傍在一起,就不会沉沦,这是千真万确的。那些可能发生的事,到了他们那里也决不会发生。对于不以苦乐为意的人来说,死亡不过是睡眠而已。

阿赛特 我们为什么不可以从这个人人厌恶的地方找出好处来呢?

帕拉蒙 怎么个找法,我的好表弟?

阿赛特 我们可以把这所监狱当作圣殿,用它来躲避邪恶的世人的腐败。我们年纪尚轻,热切追求着荣誉,而自由和放纵却是纯洁精神的毒药,会像女人一样引诱我们走上歧途。只要我们发挥自己的想象力,又何愁幸福不为我们所有?我们虽身陷囹圄,但彼此间却是一座取之不尽的矿山。我们彼此是情侣,永远产生着新的爱意。我们彼此是父亲、朋友和知己;我们彼此是家庭;我是你的子嗣,你是我的后人。这所监狱就是我们的产业;再残忍的压迫者也不敢剥夺我们的继承权。在这里,只要有耐心,我们就能长期生活,永远相爱。暴饮暴食找不到我们;战争的毒手伤害不了我们;海洋吞没不了我们的青春年华。但如果我们是自由之身,我们的妻子,或者我们的事务,都有可能合法地将我们分开;争吵消耗着我们的精力;不良之徒的妒忌离间我们的友谊。表哥,我可能在某个不为你所知的地方生了病,就那样与世长辞,没有你高贵的手为我合上眼睑,没有你的祈祷为我求告天神。总之,一旦我们离开这里,便有千万次的机遇促成我们的分离。

帕拉蒙 我得谢谢你,阿赛特表弟,你让我几乎爱上这囚禁的生活了。生活在监狱之外,不管那是什么地方,该是多么不幸啊!我知道,那样的生活与禽兽一般。我相信,这里就是我们的王宫,我已心满意足。那迎合着人们的虚荣心的一切欢乐,我已经看透了;我有充分的理由告诉世人:随着时光老人匆匆逝去的不过是一个俗丽的幻影。如果我们终老在克瑞翁的宫廷,那又会是怎样的情景?在那里,罪恶不就是正义,淫荡和无知不就是大人物的美德吗?阿赛特表弟,若不是神明垂爱,为我们找到这个地方,我们必然跟他们一样,衰老殒命时只会带着一身的罪孽,没有人为我们哭泣,人们的诅咒就是我们的墓志铭。还要我再说下去吗?

阿赛特　我愿意再听你说。

帕拉蒙　那你听好了。阿赛特,我问你,在有记载的历史中,有没有两个人比我们更相亲相爱的?

阿赛特　肯定没有。

帕拉蒙　我因此相信,我们的友谊是永世长存的。

阿赛特　一直会延续到生命的终结。

　　　　　〔艾米莉娅及侍女出现在舞台下方。

阿赛特　等我们死了以后,我们的灵魂还会与永恒的相爱者在一起。(帕拉蒙看见了艾米莉娅,为之愣神)说下去吧,表哥。

艾米莉娅　(摘花)这个花园美极了。这花叫什么?

侍女　这是水仙花,小姐。

艾米莉娅　那是一个美少年,可惜是个傻瓜,爱上了他自己;①是不是那时候没有少女了?

阿赛特　(向帕拉蒙)请说下去。

帕拉蒙　是。

艾米莉娅　(向侍女)还是那时的少女都是硬心肠?

侍女　对如此漂亮的小伙子,她们不会有硬心肠。

---

① 据希腊神话:美少年那喀索斯爱恋自己在水中的倒影,憔悴而亡,化为水仙花。

艾米莉娅　你就不会。

侍女　我想,我是不会,小姐。

艾米莉娅　这才是个好姑娘;但你得留心自己的好心肠。

侍女　为什么,小姐?

艾米莉娅　因为男人都是疯子。

阿赛特　(向帕拉蒙)你还说下去吗,表哥?

艾米莉娅　(向侍女)你能用丝线织出这种花朵吗,姑娘?

侍女　能。

艾米莉娅　我想做一件长袍,上面就绣水仙花,再加上这些花。这种
　　颜色很美,如果用在裙子上,不是很别致么,姑娘?

侍女　别致极了,小姐。

阿赛特　(向帕拉蒙)表哥,表哥,你怎么啦? 喂,帕拉蒙!

帕拉蒙　阿赛特,从现在开始,千万别说我是个囚犯了。

阿赛特　为什么? 出了什么事,老兄?

帕拉蒙　(用手指艾米莉娅)看吧,奇迹! 我的天,她是个女神。

阿赛特　哈!

帕拉蒙　顶礼膜拜吧;她是个女神,阿赛特。

艾米莉娅　(向侍女)所有的花当中,我觉得玫瑰是最美的。

侍女　为什么,小姐?

艾米莉娅　它是少女的象征:当西风向它温情脉脉地求爱时,它便缓
　　缓地开放,给太阳抹上纯洁的红晕。而当粗鲁、急躁的北风靠近
　　它时,它又洁身自好,将自己的美色深锁在蓓蕾中,让北风去跟
　　卑贱的石南调情。

侍女　但是,好小姐,这娴淑的玫瑰有时会开得太艳丽,以致败落的。
　　一个洁身自好的少女是不愿拿它做榜样的。

艾米莉娅　你说话没个正经了。

阿赛特　(向帕拉蒙)她真美极了。

帕拉蒙　她是一切美的化身。

艾米莉娅　（向侍女）太阳升高了，我们进屋吧。我要保存好这几朵花，看看手工是否能绣出相似的颜色。我真开心，真想开怀一笑。

侍女　我保证，我现在就可以躺倒。①

艾米莉娅　你也想带一朵回去么？

侍女　我们原先就说好的，小姐。

艾米莉娅　好吧，你带上吧。（艾米莉娅及侍女下。）

帕拉蒙　你觉得这个美人怎么样？

阿赛特　罕见的美。

帕拉蒙　仅仅是罕见吗？

阿赛特　对了，绝色的美。

帕拉蒙　一个男人会不会因爱她而神魂颠倒呢？

阿赛特　我不知道你是怎么想的，反正我已经迷失自己了。我这双该死的眼睛啊！现在我感觉到镣铐的沉重了。

帕拉蒙　这么说，你爱上她了？

阿赛特　谁能不爱她呢？

帕拉蒙　想得到她吗？

阿赛特　甚于自由。

帕拉蒙　是我先看见她的。

阿赛特　这一点不重要。

帕拉蒙　这一点很重要。

阿赛特　我也看见她了。

帕拉蒙　不错，但你不一定爱她。

阿赛特　我不会像你那样膜拜她，把她当作天仙，当作女神。我要把她当作一个女人来爱，来欣赏。因此，我们都可以爱她。

帕拉蒙　你绝对不可以爱她。

---

①　当时流行一种称为"laugh and lay"（笑一笑，再放倒）的纸牌游戏。侍女一语双关，含有性方面的意义。

阿赛特　绝对不可以？谁能剥夺我的权利？

帕拉蒙　我能。是我最先看见她，是我的眼睛最先占有了她示予世人的全部美色。如果你胆敢爱她，或者存心摧毁我的愿望，那你就是一个不义之徒，阿赛特，一个无事生非的伪君子。如果你敢对她动一动念头，你我之间的友谊、亲情，以及一切的联系，我将一笔勾销。

阿赛特　是的，我爱她，即便事情关乎所有阿赛特这个姓氏的人的性命，我也要这样做。我爱她，凭我的灵魂！如果由此会失去你，帕拉蒙，那就再见吧。再说一遍，我爱她！我跟任何一个叫帕拉蒙的人，任何一个父母所生的人一样，拥有爱慕她、享受她的美的权利和自由。

帕拉蒙　我不是把你叫作朋友吗？

阿赛特　不错，你一定知道我够做朋友。那你为什么还要如此大动肝火呢？让我平心静气地问问你：难道我现在就不是你的血液的一部分，灵魂的一部分吗？你曾经说过：我就是帕拉蒙，你就是阿赛特。

帕拉蒙　是的，我说过。

阿赛特　我的朋友有他的喜怒哀乐，难道我就不会有这种感情吗？

帕拉蒙　他应该有。

阿赛特　那你为什么这样狡诈，这样怪僻，这样不顾高贵亲戚的体面，只许自己一人恋爱呢？跟我说句实话：你是不是觉得我不配看见她？

帕拉蒙　不是。但你如果要追求她，那就不正当了。

阿赛特　就因为另一个人首先发现敌人，我就得站在原地不动，让自己丢尽脸面，不去冲锋陷阵吗？

帕拉蒙　是的，如果对方只是一个人①。

———————————

①　根据中世纪的骑士道德，骑士间的交战只宜一对一进行。

阿赛特　如果对方愿意跟我较量,那又怎么样?

帕拉蒙　那得先听取对方的意见,你才能自由行动。如果你擅自追
　　　求她,你就是一个仇恨祖国、该遭天谴的人,一个十足的坏蛋。

阿赛特　你疯了。

帕拉蒙　我是疯了,除非你重新做你的正人君子。这事与我关系重
　　　大。如果我在疯狂中让你的生命处于危险之中,甚至杀了你,那
　　　也是合乎情理的。

阿赛特　呸,表哥! 你简直幼稚得像个孩子。我一定要爱她,我必须
　　　爱她,我应该爱她,我敢于爱她,这一切都是天公地道的。

帕拉蒙　好啊,但愿现在,但愿现在,你这个伪君子和你的朋友能有
　　　幸获得一个小时的自由,我们的手里能有一把锋利的剑! 那时,
　　　我会让你懂得盗窃别人的感情会有怎样的结果。在这件事上,
　　　你简直比扒手还卑鄙。只要你胆敢再把你的脑袋伸出窗口,我
　　　以我的灵魂发誓,我就将你钉死在窗框上。

阿赛特　你不敢的,傻瓜,你做不到的,你没有那本事。让我把脑袋
　　　伸出窗口? 下次见到她时,为了惹恼你,我还要探出整个身子,
　　　跳到花园里,扑到她的怀里去呢。

　　　　[看守长登上舞台上方。

帕拉蒙　闭嘴吧,看守长来了。只要我活着,总有一天我会拿镣铐砸
　　　烂你的脑袋瓜的。

阿赛特　你试试。

看守长　两位先生,打扰了。

帕拉蒙　诚实的看守长,你有事吗?

看守长　阿赛特大人,请你马上去见公爵。原因我也不清楚。

阿赛特　我听候吩咐,看守长。

看守长　帕拉蒙王子,我得让你与你的好表弟暂时分手了。(阿赛特、
　　　看守长下。)

帕拉蒙　只要你高兴,还可以让我与生命分手呢。公爵为什么要叫

他去？该不会让他娶了她吧？他长得那么英俊，公爵很有可能看上了他的血统和外表。但他虚伪啊！号称我的朋友，为什么如此奸诈呢？如果他因此得到一个那么高贵、漂亮的妻子，从今往后，诚实的人就不应该再恋爱了。但愿我能再见这个美人儿一面。幸福的花园，更幸福的果树和鲜花，你们始终开放着，是因为有她明媚的眼睛照临着你们！我真想拿一生的命运做赌注，让自己变成那边的一棵小树，一棵开着鲜花的杏树。那时我就可以舒展我的枝丫，将多情的手臂伸进她的窗口了！那时我就可以为她结出适合仙人品尝的果子了！只要她品尝了我的果子，青春和欢乐定然成倍地滋生在她身上。即便她那时还不是天仙，我可以使她的天性更接近神灵，让他们都敬畏她；那时，我相信，她一定会爱上我的。

〔看守长登上舞台上方。

帕拉蒙　怎么啦，看守长？阿赛特到哪里去了？

看守长　他被驱逐出境了。皮里托俄斯王子为他说情，使他获得了自由。但他必须以性命担保，从此再也不踏上这个王国。

帕拉蒙　他是个有福的人了。他将回到底比斯，号召勇敢的青年拿起武器；只要他下达命令，他们准会为他赴汤蹈火，冲锋陷阵。只要阿赛特敢于做一个真正的恋人，他一定鸿运高照，通过浴血奋战赢取她的芳心。如果那时候他还得不到她，那他一定是个缺乏热情的懦夫了。只要他是个高贵的阿赛特，他可以有一千种办法得到她！如果我获得自由，我也一定会干出一番惊天动地的伟业来，从而感动这位小姐，这个娇羞的少女，使她有勇气把我抢为己有。

看守长　大人，我还得执行一项命令，是针对你的。

帕拉蒙　是让你取我的性命么？

看守长　不是。是让你换个地方；这里的窗户太大了。

帕拉蒙　有人在妒忌我，让魔鬼抓走他们吧！求你把我杀了。

看守长　那我自己也得被绞死。

帕拉蒙　我指天发誓，如果我有一把剑，我会杀了你。

看守长　为什么杀我，大人？

帕拉蒙　你总给我带来令人讨厌的坏消息，你是不应该活下去的。我不走。

看守长　你真的得走，大人。

帕拉蒙　我还能看见这个花园吗？

看守长　不可能。

帕拉蒙　那我决心已定：我不走。

看守长　那我只好强制你；因为你很危险，我得再给你加一副镣铐。

帕拉蒙　加吧，看守长。我要不断地摇晃镣铐，让你睡不着觉；我要给你跳一种新式的摩尔士舞①。我还得走吗？

看守长　没有商量的余地。

帕拉蒙　再见吧，温柔的窗口。愿粗鲁的风永远伤害不了你。——我的好姑娘啊，如果你懂得什么叫悲伤，就在梦中想想我的处境吧。——来吧，把我埋了吧。（帕拉蒙随看守长下。）

第三场　雅典城外

[阿赛特上。

阿赛特　我遭驱逐了吗？别人会以为这是对我的恩典，我应该感谢他们的好意；但我从此再也见不到那张我愿意为之赴死的脸蛋了，这简直就是对我蓄意的惩罚，不可思议的死亡判决。即便我是个恶贯满盈的恶徒，以我所犯的全部罪恶，也不该遭受如此严厉的报复啊。帕拉蒙，现在是你占了先机；你留了下来，每天早上都能从窗口看见她那双明亮的眼睛，让你的生命注入新的活力。你可以饱尝一个高贵的美人的温婉，那是造化空前绝后的

---

①　摩尔士舞：舞者腿部挂诸多铃铛，舞蹈时发出叮当声。

杰作。善良的天神,帕拉蒙是何等的幸福啊!可以肯定,他会跟她说上话;我知道,只要她的善良一如她的美貌,她就是他的人了。他那根舌头是能驯服风暴,让顽石变得轻浮的。注定要发生的事,就发生去吧,最坏的结果不过是个死。我决不离开这个国家。我知道,我自己那个国家已经是一片废墟,早已无可救药。我一走,他就能得到她。我已拿定主意:化装成另一个人去实现我的计划,否则就结束自己的生命。两种结果,我都高兴。总之一定要见到她,留在她身边,要么就一死了之。

〔四乡民上;前面一人执花环。阿赛特退过一边。

乡民甲　师傅们,我是肯定要去的。

乡民乙　我也要去。

乡民丙　还有我。

乡民丁　好啊,伙计们,我是一定要跟你们去的,大不了挨一顿骂。今天给犁头放一天假,明天给马屁股多抽上几鞭子就补回来了。

乡民甲　我知道,我的老婆一定会妒忌得像一只火鸡;但那没有什么大不了的。我一定要去,让她唠叨去吧。

乡民乙　明天晚上你登上她的船,给她的船舱装得满满的,就什么都补偿过来了。

乡民丙　你得塞一根教鞭在她手上,给她好好地上一课,让她知道如何做一个好娘们。五朔节的演出,大伙都上心吗?

乡民丁　上心?谁能阻止我们参加?

乡民丙　阿卡斯一定到场。

乡民乙　还有西诺瓦和莱克斯,在绿树林中跳舞,没有谁比这三个小伙子更好的了。那些姑娘们有谁会来,这你们是知道的。至于那个喜欢吹毛求疵的教书先生,你们觉得他会守信么?事情还得全靠他,这你们是知道的。

乡民丙　如果他不守信,就让他把识字课本吃下去。对了,他跟皮革匠的女儿的关系已经很深,这一次不会开溜的,因为她非要看看公爵,还非要跳舞呢。

乡民丁　我们要不要跳得欢快些?

乡民乙　管保让全雅典的男孩子跟在我们屁股后面跑得上气不接下气!我一会儿跳到这里,一会儿跳到那里,就跳给全镇人看;一会儿这里,一会儿那里。哈哈,孩子们,为我们织布工欢呼吧。

乡民甲　这舞只在树林里跳呢。

乡民丁　哟,不见得吧。

乡民乙　当然只在树林里,那位教书先生就这么说。他本人还要用最美妙的词语代表我们颂扬公爵呢。在树林里,他能表现得很出色;但到了大草坪上,他就会忘词了。①

乡民丙　咱们先观看比赛去,然后再去跳叮叮当当的摩尔士。亲爱的伙伴们,咱们无论如何得先排练排练,趁姑娘们还没看见;只要我们表演得精彩,天知道会不会因此交点什么好运。

乡民丁　很好。比赛一结束,我们就去排练。走吧,小伙子们,说话算数。(众乡民准备离去。)

阿赛特　(上前)对不起,各位朋友,你们上哪儿去?

乡民丁　上哪儿去?嗨,你问的是什么问题呀?

阿赛特　我问的是我不知道的问题。

乡民丙　去观看比赛,朋友。

乡民乙　你是哪里人,怎么连这事都不知道?

阿赛特　离这不远,先生。今天就有比赛吗?

乡民甲　当然有哇,这样的比赛你一定没见过呢。公爵本人也要亲临赛场。

阿赛特　比赛些什么呢?

乡民乙　摔跤、赛跑——(向同伴)这家伙倒很健壮。

乡民丙　你愿意一起去吗?

———————————

①　言下之意是说教书先生是个没见过世面的土包子。

阿赛特　现在还不想去,先生。

乡民丁　那好,先生,你请便。——走吧,伙计们。

乡民甲　我在想,这家伙说不定是个摔跤的高手;你看他长得多结实。

乡民乙　他要是敢摔跤,你把我吊死好了。去他的吧,懦夫!让他摔跤?准保烤了鸡蛋!走吧,咱们走了,小伙子们。(众乡民下。)

阿赛特　这是个让人想都不敢想的好机会。论摔跤,我可是个行家——最优秀的摔跤手都得为我喝彩——论赛跑,我比吹过麦地的风还快,在沉甸甸的麦穗上一飞而过。我一定要去试试,打扮成穷人模样进入赛场。说不定我的头上就能戴上花环,幸运女神就能把我带到天天能看见她的那个地方。(下)

第四场　雅典;监狱附近

〔看守长女儿上。

女儿　我怎么就爱上了这个人呢?十有八九他是不会喜欢我的。我是那么卑微,我的父亲只是个牢房的看守,而他却是个王子。嫁他吧,没有指望;做情妇吧,那叫犯傻。呸,我们姑娘家一到十五岁,就什么事都干得出来了!第一次看见他,我心里就在想:这是个好男人,他身上有许多讨女人喜欢的东西——只要他愿意这样做——反正我从来没见过比他更好的男人。随后我便同情他:说句良心话,任何一个梦想过或发誓过与某个英俊男子永结丝萝的年轻姑娘都会同情他的。再以后我便爱上了他,疯狂地爱上他,没命地爱上他。他有个表弟,跟他一样的英俊;但在我心里只有帕拉蒙。我的天,我怎么会被他弄得如此魂不守舍呢?黄昏时听他唱歌,那是何等的幸福啊!尽管他的歌是悲伤的。再没有人说话能比他更动听了!早上我给他送水进去,他总要欠一欠身子,向我表示感谢:"美丽温柔的姑娘,早安!愿你的善良给你带来幸福的丈夫。"有一次他还吻了我!而后整整十天,我都心仪自己的嘴唇。但愿他每天都能吻我！他看上去很悲伤，看见他悲伤的样子，我心里也一样不好受。我怎样才能让他知道我爱着他呢？我是多么想得到他啊。如果我斗胆将他悄悄放了，那时法律会怎样惩罚我？（咬手指）什么法律，亲人，我都顾不了那么多了！我今天晚上就去放了他；从明天开始，他就会爱上我了。（下。）

第五场　雅典；竞技场

　　[喇叭奏花腔。呐喊声。忒修斯、希波吕忒、皮里托俄斯、艾米莉娅、乔装打扮头戴花环的阿赛特上。

忒修斯　你表现得真勇敢。除了赫拉克勒斯，我没见过有谁比你更有力量。不管你是什么人，今天的赛跑和摔跤，你都是冠军。

阿赛特　能博亲王一笑，我很自豪。

忒修斯　你来自哪个国家？

阿赛特　回禀亲王，就这个国家，但有些遥远。

忒修斯　你是贵族吗？

阿赛特　我父亲是这么说的，他按贵族的方式培养了我。

忒修斯　你是他的继承人吗？

阿赛特　我是他最小的儿子，大人。

忒修斯　你父亲一定很幸福。你拿什么证明你的贵族身份？

阿赛特　凡贵族所有的素养，我都拥有一点。我会养鹰，我会嗾狗齐声吠叫；论骑术虽不敢自夸，但了解我的人都说那是我最擅长的。最后，也是最重要的一点，我称得上一名战士。

忒修斯　你真多才多艺。

皮里托俄斯　凭良心说，他还是个美男子。

艾米莉娅　的确是。

皮里托俄斯　（向希波吕忒）你觉得他怎样，夫人？

希波吕忒　我很吃惊。我从没见过如此年轻而高贵的人——只是不知道他是否说了真话。

艾米莉娅　相信他吧,他的母亲一定是个绝顶漂亮的女子,这从他的脸想象得到。

希波吕忒　但他的体格和烈火似的性情,说明他有一个英勇的父亲。

皮里托俄斯　看得出他具有良好的素养,那就像云层后的太阳,寒酸的服饰挡不住它的光芒。

希波吕忒　他肯定出身名门。

忒修斯　(向阿赛特)你为什么来到这里,先生?

阿赛特　高贵的忒修斯,我来这里为的是建立功名。您的英名早已名扬四海,我来这里为你效犬马之劳,因为普天之下,只有您的宫廷才是公正的荣誉的寓所。

皮里托俄斯　他说话很得体。

忒修斯　先生,你能来我们这里,我们很感谢,我不会让你失望的。——皮里托俄斯,你负责安排一下这位英俊的绅士。

皮里托俄斯　谢谢,忒修斯。(向阿赛特)不管你是什么人,现在得听我的了。我要交给你一个高贵的差使:服侍这位小姐,这位充满朝气的少女。你要为她增光添彩。你已以你的才艺光耀了她的生日,为自己赢得为她效劳的权利。吻一吻她的纤手吧,先生。

阿赛特　大人,你真是个高尚的施予者!(向艾米莉娅)最亲爱的美人,让我凭此盖上矢志忠诚于你的印记。(吻艾米莉娅手)无论何时,只要你的仆人,你最微贱的奴仆冒犯了你,你就命令他去死,他也一定遵嘱而行。

艾米莉娅　那可太残忍了。只要你行有所值,我能马上看出来的。你现在是我的仆人了,但我会把你当作身份更高的人来对待的。

皮里托俄斯　我会派人给你送来装备。你说过你还会骑马,今天下午我就要请你上马背试试——不过,那是一匹烈马。

阿赛特　我更喜欢烈马,亲王;那时,我就不会在马鞍上挨冻了。

忒修斯　(向希波吕忒)亲爱的,我们得准备起来了。——你,艾米莉

　　娅,你,朋友,还有所有的人——明天,太阳一出来,大家都到狄
　　安娜的森林里庆祝花团锦簇的五朔节。朋友,好好服侍你的女
　　主人。——艾米莉娅,我希望他不至于步行过去。

艾米莉娅　我有马,姐夫,让他步行才丢人呢。(向阿赛特)你自己去
　　挑选吧。不管什么时候,一旦需要,跟我说一声就行。只要你忠
　　心耿耿,我可以向你保证,你的女主人一定会喜欢你。

阿赛特　如果我不忠诚自己的主人,尽管羞辱我,鞭笞我就是;那也
　　是我父亲最痛恨的。

忒修斯　请你在前面领路吧;这是你应得的荣誉。只要你赢得了荣
　　誉,我们一定会让你得到应有的奖赏,否则就亏待你了。妹妹,
　　恕我胡言,你有了个好仆人,如果我是个女人,我会让他做我的
　　主人。你明白我的意思。

艾米莉娅　我太明白你的意思了,姐夫。(喇叭奏花腔。同下。)

第六场　雅典;监狱

　　　[看守长女儿上。

女儿　让王公贵族和魔鬼们都嚎嚎吼叫去吧;他已获得自由。我为
　　他冒了险,把他放了出来。我已经把他藏在离这里一英里远的
　　一片小树林里,那里有一棵特别高的杉树,枝丫像法国梧桐那样
　　伸展着,旁边还有一条小溪。我让他先在那里躲着,等我送锉刀
　　和食物过去:因为他的铁镣还没有打开呢。哟,爱神,你是一个
　　何等勇敢的孩子啊! 如果换上我的父亲,就是拿冷冰冰的刀子
　　逼他也不敢这样做的。我爱他,爱得超过爱之常情和理性,什么
　　少女的智慧,个人的安危,我都顾不上了。我已经向他挑明一
　　切,什么也不在乎,我已经豁出去了。如果法律找上我,判我死
　　刑,一定会有正直的少女为我唱挽歌,向后人颂扬我的高贵,说
　　我死得像个圣徒。不管他走到哪里,哪里就是我的目的地。当
　　然,他肯定不会那样不像个男人,把我扔下不管。如果他真的会

这样做,姑娘们就再也不敢轻信男人了。我为他付出了那么多,但他还没来得及谢谢我呢;他甚至没有亲过我一下,我觉得这是很不好的。说服他逃走,也是一件千难万难的事,因为他顾虑很多,生怕连累了我和我的父亲。我希望,等他想明白了,我的爱也就深深地扎根在他的心里了。只要他对我好,就让他随心所欲地摆布我吧。他会那样摆布我的,否则我就当面数落他,说他不是个男人。我现在得赶快给他送必需的东西过去,并将我自己的衣物整理好。只要有路可走,我就要冒险一试,就为了能跟他在一起。我要做他的影子,永远相随在他身边。再过一小时,监狱一定会闹翻了天;而我却在亲吻他们要找的人。再见吧,父亲!如果这样的囚犯和女儿再多几个,你很快就得看守你自己了。我现在就去见他。(下。)

第 三 幕

第一场　雅典附近森林

〔多处喇叭声。庆祝五朔节的喧闹声。阿赛特上。

阿赛特　公爵和希波吕忒走散了;两人各去了一片林间空地。每逢鲜花盛开的五朔节,都要举行隆重的庆典,这时候的雅典人委实慷慨大方。啊,我的艾米莉娅女王,你比五月的天更艳丽,比五月枝头的花蕾更甜美,草地上、园林里所有的奇花异草都没有你可爱。——是的,尽管山林水泽女神能让河道开满鲜花,但我敢说,她们的堤岸都比不上你的美。你,林间的宝石,世界的奇珍啊,你走到哪里,就给哪里带来幸福;但愿我这个思念着你的可怜人能频频进入你的心胸,激起你对我的爱怜。幸福无疆的机缘啊,我压根没想过自己能有幸服侍这样一位女主人! 告诉我吧,命运女神,你的地位仅次于我的女王艾米,告诉我:我能自豪到何时? 她已经关注到我,让我留在她身边;就在今天早上,这一年中最美好的时刻,她送了我两匹好马;这样的神骏配得上驮起两位国王,让他们为争夺王位驰骋在沙场的! 唉呀,唉呀,我可怜的表哥帕拉蒙,可怜的囚徒,你一定做梦也不会想到我交上了好运,你一定还以为你更幸福,因为你离艾米莉娅更近。你一定以为我回到了底比斯,虽然获得了自由,但并不快活。但如果你知道我的女主人就在我的身边,我能亲聆她的妙音,生活在她的美目中,唉呀,表哥,那时你又该气急败坏成什么样呢?

〔戴镣铐的帕拉蒙从藏身处走出,向阿赛特举起拳头。

帕拉蒙　　虚伪的亲戚,如果此时我身上没有这囚徒的标记,如果我手上握有一把剑,你就知道我会气急败坏成什么样了。我在此发下一个千钧重誓:我,还有我正义的爱情,定将证明你是个奸诈之徒! 你貌似温文尔雅,其实不忠不义;表面上谦谦君子,骨子里卑劣之极! 在血缘相近的亲属中,你是最虚伪的一个。你敢说她属于你么? 即便我戴着镣铐,手上没有武器,我也要证明你是个说谎者,一个爱情的骗子,一个不中用的贵族,一个连恶徒的名称都不配有的家伙。如果我有一把剑,如果没有这副镣铐限制我——

阿赛特　　亲爱的表哥帕拉蒙——

帕拉蒙　　骗子手阿赛特,用不着说好听的,是恶徒就该用恶语才是。

阿赛特　　在我心口所流的血液中,丝毫不存在你所说的那种卑劣的东西,我因此要心平气和地回答:你误会我,是因为你感情用事;这种情绪对我不公平,对你自己也不利。荣誉和诚实,是我的追求和凭依;对此你可以视而不见,好表哥,但它们永远是我为人处事的准则。请你用平和的语言坦陈你的痛苦,因为与你发生争执的人跟你是平等的,他确信:若要为自己辩明清白,需要的是一个真正的绅士的胸襟和宝剑。

帕拉蒙　你敢吗,阿赛特?

阿赛特　我的表哥,我的表哥,我有多大的胆量,这你是很清楚的。你见过我怎样不顾一切用宝剑对付恐惧。你一定不允许别人怀疑我的名誉的,即便自己处在避难中,你也会站出来为我说话。

帕拉蒙　表弟,我确实在许多场合见过你表现得很有男子气概;人们都说你是一位善良、勇敢的骑士。但一周中只要有一天下过雨,这一周就不是晴朗的天气。任何男人,只要他变得虚伪了,他的勇气就会丧失;这时候让他上战场,他一定会像一头被迫迎战的狗熊——如果让它挣脱开锁链,一定会逃之夭夭。

阿赛特　表哥,你的这番话与其对我说,让我蔑视你,还不如对着镜子说给你自己听,并让你自己照着去做。

帕拉蒙　那你就来吧,帮我去掉这副冷冰冰的镣铐,再给我一把剑,即便生锈也不要紧。作为你的仁慈,再给我弄点吃的东西。到那时,你只要提剑在手,对我说艾米属于你就行;如果你取了我的性命,我会原谅你对我的侵犯。如果冥界那些死得轰轰烈烈的英灵向我问起人世间的事,我会告诉他们说:你是勇敢的、高尚的。

阿赛特　请放心。现在你还是回到山楂树那边再躲一躲吧。等夜幕降临,我会给你捎食物过来。这些累赘的东西,我会帮你锉掉。我还会带衣服和香水过来,让你除掉监狱的气味。这以后,你就舒展一下身子,说一声:"阿赛特,我准备好了。"那时,我再让你挑选宝剑和盔甲。

帕拉蒙　我的天哪,哪个高贵的人干得出如此不光彩的事啊? 只有阿赛特能这样做。只有阿赛特能有如此非凡的胆识。

阿赛特　亲爱的帕拉蒙——

帕拉蒙　我拥抱你和你的提议。我真不知道如何感谢你好了,表弟;至于你本人,坦率地说一句,我是恨不得一刀杀了的。(号角声。)

阿赛特　你听见号角声了吧？先到树丛里躲一躲，以免我们间的这
　　　　场较量没有开始便遭人阻挠。把手给我，再见。我会把所需的
　　　　东西都带来的。我只希望你安心休息，养好身体。

帕拉蒙　请遵守你的诺言，皱起眉头办好这件事。你显然不喜欢我，
　　　　那就对我粗暴些吧，再不要说虚情假意的话了。天日作证，你的
　　　　每一句话，我都恨不得用一记耳光来偿还，我的怒火已不是几句
　　　　好话能扑灭的了。

阿赛特　你很坦诚，但我还是要请你原谅我说话生硬。当我用马刺
　　　　踢马，其实并没有责怪马的意思。喜悦也好，愤怒也罢，我都只
　　　　有一种表情。（号角声）听，表哥，他们在召唤分散在各处的猎手
　　　　回去吃饭。你一定猜到了，我在那边还有事。①

帕拉蒙　表弟，你的侍候上天不喜欢，我知道，那份差使你是通过不
　　　　正当的途径得到的。

阿赛特　十分的正当。看来我们间的这场纠纷，只有通过流血才能
　　　　解决了。现在我只求你能用你的剑来回答我的诉请，别的都不
　　　　用再说了。

帕拉蒙　我也只有这一句话：你现在去见的是我的爱人——你听好
　　　　了，她是属于我的。

阿赛特　我说：不是你的。

帕拉蒙　那就请吧——你刚才说过：要给我带食物来，以便养好身
　　　　体；你现在要去见的是一个太阳，她能给仰视她的万物带来力
　　　　量。在这一点上你是占了优势了；也罢，你就占优势去吧，我会
　　　　得到我的补偿的。再见！（分头下。）

第二场　森　林

　　〔看守长女儿持锉刀上。

---

　　①　阿赛特得回去侍候艾米莉娅。

女儿　他一定弄错了我所指的树丛，按自己的想法跑到别处去了。现在天快亮了。不要紧，但愿天永远是黑的，黑暗永远统治着这个世界。听，这是狼在叫呢！悲伤已杀死我心中的恐惧；如今我什么也不在乎，只在乎一个人，那就是帕拉蒙。只要他能拿到这把锉刀，我即便被狼吃掉也无所谓。我好不好呼唤他？不行。如果我大声呼喊，那会怎么样？那时恐怕不等他回答，反倒把狼给召来了，我和他正好成了狼的美餐。今天晚上我一直听到一些奇怪的嚎叫声，他会不会已经被野兽吃掉呢？他手中没有武器；他不能奔跑：一跑起来，铁镣便会叮叮当当地响，那会引起凶猛的野兽的注意的。野兽嗅觉敏锐，知道什么人没有带武器，什么地方会遭到抵抗。我估计他已经被狼撕得粉碎了；狼一嚎叫，便会越聚越多，一起来分食他。一定是这样了。勇敢地敲响丧钟吧。我还能做点什么呢？他一死，就什么都完了。不对，不对，我说错了：他一逃走，我的父亲还得上绞架；我自己呢，如果我太爱惜生命，不敢自我了断，就得做个要饭婆。即便让我死上十几回，我也不会这样做的。真要愁死人了：这两天我什么也吃不下，只喝点水；除了挤眼泪时得闭一闭眼睑，我一直没有合过眼。哎呀，我的生命，消散了吧！别等到我神志失常，非得去投河、自刎、上吊才能死个干净。既然生命的支柱已经倒塌，自然的躯壳就该一并消亡！现在我得走哪条路好呢？走向坟墓就是我的正道，偏离正道的任何一步，都是人生的磨难。看，月亮下去了，蟋蟀叫起来了，仓鸦在召唤着黎明的天光。万物都各归其所，唯有我还没个着落。但结局已经明了——死，就是我的归宿。（下。）

第三场　同　前

　　[阿赛特携酒食、锉刀上。

阿赛特　那个地方应该就在附近了。——嗬！帕拉蒙表哥！

〔帕拉蒙从树丛出。

帕拉蒙　阿赛特？

阿赛特　是我。我给你送食物和锉刀来了。出来吧，别害怕。这里没有忒修斯。

帕拉蒙　也没有诚实可靠的阿赛特吧。

阿赛特　这没关系，这个问题我们以后再争论。来吧，勇敢点；我不能让你像畜生一样活活饿死。过来，表哥，先喝点酒。我知道你现在很虚弱。等你养好身体后我们再谈其他的事。

帕拉蒙　阿赛特，你现在不会毒死我吧。

阿赛特　有可能。但现在我得先让你害怕我。坐下来，一切都很好。别再说这些无聊的话了。我们都出身名门望族，别跟傻瓜和胆小鬼那样胡扯了。为你的健康，干杯！（饮酒。）

帕拉蒙　干杯！

阿赛特　请你坐下，我恳求你：凭你的诚实和荣誉，再别提起那个女人。她会给我们添乱的。我们的时间还有的是。

帕拉蒙　行，表弟，我保证。（饮酒。）

阿赛特　开开心心喝几口，酒能活血，伙计。你不觉得自己全身热乎乎了吗？

帕拉蒙　等一会，让我再喝上几口再说。

阿赛特　尽管喝，公爵有的是酒，表哥。吃点东西。

帕拉蒙　好。（享用食物。）

阿赛特　你胃口这么好，我很高兴。

帕拉蒙　有这么好的肉下酒，我更高兴。

阿赛特　居住在如此荒僻的树林里，你这不是疯了么，表哥？

帕拉蒙　是啊，这里本该是让未开化的野蛮人居住的。

阿赛特　这些东西好吃吗？看得出，你饿坏了，连佐料都不需要了。

帕拉蒙　不需要。你的这些食物只是辛辣了点，好表弟。这是什么？

阿赛特　鹿肉。

帕拉蒙　这东西补身体。再给我一点酒。来，阿赛特，为我们过去认识的那些姑娘干杯！（饮酒）宫廷总管的女儿——你还记得她吗？

阿赛特　来，回敬你，表哥。

帕拉蒙　她居然爱上了一个黑头发的男人。

阿赛特　你说得不错。那又怎么样，表哥？

帕拉蒙　听说那人叫阿赛特，而且——

阿赛特　说下去。

帕拉蒙　她跟他相遇在大树底下。她当时做了什么，表弟？该不是弹琴吧？

阿赛特　她是弹过一会琴，表哥。

帕拉蒙　结果使她呻吟了一个月——还是两个月，三个月，十个月？

阿赛特　据我所知，表哥，元帅的小姨子也弹过琴呢，可能都是谣传。你能保证她没弹过吗？

帕拉蒙　是弹过。（两人饮酒。）

阿赛特　那是个棕发美人。有一回大家去打猎——林子里有一株高大的山毛榉——那里也有过一段风流事。嗨嗬！

帕拉蒙　我的生命为我作证，你在为艾米叹息呢。傻瓜，别装得这么乐呵呵的了。我再说一遍，你是在为艾米唉声叹气。卑鄙的表弟，你敢首先破坏约定么？①

阿赛特　你胡说。

帕拉蒙　天地为证，你这人一点也不诚实。

阿赛特　我得走；你现在又蛮不讲理了。

帕拉蒙　都是你逼的，奸贼！

阿赛特　这些都是你用得到的东西：锉刀、衬衣和香水。我过两个小时再来，那时我会把平息纠纷的东西都带来。

帕拉蒙　一把剑，一副盔甲。

———————————

①　指前文两人说好不提艾米莉娅。

阿赛特　你放心吧。你现在身上太脏了。再见。把铁镣子锉掉;需
　　　要的东西一样也不会缺的。

帕拉蒙　表弟——

阿赛特　我不想再听了。(下。)

帕拉蒙　只要他遵守诺言,他就死定了。(返回树丛中。)

第四场　同　前

　　　　[看守长女儿神志恍惚上。

女儿　我感觉很冷,星星都出来了,大大小小的星星,就像一颗颗饰
　　　钮。天日见证了我的愚蠢。——帕拉蒙!——唉呀,他不在了;
　　　他到天上去了。我现在在哪里? 那边就是大海,海上有条船。
　　　这船颠簸得多厉害呀! 水底下有块礁石盯着它呢。唉呀呀,撞
　　　上了! 唉呀呀,撞出了一个洞,一个大洞。船上的人在喊救命
　　　呢! 快扬起风帆,否则你们就全完了。伙计们,扯起风帆,抢风
　　　转舵! 晚安,晚安,你们全走了。我很饿;但愿我能碰到一只神
　　　奇的青蛙,它能告诉我世界各地的新鲜事;然后我就用鸟蛤壳建
　　　造一艘大船,先向东航行,再向东北航行,去找那位最会算命的
　　　小人国国王。我的父亲明天上午准保得上绞架。我自己是一个
　　　字也不会招供的。(唱)

　　　　　我要裁一件绿衣,下摆离膝一尺整,
　　　　　我要剪去黄金发,剪到眼下留一寸;
　　　　　嗨,哝呢,哝呢,哝呢。
　　　　　郎君为我买白马,买来白马短尾巴,
　　　　　世界茫茫路何在,我寻郎君走天涯。
　　　　　嗨,哝呢,哝呢,哝呢。

　　　啊,现在有根刺才好呢,那时我就可以像夜鹰那样用胸脯顶住它
　　　了! 否则,我会一睡不醒的。(下。)

第五场 同 前

〔教师格罗德、六乡民（其中一人扮猴）、五村姑、鼓手提摩塞上。

教师 呸，呸，你们这班人真让人厌烦，愚不可及也！我不辞辛劳教你们舞蹈的基本功，一直像喂奶一样喂你们，说句形象的话，我已将平生所学的瑰宝和精华都一股脑儿传授给你们了。你们却依然一个劲地叫嚷"哪儿啊？""怎么啦？""为什么呢？"一个个都是木头疙瘩，棉花脑袋！我不是说过："这里这样"，"那里那样"，"然后是这样"，难道你们谁都没有听懂？呜呼哀哉，天乎助我！汝等痴子，朽木不可雕也。罢了罢了，我站在这儿；公爵从这里过来；你们先进入树丛藏匿。公爵大驾光临；我上前迎接，致以无比深奥、无上生动的颂词。他洗耳恭听，不住地点头赞美，脱口叫道："千古好词也！"这时我便迈步上前，挥舞起我的帽子。注意了！这时轮到你们出来表演。你们要像墨勒阿革洛斯①和那头野猪那样，齐刷刷地出现在他面前。伙计们，就像真正的情人那样，整整齐齐地排好队，甜甜蜜蜜地踏起舞步，用形象的话说，就是"翩翩起舞"。

乡民甲 我们一定能跳得甜甜蜜蜜的，格罗德老师。

乡民乙 集合起来。鼓手呢？

乡民丙 叫你呢，提摩塞！

鼓手 在这儿，疯小子们。开始跳吧。

教师 等一等，他们的女舞伴呢？

乡民丁 弗丽兹和毛德琳在这里。

乡民乙 腿儿白嫩的小露西和爱蹦爱跳的芭勃丽在这里。

乡民甲 雀斑耐儿，老师最得意的学生在这里。

---

① 墨勒阿革洛斯：希腊神话中的英雄，曾参与猎杀一头蹂躏卡吕冬田野的野猪。

教师　姑娘们，你们的丝带呢？腰身要扭动得优雅，舞步要可爱、轻
　　　盈，神态要亲昵、欢快。

耐儿　你尽管放心吧，老师。

教师　乐队里别的人呢？

乡民丙　按你的吩咐，已经解散了。

教师　找好各自的舞伴，检查一下还缺点什么。扮猴的人呢？——
　　　朋友，你得注意你的尾巴，别拿它冒犯姑娘们，让她们丢脸。你
　　　的筋斗一定要翻得大胆，有力度。学猴叫时，要注意分寸。

扮猴人　是，先生。

教师　为时晚矣哉！怎么还缺一个女的？

乡民丁　真扫兴，我们这舞要泡汤了。

教师　一如先贤所言，这叫"劳而无功"矣；我们都成了痴子，一切的
　　　辛劳，付之东流也。

乡民乙　不就是那个目中无人、可恶可恨的臭婊子么？她明明答应
　　　过要来的——这个赛丝莉，裁缝养出的女儿！如果下次再让我
　　　做手套，我一定给她用狗皮。既然她不守信用——阿卡斯，你知
　　　道我会怎样收拾她；她明明凭酒和面包发了誓，说她一定来的。

教师　一位博学的诗人说过："女人如同鳝鱼，你不用牙齿咬住它的
　　　尾巴，它一定会溜之大吉。"她这种行为，叫作"有违常理"。

乡民甲　但愿她生杨梅疮！居然这时候打退堂鼓。

乡民丙　我们现在得怎么办呢，老师？

教师　没办法。我们的演出已经鸣呼哀哉，不错，一个凄惨的、可怜
　　　的鸣呼哀哉。

乡民丁　这不坏了咱们镇子的名声么？偏偏这时候耍脾气，闹别扭！
　　　好，随你去吧，我会记住你，跟你算这笔账的。

　　　　　〔看守长女儿上。

女儿　（唱）　乔治号大船来自南方，
　　　　　　　来自巴巴里海岸；

　　　　在那里它碰上许多军舰，

　　　　　三三两两，两两三三。

　　　　欢呼，欢呼，快活的军舰，

　　　　　你们要开往何方？

　　　　让我跟你们结伴而行，

　　　　　直到我安全返航。①

　　三个傻瓜为了一只小小的猫头鹰，吵得不可开交。

（唱）　一个说它是猫头鹰，

　　　　　另一个说不对不对，

　　　　第三个说它是只隼，

　　　　　剪子剪了系铃的绳。②

乡民丙　真凑巧，老师，这边来了个漂亮的疯女，看她疯疯癫癫的样
　　　　子，就像一只三月的野兔。如果让她来跳舞，我们的人手又凑齐
　　　　了。我敢保证，她的舞步一定是最优雅的。

乡民甲　一个疯女？我们有救了，伙计们。

教　师　（向看守长女儿）你是个疯子吗，好姑娘？

女　儿　不疯才遗憾呢。把你的手给我。

教　师　这话怎么说？

女　儿　我可以给你算命。你是个傻瓜。从一数到十；我把他难倒了。
　　　　啐！朋友，你不可以吃白面包。如果吃了，你的牙齿会流很多
　　　　血。我们跳个舞怎么样？我认识你，你是个补锅子的。补锅师
　　　　傅，不该补的洞，你可别乱补啊。

教　师　我的天！他是补锅的，姑娘？

女　儿　要么就是个魔法师。现在就帮我召一个魔鬼来，让他敲响铃

───────────

　　①　看守长女儿唱的是一首流行谣曲的片段。

　　②　这是一首儿歌。

　　　　铠和骨头,给我演奏一曲《谁从这里经过》。(欲走。)

教师　　留住她! 好好劝说她,让她跟我们一起跳舞。"大事已成,即
　　　　便天神震怒,烈焰焚身,不能夺我宏志。"①奏乐! 领她进来。

乡民乙　来吧,姑娘,跳起来吧。

女儿　　我要领舞。

乡民丙　行,行。

教师　　谆谆劝诱,翩翩起舞。(号角声)下去吧,伙计们! 我听见号角
　　　　吹响了。让我想想,你们要注意尾白。(除教师外,余人皆下)雅典
　　　　娜啊,请赋予我灵感吧。

　　　　　〔忒修斯、皮里托俄斯、希波吕忒、艾米莉娅、阿赛特及随从上。

忒修斯　鹿往这边跑了。

教师　　等一等,请见教。

忒修斯　这是怎么回事?

皮里托俄斯　肯定是乡下人的什么表演,大人。

忒修斯　(向教师)好吧,先生,开始表演吧。我们在此"见教"了。(椅
　　　　子被端上)女士们,请坐;我们来看看他们的表演。

教师　　大智大勇的公爵,万福! 可亲可爱的女士们,万福!

忒修斯　这个开场白有点寒苦。②

教师　　　　　可敬的公爵,有您屈尊赏光,

　　　　　　　这场乡民的表演一定圆满。

　　　　　　　我们这一班人在这里会聚,

　　　　　　　嘴臭的管我们叫山野村夫。

　　　　　　　说句实话,用不着故弄虚文,

　　　　　　　咱们是一群快活的乡下人,

---

　　①　奥维德《变形记》中的诗句。原文为拉丁文。

　　②　原文 all hail 为双关语:"向……欢呼";冰雹。忒修斯取"冰雹"义,有意
曲解教师的原意。

一群乌合之众，雅号"歌舞团"，

愿为您跳一个摩尔士专场。

我是这个草台班子的导演，

村中人都管我叫教书先生；

我喜欢鞭笞后学的屁股蛋：

小个动用桦条，大个赏棍棒；

今天特来向殿下敬献技艺。

优雅的公爵，您的丰功伟绩

令敌酋丧胆，从地狱到人间，

无处不在传颂您赫赫威名。

鄙人恭请您投以炯炯之目，

下顾这剽悍强劲的摩尔舞。

夫"摩尔士"者，从"摩尔"，从"士"，①

吾等此来，专为您献丑解颐，

为这场演出，吾辈不辞辛苦，

精心排练；现小可不揣才疏，

谨以乡野村民的粗言俗语，

先向殿下将节目宗旨陈述。

舞罢表演五月之神和神后，

还有那些总喜欢夜间出游，

来无踪去无影的仙童仙女。

随后表演店老板和胖主妇：

夫妇俩迎接来宾可谓周到，

为的只是让客人掏空腰包；

只要店主人的手往上一扬，

---

　　①　此时一舞者举写有 morr 字样的牌子，另一舞者举写有 is 字样的牌子，两人站在一起，即合成 morris（摩尔士）全称。

> 侍者便知向顾客加倍收账。
> 再后还有爱喝牛奶的小丑、
> 傻瓜以及长尾长屌的猿猴。
> 这一干人拼凑起这场舞会，
> 只要您说声"好"，咱这就开台。

忒修斯　好，好，怎么都行，亲爱的教师。

皮里托俄斯　开始吧！

教师　(敲响乐器)上来上来，孩子们！过来，起舞！(乐起。众乡民跳起摩尔士舞。)

> 女士们，如果我们跳得高兴，
> 跳了个"得里"，让你们称心，
> 一个"得里"，再加上一个"得当"，①
> 我这教书的总算没出洋相。
> 公爵大人，如果您也感满意，
> 觉得我们做了该做的好事，
> 就请您赏赐我们一两根树，
> 用来做五朔节庆典的花柱。
> 一年以后，还是这班乡巴佬，
> 再来逗您老人家开怀一笑。

忒修斯　给你二十根，教书先生。(向希波吕忒)你觉得怎么样，亲爱的？

希波吕忒　从来没有这样开心过，夫君。

艾米莉娅　这舞跳得好极了；尤其是开场白，是我从未听到过的。

忒修斯　教书先生，我谢谢你。——来人，给每人一份赏钱。

皮里托俄斯　这点钱你拿去装饰五月花柱吧。(给钱。)

---

① 得里、得当(derry，down)：没有实际意义的赘词，多见于民间谣曲的副歌中。

忒修斯　好了,我们继续打猎去。

教师　　　但愿鹿儿的脖子伸得长又长,①

　　　　　但愿猎犬跑得飞快,无比强壮;

　　　　　但愿捕鹿就好比取物于袋囊,

　　　　　但愿夫人小姐都有鹿睾品尝。②（内号角声。忒修斯率众下。）

教师　我们的表演很圆满。男神女神为我作证! 姑娘们,你们跳得精彩异常!（众乡民下。）

第六场　同　前

　　　　[帕拉蒙从藏身处出。

帕拉蒙　我的表弟答应再来看我,同时带两把宝剑和两副盔甲过来,这时候也该到了。如果他食言,他就不是个男人,不是个战士。他走的时候,我以为自己一礼拜也恢复不了体力,并因此变得垂头丧气。我要谢谢你,阿赛特,你是一个正大光明的敌人;用过这些美食以后,我又有力量去战胜任何危险了。我跟他的事已经明摆着,如果再拖延下去,别人都会说我像一头躺着长膘的猪猡,而不是一个准备决斗的战士。因此,今天就是我最后一个休养日。他一再拒绝给我的宝剑,一旦拿到手,我就要用它来杀了他。这是光明磊落的。但愿爱情和幸运都在我这边!

　　　　[阿赛特携盔甲和宝剑上。

帕拉蒙　早安,阿赛特!

阿赛特　早安,高贵的表哥。

帕拉蒙　表弟,我真是太麻烦你了。

阿赛特　只要这样的麻烦为荣誉所系,好表哥,我便义不容辞。

---

①　鹿在灌木丛中伸出脖子,便于射击。

②　鹿的睾丸被认为是美味,此处同时含淫秽义。

帕拉蒙　我希望你始终这般义不容辞，表弟。我真希望你是我的一个至爱的亲人，而不是一个对我有恩的敌人；我本该用拥抱来感谢你对我的好处，而不是用手中的剑。

阿赛特　无论拥抱还是宝剑，我觉得都是高尚的回报。

帕拉蒙　我就要回报你了。

阿赛特　只要你公平公正地向我挑战，你在我眼里就比情人更有价值。别再生气了，因为你爱着关乎荣誉的一切。我们从小就懂得做男人就不可以说空话。当我们披盔戴甲武装整齐，就该让我们的怒火像两股狂潮从我们胸中喷涌而出，撞击在一起；那个美人到底为谁而生，是为你还是为我，即刻可以见出分晓：到那时，我们间再也用不着像幼稚的小姑娘和小学生那样相互指责、嘲讽和蔑视了。你愿意穿上武装了吗，表哥？如果你觉得时机还不合适，你的体力尚未完全恢复，我可以继续等待；只要有空，我每天还会来跟你聊天，直到你完全康复。你本人依然是我的朋友；我也真希望自己从没说过我爱过她，即便让我去死。但是，既然爱上了这样一位姑娘，为了证明我的爱情的权利，我也决不会退缩。

帕拉蒙　阿赛特，你是如此勇敢的一个敌人，也只有你的表哥配得上杀死你。我现在已经身强力壮；选择你的武器吧。

阿赛特　你先选，表哥。

帕拉蒙　你想处处显示你的高贵么？抑或存心想让我对你手下留情？

阿赛特　你如果这样想，那就大错特错了，表哥，因为我是个战士，我对你是不会手下留情的。

帕拉蒙　说得好。

阿赛特　一会就见分晓了。

帕拉蒙　我是个诚实的人，对爱情怀有正当的感情，为此，我要好好教训你。（选了一套盔甲）我就穿这一套吧。

阿赛特　剩下的一套是我的。来，我帮你先穿好。

帕拉蒙　好吧。表弟，请你告诉我，这么好的盔甲你是从哪里弄来的？

阿赛特　（帮帕拉蒙穿盔甲）这是公爵的盔甲。跟你说实话，这是我偷来的。盔钉扎痛你了吗？

帕拉蒙　没有。

阿赛特　是不是太重？

帕拉蒙　我以前穿的盔甲都比这轻一点，但没关系，我能适应。

阿赛特　我帮你扣好带子。

帕拉蒙　一定要扣紧。

阿赛特　你要披上护胸吗？①

帕拉蒙　不必了，我们又不骑马。我知道，你很喜欢马上作战。

阿赛特　我无所谓。

帕拉蒙　我也无所谓。好表弟，扣带一定要给我拉紧了。

阿赛特　你放心。

帕拉蒙　帮我戴上头盔。

阿赛特　手臂就不必套护甲了吧？

帕拉蒙　行，那样你我都灵活点。

阿赛特　但护手还是得用的。这一副小了点，好表哥，你就戴我这副吧。

帕拉蒙　谢谢你，阿赛特。我现在怎么样？我比以前瘦多了吧？

阿赛特　是瘦了些；这都是爱情把你折磨的。

帕拉蒙　我向你保证，我一剑就能刺中要害。

阿赛特　那就刺吧，别手下留情。我会激将你的，好表哥。

帕拉蒙　现在该你了，表弟。（帮阿赛特穿盔甲）你的这副盔甲，阿赛特，跟三个国王阵亡那天你所穿的那副很相似，只是这副轻

---

①　护胸披在左肩，用来保护胸口。马上比武时一般都披戴护胸。

一点。

阿赛特　那是一副好盔甲，我记得很清楚，表哥，那天你表现得比我好。你那么勇敢，是我从未见过的。当你冲向敌人的左翼，我便催马接应你。我当时骑的那匹马确实是好马。

帕拉蒙　那马是很好，浅栗色的毛发，我记得的。

阿赛特　但我还是白费劲；你比我打得好，让我望尘莫及。凭你的榜样，我才立了点小小的战功。

帕拉蒙　主要凭你自己的勇敢。你过谦了，表弟。

阿赛特　当我看见你率先冲向敌阵时，我还以为军营里响起了晴天霹雳呢。

帕拉蒙　飞行在霹雳前面的是你的英勇的闪电。等一下，这里是不是系得太紧了点？

阿赛特　没有，没有，正好。

帕拉蒙　除了我的剑，我不允许任何东西伤害你；即便小小的擦伤，也是对我的侮辱。

阿赛特　我现在武装好了。

帕拉蒙　那就站开吧。

阿赛特　用我的剑吧。我觉得它更好使。

帕拉蒙　谢谢，我不需要，你自己用吧。你的生命得仰仗它呢。这里还有一把；我别无所求，只要能用就行，尽管它维系着我的全部希望。但愿正义和荣誉护卫着我！

阿赛特　但愿爱情护卫着我！（两人朝各方鞠躬①，然后跨步站定）还有什么要说的吗？

帕拉蒙　只有这几句话：你是我姨母的儿子，我们要流的血是共同的，我身上有你的血，你身上有我的血。我握剑在手，如果你杀了我，神灵和我都将宽恕你。如果为荣誉而死的人有自己的安

———————————

①　骑士比武前，要向在场的观众鞠躬。

息地,我希望我这疲惫的灵魂能在那里获得一席之地。勇敢地
战斗吧,表弟。把你高贵的手给我。(两人握手。)

阿赛特　好,帕拉蒙。我的这只手以后再也不会如此友好地接近
你了。

帕拉蒙　我向你致敬。

阿赛特　如果我被你杀了,你就诅咒我吧;因为在正义的考验中,丢
掉性命的只会是胆小鬼。再跟你说声再见,表哥。

帕拉蒙　再见了,阿赛特。(两人决斗。内号角声。两人歇手站定。)

阿赛特　看,表哥,我们的愚蠢受到报应了。

帕拉蒙　怎么说?

阿赛特　我跟你说过,公爵就在这里打猎。如果被他发现,我们就要
倒霉了。为了荣誉,你还是赶紧回到灌木丛中藏起来吧。表哥,
我们想死,以后有的是机会。好表哥,但如果你被他看见了,你
会因越狱而当场处死;我呢,只要你说出真相,也会因我的轻慢
行为而丢命。那时所有的人都会嘲笑我们,说我们尽管有崇高
的分歧,但处置得很不合适。

帕拉蒙　不,不,表弟,我不想再躲藏下去了,也不想将这次事关重大
的冒险推迟到下一次。我知道你的诡计,也明白你的意图。谁
心虚了,谁就是可耻的! 你还是继续防卫好自己吧。

阿赛特　你是不是疯了?

帕拉蒙　否则,我就要利用眼前的机会了。我不害怕即将到来的威
胁,一切听凭命运的安排就是。告诉你,软弱的表弟,我爱艾米
莉娅,为了她,我要埋葬你和一切的障碍。

阿赛特　那就听天由命吧。帕拉蒙,你要知道,我视死亡为家常便
饭。我只害怕一件事:法律的追究会使我们名声扫地。留意你
的性命!

帕拉蒙　留意你自己的吧,阿赛特!(两人继续决斗。)

　　　　〔号角声。忒修斯、希波吕忒、艾米莉娅、皮里托俄斯及随从上。

忒修斯　哪来的两位奸徒,如此愚昧,如此疯狂,居然无视我的法律,既没有我的许可,也没有官员的监督,就在这里像武装的骑士那样私自决斗?卡斯托尔①为我作证,这两人都得处死。

帕拉蒙　记住你说过的话吧,忒修斯。我们两人确实是你的"奸徒",我们都藐视你和你的权威。我是帕拉蒙,从你的监狱逃了出来,我是不会爱你的。该怎样处置,你看着办吧。这一个是阿赛特,在你的国土上,再没有比他更大胆的歹徒了,在朋友中间,再没有人比他更虚伪了。他就是那个有人代为求情而被放逐的人,但他蔑视你和你所做的一切,公然违抗你的法令,乔装打扮成现在这个模样,前来追求你的姨妹,那灿烂的幸运之星,美丽的艾米莉娅。如果最早以灵魂相许的一见钟情应该拥有爱的权利的话,那我便是她天经地义的仆人;而且,更重要的是,我有勇气把她看作我的人。作为她最忠诚的情人,我在要求阿赛特为自己的奸诈行为做出解释。忒修斯,如果你真的如人们所说的那样德高望重,能公正地裁决一切不义的行径,你就应该说"继续决斗",那时,你将看到,我所从事的正是令你妒忌的正义之举。等决斗结束,你不妨再处死我;那时我自己也会请求你执行死刑的。

皮里托俄斯　我的天,这是何等豪迈的气概啊!

忒修斯　我已经发过誓了。

阿赛特　我们并不需要你的怜悯,忒修斯。你随意判决了我们的死刑,我也能同样随意地面对它。但现在是这个人把我叫作奸徒,为此我倒要申辩几句:如果爱上这位绝世的美人,忠心为她效劳,就是奸诈之举,那你就把我当作最阴险的奸徒,想怎样处置就怎样处置好了,因为我确实是最爱她的,并愿意在爱的忠诚中死去;我到这里来,就是想用生命来证明我对她的这种感情;我

_____

① 天神宙斯之子。

对她的爱是最真实的,最宝贵的;我的这位表哥不许我爱她,我
就敢把他杀死。至于我为什么藐视你的法令,公爵,这你得先问
问这位小姐,她为什么会长得这么美,她的眼睛为什么会命令我
留下来去爱她。如果她也说我是个奸徒,那我才是一个不折不
扣、死无葬身之地的恶棍。

帕拉蒙　忒修斯,你可以对我们不表仁慈,但你应该对我们表示同
情。因为你是公正的,你高贵的耳朵用不着再听我们解释。你
是一位英雄,公爵,你的表兄弟创建过十二大功绩,备受世人景
仰,①请看在他的灵魂的分上,就把我们两人一同处死吧。我唯
一的请求是,让他提前几分钟执法,好让我告诉我的灵魂:他再
也得不到她了。

忒修斯　我答应你的请求,说实话,你的表弟的罪过大过你十倍,因
为我给予他的仁慈远超过给予你的,先生,相比之下,你的罪过
小许多了。——任何人都不得为他们求情,太阳下山以前,两人
都得辞世长眠。

希波吕忒　(向艾米莉娅)哎呀,遗憾啊! 妹妹,事情紧迫,你该开口说
话了。这两个人如果死了,你的这张脸将永远遭后世的唾骂。

艾米莉娅　亲爱的姐姐,我这张脸是无辜的,它从没有对他们发过
怒,丝毫没有伤害过这两个人;是他们自己的眼睛造的孽,给他
们带来了杀身之祸。不过,我毕竟是个女人,我懂得怜悯,(下跪)
如果我不能获得仁慈,就让我的膝盖生根在地上吧。帮帮我,亲
爱的姐姐,这是一件有德之举,世上所有的女人都将站在我们身
边。无比高贵的姐夫——

希波吕忒　(下跪)夫君,看在我们夫妻的情分上——

艾米莉娅　凭您高洁无瑕的荣誉——

希波吕忒　凭你对我的忠诚,凭你为我发过誓的那只手和那颗诚实

——————————

① 指赫拉克勒斯。

的心——

艾米莉娅　凭您眷顾万民的同情心,凭您无边无际的美德——

希波吕忒　为了你的勇武,为了我曾经欢娱过你的每一个纯洁的夜晚——

忒修斯　这都是些莫名其妙的理由。

皮里托俄斯　(下跪)我也要下跪求您。看在我们的友谊的分上,大人,凭我们共同经历过的危险,凭你最爱的一切,包括战争和您这位可爱的夫人——

艾米莉娅　凭你扶助妇女的骑士美德,对于一个羞赧的少女的请求,您是不会拒绝的——

希波吕忒　凭你自己的一双眼睛,凭你自己的神武:你曾经发誓说我胜过所有的女人,甚至所有的男人,但我还是委身于你,忒修斯啊——

皮里托俄斯　还有一个最重要的理由:凭你那无比高尚的灵魂,它是不可能缺乏怜悯的,为此我首先请求——

希波吕忒　然后听听我的祈求——

艾米莉娅　最后让我恳求——

皮里托俄斯　你的仁慈。

希波吕忒　祈求你的仁慈。

艾米莉娅　恳请您宽恕了这两位王子。

忒修斯　你们这是让我自食其言了。(向艾米莉娅)如果我对他们两人表示同情,你觉得我该怎么办好呢?(众人起身。)

艾米莉娅　免他们一死——然后放逐出去。

忒修斯　姨妹,你真是个十足的女人:你具有怜悯心,却不知道如何施予你的怜悯。既然你想拯救他们的性命,那你得想个比放逐更安全的办法才行。这两个人承受着爱情的痛苦,他们能不相互残杀而活下去吗?他们每天都会为你而厮杀,一刻也不会忘记因你而起的争斗。还是学聪明点吧,别去管他们了。事情关

系到你的名誉,同时也关系到我的誓言。我已说过处死他们;与
其让他们死于自相残杀,不如让他们死于法律的制裁。你们就
别让我的名誉受损了。

艾米莉娅 我的高贵的姐夫,你是在仓促间发下誓言的,当时你正在
气头上;你的理智并不想坚持它。如果让这样的誓言代替审慎
的意志,整个世界非毁灭不可。再说,你还保留着你的另一个誓
言,它比这个更有权威,足以将它抵消;我相信,那个誓言蕴含着
更多的爱,是你在深思熟虑后发下的,不是一时的意气用事。

忒修斯 那是什么誓言,姨妹?

皮里托俄斯 一吐为快吧,勇敢的姑娘。

艾米莉娅 你说过:你一定不拒绝我的任何请求,只要它合情合理,
只要你力所能及。我现在就要求你兑现承诺。如果你食言,就
想想你是如何败坏自己的名誉吧。我现在下定决心坚持我的请
求,除了你的同情,其他的话我一概不听:他们的生死已经与我
的名誉戚戚相关。我能眼睁睁看着爱我的人为了我而毁灭吗?
那实在太残忍了。挺拔的嫩枝上开着万紫千红的花朵,有谁会
因它们有一天会腐败,就狠心将它们剪去? 忒修斯公爵殿下,如
果您坚持执行您的誓言,那些曾经为他们的不幸哀伤过的母亲
们,那些曾经恋爱过的少女们,都将诅咒我和我的美貌,并用她
们为这两个表兄弟创作的挽歌来蔑视我的残忍,祈求灾祸降临
到我的身上。那时候的我在女人的眼里便一无是处,只是一个
笑柄了。看在上天的分上,饶了他们的性命,把他们驱逐出
境吧。

忒修斯 按什么条件驱逐他们好呢?

艾米莉娅 让他们发誓从此再不因我而争斗,永远忘了我,永远不踏
上您的公国,无论到哪里,相互间永远视同陌路。

帕拉蒙 我宁愿粉身碎骨也绝不发这样的誓言。要我忘记对她的
爱? 神明在上,你们都来蔑视我吧。把我们放逐倒也无所谓,那

时,我们还可以凭手中的剑公平了断。公爵,用不着再啰嗦了,你最好还是把我们杀了吧。我必须爱,也一定要爱,为了这个爱,不管在什么地方,我都要杀死我的这位表弟。

忒修斯　阿赛特,你愿意接受这些条件吗?

帕拉蒙　他要是接受,他就是个恶徒。

皮里托俄斯　两人都是男子汉。

阿赛特　不,决不接受,公爵。这比凭乞讨苟延残喘更可耻。虽然我知道自己永远享受不了她的爱,但我要维护爱情的荣誉;即便死亡就是个可怕的恶鬼,我也要为她而死。

忒修斯　该怎么办好呢? 我现在也有点于心不忍了。

皮里托俄斯　那就继续同情他们吧,大人。

忒修斯　艾米莉娅,假如他们中间死了一位,你乐意将另一位当作你的丈夫吗? 他们不能同时享受你的爱情,其中一位必须死。他们都是王子,跟你的眼睛一样的漂亮;他们品德高尚,那是怎么说也不过分的。看着他们,如果你能爱,就用你的爱来结束这场纷争吧。我同意了——两位王子,你们满意这样解决吗?

帕拉蒙、阿赛特　满意,凭我们的灵魂。

忒修斯　那么,被她拒绝的一位必须处死。

帕拉蒙、阿赛特　任何一种死法都行,公爵。

帕拉蒙　由她判决我的死亡,我死得幸福;那些尚未出生的恋人们也会祝福我的遗骸。

阿赛特　如果她拒绝我,还有坟墓做我的新娘,士兵们都会为我唱起挽歌。

忒修斯　(向艾米莉娅)那就选择吧。

艾米莉娅　我无法选择,姐夫;他们两人都很优秀。就我而言,我不愿让任何一位失去一根毛发。

希波吕忒　那该如何处置他们好呢?

忒修斯　那就让我下达命令吧。我凭我的荣誉发誓,这命令必须执

行,否则两人都得死。(向帕拉蒙和阿赛特)你们两人都回到自己的
国家,在一个月之内,每人带三个骑士再回到这里。我要在这里
立起一座金字碑。你们两人,不管是谁,只要有一方能凭骑士的
力量,正大光明地逼迫另一方碰倒这座碑,他就能享受她的爱
情;另一方,包括他的三个朋友,都将处死。被处死的一方不得
有任何怨言,不可以对这位小姐有任何非分之想。你俩满意吗?

帕拉蒙　满意。来吧,表弟阿赛特,那一天到来以前,我们又是好朋
友了。

阿赛特　我拥抱你。(两人拥抱。)

忒修斯　你满意吗,姨妹?

艾米莉娅　只好如此了,姐夫,否则,两人都活不了。

忒修斯　来吧,我们握握手。记住,你俩都是绅士,比武以前,你们的
争吵应该停止。遵守你们的约定吧。

帕拉蒙　我们不会让你失望的,忒修斯。

忒修斯　来吧,现在我要按王子和朋友的礼节接待你们。在你们回
来以前,我要为胜利者安排好一切;对于失败者,我也要在他的
棺前一洒同情之泪。(同下。)

第 四 幕

第一场　监　狱

[看守长和他的朋友上。

看守长　你还听到什么? 帕拉蒙越狱逃跑,他们就没有说起我? 好
先生,仔细想想。

朋友甲　没有听到什么。事情还没有结束,我就回家了。不过,离开

之前我看得出来，两人获得宽恕的可能性是很大的；希波吕忒和眼睛漂亮的艾米莉娅都跪在地上苦苦求情，我看得出来，公爵站在那里犹豫不决，不知道该坚持自己仓促间发下的誓言好呢，还是依从了两位贵妇人的同情心。高贵的皮里托俄斯王子是公爵的心腹，他也帮着说情，我相信一切都会好起来；我没有听见有谁提到你的名字和他的越狱。

　　〔朋友乙上。

看守长　但愿老天保佑我平安无事。

朋友乙　放心吧，老兄！我给你带好消息来了。

看守长　太好了。

朋友乙　帕拉蒙为你开脱，帮你获得了公爵的宽恕；他将他如何逃脱，通过什么人的帮忙，都如实说了出来：原来都是你的女儿干的；但她也得到了宽恕。那个因犯不愿人家说他知恩不报，给了你女儿一笔钱作为她的嫁妆——那是一大笔钱，我向你保证。

看守长　你是个好人，总给我带来好消息。

朋友甲　最后的结果如何？

朋友乙　嘻，还不是皆大欢喜：有她们出面求情，总会有圆满的结果的。两个因犯都得救了。

朋友甲　我早知道会有这样的结果。

朋友乙　不过有个新的条件，这事我还是另找时间跟你说吧。

看守长　我希望那也是好的。

朋友乙　条件十分的公平公正；但最后会好到什么程度，我就不知道了。

朋友甲　你会知道的。

　　〔求婚人上。

求婚人　哎呀，先生，你的女儿呢？

看守长　你怎么问这个？

求婚人　啊，先生，你最近一次是什么时候见到她的？

看守长　　今天早上。

求婚人　　她当时身体好吗？她没病吧？先生，昨晚她是什么时候睡觉的？

朋友甲　　问得真奇怪。

看守长　　我觉得她的身体是不怎么好，你让我想起来了，今天我问过她几个问题，她的回答很反常，很幼稚，很愚蠢，好像就是个傻瓜，白痴，我当时还生过她的气。她怎么啦，先生？

求婚人　　没什么，但我很同情。事情应该让你知道，无论是从我嘴里说出，还是从不那么爱她的人的嘴里说出，其实是一样的。

看守长　　噢，先生？

朋友甲　　她哪里不对劲？她身体不好吗？

朋友乙　　她会不会病了？

求婚人　　千真万确，她疯了。

朋友甲　　这不可能。

求婚人　　你们自己看得出来的，我相信。

看守长　　你说的情况我也早有预感。神明安慰她吧！可能是因为她爱上了帕拉蒙，或者是担心放跑了他给我带来麻烦，或者是两种原因都有。

求婚人　　很有可能。

看守长　　你为什么这样心急火燎的，先生？

求婚人　　我得赶紧告诉你：刚才我在公爵宫廷后面的那个大湖边钓鱼，正当我耐心地等待鱼儿上钩时，忽然听见一个尖细的声音从远处长满芦苇和蓑衣草的堤岸传过来。我凝神细听，凭嗓音的柔弱，我听得出歌唱者不是一个孩子就是一个女子。我于是放下钓竿走上前去，但还是没能看清唱歌的人，因为灯芯草和芦苇把人给遮挡了。我便干脆躺下身子，听她唱歌；这时，通过垂钓者弄开的一个豁口，我终于看到了那个人，原来就是你的女儿。

看守长　　再说下去，先生。

求婚人 她唱了很多,都是些胡言乱语,我只听见她再三地重复这样一些词:"帕拉蒙走了,到树林里采桑葚去了,明天我一定要找到他。"

朋友甲 可爱的灵魂!

求婚人 "他的镣铐会暴露他的身份,他一定会被人抓住,我怎么办好呢? 我要带上一群姑娘,一百个跟我一样多情的黑眼睛姑娘;我们的头上都戴一个水仙花编织的花冠,我们的嘴就像樱桃,我们的脸是红红的玫瑰;我们要在公爵面前翩翩起舞,请求他的宽恕。"——然后她又说到你,先生——说你明天上午一定会掉脑袋,她要采摘鲜花为你送葬,将你的住所布置得漂漂亮亮。再以后她就一个劲地唱"杨柳,杨柳,杨柳",中间夹上"帕拉蒙,可爱的帕拉蒙","帕拉蒙是个高大英俊的小伙子",等等。她坐的地方水深到膝盖。她的头发乱蓬蓬的,上面套着个菖蒲编的花冠;她的身边长满了各种各样的鲜花,什么颜色都有。我觉得她就像一个掌管山林水泽的女神,要么就是刚从天上下来的霓虹女神。她用身边的灯芯草做成许多指环,对着它们说一些用作铭文的格言警句:"真爱如是而结","此环可丢,此情永久",总之是这一类话。然后她又是哭,又是唱,又是叹息,一边又笑起来,吻自己的手。

朋友乙 唉呀,真可怜!

求婚人 这时我便朝她走了过去。她一看见我,便即刻跳入水中。我把她救了上来,带到岸上,但一转眼工夫,又被她溜掉了。她大喊大叫着朝城里跑去,相信我,她跑得太快了,把我远远甩在后面。我远远看见三四个人在前面阻挡她——其中一个我认得,是你的兄弟——她受到阻挡后摔倒了,不可能再逃走;我便让他们陪着她,到这里来向你报信。他们来了。

　　　　[看守长的弟弟、看守长的女儿及其他人上。

女儿 (唱)"但愿你再见不到天光……"这歌好听吗?

弟弟　　好听，很好听。

女儿　　我还能唱二十多首歌。

弟弟　　你一定能。

女儿　　是的，我真能唱。我会唱《金雀花》，还会唱《好罗宾》。你不是那个裁缝吗？

弟弟　　是的，是的。

女儿　　我的结婚礼服呢？

弟弟　　明天给你送过来。

女儿　　一定要早一点送过来。我还要出门招呼我的姐妹们，我还得付工钱给游吟诗人；我少女的贞操必须在天亮以前献出，否则，家道就不会兴旺了。（唱）

　　　　　　　"啊，美丽的，啊，亲爱的……"

弟弟　　（向看守长）这件事你一定要有耐心。

看守长　　是啊。

女儿　　晚上好，好人们。请问，你们听说过一个叫帕拉蒙的小伙子吗？

看守长　　听说过，姑娘，我们认识他。

女儿　　他不是一个英俊、年轻的绅士吗？

看守长　　是的，亲爱的。

弟弟　　无论如何不能惹她生气；否则她的脾气会变得比现在还糟糕。

朋友甲　　（向看守长女儿）不错，他是一个很英俊的绅士。

女儿　　啊，是这样吗？你有一个妹妹。

朋友甲　　是的。

女儿　　但她决不可以嫁给他，就这样对她说，我知道这都是骗人的。你最好看住她，如果让她见上他一面，那她就完了——用不了一小时，她就不可救了，一切都毁了。咱们镇上所有的女孩子都爱上了他，但我嘲笑她们，不理睬她们。我的做法不是很聪明吗？

朋友甲　　是很聪明。

女儿　现在至少有两百个女孩子怀上了他的孩子——肯定有四百个。只有我守身如玉，像蚌壳一样护住自己的贞操。这些姑娘怀的都是男孩，他有生男孩的办法。男孩长到十岁都得阉割，以便当歌手，用歌声来赞美忒修斯的战争。①

朋友乙　（向其他人）真是奇谈。

弟弟　（向朋友乙）只要听着就行，什么也别说。

朋友甲　别说。

女儿　她们从全国各地赶来跟他幽会。我向你们保证，昨天晚上他就至少打发了二十个女孩子。只要在兴头上，用不了两个小时，他就能让所有的女孩子都满足。

看守长　她完了，没治了。

弟弟　千万别这么说，哥哥。

女儿　（向看守长）你过来，你是个聪明人。

朋友甲　（向朋友乙）她认得他吗？

朋友乙　认不出了。但愿她能认出。

女儿　你是船长吗？

看守长　是的。

女儿　你的罗盘呢？

看守长　在这里。

女儿　让罗盘指向北方；把你的航道对准树林，帕拉蒙就躺在那里等我着呢。船帆就由我来挂吧。来吧，起锚了，心肝宝贝们，大家高兴点。加油，加油，加油！帆升起来了！风正好，收紧缆索。升起主帆！你怎么不吹口哨啊，船长？

弟弟　咱们都上船吧。

看守长　全速前进，伙计！

弟弟　掌舵的呢？

---

①　据说男孩身体发育前阉割，有利于保护嗓音。

朋友甲　在这里。

女儿　你看见什么了吗？

朋友乙　一座漂亮的树林子。

女儿　就朝它开过去，船长。抢风前进。（唱）

　　　　月神借来了阿波罗的光辉……（同下。）

第二场　忒修斯宫廷；雅典

〔艾米莉娅持帕拉蒙和阿赛特画像上。

艾米莉娅　我也许还能包扎起他们的伤口，不让他们为了我而流血至死。我要做出选择，以便结束他们的纷争。如此英俊的两个年轻人不能因我而死。我不能让他们老泪横流的母亲跟在儿子冷冰冰的骨灰后面诅咒我的残忍。仁慈的苍天啊，阿赛特的脸是何等的可爱！智慧的自然以其最美好的禀赋和美质播种出如此高贵的身躯，倘若她自己就是一个人间女子，怀有少女的羞怯和矜持，她一定会为这个男人发疯的。看吧，这位年轻王子的眼睛是多么炯炯有神，多么的活泼可爱！爱神自己就在这双眼睛里微笑着呢。他分明就是任性的伽倪墨得斯①再世，心仪于他的乔武派出天神，强行将这俊俏的孩子抢到天庭，安置在自己身边，成了一颗灿烂的星星。他的前额是多么宽阔而威严！眉毛像大眼睛的天后朱诺，但要可爱许多；洁白的肩膀胜过珀罗普斯的象牙肩！② 我觉得，他的两肩犹如高耸入云的海岬，声名与荣誉就从这里振翅飞翔，向下界歌唱着众神以及近似神灵的英雄们的战争和爱情。相比之下，帕拉蒙就只是陪衬，一个暗淡无光的影子了。他看上去又黑又瘦，目光迟滞，好像刚死了母亲；他

---

　　①　伽倪墨得斯：希腊神话中达耳达尼亚国王的儿子，因俊美出众而为天神拐走，送到天上，成了宙斯的宠人和酒童。

　　②　珀罗普斯为坦塔罗斯之子，他的肩膀被神误食，后用象牙补上。

的性情沉稳,但缺乏生气,缺乏活力,比之活泼机敏的阿赛特,显得有点不苟言笑。但这些被我们当作缺点的东西,到了他身上,不正是他的优点吗?美如天仙的那喀索斯不就是个性情忧郁的男孩吗?一个女人的心思谁弄得清楚啊?我是一个傻瓜,失去理智了;我无法选择,刚才说的全是胡言乱语,别的女人应该打我一顿才是。帕拉蒙,我跪下向你请求宽恕!其实你才是举世无双、独一无二的美男子;这样的一双眼睛,这样的一对美的明灯,就是爱情的主宰和霸主,哪个少女敢惹恼它们?这张褐色的脸蛋充满男子气概,是何等的威严,何等的撩人心扉啊!爱神啊,从今往后,我所钟爱的只有这一种肤色了!阿赛特,你就在那里躺着吧,与他相比,你只是一个被仙女掉换过的丑孩子,一个可怜的吉卜赛人。这一个才是高贵的形体。我刚才昏了头,完全丧失理智,少女的贞操已被我抛之脑后:一刻钟以前,如果我的姐夫问起我究竟爱哪一个,我一定会为阿赛特神魂颠倒。现在呢,如果姐姐来问我,我又该说更倾心于帕拉蒙了。把他们两人摆在一起吧。现在再来问,姐夫;哎呀,我又不知道如何回答好了!亲爱的姐姐,你来问吧;我又只能干瞪眼了。爱情是一个何等幼稚的孩童啊:手上拿着两个玩具,都一样的可爱,无法选择,他就只好哭喊着两个都要了!

　　　　　〔一侍从上。

艾米莉娅　　有事吗,先生?

侍从　　小姐,你的姐夫,高贵的公爵让我告诉你:那些骑士都来了。

艾米莉娅　　是来结束那场纷争吗?

侍从　　是的。

艾米莉娅　　还是让我先死了吧!纯洁的狄安娜啊,我究竟造了什么孽,非得让无疵无瑕的青春沾染上王子的鲜血,我的贞操非得变成祭坛,让两位深爱我的人的性命作为我不祥的美貌的牺牲?在给母亲带来欢乐的儿子中,这两位王子可是最优秀、最可爱的啊。

　　　　〔忒修斯、希波吕忒、皮里托俄斯及侍从上。

忒修斯　快带他们进来；我想马上见到他们。（向艾米莉娅）为你而争
　　吵的两位情人带着他们的骑士回来了。我的好妹妹，你现在得
　　爱上他们中的一个。

艾米莉娅　我宁可两个都爱，因为我不想让任何一个因为我而死于
　　非命。

忒修斯　你们谁见到他们了？

皮里托俄斯　我刚才见到了。

侍从　还有我。

　　　　〔一使者上。

忒修斯　你从哪里来，先生？

使者　就从骑士那里来。

忒修斯　说吧，既然你见过他们，快说说他们的情况。

使者　遵命，大人，我如实禀报我的观感。他们一共带来了六位骑
　　士，从外表看，个个精神抖擞，那豪迈的气概是我平生从未见过，
　　也从未在书籍中读到过的。紧跟在阿赛特身边的第一位骑士一
　　看就知道是个勇士，从他的脸和脸上的表情判断，应该是位王
　　子。他的皮肤深褐色，但不黑——神态严峻而高贵——说明他
　　是个坚毅、无畏、勇于冒险的人。他环顾四周，目光如火，就像一
　　头愤怒的雄狮。他的长发披散在背后，又黑又亮，犹如乌鸦的翅
　　膀。他的肩膀宽阔而结实，长手臂上的肌肉一块块暴突着；精致
　　的肩带上挂着一把宝剑，悬垂在腰间：只要他什么时候皱一皱眉
　　头，这宝剑就是意志的执行者。我的良心可以作证，在并肩作战
　　的朋友中，再难找到比他更优秀的战士了。

忒修斯　你把他说得太好了。

皮里托俄斯　但依我看，比起帕拉蒙带来的第一位骑士，那还差得
　　远呢。

忒修斯　　请你说说,朋友。

皮里托俄斯　　我猜想他也是一位王子,有可能地位更高,因为他具有
　　高贵者所有的气度。他比刚才说到的那位骑士高大一些,脸蛋
　　也更英俊;他的皮肤红润,就像成熟的葡萄。他显然知道为谁而
　　战,已把这场纷争当成了自己的事。他的脸上充分流露着对胜
　　利的自信,当他发怒时,透露在他身上的是一种敢作敢为的豪迈
　　之气,而非不着边际的狂妄。他不懂得什么叫害怕,在他的身
　　上,你看不到丝毫的畏葸之色。他的一头金发硬生生地卷曲着,
　　就像一丛丛雷霆也无法摧毁的常春藤。他的脸还没有长胡子,
　　白里透红,论秀美跟那位好战的女神①有一比。他那双滴溜溜
　　的眼睛洋溢着胜利女神的光辉,胜利女神似乎始终眷顾着他的
　　勇武。他的鼻子高高的,见证着他的荣誉。② 他的嘴唇红彤彤
　　的,等到战斗结束,正好用来跟贵妇人亲吻。

艾米莉娅　　这样的男人也得死吗?

皮里托俄斯　　当他开口说话,他的声音犹如号角。总之,他的面貌特
　　征是任何男人梦寐以求的——既强壮又秀美。他手上提一把钢
　　斧,斧柄是用黄金做的。他的年纪二十五六上下。

使者　　还有一位——个头不大,但意志坚强,豪迈无比。那样的英气
　　逼人,是我平生从未见过的。

皮里托俄斯　　你是说那位长有雀斑的骑士吧?

使者　　正是,大人。你不觉得他的雀斑很好看吗?

皮里托俄斯　　是的,是很好看。

使者　　只有几颗,但分布得很匀称,不愧为造化的杰作。他的头发是
　　褐色的,但不是女性气的浅褐,而是充满男子气概的深褐,接近
　　赭色。体格强壮,身手敏捷,一看就知道是个很活泼的人。他的

---

① 好战的女神,指雅典娜。
② 罗马人认为高耸的鼻子是高贵者的面相。

手臂粗壮有力,强壮的肌腱微微隆起,一直扩展到护肩处,就像刚怀孕的妇女。结实的身体说明他习惯于使刀弄枪,从来不会在战场上退缩屈服。他显得勇敢而沉稳,一旦发起威来,就像一只下山猛虎。他有一双蓝眼睛,那里流露着胜利者的同情。他能敏锐地捕捉战机,一旦时机成熟,他能以迅雷不及掩耳之势化战机为战利。他不会随便欺侮别人,也决不会被人欺侮。他的脸是圆的,微笑时是个情人,皱眉时是个战士。他的头上戴着由橡树叶编织的花冠,上面插着他的心上人赠予的爱情信物。他的年纪大约三十六岁,手上提一根饰银的长矛。

忒修斯　其他几个都这样优秀吗?

皮里托俄斯　他们都是荣誉之子。

忒修斯　我的灵魂为我作证,我想马上见到他们。(向希波吕忒)夫人,你现在可以观看他们比武了。

希波吕忒　但我不想看到他们因爱情而决斗,夫君。他们如此大动干戈,倒适合一场争夺王位的战争。为了爱情拼个你死我活,是很遗憾的。(艾米莉娅痛哭)我的软心肠的妹妹,你心里怎么想?等他们流了血,你再哭泣吧。姑娘,事情只好如此了。

忒修斯　是你的美使他们变得如此一意孤行。(向皮里托俄斯)可敬的朋友,这场比武就由你来主持。与此有关的一切,都由你来安排吧。

皮里托俄斯　遵命,大人。

忒修斯　来吧,我要去看看他们。我等不得了,你们的报告已让我热血沸腾。好朋友,一切都要安排得有气派,就等他们出场了。

皮里托俄斯　不会没有气派的。

艾米莉娅　(对自己)可怜的姑娘,你去痛哭吧:无论哪一方取胜,一个高贵的表兄弟都将因你的罪孽而送命。(同下。)

第三场　监　狱

〔看守长、求婚人、医生上。

医　生　她的神经错乱更多地出现在有月亮的晚上，是这样吗？

看守长　她的脾气始终很坏，只是不伤害别人；她睡的时间很少，几乎不吃东西，只是经常喝水。她总是梦见另一个世界，梦见比这里更好的地方。不管她东拉西扯说点什么，做点什么，遇到什么问题，嘴里总离不开"帕拉蒙"。

　　　　　〔看守长女儿上。

看守长　她来了。你可以观察一下她的行为。（三人退过一边。）

女　儿　我完全把它忘了；曲子的副歌是"得当呃得当"，它是艾米莉娅的教师，那个名叫吉拉尔多的好人儿写的。他是用腿脚走路的人中间最异想天开的；狄多将在另一个世界见到帕拉蒙，那时她就不会再去爱恋埃涅阿斯了。①

医　生　她这是说什么呢！可怜的姑娘。

看守长　她一整天都这样。

女　儿　要让我告诉你的那个咒语灵验起来，你还得在嘴上含一枚银币，否则就过不了那条河。② 有福的灵魂都到那里去，如果你等到了那一天——看，那是多好的场景啊！我们这些坏了肝——因失恋而破碎了肝的少女都在那儿呢，我们不做其他的事，一整天跟着珀耳塞福涅采摘鲜花。③ 我要给帕拉蒙采一束鲜花，让他注意到我——

医　生　她的疯话倒说得很妙！再注意她一会儿。

---

　　① 　根据罗马传说，特洛伊城毁灭后，埃涅阿斯来到狄多处避难。狄多爱上了他，但埃涅阿斯要去意大利创建新的国家，离开了狄多。狄多失恋后自杀。

　　② 　人死后的灵魂需要渡过冥河，才能到达冥国。冥河上的艄公卡戎要向亡灵收取摆渡费。

　　③ 　肝被认为是产生爱情的器官。珀耳塞福涅是冥国的女王，是司谷物生长和土地丰收的女神。

女儿　真的，我告诉你：我们这些有福的灵魂有时候还要玩"打麦
子"①哩。哎呀，另一个地方的灵魂就苦了：不是火烧、油煎，就
是沸水烹，到处是嗞嗞的响，哇哇的叫，索索的颤抖，口口声声的
诅咒——那里的刑罚太可怕了，你千万要注意！凡是发疯死的，
上吊死的，跳河死的，都得到那里去。朱庇特保佑！到了那里，
你就得扔进一口熬着铅水和高利贷者的汗珠子的大锅，跟一百
万个扒儿手放在一块煮，像煮腊猪蹄似的，就是煮不熟。

医生　看她的脑子编的！

女儿　那些让姑娘们怀了孩子的王公大臣们，也都在这个地方受罪；
他们站在烈火里，火烧到了肚脐，站在冰水里，冰冻进心脏：作孽
的那个东西，就用火烧；骗人的那个玩意，就用冰冻——说实在
的，就为这点小小的过失，就受如此严厉的惩罚，是有点过分，有
人会这样想。相信我吧，只要能逃过这样的惩罚，男人都愿意娶
患麻风病的女巫做老婆，我向你保证。

医生　她又开始胡思乱想了！她这病不是受刺激而引起的简单的疯
癫，而是一种最严重、最纠结的忧郁症。

女儿　一个傲慢的夫人和一个傲慢的城里太太在一起号啕大哭呢！
如果我会觉得她们哭得好玩，那我就不是人了。一个呼喊："啊，
熏死我了！"另一个呼喊："烧死我了！"一个哭叫："在墙帏背后我
只干过这一回呀！"另一个则在诅咒她的相好和花园里的那间房
子。（唱）

　　　　　　我会变得真诚，我的星宿，我的命运……（下。）

看守长　你看她这病怎样？

医生　她这是精神错乱，我也无能为力。

看守长　哎呀，那该怎么办好呢？

---

①　一种类似捉迷藏的游戏：男女结对围成一圈，中间一对男女扮"地狱"，
设法抓住别人。

医生　我想知道,在她认识帕拉蒙以前,她爱过什么人吗?

看守长　先生,我曾经十分希望她能喜欢上这位绅士,我的朋友。

求婚人　我也这样想,我还盘算过一个好办法:拿出我的财产的一半给她,有了这笔馈赠,她跟我就有真正的平等了。

医生　她眼光过高,致使心智的各个方面都出了问题。相信她能够回归正常,恢复命定的禀性,只是现在仍处在极端混乱的状态。你们应该做的是:把她关进一个阳光漏得进去却照不进去的地方。年轻人,作为她的男友,你去冒充帕拉蒙,跟她一起吃饭,跟她谈论爱情。爱情能吸引她的注意力,因为这是她的症结所在。如果在她的心灵和眼睛之间插入其他的东西,只会扰乱她的神经,使她陷入疯狂。她说过,帕拉蒙喜欢在监狱里唱歌,那你就学学帕拉蒙,唱一些年轻人的情歌给她听。到她那里去的时候,用当令的鲜花将自己打扮起来,再涂上点沁人心脾的混合香水。总之,一切都要以帕拉蒙为范,他的善歌,他的可爱,他的种种好处你都得模仿。恳求她一道进餐,为她切肉,跟她干杯,中间不断地向她求爱,讨她的欢心。打听一下哪几个姑娘是她的朋友和游伴,让她们带上爱情的信物去看望她,并在嘴上不停地叨念帕拉蒙,好像她们都是帕拉蒙派来向她求爱的。她现在处在幻觉中,就只能以幻治幻。只有这样,才能让她吃好睡好,理清已经混乱的一切,让她恢复本来的面貌。这个办法屡试不爽,我自己也不知道究竟成功过多少次了。这一次也一定有好效果,这一点我是坚信不疑的。在此期间,我还会随时过来为她诊断。就这样办吧,早点治好她的病,大家都放心。

第 五 幕

第一场　林间空地

　　〔帕拉蒙和阿赛特先前决斗过的林间空地。舞台上设三个神坛,分别供奉玛尔斯、维纳斯和狄安娜。喇叭奏花腔。忒修斯、希波吕忒、皮里托俄斯及侍从上。

忒修斯　让他们进场,在神灵面前庄严地祈祷吧。神庙里点起煌煌的圣火,让祭坛在神圣的烟霭中向我们头顶的神灵送去袅袅上升的馨香。所需的一切都要齐备;他们将在此了结一场高贵的纷争,需要先祭拜庇护他们的至尊之神。

　　〔号角齐鸣。帕拉蒙、阿赛特率各自的骑士分头上。

皮里托俄斯　大人,他们进场了。

忒修斯　你们,勇敢而坚强的敌人,王室表亲间的仇家,今天来到这里,就为扑灭燃烧在你们之间的亲情之火,我请你们暂且息怒一小时,对着你们的支持者——万民敬畏的神灵的祭坛,像鸽子那样温驯地屈下倔强的身体。你们的愤怒是超凡的,神明对你们的庇护也将是超凡的。神灵在看着你们,你们就正大光明地交战吧。你们现在可以去祈祷了,我将祝福同时送给你们两人。

皮里托俄斯　光荣属于最高贵的人!(忒修斯、皮里托俄斯、希波吕忒及随从下。)

帕拉蒙　沙钟在走,你我之间不见出个死活,它是不会停止的。我们间的纠纷你可以这样看:在我的身上,如果有什么东西竭力与我作对,如果我的一只眼睛在反对另一只眼睛,一只手臂在反对另一只手臂,我一定会去摧毁这个冒犯者,表弟,我一定会的,即便那是我的身体的一部分。听了我这话,你可以想见我会怎样对待你了。

阿赛特　我正努力将你的名字、你过去的爱、我们间的亲情从我的记忆中抹去，代之以我所要摧毁的东西。就让我们扬起风帆，将我们的航船驶入万能的上帝所指引的地方吧。

帕拉蒙　你说得好。在我转身以前，让我们拥抱一下吧，表弟。从此我们再也不会这样做了。（两人拥抱。）

阿赛特　告个别吧。

帕拉蒙　那当然。再见吧，表弟。

阿赛特　再见，表哥。（帕拉蒙和他的骑士下）准备为我牺牲的骑士们，亲友们，你们是玛尔斯真正的崇拜者，战神的精神留驻在你们心中，为你们驱逐恐惧的种子以及为恐惧奠基的忧虑。大家跟我一起到我们所膜拜的神灵那里去，向他祈求狮子的雄心，老虎的坚毅，还有它们的凶猛，它们的速度——当然，我指的是冲锋时的速度，否则，但愿我们都变得蜗牛那样的迟缓。你们知道，我必须从血泊中夺取我的战利品；花中之王在我的心中，胜利的花冠只有凭武力和功勋才配佩戴。我们的祝祷要献给那位使兵营变成血池的神灵。请你们助我一臂之力，跟我一起向他顶礼膜拜。（众人来到玛尔斯祭坛，匍匐下跪）伟大的战神啊，你曾用鲜血染红蓝色的海洋，彗星预示你的浩劫，遍布旷野的白骨见证你的力量；你吹吹口气，就能将刻瑞斯①丰硕的果实扫荡一空；你强壮的手臂能从云端摘下构成金城汤池的石砌堡垒。我是你的门徒，你的战鼓最年轻的追随者，请你授我以征战的技艺，以便我高举战旗将你赞美，凭你的庇佑成为今日的主人。伟大的玛尔斯，请显示你的征兆，表明你的欢喜。（隐约间可闻铿铿锵锵的刀枪声和一阵短促的雷鸣，犹如战争的爆发。众人起立，向神坛鞠躬）啊，野蛮

---

　　①　刻瑞斯，即得墨忒耳，克洛诺斯的女儿，宙斯的姐姐，司丰产的农业的女神。

时代伟大的匡正者,腐朽国度的摧毁者,尘世古老的称号的决定者,当这片土地病入膏肓时,是你用鲜血为它治疗;当人口恶性膨胀时,是你诅咒了多余的生命。我把你的这些声音视为吉祥的征兆,我将在你的名义下勇敢地朝着自己的目标前进。(向他的骑士)我们走吧。(同下。)

　　〔帕拉蒙和他的骑士上。

帕拉蒙　如果我们的星宿不在今天陨落,一定能闪耀新的光芒。我们因爱情而争斗,只要司爱的女神赐予我爱情,也就赐予我胜利。你们品德高尚,将我的事业当作自己的历险,那就让我们的精神融为一体吧。让我们把命运托付给维纳斯女神,恳求她助我们一臂之力。(众人来到维纳斯祭坛,葡匐下跪)向你致敬,至尊的秘密女王①! 你能让最凶残的暴君息怒,转而为一个姑娘哭泣;你的一个眼神能让玛尔斯的战鼓暗哑,使喧嚣的呼号变成窃窃私语;你能让跛子挥舞他的拐杖,在阿波罗②到来以前就使他的病足矫健如初。你能使国王做起他的臣民的奴仆,让最迂腐刻板的人翩翩起舞! 谢顶的单身汉虽在青年时代跳出了你的火焰,就像顽皮的孩童跳过篝火,但到了七十的高龄,你仍能逮住他,让他不顾嘶哑的嗓子惹人嘲笑,唱起属于年轻人的爱情歌曲。哪个天神有能力摆脱你的掌控? 你给福玻斯增添的火焰比他自身还炽热;天火只能焚烧他凡间的儿子③,你的火却烧及他自身。有人说,你还使那位女猎手泪流满面,浑身冰凉,丢掉了她的宝弓,不停地长吁短叹。④ 请你眷顾我吧,我是你矢志忠诚

---

　　①　保守秘密被认为是爱情的道德规范,爱神故有秘密女王(queen of secrets)之称。

　　②　阿波罗是医药之神。

　　③　指法厄同,太阳神赫利俄斯之子。他驾驭不了拉太阳车的马,致使缰绳脱落,太阳车离开轨道,法厄同浑身燃烧起来,跌进厄里达诺斯河。

　　④　女猎手指狄安娜,她爱上了美少年恩底弥翁。

的战士,我把你的枷锁当作玫瑰花冠,尽管它比铅还沉,比荨麻更螫人。对于你的法律,我从未说过坏话,从未泄露过秘密:我并无秘密可言,即便知道,也会守口如瓶。我从未引诱过别人的妻子,从不阅读风流才子写的淫秽书籍。在盛大的宴会上,我从不传播关于某个漂亮女子的流言蜚语,别人放肆傻笑时,我总是满脸通红。对于夸夸其谈诽谤女人的男子,我会板起脸孔,严厉地责问他是否也有母亲。我自己是有母亲的,她是个女人,由此我不允许别人肆意污蔑任何女人。我认识一位八十老翁——我把他的故事告诉他们——他娶了一个十四岁的姑娘;老年性肌肉痉挛已使他的大腿变得弯曲,痛风病又使他的手指紧缩成一团,痛苦的抽搐害得他球状的眼珠子几乎爆出眼眶,生命在他身上似乎成了一种折磨。这个形同枯骨的老人竟跟他年轻的妻子生了个孩子,我相信那孩子确实是他生的,因为她为此发过誓,谁能不相信她呢? 总之,那些满嘴胡言、放荡胡来的人,不是我的同道;那些只爱夸夸其谈,但有心无胆的人,我会予以蔑视;那些有心无力的人,我会为之庆幸。是的,我不喜欢满嘴脏话谈论别人的秘密,用最粗俗的语言揭他人的隐私。我就是这样一个人,我敢说,在为爱情叹息的情人中,我是最真诚的。最温柔甜美的女神啊,赐予我这场纷争的胜利吧,那是一个真正的爱人应该得到的报偿。如果你欢喜,请显示你的征兆。(隐约间可闻音乐声。鸽子振翅飞翔。众人重新匍匐于地,然后欠身跪定)女神啊,你统治着凡夫俗子的情怀,无论十一岁的少年还是九十岁的老翁;整个世界都是你的猎场,我们芸芸众生,都是你的猎物。感谢你显示的征兆,它已进入我纯洁的心胸,必将鼓舞我勇敢地参加战斗。(向他的骑士)大家起来吧,向女神鞠躬告辞。时间快到了。(同下。)

　　[音乐。艾米莉娅着白衣上,长发披肩,头戴麦穗花冠。一头插鲜花的白衣侍女在后为其扶裙;另一侍女手捧鹿形银瓶前导,袅袅香烟从银瓶逸

出。侍女将银瓶置于狄安娜祭坛上,然后退过一边。艾米莉娅焚香,众人下跪。

艾米莉娅　神圣的、朦胧的、圣洁而坚贞的女王啊,你摒弃了狂欢,耽于沉思默想,那么的可爱、孤独、纯真,雪花般的高洁! 你节制羞赧的女骑士,不许她们越出童贞女的樊篱。现在我,你的女祭司,恭敬地匍匐在你的神坛前。请你屈尊用你那双从未见过污秽之物的稀有的绿眼眷顾你的童贞女! 神圣的银色女主啊,请用你那双从未听过粗言陋语,从未留驻过淫秽之音的耳朵倾听我充满神圣敬畏的祈求。这是我以处女之身所作的最后一次祈祷了:我此刻已穿上新娘的礼服,但我的心依然贞洁如故。他们已为我指定了一个丈夫,但不知道是谁:两人中间我得选择一人,并为他的胜利祈祷,但这选择不是我能做主的。我的两只眼睛偏得失去其中一只,但它们是同样的宝贵,哪一只我也不愿失去。我不愿看到失败的一方不经判决就被处死。最贤淑的女王啊,你就让最爱我的那一个,最值得我爱的那一个摘走我头顶的麦穗花冠吧,否则就让我继续追随你,永葆我的童贞! (此时银瓶忽然从祭坛上消失,并在原处升起一株玫瑰,上开一朵玫瑰花)看,我们这司潮汐的女将军从神圣的祭坛升起了什么——只有一朵玫瑰! 如果我的解释不错,这场决斗将夺走两位骑士的性命,而我这朵处女之花只好独自开放,无人采摘。(此时突然响起一声沉闷的乐器声,玫瑰花和玫瑰树枝随即消失)玫瑰花陨落了,树枝也消失了。女王啊,你这是在打发我走吧? 我会被采摘的。我自己这样想,但我真的不明白你的旨意。向我昭示你的秘密吧! ——但愿你心里欢喜,你的征兆是吉祥的。(向神行礼,同下。)

第二场　监　狱

[医生、看守长及穿帕拉蒙服装的求婚人上。

医生　我给你出的那个主意在她身上有没有见效?

求婚人　很有效。陪在她身边的几个姑娘都哄她,说我就是帕拉蒙。
　　就在半小时以前,她还笑眯眯地来到我面前,问我想吃什么东
　　西,什么时候想亲她。我说马上就亲,当场还亲了两次呢。

医　生　这很好。如果亲上二十次,那就更好了。要她完全康复,就得
　　这样医疗。

求婚人　然后她还说她今晚要陪着我,她知道我什么时候会突然心
　　血来潮。

医　生　那就叫她陪着吧,当你心血来潮时,就即刻给她个心满意足。

求婚人　她还要我唱歌。

医　生　你唱了吗?

求婚人　没有。

医　生　那就是你的不是了。你应该处处顺着她。

求婚人　哎呀,我的嗓子不好,很难唱得她高兴的。

医　生　不要紧,只要你嗷嗷叫起来就行。她要你做什么就做什么。
　　如果她要你陪她睡,你就陪她睡。

看守长　哎哟,医生!

医　生　就这样,这是给她治病。

看守长　但首先,对不起,得注意她的名节呀。

医　生　你真是太讲究了。别为了名节把孩子的命赔上了。先用这个
　　法子治好她的病,以后需要名节时,总会有办法的。

看守长　谢谢你,医生。

医　生　叫她到这里来,我还要给她诊断诊断。

看守长　我去叫,就说帕拉蒙在等她。但是,医生,我总觉得你那个
　　办法不对头。(下。)

医　生　去,去,去!你们这些做父亲的简直都是笨蛋!她的名节?让
　　我给她治病,却还得先注意她的名节——

求婚人　怎么,先生,你觉得她已经丧失名节了吗?

医　生　她多大了?

求婚人　十八岁。

医生　有可能,不过都一样,我们做医生的管不了那么多。你别管他的父亲怎么说,只要你自己发现她有我刚才所说的那个意思,即肉体上的——你懂我的意思吗?

求婚人　我懂,先生,我很清楚。

医生　那你就满足她,让她受用个够。她现在患的是忧郁症,就凭这一剂良药,就能治好她的病。

求婚人　我同意你的意见,医生。

　　　〔看守长与他的女儿上。

医生　你会发现事情就是如此。她来了,你顺着她试试。(医生和求婚人退过一边。)

看守长　来吧,孩子,你的爱人帕拉蒙在等你呢;他想见你,已经等了足足一个小时了。

女儿　感谢他的善良和耐心。他是一个好绅士,我很感激他。你见过他送给我的马吗?

看守长　见过。

女儿　你觉得这匹马怎么样?

看守长　是一匹很漂亮的马。

女儿　你从没见过它跳舞吧?

看守长　没有。

女儿　我经常见到它跳舞。它跳得很好,很优雅:跳快步舞时,能像陀螺一样转起来,无论长尾巴的还是短尾巴的,都比不上它。

看守长　那倒真不错。

女儿　让它跳摩尔士舞,一小时能跳上二十里。我的判断不会有错,它能让教区中最好的跳马手①跳得腿抽筋。它还能踩着《爱之

---

① 原文 hobby-horse,摩尔士舞中腰系马形道具的舞者。

光》①的节拍奔跑。你觉得这匹马怎么样？

看守长　这匹马有这么大的本事，依我看，可以带它去打网球了。

女儿　哎哟，那绝对没问题。

看守长　它能读书写字吗？

女儿　它能写一手好字呢。有关干草和饲料的账，都是它自己记的。想哄骗它的马夫一定得早起才行。你知道公爵的那匹栗色母马吗？

看守长　知道。

女儿　可怜的畜生，它已经没命地爱上它了；但它却跟它的主人一样盛气凌人，架子大着呢。

看守长　它有什么嫁妆吗？

女儿　大约两百捆干草，二十桶燕麦，但它死活不肯娶它。它总是念念不忘磨坊主的那匹母马。它一定会害了它的命的。

医生　她说的是什么呀！

　　　〔求婚人上前。

看守长　行个屈膝礼吧。你的爱人来了。

求婚人　可爱的姑娘，你好吗？（女儿行屈膝礼）多好的姑娘，多懂礼貌！

女儿　只要不违情理，你的命令我一概服从。师傅们，到世界的末日，还有多远？

医生　就一天的路程，姑娘。

女儿　（向求婚人）你愿意跟我一起去吗？

求婚人　我们去那里做什么呢，姑娘？

女儿　当然是打板球啊。除此之外还能干什么呢？

求婚人　如果我们能在那里结婚，那我就高兴了。

女儿　那没问题。我向你保证，我们一定能在那里找到瞎眼的牧师，

---

① 《爱之光》是当时流行的一首谣曲，主题是爱情的反复无常。

他一定敢为我们主持婚礼。这里的牧师都太讲究,太愚蠢。再说,我的爸爸明天得上绞架,这是很晦气的。你不是帕拉蒙吗?

求婚人　你不认识我了?

女儿　认识,但你不喜欢我。我什么也没有,只有这条难看的裙子和两件粗布内衣。

求婚人　这没关系;我一定要娶你。

女儿　你肯定?

求婚人　是的,我凭这只漂亮的手发誓,一定娶你。

女儿　那我们可以睡在一起了。

求婚人　只要你愿意,什么时候都行。(吻她。)

女儿　(擦嘴唇)哟,先生,你是想咬我啊。

求婚人　你为什么要擦去我的吻?

女儿　这吻很香。结婚前我要把自己擦得香喷喷的。(指医生)他不是你的表弟阿赛特吗?

医生　正是,亲爱的,我的表哥娶上这么漂亮的一个姑娘,我心里真高兴。

女儿　你认为他会娶我吗?

医生　会的,毫无疑问。

女儿　(向看守长)你也这样看吗?

看守长　是的。

女儿　我们要生很多孩子。(向医生)我的天,你长得多健壮啊!我相信我的帕拉蒙也会长得很健壮,因为他自由了。哎呀,可怜的小伙子,一直关在牢房里,吃不好睡不好。我要吻他,一直吻到他健壮起来。

　　　〔使者上。

使者　你们在这里干什么?你们要错过世上最精彩的比武了。

看守长　他们进场了吗?

使者　进场了。你在那里还有任务呢。

看守长　我马上过去。(向医生和求婚人)我得向你们告辞了。

医生　我跟你一起去。这场比武我可不想错过。

看守长　那她怎么办?

医生　我向你保证,再过三四天,我就能治好她的病了。(向求婚人)
　　　你不可以离开她,让她继续保持这个状态。

求婚人　我会的。

医生　带她进去吧。

求婚人　(向女儿)来吧,亲爱的,我们去吃饭,然后就打牌。

女儿　我们还亲吻吗?

求婚人　亲一百次。

女儿　两百次。

求婚人　好,就两百次。

女儿　然后我们就睡在一起。

医生　(向求婚人)答应她。

求婚人　(向女儿)是的,我们要睡在一起。

女儿　但你不可以弄痛我。

求婚人　不会的,亲爱的。

女儿　如果你弄痛我,亲爱的,我会叫起来的。(同下。)

第三场　比武场附近

〔喇叭奏花腔。忒修斯、希波吕忒、艾米莉娅、皮里托俄斯及随从上。

艾米莉娅　我不想再走了。

皮里托俄斯　你不想看比武吗?

艾米莉娅　我宁可看捕猎鹐鹕的鹰扑杀一只苍蝇,也不想看这样的
　　　比武。每一剑刺出去都将威胁着一个勇敢的性命,每一击都在
　　　为所击之处哀鸣,那声音听起来已经不是剑与剑的撞击,而是报
　　　丧的钟声。我就留在这里吧。我的耳朵不能做到充耳不闻,它
　　　能听见即将发生的一切,这样的惩罚对我已经足够,只要能避

免,就别让那样可怕的景象亵渎我的眼睛了。

皮里托俄斯 （向忒修斯）我的好主人,你的姨妹不愿再往前走了。

忒修斯 哟,她一定得去。如此光荣的壮举通常只表现在绘画中,而
她见到的是真人真事。造化自编自演了这个故事,世人有眼有
耳,都该为之见证。（向艾米莉娅）你一定得到场:你是胜利者的美
酒——这场纠纷一旦见出分晓,你就是他的奖赏和花冠。

艾米莉娅 原谅我。即便到了那里,我也会把眼睛闭上的。

忒修斯 你一定得看着他们:这场争斗犹如茫茫长夜,只有你是照亮
这黑夜的唯一星斗。

艾米莉娅 我这颗星星熄灭了,照见他们的只剩下妒忌的残辉。而
那黑暗,虽然是恐惧之母,为人间万民所诅咒,但此时只要撒下
她黑色的披风,让他们彼此不得相见,倒可以为自己赢得一个好
名声,补偿她包容无数凶杀的罪过。

希波吕忒 你一定得去。

艾米莉娅 说实话,我真不愿意去。

忒修斯 两位骑士需凭你的目光点燃他们的勇气。你要知道,你就
是他们为之争夺的瑰宝,需要放在现场,以便向胜利者行赏。

艾米莉娅 原谅我吧,姐夫。即便一个国家的王权,也是可以在境外
决定的。

忒修斯 好吧,好吧,那就随你的便吧,只是委屈了跟你一起留下来
的人,他们想必都恨不得把差事交给自己的敌人。

希波吕忒 再见,妹妹。我有可能比你早一点知道谁是你的丈夫。
但愿洞悉万物的神明保佑你,为你选出那位命中之人。（忒修斯、
希波吕忒、皮里托俄斯及随从下。）

艾米莉娅 （面对帕拉蒙和阿赛特的画像感慨）阿赛特的面容温和,但他
的眼睛却像蓄势待发的弓箭,或者说插在柔软的鞘里的利剑。
在他的脸上,同时留驻着仁慈和男性的刚勇。帕拉蒙具有极其
威严的面容,紧锁眉头时,好像要摧毁它所厌恶的一切。但有时

候这种表情也会因他的思想而发生变化。他的眼睛会长时间凝视着某件东西。在他身上，高贵恰到好处地与忧郁结合在一起，就像阿赛特的高贵是与欢乐相辅相成的。但帕拉蒙的忧伤也是一种欢乐，两者交融，似乎欢乐促成了忧伤，忧伤又增添了欢乐。那些令人不快的阴郁情愫出现在别人身上时，是那么的不合时宜，但到了他身上，都能和谐相处、相得益彰。（号角声。喇叭吹响冲锋号）听，远处振奋人心的喇叭声正激励着决战中的王子！阿赛特有可能赢得我，帕拉蒙也有可能重创阿赛特，使他变残废。啊，如果出现这样的不幸，那该多么遗憾啊。如果我出现在他们身边，对他们更是一种伤害：他们会用眼睛瞟我的座位，从而疏于防守，或者在紧要关头放弃进攻。我不在场，情况也许会好许多。唉呀，这场你死我活的争斗都因我而起，我真不该来到这个世上！（号角声。一阵嘈杂声和呐喊声："帕拉蒙！"）

　　　　〔一仆人上。

艾米莉娅　谁打胜了？

仆人　观众都在喊"帕拉蒙！"

艾米莉娅　那就是他打胜了。这很有可能；他是那么优雅，满怀信心，无疑是男性的精英。你跑去打听一下，回头告诉我那里的情况。（又一阵号角声和呐喊声："帕拉蒙！"）

仆人　还是"帕拉蒙！"

艾米莉娅　快去问问！（仆人下。向阿赛特的画像）可怜的人啊，你失败了。我的右首是你的肖像，帕拉蒙在我的左首——为什么这样摆，我自己也不知道；我没有别的意思，只是随意摆开的。人的心脏在左首，这一边是凶险的；帕拉蒙占得了先机了。（又一阵号角声和呐喊声）这一阵喧嚷，一定是比武结束了。

　　　　〔仆人上。

仆人　他们说帕拉蒙将阿赛特逼到离金字碑只有一寸的地方，大家因此都为帕拉蒙叫好。但阿赛特的助手奋力营救；两位英雄此刻仍打得难解难分。

艾米莉娅　这两人如能合为一体,那该多好啊。——嗨,为什么要合为一体呢?那时就没有女人配得上如此完美的一个男子了。凭他们各自独有的高贵气质,已足以让任何人间的女子自惭形秽。

(号角声。呐喊声:"阿赛特!")

艾米莉娅　又在欢呼吗?还是"帕拉蒙"吗?

仆人　不是,现在是在欢呼"阿赛特"。

艾米莉娅　请你用心听着,一定要集中注意力,听仔细了。(号角声。欢呼声:"阿赛特! 胜利!")

仆人　喊的是"阿赛特!""胜利!"听,是"阿赛特! 胜利!"吹响的号角宣告比武结束了。

艾米莉娅　你一眼就能看出:阿赛特不是平庸之辈。上帝在上,他那蓬蓬勃勃、无比高贵的英雄气概是藏不住的,就像亚麻藏不住烈火,就像低矮的堤坝挡不住被飓风吹起的浪涛。我曾经想过帕拉蒙会落败,为什么会这样想,这我自己也不知道。我们的理性不是先知,倒是直觉常常能预测未来。他们散场了。哎呀,可怜的帕拉蒙!

〔号角声。忒修斯、希波吕忒、皮里托俄斯、优胜者阿赛特及随从上。

忒修斯　看,我们的妹妹还惴惴不安地等待着比武的结果呢! 美丽的艾米,经过神圣的裁决,神明给你送来了这位骑士。在冲锋陷阵的骑士中,他是非常优秀的一位。(向艾米莉娅和阿赛特)把手给我。(向阿赛特)请你接受她;(向艾米莉娅)你接受他。你们要永远相亲相爱,白首偕老。

阿赛特　艾米,为了赢得你,我已经失去了除你之外最宝贵的东西。但从你的价值而论,我所付出的代价依然微不足道。

忒修斯　亲爱的妹妹,他所说的那位骑士是扬鞭策马的骑士中最勇敢的一位。一定是神明担心他活在世上太像天神,才让他以处子之身夭亡的。他的武艺真让我钦佩,赫拉克勒斯与他相比,也只能算是一块沉重的铅锭。即便我用刚才说过的话赞美他身上的每一个部分,你的阿赛特也当之无愧,因为他遭遇的是那么强劲的一个对手并战而胜之。我曾听说,有两只好胜的夜莺整个晚上扯开喉咙比赛唱歌,时而这一只唱得更嘹亮,时而另一只更高亢,紧接着又是这一只超过了另一只,凭听觉你根本无法判断它们谁胜谁负。这一对表兄弟也是这样,长时间难分高下,直到上天勉强裁定出优胜者。(向阿赛特)欢欢喜喜戴上这个花冠吧,这是你自己赢得的。——至于失败的一方,我知道,生命对于他们是一种折磨,我会马上秉公执法。就在这里行刑吧;那场景大家就不要看了。我们还是略怀悲戚,高高兴兴地离开这里吧。拥抱你赢得的美人,我知道你是决不会失去她的。(阿赛特将艾米莉娅搂入怀中)希波吕忒,我看见你的眼里噙着泪水,马上就要掉下来了。

艾米莉娅 这就是胜利吗?你们,天上所有的神明啊,你们的慈悲在哪里呢?这位不幸的王子失去了自己的朋友,断送了一个比任何妇女都宝贵的生命;如果不是你们的意志要求如此,不是你们要求我活下来安慰这个人,那我倒应该,也乐意一死了之。

希波吕忒 因为有四只眼睛同时迷恋于一人,就只好瞎掉其中的两只,这真是无限的遗憾啊。

忒修斯 的确如此。(喇叭奏花腔。同下。)

第四场 同 前

　　〔舞台上可见受刑台。被缚的帕拉蒙和他的骑士上;看守长、刽子手随后。

帕拉蒙 许多人活得太长寿而讨人厌;许多做父亲的也因同样的原因失去了孩子的爱。这样想想,我们就能获得一些安慰了。我们死了,并非没有人同情;有了他们的祝福,我们虽死犹生。我们规避了令人厌恶的晚年悲凉,骗过了与白发苍苍的老人形影

相随的痛风病和风湿病。我们年轻力壮、朝气蓬勃地出现在上
帝面前,全然不受深重而陈腐的罪孽所累——比之罪孽深重的
耄耋老叟,我们必然更讨神明的欢喜;他们一定会邀请我们同饮
天堂的玉液琼浆,因为我们具有更其纯净的灵魂。我的亲爱的
兄弟们,你们为了这点小小的安慰付出了自己的生命,真是太不
值得了。

骑士甲　还有怎样的结局能比这更有意义呢? 胜利者只是比我们更
幸运而已;人生难免一死,他们所得的权利不过是过眼烟云,而
他们所得的光荣并不比我们多出一分一毫。

骑士乙　让我们就此告别,用耐心气煞反复无常、摇摆不定的命运女
神吧。

骑士丙　(指受刑台)来吧,谁先开始?

帕拉蒙　这场盛宴是我带你们来参加的,当然应该让我先上去品尝。
(向看守长)啊哈,我的朋友,我的朋友,你的好女儿曾让我获得过
自由;现在她将看到我永远自由了。请问,她怎么样啦? 听说她
身体不是太好;她生那样的病,我很难过。

看守长　她已经完全康复了,大人,不久就要结婚。

帕拉蒙　凭我短暂的生命发誓,听到这消息我很高兴。这是让我高
兴的最后一件事了。请把我的话转告给她。代我向她致意;并
把这个交给她,算是我给她增添一点嫁妆了。(递过钱袋。)

骑士甲　我们也来凑个份。

骑士乙　她是个处女吗?

帕拉蒙　肯定是,我相信。一个非常好的姑娘,她对我的好处,我真
不知道怎样报答,怎样赞美才好。

众骑士　代我们向她致意。(交钱袋。)

看守长　愿众神报答你们,我代她谢谢大家了!

帕拉蒙　别了! 让我的生命像道别一样迅速结束吧。(登上受刑台,把
头搁上砍头墩。)

骑士甲　你先走一步,勇敢的表兄。

骑士乙、丙　我们欢欢喜喜跟着你。(*内嘈杂声一片:"快跑!""刀下留人!"*)

　　　　　[*一使者匆匆上。*

使者　刀下留人!刀下留人!

　　　　　[*皮里托俄斯匆匆上。*

皮里托俄斯　快住手!如果你们匆匆行刑,那真要受诅咒了!高贵的帕拉蒙,众神需要演示生命的荣耀,你们还不能死呢。

帕拉蒙　这可能吗?我已经说过,就连维纳斯也是靠不住的。这是怎么回事?

皮里托俄斯　站起来吧,伟大的英雄,请你听我说这件最奇妙、最甜蜜、最不幸的消息吧。

帕拉蒙　(*起身;走下受刑台*)是什么把我们从梦中惊醒了?

皮里托俄斯　那就听着吧。艾米莉娅送给你的表弟一匹马作为她的第一件礼物;这马浑身黑油油的,没有一根白毛:有人说这种马是不吉利的,即便再好,也没有多少人要买。这种迷信在这里得到验证了:阿赛特骑着这匹马沿着雅典的石子街奔跑,马蹄不是踏着地面,简直就是飞掠而过!那马好像在取悦它的主人,为他炫耀他的光荣,因此恨不得一迈腿就飞出一英里!正当它在燧石的路面上疾驰,仿佛伴着铁蹄敲响的音乐起舞时——有人说过,音乐起源于铁器的敲打——究竟是一块好妒忌的燧石怀着老迈的萨图恩①的冷酷和阴毒迸溅出的火星呢,还是其他硫黄什么东西酿造了这场悲剧,这我也说不好了——反正那匹性如烈火的马这时耍起了脾气,任凭它的野性和蛮力肆意妄为:又蹦又跳的,还蹶起后腿,驯马场上驯熟的口令和步调全被它忘了一干二净。经尖锐的马刺一扎,它更是猪猡般嘶叫起来,焦躁得不

————————————

①　萨图恩:古罗马的播种之神,是不吉祥的凶星,曾活活吞食自己的儿子。

听从任何指挥,只想用卑贱的花样把骑在它背上的主人颠下来。但它的努力始终没能奏效:马嚼子甩不掉,肚带挣不开,各种花样的颠簸都没能让骑手摔下来。阿赛特两腿夹紧坐在马背上,就好像在那里生了根。这时那马便前蹄腾空立了起来,致使阿赛特的身体倒悬在空中。胜利者的花冠从他头上掉落了;那畜生随即仰天倒地,沉重的躯体全压在了骑士身上。他现在还没有断气,但已经像飘浮在浪涛上的船只,只等下一个浪头将它击得粉碎了。他很想跟你说几句话。看,他来了。

〔忒修斯、希波吕忒、艾米莉娅和抬在椅子上的阿赛特上。

帕拉蒙　啊,我们的亲情结束得多么不幸啊!神的力量是强大的,阿赛特。如果你的心脏,你那颗高贵的、勇武的心脏还没有破碎,就跟我说几句遗言吧。我是帕拉蒙,在你临死的时候,我依然爱着你。

阿赛特　娶了艾米莉娅吧,表哥,人间的欢乐伴随着她都归你所有了。伸出你的手,永别了。我的生命已经到了最后一刻。我对不起你,但我决不奸诈。原谅我吧,表哥。让我吻一吻艾米莉娅。（吻艾米莉娅）好了。娶了她;我死了。（死。）

帕拉蒙　愿你的英灵升入天堂!

艾米莉娅　我来合上你的眼睛,王子。愿有福的灵魂与你在一起!你是一个正直而善良的男子;只要我活着,每年的今天,都要为你流泪。

帕拉蒙　我也要祭奠你。

忒修斯　（向帕拉蒙）这里是你们第一次决斗的地方;我也是在这里将你们分开的。为你幸存的生命,让我们感谢众神吧。他的生命结束了,虽然十分短暂,但活得精彩。你的日子还很长,上天将幸福的甘露洒在你的身上。强大的维纳斯光耀了她的祭坛,为你送来了你所爱的人。我们的主神玛尔斯也兑现了他的神谕,赐予阿赛特争战的光荣。神明都已显示了他们的公道。（向随从)抬走吧。(随从抬阿赛特尸体下。)

帕拉蒙　表弟啊,我们这是为所求失去所求,为所爱失去所爱啊。

忒修斯　命运女神真会捉弄人:败者获胜,胜者落败。但在整个过程中,神明又始终是公正的。帕拉蒙,你的表弟已经承认你对这位小姐拥有的权利,因为你是第一个看见她并宣布你对她的痴情的。他把属于你的珍宝归还于你,并请求你在他离世时原谅他。神明剥夺了我的执法权,他们自己亲自做了执法官。把你的爱人带走吧;再把爱你的那几个骑士从受刑台上叫回来,他们都是我的朋友了。(众骑士走下受刑台)我们还得再过一两天悲痛的日子,以安排阿赛特的葬礼。等到葬礼结束,我们便可以与新人帕拉蒙一起同展欢颜。一小时以前,仅仅一小时以前,我还为帕拉蒙惋惜,为阿赛特庆幸;但现在我得为惋惜而高兴,为庆幸而惋惜了。天上的魔法师啊,你们打算把我们变成什么样的人呢?我们得为所失者欢笑,为所得者悲伤,那我们依然是天真无知的孩子啊。让我们满足于现状,并为此感谢神明吧;我们无法探究的一切,只好交给神明处置了。我们走吧,做我们能够做的。

(喇叭奏花腔。同下。)

闭　幕　词

[解说员上。

　　　　请问台下诸君:这戏你有何观感?
　　　　小生诚惶诚恐,像个读书的儿郎①
　　　　唯恐言语失当。请诸位稍作停留,
　　　　让我看看尊容:竟无人肯开笑口?
　　　　我知道,一定是这戏文演得糟糕。
　　　　恋爱中的俊男,请你们开怀一笑——

---

① 解说员可能是个少年演员。

咱不信这里没有多情的年轻人——
假如你不满意,也不妨发个嘘声,
让剧院从此关门;优劣自有公论,
尔等畅所欲言! 咱在此洗耳恭听。
看官别误会,不是小可大胆放肆:
咱没那必要。我们演出这个故事,
别无他求,只图诸位看官的喜欢,
只要大家尽兴,吾等便意足心满。
不久我们还要演出更好的剧目,
以感谢诸位的厚爱,取悦老主顾。
我们全体演员,我们这整个戏班,
将随时听候召唤,诸位乡绅,晚安!(喇叭奏花腔。下。)

（陈才宇　译）

莎士比亚别裁集

第四卷

诗　歌

陈才宇　译

浙江工商大学出版社
ZHEJIANG GONGSHANG UNIVERSITY PRESS

·杭州·

图书在版编目(CIP)数据

莎士比亚别裁集. 第四卷, 诗歌 /（英）莎士比亚著；
陈才宇译. — 杭州：浙江工商大学出版社，2019.3
ISBN 978-7-5178-3159-4

Ⅰ. ①莎… Ⅱ. ①莎… ②陈… Ⅲ. ①诗集－英国－
中世纪 Ⅳ. ①I561.13

中国版本图书馆 CIP 数据核字（2019）第 037479 号

莎士比亚别裁集·诗歌
SHASHIBIYA BIECAIJI SHIGE
［英］威廉·莎士比亚 著 陈才宇 译

出 品 人	鲍观明
丛书策划	钟仲南
责任编辑	钟仲南
责任校对	袁金麟
装帧设计	林朦朦
责任印制	包建辉
出版发行	浙江工商大学出版社
	（杭州市教工路 198 号 邮政编码 310012）
	（E-mail:zjgsupress@163.com）
	（网址:http://www.zjgsupress.com）
	电话:0571－88904980,88831806（传真）
排 版	杭州朝曦图文设计有限公司
印 刷	杭州杭新印务有限公司
开 本	880mm×1230mm 1/32
印 张	50
字 数	1300 千
版 印 次	2019 年 3 月第 1 版 2019 年 3 月第 1 次印刷
书 号	ISBN 978-7-5178-3159-4
定 价	268.00 元（全四册）

目　　录

维纳斯与阿多尼斯

此诗约写于 1592 年下半年,伦敦书业公所登记于 1593 年 4 月 18 日。

这是莎士比亚创作的第一首叙事诗,题献给骚桑普顿伯爵兼蒂奇菲尔德男爵。关于维纳斯与阿多尼斯的神话,莎士比亚可能取材于奥维德的《变形记》、斯宾塞的《仙后》、格林的《决不会太迟》、劳契的《斯库拉变形记》,这些作品都不同程度地描写过阿多尼斯的羞怯和对爱情的拒绝,可能影响过莎士比亚。从创作风格上看,此诗与马洛写的《赫洛与勒安得耳》有些相近,但马洛的诗刊行于 1593 年 9 月,莎士比亚如读过,也只能是马洛的手稿。

维纳斯与阿多尼斯经诗人的描写,已经更多地具有了人性,而不是神性。这种直率的爱情描写,还曾引起外界对诗人的批评,指责他将好端端的神写成了卖弄风骚的人间荡妇。

> 让凡夫俗子膜拜沉渣浮沫,
> 愿金发的阿波罗饮我以缪斯甘泉。

献　给
骚桑普顿伯爵兼蒂奇菲尔德男爵
亨利·娄赛斯雷阁下

阁下:

仆不揣冒昧,以此等芜杂诗句献于恩主,谬图附栋梁而固弱枝,真不知世人将如何讥评也。倘蒙阁下垂纳,仆甚感荣幸,誓假有生之暇日,竭尽绵薄,以更其庄重之作为阁下增光扬名。此乃仆之处子作,粗鄙可见,恐日后再开垦荒瘠,年谷不登,有负阁下盛名,则仆羞愧难当矣。兹呈拙作供阁下尊览,并颂阁下诸事顺心,阁下盛德,世人赞誉,万流景仰!

阁下之忠仆

威廉·莎士比亚

当冉冉升起的太阳涨红着脸庞
向泪眼汪汪的清晨作最后辞别,
脸色红润的阿多尼斯急奔猎场;
他酷爱行猎,对爱情嗤之以鼻。
　　单相思的维纳斯也匆匆赶来,
　　像厚脸皮的求婚者向他求爱。

她开始说:"你的美超过我数倍,
你无比的英俊,是花中的首魁,
你使仙女失色,比凡人更可爱,
论白,可比鸽子,论红,赛过玫瑰。
　　造化创造你,想让你将她超越,
　　她说:没有你,这世界就要没落。

"屈尊下马吧,你这稀世的珍异,
勒住昂首的骏马,系起手中缰绳,
只要你肯赏脸,我一定报答你,
让你领略千万种甜蜜的温存。
　　快来坐下,这里没有蛇的咝咝声,
　　坐定后,我要给你最热烈的亲吻。

"但我的吻不会让你的唇生厌，
只会让你越吻越觉得无比饥饿，
你的嘴唇将时红时白，随吻而变，
短吻一口气十个，长吻一抵十个。
　　只要我们在嬉戏中消磨时光，
　　炎夏的一日，不比一小时更长。"

说罢，她便抓住他汗津津的手，
冒汗的手心见证他旺盛的血气；
她已激动得颤抖，称这汗为香油，
人间的良药，专治女神的相思。
　　欲火已经点燃，使她气力倍增，
　　冒冒失失地一把将他拽离马镫。

她一只手臂挽住了骏马的缰绳，
另一只手臂抱住了稚嫩的少年；
木石般呆滞的少年不谙男女欢情，
早已涨红了脸，噘着嘴表示憎厌。
　　她脸红因心热，像煤炭般红亮，
　　他脸红因羞愧，内心冷若冰霜。

她动作敏捷，很快将镂饰的马辔
挂到树上。啊，何等急切的情人！
那马刚刚拴好，她便急不可耐，
要将那位骑马的人也一道拴紧。
　　她一心想求欢，推他仰卧在地上，
　　控制了他的身，但无奈他的念想。

他一倒地，她便躺下在他身边，
两人侧着身，用臂肘支住身体，
她抚摸他的脸，他恼得皱眉瞪眼，
正准备责骂，她已将他嘴唇堵住，
　　一边吻一边断断续续诉说情爱：
　　"你想骂，但我要让你有口难开。"

他羞得面红耳赤，她用串串泪滴
浇灭了他脸上少女般的火焰，
然后又用金发和风般的叹息
将他脸上的泪痕吹净拂干。
　　他说她轻佻，指责女神的行为，
　　他还想再开口，被热吻堵住了嘴。

她此时就像一只饥肠辘辘的鹰，
贪婪地撕裂着小鸟的羽毛骨肉，
扑腾着翅膀，匆匆地狼吞虎咽，
直到肚子填满，吃光了它的猎物。
　　她也这样在他的脸上到处狂吻，
　　吻了一遍后，紧接着吻第二遍。

他是被迫无奈，并非自觉自愿，
他躺着喘气，气息喷到她脸上，
她吸进这气息，像掠夺美食一般，
品尝天堂的甘露，神赐的琼浆。
　　但愿她的双颊就是两坛花床，
　　那里的鲜花都受这甘露滋养。

看，阿多尼斯被她紧抱在怀里，
多么像小鸟掉进了绝望的罗网！
羞愧加上无助，使他心头火起，
但嗔怪的双眼让他变得更俊朗。
　　涨满水的河道，如果再遇暴雨，
　　河水必然泛滥，满满溢出河堤。

她继续哀求，哀求得楚楚动人，
她在向可爱的人倾诉她的衷怀，
但少年绷脸皱眉，表示他的恼恨，
脸时而因羞而红，时而因恼而白。
　　他脸红时，她爱他爱到了极致，
　　他脸白时，她因爱而乐不可支。

不管是红是白，她都无法不爱，
她举起美丽的仙手发下重誓：
她决不离开他那温柔的胸怀，
除非他跟她的眼泪达成和议，
　　她一直在流泪，脸上泪迹斑斑，
　　这笔重债只有甜吻才能偿还。

听了她的誓言，他将下颏仰起，
就像水鸟探头窥视水中波浪，
看见有人观看，赶紧潜回水里；
他也这样打算满足她的渴望：
　　但当她迎上双唇，准备接受奉献，
　　他却闭了双眼，嘴唇撇过一边。

夏日酷暑中的旅人渴求甘泉，
也不如她渴求亲吻那般急切；
香吻近在咫尺，她却不得如愿，
人已浸在水中，火却依然不灭。
　　"遗憾呀！"她喊道，"狠心的孩子，
　　我只求一吻，你何必如此羞涩？

"一如我追求你，我也曾被追求，
那可是威严可怖的战争之神！
战场上他从来不服输，不低头，
只要有他出场，总能逢战必胜。
　　但他曾经是我的俘虏和奴仆，
　　他所求我的，你却能不求而获。

"他曾经在我的神坛挂起战矛、
历经百战的盾和无敌的头盔，
为了我，他学会了游戏和舞蹈，
各种消遣、放浪、调笑和斗嘴，
　　从此蔑视起粗鄙的战鼓与旌旗，
　　投入我的怀抱，将眠床当作营地。

"就这样，我把一位统治者控制，
用玫瑰的链子把他紧紧绑住，
百炼的钢铁都屈服于他的神力，
但他得低三下四，听凭我的摆布。
　　哟，别自负了，别夸耀你的力量，
　　我制伏过战神，你无力与我对抗。

"用你的嘴唇吻一吻我的嘴唇,
我的唇是红的,虽不及你的美丽,
甜蜜的吻属于我,也属于你本人。
为何把眼盯在地上? 快把头抬起!
　　朝我的眼睛看,你的美就在里面,
　　既然眼对了眼,为何不让唇相连?

"你害羞不敢吻? 那就把眼闭起,
我也闭上,且将白天当作夜晚,
爱情总是寻欢在两人的天地,
放胆玩耍吧,没有人在此偷看。
　　压在我们身下的是娇嫩的紫罗兰,
　　它们不会说话,不懂我们所思所盼。

"你迷人的唇上长着细细茸毛,
说明你虽未成年,但风华已现,
请珍惜时光吧,别让良辰溜掉,
美供人消受,不该让它白白耗干。
　　盛开的鲜花如果不及时采摘,
　　用不了多久,就会凋谢、腐败。

"倘若我长得丑陋,满脸都是皱纹,
缺乏教养,虚伪下贱,说话粗野,
倘若我衰老多病,无耻又无情,
老眼昏花,枯槁干瘪,缺津少液,
　　那时你可以迟疑,我委实不配你,
　　但我没有这些缺陷,你为何厌弃?

"我的脸上，实在不见半条皱纹，
我的眼睛碧波浏亮，滴溜溜转，
我的美貌，春光般岁岁长新，
我春情荡漾，肌肤细嫩丰满，
　　我这双纤手，只要你触摸一下，
　　会溶在你的掌心，好像要融化。

"让我说话，我的声音让人销魂，
我就像一位女仙，轻踩绿草地，
我长发披肩，宛如山林水泽女神，
沙滩上曼舞，我从不留任何足迹。
　　爱情是由火焰形成的一个精灵，
　　不会重浊下沉，只会轻盈飞升。

"请看这片长满报春花的岸上，
荏弱的花儿撑住我，一如大树，
两只鸽子就能驮我凌空飞翔，
从早到晚，任凭我游巡何处。
　　可爱的孩子呀，爱情如此轻盈，
　　你为什么总觉得它无比沉重？

"你的心是否爱上了自己的脸？
难道你的爱情就是左手抱右手？
那你就自恋吧，在自恋中失恋，
偷走自己的自由，然后抱怨被偷。
　　那喀索斯就是自己毁了自己，
　　为了亲吻水中的倒影而溺毙。

"火炬用来照明,珠宝佩于绫罗,
美味供人品尝,美色供人欣赏,
香草需有香味,果树应该结果。
若为自身而生,生命岂不虚妄!
　　种子再生种子,美质养育美质,
　　上天生下你,你有责任去繁殖。

"大地滋生万物,供你自由取食,
还不是为了让你繁衍子孙?
按照自然之法,你应养育子女,
等你死后,后代为你延续生命。
　　唯如此,你才超越死亡而存在,
　　因为你的后代为你继往开来。"

这时,害相思的女神开始流汗:
他们躺身之处,阴影已经消遁,
太阳神披上了中天的火焰装,
用火红的眼睛窥视下界情人。
　　他恨不得阿多尼斯前来御马,
　　好让他在维纳斯的身边躺下。

此时的阿多尼斯依然那般慵懒,
眼里流露出阴沉、厌恶的神色,
他紧皱的双眉已遮挡了视线,
就像蒸腾的雾气将天光吞没。
　　他板起脸,喊道:"呸,别再说爱!
　　太阳照到我脸上,我必须离开!"

"哎呀,"维纳斯说,"狠心的年轻人!
你想离开,找的借口未免牵强,
因为我吐吐仙气,那温柔的风
就能吹凉正向西运行的骄阳。
　　我要用我的头发将阳光挡住,
　　再不然,就用我的泪为你消暑。

"天上照耀的太阳其实很温和,
看吧,我就躺在你和太阳之间,
来自太阳的热并没有伤害我,
倒是你眼睛射出的火伤我不轻;
　　我受天上人间两个太阳夹击,
　　如果不是神,我将必死无疑。

"难道你还不够固执,心如铁石?
不,你比石还硬,石尚被水滴穿。
难道你压根不是女人生的儿子,
不知道爱为何物,无爱的凄惨?
　　啊,如果你的娘也这般的心硬,
　　她不会生下你,一定死于无情。

"我怎么啦,竟然让你如此蔑视?
难道我的追求会给你带来灾祸?
就一个吻,你的嘴唇有何损失?
说吧,宝贝,说好听的,否则别说。
　　你给我一个吻,我会还你一个吻,
　　如果你要两个,添一个作为利润。

"嘻！无生命的画，冷冰冰的石头！
彩绘的木偶，冥顽不灵的肖像，
只能取悦于眼睛的雕塑佳构！
样子像个人，却不是女人所养！
　　你有男人仪表，但不是真男人，
　　因为男人都会接吻，只凭天性。"

说完这话，她已烦躁得舌头打结，
悲情在涌动，她不得不稍事停顿，
红红的脸和眼，昭示着她的委屈，
爱的主宰，不能主宰自身的爱情。
　　她时而哭泣，时而又想再开口，
　　但不断的抽噎总打断她的话头。

她不停地摇头，接着又摇起手，
一会儿凝视他，一会儿凝视地，
她的胳膊总想将他往怀里搂；
但他不愿意，不想受困在她怀里。
　　每当他挣扎着想摆脱她的控制，
　　她便让纤纤玉指交锁在一起。

"傻孩子，"她说，"我已把你圈住，
在这象牙栅栏的紧紧包围中，
我就是围场，你是围场中的鹿，
无论高山峡谷，你可随意走动。
　　先在唇上吃草吧，如唇上缺水，
　　就往下走，那里的泉水最甘美。

"在这片土地上，牧草极其丰足，
低洼处的草丛，其乐融融的高原，
圆形的小山冈，厥草丛生的幽处，
都可以供你躲避暴风雨的糟践。
　　做我的鹿吧，这围场如此的美妙，
　　千只狗狂吠，也无碍你快活逍遥。"

阿多尼斯听后轻蔑地笑了笑，
脸颊上随即显露出两个酒窝；
这可是爱神为防不测的创造，
简朴的墓穴可作灵体的寄托。
　　其实爱神早知自己不会死亡，
　　他来到哪里，爱就在哪里生长。

这两个小圆洞既可爱又迷人，
张开嘴要吞没维纳斯的情欲；
神魂颠倒的她焉能保持清醒？
一击足以毙命，何须再行打击？
　　爱情的女王，受挫于自己的法律，
　　她所爱的男人，偏偏将她轻视。

这下怎么办？她还有何话可说？
该说的都已说，心中好不悲凉；
时间已虚度，心上人还想逃脱，
仍一个劲催促，要她将自己释放。
　　"怜悯我吧，"她喊道，"给我点恩慈。"
　　他却一跃而起，奔向他的坐骑。

但是看哪，就在附近的树丛里，
正好有匹强壮的雌马正值发情，
当它看见阿多尼斯的马在刨蹄，
便喷着鼻息跃出，一边昂首嘶鸣。
　　壮硕的公马原本系在一棵树前，
　　居然挣脱缰绳，奔向它的同伴。

它急切地跳着叫着，奔驰而去，
肚子上的绑带已经被它迸断，
它用铁蹄踢伤了足下的大地，
幽幽地心发出回响，雷鸣一般。
　　铁嚼子也已被它的牙齿咬开，
　　控制它的马具全部被它毁坏。

它竖起耳朵，原先下垂的鬃髦
此时也在它的颈项上直立而起，
鼻孔吸进空气，随即又向外喷送，
就像一座锅炉，冒着腾腾热气。
　　火一般的眼睛闪烁着傲慢之光，
　　显示炽热的淫勇，亢奋的欲望。

它时而小跑，好像在数它的步子，
那神态高雅、庄严，且略显得意，
随后又直立前蹄，高高腾跃而起，
好像在说："看，我何等孔武有力！
　　美丽的牝马站在一旁仔细端详，
　　我炫耀自己，就为吸引它的目光。"

它此刻已顾不得发怒的骑手，
任凭他怎样吆喝，哄它拦它，
什么马勒马刺，华丽的辔头，
都不能成为它的约束与牵挂！
　　此时公马眼中只有它的亲爱，
　　其他一切都不合它高傲情怀。

画家画马追求比例协调匀称，
他笔下的马比真马更其鲜活，
他让艺术与造化之笔相抗衡，
无生命的已将生命本身超越。
　　眼前这匹马也确实拔俗超尘，
　　无论形体、步态、骨骼和精神。

它圆蹄，短骹，距毛又粗又长，
阔胸，圆眼，头小身大鼻翼宽，
高颈，短耳，四足挺直而健壮，
鬃稀，尾粗，臂肥，肌肤柔嫩光鲜。
　　一匹神驹应有的一切优良特性，
　　它都有，只是马背上不见骑马人。

它很快跑出很远，专注地观望，
随即又惊诧于一片飘动的羽毛，
它此时居然与风玩起了捉迷藏，
但到底谁追谁逃，却无人知晓，
　　唯闻风在它的鬃与尾之间歌唱，
　　毛发被风吹起，像羽翼般飘扬。

公马望着它的爱侣，朝它嘶鸣，
雌马回答它，好像领会它的心思，
凡雌的都骄矜，发现它在用情，
偏要装冷漠，对求爱不睬不理。
　　它排斥爱情，藐视公马的情欲，
　　　　还用后蹄踢它，对拥抱表示拒绝。

公马心情懊丧，表示它的不满，
下垂的尾巴就像飘落的雁翎，
给炙热的臀部扇出一丝阴凉，
愤懑中它又跺蹄又吞咬蚊蝇。
　　它的爱侣见它真的生了气，
　　　　便报以温存，它则转悲为喜。

恼恨的主人想过去把马牵住，
看，那待配的雌马心惊胆战，
生怕被捉，赶紧弃情侣而去；
公马紧追不舍，主人被晾一边。
　　两匹马发疯地向树林里逃避，
　　　　惊起一群乌鸦，逃得比马还急。

阿多尼斯坐了下来，怒火填膺，
嘴里诅咒着狂野不羁的牲畜；
害相思的爱神倒是柳暗花明，
正好趁机再向少年倾诉情愫。
　　情人们都说：舌头若不肯帮忙，
　　　　你的内心将蒙受三倍的创伤。

如果炉火被封闭，或河流被堵，
那火会烧得更旺，水也将泛滥，
与此同理的是被压抑的痛苦。
尽情倾诉才能缓解爱的忧伤；
　　心灵的辩护人一旦沉默无语，
　　委托人必然崩溃，输定了官司。

一见她走过来，他便满脸通红，
宛如熄灭的炭火遇风而重燃；
他用帽子遮住了愤怒的面容，
两眼朝地上看，心中惴惴不安。
　　她一步步靠近；他不去搭理，
　　只侧目而视，以示他的鄙夷。

哟，请仔细看看眼前这情景：
她正悄悄地走近乖僻的少年！
再看看她脸上那矛盾的表情：
红一阵白一阵，红白互生互歼！
　　刚才脸还是白的，但转眼之间，
　　已红火飞迸，犹如天上的闪电！

他依然坐着，她来到他的身边，
像一个卑微的情人跪在地上，
她用一只纤手掀起他的帽檐，
用另一只手抚摸起他的脸庞。
　　他的嫩脸像新积的一片雪地，
　　即刻留下她纤纤玉手的印记。

哟，两人目光相遇，犹如爆发战争！
她的眼睛望着他，可谓情真意实，
他的眼睛望着她，目光似见未见，
她的眼睛在哀求，他的却在蔑视；
　　她眼里涌出的泪扮演着合唱队，
　　这出哑剧的剧情已交代得明白。

她温情脉脉地把他的手牵住，
就像白雪将百合花投入牢笼，
又像白玉链锁住了象牙雕塑，
白友人就这样与白敌人相拥，
　　这场美的交战，一方攻一方守，
　　就像两只白鸽正在交喙接口。

她再一次打开了思想的闸门：
"啊，你的美冠绝生命的寰宇，
但愿你变成我，我变成了男人，
让我的心健全，你的心伤痕处处，
　　那时你只要赏我甜美的一视，
　　我便为你治疗创伤，不顾生死。"

"放开我的手，"他说，"别抚摸不停！"
"还我的心，"她说，"我就把手还你，
免得你的硬心使它也变得坚硬，
从此再刻不出轻轻叹息的痕迹。
　　那时我就不必将爱的呻吟牵挂，
　　因为阿多尼斯已将我的心硬化。"

"真不知羞,"他喊,"放开我,让我走!
我的马儿跑了,今天的快乐被毁,
都是你的不好,我才把马儿弄丢。
我求你走开,让我一个人待一会,
　　我现在所思所想,所焦虑的是:
　　找到那匹母马,寻回我的坐骑。"

她这样回答:"你的马跑得应该,
因为它渴求温馨而甜美的爱欲;
情爱就像炭火,得让它冷却下来,
如果任其燃烧,定会把心烧着。
　　大海有疆,但情欲无边无际,
　　你的马跑了,这事并不稀奇。

"刚才它多像匹驽马被拴在树上,
一根皮制的绳子就能将它制伏;
但一见到情侣——那青春的嘉觊,
小小的羁绊就再不屑它的一顾。
　　项上卑贱的皮带很快被挣断,
　　它的嘴、背和胸,都获得了解放。

"谁见过情人赤裸其身躺床上,
白嫩的肌肤胜过雪白的衾枕,
他贪婪的双眼已将美色遍尝,
却偏不许其他感官一同销魂?
　　面对刺骨严寒,谁还那般怯懦,
　　竟然不敢碰一碰身边的炉火?

"乖孩子，允许我为你的马辩护，
真心恳求你学一学它的榜样，
抓住眼前良机，且将快乐寻取；
即便我是哑巴，马已为你示范。
　　学会恋爱吧，这课程其实简单，
　　一旦学到家，你一定永生不忘。"

"我不懂爱，"他说，"也不想懂得爱，
如果爱是野猪，那我一定追逐；
爱太沉重，我负不起这笔重债；
我别无所爱，只爱将爱来羞辱。
　　因为我听说，爱是个已死的活人，
　　只会同时发出哭和笑两种声音。

"谁愿穿未成形未完工的衣装？
谁愿摘取那未展花瓣的花蕾？
成长中的事物一旦受到创伤，
不待完善就会枯萎，所值尽废。
　　弱冠的马驹就被人骑，负重载，
　　就会失去光辉，永远不能成才。

"你捏痛我的手了。让我们分手，
别继续无聊的话题，别再啰嗦，
我心不改，快将你的围兵撤走，
我不会为爱情打开心的门户。
　　收起你的誓约、你的假泪和奉承，
　　这一套奈何不了一颗坚定的心。"

"怎么,你会说话?"她说,"你有舌头?
吓,但愿你没有,或者我没耳朵,
你迷人的声音让我听了更难受;
我本就负重荷,如今又受压迫:
　　优美的嘈音,奏得难听的仙乐,
　　耳朵闻之甜美,心灵闻之痛绝。

"如果我有耳无眼,但单凭耳听,
我也会爱上你不可见的内在美;
如果我是聋子,你外在的容颜
也能触动感官,使我情迷心醉。
　　即便耳眼全无,不能听不能看,
　　我也会一经抚摸就将你爱恋。

"假如连我的触觉也一并被剥夺,
我既不能看,不能听,又不能摸,
我所有的感知最后只剩下嗅觉,
那时我对你的爱依然一样的多,
　　因为你的脸就是绝妙的蒸馏器,
　　那里逸出芬芳,我一闻就爱上你。

"啊,你于味觉又是何等的盛宴,
视听嗅触四觉全凭你来滋养!
它们都希望这宴席延之久远,
故令'猜疑'用双簧锁把门锁上,
　　以提防'妒忌'这位不速之客,
　　偷偷地进来,搅扰宴席的欢乐。"

他那两扇宝石红门再度开启，
他甜美的语言就从那里滋育，
但这会却像清晨出现的云翳，
预示海上的灾难，陆地的暴雨，
　　牧羊人的忧虑，飞禽的苦恼，
　　令牧民和牲畜生畏的狂飙。

这是不祥之兆，她很快觉察，
就像暴风雨前狂风骤然停歇，
又像恶狼嗥叫前要咧嘴龇牙，
又像浆果霉变前要表皮开裂，
　　又像射出的子弹会夺人性命，
　　他尚未开口，她已心知肚明。

一看少年的脸，她便晕倒在地。
眼神滋养爱情，也能谋杀爱情，
皱眉创下的伤，得由微笑医治。
但坏事变好事，爱情绝处逢生：
　　傻孩子以为，女神已一命归天，
　　就用手拍她，直拍得红晕满脸。

他不知所措，便一改原先意图，
他本来想痛快地责骂她一顿，
狡猾的爱神巧妙地将骂排除，
机智就这样保护了机智的人！
　　她躺在草地上，似乎性命已休，
　　直到他用呼吸对她进行急救。

他捏她的鼻子,拍打她的脸颊,
折弯她的手指,按紧她的脉搏,
摩擦她的嘴唇;他已想尽办法
去弥补他的无情闯下的大祸。
　　他亲吻女神,正合她的心意,
　　便躺着不起,任他吻个不已。

愁苦的黑夜如今已变成白天,
她那双碧眼,像窗户悠悠开启,
宛如明媚的太阳着一身光艳
向清晨欢呼,解救幽暗的大地。
　　就像灿烂的太阳照亮了太空,
　　她的眼睛也这样燃红了面容。

她的眼睛紧盯他无须的嫩脸,
眼中光辉好像全借自那地方,
若非他紧蹙双眉使目光微暗,
那该是四盏明灯在交相争光!
　　但她的目光是在泪水中穿越,
　　就像水中闪烁着夜间的明月。

"啊,我在哪里?"她问,"天上还是人间?
我是淹在水中,还是陷在火里?
现在什么时候? 是凌晨还是傍晚?
我是欣然而死好呢,还是活下去?
　　刚才我活着,活得死一般苦恼,
　　刚才我死了,死得活人般逍遥。

"啊,你杀死过我,就请再杀一次!
你眼睛的精明导师——你的狠心
教它们学会滥施傲慢与蔑视,
已将我这颗可怜的心谋害毙命。
　　心灵的忠实向导——我这双眼睛
　　不会再睁开,若非你的嘴唇怜悯。

"为此奇效,愿你的嘴唇永相吻,
啊,千万别让鲜红的盛装褪色!
只要红装在,香艳将历久弥新,
凶年的瘟疫恶疾也将一并除灭。
　　那时,预言灾患的星象家会说:
　　人间瘟疫已在你的口气中永殁。

"你纯洁的唇已在我的唇上留印,
如要再印,我得与你如何签约?
我心甘情愿向你出售我自身,
只要你愿买,办理正当的手续。
　　如成交后你仍担心出现纠纷,
　　就将印戳直接打上我的红唇。

"你用一千个吻就能买下我的心,
这吻你可在闲暇时一个个偿还,
一千个吻对于你岂不责微任轻?
这笔账很好算,不久即可付完。
　　假如你赖账,这债可要翻一番,
　　但两千个吻对你也不会犯难。"

"如果你爱我,"他说,"美丽的女王,
请体谅我年纪尚轻,不解风情,
我且不懂自己,你别将我勉强;
任何渔夫都会将小鱼苗放生。
　　梅子熟了会掉,青梅高悬枝头,
　　如果提早采摘,其味必然涩口。

"看,大地的抚慰者迈着疲惫脚步,
已在西边结束一天火热的跋涉,
夜的传令官夜莺在叫;天色已暮,
羊群已回羊圈,鸟儿归巢安歇,
　　黑沉沉的云朵已遮蔽了长天,
　　在提醒我们分手,互道晚安。

"让我说再见吧,你也说声再见,
只要你愿意说,便可得到一吻。"
"再见!"她说,但在他开口之前,
那甜蜜的酬报已送至他的嘴唇:
　　她用双臂紧紧搂住他的脖子,
　　脸紧贴着脸,似乎已融为一体。

他被吻得气喘吁吁,竭力想躲避
她的珊瑚红唇,嗫回玉液琼浆;
她饥渴的嘴唇享受着珍贵美食,
虽已过度品尝,仍抱怨饿得慌。
　　他已饱得难受,她仍饥渴难当,
　　四片嘴唇相粘,一同倒在地上。

炽热的情欲攫住了投降的猎物，
她饕餮般大嚼，永远不能满足，
她的嘴唇是征服者，他的成俘虏，
不管她索要多少，他只能缴出。
　　她贪得无厌，不断地抬高赎金，
　　不榨干他唇上财宝，她不甘心。

捕获物那甜美的滋味一旦品尝，
她便变得盲目，开始疯狂掠夺，
她的血在沸腾，她的脸汗珠直淌，
放肆的情欲已使她忌惮无所。
　　她已忘记一切，理性也已退避，
　　什么廉耻、荣誉，一概无暇顾及。

他被紧紧相拥，又热又晕又倦，
就像野鸟因长久驯养而变温顺，
又像黇鹿被追捕，逃得疲惫不堪，
又像哭婴被哄，终于变得安静，
　　他现在很顺从，不再执意抗拒，
　　她尽情攫取，但依然未遂所欲。

什么蜡僵硬得不能用火消融，
最终还不是轻轻一触就变形？
无望的事一经冒险往往成功，
尤其是爱情，总给你额外欢欣。
　　情感不是容易昏厥的白脸懦夫，
　　总是越艰难越追求，义无反顾。

如果他一皱眉，她就知难而退，
她便吮吸不到他唇上的玉液；
有情人从不在乎恶语与皱眉。
玫瑰纵然有刺，仍有人去采摘。
　　即便有二十把铁锁将美锁起，
　　爱情也能闯入，将锁一一开启。

可惜她现在再不能将他留住，
可怜的傻孩子求她放他起身；
她只好下决心不再执意拦阻，
她与他道别，嘱他顾念她的心。
　　她凭丘比特手中的箭发誓说，
　　她的心被他所掳，囚在他心窝。

"好孩子，"她说，"今晚已良辰虚度，
惆怅的心将使我彻夜不得安眠。
告诉我，爱的主人，明日能否再聚？
能不能？能不能？我们能否再相见？"
　　他回答说不能，明日他分身乏术，
　　他和他的朋友，准备去围捕野猪。

"野猪！"她喊道，脸上顿显苍白，
像鲜红的玫瑰蒙上一段白绸，
他的话已让她浑身颤抖起来，
双臂不由自主将他脖子紧搂。
　　她的手搭着他，身子已瘫软，
　　他扑在她身上，她仰面朝天。

她这下真正进入了爱的决斗场，
斗士已跨马上，双方正好一拼，
但这一切依然只是她的想象：
他骑在她的身上，却无意用情，
　　直叫她懊恼得就像坦塔罗斯①，
　　怀里抱着天堂，却得不到欢喜。

可怜的鸟儿被画中葡萄所骗，
眼睛得以饱餐，肚子挨饿忍饥，
不幸的维纳斯也这般苦恼难堪：
浆果在眼前，却可望而不可即。
　　她发现他无动于衷，反应冷漠，
　　便一个劲吻他，想将情焰撩拨。

但依然徒劳，好女王没能遂心，
能想到的办法，都已被她试过，
她的诉求本该获得丰厚的酬金：
她是爱神，她在爱，却不被爱慕！
　　"呸！呸！"他说，"你挤扁我了，快松手，
　　你这样搂住我不放，太没来由！"

她说："若不是你讲起围猎野猪，
好孩子，我早就允许你离开我，
听听忠告吧，你自己一定清楚
用标枪刺杀野猪必然吉少凶多，

---

　　①　坦塔罗斯(Tantalus)是宙斯之子，因侮辱众神被打入地狱，遭受饥渴之苦：头顶悬着鲜果，却永远可望而不可即。

它裸露的獠牙总是锋利无比，
就像一个屠夫，随时准备杀戮。

"它弓形的背上鬃毛一根根竖起，
像一支支长矛威胁着它的敌人；
它啮牙时两眼萤火虫般闪熠，
嘴巴到处乱拱，像在掘墓垒坟。
　　一旦发怒奔突，它便见谁咬谁，
　　弯弯的钢牙足以将性命伤害。

"它强壮的肋部有坚硬鬃毛武装，
那里不是你的长矛能轻易穿透，
它又粗又短的脖子也不易受伤，
发怒时，它甚至敢与狮子搏斗。
　　茂密的荆棘和灌木闻之胆丧，
　　一见它在奔突，都会自动避让。

"哎呀，它才不会珍惜你俊俏的脸，
虽然这张脸受到爱神深情注目；
也不稀罕你的柔手、香唇与俊眼，
尽管它们完美得令全世界羡慕。
　　倘若你遭际不测——那该何等骇然——
　　它会拱翻你的美，就像拱地一般。

"啊，就让它永远待在它的脏窝，
美与这样的恶魔打不上交道；
千万别主动惹它，以免招灾祸，
有福者都懂得听取朋友忠告。

说句实话，一听到你说起野猪，
我便为你担忧，浑身都在哆嗦。

"你没见我的脸霎时已变苍白？
你没见我的眼睛满含着惶恐？
刚才我发晕了，倒下了，对不对？
你躺在我身上，没觉察我胸中
　　这颗预感不祥的心在噗噗乱跳，
　　地震般将你的身子频频直摇？

"在爱情管辖之地，多事的'疑虑'
总是将自己当作情感的卫兵，
发出虚假的警报，制造出分歧，
在太平之日呼喊'杀！杀！'之声，
　　它搅扰了缠绵中的温馨爱情，
　　就像气流与雨水熄灭了火星。

"这可恶的信使，惹事的奸细，
这专爱啃食爱情嫩芽的蛀虫，
这多嘴多舌、搬弄是非的'疑虑'，
它时而报假信，时而也传真情，
　　是它敲开我的心，对我窃窃私语，
　　说我如爱你，该为你的死而忧惧。

"此外，疑虑还在我眼前描绘出
一头野猪，那野兽暴躁而凶狠，
在它的利齿下，有人仰面而卧，
模样像你本人，浑身都是血痕，

他的血流到了身边的鲜花上，
使花朵也因悲伤而垂下花冠。

"即便是想象，我也会浑身颤抖，
如果所见属实，那我该怎么办？
一想到这里，我的心就鲜血直流，
恐惧使我产生这不祥的预感：
    如果你明天一定要与野猪对抗，
    我预言你将死亡，而我永久悲伤。

"你若坚持行猎，得听我的吩咐：
你不妨放犬去追赶胆小的兔子，
或者去围捕那生性狡猾的狐狸，
还有那些不敢与人对抗的麋鹿。
    你去山坡上将这些小动物追赶，
    身边要带猎犬，人要骑在马上。

"当你将半盲的野兔赶出它的窝，
你要注意：可怜的东西为了脱险，
会跑得比风还快；当它闪躲腾挪，
又是何等机警！千百次转向拐弯，
    忽东忽西，穿越一道道篱笆、树丛，
    似乎存心要将敌人引入迷宫。

"它有时还会窜入羊群之中，
让灵敏的猎犬闻不出气味；
有时它会钻进深掘的地洞，
让喧闹的追击者停止狂吠。

有时它还会与鹿群混在一起，
真可谓急中生智，危中生计。

"因为它的气味已与别的相混，
凭气味追踪的猎犬被它迷惑，
只好停止汹汹叫嚣继续嗅寻，
直到费尽周折，踪迹失而复获。
　　那时又会吠声骤起，回声响应，
　　好像另有一场围猎在天上进行。

"这时，可怜的兔子已窜上山冈，
它用后腿站立，竖起耳朵倾听，
想知道它的敌人是否仍在追赶；
它很快听见了喧嚣的呐喊声，
　　此刻它真是极度苦恼哀伤，
　　就好比病人听见了丧钟敲响。

"你将看到这可怜虫满身露水，
左转右转，曲曲折折地逃难，
可恶的荆棘扎伤了它的疲腿，
任何动静，都让它裹足不前。
　　因为落难者总是人见人欺，
　　陷入绝境后，它已生路难觅。

"静静地躺着，听我再说几句；
别动，别挣扎，我不会让你动身。
为了让你不再喜欢围猎野猪，
我要虚作严厉，让你听取教训。

我要旁征博引,寻找一切理由,
以爱的名义评说一切的忧愁。

"我说到哪儿了?""管它哪儿,"他说,
"只要你离开我,故事就圆满收场;
天色不早了。"她说:"不早又如何?"
"我与朋友有约,"他说,"他们在召唤;
　　天都黑了,我担心路上会跌倒。"
　　她说:"情欲的视力黑夜里最好。

"如果你跌倒了,不妨这般思忖:
大地爱上了你,才绊了你一跤,
她的用意是要强索你的一吻。
珍宝在眼前,老实人也会犯盗;
　　你的香唇让狄安娜①也受窘坐困,
　　生怕偷你一吻,从此名节无存。

"现在我懂得黑夜为什么这样黑:
只因月亮自觉羞愧,将银光收敛,
她要等善于仿造的自然被治罪:
因为它从天上盗取神圣的模型,
　　用来铸造你,蔑视上天的权威,
　　白天羞辱太阳,晚上让她羞愧。

"月亮于是贿赂三位命运女神,
有意要挫败自然的奇妙工艺,

---

① 狄安娜(Diana):罗马神话中的月神,狩猎神,贞洁的象征。

她要让美艳与脆弱同生共存，
在纯洁中掺和不纯洁的杂质。
　　她要让人间的美受噩运摆布，
　　让它被虐待，蒙受无穷的痛苦。

"还有高烧的热病，虚弱的疟疾，
夺命的瘟疫，丧失理智的疯癫，
损害骨髓的恶疾——如染上身体，
能使血液沸腾，导致机理紊乱，
　　再有暴食、脓疮、忧伤与绝望，
　　都会因妒忌你而盼自然灭亡。

"这些疾病，即便最轻微的一种，
哪怕发作一分钟，就能将美摧残；
无论色泽、品性，还是风采、姿容——
不久前这一切尚被公正所赞叹，
　　顷刻间会憔悴、化解，走向灭亡，
　　就像高山上的积雪消融于骄阳。

"因此，别理会不婚不育的贞操，
缺乏爱情的处女和自恋的修女，
她们活在世上，只会使人口减少，
子孙断绝，使人间呈一片荒芜。
　　尽情挥霍吧，夜间点亮的灯，
　　虽燃干了油，却带给世界光明。

"凭时间的权利，你应该有后人，
如果你将他们在幽冥中摧毁，

你的身体岂不成了一座荒坟，
专门用来吞没自己的子孙后代？
　　那时，世人只会投以鄙夷的目光，
　　就为你傲慢地扼杀了美好希望。

"你这是自己毁灭自己的未来，
这比同室操戈更让人疾首痛心，
无异于绝望中亲手将自己杀害，
或者说恶父剥夺了儿子的性命。
　　腐蚀金属的锈吞食封存的宝藏，
　　金子使用得当，却会成倍增长。"

"别说了，"阿多尼斯说，"你说来说去，
依然是那些无意义的陈词滥调。
我刚才给你的吻已成徒劳之举，
但你的一切努力，也休想见效。
　　黑夜，欲望的恶保姆为我作证，
　　你说的话只会让我越听越厌憎。

"即便爱情借给你千万条巧舌，
每条巧舌都比你自己还能说，
就像美人鱼的歌能摄人心魄，
但到了我耳边，都将风般吹过，
　　因为我的心有耳朵武装守卫，
　　它不会让虚言滥语进入宫闱。

"我担心蛊惑人心的乐音会入侵
我胸中那片优雅宁静的小天地，

那时,小小的心房就会遭蹂躏,
使我的心在寝宫中永不得安逸。
　　不,夫人,不! 我的心不想为爱呻吟,
　　它只想独善其身,睡个安安稳稳。

"你所说的,哪一点经得起反驳?
平坦的大道,会把人引入险境;
我不讨厌爱,但讨厌你的举措:
你见谁爱谁,与生人拥抱亲近!
　　你说这是为生育,奇怪的借口,
　　理性做了淫媒,甘愿情欲横流!

"别称之为爱了,爱已逃至天上,
人间的情欲僭用了爱的名义,
以貌似天真的表相将美摧残,
使新艳的美蒙上了斑斑污迹;
　　热昏的暴君将美玷污、糟蹋,
　　就像毛虫残害嫩叶与幼芽。

"爱情给人安慰,就像雨后阳光,
情欲酿造恶果,是晴天后的暴雨;
爱情的暖春永远保持鲜艳浏亮,
情欲的盛夏未过半,严寒已将至。
　　爱情饮食有度,情欲饕餮而亡,
　　爱情真诚可信,情欲信口雌黄。

"我还有许多话,但不便再细述,
古老的教训本不该年轻人赘说,

说真的，我现在只想离开这里，
我脸上满是羞愧，心里尽是焦灼，
　　我的耳朵一直在听你的淫谈，
　　正烧得发热，就为你的冒犯。"

说完这话，他便挣脱甜蜜的拥抱，
离开女神一直紧搂着自己的玉臂，
穿过漆黑的林地，朝家里疾跑，
丢下爱神独自躺着，无限的悲戚。
　　看，一颗明亮的星星正掠过天际，
　　他也这样趁夜色逃离了维纳斯。

她的目光追随他，就像岸上的人
目送刚刚登船、准备远航的朋友，
直到汹涌的海浪带走他的身影，
唯见骇浪滔天，正与白云争斗。
　　这不知怜悯、幽冥如漆的黑夜，
　　也这样将她钟爱的人儿吞没。

她惊愕，就像一个人一不小心
将一块宝石失落在滔滔洪波里，
她茫然，就像穿越林地的夜行人，
手中的灯忽然间被一阵风吹灭。
　　她这样躺在夜色中，何其惆怅！
　　她已不知自己的路究竟在何方。

她开始捶胸，一边捶一边呻吟，
附近的山洞，似乎也遭受创伤，

回应她的呻吟，重复她的悲声，
于是，重重悲叹在山谷中回响：
　　"哎呀，"她喊，二十遍地说，"苦啊，苦！"
　　二十遍的回声，二十遍的冤诉！

伴着回声，她哼吟起哀音悲曲，
信口唱出一首忧伤凄凉的歌谣：
爱情如何使青年着迷，老人糊涂，
爱情如何让愚者生智，智者昏脑。
　　沉重的歌谣结尾处尤其凄楚，
　　回声的合唱也一样悒郁愁苦。

她唱穿了长夜，尽管歌声沉闷：
情人度时总将漫长当作短促，
一旦乐在爱中，他们便以己度人，
以为别人也喜欢这乏味的倾诉。
　　他们那冗长的故事一旦开始，
　　即便讲到听众走光，也难停止。

但除了这鹦鹉学舌般的回声，
她又能跟什么人共度这良宵？
这回声就像酒保尖着他的嗓门
照应着顾客，听任他们随性胡闹。
　　她说："是如此，"他们答："是如此；"
　　如果她说："不是，"他们也说："不是。"

看！温良的云雀已休息得厌烦，
离开潮湿的窝巢飞上茫茫天际，

早晨已被惊醒，从她银色的胸膛，
太阳带着灿烂的光辉冉冉升起：
　　他睁着煌煌巨眼审视这世界，
　　给树梢和山峦抹上一层金色。

维纳斯向太阳致意，问候早安：
"辉煌的天神啊，一切光明的恩主，
每盏灯每颗星都得向你借光，
才得以绚丽其身，使光彩漫溢。
　　但这里有一人虽吮吸凡间乳汁，
　　却能借你光明，一如你照临万物。"

说完，她急急走向一丛爱神木，
早晨的时光眼见就要消逝殆尽，
但她依然不知情人的任何消息；
她想听听是否有犬吠与号角声。
　　果然，她很快听到犬号声大作，
　　便急急赶往发出声响的场所。

她一路奔跑，挡道的丛丛灌木，
有的抓她的脖颈，有的吻她的脸，
有的缠绕她的腿，都想把她留住。
她则奋力挣脱它们的苦苦纠缠：
　　此时她就像乳房胀痛的母鹿，
　　急于给藏在林间的小鹿哺乳。

这时，她听出猎犬正遭猎物反扑，
不由得大吃一惊，就像看见毒蛇

盘成可怕的一团,将道路挡住,
吓得行人浑身颤抖,面如土色。
　　猎犬的吠叫声分明显示胆怯,
　　这更让她心惊胆寒,神志恍惚。

她很快知道,这场围猎凶险异常,
围捕的不是野猪、蛮熊,就是猛狮,
因为那喧嚣声来自同一个地方,
猎犬在高声狂吠,其声畏葸昭著:
　　它们发现眼前的敌手凶狠无比,
　　便相互推让,谁也不敢抢先攻击。

令人沮丧的吠叫声传入她耳中,
由耳入衷,令她的心顿生恐慌,
疑虑与忧惧已将这心生生掌控,
使她脸色苍白,浑身麻木发僵,
　　像战场上的士兵,主将一投降,
　　他们便各自溃散,无心再恋战。

她就这样站着,恐怖到了极点,
直到她想振作起萎靡的精神,
对自己说:这都是无稽之念,
幼稚的错误,没必要吊胆提心。
　　她告诫自己不要发抖,不要恐怖,
　　就在这时,她见到了被困的野猪。

它流涎的嘴巴沾满鲜红的血污,
就像牛奶与污血掺和在一起;

恐怖再次传遍她全身的肌肤，
催她赶紧逃避，但不知逃往哪里。
　　她跑向这边，不一会又停下脚步，
　　退回原地，一边咒骂凶残的野猪。

一千种冲动指向一千条道路，
她一会儿走这边，一会儿又回返，
心里急如星火，最终一再延误，
她的举措就像失去理智的醉汉：
　　脑海千头万绪，什么也没理清，
　　忙得手足无措，结果一事无成。

她发现一只猎犬趴在灌木丛中，
便急于打听这可怜畜生的主人；
一旁还有一只猎犬在舔伤痛，
猎犬疗伤，这一招比什么都灵。
　　她还见到一只猎犬耷拉着脑袋，
　　她上前招呼，它报以猖猖狂吠。

当它停止那凄厉刺耳的吠叫，
另一只面目狰狞的黑毛猎犬，
像吊丧者冲着天空哀哀长啸，
别的猎犬即刻附和，吠声震天。
　　它们骄傲的尾巴拖在地上，
　　耳朵已被咬破，鲜血在流淌。

每当有幽灵、凶兆和异象显现，
可怜的世人该何等的惶惑不安！

他们会瞪着充满恐怖的双眼，
将它们当作大祸临头的征象。
　　此时她也这样倒吸了口冷气，
　　一边谴责死神，一边深深叹息：

"人见人恨、又瘦又丑的魔王！
你拆散爱情，"她这样斥责死神，
"你这地上的蛆虫，狰狞的魍魉！
你窒息美，扼杀美，是何等居心？
　　只要他活着，借他的气息与美，
　　玫瑰才有光泽，紫罗兰才有香味。

"如果他死了——哟，不，这不可能，
看见他的美，你不会置他于死地！
嗨，可能的；你根本就没有眼睛，
你以杀戮为业，既凶狠又随意，
　　你的目标是老朽，但你投的镖
　　常常偏离方向，伤害青春年少。

"如果你警告他，他也作了答复，
听到他的声音，你会丧失威力；
命运女神也会诅咒你滥杀无辜：
你本该去刈草，却将花朵摘取！
　　飞向他的应该是爱神的箭矢，
　　而不是死神的黑镖，置他死地。

"你惹我哭，难道泪水是你的佳酿？
我郁郁无欢，你能得到什么好处？

他那双眼睛能让别人频频顾盼，
你为什么偏要让它们长眠千古？
　　造化从此不必顾忌你的权威，
　　既然她最佳的作品已被摧毁。"

说到这里，她内心充满了绝望，
眼睑下垂着，就像两座拦水闸
阻止了晶莹的泪水腮上泛滥，
流入酥胸上那道甜美的山峡。
　　但银色的泪雨还是溢出堤坝，
　　强劲的水流很快将闸门冲垮。

哟，她的眼睛与眼泪相互辉映，
泪中照出眼睛，眼中热泪饱含，
双方都是镜子，照出对方悲情；
友善的叹息有意将悲情吹干，
　　但这里天气太坏，风风雨雨不停，
　　叹息刚吹干脸颊，泪雨即刻漫盈。

各种各样的思绪聚集她的心头，
每种思绪都在昭示她的凄楚，
它们一拥而入，都想争先居首，
标榜自己就是痛苦中的痛苦。
　　但它们高下难分，最后结成同盟，
　　就像乌云聚集，酝酿着暴雨狂风。

这时，她听见远处有猎人在喊叫，
那声音比摇篮曲更让她欢愉：

刚才她还受可怕的想象所困扰，
希望之声顷刻间已将恐惧消除。
　　因为复活的喜悦嘱她振奋精神，
　　奉承说：那是阿多尼斯的声音。

于是，她的泪水便开始回流，
困于眼眶，像杯中盛满珍珠，
偶尔有一两颗珠子独自出走，
也被面颊融化，面颊似在揶揄
　　落地的泪珠洗涤肮脏的大地；
　　大地饮泪陶醉，她则沉浮于泪池。

哟，多疑的爱情，你是何等怪诞！
你看似什么都不信，其实最轻信；
你的幸福与痛苦总是趋向极端，
希望与绝望使你变得荒谬绝伦：
　　它们一个在不可能中向你献媚，
　　另一个则在可能中将你谋害。

这时她想将自己编织的网拆去，
阿多尼斯活着，死神就无过犯；
似乎刚才诅咒他的不是她自己，
现在她要给这可恨者戴上荣冠。
　　她称他为坟墓之王，众王之坟，
　　是统治一切生灵的至尊之神。

"亲爱的死神，"她说，"我是在说笑，
原谅我吧：刚才我碰见一头野猪——

嗜血的畜生，不由得心惊肉跳，
这东西没有仁慈心，只会杀戮。
　　温柔的幽灵——我得承认事实——
　　我是骂了你，只因担心爱人会死。

"你别怪我，都是野猪惹我多嘴。
向野猪复仇吧，冥冥中的主宰！
这可恶的野兽对你犯下大罪，
它是诽谤的元凶，我只是帮代。
　　悲哀共有两条舌头，我们女人
　　没有十个头脑，就管不住它们。"

由于她渴望阿多尼斯依然活着，
便仓促地解除了对死神的疑虑；
她如此低三下四地将死神巴结，
还指望自己的美艳能永驻千古。
　　她还说起纪念碑、雕像和墓地，
　　赞美死神的胜利和诸多荣誉。

"乔武啊，"她说，"我真愚不可及，
我的头脑何其无知，何其脆弱，
居然为一个活着的人哀悼哭泣！
他不可能死，除非一切生物灭绝！
　　他若死了，美将随他一起消亡，
　　美若死了，世界重归混沌昏茫。

"呸！呸！痴心的爱，你充满忧惧，
就像身带财宝的人怕盗贼近身，

即便一些捕风捉影的无稽之事，
也能通过幻觉伤害你怯懦的心。"
　　说完这话，她听见欢快的号角声，
　　苦恼即刻消释，精神为之振奋。

就像猎鹰听到召唤，她飞奔而去——
草叶未曾弯腰：那脚步该多轻盈——
但匆遽间所见的景象惊心怵目：
可恶的野猪已屠杀她的心上人！
　　她的双眼似乎顷刻间也被谋害：
　　像星星羞见白昼，急切地隐退。

又像蜗牛，柔软的触角遭受打击，
便痛苦地缩回它的贝壳洞中；
久久躲在里面，闷得几乎窒息，
但恐惧仍使它不敢出来活动。
　　她的眼睛见到血肉模糊的尸体，
　　也这样恐惧地逃进头上的暗室。

在那里，眼睛放弃职守与光明，
听凭浑浑噩噩的大脑随意支配；
大脑要眼睛与丑陋的黑夜结盟，
从此不再张开，以免把心伤害。
　　心像宝座上茫然失措的国王
　　同情起眼睛，发出沉重的哀叹。

心所管辖的每个臣民开始颤抖，
就像那幽禁在大地之下的狂风

想夺路而出，地表也为之晃悠，
恐怖的景象令世人惊悚惶恐。
　　这场骚乱就这样将全身牵动，
　　使眼睛再次跳出黑暗的岩洞。

睁开的双眼将极不情愿的目光
投向他腰部被野猪所创的伤口；
那地方原先洁白得百合花一样，
如今流淌着血，已将全身湿透。
　　他身边每一朵花，每一片草叶，
　　都已染红，似乎也在陪他流血。

草木也在哀悼；可怜的维纳斯
目睹眼前惨状，把头别过一边，
她已说不出话，她悲痛得发痴，
她觉得他没死，哪怕命存一线。
　　她的声音哽塞，她的关节僵直，
　　她的眼睛发狂，始终流泪不止。

她目不转睛地观察起他的伤痕，
眩晕的目光下，伤口一分为三，
她于是咒骂起眼睛的幻视失真，
竟在完好之处制造出更多创面。
　　他的脸成双脸，四肢也被复制：
　　脑子一旦发蒙，眼睛必出差池。

"一个阿多死了，我已难述忧伤，
而如今，"她说，"阿多死了两个！

我的叹息已竭,我的泪已流光,
我的心变成铅,我的眼化为火,
　　心内的重铅将在眼火中融化,
　　我将化为滴滴溶液入寂升遐。

"唉,可怜的世界失去怎样的宝贝!
还有什么样的脸值得人们欣赏?
谁的说话如音乐? 在漫长的未来,
人世间还有什么东西值得显扬?
　　花儿固然甜美,它们艳丽而绚烂,
　　但真正的美随他而生,随他而亡。

"今后谁也不必戴帽子,披轻纱,
因为太阳和风不会抢着亲吻你;
你本无美可失,就用不着害怕,
太阳只会嗤笑你,风也只会相讥。
　　但阿多尼斯活着时,太阳和风
　　却像两个强盗,都想夺他仪容。

"他因此只得将帽子戴上头顶,
俗丽的太阳透过帽檐将他窥视;
风会设法将帽子吹走,一旦得逞,
便拂弄他的头发,恼得他哭鼻子。
　　太阳和风见他年轻,徒生怜悯,
　　又会抢着去擦干他脸上的泪痕。

"为看他的脸,狮子会躲到树后
悄悄地行走,生怕他会受惊;

当他自娱自乐，一展他的歌喉，
老虎也变温顺，安静地倾听。
　　一听他说话，狼会丢下猎物，
　　一整天不再对羔羊恐吓凌辱。

"当他在溪水边观赏自己的影子，
鱼儿会浮出水面，向他展示金鳃，
有他在附近，鸟儿无不欢天喜地，
有的会为他唱歌，有的为他叼来
　　甜津津的桑葚和红艳艳的樱桃，
　　他喂鸟儿秀色，鸟儿以浆果相报。

"但这丑陋、凶狠、噘嘴的野猪，
总低垂着一双探寻坟墓的眼睛，
从来不正视他非凡的仪容气度——
看看吧，它是怎样款待它的客人！
　　当时它见到他的脸，我相信——
　　一定想亲吻他，由此闹出人命。

"对了，阿多他一定这样被屠杀：
他手提锋利的长矛冲向野猪，
但野猪不愿借他来磨砺长牙，
而是想用亲吻表示它的爱慕。
　　这多情的野猪，在他身上乱拱，
　　一不小心将长牙插入他的腹中。

"如果我有那样的长牙，我承认，
我早就用我的吻伤害他的性命；

如今他死了,可他曼妙的青春
始终与我无缘——这是何等不幸!"
　　说完这话,她便瘫倒在他身边,
　　她的脸已被他凝固的鲜血沾染。

她看他的嘴唇,嘴唇已经苍白,
她握住他的手,这手已经冰凉;
她在他耳边低声诉说她的情怀,
好像他还能听见她幽怨的言谈。
　　她抬手掰开已经合上的眼睑,
　　看,熄灭的明灯已与黑暗同眠!

那是两面镜子,不知有多少次,
她用来映照自己,如今无比暗淡;
曾经美轮美奂,如今光彩尽失,
美目所具的美质都已烟消云散。
　　"时间的奇迹,"她说,"我的痛苦!
　　你死了,这白昼就不该光明如故。

"你死了,听吧,我要在此预言:
从今往后,爱情永远与悲哀相伴,
妒忌永远伺候在爱情的身边,
它的开端甜美,结局只会凄惨,
　　爱结不成良缘,不是高就是低,
　　所有爱的欢乐难与痛苦相抵。

"爱情既虚伪又善变,充斥骗局,
从萌芽到枯萎,只在瞬息之间,

它的内部有毒，表面傅粉施朱，
甜美的伪装能瞒过锐利的双眼。
　　爱能使羸弱者变得无比强大，
　　让智者无语，教呆人开口说话。

"爱很吝啬，同时又侈靡散漫，
它能教枯朽老翁款款起舞，
让粗野的无赖变得沉稳安详，
它让富人破产，让穷人暴富，
　　它时而癫狂，时而温存得可笑，
　　使耆老变孩提，使孩提变耆老。

"爱总在无缘无故处滋生猜忌，
最应怀疑时，它偏不存戒心，
它既慈悲为怀，又过于严厉，
貌似讲究正义，其实最能骗人。
　　看上去很温顺，本性固执愚顽，
　　它使勇士胆怯，却给懦夫壮胆。

"爱情是战争和灾祸的导火线，
它在父亲与儿子之间制造不和，
它轻易屈从逆境，又动辄抱怨，
易变的心性就像干柴最易着火。
　　既然死神毁我的爱人于英年，
　　今后有情人休想享受爱之甘甜。"

说完这话，她身边被害的男孩
化作一阵风，消失得无影无踪；

就在他洒在地上的血泊之内，
长出一朵鲜花，其色又白又红：
　　那白仿佛就是他苍白的面容，
　　那红好比鲜血，滴在白色之中。

她俯首闻了闻那新开的花朵，
把花香比作阿多尼斯的气息，
她说这花得永存在她的心窝，
既然死神已使他们生死别离。
　　她伸手将花摘下，折口处流出
　　绿色汁液，她说那是花的泪珠。

"可怜的花，"她说，"香艳的后裔，
来自更香艳的父，按乃父的操尚，
小小的忧伤也足以让他痛哭流涕，
但他别无所求，仅为自己而成长。
　　你也是如此，但你可以铭记：
　　死在血中不如死在我的怀里。

"我的胸怀曾经是你父亲的眠床，
你是他的血亲，有权醋卧其间，
看，你就休憩在这空空的摇篮！
我跳动的心将日夜为你催眠。
　　这甜美的花由我的爱人所变，
　　我要永远吻它，一分一秒不停。"

说完这话，厌倦了人世的维纳斯
匆匆离去：她驾起她的银鸽神舆

飞上茫茫太空；银鸽电掣风驰，
带着它们的女主人穿越天宇，
　直抵帕福斯①，女王打算在那里
　从此幽禁自己，永远与世隔离。

---

① 帕福斯(Paphos)：位于塞浦路斯，被认为是维纳斯的仙居。

鲁克丽丝受辱记

此诗晚于《维纳斯与阿多尼斯》13个月登记于伦敦书业公所。莎士比亚的创作动机是为了纠正一个"错误":世人批评他将维纳斯女神写成了一个不顾廉耻的"荡妇",现在他要以一首"庄重之作"歌颂一个恪守妇道的"贞女",即鲁克丽丝。

有关罗马王子奸污鲁克丽丝并导致后者自杀的本事,在奥维德的《岁时记》和罗马史家李维乌斯的作品中,都有所描写;乔叟的《好女人的传说》,也写过这个题材。这里采用的诗体是所谓的"皇家诗体"(Rhyme Royal),其实也是乔叟写作《特罗伊洛斯与克丽西德》时就采用过的。

献　　给
骚桑普顿伯爵兼蒂奇菲尔德男爵
亨利·娄赛斯雷阁下

我献给阁下的爱无止无境;这本没头没脑的小书只能表达我的崇敬之情于万一。此书得蒙哂纳,乃阁下高贵秉性所致,决非此等芜杂诗句有何价值。我已作的一切属于您,我将作的一切属于您,我所有的涓涓滴滴,都属于您。倘若我有更大才具,我将定然显示更大作为,但而今只能听其自然,将这微薄之力奉献给阁下。谨祝大人延年益寿,洪福齐天。

阁下最忠诚的
威廉·莎士比亚

故 事 梗 概

　　鲁歇斯·塔昆涅斯①(由于他过于骄横,人们给起了个"苏伯勃斯②"的绰号)导致其岳父塞维斯·图勒斯惨遭杀害以后,又违背罗马的法律和惯例,既不征求也不等候人民的同意,便擅自攫取王位,并率其子和罗马的其他贵族,去围攻阿狄亚城。在这次战役中,罗马军队的主要将领有天晚上聚集在国王的儿子塞克斯特斯·塔昆涅斯的帐篷里,饭后大伙闲谈,各自称颂自己妻子的美德。其中,科拉丁纳斯盛赞自己的妻子鲁克丽丝贞淑无比。就在这种欢快的气氛中,他们骑马向罗马疾驰,意欲通过秘密而突然的拜访,以验证各自所夸耀的妻子的贤德是否属实。结果只有科拉丁纳斯发现自己的妻子(虽然已是深夜)坐在侍女中间纺线;其他妇人都在跳舞取乐或从事其他的娱乐活动。于是,众贵族承认科拉丁纳斯获胜,其妻无愧于贞淑之美名。而此时,塞克斯特斯·塔昆涅斯已因鲁克丽丝的美貌而动心,但他暂时抑制欲火,随众人一道返回军营;不久,他悄悄离开营地,来到科拉廷③,凭着自己的身份,受到鲁克丽丝的盛情款待,并留宿她家。当天晚上,他用心险恶地潜入她的卧室,用暴力奸污了她,并于第二天凌晨匆匆逃离。鲁克丽丝在极度的悲痛中火速派出两个信差,一个去罗马请她的父亲,另一个去军营召回科拉丁。他们如期而至,一个由朱涅斯·布鲁托斯④陪同;另一个由帕勃律斯·凡勒律斯⑤陪同。他们发现鲁克丽丝身着丧服,便询问她悲痛的原因。她首先要他们发誓为她报仇,然后披露罪犯的名字和他作恶的全过程,

---

　　①　罗马王政时代最后一位国王。

　　②　苏伯勃斯(Superbus),意为"狂妄自大"。

　　③　科拉廷(Collatium):城市名,位于罗马东 10 英里。

　　④　朱涅斯·布鲁托斯:罗马贵族。他的兄弟被鲁歇斯·塔昆涅斯所杀,为避杀身之祸,他一直伪装痴呆。

　　⑤　帕勃律斯·凡勒律斯:罗马贵族。科拉丁退隐后,曾任执政官。

紧接着便突然举刀自杀。真相大白后,他们全体发誓要彻底清除可恶的塔昆涅斯家族。他们抬着尸体来到罗马,布鲁托斯将肇事者及其卑劣行径昭示于人民,并强烈抨击国王的暴政。全国人民大为震惊,一致主张流放塔昆家族,国家政权从此由国王转入执政官之手。

> 欲火中烧的塔昆急急离开军营,
> 他振颤着淫欲那邪恶的双翼,
> 从被围的阿狄亚赶往科拉廷,
> 无光的火在白色的余烬中隐匿,
> 那火星随时觑视爆发的时机,
> 　　以便化作熊熊烈焰去拥抱
> 　　科拉丁的贞妻鲁克丽丝的腰。

> 也许,正是这"贞淑"的美名,
> 不幸激起了他强烈的情欲;
> 怪只怪科拉丁自己嘴巴不紧,
> 情不自禁称赞妻子仪态绰约,
> 说她长得嫣红白嫩,美艳超绝;
> 　　她的双眸犹如天上的星斗,
> 　　纯洁的光辉供他一人消受。

> 只因前一夜晚,在塔昆的帐篷,
> 他向人们夸耀自己享有的幸福;
> 他说上天赐予他无价的福分,
> 使他有缘与丽妹结为伴侣;
> 他以无比自豪的口吻吹嘘:
> 　　帝王们或许能获得更高的声名,
> 　　但他们得不到如此绝色的佳人。

哦，世界能有几人获得过幸福？
即使真的得到了，也会顷刻烟消，
就像一颗颗银白色的晨露，
抵御不住太阳金光的照耀！
好事刚刚开始，就已期终下梢，
　　荣誉与美貌任凭你百般防范，
　　也经不起人间邪恶的摧残。

美用不着如簧之舌为之啰嗦，
它本身就能把男人的眼睛说服；
既然他妻子无与伦比超群荦荦，
又何必费心劳神为她辩护？
为什么科拉丁竟然这般糊涂，
　　不懂得有宝物切不可张扬，
　　免得盗贼听见，难以护防？

也许是他对鲁克丽丝美德的吹嘘，
诱发了这位高傲王子的邪心；
因为我们的心灵最容易被耳朵玷污；
也许是出于嫉妒这一种稀世珍品，
轻慢的对比深深刺痛了他的自尊，
　　地位在下的人竟敢夸口炫耀，
　　说自己有位尊者缺乏的运道。

如果这不是理由，一定另有妄想
使他变得利令智昏，仓促奔走。
他已把荣誉、国务、朋友和声望
全抛在一边，心中只有一个念头：

不扑灭胸中的欲火,他决不甘休。

　　鲁莽的情欲,被悔恨的严霜包藏,
　　你的早春将很快凋零,不得久长。

当这虚伪的王子到达科拉廷,
他受到罗马贵妇殷勤的接待,
她的脸上美与德展开竞争,
任何一方都想将她的美名主宰。
当德得意洋洋,美就羞红脸腮;
　　如果美将那一片红晕炫耀,
　　德就轻蔑地涂以银白的色调。

但美却说白色来自维纳斯的鸽子,
并声称白色本来就是美的家藏;
紧接着德又对红颜提出异议:
早在黄金时代,德就用红色来化妆
少女白色的脸颊,称它为护身屏障,
　　教她们在战场上如何予以运用,
　　当羞愧进犯,红就充当白的先锋。

鲁克丽丝脸上显示出这样的纹章,
美的红色和德的白色相互辉映;
任何一方都想在对方面前称王,
证明自己亘古以来拥有的权柄;
然而,野心促使他俩继续抗争,
　　双方都具有压倒一切的神力,
　　因此,胜与负的位置不断更替。

百合与玫瑰进行这场无声的战争，
塔昆从她脸上看得清清楚楚，
两支纯洁的军队包围住奸邪的眼睛，
由于害怕在两军夹击下一命呜呼，
怯懦的俘虏只得向大军表示屈服；
　　凯旋之师对于如此虚伪的仇敌，
　　宁可把它放走，也不愿夸耀胜利。

这时他想起她那说话肤浅的丈夫，
尽管这吝啬鬼已极力将她颂扬，
但他仍让她的美蒙冤受屈，
他的笨嘴远没有将丽质描绘圆满。
科拉丁的礼赞因此仍欠下一笔账，
　　着了迷的塔昆睁大眼睛凝视，
　　在默愕与遐想中将欠账弥补。

被这恶魔崇拜的人间圣者
一点也不怀疑虚伪的奸人，
纯洁的心灵做梦也见不到罪恶；
没栽过陷阱的鸟不惧诡秘的丛林。
清白无辜的她未有丝毫戒心，
　　她对贵客和颜悦色，盛情迎迓，
　　他内藏祸心，表面上温文尔雅。

他以尊贵的身份把自己伪装，
卑劣的罪恶在堂皇的仪态中藏起；
表面上他一点也不显得反常，
只是眼睛流露出过多的惊奇，

那眼睛贪得无厌，永远不能满足；
　　贫苦的富翁，享有万贯家财仍要叫穷，
　　已经吃得太多，仍像饿鬼般叫得挺凶。

她从未见过生人窥视的目光，
不懂得眉目传情的真正含义，
在这金光闪亮的书页的边上，
她猜不透写在其中的精微奥秘。
她从未碰过诱饵，不会害怕钩子，
　　她不能理解那轻薄放荡的眼神，
　　只当他睁开双眼向往着光明。

他对她说：在富饶的意大利疆场，
她的丈夫为自己赢得崇高的声誉；
他对科拉丁的英名大加赞赏，
说他如何具有豪爽的骑士风度，
如何身经百战，战功何等卓著。
　　她举起双手表示自己的欢喜，
　　为他的功勋默默地感激上帝。

他胡诌了一些前来造访的借口，
而将此行真正的意图蓄意隐瞒。
暴风雨来临前乌云翻滚的征候，
丝毫没有流露在他明净的脸上，
直到漆黑的夜，恐怖与畏怯的女王，
　　撒下昏暗的罗网罩住大地，
　　把白昼囚禁在拱形的牢狱里。

然后塔昆被引进安寝的房间，
他有意装出十分疲惫的样子；
因为晚饭后他与鲁克丽丝交谈，
时间过了很久，长夜很快消逝，
沉重的睡意战胜生命的精力，
　　　每个人这时都安顿自己就寝，
　　　不睡的只有盗贼和忧虑的心灵。

塔昆躺在床上辗转反侧苦苦思索，
掂量他的谋划可能遭际的种种危险；
尽管渺茫的希望曾规劝他趁早却步，
但他最后还是下决心一意孤行；
越是陷入绝境，他越想计谋得逞，
　　　只要预计的报酬是一笔宝藏，
　　　纵然死亡在前，他也顾它不上。

贪得无厌的人往往头脑发昏，
自己没有的一切，他们都想得到，
而已拥有的一切，反而流失消损，
因此，他们贪求越多，得到越少，
或者占有虽多，却由于撑得太饱，
　　　最终好处全无，徒生诸多痛苦，
　　　成了拥有万贯家财的破落户。

每个人都想有个安逸的晚年，
享受荣誉、财富和人生的逍遥；
但要如愿以偿却有诸多艰难，
我们不是舍小求大，就得舍大求小；

就像战场上为荣誉连性命也得丢掉，
　　但为财富抛弃荣誉，往往一无所得，
　　到头来财富和荣誉全部丧失。

因此，如果为了私欲一意孤行，
我们就会丧失本性中的自己，
贪得无厌其实是一种非分的野心，
丰裕了仍嫌不足，那是自讨苦吃：
因为这时你会将已有的一切忽视，
　　由于缺乏理智，通过不断累积，
　　你并没有变富，反而一贫如洗。

痴迷的塔昆必然要冒这个风险，
为了满足淫欲，他已顾不得名誉，
为了自己的利益，他把自己否定。
不忠诚自己的人，不知真理在哪里；
如果他自己先行毁灭了自己，
　　甘愿遭人唾弃，苦度悲惨的余生，
　　他又怎能期望别人待他公正？

时间悄悄流逝，很快已是夜深人静，
深沉的睡意将人们的眼睛紧紧锁起；
天上不再有光辉闪烁的星辰，
除了枭啼和狼嚎，一切归入阒寂，
此时正是偷袭无辜羔羊的良机：
　　善良的思想都已一一安息、沉默，
　　淫欲与杀机已苏醒，开始作奸犯科。

荒淫的王子这时从床上一跃而起，
狠狠地将披风搭在自己的胳膊弯，
淫欲与恐惧折腾得他意乱情急，
一个媚颜奉承，一个忐忑不安：
然而，诚实的恐惧已被情魔纠缠，
　　迷惑得它不断地向后方撤退，
　　癫狂的欲念终于将它一举击溃。

他用月牙剑在燧石上轻轻撞击，
冰冷的石块即刻冒出火星点点，
他借这火星点燃了蜡烛一支，
让它像北斗星指引他的色眼；
对着火光他从容地立下誓言：
　　"就像我逼迫冰冷的燧石冒出火光，
　　我要逼迫鲁克丽丝让我如愿以偿。"

他忖度此番丑行所冒的风险，
他的脸已因恐惧而变得苍白，
内心深处他反反复复地争辩，
这事将给他带来什么样的悲哀。
他于是流露出十分鄙夷的神态，
　　对情欲这副不中用的盔甲予以蔑视，
　　用理智对不正当的欲念加以训斥：

"煌煌的烛火，快快收敛起你的光辉，
她的光比你明亮，别去把它遮挡；
亵渎神明的邪念，快快自行隐退，
圣洁的事物不该被污秽弄脏；

你应该在如此圣洁的庙堂里焚香：
　　　但愿普天下善良的人都来厌憎
　　　那种玷污爱情雪白外衣的恶行。

"哦，这是给骑士和闪光的战刀丢脸！
使长眠地下的列祖列宗蒙受耻辱！
这一恶行将留下无穷无尽的隐患！
勇武的男儿岂能做温柔乡的奴隶！
真正的勇士应把勇士的英名珍惜；
　　　我的行为实在太卑鄙，太下贱，
　　　它会永刻我脸上，作为耻辱的纪念。

"是的，即使我死了，这丑名仍不消失，
它将成为金色盔甲上刺目的污痕；
纹章官①将涂上令人生厌的一笔，
表明我曾经犯过何等愚昧的罪行；
我的子孙将会因此而无脸见人，
　　　他们会对着我的尸骨肆意诅咒，
　　　说我这样的祖先不该活在前头。

"纵令我如愿以偿，又能有何所获？
还不是一场梦，转瞬即逝的一阵欢喜！
谁愿意痛苦一星期去换一分钟的快乐？
或者为了一个玩偶出卖永恒的自己？
谁会为一颗甜葡萄把整棵树拔起？

---

　　① 　中世纪古俗：骑士的盔甲常绘以家族的纹章，以示身份。负责设计纹章
的官员称"纹章官"。

哪来这样的愚丐,为了摸一下王冠,
甘愿让权杖把自己打倒在地上?

"如果科拉丁梦中得知我的企图,
他难道不会惊醒,怀着狂暴的愤激,
匆匆赶到这里,制止恶行的实施,
这侵犯他的婚姻的一场围袭,
这青年的污点,这圣贤的悲戚,
　　这垂危的女德,这永存的羞耻,
　　这将千秋万代被人唾弃的罪戾?

"噢,在你指控我犯下恶行的时候,
我能杜撰什么借口为自己辩解?
我能不张口结舌,浑身关节发抖?
眼睛能不紧闭,虚伪的心能不流血?
既然罪孽深重,那恐惧必然酷烈;
　　极度的畏惧既不能战又无处躲藏,
　　只能像懦夫颤抖着等待死亡宣判。

"如果科拉丁残害过我的儿子和父亲,
或者曾经埋伏袭击,要把我谋杀,
或者他不是我十分亲近的友人,
我也许有理由对他妻子任意糟蹋,
因为在这种冲突中难免要以牙还牙;
　　但他却是我的亲属,我的知己朋友,
　　这凌辱就无借口,这悔恨将天长地久。

"如果事情败露,那我就得蒙受耻辱;

爱情不该有恨，我的爱却那么可憎；
我向她求爱，她却不能自己做主；
最坏的结局是遭她拒绝，被她痛骂一顿。
但我的欲望强烈，已非理智能够战胜：
　　只有害怕箴言和老人胡言的窝囊废，
　　才会对墙上挂的画布心怀敬畏。"

在冰封的良知和炽烈的欲念之间，
他那丑陋的心灵进行着一场争执，
善良的思想终于被他抛过一边，
险恶的意志受到怂恿，继续肇事；
纯洁的意念很快被迷惑，遭杀戮，
　　善恶的界限到后来已经难以分清，
　　卑劣的行为似乎也变成义举善行。

他接着说："刚才她跟我握手，何其温存，
询问的目光凝视着我渴慕的双眼，
唯恐我从军营带来不幸的音讯，
因为那里有她挚爱的科拉丁。
啊，那恐惧竟使她脸色骤变！
　　一会儿两颊潮红，犹如玫瑰展蕊，
　　一会儿脸色苍白，恰似蔷薇枯萎。

"我的手紧紧地握住她的纤手，
忠贞的恐惧不由得我也跟着战栗！
这使她忧虑重重，双手剧烈地颤抖，
直到亲耳听见她丈夫平安的消息；
她才嫣然一笑，流露出甜美的欣喜，

这情景如果被那喀索斯看见，
他就不会顾影自怜命丧黄泉。

"我为什么还要苦苦寻找辩护的借口？
当美现身说法，所有的辩士都成哑巴，
只有可怜的人才会悔恨可怜的污垢，
对阴暗心存畏惧，就养不好爱情之花，
感情是我的统帅，他指挥我上阵冲杀，
　　　当他那面艳丽的大旗在战场招展，
　　　连懦夫也能战斗，不再亡魂丧胆。

"滚开吧，天真的恐惧，结束吧，论争！
让谨慎与理智去伺候皱纹满面的老朽！
我的心绝不违拗我的眼睛的命令。
谨小慎微和深谋远虑，那是圣贤的操守；
我扮演青春的角色，不穿这套行头。
　　　情欲是我的舵手，美色是我的猎物，
　　　既然海里有宝，船儿何必害怕沉没！"

犹如嘉禾被漫山遍野的莠草所遮隐，
审慎的畏惧几乎被无敌的情欲窒息。
他鬼鬼祟祟行走，耳朵留神谛听，
心里充满邪恶的希望和沉重的忧虑；
两种思想，就像不义者的两名仆役，
　　　用截然不同的两种声音对他进言，
　　　使他时而想退却，时而想侵犯。

恍惚间他好像看见她天仙般的形象，

就在同一地方，他还看见了科拉丁。
望着美妇的那只眼，使他理智迷惘，
望着其夫的那只眼，尚留几分真诚，
不愿屈从于如此猥亵的眼神，
　　但尽管它向心灵发出圣洁的呼吁，
　　已经堕落的灵魂再也听不进去。

由于受追求欢乐的心灵所奉承，
邪恶的力量在他身上不断高涨，
填满他的欲壑，就像分秒填满时辰；
与其统帅一样，它们的骄矜也在滋长，
不自量力地将奴性的威力颂扬。
　　一任放荡的情欲如此狂热地引诱，
　　把罗马王子领到鲁克丽丝的床头。

她的卧室与他的欲望之间的门锁，
受强力的压迫，逐一失却戒备功能；
锁钥开启时，都谴责了他的罪恶，
使得潜行的盗贼再次慌了心神。
门槛发出响声，好像在向人报警，
　　夜间出没的黄鼬①看见他，发出尖叫，
　　这一切虽使他恐惧，但已吓他不倒。

一扇扇不情愿的门给他让开道路，
通过小小的通风口和各种缝隙，
阵阵晚风扑向蜡炬，企图将他拦阻，

---

①　黄鼬养在家中，用来捕捉老鼠。

风还将袅袅蜡烟吹向他的脸，
蜡炬的火光被风吹得气息奄奄；
　　但他那颗滚烫的心已被欲火灼焦，
　　它喷出另一阵风，又将蜡炬点着。

烛光映照着，他借着这团微弱的亮光，
发现鲁克丽丝的手套，上面别着绣针，
他想从芦苇垫子上拿过来看看，
但用手一捏，指头已被针尖刺进，
那锈针好像在说，"如此淫荡的丑行，
　　这手套未曾习惯；赶快返身回去，
　　你已目睹，夫人的饰物也这般贞淑。"

这一切挫折都未能使他畏缩后退，
对于它们的非难，他作了最糟的解释：
那门、那风、那手套设置重重障碍，
都出于偶然，正好考验他的意志；
就像钟表上用来表示分秒的标记，
　　它一顿一停，拖延着时间的进程，
　　直到分钟将欠下点钟的债务偿清。

"那么，"他说，"这干扰非常自然，
就像偶尔会有薄霜威胁阳春，
为的是给黄金季节添喜增欢，
让受冻的鸟儿更有理由歌吟。
受点痛苦，换回的是异宝奇珍：
　　商贾要想大发横财返回家园，
　　难免要跋山涉水，历尽艰险。"

他这时来到了她卧室的门前，
那道门隔绝了他所思慕的乐土，
其实那里只有一根门闩挡在中间，
使他不能得到梦寐以求的幸福。
渎神的邪念已使他神志糊涂：
    为了捕获猎物，他竟然开始祈祷，
    好像苍天也会鼓励他行恶施暴。

他枉费心机，喃喃地做着祈祷，
向天上永恒不灭的神明吁请，
保佑他遂心如意，得到丽姝天娇，
保佑他到时候逢凶化吉，一帆风顺，
但他忽然惊悟："我这是要她失身，
    此事为我所祈求的天神所不容，
    他们怎么会助魔为虐，促我成功？

"那就让爱情和幸运之神为我导航，
反正我的意志有坚定的决心支撑。
思想不付诸实施，不过是梦幻一场，
最大的罪孽也可以通过赦免涤清；
恐惧的严霜遇见爱情之火自然消融，
    上苍的眼睛已经隐去，昏暗的夜色
    正好将寻欢作乐后的羞辱掩饰。"

说完，罪恶的手用力拔起门闩，
再用膝盖一顶，那门已豁然敞开。
夜枭要抓的鸽子此时睡得正香，
阴谋悄悄进行，叛贼没被发现。

谁见了潜伏的毒蛇都会躲过一边，
　　但她此刻睡意正浓，不知道害怕，
　　躺在床上无法防备致命的毒牙。

他蹑手蹑脚，阴险地进入她的寝屋，
眼睛凝视着那张尚未玷污的眠床。
只见床帷垂挂着，他来回走了几步，
一双贼溜溜的眼睛射出贪婪的光芒。
他的天良已被贪婪引到歧路上，
　　这贪欲马上向他的手传下令来，
　　要手快把遮挡明月的云雾拨开。

看哪，像绚丽多彩、光芒四射的太阳，
冲破云层而出，将人照耀得两眼昏花，
床帷刚一拉开，他的眼睛就只得闭上，
因为它们无法抵挡一束更强的光华；
如果不是美妇的光芒把他双目照瞎，
　　那一定是羞耻心使他睁不开双眼，
　　反正他眼睛紧闭，什么也看不见。

哟，如果这双眼睛会死在黑牢里，
那它们倒就此结束这桩滔天大罪，
科拉丁就能陪伴他的鲁克丽丝，
在自己洁净的床榻上安然入睡。
但它们偏要张开，存心毁灭幸福的一对，
　　圣洁的鲁克丽丝必须为之付出
　　她的欢乐、生命和人世的幸福。

她百合般的纤手托着玫瑰色的脸蛋，
剥夺了枕头那名正言顺的亲吻；
枕头于是大发雷霆，似乎要裂成两段，
两端勃然隆起，表示对权利的抗争；
她的头就深埋在这双峰中间，
　　　那姿势就像一尊贞洁的纪念碑，
　　　令那双色迷迷的贼眼不胜赞佩。

她的另一只纤纤玉手往外伸出，
搁在绿色的床单上，瞧那份清白
犹如草茵上开着一朵四月的雏菊，
细细的汗珠晶莹得像夜间的露水。
她的双眼像金盏草收敛了光辉，
　　　这时正在长夜的幽暗中甜甜安憩，
　　　直到天明再睁开，作为白昼的装饰。

她的头发宛如金丝，在与呼吸嬉戏，
哦，这端庄的纵乐者，放纵的端庄！
在这死的图像中，展现生命的胜利，
在那生的局限里，透出死的微光。
生与死在她的睡眠中各自美化对方，
　　　好像它们之间从来没有纷争，
　　　生寄生于死，死也寄生于生。

她的双乳宛如苍空中两个象牙球，
那是未经征服过的少女的天地，
除了她的夫君，谁也不能据为己有，
但对她的夫君，则守誓约百顺百依。

这两片天地使塔昆顿生新的奸计，
　　他像个卑劣的篡位者蠢蠢欲动，
　　要将原有的君主赶出美丽的王宫。

除了他凝神注视的，他还看见何人？
除了他热烈追求的，他还能有何为？
眼前的美人，他已迷恋太深太沉，
他那双色迷迷的眼睛已看得发呆。
他羡慕，百倍千倍地羡慕她的美，
　　包括她那淡蓝的血管，玉石般的肌肤，
　　她那珊瑚色的红唇，雪白含涡的颊部。

就像凶猛的狮子向它的猎物献殷勤，
强烈的饥渴在征服中有所消释，
塔昆于是暂时容许她继续安寝，
熊熊的欲火通过凝视渐趋平息；
但这仅仅是缓和，并非真正制止，
　　他站在她身边，刚平息过暴动的眼睛，
　　正鼓动周身的血脉，发动更猛烈的侵凌。

那血脉犹如从事劫掠的游勇散兵，
生性残暴，一味追求野蛮的功绩，
寻欢作乐于血腥的屠杀和奸淫，
对孩子的眼泪和母亲的呻吟毫无顾忌，
他们目空一切，一心想继续发动攻击。
　　狂跳不止的心脏很快将战鼓擂响，
　　发出冲锋的命令，任他们肆意猖狂。

鼓声阵阵的心脏激励他焦灼的眼睛，
他的眼睛委托他的手充当领袖，
他的手好像洋洋得意于自己的权柄，
骄横得冒出热汗，大踏步冲在前头，
企图占领她的酥胸，她全身的枢纽。
　　　酥胸上淡蓝的血管见那手冲上阵来，
　　　撤下两座圆形的塔楼，凄凉而苍白。

仓皇逃遁的血液来到宁静的心房，
它们亲爱的女主人就在那里安寝，
它们告诉她，她已遭到可怕的侵犯，
它们七嘴八舌，很快把她惊醒，
她大为惊骇，赶紧睁开锁闭的眼睛，
　　　眼光向外窥视，想知道骚乱来自何处，
　　　但明晃晃的蜡炬照得她视线模糊。

请试想一下，一个人在寂静的深夜，
忽然在睡梦中被骇人的幻觉惊醒，
以为自己看见了什么可怖的鬼怪妖孽，
它那狰狞的相貌使你害怕得手脚冰冷；
这是何等的恐怖！她却面临更糟的处境：
　　　她在睡眠中受到惊扰，并亲眼目睹
　　　那想象中的恐怖如今竟成了事实。

她被千百个恐惧包围着，惕厉不安，
就像刚被杀害的小鸟，躺在那里发抖；
她不敢正视对方，只得把眼睛闭上，
眼前闪过种种怪物，模样十分丑陋。

这些怪物都由她虚弱的头脑所虚构；
　　它们怒气冲冲，责怪眼睛躲避光明，
　　因此黑暗中恐吓以更可怖的幻景。

他的手继续停留在她的胸脯，
（像笨重的破城槌撞击象牙墙！）
她的心，可怜的市民在抚摸中叫苦，
它想毁灭自己，时而升高时而下降，
不停撞击着躯体；他的手跟着震颤。
　　这使他变得情绪更高，怜悯更少，
　　一心要冲破设防，进入迷人的城堡。

他的舌头这时恰像一个喇叭，
向胆怯的敌人吹响谈判的号声。
她从洁白的被褥露出更白的下巴，
急于把这次突袭的原因弄清；
他则用无声的举止把意图说明。
　　但她仍怀着急切的心情苦苦追究，
　　他犯下如此恶行，凭的是什么理由。

他这样回答："理由就在你的脸上，
你的容貌使百合因愤怒而变得苍白，
你的美艳使玫瑰因羞愧而涨红花瓣，
它将为我解释，告诉你我爱慕的情怀。
就为这个理由，我要上你这儿来，
　　登上未经征服的堡垒；全怪你自己，
　　你的双眼将你出卖，引我来到这里。

"如果你要斥责我，那我就先斥责你，
是你的美貌使你陷入今夜的困境，
此刻你必须耐心服从我的意志，
责成你让我享受世俗的欢情，
为此我要竭尽全力把你战胜；
    即使良心与理智扑灭了我的欲念，
    你非凡的美貌又会使它死灰复燃。

"我清楚我的图谋将招惹什么麻烦，
我知道生机勃勃的玫瑰长有尖刺，
我懂得蜜蜂有螫人的毒针防范，
这一切事先我都有过缜密的考虑。
但激情是个聋子，听不进朋友的劝阻；
    他的眼睛只会凝视娇艳的美人，
    他爱所见的尤物，不顾法律与责任。

"在我的内心深处，曾经有过争论，
我将酿成何样的罪过、耻辱和忧愁，
但任何力量阻止不了情欲的征程，
抑制不住它向前狂奔的势头。
明知悔恨的泪水追随在行动的背后，
    接着还有谴责、羞辱和致命的敌意，
    但我仍要奋力将恶名搂在怀里。"

说完这话，他高高举起罗马宝剑，
那剑就像一只苍鹰在空中飞翔，
用翅膀的黑影罩住下面的家禽，
它的利喙威吓着，谁动一动就得死亡：

柔弱的鲁克丽丝在淫威下缩成一团，
　　战战兢兢听他说出这一番宏论，
　　就像家禽听到了猎鹰的铃铛声。

"鲁克丽丝，"他说，"今晚我定要把你占有，
如果你敢拒绝，我就对你使用暴力，
我要用这剑让你魂断在你的床头。
然后再杀死你的一位下贱的奴隶，
我既要你的性命，又要毁你的名誉；
　　我要把你无力的双臂放进他的怀抱，
　　发誓说我见你们在拥抱，才把他杀掉。

"这样，你那位仍活在世上的夫君，
就成了天下人嘲讽蔑视的对象；
你的亲属将因这丑闻而无脸见人，
你的子孙将蒙受无名野种的毁谤；
而你自己，造成这奇耻大辱的首犯，
　　你的丑行将被人编写成歌谣，
　　世世代代被孩童们吟诵嘲笑。

"你如果服从我，我将视你为密友；
无人知晓的过失，犹如未实施的毒计。
只要结局圆满，伤害也就化为乌有，
因为合法的外衣已将丑闻遮蔽。
良物中有时要掺和有毒的药剂，
　　两种药物一旦经过这番掺杂，
　　里面的毒素实际上已得到纯化。

"那么，为了亲人，为了孩子和丈夫，
请答应我的恳求；不要给他们遗留
那永远无法洗刷的奇耻大辱，
世世代代难以被人淡忘的污垢，
那比奴隶烙印还糟，比天生畸形更丑；
　　因为人在呱呱坠地时见到的标记，
　　属于自然的过失，不是他的羞耻。"

这时，他站起身，就此把话头打住，
瞪起一双蛇妖般致人死命的眼睛；
而鲁克丽丝，这纯洁贤淑的楷模，
像魔鹰利爪下一只白鹿陷入绝境，
在没有法律的荒野向猛兽求情，
　　那野兽根本不知什么叫仁慈，
　　除了邪念，什么都不放在眼里。

当面目黝黑的云雾恫吓着大地，
微茫的烟涛淹没了高耸的群山，
从大地幽暗的腹中，一阵轻风吹起，
将这漆黑的雾气从它们的居地吹散，
及时阻止了即将倾覆的大雨一场；
　　她的语言也这样暂缓了他的秽行，
　　就像俄耳甫斯弹琴，普路同闭上眼睛。①

---

① 俄耳甫斯(Orpheus)：希腊神话中的佛律癸亚歌手，他的妻子神女欧律
狄刻被蛇咬死；为了使她还阳，他下到冥国，用琴声感动冥王普路同，允许他把
妻子带回人间。

夜间出没的猫戏耍着可怜的弱鼠，
那弱鼠在它的爪子下气喘不定。
她的悲惨反而更激发他的贪欲，
因为贪欲是个无底洞，永远填不平。
尽管他的耳朵在听她哀求声声，
　　　但他的心根本没有接纳她的哀诉，
　　　滴水可以穿石，泪水只能增强淫欲。

她那哀怜的目光，痛苦地将他注视，
他脸上锁着眉头，神情冷酷无情；
她审慎的谈吐拌和着阵阵叹息，
使她的句句言辞格外凄婉动人。
她的话断断续续，没有标点可寻，
　　　常常说到半句，就再接不下去，
　　　两次开口说话，只能凑成一句。

她凭着万能的天神乔武①向他吁请，
凭着骑士身份、贵族门第和朋友情谊，
凭着她不该流的泪和她丈夫的爱情，
凭着神圣的人间法律，共同的信义，
凭着天和地，以及天地间一切神祇，
　　　求他快快退下，回到自己的寓所，
　　　珍惜自己的荣誉，不要屈从于情欲。

她对他说："我热情地招待了你，
你不该用如此恶劣的手段作为报答；

---

① 乔武（Jove），即大神朱庇特。

你不该向喝过水的清泉投放污泥，
无法变更的东西，不该将它糟蹋。
趁箭尚未射出，赶紧收起箭靶，
　　未到射鹿的季节就弯弓逞能，
　　这种人不是光明磊落的猎人。

"我丈夫是你的朋友，看他面上饶了我，
你是个伟人，为了你自己，离开我身边，
我是个弱者，请别把我往陷阱里拖，
你不像一个骗子，请别把我欺骗。
我的叹息像旋风，要把你吹出这房间，
　　如果一个男子能动情于女子的哀叹，
　　请你垂怜，为我的眼泪、呻吟和悲伤。

"这一切汇在一起，就像大海的浪花，
撞击着你岩石般凶险莫测的心脏，
连续不断的冲击，将使它逐渐软化，
因为顽石也能被溶解，化为水浆。
哦，如果你的心不比顽石更顽强，
　　就请溶解于我的泪，对我发点慈悲，
　　我知道慈悲的力量足以将铁门打开。

"我接待了你，当你就是塔昆本人，
难道你是个假冒的，有意毁他名誉？
我要向天上所有的神明申诉冤情：
你玷污了他的荣名，败坏了他的门第。
你一定不是塔昆，尽管外表相似，
　　如果当真是，那你不配做神圣的帝王；

因为帝王就是天神，万民由他掌管。

"你年纪轻轻，罪孽已在身上萌芽，
等你年岁渐大，丑名将跟着成熟！
你如今身为皇储，就如此横行不法，
一旦正式登基，什么坏事做不出？
哦，请你千万记住，臣民犯下罪恶，
　　桩桩件件都要严惩，不得宽贷，
　　帝王的恶行，连黄土也难以遮埋。

"你的行为只能使人因畏惧而爱你，
但幸福的君主却让人因爱而敬惶；
而你不得不容忍那些乱臣贼子，
假如他们证明你的罪恶与他们一样。
只要你顾忌于此，也应迷途知返；
　　因为君王好比明镜、学校和书籍，
　　专供他的臣民观照、研读和学习。

"你可愿充当学校，让淫欲前往学习，
在你那里研读如此可耻的课程？
你可愿充当明镜，供淫欲观照自己，
把你当作罪恶的权威、耻辱的明证，
借你的名义让丑行变得名正言顺？
　　你这是甘愿万年遗臭，不要百世流芳，
　　认可自己的名誉与娼主没有两样。

"你有权力不是？看在赋予者面上，
责令反叛的意志退出纯洁的心灵；

你的剑拔出来不该用来保卫罪犯，
这剑授予你，正是为把罪恶铲平。
你如何去履行作为帝王的责任，
　　假如罪恶把你的过失作为先例，
　　说他向你学习，是你教他奉行不义？

"请想想，如果有人看见你的丑行，
那将是多么令人憎厌的一件事。
人们对自身的过失往往认之不清，
他们会怀着偏见将罪行掩饰；
如果换上你的兄弟，这事足以处死。
　　哦，那些有眼而无视罪行的人
　　已经被耻辱的绳索绑得多紧！

"我要举起双手向你，向你吁请，
千万别莽撞，别依从情欲的引诱，
我请求你召回那遭贬逐的尊严，
让它复位，并将阿谀奉承赶走；
只要它处事审慎，邪念必然幽囚，
　　请拭净遮蔽你的双目的云翳，
　　让它认清你的身份，垂怜我的悲戚。"

"别说了，"他说，"我桀骜不驯的怒涛
不会再回头，你越阻挡它越高涨。
火种很快熄灭，但大火依然燃烧，
经风一吹，火势只会越冒越旺。
涓涓细流日日夜夜流向海洋，
　　尽管那里匆匆流淌的都是淡水，

但永远改变不了海水的咸味。"

"你是大海,"她说,"你是至尊的亲王,
看！黑色的淫欲、耻辱、羞愧和恶政,
一股脑儿注入你那无边无际的海洋,
存心要玷污你高贵家族的名声。
如果让这些恶行改变你的德性,
　　你的大海必将埋葬在泥沼中,
　　而不是泥沼被你的大海包容。

"这些奴仆称王称霸,你则成了奴仆；
你由高贵变低贱,它们由低贱变高贵；
你供养它们生活,它们为你掘墓；
你因它们而蒙羞,它们因你而妄为。
渺小的东西本不该遮盖伟者的光辉；
　　香柏不应该向卑微的灌木俯首,
　　只应让低矮的灌木在香柏下腐朽。

"因此,请抛弃你的邪念,那班贱奴——"
"住口！"他说,"苍天在上,我不想再听,
请顺从我的爱,否则,我将强行动武,
用强力代替爱的温柔,把你撕成碎片；
这以后,我还要怀着险恶的心情,
　　把你抱到某个下贱奴仆的床上,
　　让他充当奸夫,见证你的死亡。"

说完这话,他用脚将蜡炬踩灭,
因为光明与淫欲本来就是死敌；

羞惭隐身在蒙昧而隐秘的黑夜，
天越是黑暗无光，它越横行无忌。
恶狼逮住猎狗，可怜的羔羊在哭泣，
　　　直到白色的羊毛窒息它的声音，
　　　紧闭的芳唇掩埋了阵阵哀鸣。

原来他用她穿在身上的睡衣，
蒙住她的头，制止了她的呼喊；
她温和的眼睛流下纯洁的泪滴，
沾湿了他那张火辣辣的脸庞。
哦，饥渴的情欲玷污了圣洁的眠床！
　　　如果泪水能洗净床上的污点，
　　　那她的眼泪一定会长流不断。

这回她失去的比生命还要珍贵，
而他得到的不久又将重新丧失；
强迫签就的条约招致更大祸害，
瞬间的欢娱孕育着长期的痛苦，
火热的追求换回冰冷的蔑视；
　　　她纯洁的贞操如今已洗劫一空，
　　　淫欲这盗贼也变得比先前更穷。

看哪！犹如喂饱的苍鹰和猎犬，
钝却了敏锐的嗅觉，不愿继续飞翔，
即便天生欢喜的猎物就在眼前，
也只慢慢追赶，或者干脆弃之一旁，
这一夜餍足的塔昆也是这般模样：
　　　他的美味佳肴已在咀嚼中变味，

以贪婪为生的欲念很快自行消退。

哦，尽管人的智慧无止无境，
也难以想象比这更深重的罪恶！
醉醺醺的欲望只有将食物吐净，
才能看清他自己的丑陋面目。
当欲火烧得正旺，任凭你如何疾呼，
　　也难以将火势控制，把邪念阻止，
　　直到它像野马，自己力竭精疲。

虚弱的欲望此时已变得怯懦、驯从，
露出一张又瘦又长、毫无血色的脸庞，
目光呆滞，眉头紧锁，步伐沉重，
就像破产的乞丐为不幸而哀伤；
当肉体狂傲不驯，淫欲便抗拒天良，
　　任意纵情作乐；如今淫欲已消退，
　　那罪孽深重的叛逆开始祈祷忏悔。

这位邪恶的罗马王子也是这样，
他曾热烈地追求欲望得到满足，
结果为自己的命运作出宣判：
从今后他将世世代代蒙受耻辱；
而且，供奉灵魂的神殿也已拆除，
　　那片废墟上聚集着万种忧愁，
　　向被玷污的公主①致以问候。

---

① 此处公主指塔昆的灵魂。

她说，她那班臣属倒戈哗变，
推倒了庙宇四周神圣的围墙，
他们犯下不可饶恕的滔天罪行，
迫使她永恒的权威屈膝投降，
将她沦为奴隶，永远受苦受难，
　　这一切其实都在她预料之中，
　　只是先见之明未能将意志操纵。

就在这样的思虑中，王子连夜逃遁，
他是被俘的胜利者，因获得而失去，
身上带着永远无法治愈的伤痕，
那创伤即便治愈，疮疤不会消除；
他撇下的受害者更是悲怆凄苦。
　　美妇承受的是他淫欲的摧残，
　　他承受的是负罪者良心的不安。

他像只偷食的狗狼狈地溜走，
她像只疲惫的羔羊躺着喘息；
他为自己的恶行感到恼恨、作呕，
她悲愤欲绝，用指甲抓破她的躯体；
他做贼心虚，因恐惧而大汗淋漓，
　　她留在房里，诅咒着可怖的夜幕，
　　他逃跑在外，谴责着短暂的欢愉。

他怀着忏悔者沉重的心情离去，
她被遗弃在原处，早已万念俱灰；
他慌慌张张，盼望早点见到晨曦，
她祈祷着，愿白昼从此再不返回；

"因为白昼，"她说，"会袒露夜间的犯罪，
　　我一双诚实的眼睛从不会骗人，
　　不知如何用狡黠的眼神掩饰暴行。

"它们总是这样想：那些见不得人的事，
只要自己能看见，就逃不过别人的眼睛；
因此，它们宁愿继续待在黑暗里，
让尚未暴露的罪恶永不被人言传；
因为眼睛一啼哭，罪恶就无处藏身，
　　泪水就像腐蚀钢铁的硝酸，
　　将在我脸上刻下内心的羞惭。"

她于是大声诅咒休息与睡眠，
吩咐她的眼睛从此再不见天光，
她捶击胸脯，让她的心惊醒，
吩咐它从那里跳出，另找一个胸腔，
让纯洁的心在更纯洁的处所隐藏。
　　极大的悲愤错乱了她的神志，
　　使她对幽暗的黑夜唾骂不止。

"哦，扼杀安宁的黑夜，地狱的化身，
你是耻辱的见证和阴险的账房！
你是黑色的舞台，专演悲剧和残忍，
污秽在你处藏身，罪恶由你滋养！
你是瞎眼的娼主，耻辱的避风港，
　　你是死亡那狰狞可怖的宫闱，
　　你与叛逆、奸淫窃语，共谋不轨。

"哦,可恨的、潮湿的、多雾的长夜,
既然你对这无救的罪行难逃责任,
就请聚集迷雾把东方的光明堵截,
击退时间那按部就班的行程;
即使你允许太阳登上它惯登的峰顶,
　　也要趁它尚未返回寝宫之前,
　　用毒云将它的金头紧紧包缠。

"让腐恶的湿气将清明的早晨污染;
趁疲惫的太阳尚未到达正午的天际,
让它们有害健康的气息弥漫空间,
摧残纯洁的生命,败坏至上的美质,
让你那阴沉沉的雾气越聚越密,
　　直到烟云完全吞没太阳的光芒,
　　只得中午下山,使黑夜空前漫长。

"如果塔昆是夜,他本来就是夜之子,
他一定会奸污那银光四射的月亮;
还会污辱她那群闪闪烁烁的女侍,
使她们再不能透过夜幕向下界窥望。
那时,我在痛苦中倒有了患难的伙伴,
　　同病相怜能使悲痛有所减轻,
　　就像香客聊天,能缩短朝圣的旅程。

"如今却没有人与我一道赧颜,
没有人跟我一块儿叉手、低头①,

---

①　叉手、低头,均为悲哀的表示。

掩饰她们的愁容，藏匿她们的羞惭，
我只能一个人，一个人坐着发愁，
让银色的咸泪一阵阵往下流，
  眼泪掺进言语，叹息融入悲哀，
  眼泪容易消失，痛苦永世长在。

"哦，黑夜，你是翻滚着恶烟的熔炉，
别让警觉的白昼看见你那张脸，
它厚着脸皮忍受着人间耻辱，
就躺在你包罗万象的黑袍下面。
请你继续将这黑暗的王国侵占，
  以便在你管辖下犯下的种种罪恶，
  能够在你的阴影中——藏过。

"别让我成为白昼人们议论的话柄，
白昼会照出我眉宇间藏着的奥秘，
会泄露美好的贞操如何被毁损，
会告发神圣的姻盟如何被背弃；
是的，就是一个目不识丁的乡人，
  尽管他读不懂书籍上的篇章，
  也能凭我的眼神觉察罪恶的勾当。

"保姆为了哄孩子，也会讲我的故事，
并用塔昆的名字吓唬啼哭的儿婴；
雄辩家为了卖弄他的演讲艺术，
会拿塔昆和我的耻辱相提并论；
赴宴的歌手，会将此事配上乐音，
  让听众听他一字一句把丑闻唱演，

说塔昆如何害我，我如何使丈夫蒙冤。

"让我的令名，那无知无觉的声誉，
为了科拉丁的爱，能永远保持清白！
如果我成了人们窃窃私语的话题，
另一棵树的枝叶也会一道衰败，
使他的名誉蒙受不应有的损害，
　　在我蒙羞以前，他一身纯正无染，
　　就像我一直对他忠心耿耿一般。

"哦，无形的耻辱，看不见的羞惭！
感觉不到的伤口，丢人现眼的暗疾！
但耻辱已铭刻在科拉丁的脸上，
他自己老远就能看见那段文字，
说他如何非战而挂彩，和平时蒙耻。
　　哎呀，不知有多少人遭受过这般祸害，
　　缘由他们全然不知，唯肇事者明白！

"科拉丁，如果你的荣誉寄寓我身上，
那它已在暴力的袭击下丧失；
如今我的蜜被盗，变得像雄蜂一样，
从此再没有夏天留下的大笔积蓄，
那害人的盗贼已将它悉数掠夺。
　　你脆弱的蜂房爬进了一只游荡的胡蜂，
　　贞洁的雌蜂保藏的蜜已被它啜饮一空。

"你的荣誉受损，其中也有我的责任，
但我当时款待他却完全是为了你，

他既从你处来，我就不便赶他出门，
因为怠慢他于情于理都不相宜。
况且，他还抱怨说自己力竭精疲，
　　并大谈仁义：哦，出乎意外的罪恶，
　　如此邪恶的魔鬼竟然也侈谈美德！

"为什么蛀虫会侵凌童贞的蓓蕾？
为什么可憎的杜鹃要借雀巢下蛋？
为什么蟾蜍用毒泥污染甘美的泉水？
为什么体面的胸怀会有祸心包藏？
为什么帝王们偏要违背自倡的纪纲？
　　人间万物本无尽美尽善可言，
　　它们随时随地有被玷污的危险。

"一个大量收藏金银财宝的老年人
免不了受抽搐、痛风和癫痫的困扰，
对自己聚敛的财物，难得再看上几眼，
他只能像坦塔罗斯忍受饥渴的煎熬，
一生勤勉积蓄，全成了无益的辛劳；
　　他未能从所获中得到任何欢愉，
　　只有无治的疾病带给他无穷的痛苦。

"这样，他拥有财富，却无法享用，
到头来只好留给他的子孙掌管，
他们年轻气盛，很快挥霍一空，
他们的父亲太虚弱，他们则太强悍，
难以长久地保存这倒霉的财产。
　　恰恰就在我们占有甜食的时候，

来之不易的甜食已经变酸变馊。

"肆虐的狂风探访柔弱的春光，
有害的野草生长在香花的根部，
毒蛇嘶嘶吐信，注视着小鸟的歌唱，
美德哺育的一切都被罪恶吞没。
我们不能说自己占有美好的事物，
　　而只能听凭噩运随机生长繁衍，
　　或戕杀它的生命，或任其变迁。

"哦，机缘，你的罪孽实在深重！
是你亲手将叛贼的阴谋付诸实施；
是你把恶狼引来，让他扑向羊群；
不管谁策划犯罪，你都为他择定日期；
是你摈弃了正义、法律和情理；
　　罪恶坐在你阴暗的洞府，无人觉察，
　　而它却伺机将过往的生灵捕杀。

"你使守望圣火的处女违誓失身，
只要谁失却自制，你就教猱升木，
你扼杀了贞操，你谋害了忠诚，
你这阴险的教唆犯，无耻的娼主，
你栽培了诽谤，你摈弃了荣誉。
　　你这淫棍，你这叛徒，你这恶贼，
　　你把甜变成苦，你把喜变成悲！

"你将隐秘的欢情变成公开的耻辱，
你把私下的饮宴变成大众的斋期，

你将尊严的头衔变成恶俗的称呼，
你将甜蜜的食物变成苦艾的液汁；
你凭暴力获得的浮华将很快消逝。
　　卑贱的机缘，你既然如此可恨，
　　为什么有那么多的人为你追寻？

"你何时愿做贫苦的恳求者的良友，
帮他实现愿望，为他指点迷津？
你愿选择什么日子阻止世人争斗？
你何时解脱受苦受难的魂灵？
何时送药给病人，使痛苦者得到安宁？
　　穷人、跛子、瞽者匍匐着向你哭诉，
　　但机缘你却永远不跟这些人会晤。

"医生呼呼入睡，病人一命归天，
压迫者脑满肠肥，孤儿嗷嗷待哺，
法官畅怀饮宴，寡妇泣涕涟涟，
医官游戏玩耍，传染病滋蔓万户。
你没腾出时间对不幸者行善匡助，
　　但对暴怒、嫉妒、叛逆、奸淫和凶杀，
　　你的时间却像奴婢那样溜须拍马。

"当真理和美德不得不与你打交道，
总有种种障碍使他俩不能接近你，
他们买你的帮助，罪恶却不付酬劳，
他空手而来，你对他却称心满意，
凡是他要求的，你都一一受理。
　　我的科拉丁本该与塔昆同道而来，

你却从中作梗，将他的行程阻碍。

"你犯有谋杀罪，你犯有盗窃罪，
你作过伪证，还教唆别人作伪证，
你难逃叛逆、仿造和欺诈的罪责，
你怂恿乱伦，那伤天害理的丑行；
你具有为虎作伥的邪恶本性，
　　你是过去和未来一切罪恶的主使，
　　自创世开始，直至世界末日！

"畸形的时间，丑陋的夜的同谋，
狡诈的驿使，传递凶信的邮人，
虚荣的奴仆，吞食青春的野兽，
报丧的更夫，负罪的驮马，美德的陷阱！
你哺育一切，然后又将一切屠杀殆尽。
　　哦，害人骗人的时间，请听我的哀声，
　　你既已使我犯罪，请了结我的性命。

"时间啊，为什么你的仆人机缘，
要把你赋予我的睡眠夺走？
为什么要一笔勾销我的幸运，
使我永远陷入无休无止的忧愁？
时间的职责本该平息人间冤仇，
　　化解公众的偏见所养育的错误，
　　而不该破坏合法婚姻的幸福。

"时间的荣耀在于结束帝王们的战争，
揭穿虚伪的谎言，使真理见到阳光，

给衰老的事物打上岁月的烙印，
将黎明唤醒，为黑夜放哨站岗，
惩治作恶者，直到他弃恶从良，
　　用时辰的力量摧毁傲慢的大厦，
　　拿尘埃去封盖金光闪闪的宝塔。

"让雄伟的纪念碑充满蛀虫的窟窿，
给腐败的事物喂以遗忘的食粮，
毁损古老的典籍，改变其中的内容，
从衰老的乌鸦翅膀上把翎毛拔光，
汲干老橡树的液汁，让幼苗茁壮生长，
　　把千锤百炼的古董一件件磨损，
　　将命运的法轮转得人目眩头晕。

"让老太婆目睹闺女再养下闺女，
让孩子长大成人，成人又变成孩子，
杀死那专以屠杀生灵为生的猛虎，
驯服独角怪兽和凶猛的雄狮，
嘲笑为自己的聪明所误的人杰贤士，
　　让农人兴高采烈，庆祝谷物丰收，
　　用小小水滴将巨大的岩石穿透。

"你为什么要作恶在朝圣的途中，
除非你能够倒退以弥补你的罪尤？
在一百年中哪怕只倒退一分钟，
你也能凭此赢得千千万万个朋友，
让盲目行善的人避免重栽跟头，
　　哦，这可怕的夜晚如能退回一小时，

我也能避开风暴，躲过你的打击！

"你这服侍永恒、永不停步的奴役，
请你设置困厄阻止塔昆的逃窜，
请采取比极端更有力的措施，
让他去诅咒这该诅咒的夜晚。
让鬼影出现他眼前，吓破他的色胆，
　　让他一想到自己犯下的大罪，
　　便觉得每棵树都成了厉鬼。

"让阵阵昏迷骚扰他的安宁，
让他受痛苦折磨，永远卧床不起，
让种种可悲的厄运在他身上降临，
让他叫苦不迭，但又无人怜惜，
用比石块还硬的心向他投掷，
　　让温柔的女子在他面前温柔无存，
　　一个个变得比狂怒的虎还要凶狠。

"让他有时间揪扯自己的卷发，
让他有时间对自己大发雷霆，
让他有时间失望于时间的管辖，
让他有时间生活得像个贱人，
让他有时间求讨乞丐的残羹，
　　让他知道：一个凭施舍生活的鄙夫
　　也厌恶扔给他令人作呕的食物。

"让他有时间看见朋友变成仇敌，
看见寻开心的小丑对他奚落、嘲讽，

让他有时间注意到：在他痛苦时，
时间过得多么缓慢，而在荒唐的嬉闹中，
时间的步伐又是何等急急匆匆；
　　让他那不堪回首的滔天大罪，
　　有充分的时间哀悼光阴的浪费。

"哦，时间，你是善与恶的共同导师，
请教我如何诅咒你教导作恶的人。
让这强盗被自己的影子吓昏神志，
让他时时刻刻想着谋杀他自身。
让那双脏手去结束他肮脏的性命，
　　因为还有谁愿将这下贱的差事承揽，
　　不怕脏了手，把如此下贱的人处斩？

"他比别人更卑鄙，因为他来自王族，
他以堕落的行为玷污了自己的前程，
一个人越有权势，行为就越惹人注目，
它能给他带来荣耀，也能招致怨恨；
最大的丑闻来自至尊至荣的贵人。
　　月亮进入云层，即刻引起关切，
　　小星星只要愿意，可以随时隐匿。

"乌鸦可以在泥沼里洗它的黑翅膀，
然后神不知鬼不觉地带着污秽飞走，
但如果一只雪白的天鹅也学它榜样，
它银色的羽翼将永远留下污垢。
臣民是幽暗的夜，帝王是灿烂的白昼；
　　蚊蚋无人理会，不管它飞到哪里，

但苍鹰飞来，人人会仰头注视。

"去吧，无聊的言词，蠢人的奴仆，
毫无效益的声响，软弱无能的仲裁！
请自个儿到比赛口才的学校去，
请到有闲的辩士那里卖弄口才；
去给浑身发抖的委托人斡旋、调解。
　　至于我，我不想继续这样的辩论，
　　因为我这案子已无法凭法律公审。

"我徒费口舌声声诅咒可恨的机缘，
诅咒时间、塔昆和阴沉沉的夜幕，
我枉费心机责难自己蒙受的愧惭，
藐视那早已既成事实的耻辱：
但无益的言词不能将正义匡扶。
　　如今真正于我有益的一剂良药，
　　是把这腔受玷污的鲜血洒掉。

"可怜的手，你何必一听此令就颤抖？
让我从耻辱中解脱，这是你的荣誉，
因为我一死，我的荣誉就归你所有，
如果我活着，你就得偷生于羞辱。
既然你不能保卫好你贞洁的女主，
　　又怯于去撕抓她的可恶的仇人，
　　你和她就得为此而舍弃性命。"

说完这话，她从凌乱的床上下来，
想寻找一件致人死命的武器，

但这里不是屠宰场,没有凶器预备,
可供她再掘一道透气的孔隙,
让气息在唇边聚集,然后消失,
　　就像埃特纳①的浓烟,在大气中飘散,
　　又像冒烟的大炮,刚刚发射过炮弹。

"我活着无益,"她说,"但又想不出
适当的法子来结束这不幸的生命。
我刚才还害怕遭塔昆的利剑杀戮,
这会却为同样的目的寻觅刀刃;
在我害怕时,我仍是个忠贞的夫人;
　　而今我仍是——哦不,已经不是!
　　因为塔昆已劫掠去我美德的标志。

"哦,既然生活的目标已不复存在,
我如今就没有必要害怕死亡。
如果我以死洗刷去蒙受的污秽,
至少可给耻辱的衣着佩上徽章,
让生前的毁谤消失在这世界上。
　　这是无奈的补救:珠宝已经被盗,
　　不如把无罪的宝匣也一道毁掉。

"哦,亲爱的科拉丁,我不能让你受辱,
让你尝到被亵渎的婚姻的滋味,
我不能将你的一片真情辜负,
用那已毁的盟誓向你讨好献媚;

---

① 埃特纳(Aetna):意大利西西里岛上一座活火山。

这异种的嫁接决不会有成长的机会。
　　我不会让玷污你血统的那个人
　　夸口说你做了他的儿子的父亲。

"他也休想背地里对你嘲讽诬蔑，
休想和同伴一起将你的境遇耻笑，
我要让你知道，你所拥有的权益，
并非被金子贿买，而是在门口被盗。
至于我，我会做自己命运的主导，
　　我绝不会轻易饶恕自己的罪行，
　　直到死亡宽赦这不幸的生命。

"我不愿用我的污秽将你毒害，
也不想用虚伪的借口掩饰我的过犯；
我不会将黑色的罪恶涂上油彩，
以便将这一夜丑陋的实情隐瞒。
我的舌头定要将这一切如实揭穿，
　　我的眼睛像开闸的山泉流注山谷，
　　清澈的水流将洗刷身上的污浊。"

说到这里，这哀伤绝望的菲罗墨拉①，
结束了它夜间哀恸的悠扬歌声，
肃穆的夜迈着沉重而缓慢的步伐，
降回丑陋的冥府，看，嫣红的早晨，
把它的光明借给企求光明的眼睛；

---

① 菲罗墨拉(Philomela)：希腊神话中雅典王潘狄翁的女儿，普洛克涅的妹妹，曾被其姐夫忒柔斯奸污，后被神变为夜莺。

但愁眉不展的鲁克丽丝羞见阳光，
宁愿继续被幽禁在夜的牢房。

徐徐启露的天光透过每一罅隙窥探，
似乎要指给人看她坐在哪里哭泣，
"眼睛中的眼睛，"她哭着向它呼唤，
"你为何要透过窗户对我监视？
请停止窥探，去撩拨沉睡的眼皮；
　　　别用你刺目的光辉烙印我的额头，
　　　因为黑夜所做的事无涉于白昼。"

她对一切所见的事物横加挑剔；
这真切的悲痛偏执得像个顽童，
她任性行事，对什么也不满意。
旧的冤恨和新的悲愤迥然不同，
一个被时间驯服，另一个无比冲动，
　　　像初学游泳者水中把气力耗尽，
　　　仍不免因技巧不足而送了性命。

就这样，她深深陷入忧伤的海里，
与每件所见的事物发生激烈争吵，
拿一切悲痛与她自己的境遇相比；
但任何事物都只能增添她的苦恼；
这一件刚刚消失，另一件即刻驾到；
　　　有时她的悲哀沉默得一言不发，
　　　有时又疯狂发作，有说不完的话。

小鸟啁啁啾啾，歌唱着清晨的欢欣，

这甜美的乐音更使她心烦意乱，
因为欢乐总对苦恼究底寻根，
忧伤的灵魂很难与欢乐共聚一堂，
忧伤最喜欢与忧伤结成同党；
　　　　那时真切的苦恼才会额手称庆，
　　　　因为苦恼聚集一起，大家同病相怜。

望见海岸而溺死，这死加倍悲痛，
食物可见不可即，这饥饿十倍酷烈，
看见药膏不能治，这伤口疼痛加重，
巨大的悲哀遇救时显得最凄厉；
深沉的痛苦像潮水般奔流不息，
　　　　一旦受到阻碍，就会溢出堤岸，
　　　　悲哀如被忽视，就无视限度规范。

"嘲弄世人的鸟啊，"她说，"把歌声
埋入你们那鼓鼓囊囊的胸窝，
请你们保持沉默，让我耳根清净，
我心乱如麻，不喜欢这抑扬顿挫；
伤心的女主人受不了快活的房客。
　　　　把你们轻快的歌献给幸福的男女，
　　　　苦命人以泪洗面，只听忧伤的音符。

"来吧，菲罗墨拉，控诉强暴的歌者，
把我乱蓬蓬的头发当作你的丛林；
犹如潮湿的土地为你的苦难哭泣，
我要将泪水洒上你的每一个哀音，
并以凄切的喟叹配合你的歌吟；

当你以美妙的歌喉控诉忒柔斯，
我就在一旁低声诅咒塔昆的名字。

"你有时将躯体凭靠在荆棘上，
以便时时提醒自己的创痛巨深，
不幸的我啊，要将你的行为模仿，
用利刃抵住胸口，恫吓自己的眼睛，
只要我一打瞌睡，就会饮刀丧命。
　　这种方法就像乐器上的弦柱，
　　调整我的心弦，使歌声更凄楚。

"可怜的鸟啊，你不在白天唱歌，
因为你羞于被人看见自己的形象，
让咱俩一道去找一片偏僻的沙漠，
那里没有酷暑，没有凛冽的严寒，
我们可以在那里倾诉各自的辛酸，
　　使凶猛的禽兽听了改变它们的本性，
　　既然人会变禽兽，就让禽兽怀有温情。"

像受惊的麋鹿站着呆呆张望，
惶惶然不知向哪条道路逃避，
又像人进入迷宫茫然不辨方向，
辨不清安全的出路究竟在哪里，
她此时也是这样拿不定主意，
　　不知生与死的抉择哪个更好：
　　生得蒙受耻辱，死又被人讥笑。

"自杀，"她说，"哎呀，这意味着什么？

还不是让灵魂与肉体一道蒙耻！
损失一半比较于全部的损失，
前者应更有耐心保护他的剩余。
这样的母亲未免太伤天害理；
　　　身边两个孩子，当其中一个夭折，
　　　她为了省心索性杀死另外一个。

"只有肉体纯洁，灵魂才能变得神圣，
这两者之间，哪一个更其珍贵？
当它们都要留给天国和科拉丁，
对我来说，哪个更值得我的爱？
高大的松树一旦树皮被剥下来，
　　　哎呀，叶子就凋零，汁液就流失；
　　　我的灵魂也如此，一旦与肉体分离。

"灵魂的寓所遭劫，不再有安宁，
它的宅邸受到敌军猛烈的进攻，
它的神庙被玷污、被蹂躏、毁损，
明目张胆的耻辱把它围成几重。
但如果在这被毁的堡垒中掘个洞，
　　　把我这受困的灵魂转移出去，
　　　这就不能看作对神明的亵渎。

"但现在不能死，我要等待科拉丁，
让他知道我含冤而死的情由；
那时他可以面对我的尸身，
发誓向那个害死我的人报仇。
我的污血要为塔昆而保留，

这血是他玷污的,就应该送给他,
这一点我要在遗嘱里明确写下。

"我要将我的荣誉赠予那把钢刀,
由它来刺穿我这不名誉的躯体。
褫夺不名誉的生命是一种荣耀,
生命虽然死亡,荣誉却长存不灭。
我的美名将从耻辱的灰烬中降世,
　　因为我一死,耻辱也同时被我扼杀,
　　等耻辱一命归天,荣誉就得以升华。

"我的夫君,我已丧失属于你的财宝,
此刻我还能给你留下什么遗产?
亲爱的,我的坚贞就是你的骄傲,
你能够报仇,只要遵循我的榜样。
如何对付塔昆,这答案也在我身上:
　　朋友啊,我杀掉的自己是你的敌人,
　　为了我,请用同样的方法对付塔昆。

"我将我的遗嘱简单地交代如下:
我的灵魂和肉体分别交给天和地,
我的坚贞,丈夫呀,留给你发扬光大,
我的光荣交给刺我躯体的刀子,
我的耻辱留给坏我名声的凶逆;
　　我留在世上的荣誉则悉数馈赠
　　那些活着而不以我为耻的人们。

"科拉丁,你必须监督遗嘱执行;

你必须明察我如何被人凌辱！
针对我的流言，将由我的血澄清；
我一生的罪孽，一死即告结束。
脆弱的心啊，别畏惧，坚强地说声'愿意'；
　　请你服从我的手，向它缴械投降，
　　你死，它也死，但你俩是胜利一方。"

她悲悲戚戚地制订好自杀的计划，
从明亮的双眼拭去咸味的泪珠，
然后就用沙哑的声音将侍女呼唤，
侍女应声而来，急急奔向她的主妇；
因为责任犹如飞鸟长着思想的羽翼。
　　在侍女眼中，鲁克丽丝的脸色
　　犹如冬天的草地，太阳刚融化了积雪。

侍女过来向她的主妇道早安，
那声音轻柔和缓，显得恭敬有礼，
为了迎合主人，她的神色有些黯然，
（因为主人脸上罩着悲哀的云翳，）
但她未敢向她冒冒失失地问起，
　　为什么她的两眼被乌云遮掩，
　　为什么她的双颊被愁雨洗湔。

正如大地因太阳沉没而哭泣，
每朵鲜花湿润得像汪汪泪眼，
那侍女流下大颗大颗的泪滴，
湿润了她的大眼，对主妇表示同情，
她主人的眼睛恰如太阳西沉。

它的光芒在咸浪汹涌的海里消失，
这情景使侍女也哭得像露重的夜。

这一对美人儿站了许多时候，
恰似象牙水管把珊瑚水池注满；
一个哭而有因，另一个无缘无由，
只是陪着女主人，充当涕泣的伙伴。
天性善良的妇女动辄泪眼汪汪，
　　想想别人的痛苦，自己就会难过，
　　最后大家肝肠寸断，哭成涕泗滂沱。

男人心硬如石，女人心软如蜡，
男人的意志决定着女人的形体；
弱者一旦受压，她们身上就会留下
异性凭武力、欺诈和机巧强加的印记。
因此，不能把她们称作罪魁祸主，
　　就像蜡上印出了恶魔的形象，
　　不能据此认定那蜡就是魔王。

她们胸怀坦荡，就像辽阔的平川，
看得见小小的毛虫在上面爬行；
而男人则像草木丛生的莽原，
阴森的洞穴里沉睡着种种罪愆。
透过水晶墙壁，连尘粒也看得清；
　　尽管男人一脸正经将罪恶掩饰，
　　女子的面容却记录着他们的过失。

人们不会唾骂业已枯萎的花朵，

只会谴责那摧残花朵的严寒；
该诅咒的不是被吞者，而是吞食者。
哦，女人们备受男人的蹂躏，
不要以为过错就在女人身上：
　　　那班神气活现的老爷应遭痛斥，
　　　　是他们使柔弱的女子蒙受诟耻。

请看看鲁克丽丝，她就是例子，
她深夜遭人袭击，面临死亡的绝境，
而且，死了以后还要名誉扫地，
她的丈夫也将因此忍辱含冤。
由于抗拒会招致如此的凶险，
　　　她周身便弥漫着死亡的恐怖，
　　　　面对一具尸体，谁都能任意侮辱！

美丽的鲁克丽丝这时强作镇静，
对着可怜的模仿者诉说自己的痛苦：
"我的孩子，"她说，"你何必这样伤心？
你热泪滚滚究竟为了什么缘故？
如果你是为了我的不幸而啼哭，
　　　好姑娘，要知道你并不能为我解忧，
　　　　如果眼泪有益，我自己的泪已足够。

"但告诉我，孩子，"说到这里她一声长叹，
随后问了句，"塔昆何时离开这里？"
"夫人，"侍女回答，"在我起床以前。
这得怪我太懒惰，玩忽自己的职责。
不过，我也有理由辩解我的过失：

在我起床时，东方的曙光未露，
只是这时候塔昆就已经上路。

"夫人，如果你不觉得你的侍女冒昧，
她倒想问问你为什么这样悲郁。"
"别问了，"鲁克丽丝说，"要说其中原委，
就是十遍百遍也不能减轻痛苦；
因为这件事不是我能用语言表述，
那深重的苦难与地狱没有两样，
你感受虽多，却没有诉说的力量。

"去，把纸、墨和笔给我拿到这里来，
噢，不必费心了，这些东西这里现成——
我该说什么呢？——你去让人做好准备，
吩咐我丈夫的听差过一会来取信，
这信写给我的夫君，我的爱人。
你要他以最快的速度把信送到，
事情紧迫，我把信即刻写好。"

她的侍女走了，她动笔准备写信，
她的翎管在信笺上方飘飘摇摇，
她的思想与悲痛进行着激烈斗争，
理智写下的即刻就被情感抹掉；
这句写得太粗俗，那句写得太纤巧：
她思绪纷繁，就像许多人挤在门口，
一个个争先恐后，都想走在前头。

她终于开始写："高贵的夫君，

你卑微的妻子在此向你致意，
祝你身体健康；其次，请你应允，
如果你还想见见你的鲁克丽丝，
请以最快的速度赶到我这里，
　　我在家里无限悲伤地把你恭候，
　　我的信虽短，我的痛苦没有尽头。"

她将这满载忧伤的短简折起，
她那切实的痛苦并没有明确写上，
凭了它科拉丁能知道她的悲戚，
但无法知道她痛苦的真实内涵。
她不敢向他揭示事情的真相，
　　在她用鲜血洗涤自己的耻辱以前，
　　她怕他误会，以为她行为不检。

况且，她要积蓄她的活力和悲愤，
等到他能听见她说话时再一一揭示，
那时，她可以用叹息、眼泪和呻吟
洗刷自己的羞辱，更重要的是，
她要让世人消除对她的猜疑。
　　为此她没有用繁言絮语把信糟蹋，
　　她要让实际行动来为自己说话。

悲惨的景象，眼见比耳闻更感人至深，
因为眼睛会将它所看见的惨状
如实加以阐释，让耳朵洞悉内情，
这时候，它们各自都将痛苦承担。
而如今我们仅只承受耳朵这一方。

深流的水声没有比浅滩更喧闹，
语言的风一吹，悲哀就要退潮。

她的信已经封缄，信封上写着：
"火速呈交我的夫君，寄自阿狄亚。"
信使在一旁等候，她把信付托，
要他即刻登程，她命令沮丧的听差
一路上要像候鸟避北风急急飞达。
　　即使快得不能再快，她也觉得迟缓，
　　人到紧急关头，就不免趋向极端。

淳朴的仆人向她深深鞠躬致敬，
他红着脸，目不转睛地望着她，
一声不响从她手上接过那封信，
然后带着憨厚的怯懦匆匆出发。
但心怀愧疚的人难免疑这疑那，
　　总觉得每只眼睛都窥见了她的隐衷，
　　鲁克丽丝也以为他因自己脸红。

其实，天晓得，这位憨厚的仆人
只是因为缺乏生气、活力和胆量。
这种人不会作恶，办事十分顶真，
他与那些天性鲁莽的人大不一样，
表面上满口应承，做起来动作迟缓；
　　他就是这样一位旧时佣人的楷模，
　　只会脸上流露忠诚，不会用嘴许诺。

仆人忠心耿耿，反引起她的猜疑，

结果两人脸上都冒出两团火光；
她以为他脸红，因知道塔昆的罪戾，
因此跟着脸红，并有意朝他观望；
她探索的目光使他越发紧张不安。
　　她越发现他血液涨满了他的脸，
　　　　越以为他看出了自己身上的污点。

她心里想，要过许久他才能返回，
而这忠心的仆人却刚刚动身上路；
这沉闷的时间实在令人难挨，
她此刻不愿再叹息、呻吟和啼哭。
叹息困乏了叹息，痛苦厌倦了痛苦，
　　她因此要暂时中止她的哀声，
　　　　以便寻找新的途径宣泄苦情。

她终于想起自己房里挂着一幅画，
上面画着普里阿摩斯的特洛伊城，
城门前排列成阵的是希腊的兵马，
他们因海伦被劫，要将此城攻陷，
高耸入云的城廓面临毁灭的危险，
　　富于想象的画家把它画得如此挺秀，
　　　　似乎苍天也愿意附身亲吻那塔楼。

成百上千的物体，件件画得凄凄惨惨，
艺术藐视自然，从无生命中创造生命，
一滴滴风干的颜料，就像泪渍斑斑，
做妻子的在悼念她们阵亡的夫君；
鲜血冒着热气，画家在与自然争胜，

垂死的眼睛但见阴沉的光芒闪烁，
恰似长夜中已经燃到尽头的炭火。

画面上还可以看见工兵在奔走：
他们汗水淋漓，浑身沾满尘泥，
特洛伊的塔楼里，男人的双眸
透过射击的孔洞向外面窥视，
那冷漠的目光紧盯住希腊兵士。
这幅作品画得如此细腻逼真，
你甚至可见远处悲哀的眼神。

你还可以看见那班杰出的将领，
一个个威风凛凛，轩昂的气宇；
青年人则生气勃勃、机警灵敏；
画家还随处点缀了几个懦夫，
他们面如土色，迈着颤抖的脚步，
这班人简直就是胆小的佃农，
谁都会说他们的身子在颤动。

至于埃阿斯和俄底修斯两位将军，
哦，那摹写人相的艺术何等高超！
两人各自的脸表露了各自的内心，
他们的外表已经将他们的性格禀告：
埃阿斯的双眼转动着严厉和暴躁，
狡猾的俄底修斯则目光温柔平易，
表现出深沉的思虑和含笑的克制。

你可以看见严肃的涅斯托站着演讲，

似乎在激励希腊的士兵去奋勇杀敌，
他挥动手臂，那姿势是那么的端庄，
吸引了听众的注意，使人忘乎所以。
在他演讲时，他那部银白色的长须，
　　上下飘动，从他伶牙俐齿的唇间
　　逸出一团团气息，盘旋着升入蓝天。

他身边围着一群人，个个嘴巴张开，
似乎要一口吞下他的谆谆教训，
他们侧耳细听，各有各的神态，
就好像女妖的歌声将他们吸引。
听众有高有矮，画家画得真细心，
　　还有许多人隐约出现在背后，
　　好像都想跳出，以便露出人头。

这边有人将手搁在别人头上，
他的鼻子被邻人的耳朵遮蔽；
另有人挤在中间，红着脸往后搡，
有一位挤得喘不过气，好像在呵斥。
盛怒之下，他们显得蛮不讲理，
　　要不是怕漏听涅斯托的一言千金，
　　说不定这班人会拔出刀剑拼命。

画面上有许多出于想象的创造，
构思十分巧妙，简洁而又自然。
代表阿喀琉斯的是他的长矛，
披甲的手握着它，主人却不在画上，
没有人看得见他，除非借助于想象：

一只手、一只脚、一条腿,还有头和脸,
　他的全身依凭想象才能显现。

当特洛伊人的希望,英武的赫克托,
走出层层包围的城墙奔赴战场,
许多特洛伊战士的母亲心怀喜悦,
目睹自己的儿子挥舞明晃晃的刀枪,
她们对"希望"的表示有点走样:
　　微茫的喜悦中流露深沉的忧虑,
　　就像闪光的事物被秽物玷污。

从达丹海滨到芦苇丛生的西摩伊斯,①
他们摆下战场,殷红的血在流淌,
河水波涛汹涌,似乎在模仿战事,
一排排浪花的大军扑向受损的海岸,
然后浪花的大军又撤兵回防,
　　等待后面更大的浪头上来接应,
　　再一道将水沫射向西摩伊斯之滨。

鲁克丽丝向这幅名画走过去,
想找一张凝聚着一切痛苦的脸。
她看见许多脸都具有忧伤的神色,
但没有一张含着全部的痛苦与哀怨,
直到她来到绝望的赫卡柏跟前,
　　老妇人凝视着普里阿摩斯的伤口,

----

① 达丹(Dardan):特洛伊城所在地;西摩伊斯(Simois):河流名,位于特洛
伊城附近。

他倒在皮洛斯脚下,鲜血汩汩直流。

在她的身上,画家淋漓尽致地表现
岁月的摧残,美艳的凋谢,忧患的猖狂,
她的双颊已因皲裂和皱纹而变形,
她昔日的风采,早已烟消云散,
蓝血变成黑血,流经每一根血管,
　　那哺育血管的甘泉渐渐枯竭,
　　表明生命已禁锢在垂死的躯壳。

鲁克丽丝注视着这悲惨的景象,
拿自己与老妪的痛苦相比较,
老妪的处境与她的不幸几乎一样,
只是老妪再不能诅咒仇人的残暴;
画家不是神,无法让她以言相告。
　　鲁克丽丝因此觉得画家有失公允,
　　他给了她痛苦,却不给舌头一根。

"可怜的傀儡,"她说,"你不会说话,
我要用我的舌头替你将痛苦高歌,
用香膏涂沫普里阿摩斯身上的疮疤,
痛斥皮洛斯对他犯下的滔天罪过,
用泪水浇灭特洛伊久久燃烧的战火,
　　对于所有与你为敌的希腊人,
　　我要用刀子剜下他们的眼睛。

"指给我看看引起这场战争的娼妇,
我要用我的指甲抓破她的美色,

痴迷的帕里斯，你火热的情欲
使特洛伊蒙受愤怒的烈火洗劫；
是你的眼睛把这里的战火点着。
　　这特洛伊，就因你那双罪恶的眼睛，
　　父亲、儿子、母亲、女儿，一个个丧命。

"为什么某个人一己的快活恣睢
会变成许多人共同承受的祸患？
既然如此重大的罪过皆一人所为，
那罪过就应让他一人来承担；
而让无辜的人免遭这场灾难。
　　一人犯罪，应让这一人受惩处，
　　为什么偏要让那么多人一道受苦？

"看哪，赫卡柏在哭，普里阿摩斯已死，
赫克托倒地不起，特洛伊罗斯人事不省，
朋友挨着朋友，倒在血红的沟渠里，
无意中自己人伤害了自己人，
一个人的淫欲葬送了多少性命！
　　普里阿摩斯如能遏止其子肆意妄为，
　　特洛伊将繁荣如故，不被战火摧毁。"

她为画中不幸的特洛伊痛哭失声，
她的悲哀就像一口沉重的挂钟，
一旦敲响，就会自动作出反应，
轻轻的振动也能引出深沉的悲恸；
鲁克丽丝的心弦也是这样被拨动，
　　面对画中的惨景讲述不幸的故事，

她出赁她的语言,借进他们的忧悒。

她的目光在这幅画上到处搜索,
发现谁孤苦无助,她就为谁伤心,
最后她看见一个不幸者,双手被绑着,
连弗里吉亚的牧羊人也对他徒生怜悯。
而他虽脸有忧色,却显得听天由命;
　　他跟随一班乡下粗民向特洛伊走去,
　　他的耐心似乎有意要藐视痛苦。

在他身上,画家尽力运用作画的技能,
掩饰他的狡诈,赋予他和善的面孔,
谦恭的步履,沉着的神态,流泪的眼睛,
他耷拉着眉毛,好像在迎接悲痛,
脸色不红也不白,而是相互交融,
　　那红色不足以说明他心中有愧,
　　那白色也证明不了他心虚生畏。

就像一个长期作恶、劣性不改的魔王,
表面上装出一副善良正直的样子,
而将险恶的用心暗地里深深隐藏,
以致多疑的人也不会产生怀疑;
悄悄而行的诡计和伪证可恶如此,
　　竟然把黑色的风暴推向晴朗的天空,
　　用地狱的罪恶玷污如此圣洁的面容。

技艺高超的画家画下这和善的肖像,

他就是作伪证的西农①,他的花言巧语
导致轻信的老普里阿摩斯的死亡,
他的谎言犹如烈火烧着了特洛伊,
把它的光荣摧毁,令苍天为之伤心,
　　星星则纷纷从固定的天际陨落,
　　因为它们用来照影的明镜已失却。

她仔仔细细把这幅画一再端详,
为那非凡的技巧,她谴责起画师,
说他把西农画成了别人的模样:
因为如此和善的人不可能伤天害理。
她看了又看,反反复复加以审视,
　　在他平静的脸上,她发现他的真诚,
　　由此她得出结论:这不是西农本人。

"这不可能,"她说,"这么多的奸计——"
她本想接着说:"会出自这样的容颜,"
但塔昆的影子这时浮现在脑海里,
她于是将"不可能"改口成"可能",
"不可能"所含的意义被她排摈,
　　这话最后说成:"这不可能,我知道,
　　险恶的用心不藏匿在这样的容貌。

"正如这幅画中那个狡诈的西农,
那样严肃,那样疲惫,那样温良,

---

　　① 传说西农(Sinon)伪装投降,逃到特洛伊人方面,劝说特洛伊人把藏有
希腊士兵的木马拖进城,导致特洛伊城被希腊军队攻陷。

似乎悲痛和劳累已使他萎靡不振，
塔昆也是这样把自己着意乔装，
表面诚实淳朴，骨子里男盗女娼：
　　像普里阿摩斯款待西农，我待之以礼，
　　结果却被他毁灭了我的特洛伊。

"看，看，西农流下假惺惺的泪水，
普里阿摩斯见了竟然湿润了双眼！
普里阿摩斯，你老了，为何仍无智慧？
他流一滴泪，就有一个特洛伊人长眠，
他眼里流的不是泪水，而是火焰；
　　他那激起你同情的颗颗泪滴，
　　是不灭的火球，用来烧毁城邑。

"这恶魔从黑暗的地狱把本钱窃取，
因为西农他带着火又冷得战栗，
他那炙人的火焰就在寒流中隐居；
针锋相对的事物竟然如此和谐统一，
那只能激励蠢人，使他忘乎所以：
　　西农的眼泪就这样博取老王的信任，
　　使他有机可乘，用火烧毁特洛伊城。"

说到这里，她情绪激愤，满腔怒火，
胸中再也按捺不住那份耐心，
她用指甲将无知觉的西农抓破，
把他当作那位带给她灾祸的客人，
他的恶行使她憎恨起她自身。
　　最后她苦笑着把撕画的手停住，

"我真傻，"她说，"这伤口不能使他痛苦。"

她悲痛的潮水就这样起伏涨落，
她喋喋不休，连时间也觉厌烦，
她黑夜盼白天，白天又盼黑夜，
总觉得白天和黑夜过得太缓慢。
创巨痛深时，短暂的时间也嫌漫长；
　　悲哀虽然沉重，但它难得安宁，
　　时间对醒着的人犹如蜗牛爬行。

这一阵子，她一直陪伴着这些画中人，
时间就在她的思虑中慢慢流逝；
将心比心，她以亲身经历的不幸，
深沉地揣度别人所遭受的痛苦，
以致将自身的悲痛暂时忘记。
　　想想别人也曾遭受过自己的苦难，
　　虽不能根治痛楚，却也缓和悲伤。

处事谨慎的信差终于返回宅府，
带来了他的主公和一班客人，
他们发现鲁克丽丝身着黑色丧服，
两眼泪迹斑斑，围绕着这双眼睛
是两个蓝圈，犹如彩虹挂在太清。
　　她的天空中出现这样的气象，
　　预示已经消歇的风暴又将猖狂。

她那神色沮丧的丈夫看见这般情景，
便惊愕不安地注视起她悲伤的脸，

她的眼睛浸在泪中，显得又红又肿，
昔日的风采已被致命的忧伤摧残，
使得他失却勇气向她问询平安。
    两人站着，像一对老友丧失神志，
    相逢他乡，彼此的命运一无所知。

最后他拉住她没有血色的纤手，
这样问她："究竟有什么意外的不幸
在你身上降临，使得你浑身颤抖？
亲爱的，是什么冤屈使你容颜骤变？
你为什么要穿戴得如此消沉扫兴？
    亲爱的，请你揭开这忧伤的帷幕，
    说出你的痛苦，以便我们来救助。"

为了喷吐哀怨，她先叹息了三次，
但还是说不出一句悲苦的话语：
最后她拿定主意回答他的问题，
以无比庄重的口吻向他们披露
她的名誉已经被仇敌所俘虏；
    科拉丁和他一道前来的客人，
    怀着沉重的心情倾听她的冤情。

现在这只白天鹅在它水淋淋的窠巢，
为它必然的死亡唱起沉痛的挽歌：
"这桩罪恶很难用语言予以奉告，
任何借口掩饰不了其中的过错。
我的痛苦比我能说的话还多，
    单凭这根疲惫的舌头细诉慢说，

你们一定会嫌我说话啰嗦。

"那就让我把要说的话加以归纳：
亲爱的丈夫，有个陌生人来到这里，
侵占了你的眠床，在那枕头旁躺下，
过去你常在那里憩息你疲倦的身体。
他以后如何对我使用卑鄙的暴力，
　　犯下什么罪过，你可以想象得到，
　　哎呀，你的鲁克丽丝已在劫难逃。

"当时已是深夜，死一般的幽暗，
一个潜行的动物溜进我的卧房，
他手举蜡烛，带一把闪亮的短剑，
'醒来，罗马的贵妇，'他低声呼喊，
'来满足我的爱情，如果你敢违抗
　　爱情的要求，今晚就让你和你的家族
　　蒙受那永远洗刷不去的奇耻大辱。'

"他接着说：'除非你屈从我的意志，
我要即刻杀死你家某个粗俗的下人，
然后再把你杀死，并当众起誓，
就说我在犯事的现场亲眼见证，
你们两人令人作呕地在做爱偷情，
　　因此我杀死了这一对好色之徒，
　　这样，我将获得美名，而你永受耻辱。'

"我听了这话害怕得失声哭泣，
他就用他的宝剑抵住我的胸膛，

扬言说,除非我耐心地接受一切,
我就别想再活着用嘴来呼喊;
而我的耻辱将永远留在历史上,
　　在伟大的罗马,人们永不忘记
　　鲁克丽丝和她的下人因奸而死。

"我势单力薄,我的敌人无比强大,
由于害怕,我显得格外软弱无力,
残暴的法官不允许我张口说话,
他那里没有可容我申辩的公理。
出庭作证的且是他猩红的情欲,
　　发誓说我的美貌抢劫了他的眼睛,
　　既然法官遭劫,那囚犯只有偿命。

"噢,请教我用什么借口为自己辩护,
或者至少让我找个地方避难:
虽然我下贱的血已经被恶行玷污,
但我的心依然纯洁,纤尘不染;
它没有被施暴,决不会为虎作伥,
　　在它那已被亵渎的寓所里,
　　它纯洁如故,永葆清白的本体。"

看,他那神志真像亏了血本的商贾,
脑袋低垂着,嘴巴因痛苦说不出声,
眼睛充满悲哀,可怜的双臂胸前交叉,
从他那转眼间变得苍白的嘴唇
吹出一股气息,企图将悲哀驱尽;
　　但这徒劳无功,他依旧那么悲痛,

刚刚呼出的气息，成了吸回的凄风。

就像汹涌的怒涛从桥孔急急穿过，
因水流太急，眼睛也来不及看清
飞扬跋扈的旋涡卷起浪花朵朵，
折回令它那么急切奔腾的涵洞，
它一进一退，始终显得怒气冲冲。
　　他的叹息就这样往返不止，就像拉锯，
　　一边将悲哀吐出，一边又吸入痛苦。

鲁克丽丝看见他那无言的忧伤，
便用这一番话将他从迷乱中唤醒：
"亲爱的夫君，你的悲伤增添我的凄惘；
因为潮水决不会因下雨而消停，
我椎心泣血的悲痛使你更加伤心；
　　那么，就让痛苦的怒涛只将一人吞没，
　　让一双眼睛单独承受这场灾厄。

"如果我对你尚有魅力，为了这爱情，
为了你的鲁克丽丝，请听我的话：
你要即刻去报复我的那位仇人，
他是你的、我的、也是他自己的仇家；
就当你在捍卫我免遭那已遭的践踏：
　　尽管救援已晚，但不能让他活着，
　　正义过于宽容，只会哺育罪恶。

"诸位大人，在我说出此人名字以前，
（她转身对着与科拉丁同来的绅士，）

我要请求你们对我信守诺言，
迅速采取行动，为我报仇雪耻，
用复仇的武器将邪恶者惩治，
　　那是值得世人嘉许的英雄行为，
　　凡骑士都严守誓约为冤妇解危。"

在她的请求下，每位在场的贵人，
都以豪迈的姿态表示相助的诚意，
一如义不容辞的骑士愿为效命，
大家急切等待她说出仇人的名字。
但她还有辛酸的话要说与人知：
　　"噢，请告诉我，"她用质疑的口吻说，
　　"这强加的污秽，你们如何为我洗脱？

"我的罪孽由可怕的环境逼迫所致，
这又该属于什么样性质的犯罪？
我纯洁的心灵能否抵消这份罪戾？
我逐渐衰落的名誉能否挽回？
什么条件能使我免遭这场天灾？
　　被污染的泉水能自行将污物滤清，
　　为什么不能赦免强加于我的罪名？"

听了她的发问，大家即刻声言：
她无瑕的心灵足以涤清躯体的污渍。
但她惨然一笑，把脸扭过一边，
那脸上留着苦难的深深印记，
那都是眼泪镂刻的一道道痕迹。
　　"不，不，"她说，"从今后任何贵妇，

都不可以我为例，请求世人的宽恕。"

她长叹一声，似乎那颗心就要炸开。
她说出塔昆的名字："他，他，"她说，
除了"他"，她的舌头什么也说不出来，
经过一次次喟叹，一次次中辍，
一次次喘息，一次次苦苦的挣揣，
　　她终于说出，"他，他，诸位，正是他，
　　正是他指令我的手把自己刺杀。"

这时，她把无罪的刀刺进无罪的胸口，
她的灵魂像刀儿出鞘脱离了躯体；
这一击使不安的灵魂得到拯救，
摆脱了曾囚禁过它的污秽的牢狱；
长有翅膀的幽灵被悔恨的叹息
　　送上了云霄，她这永恒的生命
　　从伤口飞逸，离开了有限的人生。

科拉丁和那班高贵的客人呆站着，
他们被这可怕的一幕所震撼，
直到鲁克丽丝的父亲见她在流血，
挪动身子来到自杀者的尸体前；
布鲁托斯①则从紫红的泉源拔出短剑，
　　当这剑离开躯体，鲜血往上喷涌，
　　似乎这血要复仇，正向短剑冲锋。

---

① 在场的一位绅士，见前面《故事梗概》注④。

鲜血从创口处汩汩地往外直冒，
然后在她的胸口形成缓流两股，
殷红的血把她的躯体四下环绕，
使它像一座废岛，遭受过洪水劫夺，
不见了居民影踪，全岛一片荒芜。
  她的血一部分依然鲜红、洁净，
  另一部分已发黑，见证塔昆的秽行。

在这悲哀的脸上，黑色的血已凝固，
上面显出一道水汪汪的圆环。
似乎在为被玷污的躯体哭诉，
从此，污血都呈水渍斑驳的模样，
好像在怜悯鲁克丽丝的哀伤；
  而未经污染的血则鲜红如故，
  宛如在为那些秽物而感羞辱。

"女儿，亲爱的女儿，"鲁克莱修呼喊，
"你如今被剥夺的生命原本属于我。
都说孩子的身子寄寓父亲的形象，
如今鲁克丽丝一死，我还有何寄托？
我当初生你，绝不是为这样的结果！
  如果做子女的都先于长辈而亡，
  那我们倒成了后代，他们成了祖上。

"可怜的破镜，从你美丽的形象，
我常常看见自己又恢复了青春，
但如今这完美的镜子已黯然无光，
把我映成一具被时间磨损的枯影。

哦,你已从你的双颊撕毁我的模型,
　　把这镜子中全部美景打得粉碎,
　　从此我再见不到我往昔的风采!

"哦,时间,既然该活着的反而先亡,
你就不该再延续,而该停止运行!
难道腐恶的死神应该征服少壮,
而让蹒蹒跚跚的老朽继续生存?
老蜂死后,那蜂房就由幼蜂占领;
　　复活吧,鲁克丽丝,你应活下去,
　　为你的父亲送终,而非父亲为你!"

这时,科拉丁才从噩梦中惊醒,
请求鲁克莱修让他来哀悼死者,
他扑倒在鲁克丽丝冰冷的血泊中,
让苍白的面容在鲜血中洗濯,
好一阵子,他悲痛得不省人事,
　　直到男儿的羞耻心促他振作精神,
　　他要活下去,为她的死报仇雪恨。

他的内心,潜伏着莫大的悲哀,
责令他的舌头,不许它发出声音,
但舌头不服管束,恼怒得暴跳如雷,
怪悲哀不该如此长时间压制它的言论,
但待到它终于开口安慰苦恼的心灵,
　　那声音又极其微弱,吐字含含糊糊,
　　谁也听不清他到底说了什么话语。

不过,"塔昆"两字倒偶尔说得明了。
声音从牙缝挤出,似乎要将它扯裂,
这场风暴抑制着悲痛的怒涛,
直到酿成大雨,使潮水更加恣肆,
那雨最后倾泻而下,狂风随之停息,
　　丈人与女婿,两人哭得好不伤心,
　　　　一个哭他的女儿,一个哭他的夫人。

他们两人都说她属于自己,
但谁也不能再拥有他的所求。
父亲说她是我的,丈夫说她是我的,
"请不要将我悲恸的权利夺走,
谁也不能说他的泪为她而流,
　　因为她永远只属于我一人,
　　　　为她啼哭的必须是我科拉丁。"

"噢,"鲁克莱修说,"这生命是我赋予,
她毁弃它未免太早,也未免太晚。"
"天啊,"科拉丁说,"她是我的妻子,
我拥有她,她杀死的是我的心肝。"
"我的女儿,""我的妻,"喊声震破苍天,
　　鲁克丽丝的生命已经留在云际,
　　　　那里发出回音,"我的女儿,""我的妻!"

刚才从死者身上拔刀的布鲁托斯,
看见他俩一个比一个哭得悲惨,
便脱下往日乔装,显出威严的睿智,
在鲁克丽丝伤口里把他的痴呆埋葬。

罗马人先前都把他当成笨伯钝汉，
　　就像国王身边逗笑取乐的弄臣，
　　只会插科打诨，说话无聊透顶。

如今他抛弃了这套浅薄的外衣，
那都是他深谋远虑把自己乔装，
深邃的智慧被他掩饰得不露痕迹，
这时他过来劝慰科拉丁把泪擦干。
"起来，"他说，"受委屈的罗马武将，
　　让我这个不露真相的公认傻瓜，
　　对你这向来明达的人说几句话。

"科拉丁，你是否以为创伤能治创伤，
苦难能治苦难，忧愁能解脱忧愁？
你的娇妻由于他的恶行而命亡，
你是否以为给自己一刀就是报仇？
这种幼稚的行为只有懦夫才有；
　　你的不幸的妻子已经走错一步，
　　她不该自杀，而该把仇敌铲除。

"勇敢的罗马人，不要把你的心
沉溺在悲悲切切的细雨轻露中，
请与我一道跪下，尽你的一份责任，
让我们用祈祷将罗马的神明感动，
促使天神允许我们兴师动众；
　　罗马已因他们的恶行声名狼藉，
　　我们就用强大的武力把他们驱除。

"现在，凭着我们膜拜的卡庇托神，
凭着这滩被污染的纯洁的血迹，
凭着滋育地上万物的那道金轮，
凭着罗马帝国尚存的一切公理，
凭着鲁克丽丝向我们鸣冤的阴魂，
　　凭着这把血污的刀，我们在此宣誓：
　　我们要为这位忠贞的妻子报仇雪耻。"

说完这话，他用手捶击自己的胸口，
亲吻那把致命的刀，结束他的誓言，
他要求其余的人与他一样发誓赌咒。
大家惊奇地望着他，但都乐意从命。
于是他们全体屈膝跪倒在地面，
　　布鲁托斯把刚才的话重说一次，
　　大家跟着他立下了那个重誓。

他们郑重其事立下这个誓盟，
并决定把鲁克丽丝的尸体抬起，
游遍全罗马，展示她血淋淋的尸身，
以此来宣布塔昆丑恶的罪戾；
这一切他们处置得风行雷厉。
　　罗马举国上下无不击掌拥护，
　　永远驱逐塔昆涅斯和他的家族。

十 四 行 诗

十四行诗共 154 首,印行于 1609 年的第一四开本,出版商是托马斯·索普。题献中的"T.T"即是出版商本人无疑,但所谓"唯一的促成者 W.H"为何人,至今未有定论。

全部内容可分前后两部分:前面 126 首是写给一位朋友的;后面部分写给一位黑肤女郎。乍看之下,前面部分写的是友谊,后面部分写爱情,但贯穿全诗的真正主题是"真、善、美"。

十四行诗真实地记录了莎士比亚的情感经历和隐秘的内心世界。有研究者认为,诗中那位"朋友"即莎士比亚的庇护人彭布罗克伯爵威廉·赫伯特(William Herbert),而那位黑肤女郎,就是伯爵的情妇玛丽·菲顿(Mary Fitton)。

谨将下列之十四行诗
献给唯一的促成者
W. H. 先生
祝他
幸福无疆　并享有
我们不朽的诗人
所许诺的
千古美名。
善意而冒昧的
刊行者
T. T.

1

我们渴望绝美的生命繁殖，
娇艳的玫瑰永远不会凋亡，
但万物成熟后即随时入寂，
唯柔嫩的子嗣将美质承扬。
你只知与自己的美目联姻，
自身作燃料，徒烧你的光彩，
你这是将富饶变成了饥谨，
自身做了仇敌，把自己残害。
如今你是人间别致的装饰，
只有你能召唤烂漫的春光，
你却让自己在蓓蕾中夭折，
温柔的暴徒，在节俭中铺张。

　　请怜悯这世界，别暴殄珍异，
　　莫让天物被你和坟墓吞噬。

2

当四十个冬天将容颜重创，
在你美的田野深挖出沟痕，
眼下万目羡视的青春盛装，
变成褴褛的旧服，不值分文；
若有人问及你的美在哪里，
你少壮时的财宝又在何方，
深陷的眼眶只会向人揭示
毁灭的羞愧和无益的赞扬。
为使你拥有的美享誉千古，
你应该说："我的俊美的后人
因袭于我，将我的遗憾弥补，
我的美质已在承继中重生。"
　　唯如此，返老还童才有可能，
　　一度冷却的血也能再沸腾。

3

请仔细端详你镜中的自己，
如今你应该铸造一个替身，
如果你不打算将自己复制，
那就是欺世，绝人母之天伦！
哪有这般不通情理的娇娘，
会拒绝你耕耘她的处女地？
哪有如此愚昧无知的俊郎，
爱恋着坟墓，甘愿断绝子嗣？
你是令堂的镜子，从你身上，
能召回春光明媚的四月天，
虽有皱纹，但透过年龄之窗，
你黄金般的岁月将会再现。

　　你活着，又不想让世人记起，
　　就独自死吧，让美与你同逝。

4

美的遗产,奢侈铺张的可人,
你为何如此挥霍,不知珍惜;
造化从不赠送,她只知租赁,
她所眷顾的是那慷慨之士。
美的悭吝人,你为何要作践
造化让你转交的一份厚礼?
不图利的债主,你为何暴殄
如许资财,生活却难以为继?
因为你只跟自己洽谈生意,
你在自欺欺人,伤害了自身:
当来日造化让你与世长辞,
你能给后人留下什么账本?

 未经启用的美随你而入土,
 启用过的,活着将前缘衍续。

5

一刻刻时辰，以灵巧的工程
打造迷人的凝盼留在眼底，
随后便对美目实施了暴政，
使美变为丑，美质失却附依。
永不歇足的时间引领夏天
进入寒冬，并把它肆意摧毁，
树液被冰霜冻结，茂叶枯干，
美掩在雪中，到处一片衰微。
如果没有夏日提炼的香精
囚徒般被封存在玻璃瓶里，
美的结晶会随美一起消泯，
美将无存，连同对美的记忆。

　　鲜花一经提炼，即使在冬日，
　　丢失的是外表，留存着美质。

6

在香精没有提练出来之时，
别让冬天的粗手毁损盛夏，
要让玉瓶生香，用美的珍异
富饶沃土，趁那美尚未自杀。
这样做不能称作放贷谋利，
因为它让还债的还得开心：
我是说你应生出另一个你，
或者以一生十，十倍的欢欣。
如有十个儿女仿你的玉颜，
你就比现在增添十倍幸福；
你在后代身上留下了遗产，
即便辞世，那死神又有何惧！
　　别任性了，你如此俊美，不该
　　受制死神，让蛆虫传宗接代。

7

看,高贵优雅的太阳在东方
抬起火红的头颅,人间万民
都膜拜这初生的万丈光芒,
向这神圣的君主注目致敬。
他像风华正茂的健硕少年
登上高耸入云的险峻山峰;
世人始终仰慕他的美,甘愿
在金色的旅途中为之侍奉。
但他驾着车也会衰老、疲倦,
从最高处跌落,并退出白昼;
那时人的眼睛会转移视线,
向他处将目击的标靶寻求。
  你如今犹如那当空的丽日,
  死时无人顾,除非留下后裔。

8

你犹如音乐,为何闻乐悲怀?
甜不与甜对峙,笑乐在笑中,
招你不快之物,你因何而爱?
你因何乐意接受你的哀痛?
如果各种音符配合在一起,
构成和谐,反而让你不快活,
这音符定会对你婉言指斥,
怪你因独身而将职分推脱。
一根弦与另一根,犹如夫妻,
听,它们应和时何等的谐和;
父亲、儿女和母亲,也是如此,
三者合为一体,才唱出好歌。
　　他们无词的歌都异口同声
　　　对你唱:"独身只会断绝生命。"

9

你因害怕见到寡妇的泪滴
才以独身消耗自己的生命？
唉呀呀，如果你无后而去世，
世界将像未亡人为你哭灵；
丧偶的世界会哀哀地泣诉，
抱怨你没有留下你的形象，
而别的寡妇凭孩子的明目
就能将她的丈夫记得端详。
你看看，浪子在世挥霍金钱，
钱财换主人，世界依然无损；
但美的消费却规定着期限，
你留着不用，就毁在你本人。

　　对自己尚且作可耻的戕害，
　　如此胸襟对他人不会有爱。

10

羞愧呀，你对自己如此漠视，
还谈什么你也爱恋着别人！
不错，爱恋你的人难以数计，
但你不爱别人，这可以肯定；
因为你确实怀有谋杀之心，
肆无忌惮地算计着你自己，
一心想摧毁那美丽的屋顶，
按理，你应尽全力将它修葺。
改变主意吧，我也改变看法：
恨心的居屋哪有爱心舒适！
你待人温雅，表里不该分家，
至少你得对自己多点仁慈。
　　为了我，你就再造一个自身，
　　使美在你或后代身上长存。

11

你即使很快衰竭，与世诀别，
也能很快成长在子孙身上；
青春不在时，你青春的精血
已在另一个自我身上流淌。
有子孙就有智慧、美和富庶，
否则只有愚昧、衰老和腐朽，
如果人人像你，时代就停步，
再过六十年，世界化为乌有。
有些东西，造化本无意储存，
就不妨任其粗陋，无果而逝；
得天独厚者，她偏加倍赐恩，
她给你的厚礼，你应该珍惜。
　　造化把你雕琢成她的印章，
　　你应多盖戳，以免绝版消亡。

12

当我计数着时钟报出时间，
看见灿烂的白天沉入暗夜；
当我看见紫罗兰不再娇艳，
乌黑的卷发染上银色霜雪；
曾为牛羊遮挡炎热的树林，
如今不再有绿，已叶落枝枯，
夏日的青翠已扎成一捆捆，
丢在灵车上，像白须的伧夫；
我由此思忖你具有的丽质，
想必也会走进时间的荒丘，
因为甜美之物必然要自弃，
见别人成长，自己匆匆仙游。
　　时间的镰刀无人可以阻挡，
　　你死后，唯子孙能与之对抗。

13

哟,但愿你是你自己!我的爱,
要成为自己,你得活在世上;
你该准备对抗末日的到来,
可爱的仪容得交他人收藏。
只有这样,你租赁所得的美
才不会终结,你可爱的儿孙
将拥有你无比俊秀的体态,
那时你才真正拥有你自身。
谁甘心这华美的屋宇倒塌,
而不想勤勉维护,以便抵抗
冬天狂风暴雨的猛吹乱打
以及死神摧毁一切的凶狂?
　　我的爱,那种人是不肖之徒!
　　你有令尊,你的儿子应有父。

14

我不凭星象决定我的判断，
虽然星象学我也略知粗浅；
我不会预言人间时运灾患，
包括瘟疫、饥荒和季候变迁；
我不会掐算人的分分秒秒，
预测不了何时有雷电风雨；
我不能凭天上出现的征兆，
就妄言帝王们的命运天数。
但我从你的眼睛得到启示，
你那两颗恒星已经在声明：
只要你愿意存储起你自己，
真就将与美结盟，蓬勃而生。

　　否则，我可以这样宣告未来：
　　你一死，真与美将不复存在。

15

有时我这样思量，人间万物
拥有完美的时光极其有限，
世界这座大舞台演出节目
无不受天上星斗暗中调遣；
有时我还看到，人犹如草木，
也受这天体的激励和抑制，
繁茂在青春，随即盛极而枯，
韶华美景最终被记忆摒弃。
我因此想，正是人生的无常
使你在我面前暂现出秀色，
那毁灭一切的时间和衰亡
必然将你的皓日变成暗夜。

　　为了爱你，我要与时间抗争，
　　它夺走你时，我要为你赎身。

16

你为何不用更强硬的措施
跟那嗜血的暴君——时间宣战？
你为何不用比这几行瘦诗
更美妙的手段让自身强健？
你现在处在幸福的山巅上，
许多尚未栽过鲜花的园地
无不乐意将你的花朵培养，
让它们比你的肖像更像你，
如是，生命之线使生命重现。
无论时间之笔或我的秃笔
都描绘不了你外在的美艳
和灵质，使你永活在人眼里。
　　交出你自己，就是自我保存，
　　你须活着，凭巧手绘出生命。

17

如果我极力称颂你的风骨，
将来谁会相信我写下的诗？
天知道，诗是掩埋生命的墓，
它显示不了你一半的蕙质。
如果我赞美你双眸的浏亮，
用清新的诗详述你的优雅，
后人一定会说："诗人在说谎，
天上画笔从不为凡人描画。"
我那些陈旧得发黄的纸张，
像饶舌的老人被后人奚落，
真心话被视作诗人的玄想，
如一首古歌，音调无比做作。

　　如果你有孩子活在那时期，
　　你就双重而活，人间和诗里。

18

我是否可把你与夏天媲美？
你比夏天更可爱亦更温和：
狂风吹落五月艳丽的花蕾，
夏日的赁期总是匆匆而过。
天上的巨眼有时照得太热，
它那金彩的脸庞常被遮挡；
美的事物总不免美颜凋谢，
机缘与自然使美渐次消亡；
但你永恒的夏天永不沉沦，
你拥有的美决不与你分开。
死神不能夸你身陷其阴影，
永恒的诗行使你与时同在。
　　只要人在呼吸，眼睛看得清，
　　这诗便活着，并赋予你生命。

19

饕餮的时间，请去磨钝狮爪，
让大地吞噬她自己的子孙，
从猛虎嘴里拔下它的钢牙，
让长寿的凤凰在血中自焚；
你飞行时，让季节哭笑不得，
捷足的时间，任你为所欲为，
摆布这世界和可爱的过客，
但我要禁止你犯一桩大罪：
别用时辰刀刴我爱人的脸，
别用你的旧笔画什么条纹，
允许他在你那里一成不变，
以便为后人留下美的范本。

　　时间老人，我不怕你的恶行，
　　在诗中，我的爱将永远年轻。

20

你有一张女人脸，造化所描，
你是我挚爱的情男兼情女，
你有女性的温柔，不会取巧，
那是虚伪女人玩弄的玄虚；
你那双眼睛更明亮，更真诚，
美目所触之物都涂了金箔；
你的神采较之万众而优胜，
令男儿羡慕，摄女子之魂魄。
造化原本想把你塑成女身，
但在创造中对你徒生痴迷，
便剥夺我的权利，为你添增
一件东西，它于我一无价值。

　　她创造你，为了让女人陶醉，
　　这爱归我，她们享用那宝贝。

21

我写诗有别于另一位缪斯，
他总是歌吟那些脂粉丽人，
整个天宇都成了她的装饰，
人间一切尤物，为她而铺陈；
他所作的比喻总极其轻浮，
说她就是日月，天地的珍异，
四月的鲜花，以及广袤天幕
所能包容的一切稀世珠玑。
忠于爱的我只会如实描述，
请相信我吧，虽然我的爱人
比不上天上那灿烂的金烛，
但不逊于任何母亲之所生。

　　那样的假话让他去说个够，
　　我无须夸口，因我并不兜售。

22

只要你年轻,保持你的青春,
镜子就不能说我已经苍老;
当我看见时间犁出的深痕,
我才能相信我的死期已到。
那裹着你全身的娇美婀娜,
就是我的心所穿戴的盛装,
我心居你胸中,互换了住所,
如此,怎么能说我比你年长?
我的爱哟,务必看好你自身,
就像我那样为你牵肠挂肚;
你的那颗心,我要尽心看承,
就像保姆将病孩细心照顾。

 我心一死,你的心必受连累,
 它已归我所有,你再难收回。

23

好比生疏的演员登上舞台，
因怯场忘记了自己的角色；
又像一头猛兽，正暴跳如雷，
因发威过猛反使心脏衰竭；
我也如此，因缺自信而惶恐，
竟忘了爱情那完美的仪式；
我所负荷的爱情过于沉重，
爱情的力量似乎正在消失。
哦，但愿我这诗卷妙辞滔滔，
无声的陈述者能畅表胸襟，
为爱辩护，并期望得到酬报，
胜过喋喋不休者的好嗓门。

　　哦，读一读沉默的爱写的诗，
　　用眼睛去倾听爱情的睿智。

24

我的一双眼睛充当了画家，
将你的美画在我的心版上；
我的躯体便是镶画的框架，
那透视法是绘画者的专长。
通过画师，我才能领悟画艺，
找到你的真象珍藏在何处：
那肖像就挂在我的心店里，
你闪亮的双眸就是那窗户；
眼睛对眼睛，好处可谓多多：
我的眼睛画出了你的形体，
你的眼睛为我开出了窗豁，
阳光从此能进入，将你窥视。
　　但我的眼睛尚缺一项技能，
　　它只能画所见，不能探心灵。

25

那些受宠幸、吉星高照的人
总爱夸耀他们的高衔虚誉；
我命中注定没有他们幸运，
却意外地得到无价的宏福。
帝王的宠臣们犹如金盏花，
在阳光下开放得艳丽无比，
但只要帝王一皱眉，那荣华
连同他们的骄傲湮没尘泥。
忠勇的战士因善战而著称，
胜仗千回，但只要败阵一次，
便从荣誉簿除名，他的功勋，
一切的劳绩，都将被人忘记。
　　我能爱人并被爱，这是福气，
　　我不朝三暮四，不会被遗弃。

26

我的爱情之主啊，你的美德
值得我对你效忠，尽心尽力，
我因此派出这书写的使者，
为见证忠诚，不为炫耀才智。
忠诚如此强大，我孤陋寡闻，
文笔拙劣，使忠诚不能彰显，
但我仍希望你怀一片善心，
凭赤诚的灵魂收下这诗篇，
直到有星宿引导我的命数，
为我慷慨昭示吉祥的面颜，
并给我褴褛的爱披上华服，
使我配受你那甜美的礼赞。

　　那时我才敢夸口我多么爱你，
　　并接受你的考验，肝脑涂地。

27

由于旅途劳顿，我赶紧上床，
想让疲乏的四肢得到休息，
但是，大脑的旅程随即开航，
力役刚告竣，接着就是心役：
我的思想像热忱的朝圣者，
不惧路途遥远，飞至你身边，
我昏昏欲睡的双眸睁开着，
凝视只有盲人能见的黑暗。
在我的灵魂想象的视野中，
虽肉眼无睹，却有你的倩影，
它像宝石悬在可怕的夜空，
使黑暗变得亮丽，旧颜换新。
　　看吧，我白天劳力，晚上劳神，
　　为你为我，一刻也不得安宁。

28

既然休息的好处已被剥夺，
黑夜压迫着白天，一刻不停，
日日夜夜都在无眠中度过，
让我如何再有愉快的心境？
白天与黑夜，本是天生仇冤，
为了折磨我，居然联手一起，
一个劳我筋骨，一个在抱怨，
说我操劳无益，你我永疏离。
为取悦白天，我说你真璀璨，
蔽日的乌云无损你的恩泽，
我奉承黑夜，当星光变暗淡，
你仍给黑夜涂上一层金色。
　　但白天日日延长我的愁绪，
　　那黑夜也夜夜使悲痛加剧。

29

当我命途多舛并遭人白眼，
我便独自哭泣自己的不幸，
徒劳地诉苦，向聋耳的苍天；
我打量着自己，诅咒着命运，
渴望像别人那样前程无量，
拥有堂堂仪表，或广为交际，
或拥有彼得才华，约翰人望，
但最称心的，最不让人满意。
如此的思索令我颇感自卑，
这时忽然想到你，我的心灵
便像凌晨的云雀冲天而飞，
离开阴沉大地，歌唱在天门。

　　你甜美的爱，就是无价宝藏，
　　有了它，王冠也不值得稀罕。

30

当我传唤昔日旧情的记忆
来赴沉思默想所设的公堂，
我为未曾如愿的往事叹息，
为年华的虚掷而再次悲伤。
久不流泪的眼睛泪流如注，
为悼念知友在长夜中长眠，
为哀伤已忘怀的爱情痛苦，
为喟叹许多已消逝的美景。
就这样，我为已逝之悲而悲，
沉痛地计数那一件件旧事，
将追怀过的痛苦再行追怀，
好像旧债未了，得再还一次。

  但是，只要想到你，我的朋友，
  损失就已补偿，不复有烦忧。

31

我以为我所爱的都已物故，
不想它们仍在你心中珍存；
爱与可爱的，都在那里留驻，
包括那些已经去世的友人。
不知有多少圣洁、哀伤的泪
从我眼中被追念的爱偷出，
好像就是死者应得的资费，
如今由你所藏，仅换了储处。
你成了被埋的爱寄存的墓，
那里挂满了亡友的纪念物，
他们已将我的爱移交给你，
如今是你独享着爱的全部。
　　从你身上，我见到他们的影，
　　你是代理，拥有我所有的情。

32

如果我一如所愿,先你而亡,
死神用黄土埋起我的骸骨,
如果你偶尔重读这些诗行——
你已故的知友留下的微著,
请拿它与当代的雄文比较:
尽管每支笔都写得更精彩,
比我幸福的人,诗艺更高超,
但你得保存我的诗,为了爱。
哦,请你为了我这样去思量:
"只要我爱友与时代同呼吸,
他一样能写出华美的诗章,
从而与诗界英才走在一起。

    如今他已死,诗艺不断精进,
      我读别人的文,读他的爱心。"

33

在无数明媚的早晨,我看见
威严的太阳向众山峦献媚,
金色的脸亲吻翠绿的草甸,
天上的点金术点红了溪水;
但倏忽间,他让卑贱的云霭
以丑陋的形貌亵渎了圣颜,
使寂寞的人间难赌其神采,
带着羞愧,他只有遁避西山。
我的太阳也如此:某日凌晨,
还以万丈光芒照我的前额,
但好光景仅维持一个时辰,
天上的乌云已将我们分隔。

　　为了爱,我不会因此而言弃,
　　天日易蒙污,人间的也如是。

34

你为何向我承诺天气晴朗，
害得我不带斗篷就出远门，
结果中途被卑贱的云赶上，
任凭毒雾把你的光辉遮掩？
我被雨淋，即便你冲破云层，
晒干我脸上的水珠也无补：
没有人会稀罕这样的药引，
因为它只治外伤，不治心痼。
你的羞愧也难治我的辛悲，
你可以悔恨，但我伤心如故，
冒犯者的忧伤带不来安慰，
只因被犯之痛已铭诸肺腑。
　　但你从爱而流的泪是珍珠，
　　它们足以将你的过失尽赎。

35

不必再为你做过的事悲伤，
玫瑰有刺，银泉也会被污浊，
云霭与亏蚀会将日月遮挡，
讨厌的蛀虫在娇蕾中寄寓；
无人不犯错误，包括我自己，
刚才我就借比较为你护短，
我知错犯错，文饰你的不是，
对你的罪过，给予过分偏袒。
我强词夺理为你开脱罪责，
偏让原告充当你的辩护人，
打了一场起诉自己的官司，
我的爱与恨，在内战中共存，
　　　我成了从犯，那可爱的盗贼
　　　肆意抢劫我，我却将他追随。

36

我承认,我们必须分成两人,
虽然这爱已融合,化为一体;
唯如此,我身上的斑斑污痕
才能自个承担,不用你助力。
我们这两份爱,只有一颗心,
我们的生活受时运的摆布,
虽然它改变不了爱的纯真,
但能悄悄地偷走爱的欢愉。
我最好从此永不与你交往,
以免我的过失会让你丢脸,
你也不必给我公然的荣光,
除非你甘愿名誉蒙上污点。
　　但不能这样:我们如此相爱,
　　你代表我,我就是你的口碑。

37

正像衰老的父亲喜出望外
看见活泼的孩子奋发有为，
虽然我遭受命运恶意残害，
但你的德与真给我以安慰。
无论美或出身，财富或才智，
或其一，或全部，或比这更多，
都在你身上得到完美显示，
这一切已是我的爱的依托。
从此我不残、不穷、不被轻视，
因为你的形象丰满而充裕，
为这富足，我感到满心欢喜，
我活着，就在你荣耀的一隅。

　　完美的一切，我希望全归你，
　　希望一实现，我十倍的欣喜。

38

怎能说我的缪斯缺乏题材？
你活着，你就将甜美的意趣
注入我的诗行中，别出心裁，
任何凡庸之徒都无法描述。
如果我写下的值得你一看，
应该感谢的人还是你自己：
正是你赋予我创作的灵感；
不知赞美的人，与哑巴无异。
你是第十位缪斯，那前九位
虽能激发诗情，但你强十倍；
拜访你的诗人受你的恩惠，
写出的诗能传之千秋万辈。

  如果我的微才能取悦时世，
  那我付出辛劳，你获得赞词。

39

当你是我的一半，那一大半，
我得如何把握歌颂的尺度？
这岂不是自己将自己礼赞？
歌颂你岂不就是自夸自诩？
为这个缘故，我们应该分离，
让我们的爱不再同一名分，
通过分离，我才能将你赞誉，
以便你获得你应得的美称。
分离啊，若非你讨厌的悠闲
用甜美的思想来消磨时光，
并将光阴与思念一起欺骗，
若非你教我如何变单为双，

     让我在这里赞美那里的你，
     分离啊，你将造成多大痛苦！

40

爱友啊,我所爱的,你都拿走,
再看看你一共收获了几许;
真正的爱你不可能再拥有,
因为我的爱早已归你所属。
如你因爱我而夺走我的爱,
我怎能谴责你消受的权利?
如果你欺骗自己,任性胡来,
做出违心的事,就应受责斥。
温柔的盗贼,我仍要宽恕你,
尽管你抢劫了我全部财产,
但是爱懂得:爱所犯的罪戾,
比那公然的恨更让人伤感。

  风流的美啊,诸恶因你而起,
   但即便恨死我,你我不为敌。

41

有时候，我会偶离你的心扉，
你便放荡不羁，做出风流事，
这情有可原，因你年轻貌美，
始终有诱惑紧紧追随着你。
你性情温和，难免讨人欢喜，
你长得英俊，难免惹人爱怜；
当女子向你献媚，哪有男子
如此乖张，居然坐怀不动心？
唉呀，你不该侵占我的位置，
你应申斥美与迷失的青春，
是它们教你学会放浪形迹，
并迫使你违背双重的誓盟：
　　于她，你的美使她朝三暮四，
　　于我，你的美让你有失诚实。

42

你占有她,我并不十分悲戚,
尽管我对她确实一往情深;
我痛心疾首的是她占有你,
爱的丧失才让我五内俱焚。
爱的冒犯者,我为你们开脱:
你爱她,因为她是我的情人,
因为我的缘故,她才背叛我,
并允许我的朋友跟她调情。
失去你,你为我的情人所得,
失去她,她为我的朋友所获,
你们各有所得,我失去两个,
为了我,你们都在折磨着我。
　　但苦中有乐,因为你我同体;
　　甜美的自慰! 我是她的唯一。

43

紧闭双眼，我反能看得清晰，
因白天只看见平凡的场景，
而在睡梦中，我却能看见你，
暗中的光啊，你在暗中照明。
你的影子使黑夜光彩熠熠，
能让闭起的眼睛闪耀金光，
那么，在白天，你皓亮的实体
又如何展示那快活的形象？
既然黑夜中那虚幻的倩影
尚能透过睡眠投射于盲眼，
那么，我何时才能蒙受天恩
在白天亲眼目睹你的真颜？
　　不见你，白天于我就是夜空，
　　夜成白天，只要你在我梦中。

44

如果笨重的肉体变成思想，
害人的距离无法把我阻止：
我会不顾哪怕是万水千山，
一定振翅而飞，赶到你那里。
即便此刻我所立足的地点
远在天涯海角，那又有何妨！
疾飞的思想总是即思即行，
转眼间就穿越群山与海洋。
但我不是那思想，这真要命！
我飞不过相距的遥遥千里，
我只是水和土做成的凡身，
我只能侍候时间，徒劳叹息。

  笨拙的元素让我一无所有，
  除了悲伤的泪和无穷的愁。

45

还有两元素，即轻气与净火，
无论在何处，它们都相随你。
气是我的思，那火是我的欲，
它们若即若离，来去无踪迹。
当这两个轻灵的元素登程，
作为爱的使者前往你那里，
我这由四元素组成的生命
就剩两个，会因忧伤而沉寂；
只有疾飞的使者平安归营，
生命的结构才能重获平衡；
它俩说回就回，在向我报信，
说你身康体健，我不必担心。
　　我听后喜不自胜，但没多久，
　　我又派出它俩，为你而担忧。

46

就为了瓜分探视你的权利，
我的眼睛与心灵发生争战：
眼睛禁止心灵视你的形体，
心灵说眼睛无权把你独占。
心灵争辩说，你居住在心里，
那密室从来不为眼睛开放；
而被告即刻驳回这一辩词，
声言你的美在他那里滋长。
为判决此案，那一大班思想——
心灵的寓公，都参与了陪审；
他们的裁决公允，并无不当，
明眸与柔心共存，各按名分：
　　我的眼睛获得你美的外在，
　　我的心灵享有你内心的爱。

47

我的眼睛和心灵达成协和,
约定相互交替着惠利对方,
一旦眼睛因不见你而挨饿,
或爱的心灵因窒息而悲伤,
眼睛便呈上我爱人的倩影,
邀请心灵来赴画中的宴席;
有时眼睛也作客去见心灵,
一道分享那份爱心的甜思。
就这样,凭你的像和我的爱,
远方的你始终与我在一起,
你走得再远,思想都在追怀,
我永随思想,思想永远随你。
    如思想入睡,我眼中的肖像
    会唤醒心灵,让心和眼同欢。

48

出门以前，我不敢懈怠无忧，
总要将各种细软锁进库房，
让它们逃过阴险者的贼手，
以便日后需要时派上用场。
但那些宝贝哪及你的无价，
我的安慰啊，如今的大忧愁！
我最亲的人，我唯一的牵挂，
贼眼都盯着你，想把你盗走。
我没有把你锁进任何箱柜，
只用温柔的胸膛将你围住，
你不在那里，但我感觉你在，
你可以即兴而来，即兴而去。

　　在那里，我仍担心你会被盗，
　　你太珍贵，连君子也不可靠。

49

我担心这样的日子会来临：
那时，你对我的缺陷皱眉头，
你的爱将最后一笔账结清，
经过深思，你断然与我分手。
那时，你和我变成了陌路人，
你的眼睛，不复太阳般灿烂，
爱已蜕变，再不见先前光景，
你冷眼待我，理由何其充赡。
那时，我自惭形秽，无地自容，
深知这一切都是自作自受；
我举起手，向自己提起诉讼，
并为你辩护，支持你的理由。

　　你为何爱我，我找不出依据，
　　　　因此，法律允许你将我抛弃。

50

旅途中,我的内心何其愁苦,
我渴望疲惫之旅早日终止,
但歇脚时,应得的安宁声诉:
"你与朋友的距离又增数里。"
胯下坐骑,也因愁怅而萎糜,
它缓缓而行,载着我的伤感,
可怜的畜生似从天性得知,
骑手担心越快离朋友越远。
沾血的马刺无法催马飞奔,
一怒之下,我猛刺它的腹肌,
马儿报以一声低沉的呻吟,
它受了伤,但我比它更悲戚。
　　因为这一声呻吟向我启示:
　　前方是痛苦,欢乐已成过去。

51

我已渐走渐远，但是为了爱，
仍宽恕了马驹步履的迟缓，
既然背了道，速度岂能加快？
如要催马扬鞭，就得往回赶。
那时，极速在我眼里是龟行，
可怜的畜生，我岂容它怠惰！
它就是乘了风，我也要加鞭，
它长了翅膀，我不会有感觉！
马儿不能与我的欲望争胜，
因为欲望由纯洁的美滋养，
它一旦嘶鸣，能让万马惊魂，
但爱为了爱，且将驽马原谅。

　　背道时，我的马曾有意磨蹭，
　　让它慢行吧，我要朝你狂奔。

52

我像个富翁，有一把宝钥匙，
可用它来打开锁着的宝藏；
我不会时时日日将它开启，
怕的是迟钝了享乐的锋芒。
同理，盛大的节日也不多见，
漫长的一年中只有三两次，
就像珍贵的宝石少有镶嵌，
项链上的珠宝排列得稀疏。
时间是我的宝库，珍藏着你，
或者像衣橱，藏着锦缎华服，
囚禁的荣耀一旦适时开释，
那一刻便是你特殊的幸福。
　　你有福，因为你的美德无限，
　　　见到你，我狂喜；不见时，思念。

53

究竟是什么材料造就了你？
为何千万个影子与你同形？
一个人通常只有一个形体，
偏你一人出租千万个倩影。
摹绘阿多尼斯吧，那幅膺品
充其量是对你拙劣的模仿；
当一切画技用来描绘海伦，
那张脸又是你，着希腊衣装。
说起一年中春和秋的美景，
前者彰显出你外表的风采，
后者记录下你德操的丰盈；
我们知道：你的美无处不在。
    一切外表的美有你的一份，
        如论内在，唯有你一片赤诚。

54

啊,如果有真作为美的装饰,
那么,美一定显得更具光辉!
玫瑰是美的,但我们还觉得
更美的是蕴含其中的香味。
若论颜色,那无香的野蔷薇
与芬芳的玫瑰花并无二致,
当夏日的暖风吹开了蓓蕾,
它也枝头高挂,也玩得肆意;
但外表的美已是它的全部,
它活着,无人问津,无人爱怜,
直至死灭。但玫瑰不是如此:
它即便死了,还提炼出香精。

　　你也如此,我可爱的美少年:
　　当美消亡,你的真由诗提练。

55

大理石和王侯镀金的碑碣，
论寿命都无法与这诗相比，
你就活在诗行里，光芒四射，
碑碣则被尘封，被时间污蚀。
毁灭性的战争将塑像推倒，
暴乱把高楼大厦连根拔起，
但战神的剑和战火，抹不掉
你镂刻在人们心头的记忆。
那时你昂首向前，藐视死神，
拒绝遗忘和它的目空一切；
后代子孙称颂着你的美名，
直至千秋万代，世界的终结。
  直至末日审判你复活之时，
  你都活在这诗中，恋人眼里。

56

甜美的爱啊，重聚你的威力！
你的锋芒不应比食欲迟钝；
食欲满足时，也只安静一时，
隔日又胃口大开，来势更猛。
你也该如此，你饥渴的眼睛
即便今天饱食后昏昏欲睡，
明天得继续巡视，爱的精神
不该被那永恒的萎靡摧毁。
让这不幸的间歇就像大海，
海岸将它分开，新婚的情侣，
每天来到岸上，见爱已归来，
心头必将涌动百倍的欢愉。

    也可称间歇为多愁的冬季，
    它让夏天更受欢迎，更瑰奇。

57

我是你的奴隶，我能做什么，
除了时时刻刻听你的吩咐？
我没有宝贵的时间可消磨，
除了供你驱使，我无事可做。
君主啊，我为你守望着时间，
却不敢斥责它的无尽无止，
当你对你的仆人说了再见，
更不敢思量那别离的凄楚。
我妒忌心重，但我没有胆量
问你去了何处，做什么事情，
我这可怜虫只能冥思暇想：
你让你周围的人多么开心。
　　爱真是傻瓜，只知道服从你，
　　无论做什么，不说你的不是。

58

天神当初就指定我做奴隶，
并禁止我限制你享受欢乐，
他不让我计较你如何度日：
既是奴隶，我只配听你发落。
噢，让我在你的支配下忍受
被囚的孤独，任你活得自在；
我有这耐心，你尽可骂个够，
我决不抱怨，说你把我伤害。
你去哪里都行，你有此权利，
完全可以凭意志安排时间，
做任何事情：无人能责怪你，
你所犯的罪，你自己能赦免。
　　等待是地狱，但我仍要等待，
　　我不谴责你享乐，无论好歹。

59

如果世上的万物一如既往，
别无新意，那我们已经上当：
我们用尽心思，本想有所创，
生下的婴儿早已活在世上！
哟，但愿这历史能转身回望，
追溯太阳五百年前的轨迹，
并在古籍中显示你的形象，
说说思想如何见诸于文字，
从而让我知道：古代的人们
如何描述你——这世界的奇观：
他们谁更好，今人还是古人？
世界是革新，还是一味循环？
　　哟，我断言，古代的英才贤士
　　赞美过的人，没一个比得上你。

60

就像撞击卵石海滩的浪涛，
我们的光阴急急奔向终点，
后一秒钟总要替代前一秒，
时光就在互相倾轧中向前。
初生的婴儿一旦见到阳光，
便缓缓走向成熟，到达峰顶，
这以后晦运便跟荣耀开仗，
时间也捣毁了送出的礼品。
时间将刺穿那青春的华饰，
在美人的额头犁出了沟槽，
自然的奇珍异宝都被蚕食，
万物逃不脱他收割的镰刀。
　　但我的诗有望与时间同寿，
　　它称颂你的美，无视其毒手。

61

你是否有意派出你的倩影
造访长夜中我沉重的眼皮？
你是否存心骚扰我的安寝，
让你的幻影嘲弄我的视力？
抑或是你的魂灵不远迢迢
从家乡赶来，监察我的行止，
本意只为忌妒效伥鬼之劳，
查究我的闲暇，好让我蒙耻？
噢，不，你的爱没有如此深沉，
使我长夜无眠的是我自身！
是我的真让我合不上眼睛，
为了你，我甘愿做守夜人。

  我为你守夜，你在别处求欢，
  我离你很远，别人在你身边。

62

自恋的罪愆占据我的双眸，
迷住我的心窍和整个身心，
这沉疴深重，已经无药可救，
因为它在我心中深深扎根。
我觉得我的脸蛋可爱无比，
形态最端庄，品德也最高尚，
我如此合计着自身的价值，
总觉得别的人都比我不上。
但镜子却显示出我的容颜：
苍老、憔悴，满脸密布着皱纹，
自恋的结果正好走向反面，
自恋自爱让我变成了罪人。
　　我赞美你，就是赞美我自身，
　　你的美可以掩饰我的年龄。

63

我担心爱友会像我现在这般
被时间的毒手肆意折磨、毁损；
那时，岁月会将他的血抽干，
使他的额头布满斑斑皱纹，
青春之晨踏进暮年的险夜，
一切的爱，今天奉他为圣君，
那时都将隐退，或渐次凋谢，
春天的宝藏从此丧失殆尽。
为防不测，我应该加固工事，
以防御岁月那无情的戕害，
纵然他能置我爱友于死地，
却砍不去爱友遗世的丰采。
　　他的美就在这诗行里纷呈，
　　这诗长在，诗中人也将常青。

64

当我看见时间的毒手毁弃
往古时代创建的丰功伟绩，
高楼大厦被一一夷为平地，
不朽的青铜在浩劫中消蚀；
当我看见建在海滨的王国，
被那饥饿的狂涛巨浪吞占，
坚实的土地又将水域强夺，
真可谓世事无常，沧海桑田！
我看见了盛衰的不断反复，
看见了壮丽如何走向腐朽，
断垣残壁教我这样去思索：
时间最终会将我的爱夺走。
　　死一般的惶恐，但别无选择，
　　我因得而悲，只怕一旦失却。

65

既然金石、土地、无际的海洋
无一不臣服于恐怖的死神，
美的活力也不比鲜花更强，
那么，美又如何与强暴抗争？
哟，既然岩石并非坚不可摧，
时间能将牢固的钢门腐蚀，
那夏日的芬芳又如何应对
岁月来势汹汹的追杀围击？
啊，可怕的沉思！时间的珍异
怎能躲避开那时间的宝箱？
哪只巨手能拖住它的飞驰？
谁来制止它对美艳的摧残？
　　谁都不能！唯奇迹有此神力
　　能叫我的爱闪耀在笔墨里。

66

厌倦了一切，我想一死了之：
我看见才德者注定做乞丐，
庸碌之辈装扮得堂皇富丽，
真诚的盟誓尽被恶意破坏，
闪光的荣耀授与凡庸俗士，
少女的贞操惨遭暴徒玷污，
完美的正义无端被人轻视，
四肢健全者受跛足者摆布，
艺术被权贵管得结舌无声，
愚昧冒充博学，压制着才智，
淳朴的真理遭诋毁，被看轻，
善成了俘虏，被迫侍候恶主。

    厌倦了这一切，我想到了死，
    只怕我的爱友那时太孤寂。

67

啊，他怎么生活在这污浊里，
为那些邪恶之徒添彩增光？
罪恶利用他，在占他的便宜，
歹人结交他，为把丑恶伪装。
画师为什么模仿他的容颜，
从鲜活的色彩中偷取呆滞？
他才是真玫瑰，可怜的俊男
为什么绕道追寻它的影子？
造化已破产，正为贫血所困，
那他为什么仍活在人世间？
只因除了他，她已不名一文，
昔日的财主，再无别的财产。
　　啊，她收藏着他，为的是见证：
　　这污浊的世界，有过好风景。

68

他的脸是地图，绘出了古代，
美如花朵，在那里生长、萎枯，
那时，美的私生子未出娘胎，
更别说在活人头顶上安居；
死人头上那一簇簇金卷发，
也没被人剪下，没有被移植，
任它享受二次生命的光华：
坟墓的利益，没有重现天日。
但在他脸上，无须半点装饰，
就已显示出古代，切切真真，
他的夏，不依赖别人的绿色，
他的美，用不着再掠夺死人。
　　造化收藏他，想叫他当地图，
　　好让人认清真美，缅怀过去。

69

你天生丽质，世人有目共睹，
尽善尽美的容颜无可非议，
每个人都给你应有的赞许，
说出了实情，仇人也会同意。
你的外表赢得表面的颂扬，
然而，同是这些奉承你的人
会窥视眼睛看不见的地方，
用恶言将先前的赞美否定。
他们留意审察你内心的美，
凭猜度衡量你的所作所为，
目光温和，心胸却偏狭诡昧，
硬要给你这香花泼上污秽。
　　为什么你的香与色不相配？
　　问题是：你活在世俗的氛围。

70

你受人责备，并非你的过失，
美艳向来就是诽谤的标靶，
世人的猜忌，是美人的装饰，
一如碧空中有飞翔的乌鸦。
只要拥有善，诽谤只能证明
你更其高尚，更被世人珍惜，
因为恶虫都在蓓蕾里寄生，
纯洁无瑕的你，也正值花季。
你已安全避过青春的伏击，
没有受伤害，或已凯旋而归：
不过，这样的赞美于你无益，
因为它堵不住嫉妒的大嘴。
　　如没有猜忌蒙蔽你的美貌，
　　被你独占的心国该有多少！

71

请不要伤心，当你听见丧钟
为我而悲鸣，通告这个世界：
我已离开这片恶浊的苍穹，
与那更其可恶的蛆虫同穴。
当你读到这里的诗，别缅怀
写作它的手，因为我深爱你，
假如思念会招致你的悲哀，
我宁愿你把我整个儿忘记！
啊，我是说，当你读到这诗篇，
那时我已腐朽，已化作尘泥，
请你千万别把我的名叨念，
让你的爱与我的生命同殪！
　　我担心世人探究你的悲痛，
　　我死后，会利用我将你嘲讽。

72

啊,把我忘了吧,我的爱友,
我怕世人追问:我何德何才
让你依然爱着我——在我死后?
你无法证明我的蕙质何在,
除非你编造出善意的谎言,
对我的好处加以胡捧瞎吹,
给予你的亡友过分的夸赞,
远远超出事实许可的范围。
啊,我怕人家会说你不真诚,
因为你把我赞美,言过其实;
愿我的名与身同埋一个坟,
免得这名活着,让你我蒙耻。

    我为自己写的诗而感汗颜,
      你爱不该爱的人,也该羞惭。

73

你从我身上能见到这秋色：
枯黄的树叶只剩寥寥数片，
顶着寒风，在枝头抖抖瑟瑟，
鸟儿的唱诗班已一片寂然。
你从我身上能见到这黄昏：
夕阳已经沉入西边的天际，
黑夜——死亡的化身随即降临，
将万物一一封存，归于沉寂。
你从我身上能见到这火光：
它就躺卧在青春的灰烬上，
已经奄奄一息，苟喘于灵床，
必将与它的燃料一起消亡。

认清这一切，你的爱更坚定，
你会更爱不久人世的爱人。

74

当那凶残的狱吏将我带走，
且保释无望，但你仍可心安：
我的生命已在这诗中保留，
作为纪念物，永留在你身边。
你将看到——只要你重读这诗，
我向你献出的是我的灵魂。
泥土得到泥土，乃天经地义，
我占有精神，那最美的部分。
你失去的只是生命的渣滓——
蛆虫的猎物，我已死的肉体，
恶徒屠刀征服的懦弱竖子，
它太低贱，不值得你去铭记。
　　身之所值，全在于它的内涵，
　　这内涵就是诗，与你长相伴。

75

我的思想需要你，犹如生命
需要食物，旱地渴望及时雨，
你带给我安宁，但我又担心，
就像一个守财奴害怕露富：
他有时因富有而托大高傲，
有时担忧衰老会盗走宝藏；
刚才还觉得与你独处最好，
旋即又想在世人面前张扬；
不久前还饱餐了你的秀色，
过一会又想看，饥饿得发慌；
除了从你那里获得的欢乐，
我别无所求，再无其他念想。
 　　我的生活就这样饥饱无常，
 　　要么享盛宴，要么辘辘饥肠。

76

我的诗为何缺乏新鲜花样？
为何如此呆板，缺乏新变化？
我为何不求时尚，不去模仿
新的诗律，以及奇异的文法？
我为何总是写得千篇一体，
总是让创造披上旧的衣装，
每个字都将我的姓名昭示，
说出了此字的出身和去向？
哟，爱人啊，要知道我在写你，
我的主题始终是你和爱情，
我要努力从旧词写出新意，
我要让过去的事一再翻新。
　　就像太阳每天都新旧交替，
　　同理，我的爱总是旧情重提。

77

镜子告诉你，你的美在凋零，
日晷显示，你的光阴已虚度，
张张白纸将承载你的心灵，
这记事册将为你留下训喻。
镜子将如实照出你的皱纹，
提醒你别忘记张口的坟墓；
凭日晷缓缓移动着的阴影，
你该懂得：时间正走向亘古。
只要你将记忆未及的东西
托付给这些白纸，你将发现：
你的大脑养育出来的子嗣
将结交你的心灵，成为良伴。

　　如果你勤勉于这样的职守，
　　你将受益，并使这册子富有。

78

我常常召唤你做我的缪斯，
在我的诗里得到你的惠顾，
别的文人也从我获得启示，
受你的庇护发表他的诗赋。
你的眼能教哑巴放声高唱，
能让笨拙的愚顽飞翔天空，
你用羽毛装饰学人的翅膀，
赋予温良雅士双倍的雍容。
请为我而自豪吧，我写的诗
全凭你的感召，为你而抒发；
别人的作品，你只在意润饰，
给他们的诗艺附染些优雅；
    但你是我的全部，我的愚钝
    经过你的点拨，升华为学问。

79

先前,都是我单独向你求助,
我的诗因此独得你的恩惠;
但优雅的诗句如今已陈腐,
我的缪斯病倒了,只好让位;
我承认,你这个可爱的主题
值得更有文采的笔来描述,
但不管这诗人如何赞美你,
他都是掠夺你后奉还原物。
他向你出租德,这德就源于
你自己的品行;他送给你美,
美就在你脸上;没有你所赋,
他便不具备歌颂你的诗才。

　　既然他给的原是你的东西,
　　你就不必为此而表示谢意。

80

多懊丧啊，当我写诗赞美你，
却得知有高手借重你的名，
不遗余力地为你编撰颂词，
好让我从此只能搁笔噤声！
但你浩荡的美德犹如海洋，
无论小舟巨舰，你一概承载，
我这条小舢，虽微寒而鲁莽，
也能现身于碧水，自由自在。
你的浅水滩就能让我飘流，
而他得航行在无底的深渊；
倾覆时，我所失仅一叶小舟，
而他损失的是高桅和巨帆。

　　如他春风得意，而我被遗忘，
　　最坏的结果是：爱使我灭亡。

81

要么我活着写你的墓志铭，
要么你活着，我在地下腐烂，
虽然我被遗忘得一干二净，
死神无碍世人对你的怀念。
你的名字享受永恒的生命，
而我，一旦死去，就永离人寰；
大地给予我的是一座荒坟，
你却在世人的眼睛中长眠。
你的纪念碑就是我的诗词，
专供未来的眼睛细细观瞻，
即便现今活着的人全下世，
后来者仍将传诵你的华诞。
　　你将永生——我的笔有此神力，
　　让你活在人的气息和嘴里。

82

我承认，你未联姻我的缪斯，
因此，你有足够的理由惠顾
别的作家为你写下的献诗：
你是诗的主题，你理应垂睐。
你有与容貌相比美的学养，
发现我欠缺颂扬你的才力，
只好找寻时尚者粉墨登场，
让他们为你刻下新的表记。
这样也行，我的爱，但请留意：
他们只讲究修辞，笔调浮夸；
你的真美只在真话中显示，
朋友能说真话，它朴实无华。

　　只有贫血者才需艳抹浓装，
　　他们如此化妆你，有失允当。

83

我从不觉得你需敷粉画眉，
因此对你的美貌不再装点；
我发现——心想已发现——你的美
远远超过诗人空泛的谀言，
我故而惰怠了对你的推许，
就因你自己是最好的证明：
普通的羽管笔不足以描述
体现在你身上的美德高行。
你将沉默当作我犯下的罪，
其实，这沉默正是我的荣誉，
因为不开口，我无损你的美，
给你生命，其实是给你坟墓。
　　比起两位诗人刻意的颂扬，
　　你眼里有着更多生命之光。

84

谁歌颂得更好？怎样的颂辞
能比这更有意义："你就是你"？
有谁具有如此丰赡的美质
能与你一比高低，相匹相敌？
歌颂某人，却不能为之增光，
这样的秃笔实在有些寒碜；
但"你就是你"，这话写进文章，
秃笔变妙手，败笔也成美文。
让他去抄袭你身上的文句，
造化的作品不容随意糟蹋，
如此效仿将使他文名卓著，
他的诗将被传诵，名满天下。

　　你给华美的祝福带来诅咒：
　　赞美如不讲分寸，便是荒谬。

85

我的缪斯有礼貌,缄口无语,
其他的诗人无不搜索枯肠
用尽华美的词语将你赞许,
他们的缪斯都在一旁帮腔。
我有好思想,他们有好言词;
生花的妙笔写出篇篇颂文
闪耀着金光,而我像傻牧师,
只懂得附和,一口一个"阿门!"
见别人称赞你,我连连称是,
并不断为你喝彩,为你叫好——
但这都是我的思想,它爱你,
虽然言之为迟,思之却最早。

   对别人,请留意他们的言辞,
   对于我,得审察无言的沉思。

86

他的诗篇是否扬起了满帆
要去掠劫你这座稀世宝藏，
以致我的思想在脑中流产，
它的子宫反而变成了坟场？
抑或他的灵府受精灵教授，
欲创神品，故而置我于死地？
不，他和他那班夜间的助手
都不能将我的诗吓成呆滞。
他，加上那位出没于黑夜，
用智慧误导他的多事精灵，
都不是致我沉默的胜利者；
我缄口无语，决非出于受惊。
  然而，当你的美做他的诗神，
  我便无言以对，且一蹶不振。

87

再见！你太珍贵，我不配拥有，
你好像也知道自己的价值；
你有特权，可随意与我分手，
我们间的盟约，就至此终止。
我得到你，怎能不经你首肯？
我何才何能，获取这笔资产？
这份礼，我没有享受的福分，
只能选择放弃，将原物奉还。
你爱过我，因你未认识自身，
或者认错了人，才将爱送出；
这份厚礼就在误会中生成，
如今明断是非，终于归原主。

　　我曾经拥有你，就像一场梦，
　　我在梦中称王，醒来一场空。

88

如果有一天你想将我轻视，
让我蒙受世人的嘲讽、诽谤，
我一定支持你，打击我自己，
证明你有德，无视你的背叛。
我有哪些弱点，自己最清楚，
为了你，我要坦陈我的人生，
将不名誉的过失一一披露，
让你因失去我而声名倍增。
我这样做，于自己也有所得：
既然我把爱全倾注你身上，
我对自己的伤害，即意味着
你获得利益，同时我也沾光。
　　我深爱着你，就完全属于你，
　　为了你，我要承揽一切过失。

89

若说你离弃我，因我的罪尤，
我愿意将此事交代个清楚；
说我跛足，我即刻瘸着行走，
你提出的理由，我决不辩护。
我的爱啊，我明白你的用心：
为变故找托词，你将我羞辱，
此情难堪，不如我自辱其身！
从今往后，你我将形同陌路，
你去过的地方，我不会再去，
你甜美的名字，不再挂嘴边，
怕的是说多了会对它不利，
无意间泄露了我们的旧情。
　　为了你，我发誓向自己开战，
　　你厌恨的人，都是我的敌顽。

90

你若仇恨我，现在就可发泄，
趁世人巴不得我事业受挫，
你可以串通恶运，趁火打劫，
用不着等待那灭顶的灾祸。
啊，别等我的心摆脱了忧郁，
你再在愈合的旧疤上肆虐；
别让狂风夜紧跟黎明的雨，
到最后才给我致命的摧折。
你想遗弃我，不必等到最后，
别让那小悲小戚发难在先，
我宁可顷刻间就大难临头，
一开始就将厄运滋味尝遍。
　　其他痛苦——现在的痛苦即是——
　　与失去你相比，都不值一提。

91

有些人爱炫耀门第或技艺，
有些人好夸示财富或身躯，
也有人不顾款式，吹嘘新衣，
更有人得意于鹰犬或马驹。
每一性情都有各自的乐趣，
百乐之中，又有各自的最爱。
但这都不是我心中的金曲，
唯有一种欢乐，我独钟于怀，
那就是你的爱，在我的眼里，
它胜过门第、财富，贵过绵绣，
比鹰犬和骏马更让我欢喜，
有了你，人间至宝为我拥有。
　　唯一担忧的是，它被你取走，
　　那时我最穷酸，苦难无尽头。

92

你尽可以发狠心悄然溜走，
我的生命原本就取决于你，
没有爱，它无法在人间滞留，
它全凭爱而生存，由爱维系。
既然你的冷漠能夺我性命，
我就无须畏惧严厉的一击；
我知道，死恰恰是一个佳境，
胜过看你的脸色苟活人世。
我的生命如因背叛而幻灭，
就无须苦恼你的反复无常；
啊，这是何等幸福的境地：
幸福地拥有爱，幸福地死亡！
　　但不惧污损的完美在哪里？
　　也许你已变心，我一概不知。

93

我可继续活着，权当你忠诚，
就像一个受骗上当的丈夫；
你虽已变心，脸上假装多情，
眼睛盯着我，心却游离别处。
你的眼里没有怨恨的表示，
我因此觉察不出你的背叛；
变节之徒通常藏不住秘密，
凭情绪、皱纹，真情既可尽览。
但上天创造你时另订规范：
许你永远留驻甜美的笑容，
不管有什么心事，什么欲望，
你脸上始终那般春光融融。

　　由于你内心与外表不谐和，
　　你的美貌可比夏娃的苹果。

94

有些人能害人，但不去害人，
得心应手的事，他们偏不做；
感化别人，自己磐石般坚定，
沉稳、冷峻，从不轻易受诱惑。
他们真正得到上天的隆恩，
知道节俭享用造化的厚礼，
他们是自己的容貌的主人；
其他人只配做才德的奴隶。
夏日的鲜花向着太阳争艳，
它的一枯一荣，全凭着天意，
一旦这鲜花遭受恶疾感染，
最低贱的野草也比它优异。

　　不端的行为，让香花也变臭，
　　腐烂的百合花，比野草更丑。

95

你将耻辱装扮得楚楚动人，
让它像玫瑰花中一条尺蠖，
蹂躏你寓于蓓蕾中的美名！
咳，你用何等香料粉饰罪过？
你的那条谈论人生的舌头
津津乐道偷香窃玉的游戏，
应受谴责的，你却赞不绝口，
提起你的名，噩耗也成喜事。
哟，罪恶选中你作为栖息地，
它们的寝宫何其富丽堂皇：
美的面纱盖住所有的污迹，
凡肉眼所及，都闪耀着金光！

　　亲爱的，此等特权你得小心；
　　再好的刀，用不当也会卷刃。

96

有人说你放荡，过错在年轻，
有人说你浪漫，年轻是优点，
无论优点缺点，都见爱于人，
你给常犯的过错镶上金边。
最贱的宝石也会倍增价值，
只要它戴在皇后的手指上；
那些出现在你身上的过失，
也这样由假变真，受到颂扬。
如果恶狼穿上羔羊的外衣，
不知有多少羔羊将被凌辱；
只要你愿意，滥施你的魅力，
该有多少仰慕者被你俘虏！
　　别一意孤行了，我深爱着你，
　　你的就是我的，那名誉也是。

97

与你的别离，就像严冬降临，
飞逝的岁月里失去了欢乐！
我感到寒冷，目睹天日晦冥，
无处不是腊月隆冬的萧瑟！
当初与你分别，正好是夏季，
多产的秋天，因果实而丰满，
像死了丈夫的寡妇，子宫里
承载着春天纵情后的负担。
然而，对于我，这丰赡的果实
只是一个孤儿，生来就无父：
夏天和欢乐都忙于伺候你，
你不在时，鸟儿也沉默无语。
　　鸟儿即使歌唱，也唱得低沉，
　　树叶为之枯萎，怕冬天降临。

98

你离开我的时节正值阳春，
那时，艳丽的四月梳妆打扮，
给万物注入了青春的魂灵，
连阴沉的土星也跟着狂欢。
然而，无论是鸟儿们的歌吟，
还是各色鲜花扑鼻的香泽，
都不能让我谈起夏的光景，
或从丰美的裙兜将花采摘。
雪白的百合花不令我诧异，
殷红的玫瑰也难让我赞赏，
它们确实香美，但其形其姿
都从你而来，是对你的模仿。
　　只要你不在，春天就是冬天，
　　我赏花，是在与你的影交欢。

99 ①

我如此斥责傲慢的紫罗兰：

"若不是偷自我爱人的呼吸，

好贼子，你哪来如此的香妍？

留驻你嫩颊上的那抹艳丽

一定浸染过我爱人的血管。"

我还遣责百合偷了你的手，

墨角兰的花蕾偷你的美髯；

刺茎上的玫瑰在瑟瑟颤抖，

红的由于害羞，白的因绝望。

不红不白的，贼手伸得更远，

而且偷盗了你呼出的气息；

正当它蓬勃而生，得意非凡，

蛀虫出来报仇，置它于死地。

　　世间美艳的鲜花，可谓多多，

　　不盗你而具香色，我未见过。

---

① 这首诗有 15 行，押韵格式是：ababa cdcd efef gg。

100

你在哪里，缪斯？你为何遗忘
这需要你竭尽全力的话题？
你是否光顾了无聊的诗章，
甘愿贬低自己，扶助于俗俚？
回来吧，健忘的缪斯，去赎回
虚度的光阴，用你温婉的诗！
让歌声在爱歌者耳边徘徊，
是他们赋予你诗艺和题旨。
懒缪斯，起来看看我的爱人，
时光是否在那里留下皱折；
如果有，就写诗将衰老嘲讽，
并教世人藐视时间的掠劫。
 快扬名我的爱人，超越生命，
  别让时间的镰刀轻易得逞。

101

缪斯呀,对浸染于美中的真,
你怠慢了,这过错如何补偿?
真和美依凭我的爱人而生,
你也是,凭他你才显得高尚。
说话呀,缪斯! 你是不是想说:
"真正的本色用不着再装点,
美和美中之真,用不着补裰,
只要不掺假,至善就是至善"?
你的沉默,就因他无需嘉许?
别找借口了,因为你有责任
使他长寿,超过金砌的陵墓,
让他世世代代享有赞美声。

  履行职责吧,缪斯! 今之丽质
  如何传之久远,这我可教你。

102

我的爱貌似减弱，其实加强，
爱的表达少了，但真情如故；
倘若爱被相爱者到处传扬，
爱就成了买卖，与商品无殊。
我们初次相爱，正好在阳春，
我喜欢用我的歌将爱颂扬，
就像夜莺在初夏时节长吟，
到晚夏就停止了她的歌唱——
并非此时的夏天风光不美，
远不及她长夜哀声的夏初，
而是群鸟聒噪使枝头受累，
美蕙变得庸俗，失去了欢愉。

　　我因此要学夜莺不再歌唱，
　　免得唱得太多，反惹你心烦。

103

唉，我的缪斯本可大展才艺，
但她带来的礼物何其简朴！
天然的主题居然更有价值，
竟使我的赞美反成了蛇足。
如果我不再写诗，别责备我！
照照镜子吧，那里有一张脸
远胜过我写的笨拙的诗作，
使它很无趣，使我丢人现眼。
原本完美的，根本无需修饰，
执意去玷污，这岂不是犯罪！
我的诗本来没有其他目的，
只为颂扬你的天赋，你的美。

　　当你照镜，镜中所示最丰赡，
　　远非我写的诗句所能容涵。

104

爱友,你在我眼里永不衰老,
你的美与我们初逢时一样;
但在时序的更替中,我看到:
冬的寒飚三度肆虐于林莽,
三度吹落了那夏季的苍翠,
将春的瑰丽变成秋的干枯;
六月的骄阳也已三度烧毁
四月的花香;唯你依然青绿!
唉呀,美就像日晷上的指针
偷偷行走,让人难察其变迁;
你的美也如此,我当它站定,
其实在动,我的眼睛受了骗。

　　为此我要对后来者说一声:
　　你们未生时,美的夏天已殒。

105

别把我的爱当作偶像崇拜，
也别把我的爱人叫做偶像，
因为我的诗歌和赞美向来
只给一人，现在、将来都这样。
我爱人今天温存，明天温存，
他奇妙的美德将永远不变，
我的诗也永远歌颂这坚贞，
永远只写一件事，决不更换。
"真善美"，就是我全部的主题，
"真善美"，由此写出不同的诗，
我的创造力就运用在这里，
三者合一，描出风景的瑰奇。
　　真善美，通常都是各自为政，
　　我这里，三者同体，共存共生。

106

我在逝去的岁月的记载里，
看到关于绝世佳人的描述，
他们赞美淑女和风流骑士，
用美的语言写下美的诗赋。
他们着力美化美人的美艳，
包括手、足、嘴唇、眼睛和眉毛；
我发现，古人的笔都想表现
你现在所具备的这份美貌。
其实，他们的赞美只是预言——
预言我们这时代，预言了你。
他们只能凭眼睛私下推断，
却未能唱出你真正的价值。

　　我们呢，当这一切来到眼前，
　　虽有眼惊讶，却无舌头称羡。

107

无论我自身对未来的忧惧，
还是预言家对世界的预想，
都不能为我的爱规定限期，
并让它在宿命中走向死亡。
人间之月①已安度月蚀之难，
星象家的预言都成了笑柄，
不安的一切都转化为安然，
橄榄枝宣告了永久的和平。
有这芬芳时代的甘露滋润，
我鲜活的爱，连死神也退避：
尽管她常侮辱下贱的愚民，
我不理她，独自活在这诗里。
　　当暴君的饰章、铜墓化成灰，
　　诗篇里仍立着你的纪念碑。

---

① "人间之月"喻指女王伊丽莎白。

108

脑里还有什么可诉诸笔墨，
却尚未向你传达我的情意？
又有些什么新的可记可说，
来表达我的爱和你的美质？
没有了，孩子；但像对神祈祷，
我必须每天重复一个声音：
"你属我，我属你，"——重弹着老调，
一如唱颂歌时那般的虔诚。
这样，永恒的爱便藏于新匣，
免受尘埃蒙蔽或岁月摧残，
无须担心皱纹的自然生发；
老年则成了奴仆，听候使唤。
　　尽管年华与外貌难免一死，
　　初恋之情却能不断地复制。

109

别离后，我的热情似有减弱，
但千万别把我当作负心汉，
我恨自己不能将肉身摆脱，
像灵魂那样留驻在你心坎！
你的心就是我的爱的家园，
我如漫游过，也是浪子回头，
准时而归，爱心未因时而变：
我自备净水，可洗我的污垢。
虽然世人常有的那些弱点，
我天性中也有，但请你牢记：
我决不至于那样荒唐鄙贱，
无缘无故把你这块宝抛弃。
　　这浩瀚的天宇，我视为无物，
　　唯你是我的玫瑰，我的全部。

110

唉呀,我确实曾经四处奔走,
让自己扮作小丑,供人赏玩,
伤害自身,将瑰宝低价出售,
用新的情感冒犯旧的情感。
毋庸置疑,我曾经斜着眼睛,
看待你的忠贞!如今我发誓:
这教训让我的心重回青春,
经风雨方知你的爱最真挚。
俱逝矣,请接受我无尽的爱,
从此我不再激励我的贪心,
去结交新友,而将旧友伤害;
我要约束自己,视你为神明。

　　欢迎我吧,我的第二个天国,
　　最纯最亲的怀抱,请接受我!

111

哟,你得为我谴责命运女神,
我行为不端,她应为此负责,
她未提供好职业让我谋生,
只让我登台亮相,看人眼色。
我的名字由此打上了烙印,
我的本性也只好委曲求全,
一如染工,只好让颜料沾身。
怜悯我吧,愿我能回归本原,
像病人治病,我甘愿去吞服
一剂苦药,以治疗我的重症;
不管这药多苦,我不当它苦,
为悔过,我甘受加倍的严惩。

　　怜悯我吧,爱友,你可以相信,
　　你的怜悯就能治好我的病。

112

你的爱情与怜悯足以消除
流言烙刻在我脸上的疤痕，
有你护我的短，赞我的好处，
我不在乎别人的言重言轻。
你是我的整个世界，我必须
努力弄清你对我的褒与贬；
至于他人，我一概视为无物，
铁石般的心，只为你而生变。
别人闲言，我弃之万丈深坑，
无论中伤恶语，或善意赞辞，
我全然装聋作哑，充耳不闻。
其中的缘由，请听我的解释：
　　你滋生在我心中，根深固柢，
　　在我的眼里，整个世界已死。

113

别离后，我的眼睛迁住心里，
它平时为我引路，指明方向，
而今玩忽职守，成了半瞎子，
似乎在视物，其实一片迷茫。
它不给心传达所见的一切，
不告诉它花鸟的形态本相，
世间的万物，心都无缘见识，
连眼睛自身，也留不住映象。
只因它无论见到什么物体，
粗犷的，温柔的，美丑俱不论，
山和水，昼与夜，乌鸦或鸽子，
全都变了形，幻化成你的影。

　　眼睛里全是你，再不见其他，
　　就这样，真爱为我造就虚假。

114

是我的心因你而妄自尊大，
患上帝王自我奉承的瘟疫？
还是我的眼睛说出了真话：
你的爱教它学会了点金术，
奇形怪状的东西一经点化，
便变成小天使，与你同模样——
万物一旦聚集在这目光下，
丑陋的即刻拥有完美形状？
啊，是前者，正是眼睛在奉承，
我这颗雄心把它一饮而尽：
我的眼睛早知道心的脾性，
便备下这杯子送到它嘴边。

    如果杯中有毒，罪恶也轻微，
    因为我的眼爱它，已先品味。

115

我曾说过爱你爱到了极点，
这样的诗句其实是在说谎：
当时我确实缺乏先见之明，
不知爱情之火会越燃越旺。
好事的时间最爱制造事故，
千百次毁约，改变帝王指令，
让美颜失色，挫败壮志弘图，
使强悍者难逃无常的命运。
哎呀，既然害怕时间的霸道，
既然已从不确中获得确实，
并因忧惧来日而借重今朝，
我当时为何不说"我最爱你"？

　　爱是婴儿：说"极点"确实不妥，
　　因为婴儿要成长，来日甚多。

116

我不敢想象真爱被人阻挠，
姻缘受挫。如果爱人变了心，
你也跟着变，或者爱人动摇，
你也动摇，爱就难为爱正名。
啊，决不！爱是灯塔，永远固定，
面对狂风暴雨而傲立岿然；
爱是星斗，为船只指引航程，
它的高度可测，价值不可量。
红颜朱唇难免被时间芟夷，
但爱不是时间掌中的玩偶，
不会随短暂的韶华而迁徙，
它特立独行，直至世界尽头。

　　如果这话有错，我成了旁证，
　　算我没写过诗，人间无爱情。

117

责备我吧,我不该怠惰无为,
不知回报,辜负了你的深恩,
友情的责任每日都在紧催,
我却忘了去拜访你的真情。
我只跟那些无聊之徒交往,
将你的深情厚爱抛之云霄;
我扬起风帆,不问风的方向,
任凭它将我吹到天涯海角。
请你记下我的错误与任性,
有此凭证,你尽可任意猜疑,
并将我押进你颦眉的射程,
唤醒恨,但千万别把我射死。
　　我这样起诉自己,意在证明:
　　你的爱没有变,坚贞而坚定。

118

我们为了让自己食欲大增，
常用辛辣的佐料烹制食物；
为了防范隐而未见的疾病，
还会恶心地先将泻药吞服。
我也是：你的甘美百吃不厌，
但我饱餐后偏要吞饮苦汁；
餍足了健康，便将病痛品尝，
尽管这病痛于我有害无益。
爱的策略本为防患于未然，
结果弄巧成拙，假病成真疾，
健康的身心反而变成病患，
善而生忧，反得让恶来医治。
　　但我也因此获得一个教训：
　　谁要是厌倦你，药物也害人。

119

我喝过女妖那有毒的泪珠，
它从丑陋的地狱蒸馏而成，
使恐惧变希望，希望成恐惧，
让胜券在握者倏忽间败阵。
我的心犯下过可恨的错误，
就在它以为最幸福的时刻！
我的眼珠差点要夺眶而出，
就因疯狂的热病令人惶惑。
啊，我知道这就是恶的好处：
因为有恶，善才能变得更善。
受损的爱，一旦被重新构筑，
比原先更美、更宏大、更坚强。
　　尽管受责备，我仍满意而归，
　　恶使我获益，比损失大三倍。

120

我从你往昔的薄情中获益：
只要想起我经受过的悲伤，
我不得不悔恨自己的过失，
否则我就是那铁石的心肠。
如你曾因我的薄情而痛心，
那你我都游历了地狱一趟；
我是暴君，居然不及时反省，
将你对我的伤害仔细掂量。
哟，那伤心的一晚必然记得：
我的悲哀如何触及了心髓！
我们随即又相互道歉自责，
用谦恭的药膏将伤口抚慰。
　　但你的罪如今成了赔偿费，
　　我赎你的，你也该把我赎回。

121

良善者与其被人诬为不善，
不如真的去作恶，做个恶人，
我们正当的欢乐源于情感，
他人的偏见不该从中作梗。
我追求快乐，凭一腔的热血，
哪用虚伪的淫眼给我赞许？
我视为善者他们偏当作恶，
他们凭什么对我评头品足？
我永远是我，他们恶意中伤，
罗列的是他们自己的罪过，
我是正直的，他们才是刁蛮，
龌龊的言语不配把我评说，

　　除非他们敢说它天经地义：
　　人都是恶的，都在恶中生息。

122

你赠我的记事册写满文字，
作为永久的纪念留在脑海，
这纪念连同册子里的一切
将超越时代，直至千秋万代，
或至少留传到自然的极限——
即我的心和脑临世的终期；
在它们将你托付遗忘以前，
关于你的记载决不会丢失。
只是可怜的本子容量有限，
你的爱也无法用筹码统计；
我要斗胆将它放置在一边，
把你交给一本更好的册子。
　　如果我得凭记事本记住你，
　　岂不表明我忘记你也容易！

123

时间啊，不要夸口我也在变，
你有力量建造新的金字塔，
但在我眼中并不稀奇、新鲜，
它们不过是旧景披上新褂。
只因生命苦短，我们才羡慕
你向我们骗售的那些旧货，
当它们是我们希望的满足，
而不想想先前早有人说过。
我藐视你的记载和你自己，
现在和将来，都不值得惊叹，
你的陈迹与新景，全是无稽，
都是你匆忙间造就的虚幻。

　　我在此立誓，并信守到永远：
　　我要忠诚，无视你和那弯镰。

124

如果我的爱只是出于势利，
那它一定是时运的私生子，
得听便时间的爱憎所摆布，
如野草闲花，任凭世人采刈。
不，我的爱决不是逢场作戏，
它不会因荣华而趾高气扬，
也不会因失意而垂头丧气，
尽管这个时代只追求时尚。
我的爱不畏惧异端的权术，
任何奸计只能得逞于一时；
我的爱巍然而立，深谋远虑，
骄阳下不疯长，霪雨中不溺。

　　势利的小人们可为我作证：
　　他们作恶一世，死时求超升。

125

如果我高擎华盖给人捧场，
这礼敬徒有其表，于我何益？
雄伟的基石本为百世流芳，
其寿命能长过洪荒或毁灭？
为仪表不惜支付高昂租金，
这样的败家子我见过许多；
可怜的富主，求繁丽弃清纯，
万贯资财在养目之际挥霍。
噢，让我把忠诚投在你心坎，
请收下吧，礼虽轻，情义漾溢，
那里没有掺假，没有设机关，
仅仅是回敬，只限于我和你。

　　滚开吧，诬陷者！忠诚的灵魂
　　你愈诽谤，愈凸现他的真诚！

*126*①

可爱的孩子啊,时间的沙漏
和他的弯镰都握在你的手;
岁月流逝,你的爱友在凋零,
唯你不断成长,越长越年轻!
如果自然——管辖兴衰的女主
在你迈步向前时拉你回去,
她卖弄手段的目的一定是:
羞辱时间,并置分秒于死地。
自然的宠儿啊,你还得小心!
她暂留你,但不会永久保存,
　　她的债可延期,但必须清理:
　　待到结账日,她只有放弃你。

---

① 这首诗只有 12 行,押韵格式为英雄双行体。一般认为,关于男性爱友的描写至此为止,下面第 127 首开始描写一位黑肤女郎。

127

昔时，没有人称黑肤为美丽，
即便真美，黑也不享美之名；
如今，黑成了美的合法后裔，
公认的美反被人视为私生。
人人都在僭取自然的神力，
用骗人的化妆术美化丑陋，
从而使美丢美名，无所附丽，
美被亵渎，只能与耻辱同俦。
我情人的眼睛乌鸦般黑亮，
眉毛也黑，这姿容似在哀悼
那生来不美而装美的女郎，
怪她们辱没造化，真假颠倒。
  她的姿容就在哀悼中增值，
  每张嘴都在说：美理应如此。

128

我的音乐啊，当蒙恩的琴键
受你纤纤玉指的轻抚柔击，
奏出美妙音乐，金属的和声
阵阵入耳，听得我意乱神迷，
我是何等羡慕那边跳边吻
你细嫩的指心的那台键盘！
抱憾的嘴唇只能站在一边，
羞红着脸观看键木的放浪。
你的纤指，纷旋着碎步轻盈，
与那死木片一道翩翩起舞，
逗引得活的嘴唇痒灼难忍，
真想换个角色，做一段死木！
  　好吧，鲁莽的键木如此荣幸，
  　就让它吻手，我吻你的嘴唇。

129

损耗着精气，还伴随着耻辱，
这就是宣泄情欲；宣泄之前，
情欲即为伪证、凶杀和血污，
还有残暴、无信、野蛮和极端；
快乐刚过去，旋即产生厌腻；
丧智的追求，但追求一得手，
便是丧智的恨，像吞了诱饵，
只怪人家下套，害他昏了头。
追求时疯狂，占有时也疯狂，
分不清今天明天，贪无止境，
云雨时上天堂，云雨后懊丧，
期待着大欢喜，事后一场梦。
　　情欲是引人下地狱的天堂，
　　道理世人皆知，却无人避防。

130

我情人的眼睛比不得太阳，
嘴唇也没红珊瑚那样亮丽，
如雪算白，灰褐是她的乳房，
美发如丝，那她头上长黑丝。
我曾见过红白相间的玫瑰，
她的脸没有玫瑰那样娇靡，
有些香料闻之能让人陶醉，
我情人嘴里吐不出这气息。
我喜欢听她说话，但我清楚，
音乐比她的嗓音更其悠扬，
我承认从没见过女神赶路，
但我情人的脚踩在泥地上。
　　倘若真有美人儿倾国倾城，
　　老天作证，她们中有我情人。

131

有的人长得美，就跋扈专横，
你凭你的姿容也如此高傲，
因你知道，我对你一片痴情，
把你当作至美至珍的瑰宝。
说实话，有些见过你的人说：
你的脸不值得情人去思慕；
我不敢直言他们此说有错，
但私下赌咒：他们有眼无珠。
我担保我的赌咒有据有凭：
每当我想到你，千万个叹息
便接踵而至，它们足以证明：
在我眼里，你的黑就是绝色。
　其实，你的黑只在你的行止，
　就因这缘故，人们才非议你。

132

我爱你的眼，它们懂得同情，
知道你的心对我颇为鄙夷，
便披上一袭黑服前来悼念，
对我的痛苦表示由衷怜惜。
早晨的太阳给青灰的东方
捎上绚烂，长庚星引领黄昏，
给阴沉的西天梳妆出辉煌，
说真的，它们如此相辅相成，
也难比你眼与脸间的谐和。
哟，既然悲哀为你带来优雅，
就让你的心也一样同情我，
让怜悯在你每一部位驻扎！
　　美本身就是黑，这我敢赌咒，
　　而你肤色以外的，一切皆丑。

133

使我伤心的那心该受诅咒，
它让我和朋友都受了重创；
难道折磨我一人还嫌不够，
偏要将我爱友当奴仆使唤？
你残忍的眼睛已将我劫持，
随后又要将第二个我霸占，
我已被他、我自己和你遗弃——
我所蒙受的是三重的苦难！
请把我的心关进你的铁窗，
让我用它保释出朋友的心，
无论谁囚我，我为朋友守望，
在我的牢狱中，别实施暴行。

　　但我知道，你不会就此罢休，
　　因我是囚徒，一切归你所有。

134

现在我得承认，他为你所有，
我自身也押给了你的贪婪，
我甘愿被没收，以便你放手
另一个我，并让我得到慰安。
但你不愿意，他也不想获释，
因为你太贪心，而他太善良；
他只想做保人立一份凭契，
让你释放我，他自己进牢房。
而你是谋高利的，唯利是图，
你将美作为资本到处放贷，
你控告我友因我成了债户，
由于你的诽谤，我痛失朋辈。

　　我失去他，你把他和我占有，
　　他付出全部，而我仍不自由。

135

女人都有心愿,你充满欲望,
你的欲已经太多,已嫌过剩;①
我也有过量的欲惹你心烦,
总想给你的欲海添上一薪。
你的欲海如此广阔而浩荡,
为何不许我驶入一叶小舟?
难道别人的欲求正正堂堂,
偏我的欲求不值得你垂爱?
苍茫的大海仍接纳着雨露,
为的是它的贮藏丰满充裕,
你的欲本来富足,添我区区,
能为你增彩,扩大你的疆域。
　　别再无情地拒绝我的求爱,
　　万欲归一,威尔为一的表率。

---

① 原文 will 一词有多种含义:1)意志;2)欲念;3)男女生殖器;4)威廉·莎士比亚的昵称。

136

如灵魂责备你跟我太缠绵，
告诉这瞎说者：我就是情欲，
灵魂能懂得：情欲有这特权，
甜爱啊，请答应我爱的请托。
威尔我将进入你爱的宝库，
用情欲装满它，那里应有我！
世人皆知，大仓廪储物无数，
万物中的一物，容易被淹没；
你的仓廪虽有我一席之地，
但你不妨让威尔悄悄入库，
视我为无物吧，只要你愿意，
甜爱啊，无物于你实为尤物。
　　爱上我的名字吧，爱到永远，
　　　爱它就是爱我，因我叫威廉。

137

瞎眼的爱神啊，你意欲何为？
为何让我的眼睛屡屡出错？
它们明知何为美，何处有美，
却偏将至善之物当作至恶。
既然昏花的眼睛受了蒙蔽，
停泊于人人都光顾的港湾，
你为何还让昏眼造出钩子，
用来扎杀我心的明睿判断？
我的心明知那是一块公地，
为何又要当它是私有地产？
我的眼明明见到不美之体，
你为何将黄脸婆认作娇娘？
　　我的心和眼只会颠倒黑白，
　　如今染上了瘟疫，也是活该！

138

当我的爱人发誓说她忠贞，
我相信她，虽然明知她说谎，
她也许当我是青涩的后生，
对人间的虚伪全不知设防。
我也将错就错，当自己年轻，
对她说谎的舌根表示信任，
虽然她清楚：我早过了盛春；
就这样，双方都隐瞒着真情。
为什么她不说她虚情假意？
为什么我不说我业已老迈？
哟，爱的惯例就是逢场作戏，
恋爱的人都不愿年纪公开。

　　就这样，我欺骗她，她欺骗我，
　　我们的缺陷在奉承中瞒过。

139

啊，别让我原谅你无义无情，
宽恕你对我的伤害和冒犯，
要害我就用舌头，别用眼睛，
用你浑身的力量，而非手腕。
爱人啊，告诉我你另有所爱，
但在我面前，不要跟人调情；
我势单力薄，要想将我伤害，
你力量足够，何用诡计阴损？
让我为你辩护：我爱人明白
我的仇敌恰恰是她的目光，
她便让它们从我脸上挪开，
让那害人的毒箭射向他方。
　　你不必这样做：我行将就木，
　　那箭应射杀我，免我的痛苦。

140

你残忍待我，也得学点聪明，
我缄口的忍耐，别过分欺辱，
不然，悲伤会借我幽怨之声，
申诉我那需要同情的痛苦。
爱人啊，如果让我教你机智，
你最好说爱我，不爱装成爱，
因为急躁的病人临近死期，
最爱听医生说他否极泰来。
如果我失望，我会变成疯子，
并在疯狂中尽说你的坏话；
这恶毒的世界已恶败至极，
疯狂的耳朵只信疯人疯骂。
　　为了我不发疯，你不被诽谤，
　　请正眼看我，尽管心在远方。

141

说实话,我的眼睛并不爱你,
因为眼睛发现你缺点太多;
但眼所蔑视的,心偏生爱意,
不管眼所见,心已被你俘获。
我的耳不喜欢听你的嗓音,
低俗的触觉对你兴趣索然,
味觉和嗅觉,不稀罕受邀请,
赴你独力承办的感官大餐。
但是,无论五智或五种官能,
都不能劝阻痴心为你服务,
我的心已全然不顾我这人,
甘愿为你傲慢的心做贱仆。
　　但我从这瘟病中也有所得:
　　她教我犯罪,让我忧心惨切。

142

爱是我的罪,恨是你的德行,
你恨我的罪,这罪扎根于爱;
倘设身处地比较你我处境,
你就能发现:你恨得不应该。
若要恨,也不该出于你嘴唇,
你已经玷污了鲜红的装饰,
与我一样,屡次盖印于伪盟,
掠夺他人床笫的正当收益。
接受我的爱吧,如你爱别人;
我追求你,如你向别人献媚,
植怜悯于你心底,让它滋生,
来日这怜悯定会让你受惠。
　　如果你一边藏爱一边求爱,
　　当你被人拒绝,那也是活该!

143

看哪，就像一个贫穷的农妇
跑着追赶一只逃跑的母鸡，
她放下孩子不管，放开脚步
紧紧追逐，想把它抓在手里；
被忽视的孩子在大声哭喊，
追赶在她身后；但她的心思
全在那只飞窜的母鸡身上，
可怜的孩子，她已无暇顾及。
你也如此，追逐离开你的人，
而我是那孩子，就在你身后；
如果你追逐得手，请回转身，
尽人母之职：吻我，给我温柔。
　　我祝福你实现你心中目标，
　　只要你回转，我就不再哭叫。

144

我有两个情人：安慰和绝望，
他们像精灵对我不断劝诱；
好精灵是个男子，相貌堂堂，
坏精灵是个女子，肤色丑陋。
这女鬼一心想骗我下地狱，
还诱惑好精灵离开我身边，
她想将我的天使变为鬼蜮，
用她的丑恶掠夺他的纯真。
我的天使是否真的变妖魔，
这只是凭猜测，我无法断定；
但他们已离开我，形同知交，
我估计我的天使已经沉沦。
  这都是猜想，真相无以奉告，
  除非恶鬼用火将好鬼吓跑。

*145*①

因为她，我已日渐消沉，
爱神亲手造的那张嘴
对我说出两个字："我恨"；
但她发现我满怀伤悲，
随即又对我产生怜悯，
斥责起惯说蜜语甜言、
发布温良消息的嘴唇，
要它将其中含义更新。
她在"我恨"后面添词尾，
这一添犹如明朗白天
紧跟黑夜，后者像魔鬼
从天堂摔入地狱深渊。

　　她从"我恨"中摒弃了恨，
　　词尾"不是你"成我救星。

---

① 这首诗每行只有八个音节，故以九字句译之。

146

我的灵魂——罪恶之躯的内核，
被抬举你的叛逆者所蒙蔽，
你在营垒中憔悴，忍饥挨饿，
为何偏将外墙粉饰得富丽？
这危楼租期短暂，倒塌在即，
你为什么要为它挥霍无度？
一切奢侈品都由蛆虫承继，
这不正是肉体最后的归宿？
灵魂啊，你应该凭毁灭而生，
肉体的憔悴即是你的财富；
你应兜售时间以换取永恒，
让营内享富裕，营外受穷苦。

这样，你就吃掉吃人的死神，
死神一死，死亡就不会发生。

147

我的爱犹如热病，始终期许
这病维之久远，不断地滋长，
为使病态的食欲得到满足，
那致病的病毒反成了食粮。
理性，能治愈我的爱的良医，
就因我没有遵服他的处方，
拂袖而去，我如今已陷绝地，
方知情欲即死亡，医治无望。
理性不再管我，沉疴又难治，
我在不安中变得疯疯颠颠，
无论思想或言语，都像疯子，
脑子分不清是非，一片混乱。

    我曾赌咒说你美，说你靓丽，
    其实你黑如黑夜，暗如地狱。

148

哎呀，爱神赋予我什么眼力，
竟让它反映不出真实景物？
如果有，我的判断为何逃逸，
总对所见的事物感知有误？
如果我昏眼所见真具丰采，
为何世人皆说它丑陋无伦？
如果真丑，爱情显然在告白：
爱神的眼光不如芸芸众生。
哎呀，苦恼的爱眼彻夜无眠，
经常流泪，又怎能观照真面？
太阳自己况且天晴才开眼，
就怪不得我总是李戴张冠。
　　狡诈的爱用泪将我眼蒙蔽，
　　就怕明眼将你的丑恶揭示。

149

残忍啊,你怎能说我不爱你?
我已与你联手,反对我自身!
暴君啊,谁说我心中没有你?
为了你,我已经忘记我本人!
憎恨你的,我何曾视为朋友?
你讨厌的,我何曾刻意巴结?
一看见你对我皱起了眉头,
我何曾不叹息着训斥自己!
当我受控于你的秋波流盼,
死心塌地崇拜起你的缺陷,
我何曾将自己的美德礼赞?
何曾疏忽过侍奉你的职分?
    爱人,恨下去吧,我懂你的心:
    你爱有眼睛的,而我瞎了眼。

150

啊,你从何处获得巨大力量,
凭借缺陷也能主宰我的心,
并让我在真实事物前撒谎,
硬说白天阳光带不来光明?
你凭什么神力将丑化为美?
你的所作所为如此的不堪,
究竟哪来的这般异能奇慧,
居然让我将极恶当作至善?
据所见所闻,我本该更憎恨,
是谁教你让我偏偏更爱你?
虽然我爱着别人憎恨的人,
你不该联合他人瞧我不起。
　　既然你的缺陷提升我的爱,
　　我就更应该获得你的青睐。

151

爱神年纪太轻,尚不解风情,
但谁人不知风情由爱而生?
温柔的骗子,别再与我作梗,
我之罪也是你犯罪的佐证。
你背叛我,我则背叛了灵魂,
把它出卖给了粗鄙的肉体;
灵魂允许肉体上情场争胜,
肉体一听说你便急于成事,
即刻挺身而起,认你是战利。
他因这份战利而得意洋洋,
心甘情愿做你卑贱的奴隶,
站着尽职守,倒下在你身旁。
    这就是风情,我管它叫作爱,
    为这爱我挺起,然后倒下来。

152

我知道，我已因爱你而背盟，
你却因发誓爱我背盟两度：
你不守婚约，然后对我失信，
对你的新欢表示新的厌弃。
你毁约两次，但我有二十次，
为何还谴责你？我始终食言，
我赌咒发誓，全为了吹嘘你，
为了你，我的诚信丧失殆尽。
我曾发重誓说你温柔无比，
说你爱得深，爱得真，爱得久，
为了将你抬举，我闭眼虚拟，
或干脆颠倒黑白，混淆美丑。
　　我发誓说你美，这个誓最假，
　　它与事实相背，十足的谎话！

153

丘比特放下火炬睡了过去，
让狄安娜的侍女趁此机会
悄悄拿走他那把爱情火炬，
将它投入山谷中一池寒泉。
寒泉受惠于这神圣的爱火，
喷涌出永恒的热，终古不息；
面对沸腾的温泉，人们都说：
这水能治疗百病，灵验无比。
爱火又在我爱人眼中燃烧，
男孩用火炬轻击我的胸口，
我随即患病，需用泉水治疗，
于是匆匆上路，沉痛而忧愁。

　　但神泉不灵验：唯情人的眼
　　能重燃爱的火炬，治我的病。

154

有一天，小爱神正昏睡沉沉，
点燃爱情的火炬搁在一边；
恪守贞操的山林水泽女神
款款而至；那位最美的女仙
举起火炬，用她纯洁的手
解除了爱神的武装；这火炬
曾让无数情人获得爱的温柔；
爱情的统帅，此时睡得正熟。
仙女将火炬熄灭在冷泉中，
泉水从此获得恒爱的热力，
变成温泉，治人间各种病痛。
而我呢，我这个爱情的奴隶
　　也去那里求治，由此我明白：
　　爱烧热泉水，水冷却不了爱。

致 女 王

1599 年 2 月 20 日(忏悔节),莎士比亚所在的剧团为宫廷演出了一场戏,估计伊丽莎白女王现场观看了演出。此诗是莎士比亚特意为女王写的收场诗,直到 1973 年才在手稿中发现。

一如时钟不停地运转,
报出亘古不变的时间,
它既无终点也无初始,
循环之轮永循环不止。
我们也如此祝福女王,
愿她如时针指示时光,
日日引领季节的更新,
在物故中创造着新生。
尚在弱龄的凤雏之辈,
牙牙学语的乳臭小儿,
愿他们来日将我效仿,
向女王陛下叩首请安。
各郡各乡的王公贵人,
但愿你们的后代子孙,
到了老气横秋的晚年,
仍有幸参谒女王圣颜。
我再次许下此番宏愿,
愿上天为我说声阿门!